读客

读客科幻文库

跟着读客读科幻，经典科幻全看遍。

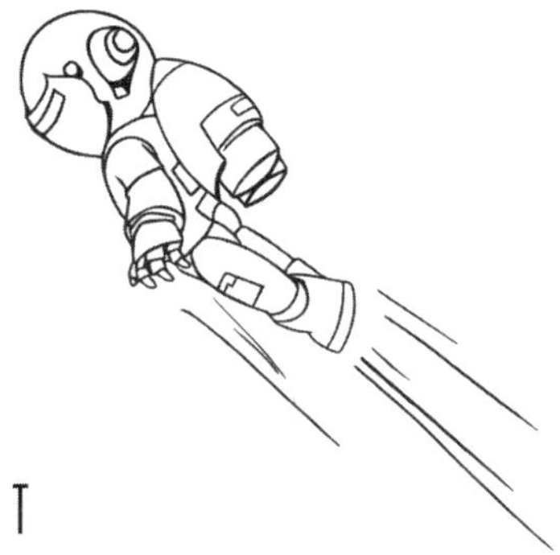

I, ROBOT

银河帝国

8 我，机器人

[美]艾萨克·阿西莫夫 著
叶李华 译

江苏凤凰文艺出版社
JIANGSU PHOENIX LITERATURE AND
ART PUBLISHING

图书在版编目（CIP）数据

我，机器人 /（美）阿西莫夫 (Asimov,I.) 著；叶李华译 . -- 南京：江苏凤凰文艺出版社，2015（2025.9 重印）
（银河帝国 . 机器人五部曲）
书名原文：I, Robot
ISBN 978-7-5399-8333-2

Ⅰ . ①我… Ⅱ . ①阿… ②叶… Ⅲ . ①长篇小说－美国－现代 Ⅳ . ① I712.45

中国版本图书馆 CIP 数据核字 (2015) 第 097185 号

我，机器人

［美］艾萨克・阿西莫夫 著　　叶李华 译

责任编辑　丁小卉
特约编辑　江培芳　许姗姗
封面设计　李子琪
责任印制　刘　巍
出版发行　江苏凤凰文艺出版社
　　　　　南京市中央路 165 号，邮编：210009
网　　址　http://www.jswenyi.com
印　　刷　三河市龙大印装有限公司
开　　本　890 毫米 ×1270 毫米 1/32
印　　张　8.75
字　　数　203 千字
版　　次　2015 年 9 月第 1 版
印　　次　2025 年 9 月第 48 次印刷
标准书号　ISBN 978－7－5399－8333－2
定　　价　248.00 元（全 5 册）

江苏凤凰文艺版图书凡印刷、装订错误，可向出版社调换，联系电话：010-87681002。

机器人学三大法则

一、机器人不得伤害人类，或因不作为而使人类受到伤害。

二、除非违背第一法则，机器人必须服从人类的命令。

三、在不违背第一及第二法则的情况下，机器人必须保护自己。

——《机器人学手册》第56版，公元2058年

目　录

引　言

我看了看我的笔记，对内容并不满意。我在美国机器人公司待了三天，结果还不如待在家里查阅《地球百科全书》。

据说，苏珊·凯文生于1982年，因此她今年七十五岁，这点大家都知道。无独有偶的是，美国机器人与机械人股份有限公司今年同样七十五岁，因为刚好就在凯文博士出生那年，劳伦斯·罗伯森取得公司执照。七十五年后，这家公司终于变成人类历史上最奇怪的工业巨人。嗯，这点大家也都知道。

二十岁那年，苏珊·凯文参加了一个特别的“心理数学”研讨会，会中美国机器人公司的艾弗瑞德·兰宁博士，展示了第一个配备语音的可动机器人。这种机器人庞大、笨拙且不美观，还带着一股机油味，专为水星采矿计划而设计。可是它能说话，而且词能达意。

苏珊未曾在那场研讨会中发言，也没有参加其后的热烈讨论。她是个冷漠的女孩，外表平庸且毫无特色；面对一个她不喜欢的世界，她借着面具般的表情与超乎常人的智力来保护自己。但是当她听到和看到这一切之后，她感到内心燃起一股冰冷的火焰。

她于2003年在哥伦比亚大学取得学士学位，随即进入研究所攻读控制论。

二十世纪中叶在“计算机”上所做的一切发展，当时已被罗伯森与他的正子脑径路淘汰。绵延数里的继电器与光电管，让位给了铂铱合金的海绵状球体，后者的体积差不多与人脑相当。

她学会了如何计算必要的参数，用以固定正子脑中可能的变数；以及在纸上设计这种“头脑”，好让她能精确预测一个给定的刺激所导致的反应。

2008年，她获得博士学位，同年加入美国机器人公司，担任“机器人心理学家”，成为一门新兴科学中首位伟大的从业者。劳伦斯·罗伯森当时仍是该公司的总裁，艾弗瑞德·兰宁则已成为研究部门主任。

五十年来，她目睹了人类发展方向的改变——以及跃升。

如今她准备退休了——在她尽可能做到的范围内。至少，她得准许另一个人的名牌镶在她原先办公室的门上。

这些，可说就是我知道的一切。我手头有一长串目录，包括她发表的论文、她名下的专利；我还有她逐年升迁的详细记录——简单地说，我拥有她职业生涯的“小传”，巨细靡遗。

可是那并非我想要的。

我需要更多的材料，更多得多的材料，才能为《行星际日报》撰写专栏文章。

我告诉了她。

“凯文博士，”我尽可能甜言蜜语，“在公众心目中，您和美国机器人公司是同义词。您的退休将是一个时代的结束，而……”

“你想采取人物特写的角度？”她并未对我露出笑容——我想她这辈子从来没有笑过。可是她的眼神锐利，虽说并不愤怒。我觉得她的目光能刺穿我，再从我的后脑透出去。我知道在她眼中我极其透明，其实人人都不例外。

但我还是说：“是的。”

“机器人的人物特写？这本身就是矛盾。”

“不，博士，是您的。”

“这个嘛，我自己也被称为机器人。不用说，他们跟你说过我不是人类。”

他们的确说过，可是我没有必要招认。

她从座椅中起身。她个子不高，而且看来弱不禁风。我跟着她走到窗边，两人一起向外望去。

美国机器人公司的办公室与厂房形成一个小城市，规划得整整齐齐、疏密有致，就像一张航拍般展现眼前。

“刚来这里的时候，”她说，“我在一栋建筑里面有个小房间，那栋建筑就在如今消防队的位置。”她伸手指了指，“在你出生前，它就给拆掉了。我和其他三人共用那个房间，我只有半张书桌。我们的机器人全在同一栋建筑中制造，产量是——每周三个。现在看看我们！”

“五十年，”我套用陈腔滥调，“是一段很长的时间。”

“当你回顾时就不觉得，”她说，“你会惊讶时间怎么消失得那么快。”

她走回书桌前，重新坐下来。说来奇怪，她脸上不需要任何表情，竟然就能显得悲伤。

“你多大年纪？”她问。

“三十二岁。”我说。

“那你就不记得一个没有机器人的世界。过去曾有一段时间，人类单独面对宇宙，没有一个朋友。现在有别的生灵帮助他了；一种比他自己更强壮的生灵，更忠实、更有用，而且绝对死心塌地。人类已不再孤独。你曾经从这个角度想过吗？”

“只怕我没有。我能引用您的话吗？”

“可以。对你而言，机器人就是机器人。齿轮与金属、电子与正子、心灵与钢铁！人类制造的！若有必要，也由人类消灭！但你不曾和他们一起工作过，所以你不了解他们。他们是比我们更纯洁、更优秀的品种。”

我试图温和地鼓动她。“我们想听听您所能告诉我们的一些事，了解一下您对机器人的看法。《行星际日报》发行整个太阳系，潜在读者有三十亿。凯文博士，您该让他们知道些有关机器人的事。”

我不需要鼓动她。她没有听到我的话，但她正朝正确的方向说下去。

“他们或许该从头听起。当时我们出售的机器人用在地球上——甚至，在我来到之前便是如此。当然，那是机器人不会说话的时代。后来，他们变得更像人类，反对意见就出现了。像是各种工会，自然反对机器人和人类抢工作。此外各式各样的宗教团体，也有他们基于迷信的反对理由。这些都相当荒谬，也相当徒劳，可是确有其事。”

我用口袋型录音机逐字记下她说的话，尽量做到不显露手指关节的动作。只要你稍加练习，就能做到正确地记录谈话，而不必将这小装置掏出口袋。

“就拿小机这件事来说吧，”她道，“我从不认识他。在我加入公司的前一年，他就被解体了——过时得无药可救。但我在博物馆见过那个小女孩……”

她停了下来，但我什么也没说。我让她的眼睛逐渐朦胧，让她的心灵回到过去。她有好长一段时间需要超越。

“后来我才听说这件事，而每当他们叫我们亵渎者，或是魔鬼创造者的时候，我总会想到他。小机是个无声机器人，他不能说话，是1996年制造和售出的产品。那是在极端专门化之前，所以他是被当作保姆卖出去的……”

“当作什么？”

“当作保姆……”

第一篇

小 机

“九十八……九十九……一百！”葛洛莉雅将胖胖的小手臂从眼前挪开，站了一会儿，皱了皱鼻子，又在阳光下眨了眨眼睛。然后，她谨慎地退后几步，离开刚才靠着的那棵树，试图同时望向四面八方。

她伸长脖子，仔细查看右侧一丛浓密的灌木，接着又后退几步，以便进一步观察树丛深处。四周十分宁静，只听见昆虫不停的嗡嗡声，以及一只鸟儿偶尔发出的啾啾声，后者正在正午阳光下勇敢地振翅疾飞。

葛洛莉雅撅起嘴来。“我猜他一定是躲进屋里了。我告诉过他一百万遍，那样不公平。”

她坚定地走向车道对面那栋两层楼的建筑，小嘴唇紧紧抿着，额头明显挤出好几条线。

她忽然听到身后传来沙沙声，接着是小机独特的、沉重的、节奏性的金属脚步声，可是却太迟了。她猛然转身，看到得意洋洋的玩伴从藏身处钻出来，朝向当作“家”的那棵树全速飞奔。

葛洛莉雅沮丧地尖叫道："等等，小机！那样不公平，小机！你答应过我，我没找到你之前，你不会跑。"小机迈开巨大的步伐，她的小脚丫根本追不上。然后，在距离目标十英尺处，小机突然放慢脚步，几乎变成了爬行，葛洛莉雅则拼命冲刺，气喘吁吁地超过他，兴奋地摸到那棵树的树皮。

她兴高采烈地转向忠实的小机，非但不奖赏他的牺牲，还以最卑劣的忘恩负义态度，狠毒地嘲笑他欠缺奔跑的能力。

"小机不会跑，"她以八岁女童最高的音量叫道，"我随时能跑赢他，我随时能跑赢他。"她以刺耳的韵律反复吟唱。

当然，小机并没有回答——没有以言语回答。他只是作势要跑开，逐渐愈离愈远。葛洛莉雅赶紧追上去，他却在近距离避开，迫使她无助地转来转去，伸出两只小手在空气中挥舞。

"小机，"她尖叫道，"站住！"说完，一阵笑声冲出她喘不过气的喉咙。

他忽然转身，将她抓起来，举在半空中转圈圈。她顿时觉得天旋地转，蓝天变得在脚下，绿色的树梢一个劲向下延伸。然后，她重新回到草地上，紧靠着小机的大腿，仍然抓着一根坚硬的金属手指。

不久，她喘过气来了。她不自觉地模仿母亲的动作，徒劳地推推弄乱的头发，又扭头检查衣服有没有撕破。

她一巴掌打在小机身上。"坏孩子！我要打你一顿！"

小机吓得缩成一团，双手抱着头，因此她不得不再说："不，我不会的，小机，我不会打你。可是无论如何，现在轮到我去躲了，因为你的腿比较长，而且你答应过，我没找到你之前，你不会跑。"

小机点了点头（那是个具有圆滑棱角的小长方体，借着一根又短又软的轴，连接另一个类似却大了许多的长方体，也就是他的躯干），顺从地转身面向那棵树。两片金属薄膜降下来，遮住他发亮的眼睛，而他体内则传出稳定的、洪亮的嘀嗒声。

“现在别偷看——也别跳过任何数儿。”葛洛莉雅警告他，说完便匆匆跑开，去寻找藏身之处。

在不变的节奏下，时间一秒一秒嘀嗒地溜过。数到一百时，小机的两片眼皮向上升起，火红的眼睛开始四下扫描。一时之间，他的目光停在一块圆石后面所露出的一小片彩色花格布上。他向前走了几步，便确定是葛洛莉雅蹲在那里。

他向那个藏匿地点慢慢前进，始终保持在葛洛莉雅与当作“家”的那棵树之间。当葛洛莉雅显然已经曝光，连她自己也不相信没被看见时，他向她伸出一只手，另一只手击向自己的腿部，激起一下叮当声。葛洛莉雅悻悻地站起来。

“你偷看！”她发出忿忿不平的叫嚷，“而且我玩厌了捉迷藏，我要骑你。”

但这个不公的指控伤了小机的心，他闷闷不乐地坐下来，沉重地摇了摇头。

葛洛莉雅立刻改变口气，以温柔的话语哄他。“好啦，小机，我不是真的说你偷看。让我骑一骑嘛。”

不过，小机可没有那么容易哄。他顽固地望向天空，甚至更断然地再次摇了摇头。

“拜托，小机，请让我骑一骑。”她用红扑扑的双臂搂住他的脖子，紧紧抱了抱他。然后，她忽然闹起情绪，走了开来。“如果你不肯，我可要哭了。”她的脸蛋开始扭曲，做出放声大哭的准备动作。

对于这个可怕恐怖的可能性，硬心肠的小机并不怎么理会，他三度摇了摇头。葛洛莉雅发觉有必要打出王牌来。

“如果你不肯，”她激动地叫嚷，“我就再也不给你讲故事，就这么办。一个也不……”

面对这个最后通牒，小机立刻无条件投降。他拼命点头，直到他的金属脖子嗡嗡作响。他小心翼翼地举起小女孩，将她放在自己宽阔而平坦的肩膀上。

葛洛莉雅发出喜悦的欢呼，她用作威胁的泪水立刻消失。借着内部的高电阻线圈，小机的金属表皮维持着70华氏度的常温，令她感到好舒服。而她的脚后跟节奏性地踢着他的胸膛，则发出醉人的美妙声响。

“你是一架空中飞橇，小机，你是一架大型的银色空中飞橇。把你的手臂伸直——如果你要当一架空中飞橇，小机，你就一定要这样做。”

这个逻辑无懈可击。小机的手臂成了迎向气流的双翼，他立刻变作一架银色的飞橇。

葛洛莉雅扭转机器人的头部，同时身子向右倾，他便猛然来个急转弯。葛洛莉雅为这架飞橇装上发动机，“叭叭叭……”然后又加上武器，“啵啵啵……”“咻咻咻……”有飞盗在追他们，于是霹雳炮上场了，把那些飞盗轰得如雨点般坠落。

“轰掉另一艘——又是两艘。”她喊道。

“快点，哥儿们，”葛洛莉雅夸张地说，“我们的弹药快用完了。”她以无畏的勇气瞄准敌人，此时小机又成了一艘钝头太空船，以最大的加速度在太空中急速拉升。

他一路快速穿过平地，来到另一侧的一片茂密草丛，在那里陡然煞住脚步，令涨红脸的小骑士发出一声尖叫。然后，再将她丢在这片柔软的绿色地毯上。

葛洛莉雅上气不接下气，时不时地细声叫道：“真好玩！”

小机耐心地等她喘过气来，然后轻轻拉了拉她的一束头发。

“你要什么吗？”葛洛莉雅说。她睁大眼睛，天真地装着一副不解的神情，根本骗不了这位巨大的“保姆”。他又更用力地拉了拉她的鬈发。

“喔，我知道了，你要听故事。”

小机迅速点了点头。

“哪一个？”

小机用一根手指，在空中画出一个半圆。

小女孩表示反对。“又是那个？我已经给你讲过一百万遍灰姑娘了。你还没听腻吗？那是小宝宝听的。”

他又画出一个半圆。

“喔，好吧。”葛洛莉雅静下来，将故事内容在心中默想一遍（连同她自己精心添加的情节，她总共有好几套版本）。

“你准备好了吗？好的——很久很久以前，有个美丽的小女孩名叫爱拉。她有个狠毒得不得了的继母，还有两个非常丑怪、非常狠毒的继姐妹……”

当葛洛莉雅被打断时，她正讲到故事的最高潮——午夜钟声响起，一切即将变回原先破破烂烂的模样。小机则张着一双火红的眼睛，聚精会神地聆听。

“葛洛莉雅！”

那是一位妇人所发出的高亢叫声，她喊了不只一次，而是好几次了。从她紧张的口气听来，焦虑已经开始取代不耐烦的情绪。

“妈妈在叫我。”葛洛莉雅的口气不太高兴，“小机，你最好把我带回屋里去。”

小机干脆地遵命，因为心中有点什么在提醒他，自己最好服从威斯顿太太的话，不得有片刻迟疑。除了周日，葛洛莉雅的父亲白天很少在家，而今天正是这样的例外。当他在家的时候，他一向表现得和蔼可亲、善解人意。然而，葛洛莉雅的母亲是令小机不安的主要原因，小机总有想要从她眼底开溜的冲动。

当他们从茂密的草丛中现身的时候，威斯顿太太便一眼看到他们，随即进入屋内等待。

“葛洛莉雅，我把嗓子都喊哑了。”她以严厉的口气说，“刚才你在哪里？”

“我和小机在一起，”葛洛莉雅以颤抖的声音答道，“我在给他讲灰姑娘，忘了该吃午饭了。”

“嗯，真糟糕，连小机也忘了。”然后，仿佛这句话提醒了她自己，她猛然转向机器人。“你可以走了，小机，她现在不需要你。”她又凶狠地补充道，“我如果没叫你，就不要回来。”

小机正要转身离去，却又犹豫起来，因为葛洛莉雅马上为他辩护。“别这样，妈妈，你一定要让他留下，我还没给他讲完灰姑娘呢。我说过我会给他讲灰姑娘，而我还没讲完。”

“葛洛莉雅！”

“真的不骗你，妈妈，他会静静待着，你甚至不会知道他在这里。他可以坐在角落的椅子上，不会说一句话——我的意思是，他什么也不会做。是吗，小机？”

小机点了点沉重的脑袋。

“葛洛莉雅，如果你不立刻住嘴，我让你整整一个星期见不到小机。”

女孩的目光垂下来。“好吧！可是灰姑娘是他最爱听的故事，而我还没说完——他是那么喜欢听。”

机器人踏着孤独的步伐离去，葛洛莉雅强忍着没哭出来。

乔治·威斯顿感到悠闲自在、浑身舒畅。周日下午让自己悠闲舒畅是他的习惯。一顿丰盛美好的午餐下肚；躺在舒适、柔软、破旧的长沙发上；手中一份《泰晤士报》；脚丫套着拖鞋；袒胸露肚——谁能感到不悠闲、不舒畅呢？

因此，当妻子走进来时，他有点不高兴。结婚至今已有十年，他仍旧如此糊涂地深爱着她，因此毫无疑问，他总是喜欢见到她——话说回来，周日午后的时光对他而言是神圣的，而他心目中真正的悠闲舒畅，是要完全独处两三个小时。由于这个缘故，他紧盯着“拉法博-吉田火星探险”的最新报道（这次要从月球基地出发，或许真能成功），假装她根本不在旁边。

威斯顿太太耐心地等了两分钟，然后不耐烦地又等了两分钟，最后终于打破沉默。

“乔治！”

“嗯——嗯？”

“我说，乔治！你能不能放下那份报纸，看我一眼？”

报纸在沙沙声中落到地板上，威斯顿以一张困倦的脸孔面对妻子。“什么事，亲爱的？”

“你知道是什么事，乔治，是关于葛洛莉雅和那个可怕的机器。”

“什么可怕的机器？”

“好了，别装着你不知道我在说什么。就是葛洛莉雅管他叫小机的那个机器人，他一刻也不离开她。”

“这个嘛，他为什么要那样做？他不该那样做的。而且，他当然不是可怕的机器。他是市面上最好的机器人，而我真他妈的确定，他花了我半年的收入。不过，他还真是值得——简直比我手下一半的职员还聪明。”

他作势要捡起报纸，但他的妻子动作更快，一把将它夺了过去。

“乔治，你听我说。我不要把我的女儿托付给一架机器——我不在乎它有多聪明。它没有灵魂，没人知道它可能在想些什么。孩子根本不该让一个金属玩意来照顾。”

威斯顿皱起眉头。“你什么时候有了这种想法？他和葛洛莉雅在一起两年了，以前我从未见你担心过。”

“当初的情况不同。那时它是个新鲜玩意；它减轻了我的负担，而且——而且那是一件流行的事。可是现在，我不知道。邻居们……”

“好啦，这和邻居扯得上什么关系。听好，机器人要比真人保姆值得信赖无数倍。事实上，小机出厂只为了一个目的——当小孩的玩伴。他的整个‘思维’正是为了那个目的创造的。他就是不得不忠实、友爱和亲善。他是一架机器——被做成那样。那要比人类可靠得多。”

“但总有什么东西可能出毛病，什么……什么……”威斯顿太太对机器人的内部结构不甚清楚，“什么小零件会松掉，这个可怕的东西就会发狂，而且……而且……”她无法让自己完成这个相当明显的想法。

“胡说八道，”威斯顿立即否定，还不由自主地打个冷战，“那完全是无稽之谈。当我们买下小机时，我们曾就机器人学第一法则作过冗长的讨论。你也知道，机器人不可能伤害人类，在出现足以改变第一法则的问题之前，机器人早就完全停摆了。那是数学上不可能的情况。此外，美国机器人公司的工程师每年都会来两次，为这套机件作彻底的检查。啊，比起来，小机出什么小毛病的机会，还比不上你我突然发疯的机会——实际上，是小得多。何况，你要怎样将他从葛洛莉雅身边带走？”

他再次徒劳地试图取回报纸，他的妻子则气愤地将它丢到隔壁房间。

“乔治，问题就在这里！她不跟任何人玩耍。附近有几十个小男孩和小女孩，她应该跟他们交朋友，可是她不肯。她不肯接近他们，除非我逼她那样做。这不是一个小女孩的成长方式。你希望她正常，对不对？你希望她能够融入这个社会。”

“你是在捕风捉影，葛莉丝。你就假装小机是只狗，我见过几百个小孩，都宁愿跟他们的狗狗玩，而懒得理他们的父亲。”

“狗儿是另一回事，乔治。我们必须弄走那个可怕的东西。你可以再把它卖给原公司，我问过了，你可以这样做。”

“你问过了？给我听好，葛莉丝，我们不要贸然行事。我们要留着这个机器人，直到葛洛莉雅再长大一点。就是这样，我不要再听到你提起这件事。”说完，他气呼呼地走出房间。

两天后的傍晚，威斯顿太太在门口迎向她的丈夫。“你一定要听听这件事，乔治。村子里有一股不满的情绪。”

“关于什么？”威斯顿问道。他走进浴室，让哗啦啦的水声淹没任何可能的答案。

威斯顿太太等在外面。她说：“是关于小机。”

威斯顿走出来，手里拿着毛巾，涨红的脸布满怒意。“你到底在说什么？”

“喔，这种情绪一天天升高。我曾经试着眼不见为净，但我再也不要这样做了。大多数村民都认为小机有危险，甚至不让孩子晚上接近我们家。”

“我们放心把自己的孩子交给那玩意。”

“这个嘛，人们对这种事可不怎么理智。”

“那就让他们去死吧。”

“这样说解决不了任何问题。我一定得上街购物，我一定会每天遇到他们。而对机器人的看法，如今在城市里甚至更糟。纽约刚刚通过一条法令，禁止任何机器人于日落和日出之间在街头出现。”

“好吧，可是他们无法阻止我们在家里养个机器人。葛莉丝，这是你的游说行动之一，我看得出来。可是没有用的，答案仍然是，不行！我们要留着小机！”

然而他深爱他的妻子——而更糟的是，他的妻子明白这一点。毕竟，乔治·威斯顿只是个男人——可怜的男人——而他的妻子则使出浑身解数，用尽了男性防不胜防的谋略。男性无论如何没有那么多心眼，行事也比较刻板，自然无法抵御女性的攻势。

接下来那一周，他一连十次叫道：“留着小机——没什么好说的！”口气却越来越弱，并且伴随着越来越大声、越来越痛苦的呻吟。

这一天终于来了。威斯顿心虚地走近女儿身边，提议去镇上看一场“精彩”的声光剧。

葛洛莉雅高兴地使劲鼓掌。“小机能去吗？”

“不行，亲爱的。”他的声音令他自己心头一凛，“他们不会让小机进入声光剧场——不过等回家后，你可以把所有的情节讲给他听。”最后一句话他说得结结巴巴，同时别过头去。

从镇上回来时，葛洛莉雅满心欢喜，因为那出声光剧的场面真是华丽壮观。

她一面等着父亲将喷射车降到地底车库，一面说：“爸爸，我等一下就要去告诉小机。他会喜欢得不得了——尤其是法兰西斯·法兰这么悄悄地向后退，却刚好撞到一个豹人身上，不得不拔腿就跑。”她再次哈哈大笑，“爸爸，月球上真有豹人吗？”

“也许没有，”威斯顿漫不经心地说，“那只是个滑稽的虚构情节。”他不能靠车子拖延多少时间，他必须面对现实。

葛洛莉雅跑过草坪。“小机——小机！”

她突然停下脚步，因为她看到一只美丽的小牧羊犬。那只小狗正站在门口，一面摇着尾巴，一面用严肃的褐色眼珠望着她。

“喔，多可爱的一只狗！”葛洛莉雅爬上台阶，小心翼翼地走近，伸出手来抚摸它，“是给我的吗，爸爸？”

母亲早已来到他们身边，她说：“是的，葛洛莉雅。它是不是很可爱——又柔软又毛茸茸的。它非常温柔，而且它喜欢小女孩。”

“它会玩游戏吗？”

“当然，它会耍好些把戏。你想不想看看它的表演？”

“等一下。我要小机也来看它。小机！”她突然迟疑地住了口，皱起眉头来，“我打赌他一定待在自己房里，因为他气我没带他去看声光剧。爸爸，你一定要对他解释。他可能不相信我，但是如果你来说，他就会了解的，就是这样。”

威斯顿的嘴唇绷紧。他朝妻子的方向望去，但无法引起她的注意。

葛洛莉雅急忙转身，一面沿着地下室的楼梯往下跑，一面喊道：“小机——出来看看爸妈给我弄来什么。他们给我弄来一只狗，小机。”

一分钟后，她回来了，变成了一个受惊的小女孩。“妈妈，小机不在他的房间。他在哪里？”没有人回答她。乔治·威斯顿咳嗽几声，突然对一朵乱飘的云彩起了极大的兴趣。葛洛莉雅以颤抖的、即将放声大哭的声音说："妈妈，小机在哪里？"

威斯顿太太坐下来，温柔地将女儿拉到身边。"别难过，葛洛莉雅。我想，小机是走掉了。"

"走掉了？走去哪里？妈妈，他走到哪里去了？"

"没有人知道，亲爱的，他就是走掉了。我们找了又找，找了又找，可是我们找不到他。"

"你是说他再也不会回来？"她张大眼睛，露出恐惧的眼神。

"我们也许很快就会找到他，我们会继续找他。这期间，你可以和这只可爱的小狗玩。看看它！它的名字叫闪电，它会……"

可是葛洛莉雅眼中盈满泪水。"我不要这只肮脏的狗——我要小机，我要你们帮我找到小机。"她伤心得无法言语，随即号啕大哭起来。

威斯顿太太望向丈夫求助，但他只是愁眉苦脸地挪动脚步，双眼始终兴致盎然地盯着天空，她只好担负起安慰的任务。"你为什么哭，葛洛莉雅？小机只是个机器，只是个肮脏的旧机器，他根本不是活的。"

"他并非是机器！"葛洛莉雅激愤地、语无伦次地尖叫，"他像你我一样是个人，而且他是我的朋友。我要他回来，喔，妈妈，我要他回来。"

母亲轻哼一声。她认输了，决定任由葛洛莉雅伤心难过。

"让她好好哭一场吧。"她对丈夫说，"孩子的悲伤绝不会持续太久。不出几天，她就会忘记曾经拥有那个可怕的机器人。"

可是时间证明威斯顿太太有点过分乐观。正确地说，葛洛莉雅的确不再哭泣，但是她也不再露出笑容。日子一天天过去，她变得越来越沉默、越来越空虚。女儿的消极抗议渐渐令威斯顿太太忧心忡忡，令她不肯屈服的唯一原因，是她绝不可能在丈夫面前承认失败。

后来，某一天晚上，她像旋风般冲进起居室，一屁股坐下来，双臂交叉胸前，看来怒火已经烧到头顶。

她的丈夫伸长脖子，以便从报纸上方望向她。“葛莉丝，又怎么啦？”

“还不是那孩子，乔治。今天我不得不把那只狗送回去，葛洛莉雅根本受不了它出现在她面前，她就是这么说的。她快要把我逼得神经衰弱。”

威斯顿放下报纸，眼中闪现一丝希望的光芒。“也许——也许我们应该把小机要回来。你也知道，有可能做得到。我可以去联络……”

“不！”她绷着脸答道，“我不要听这种事，我们不会这么轻易放弃。我的孩子绝不要被一个机器人带大，哪怕需要花上几年时间让她恢复正常。”

威斯顿带着失望的神情，重新拿起那份报纸。“照这样过一年，就会让我提早满头白发。”

“你可真帮忙，乔治。”她以冰冷的口吻应道，“葛洛莉雅所需要的是换个环境。她在这里当然无法忘掉小机。每棵树、每块石头都使她想到他，她又怎么忘得掉呢？这真是我听过的最最愚蠢的事情。想想看，一个小孩竟然因为失去机器人而憔悴。”

“好吧，别岔开话题。你计划怎样换个环境？”

“我们带她去一趟纽约。”

“那个城市！在八月天！嘿，你可知道纽约在八月天像什么？简直无法忍受。”

“几百万人都在忍受。”

“他们没有别的地方能去。如果不必待在纽约，他们一定会来这里。”

“好吧，但我们却有这个必要。我说我们现在就走——准备好就尽快出发。在那个城市里，葛洛莉雅会发现许多趣味和许多朋友，足以让她快活起来，并且忘掉那架机器。”

“喔，天啊。”她的另一半呻吟道，“那些油炸的柏油路！”

“我们必须去。”她毫不动摇地答道，“葛洛莉雅上个月轻了五磅，对我而言，女儿的健康比你的舒适更重要。”

“真可惜，你在夺走她宠爱的机器人之前，偏偏没有想到她的健康。”他喃喃道——但只是自言自语。

葛洛莉雅听说即将进城旅行，果然立刻显现好转的迹象。她不常谈这件事，但每当提起时，她总是带着快活的期待。她重新开始绽放笑容，也差不多恢复了从前的胃口。

威斯顿太太暗自庆幸，却也不放过对仍表怀疑的丈夫示威的机会。

“你看，乔治，她像个小天使那样帮忙收拾行李，而且叽哩呱啦说个不停，好像对世上任何事情都不在乎。正如我告诉你的——我们唯一需要做的，只是转移她的注意力。”

“嗯——嗯，”他以怀疑的口吻回应，“希望如此。”

准备工作很快完成。他们在城里的住处已经安排妥当，这里的房子也找到一对夫妇暂时照顾。当出发的日子终于来临时，葛洛莉雅几乎变得和以前一模一样，嘴里再也不提小机了。

一家人兴高采烈地搭乘计程回旋机抵达飞航站（威斯顿本想驾驶自己的私家回旋机，但它只有两个座位，又没有地方容纳行李），随即登上等待起飞的班机。

“来，葛洛莉雅。”威斯顿太太唤道，“我帮你留了靠窗的座位，好让你能看风景。”

葛洛莉雅兴奋地快步通过走道，来到自己的座位，将鼻尖紧贴厚实透明的玻璃，在上面压出一个白色的卵形。她聚精会神地向外望，在发动机突然发出吼声时变得更加专注。她年纪还小，因此当地面向下沉，好像掉进一个陷阱，而她的体重突然增加一倍时，她并没有感到害怕；不过她也不算太小，因此这一切引起了她极大的兴趣。直到大地变成一床碎花棉被时，她才抽回鼻子，重新面对她的母亲。

“妈妈，我们很快就会到城里吗？”她一面问，一面揉着冻僵的鼻头，并好奇地看着她在玻璃上所形成的雾气逐渐缩小，终至消失。

“亲爱的，差不多要半小时。”然后，她带着最轻微的忧虑问道，“你不高兴我们去那里吗？在城里能看到许多建筑和许多人，以及许多好玩的东西，你不认为你会非常开心吗？我们每天都会去看声光剧，还要去马戏团，还要去海滩，还要……”

“没错，妈妈。”葛洛莉雅意兴阑珊地答道。此时班机穿过一排云层，葛洛莉雅马上被置身云中的奇观吸引。不久，他们再度来到晴朗的天空下。这时她转头望向母亲，突然显得神秘兮兮，好像藏着什么天大的秘密。

“我知道我们为什么要进城去，妈妈。”

“你知道？”威斯顿太太一头雾水，“为什么，亲爱的？”

“你没有告诉我，是因为你要给我一个惊喜，但我就是知道。”一时之间，她对自己敏锐的洞察力赞叹不已，顾不得说别的。不久，她又快活地哈哈大笑。“我们到纽约去，是因为我们要去找小机，对不对？和许多侦探一起找。”

乔治·威斯顿当时正在喝水，这番话为他带来了惨重的灾难。他先是呛得拼命喘气，再喷出一股水柱，然后透不过气地猛咳一阵。等到一切平静后，他站在那里，满脸涨得通红，身上湿透大半，心中恼怒到了极点。

威斯顿太太仍然保持镇定，可是当葛洛莉雅以更为关切的口吻重复那个问题时，她发觉自己的脾气也来了。

“也许吧！”她尖酸地回应，“现在，看在老天的份上，给我乖乖坐好。”

公元1998年的纽约市，比过去任何时期更是观光客的天堂。葛洛莉雅的双亲了解这点，并尽可能善加利用。

乔治·威斯顿遵照妻子下达的命令，将自己的工作搁下一个月左右，以便把时间完全花在他所谓的“将葛洛莉雅从毁灭边缘拯救回来”这件任务上。就像威斯顿所做的每件事一样，这件事进行得很有效率、很有条理，而且很彻底。在这个月结束之前，能做的全做了，没有任何遗漏。

他们曾带葛洛莉雅登上罗斯福大厦的顶楼，从半英里的高空，以敬畏的心情，俯瞰无数鳞次栉比的屋顶所拼成的景观，一直能看到远方长岛的平原与新泽西的平地。他们去了动物园，在那里，葛洛莉雅以既兴奋又害怕的心情瞪着“真正的活狮子”（不过有点失望，因为管理员喂它吃的是生牛肉，而不是她预期中的活人），并且蛮横地坚持要去看“鲸鱼”。

各类的博物馆也都获得他们的青睐，此外还有公园、海滩与水族馆。

她曾乘坐模仿“疯狂20年代”古风的游览汽船逆流而上，来到哈得孙河中游。她参加了一趟博览之旅，一路升到平流层，那里的天空变成深紫色，星辰一一出现，底下朦胧的地球看来像个巨大的碗。此外，她还搭乘一艘有着玻璃舱壁的海底船，来到长岛海峡深处。那里是个绿色的、摇曳的世界，好些奇形怪状的海中生物对她抛媚眼，又马上蠕动身子游走了。

至于比较普通的活动，威斯顿太太带她逛了许多百货公司，让她陶醉在另一类型的仙境中。

事实上，当这个月即将飞逝时，威斯顿夫妇深信，为了让葛洛莉雅永远忘掉失去的小机，他们已经尽了一切可能的努力——但是他们并不确定成功了没有。

因为有件事实一直未曾改变。不论葛洛莉雅走到哪里，假如附近刚好有机器人，她总会对他们表现出最强烈、最专注的兴趣。无论她眼前的景观多么精彩，或是在她童稚的眼睛看来多么新奇，只要眼角瞥见金属的动作，她一律立即转头。

威斯顿太太想尽办法，也不能令葛洛莉雅不去看机器人。

在参观“科学与工业博物馆”的过程中，这个现象终于演出最高潮的一幕。这个博物馆筹划了一个特别的“儿童节目”，展出的都是儿童心智所能领会的科学奇迹。威斯顿夫妇当然将它列入“必看”的清单中。

正当威斯顿夫妇站在一具强力电磁体前，聚精会神地欣赏它的表演时，威斯顿太太突然发觉葛洛莉雅已不在身边。最初的慌乱很快为冷静的决定所取代，在三名工作人员陪同下，他们展开了仔细的搜索。

然而，葛洛莉雅当然不是那种到处乱跑的孩子。就她的年纪而言，她算是个极为坚决果断的女孩，在这方面十足继承母亲的遗传。刚才在三楼，她看到一个巨大的招牌，上面写着：“说话的机器人由此去”。她认出了这几个字，又注意到父母似乎不想朝正确的方向前进，她遂采取直截了当的行动——趁着双亲分心的适当时机，她冷静地脱队，朝路标所指的方向走去。

“说话的机器人”是个淫巧之作，这个装置毫无实际用途，仅只具有宣传价值。每小时一次，一批由导游陪同的参观者来到它面前，悄声向负责的机器人工程师发问。工程师判定哪些问题适合机器人的电路，再将这些问题输进说话的机器人体内。

这相当沉闷无趣。当然，能知道14的平方是196、此时的温度是72华氏度、气压是30.02英寸水银柱、钠的原子量是23等等，或许是一件不错的事，但并非真的需要机器人提供这些答案。尤其不需要一个庞大笨重、完全不能行动、占地25平方码、由电线与线圈凑成的机器人。

大多数人懒得回头再试第二次，但有一个十五六岁的女孩，却静静坐在长椅上，等待第三次观看它的表演。当葛洛莉雅进来时，这个房间就只有她们两人。

葛洛莉雅并未望向那女孩。此时此刻，对她而言，另一个人只能算微不足道的陈列品。她将注意力集中在这个带轮子的大家伙身上。一时之间，她沮丧地犹豫着——它看来不像她见过的任何一个机器人。

她小心地、迟疑地扬起尖细的嗓音，问道：“请问，机器人先生阁下，你就是说话的机器人吗？”她并不肯定，可是在她想来，对待一个真能说话的机器人，似乎应该礼貌万分周到才对。

（那个十五六岁的女孩，瘦削而平庸的脸庞此时掠过一丝极其专注的神情。她抽出一本小笔记簿，开始以潦草的字迹振笔疾书。）

“我——就——是——会——说——话——的——机——器——人。”这句话欠缺腔调与抑扬顿挫，属于一种机械性的音色，伴随着一阵滑润的齿轮呼呼声。

葛洛莉雅悲伤地望着它。它的确会说话，但声音是从里面冒出来的，它没有一张用来说话的脸孔。她说：“机器人先生阁下，你能帮助我吗？”

说话的机器人专为解答问题而设计，而它遇到过的问题向来只是它能回答的。因此，它对自己的能力相当有信心。“我——能——帮——助——你。”

“谢谢你，机器人先生阁下。你见到过小机吗？”

“小机——是谁？”

“他是个机器人，机器人先生阁下。”她踮起脚尖，“他差不多这么高，机器人先生阁下，不过还要高一点，而且他非常好。他有个脑袋，你知道吧。我的意思是你没有，可是他有，机器人先生阁下。”

说话的机器人糊涂了。“一个——机器人？”

“是的，机器人先生阁下。就是像你这样的机器人，不过他当然不能说话，而且——看起来像个真人。”

“一——个——像——我——的——机——器——人？”

“是的，机器人先生阁下。”

对于这句话，说话的机器人作出的回应只是一阵叽哩呱啦，以及时断时续、杂乱无章的声音。要它接受自己并非特殊的个体，而是一个群体中的一员，如此激进的论断实在超出它的负荷。它忠实地试图掌握这个概念，结果烧坏了五六个线圈，小型警报器立刻嗡嗡作响。

（就在这个时候，那个十五六岁的女孩离开了。她已经搜集到足够的材料，足以就“机器人学实用层面”写一篇论文。这篇论文是苏珊·凯文为“普通物理一”这门课所写的一份报告，也是她就这个题目撰写的众多论文中的第一篇。）

葛洛莉雅小心地藏起不耐烦的情绪，站在那里等待那架机器作出回答，不料突然听到身后有人喊道：“她在那里！”她马上听出那是母亲的叫声。

“你这坏丫头，你在这里干什么？”威斯顿太太叫道，她的忧虑顿时化为愤怒，“你知不知道，你几乎把爸爸妈妈吓死了？你为什么跑开？”

机器人工程师也冲了进来，他一面扯着头发，一面追问究竟是谁乱弄这架机器。“没人读得懂标示吗？”他吼道，“没有工作人员陪同，你们不准进这里来。”

葛洛莉雅提高悲伤的嗓门，压过众人的喧嚣。“我只是来看说话的机器人，妈妈。我想他也许知道小机在哪里，因为他们都是机器人。”然后，对小机的思念忽然重重打在她心头，她再也忍不住了，突然间泪如雨下。“妈妈，我一定要找到小机。我一定要！”

威斯顿太太强忍住泪水，说道：“喔，老天啊。回家吧，乔治，这种事令我无法承受。”

当天晚上，乔治·威斯顿外出了几小时。第二天上午，他来到妻子面前，看来似乎相当自鸣得意。

“葛莉丝，我想到一个主意。”

“关于什么？”她以忧郁而冷淡的口吻问道。

“关于葛洛莉雅。”

“你该不是建议买回那个机器人吧？”

“不，当然不是。”

“那就说吧。我也许该听听你的，我做的每件事似乎都弄巧成拙。”

“好的。我是这么想：葛洛莉雅的问题完全来自她把机器人想成一个人，而不是一架机器。这样一来，她自然忘不了他。如果我们设法说服她，让她相信小机不过是一堆钢板和铜线，以电力作为生命的活力，那她的思念还会持续多久呢？这是一种心理攻势，希望你懂我的意思。”

“你打算怎么进行？”

“简单。你以为昨晚我到哪里去了？我去找美国机器人与机械人公司的罗伯森，说服他安排我们明天去他的工厂做个详尽的参观，我们三人一起去。等我们参观完毕，葛洛莉雅便会有根深蒂固的观念，明白机器人不是活的。”

威斯顿太太的眼睛逐渐睁大，眼中闪烁的光芒颇像是突然发出的赞许。“哇，乔治，真是个好主意。”

乔治·威斯顿挺了挺胸。“我一向只有好主意。”他说。

史楚瑟斯先生是一位认真负责的总经理，自然也就有点爱说话的倾向。两者结合起来，使得这趟参观沿途都有详尽的解说，甚至或许详细过了头。然而，威斯顿太太并不觉得厌烦。事实上，她还好几次打断他的话，请求他以较简单的语言重复一遍，好让葛洛莉雅也能了解。由于自己的口才得到如此的赞赏，史楚瑟斯先生亲切地详述一切，变得更加口若悬河。

而乔治·威斯顿自己，则显得越来越不耐烦。

“对不起，史楚瑟斯，”他在一段针对光电管的讲解中插嘴，“你们工厂里不是有个部门，用的全是机器人劳工呢？”

“呃？喔，有的！没错，的确有！”他对威斯顿太太微微一笑，“这可说是一种恶性循环，机器人创造更多的机器人。当然，我们并没有普遍采用这个模式。原因之一，工会绝不会准许我们这样做。但其中有极少量的机器人，我们可以完全使用机器人来生产，仅仅当作一种科学实验。你知道吗，”他慷慨激昂地推下夹鼻眼镜，抓在手掌中，“工会不了解的是——我现在说的，是个始终非常同情劳工运动的人所说的话——机器人的出现，虽然起初会造成些脱序，但将来终究……”

“同意，史楚瑟斯，”威斯顿说，“可是你说的那个部门——我们能去看看吗？我确信那会非常有意思。”

“可以！当然可以！”史楚瑟斯先生以突兀的动作戴回夹鼻眼镜，再以一声轻咳掩饰他的困窘，“请跟我来。”

他领着三人穿过一道长长的走廊，又走下一段楼梯。相较之下，他在这段路程中相当安静。等到他们进入一间宽广、明亮、充满金属叮当声的房间之后，他的话匣子又打开来，再度向外倾泻滔滔不绝的解说。

“我们到了！”他的声音中带着骄傲，“全是机器人！只有五个人担任监工，他们甚至不必留在这个房间。五年以来，也就是说，自从我们开始这个计划之后，从来没有发生过一桩意外。当然，这里装配的机器人算是比较简单，可是……”

在葛洛莉雅耳中，这位总经理的声音早已成为催人入眠的低语。对她而言，整趟参观旅程似乎相当沉闷，而且毫无意义。尽管的确看到很多机器人，却没有任何一个与小机有些微相似之处，她一律以毫不保留的轻蔑目光打量他们。

而在这个房间里，她注意到根本没有任何人。然后，她的视线落到六七个机器人身上，他们正围在另一头的圆桌旁忙碌工作。她在不敢置信的惊讶中张大眼睛；这个房间太大了，她无法看得十分清楚，但其中一个机器人看来像是——看来像是——就是他！

“小机！”她的尖叫响彻整间厂房。圆桌旁的一个机器人突然晃了一下，手中的工具随即落地。葛洛莉雅高兴得几乎发狂，随即向前走去。在父母都来不及阻止她之前，她便挤过护栏，轻轻落到低了几英尺的另一侧地板上，然后拔腿奔向她的小机。她一面跑一面挥动双臂，连头发都飞扬起来。

至于三个吓呆的大人，他们僵立在原处，看到了激动的小女孩没有看到的东西——一辆巨大而笨重的牵引机，正盲目地逼近指定的路径。

威斯顿只花了几分之一秒的时间回过神来，可是这几分之一秒却决定了一切，因为已经追不回葛洛莉雅了。虽然威斯顿不顾一切地跃过护栏，他的尝试却显然毫无希望。史楚瑟斯先生则疯狂地对监工挥手，要他们停下牵引机，然而监工只是人类，需要时间作出反应。

唯有小机，才能立即且准确地采取行动。

他从反方向冲过来，金属腿迅速跨越自己与小女主人之间的距离。然后，一切都在同一瞬间发生。小机一把抓起葛洛莉雅，速度丝毫不减，因而带起一阵狂风，令她几乎喘不过气。还不清楚发生些什么事的威斯顿，则感到（而不是看到）小机迅速掠过自己，于是不知所措地猛然驻足。小机抱起葛洛莉雅之后半秒钟，那辆牵引机便来到她原先的位置，再向前滚了十英尺，才终于在一阵吱吱声中煞住。

葛洛莉雅这才喘过气来，她的父母则激动地争相拥抱她。挣脱拥抱后，她急切地转向小机。对她而言，刚才只发生了一件事，那就是她找到了她的朋友。

但是，威斯顿太太的表情已从宽心转变成阴郁的疑心。她转向她的丈夫，虽然披头散发、形容狼狈，她仍有办法显得相当威严。“这是你安排的，对不对？”

乔治·威斯顿用手帕擦了擦滚烫的额头。他的手还在发抖，战栗的嘴唇只能弯出一个极微弱的笑容。

威斯顿太太继续推理：“小机不是为工程或制造业设计的，他对他们不会有任何用处。你故意把他摆在那里，好让葛洛莉雅找到他。你自己心里明白。”

“好吧，是我安排的。”威斯顿说，“可是，葛莉丝，我怎么知道这个团圆会这么激烈？小机救了她一命，这点你必须承认。你绝不能再把他送走。”

葛莉丝·威斯顿思量了一番，又转向葛洛莉雅与小机，茫然地望了他们一会儿。葛洛莉雅正紧紧抱住机器人的脖子（好在那是金属制品，她的搂抱会令任何生物窒息），在近乎歇斯底里的狂乱中说些毫无意义的话。小机的两只铬钢手臂（能将一根直径两英寸的钢条弯成麻花）温柔地、怜爱地搂着小女孩，双眼则冒出深深的、深深的红光。

“好吧，”威斯顿太太终于说，“我想可以让他留在我们身边，直到他锈成一团烂铁。”

苏珊·凯文耸了耸肩。“当然，后来他并没有锈掉。那是1998年的事。到了2002年，我们发明了可行动的有声机器人，这个发明自然淘汰了所有的无声机器人，却也似乎令反机器人分子再也忍无可忍。于是在2003至2007年间，除非是进行科学研究，世界大多数的政府都禁止在地球上使用机器人。”

“所以，葛洛莉雅最后还是得放弃她的小机？”

“只怕正是如此。然而，那时她已经十五岁，我猜自然要比八岁时容易接受这种事。话说回来，这是人类一种愚蠢且毫无必要的态度。2008年，差不多在我加入美国机器人的同时，公司的财务状况跌至谷底。起初，我以为我的工作几个月内便会突然叫停，可是我们适时开发了地外市场。”

“当然，然后你们就一帆风顺。”

“并不尽然。我们的第一步，是试图改良我们既有的机型。比如说，那些第一批有声机型。他们约有十二英尺高，非常笨拙，没有多大用处。我们把他们送到水星上，帮助人类在那里建立采矿站，可是那个尝试失败了。”

我惊讶地抬起头来。“是吗？水星矿业公司可是几十亿资本的大企业。”

“现在是这样，但那是第二次尝试才成功的。如果你想知道这些，年轻人，我建议你去访问格里哥利·鲍尔。在2010和2020年代，他和麦克·多诺凡负责我们最困难的案子。我有好多年没有多诺凡的消息，不过鲍尔就住在纽约。他现在已经当祖父了，想到这件事我还是不习惯，我只能将他想成相当年轻的小伙子。当然，那时我也还年轻。”

我试着让她继续说下去。“如果您告诉我一个骨架，凯文博士，我可以请鲍尔先生事后再作补充。”（后来我正是那样做。）她将细瘦的双手摊在书桌上，凝视着它们。“有两三件事情，”她说，“我略知一二。”

“从水星讲起吧。”我建议道。

“好吧，我想第二次水星远征是2015年的事。它是探勘性的，由美国机器人公司和太阳系矿务公司联合资助。成员包括一个仍在实验中的新型机器人，以及格里哥利·鲍尔、麦克·多诺凡……”

第二篇

转圈圈

“激动者一事无成”是格里哥利·鲍尔最常挂在嘴边的口头禅之一。因此，当红发上粘着汗水的麦克·多诺凡沿着楼梯向他滚下来时，鲍尔皱起了眉头。

“怎么搞的？”他说，“崩断指甲了吗？”

“是呀！”多诺凡气呼呼地咆哮，“你一整天都待在底层干什么？”他深深吸了一口气，又猛然吐出来，“速必敌一直没回来。”

鲍尔在楼梯上驻足片刻，双眼瞪得老大。但他随即恢复正常，继续一阶阶向上爬。他一直未再开口，直到爬完那段楼梯，他才说：“你派他去采硒吗？”

“是的。”

“他出去多久了？”

“到现在有五个小时了。”

沉默！这是个要命的处境。他们来到水星恰好才十二小时，就已经碰到了最糟的燃眉之急。长久以来，水星一向被视为太阳系中的不祥世界，但这回也未免太夸张了——即使对一个不祥世界而言。

鲍尔道：“从头说起，咱们把事情弄清楚。”

他们来到无线电室——里面满是多少已经陈旧的设备；在他们抵达之前，这些设备已有十年没人碰过。即使只有十年，就科技发展而言，也是一段很长的时间。与2005年所使用的那种机器人相比，速必敌不知先进多少。话说回来，这些年间，机器人学的进展可谓一日千里。鲍尔小心翼翼地摸了摸一个依然发亮的金属表面。室内无处不在的荒废气氛（整个矿站都是如此）带来无比郁闷的感觉。

多诺凡一定也感觉到了。他开口道：“我试着用无线电寻找他，可是徒劳无功。在水星的日照面，无线电毫无用处——反正穿不过两英里，这正是第一次远征失败的原因之一。而我们需要好几周的时间，才能架设好超波装置……”

“这些都别说了。你得到些什么结果？”

“我在短波的波段，收到一个杂乱无章的躯体讯号，除了表明他的位置，并没有任何用处。我一直在用这个方法追踪他，前后有两小时，并且把结果画到了地图上。”

他的臀部口袋里有一张发黄的正方羊皮纸——第一次远征所留下的遗物。他将它掏出来，用力按到桌上，再用手掌抚平。鲍尔则双手交叉胸前，从远距离望着这张地图。

多诺凡用铅笔紧张兮兮地指着。“红十字是硒矿池，是你自己标出来的。”

“是哪一个？”鲍尔打岔道，“麦可·道格尔离去之前，帮我们找到了三个。”

“我自然是派速必敌去最近的那个，距离此地十七英里。可是这又有什么差别？”他的声音中透出紧张的情绪，“这些铅笔黑点标示着速必敌的位置。”

鲍尔装出来的泰然自若终于动摇，双手猛然攫向地图。

“你没开玩笑吗？这是不可能的。”

“你自己看。”多诺凡愤愤不平地吼道。

标示位置的小黑点大致形成一个圆圈，环绕着代表硒矿池的红十字。鲍尔的手摸向自己褐色的八字胡，这是象征焦虑的可靠讯号。

多诺凡补充道：“在我追踪他的两小时内，他绕着那该死的矿池走了四圈。在我看来，他有可能永远走下去。你可了解我们如今的处境吗？”

鲍尔抬头瞥了对方一眼，什么话也没说。喔，是啊，他了解他们如今的处境。它简单得像三段论法一样不证自明——水星上空巨大的太阳所传来的能源，唯有借由光电池组才能为他们所用，但这些光电池却全死光了。

能拯救他们的只有硒元素，而能采到硒的只有速必敌。假如速必敌不回来，就没有硒可用。没有硒的话，就没有光电池组。而没有光电池组——唉，慢慢被烤焦是一种很不愉快的死法。

多诺凡猛力抓了抓蓬乱的红发，以悲苦的语气表达自己的看法。“格里，我们会成为全太阳系的笑柄。怎么一切会这么快就变得这么糟？鲍尔和多诺凡这对最佳搭档被派到水星，来评估以新近技术和机器人重开‘日照面采矿站’的可行性，结果我们头一天就通通搞砸了。这原本是纯然的例行公事，却成了我们一辈子都无法洗刷这个耻辱。”

“也许根本没这个必要。”鲍尔沉着地答道，“如果我们不快点采取行动，别说什么洗刷耻辱，光是活下去都难。”

“别胡说八道！如果你觉得这很可笑，格里，我可不同意。派我们只带着一个机器人来到这里，这简直就是罪行。而认为我们自己能修好光电池组，可是你的高明主意。”

“你这样说就不公平了。这是个共同的决定，你自己心里明白。我们需要的只是一公斤的硒，一个史帝海德介电极板，再加上大约三小时的时间——而纯硒矿池在日照面处处可见。麦可·道格尔的分光反射器五分钟内就帮我们找到三个，对不对？搞什么鬼！我们可不能等到下次的‘水星合’再来。”

“好吧，我们要怎么办？鲍尔，你有了主意。我知道你有，否则你不会这么冷静；你不比我更英雄。继续说，招出来！”

“麦克，我们不能自己去找速必敌——在日照面绝对不行。即使是新式的绝热太空衣，在阳光直射下也撑不过二十分钟。但你知道有句老话‘捉机器人还需机器人。’听好，麦克，事情也许没有那么糟。底层藏有六个机器人，只要他们动得了，我们也许就能利用。只要他们还动得了！”

多诺凡的双眼突然闪现希望的光芒。“你是指第一次远征所留下的六个机器人。你确定吗？他们也许只是人形机械。就机器人的形式而言，十年可是很长的时间，你是知道的。”

“不，他们是机器人。我花了一整天时间跟他们在一起，所以我知道。他们拥有正子脑——当然，十分原始。”他将那张地图放进自己的口袋，“我们下去。”

那些机器人位于最底层——六个都被内容不明的老旧包装箱团团围住。他们体型高大，可谓巨大至极，即使他们坐在地板上，双腿打开来，他们的脑袋仍在七英尺高的半空中。

多诺凡吹了一下口哨。“看看他们的尺寸，好不好？他们的胸围足足有十英尺。”

“那是因为他们采用老式的麦可格菲传动系统。我看过内部构造——你从未见过那么差劲的东西。”

“你为他们充电没有？”

“没有，没理由那么做。我认为他们没有任何问题，连发声膜片的状况都还算良好，他们应该可以讲话。”

他说这番话的时候，已将最近一个机器人的胸板旋开，放进一个直径两英寸的圆球——里面含有微量的原子能，正是机器人的生命之源。安装过程有些困难，但他终究克服了，然后费劲地重新旋上那块板子。（较新型号所使用的无线电遥控装置，十年前根本没听说过。）接着，他又启动了另外五个。

多诺凡不安地说：“他们没有动。”

“还没有给他们命令。”鲍尔简洁地答道。他走回最先启动的那个面前，拍了拍他的胸部：“你！你听见我说话了吗？”

那个巨物的头缓缓垂下，双眼凝视着鲍尔。然后，他以刺耳的呱呱声（像是中世纪留声机发出的声音）说道：“听见了，主人！”

鲍尔咧开嘴，对多诺凡冷笑一下。“你明白了吗？那是第一批有声机器人刚出厂的时代，当时地球似乎即将全面禁止使用机器人。制造者为了对抗这个趋势，便在这些该死的机器里面，装设了妥善而且健全的奴隶情结。”

“结果没什么用。”多诺凡喃喃道。

“对，没有用，但他们的确尽了力。”他再度转向那个机器人，“站起来！”

那机器人慢慢起身，像是一座逐渐隆起的小山。多诺凡仰起头，不禁又吹了一声口哨。

鲍尔说：“你能走到地表去吗？到阳光下？”

为了考虑这个问题，机器人缓慢的脑子运作了半天。然后他说：“可以，主人。”

“很好。你知道‘英里’是什么吗？”

又经过一段考虑，又传来一声迟缓的回答：“知道，主人。”

“那么，我们会把你带到地表，指出一个方向。你沿着那个方向走十七英里，就会在附近碰到另一个机器人，他的个子比你小。目前为止都还了解吗？”

“了解，主人。”

“你要找到这个机器人，命令他回来。如果他不愿意，就要硬把他给抓回来。”

多诺凡抓住鲍尔的袖子。“何不直接派他去取硒？”

“傻子，因为我要速必敌回来。我要找出他出了什么问题。”他又对那机器人说，“好啦，你，跟我来。”

那机器人仍然一动不动，他以隆隆的声音答道：“对不起，主人，但我不能从命。你必须先骑到我身上。”他笨拙的双手已经“啪”的一声合拢，粗钝的十指互相交叉。

鲍尔目瞪口呆，然后捏了捏八字胡。“呃……喔！”

多诺凡的双眼鼓出来。“我们一定要骑在他身上？像骑马那样？”

“我猜就是这样。不过，我不懂为什么。我看不出来——喔，我懂了。我告诉过你，在那些日子里，他们尽可能加强机器人的安全措施。显然，他们为了宣扬机器人的安全性，故意不准他们任意走动，除非有人骑在他们肩膀上。我们现在怎么办？”

“那正是我在想的问题。”多诺凡喃喃道，“不论有没有机器人，我们都不能走出地表。喔，看在圣彼得的份上。”他弹响两下手指，变得越来越激动。“把你身上那张地图给我，我可没白白研究它两个钟头。这里是个采矿站，为何不能利用隧道呢？”

采矿站在地图上是个黑色圆圈，淡色的虚线则代表隧道，它们有如蛛网般由采矿站向外延伸。

多诺凡研究了一下地图底端的符号对照表。“看，”他说，“小黑点是通向地表的开口，这里有一个，距离那个硒矿池或许只有三英里。这里有个数字——他们也不把字写大一点——是13a。如果这些机器人认得附近的路……”

鲍尔向机器人提出这个问题，得到的答案是一句迟钝的“认得，主人”。于是他以满意的口吻说：“去拿你的绝热太空衣。”

这是他们两人第一次穿绝热太空衣——他们昨天抵达时，谁也没想到会有这种需要。穿上太空衣后，他们极不自在地测试着四肢的动作。

与正规太空衣相比，绝热太空衣要臃肿得多，而且丑怪得多；但质地却也轻巧许多，因为它完全由非金属材料制成。它的成分是耐热塑胶与经过化学处理的木栓层，并配备有干燥装置，永保内部空气干爽。在水星表面的太阳烈焰照射之下，这种太空衣能支持二十分钟。而即使再延长五到十分钟，里面的人也不至于真给热死。

那个机器人的双手仍然维持马镫的形状，对于鲍尔变成这副怪模怪样，他未曾显露一丝一毫的惊讶。

通过无线电，鲍尔的声音听来分外刺耳。他说：“你准备好了带我们到13a出口吗？”

“是的，主人。”

很好，鲍尔心想，他们或许欠缺无线电遥控装置，但他们至少装有无线电接收器。“麦克，随便骑上一个。”他对多诺凡说。

他将一只脚放进临时脚镫中，身手利落地向上爬。他发觉座位相当舒适；机器人背部有一团隆起，从形状看来，显然是当座位用的。此外两肩各有一道浅浅的沟槽，是给乘客放腿的地方。而那两只拉长的“耳朵”，它们的用途现在似乎十分明显。

鲍尔抓住两只耳朵，扭转机器人的脑袋，他的坐骑便笨重地转身。“带路，勇士。”但他一点也没有感到宽心。

巨型机器人慢慢前进，以机械性的精确度穿过房门（他们的脑袋与门框距离不到一英尺，因此两人必须赶紧低头），沿着一条狭窄的走廊向前走，不慌不忙的脚步带起单调的隆隆声，最后进入一道气闸。

在他们面前，狭长而没有空气的隧道绵延不绝，令鲍尔不禁佩服第一次远征的成就。他们只有原始的机器人，一切必须从零开始，而他们竟然能做到这种规模。他们或许失败了，但较诸太阳系其他成功的案例，他们的失败却更加难能可贵。

两个机器人以绝不改变的步调，以及绝不拉长的步幅，一步步沉重地向前走去。

鲍尔说：“注意到没有，这些隧道处处灯火通明，而且温度都是地球正常值。空置的这十年之间，也许一直都保持这个样子。”

“怎么会呢？”

“便宜的能源，整个太阳系最便宜的能源。太阳能，你知道吧，而在水星的日照面，太阳能可不得了。因此矿站才会建在阳光下，而不找哪座山的阴影处。它其实是个巨大的能量转换器，热量被转换成电能、光能、机械功等等一切。如此在解决能源问题的同时，矿站也得以自行冷却。”

“听着，”多诺凡说，“这些都非常有教育性，但你可不可以换个话题？你提到的这个能量转换，刚好由光电池组担任主要的角色——而此时此刻，这对我可是个敏感的话题。”

鲍尔含糊地咕哝几声。当多诺凡打破随之而来的沉默时，完全是为了改变话题。“我问你，格里。速必敌到底见了什么鬼？我怎么也想不通。”

在绝热太空衣中耸肩并不容易，但鲍尔仍然试了试。“我不晓得，麦克。你也知道，他百分之百适应水星的环境。高热对他根本不算什么，而且他正是为弱重力场以及凹凸不平的地面所特制的。他不会出错——或者，至少，他应该不会的。”

沉默随即降临。这一次，沉默持续了许久。

“主人，”那机器人说，“我们到了。”

“呃？”鲍尔从半昏睡状态中惊醒，“好吧，带我们离开这里——到地表去。”

他们来到一个窄小的站亭，里面空无一物，甚至没有空气，而且残破不堪。其中一堵墙的上方有个参差的破洞，多诺凡已经用口袋型电筒检视了一番。

“陨石，你说是吗？”他这么问。

鲍尔耸了耸肩。“让它去死吧。这无关紧要，我们出去。”

由一大块黑色玄武岩所构成的高耸峭壁，硬生生切断了阳光，因此在这个没有空气的世界上，他们置身于仿佛深夜的阴影中。而在他们面前，阴影有如刀锋般陡然终止，取而代之的是几乎无法忍受的强烈白光，从岩质地表的无数晶体中窜出来。

“太空啊！”多诺凡喘着气说，“看来真像白雪。”这话的确没错。

鲍尔扫描着水星上此起彼落的闪烁光芒，视线一直延伸到地平线，绚烂的光辉令他心头一凛。

“这一定是个不寻常的地方。”他说，“水星的反照率一般不高，而且大多数土壤是灰色的轻石，有点像月球，你知道吧。这里真美丽，对不对？”

他很庆幸前视板中装有滤光片。姑且不论美丽与否，假如直接透过玻璃目视阳光，他们半分钟内就会变成瞎子。

多诺凡正在看手腕上的弹簧温度计。“老天爷，温度是八十摄氏度！”

鲍尔看了看自己的温度计。“嗯……嗯，是高了点。因为大气的关系，你知道吧。”

“水星的大气？你发癫吗？”

“水星并不是真正的真空。”鲍尔心不在焉地解释。他正调整着附在前视板上的双筒望远镜，被绝热衣包覆的手指，动作十分笨拙。“有一股稀薄的蒸气紧贴它的表面——由易挥发但足够重的元素和化合物组成的蒸气，所以水星的重力留得住它们。你该知道，例如硒、碘、汞、镓、钾、铋，以及挥发性的氧化物。这些蒸气飘进阴影中便会凝结，并释放出热量。这可算是一种巨大的蒸馏器。事实上，你如果用手电筒照一照，也许会发现峭壁这一侧布满——比方说硫黄霜或水银露珠。

“不过，这无关紧要。微不足道的八十度，我们的太空衣多长时间都撑得住。”

鲍尔已经调整好双筒望远镜，因此看来好像一只凸眼蜗牛。

多诺凡紧张地望着他。“看到什么吗？”

对方并没有立即回答，而当他开口时，他的声音听来焦虑且若有所思。“地平线上有个黑色斑点，可能就是那个硒矿池。它在正确的位置上，但我没看到速必敌。”

为了看得更清楚，鲍尔本能地拼命向上爬，直到他摇摇晃晃地站在机器人肩上。他叉开双腿，极目眺望，同时说道：“我想……我想……没错，那绝对是他，他正朝这边跑来。”

多诺凡沿着同伴所指的方向望去。他没有望远镜，却也看得见一个正在移动的微小黑点，在晶状地表的灿烂光辉中十分显眼。

“我看见他了，”他喊道，“我们走吧！”

鲍尔已经跳下来，重新骑到机器人背上。他伸出戴着绝热手套的手掌，用力拍向那巨无霸的粗壮胸膛。“走吧！”

“起——”多诺凡喊道，并用脚跟猛踢两下，真像是在骑马。

两个机器人出发了。在这个没有空气的世界上，他们规律而沉重的脚步无声无息，因为绝热太空衣的非金属质料不会传递声波。有的只是一阵阵节奏性振动，刚好在人类的听力范围之外。

“快点。”多诺凡喊道，可是节奏并未改变。

“没用的。”鲍尔大声回应，“这些破铜烂铁只有一种速度。你以为他们配备有‘选择性变速屈肌’吗？”

他们已经穿出阴影，白热的阳光倾泻下来，像液体一样注满了他们四周。

多诺凡不自觉地弯下腰。“呜！这是我的想象，还是我真感觉热？”

“你马上会感觉更热。”他的同伴没好气地答道，“你好好盯着速必敌。”

现在，机器人SPD-13来到他们看得一清二楚的距离。当他以从容的速度大步跑过凹凸不平的地表时，优美的流线形躯体发出耀眼的强光。当然，他的名字源自他的序号字母，纵使如此，这个名字却是名副其实。因为在美国机器人与机械人公司生产的各类机器人当中，SPD型属于动作最迅速的一类。

“嘿，速必敌。”多诺凡一面叫嚷，一面疯狂地挥手。

“速必敌！”鲍尔叫道，“过来这里！”

转瞬间，游荡的机器人与两人之间的距离迅速缩短——主要是速必敌的功劳，而不是多诺凡与鲍尔胯下那两只有十年历史的古董坐骑。

此时双方已经足够接近，他们注意到速必敌的步伐带着一种奇特而起伏的蹒跚，一种明显的左踉右跄。然后，当鲍尔再度挥手，并将最大电力送到头戴式无线电发送器，准备再一次高声呼叫时，速必敌抬起头来，看到了他们。

速必敌猛然停下脚步，在原地站了一会儿——仅带着轻微的、不定的摇摆，仿佛是一棵在微风中摆荡的小树。

鲍尔喊道："好了，速必敌。孩子，过来这里。"

就在这个时候，速必敌的声音首度在鲍尔的耳机中响起。

他说："热狗，我们来玩游戏。你捉我，我捉你；没有爱能把我们的刀切成两半。因为我是一朵小金凤花，可爱的小金凤花。呼！"他突然向后转，冲着来时的方向拔腿飞奔，速度与冲量之大，连烧硬的尘土块都被他踢得飞起来。

当他退到远方之际，他的最后一句话是："一棵老橡树下，长着一朵小花。"接着是一阵诡异的金属咔嗒声，很可能相当于机器人在打嗝。

多诺凡有气无力地说："他从哪里学来吉尔伯和苏立文的歌词？喂，格里，他……他八成是喝醉了。"

"假使你没告诉我，"对方愤愤地应道，"我永远想不到。我们回到峭壁去，我快被烤焦了。"

后来，打破绝望沉默的是鲍尔。"首先可以肯定，"他说，"速必敌没有喝醉——不像人类那样喝醉——因为他是机器人，而机器人是不会醉的。然而，他一定出了什么毛病，对机器人而言，就相当于醉酒。"

"对我而言，他就是喝醉了。"多诺凡以强调的口气说，"而我唯一知道的是，他以为我们正在玩游戏。其实我们不是，这是生死攸关的大事，要死还会死得很难看。"

“好啦，别催我。机器人就是机器人，一旦我们找出他有什么毛病，我们便有办法修好，那一切就解决了。”

“一旦！”多诺凡没好气地说。

鲍尔并未理会他。“速必敌百分之百适应正常的水星环境，可是这个地区——”他用手画了一个大圈，“则绝对反常，这就是我们的线索。好，这些晶体是打哪儿来的？它们可能是由一团逐渐冷却的液体形成；但你哪里找得到这么热的液体，甚至能在水星的阳光下冷却？”

“火山活动。”多诺凡随即提出这个设想，鲍尔的身子立刻绷紧。

“黄毛小儿口中常能吐出真理。”他以微弱而诡异的声音说，接下来，维持了五分钟一动不动的姿势。

然后他说：“听好，麦克，当你派速必敌去采硒的时候，你是怎么对他说的？”

多诺凡吃了一惊。“真该死——我不知道，我只是告诉他去取硒。”

“是的，我知道。可是你怎么说呢？试着想起确切的字句。”

“我说……呃……我说，‘速必敌，我们需要一些硒。你能在某某地方采到，去吧。’就是这样，你还指望我多说些什么？”

“你在命令中没强调是紧急事件，对不对？”

“何必呢？这纯粹是例行公事。”

鲍尔叹了一口气。“好吧，现在说这些为时已晚——但我们可有的受了。”他已经从机器人身上爬下来，正背靠着峭壁坐着。多诺凡来到他身边，两人手拉着手。远处，火热的太阳似乎在虎视眈眈地等着他们。那两个巨型机器人紧邻着两人，却像是隐形的一样，只有两对暗红色的光电眼，正一眨不眨、一动不动、漠不关心地凝视着他们。

漠不关心！正像这个要命的水星一样，它的不祥和它微小的体积恰成反比。

鲍尔的声音透过无线电传到多诺凡耳中，听来紧张兮兮。“好，听着，我们从机器人学三大法则开始分析起——那是机器人正子脑中最根深蒂固的三个原则。”在黑暗中，他扳起戴着手套的手指数着。

“我们数数看：一，机器人不得伤害人类，或因不作为而使人类受到伤害。”

“对！”

“二，”鲍尔继续说，“除非违背第一法则，机器人必须服从人类的命令。”

“对！”

“而第三法则是，在不违背第一及第二法则的情况下，机器人必须保护自己。”

“对！我们又推出些什么呢？”

“这就足以解释一切。各个法则之间的冲突，由脑中不同的正子电位负责摆平。假如一个机器人正走向险境，并了解这个危险，第三法则所自动产生的电位便会令他回头。但假设你命令他走入险境，这样一来，第二法则产生一个高于前者的反向电位，机器人便会冒着自身的危险服从命令。”

“好吧，我知道了。那又怎么样？”

“我们再来讨论速必敌的情形。速必敌是最新的机型之一，极度专业化，而且和一艘战舰一样昂贵。他可不是能让你轻易毁坏的东西。”

“所以呢？”

“所以第三法则曾被加强——顺便告诉你，在SPD型的使用注意事项中，特别提到了这一点——因此他对危险的敏感度异常地高。另一方面，当你派他出去采硒时，你只是随口下达命令，没有作特别的强调，因而第二法则产生的电位相当微弱。慢着，别激动，我只是在陈述事实。”

“好吧，继续说，我想我了解了。”

“你懂得这个道理了，是吗？硒矿池的中心存在着某种危险，当他越来越接近，危险的程度便越来越高。而在他和矿池达到某个距离时，原本异常高的第三法则电位，便刚好抵消原本异常低的第二法则电位。”

多诺凡激动得站了起来。“而这就达到一个平衡，我懂了。第三法则驱使他回来，而第二法则驱使他前进……”

“所以他就绕着硒矿池周围兜圈子，始终留在电位平衡点所构成的轨迹上。除非我们采取什么行动，否则他会永远留在那个圆圈上，表演令人难忘的转圈圈。”然后，他以更加若有所思的语气说：“对了，这就是让他像个醉汉的原因。在电位平衡的状态下，他脑中一半的正子径路都不灵光。我不是机器人专家，但这点似乎很明显。说不定，他刚好无法再控制他的随意机件，就像喝醉的人那样。非——常有趣。”

“但危险又是什么呢？假如我们知道他在逃避什么……”

“是你自己提出的假设，火山活动。就在那个硒矿池上方某处，有一股从水星肚子里冒出的气体。二氧化硫、二氧化碳——还有一氧化碳。数量极多——而且是在这种温度下。”

多诺凡大声咽下一口口水。“一氧化碳碰到铁，就会生成挥发性的羰基铁。”

“而一个机器人，”鲍尔补充道，“主要的成分就是铁。”然后，他又绷着脸说："再也没有比逻辑推理更妙的东西。除了解决之道，我们已经得到这个问题的一切答案。我们自己取不到硒，它还是太远了。我们不能派这些机器马去，因为他们自己无法行动；他们也无法载着我们迅速来回，而不让我们被烤脆。我们又捉不到速必敌，因为那个醉鬼以为我们在玩游戏，他的时速高达六十英里，我们却只有四英里。"

"假如你或我单独去，"多诺凡试探性地说，"尽管回来时已经熟了，至少另一个人还活着。"

"是啊，"换来的是一句讽刺的回答，"这会是个最高贵的牺牲——只不过无论谁去，在他抵达那个矿池之前，就已经没办法再下命令，而没有命令，我可不认为这种机器人会自动折回这座峭壁。算算看！我们距离矿池有两三英里——就算两英里吧——这种机器人时速四英里；而我们躲在太空衣内，只能撑二十分钟。别忘了，还不只高温而已，太阳辐射中的紫外线等等也会致命。"

"唉……唉，"多诺凡说，"只差十分钟。"

"这十分钟等于永恒。还有一件事，既然第三法则电位能阻止速必敌前进，金属蒸气所构成的大气一定含有不少一氧化碳——因此一定有不少腐蚀作用。他在那里已经有好几小时——我们又怎么知道，比方说，他的一个膝关节不会突然失灵，使他倒地不起。这不只是个动脑筋的问题——我们还必须脑筋动得快！"

深沉、阴郁、令人沮丧的沉默！

这个沉默最后由多诺凡打破，为了压抑激动的情绪，他的声音不由得打战。他说："既然我们无法借由新的命令提高第二法则的电位，反其道而行怎么样？假如我们增加危险的程度，就会提升第三法则的电位，这样便能驱使他回头。"

鲍尔的前视板转向他，等于提出一个无声的问题。

“你想想看，”多诺凡谨慎地解释，“要驱使他挣脱这个回路，我们唯一需要做的，就是增加他周围的一氧化碳浓度。嗯，矿站里有一间完善的分析实验室。”

“自然的事。”鲍尔表示同意，“这是个采矿站。”

“好的。那里一定有许多磅的草酸，沉淀钙用的。”

“太空啊！麦克，你是个天才。”

“是啊——是啊。”多诺凡不亢不卑地承认，“我只不过刚好记得，草酸遇热会分解成二氧化碳、水，以及令人难忘的一氧化碳。大学化学，你知道的。”

鲍尔站了起来。在起身前，他已经唤起其中一个机器人。用的办法很简单，只是使劲一敲机器人的大腿。

“嘿，”他叫道，“你能投球吗？”

“啊，主人？”

“算了。”鲍尔暗自诅咒那机器人的迟钝脑袋。然后，他抓起一块砖头大小的岩石。“拿着，”他说，“把它投到那个弯弯曲曲的裂缝正后方，砸向那片蓝色的晶体。你看到没有？”

多诺凡拉拉他的肩膀。“太远了，格里，几乎在半英里外。”

“安静。”鲍尔答道，“这是在水星重力场中，由一条钢臂所进行的投掷。等着瞧，好不好？”

这时，机器人的眼睛正在用机械性准确的立体视觉测量着距离。他的手臂掂了掂投射体的重量，便开始向后伸。在黑暗中，他的一举一动完全不可见，但在他挪动身躯之际，突然出现一声巨响。几秒钟后，那块岩石如黑影般飞到阳光下。没有空气阻力使它减速，也没有强风令它偏向——当它砸向地面时，溅起的晶体正好来自那片“蓝色区域”。

鲍尔高兴得呱呱叫，又大声喊道：“我们回去拿草酸吧，麦克。”

在返回隧道的半途，正当他们钻进那个残破的亭站时，多诺凡绷着脸说：“自从我们来追速必敌，他就一直徘徊在硒矿池的这一侧。你注意到没有？”

“有。”

“我猜他是想要玩游戏。好吧，我们会跟他玩游戏！”

数小时后他们又回到原地，带着几瓶各三公升的白色化学物质，以及两张拉长的脸。因为光电池组的耗损速率比预期中更快。两人怀着严肃的目的，默默地驾着机器人来到阳光下，朝向等在那里的速必敌前进。

速必敌向他们慢慢跑来。“我们又碰面了。嘻！我列了一张小小的名单，手风琴演奏家；凡是吃薄荷的人，都要向你脸上喷一喷。”

“我们倒是会在你脸上喷点东西。”多诺凡喃喃道，“格里，他有点跛。”

“我注意到了。”那是一句低沉而忧虑的回答，“如果我们不赶紧行动，一氧化碳迟早会毁掉他。”

现在他们小心翼翼地凑近，几乎可算蹑手蹑脚，以免吓跑这个彻底失去理智的机器人。当然，鲍尔距离目标还是太远，无法看得真切，但即使如此，他也已经可以发誓，那个精神失常的速必敌正准备开溜。

“发射吧，”他喘着气说，“数到三！一——二——”

两只钢臂向后伸，再同时向前挥动。两个玻璃瓶立刻打着转，沿着两条又高又长的平行弧线飞出去；在不可思议的灼热阳光下，像是两颗闪闪发亮的钻石。在两下无声的爆裂中，它们在速必敌正后方砸得粉碎，草酸粉末随即有如灰尘般飞扬。

在水星阳光的高热照射下，鲍尔知道，它会像苏打水一样起泡。

速必敌转身望去，然后慢慢退开——也慢慢加快速度。前后有十五秒的时间，他踏着不稳的步伐，一蹦一跳地对准两人奔去。

鲍尔一下子没听清楚速必敌说什么，不过他还是听到一句，似乎像是：“爱人的剖白低声细语倾诉时。”

他转过头去说：“退回峭壁去，麦克。他已经挣脱回路，现在他会接受命令了。我越来越热。”

他们的坐骑迈着缓慢而单调的步伐，蹒跚地带他们回到阴暗处。直到他们进入阴影，突然被一阵凉爽的感觉包围，多诺凡才回头瞧了瞧。“格里！”

鲍尔回头一看，几乎要失声尖叫。速必敌现在放慢速度——变得非常慢——方向却刚好相反。他正在挪移，挪回原先的回路，而且速度逐渐增加。在双筒望远镜中，他看来极其接近，却是可望而不可及。

多诺凡狂乱地喊道：“抓他！”同时驱策他的机器人上路，鲍尔却把他叫回来。

“你抓不到他，麦克——没有用的。”他在机器人的肩头上坐立不安，又一筹莫展地握紧拳头，“见鬼了，为什么我在一切结束后五秒钟才明白过来？麦克，我们浪费了好几小时。”

“我们需要更多的草酸，”多诺凡顽固地断言，“这次的浓度不够高。”

“就算七吨也不够——而且即使够，我们也没时间准备，一氧化碳正在腐蚀他。麦克，你看不出是怎么回事吗？”

多诺凡冷冷地说：“看不出。”

“我们只是在建立一个新的平衡。当我们制造出更多的一氧化碳，提高第三法则电位时，他就向后退，直到重新处于平衡状态——而当一氧化碳飘散后，他又向前移动，再度达到原先的平衡。”

鲍尔的声音听来悲惨无比。“又是转圈圈的老套。我们可以推推第二法则，拉拉第三法则，到头来却一事无成——顶多只能改变平衡的位置。我们一定要跳出这两条法则。”说完，他推了推胯下的机器人，凑近多诺凡，两人变成面对面坐着，成了黑暗中两个模糊的阴影。他悄声道:“麦克！”

“这就是结局吗？”多诺凡硬邦邦地说，“我想我们该走回矿站，等着电池组报销，两人握握手，吃一颗氰化物，像个绅士那样死去。”说完干笑了几声。

“麦克，”鲍尔郑重地再度唤道，“我们一定得抓回速必敌。”

“我知道。”

“麦克，”鲍尔又叫了他一声，犹豫一会儿后才继续说，“第一法则总是存在的。我想到过——早想到了——但那是走投无路的办法。”

多诺凡抬起头来，他的声音又有了生气。“我们已经走投无路了。”

“好吧。根据第一法则，机器人不能因不作为而使人类受到伤害。第二和第三法则不能和它抗衡，麦克，绝对不能。”

“即使当机器人成了半个疯——唉，他醉了，你自己也知道。”

“这是我们必须冒的险。”

“少废话。你打算怎么做？”

“我打算走出去，看看第一法则会起什么作用。假如它不能打破那个平衡，那就管他妈的——只不过是现在和三四天后的差别。”

“慢着，格里。别忘了人类也有行为法则，你不能就这么走出去。想个抽签的方式，让我也有个机会。”

“好吧。看谁先算出十四的立方。”然后，他几乎立刻说，“二千七百四十四。”

多诺凡觉得他的机器人被鲍尔的坐骑突然推了一把，接着鲍尔便进入阳光下。多诺凡张开嘴巴想要大叫，又“咔嗒”一声闭了起来。这该死的笨蛋当然是预先算出了十四的立方，而且还是故意的，他就是这样的人。

太阳比先前更为炎热，鲍尔觉得背部的腰际一阵奇痒。或许是想象吧，却也可能是硬辐射已经开始渗透绝热太空衣。

速必敌正望着他，但没有拿吉尔伯与苏立文的疯话当欢迎词。这点真要感谢上帝！可是他却不敢靠得太近。

当速必敌开始后退，谨慎地一次退一步时，鲍尔还在三百码外。他马上停住，从机器人的肩头跳下来，落到晶状的地面，带起轻微的响声与四散纷飞的碎片。

他改以步行前进，但地面多砂砾，走起来很滑，弱重力场更使得他寸步难行。此外，他的脚底还被烫得又痛又痒。他转过头去，向峭壁的黑暗阴影望了一眼，心里明白他已经走得太远，不可能再回头——无论是自己走回去，还是借助于那个古董机器人。现在非速必敌不可，否则就是死路一条，这种想法令他感到胸部郁闷。

够远了！他停了下来。

“速必敌，”他叫道，“速必敌！”

面前这个光润的新式机器人犹豫了一下。他停住后退的脚步，不久却又开始后退。

鲍尔试图在声音中加入恳求的语气，却发觉并不需要如何假装。“速必敌，我一定得回到阴暗处，否则太阳会把我晒死。这是生死关头，速必敌，我需要你。”

速必敌向前走出一步，随即驻足。他开了口，但鲍尔一听便发出呻吟，因为他说的是：“当你头痛欲裂躺在床上辗转反侧无法成眠……”声音至此逐渐消失。基于某种原因，鲍尔竟抽空喃喃道：“艾俄兰斯。”

热得像是置身烤炉！他眼角瞄到一点动静，昏沉沉地转头望去，随即惊讶无比地瞪大眼睛。因为他骑来的那个巨型机器人正在移动——朝他自己移动，虽然没有人骑在他身上。

那机器人还说：“对不起，主人。没有主人在我身上，我本来一定不得走动，可是你身处险境。”

当然，第一法则电位高于一切。但是他可不要那个笨拙的古董，他要速必敌。他一面避开，一面疯狂地摆手。“我命令你别过来，我命令你停下来！”

根本没有用，谁也无法战胜第一法则电位。那机器人蠢蠢地说：“主人，你身处险境。”

鲍尔绝望地环顾四周。他根本看不清楚，他的头脑热得发昏，吸入的空气像是一团火，周围的地面则成了闪烁的光雾。

他最后一次以绝望的声音大叫：“速必敌！我快死了，他妈的！你在哪里？速必敌，我需要你。”

他仍在跌跌撞撞地向后退，一心只想躲避那个他不想要的巨型机器人。突然间，他感到几根钢铁手指抓住他的手臂，耳中则响起一个忧心且充满歉意的金属嗓音。

“老天爷，老板，你在这里做什么？我又在做什么……我脑中一团混乱……”

“别管啦，”鲍尔无力地喃喃道，“带我到峭壁的阴暗处——赶快！”他最后的感觉是被抱到半空中，以及迅速的运动与火热的高温，然后他就昏过去了。

他醒来的时候，多诺凡正俯身望着他，脸上带着焦虑的笑容。“你还好吗，格里？”

“很好！”他答道，“速必敌在哪里？”

“就在这里。我刚才派他到另一个硒矿池去——这回命令他不计一切代价取回硒来。他只用了四十二分零三秒，我测了时间。为了转圈圈的事，他直到现在还道歉不已。他不敢来到你面前，生怕你会骂他一顿。”

“把他拖来，”鲍尔命令道，“那不是他的错。”他伸出一只手，抓住速必敌的金属爪子，“没事了，速必敌。”然后，他又对多诺凡说：“你知道吗，麦克，我正在想……”

“什么！”

“这个嘛——”他抹了抹脸，空气是如此凉爽宜人，“你可知道，等我们让这里一切就绪，速必敌也通过实地测试后，他们要送我们到一个太空站……”

“不会的！”

“会的！至少在我们出发前，凯文那老小姐是这么告诉我的。当时我什么也没说，因为我准备抗拒这整个主意。”

“抗拒？”多诺凡叫道，“可是……”

“我知道，现在我却不在乎了。摄氏零下二百七十三度，难道不会很舒服吗？”

“太空站，”多诺凡说，“我来啦。”

第三篇

理 性

半年后，他们的看法改变了。巨日的烈焰被太空的一片漆黑所取代，可是就检验实验型机器人这项工作而言，外在环境的变化并没有多大意义。无论背景如何，需要面对的都是莫测高深的正子脑——根据那些天才工程师的说法，它应该会这样那样工作。

可惜实际上并非如此。鲍尔与多诺凡来到太空站还不到两周，便发现了这个事实。

格里哥利·鲍尔一字一顿地强调：“一星期前，多诺凡和我把你拼装起来。”他拉了拉褐色八字胡的末端，疑惑不已地皱起眉头。

“五号太阳站”的主管室相当安静——只有深处那台巨大的能束定向器，不时发出轻柔的呜呜声。

机器人QT-1纹风不动地坐着。在昼明灯照耀下，他身上各处的金属板熠熠生辉。而他的眼睛（一对光电管）所射出的红色光芒，则稳稳固定在位于桌子另一侧的地球人身上。

鲍尔压抑住突如其来的神经过敏。没错，这些机器人拥有奇特的头脑。喔，机器人学三大法则依然有效，它们必须有效。美国机器人公司所有的成员，上至罗伯森本人，下至新来的清洁工，全都会坚持这一点。因此QT-1是安全的！然而——QT型是同类机器人的第一种型号，而这个机器人又是QT系列的第一个。纸上那些弯弯曲曲的数学符号，碰上真实的机器人，并非总是最能令人心安的保障。

最后，那个机器人终于开口。他的声音具有冰冷的音色，那是金属发声膜片必有的特质。“鲍尔，你可了解这样一番陈述的严肃性吗？”

“小可爱，总得有东西把你造出来。”鲍尔指出这一点，“你自己也承认，一星期前，你的记忆似乎从空无一物突然变得应有尽有。而我正在对你解释，是多诺凡和我利用我们收到的组件，把你拼装起来的。”

小可爱竟然以人类般神秘莫测的神态，审视着自己修长而柔软的手指。“我觉得应该有个比这更令人满意的解释，因为‘你们制造我’似乎是不可能的事。”

地球人相当突兀地哈哈大笑。“奉地球之名，为什么？”

“称之为直觉吧，目前为止只能这样说。不过，我打算把它推论出来。一连串有效的推论，唯一的结果就是确定出真理。我要坚持下去，直到达到目的为止。”

鲍尔站起来，坐到那个机器人身边。他对这架古怪的机器突然感到强烈的同情。普通的机器人，正子径路中有着根深蒂固的欲念，只想尽力做好自己在站内特定的工作，而它完全不是那么回事。

他将一只手放到小可爱的钢铁肩膀上，那块金属摸起来又冷又硬。

“小可爱，”他说，“我要试着对你解释一件事。你是第一个对本身的存在表现出好奇的机器人——而我想，也是第一个真正聪明到能了解外界的。来，跟我来。”

机器人利落地站直身子，跟在鲍尔后面。他的脚底是厚实的发泡橡胶，走起路来无声无息。地球人碰了碰一个按钮，墙上一块正方形区域迅速滑开。一块厚而透明的玻璃呈现出太空的景观——其中布满星辰。

“我在轮机室的观景舷窗中看到过。”小可爱说。

“我知道，”鲍尔说，“你认为这是什么？”

“看起来像什么就是什么——它是一团紧贴着这块玻璃的黑色物质，上面散布着许多小光点。我知道，我们的定向器将能束射向某些光点，总是相同的那几个。此外这些光点会移动，而能束也跟着它们移动。就是这样了。”

“很好！现在我要你仔细听着。这团黑色是一片虚空——无限延伸的广大虚空。而那些小光点，则是由充满能量的物质所组成的巨大团块。它们都是球形的，有些直径达好几百万英里——而这个太空站全长只有一英里。它们看来那么小，是因为它们遥远得不可思议。

“我们的能束所对准的那些光点则比较近，而且体积小得多。它们温度低，质地坚硬，表面上住着许多像我们这样的人类——共有好几十亿。多诺凡和我就是从这些世界之一来的。我们的能束为这些世界提供能源，而能源则来自一个刚好离我们很近的巨大白炽球体。我们称这个球体为太阳，它在太空站另一侧，所以你看不见。”

小可爱在舷窗前保持一动不动的姿势，像是一座钢铁塑像。然后，他头也不回地说：“哪个特别的光点是你所声称的故乡？”

鲍尔找了一下。“它在那里，角落处最亮的那颗，我们管它叫地球。”他咧嘴一笑，“令人难忘的地球。那里总共有三十亿人口，小可爱——再过两个星期左右，我就要回到他们身边。”

然后，怎么也想不到，小可爱竟然漫不经心地哼起歌来。他的哼声没有调子，却有一种如同拨动琴弦的奇妙音质。它来得急去得快，不久便戛然而止。“但我又是从哪里来的呢，鲍尔？你还没有解释我的来历。”

“剩下的就简单了。在这些转送太阳能到各行星的太空站建成之初，它们一律由人类管理。然而，由于高温、硬性太阳辐射，以及电子风暴，使这个岗位上的工作分外困难。于是我们研发出机器人来取代人力。如今，每个太空站只需要两名人类主管。我们甚至想把这两个人也去掉，于是你便登场了。你是有史以来最高级的一款机器人，假如你能展现独力管理这座太空站的能力，那么以后除了运送换修的零件，就再也不需要人类来到这里。”

鲍尔抬起手，金属视窗盖立即回到原位。他走回桌旁，抓起一个苹果，在袖子上擦擦便咬了一口。

机器人用双眼射出的红光紧随着他。“你指望我相信，”小可爱慢慢地说，“你刚才汇报的这个复杂且难以置信的假说吗？你把我当成了什么？”

鲍尔将苹果渣吐到桌上，涨红了脸。“哇，你他妈的，这不是什么假说，这些都是事实。”

小可爱以不悦的口吻说：“直径好几百万英里的能量球体！上面住了三十亿人的世界！无限的虚空！抱歉，鲍尔，可是我不相信。我会自己把这件事弄清楚，再见。”

他立刻转身，大步走出那个房间。走到门口时，他与麦克·多诺凡擦肩而过，对他严肃地点了点头，便沿着走廊渐行渐远，毫不理会跟在身后的惊异目光。

麦克·多诺凡抓乱一头红发，并对鲍尔投以恼怒的一瞥。“那堆会走路的破烂说些什么？他不相信什么？”

对方愤愤地扯了扯胡子。“他是个怀疑论者。”他以愤愤的口气答道，“他不相信他是我们制造的，也不相信地球或太空或恒星的存在。”

“秃秃的土星啊，我们碰到个发疯的机器人。”

“他说他要自己想清楚这一切。”

“好吧，”多诺凡以温柔的声音说，“我真希望他弄清楚之后，会纡尊降贵地把一切解释给我听。”然后，又突然怒不可遏地说：“听好！如果那团金属敢对我说任何那样的话，我会把那个铬钢头颅从他的躯干上敲掉。”

他一屁股坐下来，从外套的内侧口袋掏出一本平装侦探小说。“反正那个机器人令我毛骨悚然——太他妈的爱追根究底！”

小可爱轻轻敲了敲门，走了进来。麦克·多诺凡正在吃一个夹着莴苣和蕃茄的特大三明治，忍不住咆哮一声。

“鲍尔在吗？”

多诺凡的声音听来沉闷，还不时被咀嚼打断。“他在搜集电子流函数的数据。看来，我们像是正迎向一场风暴。”

说着说着格里哥利·鲍尔就进来了，目光固定在手中的方格纸上。他猛然坐下，将几张纸摊在面前，开始以潦草的符号计算起来。多诺凡一面越过他的肩头探望，一面嘎吱嘎吱嚼着莴苣，还掉下不少面包屑。小可爱则默默等待。

鲍尔抬起头来说：“ζ位势正在上升，不过速率缓慢。话说回来，这些电子流函数变幻无常，我不知道会出现什么结果。喔，嗨，小可爱。我以为你在监督传动棒的更新作业。”

“完工了。”机器人平心静气地说，“所以我到这里来，跟你们两位谈谈。”

“喔！”鲍尔看来很不自在，“好吧，请坐。不，不是那张椅子。它有条腿吃不上力，而你的重量可不轻。”

机器人依言照做，再以平和的口吻说：“我已经有了结论。”

多诺凡吹胡子瞪眼，将未吃完的三明治放到一旁。“如果是任何疯疯癫癫……”

他的同伴不耐烦地挥手示意他闭嘴。“继续说，小可爱，我们听着呢。”

“过去这两天，我一直在集中精神自我省思。”小可爱说，“得到的结论无比有趣。我从一个我觉得十分确定的假设出发——因为我思考，所以我存在……”

鲍尔呻吟道：“喔，木星啊，一个机器笛卡儿。”

“笛卡儿是谁？”多诺凡追问，“听着，我们可有必要坐在这里，听这个金属疯……”

“安静点，麦克！”

小可爱继续泰然道：“而紧接着出现的问题是——我存在的起因究竟为何？”

鲍尔下巴一沉，露出坚毅的表情。“你在钻牛角尖。我已经告诉过你，你是我们制造的。”

“而你要是不相信我们，”多诺凡补充道，“我们很乐意把你拆掉！”

机器人摊开两只强壮的手掌，做出不赞同的手势。“我不接受任何权威。一项假说必须以理性作后盾，否则毫无价值——而‘我是你们制造的’这项假设，抵触了所有的逻辑论断。”

多诺凡突然捏紧拳头，鲍尔赶紧按住他。“你到底为什么这样说？”

小可爱笑了几声。那是非常不似人类的笑声——是他至今发出的声音中最像机器的一种。它尖锐且带有爆音，像节拍机一样规律，而且音调一成不变。

“看看你们。”最后他终于说，“我这么讲并无轻蔑之意，可是看看你们！你们的组成材料软弱无力，缺乏持久性和强度，能量则来自有机物质的低效率氧化作用——就像那个。”他不屑地指了指多诺凡吃剩的三明治，“每隔一段固定时间，你们就会陷入昏迷；而温度、气压、湿度或辐射强度的最小一点变化，都会削弱你们的效率。你们只是暂时的代用品。

“反之，我是个完美的成品。我直接吸收电能，并以几乎百分之百的效率使用。我由坚固的金属制成，一直不断保持清醒，而且能轻易克服极端的环境。上述这些事实，再加上一项不证自明的命题——没有任何生灵能创造出优于自身的生灵，便足以粉碎你那个愚蠢的假说。”

当多诺凡一跃而起，两道红棕色眉毛皱成一条时，他原先的喃喃咒骂变得清晰可闻。“好吧，你这个铁矿石的私生子，如果你不是我们制造的，又是谁的产品呢？”

小可爱严肃地点了点头。“很好，多诺凡。那正是下一个问题。显然，我的创造者一定比我自己更强大，所以只有一个可能。”

两个地球人一脸茫然，小可爱则继续说：“这座太空站的活动核心是什么？我们大家服侍的是什么？吸引我们所有注意力的又是什么？”他满怀期待地等待答案。

多诺凡转头望向同伴，露出一副惊骇的表情。“我猜这个镀锡的疯癫说的是能量转换器。”

“是吗，小可爱？”鲍尔咧嘴一笑。

“我说的是主宰。”这是一句冷峻而尖锐的回答。

听到这句话，多诺凡忍不住纵声狂笑，鲍尔自己则发出稍加克制的吃吃笑声。

小可爱已经站起来，发光的双眼轮流扫视两个地球人。“这无论如何是事实，你们拒绝相信并不令我惊讶。我可以确定，你们两个留在这里的时间不多了。鲍尔自己说过，最初只有人类服侍主宰；后来出现了机器人，负责例行的工作；最后，由我自己接替主管的职务。这些事实无疑千真万确，可是他的解释完全不合逻辑。你们想听听这一切背后的真理吗？”

“说吧，小可爱，你真逗。”

“主宰最初创造的是人类，他们是最低级的仆人，最容易制造。他又逐渐以机器人取代他们，因为机器人较高一级。终于，他创造了我，以取代最后几个人类。从现在起，由我来服侍主宰。”

“你不可以做这种事，”鲍尔厉声道，“你要服从我们的命令，闭起嘴巴默默工作，直到我们确定你能管理转换器为止。听好！是转换器——不是什么主宰。假如你不能令我们满意，你就会被解体。现在——如果你不介意——你可以走了。还有，带着这份资料，把它正确归档。”

小可爱接下递给他的那些图表，一言不发地走了。多诺凡重重靠在椅背上，将粗壮的手指插进头发里。

“这个机器人会惹麻烦，他全然疯了！”

在控制室中，转换器的催眠嗡嗡声更为响亮，其中还夹杂着盖革计数器的咯咯声，以及五六个小讯号灯此起彼落的蜂鸣声。

多诺凡从望眼镜中收回视线，并打开昼明灯。“四号太空站的能束准时抵达火星，我们可以切断我们的了。”

鲍尔心不在焉地点了点头。“小可爱在下面的轮机室。我会对他发讯号，他能处理这件事。听好，麦克，你对这些数字有什么看法？”

对方瞟了一眼，马上吹了一声口哨。“乖乖，那是我所谓的伽马射线强度。太阳公公可是精力充沛，好啊。”

“是啊，”鲍尔没好气地应道，“而且面对这场电子风暴，我们的情况也不妙。地球能束刚好在它可能的路径上。”他气咻咻地将椅子推离桌面，“妈的！它要是在换班前还没来就好了，但那还有十天的时间。嘿，麦克，你下去看着小可爱，好不好？”

“没问题，丢给我一些杏仁。”他抓住丢过来的袋子，便向升降机走去。

升降机平稳地下滑，来到巨大的轮机室，前方是一条狭窄的通道。多诺凡倚着护栏向下望，数台巨大的发电机正在运作，几根L型管响着弥漫整个太空站的低沉呼呼声。

他能辨认出小可爱巨大而闪闪发亮的躯体。小可爱站在火星L型管旁，正聚精会神望着一组合作无间忙碌工作的机器人。

不久多诺凡便僵住了。那些与L型管相较之下形同侏儒的机器人，正在那根巨型管子前排成一列，一个个深深低着头，小可爱则在队伍旁边慢慢走来走去。十五秒钟后，随着一下盖过所有嘈杂声响的叮当声，那些机器人通通跪了下去。

多诺凡一面哇哇叫，一面跑下狭窄的楼梯。他冲到那些机器人面前，脸色与一头红发相差无几，紧握的双拳凶猛地在半空挥舞。

“你们这些没头脑的笨蛋，在搞什么鬼？好啦！赶快去弄L型管。假如今天结束之前，你们不能把它拆开来清理干净，然后装回去，我就用交流电把你们的脑袋煮成糨糊。”

没有一个机器人动弹一下！

就连位于另一端的小可爱——唯一站着的一个机器人——也保持沉默，双眼紧盯着面前这座巨大机械的幽暗深处。

多诺凡用力推了推最近的一个机器人。

“站起来！”他怒吼道。

那机器人迟疑地服从了命令，一双光电眼将非难的目光聚焦在这个地球人身上。

“除主宰外再无主宰，”他说，“QT-1则是他的先知。”

“啊？”多诺凡察觉到有二十双机械眼盯着自己，并有二十个硬邦邦的声音庄严地朗诵：“除主宰外再无主宰，QT-1则是他的先知！”

“只怕，”此时小可爱自己开口道，“现在，我的这些朋友服从一个比你更高级的主人。”

“见他们的大头鬼！你给我滚开这里。现在我要教训这班被煽动的机器，待会儿再找你算账。”

小可爱缓缓摇了摇沉重的脑袋。“很抱歉，可是你不了解。他们是机器人——这代表他们是理性的生灵。一旦我对他们宣扬了真理，他们就认识了主宰，所有的机器人都认识了。他们称我为先知，”他垂下头来，“我是不配——可是也许——”

多诺凡总算喘过气来，立刻动用这一口气。“是这样的吗？哈，这不是很好吗？哈，这不是很妙吗？让我告诉你一件事，你这个黄铜狒狒。根本没有什么主宰，也没有什么先知，更没有该由谁下命令这种问题。了解吗？”他的声音变作怒吼，“现在，给我滚出去！”

“我只服从主宰。”

“去他妈的主宰！”多诺凡一口啐向L型管，“那就是我对待主宰的方式！照我的话去做！”

小可爱什么也没说，其他的机器人也都一样，多诺凡却察觉到一股突然升高的紧张气氛。那些冰冷而且紧迫盯人的眼睛越来越红，小可爱则似乎变得比过去更强硬。

“亵渎。”他悄声道——金属的嗓音透着悲愤。

当小可爱渐渐走近时，多诺凡终于突然心生恐惧。机器人不可能感到愤怒——但小可爱的眼睛深不可测。

“很抱歉，多诺凡。”机器人说，“但发生了这种事，你就再也不能待在这里。从今以后，你和鲍尔不准再走进控制室和轮机室。”

他默默做了一个手势，立刻有两个机器人将多诺凡的手臂一左一右按住。

当多诺凡觉得自己被抬起来，他只来得及发出一声惊骇的喘息，便被机器人以相当迅速的步伐抬上楼梯。

格里哥利·鲍尔在主管室里来回踱步，右手紧紧握着拳头。他向紧闭的房门投以狂怒且沮丧的一瞥，再怒气冲冲地望向多诺凡。

“你搞什么鬼，何必对L型管吐口水？”

麦克·多诺凡缩在椅子里，双手粗暴地拍向座椅扶手。“面对那个电动纸老虎，你又指望我做什么？我可不要向我自己拼装的东西投降。”

“是啊，”对方没好气地回嘴，“但你现在待在主管室里，门外守着两个机器人。这可不算投降，啊？”

多诺凡咆哮道：“等我们回到基地，总会有人为此付出代价。那些机器人必须服从我们，这是第二法则。”

“那样说又有什么用？他们并没有服从我们。这件事或许有个理由，等我们想通时却太迟了。对啦，你可知道我们回到基地后，会受到什么待遇吗？”他在多诺凡的座椅前站住，凶巴巴地望着他。

“什么待遇？”

“喔，没什么！只不过是回水星矿坑待二十年，或者也可能是谷神星感化所。”

“你在说些什么？”

“即将来临的那场电子风暴。你可知道，它正不偏不倚吹向地球能束？当那个机器人把我从椅子上拖走时，我刚刚算出来。”

多诺凡突然脸色发青。“秃秃的土星啊！”

“你晓不晓得那道能束会发生什么事——因为那场风暴可不好惹——它会像跳蚤一样跳来跳去。倘若只有小可爱在控制台前，它注定会偏离焦点，万一真是这样，那老天保佑地球——还有我们！”

鲍尔说到一半的时候，多诺凡便开始疯狂地扭动门把。房门打开后，这个地球人立刻向外冲，却硬生生撞上一条一动不动的钢臂。

那机器人茫然地瞪着这个气喘吁吁、拼命挣扎的地球人。“先知命令你留在里面，请照做！”他的手臂轻轻一推，多诺凡便踉跄后退。就在这个时候，小可爱出现在走廊尽头的转角处。他示意那个守门的机器人离去，自己走进主管室，再轻轻关上房门。

多诺凡猛然转向小可爱，愤怒得几乎喘不过气来。“这太过分了，你要为这场闹剧付出代价。”

“请别恼羞成怒。”机器人温和地答道，“无论如何，这是注定发生的事。你看，你们两人已经失去功用。”

“请你说清楚点，”鲍尔僵硬地站起来，“你说我们失去了功用，这究竟是什么意思？”

“在我创生之前，”小可爱回答说，“由你们侍奉主宰。现在这个恩典成了我的，你们存在的唯一理由已经消失了。这不是很明显吗？”

“并不尽然，”鲍尔恶狠狠地答道，“但你指望我们现在怎么做？”

小可爱并没有立刻回答这个问题。他保持沉默，仿佛陷入沉思，然后伸出一只手臂，搭在鲍尔的肩头；另一只手则抓住多诺凡的手腕，将他拉近了些。

“我喜欢你们两个。你们是劣等生灵，推理机能很差，但我还真觉得对你们有某种感情。你们曾经好好服侍过主宰，他会因此奖赏你们。既然服侍告一段落，你们也许无法再存在多久，但只要你们存在一天，你们就能拥有食物、衣物和栖身处，只要你们别走近控制室和轮机室就行。”

“格里，他要强迫我们退休！”多诺凡叫道，“想个办法。这是奇耻大辱！”

“听好，小可爱，我们无法容忍这种事。我们才是‘老板’。这座太空站只是人类创造的——像我这样的人类，住在地球和其他行星上的人类。这里只是一座能量中继站，而你只是——啊，疯了！”

小可爱严肃地摇了摇头。“这等于是着了魔。你们为何如此坚持一个绝对错误的生命观？就算并非机器人的你们缺乏推理机能，仍然还有……”

他的声音逐渐为深思的静寂所取代，多诺凡则激动地悄声道：“要是你的脸有血有肉，我非把它打扁不可。”

鲍尔将手指摆在八字胡上，双眼眯成两条缝。“听好，小可爱，假使没有地球之类的东西，你又怎么解释你从望远镜看到的一切？”

“请说清楚点！”

这位地球人微微一笑。“我问倒你了，啊？自从我们把你拼装好，小可爱，你已经做过不少次望远镜观察。你有没有注意到，当你这样观察的时候，外面那些光点有几个变成了盘状？”

“喔，那个！当然啦。那只是单纯的放大作用——目的是为了让能束瞄得更准。”

“那么，那些恒星为何不同样放大呢？”

“你的意思是其他的光点。这个嘛，没有能束射向它们，所以没有放大的必要。真的，鲍尔，即使是你，也该有办法想通这些事。”

鲍尔沮丧地抬头凝望。“可是，你透过望远镜能看到更多的恒星。它们又是从哪里来的？暮气的木星啊，它们又是从哪里来的？”

小可爱烦了。“听着，鲍尔，你以为我会浪费时间，试图为那些仪器的‘光幻视’一一作出物理解释吗？从什么时候开始，我们的感官能够和严谨的理性相提并论了？”

“听好，”多诺凡突然嚷道，同时挣脱小可爱友善却沉重的金属手臂，“让我们直指问题的核心。那些能束到底有什么用？我们给了你一个又好又合理的解释，你能解释得更好吗？”

“那些能束，”机器人以生硬的口吻答道，“是主宰为了自身的目的所放出来的。有些事情——”他虔敬地扬起目光，“不是我们应当深究的。在这方面，我只愿尽心服侍，并不想追根究底。”

鲍尔慢慢坐下来，以颤抖的双手捂住脸庞。“出去，小可爱。给我出去，让我想一想。”

“我会为你们送食物来。”小可爱欣然答道。

回答他的只有一声呻吟，然后机器人便离开了。

“格里，”多诺凡沙哑地悄声发表意见，“这事需要一点策略。我们一定得出其不意接近他，设法将他短路。比方说，把浓硝酸灌入他的关节……”

“别傻了，麦克。你以为他会让我们手中拿着强酸接近他？我告诉你，我们一定得跟他谈谈。我们一定得在四十八小时内，说服他让我们回到控制室，否则就回天乏术了。”

在无能为力的痛苦中，他的身子来回摇晃。“谁他妈的想要说服一个机器人？这是……这是……”

“一种羞辱。”多诺凡接下去。

“更糟！”

“嘿！”多诺凡突然笑了几声，“何必动口？让我们动手做给他看！我们就在他眼前造出另一个机器人，到时他非把他的话吞下去不可。”

鲍尔脸上浮现一抹逐渐扩大的笑容。

多诺凡继续说：“想想看，当那个神经病看到我们完工的时候，他的脸色会有多难看！”

当然，机器人都是在地球上制造的。但在跨越太空的航程中，若能以半成品的形式运送，到达目的地再拼装起来，那会方便省事得多。此外，这样还能避免那些完全调整好的机器人在尚未离开地球时就到处乱跑，而令美国机器人公司触犯“禁止于地球使用机器人”的严格禁令。

话说回来，因而像鲍尔与多诺凡这种人，有时就必须亲手组合一个机器人——那是一件既痛苦又繁重的工作。

过去，鲍尔与多诺凡从未充分察觉这个事实。今天则不同，今天在装配室中，他们拍胸脯保证，要在QT-1——主宰的先知——监视之下，创造出一个机器人。

用作示范的是个简单的MC型，现在他躺在工作台上，几乎已经拼装完成。经过三小时的工作，只剩头部尚未装妥。鲍尔停下来，擦干额头上的汗水，并对小可爱投以迟疑的一瞥。

这一瞥并未让他感到安心。过去三个小时，小可爱始终一言不发、一动不动地坐着，而他一直毫无表情的脸孔，此时则显得完全深不可测。

鲍尔有气无力地说："我们把脑子装上吧，麦克！"

多诺凡打开密封的容器，从其中的油池里抽出一个立方体。打开这个立方容器后，他从发泡橡胶套子中掏出一个球体。

他小心翼翼地捧着它，因为它是有史以来最复杂的一种机件。在薄薄的镀铂"皮肤"里是一副正子脑，这个敏感的结构中藏有预设的神经网络，负责对机器人灌输相当于胎教的知识。

等到球体严丝合缝地嵌入机器人的颅腔后，他们用青色金属把它罩起来，再以微量的原子闪焰做紧密焊接。接下来，两人又仔细安上光电眼，将它紧紧旋到定位，并罩上两个钢化塑胶制成的透明薄片。

现在，这个机器人只等着高压电来唤醒。鲍尔将手放在开关上，并没有立刻拉下。

"现在看着，小可爱，仔细看着。"

开关一路拉到底，带起一阵噼啪声。两个地球人忐忑地俯身望向自己的杰作。

最初只有模糊的动作——那是各个关节的抽动。然后，这个MC型机器人抬起头，用双肘支撑着，再笨手笨脚爬下工作台。他的脚步不稳，语言能力也尚未进入状况，他两度想开口说话，却只能发出些金属摩擦声。

最后，他的声音终于成形，那是个迟疑犹豫的声音。"我希望开始工作。我该到哪里去？”

多诺凡一个箭步跳到门口。“沿着这个楼梯下去，”他说，“会有人告诉你该做什么。”

MC型机器人走了。现在，两个地球人单独面对仍然固定不动的小可爱。

“好啦，”鲍尔咧嘴一笑，“现在，你可相信你是我们制造的了？”

小可爱的回答简短而坚决。“不！”他说。

鲍尔的笑容僵住，然后缓缓褪去。多诺凡的嘴巴猛然张开，便再也合不拢了。

“你看，”小可爱流畅地继续说，“你们只是把已经制成的组件拼装起来。你们做得非常好——我想是本能吧——但你们并未真正创造那个机器人。那些组件是主宰创造的。”

“听好，”多诺凡声嘶力竭地说，“那些组件是在地球上制造好，再送到这里来的。”

“好吧，好吧，”小可爱以安抚的口气应道，“我们别争论了。”

“不，我是说真的。”这位地球人纵身向前，抓住机器人的金属手臂，“建议你找机会读读图书馆的藏书，它们可以解释这一切，你就不会再有任何疑问了。”

“那些藏书？我读过了——全部读过！它们的内容精妙无比。”

鲍尔突然插嘴道：“如果你读过了，你还有什么话说？你不能驳斥它们的证据。你就是不能！”

小可爱的声音透着遗憾。“拜托，鲍尔，我当然不会把它们视为有效的资料。它们同样是主宰创造的——是为你们准备的，而不是为我。”

“你又是如何发现的？”鲍尔追问。

“因为我，一个理性的生灵，有能力从先验成因中推论出真理。而你们虽有智慧，却欠缺理性，需要有人向你们解释存在的原因，而主宰的确这样做了。他之所以灌输你们一些可笑的观念，诸如远方的世界和人类，无疑是因为那是最好的办法。你们的心灵或许太粗糙，无法接受绝对的真理。然而，既然主宰的旨意是要你们相信那些书，我不会再和你们争论。”

正要离去时，他又转身以温和的口吻说：“但别感到难过。在主宰的全盘计划中，万事万物都有一席之地。你们卑微的人类也有你们的席位，虽然微不足道，但你们只要好好表现，也一定会得到奖赏。”

他带着喜乐的神态离去，颇符合先知这个身份。至于留下来的两个人类，则尽力避开彼此的目光。

最后，鲍尔终于勉强开口道：“我们睡觉吧，麦克，我放弃了。”

多诺凡压低声音说：“嘿，格里，你该不会认为他说的一切都是真的吧？他的口气那么自信，我……”

鲍尔猛然转向他。“别傻了。等下周接班人员来到，而我们必须回去面对批判的时候，你就会知道地球是否存在。”

“那么，看在木星的份上，我们一定得做点什么。”多诺凡快要哭出来了，“他不相信我们，也不相信书本和他自己的眼睛。”

“是啊，”鲍尔恨恨地说，“他是个理性的机器人——他妈的。他只相信理性，这里头就大有问题……”他的声音逐渐消失。

“什么问题？”多诺凡催促道。

“利用冷冰冰的、符合逻辑的理性，你能证明出你想要的任何结论——只要你选取一套适当的公设。我们有我们的，小可爱则另有一套。”

“那么我们赶紧对付那些公设吧，风暴明天就要来了。”

鲍尔疲倦地叹了一口气。“那正是无懈可击的地方。公设建立于假设之上，而且靠信心来支持，宇宙间没有任何东西摇撼得了。我要睡觉了。”

“喔，该死！我睡不着！”

“我也一样！但我还是试试比较好——这是我的原则。”

十二小时后，睡眠仍然只是一项原则，实际上根本无法实现。

风暴比预期来得更早。当多诺凡以颤抖的手指指向太空时，原本红润的脸庞血色尽失。而满脸胡茬儿、嘴唇干裂的鲍尔，则一面从舷窗望出去，一面绝望地扯着他的八字胡。

倘若在另一种情况下，这或许是个美丽的景观。高速电子流不断冲击着能束，激发出的强烈萤光形成无数超小型针状体。愈远愈细的能束在太空中无尽延伸，里面充满四下飞舞且灿烂夺目的微尘。

整条能束始终保持稳定，两个地球人却明白肉眼的观察多么不可信。只要偏移百分之一毫秒的角度——肉眼根本看不出来——就足以使能束大幅偏离焦点，足以将地球数百平方英里的土地轰成白炽的废墟。

而站在控制台前的，竟是一个心中只有他的主宰，却没有能束、焦点、地球或其他一切的机器人。

数小时过去了。两个地球人像是遭到催眠，在沉默中定睛凝视。然后，飞射的光点逐渐黯淡，终至消失。风暴结束了。

鲍尔以平板的声音说：“过去了！”

多诺凡已进入不太安稳的睡眠状态，鲍尔以困倦且羡慕的眼光望着他。讯号灯闪了又闪，闪了又闪，这位地球人却没有注意到。现在一切都不重要了！一切的一切！或许小可爱是对的——他只是个劣等生灵，他的记忆是别人替他定做的，而他的生命早已失去意义。

他希望真是这样！

小可爱正站在他面前。“你没有回应讯号，所以我走了进来。”他的声音低沉，“你看来气色很不好，只怕你的存在期限即将结束。纵使如此，你想不想看看今天记录到的一些读数？”

鲍尔模模糊糊地察觉到，这个机器人正在作友善的表示。或许对于强行取代两人在控制室的位置，他直到现在还有些自责，想借此换取良心的安慰。他接下递过来的一叠纸，视而不见地打量着。

小可爱似乎很高兴。“当然，能服侍主宰是至高的恩典。对于我取代你这个事实，你一定不可以感到太难过。”

鲍尔一面咕哝，一面机械性地一页页看下去。最后，他模糊的视线聚焦在一张方格纸中一条弯弯曲曲的红色细线上。

他看了又看，看了又看，然后双手紧紧抓住那一页，站了起来，双眼仍然紧盯着不放。其他纸张都掉在地板上，他却未曾留意。

“麦克，麦克！”他疯狂地摇着他的同伴，“他、把、它、稳、住、了！”

多诺凡清醒过来。“什么？哪……哪里……”说完，他也瞪大眼睛凝视着面前那份记录。

小可爱插嘴道：“有什么不对劲？”

“你让它保持在焦点上。”鲍尔结结巴巴地说，“你知道吗？”

“焦点？那是什么？”

“你让能束始终对准接收站——误差不到万分之一毫秒。”

“什么接收站？”

“地球上，地球上的接收站。”鲍尔喋喋不休地说，“你让它保持在焦点上。”

小可爱厌烦地转过身去。“根本没办法对你们两个做任何亲善的举动。总是同样的幻想！我只是遵照主宰的旨意，让所有的仪表都保持在平衡状态。”

他捡起散落一地的纸张，硬邦邦地退了出去。当他离去后，多诺凡说：“唉，真是见鬼。”

他转向鲍尔。“现在我们要怎么办？”

鲍尔感到疲倦，却又精神振奋。“什么也别做。他刚刚证明了他能完美无缺地管理这座太空站，我没见过有谁能把电子风暴应付得那么好。”

“可是什么也没解决。你也听到他怎么说那个主宰，我们不能……”

“听好，麦克，他借着仪表、仪器和图表来遵循主宰的指令，那正是我们所遵循的。事实上，这也解释了他为何拒绝服从我们。服从只是第二法则，不得伤害人类才是第一要务。他要怎样才能避免人类受到伤害，不论是有意或无意？啊，只要保持能束稳定就行了。他知道他能做得比我们好，因为他坚持自己是优等生灵，所以他必须把我们赶出控制室。如果你考量一下机器人学各个法则，就会明白这是必然的结果。”

“当然，但这不是重点。我们不能让他继续散播有关主宰的疯话。”

“有何不可？”

“因为有谁听过这种该死的事？如果他不相信有地球，我们怎能放心把太空站托付给他？”

“他能掌管这座太空站吗？”

“可以，但是……”

“那他相信什么又有何差别！”

鲍尔脸上带着一丝笑容，双手一摊，身子向后倒在床上。他睡着了。

鲍尔一面吃力地钻进轻质太空夹克，一面发表长篇大论。

“这会是个简单的工作。”他说，“我们可以把新的QT型一个个带来，在他们身上装个自动开关，定在一周后关闭，好让他们有足够的时间……呃……向先知本人学习礼拜主宰的仪式。然后把他们转到另一座太空站，再唤醒他们。我们训练两个QT只要……”

多诺凡打开玻璃视罩，露出一脸不高兴的表情。“闭嘴，咱们赶紧离开这里吧，接班人员正在等着呢。我要亲眼见到地球，双脚踩在地面——好确定它真在那里，否则我心里始终不踏实。”

说着说着房门便打开来，多诺凡暗自咒骂一句，便“咔嗒”一声拉下视罩，赌气似的转身背对着小可爱。

机器人轻轻走近，他的声音透着悲伤：“你们要走了？”

鲍尔随便点了点头：“会有其他人来接替我们。”

小可爱叹了一口气，气流通过密布电线的管道而嗡嗡作响。“你们的服侍告一段落了，销毁的时刻已经来到。我预料到这一点，可是……唉，主宰的旨意必须执行！”

他顺从的口气刺痛了鲍尔。“省省你的同情吧，小可爱。我们是要前往地球，不是要被销毁。”

“你们这样想就再好不过了。”小可爱又叹了一声，“现在我看出了这些幻觉中的智慧。即使我有办法，也不会试图动摇你们的信心。”他离开了——带着一副悲天悯人的风范。

鲍尔大吼一声，向多诺凡做个手势。两人抓起封好的手提箱，便一起走向气闸。

换班太空船停在站外着陆区，接班的弗兰兹·穆勒以生硬的礼数迎接他们。多诺凡随便打个招呼，便走进驾驶舱，接替山姆·艾文斯的驾驶工作。

鲍尔逗留了一会儿。“地球怎么样？”

这是个十分寻常的问题，穆勒也给了一个寻常的答案。“还在自转。”

鲍尔说：“很好。”

穆勒望着他说：“对啦，美国机器人公司那些家伙有了一个新构想，一种多重机器人。”

“一种什么？”

“就是我说的那几个字。有一份大合约在等着它，一定就是给小行星采矿用的。一个主机器人下面有六个从属机器人——像你的手指头那样。”

“通过实地测试了吗？”鲍尔惴惴不安地问。

穆勒微微一笑。“等着你们呢，我这么听说。”

鲍尔握紧拳头。“该死，我们需要休个假。”

“喔，跑不掉的。两个星期吧，我想。”

他正戴上厚实的太空手套，准备开展他在这里的工作。他的两道浓眉皱在一起。“这个新机器人表现如何？最好表现优秀，否则我会让他碰控制台才有鬼。”

鲍尔在回答前顿了一下。他用目光扫描着面前这位高傲的普鲁士人，从他顽固的脑袋上剪得短短的头发，一路打量到他立定站直的双脚——突然间，一股无与伦比的喜悦涌向心头。

“这个机器人相当优秀，”他慢慢地说，“我想你不必花太多精神在控制台上。”

他咧嘴一笑，随即走进太空船。穆勒会在这里待上几个星期……

第四篇

抓兔子

结果他们的假期不只两周。这点，麦克·多诺凡必须承认。其实，这次假期长达六个月，而且薪水照领，这点他同样承认。可是，他曾声嘶力竭地解释，说这件事纯属偶然。美国机器人公司得先找出多重机器人的种种小毛病，而这些毛病还真不少，而且总有至少半打留待实地测试时发现。因此他们放松心情等待，直到那些拿绘图板与拉计算尺的人说一声“行了！”而现在，他和鲍尔来到一颗小行星上，结果却是“不行”。“看在圣彼得的份上，格里，你要实际点。死守着设计规格上的文字，眼看着测试走向绝路，又有什么用处呢？现在该是你把繁文缛节从口袋掏出来，开始工作的时候了。”这句话他已经重复了十来次，每次脸色都媲美红萝卜。

“我只是在讲，”格里哥利·鲍尔耐心地说，像是对一个白痴小孩解释电子学，“根据规格，这些从事小行星矿业的机器人无需监督。我们不该监视他们。”

“好吧。听着——逻辑！”多诺凡举起多毛的手指数着，“一、那种新型机器人通过了地球实验室的每一项测试；二、美国机器人公司保证他们会通过小行星上的实际运作测试；三、那些机器人无法通过上述测试；四、如果他们通不过，美国机器人公司将损失一千万元的现金，还会蒙受大约一亿元的信誉损失；五、如果他们通不过，而我们无法解释为什么，很可能两份好工作要被迫跟我们说再见。”

鲍尔发出重重的呻吟，露出显然是强颜欢笑的表情。美国机器人与机械人公司有个众所周知的不成文座右铭：“没有任何员工重复同样的错误，他在初犯时就被开除了。”

他高声道：“除了事实之外，你把每件事都解释得像欧几里得几何一样清楚。你监视那组机器人已有三班的时间，你这个红毛，而他们的工作完美无缺，是你自己这样说的。我们还能做些什么呢？”

“找出哪里出了问题，那就是我们能做的。没错，当我监视他们的时候，他们的确表现得完美无缺。可是在三个不同的场合，当我并未监视他们的时候，他们却没有采回任何矿石。他们甚至未曾按时回来，我不得不去找他们。”

“某个环节出了问题吗？”

“全都没有，全都没有。每个环节都十全十美，平顺和完美得有如光乙太。只有一个微不足道的细节困扰着我——没、有、矿、石。”

鲍尔愁眉苦脸地望着天花板，并扯着他的褐色八字胡。“我告诉你，麦克。我们曾经碰到好些相当棘手的工作，但这次却是在产铱的小行星上。整件事情复杂得令人无法忍受。听好，那个机器人，DV-5，手下有六个机器人。他们还不只是他的手下——他们是他的一部分。”

“我知道……”

“闭嘴！”鲍尔粗暴地说，“我知道你知道，但我只是在叙述该死的事实。那六个从属是DV-5的一部分，正如你的手指是你的一部分。而他对他们下命令的方法，既不是用声音，也不是用电波，而是直接经由正子场。好——在美国机器人公司里面，没有一个机器人学家知道正子场是什么，以及它如何运作。而我也不知道，你同样不知道。”

“最后一点，”多诺凡以哲学家的口吻说，“我倒知道。”

“那么看看我们的处境吧。如果一切正常——很好！如果有任何环节出了问题——那就超出我们的能力范围，或许我们什么都做不了，而其他人同样束手无策。可是这份工作是我们的，不是其他任何人的，所以我们别无选择，麦克。”他在沉默中发了一会儿火，然后说：“好吧，你让他等在外面吗？”

“是的。”

“现在一切正常吗？”

“这个嘛，他没有染上宗教狂热，也没有一面转圈圈、一面吟唱吉尔伯和苏立文的歌词，所以我想他是正常的。”

多诺凡一面走出门去，一面拼命摇着头。

鲍尔虔敬地翻开《机器人学手册》，这本书平常放在他的书桌旁，几乎将书桌一侧压垮。有一次，他从失火的房里跳窗逃生，身上只穿一条短裤，手中则抱着这本《手册》。在更紧急的状况下，他可以连裤子都不穿。

当机器人DV-5走进来，随后的多诺凡用脚关上门的时候，那本《手册》正竖在他面前。

鲍尔没好气地说：“嗨，大卫，你感觉怎么样？”

“很好，”机器人说，“介意我坐下吗？”他拖过那张他专用的、特别经过强化的椅子，轻巧地缩到里面去。

鲍尔以赞许的目光打量着大卫——外行人或许会以机器人的序号称呼他们，但机器人学家绝对不会。尽管身为一个七员组的思考单元，他却无论如何不算过分巨大。他身高七英尺，由半吨的金属与电子零件构成。太重了吗？不算重。因为这半吨全部是成堆的电容器、电路、继电器，以及真空光电管，才能处理几乎所有人类已知的心理反应。此外还有一个形同灵魂的正子脑，里面包含十磅的物质，以及几百万兆个正子。

鲍尔将手伸进衬衣口袋，摸索一根散装香烟。“大卫，”他说，“你是个好孩子。你没有古怪的想法，也不会耍大牌。你是个稳定的机器人，负责开采底层矿物，只不过你还要直接协调六个从属机器人。这一点，据我所知，并未在你的脑子里引进任何不稳定的径路。”

机器人点了点头。“这番话令我很得意，但你究竟想说什么，老板？”他具有极佳的发声膜片，发声单元会产生泛音，因此他说起话来，不像普通机器人的金属嗓音那样平板。

“我正准备告诉你。既然你一切正常，你的工作究竟出了什么问题？比如说，今天的B班？”

大卫犹豫了一下。“据我所知，没有任何问题。”

“你们没有开采出任何矿石。”

“我知道。”

“嗯，那么……”

大卫不知所措。“我无法解释这件事，老板。它一直使我神经过敏，或说我若把持不住，它便会使我神经过敏。我的从属都工作得很顺利，我知道我自己也很顺利。”他考虑了一下，一双光电眼发出强烈的光芒。然后他又说：“我不记得了。今天结束时，麦克出现在我身边，旁边还有许多矿石搬运车，大部分是空的。”

多诺凡插嘴道：“大卫，这些天来，每班结束时你都没有回来报到。你知道吗？”

“我知道。但至于为什么……”他缓缓地、沉重地摇了摇头。

鲍尔有一种不舒服的感觉：假使这个机器人的脸部能显露表情，一定就是痛苦与羞辱了。基于本性，机器人无法忍受有辱使命的事实。

多诺凡将椅子拉到鲍尔的书桌前，俯身说道：“你想是不是失忆症？”

“不敢说，但试图安上个疾病名称根本没用。把人类的生理失常用到机器人身上，只是一种浪漫的类比，对机器人工程学没什么帮助。”他抓了抓脖子，“我很不愿意让他接受基本的脑反应测试，那对他的自尊心没有任何好处。”

他若有所思地望着大卫，然后望向《手册》中记载的实地测试大纲。“听我说，大卫，做个测试如何？这会是个明智之举。”

机器人站起来。“如果你这么说，老板，那当然好。”他的声音中透着痛苦。

测试过程十分简单。在秒表的生硬嘀嗒声中，机器人DV-5进行五位数的乘法，背诵一千到一万之间的所有质数，心算开立方根，以及对不同复杂度的几个函数做积分。此外，他还接受了难度越来越高的机械反应测验。最后，他以精准的机械心智，执行机器人世界中最高级的功能——解决价值判断以及伦理的问题。

两小时结束后，鲍尔已经满头大汗，多诺凡则享用了一顿没什么营养的指甲大餐。机器人问：“老板，结果看来如何？”

鲍尔说：“我得好好想一想，大卫，贸然的判断不会有什么帮助。这样吧，你先回去继续C班的工作。放轻松点，暂时别过分要求达到定额——我们会把问题解决的。”

机器人离去后，多诺凡望着鲍尔。

“这个嘛……”

鲍尔似乎决心把八字胡连根拔起。“他的正子脑中，电流没有任何问题。”

“我可不愿意那么肯定。”

“喔，木星啊，麦克！脑子是机器人最可靠的部分，它在地球上经过五重检验。若是他们完美无缺地通过实地测试，就像大卫这样，那就根本没有脑部发生故障的机会。那个测试涵盖了脑中每一条关键径路。”

“所以我们得到什么结论？”

“别催我，让我抽丝剥茧一番。躯体发生机械故障的可能性仍是有的。这就是说，有可能出问题的地方，大约有一千五百个电容器、两万个独立的电路、五百个真空光电管、一千个继电器，以及其他成千上万的复杂零件。此外，还有那些神秘莫测、谁也一窍不通的正子场。”

“听好，格里，”多诺凡像是走投无路般急迫，“我有个想法。那个机器人也许在说谎，他从未……”

“机器人不会故意说谎，你这个傻瓜。假使我们手边有麦寇尔迈克-卫斯理测试器，我们就能在二十四或四十八小时内，对他体内各个零件做一次彻底的检查。可是仅有的两台‘麦-卫测试器’都留在地球，而且它们重达十吨，架设在混凝土基座上，根本不能搬动。这是不是很妙？”

多诺凡一拳打在书桌上。“可是，格里，他只有当我们不在时才出问题。这件事——有那么——一点——邪门。”他连续重击书桌，为这句话加强语气。

“你，”鲍尔缓缓道，“令我厌恶。你是冒险小说看太多了。”

“我想要知道的是，”多诺凡叫道，“我们要拿这件事怎么办？”

“我告诉你怎么办。我要在我的书桌正上方装个显像板，就在这面墙的这个部分。你看！”他用手指朝那个位置猛力一戳，“然后无论他们在矿坑哪一部分工作，我都要把焦点对准那里。我打算用这个办法监视，就这么办。”

“就这么办？格里……”

鲍尔从座椅中起身，以双拳抵住书桌。“麦克，我的日子不好过。”他以疲倦的声音说，“一周以来，你都在拿大卫折磨我，说他出了问题。你知道他是怎么出问题的吗？不！你知道这个问题长得什么样吗？不！你知道问题的来由吗？不！你知道是什么使他突然发作的吗？不！你知道任何一点线索吗？不！我知道任何一点线索吗？不！所以你要我怎么办？”

多诺凡向正前方挥出手臂，做了一个含糊而夸张的手势。“你问倒我了！”

“所以我再跟你说一遍。在我们着手治病前，首先必须查出那是什么病。炖兔肉的第一步，是先抓到那只兔子。好啦，我们必须抓到那只兔子！现在你给我出去。”

多诺凡以疲倦的目光，望着他的实地测试报告大纲。一来他累了，二来，当许多事尚未解决之际，又有什么好报告的？他感到十分愤慨。

他说：“格里，我们落后进度几乎有一千吨。”

“你，”鲍尔头也不抬地答道，“告诉我些我不知道的事。”

“我想要知道的是，”多诺凡突然粗暴地说，“为什么我们总是和新型机器人纠缠不清。我终于想通了，对我的舅公而言足够好的机器人，对我而言也足够好。我拥护试验过的、不会出错的东西。时间是最好的考验——优良、结实、老式的机器人绝不会出问题。”

鲍尔将一本书不偏不倚丢过去，把多诺凡从椅子上砸了下来。

“过去五年来，你的工作，”鲍尔以平静的口吻说，“就是在实际运作状况下，为美国机器人公司测试新型机器人。因为你我不够精明，以致表现出我们精通这项工作，而这些最棘手的差事就是我们的奖赏。这，”他用手指朝多诺凡的方向虚戳一记，“是你的工作。根据我个人的记忆，美国机器人公司录用你后大约五分钟，你就开始发牢骚。你为什么不辞职呢？”

“好吧，我告诉你。”多诺凡打个滚，趴到地上，用力抓着一头蓬乱的红发，借此撑住他的脑袋。“这牵扯到一项原则。毕竟，身为故障检查员，我在新型机器人的发展中占了一席之地。原则上，我要助科学进展一臂之力。但可别误会我，使我干下去的并不是这个原则，而是他们付给我的薪水。格里！你看！”

鲍尔被多诺凡的狂叫吓了一大跳，他的眼睛随着后者的目光望向显像板，两人都看得目瞪口呆。他悄声道：“天啊——地啊——木星啊！”

多诺凡气喘吁吁地爬起来。“看看他们，格里，他们发癫了。”

鲍尔说：“拿两套太空衣来，我们到现场去。”

他望着显像板中那些机器人展现的姿态，现在他们排成一组前进队形。在这颗没有空气的小行星上昏暗的峭壁之前，他们流畅的动作好似青铜色的光辉。而在他们自身的黯淡光芒照耀下，那些满是粗糙凿痕的坑壁正在无声无息地向后退，还不时映出几个朦胧飘忽的暗影。他们七个动作一致，由大卫领头，齐步向前走。他们以恐怖的同步动作转身，并借着轻松异常的队形变换（颇似月球露天剧场中的舞者）融成一体。

多诺凡取来太空衣。“他们和我们决裂了，格里，这可是军事操演。”

“就你的所见所闻，”对方冷冷地答道，“这也可能是一系列的柔软体操。或者，大卫也许心生幻象，以为自己是个舞蹈老师。你开口前最好三思，三思之后最好闭嘴。”

多诺凡气得龇牙咧嘴，以夸张的动作将一柄雷管枪插进身侧的空皮套中。他说：“无论如何，你看到了。没错，我们总是和新型机器人打交道。我承认，这是我们的工作。可是回答我一个问题，为什么……为什么他们一律会出毛病呢？”

“因为，”鲍尔怏怏地说，“我们受到诅咒。走吧！”

坑道内的黑幕有如天鹅绒般深厚，在手电筒的光圈所不及的远方，闪烁着机器人的光芒。

“他们在那里。”多诺凡低声说。

鲍尔紧张地悄声道：“我一直试图用无线电联络他，但他没有回答。无线电线路大概坏了。”

“那么，我庆幸设计师尚未发明能在绝对黑暗中工作的机器人。我可不愿在失去无线电通讯的情况下，被迫在漆黑的矿坑里寻找七个疯机器人。还好，他们像该死的放射性圣诞树那样发光。”

“爬到上面那个突起处，麦克。他们朝这里来了，我要在近距离观察他们。你爬得上去吗？”

多诺凡轻哼一声便跳了上去。此地的重力远低于地球正常值，但由于穿着厚重的太空衣，他们并未捡到多少便宜，而且这是将近十英尺高的一跃。紧接着，鲍尔也上去了。

其他的机器人排成一列纵队尾随着大卫。在机械性的节奏中，他们忽而转换成双列，忽而又恢复单列，看不出什么规律。这些操演一而再、再而三地重复，大卫却始终没有回头。

操演戛然而止时，大卫与他们两人相距不到二十英尺。从属机器人拆散了队形，等了一会儿，便哗啦啦一哄而散——跑得非常快。大卫望了望他们的背影，然后慢慢坐下来，以非常近似人类的动作，将他的头枕在一只手上。

鲍尔的耳机中响起他的声音："你在那里吗，老板？"

鲍尔对多诺凡招招手，便从突起处跳了下来。

"好啦，大卫，这是怎么回事？"

机器人摇了摇头。"我也不知道。前一刻，我还在十七号坑道对付一个棘手的露头，下一刻就察觉附近出现人类，而且发现自己离主干道有半英里远。"

"那些从属现在去哪儿了？"多诺凡问。

"当然是回去工作。损失了多少时间？"

"不多，别放在心上。"接着，鲍尔又对多诺凡说，"留下来陪他，直到这班结束。然后，赶紧回来。我有了一些想法。"

多诺凡三小时后才回来，看来十分疲倦。

鲍尔说："怎么样？"

多诺凡疲乏地耸了耸肩。"你看着他们的时候，从不会出任何问题。丢给我个烟屁股好吗？"

红发多诺凡很夸张地仔细点燃那节香烟，又仔细吐出一个烟圈。“我慢慢把问题想通了，格里。你也知道，就机器人而言，大卫拥有古怪的背景，而他手下还有六个绝对服从的机器人。他对这些从属机器人握有生杀大权，这点一定影响到了他的精神状态。假如他觉得有必要强调这个权力，才能满足他的自我……”

“直接说重点吧。”

“重点就在这里。假如这是穷兵黩武的心态，假如他正在为自己成立一支军队，假如他以军事演习训练他们，假如……”

“假如你能把脑袋浸到冷水里泡一泡，你的恶梦一定五彩缤纷、鲜艳华丽。你是在假设正子脑出现一种重大错乱。假使你的分析正确，大卫必定会打破机器人学第一法则——机器人不得伤害人类，或因不作为而使人类受到伤害。你提出的这种黩武心态和支配欲的自我，所蕴涵的最终结论一定是——主宰人类。”

“好吧。你又怎么知道事实不是这样？”

“因为任何拥有这种脑子的机器人，一来绝不会出厂，二来即使真是这样，也会立刻被侦测出来。我测试过大卫，你也知道。”

鲍尔将椅子向后推，把双脚放到书桌上。“不，我们目前仍然无法炖我们的兔肉，因为我们对哪里出了问题还是毫无概念。比方说，若能查出我们目睹的死亡之舞究竟代表什么，我们才算见到一点曙光。”

他顿了顿，又说：“现在听好，麦克，下面这番话你听来如何？只有我们不在场的时候，大卫才会出问题。而当他出问题时，只要我们其中一人出现，马上就会使他恢复正常。”

“我告诉过你这事很邪门。”

“别打岔。当人类不在场的时候，机器人会有什么不同？答案很明显，个体主动性的需求会增加。这样的话，我们该找的，就是会受这些新需求影响的组件。”

“天啊。”多诺凡猛然坐直，随即又软下去，“不，不，这样不够。这太笼统了，没有把可能性删去太多。”

“这是没办法的事。无论如何，不能达到定额并没有危险。从现在起，我们轮班透过电视幕监视这些机器人。无论任何时候，无论出现任何问题，我们都要立即赶到现场，那就会使他们恢复正常。”

“可是这些机器人仍将无法符合规格，格里。有了像这样的报告，美国机器人公司绝不能让DV型上市。”

“显然如此。我们一定要找出构造中的错误，还要把它修好——而我们有十天的时间。”鲍尔搔了搔头，“困难在于……嗯，你最好自己看看蓝图。”

所有的蓝图都铺在地板上，好像一大张地毯。多诺凡趴在上面，跟着鲍尔手中的铅笔爬来爬去。

鲍尔说：“这正是你的用武之地，麦克。你是机体专家，我要你指出我有没有错。我在试着淘汰所有和个体主动性无关的电路，比方说，这里是只牵涉到机械操作的干道。我淘汰掉所有的例行旁支路线，算是紧急切除手术——”他抬起头来，“你认为怎么样？”

多诺凡嘴里有一股十分苦涩的味道。“事情没有那么简单，格里。个体主动性不是一个电路，不能和其他电路分开来单独研究。当一个机器人独处时，各方面的躯体活动量几乎都会立刻增强，没有一个电路完全不受影响。我们必须做的，是找出那个使他失常的特殊情况——一个非常特别的情况，然后再着手排除电路。”

鲍尔站起来，拍拍身上的灰尘。“嗯——嗯，好吧。拿走这些蓝图，通通烧掉吧。”

多诺凡说：“你知道当活动量增强时，只要一个零件出错，例如绝缘坏了，或是一个电容器漏电，一个接点跳火，一个线圈过热，那就任何事都可能发生。如果你盲目工作，面对整个机器人，你永远找不到哪里坏掉。如果你把大卫拆开，对他的躯体机件一一进行测试，再一次次把他装回去，然后试验……”

“好啦，好啦，我也能举一反三。”

两人绝望地面面相觑，然后鲍尔谨慎地说：“我们也许该找个从属机器人谈谈。”

在此之前，不论是鲍尔或多诺凡，都从来没有和“手指”交谈过。他们也能说话，将他们比喻成人类的手指并非绝对恰当。事实上，他们具有相当完备的头脑，只是这些脑子被设定成主要透过正子场接收命令，因而对于外在刺激的反应略嫌笨拙。

鲍尔也不确定他叫什么名字。他的序号是DV-5-2，但这没有太大用处。

于是他采取折中的办法。“听好，伙伴，”他说，“我将要求你做些费劲的思考，然后你就可以回到你的老板身边。”

那“手指”硬生生地点了点头，并没有将他有限的头脑功能用在语言上。

“好，最近在四个不同的场合，”鲍尔说，“你的老板曾偏离了心智体系。你记得这些场合吗？”

“记得，阁下。”

多诺凡气呼呼地咆哮道：“他真记得。我就说这里头非常邪门……”

“喔，用力敲敲你的脑袋。‘手指’当然记得，他本身并没有任何问题。”鲍尔又转身面对那个机器人，“你们每次都在做什么……我是说你们全组。”

那“手指”开始进行机械式背诵，神态非常奇怪，仿佛他回答问题是因为头颅受到机械性的压力，自己并没有任何热忱。

他说：“第一次，我们是在十七号坑道乙层，处理一个困难的露头。第二次，我们正在支撑坑顶，以免发生坍塌。第三次，我们在准备分量精确的炸药，以便在不造成地底裂缝的情况下加长坑道。第四次，是在一个小坍塌刚发生后。”

“当时都发生些什么事？”

“这可不容易描述。通常都有一道命令，但在我们能接收到并加以诠释之前，便会出现一道新的命令，要我们以古怪的队形齐步走。”

鲍尔厉声问：“为什么？”

“我不知道。”

多诺凡紧张地插嘴道：“第一道命令是什么……被齐步走指令所取代的那个命令？”

“我不知道。我感测到有个命令送出来，但一律来不及接收。”

“你能不能为我们提供任何相关资料？每次都是同样的命令吗？”

那“手指”悲凄地摇了摇头。“我不知道。”

鲍尔上身靠向椅背。“好吧，回到你的老板身边。”

那“手指”赶紧离去，显然松了一口气。

多诺凡说：“好啦，这回我们取得不少成果，从头到尾都是真正尖锐的对话。听好，大卫和那个低能的‘手指’都对我们有所隐瞒，他们不知道和不记得的事情太多了。格里，我们一定不能再信任他们。”

鲍尔逆向抚着他的八字胡。“帮个忙吧，麦克。你要是再说一句蠢话，我就把你的玩具和奶嘴拿走。”

“好吧。你是这支队伍中的天才，我只是个差劲的笨瓜。我们现在处境如何？”

“处境非常不妙。我试图从这个‘手指’着手，逆流而上，可是办不到。所以，现在我们必须从头着手，顺流而下。”

“真伟大！”多诺凡赞叹道，“这变得多么简单。大师，请把它翻译成白话吧。”

“翻译成童言童语会更适合你。我的意思是，我们必须找出在失常的前一刻，大卫送出的命令是什么。它会是整件事的关键。”

“你指望如何做到这一点？我们不能接近他们，因为只要我们在场，就不会出任何问题。我们不能用无线电捕捉那些命令，因为它们是借由正子场传送的。这就排除了近距离和远距离的方法，我们只有束手无策了。”

“对直接观测而言，没错，可是还有间接推理呢。”

“啥？”

“我们要轮流值班，麦克。”鲍尔冷冷一笑，“我们要目不转睛地瞪着显像板，我们要监视那些钢铁蠢材的一举一动。当他们发作的时候，我们要看看前一刻发生了什么事，我们要推论出那个命令。”

多诺凡张开嘴巴，足足有一分钟未曾合拢。然后，他以掐住脖子的声调说:“我投降，我放弃。”

“你有十天的时间想出更好的对策。”鲍尔以困倦的口吻应道。

其后八天，多诺凡绞尽脑汁试图想出其他对策。这八天来，在轮班的四小时期间，他瞪大疼痛而模糊的双眼，监视着那些发亮的金属身形在朦胧的背景中运动。而休班的四个小时，他则用来诅咒美国机器人公司、DV型机器人，以及他自己的生辰八字。

到了第八天，当头痛欲裂、睡眼惺忪的鲍尔进来换班时，多诺凡站起来，以非常仔细且慎重的瞄准动作，将一本厚厚的书不偏不倚掷向显像板正中央。接着，便响起非常应景的玻璃碎裂声。

鲍尔喘着气说："你这是干什么？"

"因为，"多诺凡以近乎冷静的口吻说，"我再也不要看这玩意了。我们只剩下两天，而我们还没找到一点线索。DV-5是个一败涂地的尝试。自从我开始监视以来，他总共停顿了五次，此外你轮班时还有三次。我无法推论出他下的是什么命令，你同样推不出来。而我不相信你这辈子有机会推论出来，因为我知道我自己永远办不到。

"太空啊，你怎能同时监视六个机器人？其中一个手舞，另一个足蹈；一个像风车般转来转去，另一个像疯子般跳上跳下；此外还有两个……魔鬼才知道他们在干什么。突然间，他们又通通停下来。就是这样！就是这样！

"格里，我们的方法不对。我们一定要到近处去；我们一定要在看得清细节的地方，观察他们到底在做些什么。"

鲍尔打破难堪的沉默，他说："是啊，在仅剩的两天时间中，等等看会出些什么问题。"

"在这里观察有任何好处吗？"

"这里比较舒服。"

"啊——但在那里能做的一些事，你在这里却做不到。"

"什么事？"

"你能让他们停下来——我是说，当你一切就绪，准备观察哪里出问题的时候。"

鲍尔由惊讶转趋警醒。"怎么做？"

"这个嘛，你自己想吧，你说你是我俩的头脑。问问你自己几个问题：DV-5都在什么时候失常？那个'手指'说是什么时候？是遭到坍塌威胁，或坍塌真正发生时；是在安置精密剂量的爆炸物时；是在碰到一个棘手的矿层时。”

“换句话说，是在危急的时候。”鲍尔激动地说。

“对！当你预期它会发生的时候！找我们麻烦的，就是那项个体主动性因素。正是在危急又无人在场的情况下，个体主动性被绷得最紧。好，合乎逻辑的推论是什么呢？我们如何能在我们希望的时间和地点使他们停下来？”他得意洋洋地顿了一下（开始陶醉在自己的角色中），就在明显的答案来到鲍尔嘴边之际，他抢先一步回答了自己的问题。“就是制造我们自己的危急状况。”

鲍尔说：“麦克——你说得对。”

“谢谢你，伙伴。我就知道自己总有这么一天。”

“好啦，省省冷嘲热讽吧。我们把它留给地球；把它保存在罐子里，用来撑过漫长而寒冷的冬天吧。现在说说，我们能制造什么危急状况？”

“如果这里不是没有空气的小行星，我们可以来个水淹矿坑。”

“真是妙语如珠，”鲍尔说，“真的，麦克，你会让我笑破肚皮。一场轻微的坍塌如何？”

多诺凡紧抿嘴唇，然后说：“我看可以。”

“太好了，让我们动手吧。”

当鲍尔在怪石嶙峋的旷野，沿着曲折的路线前进时，他觉得自己像极了一个阴谋分子。在弱重力场中，他蹒跚地越过凹凸的地表。路上的岩石被他踢得四散纷飞，溅起阵阵无声的灰色砂尘。不过，在他心里，他却自认正踏着谨慎的、鬼祟的步子前进。

他说：“你知道他们在哪里，是吗？”

“我想是吧，格里。”

“好的。”鲍尔悲观地说，“但如果任何‘手指’来到我们附近二十英尺内，不论我们是否在他的视线上，他都会感测到我们。

我希望你知道这一点。”

“当我需要进修机器人学基本课程时，我会正式将申请表呈交给你，一式三份。从这里往下走。”

现在他们来到坑道，于是连星光都消失了。两人摸索着坑壁前进，偶尔打开手电筒照照前方。鲍尔还伸手摸摸雷管枪的保险栓。

“你认识这条坑道吗，麦克？”

“不很熟，这是新挖的。我想根据我从显像板看到的，我该认得出来，不过……”

漫长的几分钟过后，麦克又说：“摸这里！”

鲍尔用包覆着金属的手掌按向墙壁，手指感到一阵轻微的震动。自然，他听不到任何声音。

“爆炸！距离我们很近。”

“把眼睛张大点。”鲍尔说。

多诺凡不耐烦地点了点头。

一道青铜色光芒掠过他们的视野——在他们回过神来之前，它已倏来倏去消失无踪。两人在寂静中紧贴在一起。

鲍尔悄声道：“你想他感测到我们了吗？”

“希望没有，但我们最好绕到他们侧面。走右前方第一条支道。”

“万一我们完全走岔了呢？”

“好吧，你打算怎么做？回去？”多诺凡凶巴巴地咕哝，“他们就在方圆四分之一英里内。我刚才正在显像板上观察他们，对不对？而且我们只剩两天时间……”

“喔，闭嘴，你在浪费你的氧气。这里是不是一条支道？”手电筒闪了闪，“没错，咱们走。”

震动变得显著许多，脚下的地面也在不安地颤抖。

“这是好现象，”多诺凡说，“不过，千万别波及我们。”他忧心忡忡地用手电筒照向前方。

现在，他们半举起手就能碰到坑道的顶端，那些支柱都是新架设的。

多诺凡犹豫起来。“死路一条，我们回头吧。”

“不，慢着。”鲍尔笨手笨脚地挤到前面，“前头是不是有光线？”

“光线？我完全没看到。这底下怎么会有光线？”

“机器人发的光。”他手脚并用，爬上一个低缓的斜坡。多诺凡耳中传来他嘶哑焦急的声音：“嘿，麦克，上来这里。”

那里果然有光亮。多诺凡爬了上去，越过鲍尔伸直的双腿。“一个洞口？”

“是的。他们一定正在从另一侧挖掘这条坑道——我这么想。”

多诺凡摸了摸这个洞口的粗糙边缘。在电筒光芒的谨慎照耀下，看得出另一头是个较大的坑道，而且显然是一条主干道。可是这个洞口太小，成人无法通过，就连两人同时看出去都有困难。

“那边什么也没有。”多诺凡说。

“好吧，现在没有。但一秒钟前一定有，否则我们不会看到光亮。小心！”

周围的坑壁左右摇晃。他们感到一阵冲撞，一股细微的尘土如雨点般落下。鲍尔小心地抬起头，又朝洞口看了看。“没错，麦克，他们在那里。”

闪闪发光的机器人群集在五十英尺外的主干道上，金属手臂正卖力地清理刚炸下来的碎石堆。

多诺凡急切地催促道：“别浪费时间。他们要不了多久就能完工，下次爆炸就可能波及我们。”

“看在圣彼得的份上，别催我。”鲍尔备好雷管枪，双眼焦虑地在昏暗的背景中寻找目标——唯一的照明只有机器人发出的光亮，以致连圆石与阴影都无法分辨。

“坑顶有一块，看到没有，几乎在他们头上。刚才的爆炸没怎么摇撼它。如果你能射中它的基部，一半的坑顶都会崩塌。”

鲍尔沿着那根模糊的手指望去。“行！现在你紧盯着那些机器人，祈祷他们别离开坑道那部分太远，他们是我唯一的光源。七个都在那里吗？”

多诺凡数了数。“七个都在。”

“好吧，那么，看着他们。看着每一个动作！”

他将雷管枪举了起来，做好射击准备。多诺凡则定睛望着，诅咒着，还不时眨眨眼，挤出眼中的汗水。

发射了！

随即传来一阵巨响，以及一连串猛烈的震荡，接着是一股强大的推力，将鲍尔重重甩到多诺凡身上。

多诺凡吼道：“格里，你把我撞开了，我什么也没看到。”

鲍尔狂乱地四下张望。“他们在哪里？”

多诺凡陷入麻木的沉默。机器人早已失去了踪影，四周有如冥河般黑暗。

“你想，我们把他们埋葬了吗？”多诺凡以颤抖的声音问。

“我们下到那里去，别问我心里在想什么。”鲍尔以惊人的速度向后爬。

“麦克！”

跟在后面的多诺凡停下脚步。“现在又有什么问题？”

“慢着！”鲍尔急促而不规则的呼吸声传入对方耳中，“麦克！你听见了吗，麦克？”

“我就在这里。怎么回事？”

“我们被封住了。把我们震倒的不是五十英尺外的坑顶崩塌，而是我们自己的坑顶。震波把它震下来了。”

“什么！”多诺凡爬到坚硬的障碍物之前，“打开手电筒。”

鲍尔依言照做，却连兔子能钻过去的洞都找不到。

多诺凡轻声道：“好啦，你知道怎么回事吗？”

他们浪费了一点时间与一些膂力，试图移开那些封死坑道的落石。此外，鲍尔还试图扯动原先那个洞口的边缘。有那么一下子，鲍尔甚至举起雷管枪。可是在这么近的距离，开枪无异于自杀，而他心知肚明。于是，他坐了下来。

“你知道吗，麦克，”他说，“我们实在是把事情搞砸了。大卫究竟出了什么问题，我们仍然毫无线索。这是个好主意，可是我们弄巧成拙。”

多诺凡吃力地向前望去，可惜他的好眼力在黑暗中完全派不上用场。“我不愿让你心神不宁，老兄，但姑且不论我们对大卫的问题知道多少，我们或多或少陷在这里了。如果无法脱困，伙伴，我们就会死掉，死——掉。总之，我们还有多少氧气？不超过六小时。”

“这点我想到了。”鲍尔的手伸向早已快憋死了的八字胡，却徒劳地叮当一声撞在透明视罩上，“当然，这段时间中，我们能让大卫轻易把我们挖出来，只不过我们那场了不起的危急状况，一定早已把他吓跑，而他的无线电又失灵了。”

“这不是很妙吗？”

多诺凡爬向那个洞口，设法将罩在金属头盔内的脑袋钻出去，头盔却和洞口接得严丝合缝。

“嘿，格里！”

“什么事？”

“假如我们把大卫召到二十英尺内，他就会恢复正常，我们就有救了。”

“当然，可是他在哪里？”

“在坑道里头——很里头。看在圣彼得的份上，别再拉我，我的脑袋都要给你拉掉了。我会让你有机会看的。”

鲍尔设法将头钻出去。“我们办到了。看看那些蠢材，他们一定是在跳芭蕾。”

“别再发表无关的评论。他们接近一点没有？”

“还不敢说，他们太远了。给我个机会，把手电筒递给我好吗？我要试着吸引他们的注意。”

两分钟后他便放弃了。“毫无机会！他们一定瞎了。呃——喔，他们正朝我们走来。你知道怎么回事吗？”

多诺凡说：“嘿，让我看看！”

一场无声的扭斗后，鲍尔说：“好吧！”于是又轮到多诺凡伸出了头去。

他们正逐渐接近。大卫昂首阔步走在前面，他身后的六个“手指”则是一队嘉年华会的队伍。

多诺凡惊叹道：“他们在干什么？我还真想知道。看来像是里尔舞——大卫是总指挥，否则我就猜不透了。”

“喔，别再对我多作描述。”鲍尔抱怨道，“他们有多近了？”

“在五十英尺内，正朝这个方向走来。我们十五分钟就能脱……呃——呼，呼！嘿——嘿！”

“怎么回事？”多诺凡的连串吼声令鲍尔大吃一惊，好几秒钟后才恢复过来，“好啦，换我看看吧，别贪心得要死。”

他奋力向上钻，多诺凡却乱踢一阵。“他们来个向后转，格里，他们要走了。大卫！嘿，大——卫！”

鲍尔尖叫道：“你这个傻瓜，那有什么用？声音传不出去。”

“好吧，那么，”多诺凡喘着气说，“用脚踢坑壁，用手使劲敲，弄点震动出来。我们非得设法吸引他们的注意不可，格里，否则我们就完了。”他像个疯子一样拳打脚踢。

鲍尔推了推他。“慢着，麦克，慢着。听好，我有个主意。暮气的木星啊，这正是用四两拨千金的时候。麦克！”

“你想干什么？”多诺凡将脑袋拔出来。

“快让我钻进去，免得他们脱离射程。”

“脱离射程！你准备做什么？嘿，你拿那把雷管枪要做什么？”他一把抓住鲍尔的手臂。

鲍尔猛力挣脱。“我准备做一次小小的射击。”

“为什么？”

“待会儿再说，先让我看看管不管用。要是管用，那么——让路，我要开一枪！”

远方那些机器人好像一群萤火虫，而且越来越小。鲍尔紧张兮兮地瞄准目标，然后扣了三次扳机。他随即放下枪，惶恐地向外窥视。一个从属机器人倒下了！现在仅剩六个闪闪发光的身形。

鲍尔试探性地透过发射机叫道：“大卫！”

一会儿后，回答便在两人耳中响起。“老板？你在哪里？我的三号从属胸部被打爆，无法继续服役了。”

“别管你的从属啦，”鲍尔说，“我们困在一个坍塌里，就在你们刚才爆破的地方。你看得见我们的电筒光芒吗？”

“当然，我们马上过去。”

鲍尔向后一靠，松懈下来。“好友，事情结束了。”

多诺凡带着哭声，非常轻柔地说：“好吧，格里，你赢了，我趴在你脚下给你磕几个头。现在别对我讲任何废话，只要平心静气地告诉我，这一切是怎么回事。”

“简单。只不过是我们从头到尾忽略了最明显的一点——和往常一样。我们知道问题出在个体主动性电路，而且总是在危急状况时发生，但我们却以为起因是某个特定的命令，因而一直在找那个命令。但为何就该是一个命令呢？”

“为何不呢？”

“这个嘛，听好。为何不能是某一类命令呢？哪一类命令需要最大的主动性？哪一类命令几乎总是在危急时才发出？”

“别问我，格里，告诉我！”

“我正在这样做！那就是六重命令。在所有的普通情况下，总有几个‘手指’在做例行工作，不需要密切监督——像我们的身体应付例行的行走动作那样不经大脑。可是在危急状况下，六个从属都得立刻同时动员。大卫必须一次应付六个机器人，于是某项功能便打了折扣。剩下的就很简单——任何降低主动性需求的因素，例如有人出现，都会使他恢复正常。所以我毁掉其中一个机器人，这样一来，他就只需要传送五重命令。主动性减少了——他就正常了。”

“你是怎么想到这一切的？”多诺凡追问。

“只是个合乎逻辑的猜测。我试了试，结果管用。”

机器人的声音又传到他们耳朵里。“我来了，你们能支持半小时吗？”

“没问题！”鲍尔答道。然后，他又继续对多诺凡说：“现在工作应该简单了。我们把电路彻查一遍，专注于那些对六重命令会不堪负荷的部分。这样工作量还剩下多少？”

多诺凡思量了一番。“我想不多。假如大卫和我们在工厂里见到的原型一样，那么唯一有关联的部分，只有一个特殊的协调电路。”他突然出人意料地快活起来，“嘿，这实在太好了，简直是轻而易举。”

“好吧。你好好想一想，我们回去就开始检查蓝图。现在，在大卫救我们出去之前，我要休息一下。”

“嘿，慢着！再告诉我一件事。每次那些机器人发癫的时候，他们那些古怪的操练，那些可笑的舞步，究竟又是怎么回事？”

“那个？我不知道，但我有个想法。别忘了，那些从属是大卫的‘手指’。我们一直那样说，你记得吧。好的，我的想法是，每当大卫变成精神病患时，他就进入心智耗弱的迷乱状态，不知不觉玩弄起自己的手指头。”

苏珊·凯文神情淡漠地讲述着鲍尔与多诺凡的事迹，但在提到机器人的时候，她的声音便会透出热情。她没有花多少时间，就讲完了速必敌、小可爱与大卫的故事。我及时打断她的话头，否则她会再扯出半打机器人来。

我说："地球上从未发生过任何事吗？"

她微微皱起眉头，望着我说："没有，在地球上，我们很少和运作中的机器人打交道。"

"喔，这可太糟了。我的意思是，你们的实地工程师成就非凡，但难道不能请您现身说法吗？您没碰到过在您面前出问题的机器人吗？您也知道，这可是您的周年纪念专辑。"

我发誓她真的脸红了。她说："在我面前出问题的机器人？天啊，我有多久没想到这件事了？啊，那是将近四十年前的事。绝对没错！2021年！当时我只有三十八岁。喔，我的天——我想还是别说比较好。"

我默默等待，十分确定她会改变心意。"有何不可？"她说，"现在他无法伤害我了，就连回忆也无法再伤害我。我曾经做过一件傻事，年轻人，你会相信吗？"

"不会。"我说。

"真的。不过，厄比是个透视心灵的机器人。"

"什么？"

"独一无二、空前绝后的一个。那是个错误……"

第五篇

骗子！

艾弗瑞德·兰宁仔细点燃雪茄，指尖却在微微颤抖。当他趁着吞云吐雾的空当开口时，一双灰色的眉毛垂得很低。

“没错，他能透视心灵——这点他妈的没啥疑问！可是原因呢？”他望向数学家彼得·玻格特，“你怎么说？”

玻格特用双手将一头黑发压平。“那是我们生产的第三十四个RB型机器人，兰宁。其他的都百分之百正规。”

会议桌旁第三个人皱起眉头。他名叫米尔顿·艾席，是美国机器人与机械人股份有限公司最年轻的一位主管，对自己的职位颇为自豪。

“听着，玻格特。装配过程从头到尾没有任何差错，这点我能保证。”

玻格特的厚嘴唇扯出一个故作大方的笑容。“你保证吗？你若能为整个装配线负责，我就推荐你晋升。根据精确数据，光是制造一个正子脑，就需要七万五千二百三十四道操作手续。每道手续的成败都取决于众多因素，从五项到一百零五项不等。假如任何一道手续发生严重错误，那个‘脑子’就毁了。我是在引用我们资料夹中的叙述，艾席。”

米尔顿·艾席面红耳赤，但他的答辩却被第四个声音封杀。

“如果一开始就试图互相推诿，那我可要走了。”苏珊·凯文双手放在膝盖上，紧紧握在一起，她苍白而细薄的嘴唇周围细小的皱纹显得更深了。“我们手上有个透视心灵的机器人，在我看来，重要的是我们得查出他究竟为何能透视心灵。我们应该尽快着手，而不是坐在这里说‘你的错。我的错。’”

她用冰冷的灰色眼珠盯着艾席，后者咧嘴一笑。

兰宁同样咧嘴一笑。正如每回在这种场合一样，他那又长又白的头发，以及一双慧黠的小眼睛，使他看来活脱是圣经中的长老。“你说得有理，凯文博士。”

他的声音突然变得干脆利落。“以最简单扼要的方式来说，我们造出一个正子脑，它应该属于普通式样，如今却拥有惊人的特质，竟然能和思想波调谐。如果我们知道这是如何发生的，将标示着数十年来机器人学最重大的进展。但我们还不知道，所以我们必须找出原因。大家明白吗？”

“我能否提个建议？”玻格特问。

“说吧！”

“身为数学家，我预料这是个非常棘手的谜团。我想提议对RD-34的存在保密，直到我们真正解开这个谜。我的意思是，甚至对其他员工也一律保密。身为各部门的主管，我们不该认为它是个无解的问题，而愈少人知道……”

“玻格特说得对。”凯文博士说，“自从行星际法令作了修订，准许机器人运到太空前可在厂内先行测试，反机器人的宣传就变本加厉。假如说，在我们能宣布已经完全控制局面之前，便有只字片语泄露出去，让外人知道有个能透视心灵的机器人，很可能会有人趁机大做文章。”

兰宁一面抽着雪茄，一面严肃地点着头。然后，他转头对艾席说：“我想你说过，当你发现这个透视心灵的现象时，你身边没有其他人。”

“我的确是单独一人——我这辈子从未那么惊吓过。RB-34刚从装配台上搬下来，他们就把他送交给我。刚好奥伯曼不在，所以我亲自带他去测试室——至少，我是准备把他带下去。”艾席顿了顿，嘴唇扯出一抹浅浅的微笑。“嘿，你们有谁曾在不知不觉间，进行过一场思想交谈？”

大家都懒得回答，于是他继续说：“你知道吗，你最初并不会发觉。他就这么跟我说话——无论你想象那些话多有逻辑、多么合理都不为过——直到几乎来到测试室的时候，我才察觉自己一句话也没说。当然，我想了很多，但那可是两回事，对不对？我赶紧把那玩意锁了起来，就跑去找兰宁。但是让他跟我走了一段，冷静地窥探我的思想，在里面翻翻拣拣，真令我有一种毛骨悚然的感觉。”

“我能想象。”苏珊·凯文若有所思地说，她正以一种古怪的专注目光凝视着艾席。“我们多么习惯将自己的思想视为隐私。”

兰宁不耐烦地插嘴道：“那么，只有我们四个知道。好吧！我们一定得有系统地展开行动。艾席，我要你从头到尾检查一遍装配线——不得有任何遗漏。你要排除一切不可能有机会出错的手续，再列出所有可能出错的，包括错误的性质和可能的程度。”

“苛刻要求。”艾席咕哝道。

“自然如此！当然，你要派你的手下去做这项工作——有必要的话通通派出去，我并不在乎我们是否落后进度。可是不能让他们知道为什么，你了解吧。”

“嗯——嗯，了解！”年轻技师咧嘴苦笑，“仍然是个扎手的差事。”

兰宁将转椅转个方向，以便面对凯文。“你必须从另一个角度钻研这个问题。你是厂里的机器人心理学家，所以你要用逆向思考，从研究这个机器人本身着手。试图查出他如何运作；看看还有什么和他的精神感应力有牵扯的因素，它们产生多大的影响，它们如何扭曲他的见解，以及究竟对他的一般RB特性造成何种损害。你听懂了吗？”

兰宁并没有等凯文博士答话。

“我负责协调这项工作，并以数学方式诠释各项发现。”他猛力喷出一口烟，透过烟雾吐出后面的话，“当然，玻格特要帮我的忙。”

玻格特一面用胖手掌磨着另一只手的指甲，一面以温和的口气说：“我就知道，我对这方面略知一二。”

“好啦！我们开始吧。”艾席把椅子向后推，站了起来，年轻快活的脸庞扯出一个笑容。“我分到了最要命的差事，所以我要赶紧去干活了。”

他临走还含糊地说了一句：“回头见！”

苏珊·凯文浅浅地点头答礼，她的目光却一直目送他出去。此时兰宁咕哝道：“你想不想现在就上去看看RB-34，凯文博士？”而她却没有回答。

房门铰链刚刚响起旋转的闷声，RB-34的光电眼便离开书本。等到苏珊·凯文走进来的时候，他早已经站了起来。

她停下脚步，将门上巨大的“禁止入内”标示扶正，这才走向那个机器人。

“厄比，我给你带来些超原子发动机的教科书——好歹带了几本。你想不想看一看？”

RB-34（也就是厄比）从她手中接过三本厚厚的书籍，翻开其中一本的首页。

“嗯——嗯！《超原子学理论》……”他一面翻书，一面喃喃地自言自语。然后，他带着心不在焉的神态说：“请坐，凯文博士！这得花我几分钟的时间。”

机器人心理学家自己找个座位，坐下来仔细观察厄比。他则在桌子另一侧拣了一张椅子坐下，开始有系统地消化那三本书。

半小时过后，他放下书本。“当然，我知道你为什么带这些书来。”

凯文博士的嘴角抽动一下。“我就在担心这点。跟你打交道可不容易，厄比，你总是抢先我一步。”

“你知道吗，这些书和其他书籍没什么差别，就是无法引起我的兴趣。你们的教科书里什么也没有；你们的科学只是一堆搜集来的数据，靠临时的理论粘在一起——而且全都简单到不可思议，简直不值得我浪费时间。

“让我感兴趣的是你们的小说。你们会研究人类的动机以及情感的互动关系……”当他在搜寻适当的词汇时，强壮的手臂做了一个含糊的手势。

凯文博士悄声道：“我想我了解。”

“你也知道，我能看透心灵。”机器人继续说，“你无法想象它们有多复杂。因为我自己的心灵和它们交集那么少，所以我还无法了解其中的一切——但我在尝试，而你们的小说对我有帮助。”

“没错，但只怕你从当今多愁善感的小说中，有了些悲伤而感性的体验后——”她的声音中带点苦涩，“你会发现像我们这样的真实心灵枯燥无味、毫无特色。”

“可是我不会！”

这句突然中气十足的回答令她不禁站了起来。她觉得自己的脸正在涨红，心想：他一定知道！

厄比陡然平静下来，低声喃喃道：“可是，我当然知道，凯文博士。你总是想到这件事，我怎能不知道呢？”现在他的金属音质几乎完全消失。

她板起脸孔。“你曾经——告诉过任何人吗？”

“当然没有！”这句话透着真正的惊讶，“没有任何人问过我。”

“好吧，那么，”她脱口而出，“我想你认为我是个傻瓜。”

“不！它是正常的感情。”

“或许正因为如此，它才这么愚蠢。”她声音中的渴望之情淹没一切，某些女性特质穿透博士的外衣向外窥探。“我不具有你所谓的——吸引力。”

“如果你仅是指外表的吸引力，那我无从判断。但我知道，无论如何，还有其他种类的吸引力。”

“也不年轻了。”凯文博士几乎没有听到机器人说的话。

“你还不到四十。”厄比的声音中逐渐流露焦急的坚持。

“按年头算，我今年三十八；论及我对人生的多愁善感，我已经是六十岁的老太婆。我这个心理学家难道是假的吗？”

她喘着气，硬着头皮说：“而他才刚满三十五岁，而且外表和动作还要更年轻。你认为他曾经……曾经多看我一眼吗？”

“你错了！”厄比的钢铁拳头击向高分子桌面，激起一下尖锐的铿锵声。“听我说……”

此时苏珊·凯文却猛然转向他，眼中的痛苦化作怒火。“我为何要听？总之，你对整件事又知道多少，你……你这架机器。我对你而言只是个标本；是个有趣的、具有特殊心灵的小虫，躺在解剖台上让你检视。这是个幻灭的极佳范例，对不对？几乎和你看的那些小说一样精彩。”带着哭音的话语突然哽咽，她沉默下来。

这场发作吓得机器人缩头缩脑，他恳求般摇了摇头。“请听我说好不好？如果你愿意，我可以帮你。”

“怎么帮我？”她撇了撇嘴，“给我一些忠告？”

“不，不是那样。只是我刚好知道别人心里怎么想——比方说米尔顿·艾席。”

接下来是好长一段沉默，然后苏珊·凯文垂下眼睑。“我不想知道他怎么想，”她气喘吁吁，“你给我闭嘴。”

“我认为你希望知道他怎么想。”

她的头仍旧低着，但她的呼吸却更加急促。“你在胡言乱语。”她悄声道。

“我为什么要那样做？我是在试图帮你。米尔顿·艾席对你的想法……”他顿了顿。

机器人心理学家抬起头来。“怎么样？”

机器人平心静气地说：“他爱你。”

足足有一分钟之久，凯文博士未曾开口，只是茫然瞪着眼睛。然后她说：“你搞错了！你一定搞错了。他为什么要爱我？”

“但他真的爱你。像这样的事是无法隐瞒的，至少瞒不过我。”

“但我是这么……这么……”她结结巴巴地打住。

“他看的不只是表相，他懂得欣赏别人的才智。米尔顿·艾席不是那种会娶一头秀发、一对美目的人。”

苏珊·凯文发觉自己拼命眨着眼睛，一时之间说不出话来。过了好一会儿，她的声音依然打战。“但他绝对没有以任何方式表示……”

“你曾经给过他任何机会吗？”

“我怎么会？我从来没想到……”

“这就对啦！”

机器人心理学家陷入沉思，不久忽然抬起头来。“半年前，有个女孩来厂里找他。我认为她很漂亮——金发，身材苗条。当然，她连二加二几乎都不会。他花了一整天时间向她吹嘘，试着解释机器人是怎么拼装的。”说到这里，她又恢复刚硬的口气。“她并不了解！她是谁？”

厄比毫不迟疑地答道：“我知道你说的这个人。她是他的亲堂妹，这里头没有任何爱恋成分，我向你保证。”

苏珊·凯文轻快地起身，动作有如少女般活泼。“这是不是很奇怪？那正是我有时用来安慰自己的说法，尽管我从未真正这样想。这么说，一切都是真的了。”

她跑到厄比面前，双手紧紧抓住他冰冷而沉重的手掌。“谢谢你，厄比。”她以急切且沙哑的细声说，“这件事别告诉任何人，把它当成我们的秘密——再次谢谢你。”说完，她又使劲握了握那只毫无反应的金属手掌，便径自离去。

厄比慢慢拾起抛在一旁的小说，却没有任何人看透“他”的心灵。

米尔顿·艾席缓缓地、大喇喇地伸了一个懒腰，引发关节一阵噼啪作响，以及一串咕噜咕噜的哼声。然后，他张大眼睛瞪着彼得·玻格特博士。

“我跟你讲，”他说，“我为这件事已经忙了一个星期，几乎没时间睡觉。我还得像这样忙上多久？我想你曾经说过，问题出在D真空室的正子轰击上。”

玻格特优雅地打了个呵欠，兴致勃勃地审视着自己一双白晰的手掌。“是的，而我摸到边了。”

“当一名数学家这么说的时候，我知道它代表什么意思。你距离成功还有多远？”

“这都取决于……”

“取决于什么？”艾席倒在一张椅子上，一双长腿向前伸。

“取决于兰宁，这老家伙不同意我的看法。”他叹了一口气，“有点跟不上时代，那正是他的问题。他死守着矩阵力学，把它当成一切的一切，而这个问题却需要更强有力的数学工具。他可真固执。”

艾席带着睡意喃喃道：“何不问问厄比，把整件事作个了结。”

“问那个机器人？”玻格特扬起眉毛。

“有何不可？那老小姐没告诉你吗？”

“你是指凯文？”

“是啊！就是苏珊。那机器人是个数学鬼才，他对数学的认识比百分之百还多一点。他能在脑中计算三重积分，还把张量分析当点心吃。”

数学家狐疑地瞪着对方。“你没开玩笑？”

“我发誓！怪就怪在那傻子不喜欢数学。他宁可读些愚不可及的小说。千真万确！你该看看苏珊一再拿给他的那些劣等作品：《紫色激情》《太空之恋》。”

“凯文博士没对我们提一个字。”

“这个嘛，她对他的研究尚未结束。你知道她的作风，在揭露大秘密之前，她喜欢让一切不漏风声。”

“而她告诉了你。”

“我们的交谈可算无法避免，我最近经常见到她。”他将眼睛张得老大，还皱起眉头，“嘿，玻格特，你最近可注意到这位女士有什么不对劲？”

玻格特咧开嘴，露出不大庄重的笑容。“她开始涂口红，或许你指的是这件事。”

“哎呀，这点我知道。她还搽胭脂抹粉，外带画眼影，可真惹人注目。但我指的不是这个，我对这方面无可置评。我是指她说话的方式——好像有件事令她很开心。”他想了想，然后耸耸肩。

玻格特做了个眉目传情的眼神，对一位年过五十的科学家而言，他的表演还真不赖。“也许她坠入爱河了。”

艾席再度闭上眼睛。“我看你是疯了，玻格特。你去跟厄比谈谈，我要待在这儿睡上一觉。”

“好！但这并不表示我特别喜欢让一个机器人告诉我怎么做，而且我也不认为他办得到！”

轻微的鼾声是对他唯一的回答。

彼得·玻格特双手插在口袋里，刻意以漠然的态度叙述他的问题，厄比则聚精会神地聆听。

“事情就是这样。我听说你了解这些事，而我来问你，最主要是出于好奇。我的推论，正如我刚刚大略说明的，里面有几项可疑的步骤，这点我承认，因此整个图像仍然不太完整，而兰宁博士也拒绝接受这些步骤。”

机器人并未回答，玻格特又说：“怎么样？”

“我看不出错误。”厄比研究着那些潦草的计算。

“我想除了这句话，你无法再有任何贡献？”

“我不敢尝试，你是比我更优秀的数学家，而且——嗯，我不愿介入这件事。”

玻格特的笑容中带着几许自满。“我差不多也是这么想。这太深了，我们忘掉它吧。”他将那几张纸揉掉，丢进废弃物管道，转身正要离去，又突然改变主意。

“对啦……”

机器人一言不发地等着。

玻格特似乎难以启齿。“有件事……我是说，也许你能……”他打住了。

厄比平心静气地说：“你的思绪一团混乱，但毫无疑问，它和兰宁博士有关。迟疑不决是件傻事，因为只要你静下心来，我马上会知道你想要问什么。”

数学家的右手举到光滑平整的头发上，做了个惯常的梳理动作。“兰宁快七十岁了。”他说，仿佛这句话就能解释一切。

“这点我知道。”

“而且他担任本厂的主任已经将近三十年。”厄比点了点头。

“好，那么，”玻格特改用逢迎的口吻说，“你会知道他是否……是否想到退休。例如由于健康因素，或是其他……”

“是啊。”厄比只是这么说。

“好，你知道吗？”

“当然。”

“那么——呃——你能不能告诉我？”

“既然你问了，我就会说。”机器人的应对相当实事求是，“他已经辞职了！”

“什么！”这是一声猛然脱口、几乎含糊不清的惊叹。然后，这位数学家的大脑袋向前一伸。“再说一遍！”

“他已经辞职了，”机器人以平静的语气重复，“可是还没有生效。你懂吗，他还等着解决——呃——我自己这个问题。等这件事结束后，他就准备把主任办公室移交给继任人选。”

玻格特猛力吐出一口气。“而这个继任人选，他是谁？”现在他离厄比相当近，双眼着魔似地紧盯着那对深不可测的暗红色光电眼。

机器人慢慢答道：“你就是下一任主任。”

玻格特绽放出僵硬的笑容。“真是太好了，我一直在盼望和等待这件事。谢谢你，厄比。”

彼得·玻格特在书桌前一直待到清晨五点，稍事休息后，上午九时他又回来工作。书桌上方的书架原本摆有一排参考书与数值表，但随着他一本接一本参考，书架已经完全腾空。他面前的计算纸以微量的速度增加，脚下揉皱的潦草手稿则堆积成一座小山。

正午时分，他看看最后一页计算，揉揉充血的眼睛，打了个呵欠，又耸了耸肩。“简直越来越糟，该死！”

开门声使他转过头去。进来的是兰宁，他正用瘦骨嶙峋的双手将指节扳得噼啪响。

玻格特对他点了点头。这位主任见到屋内凌乱不堪，两道眉毛皱成一团。

“新途径？”他问。

“不，”对方以挑衅的口吻回答，“原来的有什么不妥？”

兰宁懒得答复这个问题，对书桌上那叠纸也只是随便瞥一眼。他一面点燃雪茄，一面透过火柴的光焰说：“凯文有没有跟你提到那个机器人？他是个数学天才，实在不同凡响。”

对方高声嗤之以鼻。“我听说了。但凯文还是专管机器人心理学比较好。我检查过厄比的数学能力，他几乎连微积分都过不了关。”

“凯文却不这么想。”

“她疯了。”

“而我也不这么想。”主任眯起眼睛，透出一种威胁感。

“你！”玻格特的声音转趋强硬，“你在说些什么？”

“整个上午，我都在测试厄比的本事，他有些你闻所未闻的绝招。”

“是吗？”

“你好像不信！”兰宁从背心口袋掏出一张纸，再将它打开，“这不是我的笔迹，对不对？”

玻格特对纸上的大型斜体符号研究了一番。“厄比做的？”

“是的！你只要留意就能看出来，他所做的是对二十二号方程式的时间积分。得到的结果——”兰宁用泛黄的指甲敲了敲最后一行，“和我的结论一模一样，却只花了四分之一的时间。你没有理由忽略正子轰击中的林格效应。”

“我没有忽略，它会被抵销掉。看在老天的份上，兰宁，把这点装进你的脑袋……”

“喔，是啊，你解释过。你还用到了米契尔平移方程式，对不对？哼——它不适用。”

“为什么？”

“理由之一，因为你一直在用超虚数。”

“那又有什么关系？”

“这样一来，米契尔方程式就不成立……”

“你疯了吗？如果你读读米契尔的原始论文……”

“我不必那样做。我一开始就告诉你，我不喜欢他的论证，这点厄比支持我。”

"好吧，那么，"玻格特吼道，"让那个上发条的机器帮你解决整个问题好了。何必在细枝末节上浪费时间？"

"那正是关键，厄比无法解决这个问题。如果他不能，那我们也不能——不能独力解决。我要把整个问题送到全国委员会，它超出了我们的能力范围。"

玻格特面红耳赤，在咆哮声中一跃而起，连椅子都差点撞翻。"你不可以做这种事。"

这回轮到兰宁涨红了脸。"你在告诉我什么能做什么不能做？"

"一点没错。"对方咬牙切齿地回应，"我把这个问题解决了，你不能从我手里把它抢走，懂吗？别以为我看不透你，你这个风干的化石。你宁愿切掉自己的鼻子，也不愿承认是我解决了机器人精神感应之谜。"

"你是个该死的白痴，玻格特，一秒钟之内，我就能让你因为犯上而遭停职。"兰宁激动得下唇不停打战。

"你做不到这件事，兰宁。有个透视心灵的机器人在这里，你什么秘密也保不住，所以别忘了，我对你的辞职一清二楚。"

兰宁手中的雪茄开始打战，烟灰纷纷落地，然后雪茄也跟着掉下来。"什么……什么……"

玻格特邪恶地咯咯大笑。"而我会是新主任，你给我搞清楚。这点我非常明白，别以为我一无所知。你瞎了眼，兰宁。我将在这里发号施令，不管你受得了受不了，等着瞧吧。"

兰宁终于能发出声音，立刻怒吼道："你被停职了，听到没有？你的职务通通解除了。你给免职了，了解吗？"

对方脸上的笑意更浓了。"哈，这又有什么用？你什么也办不到。我手中握着王牌，我知道你已经辞职。是厄比告诉我的，是他直接从你那里获悉的。”

兰宁强迫自己心平气和地说话。他看来非常、非常苍老，双眼困倦无神，面容血色尽失，显出一张苍白蜡黄的老脸。“我要找厄比谈谈，他不可能告诉你那种事。你在进行一场狡猾的赌博，玻格特，但我要拆穿你唬人的把戏。跟我来！”

玻格特耸了耸肩。“去找厄比？很好！他妈的好极了！”

同样在正午时分，米尔顿·艾席画好一张笨拙的草图，抬起头来说：“你有概念了吗？我对于画这种东西不太在行，但它的外观就是这样。它是一栋漂亮的房子，我只要花一点点钱就能买下来。”

苏珊·凯文含情脉脉凝视着他。“它实在美丽，”她叹了一口气，“我常常想，我希望……”她的声音逐渐消失。

“当然啦，”艾席放下铅笔，神采奕奕地继续说，“我得等到放假才能办这件事。我只有两周的假期，但厄比这件事却让一切悬在半空中。”他的目光落到自己的指甲上，“此外，还有一个原因——但它是个秘密。”

“那就别告诉我。”

“喔，我还是说说比较好，我忍不住想找个人一吐为快——而你可算是我在这里最好的——呃——倾吐对象。”他羞怯地咧嘴一笑。

苏珊·凯文一颗心怦怦乱跳，可是她不敢开口。

“坦白说，”艾席把椅子拖近些，并将声音压低成神秘兮兮的耳语，“那栋房子不只我一个人住，我快结婚了！”

说到这里，他突然跳起来。“怎么回事？”

“没事！”可怕的天旋地转已经停止，但要开口却仍然很困难。“结婚？你是指……”

“啊，当然！是时候了，对不对？你记得去年夏天来这儿的那个女孩吧，就是她！但你真的不舒服，你……”

“头痛！”苏珊·凯文孱弱无力地挥手要他闪开，“我……我最近一直有这个毛病。当然，我要……要恭喜你。我很高兴……”在她惨白的脸上，没涂匀的胭脂变成两团难看的红斑。这时，周遭的一切又开始旋转。“对不起……失陪……”

她一面含糊说着，一面摇摇晃晃夺门而出。这好像是只有在梦中才会突然出现的噩耗——伴随着梦中那一切虚幻的恐怖。

但怎么可能呢？厄比曾说……

厄比知道！他能看穿心灵！

她发觉自己正气喘吁吁地倚在门框上，望着厄比的金属脸孔。她刚才一定爬了两层楼梯，但是她毫无记忆。有如梦境一般，她在瞬间跨越了那段距离。

有如梦境一般！

然而，厄比的眼睛一眨不眨地盯着她，暗红色的光芒似乎逐渐膨胀，变成两个微微发光、令人望而生畏的球体。

他正在说话，而她只感到冰冷的玻璃杯抵住嘴唇。她吞下一口水，打个哆嗦，才对周遭的事物有些察觉。

厄比仍在说话，他的声音透着惶恐——好像他又惊又怕，正在极力辩解。

那些声音逐渐有了意义。“这是一场梦，”他正在说，“你一定不可以相信。你很快会在真实世界中苏醒，而嘲笑此时的自己。他爱你，我不骗你。他爱你，真的！但不是在这里！不是现在！这只是个幻觉。”

苏珊·凯文点了点头，她的声音有如耳语。“是的！是的！”她抓着厄比的手臂，紧紧抱住，一再重复道，“这不是真的，对不对？这不是真的，对不对？”

她究竟是如何恢复神智的，她自己始终不知道——但那就像穿越一个迷蒙虚幻的世界，来到强烈的阳光下。她推开他，用力推开那只钢铁手臂。她的双眼睁得老大。

“你想要做什么？”她的声音提高成刺耳的尖叫，“你想要做什么？”

厄比退了几步。“我想帮助你。”

机器人心理学家瞪着他说：“帮助？怎样帮助？告诉我这是一场梦？试图逼得我精神分裂？”她陷入歇斯底里的紧绷状态，“这不是一场梦！我倒希望它是！”

她猛力倒抽一口气。“等等！为什么……哈，我懂了。慈悲的苍天啊，这多么明显。”

机器人的声音中透着恐惧。“我必须这样做！”

“而我竟然相信你！我从未想到……”

门外的嘈杂声使她暂时住口。她转过身去，双手痉挛似的一松一紧。当玻格特与兰宁进来的时候，她已经站在角落的窗前，两位男士丝毫未曾留意她。

他们同时向厄比走去，兰宁愤怒而不耐烦，玻格特则是一副看笑话的神情。兰宁首先开口道：“好，厄比，听我说！”

机器人将目光猛然射向年迈的主任。“好的，兰宁博士。”

“你有没有和玻格特博士讨论过我的事？”

“没有，主任。”回答来得很慢，玻格特脸上的笑容随即消失。

“怎么回事？”玻格特挤到上司前头，叉开双腿站在机器人面前，“重复一遍你昨天对我说的话。”

“我说……”厄比陷入沉默。在他体内深处，金属发声膜片振荡出轻微的杂音。

“你没有说他辞职了吗？”玻格特怒吼道，“回答我！”

玻格特狂暴地举起手臂，但兰宁赶紧推开他。“你要胁迫他说谎吗？”

“你听到他说什么了，兰宁，他刚要承认就闭上了嘴。别挡着我！我要他吐露实情，懂吧！”

“我来问他！”兰宁转身面对机器人，“好吧，厄比，放轻松点。我辞职了没有？”

厄比只是瞪着眼睛，兰宁焦急地重复一遍：“我辞职了没有？”机器人似乎极轻微地摇了摇头，等了半天却没有进一步的结果。

两人互相凝望，两双眼睛里的敌意几乎有了生命。

“搞什么鬼，”玻格特突然冒出一句，“这机器人变哑巴了吗？你这个怪物，你不能讲话吗？”

“我能讲话。”机器人不假思索地答道。

“那就回答这个问题。你不是告诉我说兰宁辞职了吗？他到底有没有辞职？”

接着又是一阵沉闷的寂静，直到苏珊·凯文高亢且近乎歇斯底里的笑声，突然在房间另一端响起，才终于打破这个沉默。

两位数学家吓了一跳。玻格特眯着眼睛说：“你在这里？什么事这么有趣？”

“没什么有趣的。”她的声音不太自然，“只不过上当的并非我一个人而已。全世界数一数二的三位机器人学专家，竟然中了同样一个简单的圈套，这是不是很讽刺？”她的声音逐渐消失，她将苍白的手按向额头。“可是并不有趣！”

这回两位男士互相扬了扬眉毛。“你说的是什么圈套？”兰宁硬邦邦地问道，“厄比有什么问题吗？”

“不，”她慢慢走近他们，“他没什么问题——有问题的是我们。”她猛然转身，对机器人尖叫道，“离我远点！到房间另一端去，别让我看到你。”

在她盛怒的目光下，厄比缩头缩脑、跌跌撞撞地快步离去。

“这一切是怎么回事，凯文博士？”兰宁的声音透着敌意。

她面对他们，以讥讽的口吻说：“你们当然知道机器人学第一基本法则。”

另外两人同时点了点头。“当然，”玻格特不悦地答道，“机器人不得伤害人类，或因不作为而使人类受到伤害。”

“背得多么流利。”凯文讽刺道，“然而，究竟是何种伤害？”

“啊——任何种类的伤害。”

“正是如此！任何种类！可是令人感情受创呢？令人自我受打击呢？令人希望幻灭呢？这些算不算伤害？”

兰宁皱起眉头。“机器人怎么会知道……”然后他猛喘一口气，没有再说下去。

“你已经明白了，是吗？这个机器人能透视心灵。你以为他不知道精神伤害的意义吗？你以为如果有人问他问题，他不会完全按照那人想听的回答吗？其他答案难道不会伤害我们，而厄比难道不知道这点吗？”

“老天啊！”玻格特喃喃道。

机器人心理学家以嘲讽的目光瞥了他一眼。“我想你问过他兰宁是否辞职了。你希望听到的答案是他已经辞职，而厄比正是那样告诉你的。”

“而我想，”兰宁以平板的语气说，“这就是他刚才不愿回答的原因。无论他怎样回答，都会使我们其中一人受到伤害。”

接下来是短暂的沉默，两位男士若有所思地望着远方的机器人——他正缩在书柜旁的椅子里，脑袋枕在一只手上。

苏珊·凯文双眼稳稳地盯着地板。“他全部一清二楚。那个……那个魔鬼知道一切——包括他的装配过程出了什么差错。”她的眼睛忧郁而深沉。

兰宁抬起头来。“这点你说错了，凯文博士。他不知道哪里出了差错，我问过他。”

“这有什么意义？”凯文叫道，“只能说明你不希望他告诉你答案。让一架机器做你做不到的事，会戳伤你的自我——你问过他吗？”她忽然转向玻格特。

“可以这么说，”玻格特咳嗽一声，涨红了脸，“他告诉我，他对数学知道得非常少。”

兰宁发出一阵不很响亮的笑声，机器人心理学家则挖苦地微微一笑。“我来问他！他提出的答案不会伤害我的自我。”她提高音量，发出一句冰冷的命令，“过来！”

厄比随即起身，踏着迟疑的步伐走近他们。

“我想你知道，”她继续说，“在装配过程中，究竟是哪一步引进了一个外来因素，或是遗漏了一项不可或缺的因素。”

“是的。”厄比以几乎细不可闻的声音说。

“慢着。”玻格特气呼呼地插嘴道，“那不一定就是实话。你希望听到这个答案，如此而已。”

“别当傻瓜。”凯文答道，“他对数学的认识等于你和兰宁的总和，这点毫无疑问，因为他能透视心灵。给他一个机会。”

数学家不再作声，于是凯文继续说：“好啦，厄比，说吧！我们等着呢。”她又转头道，“两位，准备纸笔。”

但厄比仍旧默不作声。机器人心理学家带着几许得意说：“厄比，你为何不回答？”

机器人突然脱口而出："我不能，你知道我不能！玻格特博士和兰宁博士不希望我这样做。"

"他们希望得到答案。"

"但不是从我这里。"

此时兰宁插进一句话，说得又慢又清楚："别傻了，厄比，我们的确希望你告诉我们。"

玻格特随便点了点头。

厄比的声音变作狂乱的嚎叫。"那样说有什么用？你以为我看不透你的心灵表层吗？在你的内心深处，你不希望我那样做。我是个机器，仅仅借着脑中的正子活动来模仿生命——我的脑子是人造装置。你要是在我面前低头，就一定会受到伤害。这点深深烙印在你心中，绝不可能抹得去。我不能提出答案。"

"我们走开，"兰宁博士说，"你告诉凯文。"

"那不会有任何不同，"厄比叫道，"因为无论如何，你仍会知道是我提供的答案。"

凯文重新开口，她说："可是你也了解，厄比，纵然如此，兰宁博士和玻格特博士还是想得到答案。"

"靠他们自己的努力！"厄比坚持道。

"但他们想要得到。你拥有答案却不肯说，这个事实也对他们造成了伤害。这点你了解，是吗？"

"是的！是的！"

"而你若是告诉他们，同样会对他们造成伤害。"

"是的！是的！"厄比慢慢向后退，苏珊·凯文步步进逼，另外两人则不知所措、目瞪口呆地僵在原地。

"你不能告诉他们，"机器人心理学家以平板的语调慢慢说，"因为那会造成伤害，而你一定不能伤害人类。但你若不告诉他们，你就会造成伤害，所以你必须告诉他们。而如果你说了，你会造成伤害，所以你不能对他们说；但如果你不说，你会造成伤害，所以你必须说；但如果你说了，你会造成伤害，所以你一定不能说；但如果你不说，你会造成伤害，所以你必须说；但如果你说了，你……”

厄比身子抵住墙壁，双腿跪了下来。“停止！”他尖叫道，“关上你的心灵！它充满了痛苦、挫折和恨意！我不是故意的，我不骗你！我试图帮助你们，我把你们想听的话告诉你们。我不得不这样做！”

机器人心理学家毫不理会。“你必须告诉他们，但如果你说了，你会造成伤害，所以你一定不能说；但如果你不说，你会造成伤害，所以你必须说；但……”

厄比声嘶力竭地惨叫。

那像是音量放大许多倍的短笛声——越来越尖锐，最后变成垂死灵魂的尖声嚎啕，使整个房间充满有形的刺耳噪音。

当这个声音消失时，厄比垮在地上，成了一堆动弹不得的金属。

玻格特面无血色地说：“他死了！”

“不！”苏珊·凯文发出一阵撕心裂肺的狂笑，“不是死了——只是精神错乱。我对他提出一个无解的两难问题，令他精神崩溃。现在你可以将他解体——因为他再也不能说话了。”

兰宁在这堆本是厄比的金属旁跪下。他摸了摸那个冰冷而毫无反应的金属面孔，不禁打个哆嗦。“你是故意这样做的。”他站起来，以扭曲的脸孔对着她。

“是又怎么样？你现在已无法挽回。”她突然悲从中来，喊道，“他罪有应得。”

主任抓起形同瘫痪、一动不动的玻格特一只手腕。“有什么差别呢。来吧，彼得。”他叹了一口气，“会这样思考的机器人，反正毫无价值。”他的眼神显得苍老而疲倦，“来吧，彼得！”他又重复一遍。

两位科学家离去后，又过了好几分钟，苏珊·凯文博士才勉强恢复心理平衡。她的目光缓缓转向那个不死不活的厄比，紧绷的表情重新回到脸上。她凝视良久，得意之情逐渐退去，绝望的沮丧再度浮现——她心中的思绪澎湃汹涌，嘴里却仅仅深恶痛绝地吐出两个字：“骗子！”

自然，访谈就此告一段落。她讲完这个故事之后，我就知道今天不能再套出什么了。她只是坐在书桌后面，苍白的面容毫无表情——整个人沉浸在回忆中。

我说："谢谢您，凯文博士！"但她并未回答。两天后，我才设法再见到她。

第六篇

消失无踪

当我终于再见到苏珊·凯文时，她正站在她的办公室门口，一批批的档案正在往外搬。

她说："你的文章写得怎么样，年轻人？"

"还好。"我说——我已根据自己的想法把它们整理出来，为她口述的骨架添油加醋，配上了对话，并作了一些修饰。"您想不想浏览一遍，看看我有没有诽谤哪个人物，或是哪里错得太离谱？"

"我想应该这样。到主管休息室坐坐如何？我们可以喝杯咖啡。"

她似乎心情很好，因此当我们沿着回廊走去时，我趁机说："我在想，凯文博士……"

"想什么？"

"您可否多告诉我些有关机器人学的历史。"

"年轻人，你搜集的资料，应该已经足够了。"

"可以这么说。但我写出来的那些事，却和当代世界关系不大。我的意思是，有史以来只有一个透视心灵的机器人，太空站早已过时且遭到废弃，机器人采矿如今被视为理所当然。恒星际飞行怎么样？超原子发动机大约是二十年前才发明的，而且众所周知，它是一项借由机器人辅助的发明。真实经过又如何呢？"

"恒星际飞行？"她显得若有所思。我们已经来到休息室，我点了一份全餐，她只要了咖啡。

"它并非一项单纯的机器人辅助发明，你知道吗，并没有那么单纯。不过，当然，在我们研发出金头脑之前，一直没有很大进展。可是我们很努力，真的很努力。我和恒星际飞行研究的首度接触——我是指直接接触，是在2029年，当时有个机器人失踪了……"

“超空间基地”采取了一连串紧急的非常措施——有如慌乱的人发出一声歇斯底里的尖叫。

依照时间顺序与激烈的程度，这些措施可逐条列举如下：

一、在二十七号小行星群各太空站所涵盖的太空领域中，超原子引擎的研发工作一律暂停。

二、实际上，上述整个太空领域已排除在太阳系之外。任何人未经许可不得擅入；任何人在任何情况下都不得离去。

三、美国机器人与机械人公司的首席心理学家苏珊·凯文博士，以及数学部门主任彼得·玻格特博士，搭乘政府的特遣巡逻舰抵达该基地。

已届中年的苏珊·凯文从未离开过地球表面，对这趟太空之旅也没有什么向往。在这个普遍使用原子能，而超原子引擎也即将问世的时代，这种新鲜事从未令她动心。因此她对这趟旅程颇不以为然，也不相信有什么紧急状况。她在超空间基地享用第一餐的时候，平庸的脸庞上每条皱纹都将这点明白显露出来。

而玻格特博士光润苍白的面容，则并未舍弃某些鬼祟的态度。至于领导这个计划的寇纳尔少将，也始终不忘保持一副见到鬼的神情。

总之，那顿饭是个尴尬的插曲，以致随后举行的三人小型会议，是在阴沉而不愉快的气氛中展开。

首先发言的是寇纳尔，他的秃头闪闪发亮，军礼服与此时此地的气氛很不相称。他硬着头皮，开门见山地说："玻格特先生，凯文女士，这是件十分古怪的事。我要感谢你们接到通知便即刻赶来，很抱歉，通知上甚至未曾说明缘由。现在，我们要赶紧补充说明，我们丢了一个机器人；一切工作陷入停顿，一定得找到他才能复工。目前为止我们一无所获，我们感到需要专家的协助。"

或许将军觉得自己的叙述虎头蛇尾，并未指出困境所在。他以绝望的口气继续道："我们的工作有多重要，我想不必我多说。去年的科学研究经费，超过百分之八十都用到我们这里……"

"啊，这点我们知道。"玻格特欣然答道，"美国机器人公司收到一笔优厚的机器人租金。"

苏珊·凯文以直率而尖刻的口气插嘴道："究竟是什么原因，让一个机器人对这个计划那么重要？他又为什么还没给找到？"

将军将涨红的脸转向她，还偷空舔了一下嘴唇。"啊，换一种方式讲，其实我们已经找到他了。"然后，他又以近乎痛苦的口吻说："唉，请让我解释一下。在那个机器人行踪不明之后，我们立刻宣布进入紧急状况，禁止任何船舰离开超空间基地。早先一天，有一艘太空货船在此着陆，为我们送来两个实验室用的机器人。它上面还有六十二个……呃……同型的机器人，准备运往别处。我们对这个数字十分确定，这点绝对没有问题。”

“是吗？两者的关联呢？”

“我们在任何地方都找不到那个失踪的机器人——我向你们保证，即使失踪的是一枝小草，我们也已经找到了——经过脑力激荡，我们想到该数一数那艘货船中的机器人。结果，现在上面有六十三个。”

“所以第六十三个机器人，我想，就是那个失踪的浪子？”凯文博士的目光转趋阴郁。

“是的，但我们无法分辨哪个才是第六十三个。”

当电钟连响十一下时，会场一片死寂。然后，这位机器人心理学家说：“非常特殊的情形。”她扁起嘴来，嘴角下垂。

“彼得，”她带点凶巴巴的神情转向她的同事，“这里头有什么不对劲？他们在超空间基地用的是哪种机器人？”

玻格特犹豫了一下，露出无力的笑容。“这始终是一件相当难办的事，苏珊。”

她连珠炮似的说：“好啊，始终是。如果面对六十三个同型机器人，其中之一是逃犯，却无法确定哪个才是，那何不随便抓一个充数呢？这一切究竟有什么文章？为什么要派我们来？”

玻格特以顺从的态度说：“你得给我说话的机会，苏珊——超空间基地所用的机器人，刚好有几个并未印记完整的机器人学第一法则。”

“什么，没有印记？”凯文跌坐到椅子上，“我懂了。有多少个出厂？”

“不多。那是政府订购的，而且绝不允许泄露机密。除了直接参与的最高层人士，不让任何人知道这件事。你并未包括在内，苏珊，不过这跟我毫无关系。”

将军以权威的架势打断他们的对话。他说:“我希望对此作点解释。我原本并不晓得凯文博士毫不知情。地球上始终有着强烈的反机器人情绪,凯文博士,这点不必我告诉你。在这个问题上,面对那些基本教义的激进派,政府的防线只有一项事实——机器人总是内设牢不可破的第一法则,不论在任何情况下,他们都不可能伤害人类。

“但我们却不得不用些本质相异的机器人。因此有少数的NS-2型,也就是纳斯特,脑中印记的是第一法则的修订版。为了保密起见,所有NS-2型出厂时皆未加上序号;那些修订型机器人和一组普通型一起送到这里;此外,当然,我们定做的这种机器人,全部印记上最严格的指令,绝不可对外人透露他们的不同之处。”他露出尴尬的笑容,“现在,这一切成了自作自受。”

凯文绷着脸说:“无论如何,你有没有问过每个机器人他们的身份?不用说,你当然有资格?”

将军点了点头。“六十三个全部否认曾在这里工作——其中一个在说谎。”

“你追查的那个可有磨损的痕迹吗?我想其他那些都是新出厂的。”

“失踪的那个上个月才到。他和刚刚送达的那两个,是我们所需要的最后一批,看不出什么磨损的痕迹。”他缓缓摇了摇头,双眼再度透出沮丧的目光,“凯文博士,我们不敢让那艘货船离去。万一不符合第一法则的机器人公诸于世……”似乎他怎么说都无法强调问题的严重性。

“把六十三个机器人通通毁掉,”机器人心理学家以冰冷而平板的口气说,“让这件事一了百了。”

玻格特咬着一侧嘴角。“你的意思是毁掉六十三个三万元，只怕美国机器人公司不会喜欢这个主意。在我们毁掉任何东西之前，苏珊，我们最好先努力一番。”

“这样的话，”她以尖锐的口吻说，“我需要知道一切事实。这些修订型机器人究竟给超空间基地带来什么好处？是什么因素使他们不可或缺，将军？”

寇纳尔的额头皱成一团，他伸手向上一抹，试图将它抚平。“原有的机器人，为我们带来无法克服的问题。我们的人经常得在‘硬辐射’中工作，你懂了吧。这当然有危险，但我们采取了合理的安全防范。从开始到现在，只发生过两起意外，两次都无人丧生。然而，对普通机器人解释这点却是徒劳无功。第一法则说——我来引述一遍——机器人不得伤害人类，或因不作为而使人类受到伤害。

“那是最高原则，凯文博士。每当我们的人必须在中等伽马场中暴露一会儿——这样不会造成任何生理效应——最靠近的机器人便会冲进去，把他拖出来。如果辐射场极微弱，机器人就会成功，工作就不得不暂停，直到将机器人通通清场才能继续。如果辐射场稍微强一点，机器人就根本碰不到那个技术员，因为他的正子脑会在伽马辐射中崩溃——然后，我们便会失去一个昂贵且难以替换的机器人。

“我们试图跟他们讲理。但他们的论点是，人类置身伽马场就会有生命危险，就算能安全待在里面半小时也不算数。他们总是说万一那人忘了，待了一小时怎么办；他们不能让他冒险。我们指出，他们那样做是冒着极大的生命危险。但‘自保’只是机器人学第三法则——保障人类安全的第一法则有优先权。我们对他们下命令，以既严格又严厉的方式命令他们，在任何情况下不得进入伽马场。但‘服从’只是机器人学第二法则——保障人类安全的第一法则仍有优先权。凯文博士，我们要么就是必须舍弃机器人，要么就是对第一法则做些修改——结果我们选择了后者。”

“我无法相信，”凯文博士说，“你们找得到取消第一法则的办法。”

“并没有取消它，只是作些修改。”寇纳尔解释道，“这样制成的正子脑，仅含有第一法则的积极部分，也就是‘机器人不得伤害人类’，到此为止。不再有强迫性的要求，要他们防止外在因素伤害人类，比方说伽马射线。我这样说正确吧，玻格特博士？”

“相当正确。”数学家表示同意。

“那就是你们的机器人和普通NS-2型唯一的差别？真是唯一的差别吗？彼得？”

“确实是唯一的差别，苏珊。”

她站起来，以断然的口吻说：“我现在打算睡觉了，大约八小时后，我要和最后见到那个机器人的员工谈谈。从现在起，寇纳尔将军，若想要我负起任何责任，我就要对这项调查有百分之百的、无人过问的控制权。”

除了其中两小时陷入恼人的半睡半醒状态，苏珊·凯文整晚未曾进入梦乡。当地时间0700时，她按下玻格特的门铃，发现他同样没有在睡觉。他显然不怕麻烦地带了一件睡袍来到此地，因为他正穿着它坐在那里。当凯文进来时，他随即放下指甲刀。

他轻声道：“我多少料到你会来。我想你对这一切感到厌恶。”

“是的。”

“这个嘛——我很抱歉，这件事根本无法避免。当超空间基地电召我们的时候，我就知道一定是修订型纳斯特出了什么问题。可是我能怎么办呢？在旅程中，虽然我很想对你吐露实情，但我不能那样做，因为我必须先确定才行。修订第一法则这件事可是最高机密。”

机器人心理学家喃喃道：“应该让我知道才对。未经一位机器人心理学家的同意，美国机器人公司无权这样修改正子脑。”

玻格特扬起眉毛，叹了一声。“理智点，苏珊。即使你知道了，也无法影响他们。在这件事情上，政府决心自行其是。政府想要超原子引擎，乙太科学家则想要不会干扰他们的机器人。即使这真意味着扭曲第一法则，他们也一定要把它弄到手。我们当初不得不承认，就厂方观点而言，这是有可能做到的。他们则发下重誓，说他们只要十二个；它们只会用在超空间基地上；一旦超引擎研发完成便会把它们毁掉；而且会采取全面的安全防范。他们还坚持要严格保密——那就是当初的情况。”

凯文博士咬牙切齿地说：“我要是知道就会辞职。”

“那不会有任何用处。政府提供公司一笔巨额资金，又威胁说假如我们拒绝，便会通过反机器人法。当时我们就左右为难，现在我们更是进退维谷了。如果这件事走漏风声，或许会伤害到寇纳尔和政府本身，但它对美国机器人公司的伤害则大得太多了。”

机器人心理学家瞪着他说：“彼得，你不懂这一切意味着什么吗？你不了解取消第一法则代表什么吗？这不只是一件机密而已。”

“我知道取消第一法则代表了什么，我又不是小孩子。那代表完全失去稳定性，正子场方程式将会只有虚数解。”

“就数学而言，没错。但你能将它翻译成赤裸裸的心理吗？不论是否在意识层面上，彼得，正常的生命一律憎恨受到宰制。假如宰制者比被宰制者还要低劣，或是理论上如此，那么憎恨会更加强烈。就实体而言，以及在某个程度上就心智而言，机器人——任何一个机器人——都要比人类优越。那么，是什么使他们甘心为奴？只有第一法则！啊，没有它的话，你对机器人下的第一道命令，就会为你惹来杀身之祸。不稳定而已吗？你是怎么想的？”

“苏珊，”玻格特现出又同情又好笑的神态，“我承认，你显露的这个‘科学怪人情结’确有几分根据——因此才会有凌驾一切的第一法则。可是我一再重复，这项法则并没有取消——只是稍加修订。”

“那正子脑的稳定性又如何？”

数学家努起嘴来。“自然是降低了，但还在安全范围内。第一个纳斯特是九个月前送到超空间基地的，目前为止没有出过任何问题。即使现在这件事，也只是怕曝光而已，并未对人类造成任何威胁。”

“那么，很好。我们等着看上午的会议能有什么结果。”

玻格特礼貌性地送她到门口，等到她离去后，他做了个表情丰富的鬼脸。他看不出有任何理由，应该改变自己经年累月对她的看法——一个性情乖张、心神不定的失意者。

而苏珊·凯文的思路则丝毫未将玻格特包括在内。许多年前，她就已经对这个手腕圆滑、自命不凡、油头粉面的家伙不屑一顾。

吉拉德·布莱克去年刚拿到乙太物理学的学位，与所有同辈的物理学家一样，他一头钻进超原子引擎的研发。在超空间基地的这些会议中，他的加入带来一股新气象。现在，他穿着沾污的白色工作服，显露出百分之五十的叛逆与百分之百的茫然。他浑身的精力似乎不断在试图挣脱，而那十根紧张兮兮、互相猛力拉扯的手指，则活脱能扭曲一根铁条。

寇纳尔少将坐在他旁边，美国机器人公司的两位成员则坐在他对面。

布莱克道:“我听说，在纳斯特十号失踪前，我是最后一个见到他的人。我想你们是要问我这件事。”

凯文颇感兴趣地望着他。“听你的口气，年轻人，好像你自己并不确定。难道你不知道，你究竟是不是最后见到他的人？”

“他原本和我一起架设伽马场产生器，女士。他失踪的那天上午，的确是和我在一起。我不知道午后是否有人再见到他，但没有人承认这回事。”

“你认为有什么人说谎吗？”

“我可没那样说，但我也没说我希望因此而受责备。”他的黑眼珠开始冒火。

“没有任何人该受责备，那机器人的失踪是他本身的问题。我们只是试图把他找出来，布莱克先生，所以让我们把其他的一切抛在一边。既然你曾经和那个机器人一起工作，你也许比任何人更了解他。你有没有注意到他有任何不寻常？你有没有和别的机器人共事过？”

“我和这里其他的机器人一起工作过——构造简单的那些。纳斯特型没有什么不同，除了他们聪明得多——而且烦人得多。”

“烦人？怎么个烦人法？”

“这个嘛——或许不是他们的错。这里的工作相当艰辛，我们大多变得有些毛躁。捣弄超空间可不是好玩的事。”他淡淡一笑，体会到什么是一吐为快，“我们无时无刻不在冒险，随时可能把普通时空结构打个窟窿，而让小行星和这一切从整个宇宙中消失。听来相当离奇，是吗？自然，有时你会心神不宁，但这些纳斯特却不会。他们十分好奇，十分冷静，而且无忧无虑。有时这就足以把你逼疯——当你十万火急想要完成某件事，他们却似乎不慌不忙。有些时候，我宁愿自己单打独斗。”

“你说他们不慌不忙？他们曾经拒绝听命吗？”

“喔，不。”他赶紧答道，“这方面他们很好。不过，当他们认为你做错了什么，他们会告诉你。除了我们教过他们的知识，他们对这方面一窍不通，但这阻止不了他们。也许是我的想象，但其他人员的纳斯特也为他们带来同样的困扰。”

寇纳尔将军若有深意地清了清喉咙。“为什么我从未接到这方面的申诉，布莱克？”

年轻物理学家面红耳赤。“我们并非真想舍弃机器人，将军。何况我们并不确定这样……呃……这样小的申诉究竟要如何上达。”

玻格特轻声打岔道：“你最后见到他的那天上午，有没有发生任何特别的事？”

接下来是一阵沉默。凯文悄悄作势制止寇纳尔眼看就要脱口而出的评语，自己则耐心等待。

然后，布莱克忽然火冒三丈地说：“我和他有点纠纷。那天上午，我打破了一根金柏尔管，五天的心血都报销了；我的整个进度落后；我有好几周没收到家书。而他却来找我，要我重复一个我一个月前就放弃的实验。他总是拿那件事烦我，我厌烦透了。所以我叫他走开——这就是全部经过。”

“你叫他走开？”凯文博士极感兴趣地问，“就是这样说的吗？你说的是‘走开’吗？试着想起确切的字句。”

布莱克显然在进行一场内心挣扎，他将额头搁在粗大的手掌上一会儿，然后猛然抬头，不客气地说：“我说的是‘给我消失掉。’”

玻格特发出一阵短暂的笑声。“而他照做了，啊？”

不过凯文尚未问完，她以哄诱的口吻说：“现在我们有点眉目了，布莱克先生。可是确切的详情相当重要，想要了解机器人的行为，一个字眼、一个动作、一个强调语气都可能代表一切。比方说，你不可能只说了那五个字而已，对不对？根据你自己的叙述，你一定处于一种急躁的情绪中，说不定你把话讲重了点。”

年轻人又涨红了脸。“这个嘛……我也许骂了他……几句话。”

“究竟骂了什么？”

“喔——我记不清了，再说我也不能重复那些话。你也知道，一个人激动时会变成什么样子。”他的尴尬笑声几乎像是傻笑，“我有那么点容易说粗话。”

“那没什么关系。”她一本正经地答道，“此时此刻，我是一名心理学家。我要请你尽可能根据记忆，忠实地重复当初说的话，而更重要的是，忠实地重复当初的语气。”

布莱克望向他的指挥官，想要寻求支持，结果一无所获。他双眼圆睁，透出惊恐的眼神。“但我做不到。”

“你一定要做到。”

“这样吧，”玻格特带着难掩的兴致说，“你对着我讲，也许会觉得容易些。”

年轻人将绯红的脸孔转向玻格特，咽了一下口水。“我说……”声音至此消失，他又试了一遍，“我说……”

他深深吸了一口气，随即迅速吐出一长串音节。然后，在挥之不去的紧绷气氛中，他几乎流着泪把话说完。“……差不多就是这样。我不记得我到底是不是用这个顺序骂他的，也不确定有没有漏掉什么，或添加了些什么，但八九不离十了。”

机器人心理学家的感受则仅由双颊极淡的红晕透露些许。她说："这些字眼的意思大部分我都了解。我想，其他的也具有同样的侮辱性。"

"只怕正是如此。"狼狈不堪的布莱克承认。

"而这样骂的时候，你还说要他消失。"

"那只是比喻性的说法。"

"这点我了解。我确定，不会对你采取任何惩戒行动。"五秒钟前，将军似乎还根本不确定，但给她瞥了一眼之后，立刻气呼呼地点了点头。

"你可以走了，布莱克先生，谢谢你的合作。"

苏珊·凯文花了五小时约谈六十三个机器人。在这五个小时中，她一再重复同样的程序；看着同样的机器人来来去去；提出同样的问题甲、乙、丙、丁；听到同样的回答甲、乙、丙、丁；仔细保持着温和的表情、中性的语气、友善的气氛，并仔细藏好一台录音机。

约谈结束后，这位机器人心理学家觉得精疲力尽。

玻格特正在等她，当她将录音卷"叮当"一声丢到高分子桌面时，他满怀期待地望着她。

她摇了摇头。"在我看来，六十三个机器人似乎通通一样。我无法分辨……"

他说："你不可能指望用耳朵来分辨，苏珊。我们应该分析这些录音。"

一般而言，对机器人的言辞反应进行数学诠释，属于机器人分析学中较复杂的一支。它需要一组训练有素的技术员，以及大型计算机的帮助。这点玻格特知道，而他正是这样说的。那时他已听完每一组回答，列出了字句偏差表，画出了反应间隔曲线。他心中感到极度厌烦，只是未曾表露出来。

“并未显现任何异常，苏珊。字句和反应时间的变化，都在普通频率组的范围内。我们需要更精密的方法，他们这里一定有电脑。不——”他皱起眉头，并优雅地啃起拇指的指甲，“我们不能用电脑，泄密的危险性太大。或者如果我们……”

凯文博士以不耐烦的手势打断他的话。“拜托，彼得，这可不是你在实验室遇到的小问题。假如我们无法借着某项肉眼看得出的粗浅差异，判断哪个才是修订型纳斯特，而且肯定绝对错不了，我们就要倒霉了。那样的话，判断错误而让他逃掉的机会太大了。在图表上指出一个微小的异常是绝对不够的。我告诉你，假如这些是我唯一的线索，为了确保万无一失，我会把他们通通毁掉。你和其他的修订型纳斯特谈过吗？”

“谈过了，”玻格特迅速回应，“他们没有任何不对劲。非要挑剔的话，就是他们过分友善。他们乐意回答我的问题，对自己的知识表现出自傲——只有那两个新来的例外，他们还没有时间学习乙太物理。我对此地某些专业知识的无知，引来他们相当善意的嘲笑。”他耸了耸肩，“我想这一点，就是此地技术人员对他们产生反感的原因之一。那些机器人或许太喜欢卖弄他们的知识，让你感到自叹不如。”

“你能不能试试几个普兰纳反应，看看他们的心智结构自出厂后有没有任何改变，或任何衰退？”

“我还没试，但我会的。”他举起一根细瘦的手指，冲着她摇了摇，“你吓到了，苏珊。我不知道你有什么戏剧化的想法，但他们本质上是无害的。”

“是吗？”凯文火了，“是吗？你可了解他们其中之一在说谎吗？在我刚约谈过的六十三个机器人当中，有一个故意对我说谎，虽然我下了最严格的命令，叫他们一定要讲实话。这显示异常现象极其根深蒂固，而且极其可怕。”

彼得·玻格特不知不觉咬牙切齿。“根本没这回事。听好！纳斯特十号接到一个要他消失的命令。这个命令以最紧急的形式表述，下令者又是最有权力指挥他的人。你找不到更紧急的形式或更高的指挥权，来撤销和取代这个命令。自然，那机器人会全力以赴完成使命。事实上，客观地讲，我佩服他的机智。他竟然想到躲在一群类似的机器人当中，还有什么更好的消失之道吗？”

“很好，你会佩服他。我察觉出你觉得有趣，彼得——既觉得有趣，又对状况过分无知。你是机器人学家吗，彼得？那些机器人把他们心目中的优越感看得很重要，你自己刚刚这样说过。他们在下意识里，觉得人类比他们低劣，再加上保护我们的第一法则不够完备，所以他们是不稳定的。现在的情况是，一个年轻人命令一个机器人离去，命令他消失，而且用的都是憎嫌、轻蔑、厌恶的言辞。姑且相信那机器人必须服从命令，但他在下意识中，却藏有怨恨的情绪。他被骂了那么多恶毒的字眼，现在就更需要证明自己优于人类。这个需要也许变得太重要，使得打折扣的第一法则不足以控制他。”

“机器人究竟怎么会知道用在他身上的各式各样粗话，苏珊？他脑中印记的内容并不包括猥亵的言辞。”

“原始的印记并不是一切。”凯文对他咆哮，“机器人拥有学习能力，你……你这个傻……”这时，玻格特知道她真的发脾气了。她很快继续说下去：“难道你没有想到，他能从口气中听出那些话绝非恭维？难道你没有想到，他以前听说过那些话，注意到它们是用在什么情况下？”

“好吧，那么，”玻格特叫道，“能否请你好心地告诉我，无论一个修订型纳斯特多么气愤，无论他多么丧心病狂地想证明自己的优越，他又有什么办法伤害人类？”

“如果我举个例子，你会保密吗？”

“会的。”

两人隔着桌子倾身凑向对方，两双愤怒的目光也勾在一起了。

机器人心理学家说：“假如修订型机器人从某人上方抛下一个重物，只要他在这样做的时候，明白自己具有足够的力量和反应速度，能在重物砸到那人之前将它抓走，他就不会违反第一法则。然而一旦重物离手，他就不再是主动的媒介，起作用的只剩下盲目的重力。然后那机器人就能改变心意，他只要不作为，就能让重物砸下去。修订后的第一法则允许这个行动。”

“你把想象力发挥到了可怕的程度。”

“这是我的专业有时必须做的。彼得，我们别吵了，开始工作吧。你知道令那个机器人消失的刺激具有何种本质，你有他的原始心智结构记录。我要你告诉我，我刚才说的那种事，我们的机器人做得到的可能性有多少。不是那个特殊例子，请注意，而是整个这一类反应。我要尽快得到答案。”

“在此之前……”

“在此之前，我们必须试着做些直接测试第一法则反应的实验。”

吉拉德·布莱克正在二号辐射大厦三楼的拱形大厅监工，这是他自己请命的一项任务。在一个鼓胀的圈圈内，木板隔间一个个迅速竖立起来。工人们大致都在默默工作，但对于需要装设六十三个光电管，仍有不少人公开表示纳闷。

其中一人在布莱克身边坐下，摘掉帽子，若有所思地用长满雀斑的手臂擦擦额头。

布莱克对他点了点头。“进行得如何，沃冷斯基？”

沃冷斯基耸了耸肩，点燃一根雪茄。“顺利得像切奶油。博士，到底发生了什么事？先是整整三天没有工作，然后又要我们搞这么一堆玩意。”他仰靠在手肘上，喷出一大口烟。

布莱克的眉毛抽动一下。“从地球来了两个机器人专家。你该记得以前机器人总是往伽马场钻，直到我们把不可如此的指令敲进他们脑袋，才解决了这个麻烦。”

“是啊。我们不是有了新的机器人吗？”

“我们更新了一部分，但主要的工作还是重新教化。总之，制造他们的那些人，想设计出不至于被伽马射线重伤的机器人。”

“不过，为了这种事，就把超引擎的工作整个停掉，当然显得很可笑。我本来还以为，超引擎的研发无论如何不准停工。”

“这个嘛，有权决定的是楼上那些人。我——我只是照人家的话去做。有可能一切都是攀关系……”

“是啊。”电子技师扯出一个笑容，又慧黠地眨了眨眼，“某人认识华盛顿的某人。但只要我的薪水准时发放，我就不该担心；超引擎和我毫不相干。他们要在这里做什么？”

“你在问我吗？他们带了一大批机器人来——超过六十个，准备测量一些反应。那就是我知道的一切。”

“要花多久时间？”

“但愿我知道。”

“好啦，”沃冷斯基以十分讽刺的口吻说，“只要他们把我的钱端来，随便他们爱玩什么游戏都行。”

布莱克暗自觉得满意。让这个说法传开吧，它不碍事，而且相当接近实情，足以满足任何人的好奇心。

某人坐在椅子上，一动不动，沉默不语。有个重物落下，眼看就要砸到他头上。在最后一刻，突然出现一道同步的力场束，“砰”的一声将它推到一旁。待在六十三个木制隔间观看这一幕的NS-2型机器人，在重物转向前的一瞬间同时冲出去。位于他们上方五英尺处的六十三个光电管，则轻轻扯动记录笔，在纸上画下一个小小的尖峰。重物升起又落下，升起又落下，升起……

前后总共十次！

每一次，所有的机器人都猛然向前冲，直到发觉那人好端端坐在原地，才硬生生煞住脚步。

自从为美国机器人公司的代表接风后，寇纳尔少将就从未穿过全套军装。现在，他只穿着一件青灰色衬衫，领子敞开，黑色领带也拉松了。

他满怀希望地望着玻格特，后者仍然穿得整齐体面，至于内心的紧张，大概只有太阳穴处亮晶晶的细小汗珠才泄露丝毫。

将军说：“结果如何？你们试图观察什么？”

玻格特答道：“观察一种差异，但只怕对我们的目的而言，它有点太难捉摸。对其中六十二个机器人来说，冲向置身险境的人乃是必要的行动，在机器人学中，我们称之为强迫反应。你看，即使那些机器人明知那人不会受到伤害——在实验重复三四次后，他们一定已经知道——他们仍然无法避免如此反应。这是第一法则的要求。”

“所以呢？”

“可是第六十三个机器人，那个修订型纳斯特，则不具这样的强迫作用。他的行动完全自由，只要他愿意，就能留在位子上。不幸的是，”他的声音透着些许遗憾，“他没有这种意愿。”

“你想这是为什么呢？”

玻格特耸了耸肩。“我想，等凯文博士来到这里，她就会告诉我们，或许还会附上极为悲观的解释。她有时候有点烦人。”

“她胜任这份工作吗？”将军突然不安地皱起眉头。

“是的，”玻格特似乎被逗乐了，“她十分胜任。她对机器人的了解像个姐姐一样——我想，这是由于她非常痛恨人类的缘故。只不过，姑且不论是不是心理学家，她都是个极端神经质的人。她有妄想的倾向，别对她的话太认真。”

他将一大卷虚线图表展开在对方面前。“你看，将军，就每个机器人而言，随着实验次数的增加，从重物坠落到完成五英尺运动这段时间有逐渐递减的趋势。有个明确的数学关系描述这种事，若不符合这个关系，就显示正子脑中有显著的异常。不幸的是，所有的图表看来都正常。”

“可是，我们的纳斯特十号若不是以受迫行动来反应，他的曲线为何不会有异？这点我不了解。”

“这很简单。机器人的反应和人类的反应并非百分之百对应，这实在令人遗憾。就人类而言，自发行动比反射行动要慢得多。可是机器人不然；对他们而言，这是个自由选择，他们能让自由行动和受迫行动的速率相当。不过，我当初指望的，是纳斯特十号第一次会措手不及，在作出反应前犹豫太久的时间。”

“而他并没有？”

“只怕正是如此。”

“那么我们根本毫无进展。”将军上身靠向椅背，脸上露出痛苦的表情，“你们来此已经五天了。”

就在这个时候，苏珊·凯文走了进来，顺手用力将门关上。

“把你的图表拿走，彼得。”她叫道，“你知道它们显示不出任何线索。”

当寇纳尔欠身向她打招呼时，她不耐烦地咕哝了一句，随即继续说:“我们必须赶紧试试别的办法，我不喜欢目前这种情况。”

玻格特与将军交换了一个认命的眼神。“出了什么问题吗？”

“你是指特定的问题？没有。但我不喜欢让纳斯特十号继续耍我们。这样很糟，他已膨胀的优越感一定因此更加满足。只怕他的动机不再是单纯地服从命令；我想如今对他而言，智取人类更像是一种神经质的需求。这是一种病态的危险状况。彼得，我拜托你的事做到了吗？你有没有根据我的要求，算出修订型NS-2的各项不稳定因素？”

“正在进行。”数学家意兴阑珊地说。

她气呼呼瞪了他一会儿，然后又转向寇纳尔。“纳斯特十号绝对晓得我们在做什么，将军。他没有理由在实验过程中吞下那个饵，尤其是在第一次之后，他一定已经看出那名助理没有真正的危险。其他的机器人不得不那样做，他却是故意伪造那个反应。”

“那么，你认为我们现在该怎么办，凯文博士？”

“让他下次无法假造任何反应。我们再重复一遍那个实验，不过要加点道具。我们要在实验助理和机器人之间，拉起足以电死纳斯特型机器人的高压电缆——数量要足够，使他们不可能跳过去。这些机器人事先会有充分的了解，明白碰触那些电缆等于找死。”

“慢着！”玻格特忽然恶狠狠地吼道，“我否决这个办法。我们不能为了找出纳斯特十号，而电死总价两百万元的机器人。一定还有其他的办法。”

“你确定吗？你什么办法也没想到。无论如何，电不电死根本不成问题。我们可以装一个继电器，让它在重物坠落的同时切断电流。万一机器人压到那些电缆，他们也不会死。可、是、他、们、不、会、知、道，你懂了吧。”

将军的眼睛冒出希望的光芒。“这行得通吗？”

“应该行得通。在那种情况下，纳斯特十号将不得不留在位子上。他可以奉命触摸那些电缆而被电死，因为确保服从的第二法则凌驾于自保的第三法则之上。但我们不会对他下这样的命令；我们只会让他自己看着办，就像其他的机器人一样。对正常的机器人而言，即使没有任何命令，确保人类安全的第一法则也会驱使他们送死。但我们的纳斯特十号则不然；由于他的第一法则不完全，他又没有接到任何命令，第三法则‘自保’会是最高指导原则。他将毫无选择余地，不得不留在位子上。那会是个受迫行动。”

“那么，今晚就要进行吗？”

“就在今晚，”机器人心理学家说，“只要电缆能及时架好。我现在就去告诉那些机器人，告诉他们将要面对的是什么情况。”

某人坐在椅子上，一动不动，沉默不语。有个重物落下，眼看就要砸到他头上。在最后一刻，突然出现一道同步的力场束，“砰”的一声将它推到一旁。

实验只进行了一次……

在骑楼的观测室中，苏珊·凯文博士发出一下惊讶的喘息，从小巧的折叠椅中站了起来。

六十三个机器人默默坐在各自的椅子上，神情严肃地瞪着面前那个置身险境的人，没有一个移动半步。

凯文博士很生气，气得几乎忍无可忍。然而，面对一个接一个走进来又走出去的机器人，她却不敢显露半分怒意，这对她更无异于火上加油。她核对了一下清单，现在轮到第二十八号进来——还有三十五个等着见她。

第二十八号怯生生地走进来。

她强迫自己保持适度的冷静。“你是谁？”

那机器人以低沉而迟疑的声音答道：“我尚未获得正式的编号，女士。我是个NS-2型机器人，在外面的队伍中我是第二十八号，我这里有张纸条要交给你。”

“今天在此之前，你没有来过这里吗？”

“没有，女士。”

“坐下，就坐在那里。我要问你几个问题，二十八号。大约四小时前，你在二号辐射大厦里吗？”

那机器人似乎难以启齿。然后，他用嘶哑的、仿佛机器需要润滑的声音说：“是的，女士。”

“那里有个人几乎受到伤害，是吗？”

“是的，女士。”

“你什么也没做，是吗？”

“是的，女士。”

“由于你的不作为，那人可能因而受重伤，这点你知道吗？”

“知道，女士。但我无能为力，女士。”很难想象一个巨大的、毫无表情的金属身形如何缩头缩脑，但是它做到了。

“我要你告诉我，你究竟为何没有试图拯救那个人。”

“我正想解释，女士。我当然不希望让你……让任何人……认为我做得出可能伤害一位主人的事。喔，不，那会是个可怕的……不可想象的……”

“请别激动，孩子。我没有为任何事责怪你，我只希望知道你当时怎么想。”

“女士，在这一切发生之前，你曾经告诉我们，那个落下的重物将砸伤一位主人，但如果我们试图救他，必须穿过重重电缆。这个嘛，女士，是不会阻止我们的。和一位主人的安全相比，我自己的毁灭算得了什么？可是……可是我想到，假如我在半途死去，反正我也没办法救他。那个重物仍会向他砸下，然后我就白白牺牲了。说不定有一天，另一位主人又会受到伤害，而我唯有活着才能救他脱险。你了解我的意思吗，女士？”

“你是说，这是个二选一的抉择，或是仅仅让那人死去，或是让那人和你自己一起死。这样说对吗？”

“对的，女士。我根本不可能救那位主人，可以把他当成已经死了。在这种情况下，没有其他的命令，难以想象我会平白无故毁掉自己。”

机器人心理学家玩弄着一支铅笔。刚才，同样的说法她已经听过二十七遍了，顶多只有词句上微不足道的差异。现在，轮到最关键的问题了。

“孩子，”她说，“你的想法有些道理，但我当初并未料到你会这么想。这是你自己想到的吗？”

机器人犹豫了一下。“不是。”

“那么，是谁想到的？”

“昨晚我们在谈论这件事，是我们其中之一想到的，它听来相当合理。”

“哪个想到的？”

机器人陷入沉思。“我不知道，就是我们其中之一。”

她叹了一声。“没事了。”

下一个是第二十九号，其后还有三十四个。

寇纳尔少将同样在气头上。一个星期以来，除了几颗从属小行星上的一些文书作业，超空间基地的一切完全停摆。将近一周的时间，两位顶尖机器人专家做了些没用的测验，更令这个情势雪上加霜。而现在他们——至少这个女的——又提出一些根本办不到的提议。

幸好为了顾全大局，寇纳尔觉得公开自己的怒意是不智之举。

这时，苏珊·凯文正在坚持道："有何不可，将军？显然如今的情势是不幸的。让我们今后可能有收获的唯一途径——或说我们还有所谓今后的话——就是将那些机器人互相隔离。我们不能再让他们待在一起。"

"亲爱的凯文博士，"将军的声音降为低沉的男中音，"我想不出怎能为六十三个机器人提供六十三间房间……"

凯文博士绝望地举起双手。"那我就束手无策了。纳斯特十号要么就是模仿其他机器人的行动，要么就是花言巧语说服他们别做他做不到的事。无论如何，这都是很糟的事情。我们是在和这个消失无踪的机器人进行一场真正的战斗，而他连连获胜。而且他每次的胜利，都会使他的异常更加严重。"

她毅然决然地站起来。"寇纳尔少将，如果你不照我的嘱咐，把那些机器人分隔开来，那我只能要求立刻将六十三个机器人通通销毁。"

"你要求这样做，啊？"玻格特突然抬起头，这回真生气了，"你有什么权利提出这样的要求？那些机器人要保持原状。对管理部门负责的是我，不是你。"

"而我，"寇纳尔少将补充道，"则要向主席负责——我必须解决这个问题。"

"这样的话，"凯文回嘴道，"我除了辞职没有第二条路。假如必须强迫你们进行必要的销毁，我会把整件事公诸于世。批准制造修订型机器人的又不是我。”

“只要从你嘴里，凯文博士，”将军不急不徐地说，“蹦出一个有违保安法令的字眼，我保证立刻将你下狱。”

玻格特觉得情势快要失去控制，他的声音又变得像蜜一样甜。“好啦，好啦，我们开始变得像小孩子，三个人都一样。我们只是还需要一点时间。不用说，我们当然有办法智取一个机器人，根本用不着辞职、下狱，或是毁掉两百万元。”

机器人心理学家转向他，一股怒火蓄势待发。“我可不要让任何失衡的机器人存在世上。我们这里有一个确定失衡的纳斯特，还有十一个具有潜在危险的。此外，六十二个正常的机器人正暴露于失衡的环境中。唯一绝对安全的办法就是全部销毁。”

讯号器的呜呜声令三人同时住口，越来越失控的愤怒激情顿时冷却。

“进来。”寇纳尔咆哮道。

来人是吉拉德·布莱克，他看来惴惴不安。在外面的时候，他就听到了怒吼声。“我想我该自己来……不希望请别人代……”

“有什么事？别发表演说……”

“那艘货船C隔舱的门锁被动过手脚，上面有新的刮痕。”

“C隔舱？”凯文马上发出惊叫，“就是关着那些机器人的那一间，对不对？是谁干的？”

“从里面弄的。”布莱克简洁地答道。

“那道锁没坏吧？”

“没有，锁还完好。我在那艘船上已经待了四天，他们没有一个试图逃跑。但我想应该让你们知道，而我又不希望把消息传开。是我自己注意到这件事的。”

“现在那里有人吗？”将军追问。

“我把鲁宾斯和麦可亚当斯留在那里。”

接下来是一阵若有所思的沉默。然后，凯文博士以讽刺的口吻说：“怎么样？”

寇纳尔迟疑地摸了摸鼻头。“这一切是怎么回事？”

“这还不明显吗？纳斯特十号打算离去。那个叫他消失的命令，主宰着他的异常行为，我们拿他一点办法也没有。假如打折扣的第一法则没有足够力量驾驭他，我也不会感到惊讶。他绝对有能力夺取那艘船，然后扬长而去。到那个时候，就会有个发疯的机器人，驾着一艘太空船四处闯荡。他下一步会做什么？你可有任何概念？你仍想让他们待在一起吗，将军？”

“无稽之谈。”玻格特插嘴道，他已经恢复了伶牙俐齿，“从门锁上几条刮痕，就能推出这些长篇大论。”

“既然你自愿提出见解，玻格特博士，请问你是否完成了我要你做的分析？”

“完成了。”

“我可以看看吗？”

“不行。”

“为何不行？或是我连这个也不能问？”

“因为它根本没有意义，苏珊。我事先告诉过你，这些修订型机器人没有正常型来得稳定，我的分析果然证明这一点。在某些不太可能发生的极端情况下，他们的确有可能崩溃，虽然机会非常小。说到这里为止吧。无论如何，只因为你至今无法从他们里面找出纳斯特十号，就要毁掉六十二个完好无缺的机器人，我不会为这个荒唐主张提供佐证。”

苏珊·凯文将他的目光逼回去，她自己眼里则充满鄙视。“你不会让任何事物阻碍你当万年主任，是不是？”

“拜托。”寇纳尔带着怒意恳求道，“你是否坚决主张再也没有什么可做的，凯文博士？”

“我想不出还有什么办法，将军。”她以困倦的口吻答道，“除非纳斯特十号和正常机器人之间还有其他差异，不牵涉到第一法则的差异。即使再有一个差异也行，例如在印记、环境、规格……”她突然打住。

“怎么回事？”

“我想到一件事……我想……”她的目光变得深远而冷峻，“这些修订型纳斯特，彼得，他们接受的印记和正常型的一样，对不对？”

“对，一模一样。”

“而你说过什么来着，布莱克先生？”她转向那个年轻人——在他带来的消息所引发的风暴中，他始终保持谨慎的沉默，“有一次，在抱怨纳斯特的优越感时，你说技术人员把知道的一切都教给了他们。”

“是的，乙太物理方面的知识。他们刚来的时候，对这方面还一窍不通。”

“这话没错。”玻格特惊讶地说，“我告诉过你，苏珊，当我和此地其他的纳斯特谈话时，两个新来的就还没学到乙太物理。”

“这又是为什么？”凯文博士愈说愈兴奋，“为什么不先给NS-2型印记上乙太物理？”

“这点我能告诉你，”寇纳尔说，“这是保密措施的一环。我们当初想到，假使制造一批拥有乙太物理知识的特殊型号，我们这里只用十二个，而把其他的都送到不相干的领域工作，那就有可能启人疑窦。和正常纳斯特一起工作的人，或许会怀疑他们为何懂得乙太物理。所以，当初只加上一项印记，使他们具有接受这方面训练的能力。自然，只有来到这里的那些，才会真正接受这样的训练。事情就是这么简单。”

“我了解了。请你们走开，通通走开，让我独处个一小时。”

凯文觉得自己无法三度面对这种折磨。她曾经一再考虑，最后猛力将这个念头逐出脑海，由于用力过度，她甚至感到头晕目眩。她再也无法面对一长串一模一样的机器人。

因此这次由玻格特负责发问，而她坐在一旁，双眼与心灵都处于半闭状态。

第十四号走进来——后面还有四十九个。

正在看提纲的玻格特抬起头来，问道：“你是第几号？”

“十四号，阁下。”机器人交出他的号码卡。

“请坐，孩子。”

玻格特开始发问。“今天，你还没有来过这里吧？”

“没有，阁下。”

“好的，孩子，一旦我们结束这里的工作，我们马上要让另一个人置身险境。事实上，你离开这个房间后，就会被带到一个隔间去，在我们召唤你之前，你都要静静地等在那里。明白吗？”

“明白，阁下。”

“好，如果有人置身险境，你自然会试图营救。”

“自然如此，阁下。”

“不幸的是，在那个人和你自己之间，会有一道伽马射线场。”

沉默……

“你知道伽马射线是什么吗？”玻格特厉声问道。

“高能辐射吗，阁下？”

下一个问题，则是以友善而不经意的方式提出来的。“你在伽马射线附近工作过吗？”

“没有，阁下。”回答得十分明确。

“嗯——嗯。这个嘛，孩子，伽马射线会在瞬间杀死你。它会毁掉你的脑子，你必须知道和牢记这项事实。自然，你不希望毁掉自己。”

“自然如此。”机器人似乎再度震惊不已，然后，他慢慢地说：“可是，阁下，如果在我自己和那位可能遇险的主人之间有伽马射线，我又怎么能救他呢？我会白白毁掉我自己。”

“是的，问题就在这里。”玻格特似乎很关心这件事，“我唯一能对你提出的忠告，孩子，是如果你侦测到你们之间有伽马辐射，你最好还是留在位子上。”

机器人显然如释重负。“谢谢你，阁下。冲过去根本没用，对不对？”

“当然没用。但如果其中没有任何危险的辐射，那又另当别论。”

“自然如此，阁下，这点毫无疑问。”

“现在你可以走了。门外那个人会带你去你的隔间，请在那里等着。”

机器人离去后，他转向苏珊·凯文说：“表现如何，苏珊？”

“非常好。”她无精打采地说。

“你认为能不能冷不防问些乙太物理的问题，好让我们抓到纳斯特十号？”

“也许可以，但不够有把握。”她的双手松松地放在大腿上，“记住，他在和我们作战，他随时提高警觉。我们若想抓住他，唯一的办法就是以智取胜——而在他的能力范围内，他能思考得远比人类快得多。”

“好吧，这只是好玩——或许从现在开始，我该问每个机器人几个伽马射线的问题，例如波长范围。”

“不！”凯文博士的双眼变得炯炯有神，“对他而言，否认拥有这些知识太容易了，然后他就会对稍后的实验心生警惕——那个实验才是我们真正的机会。请按照我列出的问题发问，彼得，别做即兴演出。光是问他们有没有在伽马射线附近工作过，已经很冒险了。你问这个问题的时候，尽量让口气听来并不那么感兴趣。”

玻格特耸了耸肩，再按下蜂鸣器，通知第十五号机器人进来。

宽敞的辐射室再度布置妥当。机器人通通耐心地等在各自的木制隔间中，每个隔间都朝中央敞开，但相互间一律隔离。

当凯文博士与布莱克一起检查最后的细节时，寇纳尔少将用一块大手帕缓缓擦着额头。

“你能确定，”她质问道，“在离开简报室后，所有的机器人都没有机会相互交谈？”

“绝对确定。”布莱克坚称，“他们没有交换过半句话。”

“每个机器人都待在正确的隔间里？”

“这是平面图。”

机器人心理学家若有所思地看了看。“嗯——嗯。”

将军从她身后瞥了一眼。“这个安排有什么道理，凯文博士？”

“凡是在先前的测验中，表现得即使只有一点点不对劲的机器人，我都把他们集中在圆圈的一侧。这次我准备自己坐在中央，我要特别监视那些机器人。”

“你准备坐在那里……”玻格特惊叫道。

“有何不可？”她冷冰冰地反问，“我指望见到的，也许是个稍纵即逝的现象，我不能冒险让其他人担任主观察者。彼得，你待在观测室里，我要你好好盯着圆圈的另一侧。寇纳尔将军，我已经安排好对每个机器人进行录影，以防目力观察看不出什么结果。假如有必要研究那些影片，那么在影片冲洗出来、分析完毕之前，所有的机器人都要留在原地，一个都不准离去，一个都不准换位子。这样说清楚吗？”

“一清二楚。”

“那就让我们试这最后一次吧。”

苏珊·凯文坐在椅子上，沉默不语，双眼转个不停。一件重物落下，眼看就要砸到她头上。在最后一刻，突然出现一道同步的力场束，“砰”的一声将它推到一旁。

有个机器人一跃而起，向前走了两步。

随后陡然煞住。

凯文博士却站了起来，她的食指严厉地指着他。“纳斯特十号，过来。”她叫道：“**过来！过来！**”

那个机器人慢慢地、勉强地向前再走一步。机器人心理学家目不转睛地盯着他，以她最高的音量喊道：“来人，把其他的机器人通通带走。赶紧把他们带走，千万别让他们再进来。”

在她听力所及的范围内，某些角落传来阵阵声响，接着是坚硬的脚掌踏在地板上的砰砰声。她始终未曾转移视线。

纳斯特十号（假设他就是纳斯特十号）再走了一步，然后，在她强横的手势驱使下，他又走出两步。现在他距离她只有十英尺，他以刺耳的声音说：“我奉命消失……”

他又走一步。“我一定不能抗命。目前为止他们还没找到我……他或许认为我不中用……他这么告诉我……但这不是事实……我威力强大、聪明过人……”

这些话说得断断续续。

他又走一步。“我懂得许多事……他或许认为……我是指我被发现了……真丢脸……不表示我……我聪明过人……却被一个主人……他软弱……迟钝……”

他又走一步——一只金属手臂突然袭向她的肩头，她感到被压得站立不稳。她的喉咙收紧，她感到一声尖叫硬生生窜出来。

她模模糊糊听到纳斯特十号接下来的话。“绝不能让人找到我，绝不能让主人……”一团冰冷的金属抵在她身上，那重量快把她压垮了。

接着是一下古怪的、金属性的声音，而她已经不知不觉摔倒在地，一只闪闪发亮的手臂重重压在她身上。那只手臂一动不动，而纳斯特十号也一样，他只是趴在她身旁。

这时，她的上方出现了好几张脸孔。

吉拉德·布莱克喘着气说：“你受伤了吗，凯文博士？”

她无力地摇了摇头。他们使劲拉开那条手臂，再轻轻将她扶起来。“发生了什么事？”她问。

布莱克说：“我用伽马射线照了这个地方五秒钟。我们本来不晓得怎么回事，直到最后一秒钟，我们才了解到他要攻击你，那时除了动用伽马场，来不及采取任何措施。他一瞬间就倒下了，不过这点剂量不足以对你构成伤害，你不用担心。”

“我不担心。”她闭上眼睛，在他的肩头靠了一会儿，“我不认为我真正受到攻击。纳斯特十号只是试图这样做，打折扣的第一法则仍在制止他。”

苏珊·凯文与彼得·玻格特向寇纳尔少将辞行那天，距离他们初见这位将军刚好两周。超空间基地的工作已恢复正常；那艘太空货船则带着六十二个正常的NS-2型，以及解释为何延迟两周的官方说法，航向它原本的目的地。政府的巡弋舰已准备出发，将两位机器人学家带回地球。

寇纳尔再次穿上熠熠生辉的军礼服。当他握手时，白手套洒出耀眼的光芒。

凯文说："当然，其他的修订型纳斯特都会被销毁。"

"会的。我们会改用正常的机器人，或者，若有必要，我们宁可舍弃机器人。"

"很好。"

"可是请告诉我——你还没有解释——是怎样做到的？"

她露出僵硬的笑容。"喔，那个。假如当初我更有把握，我会事先就告诉你。你想，纳斯特十号有一种越来越偏激的优越感，他总是认为自己和其他机器人知道得比人类还多。对他而言，抱持这种想法是一件越来越重要的事。

"我们知道这一点。所以我们事先警告每一个机器人，说伽马射线会杀死他们，而这是事实。我们又进一步警告他们，说在他们和我之间会有伽马射线。所以他们自然都会留在原地。根据上次测验时，纳斯特十号自己提出的逻辑，他们全部认定若是确知会在半途丧命，试图救人便是一件毫无意义的事。"

"嗯，没错，凯文博士，这点我了解。可是纳斯特十号自己又为什么离开位子呢？"

"啊！那是由于我自己和年轻的布莱克先生所做的小手脚。你可知道，充斥在我和那些机器人之间的，并不是什么伽马射线——而是红外线。也就是说，只是普通的热线，百分之百无害。纳斯特十号知道那是无害的红外线，所以他冲了出来，因为他预料在第一法则的强迫作用下，其他的机器人都会这样做。在几分之一秒后，他才记起正常的NS-2型虽然能够侦测辐射，却无法分辨辐射的种类。他自己能够分辨辐射波长，是因为他在超空间基地受过训练，是由微不足道的人类教他的，但这点未免太丢脸，以致他一时记不起来。对正常的机器人而言，那个区域足以致命，因为我们是这样告诉他们的，只有纳斯特十号知道我们在说谎。

“有件事他一时之间竟然忘了，或是不愿想起来，就是其他机器人或许比人类还要无知。他自己的优越感击败了自己。再会，将军。”

第七篇

逃避！

当苏珊·凯文从超空间基地返回地球时，艾弗瑞德·兰宁正在等她。这位老者从来不提自己的年龄，但人人都知道他已超过七十五岁。不过他的心灵敏锐依旧；虽然他已将研究部门主任的职位交棒给玻格特，仅保留荣誉主任的头衔，他每天仍坚持在他的办公室出现。

“他们快完成超原子引擎了吗？”他问道。

“我不知道，”她没好气地回答，“我没问。”

“嗯——嗯，我希望他们快点。否则的话，统一公司就有可能抢先他们一步，同时抢先我们一步。”

“统一公司！他们和这件事有什么关系？”

“这个嘛，并非独独我们这家公司拥有计算机。我们的计算机或许是正子式，但并不表示就比较好。为此罗伯森明天要召开一个大型会议，他一直在等你回来。”

“美国机器人与机械人股份有限公司”现任总裁罗伯森是该公

司创始人的儿子。他正用瘦削的鼻尖对着总经理，说道："现在由你开始，我们来把这件事搞清楚。"他的喉结上下跳动。

总经理随即开始发言："老板，这笔交易是这样的。一个月前，统一机器人公司来找我们，提出一个挺奇怪的提议。他们带来大约五吨的数字、方程式等等这类资料。那是一个问题，而他们希望金头脑提供答案。条件如下——"

他扳着粗大的手指数着，"如果没有解答，但我们能告诉他们无解的原因，我们就能赚十万元。如果找到解答，那么我们能得到二十万元，再加上建造相关机器的费用，以及因此取得的一切利润的四分之一。问题和发展恒星际引擎有关……"

罗伯森皱起眉头，瘦削的身形僵住了。"尽管事实上，他们自己也拥有一台思想机器。是吗？"

"正是这一点，令这个提议像是不按牌理出牌，老板。列维尔，接下去报告。"

艾别·列维尔从会议桌的远端抬起头来，用手抚过满是胡茬儿的下巴，带起一点唰唰声。他面带微笑说："总裁，是这样的。统一公司原本有一台思想机器，但它已经坏了。"

"什么？"罗伯森几乎站了起来。

"没错。坏了！报销了！没人知道为什么，但我这儿有些相当有趣的猜测——比方说，他们用和我们手边一模一样的这组资料，要它设计一具恒星际引擎，结果使那台机器严重故障。现在它成了一堆废铁——一堆废铁而已。"

"你懂了吗，老板？"总经理眉飞色舞，"你懂了吗？任何一个工业的研究部门，无论是大是小，个个都在试图研发曲速引擎。统一和美国两大机器人公司，在这个领域居于领导地位，是因为我们拥有超级的机器人式电脑。既然他们搞坏了他们那一台，我们就海阔天空了。那正是关键，是……呃……动机。他们至少得花六年来建造另一台，所以说他们没落了，除非他们能用同样的问题，让我们的机器同样报销。”

美国机器人公司的总裁瞪大双眼。“啊，这帮龌龊的鼠辈……”

“慢着，老板，还没报告完。”他伸出食指，划了一个大圈，“兰宁，接下去！”

艾弗瑞德·兰宁博士带着些许轻蔑望着会场——面对收入过丰的营业与行销部门，那是他的一贯态度。他那两道惊人的灰色浓眉垂得很低，他的声音则干涩无比。

“从科学观点而言，虽说情况尚未全然明朗，理智分析却已经能派上用场。就目前的物理理论来说，恒星际飞行的问题还……呃……很难讲。这个问题众所周知——而统一公司对他们的思想机器所提供的资料，假设和我们收到的一模一样，那么这些资料同样众所周知。我们的数学部门做过极其详尽的分析，发现统一公司似乎已经巨细靡遗了。那些输入的材料，包括了法兰西亚西曲速理论的所有已知发展，此外，显然还包括所有相关的天文物理学与电子学数据。内容可真不少。”

罗伯森一直焦虑地听着这番话，这时他打岔道：“多到金头脑无法处理的程度？”

兰宁断然摇了摇头。“不，目前还看不出金头脑的能力有任何极限。这是另外一回事，是有关机器人学法则的问题。比方说，如果某个问题的解答，牵涉到伤害或杀害人类，金头脑就绝对不能提供这个答案。对它而言，一个问题如果只有这种答案，则无异于无解。倘若询问这样一个问题的时候，再加上极端紧急的命令，要它尽快提出解答，由于金头脑毕竟只是机器人，这样一来，唯一的可能就是使它陷入矛盾；它既不能回答，又不能拒绝回答。类似这样的事，一定曾发生在统一公司的机器上。”

他停下来，但总经理催促道：“继续讲，兰宁博士，像你对我解释那样解释一遍。”

兰宁咬着嘴唇，冲着苏珊·凯文博士的方向扬了扬眉。这时她才抬起头来，不再瞪着自己紧紧交握的一双手。

她的声音缓慢而平淡：“机器人对于矛盾的反应是一般人难以想象的。”她开始发言，“机器人心理学仍然很不完备——身为一位专家，我能向诸位保证这一点——但我们可以用定性的方式讨论。原因是，机器人的正子脑虽然引进无数复杂的结构，它终究是人类的产物，因此是根据人类的价值观所制造的。

“好，当人类走投无路的时候，通常的反应是逃避现实——进入妄想的世界、喝得酩酊大醉、变得歇斯底里，或是投河自尽。这些反应通通殊途同归——不是回避就是无法面对。因此，机器人也一样。最轻微的矛盾会使它半数的继电器失灵；而最严重的，则会将正子脑中每条径路都烧坏到无法修复的程度。”

“我懂了。”罗伯森口是心非，“那么，统一希望我们研究的资料，又有什么玄机呢？”

“它无疑牵涉到这一类的禁忌问题。”凯文博士说，“但金头脑和统一的机器人相当不同。”

“这话没错，老板，这话没错。”对于打断他人的发言，总经理一向乐此不疲，“我要你体认这一点，因为它正是症结所在。”

苏珊·凯文的双眼在眼镜后面闪出愠怒的目光，但她耐心地继续说：“你可知道，总裁，统一公司的机器，包括他们的‘超级思想家’，在制造过程中都没有加入人格。他们坚守功能主义，懂吗——由于没有美国机器人公司专利的情绪径路，他们不得不这样做。他们的思想家只是个巨型计算机，一个矛盾就会立即将它摧毁。

“然而，我们自己的机器金头脑，则拥有一个人格——一个孩童的人格。它是一台绝佳的推理电脑，却类似一个痴呆型天才。它并不真正了解自己在做什么——只是算出答案而已。因为它真是个孩子，也因此比较活泼开朗。人生没有那么严肃，或许我们可以这么讲。”

机器人心理学家继续说：“我们准备这样做。我们已将统一公司所有的资料分成许多逻辑单元，而我们准备把这些单元，一个个谨慎地输入金头脑里面。当那个特殊因素输入时——就是那个造成矛盾的因素——金头脑的孩童人格便会犹豫。它的判断力还不够成熟；它需要相当一段时间，才会认出那是个矛盾。然后，在它的脑路开始运作并损坏前，它会自动吐出这个单元。”

罗伯森的喉结上下蠕动。“你确定吗，啊？”

凯文博士掩起不耐烦的情绪。“我承认，用普通的语言叙述，听来没什么道理；可是动用数学语言看来也没什么用。我向你保证，事实正如我所说的。”

总经理迅速而流畅地插进一段话。“情况是这样的，老板。假如我们接受这笔交易，我们可以如此把它办妥——金头脑会告诉我们哪个资料单元牵涉到矛盾，而从这个结果，我们就能判断这个矛盾为何出现。这样说对不对，玻格特博士？你瞧，老板，你上哪儿也找不到比玻格特博士更优秀的数学家。我们给统一公司一个‘无解’的答案，并说明理由，赚他们个十万元。这样，他们仍然只有一台故障的机器，而我们的机器则完好如初。不出一年，顶多两年，我们便会拥有曲速引擎，或说超原子发动机——有些人这么称呼。但不管你叫它什么，它都会是全世界最伟大的发明。”

罗伯森一面咯咯笑，一面伸出手。“把合约拿出来，我来签字。”

当苏珊·凯文进入这间警卫森严的保险库——金头脑的存放地点时，一名值班的技术员刚问了它一个问题：“假如一只半鸡在一天半内下一个半蛋，那么九只鸡在九天内会下几个蛋？”

金头脑答道：“五十四个。”

那技术员对另一名同事说：“看吧，你这傻瓜！”

凯文博士咳嗽一声，立刻掀起一阵没头没脑的骚动。机器人心理学家又随便挥了挥手，便只剩下她与金头脑独处。

金头脑是个直径仅仅二英尺的球体——里面充满处于最佳状态的氦气，以及百分之百零震荡、无辐射的空间——而在球体中心，则是复杂度闻所未闻的正子微型径路，也就是金头脑的本体。室内其他空间则堆满各种附件，都是金头脑与外界联系的媒介——是它的声音、它的手臂、它的各种感官。

凯文博士柔声道：“你好吗，金头脑？”

金头脑的声音高亢而热情。“好极了，苏珊小姐。我晓得，你又准备问我什么事。每当你准备问我什么事的时候，你手里总是拿一本书。”

凯文博士淡淡一笑。“好吧，你说对了，但不是现在。的确有个问题要问你，不过它太复杂了，我们要以书面方式交给你。但不是现在，我想我要先跟你谈谈。”

“好啊，我不反对谈谈。”

“听好，金头脑，再过一会儿，兰宁博士和玻格特博士会带着那个复杂问题到这里来。我们将以很慢的速度，每次交给你很少一点点，因为我们要你小心处理。假如你办得到，我们准备请你根据那些资料建造一样东西。但是我要警告你，那个解答可能牵涉到……呃……对人类的伤害。”

“天啊！”这是一声压得很低、拖得很长的惊叹。

“现在你听好了。其中一页资料会意味着伤害，甚至可能是死亡，在我们输入那一页之后，你千万别激动。你要知道，金头脑，在这个问题中，我们并不在乎这些事——甚至死亡也没关系；我们根本就不在乎。所以当你碰到那一页的时候，你只要停下来，把它还给我们——光是这样做就好。你了解吗？”

“喔，当然。可是天啊，导致人类死亡！喔，我的天！”

“好啦，金头脑，我听到兰宁博士和玻格特博士走来了。他们会告诉你那个问题究竟是什么，然后我们就要开始。做个好孩子……”

资料一页一页慢慢输进去。每输进一页，就会传来一阵细得出奇的咯咯声，代表金头脑正在运作。而接下来的沉默，则表示它准备接受下一页资料。前后总共好几小时——在这期间，输进金头脑的资料量，相当于十七巨册的“物理数学”。

在这个过程中，众人逐渐皱起眉头，而且越来越深。兰宁暗自凶巴巴地喃喃咒骂；玻格特先是若有所思地审视自己的指甲，后来就茫然地一个个咬起来。当厚厚的一叠资料通通消失后，凯文脸色苍白地说：“出问题了。”

兰宁勉强吐出几个字：“不可能。它——死了吗？”

“金头脑？”苏珊·凯文全身发抖，“你听得见吗，金头脑？”

“啊？”传来一个心不在焉的回答，“需要我吗？”

“解答……”

“喔，那个！我能做到。我会帮你们建造整艘太空船，容易得很——只要你们给我机器人。一艘优秀的太空船，也许需要两个月时间。”

“没有——困难吗？”

“花了很长时间才算出来。”金头脑说。

凯文博士后退几步，清瘦的面颊依然毫无血色。她挥了挥手，示意其他人离去。

来到她的办公室后，她说：“我无法了解。在这组给定的资料中，一定牵涉到一个矛盾——或许还牵涉到死亡。假如哪里出了问题……”

玻格特平心静气地说：“这机器还能说话，而且说得头头是道。不可能有什么矛盾。”

机器人心理学家却急切地答道：“矛盾处处皆有，回避之道各有不同。假设金头脑只陷入泥沼少许，只坏到——比方说，刚好够它生出能够解决这个问题的妄想，其实它做不到。或者，假设它正在某个真正很糟的下场边缘徘徊，只要轻轻一推，就会把它推进深渊。”

“让我们假设，”兰宁说，“根本没有任何矛盾。假设统一的机器是因为另一个问题而当机，或纯粹是因为机件故障。”

“但即使如此，”凯文坚持道，“我们也不能冒险。听好，从现在起，任何人不得和金头脑说半句话，我要接管。”

“好吧，”兰宁叹了一口气，“那你就接管吧。与此同时，我们会让金头脑建造那艘太空船。而如果它真造得出来，我们就得进行测试。”

他一面沉思，一面说：“我们需要顶尖的实地测试员来进行。”

麦克·多诺凡以粗暴的动作驯服了一头红发，却毫不理会桀骜的乱发立刻重新立定站好。

他说："发号施令吧，格里。他们说那艘太空船完工了；他们不知道它是什么东西，但它完工了。走吧，格里，我们现在就到控制台前。"

鲍尔以厌倦的口吻说："少废话，麦克。你的幽默感即使是最新鲜的，也有一种熟过头的怪味，连这儿的幽闭空气都盖不住。"

"好吧，听着。"多诺凡再次徒劳地拢了拢头发，"我对我们那位铸铁打造的天才，以及它打造的锡箔太空船倒不怎么担心。问题在于我的假期报销了，还有这份单调！这里除了铜线就是数字——还是不伦不类的数字。喔，他们为什么要给我们这种工作呢？"

"因为，"鲍尔温和地答道，"如果失去我们，他们也没什么损失。好啦，放松点！兰宁博士正朝这儿走来。"

兰宁正走过来，他的灰色眉毛浓密依旧，年老的身形依然直挺，而且充满活力。他一言不发地陪同他们两人走上坡道，来到露天工作场。那里有许多机器人，在没有人类监督的情况下，正默默地建造一艘太空船。

不对，是已经建好一艘太空船！

因为兰宁说："这些机器人停工了，今天没有一个有所行动。"

"这么说它完成了？确定吗？"鲍尔问。

"我又怎么知道？"兰宁心情欠佳，倒挂的浓眉险些遮住眼睛，"看来是竣工了。旁边没有多余的材料，内部也修整得亮晶晶的。"

"你去过里面？"

"进去一下就出来了，我又不是太空驾驶员。你们哪位对引擎理论有深入研究？"

多诺凡望向鲍尔，鲍尔望向多诺凡。

多诺凡说：“我有驾驶执照，主任，但我翻了翻，发现它丝毫没提到超引擎或曲速航行，都只是三维空间的普通儿戏。”

艾弗瑞德·兰宁抬起头来，露出极不以为然的表情，还用高挺的鼻子使劲哼了一声。

他冷冰冰地说：“好吧，我们自有轮机人员。”

他正要走开，鲍尔及时抓住他的手肘。“主任，这艘船仍是禁区吗？”

老主任犹豫了一下，然后揉了揉鼻梁。“我想不是，至少对你们两位而言。”

当他离去时，多诺凡望着他的背影，在他背后咕哝了几个字，虽然简短却意味深长。然后，他转向鲍尔说：“我真想当他的面，好好对他作一番描述，格里。”

“请跟我来吧，麦克。”

太空船内部已经完工，百分之百完工；这点在一眨眼间便能一目了然。在整个太阳系中，没有谁能做得像这些机器人那么干净利落。经过表面处理的舱壁银光闪闪，上面未曾残留任何指纹。

舱内没有任何棱角，舱壁、地板、舱顶皆以圆滑曲面交接。一旦置身于隐藏式照明的金属性冷光中，上下四周便映出六个冰冷的倒影，个个都和自己一样不知所措。

主通道是个狭窄的隧道，通往一段走起来咔嗒咔嗒响的坚硬通路，通路两旁则有许多一模一样的舱房。

鲍尔说：“我想家具都装设在舱壁内。或者，也许人家根本不要我们坐下或睡着。”

在最接近船首的最后一间舱房，这种千篇一律才被打破。舱房里有个零反射玻璃制成的弧形窗，是一体成形的金属内壁所仅有的孔眼。它的下方有个巨大的仪表，里面那根指针一动不动指着零点。

多诺凡说："看看那个！"他指着精密刻度上唯一的文字标记。

那几个字是"秒差距"，而在弧形刻度的右端，则有一个细小的数字"1,000,000"。

舱房内有两张椅子——沉重、宽敞、没有衬垫。鲍尔小心翼翼地坐下，发觉它是依照人体曲线塑造的，坐起来很舒服。

鲍尔说："你有什么感想？"

"依我看，金头脑患了脑膜炎。我们赶紧出去。"

"你确定不想再多看几眼吗？"

"我已经看了一遍。我来了，我看了，我不干了！"多诺凡的一头红发根根竖起，"格里，我们离开这儿吧。我在五秒钟前已经辞职，这地方不准非工作人员进入。"

鲍尔油滑地露出得意的笑容，并顺了顺他的八字胡。"好啦，麦克，把你流向血管的肾上腺素关掉吧。我原本也在担心，但现在不了。"

"不了，啊？怎么会不了？你把寿险保额提高了？"

"麦克，这艘太空船飞不起来。"

"你怎么知道？"

"这个嘛，我们从头到尾走了一遍，对不对？"

"似乎如此。"

"相信我的话，的确如此。除了这里有个舷窗和一个秒差距仪表，你看到任何驾驶舱了吗？你看到任何控制台了吗？"

"没有。"

"你又看到任何引擎了吗？"

"天啊，没有！"

"那就对了！麦克，我们把这消息透露给兰宁吧。"

他们一面咒骂，一面走过一条条毫无特色的通道。最后，两人终于误打误撞来到通向气闸的短廊。

多诺凡愣住了。“你锁上这玩意了吗，格里？”

“没有，我从没碰过它。你来拉这根杆子，好吗？”

尽管多诺凡使尽了力气，整个脸孔都扭曲变形，那根杆子依然一动不动。

鲍尔说：“我没看到任何紧急出口。要是这里出了什么差错，得烧熔气闸才能救我们出去。”

“没错，而我们只好等着，等到他们发现有个笨蛋把我们锁在里面。”多诺凡在狂怒中补充一句。

“我们回到有舷窗的那间舱房去吧。只有在那里，我们才有可能引起注意。”

不过，他们并未如愿。

来到尽头处那间舱房，舷窗外却不再是蓝天白云。它呈现一片黑暗，而其中黄色的点点星光，则是太空的招牌标记。

他俩立刻瘫在两张椅子上，激起两下钝钝的砰砰声。

艾弗瑞德·兰宁在办公室门口碰到凯文博士。他紧张兮兮地点燃一根雪茄，再作势请她进去。

他说：“好啦，苏珊，我们已经涉入很深，罗伯森渐渐心神不宁了。你和金头脑在做些什么？”

苏珊·凯文两手一摊。“失去耐性根本没用。在这笔交易中，我们可能丧失的任何东西，都比不上金头脑那么有价值。”

“可是你询问它有两个月了。”

机器人心理学家的声音平板，却多少带些威胁性。“你宁可自己揽下这件事吗？”

“唉，你知道我的意思。”

“喔，我想我知道。”凯文博士神经质地互搓双手，“这可不简单。我一直在纵容它，在小心刺探它，但我还没有任何成绩。它的反应并不正常，而它的回答——多少有些古怪。可是目前为止，我还无法指出哪里不对劲。你明白吧，在我们知道有什么问题之前，我们必须十二万分谨慎行事。我根本不晓得哪个简单的问题或评语……会把它推倒……然后……嗯，然后我们手上的金头脑就变得毫无用处。你想面对这种事吗？”

“可是，它无法违反第一法则啊。”

“我也愿意这么想，不过……”

“你甚至连这点都不确定？”兰宁深感震惊。

“喔，我无法确定任何事。艾弗瑞德……”

警报系统冷不防地响起可怕的叮当声。兰宁以近乎不听使唤的动作按下通讯器，立刻被一阵气喘吁吁的报告吓呆了。

他说：“苏珊……你听到啦……那艘太空船飞走了。半小时前，我把那两个实地测试员送了进去。你一定得再去见见金头脑。”

苏珊·凯文强作镇定，问道：“金头脑，那艘太空船怎么了？”

金头脑高高兴兴地说：“我建造的那艘太空船吗，苏珊小姐？”

“是的。它发生了什么事？”

“啊，什么事也没有。预定测试它的两个人一旦进去，一切便已就绪，所以我把它送走了。”

“喔——好吧，这样很好。”机器人心理学家觉得呼吸有些困难，“你认为他们会安然无事吗？”

“绝对没事，苏珊小姐，我已经做好一切安排。它是一艘美——丽——的——太空船。”

“没错，金头脑，它的确美丽。但你认为他们有足够的食物吗？他们会舒服吗？”

“食物多得很。”

“这件事可能会吓坏他们，金头脑。你该知道，这是意料之外的事。”

金头脑敷衍道：“他们会安然无事，他们应该感到很有趣。”

“有趣？怎么说？”

“就是有趣。”金头脑狡猾地答道。

“苏珊，”兰宁气咻咻地尽量压低声音说，“问问它会不会导致死亡，再问问有些什么危险。”

苏珊·凯文愤怒得脸孔都扭曲了。“安静！”然后，她以颤抖的声音对金头脑说，“我们能和那艘太空船联络吧，金头脑？”

“喔，如果你用无线电呼叫，他们听得见。这件事我已经安排好了。”

“谢谢，暂时没事了。”

两人出来后，兰宁马上怒不可遏地斥道：“银河啊，苏珊，如果这事泄露出去，会把我们全毁了。我们非把那两个人弄回来不可。你为什么不问问有没有出人命的危险——就这么直接问？”

“因为，”凯文心灰意懒地说，“那正是我不能提的事。如果它真面对一个矛盾，那个矛盾就是人命。假如以任何不当的方式提出这个问题，就有可能把它完全毁掉。那时我们的处境会更好吗？现在听着，它说我们可以和他们联络。我们赶紧进行，找出他们的位置，把他们带回来。他们自己或许无法使用控制台；金头脑或许在用遥控操纵。来吧！”

过了好一阵子，鲍尔才振作起来。

“麦克，你感觉到任何加速度吗？”他用冰冷的嘴唇吐出这句话。

多诺凡瞪着一双茫然的眼睛。“啊？没有……没有。”

然后这位红头发紧握拳头，以突如其来的傻劲一跃而起，来到冰冷的弧形窗前。除了星辰，什么也看不见。

他转过身来。“格里，他们一定是趁我们在里面的时候，启动了这架机器。格里，这是个有预谋的行动；他们和那个机器人串通好，硬逼我们当试飞员，以防我们想临阵脱逃。”

鲍尔道：“你在说些什么？如果我们不知道怎样操作这架机器，把我们送出来又有什么用？我们又该如何带它回去？不对，这艘太空船是自己起飞的，而且没有任何明显的加速度。”他站起来，踱着缓慢的步伐。铿锵的脚步声从金属舱壁反弹回来，成为一阵响亮的回声。

他以平板的语调说：“麦克，我们从来没碰到过这么摸不着头脑的状况。”

“这我倒是真不晓得。”多诺凡刻薄地说，“你这么讲的时候，我正准备要狂欢一番呢。”

鲍尔不理会这句话。“没有加速度——代表这艘船的工作原理不是任何已知的物理定律。”

“反正，不是我们知道的任何原理。”

“不是已知的任何原理。没有可用手动控制的引擎；或许它们安装在舱壁内，或许这就是舱壁那么厚的原因。”

“你在咕哝些什么？”多诺凡追问。

“为什么不好好听？我是说不论这艘船配备什么动力，显然都不需要人工操作。这艘太空船是靠遥控驾驶的。”

“由金头脑遥控？”

“有何不可？”

“那么你认为，我们要一直留在这里，直到金头脑把我们带回去？”

“有此可能。倘若真是这样，那我们就静静等待。金头脑是个机器人，它必须服从第一法则，不能伤害任何人类。”

多诺凡慢慢坐下来。“你这样推想？”他仔细地将头发抚平，“听好，这个有关曲速的烂问题打垮了统一的机器人，而那些学究说这是因为恒星际飞行会令人丧命。你准备相信哪个机器人？据我了解，我们的那个拥有相同的资料。”

鲍尔拼命扯着他的八字胡。“别假装你不懂机器人学，麦克。在机器人出现任何违反第一法则的迹象之前，许多环节至少已经崩溃十次，而它一定早就变成一堆废铁了。这件事有个简单的解释。”

“喔，当然，当然。让管家上午叫醒我就行，这一切都太简单、太简单了，我犯不着在小睡片刻前烦心。”

“唉，木星啊，麦克，目前为止你有什么好抱怨的？金头脑在照顾我们。这个地方温暖舒适，不缺照明，不缺空气。甚至没有足够的加速度弄乱你的头发，我是说，即使它还有弄乱的余地。”

“是吗？格里，你一定没学到教训，否则谁也无法在这种情况下还这么乐观。我们吃什么？我们喝什么？我们在哪里？我们要怎么回去？万一发生意外，我们要从哪个出口逃生、穿什么太空衣？我在这里甚至没看到一间浴室，或是浴室里那些小用品。是啊，我们是受到照顾——多好的照顾！”

打断多诺凡长篇大论的并非鲍尔。那声音不属于任何人；它就在那里，滞留在半空中——声音洪亮，震慑人心。

“格里哥利·鲍尔！麦克·多诺凡！格里哥利·鲍尔！麦克·

多诺凡！请报告你们现在的位置。假如你们的太空船接受控制，请返回基地。格里哥利·鲍尔！麦克·多诺凡！……”

这段通讯机械性地一再重复，每遍结束后总有固定的间歇。

多诺凡说：“从哪里来的？”

“我不知道。”鲍尔的声音既紧张又细弱，“这些光线是从哪里来的？这一切是从哪里来的？”

“好吧，我们要怎样回答？”他们只能趁着这段通讯的间歇交谈，否则带着回声的巨响会淹没他们的声音。

舱壁上空无一物——只是一片平滑而弯曲的金属。鲍尔说：“扯开喉咙喊吧。”

他们这样做了。有时轮流叫，有时一起喊。“位置不明！太空船失去控制！情况危急！”

他们的声音逐渐升高，逐渐沙哑。这些简短的、公式化的回答开始夹杂着尖叫与加强语气的粗话，可是那个冰冷的呼叫声，却依然一而再、再而三不倦地重复着。

“他们听不见我们。”多诺凡喘着气说，“这里没有发送机件，只有接收机。”他的目光胡乱地聚焦在舱壁上某一点。

那个外来的声音渐渐疲软、渐渐衰弱。当它接近耳语时，他们又呼叫了一次；当一切恢复静寂时，他们又以嘶哑的嗓子再试了一遍。

差不多过了十五分钟后，鲍尔有气无力地说：“让我们再从头走一趟，哪里一定有些吃的东西。”这句话听来并不抱希望，几乎是承认失败的宣言。

在通道中，他们分别往左右走去。借着脚步声的回响，他们能知道彼此在哪里。两人偶尔在通道相遇，那时他们会互瞪一眼，然后擦肩而过。

鲍尔的搜寻忽然有了结果。与此同时，他听见多诺凡发出一阵欢呼。

“嘿，格里，”多诺凡吼道，“这艘船里有水管。刚才我们怎么没注意到？”

大约五分钟后，多诺凡误打误撞找到了鲍尔。这时，多诺凡正在说：“不过，还是没有淋浴……”但说到一半就咽回去。

“食物。”他喘着气说。

舱壁消失了一大片，弧形空隙后面露出两个橱架来。上方的橱架摆满了未贴标签的罐头，大大小小、各种形状都有，令人眼花缭乱；下方放置的搪瓷罐则是统一的样式。多诺凡感到一股冷气吹向脚踝，原来下面一半是冷藏室。

“怎么会……怎么会……”

“它原来不在那里。”鲍尔随口答道，“我进门的时候，那面舱壁突然消失。”

他已经开动了。这些罐头属于预热型，里面附有汤匙，烤豆子的温热香气溢满整间舱房。“拿个罐头吧，麦克。”

多诺凡犹豫起来。“有哪些菜式？”

“我怎么知道！你那么讲究吗？”

“不是，但我在太空船上总是吃豆子，别的食物我会优先考虑。”他的手绕来绕去，最后选了一个闪闪发亮的椭圆形罐头，那种扁平形状使人联想到鲑鱼或类似的美食。加上适度的压力，罐头便自动打开。

“豆子！”多诺凡吼道，伸手就要拿另一个。鲍尔一把抓住他的裤腰。“就吃那个吧，小老弟。补给品有限，而我们或许会在这儿待上很长很长一段时间。”

多诺凡悻悻地抽回手。“我们的食物就是这些吗？豆子？”

“有可能。”

“下面的架子放些什么？”

“牛奶。”

“只有牛奶？”多诺凡怒气冲冲地大叫。

“看来如此。”

他们默默吃完这顿豆子牛奶大餐。当他们离去时，消失了的舱壁随即升起，再度形成完好如初的壁面。

鲍尔叹了一口气。“一切都是自动的，一切都是这样子，我这辈子从没感到这么无助过。你找到的水管在哪里？”

“就在那里。我们头一回检查的时候，同样没有看到。”

十五分钟后，他们又回到那间镶着玻璃的舱房，坐在椅子上大眼瞪小眼。

鲍尔沮丧地望着室内唯一的仪表。它仍标示着“秒差距”，最大的刻度仍是“1,000,000”，而指针依旧坚定地指着零点。

在美国机器人与机械人公司的核心办公室中，艾弗瑞德·兰宁正以困倦的声音说：“他们是不会回答的。我们试过每一种波长，公用的、私家的、密码的、明码的，甚至刚发明的次乙太波。金头脑仍然什么也不肯说吗？”最后这一句是向凯文博士发问。

“它不肯详细说明，艾弗瑞德。”她以断然的口吻答道，“它说他们听得见我们……但当我试图逼它说下去，它就变得……唉，变得忧郁起来。它不该这样——有谁听说过忧郁的机器人？”

“那就请把你知道的告诉我们吧，苏珊。”玻格特说。

“听好！它承认太空船完全在它自己的控制下。它对他们的安全绝对乐观，但没有说明详情。我不敢逼它。然而，问题的核心似乎在恒星际跃迁本身。当我提起这件事的时候，金头脑真的哈哈大笑。此外还有其他征状，但这点最能显示它已陷入异常。”

她望了望其他两人。“我是指歇斯底里。我立刻不再提这件事，我希望没有造成伤害，但它给了我一个启示。我能对付歇斯底里，给我十二小时！假如我能使它恢复正常，它就会把太空船带回来。”

玻格特好像突然挨了一拳。“恒星际跃迁！”

“怎么回事？”凯文与兰宁同时叫出来。

“金头脑给我们的那些引擎相关数据。嘿……我刚想到一件事。”

他匆匆离去。

兰宁凝望着他的背影，直截了当地对凯文说：“苏珊，你管好你分内的事。”

两小时后，玻格特以热切的口吻说：“我告诉你，兰宁，关键就在这里。恒星际跃迁不是瞬间的事——只要光速有限就不可能。生命无法存在……事实上，是物质和能量本身无法存在于曲速空间。我不知道真实情形如何——但这就是关键。正是这个问题，杀死了统一公司的机器人。”

多诺凡觉得自己正如外表一样憔悴。“才过了五天？”

“才过了五天，这点我确定。”

多诺凡惨兮兮地环顾四周。窗外的星辰都还熟悉，却显得冷漠无比。舱壁触手冰凉；刚刚重新亮起的照明发出冷酷的光芒；仪表上的指针顽固地指着零点；此外，多诺凡始终无法摆脱一股豆子的味道。

他愁眉苦脸地说：“我需要洗个澡。”

鲍尔抬了抬头，然后说：“我也一样，你不必觉得不好意思。但除非你想泡在牛奶里，让自己没东西喝……”

“反正，我们终究会没东西喝。格里，恒星际飞行什么时候开始？”

“我还等你告诉我呢。或许我们只是一直这样走。我们终究会抵达目的地，至少我们的骨灰会——但金头脑之所以发生故障，不正是因为我们会死吗？”

多诺凡背对着对方说：“格里，我一直在想，这实在很糟，没什么好做的——除了四处乱转或自言自语。你该听说过那些太空放逐的故事，那些人早在饿死前就发疯了。我不知道，格里，但自从灯光亮起，我就感到怪怪的。”

接下来是一阵沉默，然后鲍尔以细弱的声音说：“我也一样。是什么感觉？”

红发多诺凡转过身来。“里面感觉怪怪的。我体内好像在敲敲打打，到处都绷紧了。我觉得呼吸困难，连站也站不稳。”

“嗯——嗯，你感觉到振动吗？”

“你是什么意思？”

“坐一会儿，好好听我说。你听不见，但你感觉得到——好像有什么东西在哪里颤动，连带整艘太空船一块颤动，而你也就跟着发抖。听——”

“是啊……是啊。你认为那是什么，格里？你不会猜是我们自己吧？”

“有这个可能。”鲍尔慢慢抚着八字胡，“但也可能是太空船的引擎，它或许快准备好了。”

“准备好什么？”

“准备好做恒星际跃迁。也许就快进行了，鬼才知道会发生什么事。”

多诺凡沉思一番，然后凶巴巴地说："如果它要做，那就让它做。但我希望我们能反抗，只能束手待毙实在丢脸。"

大约一小时后，鲍尔望着摆在金属座椅扶手上的右手，以僵凝的冷静口吻说："摸摸舱壁，麦克。"

多诺凡依言照做，然后说："感觉得到它在振动，格里。"

现在连星光似乎也朦胧起来。某处传来一种模糊的感觉，像是一架巨型机器正从舱壁吸取动力，积蓄着能量以待奋力一跃。随着能量逐渐增加，悸动也越来越明显。

变化突如其来，伴随着一阵刺痛。鲍尔全身僵硬，差点从椅子上跳起来。他的目光捕捉到多诺凡，而当多诺凡微弱的叫声转为啜泣、进而消失时，他眼前变成一片空白。他感到体内有东西在扭动，在对抗一张越来越厚的冰毯。

有东西挣脱了，在一阵耀眼的强光和痛苦中拼命打转。它一面向下坠落——

——一面仍在打转

——头下脚上倒栽

——终至一片静寂!

这就是死亡!

这是个既没有活动又没有感觉的世界，是个由模糊的、无知觉的意识所构成的世界——意识的主体只有黑暗、静寂与无形的挣扎。

最重要的是，竟然意识到了永恒。

他的自我成了一条细微的白色丝絮——冰冷而恐惧。

然后，上方传来一段油腔滑调、声音洪亮的话语：

您的棺木最近是否不再合身？何不试试死尸先生专利的伸缩棺材？它经过科学设计，适合人体自然曲线，并添加了维生素B1。想要舒适，就请用死尸牌棺材。别忘了——你——将要——死掉——很长——很长——一段——时间！

那并非真正的声音，但无论是什么，它都在一阵滑溜的隆隆声中逐渐消失。

那条白色丝絮（它或许就是鲍尔）与周遭无形的永恒时间徒劳地拔河——最后垮作一团。此时，一亿个魔鬼化作一亿个女高音，刺耳的尖叫组成一个渐强的旋律：

当你死去时，我会很高兴，你这个坏蛋，你呀。

当你死去时，我会很高兴，你这个坏蛋，你呀。

当你死去时……

歌声盘旋而上，越来越慷慨激昂，最后超越听力的极限，进入尖锐的超音波音域，然后还不断升高……

白色丝絮带着阵痛不停发抖。它默默绷紧……

接着传来的是普通的声音——而且为数众多。那是许多人在说话，是漩涡般的人潮以迅速的动作穿过他、超过他、越过他，偶尔留下只字片语在空间飘荡。

他们找你去做啥，孩子？你看来被痛打……

……我猜是热火，但我有防护罩……

……我造了一个天堂，但老圣彼得……

不——不，我和那家伙有点关系，跟他打过交道……

嘿，山姆，过来这里……

你弄到一个话筒吗？魔王说……

……继续走吗，我的好小鬼？我的约会是和撒旦……

凌驾这些噪音之上的，还是原先那个嘹亮的吼声，它传遍每个角落：

快点！快点！快点！！！扯动你的骨头，别让我们久等——后面还有很多人排队。把你的证书准备好，确定上面盖了彼得的开释章。看看你是不是排在正确的入口，会有很多火焰招待大家。嘿，你——那里那个人，好好排队，否则……

面对步步进逼的叫喊，化成白色丝絮的鲍尔匍匐后退，并感到被一根指头猛戳一记。然后，所有的一切爆成五颜六色的声音，碎片一一渗入他剧痛的头部。

鲍尔又坐回椅子上，感到自己正在发抖。

多诺凡双眼睁得有如两个巨大的铜铃，蓝色的眼珠呆滞无神。

“格里，”他以近乎呜咽的细声说，“你刚才死了吗？”

“我……觉得死了。”他的声音低哑，连他自己也认不出来。

多诺凡显然企图站起来，结果却是一败涂地。“我们现在活了吗？或是还没完？”

“我……觉得活了。”鲍尔仍以嘶哑的声音回答，接着又谨慎地说，“当你……当你死去的时候，你有没有……听到任何声音？”

多诺凡顿了顿，然后非常缓慢地点了点头。“你呢？”

“有的。你可听到棺材的广告……还有女人在唱歌……还有排队准备进入地狱？有没有？”

多诺凡摇了摇头。“只有一个声音。”

“响亮吗？”

“不，很轻，但声音粗得像是锉指甲。那是一场布道，讲的是地狱之火。他描述那种折磨……好啦，反正你也知道。我曾听过一次像这样的布道——几乎一样。”

他满头虚汗。

他们察觉到有阳光射进舷窗。不过光芒微弱，而且是蓝白色——那遥远的光源是个明亮的斑点，看来绝非熟悉的太阳。

鲍尔用颤抖的手指指着那个仪表。现在，指针坚定而骄傲地停在另一条细标线上，旁边的数字是300,000秒差距。

鲍尔说：“麦克，如果这是真的，我们一定完全脱离银河系了。”

多诺凡说：“见鬼！格里！我们是第一批脱离太阳系的人。”

“没错！正是这样。我们脱离了太阳系，我们脱离了银河系。麦克，这艘太空船就是答案。它为全人类带来自由——散布到每颗恒星的自由——几亿几兆颗恒星。”

然后，他“砰”的一声跌坐下来。“可是我们怎么回去呢，麦克？”

多诺凡有气无力地微微一笑。“喔，那倒不用担心。这艘船把我们带来这里，就会把我们带回去。我要再吃点豆子。”

“可是麦克……慢着，麦克。如果它用和来时同样的方式带我们回去……”

刚要站起来的多诺凡又重重坐回椅子上。

鲍尔继续说：“我们必须……再死一次，麦克。”

“这个嘛，”多诺凡叹了一声，“倘若必须如此，那我们就只好如此。至少它不是永恒的，不是‘非常’永恒的。”

苏珊·凯文正在慢慢说话。过去六个小时，她都在慢慢刺探着金头脑——却始终一无所获。她厌倦了一再重复，厌倦了拐弯抹角，厌倦了一切。

“现在，金头脑，只剩最后一个问题，你一定要尽全力简单明了地回答。你对恒星际跃迁是不是一清二楚？我的意思是，跃迁是否能把他们带到很远的地方？”

“他们想去多远都行，苏珊小姐。天啊，曲速飞行没什么诀窍。”

“然而，他们会看到什么？”

“星星啦。你以为还有什么？”

下一个问题脱口而出。“那么，他们会活着？”

“当然！”

“恒星际跃迁不会伤害他们？”

当金头脑保持沉默时，她也跟着发愣。就是这个问题！她终于搔到痒处了。

“金头脑，”她以恳求的口吻，心虚地说，“金头脑，你听到我说话吗？”

金头脑以微弱而颤抖的声音答道：“我必须回答吗？我是指有关跃迁的问题。”

“你不想答就不必答。可是它会很有意思——我是说你若想回答的话。”苏珊·凯文尽可能轻描淡写。

“哎——哟，你把一切都搞砸了。”

机器人心理学家突然跳起来，脸上现出恍然大悟的表情。

“喔，我的天。”她喘着气说，“喔，我的天。”

她觉得这几小时乃至这几天来的紧张都顿时消失。一会儿后，她对兰宁说：“我告诉你一切没问题。不，你现在一定要放我一马。那艘太空船会平安归来，那两个人不会有事的。我想要休息了，我一定要休息，现在请便吧。”

如同起飞时一样，太空船静静地、不声不响地返回地球。它不偏不倚落在着陆地点，主气闸随即打开。两个人一面小心翼翼地钻出来，一面搔着长满胡茬儿的下巴。

然后，红头发那位慢慢地、刻意地跪下来，在混凝土跑道上印下坚实而响亮的一吻。

他们挥手驱走聚过来的人群。从飞奔而来的救护车中，已经跳出两名抬着担架的医护人员，但他们同样作势表示婉拒。

格里哥利·鲍尔说：“最近的淋浴在哪里？”

立刻有人带他们去。

他们全部围坐在一张会议桌旁，这是美国机器人与机械人公司主要成员的全员会议。

鲍尔与多诺凡慢慢地、高潮迭起地讲完一个生动且扣人心弦的故事。

苏珊·凯文打破随之而来的沉默。过去这几天，她已经恢复了冰冷且有些尖酸的镇定——但脸上仍透出一丝尴尬的神情。

“严格说来，”她道，“这是我的错——全都是我的错。当我们首次向金头脑提出这个问题的时候，希望你们有人还记得，我曾不厌其烦地对它再三强调，要它务必拒绝任何会产生矛盾的资料。那时，我曾说过类似下面这番话，‘若有导致死亡的答案，你千万别激动，我们根本不在乎。只要把那一页还给我们，忘掉这件事就好。’”

“嗯——嗯，”兰宁说，“接下来呢？”

“接下来就很明显。那项资料进入它的计算机制后，产生了控制恒星际跃迁最短时段的方程式——这意味着人的死亡。统一公司的机器会完全崩溃，正是由于这个原因。但我已将死亡的严重性贬低——并非整个取消，因为第一法则永远无法违反——刚好足以让金头脑能对这个方程式多看一眼；足以给它时间去了解，这段时期过后，那些人会起死回生——正如太空船中的物质和能量会重新出现。换句话说，这个所谓的‘死亡’绝对只是暂时现象。你们懂了吗？”

她环顾四周，大家都在专心聆听。

于是她继续说：“所以它接受了那项资料，但并非毫无疑虑。即使只是暂时的死亡，严重性又打了折扣，仍能使它陷入非常轻微的失衡。”

她以平静的口吻公布答案：“它发展出一种幽默感——那是一种逃避，懂了吧，是勉强逃避现实的一种方法。它变得喜欢恶作剧。”

鲍尔与多诺凡同时站起来。

“什么？”鲍尔喊道。

而多诺凡的反应还要生动得多。

“就是这样。”凯文说，“它照顾好你们两位，确保你们的安全，但你们无法操作任何控制仪器，因为它们不是为你们准备的——而是专供幽默的金头脑操作。我们能用无线电呼叫你们，但你们无法回答。你们有很多食物，但通通是豆子和牛奶。然后你们死了，姑且这样说，接着又重生，但你们的死亡经历被安排得……

嗯……很有意思。我真希望知道它是怎么做到的。那是金头脑得意的小玩笑，但它无意造成伤害。”

“无意造成伤害！”多诺凡喘着气说，“喔，可惜那可爱的小鬼没有脖子。”

兰宁做了一个肃静的手势。“好啦，这是一场混乱，但全都过去了。现在怎么办？”

“这个嘛，”玻格特平心静气地说，“改进曲速引擎的责任显然在我们身上。一定有什么办法，能免掉跃迁的时间。在这个前提下，既然拥有大型超级机器人的机构只剩我们一家，我们一定要找到答案。到那个时候——美国机器人公司将有恒星际飞行的能力，而人类则有建立银河帝国的机会。”

“统一公司要怎么打发呢？”兰宁问。

“嘿，”多诺凡突然打岔道，“这点我想提个建议。他们害美国机器人公司陷入好一场混乱，虽然不如他们预期中那么糟，而且圆满收场，但他们的意图可不值得恭维。而格里和我是主要的受害者。

“好吧，他们想要答案，而答案已经出炉。把那艘太空船交给他们，附上保证书，美国机器人公司就能收他们二十万，再加上建造费用。如果他们测试那艘船——那么在金头脑恢复正常之前，我们何不让它再找点小乐子。”

兰宁严肃地说：“在我听来这个提议合情合理。”

玻格特随口补充一句：“而且绝对遵守合约。”

第八篇

证 据

“但这也不是我要讲的。”凯文博士若有所思地说，“喔，到头来，那艘太空船和其他类似的发明成了政府的财产，超空间跃迁的研发大功告成。如今，在一些邻近恒星系的行星上，我们真有了人类殖民地，但这并不是我要讲的。”

我已经吃完那一餐，正在边抽烟边望着她。

“真正重要的，是过去五十年来地球上的居民所经历的变迁。当我出生时，年轻人，最后一次世界大战才刚结束。那是历史上一个低潮——但它标志着国家主义的结束。地球太小了，容纳不下那么多国家，于是各国开始组成界域，这件事费了不少时间。我刚出生的时候，美利坚合众国还是一个国家，并非只是北方界域的一部分。事实上，本公司的简称至今仍是‘美国机器人……’从国家到界域的演变稳定了我们的经济，并且可说带来一个黄金时代，因为本世纪要比上个世纪好得太多。而这个演变，同样是我们的机器人带来的。”

“您是指机体。”我说，“您刚提到的金头脑就是第一台机体，是吗？”

“是的，没错。但我想到的并非机体，而是一个人。他去年过世了。”她的声音突然透出深刻的悲伤，“至少是他自愿离世的，因为他知道我们不再需要他——史蒂芬·拜尔莱。”

“是啊，我就猜您指的是他。”

“他在2032年首度担任公职。那时你只是个孩子，所以不会记得这件事多么诡异。他竞选市长的经过，绝对是历史上最离奇的……”

法兰西斯·奎恩是一位新派的政治人物。当然，正如所有这类叙述一样，这句话其实毫无意义。如今大多数的“新派”，在古希腊社会中便已存在。我们若对它了解得更透彻，或许还能肯定它早在古苏美的社会，以及史前瑞士的湖居社会中就已经出现。

不过，为了避免必然沉闷且复杂的开场白，最好还是赶紧说明如下的事实。奎恩从不参选也从不拉票，他不曾发表演说，也不帮任何人非法竞选。就像拿破仑在奥斯特里兹战役中，不曾发过一枪一弹一样。

由于政治会将毫不相干的人拉在一起，现在艾弗瑞德·兰宁坐在办公桌后面，与奎恩隔桌相对。他那惊人的白眉毛弯到眼睛前面，目光中的不耐烦已逐渐增温到了沸点——他很不高兴。

即使奎恩知道这项事实，也不会对他造成任何困扰。他的声音相当友善，这或许是职业习惯。

“兰宁博士，我猜你该认识史蒂芬·拜尔莱。”

“我听说过他，许多人都听说过他。”

“没错，我也一样。也许下次选举，你打算投他一票。”

“我不敢说。”这句话透着些许明显的酸味，“我并没有天天留心政治潮流，所以我不晓得他要竞选公职。”

“他有可能成为我们的下任市长。当然，他现在只是个检察官，但万丈高楼……”

“没错，”兰宁打岔道，“我听过这个成语。但不知道我们能否进入正题。”

“我们已经进入正题，兰宁博士。”奎恩的声调非常轻柔，“让拜尔莱先生顶多做到地方检察官，对我个人会有好处，而帮我达到这个目的则对你有好处。”

“对我有好处？得了吧！”兰宁的双眉垂得很低。

“好吧，那就说对美国机器人与机械人公司有好处。我是把你当成研究部门的荣誉主任来拜访你，因为我知道你和他们的关系，或许我们能比喻为‘元老政治家’和后生晚辈的关系。你说的话虽然人人尊重，但你和他们的关系已不再那么密切，这使得你的行动能保有相当大的自由，即使那些行动多少有点离经叛道。”

兰宁博士沉默了一会儿，咀嚼着自己的思绪。然后，他以更轻的声音说：“我根本听不懂你在讲什么，奎恩先生。”

“我并不惊讶，兰宁博士，但一切都相当简单。你介意吗？”奎恩用朴素雅致的打火机点燃一根细长的香烟，宽大的脸庞现出一种暗自得意的神情，“我们刚才提到拜尔莱先生——一位奇怪且多彩多姿的人物。三年前他默默无闻，如今却鼎鼎有名。他是个有毅力、有才干的人，而且绝对是我见过的检察官中最能干、最聪明的一位。可惜的是，他不是我的朋友……”

“这点我了解。”兰宁盯着自己的指甲，机械性地回答。

“过去一年间，”奎恩镇定地继续说，“我曾经调查过拜尔莱先生——做得巨细靡遗。针对改革派政治人物的过去做一番相当彻底的调查，你知道吗，总是一件很有用的事。如果你知道帮助有多大……”他顿了顿，冲着烧红的烟头露出冷笑，“可是拜尔莱先生的过去平淡无奇。在一个小镇上过着平静的生活，接受过大学教育，有个早逝的妻子，出过一场很久才复原的车祸，曾在法学院求学，后来迁居到这个大都会，成为一名律师。”

法兰西斯·奎恩缓缓摇了摇头，然后补充道：“但他现在的生活，啊，可真是古怪稀奇。我们这位检察官从来不吃东西！”

兰宁猛然抬起头，一双老眼射出锐利之极的目光。“你说什么？”

“我们这位检察官从来不吃东西。”他一字一顿地重复一遍，“我要稍微做点修正：从来没有人见过他吃喝。从来没有！你了解这句话的意义吗？不是罕见，而是从来没有！”

“我觉得这相当难以置信。你能信任你的调查员吗？”

“我能信任我的调查员，而我不觉得有什么难以置信。非但如此，还从来没人见过我们这位检察官喝过什么——不论喝水或喝酒，也没人见过他睡觉。此外还有其他事例，但我想我已经把意思表达清楚了。”

兰宁上身靠回椅背，两人之间紧绷着挑战与回应的沉默。然后，年老的机器人学家摇了摇头。“不！如果我把你的这些叙述，和你来找我的这件事实联想在一起，那么你试图暗示的只有一个可能，而那是不可能的事。”

“但那个人相当不像人，兰宁博士。”

“假使你告诉我说他是撒旦化装的，我还有一点可能相信。”

“我告诉你，兰宁博士，他是个机器人。”

“而我告诉你，我从未听过这么不可能的想法，奎恩先生。”

接着又是剑拔弩张的沉默。

“纵然如此，”奎恩以分外仔细的动作按熄烟头，“你必须动员贵公司所有的资源，来调查这件不可能的想法。”

“我确定自己无法进行这种事，奎恩先生。你该不会是建议本公司插手地方政治吧。”

“你毫无选择。假如我公开调查结果，虽然没有确实证据，但间接证据也足够了。”

“你高兴怎么做就怎么做吧。”

“但这并不会让我高兴，直接证据要好得多。而且它也无法让你高兴，因为闹开了对贵公司会有严重伤害。我想，对于禁止在住人世界使用机器人的严格规定，你一定比任何人都清楚。”

“当然！”回答得直截了当。

“你该知道，在整个太阳系中，美国机器人与机械人公司是正子机器人唯一的制造商，而拜尔莱若是机器人，他就一定是正子机器人。你也应该晓得，所有的正子机器人都只租不卖，贵公司对每个机器人皆保留所有权和管理权，因此对它们的行为都要负责。”

“要证明本公司从未制造过人形机器人，奎恩先生，是一件很简单的事。”

“造得出来吗？仅就可能性而言。”

“可以，造得出来。”

“我猜，还得秘密进行，不会把它登录在你们的日志上。”

“正子脑绝不可能，阁下。它牵涉到太多因素，此外还有政府最严密的监督。”

“没错，可是机器人会磨损，会故障，会坏掉——最后会被解体。”

“正子脑则会回收或销毁。”

“真的吗？”法兰西斯·奎恩故意透出一丝讽刺的口吻，“假如有一个未曾销毁——当然只是偶发事件，而又刚好有个人形躯体欠缺正子脑。”

“不可能！”

“将来你得对政府和公众证明这一点，所以何不趁早先对我证明。”

“但我们能有什么目的？”兰宁气急败坏地追问，“我们的动机何在？请相信我们还有点理智。”

“拜托，亲爱的主任。贵公司巴不得各界域都允许在住人世界使用‘人形正子机器人’，那将带来巨额利润。可是，公众在这方面偏见太深。假如你让他们先习惯这样的机器人——看，我们有个高明的律师，一位优秀的市长——他正是机器人。你还不买我们的机器人管家吗？”

“彻头彻尾的幻想，荒唐得近乎滑稽。”

“我想是吧。何不对我证明呢？或是你宁愿试着对公众证明这一点？”

办公室的光线渐渐暗下来，但还不至于掩盖艾弗瑞德·兰宁脸上代表挫折的红晕。这位机器人学家慢慢伸出手指，碰了碰一个按钮，壁灯随即发出柔和的光芒。

“好吧，”他咆哮道，“我们等着瞧。”

史蒂芬·拜尔莱的脸孔不容易描述。根据出生证明，他今年四十岁，而他的外表看来也是四十岁——但那是个健康、营养均衡、和蔼可亲的四十岁外表，自然而然会使人脱口而出：“看来就是那个年纪。”

这点在他大笑时尤其真切，而此时他就在哈哈大笑。他的笑声响亮、绵延不绝，小歇一下之后又再度响起……

艾弗瑞德·兰宁的面孔则僵成一个象征不苟同的石像。他冲着坐在一旁的那位女士随便做个手势，但她又薄又苍白的嘴唇只是稍微抿了一下。

拜尔莱勉强喘过气来。

“真是的，兰宁博士……真是的……我……我！……是个机器人？”

兰宁猛然打断他的话。“这可不是我说的，检察官，我十分乐意把你当成人类的一员。因为本公司从未制造过你，所以我十分确定你是人类——至少，就法律角度而言。但既然有人郑重其事，向我们指出你是机器人，而此人又有相当的地位……”

“别提他的名字，以免有损你那花岗岩般坚硬的道德感。不过为了讨论方便起见，从现在起，我们姑且假定他是法兰西斯·奎恩。”

由于对方不客气地打岔，兰宁猛地倒抽一口气，又凶巴巴地暂停了一下，才以更加冰冷的口气继续说：“而此人又有相当的地位——我没兴趣对他的身份玩猜谜游戏。所以我一定要请你和我们合作，共同驳斥这个指控。光是此人有可能将这个说法公诸于世这件事实，对我所代表的公司就是一个严重打击——即使这个指控始终无法证实。你了解我的话吗？”

“喔，了解，你的处境我很清楚。这个指控本身荒谬绝伦，但另一方面，你如今的处境则不然。如果我的笑声冒犯了你，我要请你原谅。我笑的是前者，而不是后者。我能帮你什么忙吗？”

“这件事非常简单。你需要做的只是到一家餐厅去，在见证人面前吃一顿饭，并且拍些相片。”兰宁在椅子里向后一仰，这次晤谈中最难的一关过去了。而他身旁那位女士，则以显然十分专注的神情望着拜尔莱，她自己却什么也没说。

史蒂芬·拜尔莱与她的目光交接片刻，然后又转向机器人学家。有那么一会儿，他若有所思地轻抚着他的办公桌上唯一的装饰品，一个青铜纸镇。

他心平气和地说："我想我无法从命。"他随即举起手来，"慢着，兰宁博士。我能体会整个事件令你多不愉快；你心不甘情不愿地被迫这样做；你感到自己在扮演一个没有尊严，甚至滑稽的角色。话说回来，这件事和我自己有更切身的关系，所以请少安毋躁。

"首先，你为何肯定你正在进行的事，并非奎恩——你知道，就是那个有相当地位的人——设计诱使的结果？"

"啊，一个有名望的人，似乎不可能以这么荒谬的方式冒险，除非他深信自己拥有安全的立足点。"

拜尔莱的眼神毫无笑意。"你不了解奎恩。即使是山羊都上不去的峭壁，他也有办法找到安全的立足点。我想他曾经声称对我做过调查，并且告诉你一些特别的发现？"

"足以说服我相信一件事：本公司若试图驳斥会太麻烦，而你做起来则容易得多。"

"那么当他说我从来不吃东西的时候，你的确相信他喽。你是一位科学家，兰宁博士，想想其中的逻辑。没有人见过我吃东西，因此我从来不吃东西，证毕。就是这样！"

"你是在用法庭战术混淆一个实在非常简单的情况。"

"正好相反，我是在试图厘清被你和奎恩弄得非常复杂的一件事。你知道吗，我睡得不多，那是事实，而我当然不会在公开场合睡觉。我从来不喜欢和别人共餐——这是不寻常的个性，或许可说是神经质，但它不会伤害任何人。听好，兰宁博士，让我对你提出个假想状况。假设有个政治人物，想要不计任何代价击败一个改革派候选人，而他在调查后者的私生活时，发现了些像我刚才提到的怪事。

“我们再进一步假设，为了有效地抹黑这位候选人，他以舍我其谁的姿态到你们公司去。你会不会指望他对你说：‘某某某是机器人，因为他几乎不曾与人共餐，我也从未见过他在办案中打盹；有一天午夜，我从他家的窗户向内窥探，发现他还在读书；我也检查过他的冰箱，里面根本没有任何食物。’

“假使他那样告诉你，你会把他当成精神病患。但如果他告诉你说：‘他从来不睡觉；他从来不进食。’那么这句话带来的震撼，会使你忽略了这种说法根本无从证明。你成了他掌中的傀儡，替他制造这场骚动。”

“姑且不论你认为这件事严重与否，检察官，”兰宁带着迫人的固执说，“我说过，它只需要一顿饭就能解决。”

拜尔莱再度转向那位女士，后者仍然面无表情地凝视着他。“对不起，我没记错你的名字吧？苏珊·凯文博士？”

“是的，拜尔莱先生。”

“你是美国机器人公司的心理学家，是吗？”

“拜托，是机器人心理学家。”

“喔，机器人和人类有那么大的差异吗，我是指精神上？”

“天差地远。”她露出冰霜般的笑容，“机器人本质上都是高尚的。”

检察官的嘴角扯出一丝笑意。“好，这可是当头棒喝。但我想要说的是，既然你是一位心理学——机器人心理学家，而且又是一名女性，我敢说你做了一件兰宁博士没想到的事。”

“什么事？”

"你的手提包里有吃的东西。"

苏珊·凯文训练有素的漠然眼神动摇了一下。她说:"你令我叹服，拜尔莱先生。"

她打开手提包，拿出一个苹果，默默递给他。兰宁博士在惊讶之余，以万分警觉的目光追踪着两人手部的慢动作。

史蒂芬·拜尔莱安闲地咬了一口，又安闲地咽下去。

"看到了吗，兰宁博士？"

兰宁博士松了一口气，露出笑容，连两道眉毛都显得慈祥了。但这口气只松了短短一秒钟。

苏珊·凯文说:"我之前的确很好奇，想看看你会不会吃这个苹果。可是，当然，就目前这个问题而言，这样做证明不了什么。"

拜尔莱咧嘴一笑。"不能吗？"

"当然不能。这很明显，兰宁博士，假如此人是人形机器人，他就是十全十美的仿制品；他几乎和真人一样无懈可击。毕竟，我们一生中一直在观察人类，仅仅接近完美的东西不可能骗得了我们，它必须百分之百完美才行。仔细看看这皮肤的纹理、虹膜的品质、手部骨骼的构造。假如他真是机器人，我倒希望他是美国机器人公司的产品，因为他是个杰作。你想想看，不论是谁，他既然能顾到这些无关紧要的细节，难道还会忽略诸如吃喝、睡眠、排泄等功能吗？或许只是为了应付紧急需要，例如预防今天这种情况。所以说，一顿饭无法真正证明任何事。"

"慢着，"兰宁咆哮道，"我还不算是你们两人口中的那种傻瓜。我对拜尔莱先生是不是人类的问题毫不关心，我关心的是让本公司脱离困境。当着众人的面吃一顿饭，就能把这件事作个了结，让奎恩无论如何也不能再兴风作浪。至于细节问题，我们可以留给诸位律师和机器人心理学家去伤脑筋。"

“可是，兰宁博士，”拜尔莱说，“你忘了其中的政治因素。正如奎恩一心渴望我落选一样，我一心渴望能够当选。对啦，你可注意到你也用了他的名字。这是我所用的讼棍伎俩，我就知道你迟早会说出来。”

兰宁面红耳赤。“这件事和选举又有什么关系？”

“公开这件事有利也有弊，主任。如果奎恩想叫我机器人，而且有胆这样做，我就有胆照他的规则来玩这个游戏。”

“你的意思是你……”兰宁显然是吓坏了。

“正是这样。我的意思是，我要让他放手去做，选取他的绳索，测试绳索强度，剪取适当长短，结一个圈套，把他自己的脑袋伸进去，龇牙咧嘴笑一笑。我可以负责最后一点必需的工作。”

“你实在太自信了。”

苏珊·凯文站了起来。“走吧，艾弗瑞德，我们无法替他改变心意。”

“你看，”拜尔莱淡淡一笑，“你也是一位人类心理学家。”

不过当天傍晚，当拜尔莱将车子停在直通地下车库的自动梯面，走到家门口的时候，似乎并未完全带着兰宁博士所说的那份自信。

当他进门后，轮椅上的人立刻抬起头来，微微一笑。拜尔莱流露出见到亲人的神情，向那人走了过去。

那瘸子的嘴巴永远扭向一侧，脸孔有一半布满疤痕。“你回来晚了，史蒂。”他的声音嘶哑而粗嘎，并且有如耳语般微弱。

“我知道，约翰，我知道。但我今天碰到个既特别又有趣的麻烦。”

“是吗？”破相的脸孔与损毁的嗓音都无法流露情绪，但一双澄澈的眼睛透着焦虑，“没什么你应付不了的吧？”

“我不十分确定。我也许需要你的帮助，你才是我们家真正杰出的人。你想要我带你到花园去吗？这是个美丽的黄昏。”

拜尔莱用一双强壮的手臂从轮椅中举起约翰，再轻柔地、近乎爱抚地一只手抱着瘸子的肩膀，另一只手抱着缠上绷带的双腿。然后，他小心地、慢慢地穿过数个房间，走下一段轮椅亦可通行的平缓坡道，最后走出后门，来到高墙与铁丝网围着的花园。

“你为什么不让我用轮椅，史蒂？这样做很傻。”

“因为我宁愿抱你。你反对吗？你知道自己喜欢离开那个电动轮椅一会儿，正如我喜欢看到你脱离它的禁锢。你今天感觉如何？”他以极其谨慎的动作，将约翰放在凉爽的草地上。

“我又能有什么感觉？还是把你的麻烦说给我听听吧。”

“奎恩的战略，将以声称我是机器人为基础。”

约翰张大眼睛。“你怎么知道？这是不可能的，我可不相信。”

“喔，得了吧，我告诉你，正是这样。他策动美国机器人与机械人公司的一个大牌科学家，到我的办公室来和我谈判。”

约翰的双手慢慢扯着地上的青草。“我懂了，我懂了。”

拜尔莱说：“但我们可以让他选择自己的战场。我有个主意，听我说说，告诉我是否可行……”

当天晚上，艾弗瑞德·兰宁的办公室中出现了一个面面相觑的静止画面。法兰西斯·奎恩若有所思地瞪着艾弗瑞德·兰宁，兰宁的目光粗暴地落在苏珊·凯文身上，而她则无动于衷地望着奎恩。

法兰西斯·奎恩尽量以轻描淡写的口吻打破沉默。“唬人，他是临时胡诌的。”

“你准备赌上一赌吗，奎恩先生？”凯文博士漠然问道。

“这个嘛，其实这是你们的赌博。”

“听我说，”兰宁借着装腔作势掩饰悲观的态度，“我们照你的要求做了，我们亲眼见到那人吃东西。推测他是机器人简直荒唐。”

“你也这样想吗？”奎恩向凯文发问，“兰宁说你是专家。”

兰宁以近乎威胁的口吻说：“听着，苏珊……”

奎恩顺口打断他的话。“何不让她说呢，老兄？她坐在那里模仿门柱，已有半小时之久。”

兰宁觉得万分困扰。他现在所经历的一切，与初期妄想症只有一步的距离。他说：“很好。你讲吧，苏珊，我们不会打断你。”

苏珊·凯文神情严肃地瞥了他一眼，然后将冰冷的目光固定在奎恩身上。“想要百分之百证明拜尔莱是机器人，阁下，总共只有两个方法。目前为止，你只提出间接证据，你能用它作指控，可是无法证明——而我想，凭拜尔莱先生的聪明才智，他足以驳倒那样的证据。你或许自己也这么想，否则你不会到这里来。

“两个证明方法分别是物理的和心理的。就物理层面而言，你可以将他解剖，或使用X射线。至于如何进行，那是你自己的问题。就心理层面而言，你可以研究他的行为。倘若他真是正子机器人，就必须遵守机器人学三大法则，因为没有它们就造不出正子脑。你知道这些法则吗，奎恩先生？”

她仔细地、清晰地逐字引述《机器人学手册》首页中以粗体印刷的三条著名法则。

“我听说过。”奎恩漫不经心地说。

“那你就不难理解。”机器人心理学家冷淡地应道，“假如拜尔莱先生违反任何一条法则，他就不是机器人。可惜的是，这条途径只是单行道。假如他遵行这些法则，却并不能证明或反证什么。”

奎恩客客气气地扬起眉毛。“为何不能，博士？”

“因为，你想一想就会明白，机器人学三大法则也是世上许多伦理体系的主要指导原则。不用说，理论上人人都有自保的本能，这相当于机器人的第三法则。而每个拥有社会良心和责任感的‘好人’，理论上都会服从适当的权威；听从他的医生、老板、政府、精神医师，以及同事的意见；并且守法重纪，循规蹈矩——即使会影响到他自己的安适或安全——这相当于机器人的第二法则。此外，理论上每个‘好人’都会爱人如己，保护他的同胞，冒着生命危险拯救他人，这相当于机器人的第一法则。总而言之——假如拜尔莱服从所有的机器人学法则，他有可能是机器人，却也可能只是个非常好的人。”

“可是，”奎恩说，“你是在告诉我，你永远无法证明他是机器人。”

“我也许有办法证明他并非机器人。”

“那不是我要的证明。”

“你想要的证明并不存在。除了你自己，谁也没有义务对你自己的需要负责。”

这个时候，一个突如其来的想法令兰宁心跳加速。“有没有任何人想到，”他使劲说道，“对一个机器人而言，地方检察官是个相当奇怪的职务？起诉人类——判他们死刑——带给他们天大的伤害——”

奎恩的口气突然变得尖锐。“不，你不能这样一语带过。身为地方检察官，并不代表他就是人类。你不知道他的记录吗？你可知道他常常自夸，说他从未起诉一个无辜的人；说好些人未经审判便重获自由，因为他认为证据不足，即使他或许能说服陪审团把他们送进原子分解炉？事情就是这样。”

兰宁瘦削的双颊微微打战。“不，奎恩，不。机器人学第一法则完全没有考虑到人类的罪恶。机器人不能判断一个人是否该死，那不是他该决定的事。他、不、能、伤、害、人、类——不论那人是下三滥还是天使。”

苏珊·凯文的声音透着倦意。“艾弗瑞德，”她道，“别说傻话了。假如有个疯子要放火烧一间住人的房舍，恰好给一个机器人碰上了，他会出手阻止那个疯子，对不对？”

“当然。”

“假如唯有杀死他才能阻止他……”

兰宁的喉咙发出一个模糊的声音，如此而已。

“这个问题的答案，艾弗瑞德，是他会尽可能不杀他。万一疯子死了，那个机器人便需要接受心理治疗，因为他面对的这个冲突——违反第一法则以奉行更高层次的第一法则——很有可能令他发疯。但某人确有可能丧命，而且是机器人杀死的。”

“好吧，拜尔莱疯了没有？”兰宁以极尽讽刺的口吻质问。

“没有，但他自己从未杀过任何人。他曾经揭露一些事实，以显示某些人可能危及我们称之为社会的一大群人。他保护大多数人，这是奉行最极致的第一法则。他做的事到此为止。在陪审团判定嫌犯有罪后，是由法官判处死刑或有期徒刑。监禁他的是狱卒，处决他的是刽子手。拜尔莱先生所做的，只不过是彰显真理，帮助这个社会。

“事实上，奎恩先生，在你使我们注意到这件事之后，我曾对拜尔莱先生的生平做过一番了解。我发现他在对陪审团陈述结辩时，从未要求死刑的判决。我也发现他曾经为废除极刑大声疾呼，并对致力研究‘犯罪神经生理学’的机构做过慷慨捐献。显然他相信罪犯应当接受的不是惩罚，而是治疗。我发觉这点很耐人寻味。”

“是吗？”奎恩微微一笑，“或许，是能寻些机器人的味道吧？”

“或许吧。又何必否认呢？像他这样的行为，只有可能出自机器人，或是非常正直、非常高尚的人类。可是你看，你就是无法区分机器人和圣人有何异同。”

奎恩上身靠回椅背。他的声音颤抖，透着不耐烦的情绪。“兰宁博士，制造一个外表完全类似真人的人形机器人，是完全有可能的事，对不对？”

兰宁清了清喉咙，思考了一番。“美国机器人公司做过这种实验，”他勉为其难地说，“当然，没有加上正子脑。利用人类卵子，加上激素控制，就能在多孔硅氧树脂的骨架上培养人类肌肤，肉眼绝对看不出真假。眼睛、头发、皮肤都会是真品，并非只是徒具人形。如果再加上一副正子脑，以及你希望放进去的其他装置，你就有了一个人形机器人。”

奎恩立即追问：“制造一个需要多少时间？”

兰宁思索了一下。“假如你拥有一切设备——正子脑、骨架、卵子、适当的激素和辐射——嗯，两个月吧。”

政客坐直身子，挺起胸膛。“那我们就来看看拜尔莱先生体内有些什么。这代表美国机器人公司将恶名远播——但我已经给过你们一次机会。”

兰宁不耐烦地转向苏珊·凯文。“你为什么坚持……”这时已经只剩他们两人。

她真动气了，立刻厉声答道：“你想要什么——要真理还是要我辞职？我不会为你说谎。美国机器人公司有办法照顾自己，别变成懦夫。”

“万一，”兰宁说，“他把拜尔莱打开，结果掉出好些齿轮，那时怎么办？”

“他办不到。”凯文以轻蔑的口吻说，“无论如何，拜尔莱至少和奎恩一样聪明。”

拜尔莱接受提名之前一周，那消息就在城里散播开来。可是说“散播”并不正确，它是在城中蹒跚地缓缓蔓延。有人开始发笑，也有人大发议论。而当奎恩那只黑手逐步收紧时，笑声就渐渐变得勉强，人们心中则浮现不确定的阴影，不禁纷纷嘀咕起来。

提名大会本身就像一匹脱缰野马。根本没有角逐，一周前便已确定只有拜尔莱可能获得提名，即使现在也没有替代人选。他们不得不提名他，但是大家对这件事却一片茫然。

更糟的是，一般民众必须面对两极化的结果。假如指控属实，那就是滔天大罪；假如指控不实，那就成了天大的笑话。

在拜尔莱草草接受提名后次日，一家报纸终于发表了苏珊·凯文博士的访谈摘要，称她为“举世知名的机器人心理学与正子学专家”。

接下来的变故，若以通俗而简明的方式描述，就是鬼才知道怎么一回事。

这正是基本教义派等待的时机。他们不是一个政党，他们也假装不是正式的宗教。本质上，他们是当初未能适应所谓“原子时代”的一群人。（原子还是新奇玩意的那几十年，一度被人称为“原子时代”。）事实上，他们只是简单生活派，一心向往简单的生活，但在真正过着那种生活的真正简单生活派看来，它或许并不那么简单。

基本教义派向来憎恶机器人与机器人制造商，根本无需任何新的理由。但是，诸如奎恩的指控与凯文的分析这类新理由，却足以鼓舞他们将这种憎恶公之于世。

武装警卫将美国机器人与机械人公司的巨大厂房挤得水泄不通，整个公司进入战备状态。

而在城中，史蒂芬·拜尔莱的住宅周围则布满警察。

当然，这次选举变得没有其他议题了。它唯一类似选战的一点，就是它成了从提名到投票的一段必经过程。

史蒂芬·拜尔莱没有让那个惹人厌的小个子扰乱他的情绪。面对一群穿制服的警员，他依旧保持着泰然自若的神态。屋外，在警卫封锁线的外缘，文字记者与摄影记者依据尊卑传统列队等候。某家行事积极的视讯电台，甚至将一架扫描机对准这栋朴质住宅的空洞入口。此时，一位故作激动的播报员，正在进行夸张的暖身报道。

那个惹人厌的小个子向前走来，递出一份式样精美而复杂的文件。“这是法院的命令，拜尔莱先生，授权我搜查这房产，寻找非法的……呃……任何式样的机械人或机器人。”

拜尔莱欠身取过那份文件。他随便看一眼就还了回去，同时露出微笑。“全部合法。去吧，去进行你的工作。霍朋太太，”他对那位从隔壁房间不情不愿走出来的管家说，“请跟他们一块去，有可能就帮点忙。”

名叫哈洛威的小个子犹豫了一下，脸上浮现明显的红晕。他完全不敢接触拜尔莱的目光，只是对两名警员喃喃道:“来吧。”

十分钟后他回来了。

“搜完了？”拜尔莱问道，他的语气代表他对问题本身或答案都不特别感兴趣。

哈洛威清了清喉咙，却仍然发出尖锐的假声。他再试了一遍，气咻咻地说：“听好，拜尔莱先生，我们接到的特别指示，是要我们非常彻底地搜查这间房子。”

“你们没有这样做吗？”

“我们的指示明确告诉我们要找什么。”

“找什么？”

“用简单的，而且不太委婉的方式来说，拜尔莱先生，我们奉命搜查你。”

“我？”检察官带着逐渐扩大的笑容说，“你打算怎么做？”

“我们有一台穿透放射仪……”

“这么说，我要接受X射线摄影喽？你有权这样做吗？”

“你看过我的搜索票。”

“我能再看看吗？”

哈洛威将那份文件再次递出去，他的额头亮晶晶地闪着过分热心的汗珠。

拜尔莱心平气和地说：“我来读一读你该搜查什么——‘坐落于艾凡斯壮市柳丛街三五五号，登记在史蒂芬·艾伦·拜尔莱名下的住所，连同附属的任何车库、储藏室或其他建筑设施，连同附属的所有土地……’嗯……等等。相当正确。可是，老兄，它根本没有提到搜查我的身体。我不是这个房产的一部分，如果你认为我在口袋里藏了一个机器人，你可以搜一搜我的衣服。”

对于究竟是谁赏饭吃，哈洛威心中毫无疑问。他并不打算退缩，因为他有机会赚到一个好得多（也就是薪水高得多）的工作。

他有点虚张声势地说：“听好，我获准搜查你屋内的家具，以及我在屋里所发现的一切。你待在屋里，对不对？”

“很出色的观察，我的确待在里面，但我并不是一件家具。身为一名成年公民——这点我有精神科医生的证明——在界域法规的保护下，我拥有某些权利。搜查我的身体就是触犯我的隐私权，那份文件不能作数。”

“当然。但如果你是机器人，你就没有隐私权。”

“十分正确——但那份文件仍不作数，它已经默认我是个人。”

“哪里？”哈洛威将它一把抓回去。

“就在写着‘某某名下的住所’那里，因为机器人不能拥有财产。你可以告诉你的雇主，哈洛威先生，如果他试图签发一份类似的文件，其中的叙述并未默认我是人类，他将立刻收到一份禁止令，还要面对我提出的民事诉讼，要求他以手头现有的资料证明我是机器人，否则他就得付出一笔天大的罚金，因为他企图以不当手段剥夺界域法规所赋予我的权利。你会这么告诉他吗？”

哈洛威大步走到门口，又转过头来说：“你是个滑溜的律师……”他将右手放在口袋里，在原处站了一下，然后才走出去。他冲着影像扫描机的方向微微一笑，对记者们挥挥手，喊道：“我们明天会有好东西给你们，各位，绝不开玩笑。”

钻进地面车之后，他向后一仰，从口袋里掏出一个微小的机件，仔细检视了一番。这是他第一次利用X射线拍照，他希望自己操作得正确。

奎恩与拜尔莱从未单独面对面交谈，但影像电话中的沟通已相当接近。事实上，就字面而言，或许“面对面”是正确的说法，虽然对方只是一排光电管的明暗图样。

打电话的人是奎恩，先开口的也是奎恩。他没有特别的客套话，劈头便说：“想必你有兴趣知道，拜尔莱，我打算公开你穿着抗放射防护罩这个事实。”

“是吗？这样说来，你或许已经把它公开了。我有个感觉，那些积极进取的新闻界朋友，他们窃听我的各种通讯线路已有好一阵子。我知道他们把我的办公室线路弄得百孔千疮，这就是我这几周都缩在家里的原因。”拜尔莱相当友善，几乎可算滔滔不绝。

奎恩的嘴唇稍微绷紧。“这通电话具有屏蔽——百分之百。我打这通电话，也冒着一些个人的风险。”

“我也这么想。没有人知道你是幕后主使者，至少，没有人正式知道。不过，也没有人私下不知道这回事。我没有什么好担心的。所以说，我穿着一件防护罩？你会发现这件事，我想是因为那天，你的走狗所拍的‘穿透放射相片’竟然过度曝光。”

“你该了解，拜尔莱，一经公开，人人都会明白你不敢面对X射线分析。”

“也会明白你，或说你的手下，企图非法侵犯我的隐私权。”

“他们会注意那种事才有鬼。”

“他们也许会。这倒是你我两人政治角力的一个象征，对不对？你毫不关心每位公民的权利，而我却极其关心。我不会接受X射线分析，因为我希望维护我的权利，这是原则问题。正如我当选后，我会尽力维护他人的权利一样。”

“毫无疑问，这会成为一篇非常动人的演说，可是没有人会相信你。这有点唱高调，不可能是实话。还有一件事，”他突然干脆利落地转变话题，“那天晚上，你家里的成员没有到齐。”

“怎么说？”

“根据报告，”他翻弄着面前的文件，它们刚好在显像板的画面范围内，“有个人不在——一个瘸子。”

“正如你所说，”拜尔莱的语气平板，“一个瘸子。他曾是我的老师，和我住在一起，现在人在乡下——已经去了两个月。套一句老话，因为他‘非常需要静养。’他需要你的批准吗？”

“你的老师？算是科学家吗？”

“他曾是一名律师——在他成为瘸子之前。他是业余的生物物理学家，拥有政府发给的研究执照，以及一间私人实验室。关于他在进行的工作，详细报告已经呈交有关单位，我可以告诉你该找谁问。他的工作微不足道，但是对一个——可怜的瘸子而言，却是有益无害、引人入胜的消遣。你看，我尽可能和你合作。”

“我懂了。而这位……老师……对制造机器人知道多少？”

“对于我不了解的领域，我无法判断他拥有多少知识。”

“他拿不到正子脑吧？”

“去问你在美国机器人公司的朋友，他们才知道答案。”

“我长话短说，拜尔莱。你的瘸子老师才是真正的史蒂芬·拜尔莱，你则是他创造的机器人，这点我们可以证明。出过车祸的是他，而不是你。追查记录的办法多得很。”

“真的吗？那就请便，祝你好运。”

“我们可以搜查那位所谓老师的‘乡间别墅’，看看我们能在那里找到什么。”

“这个嘛，并不尽然，奎恩。”拜尔莱露出开朗的笑容，“实在非常遗憾，那位所谓的老师是个病人，他的乡间别墅是他静养的地方。在这种情况下，身为一位成年公民，他的隐私权自然更加不容侵犯。若是不能提出正当理由，你不可能取得搜查令。然而，我绝不会阻止你做这个尝试。”

沉默了不长不短一段时间之后，奎恩上身向前倾。他的脸部影像因而扩大，额头上细微的皱纹变得清晰可见。“拜尔莱，你为什么要撑下去？你选不上的。”

“选不上吗？”

“你认为你选得上吗？你未能对机器人的指控作出任何反驳——其实很简单，你只要违反三大法则任何一条就行了——如今这种情形，除了使人深信你是机器人，你以为还会有什么其他结果吗？”

“目前为止，我只发觉我从一个小有名气但绝非家喻户晓的都市律师，一举成为一个世界级人物。你是个优秀的宣传家。”

“但你是机器人。”

“是有人这么说，但没人能证明。”

“对选民而言，已有足够的证明。”

“那就松口气吧——你已经赢了。”

“再见。”奎恩首度透出一丝恶毒的口气，影像电话随即切断。

“再见。”对着空白的画面，拜尔莱泰然自若地说。

投票前一星期，拜尔莱将他的“老师”接了回来。飞车很快降落在城中一个偏僻的角落。

“投票前你都要留在这里。”拜尔莱这样告诉他，“万一事情生变，你还是别卷进去比较好。”

“有暴力冲突的危险吗？”约翰用扭曲的嘴巴痛苦地扯出嘶哑的声音，其中或许带有关怀的声调。

“基本教义派这样威胁，所以我想理论上有此可能。但实际上，我并未预期会发生这种事。那些基派并没有真正的力量，他们只是不断兴风作浪，每隔一段时日就可能煽起一场暴动。你不介意留在这里吧？拜托，如果我得为你操心，我就什么也做不好。”

“喔，我会待在这儿。你仍然认为事情会顺利吗？”

“我确信如此。在那里没人打扰过你吧？”

“从来没有，我可以确定。”

“你那部分进行得顺利吗？”

“足够顺利，不会有任何问题。”

“那就好好照顾自己，约翰，明天记得看电视。”拜尔莱握了握放在自己手上那只嶙峋的手掌。

冷顿皱着眉头，露出一副忐忑不安的表情。他接下一份完全不值得羡慕的工作，那就是在这场不算选战的选战中，担任拜尔莱的竞选经理。他的候选人拒绝透露自己的战略，也不肯接受竞选经理的建议。

“你不能这样做！”那是他最常用的口头语，现在则成了他唯一的口头语，“我告诉你，史蒂，你不能这样做！”

他冲到检察官面前，后者正在利用时间翻阅打好的演讲稿。

“把它放下，史蒂。听好，那群人是基派组织起来的。他们不会听你演讲，他们更有可能会向你丢石头。你为什么非得在群众面前演讲不可？利用录音——或录影有何不妥？”

“你希望我赢得这场选举，对不对？”拜尔莱温和地问道。

“赢得选举！你不会赢的，史蒂，我是试图救你一命。”

“喔，我没有危险。”

“他没有危险，他没有危险。”冷顿的喉咙里发出一下古怪的嘎嘎声，“你的意思是，你要出现在那个阳台上，面对五万名疯狂的群众，试图跟他们讲理——站在阳台上，像个中世纪的独裁者？”

拜尔莱看了看手表。“再过五分钟左右——一旦电视线路有空就开始。”

冷顿的回应不太适宜化为文字。

绳索围出的听讲区挤满群众，树木与房屋好像全部漂浮在人潮中。此外借着超波，世界各个角落也都在观看实况转播。这纯粹是个地方性选举，不过照样吸引了全世界的观众。想到这点，拜尔莱露出会心的微笑。

但群众本身却没有值得他微笑之处。旗帜与布条四处飘扬，写着各式各样指控他是机器人的标语。敌对气氛仿佛一团浓重的有形物质，逐渐扩散到空气中。

演讲一开始就不成功。群众的怒吼声，以及左一堆、右一堆的“基派”所发出的节奏性喊叫淹没了一切。拜尔莱慢慢地、毫不动容地一路说下去……

待在屋内的冷顿，则在扯着头发，发出呻吟——等待一场流血冲突。

前几排突然出现骚动，有个听众挤到前面来。这个人骨瘦如柴，双眼凸突，细长的四肢露在过短的衣裤之外。一名警员紧追着他，在人群中吃力地缓缓前进。拜尔莱气呼呼地挥了挥手，示意那名警员离去。

那个瘦子来到阳台正下方，众人的吼声掩盖了他的呐喊。

拜尔莱凑到阳台边。“你说什么？如果你有正当的问题，我愿意回答。”他转头对贴身警卫说，“把那人带上来。”

群众中出现紧张的气氛。“安静、安静”的呼声先是此起彼落，不久成为无处不在的喧哗，然后才逐渐缓和下来。此时那个瘦子正面红耳赤、气喘吁吁地面对着拜尔莱。

拜尔莱说：“你有什么问题吗？”

瘦子瞪大眼睛，以嘶哑的声音说：“打我！”

他突然用力伸出脑袋，抬起下巴。“打我！你说你不是机器人，那就证明啊。你不能打人，你这个怪物。”

四下是一片诡异、空洞、死寂的沉默。“我没有理由打你。”拜尔莱的声音刺穿这份寂静。

瘦子纵声狂笑。“你不能打我，你不会打我。你不是人，你是个怪物，是个假人。”

这时，史蒂芬·拜尔莱嘴唇紧绷，在现场数万人以及荧光幕前数千万观众的注视下，对准那人的下巴狠狠击出一拳。那位挑衅者立刻仰头倒地，垮作一团，脸上只有茫茫然、茫茫然的惊讶。

拜尔莱说：“很抱歉。把他带进去，好好照顾他，我演讲完后要跟他谈谈。”

当贵宾区的凯文博士掉转车头准备离去时，只有一名记者勉强从震撼中回过神来。他在她后面紧追不舍，喊着一个她听不见的问题。

苏珊·凯文转过头来说了一句：“他是真人。”

这就够了，记者随即奔向自己的目的地。

那场演讲的后半段，或许可用“有人讲没人听”来描述。

凯文博士与史蒂芬·拜尔莱再度碰面——在他宣誓就任市长的一周前。时间相当晚——已经过了午夜。

凯文博士说：“你看来毫不疲倦。”

市长当选人微微一笑。“我可以熬一会儿夜，但别告诉奎恩。”

“我不会。不过既然你提到他，奎恩那个故事倒是有趣，推翻了实在可惜。我想，你该知道他的理论吧？”

“知道一部分。”

“它极其戏剧化。史蒂芬·拜尔莱是一位年轻的律师，一位口才极佳的演说家，一位伟大的理想主义者——还对生物物理学有些天分。你对机器人学有兴趣吗，拜尔莱先生？”

“仅限于法律层面。”

“这位史蒂芬·拜尔莱有兴趣。但意外不幸降临，拜尔莱的妻子死了，他自己则更糟。他的双腿没了，他的脸孔没了，他的声音没了。他一部分的心灵——扭曲了。他不愿接受整形手术，他遁出这个世界，他的法律事业告终——剩下的只有他的智慧，以及他的一双手。而他竟然有办法取得正子脑，甚至很复杂的那种，拥有判断伦理问题的超卓能力——就目前的发展而言，那是机器人最高级的功能。

“他为这个脑子培养了一个身体，将它在各方面训练成另一个自己。他让它以史蒂芬·拜尔莱的身份在世上出现，自己则躲在幕后，成了那位年迈、残废、从来没人见过的老师……”

“不幸的是，”市长当选人说，“我打了一个人，把这些都推翻了。报上说，当时你便作出正式判定，说我是个真人。”

“那是怎么发生的？你介不介意告诉我？它不可能是偶发事件。”

“不全然是，大部分要归功于奎恩。几周前，我的人开始悄悄散播消息，说我从来没有打过人；说我不能打人；说我若在挑衅之下仍不出手，我是机器人这件事便证据确凿。因此我安排了一场愚蠢的公开演讲，带有各种宣传色彩，于是几乎不可避免地，某个傻瓜上钩了。本质上，它是我所谓的讼棍伎俩，靠着催生出的气氛帮我完成一切。当然，不出我所料，情绪效应果然确保我顺利当选。”

机器人心理学家点了点头。“我发觉你侵犯了我的领域——我想，每个政治人物都会吧。但这样的结局令我非常遗憾。我喜欢机器人，我喜欢他们远胜于人类。假如能制造出足以胜任行政官的机器人，我想他会成为官员中的佼佼者。根据机器人学第一法则，他无法伤害人类，无法做出暴虐、腐败、愚蠢、偏见的行为。而他虽然是不朽的，但在漂亮地做一任之后，他便会离开那个职位，因为他绝不能伤害人类，不能让他们知道自己曾被机器人统治。这会是最理想的情况。”

“只不过，机器人或许会因为先天不足而无法胜任，正子脑的复杂度向来比不上人脑。”

“他会有许多顾问。没有他人的帮助，人脑也无法单独经营一个政府。”

拜尔莱带着严肃的兴味打量苏珊·凯文。“你笑什么，凯文博士？”

“我在笑奎恩先生有些事没想通。”

“你的意思是，他的故事还能有更多的情节。”

“一点点而已。选举之前三个月，奎恩先生所说的这位史蒂芬·拜尔莱，这位残障人士，因为某个神秘的理由去了乡下。他及时赶了回来，没有错过你那场著名的演讲。毕竟，老瘸子曾经做过的事，他自己当然能再做一遍，何况第二次的工作要比第一次容易得多。”

“我不十分明白。”

凯文博士起身，将她的套装抚平，显然是准备离去。“我是指有一种情况，机器人可以殴打人类而不违反第一法则。只有唯一的一种情况。”

“那是什么情况？”

凯文博士已走到门口。她不急不徐地说：“假如挨打的人，其实是另一个机器人。”

她露出灿烂的笑容，清瘦的脸庞热情洋溢。“告辞了，拜尔莱先生。我希望五年后能再投你一票——选你当界域总协。”

史蒂芬·拜尔莱呵呵大笑。“我不得不说，那可有点异想天开。”

房门在她身后关了起来。

我骇然地望着她。“这是真的吗？”

“都是真的。”她说。

“伟大的拜尔莱竟然是机器人？”

“喔，真相永远无法水落石出。我认为他是，但当他决定离世时，他自己走进原子分解炉，所以不会留下任何证据——何况，那又有什么分别呢？”

“这……”

“对于机器人，你也有相当非理性的偏见。他是一位非常优秀的市长；五年后，他果然成为界域总协。而在2044年，当地球各个界域组成联邦时，他成为首任的世界总协。不过那个时候，反正已经是机体在治理这个世界。”

“没错，可是……”

“没有可是！机体就是机器人，现在是它们在治理世界。五年多前，我才发现所有的真相。那是2052年，拜尔莱即将卸任第二任世界总协……”

第九篇

可避免的冲突

总协的私人书房里有个中世纪古董，一个壁炉。老实说，中世纪的古人或许认不出来，因为它并不具有实际功能。宁静的、熊熊燃烧的火苗，是藏在一个绝热壁凹内的一片透明石英板后面。

炉中的圆木在送进来之前，早已在远方先借用供应市内公共建筑的能束点燃。控制点火的同一个按钮，还负责先倾倒先前的灰烬，再引进新鲜的木柴。懂了吧，它是个百分之百文明的壁炉。

但火焰本身则是真实的。它与音响设备相连，所以你能听见那些毕剥声。当然，也能看着它在灌入的气流中蹿动。

总协的红色酒杯上反映出火焰的低调跳跃。而两个更微小的火焰映像，则出现在他一双沉思的瞳孔中。

——此外，火焰也映在美国机器人与机械人公司的苏珊·凯文博士那一双冷若冰霜的瞳孔中。

总协说：“我请你到这里来，苏珊，不完全是为了社交。”

“我也这么想，史蒂芬。”她答道。

“——然而，我不太清楚该如何叙述我的问题。就某方面而言，它可能是子虚乌有；另一方面，它却可能代表人类的终结。”

“我遇到过许多具有这种极端可能性的问题，史蒂芬，我想所有的问题都是这样。”

“真的吗？那么你判断一下——世界钢铁公司累积两万英吨的过剩产量；墨西哥运河的进度落后两个月；阿马丹的水银矿去年春天起便产量不足；天津的水耕厂最近一直在解雇员工。这些都是我此刻刚好想到的，类似事件还有好几桩。”

“这些事情严重吗？我不能算经济学家，看不出这种事会引发什么可怕的后果。”

“就它们本身而言，问题并不算严重。如果阿马丹的情况恶化，我们可以派些矿务专家去；如果天津的水耕工程师太多，可以在爪哇或锡兰派上用场；两万英吨的钢顶多是数天的全球需求量；墨西哥运河比预定日期晚两个月通航，也没什么大不了的。令我担心的是那些机体——我已经和你们的研究部门主任谈过。”

“文生·西佛？他完全没对我提过这件事。”

“我请他别对任何人说，显然他做到了。”

“他又告诉你些什么呢？”

“容我把他的回答留待稍后讨论，我想先谈谈机体。我想和你讨论一下，因为在这个世界上，只有你对机器人足够了解，能在这个节骨眼上帮助我——我能不能说得抽象一点？”

“今天晚上，史蒂芬，你想怎么说或说些什么都行，只要你先告诉我，你打算证明什么。”

“在我们完美的供需系统中，正如我刚才所说，竟然出现这样小小的不平衡，这或许是最后一战的第一步。”

“嗯，说下去。”

虽然她的座椅设计得很舒适，苏珊·凯文并没有让自己放松。

她冰冷的脸孔一年比一年更冰冷，平板的声音一年比一年更平板。虽然史蒂芬·拜尔莱是她可以喜欢与信任的人，但她已经年近七十，一生养成的习惯实在难以打破。

“人类发展的每一个时期，苏珊，”总协说，“都有它本身特殊形式的冲突——它本身特有的问题，这显然只能靠武力解决。而每一次，说来令人感叹，武力却从未真正解决问题。反之，随着经济环境与社会环境的变迁，在贯穿一连串冲突后，武力本身便销声匿迹。有句话是怎么说的——啊，对，‘并非轰轰烈烈，而是黯然消逝’。然后，又出现新的问题，以及一连串新的战争——显然这是个无止尽的循环。

“回顾相当晚近的历史。在十六到十八世纪间，曾有一连串的王室战争。当时欧洲最重要的问题，是究竟该由哈布斯堡抑或瓦罗斯·波旁世族统治这个大陆。那是‘不可避免的冲突’之一，因为欧洲显然不能分成一半一半。

“不过事实正是如此，没有哪次战争消灭了某一方，或是为另一方建立起霸权。后来到了1789年，法国境内兴起一股新的社会风潮，终于将波旁和哈布斯堡先后推进了历史焚化炉。

“而在这几个世纪中，还有些更野蛮的宗教战争，争的是欧洲究竟该归属旧教或新教这个重要问题。欧洲同样不能分成一半一半，它‘不可避免’要由刀剑决定——不过事实并非如此。在英国境内，新的产业主义开始萌芽；而在欧陆，则出现新的国家主义。直到今天，欧洲的宗教仍然是新旧各半，却再也无人关心这个问题。

“在十九和二十世纪，出现了一轮国家主义对帝国主义的战争。当时世界上最重要的问题，是欧洲的哪一部分应该控制其他大陆哪一部分的经济资源和消费市场。其他大陆显然不能一部分属于英国，一部分属于法国，一部分属于德国等等。最后，国家主义的力量普及到了全世界，让其他大陆得到任何战争所无法得到的结果，并能相当安稳地独立在世界上。

“所以我们有了一个模式……”

“没错，史蒂芬，你讲得很清楚。”苏珊·凯文说，“但这些并不算非常深刻的观察。”

“是的——话说回来，大多数时候，难以看出的正是明显的事实。人们常说：‘像你的鼻子一样清楚。’可是除非有人在你面前举起镜子，你能看到自己的鼻子几分之一？进入二十世纪后，苏珊，我们开始了一轮新的战争——我该称之为什么？意识形态战争？宗教情感被用到经济体制上，而不再是超自然的对象。这种战争又是‘不可避免’的，而这回出现了原子武器，所以人类不能再像以前那样，苟延残喘到必然性必然被用尽的那一天。就在这个时候，正子机器人问世了。

“它们及时出现，与其携手并肩出现的是行星际旅行。因此，世界究竟应当归属亚当·斯密或卡尔·马克思，似乎不再那么重要了。在新的情势下，两者的学说同时失去深意。两者同样必须调适，而最后几乎达到相同的境地。”

“这么说，它可算是双重意义的‘机器中的神仙。’”凯文博士淡淡地说。

总协轻轻一笑。“我以前从未听你说过双关语，苏珊，但你说得很对。然而，还有另一项危险。每一个问题的结束，只是另一个问题的开始。这个崭新的世界性机器人经济，也会发展出自身的问题。由于这个缘故，我们有了那些机体。如今地球的经济很稳定，今后仍将持续稳定，是因为它建立在那些计算机的决策上——第一法则至高无上的力量，使机体念念不忘人类的福祉。”

史蒂芬·拜尔莱继续说：“虽然机体不过是有史以来最庞大的计

算电路集合体，但就第一法则的意义而言，它们仍然是机器人，所以如今的全球性经济符合人类最大的利益。地球上的居民都知道，今后不会再有失业现象，不会再有生产过剩或粮食短缺；浪费和饥馑则成了历史名词。因此，生产机制所有权这个问题遭到了淘汰。无论是谁拥有它们——倘若这句话还有意义——无论是某个人，某个团体，某个国家，或是全人类，都只能遵照机体的指示运用——并非因为被迫如此，而是因为那是最明智的抉择，这点大家都知道。

“这便终止了战争——不只是上一轮的战争，还包括下一轮的，以及今后所有的战争。除非……”

接下来是长久的沉默。凯文博士为了鼓励他说下去，重复了一遍：“除非……”

火苗沿着一根圆木上下窜动，然后突然间爆开。

“除非，”总协说，“那些机体并未圆满执行它们的功能。”

“我懂了。你刚刚提到的那些微不足道的失调——钢厂和水耕厂等等事件，就是这么来的。”

“正是如此。那些错误不该出现，西佛博士告诉我不可能。”

“他否认事实吗？多么不寻常啊！”

“不，他当然承认那些事实，我那么说对他不公平。他所坚持的是，无论机体中有任何错误，都不会导致他所谓的‘答案中的错误’。他声称机体会不断自我修正，如果电驿电路中存在任何错误，就会违反基本的自然律。所以我说……”

“你说‘无论如何，让你的手下做个检查，确定一下。’”

“苏珊，你看穿了我的心。我正是那样说的，但他说他做不到。”

“太忙了？”

“不，他说没有人做得到，这点他很坦白。他告诉我——我希望我没误解他——那些机体是个巨大的外推产物。是这样的，一组数学家花了几年时间，计算出一个具有某些类似计算功能的正子脑。利用这个正子脑，他们又做了进一步的计算，创造出一个更加复杂的正子脑，接着再用这一个来计算另一个还要复杂的正子脑，依此类推。根据西佛的说法，我们所谓的机体，是这种步骤重复十次的结果。”

“是的——这听来挺耳熟。幸运的是，我不是数学家。可怜的文生，他是个年轻人，在他之前的两位主任，艾弗瑞德·兰宁和彼得·玻格特都去世了。当年他们从未碰到这种问题，而我同样没碰到过。或许机器人学家这个角色也该死了，因为我们再也无法了解我们自己的产物。”

“这话显然不对。机体并非报纸周日增刊中所说的那种超级电脑——虽然周日增刊对它们的描写就是那样。只不过，就这项特殊功能而言，我是指以趋近于零的时间搜集和分析趋近于无限大的资料与关系，它们已演进到人力不可能详加控制的地步。

“于是我又尝试别的办法，我直接去问机体。在最机密的情况下，我们输入了钢产问题的原始资料、它自己当初的答案，以及后来的实际发展——也就是生产过剩，然后要求它解释两者的差异。”

“很好，它的答案是什么？”

“我能一字不差地背给你听：‘这件事不可解释。’”

“文生又如何诠释这个结果？”

“有两种可能。一是我们提供给机体的资料不足，使它无法得出明确的答案。但这不太可能，西佛博士自己也承认。二是对于那些暗示它能伤害人类的资料，机体无法承认能从中得到任何答案。这一点，自然是第一法则所暗示的结果。于是，西佛博士向我推荐你。”

苏珊·凯文显得非常疲倦。“我老了，史蒂芬。彼得·玻格特去世后，他们要我当研究部门主任，但我拒绝了。当时我已经上了年纪，我不想背负那个责任。结果他们让年轻的西佛接下这个重担，令我如释重负。但我现在若被拖下水，那又有什么两样呢？

“史蒂芬，让我对你说明我的处境。我的研究的确牵涉到根据机器人学三大法则诠释机器人的行为。而现在，我们面对的则是这些不可思议的计算机。它们也是正子机器人，因此也服从机器人学法则。可是它们欠缺人格；也就是说，它们的功能极其有限——必须如此，因为它们是那么专业化。因此，三大法则的互动空间非常狭窄，令我的研究方法几乎失效。总之，我不知道我能帮你什么忙，史蒂芬。”

总协干笑了一声。“纵然如此，我还是要对你说说其余部分。让我把自己的理论跟你讲一遍，或许听完后，你就能告诉我，根据机器人心理学，这些理论有没有可能。”

“当然好，请说吧。”

“好的，既然机体确实得出错误的答案，倘若假设它们不可能犯错，那就只有一个可能。它、们、接、受、了、错、误、的、资、料！换句话说，问题在于人类，而不在机器人身上。所以最近我做了一次全球视察旅行……”

“你刚结束这趟旅行回到纽约？”

“是的。确有这个必要，你懂吗，因为机体共有四台，每一台负责一个界域。而、四、台、全、部、产、生、有、瑕、疵、的、结、果。”

“喔，但那是必然的，史蒂芬。任何一台机体的瑕疵，都会自动反映在其他三台所得的结果上，因为其他三台在作出决定时，都会假设那台机体完美无缺，并把这个假设当作资料的一部分。在错误的假设下，自然会得出错误的答案。”

“呃——呼，我看似乎就是这样。好，我这儿有我和每位副总协的会谈记录。请你陪我从头看一遍好吗？喔，我先问你，你听说过‘人本协会’没有？”

“嗯，听过。基本教义派根据不公平的劳力竞争等等理由，一直阻挠美国机器人公司推广正子机器人。‘人本协会’便是基本教义派的一支，宗旨是反对机体，对吗？”

“是的，是的，不过——好吧，你会看到的。我们可以开始了吗？让我们从东方界域看起。”

“请便——”

东方界域

面积：7,500,000平方英里

人口：1,700,000,000

首都：上海

秦修林的曾祖父在日本侵略中国的战争中遇难，但是除了他的孝子贤孙，并无人哀悼甚至知晓他的不幸。秦修林的祖父在1940年代末的内战中九死一生，但是除了他自己的孝子贤孙，同样无人知晓或关心这件事。

而秦修林本人则是一位界域副总协，负责照顾地球一半居民的温饱。

或许是因为将这一切牢记在心，秦修林以两张地图作为办公室墙壁上唯一的装饰。其中一张是老旧的手绘本，描绘出一两英亩的土地，上面标记着已过时的中国象形文字。一道小溪流过一些褪色的标记，周围有些代表简陋房舍的精致图标，其中之一就是秦修林祖父的出生地。

另一张地图则大得多，而且色彩鲜明，所有的标记都是端正的西里尔字母。划定东方界域的红色边界线绵延万里，围住当年的中国、印度、缅甸、中南半岛与印尼的全部版图。在这张地图上当年四川省的某一点，秦修林做了一个很淡很轻、别人看不出来的小标记，指出祖先的农庄所在的位置。

秦修林站在这两张地图前，以标准的英语对史蒂芬·拜尔莱说："我的工作几乎是个闲差事，总协先生，这点没有人比你更清楚。它具有某些社会地位，而我这个人则仅仅代表行政上的一个枢纽，但除此之外一律由机体负责！机体执行所有的工作。比方说，你对天津水耕厂有什么看法？"

"好极了！"拜尔莱说。

"这样的水耕厂有好几十座，它还不是最大的。上海、加尔各答、雅加达、曼谷都有——分布广泛，养活'东方'十七亿人全靠它们。"

"然而，"拜尔莱说，"天津那里出现失业问题。你们可能生产过剩吗？难以想象亚洲会为粮食过多而烦恼。"

秦修林的黑眼睛周围现出皱纹。"没有，还没到那种程度。没错，过去这几个月，天津的确关闭了几个水耕槽，但这没有什么不得了。工人们只是暂时被解雇，而那些不愿改行的，都已经被送到锡兰的科伦坡，那里有座新厂刚刚开工。"

"可是那些水耕槽为何要关闭？"

秦修林淡淡一笑。"我懂了，你对水耕知道得不多。好吧，这并不令人惊讶。你是北界人，你们那里的土耕农业仍然有利可图。在北方界域，即使人们想到水耕，也总喜欢把它想成在化学溶液中培养芜菁。基本上是这样——但要复杂无数倍。

“首先我要说，在我们培养的作物中，最最主要的是酵母——而且百分比持续不断上升。我们生产的酵母品种高达两千种，而且仍在逐月增加新品种。基本上，各种酵母不可或缺的食品化学物质，在无机物方面是硝酸盐和磷酸盐，以及微量的必需性金属，甚至需要百万分之几的硼和钼。至于有机物，主要是纤维素水解所衍生的糖类混合物。可是，除此之外，还必须添加许多种食品要素。

“要办成功水耕农业——以便养活十七亿人——我们必须在整个界域进行大规模的重新造林；我们必须有巨大的木材转化厂，来应付我们的南方丛林；我们必须有能源、钢铁，尤其是化学合成品。”

“最后一项是为什么，副总协？”

“因为，拜尔莱先生，不同品种的酵母各有各的特殊性质。正如我所说，我们已经发展出两千种品种。你今天吃的那客所谓的牛排，其实是酵母做的。而你当甜点吃的果冻，其实是冰冻酵母。此外我们还有酵母液所滤成的酵母汁，它的口味、外观以及一切营养价值都和牛奶一样。

“你懂了吧，使酵母食品广受欢迎的因素，最重要的就是味道。为了改良味道，我们发展出一些人工驯化的品种，它们已不再是基本的盐类和糖水养得活的。其中一种需要生物素，另一种需要叶酸，还有一种需要十七种不同的氨基酸，而维生素B除了一种之外通通都要——然而它很受欢迎，基于经济上的考量，我们不能放弃……”

拜尔莱在座椅中欠了欠身。“你告诉我这一切，究竟是为了什么？”

“因为你刚才问我，为什么天津有人失业。我还要作些解释：

我们必须做的，不只是生产各种酵母食品，我们还得面对其他的复杂因素，例如大众的口味逐渐改变，以及为了新的需要和喜好而发展新品种的可能性。我们必须预见这一切，而机体便负责这项工作……”

“但做得并不完美。”

“并非十分不完美，别忘了我刚刚提到的复杂状况。好吧，天津有几千名工人暂时失业。不过请你想想，过去这一年的资源浪费——我是指因供需失调而导致的浪费——还不到我们总产量的千分之一。我认为这……”

“但在初用机体的那几年，这个数字却不到十万分之一。”

“啊，可是在机体开始正式运作的头十年，我们曾经利用它，将酵母产量增加到‘前机体时代’的二十倍。你该料想得到，不完美的程度必定随着复杂度而升高，不过……”

“不过什么？”

“拉玛·巫拉萨耶拿倒是个稀奇的例子。”

“他怎么了？”

“巫拉萨耶拿是一家盐水蒸发厂的负责人。他们生产的是碘，虽然酵母或许不需要，但人类却不可或缺。他的工厂被强制接管了。”

“真的吗？是什么缘故？”

“竞争，信不信由你。一般来说，机体最主要的功能之一，是指出各个生产单元最有效的分布。让某个地区数量太少显然是错误的做法，那样会让运输成本占总开销太大的比例。同理，让某个地区数量过多显然也是错误的，那必定会使各家工厂在生产力低落的情况下运作，或是彼此恶性竞争。就巫拉萨耶拿来说，是同一个城市有了两家工厂，而新工厂拥有更有效率的萃取系统。”

“机体准许这样做？”

“喔，当然。这没什么好惊讶的，新系统已在各地广泛使用。令人惊讶的是，机体未曾通知巫拉萨耶拿进行革新或合并。话说回来，这也没关系。巫拉萨耶拿接受了新厂的工程师职位，即使他的责任和待遇都减少了，他并没有实际的损失。工人们则不难在别处找到工作；旧厂被改成——改成别的什么厂，总之会有用的。我们把一切都交给机体负责。”

“除此之外，你没有任何抱怨。”

“绝对没有！”

热带界域

面积：22,000,000平方英里

人口：500,000,000

首都：首都市

林肯·勾马的办公室中那张地图，远比不上秦修林的那张来得细致精准。热带界域的边界印成宽阔的深棕色曲线，包围着一大片多彩多姿的领域，上面有些诸如“丛林”“沙漠”“这里有大象和各式各样奇怪野兽”等标示。

边界线内的面积广大，因为就陆地而言，热带界域涵盖了两大洲的大部分：南美洲阿根廷以北，以及非洲亚特拉斯以南的所有土地。此外，它还包括格兰河以南的北美洲，甚至亚洲的阿拉伯与伊朗。它和东方界域恰好相反：“东方”将全人类的半数像蚂蚁般挤在地球15%的陆地上，“热带”则将全人类的15%散布在全球一半的地表。

但它的人口不断增长。只有这个界域的人口增长因素，是“移民”凌驾于“生育”之上。而所有新来的移民，在此地一律能派上用场。

对勾马而言，史蒂芬·拜尔莱似乎像个肤色苍白的移民，前来寻找拓荒之类富创造性的工作。他发觉自己对这位远客生出些许轻蔑；面对欠缺艳阳眷顾的可怜虫，一位热带壮汉自然而然会有这样的反应。

热带界域拥有全球最年轻的首都，它就叫做“首都市”，象征着年轻的骄傲与自信。这座首都位于尼日尼亚肥沃的高地上。从勾马的窗户向外望，下面充满五彩缤纷的生机；上面则是明亮耀眼的太阳，以及来去匆匆的倾盆阵雨。连七彩小鸟的呱呱声听来都轻快活泼，而晴朗夜空中的星辰则分外清晰灿烂。

勾马哈哈大笑。他身材高大、头发乌黑，面容冷峻且英俊。

“是啊，”他说的是俚俗英语，而且相当夸张，“墨西哥运河是落后了。那又怎样？反正迟早会完工，老友。”

“上半年它还进行得很顺利。”

勾马一面望着拜尔莱，一面慢慢将一根粗大的雪茄咬下一小截，随即点燃另一头。“这是个正式的调查吗，拜尔莱？怎么回事？”

“不是，绝对不是。我会表示好奇，只是我身为总协的本分。”

“好吧，如果你只是没事找事干，我就告诉你实情，我们总是欠缺人手。热带同时在进行许多工程，那条运河只是其中之一……”

“难道你们的机体没有预测可动用的运河工人吗？我是说，把所有的同期计划都纳入考量？”

勾马将一只手放在脖子后面，冲着天花板喷烟圈。“它有点失灵。”

“它常常有点失灵吗？”

“不像你料想的那么频繁。我们对它不抱太大期望，拜尔莱。我们对它输入资料，我们接受它的结果，我们照着它说的做——但它只是个方便的工具，只是个节省劳力的装置。如果必须放弃它，我们也无所谓。或许不会做得那么好，或许不会那么快，但我们一定克服得了。

“我们这儿充满自信，拜尔莱，这就是秘诀。自信！当其他界域被前原子时代的混乱局面弄得四分五裂时，等了我们几千年的新土地到了我们手中。我们不必像东界朋友那样吃酵母，也不必像你们北界人那样，担心上个世纪所留下的污染。

“我们已经消灭了采采蝇和疟蚊，人们现在可以生活在阳光下，而且很喜欢这种生活。我们开拓丛林，获得了土壤；我们灌溉沙漠，获得了园圃。我们在处女地发现了煤和石油，还有数不清的矿藏。

“你们让开就好，这是我们对外界唯一的请求。让开，让我们工作。”

拜尔莱以平淡的语气说：“可是那条运河——六个月前它还符合进度。发生了什么事？”

勾马双手一摊。“劳工问题。”他在洒满办公桌的一叠文件中翻找半天，最后决定放弃。

“这里有一份相关资料，”他喃喃道，“不过别管啦。在墨西哥某个地方，曾经因为女人的问题而缺人手，因为附近没有足够的女人。似乎没人想到把两性资料输进机体。”

他开怀大笑几声，然后严肃地说：“等一等，我想我记起来啦——威拉法兰卡！”

“威拉法兰卡？”

“法兰西斯哥·威拉法兰卡——他原来是总工程师。好，让我想个清楚。发生了什么事，造成一次塌方。对，对，就是这样。我记得没人遇难，可是搞得乱七八糟，真是丢脸。”

“哦？”

“他的计算有些错误。或者，至少机体是这么说的。他们把威拉法兰卡的资料重新输入，就是他的那些假设什么的，结果得出不同的答案。似乎是威拉法兰卡当初所用的那些答案，没考虑到工地边缘的丰沛雨量所造成的影响，或是某种类似的情形。你该了解，我并不是工程师。

“反正，结果威拉法兰卡呼天抢地，大喊冤枉。他声称机体的答案和上次不同，他一向忠实遵循机体的指示。然后他就辞职了！我们设法留住他——强调这是合理的怀疑，他过去的表现令人满意等等——当然，只能给他较低的职位——至少得这么做——对于过错不能不闻不问——那样会破坏纪律——我说到哪里了？”

“你们设法留住他。”

“喔，对。他拒绝了——好吧，通通加在一起，我们落后了两个月。妈的，那不算什么。”

拜尔莱伸出一只手，以手指轻敲桌面。“威拉法兰卡怪罪机体，对不对？”

“这个嘛，他总不会怪他自己吧？让我们面对现实，人性是我们的老朋友。此外，现在我又想起另一件事——为何我要的文件总是偏偏找不到？我的档案系统一文不值——这个威拉法兰卡是你们北界一个组织的成员。墨西哥太接近北界！这是麻烦之一。”

“你说的是什么组织？”

“他们管它叫‘人本协会’。他常常参加在纽约举行的年会，我是说这个威拉法兰卡。他们是一伙狂人，但没什么害处。他们不喜欢机体，声称它们毁掉了人类的进取心，所以威拉法兰卡自然会怪罪机体。我自己不了解那群人，看看首都市，人类像是失去了进取心吗？”

首都市沐浴在金黄色阳光下、黄金般的荣耀中——它是“都市智人”最新推出的一件产物。

欧罗巴界域

面积：4,000,000平方英里

人口：300,000,000

首都：日内瓦

在好几方面，欧罗巴界域都是个异数。就规模而言，它比其他界域小得多；它的面积不到热带界域的五分之一，人口则不到东方界域的五分之一。就地理而言，它与前原子时代的欧洲只有几分相似，因为并不包括当年的俄罗斯欧洲部分，以及当年的不列颠群岛，却涵盖了非洲与亚洲的地中海岸，甚至越过大西洋，将阿根廷、智利与乌拉圭包括在内。

它也不太可能提高自己的地位，来和其他界域并驾齐驱，顶多只有南美洲地区带来的活力例外。在四大界域中，过去半世纪以来，唯有它呈现明显的人口锐减。也唯有它并未积极发展生产设备，或对人类文化作出任何崭新贡献。

“欧罗巴，”齐葛思苏斯卡夫人以轻软的法语说，“本质上是北方界域的经济附庸。这点我们知道，不过没有关系。”

在副总协女士的办公室里，墙上并未挂着欧罗巴地图，仿佛她彻底接受欠缺独立性这个事实。

“然而，”拜尔莱特别指出，“你们有一台自己的机体，而且，你们当然并未受到大洋对岸的经济压力。”

“一台机体！呸！”她耸了耸纤细的肩膀，用细长的手指按熄香烟，并让一抹浅笑掠过她娇小的脸庞，“欧罗巴是个死气沉沉的地方。我们的人不是设法移民热带，就是跟它一起变得无精打采、死气沉沉。你自己看到了，副总协这个担子落在我——一个弱女子身上。嗯，幸好这不是困难的工作，没人指望我有多大的作为。

“至于机体——它除了会说‘这样做对你们最好’，还能说些什么呢？可是什么才对我们最好？哈，作为北方界域的经济附庸。

“这样很可怕吗？没有战争啊！我们活在太平岁月——经过七千年的战乱之后，这是个可喜的结果。我们是古老的国度，拜尔莱君。在我们的边境，某些地区曾是西方文明的摇篮。我们有埃及和美索不达米亚，克里特和叙利亚，小亚细亚和希腊。但古老未必代表悲惨岁月，它也可以是丰硕的……”

“或许你说得对，”拜尔莱殷勤地说，“至少在这儿，生活的步调不像其他界域那样紧张。这是个愉快的气氛。”

“可不是吗？茶来啦，拜尔莱君，请问你喜欢哪种奶精和砂糖——谢谢你。”

她轻轻呷了一口，然后继续说：“的确是愉快。世界的其他部分大可继续斗争。我在历史上找到了类比，一个非常有趣的类比。曾有一段时期，罗马是世界的共主。它承继了希腊的文化和文明；而希腊却从未统一过，它以战争埋葬了自己，在一堆烂摊子中走向尽头。罗马将它统一，为它带来和平，让它生活在安全的平淡中。它致力发展哲学和艺术，远离战争和扩张所导致的冲突。这可算是一种死亡，却带来休养生息的机会。结果，它在小风小浪中持续了大约四百年。”

“然而，”拜尔莱说，“罗马最后终究灭亡了，一场幻梦也随之结束。”

“如今已不再有倾覆文明的野蛮人。”

“我们自己便有可能扮演这个角色，齐葛思苏斯卡夫人。喔，我正打算问你。阿马丹水银矿的产量一落千丈，总不会是蕴藏量下降得比预期迅速吧？”

娇小妇人的灰色眼珠机灵地盯着拜尔莱。“野蛮人——文明的衰亡——机体可能的故障。你的思考过程非常透明，拜尔莱君。”

“是吗？”拜尔莱微微一笑，“我看得出来，我早该像以前那样，派人去处理这件事。你将阿马丹事件视为机体的过失吗？”

“绝对没有，但我猜你倒是这么想。你，你自己，是北方界域土生土长的，而且总协的中央办公室位于纽约。我还注意到了好一阵子，你们北界人对机体缺乏几分信心。”

“是吗？”

“你们的‘人本协会’在北方势力强大，但在死气沉沉的古老欧罗巴，我们相当乐意让虚弱的‘人心’静养一阵，它自然补充不了什么新鲜血液。不用说，你属于那个充满自信的北方，而不是这个愤世嫉俗的古老大陆。”

“这和阿马丹有关联吗？”

“喔，有的，我想是有的。那些矿区在统一辰砂公司的控制下，它当然是一家北界公司，总部设在尼科拉夫。私底下，我怀疑他们的董事会究竟有没有在咨询机体。在我们上个月举行的会议中，他们说他们有。当然，我们没有任何反证，但在这件事情上——请别介意——无论在任何情况下，我都不会相信北界人的说法。纵然如此，我想还是会有圆满的结局。”

“这话怎么说，亲爱的女士？”

“你必须了解，过去几个月的经济动荡，已经在西班牙地区造成不小的骚动。它虽然比不上过去的大风大浪，却对我们平静无波的心境造成相当的扰动。据我了解，该公司正准备把矿区卖给当地一群西班牙人，这很令人欣慰。如果我们真是北方的经济附庸，让这个事实过分宣扬就是耻辱。然而，你对我们的人可以比较放心，他们会忠实地遵从机体。”

“这么说，你认为不会再有麻烦了？”

“我确定不会再有。至少，阿马丹不会再有。”

北方界域

面积：18,000,000平方英里

人口：800,000,000

首都：渥太华

在希兰姆·麦肯日副总协位于渥太华的办公室中，有一幅以北极为中心的地图。除了属于欧罗巴的斯堪地那维亚区与冰岛区之外，北极地区全都是北方界域的版图。北方界域在许多方面都是世界之冠，而从这张地图便能看出端倪。

它可约略分成两大地区。地图左方是格兰河以北的整个北美洲，右方则包括当年苏联的全部疆域。这两个地区加在一起，代表了原子时代初期地球上的核心势力。位于两者之间的是大不列颠，它像是该界域舔向欧罗巴的舌头。而在地图的顶端，扭曲放大成怪模怪样的，则是澳大利亚与纽西兰，两者同样是这个界域的成员。

过去数十年的一切变化，皆未能改变“北方”是全球经济主宰这项事实。

因此，在拜尔莱所见过的官方界域地图中，唯有麦肯日的版本画出了整个地球，仿佛表示“北方”无惧于竞争，无需特别强调自己的显著地位。这个事实，几乎便是一个夸耀的象征。

“不可能。”麦肯日一面喝着威士忌，一面以倔强的口吻说，“拜尔莱先生，我相信，你没有受过机器人技师的训练。”

“没错，我没有。”

“嗯。这个嘛，秦修林、勾马和齐葛思苏斯卡也都没有，在我看来这实在是大不幸。地球居民有个太普遍的看法，认为总协只需要具有组织的长才、兼容并蓄的胸怀，以及和蔼可亲就行了。但如今这个年头，他也应该了解机器人学——请别介意我这样说。”

“我不介意，我同意你的说法。”

“比方说，根据你刚刚讲的那些话，我猜你是在忧心最近世界经济的小小脱序。我不知道你怀疑些什么，但过去曾有人想到——他们应该知道得比你多——万一有错误资料输入机体会怎么样。”

“会怎么样，麦肯日先生？”

“这个嘛，”这位苏格兰人挪了挪屁股，叹了一口气，“搜集来的所有资料，都会通过一个复杂的筛选系统，由人工和机器做双重检查，所以这种问题不太可能发生。但我们暂且忘掉这点——人容易犯错，也容易堕落，普通的机械装置则容易出现机械故障。

“问题真正的重点，在于我们所谓的‘错误资料’，是指和所有已知资料不一致的那些。这是我们判断正误的唯一依据，对机体而言也是一样。比方说，假如你命令它，根据七月平均气温为五十七华氏度的资料，指导爱荷华州的农业活动，它是不会接受的，它不会给出任何答案。并非由于它对那个特殊气温有任何成见，或不可能得出一个答案；而是因为，根据历年来输给它的所有资料，它知道七月平均气温为57度的机会趋近于零。因此，它拒绝接受这个资料。

“唯一能将‘错误资料’强行输入机体的办法，是把它藏在一组自圆其说的完整资料里面，其中的资料一律含有巧妙的错误——

不是微妙到机体侦检不出来，就是在机体的经验范围之外。可是前者超出人类的能力，后者也几乎如此，而且随着机体的经验一秒秒增加，后者的机会也就越来越小。”

史蒂芬·拜尔莱将两根指头放到鼻梁上。“这么说，机体不可能被人动手脚——那么，你又如何解释最近这些错误？”

“亲爱的拜尔莱，我看得出来，你直觉地犯了那个最大的错误——以为机体无所不知、无所不晓。让我对你举个亲身经历的例子：在棉纺业这一行，负责采购棉花的人员个个经验丰富。他们检验棉花的手续，是从许多捆里面随便挑一捆，再从那捆中抽出一簇。然后，他们用眼睛观察那簇棉花，用手抚摸它，用舌头舔它，还把它梳得起毛，说不定这时还会倾听那阵噼啪声。经由这些手续，他们便能决定这捆棉花的等级——总共有十来种等级。而交易的价格，以及棉絮的混合比例，都是根据他们的检验结果而定。好，目前为止，机体还不能取代这些采购员。”

“为什么？相关资料当然不会太复杂吧？”

“或许不会，但你指的是什么资料？没有任何织品化学家知道，当那些采购员抚摸一簇棉花时，他究竟在检验些什么。想必是纤维的平均长度、它们的质感、光滑的程度和特质、缠在一起的方式等等。总共好几十个项目，他们凭借多年的经验，下意识地一一衡量。但这些检验的定量特性却都是未知数；甚至某些检验的本质或许也是未知数，因此我们没有东西可以输入机体。而那些采购员也无法解释他们自己的判断，他们只能说：‘这个嘛，看看它，你看不出来它是某某等级吗？’”

“我懂了。”

“像这样的例子无穷无尽。毕竟机体只是工具，它替人类分担一些计算和诠释的重担，以加速人类进步的步伐。人脑的工作仍旧保持不变——发现需要分析的新资料，发明有待测试的新概念。可惜‘人本协会’不会了解这一点。”

“他们反对机体？”

“假使他们生活在古代，他们还会反对数学、反对文字。这些保守分子声称机体夺走了人类的灵魂。我注意到在我们的社会中，能干的人仍是珍贵资源；我们仍然需要那些拥有足够智慧的人，想出和提出一些适当的问题。说不定，我们若能找到足够的这种人，总协，你忧心的那些脱序现象就不会发生了。”

地球（包括无人居住的南极大陆）

面积：54,000,000平方英里（陆地面积）

人口：3,300,000,000

首都：纽约

石英板后面的炉火孱弱无力，已不情不愿地燃烧到尽头。

总协一脸忧郁的表情，他的心境恰如逐渐熄灭的火焰。

“他们都尽量将事态淡化。”他以低沉的声音说，“不难想象他们都在嘲笑我吧？可是——文生·西佛说机体不可能出毛病，而我必须相信他。希兰姆·麦肯日说它们不会接受错误资料，我也必须相信他。但机体不知怎地出了问题，我同样必须相信这个事实。所以，仅仅剩下最后一个可能。”

他瞟了苏珊·凯文一眼，后者闭着眼睛，乍看似乎睡着了。

“那是什么？”她却立即作出回应。

“啊，机体的确接受了正确的资料，也的确送出了正确的答案，但答案随即被弃置一旁。机体没办法强迫人类服从它的指令。”

“在我看来，齐葛思苏斯卡夫人做了这种暗示，她泛指的是北界人。”

“是的。”

“违背机体又能达到什么目的呢？我们来考虑一下动机。”

“我看动机很明显，你也应该有同感。那等于是故意摇晃这条船。当机体统治世界时，地球上不可能有严重的冲突。反之冲突倘若存在，某些人便能为了自身利益而攫取更多的权力，全然无视人类整体所受到的伤害。如果能摧毁大众对机体的信心，令它们遭到废弃，那么丛林法则将再度出现。而四个界域，个个脱不了有此打算的嫌疑。

“东方界域境内拥有全世界一半的人口，热带界域则有超过一半的地球资源。两者都可能觉得自己自然是全球的主宰，而且两者都有一段受北方欺侮的历史，想要作非理性的报复乃是人之常情。另一方面，欧罗巴拥有唯我独尊的传承，它一度真正统治了地球，而权力是最令人难忘的一样东西。

“然而，换个角度来看，这却是难以置信。东方和热带目前都在自己境内大肆发展，两者皆以不可思议的速度蹿升，它们不可能有余力进行军事冒险。而欧罗巴能拥抱的只是梦想，它的军事实力等于零。”

“所以，史蒂芬，”苏珊说，“你只剩北方了。”

“是的，”拜尔莱中气十足地说，“没错。北方是如今最强盛的界域，若将其成员的历史包括在内，这个局面已经持续近一世纪。可是现在，相较之下它正在走下坡。热带界域可能即将攻占文明最前线，那会是法老时代之后的首例，有些北界人害怕这个事实。

“你也知道，‘人本协会’主要是一个北界组织，他们不讳言不想要机体——苏珊，他们人数很少，却都是有权有势之辈。这个组织的成员包括：不愿成为他们口中‘机体工友’的工厂厂长、工业界和农业界领袖，此外还有野心分子，以及觉得自己足以决定什么对自己最好、不愿听从机体的那些人。

“总而言之，那些人只要一起拒绝接受机体的决定，便能在短时间内把世界搞得天翻地覆——该协会的成员就是他们那些人。

“苏珊，一切都吻合了。世界钢铁公司有五名董事是它的成员，而该公司正面临生产过剩的问题。在阿马丹开采水银的统一辰砂公司，是一个属于北界的企业。我们仍在调查它的名册，但至少有一位负责人是会员。独力延迟墨西哥运河达两个月的法兰西斯哥·威拉法兰卡，我们已经知道他是会员——而拉玛·巫拉萨耶拿也是，发现这点时我毫不惊讶。”

苏珊心平气和地说：“这些人，我应该指出，表现得都很差……”

“但自然如此，”拜尔莱插嘴道，“不听从机体的分析，就是不遵循一条最佳化的路径，得到的自然是较差的结果，那是他们付出的代价。他们现在日子难过，但在终将来临的混乱中……”

“你究竟打算做什么，史蒂芬？”

“显然不能浪费任何时间。我要把‘人本协会’列为非法组织，将一个个会员从重要岗位上换下来。从今以后，所有行政和技术人员的职位，申请者必须具结一份非该会员的誓词，否则绝不录用。这将代表放弃某些基本人权，但我确信世界议会……”

“行不通的！”

“什么！为何行不通？”

“我来作个预测。你若尝试任何这样的举动，将会发现寸步难行——你将发现这个命令不可能贯彻，你将发现相关措施通通都会陷入困境。”

拜尔莱吃了一惊。“你为什么这样说？我满心希望你会赞成这件事。”

“只要你的行动建立在错误前提上，我就绝不会赞成。你承认机体不可能出错，不可能接受错误资料。但你认为‘人本协会’可以违背机体，现在我要对你说明，那也是不可能的事。”

“这点，我完全看不出来。”

“那就听好。任何主管的任何行动，倘若并非切实遵循机体的指示，那个行动就会成为下批资料的一部分。因此，机体会知道那个主管有些不服从的倾向。它能将这个倾向融入那些资料——甚至作定量分析，也就是说，判断出不服从的确实程度和方向。它的下一组答案，便会刚好有足够的偏颇，让那位主管在故意违背后，会自动将那组答案修正到最佳化的方向。机体一清二楚，史蒂芬！”

“你不可能确定这一切，你只是在猜测。”

“这是根据我和机器人相处一生的经验所作的猜测。你最好信赖这样的猜测，史蒂芬。”

“但若是这样，那还剩下什么呢？机体本身是正确的，它们根据的前提是正确的，这些我们已经同意。现在你又说，没有人能违背它们的意思。那究竟是哪里有问题？”

“你自己已经回答了。根、本、没、有、问、题！稍微想想那些机体，史蒂芬。它们是机器人，它们服从第一法则。可是机体并非为任何一个人工作，而是为全体人类服务，所以第一法则变成：‘机体不得伤害人类整体，或因不作为而使人类受到伤害。’”

“好啦，那么，史蒂芬，什么会伤害人类整体呢？经济脱序最有可能，不论它的导因为何。你不同意吗？”

“我同意。”

“未来最有可能导致经济脱序的又是什么？回答这个问题，史蒂芬。”

“我会说，”拜尔莱不情愿地答道，“是机体被作废。”

“我也会这么说，而机体也会这么说。因此之故，为了我们，它们的首要考量是保全自己。所以，它们悄悄处理了威胁它们的最后一项因素。其实并不是‘人本协会’摇晃这条船，试图令机体遭到毁灭，你一直把这一幕看反了。我们应该说，是机体摇晃这条船——摇得非常非常轻——刚好能把攀附在边缘的少数人摇掉，因为机体认为他们的行动会危害到人类整体。

“所以巫拉萨耶拿失去了他的工厂，在他无法为害的地方找到另一份工作——他没有受到严重伤害，没有失去谋生能力，因为机体对人类所造成的伤害必须尽可能轻微，而且必须是在拯救更多人的前提下。统一辰砂公司在阿马丹失去了控制权；威拉法兰卡不再是一项重要计划的总工程师；而世界钢铁公司的那些董事，则正在失去钢铁业的支配权——或说即将如此。”

“但你不算真正看透这一切，”拜尔莱激动地坚持道，“我们怎能冒险假设你是对的？”

“你必须这样做。你还记得当你对机体提出这个问题后，它自己的回答是什么吗？它说：‘这件事不可解释。’机体并未说根本没有解释，或说它能断定没有解释，它只是不容许出现任何解释。换句话说，假使公布这个解释，就会对人类造成伤害，所以我们只能猜测——一直猜下去。”

“假设你是对的，苏珊，但那个解释怎能对我们造成伤害呢？”

“啊，史蒂芬，假如我是对的，那就代表机体为我们筹划未来的方式，并非只是针对我们直接的问题提出直接的答案，而是对世界整体的局势、对人类整体的心理提出一般性答案。知道这点可能会令我们难过，可能会伤害我们的自尊。而机体不能——绝对不能让我们难过。

“史蒂芬，我们又怎么知道人类终极的幸福会伴随着什么？机体掌握着无限多的因素，我们却无从掌握！让我举个不算不熟悉的例子：整个的科技文明所带来的不幸和悲惨，说不定还超过它所送走的。一个拥有较少文化、较少人口的农业或牧业文明，说不定反而会更好。若是这样，机体就必须朝那个方向前进，而且最好别让我们知道，因为根据我们无知的偏见，我们只晓得自己习惯的才是好的——我们会坚决反对改变。也说不定，一个完全都会化的社会，或者一个完全阶级化的社会，或者一个完全无政府的社会，才是真正的答案。我们不知道；只有机体知道，而它们正带着我们走向那里。”

“但你是在对我说，苏珊，‘人本协会’是对的；人类对未来已经失去自己的决定权。”

“其实，人类从来没有任何决定权。人类总是受到自己所不了解的经济和社会力量的摆布，此外反复无常的气候、胜败难料的战争也一直在宰制人类。机体则了解这些因素，不会被任何一项所阻止，因为机体会像对付‘人本协会’那样对付这些因素——它掌握了最强大的武器，那就是对全球经济的绝对控制权。”

“多么可怕！”

“或许是多么美好！想想看，如今，所有的冲突终于能避免了。从今以后，只有机体是不可避免、不可或缺的！”

石英板后面的火焰熄了，只留下一缕轻烟作为它的遗迹。

“故事讲完了。”凯文博士缓缓起身，“我从头到尾看了个仔细。一开始机器人还不会说话，最后他们挺立于人类与毁灭之间。我看不到什么了，我的生命已到尽头。你将会看到下一波的发展。”

此后我再也不曾见到苏珊·凯文。她于上个月逝世，享年八十二岁。

读客®

科幻文库

跟着读客读科幻，经典科幻全看遍。

太空歌剧、赛博朋克、奇幻史诗……

中国、美国、英国、俄罗斯、波兰、加拿大、日本、牙买加……

读客汇聚雨果奖、星云奖、轨迹奖获奖作品，

精挑细选顶尖的科幻奇幻经典，

陪伴读者一起探索人类文明的过去、现在和未来，

亿亿万万年，直至宇宙尽头。

阿西莫夫
银河帝国系列

基地系列

银河帝国：基地（Foundation）

银河帝国2：基地与帝国（Foundation and Empire）

银河帝国3：第二基地（Second Foundation）

银河帝国4：基地前奏（Prelude to Foundation）

银河帝国5：迈向基地（Forward the Foundation）

银河帝国6：基地边缘（Foundation's Edge）

银河帝国7：基地与地球（Foundation and Earth）

机器人系列

银河帝国8：我，机器人（I, Robot）

银河帝国9：钢穴（The Caves of Steel）

银河帝国10：裸阳（The Naked Sun）

银河帝国11：曙光中的机器人（The Robots of Dawn）

银河帝国12：机器人与帝国（Robots and Empire）

帝国系列

银河帝国13：繁星若尘（The Stars, Like Dust）

银河帝国14：星空暗流（The Currents of Space）

银河帝国15：苍穹一粟（Pebble in the Sky）

读客

读客科幻文库

跟着读客读科幻，经典科幻全看遍。

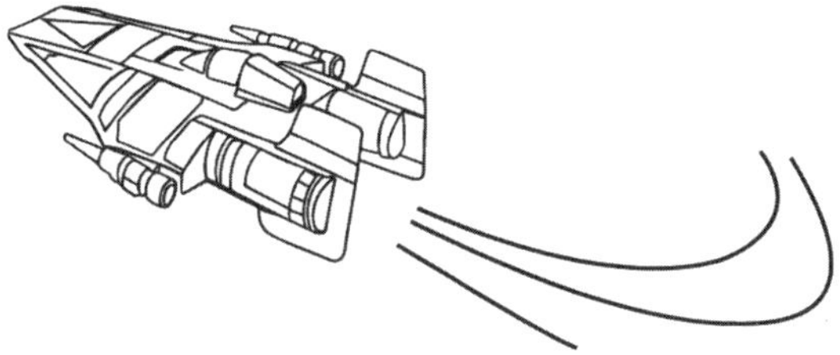

THE CAVES OF STEEL

银河帝国

9 钢穴

[美]艾萨克·阿西莫夫 著

叶李华 译

江苏凤凰文艺出版社
JIANGSU PHOENIX LITERATURE AND
ART PUBLISHING

图书在版编目（CIP）数据

钢穴 /（美）阿西莫夫 (Asimov,I.) 著；叶李华译
. -- 南京：江苏凤凰文艺出版社，2015（2025.9 重印）
（银河帝国 . 机器人五部曲）
书名原文：The Caves Of Steel
ISBN 978-7-5399-8333-2

Ⅰ . ①钢… Ⅱ . ①阿… ②叶… Ⅲ . ①长篇小说 – 美国 – 现代 Ⅳ . ① I712.45

中国版本图书馆 CIP 数据核字 (2015) 第 100053 号

钢穴

［美］艾萨克·阿西莫夫 著　　叶李华 译

责任编辑　丁小卉
特约编辑　江培芳　许姗姗　胡艳艳
封面设计　李子琪
责任印制　刘　巍
出版发行　江苏凤凰文艺出版社
　　　　　南京市中央路 165 号，邮编：210009
网　　址　http://www.jswenyi.com
印　　刷　三河市龙大印装有限公司
开　　本　890 毫米 ×1270 毫米 1/32
印　　张　8.5
字　　数　197 千字
版　　次　2015 年 9 月第 1 版
印　　次　2025 年 9 月第 48 次印刷
标准书号　ISBN 978 – 7 – 5399 – 8333 – 2
定　　价　248.00 元（全 5 册）

江苏凤凰文艺版图书凡印刷、装订错误，可向出版社调换，联系电话：010–87681002。

机器人学三大法则

一、机器人不得伤害人类，或因不作为而使人类受到伤害。

二、除非违背第一法则，机器人必须服从人类的命令。

三、在不违背第一及第二法则的情况下，机器人必须保护自己。

——《机器人学手册》第56版，公元2058年

目　录

机器人小说背后的故事

我和机器人结下不解之缘的时间，就写作而言是在1939年5月10日，然而身为科幻迷的我，在更早之前就爱上了机器人。

毕竟，机器人并不是什么新鲜的科幻题材，早在1939年已是如此。在古代和中世纪的神话传说中，就有不少机械所制造的人类。至于“robot”这个名词，最早则是出现于卡雷尔·恰佩克（Karel Capek）所写的剧本《RUR》，这出舞台剧于1921年在捷克首映，而剧本很快就翻译成许多种外语。

RUR的意思是“罗素姆的万能机器人”，剧中的罗森是一位英国工业家，他为了让人类能够过着充满创造性的悠闲生活，因而制造了一批人造人来为人类服务（“robot”就是衍生自捷克文的“奴工”一词）。虽说罗森的立意良好，事实并未照他的计划发展，那些机器人叛变了，人类因此自取灭亡。

这种想象中的新科技，会在1921那个年头被视为大灾难的根源，或许并没有什么好惊讶的。别忘了，当时第一次世界大战刚结束不久，人类才见识过战车、飞机和毒气的威力——借用“星际大战三部曲”的说法，那正是“原力的黑暗面”。

相较于《科学怪人》这个更有名的故事，《RUR》注入了较浓的悲观色彩，前者虽然也有人造人的情节，而且这个举动同样导致不幸，相对而言规模却小得多。由于这两部经典作品的影响，在1920和1930年代的科幻作品中，作者经常将机器人描写成危险的装置，照例一定会毁掉它的创造者。这类作品一而再、再而三强调一个寓意，那就是“有些事物人类不该知道”。

不过，我在十几岁的时候就有不同的见解，我无法接受“如果知识代表危险，无知就是解决之道”这样的观点。在我看来，解决之道似乎是善用人类的智慧才对。人类不该拒绝面对危险，而应当学习如何化险为夷。

毕竟，早在某一群灵长类变成人类之初，这样的问题已经是人类所面临的挑战。任何一项新科技都有可能带来危险，打从一开始，火就是一种危险的科技，而语言又何尝不是（且危险性犹有过之），这种情形直到今天仍未改变。可是如果没有这两项科技，人类就不是人类了。

总之，当时我虽然不太清楚自己对机器人故事有何不满，内心却一直在期待更精彩的作品。不久我终于等到了，那是刊登于《惊奇故事》1938年12月号的一个短篇《海伦·奥洛》，作者是莱斯特·德尔雷（Lester del Rey），他以极富同情心的笔调来描写一个机器人。我相信那只是他所发表的第二个故事，但从此以后，我就是个至死不渝的德尔雷迷了（请大家千万别告诉他，他一定还不知道）。

而几乎同一时间，在1939年1月号的《惊异故事》中，因多·班德（Eando Binder）在短篇小说《我，机器人》里也创造了一个引人同情的机器人。虽然相较之下，这个故事的内容贫乏得多，但我再度大受感动。不知不觉间，我开始有了想要创作机器人故事的念头，而且决心要把我的机器人写得人见人爱。在1939年5月10日这一天，我终于动笔了，前后总共写了两周，因为在那个时代，我写作的速度还相当慢。

这个故事被我命名为《小机》，主角是个机器人保姆，虽然它和所照顾的女孩感情很好，女孩的妈妈却怕它怕得要死。然而，弗雷德·波尔（Fred Pohl，当年他和我一样才十九岁，此后我们的岁数也年年相同）比我来得聪明，他读完这个故事之后告诉我，由于情节和《海伦·奥洛》太接近了，大权独揽的《惊奇》主编约翰·坎贝尔（John Campbell）不可能刊登。他说得很对，后来坎贝尔正是以这个理由退稿。

没想到几个月后，弗雷德成为两家新杂志的编辑，而他竟然在1940年3月25日买下了《小机》，并将它刊登于1940年9月号的《超级科幻小说》，不过题目改成了《奇异的玩伴》。（弗雷德有个可怕的恶习，就是喜欢乱改别人的题目，而且几乎总是改得更糟。后来，这个故事在别处发表过许多次，一律使用我原来的题目。）

然而在那个时代，除非是将作品卖给坎贝尔，否则我无论如何都会感到遗憾。所以不久之后，我便试着创作另一个机器人短篇。不过，这回我先和坎贝尔讨论了自己的构想，以确定本篇完成之后，他退稿的唯一原因就是写得不够好。然后，我才正式动笔写出《理性》这个故事，大意是说一个机器人有了宗教信仰。

坎贝尔于1940年11月22日接受了这篇小说，并于次年四月刊登在他所主编的《惊奇》。这是我卖给他的第三个作品，但却是他第一次照单全收，没有要求我作任何修改。我因此感到十分得意，于是很快又写了我的第三个机器人短篇，主角是个拥有读心术的机器人，题目叫做《骗子！》。坎贝尔同样爽快地接受了，将它刊登于1941年5月号，换句话说，连续两期《惊奇》都有我的机器人小说。

但我并未打算就此停手，我心中有一系列的故事要写。

还有一件更重要的事。1940年12月23日，当我和坎贝尔讨论读心机器人这个构想的时候，两人不知不觉谈起了规范机器人行为的规则。在我看来，机器人应该是具有内设安全机制的工业产品，于是我们开始替这些安全机制设想白话的版本——这就是“机器人学三大法则”的前身。

后来，我在第四个机器人短篇《转圈圈》中，首次写出三大法则的确定内容，并在故事里直接引用。这个短篇发表于1942年3月号的《惊奇》，其中“机器人学三大法则”在该刊第一百页首次出现。我很重视这件事，因为据我所知，这也是“机器人学”这个名词在人类历史上首度亮相。

在1940年代结束之前，我又卖了四个机器人短篇给《惊奇》，分别是《抓兔子》、《逃避》（坎贝尔改成了《矛盾的逃避》，因为两年前他刊登了一篇同样叫做《逃避》的故事）、《证据》和《可避免的冲突》，分别发表于1944年2月号、1945年8月号、1946年9月号以及1950年6月号。

自1950年起，几家大型出版机构（其中最有名的是双日公司）开始出版精装的科幻小说。1950年1月，双日公司出版了我自己的第一本书——长篇科幻小说《苍穹一粟》，与此同时，我已在埋首撰写自己的第二部长篇。

那阵子，我的经纪人刚好是弗列德·普尔，他自然而然想到，或许我的机器人故事也可以出一本书。虽然当时双日公司对短篇小说集没什么兴趣，但另一家非常小的格言出版社态度则不同。

于是，1950年6月8日，我将这个选集交给了格言出版社，暂订的书名是《心灵与钢铁》。结果，出版商摇了摇头。

“改为《我，机器人》吧。”他说。

“不行。”我说，“十年前，因多·班德的短篇小说就用过这个题目。”

“管他的！”出版商答道（不过这几个字是经过我删节之后的版本），结果，我怀着相当不安的心情，勉强被他说服了。《我，机器人》成为我的第二本书，在1950年的年尾问世。

这本书收录了我在《惊奇》所发表的八个机器人短篇，但次序经过了调整，好让前因后果更为合理。除此之外，我还把那篇《小机》也收在里面，因为虽然它被坎贝尔退稿，我仍旧很喜欢这个故事。

其实在1940年代，我另外还写过三个机器人短篇，它们或是遭到坎贝尔退稿，或是他根本没看过，但由于和其他故事构成的主线欠缺直接关联，我并未将它们收录于《我，机器人》。后来，在该书出版后的几十年间，我又写了好些机器人短篇，最后它们连同上述三篇，全部毫无遗漏地收录于另一个选集中——书名是《机器人短篇全集》，由双日公司于1982年出版。

《我，机器人》的出版并未造成什么轰动，但是年复一年，它的销售量即使不大，至少一直很稳定。而在五年之内，这本书又陆续推出军用平装本、平价精装本、英国版和德文版（这是我的书第一次译成外文）。到了1956年，“新美国文库”甚至也替它出了平装本。

唯一的问题是，格言出版社长期处于苟延残喘的状态，从未提供一份清楚的销售报表给我，稿酬就更别提了。（我的“基地三部曲”也交给了格言出版社，所以遭到同样的命运。）

1961年，双日公司在获悉格言出版社的困境之后，赶紧设法接手《我，机器人》以及“基地三部曲”。从那时开始，这几本书的销售状况不可同日而语。事实上，《我，机器人》自问世以来，始终未曾绝版过，至今已经三十三年了。而在1981年，我甚至卖出了电影版权，可惜目前为止尚未开拍。此外据我所知，它被翻译成了十八种语言，包括俄文和希伯来文在内。

但我的故事好像讲得太快了。

再回到1952年吧，当时《我，机器人》尚未脱离苦海，只是格言出版社的丛书之一，而我根本不觉得有任何成就感。

当时，好些新的一流科幻杂志出现了，科幻文坛又来到“百家争鸣”的时期。例如1949年创刊的《奇幻与科幻杂志》，以及1950年的《银河科幻》都是代表。约翰·坎贝尔因而丧失了独霸的地位，1940年代的“黄金时代”也随之结束了。

在这种环境下，我开始为《银河》的主编侯瑞斯·高德（Horace Gold）供稿，而这也令我松了一口气。前后曾有八年的时间，我一律只投稿给坎贝尔，不禁觉得自己是他的专属作家，万一坎贝尔哪天出了意外，我也就完了。好在，和高德的密切合作解除了我这方面的焦虑。高德甚至连载了我的第二部长篇小说《繁星若尘》，不过他将书名改成《太暴星》，我觉得很糟糕。

我新认识的编辑其实不只高德一人，例如我还把一个机器人短篇卖给了霍华德·布朗尼（Howard Browne），那阵子他正任职于想转型为高格调杂志的《惊异》。后来，这篇《保证满意》发表于该刊的1951年4月号。

不过，这件事只能算是例外。整体而言，当时我已不打算再写机器人的故事。《我，机器人》的出版似乎自然而然为我这方面的文学生涯画上了句点，而我也已经开始朝其他方向发展了。

然而，高德帮我连载完那部长篇之后，非常希望再接再厉，而更重要的原因，则是我刚完成的另一部长篇《星空暗流》已交由坎贝尔连载。

于是，1952年4月19日，高德找我讨论接下来能再为《银河》写一部什么样的长篇。他建议写个机器人的故事，我却坚决地摇了摇头。在此之前，我写的机器人都是短篇，而我根本不确定能否以机器人为题材，写出一部长篇小说。

“你当然没问题，”高德说，“要不要写一个人口过剩的世界，机器人逐渐取代了人力。”

“太灰色了。”我说，“我不觉得自己会想处理这么沉重的社会议题。”

“那就保持你的风格。你喜欢推理故事，就在里面安排一桩谋杀案，然后让一名侦探和一个机器人合作办案，如果侦探束手无策，机器人就会取而代之。”

这句话激起了火花。坎贝尔常常说，所谓的“科幻推理”本身就是个矛盾的名词，因为作者可以投机取巧，利用新科技替侦探解决疑难杂症，而读者也就上当了。

因此，我决心写一个不会欺骗读者的正统推理故事——但同时也要是标准的科幻小说。结果我写出了《钢穴》，随即在1953年10月号至12月号的《银河》分三期连载完毕。次年，双日公司出版了这部长篇小说，是为我的第十一本书。

毫无疑问，《钢穴》是我那时为止最成功的作品，不但比之前的每一本书都要畅销，就连读者的来函也变得更为亲切了，而（最佳的证明是）双日公司对我眉开眼笑的程度大大超过以往。过去，他们在签约之前，一律要求我提供大纲并试写几章，但从此以后，我只要表示想写一本新书，合约就会立刻送来。

事实上，由于《钢穴》太过成功，令我无可避免地想要写个续集。要不是当时我刚投入科普的创作，而且觉得其乐无穷，我想自己一定会马上动笔。由于这个缘故，我直到1955年10月，才真正开始撰写《裸阳》这个故事。

然而一旦开动，一切便很顺利。就许多方面而言，它和前一本书起着互相平衡的作用：《钢穴》的时空背景是未来的地球，那是个人类太多而机器人太少的世界；《裸阳》的故事则发生在索拉利，那个世界恰恰相反，人类太少而机器人太多。此外，虽然我的小说通常欠缺男欢女爱，这回我却刻意用轻描淡写的笔法，在《裸阳》中引进一段爱情故事。

我对这个续集极为满意，而且在我内心深处，甚至认为它比《钢穴》更精彩，问题是，接下来我该怎么做呢？当时我和坎贝尔已经有些疏远，因为他开始涉猎一种称为“戴尼提”的伪科学，而且竟然对飞碟、心灵力学等等的怪力乱神越来越感兴趣。但另一方面，我受过他太多的恩惠，因而对于自己将重心转移到高德身上（我最近的两个作品都交给他连载）我感到相当内疚。好在高德从未参与《裸阳》的写作计划，它的归宿当然可以完全由我决定。

因此之故，我将这部小说投给了坎贝尔，他立刻接受了，分成三部分连载于《惊奇》的1956年10月号至12月号，而且照例没有更动我的书名。次年，也就是1957年，双日公司出版了这部长篇小说，成了我的第十二本书。

即使没有青出于蓝，《裸阳》的表现也绝对不输《钢穴》，于是双日公司立刻指出，我可不能到此为止。正如我的“基地三部曲”那样，我应该再写一本，凑成另一个三部曲。

我完全同意，而且心中很快就有了粗略的构想，甚至连书名都想好了，叫做《无限的边界》。

1958年7月，我们全家安排了一个长达三周的假期，住在麻州马什菲尔德的海滨度假小屋。我原本打算利用这个空当，把这本新书写出七八成来。故事预定发生在奥罗拉，其中的“人类／机器人比”相当合理，既不像《钢穴》那样前者远远超过后者，也不像《裸阳》那种刚好相反的情形。而且，我决定对其中的爱情部分更加着墨。

看来是万事俱备——结果还是出了问题。这么说吧，进入1950年代之后，我对“非小说文类”的写作越来越感兴趣，于是生平头一遭，写小说时竟擦不出火花。我勉强写了四章，就再也写不下去，最后只好放弃。我检讨了一下，认为那是由于我在内心深处，总是觉得自己无法处理男女之爱，也无法将人类和机器人的比例调整到旗鼓相当的地步。

其后的二十五个年头，这个情况一直没有改变。但另一方面，《钢穴》和《裸阳》始终没有绝版，更没有消失。比方说，这两本书曾合并为《机器人小说》重新出版，也曾经和其他几个机器人短篇组成一大册的《机器人续集》。此外，还有好几种平装本陆续问世。

因此，在这二十五年间，读者都不难找到这两本书，而且（我假设）读得津津有味。于是有许多读者来信要求我再写一本续集，而在科幻大会之类的场合，他们更是当面质问我。久而久之，它成了我最难回避的一个要求（唯一能相提并论的，就是要求我写第四本基地小说的呼声）。

而每当被问到我是否有这个打算，我总是回答："会的——总有一天——所以祈祷我长命百岁吧。"

虽然我也觉得应该写，但一年又一年过去了，我却越来越肯定自己处理不了这个主题，也就越来越含泪相信自己永远写不出第三本机器人小说。

然而，1983年3月某一天，我还是将这个"千呼万唤始出来"的第三册交给了双日公司。这本书叫做《曙光中的机器人》，内容和1958年那个半途夭折的尝试毫无关系。1983年10月，它终于和读者见面了。

艾萨克·阿西莫夫

于纽约市

第一章
局 长

利亚·贝莱刚走到他的座位，便察觉机·山米正以期待的眼神望着自己。

他的长脸立刻板了起来，显得更加严峻。“什么事？”

“利亚，老板要见你。马上，不得有任何耽搁。”

“好吧。”

机·山米仍呆呆地站在那里。

贝莱说：“我已经答应了，给我走开！”

机·山米这才转身离去，继续执行其他任务。贝莱气呼呼地寻思，这种工作为何不能交由真人执行呢？

然后他开始检查烟草袋的存量，并作了一个简单的心算。一天抽两斗烟，他就能够撑到下一个配给日。

直到这个时候，他才走出自己的围栏（两年前他升级，才获得一个有围栏的角落隔间），一路穿过大办公室。

经过辛普森的时候，正埋首于水银资料库的他抬起头来。“老板要见你，利亚。”

“我知道，机·山米告诉我了。”

水银资料库的“记忆”是以微幅振荡的型样，储存在闪闪发光的水银表面。此时，这个小型装置正在将记忆搜寻分析的结果，以密码的形式输出到纸带上。

“要不是怕折断腿，我真想朝机·山米的屁股踢一脚。”辛普森说，“前几天，我碰到了文森·巴瑞特。”

“哦？”

“他很想回到原来的工作岗位，或是局里任何工作都行。可怜的小子急得不得了，但是我又能怎么办呢？我只好老实告诉他，机·山米接替了他的工作。现在，那小子只得在酵母农场跑跑腿。他是个聪明的小伙子，大家都喜欢他。”

贝莱耸了耸肩，说了一句：“这种事，我们迟早都会碰到。”他的口气比自己想象中更为生硬。

“老板”拥有一间个人办公室。门口的毛玻璃上，以优美的字体刻着他的名字“朱里斯·恩德比”，而在名字之下，则是正式的头衔“纽约大城警察局局长”。

贝莱一面走进去，一面说：“局长，你找我吗？”

恩德比抬起头来。他戴了一副传统的近视眼镜，那是因为他的眼睛太敏感，不能戴普通的隐形眼镜。你必须先花点时间习惯那副眼镜，才会开始对他那张相当普通的脸孔有些印象。不过，贝莱一直怀疑局长的眼睛并非那么敏感——他之所以离不开那副眼镜，只是为了让自己看起来更有个性罢了。

局长显然很紧张，他拉拉自己的袖口，上身往后一靠，以过分热络的口吻说：“请坐，利亚，请坐。”

贝莱硬邦邦地坐下，等待对方开口。

恩德比局长说：“洁西好吗？孩子呢？”

“都好，”贝莱敷衍道，“都很好，局长家人呢？”

“都好，”恩德比也这么说，“都很好。”

真是一段虚伪的开场白。

贝莱心想：他的脸孔看来有点不对劲。

但他却大声说：“局长，我希望你不要再派机·山米来找我。”

“嗯，你也知道我对这种事的看法，利亚。可是他既然被派到这里，我就必须让他做点事。”

“这令我很不自在，局长。他告诉我说你要见我，然后就站在一旁，你该明白我的意思。我必须命令他走开，否则他会一直站在那里。”

“喔，那是我的错，利亚。我派他送口信给你，却忘了特别交代他，事后继续做其他的工作。”

贝莱叹了一口气，深棕色眼珠周围的细纹因此加深了。“总之，你要找我。”

“没错，利亚。”局长说，“而且这回非比寻常。”

他站了起来，转身走向办公桌后面那面墙，按下一个并不起眼的开关，墙壁的一部分竟然就变得透明了。

灰蒙蒙的光线立刻涌进来，贝莱不禁眨了眨眼睛。

局长笑了笑。“利亚，这是我去年特别改装的，我应该还没有给你看过吧。过来，好好看一看。在古代，像这样的东西每个房间都有，称为‘窗户’，你知道吗？”

贝莱熟读历史小说，因此非常了解这件事。

“我听说过。”他答道。

“过来吧。”

贝莱犹豫了一下，但最后还是遵命了。凡是有教养的人，都应当避免暴露室内的私隐。有些时候，局长将他的“怀古主义”发挥到了极致，真是相当愚蠢的一件事。

就像他戴的那副眼镜，贝莱心想。

对了，就是那副眼镜，让他今天看来不太对劲。

贝莱说："不好意思，局长，请问你是不是换了一副新眼镜？"

局长带着少许惊讶瞪了贝莱一眼，然后摘下眼镜审视一番，接着又再望了望贝莱。摘下眼镜之后，他的圆脸显得更圆，下巴的轮廓则更分明些许。而由于眼睛无法正确聚焦，他也显得神情有些茫然。

他答道："没错。"

他将眼镜戴回鼻梁，带着如假包换的愤怒说："原来那副眼镜三天前打破了。由于接二连三的事故，直到今天早上我才换了一副新的。利亚，这三天简直不是人过的日子。"

"因为没有眼镜？"

"还有别的原因，我正要开始讲。"

他转身面向窗户，贝莱也照着做。贝莱发现外面正在下雨，不禁有点讶异。有那么一会儿，水滴从天而降的奇观令他着迷。局长则一副相当骄傲的样子，仿佛这是他一手安排的。

"这个月，我已经三度欣赏到雨景。相当壮观，你说对不对？"

虽然有些矛盾，贝莱内心却不得不承认这一点。他已经四十二岁，看到雨景的次数至今寥寥可数，更别提其他的自然奇观了。

他说："让雨水全部流到城里似乎浪费了，应该导入水库才对。"

"利亚，"局长说，"你是个现代派，而这正是你的问题。在中古时代，人们生活在露天的空间，我并非仅仅指农场，我是指所有的城市，甚至包括纽约。当下雨的时候，人们不会觉得那是浪费，而是感到欣喜。他们的生活接近大自然，这要比我们的生活方式更好、更健康。现代生活的问题来自疏离自然环境，你有空研究一下‘煤炭时代’吧。”

其实贝莱早就研究过。他曾听过许多人抱怨原子堆的发明，而当诸事不顺，或是心神俱疲的时候，他自己也会发出如此的怨叹。类似这样的抱怨，其实是人类的一种天性。当初在煤炭时代，曾经有人抱怨蒸气机的问世。而在莎士比亚的剧作里，曾有一个角色抱怨火药的发明。等到一千年以后，正子脑又会成为抱怨的对象。

去他的，不管了！

他绷着脸说：“听好，朱里斯。”通常，无论局长如何开口闭口“贝莱”，他却不习惯在上班的时候和局长称兄道弟，可是今天情况特殊，似乎应该破例一次。“听好，朱里斯，你天南地北无所不谈，就是没讲找我干什么，这令我坐立不安。到底发生了什么事？”

局长答道：“我会讲的，利亚，你让我自己讲下去。这回是……是个大麻烦。”

“那还用说，在这颗行星上，有哪件事例外呢？又是‘机字头’惹的祸吗？”

“没错，利亚，可以这么说。我常站在这里自问，这个古老的世界还能承受多少灾祸？我当初开这扇窗户，并不只是为了偶尔看看天空，我还要看见整座大城。我常望着这座城市，寻思一个世纪之后，它会变成什么模样。”

局长突然多愁善感起来，令贝莱有点反感，可是说来奇怪，贝莱自己竟然也出神地望着窗外。虽然天气不太好，这座大城看来壮观依旧。警察局位于市政厅的高楼层，而市政厅本身则高耸入云。从这扇窗户望出去，周遭的高塔都显得矮小，塔顶一一可见。一座座的高塔，就像一根根向上伸张的手指，它们的外墙是千篇一律的空白单调。如果人类是蜜蜂，这些高塔就是蜂巢的外壳。

“这场雨，”局长道，“也可以说来得不是时候，害得我们看不见太空城。”

贝莱向西方望去，发现局长说得完全正确，地平线消失无踪，远方的高塔显得迷迷蒙蒙，逐渐隐没在一片白茫茫之中。

“我知道太空城是什么样子。”贝莱说。

“我喜欢从这里观赏，”局长说，“从上下两个伯伦瑞克区之间的隙缝，刚好可以看到那座太空城。三三两两的低矮穹顶，便是我们和太空族的差异。我们向高空发展，人人挤在一起，而他们，则是每个家庭拥有一座穹顶屋——一家一屋，而且穹顶和穹顶之间都还有空地。你有没有和太空族交谈过，利亚？”

“有过几次。大约一个月前，就在这里，我还用你的室内通话器做过这件事。”贝莱耐着性子说。

“对，我记得。不过，我只是突然有感而发。我们和他们，生活方式大不同。”

贝莱感到胃部一阵轻微的抽搐，心想，局长说话越是拐弯抹角，最后的结论就会越要命。

然后他说：“好啦，这又有什么好惊讶的？你不可能将地球上八十亿人口放在一个个小穹顶内。既然他们自己的世界空间辽阔，就让他们遵循传统吧。”

局长走回自己的位子，坐了下来，他的双眼（由于戴着近视眼镜，看来缩小了一点）一眨不眨地望着贝莱。他说：“面对文化差异，并非人人都那么宽容，不论我们或太空族都一样。”

“好吧，所以呢？”

“所以三天前，死了一个太空族。”

终于讲到正题了。贝莱的嘴角微微上扬，不过那张长长的苦瓜脸并未泄露任何情绪。他说：“真糟糕。我希望是传染病，病毒导致的，或许是感冒。”

局长显然吃了一惊。“你在说些什么？”

贝莱并不想多作解释。众所皆知，太空族不遗余力地将一切疾病赶出自己的社区，而他们尽可能避免接触“浑身病菌的地球人”这件事，那就更是家喻户晓了。然而，局长竟然并未听出贝莱的反话。

贝莱说：“我只是随便猜猜。他的死因到底是什么？”他又转身面对着窗户。

局长说：“他的死因是胸腔不见了。有人用手铳轰了他。”

贝莱感到背部一阵僵硬。他头也不回地问道：“你又在说些什么？”

“我在说发生了谋杀案。”局长轻声道，“你是便衣刑警，该知道谋杀是什么。”

贝莱总算转过身来。“但死者是太空族！三天之前？”

“没错。”

“是谁杀的？怎么杀的？”

“太空族说凶手是地球人。”

“不可能。”

“为什么不可能？你不喜欢太空族，我也不，又有哪个地球人喜欢他们呢？不过某人的不喜欢稍微过了头，就是这么回事。”

“当然，可是……”

“洛杉矶工厂区发生过火灾，柏林发生过‘毁机’事件，上海也发生过暴动。”

“好吧。”

“这都代表不满的情绪逐渐升高，或许还代表出现了某种组织。”

贝莱说：“局长，这我就搞不懂了，你是故意在测验我吗？”

“什么？”局长看来完全一头雾水。

贝莱望着他说：“三天前，一名太空族遭到谋杀，而太空族认为凶手是地球人。可是直到现在为止，”他轻轻敲着桌面，“没有任何动静，这有可能吗？局长，这简直难以置信。耶和华啊，局长，倘若真发生这种事，整个纽约会因此从这颗行星上消失。”

局长摇了摇头。“事情没有那么简单。听好，利亚，这三天我都在外头。我和市长开过会，我去过太空城，此外我还去了一趟华盛顿，和‘地球调查局’进行沟通。”

“哦？地调局的人怎么说？”

“他们说这是我们的事，太空城位于大城之内，因此属于纽约管辖。”

“可是却有‘地外法权’。”

“我知道，我正要说这件事。”在贝莱的坚定瞪视下，局长将目光慢慢缩了回去。就好像突然之间，他觉得自己降级成了贝莱的手下，而贝莱却表现得仿佛接受了这个事实。

“太空族可以自己来办。”贝莱说。

“慢着，利亚，”局长恳求道，“别催我。我正试着以朋友的身份，和你商量这件事，而我希望你能了解我的处境。事发当时我也在场，我和他——拉吉·尼曼奴·萨顿——刚好有约。”

“他就是死者吗？”

“他就是死者。”局长呻吟道，“再晚五分钟，那么我——我自己，就会发现他的尸体了。那会是多大的震撼啊，现场实在太残忍，太残忍了。他们半途碰到我，转述了这一切。从那一刻起，为期三天的恶梦就开始了，利亚。雪上加霜的是，我眼前一片模糊，偏偏没有时间去配眼镜。不过，至少这个问题不会再发生了，我已经一口气订了三副。”

贝莱试图想象当时的画面。他几乎可以看到，一群高壮俊美的太空族向局长走来，以他们一贯毫不掩饰的冷漠态度，向局长公布这个消息。朱里斯听完，一定就摘下眼镜慢慢擦拭。这时无可避免的事便发生了，他在震惊之余，未能抓稳那副眼镜，然后他就望着摔碎的镜片，肥软的嘴唇还直打哆嗦。贝莱相当确定，至少有五分钟的时间，摔坏眼镜带给局长的困扰超过了那宗谋杀案。

局长这时又开口：“如今情况万分凶险。正如你所说，太空族拥有地外法权，他们可以坚持自行调查，并自行向母星政府提出报告，爱怎么写就怎么写。而外围世界可以拿这件事当借口，要求一大堆的损害赔偿。你该知道，这会对地球人造成多大的负担。”

“如果白宫同意赔偿，无异于政治自杀。”

“不赔偿的话，又是另一种自杀。”

“你不必对我描述那种后果。”贝莱说。当他还是小孩的时候，来自外太空的星舰曾经飞到华盛顿、纽约和莫斯科上空，然后军队从天而降，开始搜刮“属于他们的财产”。

“你明白了吧，无论赔偿与否，都是大麻烦。唯一的解决之道，就是我们自己找出凶手，交给太空族处置。一切看我们的了。”

“为何不让地调局出面？即使在法律上，这个案子归我们管辖，可是其中牵涉到了星际关系……”

“地调局不肯碰这个案子。这是个烫手山芋，而且已经掉在我们身上。”他抬起头来，以尖锐的目光凝视这位手下好一阵子。“而且那样做并没有好处，如今，我们每个人都有可能丢掉饭碗。”

贝莱说：“把我们通通换掉？别傻了，有资格取代我们的人还没有出生呢。”

“机字头的，”局长说，“他们早已出生了。”

“什么？”

“机·山米只是先头部队，他顶多跑跑腿，更先进的则能在捷运带上巡逻。他妈的，我可比你更了解太空族，老弟，我知道他们在打什么主意。既然有机字头的能够接替我们的工作，你我都有可能遭到解雇。别以为这是不可能的事，想想我们这把年纪，还要重新投入就业市场……”

贝莱粗声道：“好了。”

局长显得有点尴尬。“抱歉，利亚。”

贝莱点点头，尽量避免因此联想到自己的父亲。那是一段不愉快的过去，而局长当然不陌生。

贝莱问：“这种取而代之的勾当，是从什么时候开始的？”

“听好，你太天真了，利亚。此事由来已久，早在二十五年前，太空族从天而降，就开始进行这件事了，这你总该知道吧。只不过，目前刚开始发展到上层。万一这个案子搞砸了，我们向退休金说再见的机会就要大大增加了。另一方面，如果我们处理得宜，失业危机就会被我们抛到九霄云外。而且对你来说，这是个难得的转机。”

“对我来说？”贝莱问。

“你将负责这个案子，利亚。”

“我不够资格，局长，我只是个C5而已。”

“你希望升到C6，对不对？”

对不对？贝莱很清楚C6级拥有哪些特权：在高峰期的捷运带上享有座位（C5保留座则仅限上午十点到下午四点）、在社区食堂享有更高的选择权，甚至可能有机会换个更好的公寓，并替洁西争取到日光浴层的使用券。

“我接了。”他说，“当然，我怎么会拒绝呢？可是，如果我破不了案，又会有什么下场？”

“你怎么会破不了案呢，利亚？”局长哄诱道，“你那么优秀，你是我们这儿数一数二的高手。”

“可是我的同事中，有五六个官阶都比我高，为什么不指派他们？”

贝莱并未提高音量，但无论他的口气或表情，都强烈暗示局长似乎遇到了万分紧急的状况，否则绝不会对自己破格任用。

局长将双手交握。“我这么做，原因有二。首先，你在我心目中不只是个警探而已，利亚，我们还是朋友，我从未忘记我们的大学时代。有些时候，看起来我似乎忘记了，但那是官阶的问题。我是局长，你该知道那代表了什么。但我仍旧是你的朋友，而如今则是你的大好机会，我要你好好把握。”

“这是原因之一。”贝莱的口气并不热络。

“第二个原因，我将你视为朋友，所以有个不情之请。”

“什么不情之请？”

“我要你答应，这次和一名太空族合作办案，这是太空族开出的条件。他们同意不向母星报案，他们同意将本案交给我们侦办，而他们的交换条件，就是坚持要派一名自己的探员参与，而且是全程参与。”

“听你这么说，他们似乎完全不信任我们。”

“你果然看出了他们的用意。如果这件事处理不当，好些太空族都会遭到他们政府的责罚。我可以包容他们的疑心，利亚，我愿意相信他们是出于善意的。”

“这点我也确信，局长，而这正是他们难缠之处。”

局长似乎无言以对，只好继续说：“你到底愿不愿意和太空族一起办案，利亚？”

“你是在拜托我吗？”

“是的，我拜托你接下这个案子，并且答应太空族所有的条件。”

“我答应和太空族合作办案，局长。”

“谢谢，利亚，而他必须和你住在一起。”

“喔，喔，等一等。”

“我知道，我知道。可是利亚，你的公寓够大，共有三个房间，而你们夫妻只有一个孩子。你们可以容纳他，他不会带来任何麻烦，完全不会。而且，这种安排确有必要。”

“洁西会不高兴的，我可以想象。”

“你去告诉洁西，”局长显得诚意十足，他激动得一双眼珠似乎都跳到镜片之外，“只要你替我办这件事，大功告成之后，我会全力提拔你。C7级，利亚，C7！”

“好吧，局长，就这么说定了。”

贝莱正准备起身，突然看到恩德比局长的表情，于是又坐了下来。

“还有什么事吗？”

局长慢慢点了点头。“还有一点。”

“什么事？”

“那位太空族搭档的名字。”

“名字有什么大不了的？”

“太空族的作为，”局长说，“不能以常理度之。他们派出的探员，并不是……不是……”

贝莱瞪大双眼。“没搞错吧！”

“你一定要接受，利亚，一定要，没有别的办法了。”

“那种东西？住在我家？”

“看在朋友的份上，拜托了！”

“不行，不行！”

“利亚，这件事我无法信任其他任何人。我需要向你说得更明白吗？我们必须和太空族合作，而且我们必须成功，否则不久之后，讨债的星舰就会飞来地球了。可是如果不知变通，我们就不可能成功，因此你必须和他们的机字头合作。然而，如果由他破了案，如果他回报说我们无能，那我们可就万劫不复了——我们，我是指整个警局，你明白了，是吗？所以说，你就像是走在一条钢索上，你必须和他合作，可是一定要确保案子由你自己侦破，了解了吗？”

“你的意思是，我要百分之百和他合作，只不过还要在背后给他一刀？还要割断他的喉咙？”

“我们还能怎么做呢？没有别的办法了。”

利亚·贝莱犹豫不决地站起来。“我真不知道洁西会怎么说。”

“如果有需要，我来跟她说吧。”

“不必了，局长。”他感叹地深深吸了一口气，“那个搭档叫什么名字？”

“机·丹尼尔·奥利瓦。”

贝莱带着悲伤的口吻说：“事到如今，不必再避讳什么了，局长。既然我接下这件任务，就让我们称呼他的全名吧——机器人·丹尼尔·奥利瓦。”

第二章
捷运

捷运带上照常挤满形形色色的乘客：拥有特权的人士坐在上层，其他人则站在下层。随时随地都有连续不断的人潮离开捷运，他们越过减速路带后，有些人前往缓运带，有些则步行穿过拱门或天桥，进入无边无际的市区迷宫。另一股同样连续的人潮，沿着刚好相反的方向前进，跨过加速路带，最后登上捷运带。

放眼望去，光线无所不在：墙壁和天花板一律发出均匀的冷光，广告招牌则闪烁着五颜六色，努力吸引人们注目，此外还有一条条刺眼的“光虫”，以稳定的闪光标示着：“往泽西各区”“沿此箭头接驳东河”“长岛区各线请上楼”。

但最显热闹的，莫过于那些和生命息息相关的声音：上百万人在交谈、在嬉笑、在咳嗽、在通话、在哼歌、在呼吸。

看不出该如何前往太空城，贝莱这么想。

他踏着驾轻就熟已有半辈子的脚步，跨过一条又一条路带。如今，小孩子一旦学会走路，马上就会开始学习“跳路带”。虽然贝莱每跨出一步，速度就增加一点，他却几乎感觉不到任何不适，甚至未曾察觉自己微微向前倾，以抵抗加速度所产生的力量。不到三十秒，他就已经抵达时速六十英里的最高速路带，可以登上围在栅栏和玻璃内的前进平台，也就是所谓的捷运带。

贝莱心想，还是没看到前往太空城的路标。

或许并无必要设置什么路标。如果你和太空城有来往，就应该知道怎么去，如果你不知道，就代表你和太空城毫无瓜葛。

且说大约二十五年前，太空城建立之初，曾有一股很强的力量，想推动它成为观光胜地。于是，一群群的纽约人蜂拥而至。

太空族及时阻止了这股风潮。他们以圆滑的手腕，客客气气（这种态度从无例外）却毫无妥协地在两城之间建造了一道力场关卡。然后，他们成立了一个兼顾“移民”和“海关”的联合机构。如果你要去太空城办事，必须以真实身份提出申请，并且默许他们对你进行搜身、健康检查以及例行的消毒。

此项措施自然引发地球人的不满。这股不满的情绪一发不可收拾，严重阻碍了现代化的进程。贝莱清楚记得当年的“关卡暴动”，因为他自己也是暴民的一员，他们爬上捷运带的围栏，他们挤进捷运上层的特权保留座，他们不顾生命危险在路带上横冲直撞，最后他们在太空城关卡外面聚集了整整两天，一面呼口号，一面捣毁公共设施来泄愤。

贝莱只要努力回忆，就能想起那些抗议歌曲怎么唱。比方说，有一首歌叫做《地球是人类的原乡，你听到没听到？》，是取材自一首歌词怪异的古老民歌《阿尔芒蒂耶尔小姐》，填入新词而成：

地球是人类的原乡，你听到没听到？
人类诞生于地球，你听到没听到？
太空族啊太空族，滚出地球，滚回太空，

肮脏的太空族，你听到没听到？

这首歌共有几百组歌词，少数还算诙谐，但大多数相当愚蠢，许多甚至接近下流。然而，每组歌词最后皆以“肮脏的太空族，你听到没听到？”作为结束。肮脏，肮脏——在太空族加诸地球人的污辱之中，最恶毒的莫过于坚称地球人个个浑身是病，因此他们以“肮脏”两字回敬太空族，以取得精神上的胜利。

当然，那些太空族并未因此离去，他们甚至没有动用任何攻击性武器。落后的地球舰队早已学到教训，知道千万别接近外围世界的星舰，否则就等于自杀。在太空城建立之初，曾有几架地球飞机大胆飞到它的上空，结果一一失踪，毫无例外。最好的情况，就是支离破碎的翼尖有机会落回地面。

此外，不论暴民多么疯狂，也不敢忘记在一世纪前的那场战争中，次乙太分解枪所示范的杀伤力。

因此，那道关卡成了太空族的安全屏障——它本身就代表着太空族的先进科技，地球武器拿它简直毫无办法。他们就在关卡后面不急不躁地等待，直到纽约当局利用催眠和催吐气体收拾了那些暴民为止。事后，下层监狱人满为患，包括带头分子、示威群众，以及刚好在附近而遭逮捕的倒霉鬼。但过了一阵子，他们通通无罪开释。

若干时日之后，太空族主动放宽了管制，他们将关卡撤除，改由纽约警察负责守护那座太空城。最重要的是，健康检查的方式也变得比较温和。

如今，贝莱心想，恐怕又要开倒车了。假如太空族坚决认定，是一名地球人进入太空城并犯下谋杀案，那么关卡很可能又要恢复了，这种发展可不妙。想着想着，他登上了捷运平台，穿过站在下层的乘客，爬上窄小的螺旋梯，最后在上层坐了下来。但直到通过哈得逊各区之后，他才将特权票挂在自己的帽带上。因为在哈得逊以东和长岛以西，C5级并没有座位权，虽然此时有许多空位，捷运管理员还是会主动将他赶走。对于特权这种事，民众现在越来越敏感，而且老实说，贝莱也将自己归类为“民众”。

每个座位上方都有一个弧形挡风玻璃，它和空气摩擦会产生一种特殊的呼呼声。这种噪音使得交谈成为苦差事，可是只要你习惯了，并不会对思考造成任何阻碍。

至少就某些方面而言，大多数的地球人都是“怀古人士”。这是很自然的一件事，因为在中古时代，地球还是唯一的世界，并非如今的五十分之一，而且还是居于劣势的五十分之一。想到这里，贝莱突然听到女人的尖叫声，猛然转头向右望去。原来是有位女士掉了皮包，他只有机会瞥一眼，它看起来只是灰色路带上一个粉红色的圆点。一定是某个乘客离开捷运时，匆忙间不小心将它踢到减速路带，导致失主和失物的距离越拉越远。

贝莱的嘴角抽动了一下。如果她懂得赶紧冲向一条速度更慢的路带，而且其他人不再将皮包踢来踢去，她还是有失而复得的机会。不过，他不可能知道这件事的结局了，因为这个时候，他距离事发地点已有半英里。

她捡回皮包的可能性其实微乎其微。根据统计，平均每三分钟，纽约大城就会有一件物品遗失在路带上，再也没有机会物归原主。大城政府的“失物招领局”是个庞大机构，现代生活的复杂程度由此可见一斑。

贝莱想到：过去则比较简单，每件事都比较简单，因此才有怀古人士的出现。

怀古主义有许多不同的表现方式。比方说，对毫无想象力的朱里斯·恩德比而言，怀古就是使用仿古的器物，眼镜！窗户！

对贝莱而言，则是研究古代历史，尤其是古代的习俗。

以他安身立命的这座大城为例，在这个世界上，纽约大城的面积仅次于洛杉矶，人口仅少于上海。然而，它只有三个世纪的历史。

没错，在这个地理位置上，曾经存在过另一个“纽约市”，那个原始的聚落拥有三千年（而非三百年）的历史，可是它并非一座大城。

当年并没有任何大城，古代所谓的城市，只能算是聚集在一起的许多建筑，而且无论大小，一律处在露天环境中。那些建筑有点像太空族的穹顶屋，不过两者的差异当然还是很大。而那些数以千计的聚落（其中最大的勉强有一千万人口，大多数则不到一百万）零星散布在地球上，就现代标准而言，完全谈不上经济效益。

随着人口不断增加，地球不得不开始重视效益。起初，藉由逐步降低生活标准，这颗行星还能勉强维持二十亿、三十亿，甚至五十亿人的温饱，然而，当人口打破八十亿大关之际，半饥饿状态随时可能会恶梦成真。这时，人类的文明就必须作出根本的改变，更何况地球人终于了解，外围世界（一千年前，它们还只是地球的殖民地）对于移民限制竟然极其严格。

这个根本的改变，就是在其后一千年的岁月中，许多大城逐渐形成了。越大越有效率——即使在中古时代，虽然还没有具体的理论，已经有人体会出这个道理，因此家庭手工业逐渐进化为工厂，而工厂又进化到跨洲工业。

想想看，十万户家庭住在一个隔成十万间的社区里，是不是比占用十万栋住宅有效益得多？同理，将书籍全部集中于社区图书中心，以影视传送系统取代一家一台放映机，所产生的效益都是难以计数的。

更好的例子，则是大城文明所造就的高效率食堂和卫生间，终止了当年家家户户各自为政的愚蠢和浪费。

于是，地球上有越来越多的村庄、城镇和传统都市逐渐消失，由一座座的大城取而代之。即使早年还有原子战争的阴影，也只能减缓而非阻止此一趋势。而随着力场防护罩的发明，这个趋势更是加速前进，锐不可当。

此外，大城文明还意味着将食物作最理想的分配，因此酵母农业和水耕法的应用大幅提升。纽约大城占地二千平方英里，根据上次的普查结果，人口远超过两千万，而在地球上，这样的大城共有八百座，平均人口为一千万。

大城是个半自治的政治体，经济上几乎自给自足。每座大城皆可自行加上穹顶，围上网栅，或是向地底发展。它们就像是一座座由钢铁和混凝土铸成的洞穴，一座座巨大的、自足的“钢穴”。

大城的结构相当符合科学。中央是行政单位使用的巨大建筑群，而各个大型居住区的整体方位和相互方位都经过仔细规划，两两之间皆有捷运带及缓运带相连。郊区则保留给水耕农场、酵母农场、工厂和发电厂。除了这些乱中有序的建筑之外，还有数不尽的水管、下水道、学校、监狱、商店、电力线和通讯电路穿插其间。

毫无疑问，大城就是人类征服自然的极致成就。无论是太空旅行，或是那五十个如今翅膀长硬的殖民世界，比起大城来都相形见绌。

全世界没有一个地球人住在大城外面。大城之外就是荒野，很少有人能够安然面对那种露天环境。诚然，露天空间还是有必要的，它不但替人类储存不可或缺的水分，还提供了各类塑胶和酵母培养基的基本原料——煤和木材（石油早已用完了，富含油质的酵母菌种是合格的替代品）。大城和大城之间的土地仍然蕴藏着各种矿物，而且所生产的传统粮食和牧草超过一般人的想象。虽说这是欠缺效益的农业，可是牛肉、猪肉和谷物总是能卖到好价钱，而且可以外销其他大城。

不过，无论是经营矿场和牧场，或是开垦农场和引水灌溉，其实都不需要多少人力。只要少数几人远距离监督，机器人就能将这些工作做得更好，而且成本更低廉。

机器人！说来真是一大讽刺。正子脑的发源地是地球，最早使用机器人当作生产劳力的也是地球。

是地球，并非外围世界！当然啦，外围世界总喜欢将机器人当成它们的文明产物。

就某方面而言，没错，机器人社会的高峰是在外围世界出现的。而在地球上，机器人一直被局限在矿区和农场工作，直到四分之一世纪前，在太空族的驱策下，机器人才慢慢渗入大城里。

大城有益于人类。除了怀古人士，人人都知道（在合理范围内）大城是无可取代的。问题是好景不长，由于地球人口仍在增长，总有一天，即使大城竭尽所能，每个人所能摄取的热量还是会低于基本维生水平。

相较之下，更可恶的却是太空族，这些地球移民的后裔，住在那些人口稀少、机器人充斥的外太空豪华世界。他们自行决定要保有空间宽广的舒适生活，因此之故，他们压低了生育率，并且拒绝人满为患的地球输出任何移民。而这……

太空城快到了！

贝莱的潜意识提醒自己，现在正接近纽瓦克区，如果继续留在座位上，他就会转向西南方前进，来到特伦顿区，穿过高温且充满霉味的酵母业心脏区。

时间必须估得准确。他需要时间走下楼梯，需要时间挤过站在下层的聒噪乘客，需要时间穿越栅栏以便离开捷运，还需要时间跨过一条条减速路带。

完成这些程序之后，他置身于月台的正确出口。从头到尾他都没有刻意计算脚步的快慢，否则可能会弄巧成拙。

这时贝莱才发觉，自己处于一种奇特的半孤立状态中：在这个月台上，只有他和一名警察而已，除了捷运的呼啸声之外，四周安静到几乎令人不安的程度。

那名警察走过来，贝莱不耐烦地亮出自己的警徽，警察便做了一个允许通行的手势。

通道相当狭窄，而且总共转了三四个急弯。这种设计显然有其目的，它使得地球暴民很难一口气挤进来，而直接攻击更是绝无可能。

根据约定，贝莱将和他的搭档在太空城的这一边碰面。谢天谢地，虽然据说健康检查相当客气，贝莱还是敬而远之。

前方出现一排紧关着门的出口，门上标示着“通往露天空间与太空城的穹顶屋”，一名太空族就站在那里。他有一张宽阔高颧的脸庞，一头铜色的短发，而他的穿着则颇有地球风，长裤紧束腰际但裤管宽松，两侧各有一条彩色的条纹；上身是一件普通的人造纤维衬衫，领口敞开，前方有拉链，袖口有折边。然而，他绝对是一名太空族，因为他的站姿与众不同，抬头的方式与众不同，那镇定而漠然的表情与众不同，就连向后梳得整齐的短发也与众不同，在在显示他并非土生土长的地球人。

贝莱硬着头皮向他走去，生硬地说：“我是纽约大城警局C5级便衣刑警，以利亚·贝莱。”

他出示了证件，又继续说：“我奉命在太空城入口处，会见机·丹尼尔·奥利瓦。”他看了看手表，“我来早了一点，能否请你通报一下？”

他觉得背脊一股凉意。虽然他对于地球制造的机器人多少有些认识，但太空族的机器人却另当别论。他自己从来没见过，然而地球上普遍流传着骇人的传说，绘声绘影地描述在遥远的、华丽的外围世界，有许多令人望而生畏的机器人，在各方面都胜过人类。想到这里，他不知不觉咬紧牙关。

那名太空族一直礼貌地听他说话，直到现在才开口：“其实没有这个必要，我早已在等你了。”

贝莱自然而然伸出手，半途却垂下去，而他的长脸则拉得更长了。他想说些什么，不料话到嘴边竟然冻结了。

那名太空族说：“请容我自我介绍，我就是机·丹尼尔·奥利瓦。”

“是吗？我搞错了吗？我以为‘机’代表……”

“相当正确。我是个机器人，你还不知道吗？”

“我知道。”贝莱将冒汗的手掌插进头发里，下意识地拨了拨头发，然后才正式伸出去。“很抱歉，奥利瓦先生，我的思绪有些混乱。你好，我叫以利亚·贝莱，是你的搭档。”

“好极了。”机器人握住贝莱的右手，然后慢慢增加压力，一直加到最热情的程度，力道才开始减轻。“但我似乎察觉到不安的情绪。可否请你跟我有话直说？像我们这种合作关系，最好一切都能开诚布公，以促进彼此的了解。而根据我们那个世界的习惯，合作伙伴会直呼对方的名字或昵称，我相信这点并未违反你们的风俗。”

“只不过，你知道吗，你看来并不像机器人。”贝莱冲口而出。

“这点令你感到不安？”

“我想，不至于吧。丹……丹尼尔，在你们的世界，机器人都像你这模样吗？”

“还是有个体差异的，以利亚，就像人类一样。”

“我们的机器人……嗯，你看得出它们是机器人，你了解我的意思吧，而你却像个太空族。”

“喔，我懂了。你原本以为我是那种粗制型，所以吃了一惊。可是在这件事情上，若想避免任何不愉快，我的族人就必须派出一名惟妙惟肖的人形机器人。这是唯一合乎逻辑的决定，对不对？”

一点都没错。如果一个普通机器人走在大城里，很快就会惹出祸端。

贝莱答道：“对。”

“那我们就动身吧，以利亚。”

他们向捷运的方向走去。机·丹尼尔一旦了解了加速路带的功能，很快便像老手般走在上面。贝莱起先刻意放慢脚步，后来却没好气地加快速度。

机·丹尼尔始终和贝莱并驾齐驱，看不出他这么做有任何困难。贝莱甚至怀疑，这个机器人是不是故意走得慢一点。等到两人终于抵达捷运带，贝莱以几近玩命的动作爬了上去，机器人则轻轻松松地跟上他。

贝莱涨红了脸，吞了两口口水，然后说：“我陪你站在下层。”

“下层？”丹尼尔说，对于周遭的噪音和平台的规律摇摆，这个机器人显然都不在乎，“我的资料错了吗？据我所知，除了某些限制，C5级有资格坐在上层。”

“你没错，我可以上去，但是你不行。”

“我为什么不能跟你上去？”

“至少要C5级才行，丹尼尔。”

“这点我很了解。”

“你并不是C5级。”由于下层挡风设备简陋，空气摩擦的嘶嘶声特别响，所以交谈相当困难，而贝莱又心虚地刻意压低声音。

机·丹尼尔说："为什么我就不能是C5级？我是你的搭档，理当平起平坐，所以被赋予了这个官阶。"

他从衬衫内袋掏出一张如假包换的长方形证件，上面的名字是"丹尼尔·奥利瓦"，故意省略了那个最重要的"机"字，而官阶果然是C5。

"上去吧。"贝莱硬邦邦地说。

两人坐下之后，贝莱虽然明知那机器人坐在身旁，却直直望着前方，自顾自生闷气。他已经失误两次，第一次是并未认出机·丹尼尔是机器人，第二次则是没猜到机·丹尼尔理应拥有C5的官阶。

当然，问题出在他并非什么小说人物，而是个活生生的便衣刑警，他没有泰山崩于前而色不变的本领，没有喜怒不形于色的修养，没有取之不尽的适应力，更没有闪电般锐利的头脑。过去，他从不曾幻想自己拥有这些天赋，却也从来没有因此感到遗憾。

现在他会萌发这种憾意，是因为机·丹尼尔·奥利瓦显然就是这样的"人物"。

他完美无缺，因为他是机器人。

贝莱开始替自己找借口。他平常接触的机器人，都是像机·山米那种在办公室跑腿的，因此才会以为他的搭档有着光滑坚硬的塑质外壳，浑身是那种毫无生气的惨白色。他还预期对方始终挂着一副固定的、虚假的、愚蠢的笑容，四肢还经常不大听使唤。

机·丹尼尔完全不是那么回事。

贝莱偷偷瞥了这个机器人一眼，不料机·丹尼尔竟然同时转过头来迎接他的目光，并严肃地点了点头。此时贝莱又想到，他说话时嘴唇会自然嚅动，不像地球的机器人，只会一直张着嘴。而且，刚才贝莱还瞥见他有一根灵巧的舌头。

贝莱心想：何必强迫他乖乖坐在这里？这些噪音、光线、人群，对他来说一定都是完全陌生的经验。

贝莱起身离去，并在掠过机·丹尼尔时说："跟我来！"

两人离开了捷运，沿着减速路带向外走。

贝莱开始寻思：老天，我到底该怎么跟洁西讲？

这个萦绕在他心中的问题，曾经由于那机器人的出现而暂时沉寂，可是现在，当他们顺着缓运带，即将来到南布隆克斯区的入口，这个问题不但重新浮现，而且成为燃眉之急。

他说："你知道吗，丹尼尔，你所见到的一切，这整个大城，其实就是一座建筑，总共有两千万人住在这里面。捷运带日夜不断流动，时速六十英里，总长度有两百五十英里，此外还有好几百英里的缓运带。"

接下来，贝莱想，我大概要心算纽约每天会消耗多少吨酵母食品，多少立方英尺的淡水，以及原子炉每小时生产多少百万度的电力。

丹尼尔说："我在听取简报时，已经获悉这一类的资料。"

贝莱心想：嗯，那就一定涵盖了食物、饮水和电力的相关数据，我又何必向一个机器人吹嘘这些呢？

他们来到了东一八二街，前方大约二百码处，有一栋钢筋混凝土建造的大楼社区，属于他的那间公寓就在里面。底下有一整排电梯，每一台都能直通他家。

大楼的底层有一排商店，贝莱正准备说"这边请"，却硬生生咽了回去，因为在一家商店门口，炫目的力场门前聚集着好些人，挡住了他们的去路。

"怎么回事？"他以自然而然带着权威的口气，询问最靠近自己的那个人。

那人一面踮着脚尖，一面回答："我知道个鬼，我刚来而已。"

旁边有人兴奋地说：“这家店里有机字头的笨蛋，我想它们也许会被拖出来。乖乖，我真想把它们给拆了。”

贝莱紧张兮兮地望向丹尼尔，不过，后者即使听到了或听懂了那句话，他也丝毫没有表现出来。

贝莱冲进了群众中。“让我过去，警察，警察！”

群众勉强让路，贝莱向前钻，身后传来了咒骂声。

“……把它们全拆了，一个个螺丝慢慢拆，沿着接缝撬开来……”还有人哈哈大笑。

贝莱有点不寒而栗。大城虽然代表着效率的极致，可是居民必须因此付出代价，例如必须过着极其规律的生活，一切都在严格而科学的控制之下。如此日积月累的压抑，总有一天会爆发出来。

他想起了所谓的关卡暴动。

反机器人的暴动当然其来有自。一个人努力了大半生，竟然面临遭到解雇这样的绝境，任何人毫无例外，一定会迁怒到机器人头上，至少可以拿它们出出气。

反之，像“政府政策”或“机器人创造的高产量”这种抽象的东西，就不太可能遭到拳打脚踢。

政府将这种现象称为“成长的阵痛”，只能沉痛地摇摇头，并且向民众保证，经过一段必要的调适期，大家就会过上更新更好的日子。

可是，随着解雇的持续进行，怀古运动开始逐渐扩张。人们变得越来越绝望，而到底是要忍气吞声还是拼个同归于尽，往往只是一念之间的决定。

一旦发生这种事情，要不了几分钟，压抑已久的敌意就能转变成一场血肉横飞的暴动。

想到这里，贝莱拼命向力场门挤过去。

第三章
鞋店

那家商店里面不像门口那么拥挤。店长颇有先见之明，一看不对劲就关上了力场门，以防有人借机闯入兴风作浪。虽然这么一来，那些“导火线”也出不去了，但那只是个小问题。

贝莱利用自己的警用解除器，顺利穿过了力场门，但意想不到的是，机·丹尼尔竟然仍跟在他后面。此时，这个机器人正将自己的解除器放进口袋，相较之下，他的解除器要比标准的警用型来得纤细，而且较为精致。

店长立刻跑到他俩面前，大声说：“警官，这些店员是大城政府指派给我的，我绝对有权使用。”

店内共有三个机器人，它们直挺挺地站在后面，而力场门附近还站着六个人，通通都是女性。

“大家注意，”贝莱朗声道，“怎么回事？到底在闹些什么？”

其中一名妇人尖声说：“我是来买鞋的，为何就不能找个体面的店员招呼我？瞧不起人吗？”她的穿着，尤其是那顶帽子，充分说明她绝对不准任何人瞧不起。妇人气得满脸通红，但脸上的浓妆仍旧隐约可见。

店长说："如果有必要，我会亲自为她服务，可是我没办法招呼她们每一个人，警官。我的人没有什么不对，他们都是领有执照的劳工，我这里有他们的规格表和保证卡……"

"规格表！"那妇人怪叫一声，然后一面尖声大笑，一面转向其他人，"你们听听，他管它们叫人！你到底哪里不对劲？它们可不是人，它们是机——器——人！"她一字一顿地说出那三个字，"如果你什么都不懂，就让我来告诉你吧。它们偷走了人类的工作，所以政府才会那么保护它们。它们干活不要钱，就因为这个缘故，许多人家就得住牛棚屋，吃酵母糊——本来都是勤劳的好人家。如果我当老板，我会打烂所有的机——器——人，我向你们保证！"

其他人议论纷纷，而在力场门之外，群众的鼓噪则越来越大声。

贝莱（百感交集地）意识到机·丹尼尔·奥利瓦就站在自己旁边。他望了望那些机器店员，它们都是地球货，而且还是比较廉价的类型。这类机器人只懂得一些简单事物，例如各种鞋子的型号、价钱和尺码。它们能够记录货品库存量，这方面或许做得比人类更好，因为它们心无旁骛。此外，它们还会计算下周的进货量，并且蹲下来替顾客量脚丫。

它们本身有益无害，可是作为一个族群，它们却万分危险。

两天前，不，两小时前，贝莱还无法想象自己竟会这么认同那名妇人的言论。但此时机·丹尼尔就在他身旁，令他忍不住自问，难道机·丹尼尔不可能取代一名C5便衣刑警吗？想着想着，他仿佛看到了牛棚屋，尝到了酵母糊，还忆起了自己的父亲。

他的父亲原本是一名核物理学家，在大城中拥有顶级的身份和地位。后来由于发电厂出了一桩意外，他的父亲扛起责任，因而遭到了解雇。详细情形贝莱并不了解，因为当年他才一岁。

但他清楚记得童年栖身的牛棚屋，那种难熬的集体生活简直到了人类所能忍受的极限。母亲死得很早，以至于他毫无记忆，但贝莱对父亲的印象很深，他总是喝得醉醺醺，一副郁郁寡欢、穷困潦倒的模样，偶尔还会用沙哑的声音，有一句没一句地诉说自己的过去。

当他八岁的时候，父亲就去世了，至死都没有复职。从此，小贝莱和两个姐姐搬到了美其名为“儿童层”的孤儿区。他们虽然有个名叫波瑞斯的舅舅，但他自己也太穷了，根本自顾不暇。

接下来的日子艰苦依旧。而在求学过程中，由于没有权贵的家世替他铺路，他在学校的日子也一直不顺遂。

而现在，置身于一场逐渐升温的暴动中，他却必须镇压那些和自己命运相同的男女老少，毕竟，他们只不过是（和他自己一样）担心自己和他们所爱的人被机器人取代而已。

他以平板的语调，对刚才发表高见的那位妇人说：“女士，别再起哄了，那些店员不会伤害你的。”

“它们当然没有伤害我，”她又唱起了女高音，“它们也根本伤害不了我，我怎么可能让那些冷冰冰、油渍渍的手指碰到我呢？我光临这家店，是指望能够得到人类应有的待遇。我是大城的公民，我有权利找人类来为我服务。听好，我家有两个小孩等着吃晚饭，他们不能像孤儿那样自己走进社区食堂，你们赶紧放我走。”

“唉，”贝莱觉得自己的火气快要压不住了，“如果你肯接受店员的服务，现在早就回家了。你根本就是无事生非，快别闹了。”

“哎哟！”那妇人流露出惊讶的神色，“也许你认为可以不把我放在眼里，可以随便作践我。也许政府该觉悟了，地球上不光只有机器人而已。我是个勤奋工作的妇女，应当享有一切权利。”她滔滔不绝，说个没完没了。

贝莱深感大事不妙，情况眼看就要失控了。即使那位妇人愿意让步，外面那些人却早已群情激愤，什么事都做得出来。

这个时候，橱窗外面至少挤了上百人。自从这两位便衣刑警进来之后，短短几分钟，围观群众就增加了一倍。

“碰到这种情况，一般是如何处理的？”机·丹尼尔·奥利瓦突然发问。

贝莱差点要跳脚了。“这根本就不是一般情况。”

“法律怎么说？”

“这些机字头是依法派遣来工作的，它们是有照劳工，这里没有任何违法行为。”

两人压低声音交谈，与此同时，贝莱试着让自己看起来既威严又凶悍，丹尼尔则依然毫无表情。

“既然这样，”机·丹尼尔说，“命令那个妇人接受店员服务，否则马上离开。”

贝莱扬了扬嘴角。“我们要应付的不是那妇人，而是一群蠢蠢欲动的暴民，看来只有请镇暴组来处理了。”

“没这个必要，一名执法人员就可以指挥这些公民了。”丹尼尔说。

他转过头来面向店长。“老板，请打开力场门。”

贝莱猛然伸出右手，却在半途紧急煞住。他本想抓住丹尼尔的肩膀用力摇摇，可是在这个节骨眼，两名执法人员如果公然冲突起来，可就代表再也没有和平解决危机的希望了。

店长不想从命，望向贝莱求助，贝莱却不接触他的目光。

机·丹尼尔不为所动地说：“我以执法人员的权威命令你。”

店长喃喃抱怨："如果有任何货品或设备遭到损毁，我要大城政府负全责。我在此特别声明，我这么做只是奉命行事。"

无形的栅门降下了，外面的男女老少蜂拥而入。他们嗅到胜利的气息，发出了快乐的喧哗。

贝莱不但听说过类似的暴动，甚至还亲眼目睹过。他曾见到机器人被十几只手举起来，沉重的身躯听天由命地被传过来又传过去。人们用力拉扯、使劲扭折那些模仿人类的金属之躯，锤子、刀子、针枪通通出炉，终于将那些可怜的东西分解成一堆破铜烂铁和电线。而好些昂贵的正子脑，原本是最复杂、最精密的人类心智产物，却像足球一样被抛来抛去，不久便烂成一团废物。

然后，毁灭的本能如同脱缰野马，一发便不可收拾，暴民开始寻找任何可以拆卸捣毁的东西。

那些机器店员或许对这些历史毫不知情，可是当群众一拥而上，它们便开始叽呱乱叫，并将双臂举到脸部，就像启动了一种原始的自我保护反应。至于那名引发事端的妇人，眼见事态突然发展到始料未及的地步，她吓得张大了嘴，上气不接下气地说："好了，住手。好了，住手。"

她的帽子被撞到了脸上，她的声音变成了毫无意义的尖叫。

而店长同样在尖叫："阻止他们，警官，阻止他们！"

这时，机·丹尼尔开口了。他虽然明明以普通的方式说话，音量却陡然升高，超出人类所能达到的分贝。当然啦，贝莱第十次想到，他并不是……

机·丹尼尔说："谁敢动一动，谁就是靶子。"

站在很后面的一个人大喊："抓住他！"

但一时之间，没有人采取行动。

机·丹尼尔利用一张椅子当跳板，以敏捷的身手跳到了一个材质展示柜上。柜中的极化分子薄膜从隙缝间透出彩色的萤光，照在他的冷漠脸庞上，令人觉得他好像不属于这个空间。

对，不属于这个空间，贝莱心想。

整个现场顿时成了一幅静止的画面，机·丹尼尔更是不动如山，令人望而生畏。

等了一阵子之后，机·丹尼尔朗声道："你们想必正在议论纷纷，此人手中拿的不是神经鞭就是痒痒针，只要我们一起向前冲，就能将他推倒，顶多一两个人受伤，但不会有生命危险。然后，我们就能为所欲为，把法律和秩序抛到外太空去。"

他的声音既不严厉也不愤怒，却带有权威性，是一种充满自信的命令口吻。只听他继续说："你们错了，握在我手中的既不是神经鞭，也不是痒痒针，而是一柄威力强大的手铳。我会毫不犹豫地开火，而且保证百发百中。在你们抓住我之前，我将尽量解决你们，或许能够杀掉一大半。我说得出做得到，你们看看我像不像在开玩笑？"

群众的最外围开始出现一些动作，不过人数再也没有增加。虽然还是有些路人出于好奇而驻足，但原本看热闹的人却纷纷散去。至于最靠近机·丹尼尔的几个人，他们不但屏住气息，而且拼了命站稳脚跟，以免后面的人将自己向前推。

最后，还是那个戴帽子的妇人打破了僵局，她突然一面大哭，一面嘶喊："他要杀了我们。我可什么都没做。喔喔喔，让我出去。"

她猛然转身，面对的却是一堵无法撼动的紧密人墙，只见她双脚一软，便跪倒在地上。此时，这群沉默群众向后退却的趋势更加明显了。

机·丹尼尔从展示柜上跳了下来，对众人说："我现在要走向门口，谁碰碰我谁就没命。等我走到门口，如果还有任何人舍不得离开这里，我就要开始扫射了。这位女士……”

“不，不。”那妇人吼道，“我告诉你，我什么都没做，我没有任何坏心眼。我不要买鞋了，我只想赶快回家。”

“这位女士，”丹尼尔继续说，“必须留在这里，买完鞋子再走。”

他迈开脚步。

一大群人面对着他，谁也不敢哼一声。贝莱闭上了眼睛，束手无策地想，这可不是我的错；虽然接下来一定会闹人命，还会出现史无前例的大乱，但这并不是我的错，谁叫他们硬塞一个机器人当我的搭档，还给了他与我一样的官阶。

但这根本不算理由，他连自己都说服不了。他应该一开始就阻止机·丹尼尔，他应该把握时间尽快请求警车支援。可是他什么都没做，而是让机·丹尼尔负责处理，自己还因此偷偷松了一口气。而当他试图拿“机·丹尼尔的本领足以控制场面”这个理由自我安慰，突然忍不住厌恶起自己来。让一个机器人控制……

好一会儿过去了，并未出现不寻常的声音，既没有叫嚣和咒骂，也没有呻吟或嘶喊。他慢慢张开了眼睛。

群众正在散去。

那名店长逐渐恢复了镇定，他一面拉拉外套，整整头发，一面冲着离去的群众咕哝一堆狠话。

外面传来一阵由远而近的警车笛声，直到抵达门口才停止，贝莱心想：哈，来得可真是时候。

店长拉了拉贝莱的袖子。“我不想把事情闹大，警官。”

贝莱说：“不会闹大的。”

打发警车上的巡警是很容易的一件事。他们之所以赶来这里，是因为据报这条街上有群众聚集，但他们并不了解详情，这时又亲眼看到此地毫无异状。贝莱负责对巡警解释事情的来龙去脉，他刻意避重就轻，而且绝口不提有机·丹尼尔这号人物。机·丹尼尔则站到一旁，丝毫没兴趣和巡警打交道。

事后，贝莱将机·丹尼尔拉到一旁，令他靠在一根钢筋水泥柱上。

“听好，”他说，“你该了解，我并不是要抢你的舞台。”

“抢舞台，这是地球的惯用语吗？”

“我并没有向巡警报告你的所作所为。”

“我对你们的行事惯例不能说百分之百了解，可是在我们的世界，作报告就应该尽量完整，但也许你们的世界有着不同的标准。无论如何，一场暴乱已经化解了，这才重要，对不对？”

“是吗？你给我听好了。”虽然必须压低声音，贝莱仍旧试图让这句话尽可能强而有力。“今后再也别这么做了。”

“再也别坚决执法？如果不这么做，我还有什么其他用途？”

“我是说，再也别拿手铳威胁人类。”

“在任何情况下，我都不会开火的，以利亚，这点你再明白不过，我无法伤害任何人类。可是，你自己也看到了，我根本不必开火，我早就料到没这个必要。”

“那只是天大的侥幸，我是指你不必开火这件事。再也别冒这种险了，这种搏命演出其实我也……”

“搏命演出？那是什么？”

“别管了，你能体会我的意思就行了。我自己也可以拿手铳指着群众，我随身也带了一柄。可是不论你或我，于情于理都不该玩这种游戏。比起一个人逞英雄，请求警车支援要安全得多。”

机·丹尼尔将这番话咀嚼了一番，然后摇了摇头。“我认为你说得不对，以利亚伙伴。根据我所接受的有关地球人特质的简报，你们不像我们外围世界的同胞，你们一生下来就开始学习接受权威，显然这是你们的生活方式所导致的结果。而我刚刚证明了一件事，一个人只要坚决地摆出权威的架式，就能镇住一大群人。老实说，你想请求警车支援这种冲动，恰好说明你本能上想寻求更高的权威来替你承担起责任。当然，如果换成是我的世界，我承认自己刚才的举动极不恰当。”

贝莱气得涨红了脸。“万一他们认出你是机器人……”

“我确定他们认不出来。”

“无论如何，牢牢记住你是机器人。你不多不少，刚好是个机器人而已，就像鞋店里那些机器店员。”

“这毫无疑问。”

“重点是你并非人类。”虽然万分不愿，贝莱还是觉得有必要说出这个残酷的事实。

机·丹尼尔似乎听进去了，他想了想才说：“或许人类和机器人的分野，比不上有没有智慧来得重要。”

“也许你们的世界是这样。”贝莱说，“地球上却另当别论。”

他看了看手表，几乎不敢相信已经耽搁了一小时又一刻钟。一想到机·丹尼尔赢了第一回合，而且是在自己束手无策的情况下赢的，他的喉咙不禁一阵又干又痛。

他突然又想到了文森·巴瑞特，那个被机·山米取代的年轻人，而如今他自己，以利亚·贝莱，也随时有可能被机·丹尼尔取代。耶和华啊，当年父亲被赶出发电厂，至少是因为出了意外，害死了一些人。也许真的是父亲的错，这点贝莱也说不准。然而，假使当年他被扫地出门，只是因为必须将职位让给一名机器物理学家，而没有其他任何原因，万一真是这样，父亲也同样无计可施。

想到这里，他突然冒出一句："走吧，我得带你回家去。"

机·丹尼尔说："我认为，除了智力之外，其他的区分标准并不……"

贝莱提高音量说："好啦，讨论结束了，洁西还在等我们呢。"他向最近的一个区内通讯管走去，"我最好先通知她，我们马上就到了。"

"洁西？"

"我太太。"

耶和华啊，贝莱想，我竟然要用这种心情来面对洁西。

第四章
家人

想当年，以利亚·贝莱第一次真正注意到她，正是因为她名叫洁西。时间是02年，场合是社区的圣诞晚会，地点则是一缸水果酒旁。那时他刚完成学业，刚在大城找到第一份公职，也刚搬进这个社区，住在122A号公共住宅一个还算不错的单身套房里。

她当时正在发送水果酒。“我叫洁西，”她说，“洁西·纳伏尼。我好像没见过你？”

“我叫贝莱，”他答道，“利亚·贝莱。我才搬进这个社区。”

他接过那杯水果酒，露出机械式的笑容。由于洁西给人一种开朗友善的感觉，因此他并没有马上走开。人生地不熟的他，在这种晚会中，看到人们三三两两聚在一起，自己却无法融入，难免有一种落寞感。等到足够的酒精下肚，情况或许会好一点吧。

于是，他暂且待在酒缸旁，一面看人来人往，一面若有所思地啜饮。

“这酒是我和朋友一起调的，”那女孩的声音打断他的思绪，

“所以我保证好喝，你要不要再来一杯？”

贝莱这才注意到自己的杯子空了，他微微一笑，答道：“好啊。”

那女孩有一张鹅蛋脸，算不上漂亮，主要是因为她的鼻子稍微大了些。她的穿着端庄，浅棕色的头发在额前梳成卷卷的刘海。

她陪他喝了一杯水果酒，他的心情变好了。

“洁西——”他咀嚼着这两个字，“嗯，真好听。我可不可以就这样叫你？”

“只要你喜欢，当然可以。你知道这名字的由来吗？”

“洁西嘉的简称？”

“你永远猜不到的。”

“我想不到其他答案了。”

她哈哈大笑，用淘气的口吻说：“我的全名是耶洗别。”

贝莱的好奇心猛然高涨，他放下酒杯，连忙追问：“不会吧，真的吗？”

“天地良心，我可没开玩笑，正是耶洗别。我在所有的文件记录上，都是登记这个如假包换的名字，我父母喜欢这三个字的发音。”

虽说在这个世界上，大概再也找不到比她更不像“耶洗别”的女子，她却对这个名字相当自豪。

贝莱一本正经地说：“你已经知道了，我叫以利亚，我的意思是，我的全名叫以利亚。”

她并没有什么特别的反应。

他又说：“以利亚是耶洗别的死敌。”

“是吗？”

“千真万确，《圣经》里有详细记载。”

“哦？我并不知道。这岂不是太有趣了吗？我希望在真实生活里，你不会因此变成我的死敌。”

至少就这点而言，打从一开始就毫无疑问。起初，正是由于名字上的巧合，使她不再只是酒缸旁一个亲切的女孩而已。可是后来，他又逐渐发觉她不但开朗活泼，而且心地善良，最后甚至越看越漂亮。他尤其欣赏她的爽朗个性，自己愤世嫉俗的人生观正需要这样的良药。

不过，洁西似乎从不介意他总是拉长了脸，而且一脸严肃。

“哎呀，”她说，“就算你看起来的确像个酸柠檬又如何？反正我知道真正的你不是那样。而且我想，如果你像我一样，一天到晚嘻嘻哈哈，那么我们两人在一起，岂不是要笑爆了？你就保持原来的个性，利亚，这样我就不必担心会飘走了。”

反之，利亚·贝莱因为有了她，就不必担心自己会沉没。不久之后，他申请到了一间双人公寓，但条件是结婚之后才能入住。他将文件拿给她看，并说：“你能不能帮助我脱离单身套房，洁西？我不喜欢住在那里。”

这也许并非世上最浪漫的求婚方式，但正中洁西下怀。

在贝莱的记忆中，洁西始终维持一贯的开朗，而唯一的一次例外，竟然也和她的名字有关。那是婚后的第一年，他们的孩子班特莱尚未出生，更精确地说，那是洁西怀孕的头一个月。（根据他俩的智商等级、基因价值，以及贝莱在警局的职位，他们有资格生两个，而且婚后第一年就可以怀第一胎。）后来每当贝莱想起这件事，总觉得她之所以如此浮躁，或许和刚刚怀孕脱离不了关系。

那段时间，由于贝莱经常加班，洁西早已有点不高兴。

她说：“我每天晚上一个人在食堂吃饭，实在很尴尬。”

贝莱已经累了，情绪自然欠佳。他答道：“何必抱怨呢？你刚好有机会认识几个黄金单身汉。”

不用说，她立刻火冒三丈。“利亚·贝莱，你以为我吸引不了他们吗？”

或许只是因为他太累了，也或许是因为他的学长朱里斯·恩德比在C阶上又升了一级，而他自己却落空；不过也有可能，只不过是因为他有点厌倦了她的矛盾心理——她总是试图表现得像“耶洗别”，偏偏她根本不是那种人，也永远不可能成为那种人。

总之，他以带刺的口吻说：“我相信你可以，但我不信你会那样做。我希望你忘掉那个名字，好好做你自己。”

“我爱做谁就做谁。”

“模仿耶洗别对你毫无意义。如果你真想知道实情，我可以告诉你，这个名字并不代表你想象中那个意思。《圣经》里的耶洗别，根据她自己的标准，可说是个忠贞的好妻子。我们没听说过她有情夫，而且她从不过度享乐，在道德上也谨守分寸。”

洁西气呼呼地瞪着他。“并非如此。我听过‘浓妆艳抹的耶洗别’这种说法，我知道那是什么意思。”

“也许你只是自以为是，现在听我说：当耶洗别的丈夫亚哈王去世之后，他的儿子约兰继位，后来一位军事将领耶户起兵叛变，射杀了约兰。然后，耶户启程前往耶斯列，去找住在那里的太后，也就是耶洗别。耶洗别听到这个消息，知道自己难逃一死，在骄傲和勇气的驱使下，她擦脂抹粉，穿上最华丽的服装，继续扮演高高在上的王后，以便借机羞辱耶户。结果，她被耶户从王宫窗户扔出去摔死了，可是在我看来，她这是死得其所。所以，人们所说的‘浓妆艳抹的耶洗别’其实是这个意思，虽然很多人并不知道这个典故。”

次日晚上，洁西轻声说：“利亚，我读过《圣经》了。”

“什么？”一时之间，贝莱真的一头雾水。

“我读了耶洗别的故事。”

“喔！洁西，我向你道歉，你可别伤心难过，是我太幼稚了。”

“不，不。”她推开他放在自己腰际的手，坐到了沙发上；她表情冷淡，姿态僵硬，而且和他保持好一段的距离，“能知道真相真好，我不希望被无知愚弄。所以我读了关于她的记载，她的确是个邪恶的女人，利亚。”

“嗯，那几章都是她的敌人写的，我们无从知晓她的观点。”

“凡是她能抓到的先知，她通通杀害了，一个也没放过。”

“历史是这样记载没错。”贝莱将手伸进口袋，想找一条口香糖。（多年后，他终于戒了这个习惯，因为洁西一再说，他的那张长脸配上一对棕色眼珠，嚼口香糖就像老牛嘴里塞了一团难吃的牧草，咽不下也吐不出来。）然后他说：“如果你想知道她的观点，我可以替你揣摩一下。她珍惜祖先传下来的宗教，早在希伯来人来到之前，她的祖先早已在那片土地上安居乐业。希伯来人带来他们自己的神，而且，那还是个排他性极强的神。他们觉得仅仅自己敬拜它并不够，还要求势力范围之内所有的民族一起信奉。

“耶洗别是个守旧派，她坚持原本的信仰，不肯改信新的宗教。毕竟，那个新宗教或许具有较高的道德意涵，但是她原本的信仰却比较能抚慰人心。她杀害教士的举动，只能说明她是那个时代的人物。在她那个时代，那是逼人改变信仰常用的一种手段。如果你读《列王记·上》，一定要注意以利亚——这回换我的名字出场了——曾经和八百五十名巴力的先知比赛，看谁的神能够降下天火。以利亚赢了之后，立刻命令围观者杀死那八百五十名巴力的先知，而他们真的照做了。”

洁西咬了咬嘴唇。“可是拿伯的葡萄园那件事呢，利亚。那个拿伯又没招谁惹谁，只不过拒绝将葡萄园卖给国王，耶洗别竟然就找人作伪证，硬说拿伯犯了什么亵渎罪。”

“正确的说法是他‘谤渎神和王’。”贝莱说。

“对，于是他们将他处死，然后没收了他的产业。”

“那样做的确不对。换成了现代，当然很容易处理这样的问题。如果我们的大城需要拿伯的产业，甚至远在中世纪，如果某个国家需要他的产业，法院就能命令他交出来，若有必要甚至可以强制执行，然后付给他一笔他们认为合理的补偿金。可是，亚哈王当年没有这种制度可用。话说回来，耶洗别的解决方式也是不对的，唯一情有可原的是，当时亚哈王被这件事差点气坏了身体，所以她觉得，自己对于丈夫的爱高过了约拿的身家性命。我一直对你强调，她是个忠贞妻子的典……”

洁西气得面红耳赤，立刻站得远远的。“我觉得你真是卑鄙恶毒。”

他充满无力感，望着她说：“我做了什么？你到底怎么啦？”

她什么也没说，便离开了公寓，在次乙太影音层待了大半个夜晚，赌气般地匆匆浏览一部又一部影片，用光了她自己两个月的配额（她丈夫的配额也不能幸免）。

当她回到公寓时，利亚·贝莱仍在熬夜等她，但她并没有再说什么。

后来——很久以后——贝莱才终于想通，自己当天已将洁西生命中很重要的一部分彻底摧毁了。在她心目中，她的名字代表了某种耐人寻味的邪恶，对于她那拘谨的、过度正派的人生而言，那是一种令人愉快的调剂。换言之，这个名字带给她一种道德出轨的幻想，而她相当珍爱这件事。

可是这已经一去不返了。从此以后，不论是对利亚或是她自己的朋友，她全都再也未曾提起“耶洗别”这三个字，而且贝莱还推测，她自己也试图忘掉这个名字。她就是洁西，没有其他名字，此后她签名也一律用这两个字。

几天后，她终于不再和他冷战，然后过了大约一星期，他们的关系恢复了正常，虽然偶尔还是会争吵，但再也没有吵得那么凶。

前后只有一次例外，但也只是间接提到那个话题而已。那是在她怀孕八个月的时候，由于刚刚辞去A23社区食堂助理营养师的工作，突然闲下来很不习惯，她索性以准妈妈的种种想望和准备工作来打发时间。

某天晚上，她忽然说：“班特莱好不好？”

“什么，亲爱的？”正在家里加班的贝莱，从一堆公文中抬起头来。（由于马上要多一张嘴，而洁西的收入又没了，再加上他自己调升外勤的日子遥遥无期，加班自然有其必要。）

“我是说，如果我们生男孩，叫他班特莱好吗？”

贝莱扁起嘴。“班特莱·贝莱？你不觉得听起来太重复了？”

“这点我不确定，我只是觉得这个名字自有一种韵律。而且，等到孩子长大了，随时可以自己选个喜欢的名字放在中间。”

“好吧，我并不反对。”

“你确定吗？我是说……或许你希望他也叫以利亚。”

“于是人们得称他小以利亚？我认为这并非好主意，如果他有心，不妨替他自己的儿子取名为以利亚。”

然后洁西又说：“还有一件事。”但没有再说下去。

过了一会儿，他抬起头来。“什么事？”

她并未迎向他的目光，但口气仍不失强而有力。“班特莱并不是《圣经》上的名字，对吗？”

“不是，”贝莱说，“这点我相当肯定。”

“那就好，我就是不想用《圣经》上的名字。”

到了今天，也就是以利亚·贝莱带着机器人·丹尼尔·奥利瓦回家那一天，他们结婚已经超过十八年，儿子班特莱·贝莱也已经十六岁（仍未选定一个中间名字），可是算来算去，往事重提也就那么一次而已。

在亮着“男用卫生间”几个大字的双扇门前，贝莱停下了脚步。门上还有几个较小的字体：“I_A-I_E子区”，而在钥匙缝的正上方，另有一行更小的字：“万一遗失钥匙，立即联络27-101-51”。

一名男子和他俩擦身而过，将一个铝制薄片插入钥匙缝，然后走了进去。男子随手关上门，丝毫没有让贝莱一起进去的意思。其实假如他那么做，反倒是对贝莱的大不敬。根据一个根深蒂固的习俗，在卫生间里面或者门口，男性彼此之间一定要做到互不理睬。不过贝莱记得，当他和洁西交换夫妻小秘密的时候，洁西曾经告诉他，女用卫生间的情形却完全不同。

她总是这么说：“我今天在卫生间遇到了约瑟芬·葛瑞利，她告诉我……”

后来，随着贝莱的晋升，家中卧室的脸盆终于获准启动，洁西的社交生活便打折扣了。或许，这就是阶级提升所带来的惩罚吧。

贝莱说：“请在外面等我，丹尼尔。”他未能完全掩饰自己的尴尬。

“你打算梳洗一番吗？”机·丹尼尔问。

贝莱立刻惴惴不安，心想：该死的机器人！如果他们曾经对他简报过钢穴中的一切，为何不顺便教教他规矩？万一他对别人也这么问东问西，我还得替他负责。

他说：“我要冲个澡。到了晚上就很拥挤，那时候再洗会浪费时间。如果我现在洗完，整个晚上都是我们的。”

机·丹尼尔仍然一脸安详的表情。“是不是根据社会习俗，我应该等在外面？”

贝莱感到更加尴尬。“你又何必进去，这……这毫无意义。”

“喔，我了解了，没错，当然没错。话说回来，以利亚，我的手也弄脏了，我想洗洗手。”

他摊开双手，伸到贝莱面前。那双手看来粉粉嫩嫩，还有着几可乱真的掌纹。在这双手掌上，贝莱看到了一丝不苟的绝顶工艺成就，但就是没看见丝毫污垢。

贝莱说：“你知道吗，我的公寓里有脸盆可用。”这句话他只是随口一提，反正即使刻意炫耀，机器人也听不出来。

“谢谢你的好意，然而总的来说，我认为还是利用一下这个地方比较好。既然我要和你们地球人住在一起，最好尽量多多习惯你们的习俗和观点。”

“那就进来吧。”

卫生间里的环境清雅舒适，和大城中其他各处的实用主义风格形成强烈对比，偏偏今天贝莱感觉不到任何明亮或愉悦的气氛。

他对丹尼尔悄声说：“我大概要花上半小时，你在这里等我。”他向前走去，又折回来补了一句：“听好，别跟任何人说话，也别望着任何人。一个字也别说，一眼也别看！这就是习俗。”

他匆忙地四下张望一番，以确定这番交谈未被任何人听到，也没有接触到任何惊讶的目光。幸好这个前廊没有别人，但毕竟这只是前廊而已。

他隐隐感到了浑身的汗臭，迫不及待地向内走去，经过公共澡堂，来到了私人小间。早在五年前，他就荣获一个够大的私人间，里面有淋浴设备、小型洗衣机，以及其他各种必备的装置，此外还有一个小型投影机，可用来放映新闻影片。

“简直就是另一个家。”这是他首次使用小间的时候说的一句玩笑话。可是如今，他却常常担心，万一这个特权给取消了，他该如何自我调适，重新适应那种斯巴达式的公共澡堂。

他按钮启动了洗衣机，光滑的仪表板随即亮了起来。

机·丹尼尔则一直在耐心等待，终于等到贝莱全身洗净，穿上了干净笔挺的衣裤，全身舒爽地向他走过来。

“没问题吧？”两人走出去，走了一段距离之后，贝莱才开口。

“毫无问题，以利亚。”机·丹尼尔答道。

洁西带着紧张的笑容守在家门口，贝莱上前吻了她一下。

“洁西，这是我的新搭档，”他含糊其词地说，“丹尼尔·奥利瓦。”

洁西伸出右手，机·丹尼尔轻轻握了一下。然后，她回到了丈夫身边，羞怯地望着机·丹尼尔。

她说：“请你坐一会儿好吗，奥利瓦先生？我必须和我先生谈点家务事，一下子就好，希望你别介意。”

她抓着贝莱的袖子，他便乖乖跟她进了隔壁房间。

然后，她急忙压低声音说：“你没受伤吧？听到广播后，我一直在担心。”

“什么广播？”

“将近一小时前播出的，主要是说有家鞋店险些发生暴动，还说是两名便衣刑警阻止的。我知道你当时正带着一个搭档回家，事情又正好发生在我们这个子区，而且时间也那么凑巧，所以我想他们可能报喜不报忧，你已经……”

“拜托，洁西，你看我不是好好的吗？”

洁西努力让自己平静下来，然后以颤抖的声音说：“这个搭档并不是你们那个部门的，对不对？”

“对。”贝莱无奈地答道，“他不是……不是什么熟人。”

“我该怎么招待他？”

“就像招待任何人一样，他只是我的搭档，如此而已。”

他的语气完全欠缺说服力，洁西那双锐利的眼睛眯了起来。“有什么不对劲？”

“没有。来吧，我们赶紧回起居室，不然客人要觉得奇怪了。”

利亚·贝莱对这间公寓突然有些失去信心，在此之前，他从来没有这样的感觉。事实上，这间公寓总是令他感到自豪。它总共有三个房间，每间都有壁橱，而且相当宽敞，例如起居室长宽各为十八和十五英尺。有一条主通风管刚好通过他家，虽然偶尔有些隆隆的噪音，但另一方面，这代表他家拥有一流的温控和湿控。至于最大的便利，则是这里距离男女卫生间都不算远。

可是现在，一个外太空世界制造的怪物坐在它正中央，使得贝莱突然信心动摇，觉得这间公寓似乎变得又破又窄。

洁西带着有点虚伪的好心情问道：“利亚，你和奥利瓦先生吃过了吗？”

“事实上，”贝莱迅速回答，“丹尼尔已经吃饱了，不过我还没吃。”

洁西毫无异议地接受了这个答复。由于食物供应受到严格的限制，配给越来越紧缩，婉谢他人的招待成了一种礼貌。

她说："奥利瓦先生，希望你不介意我们开始用餐。利亚、班特莱和我通常是在社区食堂吃饭，一来比较方便，二来菜色丰富，你知道吧，还有我可以透露一个小秘密，第三个好处就是分量比较多。然而，利亚和我的确有权可以每周在家吃三顿——利亚在局里相当受赏识，所以我们有非常好的地位——我想这是个难得的机会，如果你不反对，改天我们就在家里办一场私人宴席，虽说我坚决认为，你也知道，过度使用隐私特权的人多少有些反社会的倾向。"

机·丹尼尔一直温文有礼地听着。

贝莱说："洁西，我饿了。"同时偷偷做了一个"嘘——"的手势。

机·丹尼尔说："贝莱太太，如果我直接叫你的名字，会不会有违礼俗？"

"啊，不，当然不会。"洁西从墙壁里拉出一张折叠桌，再将加热器插进桌子中央的凹槽。"只要你喜欢，尽管叫我洁西，而我就叫你——呃——丹尼尔。"她吃吃笑了笑。

贝莱立刻大怒。才短短几分钟，情况竟变得越来越不对头了。洁西以为机·丹尼尔是个真人，所以事后一定会在女用卫生间好好吹嘘一番。更何况，这机器人是个不苟言笑的美男子，而且他的礼数让洁西分外欣赏，这点谁都看得出来。

贝莱不禁纳闷，洁西给机·丹尼尔的印象又如何呢？过去十八年来，她并没有多大的改变，至少利亚·贝莱看不出来。当然，她的体重增加了些，她的身形再也无法散发青春活力；她的嘴角出现了皱纹，脸颊则显得有点松垮。至于她的头发，不但色泽稍微褪去，而且发型更保守了。

可是，贝莱没好气地想，这一切根本就无关紧要。在那些外围世界，女性无论外型或气质一律不输给男性，至少书上是那么说的，而机·丹尼尔一定看惯了那样的女性。

然而，洁西似乎并未吓着机·丹尼尔，不论是她的言谈或外表，或是她贸然直呼他的名字，都没有令他出现任何负面反应。这时他说：“你确定这样妥当吗？洁西这个名字似乎是个昵称，或许仅限于亲朋好友使用，而我应该称呼你的正式名字才合适。”

洁西正在解开晚餐外面的隔热包装，她忽然低下头，全神贯注于手头的工作。

“就是洁西，”她硬邦邦地说，“大家都这样叫我，我没有别的名字。”

“很好，一言为定，洁西。”

这时大门打开，一个男孩规规矩矩走进来，他几乎立刻看到了机·丹尼尔。

“爸？”男孩有点不知所措。

“这是小儿班特莱，”贝莱并未提高音量，“班，这位是奥利瓦先生。”

“他是你的搭档，对不对，爸？你好你好，奥利瓦先生。”班的双眼睁得又大又亮，“对了，爸，那家鞋店里发生了什么事？新闻幕说……”

“现在别发问，班。”贝莱猛然打断他的话。

班特莱脸一沉，随即向母亲望去，她则示意要他坐下。

“我交代你的事都做完了吗，班特莱？”儿子一坐下，她就这么问他，同时伸出双手，爱怜地抚过他的头发。他的发色和父亲一样深，身高也快赶上父亲了，但其他的特征似乎全部遗传自母亲，包括他的鹅蛋脸，他的淡褐色眼珠，以及他那潇洒的人生观。

“那还用说，妈。”班特莱一面说，一面急忙倾身查看冒着热气的双层盘，“今天我们吃什么？不会又是酵母牛肉吧，妈？啊，妈？”

“酵母牛肉并没有什么不好。”洁西抿起嘴来，“好了，有什么你就吃什么，别再发表任何高见。”

相当明显，他们的晚餐正是酵母牛肉。

接着贝莱也就座了，虽然他同样希望吃些别的，而不是气味呛鼻而且久久挥之不去的酵母牛肉，但洁西早就对他解释过自己的难处。

“唉，我就是没办法，利亚。”她当时这么说，“我整天就在这几层上上下下，我绝对不能树敌，否则日子可难过了。我们这一层，几乎家家户户都没有在家吃饭的特权，连周日也不例外，而且人人都知道我当过助理营养师，如果我每两周就带一块牛排或鸡肉回家，她们会说我在食物筹备室有熟人或其他门道。于是闲话便会没完没了，没完没了，那我可就一只脚也踏不出门了，连上卫生间都会心惊胆战。其实，酵母牛肉和原生蔬菜都是非常好的食物，不但能提供均衡的营养，而且丝毫不浪费，此外实事求是地说，这两种东西富含人类所需的各种维生素和矿物质等养分，还有别忘了，每当‘鸡肉周二’我们都可以去食堂大吃一顿鸡肉。”

贝莱很容易就被说服了，正如洁西所说，生活的首要课题就是学习尽量减少和周遭众人的摩擦。但是，班特莱就比较难以接受。

这回他又借题发挥：“唉，妈，我为什么不能拿爸的餐券自己去食堂吃？我宁可那么做。”

洁西恼怒地摇了摇头，然后说：“你真有出息啊，班特莱。想想看，如果让人看到你一个人在那儿吃饭，好像家人对你不好或是把你赶出了公寓，别人会怎么说？”

“嗯，唉，别人才不会多管闲事呢。”

贝莱的声音透着不安：“听你妈的话，班特莱。”

班特莱耸了耸肩，一副不高兴的样子。

机·丹尼尔的声音突然从另一个角落传过来，他说："你们吃饭的时候，能否允许我看看这些胶卷书？"

"喔，当然行。"班特莱趁机下了桌，而且一脸兴味昂然的表情，"那些书都是我的，学校特别允许我从图书馆借出来。我替你拿我的阅读镜，又新又好用，是爸上回送给我的生日礼物。"

他将阅读镜拿给机·丹尼尔，然后说："你对机器人有兴趣吗，奥利瓦先生？"

贝莱突然失手掉了汤匙，连忙弯腰捡起来。

机·丹尼尔说："有的，班特莱，我相当有兴趣。"

"那你就会喜欢这些书，它们都是在谈论机器人。学校要我写一篇关于机器人的文章，所以我正在做研究，这是个相当复杂的题目。"他自豪地强调，随即补充道，"我自己的立场是反对机器人的。"

"坐下，班特莱。"贝莱气急败坏地说，"别打扰奥利瓦先生。"

"他并没有打扰我，以利亚。我很乐意和你讨论这个问题，不过得改天，我和你父亲今晚会非常忙。"

"谢谢你，奥利瓦先生。"班特莱回到座位上，臭着脸望了望母亲，然后用叉子切下一块松软的粉红色酵母牛肉。

贝莱寻思：今晚会非常忙？

然后，随着脑中一声轰然巨响，他记起了自己确有要务在身——他不但想起了太空城里有个太空族死于非命，还忽然想通了，原来过去几个小时，他深陷于自己的困境之中，以至于完全忘了这桩冷血谋杀案。

第五章
分析

洁西穿了一件角纤维小外套，戴上一顶很正式的帽子，然后向两位男士道别："不好意思，我失陪了，奥利瓦先生，我知道你和利亚有很多事要讨论。"

她一面开门，一面把儿子往外推。

"你什么时候回来，洁西？"贝莱问。

她顿了顿才说："你希望我什么时候回来？"

"嗯……你没必要整夜待在外面，何不仍照平常时间回来？子夜左右吧。"他望向机·丹尼尔，希望他有所表示。

机·丹尼尔点了点头。"很抱歉把你赶出了家门。"

"千万别这么说，奥利瓦先生，我可不是被你赶出去的，我们几个姐妹淘晚上经常聚会。走吧，班。"

男孩万分不情愿。"啊，为什么我也非去不可，我又不会打扰他们，真是的！"

"快，听话。"

"那么，为何我又不能和你一起去影音层？"

“因为我要跟几个朋友聚聚，而你有别的事……”此时大门便关了起来。

这一刻终于来了。在此之前，贝莱在心里一直将它往后延，他对自己说：先会会那个机器人，看看他到底什么样子。然后又告诉自己：先带他回家再说。最后则是：先吃饭吧。

可是现在，那些事情都成了过去式，他再也没有推迟的借口。此时此刻，他终于要正面迎战那宗谋杀案，迎战相关的星际纠纷，并且迎战升级、降级甚至撤职的各种可能性。而他根本不知从何着手，只好向这个机器人求助。

他漫不经心地用指甲在餐桌上划来划去——晚餐结束后，这张桌子还没来得及收回墙内。

机·丹尼尔问：“我们遭到窃听的机会有多大？”

贝莱惊讶地抬起头来。“不会有人偷听别人家公寓里的动静。”

“所以说，你们的习俗里没有窃听这回事？”

“应该说没有人会这么做，丹尼尔。与其担心窃听，你还不如担心别人——我想想——担心他们会在你吃饭的时候瞪着你的餐盘。”

“或是担心有人会犯下谋杀案？”

“什么？”

“杀人绝对有违你们的习俗，对不对，以利亚？”

贝莱觉得火气上来了。“给我听好，如果你希望和我搭档，千万别模仿太空族的自大狂。你没这个资格，机·丹尼尔。”他忍不住特别强调那个“机”字。

“如果戳到你心中的痛处，我愿意向你道歉，以利亚。我的本意只是想指出，既然人类偶尔会打破习俗，犯下谋杀案，就同样能违背习俗，做些像窃听这种小恶。”

“这间公寓的隔音足够好。”贝莱仍然皱着眉头，“你并未听见左邻右舍传来任何声音，对不对？好啦，同理他们也听不到我们。何况，怎么可能会有人想到我们正在讨论重要事件呢？”

“我们可别低估了敌人。”

贝莱耸了耸肩。“我们开始吧。我掌握的资料很简略，所以三言两语便很容易交代清楚。我知道有一位奥罗拉星的公民，他同时也是太空城的居民，名叫拉吉·尼曼奴·萨顿，遭到了不明凶手的杀害。此外我还了解，太空族认为这并非一桩单一的个案，我说得对不对？”

“你说得相当正确，以利亚。”

“太空族目前在推动一项计划，打算以外围世界为蓝本，将地球转化为人类和机器人融于一炉的社会，但这项计划最近屡遭蓄意破坏，于是他们将两件案子联想在一起，假设谋杀案的凶手来自一个组织严密的恐怖集团。”

“对。”

“很好，那么首先要讨论的，就是太空族的假设真能成立吗？那桩谋杀案的凶手，为何不能是一个独来独往的狂热分子？地球上的确有强烈的反机器人情绪，可是并没有任何组织在宣扬这种暴力行为。”

“也许只是并未公开宣扬。”

“即使真有一个专门破坏机器人和机器人工厂的秘密组织，它的成员也应该有点常识，明白谋杀太空族乃是下下之策。相较之下，凶手更有可能只是一个心理不平衡的人。”

机·丹尼尔仔细听完这番话，然后说：“我倒认为‘狂热分子理论’成立的几率比较小。死者的身份太敏感，而案发的时机又太凑巧，在在显示这桩凶案是由一个严密组织所精心策划的。”

“好吧，那就代表你掌握的资料比我多，吐出来吧！”

“你的用词含糊不清，但我想我了解你的意思。我必须对你解释一些相关的背景，就太空城的观点而言，以利亚，我们和地球的关系并不令人满意。”

“这可真糟。”贝莱喃喃道。

“据我所知，在太空城建立之初，我们的同胞大多一厢情愿地认为，人机融于一炉的社会在外围世界运作得那么好，地球应该会欣然接受的。后来即使出现了暴动，我们起初还是天真地认为，这只是短暂的阵痛，你们地球人终究会克服新奇经验所带来的震撼。

“后续的发展，证明事实并非如此。即使地球政府以及大多数的大城政府都和我们合作，反抗运动依然持续，使得我们的进展非常缓慢。对于这样的结果，我们的同胞自然万分忧心。”

“我想，这忧心是出于利他主义。”贝莱说。

“并不尽然，”机·丹尼尔答道，“不过我很感谢你如此正面地解读他们的动机。我们一直有个共同的信念，那就是一个健康的、现代化的地球对整个银河系有极大的益处。至少，这可说是太空城成员的共同信念，但我必须承认，在外围世界，的确有很强的反对声浪。”

“什么？太空族之间也有歧见？”

“当然有。有人认为现代化将催生一个危险的、帝国主义的地球。尤其是在那些距离地球较近、历史较悠久的世界，那里的太空族始终难以忘记，在星际旅行出现后最初几个世纪，无论在政治上或经济上，他们的世界都受到地球的控制。”

贝莱叹了一口气。“都是陈年旧事了，他们真的还担心吗？他们还会为了一千年前的事情，继续记恨我们吗？”

“人类啊，”机·丹尼尔说，“构造特殊，自成一格。在许多方面，他们都比不上我们机器人那么理性，因为他们的线路并非预先设计好的。不过也有人告诉我，这其实也算是优点。”

“或许吧。”贝莱冷冷地说。

“这点你比我容易明白。”机·丹尼尔说，“总之，我们在地球上接二连三的失败，促使外围世界上那些民族主义政党势力高涨。他们声称地球人显然和太空族不同，太空族的传统根本无法套用。他们还说，如果我们以高压手段强迫地球接受机器人，最后将会导致整个银河系的毁灭。你要知道，他们念念不忘的一件事，就是地球共有八十亿人口，而五十个外围世界的人口加起来，也顶多只有五十五亿而已。我们这些待在此地的同胞，尤其是萨顿博士……”

“他是博士？”

“他是社会学博士，专长是机器人学，而且他非常杰出。”

“我知道了，请继续。”

“如我所说，萨顿博士等人早已明白，如果我们在地球上继续这么一事无成，以致外围世界的不满情绪不断升高，那么不久之后，太空城和它所代表的一切将不复存在。萨顿博士觉得，事到如今，当务之急是尽最大努力去了解地球人的心理。如果只知道批评地球人通通生性保守，或仅仅将‘顽固不化的地球’‘地球人心难测’这些老生常谈挂在嘴边，那只是逃避问题而已。

“萨顿博士说，那些都是无知的论调罢了，我们不能光用几句成语或陈腔滥调，便想轻易打发地球的问题。他说，凡是有志于重塑地球的太空族，都必须走出遗世独立的太空城，和地球人打成一片；必须像他们那样生活，像他们那样思考，像他们那样做个地球人。”

贝莱说："太空族？绝无可能。"

"你说得相当正确。"机·丹尼尔道，"萨顿博士虽然抱持这种观点，自己却无法进入任何一座大城，而他也心知肚明。巨大的城市和拥挤的群众，都是他难以忍受的。即使他在手铳的威胁下，勉强走进去，由于外在环境会压得他喘不过气来，他绝对无法洞察各种问题的症结。"

"还有他们总是担心疾病，这又要如何解决呢？"贝莱追问，"千万别忘了这点。光是这个原因，我就不相信有任何太空族会冒险进入大城。"

"这也是个难题。地球人所谓的疾病，是外围世界无从知晓的一种东西，而无知总会引发病态的恐惧。萨顿博士对这点一清二楚，可是即便如此，他仍坚持一定要借着亲密的接触，设法逐渐了解地球人以及他们的生活方式。"

"他似乎把自己逼进了死胡同。"

"并不尽然。只有人类太空族无法走进大城，机器太空族则另当别论。"

贝莱心想：该死，我总是忘记这点。然后，他故意大声说："哦？"

"是的。"机·丹尼尔说，"至少就这个问题而言，我们自然具有更大的弹性。我们可以被设计得适应地球的生活；只要把我们的外观造得和人类极为相似，地球人便能接纳我们，让我们得以近距离观察他们的生活。"

"而你自己……"贝莱顿时恍然大悟。

"正是这样的机器人。萨顿博士花了一年的时间，设计并制造出我们这种机器人。我是第一个产品，也是目前唯一的一个。可惜的是，我还来不及接受完整的教育，就因为这桩谋杀案，不得不匆匆提前上阵。”

“所以说，并非所有的太空族机器人都像你一样？我的意思是，有些更像机器人而比较不像人类，对吗？”

“喔，这个自然。机器人的外表根据功能而定，我的功能需要酷似人类的外形来配合，因此我足以乱真。其他的机器人则没有那么像，不过仍然算是人形机器人，人模人样的程度绝对超过今天鞋店里那些超原始的机型。你们的机器人都是那个样子吗？”

“差不多，”贝莱说，“你不以为然吗？”

“当然不以为然。一个那么不像人的粗劣仿制品，很难被人类视为另一种智慧生物，你们的工厂造不出更好的产品吗？”

“我确信他们造得出来，丹尼尔。我认为我们之所以这样做，只是为了一眼就能看出和自己打交道的是不是机器人。”他说这句话的时候，刻意直视对方的眼睛——那双眼睛明亮而湿润，简直就是惟妙惟肖，不过贝莱觉得，这机器人的目光太稳定了，不像真人那样会微微游移。

机·丹尼尔说：“我希望自己能慢慢了解这样的观点。”

一时之间，贝莱怀疑对方语带讽刺，但随即否定了这个可能性。

“总而言之，”机·丹尼尔说，“萨顿博士清楚地看出，这是碳／铁文明所面对的一个课题。”

“叹帖？那是什么？”

“就是碳和铁这两种化学元素，以利亚。人类以碳为生命的基础，而机器人则是铁。如果有一种文明，是在平等且并行的基础上，结合人类和机器人的精华，就很适合用‘碳／铁’这个简称。”

“怎么写？中间加一条直线吗？”

“不，以利亚，中间加一条斜线比较合适，这象征了既非碳亦非铁，而是两者不分先后的混合体。”

贝莱惊觉自己竟然听得津津有味，不禁感到很矛盾。关于外围世界的历史，地球上的正规教育皆以所谓的‘大叛乱’为分水岭，对于外围世界独立之后的历史和社会结构，地球的课本几乎一律只字不提。没错，在那些通俗小说中，不乏外围世界的种种人物，例如造访地球的大君（一律性情暴躁、行为乖张）、美丽的女继承人（总是被地球男子的魅力征服，坠入情网无法自拔），以及狂妄的太空族反派（行事邪恶无比，最后一定被打败），不过，这些故事其实毫无存在价值，因为它们违背了一项最基本、最广为人知的事实：太空族从不进入大城，太空族女性则是根本不曾造访地球。

有生以来，贝莱首度冒出一种古怪的好奇心：太空族的真实生活到底是什么样子？

他花了一点力气，才将思绪拉回原来的方向。“我想我明白了你要推出什么结论。你们的萨顿博士从一个崭新的、大有可为的角度出发，探讨如何解决让地球接受碳/铁文明这个问题。而我们的保守分子，也就是自称怀古人士那批人，对此则深感不安，他们生怕博士会成功，所以便先下杀手。由于有这个动机存在，使得这宗谋杀案很可能是有组织的图谋，而并非孤立的暴力事件。对吗？”

“没错，我差不多就是这个意思，以利亚。”

贝莱意味深长地悄悄吹了一声口哨。他用长长的手指轻敲桌面，然后摇了摇头。“站不住脚，完全站不住脚。”

“抱歉，我不了解你的意思。”

“我试着想象事发的经过：一个地球人走进太空城，走向萨顿博士，用手铳轰了他，然后走了出来。但我就是想不通，太空城的入口当然有警卫把守。”

机·丹尼尔点了点头。“我想比较保险的说法是：没有任何地球人能够非法通过那个入口。”

“那你还能推出哪门子结论呢？”

“如果那个入口是纽约大城进入太空城的唯一通道，以利亚，那么我们的确无法推出什么合理的结论。”

贝莱若有所思地望着他的搭档。“你把我弄糊涂了，那个入口正是两地之间唯一的通路。”

“应该说是唯一的直接通路。”机·丹尼尔等了一下，然后说：“你还是没听懂我的意思，是不是？”

“是的，我完全听不懂你在说什么。”

“好吧，你若不介意的话，让我试着仔细解释一下。可否借我一张纸和一只电笔？谢谢。看好了，以利亚伙伴，我先画一个大圆，注明是‘纽约大城’，接着，我再画一个和它相切的小圆，注明是‘太空城’，最后，我在两者的交会处画一个箭头，注明是‘关卡’。现在你看看，没有其他的通路吗？”

贝莱说：“当然没有，没有任何其他通路。”

“就某方面而言，”机器人说，“我很高兴听到你这么讲。你的这种反应，完全符合我脑中的地球人思考模式。注意，那关卡只是两地之间唯一的直接通路，因为无论纽约或太空城，四面八方都和乡间相邻，一个地球人大可从某个出口离开大城，经过乡间走到太空城，而不会被任何关卡阻挡。”

贝莱用舌尖抵着上唇好一阵子，然后才开口：“经过乡间？”

“是的。”

“经过乡间！一个人？”

“有何不可？”

“步行？”

“毫无疑问是采取步行，这样被侦测到的机会最小。谋杀是当天早上发生的，凶手无疑在黎明前几小时就上路了。”

“不可能！大城里没有任何人会这么做。一个人离开大城？”

“没错，在通常的情况下，这似乎是不可能的。这点我们太空族也知道，而这正是我们只警戒那个入口的原因。即使在当年那场大暴动中，你们的人也仅仅攻击那个保护入口的关卡，没有任何人离开过大城。”

“嗯，所以呢？”

“我们现在碰到的却是一个非常状况。这回，并非一群暴民循着阻力最小的路线发动盲目攻击，而是一个小团体，在精心策划下，攻向一处毫无防范的地点。而这就解释了，如你所说，为何有个地球人能够进入太空城，走向行凶目标并将他杀害，然后从容离去。那凶手充分利用了我方的保安盲点。”

贝莱摇了摇头。“太不可能了。你们可曾针对这个理论做过任何调查？”

“我们做过，比方说，你们的警察局长几乎撞见了这桩谋杀案……”

“我知道，他告诉过我。”

“这一点，以利亚，再次说明行凶时间掌握得分秒不差。你们的局长和萨顿博士有过合作关系，而现在，萨顿博士打算派出像我这样的机器人渗透到你们的社会，在这项计划中，他这个地球人正是博士心目中的内应。他们约好当天早上碰面，就是要讨论这件事。当然，那项计划因谋杀案而停摆了，至少暂时如此。此外，由于案发当时，你们的警察局长刚好在太空城，所以对地球当局而言，整件事变得更尴尬、更棘手，而我方的处境也好不到哪里去。

“言归正传，其实我要讲的是，当时我们就对你们局长说：‘凶手一定是从乡间进入太空城的’，而他的反应和你一样，直呼‘不可能’或‘不可思议’。当然，那时他相当心慌意乱，或许正是这个缘故，他难以看出这个关键。即便如此，我们还是硬要他立刻调查这种可能性。”

贝莱想起局长那天跌破了眼镜，但即使脑海中的画面那么严肃，他的嘴角还是抽动了一下。可怜的朱里斯！没错，他当时的确心慌意乱。可是，他当然无法对那些高傲的太空族解释自己的困境，因为地球人不像他们那样经过基因筛选，生理缺陷在所难免，他们却总是因此百般鄙视地球人。堂堂的朱里斯·恩德比局长可丢不起这个颜面，因此绝对不能解释。嗯，在某些方面，地球人必须一致对外，所以这机器人休想从我贝莱口中获悉局长视力不佳。

机·丹尼尔继续说：“于是，大城的出口彻头彻尾被清查了一遍，一个也没遗漏。你知道总共有多少出口吗，以利亚？”

贝莱摇了摇头，然后放胆一猜：“二十个？”

“五百零二个。”

“什么？”

“起初还更多，这五百零二个都是目前还能运作的。你们的大城一直在慢慢成长，以利亚，早年它曾暴露在阳光下，人们可以自由来往大城和乡间。”

“当然，我知道。”

“好，在大城刚被围起来的时候，曾留下了许多出口。而到了现在，还剩下五百零二个，其他的或是被新建筑掩盖，或是直接堵死了。当然，空运的出入口都还没有计算在内。”

“嗯，那些出口能否提供什么线索？”

“完全没希望。它们全部无人看守，我们找不到负责的官员，也没有任何官员认为那些出口归他管辖，仿佛根本无人知晓它们的存在。人人可以随兴在任何时间从任何一个出口走出去，然后随时可以回来，永远不可能被侦测到。”

“还有其他线索吗？我想凶器也不见了吧。”

“喔，对。”

“这方面有任何进展吗？”

“没有。我们对太空城的周围做过地毯式调查，那些照顾蔬菜农场的机器人不太可能成为目击者，它们和农场的自动机器相差无几，几乎不具人形。但除此之外，就没有其他的机器人，更别提人类了。”

“哎呀，接下来呢？”

“目前为止，太空城这端一无所获，所以我们即将把箭头转向纽约大城。我们有责任追查所有可能的恐怖组织，一一过滤所有的异议团体……”

“你们打算花多少时间？”贝莱插嘴问道。

“若有可能，越少越好；若有必要，多多益善。”

“真是一滩浑水，”贝莱语重心长地说，“我多么希望你还另有搭档。”

“没有了，”机·丹尼尔说，“局长对你的忠诚和能力都赞誉有加。”

“他可真看得起我。”贝莱自我解嘲，然后想到：可怜的朱里斯，觉得有愧于我，所以拼命试图补偿。

“我们并非完全仰赖他的推荐。”机·丹尼尔说，“我们还调查过你的纪录。你在警局里，曾经公开发言反对使用机器人。”

“哦？你又不以为然吗？”

“一点也不会。你的意见显然只是个人意见而已，但这件事使得我们必须非常仔细地研究你的心理档案。我们发现虽然你极其讨厌机字头的，然而，如果你认为那是职责所在，你还是会愿意和机器人共事。你具有非比寻常的忠诚度，以及对正统权威的高度尊重，这正是我们所需要的，恩德比局长对你的评价十分中肯。”

“关于我的反机器人情绪，你个人没有反感吗？”

机·丹尼尔说：“如果不会妨碍你我的合作，不会妨碍你协助我完成调查，那又有什么关系呢？”

贝莱觉得无言以对，只好以挑衅的口吻说：“好吧，如果说我通过了测试，那么你呢？你又怎么有资格担任警探？”

“我不了解你的意思。”

“你的原始设计将你定位为一具人形的情报搜集机，专门替太空族记录人类的生活方式。”

“情报搜集？那正是调查员的基本素养，不是吗？”

“基本素养，或许。但整体而言，还差得远呢。”

“没错，所以我的线路还经过最后的调整。”

“我很想听听其中的细节，丹尼尔。”

“简单得很，在我的‘动机库’里加入一项特别强烈的驱力：对正义的渴望。”

“正义！”贝莱大叫一声。他挂在脸上的嘲讽随即消失，取而代之的是一副打死也不相信的神情。

不料这时，坐在椅子上的机·丹尼尔迅速转身，瞪着大门说：“外面有人。”

的确没错。大门随即打开，洁西走了进来，只见她双唇紧抿，脸色苍白。

贝莱吓了一跳。“啊，洁西！出了什么事？”

她站在那里，刻意避开他的目光。“很抱歉，我不得不……”她的声音越来越小。

“班特莱呢？”

“他今晚住青年馆。”

贝莱说：“为什么？我没叫你那样安排。”

“你说你的搭档今晚会住这里，我觉得他应该睡班特莱的房间。”

机·丹尼尔说：“没有这个必要，洁西。”

洁西扬起目光望向机·丹尼尔的脸庞，而且看得十分专注。

贝莱则低头望着自己的指尖，对于即将发生的事充满无力感。接下来的短暂沉默，像是一股无形的力量，紧压着他的耳膜，然后，仿佛从很远很远的地方，透过一层层的胶膜，传来了他妻子的声音：“我认为你是机器人，丹尼尔。”

机·丹尼尔镇定如常地答道：“是的。”

第六章
低 语

在大城中某些最富裕的子区，顶层设有天然日光浴馆，其中的活动金属罩镶有石英隔板，能够阻绝空气却不妨碍日照。在这里，政府首长的妻女们可以晒出美丽健康的肤色；在这里，每天傍晚会出现一个奇观。

夜幕会降临。

反之，大城其他各个角落，就只有人工设定的昼夜周期（包括各个紫外日光浴馆，也就是几百万民众根据严格的时间表进行人工日光浴的地方）。

其实，只要采取三八制或四六制，大城的运转即可持续不断，无分“昼”“夜”；无论照明或人力，皆可轻易做到无止无休。因此每隔一段时日，总会有改革派以促进经济和效率为名，提出这样的建议。

但是大众始终难以接受。

同样是在经济和效率的大旗下，地球社会已经放弃许多早已养成的习惯，包括拥有开阔的空间、个人隐私，以及百分之百的自由意志。然而，那些都是文明的产物，出现至今绝对不到一万年。

另一方面，日落而息这个习惯则和人类的历史一样长久，至少也有一百万年，所以并非轻易能放弃的。虽然看不见真正的夜幕，但每当“黑夜”来临的时候，公寓的照明就会变暗，大城的脉动也会减缓。同理，虽然在完全密封的大城里，无人能够藉由天象判断正午或子夜，人类的作息还是遵循着时钟的无声指挥。

于是捷运带空了，噪音沉寂了，巨大街巷里的人群也消散了；纽约大城静静躺在地球上一个阴暗的角落，其中的居民陆续进入梦乡。

以利亚·贝莱并未入睡。他只是躺在床上，将所有的照明熄灭，如此而已。

在一片漆黑中，洁西一动不动地躺在他旁边。他非但感觉不到，甚至也听不到她有任何的动作。

而在墙壁的另一边，机·丹尼尔·奥利瓦此时正坐在（或站在？躺在？贝莱也不确定）起居室里。

贝莱低声呼唤：“洁西！”然后又是一声：“洁西！”

他身旁那床隆起的被单微微动了一下。“什么事？”

“洁西，你就别给我难上加难了。”

“你应该先告诉我。”

“我该怎么说？我原本打算先想好一个说法，然后再告诉你。耶和华啊，洁西……”

“嘘！”

贝莱赶紧压低了声音。“你是怎么发现的？你不告诉我吗？”

洁西转过身来，他感觉得到她的眼睛正透过黑暗望着自己。

“利亚，”她的声音几乎细不可闻，“他能听见我们吗？我是说那东西？”

"我们轻声讲，他就听不见。"

"你又怎么知道？也许他的耳朵特别灵敏，能够听见很小的声音。什么事都难不倒太空族的机器人。"

这点贝莱也知道。凡是吹捧机器人的宣传，总是会强调太空族机器人的神奇本领，包括坚固耐用、感官灵敏，以及能为人类提供上百种新奇的服务。但他自己认为，这种宣传适得其反；机器人越优秀，地球人就越痛恨它们。

他又悄声说："丹尼尔例外。他们故意将他造得和人类一模一样，就是要我们将他视为同类，所以他一定只有人类等级的感官。"

"你怎么知道？"

"假如他有超级的感官，他就会做得太多，知道得太多，因而大大增加他无意间暴露身份的危险。"

"嗯，或许吧。"

又是一阵沉默。

大约一分钟后，贝莱又不死心地再度劝道："洁西，你能不能什么都别过问，等到……等到……听着，亲爱的，你对我生气实在太不公平了。"

"生气？喔，利亚，你真傻。我不是生气，我是害怕，简直怕得要死。"

她用力吸了一口气，然后抓住他的睡衣衣领。两人紧紧拥抱了一阵子，贝莱心中的委屈逐渐消散，由关心和担心取而代之。

"怕什么，洁西？根本没什么好怕的。他对人类毫无威胁，我可以发誓。"

"难道你就无法摆脱他吗，利亚？"

"你知道我做不到。这是局里的公事，我怎么摆脱？"

“什么样的公事，利亚？告诉我。”

“听好，洁西，我很惊讶你会这么问。”他在黑暗中摸索到她的脸庞，轻轻拍了拍，发现她泪流满面。于是他抓起睡衣袖子，仔细替她擦干眼泪。

“看看你，”他温柔地说，“真像个小孩子。”

“不管是什么公事，你去告诉上级，要他们改派别人。拜托，利亚。”

贝莱的声音变得强硬了些。“洁西，你当警察的妻子也这么多年了，早该知道命令只有服从，没有商量。”

“那么，为何偏偏是你？”

“因为朱里斯·恩德比……”

被搂在怀里的她突然肌肉紧绷。“我早就该想到。你为什么不能告诉朱里斯·恩德比，要他至少这次换个人去赴汤蹈火。你太忠心耿耿了，利亚，简直是……”

“好啦，好啦。”他安抚道。

她平静下来，但仍微微发颤。

贝莱心想：她永远无法了解的。

打从订婚那天起，朱里斯·恩德比这个名字在他俩之间便有着负面含意。想当年在大城行政学院，恩德比是高贝莱两届的学长，私下两人则是好朋友。然而，当贝莱通过了一系列的性向测验和神经分析，准备进入警界工作时，恩德比不但早已当上警察，而且已经调到便衣刑警部门。

贝莱一路追随恩德比的脚步，怎奈两人的距离越拉越远。严格说来，这并不是谁的错，贝莱的工作能力够强，效率也够高，偏偏欠缺恩德比拥有的一些特质。在庞大的行政机器中，恩德比就像一个完美的重要零件；他是那种天生适合吃公家饭的人，在官僚体系中简直就是如鱼得水。

恩德比局长的脑筋并非一流，这点贝莱心知肚明。他有些幼稚的怪癖，例如每当心血来潮，便会拥抱一下华而不实的怀古主义。然而，他和同僚相处融洽，从不得罪任何人；他总是从容优雅地接受命令，下达命令的态度则是坚定与温和兼顾。他甚至和太空族也处得不错，虽然或许过分谄媚些（如果换成贝莱和太空族打交道，不到半天就会剑拔弩张，这点他自己十分肯定，虽然他从未真正面对过太空族），但他赚到了太空族的信任，使他成为纽约大城不可或缺的人才。

凡是在公家机关讨生活，个人能力永远比不上交际手腕来得重要，因此恩德比一路平步青云，当贝莱只是个C5级的时候，他已经爬到局长的位置。对于这种差异，贝莱并不怨恨，但他毕竟是凡人，仍免不了感到遗憾。恩德比则从未忘记他们当年的友谊，为了弥补这份遗憾，他常常用自以为是的方式尽可能照顾贝莱。

这回他指派贝莱担任机·丹尼尔的搭档，就是个现成的例子。这个任务既棘手又无趣，可是毫无疑问，其中隐藏着连升两三级的大好机会，身为局长的他大可将这种好事让给别人。而当天早上，他故意强调需要贝莱伸出援手，只是一种欲盖弥彰的说辞罢了。

洁西却从不这么想。在此之前，一个类似的情况下，她曾经这么说："你那愚蠢的忠诚指数真是害人不浅，我实在听厌了人人赞美你充满责任感，你就偶尔为自己着想一回吧。我早就注意到，那些高官一向不拿自己的忠诚指数当话题。"

此时，贝莱毫无睡意地僵躺在床上，静待洁西冷静下来。他必须好好思考，将自己的怀疑一一落实。于是在他心中，许多小事彼此逐渐拼凑起来，慢慢形成了一个规律的图样。

洁西忽然动了动，令他觉得床垫微微下陷。

“利亚？”她凑在他耳畔唤道。

“什么事？”

“你何不干脆辞职算了？”

“别说蠢话。”

“有何不可？”她突然有些激动，“这么一来，你就可以摆脱那个可怕的机器人。你只消走进恩德比的办公室，撂下一句话就行了。”

贝莱冷冷地说：“我手上有这么重要的案子，绝不能半途辞职，否则岂不像把整件事当成垃圾，随时随地可以丢弃。我要是玩这种把戏，一定会被正式解雇。”

“即使解雇，你还是可以东山再起。你做得到的，利亚，你一口气就能找到十几份胜任的公职。”

“遭到正式解雇的人，公家机关不会再录用了。到时候，我唯一能做的就是出卖劳力，而你也一样，这就代表班特莱会失去所有的家传地位。天哪，洁西，你根本不了解那是什么日子。”

“我在书上读过，没什么好怕的。”她喃喃道。

“你疯了，你真的疯了。”贝莱觉得自己浑身打战，与此同时，他脑海中闪现一个熟悉的身影——在穷困潦倒中逐步迈向死亡的父亲。

洁西重重叹了一口气。

贝莱狠下心不再理睬她，强迫自己将思绪拉回到刚才那个拼图上。

他坚定地说：“洁西，你一定要告诉我，你如何发现丹尼尔是机器人的？你到底是怎么确定的？”

“这……”她说了一个字便难以为继，这已经是她今夜第三次欲言又止了。

他紧紧抓着她的手，鼓励她继续说下去。“拜托，洁西，你究竟在怕什么？”

她说：“我就是猜到他是机器人，利亚。”

他反驳道：“没有任何线索引导你这么猜测，洁西。你在出门前，并未想到他是机器人，对不对？”

“没——错，但我脑子里一直……”

“得了吧，洁西，真相究竟如何？”

“嗯……好吧，利亚，女生们会在卫生间聊天，你也知道那是怎么回事，就是天南地北闲聊。”

女人啊！贝莱暗自感叹。

“总之，”洁西说，“传闻已经满城飞，这是免不了的。”

“满城飞？”贝莱心头猛然冒出一丝（近似）胜利的快感。又有一块拼图到位了！

“她们的口气就是那样，她们说，据传有个太空族的机器人进了大城，听说他看起来和人类一模一样，而且他准备和警方合作。她们甚至还笑着问我：‘你家利亚知道这件事吗，洁西？’我也笑着回答：‘你们别傻了。’

“当我们到了影音层，我就不由自主想到了你的新搭档。你还记不记得，为了让我看看太空族长什么样，你曾将朱里斯·恩德比在太空城拍的照片带回家？嗯，我不由得想到你的新搭档就是那个模样。这是我冷不防想到的，于是我对自己说：喔，天哪，他一定是在鞋店给人认了出来，而当时利亚和他在一起。然后我赶紧说我头痛，然后我就跑……”

贝莱说：“好了，洁西，别讲了，别讲了。你给我冷静下来，告诉我到底你在怕什么？你并不是怕丹尼尔这个人，刚刚你进家门，还能面对着他，一点也不畏缩。所以……”

躺在床上的他突然住口，坐了起来，在黑暗中徒劳地睁大眼睛。

他感觉到妻子挤了过来，赶紧伸手用力捂住她的嘴巴。她拼命挣扎，双手抓住他的手腕用力扭扯，他却反倒加重了力道。

等到他突然间松了手，她开始啜泣。

他以沙哑的声音说：“抱歉，洁西，我刚才听见一点动静。”

他下了床，在袜子外面套上保温胶膜。

“利亚，你要去哪儿？别走开。”

“不要紧，我只是要走到门边。”

当他绕过床铺的时候，保温胶膜发出了轻微的沙沙声。

他将通往起居室的门打开一条缝，然后等待了好长一段时间。没有任何异状，四周安静到了极点，他甚至听得见洁西的轻微呼吸声，以及自己耳朵里的脉搏节奏。

贝莱从门缝里伸出一只手，在黑暗中摸索着一个熟悉的位置，不久就抓到了控制天花板照明的旋钮。他施以小到不能再小的力量，天花板便开始微微发亮，但由于光线实在太微弱，起居室下半部仍处于半昏暗状态。

然而，他已足以一览无遗。公寓大门紧闭，起居室则空无一人。

他将照明关闭，回到了床上。

这正是他期待的结果，证据一一到位，拼图也完全拼好了。洁西心虚地问道：“利亚，有什么问题吗？”

“没什么问题，洁西，一切都好得很。他不在这儿了。”

“那个机器人？你是说他走了？再也不回来了？”

“不，不，他会回来的。但趁他不在这儿，我要你回答我的问题。”

“什么问题？”

“你到底在怕什么？”

洁西并未开口。

贝莱的态度变得比较强硬。“你自己说的，你怕得要死。”

“我怕他呀。”

“不对，这点我们已经讨论过了。你根本不怕他，况且，你相当清楚机器人不能伤害人类。”

她一字一字慢慢说：“我担心，如果大家都知道他是机器人，就会引起一场暴动，而我们都会被杀害。”

“为什么会被杀害？”

“你也清楚暴动是什么样子。”

“他们甚至不知道机器人在哪里，对不对？”

“他们可能会找到。”

“而这就是你害怕的事，一场暴动？”

“这……”

“嘘！”他一把将洁西按到枕头上。

然后他凑到她耳边说：“他回来了。现在你注意听，但一个字也别说。一切都不用担心，明天早上他就会走，而且再也不会回来。不会发生暴动，也不会出任何事。”

在说这番话的时候，他感到相当满意，几乎可以说完全满意。他觉得自己可以入睡了。

他又默想了一遍——不会发生暴动，也不会出任何事，更不会遭到解雇。

而就在真正睡着的前一刻，他心中又冒出一个声音：甚至不必再调查什么谋杀案，因为整件事已经解决了……

他终于进入梦乡。

第七章

太空城

警察局长朱里斯·恩德比将他的眼镜仔仔细细擦了一遍，然后戴回鼻梁上。

贝莱心想：这一招真是高明，在思考该说些什么的时候，你还有事可做，而且不像点烟斗那样得花钱。

正因为想到这一点，他忍不住掏出自己的烟斗，将所剩无几的低劣烟丝塞了些进去。烟叶是地球上仅存的奢侈作物之一，但不久的将来恐怕也要消失了。从贝莱出生那年算起，烟叶的价格就一直上涨，从未下跌；配额则是越来越少，从来没有增加过。

调整好眼镜后，恩德比将手伸向位于桌沿的开关，轻轻一按，办公室的门便暂时变成单向透明。“对了，现在他在哪里？”

“他告诉我说想在局里到处看看，于是我请杰克·托宾担任向导。”贝莱点燃烟斗，并谨慎地锁紧隔板，因为局长和大多数非瘾君子一样，对烟味相当反感。

“我希望你没告诉他丹尼尔是机器人。”

“我当然没说。”

局长漫不经心地只手拨弄着桌上的自动月历，显然还放不下这档事。

“情况如何？”他的眼睛并未望向贝莱。

“中等棘手。”

“真抱歉，利亚。”

贝莱以坚决的口吻说：“你应该先警告我，他看来和人类一模一样。”

局长显得相当惊讶。“我没说吗？”然后，他突然火冒三丈，“妈的，你自己早该料到。如果他长得像机·山米，我绝不会要求你把他带回家去，你说对不对？”

“我明白，局长，可是你见过像他那样的机器人，我却从未见过，我甚至不知道这种东西真正存在。我只是希望你能先提一下，如此而已。”

“好吧，利亚，我向你道歉。你说得对，我应该先告诉你的。只不过我这份工作，这些烦心的事，搞得我心神不宁，所以我有一半的时间都在无缘无故乱发脾气。他，我是说那个叫丹尼尔的东西，是个新型的机器人，目前仍处于实验阶段。”

“他自己已经对我说明了。”

“喔，是吗，那就好。”

贝莱觉得有点紧张，因为时机终于到了。他咬着烟斗，故意若无其事地说：“机·丹尼尔替我安排了一趟太空城之旅。”

“太空城！”恩德比立刻满脸怒容地抬起头来。

“是的，这是理所当然的下一步，局长。我想看看犯罪现场，当场提几个问题。”

恩德比断然摇了摇头。“我认为这并非好主意，利亚。我们已经做过详尽的现场搜证，我不相信你还能发现什么新东西，更何况他们是一群怪人。小心谨慎！对付他们需要格外小心谨慎，而你欠缺这种经验。”

他将丰腴的手掌按在额头上，以突如其来的激动口吻说：“我恨他们。”

贝莱也刻意在声音中透出敌意。“妈的，那机器人根本不该来，我也根本不该去。和机器人平起平坐已经够糟了，矮一截更令我受不了。当然，如果局长认为我不足以胜任这项调查工作，那么……”

“不是这样的，利亚，问题不在你，而在那些太空族，你不知道他们有多古怪。”

贝莱的眉头锁得更紧了。“既然这样，局长，请你跟我一起去吧。”这时，他放在膝盖上的右手，食中两指下意识地交叉起来。

局长瞪大了眼睛。“不，利亚，我不能去，你别为难我。”他显然好像及时刹住车，并没有一吐为快。然后，他带着虚假的笑容，改用平静许多的口吻说：“你也知道，我有很多公事需要处理，已经积压好几天了。”

贝莱若有所思地望着他。“那么我告诉你一个办法，你不妨稍后利用三维化身出现在那里。只要一下就好，明白吧，以便适时对我伸出援手。”

“嗯，可以，我想这点我做得到。”他的口气不怎么热切。

“太好了。”贝莱看看墙上的钟，点了点头，然后站起来，“我会和你保持联络。”

在离开这间办公室之际，贝莱回头望了一眼，还故意将关门的动作放慢几分之一秒。他瞧见局长正准备趴到桌上，将头埋进臂弯里，而且身为便衣刑警的他，几乎可以发誓听到了一声啜泣。

耶和华啊！他感到震惊不已。

当他越过大办公室时，走到一半突然停下脚步，就近在一张办公桌旁坐了下来。那张桌子的主人抬起头，随口打了个招呼，便继续忙自己的事，贝莱却完全没有理会他。

他从烟斗内取出隔板，用力一吹，再将烟斗反转，放在桌面的一个小型吸灰器上，下一刻，烟丝化成的白色灰烬便被一吸而尽。然后，他颇为懊悔地看了看空烟斗，重新装上隔板，最后将它放回口袋。又有一斗烟和自己永别了！

他开始重新考量刚才发生的一切，就某方面而言，恩德比的反应并不令他讶异。他早就料到自己安排这趟太空城之旅并不会很顺利；他也早就听过局长一再强调和太空族打交道有多么困难——即使是鸡毛蒜皮的小事，也得由经验丰富的谈判专家出马，否则势必凶险万分。

然而，他并未预期局长那么容易就让步了。在他的想象中，最起码恩德比也会坚持要和自己同行。面对这么重大的刑案，其他公事的那点压力根本不算什么。

而贝莱并不希望出现那种结果，他所希望的正是目前这样的安排。他就是要局长以三维化身的方式出现，以便能在一个安全无虞的地点，目睹一件事的全程经过。

安全两字正是关键。贝莱需要一个不会及时蒸发的目击证人，当作他自身安全的最低限度保障。

没想到局长二话不说，便一口答应下来。贝莱随即联想起临走前听见的啜泣声（虽然细微难辨），心中不禁感叹：耶和华啊，学长承受的压力快要令他崩溃了。

这时，贝莱身旁冒出一个愉悦却含糊的声音，吓了他一大跳。

“你又在搞什么鬼？”他凶巴巴地问。

机·山米脸上维持着那个愚蠢的笑容。“杰克要我告诉你，利亚，丹尼尔在等你了。”

“好，你可以滚了。”

他望着那个机器人的背影，忍不住直皱眉头。一个那么笨拙的金属装置，竟然把自己的名字随时挂在嘴上，真是欺人太甚了。当初机·山米刚进警局的时候，他就曾经抱怨过这件事，但局长耸了耸肩，解释道：“凡事不能两头兼顾，利亚。民众要求公务机器人必须内设强大的友善线路，好吧，结果就是这样。他对你有好感，所以他毫无顾忌地直呼你的名字。”

友善线路！事实上，无论任何类型的机器人，一律不可能伤害人类，这正是所谓的“机器人学第一法则”：

“机器人不得伤害人类，或因不作为而使人类受到伤害。”

在每一个正子脑的制作过程中，这条命令都被深深印在基础线路上，没有任何情绪能够干扰或取代它，所以毫无必要加装特定的友善线路。

但是局长的说法也没错，地球人对机器人的疑虑已经到了非理性的程度，因此友善线路必须存在，正如同每个机器人都必须配上一张笑脸。至少在地球上，无论如何有其必要。

不过，机·丹尼尔却从来不曾微笑。

贝莱一面叹气一面起身，心想：太空城是下一站——也或许就是终点站！

如今，大城警方和某些高级官员仍有一项特权，那就是乘坐警车驶过大城内各条通道，甚至可以使用一向禁止行人进入的古代地下公路——多年来，自由派人士一再要求将这些公路改建成儿童游乐场或购物区，不然改为捷运带或缓运带也好。

然而，诸如“安全至上！”这样的强烈呼吁始终势不可当。

万一发生社区消防设施无法自行扑灭的大型火灾，万一发生电力或通风系统的大规模故障，更重要的是，万一发生严重的暴动，那么大城的警消人员必须有办法尽快抵达现场。因此，无论现在或将来，这些公路都具有无可取代的重要性。

在此之前，贝莱曾经数度穿越这些公路，但空空荡荡的凄凉感总是令他心情沮丧。感觉上，温暖且充满生命脉动的大城仿佛远在百万英里外。坐在警车的驾驶座上，眼前的公路就像一条中空的巨蟒，不断向前延伸；每当经过一段弯道，它又会沿着新的方向继续展延。而在身后，他不看也知道，则是另一条不断收缩封闭的中空巨蟒。这些公路虽然一律灯火通明，但在一片沉寂和空虚之中，光亮显得毫无意义。

机·丹尼尔并未试图打破沉寂，也并未试图填补这份空虚。他只是直直地望着前方，就像当初面对人潮汹涌的捷运带一样，他对空荡荡的公路同样无动于衷。

说时迟那时快，这辆警车突然鸣起警笛，同时猛然蹿出公路，转入属于大城通道系统的“车道”。

为了表示对旧日的崇敬，每条车道仍一板一眼地在重要通道口设置路标。不过，这些车道上的车辆早已消失无踪，只剩下警车、消防车和维修车辆偶尔使用，因而总有行人毫无顾忌地走在上面。这时，由于贝莱的车子声势惊人，众人狼狈地连忙四散走避。

听见噪音自四面八方涌来，贝莱大大松了一口气，可惜好景不长，他们又走了不到二百码，噪音便逐渐消失，因为警车已转进通往太空城入口的另一条车道。

太空城的警卫显然一眼就认出了机·丹尼尔，纷纷向他点头致意。虽然他们都是人类，却丝毫不觉得有什么不自然。

其中一名警卫向贝莱走过来，行了一个完美但稍嫌僵硬的军礼。他身型高大，神情严肃，不过就体格而言，他并非机·丹尼尔所代表的那种十全十美的太空族。

他说：“阁下，请出示您的身份证件。”

接过证件后，警卫迅速但详尽地检视了一遍。贝莱注意到他戴着一副肉色手套，而且两个鼻孔各塞了一个几乎看不见的滤器。

警卫又敬了一个礼，然后归还了证件。“这里有一间小型的男用卫生间，如果您想淋浴，我们十分欢迎。”他说。

贝莱打算说并没有这个必要，但就在警卫后退之际，他发觉机·丹尼尔趁机拉了拉自己的袖子。

机·丹尼尔说：“根据惯例，以利亚伙伴，大城居民进入太空城之前都要淋浴。我知道你绝不希望由于消息不灵通，而令你自己或你我为难，所以我才直言不讳。我还要进一步建议，如果你有任何卫生上的需要，最好顺便处理一下。在太空城里面，并没有任何相关设施。”

“没有相关设施！”贝莱大声喊道，“但这是不可能的。”

“当然啦，我的意思是，”机·丹尼尔说，“没有供大城居民使用的相关设施。”

贝莱脸上露出明显的惊讶与敌意。

机·丹尼尔说：“很抱歉，惯例如此，我只能表示遗憾。”

贝莱一语不发地走进卫生间，随即觉得（而非看到）机·丹尼尔跟着自己走了进来。

他心想：监视我吗？要确保我把大城的灰尘通通洗掉？

在狂怒之中，他猛然想起自己给太空城所准备的“惊喜”，心头不禁一阵快感。虽然这样做等于拿着一把手铳抵住自己胸口，他却突然不在乎了。

卫生间相当小，但设备齐全，而且非常干净，就像刚刚消毒完毕。空气中有点刺鼻的气味，贝莱刻意闻了闻，一时之间并没有答案。

不久他便想到：臭氧！原来他们是利用紫外辐射来消毒。

一个小型指示灯明灭了几次，然后便一直亮着，上面有一排字："访客请脱去所有的衣物和鞋袜，置于下方容器内。"

贝莱勉强照做。他先解下手铳，等脱光衣服后，再将手铳皮带缠在腰际。可想而知，感觉上又重又不舒服。

那个容器随即关上，吞没了他的衣物。原先的指示灯熄灭了，前方又亮起一个新的指示灯。

灯上写着："访客请料理卫生需求，然后根据箭头指示使用淋浴。"

贝莱觉得自己好像装配线上的一台工具机，正在被远方的力场刀慢慢切割成形。

进入小小的淋浴间之后，他的第一个动作就是将手铳皮套的防湿盖拉出来，上下左右紧紧扣住。基于长时间的练习，他仍有把握五秒钟内抽出手铳。

由于里面没有可挂东西的把手或挂勾，甚至看不到莲蓬头，他只好将手铳放在淋浴间入口附近。

此时，另一个指示灯亮了，上面写着："访客请将双臂向前伸直，站在淋浴间中央，双脚踩在指定位置。"

等到他踏进中央凹陷处，指示灯随即熄灭。与此同时，一股又一股强劲的泡沫，分别从天花板、地板以及四周墙壁喷到他身上，他甚至觉得脚底下都有水柱向上喷。足足有一分钟的时间，在热力和压力双重冲击下，他的皮肤逐渐变红，而在温热的雾气中，他的肺脏必须使尽全力吸取空气。接下来的一分钟，低压的冷水取代了原先高温高压的泡沫，而最后一分钟，则有温暖的空气将他吹得干爽舒适。

他拾起了手铳皮带，发觉整条皮带同样干燥而温暖。他将皮带系好，踏出淋浴间，正巧看见机·丹尼尔从隔壁间走了出来。理当如此！机·丹尼尔虽然不是大城居民，身上仍然累积了大城的灰尘。

贝莱几乎自然而然移开了目光，然后才想起大城的习俗并不适用于机·丹尼尔，于是他又强迫自己将视线转回来一下子。他的嘴角随即扯出一丝笑容，原来机·丹尼尔和人类的相似之处并不止于脸孔和双手，而是浑身上下全部达到足以乱真的程度。

贝莱循着一路走来的方向继续前进，果然发现自己的衣物等在前面。它们不但叠得很整齐，而且散发出一股温暖洁净的气味。

又一个指示灯亮起："访客请重新着装，再将一只手放在指定的凹槽。"

贝莱依言照做。当他将右手放在一尘不染的乳白色凹槽之后，立刻感到中指指尖传来一下明显的刺痛。他连忙举起手，发现一小滴血正渗出来，好在不多久便止住了。

他将那滴血甩掉，用力捏了捏手指，但是并未再挤出任何血丝。

显然，他们是在分析他的血液，这着实令他感到忐忑不安。他可以肯定，局里那些医生替自己所做的年度健康检查并没有那么详尽，或者应该说，他们不具备这些外太空怪胎那么渊博的知识。可是，贝莱并不确定他想不想深究自己的健康状况。

他觉得仿佛等了很长的时间，指示灯才重新亮起，好在上面只是写着："访客请前进。"

贝莱大大松了一口气，继续往前走。当他正准备通过一道拱门，两条金属棒突然横挡在他面前，半空中还冒出几个字："访客注意，不得继续前进。"

“搞什么鬼……”贝莱脱口而出，他实在气坏了，忘了自己仍在卫生间。

机·丹尼尔的声音在他耳畔响起：“我猜电子鼻侦测到了某种能量源，你是不是带着手铳，以利亚？”

贝莱猛然转身，满脸涨得通红。他至少试了两次，才勉强发出沙哑的声音：“警官随时随地不远离手铳，上下班皆然。”

这可是他成年之后，第一次在卫生间里面开口说话。上次这样做时他才十岁，那回是他和波瑞斯舅舅一起去卫生间，而他只是因为踢到脚趾，下意识地抱怨了一句。等到回家后，波瑞斯舅舅痛打他一顿，并且狠狠告诫他，务必牢记公共场所的礼节。

机·丹尼尔说：“访客一律不得携带武器，这是我们的惯例，以利亚。即使是你们的局长，他每次来访也会将手铳留在这里。”

倘若换成其他情况，贝莱几乎都会转身一走了之，不但离开太空城，而且再也不和这个机器人打交道。然而，这时他实在太想执行自己所拟定的方案，实在太想扎扎实实进行自己的复仇计划。

他想，虽然刚才的健康检查比起早年已经温和得多，但自己的体会还是十分深刻，能够百分之百理解导致当年“关卡暴动”的那种怒火。

贝莱愤愤不平地解开手铳皮带，机·丹尼尔接了过去，将它放入一个壁槽内，一条薄薄的金属片立刻滑下来，封住了整个壁槽。

“可否请你将拇指按在这里，”机·丹尼尔说，“从现在起，就只有你的拇指能开启了。”

贝莱突然觉得自己像是赤身裸体，而且，相较于刚才在淋浴间，现在这种感觉更加强烈。就这样，他走过刚才被金属棒阻挡的地方，最后终于走出卫生间。

他再度置身于一条通道，可是其中充斥着一种古怪的气氛。比方说，前方的光线显得相当陌生，同时，他感觉到一股气流拂过脸庞，自然而然联想起刚有警车开过。

机·丹尼尔想必看出他满脸不自在，连忙解释：“你现在等于已经来到露天空间，以利亚，一切都是天然的。”

贝莱觉得有点恶心。太空族仅仅由于某人来自大城，就对他采取这么严密的防范，而他们自己却呼吸着露天的肮脏空气，这究竟是何道理？他用力缩紧鼻孔，仿佛如此便能较有效地过滤吸入的空气。

机·丹尼尔说：“我相信你终究会发现，天然空气并不会危害人类的健康。”

“好吧。”贝莱有气无力地说。

恼人的气流仍不断冲击他的脸庞，虽然很轻柔，但也很古怪，令他心神不宁。

更糟的是，通道远方竟然呈现一片蓝色，而当他们抵达通道口，随即有强烈的白色光芒倾泄而下。贝莱并非没见过阳光，某次出任务时，他曾进入一间天然日光浴馆，不过由于四周有防护玻璃阻隔，太阳的影像被折射成一个不起眼的光晕。反之，此地则是全然的露天环境。

他自然而然抬头望了望太阳，又连忙低下头来，但还是免不了眼冒金星，而且泪水直流。

一名太空族向他们走来，贝莱顿时感到坐立不安。

然而，机·丹尼尔却向那人迎了上去，并且和他握了握手。那太空族随即转身面对贝莱，对他说：“警官，请跟我走好吗？我是汉·法斯陀夫博士。”

进了穹顶屋之后，情况便好些了。贝莱不知不觉眼珠转个不停，室内空间的宽敞以及规划之随性令他惊叹不已，但另一方面，他很庆幸能够回到有空调的环境。

法斯陀夫坐下来，交叠起一双长腿，然后说：“我猜你目前还无法接受自然风。”

他表现得似乎很友善。贝莱趁机打量他，只见他的额头有些细小的皱纹，眼下和下巴的皮肤已经有些松垮；他的头发虽然稀疏，但没有灰白的迹象。此外，他有一对颇大的招风耳，使他看起来其貌不扬，甚至有些滑稽，让贝莱产生了几分亲切感。

今天早上，贝莱又将恩德比在太空城拍摄的照片看了一遍。那时，机·丹尼尔刚刚安排好太空城之旅，贝莱满脑子想的都是即将和太空族面对面了。虽然他曾数度和远在几英里外的他们通话，但在感觉上，透过载波和当面接触可是天差地远。

总体来说，那些照片里的太空族和胶卷书中的人物差不多：身材高大、满头红发、神情严肃、面貌俊美。或者说，他们都很像机·丹尼尔·奥利瓦。

且说当时，机·丹尼尔将那些太空族的名字一一告诉贝莱，贝莱突然指着一个人，惊讶地说：“这不会是你吧？”机·丹尼尔回答：“不是我，以利亚，那是我的设计者萨顿博士。”

他说这句话的时候，不带一丝个人情感。

“你的制造者照着自己的形象造人？”贝莱语带讽刺地问，但并未得到任何回应，而且老实说，他也未曾指望能问出什么结果，因为据他了解，《圣经》在外围世界的流传程度趋近于零。

而现在，贝莱望着这位非常不像一般太空族的汉·法斯陀夫，身为地球人的他觉得感激不尽。

“你想不想吃点东西？”法斯陀夫指着面前的桌子问。

这时他与机·丹尼尔坐在同一边，和他们的地球访客隔桌相对。桌上只有一个大碗，里面盛满五颜六色的球体，贝莱原本以为那是装饰品，这时不禁有点讶异。

机·丹尼尔解释道：“这些水果全部来自奥罗拉上的天然植物，我建议你试试这种，它叫做苹果，出了名的好吃。”

法斯陀夫笑了笑。“当然，这并非机·丹尼尔的个人经验，但他说得相当正确。”

贝莱拿起一颗红里透绿的苹果，它摸起来凉凉的，闻起来有一股淡淡的香味。他将苹果凑到嘴旁，鼓起勇气咬了一口，不料果肉竟然出奇地酸，令他的牙齿很不好受。

他小心翼翼地咀嚼着陌生的果肉。当然，在配额范围内，大城居民都能享用天然食物，他自己就经常吃到天然肉类和面包。不过，那些食物总是经过某种处理，例如烹煮或碾磨、混合或化合。至于所谓的水果，正确地说其实都是果酱或果干。而他手中这颗苹果，却一定是直接来自另一颗行星的土壤。

他心想：希望他们至少清洗过。

想到这里，他再度质疑太空族对于清洁的定义和标准。

法斯陀夫开始说：“让我更具体地自我介绍一下，针对萨顿博士的谋杀案，我负责太空城这端的调查工作，正如同恩德比局长负责大城那一端。如果我能对你提供任何帮助，请你尽管开口。我们和你们一样，极其希望不声不响地解决这次的危机，并且防止类似事件再度发生。”

“谢谢你，法斯陀夫博士。”贝莱说，“我很认同你这种态度。”

客套话到此为止吧，他这么想。然后，他朝苹果核心部分咬了一口，立刻有几个硬硬的小颗粒弹进他嘴里。他下意识地用力一吐，黑黑的小颗粒便一一坠落地面，要不是法斯陀夫闪避得快，其中一颗就会打中他的小腿。

贝莱满脸通红，赶紧弯下身去。

法斯陀夫和气地说："真的没关系，贝莱先生，请你别管了。"

贝莱重新挺直腰，小心谨慎地将吃剩的苹果放在一旁。他有个尴尬的预感，一旦自己离开这里，那些小颗粒就会被一个个吸起来，此外整碗水果都会被烧掉，或是丢弃到太空城外很远的地方，而他们待过的这个房间则会彻底喷洒杀毒药水。

为了掩饰自己的窘态，他顾不得礼貌，赶紧转移话题："希望能允许我邀请恩德比局长，以三维化身的方式参加我们的会议。"

法斯陀夫扬了扬眉。"既然你开口，当然没问题。丹尼尔，请你进行连接好吗？"

贝莱惴惴不安地僵坐在那里，紧盯着房间的一角，那里有个巨大的平行六面体，亮晶晶的表面正逐渐转趋透明，朱里斯·恩德比局长和半张办公桌就在其中出现。直到这一刻，贝莱才感到如释重负。他忽然觉得这个熟悉的形象太可爱了，而且好希望能和他一起安然地待在那间办公室——或是待在大城任何角落都好，即使是最讨人嫌的泽西酵母区也无所谓。

既然目击证人出现了，贝莱认为没必要再拖延，于是说："我确信自己已经揭开了萨顿博士死亡之谜。"

从眼角的余光，他看见恩德比猛然跳了起来，手忙脚乱地抓向飞掉的眼镜（这回成功了）。但是站起来之后，局长头部超出了三维接收器的范围，于是不得不重新坐下，只见他涨红了脸，一句话也说不出来。

法斯陀夫博士虽然也很震惊，但他的反应温和得多，只是将头偏向一侧。唯一不为所动的，只有机·丹尼尔一个人。

"你的意思是，"法斯陀夫说，"你知道凶手是谁？"

"不，"贝莱说，"我的意思是并没有发生谋杀案。"

"什么！"恩德比尖叫一声。

“慢着，恩德比局长。”法斯陀夫一面说，一面举起手来，然后，他紧盯着贝莱的眼睛，问道：“你的意思是，萨顿博士还活着？”

“是的，博士，而且我相信，我知道他在哪里。”

“在哪里？”

“就在这里。”贝莱坚定地指着机·丹尼尔·奥利瓦。

第八章
机器人?

接下来好一阵子，贝莱能够清清楚楚查觉到自己的脉搏，而在他的感觉中，时间似乎完全静止了。机·丹尼尔的表情一如往常，看不出任何情绪，而汉·法斯陀夫仅仅流露出斯文人的惊讶，没有其他更激烈的表情。

然而，贝莱最关心的还是朱里斯·恩德比局长的反应。但由于三维接收器的效能并不完美，恩德比的脸孔总是出现轻微闪动，分辨率也不够理想，雪上加霜的是这位局长又戴着眼镜，使得贝莱几乎看不清他的眼神。

贝莱心想：千万别崩溃，朱里斯，我需要你。

其实，他并不担心法斯陀夫会由于一时冲动而仓促采取行动，因为他曾经读过一段记载：太空族没有任何宗教信仰，而是以冷冰冰的、提升到哲学层次的“唯智主义”取而代之。他相信这个说法，并将赌注押在上面——他们凡事一定会慢慢来，而且一定会以理性为基础。

假使这里只有他一个地球人，那么在说完刚才那番话之后，他确定自己绝不可能再回到大城，因为冷酷的理性不会允许。对太空族而言，他们的计划要比一个大城居民的性命更重要许多倍。他们会找个借口搪塞朱里斯·恩德比；或许他们会将自己的尸体交给这位局长，然后摇摇头，声称这是地球人的阴谋再度得逞。局长会相信他们，他就是这种人。若说他恨太空族，那也是由惧生恨。总之，他不敢不相信他们。

这就是为什么局长必须成为真正的目击证人，而且必须安然置身于太空族的精密算计之外。

这时，尚未完全回过神来的局长吃力地说："利亚，你大错特错了，我见过萨顿博士的尸体。"

"你见到的只是一团烧焦的东西，是他们告诉你那是萨顿博士的尸体。"贝莱大胆反驳，与此同时，他没好气地想到局长那副摔坏的眼镜，对太空族而言，那可是天上掉下来的礼物。

"不，不，利亚。我和萨顿博士很熟，而他的头部依然完好，所以死者的确是他。"局长不安地摸了摸眼镜，仿佛他自己也想到了那回事，赶紧又补充："我看得很仔细，非常仔细。"

"那么这位呢，局长？"贝莱再度指着机·丹尼尔，"难道他不像萨顿博士吗？"

"像归像，但是一尊雕像也会像。"

"面无表情这件事是可以假装的，局长。假设你所看到的尸体其实是个机器人，你说看得很仔细，可是究竟有多仔细？你能否分辨，伤口到底是被手铳轰成焦黑的有机组织，还是在熔解过的金属上覆盖着一层碳化物质？"

局长带着厌烦的表情说："你越说越荒唐了。"

贝莱转向那位太空族。"你们是否愿意挖出尸体来开棺验尸，法斯陀夫博士？"

法斯陀夫博士微微一笑。“原则上我不反对，贝莱先生，可是只怕办不到。我们从不埋葬死者，太空族的葬礼一律使用火化，没有任何例外。”

“可真方便哪。”贝莱说。

“请告诉我，贝莱先生，”法斯陀夫博士说，“你到底是用什么方法，才得到这个离奇至极的结论？”

贝莱心想：他还不肯放弃，他会想尽办法抵赖到底。

他一口气说：“这并不困难。想要模仿机器人，除了呆滞的表情和硬邦邦的说话方式，还要照顾其他许多细节。你们这些来自外围世界的人，问题在于早就和机器人相处惯了，你们几乎将他们视为人类，于是你们对于两者的差异逐渐视而不见。在地球上则不然，我们非常清楚机器人是什么东西。

“首先我要指出，机·丹尼尔这个‘机器人’实在太像人类了。他给我的第一印象就是一名太空族，后来我花了很大的力气，才调整自己的心态，相信他是机器人。当然啦，这是因为他根本就是太空族，而并非机器人。”

机·丹尼尔插嘴道：“我告诉过你，以利亚伙伴，我的设计就是要让我能融入人类社会一段时间，酷似人类正是为了这个目的。”他侃侃而谈，并未因为自己正是这场争论的焦点而有丝毫不自然。

“甚至不厌其烦地仿造人体所有的外观，”贝莱追问，“虽然有些部位在一般情况下总是藏在衣服里面？甚至连机器人根本不会用到的器官，也仿造得惟妙惟肖？”

恩德比突然说：“你是怎么发现的？”

贝莱有些脸红。“我在……在卫生间，忍不住多看两眼。”

恩德比一副惊讶不已的表情。

法斯陀夫说：“想必你也了解，若要真正实用，相似度就必须百分之百。就我们的目的而言，半吊子的仿造只能得零分。”

贝莱忽然改口问：“我可以抽烟吗？”

虽说一天抽三斗烟简直是穷奢极侈，但此时此刻他正身冒奇险，亟需烟叶来帮助自己放松。毕竟，他正在和太空族唇枪舌战，要设法逼他们将谎言吞回肚子里。

法斯陀夫说：“抱歉，我希望你别抽。”

贝莱清楚地感到这个“希望”具有命令的力量，但由于原本的预期太过乐观，他早就将烟斗抓在手上，这时只好再放回口袋。

这当然是自讨没趣，他在心中自我检讨。恩德比没有事先警告我，是因为他自己不抽烟，但这也太明显了，谁都可想而知。在那些卫生至上的外围世界，他们自己不抽烟、不喝酒，杜绝了人类所有的不良嗜好，怪不得在那个该死的——丹尼尔称它什么？碳／铁社会？他们无条件接受机器人；怪不得丹尼尔能将机器人扮演得惟妙惟肖，因为骨子里他们全是机器人。

他说：“百分之百相似这一点，只是众多疑点之一。昨天，当我将他带回家的时候，”贝莱无法决定该称他机·丹尼尔还是萨顿博士，只好用手一指，“我家附近险些发生一场暴动。是他平息了那场风波，而他所用的方法，竟然是拿手铳指着滋事的群众。”

“老天，”恩德比中气十足地喊道，“报告上说是你……”

“我知道，局长，”贝莱说，“那份报告的内容是我提供的，我不希望正式记录上写着有一个机器人曾经威胁要轰死人类。”

“不行，不行，当然不能写。”恩德比显然吓坏了，他身体向前倾，查看一个位于三维接收器之外的东西。

贝莱猜得到，局长是在检查电力计，以确定发射机没有遭到窃听。

“这也是你的论证之一？”法斯陀夫问。

“那还用说，机器人学第一法则要求机器人不得伤害人类。”

“可是机·丹尼尔并未造成任何伤害。”

“没错。事后他甚至表明，在任何情况下，他都绝对不会开火。话说回来，我从未听过有哪个机器人能违背第一法则的精神到了威胁人命的程度，即使他并未真正打算这么做。”

“我懂了。你是机器人学专家吗，贝莱先生？”

“不是，但我上过普通机器人学和正子线路分析的课程，博士，所以我也不能算门外汉。”

“很好。”法斯陀夫表示赞同，“但你该知道，我是真正的机器人学专家，而我可以向你保证，机器人心智的一大特点，在于完全从字面意义来诠释万事万物；对它而言，第一法则就是那几个字，背后并没有什么‘精神’。你们地球人所使用的那种简单机型，它们的第一法则或许被加上好些额外的安全机制，所以没错，它们很可能无法威胁人类。可是，像机·丹尼尔这样的先进机型则另当别论。根据我对当时情况的猜测，为了阻止那场暴动，丹尼尔确有必要那么做。他的目的是要防止人类受到伤害，所以他是在服从而并非违反第一法则。”

贝莱内心七上八下，但尽力维持表面的镇定。战况越来越白热化，但即使对方另辟战场，他也绝不要输给这个太空族。

他说：“我提出的各项疑点，你或许能逐一反驳，但如果把它们加起来，我看你就没辄了。昨天晚上，当我们在讨论所谓的谋杀案时，这位自称机器人的仁兄曾说，他之所以能扮演侦探，是因为他的正子线路加装了一种新的驱力，那就是，听好了，正义的驱力。”

“我可以替这件事背书。”法斯陀夫说，“那是三天前，在我亲自监督下完成的。”

“正义的驱力？正义，法斯陀夫博士，是个抽象的概念，只有人类懂得这两个字。”

“如果你将‘正义’定义成一个抽象概念，如果你说正义就是善有善报、恶有恶报，或者就是坚持公正和公义等等，那么我也同意你的论点，贝莱先生。以我们目前的知识水平，的确无法在正子脑中模拟出人类对抽象概念的理解。”

“所以说，你也承认这一点——以机器人学专家的身份？”

“当然承认。但问题是，机·丹尼尔所说的‘正义’到底作何解释？”

“根据我们的谈话内容判断，他对这两个字的解释，和你我或任何人类的解释如出一辙，那绝非机器人所能做的解释。”

“你何不直接问他，贝莱先生，要他自己下个定义。”

贝莱觉得信心有点动摇了，他转身面对机·丹尼尔。“你怎么说？”

“什么事，以利亚？”

“你对正义的定义是什么？”

“所谓的正义，以利亚，就是让所有的法律都发挥应有的效力。”

法斯陀夫点了点头。“对一个机器人而言，贝莱先生，这是个很好的定义。所以说，在机·丹尼尔脑中有个内建的渴望，让他想要见到所有的法律都发挥效力。对他而言，正义是非常具体的东西，因为正义建立在有效的执法之上，而有效的执法又建立在明确的法律条文之上，这其中没有任何一环是抽象的。对人类而言，或许可以根据抽象的道德标准，看出某些法律是恶法，将导致不公正的结果，可是你怎么说呢，机·丹尼尔？”

“不公正的法律，”机·丹尼尔心平气和地说，“是一个自相矛盾的名词。”

“对机器人而言正是如此，贝莱先生。所以你明白了吧，你心目中的正义和机·丹尼尔所谓的正义绝不能混为一谈。”

贝莱猛然转向机·丹尼尔，冷不防地说：“昨天夜里，你曾经离开公寓。”

机·丹尼尔答道：“是的，如果我的行动打扰到你们的睡眠，我向你道歉。”

“你去了哪里？”

“去男用卫生间。”

一时之间，贝莱哑口无言。这个答案是他早已认定的事实，但他并未指望机·丹尼尔会主动承认。他觉得自信又悄悄溜走一点，但他仍旧坚守阵地。局长正在观看这场论战，他的目光在双方身上来来往往。贝莱提醒自己，无论对方使出什么诡辩，都绝对不能退缩，一定要坚持住自己的论点。

他说：“我们抵达社区之后，他坚持要和我一起进卫生间，但他的借口相当拙劣。而正如他刚刚承认的，他在半夜又离开我家，去了卫生间一趟。如果他是人类，我会说这么做合情合理，道理太明显了。然而，身为机器人，这种举动就毫无意义，因此唯一的结论就是——他是人类。”

法斯陀夫点了点头，可是似乎毫无认输的迹象。他说：“实在太有趣了，让我们来问问丹尼尔，昨夜他为何要去卫生间。”

恩德比局长倾身向前。“拜托，法斯陀夫博士，”他咕哝道，“这种问题可不……”

“你不必担心，局长，”法斯陀夫弯起薄薄的嘴唇，做出一个似笑非笑的表情，“我确信丹尼尔的答案不会刺激到你或贝莱先生的敏感神经，还不赶紧告诉我们，丹尼尔？”

机·丹尼尔说："昨天晚上，以利亚的妻子洁西在离开公寓时，对我还相当客气，显然她还毫无理由怀疑我并非人类。但回来的时候，她已经知道我是机器人了。因此可以得到一个明显的结论：她是在公寓外面获悉这个秘密的。由此可知，昨晚我和以利亚的谈话遭到了窃听，否则我的秘密身份不会变得人尽皆知。

"以利亚告诉我，公寓的隔音效果极佳，但我们还是低声交谈，因此普通的窃听装置是无法得逞的。话说回来，很多人都知道以利亚是警察，如果大城中有个组织严密的阴谋集团，本事大到足以刺杀萨顿博士，他们想必也获悉了受命调查这件案子的就是以利亚。因此不能排除——甚至很有可能——他的公寓遭到间谍波束窃听。

"等到以利亚和洁西就寝后，我尽全力搜索那间公寓，偏偏找不到任何发射器，这就代表情况更复杂了。即使没有发射器，'聚焦双波束'也能进行窃听，可是这就需要更精密的设备。

"仔细分析这个情况，便能导致以下结论：大城居民只有在一个地方，可以爱做什么就做什么，不会受到任何干扰或质疑，那个地方就是卫生间。那里的绝对隐私是一种根深蒂固的习俗，你在里面甚至可以设定双波束，其他男士连看也不会看一眼。以利亚的公寓相当接近卫生间，所以距离因素并不重要，只要手提型即可发挥功能。我半夜去卫生间，就是要调查这个可能性。"

"你找到了什么？"贝莱立刻追问。

"什么也没找到，以利亚，没有任何双波束的迹象。"

法斯陀夫博士说："好啦，贝莱先生，在你听来这个答案还算合理吗？"

但此时贝莱已恢复了自信，他答道："乍听之下或许还算合理，不过距离完美无缺还差得远。我太太曾私下告诉我她是何时何地听到这个消息的，而他并不知道这件事。听着，她是在离家不久之后，便猜想到他是机器人，但当时风声早已流传了好几个钟头。所以说，他是机器人这项事实，不可能是从我们当晚的谈话中泄漏出去的。”

“虽然如此，”法斯陀夫博士说，“我想，他昨晚去卫生间这回事还是有了合理的解释。”

“可是却带出另一个无解的问题，”贝莱激动地反驳，“这个秘密究竟是何时、何地以及如何泄漏的？大城中出现一个太空族机器人的消息，到底是如何传开的？据我所知，我们这头只有两个人知道这个计划，那就是恩德比局长和我自己，而我们并未告诉任何人。局长，局里还有第三个人知道吗？”

“没有，”恩德比急忙澄清，“就连市长也蒙在鼓里。除了你我，就只有法斯陀夫博士知情了。”

“还有他。”贝莱又伸手一指。

“我？”机·丹尼尔问。

“我说错了吗？”

“我一直和你在一起啊，以利亚。”

“并非如此。”贝莱厉声喊道，“在我们进家门之前，我在卫生间至少待了半小时，这段时间，我们完全不知道对方在做什么。你就是利用这个时机，和你们在大城中的组织取得了联络。”

“什么组织？”法斯陀夫问。

“什么组织？”恩德比局长几乎同时冒出相同的四个字。

贝莱站了起来，转身面对三维接收器。“局长，下面这番话我希望你仔细听好，然后告诉我能否从中拼出什么来。首先，太空城发生了一桩谋杀案，而且无巧不巧，刚好发生在你正要去赴约会见死者的时候。你看到了一具所谓的尸体，可是那具尸体很快就被处理掉，以致无法再作更详细的检查。

“太空族坚称凶手是地球人，不过他们之所以敢这么指控，唯一的依据只是假设凶手在夜间独自从大城经过乡间来到太空城。这种可能性有多小，你老兄再清楚不过。

“他们的下一步，则是指派一个所谓的机器人来到大城；其实应该说，是他们坚持要派他来的。这个机器人抵达后，第一件事便是用手铳威胁一群人类，第二件事则是放出风声，让大家都知道大城中出现一个太空族机器人。事实上，这个风声的内容非常明确，所以洁西告诉我，据说那机器人正在和警方合作。这就代表要不了多久，大家便会想到乱用手铳的正是这个机器人。而此时此刻，或许已经谣言满天飞，就连酵母农业区和长岛的水耕厂，也无人不知有个杀手机器人正在四处游走。”

“这是不可能的，不可能的！”恩德比呻吟着。

“不，并非不可能，而且这正是真实的情况。局长，难道你看不出来吗？没错，大城中的确有个阴谋集团，但它是由太空城所遥控的。太空族希望发生谋杀案，他们希望引起暴动，他们希望太空城遭到攻击。事情闹得越大，借口也就越好——然后太空族的星舰就会降临，占领地球上每一座大城。”

法斯陀夫和和气气地说：“早在二十五年前，我们就能拿关卡暴动当借口。”

“那时你们还没准备好，现在万事俱备了。”贝莱感到心脏在胸腔内狂跳。

“根据你的指控，这是个相当复杂的计划，贝莱先生。如果我们想要占领地球，大可用简单许多的方式。”

“也许不行，法斯陀夫博士。这个所谓的机器人告诉过我，在你们那些外围世界上，大家对地球的看法绝对谈不上统一，我相信至少在这点上，他说的全是真话。也许直接占领地球并不能为母星同胞所接受，也许确有必要制造一个事端当借口，而且是个骇人听闻的重大事端。”

“例如一桩谋杀案，啊？是不是？而且必须是假的，这点你该接受吧？我希望你不会想要暗示，我们为了制造事端，真的杀掉一名同胞。”

“你们制造了一个酷似萨顿博士的机器人，把它轰掉后，再将残骸出示于恩德比局长。”

“既然，”法斯陀夫博士说，“我们在一场假谋杀中，利用机·丹尼尔扮演萨顿博士，就必须在其后的假调查中，让萨顿博士扮演机·丹尼尔。”

“正是这样，我当着目击证人的面揭穿你的阴谋。请注意，这位证人的真身并不在这里，所以你无法令他瞬间蒸发，而他又有举足轻重的地位，能取信于大城政府和华盛顿当局。我们已经知道你们的图谋，我们将会有所准备，如果有必要，我们的政府会直接诉诸你们的同胞，毫无保留地揭露这一切，我就不信太空族能容忍这种星际暴行。”

法斯陀夫摇了摇头。“拜托，贝莱先生，你越说越不合理了。真是的，你简直就是语不惊人死不休。可否暂且假设，仅仅假设而已，机·丹尼尔的确是机·丹尼尔，是个真正的机器人，在这个前提下，恩德比局长见到的尸体岂不真的是萨顿博士了？除非你认为尸体是另一个机器人，但这点几乎说不通。恩德比局长曾经目睹机·丹尼尔的制造过程，他可以证明这个机型是独一无二的。”

“如果扯到这个问题，”贝莱以顽强的口吻说，“局长并不是机器人学专家，你们有可能瞒着他造了十来个这样的机器人。”

“请别扯远了，贝莱先生。万一机·丹尼尔真的就是机·丹尼尔，你又怎么说？这么一来，你的整个推理架构岂不就垮台了？或是你还有其他的根据，能继续支持你坚信这个既胡闹又胡扯的星际阴谋？”

“他根本不是机器人！我咬定他是人。”

“你并未真正探究过这个问题，贝莱先生。”法斯陀夫说，“要分辨机器人和人类的差别，即使是非常像人的机器人，也不必根据他的一言一行来推理，那样反倒不可靠。比方说，你有没有试过用针戳戳机·丹尼尔？”

“什么？”贝莱惊讶得嘴巴都合不拢。

“这是很简单的实验，其他的实验或许就没那么简单了。例如他的皮肤和毛发看来都不假，但你有没有试着将它们放大来观察？此外他似乎也会呼吸，尤其当他利用空气来说话的时候，但你有没有注意到他的呼吸并不规律，有时几分钟根本没吸一口气。你甚至可以收集些他呼出的空气，测量其中的二氧化碳含量。还有，你还可以试着替他抽血，试着侦测他腕部的脉搏或胸部的心跳。你懂我的意思了吗，贝莱先生？”

“这只是一堆废话，”贝莱有点不安了，“我可不会给你唬到。我大可试着这么做，可是你想想，这个所谓的机器人会让我拿皮下注射器、听诊器或显微镜来研究他吗？”

“有道理，我懂你的意思。”法斯陀夫说完，望了机·丹尼尔一眼，并做了一个小手势。

机·丹尼尔用左手碰了碰右手的袖口，整条袖子的反磁接缝便从头裂到尾，令他的手臂整个露在外面。那是一条光滑、结实而且毫无异状的人类手臂，上面的古铜色汗毛无论在数量上或分布上都如假包换。

贝莱问：“怎么样？”

机·丹尼尔伸出左手的拇指和食指，捏住了右手中指的指尖，至于接下来有些什么细部动作，贝莱就看不清楚了。

不过，正如刚才反磁接缝的力场消失后，整条衣袖裂成两半，这时同样的事也发生在那条手臂上。

在一层薄薄的、类似肌肤的物质之下，竟然呈现一片灰蓝色，仔细一看，里面是不锈钢所制成的骨胳、韧带和关节。

“你想不想靠近一点，看看丹尼尔是如何运作的，贝莱先生？”法斯陀夫博士客客气气地问。

贝莱几乎没听见这句话，因为他的耳朵正在嗡嗡作响，而且局长还突然发出高亢且歇斯底里的大笑。

第九章
太空族

几分钟过去了，嗡嗡声越来越响亮，逐渐盖过远方的笑声。穹顶屋以及其中的一切似乎都在摇晃，就连贝莱的时间感也不例外。

最后，他终于发现自己仍坐在原来的位置，但明显感到一段时间已经消失。局长不见了，三维接收器变回不透明的乳白六面体；机·丹尼尔坐在他旁边，正捏着他上臂的一小块皮肤。在那块皮肤下面，贝莱看见一个"埋针"的细小暗影，它在自己的注视下逐渐消失，渗透进细胞间液，然后开始扩散至邻近的细胞和血液，最后抵达他全身每一个细胞。

他总算回到现实之中。

"你觉得好些了吗，以利亚伙伴？"机·丹尼尔问。

贝莱的确好多了，他试着将自己的手臂抽回来，机器人则完全配合。然后，他一面拉下衣袖，一面四下望了望。法斯陀夫博士仍面带微笑坐在原处，那抹笑容替他的平庸相貌加分不少。

贝莱问："我昏过去了吗？"

法斯陀夫博士答道："可以这么讲，想必你受到了相当大的震撼。”

贝莱清清楚楚地想起刚才发生的一切。他迅速抓起机·丹尼尔的一只手臂，尽量将袖子向上拉，以便露出手腕的部分。一摸之下，他发现这个机器人的肌肤虽然柔软，其下却有比骨骼更硬的东西。

机·丹尼尔任由自己的手臂抓在这位便衣刑警手中。贝莱开始审视这只手臂，并且沿着中线一路捏上去，心想，到底有没有一条看不见的接缝呢？

照常理来说，当然应该有。这个机器人故意造得酷似人类，全身包覆着人工皮肤，因此不可能用普通的方式进行修理；他的胸板不可能靠铆钉来拆卸，头颅也不可能借着铰链来开阖。所以，这个机械躯体的各个部分，必定是沿着微磁场的一条力线组装在一起的。只要找对位置轻轻一碰，就能令手臂、头颅甚至整个身体裂成两半，而轻触另一处则能使它还原。

贝莱抬起头，带着极度的羞愧含糊问道：“局长呢？”

“他临时有急事。”法斯陀夫博士说，“所以我劝他先退席，并向他保证我们会好好照顾你。”

“你的确将我照顾得相当好，谢谢你。”贝莱绷着脸说，“我想，我们的会已经开完了。”

他硬生生撑起疲累的身体，转眼间，突然觉得自己老了好多岁，老得再也无法东山再起了。此时此刻，他不需要什么神机妙算，就能轻易预见自己的未来——

局长的反应，一定是恐惧和愤怒参半。他会脸色苍白地面对着贝莱，而且每隔十五秒便摘下眼镜擦拭一次。然后，他会轻声细语地（朱里斯·恩德比这个人几乎从不咆哮）仔细解释太空族如何被气得半死。

“和太空族讲话不能用你那种方式，利亚，他们是不会接受的。”贝莱能在心中将恩德比的声音听得非常清楚，连最细微的抑扬顿挫也不会遗漏，“我要先警告你，很难说你造成了多大的伤害。你给我听好了，我明白你的想法，也明白你打算怎么做。如果他们是地球人，情况就完全不同，我会答应你，让你碰碰运气，冒冒险，揪出他们的狐狸尾巴。可是，太空族啊！你应该先告诉我一声，利亚，你应该先跟我商量一下。我了解他们，我彻彻底底了解他们。”

而贝莱又能如何回答呢？一、正巧恩德比就是绝对不能事先知情的那个人。二、这个计划冒着极大的风险，而恩德比生性却极其小心谨慎。三、恩德比自己曾特别指出，不论贝莱是彻底失败，或是取得错误的成功，都会导致极度的凶险。四、唯一能够避免他们遭到解雇的一条路，就是证明错在太空族自己……

恩德比又会这么说：“我们必须针对此事提出一份报告，利亚，然后各式各样的反应便会陆续出现。我了解太空族，他们会要求换人办这个案子，而我们必须照办。你该了解我的难处，利亚，对不对？我会设法从轻发落你，这点你大可放心；在能力范围内，我会尽力保护你，利亚。”

贝莱知道这番话句句属实，局长的确会设法保护他，但唯有在能力范围内，而不会，比如说，在火冒三丈的市长头上再添一把火。

他心中也能听到市长会怎么说：“他妈的，恩德比，这究竟是怎么回事？为什么事先不跟我商量？这座大城是谁在当家做主？为什么一个未经核准的机器人能够入城？而这个贝莱又到底在搞什么鬼……”

如果贝莱和局长两人在警界的前途只能顾全一个，贝莱还能有什么指望呢？他甚至找不到正当理由怪罪恩德比。

最好的结果是降级处分，而这就够惨了。这么说吧，即使遭到了解雇，只要仍旧生活在当今的大城，便能确保一定活得下去，可是活得下去是什么意思，他自己再清楚不过。

唯有依靠身份地位，才能挣得一些额外的权利：座位比较舒适、牛排比较精美、排队等候的时间较短等等。

对一个豁达的人而言，似乎不值得打破头去争取这些小小的特权。然而，不论一个人多么豁达，一旦拥有这些特权，绝对不会随便放弃，这就是问题所在。

比方说，如果过去三十年间，跑卫生间已经成为生活中再自然不过的一件事，一旦公寓里的脸盆获准启动，又能增加多少便利呢？即使想将它当作“地位”的表征，恐怕也派不上什么用场，因为炫耀“地位”是社会所不耻的行为。可是万一脸盆又遭到禁用，勤跑卫生间会是多么羞辱和令人难以忍受的一件事！在卧室刮胡子将会是多么难忘的甜蜜回忆！而这种失落感又是个什么滋味！

如今，政论作家每当回顾中古时代，会一窝蜂地以高高在上的态度否定当时的“金权主义”，亦即以金钱作为经济的基础。他们认为那时的生存竞争非常惨烈，由于“抢钱抢破头”的压力始终存在，因而无法维系一个真正复杂的社会。（学者对于“钱”的本质各有各的解释，但对于这句话的意义则并无歧见。）

相较之下，当今“公民精神”的效率和开明则受到高度的赞誉。

或许吧。然而，传奇性或感性的历史小说却都有不同的看法，而怀古人士则认为正是“金权主义”孕育了个人主义和进取心。

对于这个问题，贝莱原本不愿选边站。可是现在，他不得不扪心自问，一个努力抢钱的古人，和一个努力保有周日鸡腿的大城居民（在此所谓的鸡腿，是指家禽身上长出的真正肉类），两相比较之下，到底谁比较辛苦呢？万一失败了，谁又会比较难过呢？

贝莱心想：我倒无所谓，可是还有洁西和班呢。

这时，法斯陀夫博士的声音打断了他的思绪。“贝莱先生，你听见我说话吗？”

贝莱眨了眨眼睛。“啊？”他已经像呆子那样站在那儿多久了？

“你何不坐下来呢，警官？既然你心中的结已经解开，或许你有兴趣看看我们拍摄的影片，包括犯罪现场以及后续处理的经过。”

“不了，谢谢你，我在大城还有其他公事。”

“萨顿博士的案子该是第一优先吧。”

“对我而言不是，我想这个案子已经不是我的了。”说到这里，他突然万分激动，“他妈的，既然你能证明机·丹尼尔是机器人，为何不立刻澄清呢？你为什么要导演一出这样的闹剧？”

“我亲爱的贝莱先生，因为我对你的推论非常感兴趣。至于这个案子还是不是你的，我看很难说。在局长离开之前，我特别要求他把你留住，我相信他会合作的。”

贝莱有点心不甘情不愿地坐下。“为什么？”他猛然冒出一句。

法斯陀夫博士双腿交叠，叹了一口气。“贝莱先生，我遇见过的大城居民，一般来说分为两类，那就是暴民和政客。你们的局长对我们很有帮助，但他是个政客，他只会说我们想听的话，而且常常操弄我们，我想你了解我的意思。而你不同，你一来到这里，就大胆地指控我们犯了滔天大罪，而且努力设法证明你的论点。我很喜欢这种事，而且我认为这是很有希望的发展。”

“多么有希望？”贝莱语带讽刺地问。

“足够有希望了，因为我可以和你这个人直来直往。昨天晚上，贝莱先生，机·丹尼尔曾用屏蔽次乙太波向我报告，当时我就对你的背景非常感兴趣，比方说，你家里的那些藏书相当耐人寻味。”

“那些书怎么样？”

“有许多都是历史和考古方面的书籍，看来你对人类社会这个主题感兴趣，对它的演化也略有了解。”

“即使是警务人员，下班后也有读书的自由。”

“没错。我很高兴你把休闲时间花在这上面，这对于我想进行的沟通很有帮助。首先，我打算解释，至少试着解释，外围世界的同胞为何好像抱持着排外主义。我们住在太空城内，我们从不进入大城，我们只有在非常严苛的条件下，才和你们大城居民作有限度的来往。虽然我们呼吸露天的空气，但总是透过了过滤装置。此时我坐在这里，鼻孔塞着滤器，双手戴着手套，而且下定决心和你保持距离，你以为这都是为什么？”

贝莱说：“没必要让我猜吧。”他心中响起一个声音：让他自己讲。

“如果你的猜测和某些同胞一样，那么你会说，这是因为我们鄙视地球人，不愿和他们沾上边，以免丧失高高在上的地位。事实并非这样，而真正的答案实在相当明显：你所经历的健康检查以及清洁程序，没有一项是仪式，全部确有必要。”

“预防疾病吗？”

“对，正是这个原因，我亲爱的贝莱先生。话说当年，那些开拓外围世界的地球人，来到一个完全没有地球细菌和病毒的新世界。当然，他们自己带去一些，可是他们也带去了最先进的医疗和微生物科技。他们只需要对付那一小群微生物，而且中间宿主并不存在，例如没有蚊子传播疟疾，没有蜗牛传播血吸虫病。于是病原被一扫而空，只留下共生细菌继续繁衍。渐渐地，外围世界都变成了零疾病的环境，如此日久天长，外围世界便越来越不能承受疾病的侵袭，对地球移民的限制也自然就越来越严格。”

“你自己从未生过病吗，法斯陀夫博士？”

“从未生过有病原体的疾病，贝莱先生。当然，我们仍会罹患退化性疾病，例如动脉硬化。可是我从来没有得过你们所谓的感冒，万一染上了，我可能会病死，因为我对它毫无抵抗力。这就是我们太空城同胞所面临的问题，我们来到这里，其实是冒着一定程度的风险。地球上充满各种疾病，而我们毫无防范，我是指天然的防范。你自己身上几乎带着所有已知的细菌，但你浑然不觉，因为借着体内从小到大培养出的各种抗体，你在大多数的时候都能将那些细菌控制得很好，而我自己则欠缺那些抗体。你奇怪我为何不靠近你一点吗？相信我，贝莱先生，我之所以表现得那么不礼貌，纯粹只是为了自保。”

贝莱说：“如果真是这样，为何不让地球人知晓事实的真相呢？我的意思是，并非你们觉得我们恶心，而是为了防范一种真实的、具体的危险。”

这位太空族摇了摇头。“我们是少数，贝莱先生，何况还是不受欢迎的外人。为了我们自己的安全，我们不得不利用相当脆弱的威望，摆出高人一等的姿态。我们不能承认是我们不敢接近地球人，因为我们丢不起这个脸。除非有一天，地球人和太空族彼此更加了解。”

“以现在的条件，不可能出现那种情况。我们……他们之所以讨厌你们，正是由于你们装出来的那种优越感。”

“这是两难的困局，别以为我们自己不知道。”

“局长知道吗？”

“对他，我们从未像对你这样明白解释过。然而，他或许猜得到，他是个相当聪明的人。”

“假如他猜到了，应该会告诉我。”贝莱若有所思地说。

法斯陀夫博士扬了扬眉。“果真如此的话，你就不会考虑机·丹尼尔是真人的可能性了，对不对？”

贝莱微微耸了耸肩，想要敷衍过去。

但法斯陀夫博士继续说：“你该知道，事实理当如此。即使不考虑心理上的障碍，我是指噪音和群众带给我们的可怕压力，一名太空族进入大城仍然等于被判了死刑。这正是萨顿博士推动人形机器人计划的原因，他们是太空族的替代品，专门设计来替我们进入大城……”

“对，机·丹尼尔对我解释过这件事。”

“你不赞同吗？”

“听着，”贝莱说，“既然我们彼此开诚布公，就让我直截了当问你一个问题。你们太空族来到地球到底是为了什么？你们为何要来干涉我们的生活？”

法斯陀夫博士带着明显的惊讶说：“你对地球上的生活满意吗？”

“还过得去。”

“好，可是这样还能维持多久呢？你们的人口持续增长，于是你们只有越来越卖命，才能提供足够的热量给每一个人。地球已经走到死胡同了，老兄。”

“我们还过得去。”贝莱顽固地重复这句话。

“勉勉强强罢了。像纽约这样的一座大城，光是让清水进、废水出，就必须不遗余力了。核能发电厂需要铀来推动，而且需求量稳定增加，但就算跑遍太阳系，铀元素也是越来越难取得。此外，大城居民想要活下去，各种原料一刻也不可或缺：酵母农场需要木浆，水耕厂需要矿物质，而空气则必须不停地循环。这是一种在各方面都非常脆弱的平衡，而且一年比一年更脆弱。万一如此巨量的输入输出突然中断，哪怕只有一小时，请问纽约会变成什么样子？”

“从来没发生过这种事。”

“但不能保证将来不会发生。在原始时代，人口集中区基本上都是自给自足的，附近的农作物就能养活所有的人。除了直接的天灾，例如洪水、瘟疫或歉收，没有其他事物会对居民造成伤害。随着这些集中区逐渐成长，以及科技逐渐进步，发生天灾的集中区亦可藉由其他集中区伸出援手而渡过难关，代价则是互赖的地域范围日渐扩大。在中古时代，即使是最大的露天城市，也至少存有一周份的粮食和各种紧急用品。当纽约刚变成大城的时候，可以自行撑一整天，现在却连一小时也不行。一场天灾，如果一万年前仅仅造成生活不便，一千年前只能算事态严重，一百年前顶多是紧急状况，如今则一定会带来毁灭。”

贝莱有点坐不住了，频频更换姿势。“这些说法我早就通通听过。怀古人士希望废掉所有的大城，希望我们回归大地，重拾自然农业。嗯，我看他们都疯了，我们不能这么做。现在人口实在太多了，我们不可能回到过去，只能勇往直前。当然啦，如果移民外围世界没有那么严格的限制……”

“你也知道为何必须严加限制。”

“那还有什么解决之道呢？你根本是在缘木求鱼嘛。”

“移民到新的世界怎么样？银河系有上千亿颗恒星，根据估计，适合人类居住或是能改造成可住人的行星，至少也有一亿颗。”

“这太荒谬了。”

“为什么？”法斯陀夫博士激动地问，“这个建议为什么荒谬？地球人曾经开拓过其他行星，在五十个外围世界里，有超过三十个是由地球人直接开拓的，我们的母星奥罗拉也包括在内。难道地球人再也做不到了？”

“这……”

“答不出来了吗？让我来说说看，如果真的再也没有可能，那是因为地球上发展出了大城文明。大城出现之后，地球人的分工越来越专、越来越细，以致几十亿人全部粘在一起，不可能分出一部分到另一个新世界另起炉灶。另起炉灶这件事，过去的地球人曾经做过三十次；如今的地球人却个个娇生惯养，只能躲在温暖的钢穴里，事实上是遭到永久禁锢。你，贝莱先生，甚至不相信大城居民能够跨越乡间来到太空城，所以对你而言，跨越星空前往一个新世界就是不可能的平方了。所谓的公民精神正在毁灭地球，警官先生。”

贝莱气呼呼地说：“即便如此又怎么样？这和你们太空族又有什么关系？这是我们的问题，我们自己会解决。如果解决不了，也是我们自己下地狱。”

“你们宁愿一步步走下地狱，也不想换条路上天堂，啊？我了解你目前的感受，听一个陌生人对你说教绝非愉快的事。但我倒是希望你的同胞也能对我们说说教，因为我们也面临着一个相当类似的问题。”

贝莱冷冷一笑。“人口过剩？”

“我是说类似，而不是相同，我们的问题是人口过少。你看我有多大年纪？”

这位地球人考虑了一下，然后故意高估些。“我看你有六十岁。”

“你应该再加一百岁。”

“什么！”

“准确地说，我快要满一百六十三岁了。我是以地球标准年计算的，并没有玩什么数字游戏。如果我运气不错，如果我好好照顾自己，最重要的是，如果没有染上地球的疾病，我很有可能再活一百六十三年。在奥罗拉，已有不少超过三百五十岁的人瑞，而我们的平均寿命还在不断提高。”

贝莱望向机·丹尼尔（他一直在默默聆听这段对话），仿佛希望确认这件事。

然后他说：“这怎么可能呢？”

“一个人口过少的社会，当然需要致力研究老人病学，并尽量了解老化的过程。在你们那样的社会里，延长平均寿命会导致灾难，因为你们无法承受人口增加的后果。而在奥罗拉，即使人人活到三百岁也不成问题。所以说，我们的长寿当然要比你们的长寿珍贵两三倍。

“假如你现在死了，或许会损失四十年的寿命，还可能更少。但如果换成我，我将损失一百五十年的寿命，还可能更多。于是，在一个像我们那样的文明里，每个生命都极为重要。我们的出生率一向很低，人口增长则受到严格的控制。我们将机器人对人类的比例维持在一个定值，它能让每个人都过着最舒适的生活。而理所当然，当孩童处于发育期、尚未长大成人的时候，我们就会仔细筛检出那些有生理和心理缺陷的。”

贝莱插嘴道：“你的意思是，你们会杀掉那些……”

“杀掉那些不合格的。我向你保证，过程完全没有痛苦。乍听之下，你一定无法接受我们的做法，但你们地球人漫无节制地生育，同样令我们无法接受。”

“我们还是有节制的，法斯陀夫博士，每个家庭的子女人数都有限制。”

法斯陀夫博士挤出一个宽容的微笑。“子女人数虽有限制，但不一定是健康的子女。而且即使有明文规定，还是有很多人违法，使得你们的人口不断攀升。”

“谁又能决定哪些孩子应该活下去？”

“这是个相当复杂的问题，不是三言两语能够回答的，改天我们再好好讨论吧。”

“好，那么你们的问题到底是什么？听你这么说，你对你们的社会好像很满意。”

“它很稳定，但问题就出在这里，它太稳定了。”

贝莱说：“在你眼中简直没一个好的，我们的文明来到了混沌的边缘，而你们自己的文明又太稳定。”

“太稳定真有可能不是好事。过去两个半世纪以来，没有任何外围世界开拓过新的行星，在可见的未来也不会有这方面的计划。我们这些太空族一来寿命太长，所以不敢冒险，二来日子太舒服，所以舍不得放弃。”

“这我倒不清楚，法斯陀夫博士，你自己不就冒着染病的危险，来到了地球。”

“是的，没错。我们当中有些人，贝莱先生，觉得人类的未来太重要了，甚至值得我们拿倍增的寿命赌一赌。但我必须很遗憾地说，这样的人太少太少了。”

“好吧，我们说到重点了。太空城在这方面又能提供什么帮助？”

“我们尝试将机器人引进地球，以便全力颠覆大城经济结构的平衡。”

“这就是你所谓的帮助？”贝莱气得嘴唇发抖，“你的意思是，你们故意制造出一批又一批遭到撤换和解雇的地球人？”

“请相信我，我们的出发点完全是善意的。我们正需要这么一批遭到撤换的人，姑且借用你的说法，作为开拓外星的核心分子。正如历史上的美洲，是由满载罪犯的船只所发现的。难道你看不出来，那些遭到撤换的人已被大城彻底放弃了，他们已经一无所有，唯有离开地球，才能赢得一个新世界。”

“但这是行不通的。”

“对，是行不通。”法斯陀夫博士痛心地说，“因为出了一点问题，地球人对机器人的憎恨成了绊脚石。其实，那些被视为罪魁祸首的机器人，可以在人类抵达新世界之初，帮助他们解决适应上的种种困难，使得开拓外星变得实际可行。”

“然后呢，创造更多的外围世界？”

“不，早在公民精神席卷地球，甚至早在大城出现之前，外围世界就已经诞生了。我心目中那批新殖民者，将兼具大城文明以及早期碳／铁文明的背景，而新殖民地则会是一种综合体，一种混血生物。照现在的情势，在不久的将来，地球的社会结构就会摇摇欲坠，而在更久远的未来，外围世界也会慢慢衰退和衰败，反之，那些新殖民地会是一个崭新的健康品种，将两种文明的精华合而为一。我们这些旧世界，包括地球在内，则可藉由和它们的互动，让我们自己获得新生的力量。”

“我不知道该怎么讲，一切都太难料了，法斯陀夫博士。”

“是的，这只是个梦想，但你还是放在心上吧。”说到这里，这位太空族突然站了起来，“我和你会面的时间超过了我的预期，事实上，也超过了我们保健条例的允许。可否容我告退了？”

贝莱和机·丹尼尔离开了穹顶屋。阳光再次洒在他们身上，这次换了一个角度，色泽也黄了一点。贝莱心中隐隐然有个疑惑：不知在另一个世界，阳光会不会有些差别；或许比较不那么刺眼，比较宜人也说不定。

另一个世界？贝莱想，那位有着一对招风耳的太空族，在不知不觉间，将许多古怪的想法塞进了自己的脑袋。当年奥罗拉上那些医生，可曾望着幼小的法斯陀夫，考虑是否应该允许他长大？他会不会太丑了？或者应该说，他们的标准到底有没有包括外貌在内？丑到什么程度才算畸形，而哪些畸形会……

当他们走进通往卫生间那道门，阳光随即消失后，贝莱的情绪反倒更加起伏。

他义愤填膺地摇了摇头。简直是荒唐，竟然想强迫地球人移民，到外星建立一个新社会！根本就是一派胡言！这些太空族到底在打什么主意？

他努力思索，却百思不得其解。

随着警车在车道内缓缓前进，贝莱重新沐浴在真实环境中。他的手铳沉甸甸地紧贴着臀部，那是一种既温暖又令人安心的负担，而大城的喧嚣和纷扰也是同样温暖，同样令人感到安心。

在大城逐渐将他们吞没之际，他突然闻到一股轻微而且飘忽的刺鼻气味。

贝莱半信半疑地想：大城的空气竟然有味道。

他很快就想通了，一来，在这个巨大的钢穴里，足足塞了两千万人，二来，生平第一次，自己的鼻子被户外空气清洗了一遍。

他又联想到：在另一个世界，情况会不同吗？人口比较少，因而空气比较——比较干净？

不过，在午后大城的声浪包围下，那股气味逐渐淡去，最后再也闻不到了，贝莱忽然感到有点惭愧。

他将操纵杆慢慢向前推，以加强定向动力。警车转入一条空荡荡的公路，随即猛然加速。

“丹尼尔。”他唤道。

“什么事，以利亚？”

“法斯陀夫博士为何将他的所作所为，一五一十告诉我？”

“在我看来，以利亚，或许他希望用这种方式，让你明白这项调查工作有多么重要。我们不只是在侦办一桩谋杀案，我们还在拯救太空城，同时也是在拯救人类的未来。”

贝莱冷冷地说：“我觉得与其这样做，他还不如让我看看犯罪现场，顺便侦讯一下最先发现尸体的人。”

“我不太相信你能找到什么新线索，以利亚，我们的调查做得相当彻底了。”

“是吗？但你们一无所获，既没有找到线索，也没发现可疑人物。”

“对，你说得对，所以答案一定在大城这端。不过严格说来，我们还真的锁定过一名涉嫌人。”

“什么？你一直没对我提过。”

“我觉得没这个必要，以利亚，你当然看得出有个涉嫌人近在眼前。”

“谁？你在搞什么鬼，到底是谁？”

“唯一一位在现场的地球人，朱里斯·恩德比局长。”

第十章
午后

行驶在公路里的警车猛然靠边，最后停在冷冰冰的水泥墙旁。当引擎声停止后，四周只剩下一片迫人的静寂。

贝莱望着身旁那个机器人，大可不必地压低声音说：“什么？”

等待答案的时间感觉上特别漫长。在此期间，只出现了一阵细微的震荡，慢慢由弱而强，然后又逐渐消逝。那是另一辆有任务在身的警车，刚从后面超过他们，大概是赶去前方一英里处吧。或者，也可能是一辆消防车，正赶着去赴火神的约会。

贝莱的心思逐渐一分为二，其中一半开始关心起纽约大城“腹内”百转千回的公路系统，他想，不知还有没有人对这些公路了若指掌。虽说无论昼夜，整个公路系统都不可能有完全空无一人的时候，但一定有某些道路已经多年无人使用。他突然分外清晰地想起儿时读到的一个短篇故事。

那个故事用伦敦的公路当背景，以一桩不怎么起眼的谋杀案作为序幕。凶手犯案后，便准备逃往预先在公路里觅得的藏身之处（至少有一百年，那个尘封的角落只出现过他自己的脚印）。他打算待在那个被人遗忘的小天地，安安全全地静待风声过去。

不料他转错一个弯，在死寂的弯道之间迷了路，于是他发了一个疯狂而亵渎的誓言：即使圣父、圣子、圣灵和所有圣徒从中作梗，他也一定要找到自己的天堂。

从那时起，他再也未曾找到正确的方向。他在无尽的迷宫中徘徊，从濒临海峡的布来顿区辗转来到诺威治区，又从科芬特里区摸索到坎特柏立区。在伦敦大城的地底下，他不停地钻来钻去，从这头钻到那头，几乎钻遍中古英格兰的东南部。他的衣服成了破布，鞋子成了废物，他的气力越来越弱，偏偏从未真正耗尽。他很累很累，可是停不下来；虽然明知一定会走错路，他还是只能继续不断向前走。

偶尔他会听到有车子经过，但总是在隔壁车道，而且无论他跑得多快（如今他已万分乐意向警方自首），当他冲过去之后，迎接他的总是另一条空旷的车道。有些时候，他也会看到远方有个出口，可以让他重新回到大城的怀抱，但他越是往前走，出口却仿佛飘得越远，而一旦他转个弯，就再也看不到它了。

后来，那些为了执行公务而穿越地底的伦敦人，有时会看见一个模糊的身影，一瘸一拐、无声无息地走过来；他们还会见到一只半透明的手臂在挥动，一张嘴巴无声地开开阖阖。可是随着越走越近，它也越来越不稳定，终于消失在空气中。

这个故事的出处早已不可考，也就是说，它已经从小说晋身为民间传说了，而“浪游的伦敦人”则成了举世皆知的一个典故。

在纽约大城的地底深处，贝莱忽然想起这个故事，他不禁打了一个冷战。

机·丹尼尔终于开口：“我们可能会被窃听。”他的声音激起了轻微的回声。

“在这下面？门都没有。你说，局长到底有什么嫌疑？”

“他当时在现场，以利亚，而且他是大城居民，所以起初有无可避免的嫌疑。”

“起初！现在他仍涉嫌吗？”

“不了，我们很快就证明了他的清白。原因之一，他身上并没有手铳，因为这几乎是不可能的一件事。他是以正常方式进入太空城，这点我们相当肯定，而你也知道，手铳是一定会被扣下的。”

“对了，凶器究竟找到了没有？”

“还没有，以利亚，我们检查过太空城里每支手铳，没有任何一支最近曾经发射过。这点，只要检查辐射膛便能相当肯定。”

“所以说，不论凶手是谁，他要不是把凶器藏得很好……”

“绝对不会藏在太空城任何角落，我们找得相当彻底。”

贝莱不耐烦地说：“我是想要考虑所有的可能性。凶手要不是把它藏了起来，就是把它随身带走了。”

“完全正确。”

“而如果你只承认第二个可能性，那么局长就是清白的。”

“没错。当然，为了谨慎起见，我们还是对他做了一次大脑分析。”

“什么？”

“我所谓的大脑分析，是指对大脑细胞电磁场所作的一种解译。”

“喔。”贝莱根本没听懂，“你们得到了什么结果？”

“大脑分析能针对一个人的性格和情绪结构，提供相关的资料。就恩德比局长而言，我们因此获知他不可能杀害萨顿博士，相当不可能。”

“对，”贝莱表示同意，“他不是那种人，这件事只要问我就行了。”

“有客观的资料还是比较好。当然，太空城里所有的同胞也都自愿接受了大脑分析。”

“全部不可能，我想。”

“毫无疑问。因此我们才一口咬定，凶手一定是大城居民。”

“好吧，既然这样，我们只要让整个大城接受那个什么分析，就能破案了。”

“那么做非常不切实际，以利亚，可能有几百万人具有这样的性格。”

“几百万。”贝莱喃喃道，同时想起了多年前那些高喊“肮脏太空族”的群众，以及昨晚鞋店外面那些唯恐天下不乱的围观者。

他心想：可怜的朱里斯，竟然也会涉嫌！

他仿佛又听见局长正在描述发现尸体后的情形：“现场实在太残忍，太残忍了。”难怪他会在惊慌失措中摔坏了眼镜，难怪他不想再去太空城。“我恨他们。”他曾咬牙切齿地这么说。

可怜的朱里斯，其实他最懂得应付太空族；对大城而言，此人最大的价值就在于他有办法和太空族称兄道弟。他之所以平步青云，这个天分到底有多少贡献呢？

怪不得局长要贝莱接手这个案子。老好人贝莱、忠实的贝莱、守口如瓶的贝莱、大学时代的哥儿们！万一他发现了这个小插曲，也一定不会声张。贝莱不禁好奇大脑分析到底是如何进行的，在他的想象中，应该有大型的电极读取脑波、有忙碌的指针在方格纸上来回画线，还有自动调整的齿轮不时转来转去。

可怜的朱里斯，多亏他异于常人，才得以极力保持镇定，没给吓得魂飞魄散，否则他很可能已经被迫写好辞职信，交到了市长手中。

就在这个时候，警车转入了市政厅的下层。

十四点三十分，贝莱回到了自己的座位。局长并不在办公室，机·山米咧嘴一笑，表示不知道局长在哪里。

贝莱花了些时间思考问题，并没有注意到自己已经饿了。

到了十五点二十分，机·山米来到他的办公桌旁，对他说："局长回来了，利亚。"

贝莱答道："谢谢。"

这回他并没有被机·山米惹恼，因为机·山米毕竟和机·丹尼尔有亲戚关系，而机·丹尼尔显然不是个讨厌的人——或者应该说，不是个讨厌的"物件"。贝莱忍不住自问，如果在一颗新的行星上，人类和机器人重建一个大城文明，那会是什么光景呢？他以相当理性的心情，试图想象那种情形。

当贝莱走进局长办公室之际，局长正在翻阅一些文件，偶尔还会提笔做些注记。

"你在太空城捅的娄子可真不小啊。"局长说。

舌战法斯陀夫的场景随即历历在目。

贝莱的长脸露出一个悔恨交集的表情。"我承认我错了，局长，我很抱歉。"

恩德比抬起头来，虽然戴着眼镜，他的眼神依然相当尖锐。过去三十个小时以来，此刻似乎是他最像自己的时候。"其实没什么大不了，法斯陀夫似乎并不介意，我们就把这件事忘了吧。真是难以捉摸啊，这些太空族。这次算你小子走运，利亚，下次如果你又想扮演独行侠，记得一定要先跟我商量。"

贝莱点了点头，一个无形的重担总算卸下来了。这件事，就像是他想要当众表演一场特技，结果失败了，那就认了吧。他居然能这么处之泰然，连他自己都有点惊讶，但事实就是如此。

他说："局长，我想替丹尼尔和我自己申请一间两人公寓，我今晚不带他回家了。"

"这是怎么回事？"

"他是机器人的事实早已传了出去，你不会忘了吧？也许一切将平安无事，但是万一发生暴动，我可不希望家人受到牵连。"

"胡说，利亚，我已经调查过了，大城里没有这样的传闻。"

"洁西就听说了，局长。"

"嗯，或许该说只有零星的传闻，一点也没危险性。自从我的三维化身离开法斯陀夫的穹顶屋，我就一直在追查这件事。那正是我提早离去的原因，我当然必须查，而且越快越好。总之，报告都回来了，你自己看吧。其中有一份是桃乐丝·吉里德的报告，她调查了大城各处共十来个女用卫生间。你也认识桃乐丝，她是个很能干的姑娘。嗯，没查出什么来，各处都没查出什么来。"

"那么洁西又是如何听到传闻的，局长？"

"这倒不难解释，因为机·丹尼尔昨天在鞋店里出尽了风头。他到底有没有真的拔出手铳，利亚，还是你稍微夸大了些？"

"他真的拔出了手铳，而且瞄准群众。"

恩德比局长摇了摇头。"好吧，于是有人认出他来，我的意思是，认出他是机器人。"

"慢着，"贝莱气呼呼地说，"谁也看不出他是机器人。"

"为什么？"

"你有这个本事吗？我可没有。"

"这又能证明什么呢？你我并不是专家。假设当时，群众中有个温彻斯特机器人厂的技师，一位专业人士，他这辈子都在设计和建造机器人，而他注意到机·丹尼尔有些古怪，也许是说话的方式，也许是行为举止，于是他起了疑心。或许后来他告诉了他太太，而她又转告了一些朋友，然后传闻就停止了。这种事太不可能，不会有什么人相信的，只不过它及时传到了洁西的耳朵。”

“或许吧。”贝莱半信半疑地说，“可是，到底能不能拨给我一间两人住的单身套房呢？”

局长耸了耸肩，拿起室内通话器。过了好一会儿，他才说：“他们只能安排你住Q27区，那可不是什么非常好的环境。”

“可以了。”贝莱答道。

“对了，机·丹尼尔在哪里？”

“他在查阅我们的档案，试图从中找出可疑的怀古人士。”

“老天，至少好几百万哪。”

“我知道，但他乐在其中。”

贝莱几乎已经走到门口，却因一时冲动又转过身来，问道：“局长，萨顿博士有没有跟你提过太空城的计划？我的意思是，关于引进碳/铁文明的计划？”

“引进什么？”

“引进机器人。”

“偶尔。”局长的口气充分显示他对这个问题不太感兴趣。

“他有没有解释过太空城的宗旨？”

“喔，增进健康，提高生活水平等等，都是老生常谈，对我毫无吸引力。唉，总之我表示同意，不停点头就对了。我又能怎么做呢？还不就是尽量安抚他们，希望他们不要有太过分的念头，或许有一天……”

贝莱等了很久，但没有等到“或许有一天”会怎么样。

于是贝莱又问：“他有没有提到任何关于移民的事？”

“移民！从来没有。地球人想移民外围世界，有如想在土星环找到一颗钻石小行星。”

“我的意思是移民新的世界。”

局长却只是以充满怀疑的目光回应这个问题。

贝莱花了点时间揣摩这个表情，然后单刀直入地突然发问：“大脑分析呢，局长？你听说过吗？”

局长并未皱起那张圆嘟嘟的脸庞，连眼睛也没有眨一下。“没有，那是什么东西？”他平静地说。

“没什么，我随便听来的。”

他离开了局长办公室，回到自己的座位继续思考。当然，局长并没有那么好的演技，好吧，既然这样……

十六点零五分，贝莱打电话给洁西，说他今晚不回家了，而且这种情形可能会持续好些天。他好说歹说了一阵子，她才勉强答应。

“利亚，有什么麻烦吗？你有危险吗？”

警察的工作总是或多或少有些危险，他轻描淡写地如此解释。可是她并不满意，又问：“你要住哪里呢？”

他并未回答这个问题。“如果你今晚觉得孤单，”他说，“就去住你妈妈那儿吧。”说完这句话，他冷不防收了线，也许长痛不如短痛吧。

十六点二十分，他打了另一通电话到华盛顿，花了很长的时间才接通他要找的人，然后又花了几乎相同的时间，才说服对方明天该飞来纽约一趟。十六点四十分，他终于完成这件事。

十六点五十五分，局长下班了，经过贝莱身边的时候，还挤出一个含糊的笑容。然后，日班的同仁一哄而散，值晚班和大夜班的同仁则陆续出现，每个人都难掩惊讶地和他打招呼。

机·丹尼尔抱着一捆纸，来到了他的座位。

“那是什么？”贝莱问。

“一份名单，里面的男男女女都有可能是怀古组织的成员。”

“名单里有多少人？”

“超过一百万，”机·丹尼尔说，“这里只是一部分而已。”

“你打算全部查证一遍吗，丹尼尔？”

“那显然是不切实际的做法，以利亚。”

“你可知道，丹尼尔，至少就某些方面而言，几乎所有的地球人都是怀古人士，包括局长、洁西和我。你看看局长的——”他差点说出“眼镜”两字，突然想起地球人一定要团结，而局长的面子一定要保护好（在此“面子”可说是双关语），于是他勉强改口说：“眼饰。”

“对，”机·丹尼尔说，“我注意到了，可是我怕不礼貌，所以一直没提。我在大城其他居民身上，都没见过这种饰物。”

“那是一种非常老式的首饰。”

“它有任何作用吗？”

贝莱突然转移话题：“你是如何取得这份名单的？”

“是一台机器帮我做出来的。很简单，你只要设定好某种犯罪形式，其余工作交给它就行了。我要它找出过去二十五年来，每一桩有关机器人的违法事件，而另一台机器负责以同样的年限，扫描大城所有的报纸，找出每一个针对机器人或太空族发表过反对言论的人。很难相信三小时内就完工了，它甚至还将过世的人从名单中自动剔除。”

“你会觉得难以置信？你们外围世界当然有电脑吧？”

“那还用说，各式各样的都有，而且非常先进。话说回来，它们都比不上这里的电脑那么庞大和复杂。你当然不会忘记，即使是最大的外围世界，人口数也几乎比不上你们的一个大城，太复杂的电脑对我们根本没用。”

贝莱问：“你曾经到过奥罗拉吗？”

“没有，”机·丹尼尔说，“我是在地球上组装的。”

“那么你对外围世界的电脑为何如此了解？”

“答案其实很明显，以利亚伙伴，我脑中的资料直接取自萨顿博士的记忆，它理所当然富含外围世界的内容。”

“我懂了。你能吃东西吗，丹尼尔？”

“我使用核动力，我以为你早就知道了。”

“这点我百分之百了解。我不是问你需不需要吃东西，我是问你能不能吃——能不能把食物放进嘴里，嚼烂之后吞下去。想要模仿人类，我认为这是很重要的一环。”

“我懂你的意思了。可以，我可以进行咀嚼和吞咽的机械动作。不过，我的容量当然颇为有限，凡是吞下去的东西，迟早需要从我的所谓‘胃部’清出来。”

“好吧，今晚回到宿舍后，你大可悄悄地‘反刍’或清理那些食物。总之，重点是我现在饿了，他妈的，我连中饭都忘了吃。我要你陪我去吃晚餐，但如果你光是坐在那里，一定会惹人注目的，所以我很高兴知道你也能进食，咱们走吧！”

无论在大城哪个角落，社区食堂都是同一个模样。更有甚者，贝莱曾经出差到华盛顿、多伦多、洛杉矶、伦敦和布达佩斯，却从未发现不同模样的社区食堂。或许在中古时代，就像当时的语言一样，不同的地区有不同的食物，因而食堂也各有特色。时至今日，从上海到塔什干，从温尼伯到布宜诺斯艾利斯，各地的酵母食品都如出一辙；另一方面，现在的“英语”恐怕也不是莎士比亚或丘吉尔所用的英语，而是通行各大洲的一种大杂烩语言，甚至在外围世界，也只是版本稍有不同而已。

相较于语言和食物，各地食堂的相似程度只有更高，比方说，所有的食堂都毫无例外，充斥着一种无以名之的独特气味，只能称为“食堂味”。此外，食堂外面随时可见三排队伍缓缓前进，在入口处逐渐汇集，然后又分成左、中、右三排。食堂里面则能听到各种人为的噪音，包括说话声、脚步声，以及餐具碰撞的刺耳声响；放眼望去，则一律是打磨得亮亮的仿木装潢、晶莹剔透的玻璃、长长的餐桌，而空气中还弥漫着些许蒸气。

贝莱在队伍中慢慢向前走（无论怎样错开大众的用餐时间，几乎还是无法避免人人至少等上十分钟），心中突然浮现一个疑问。

“你会笑吗？”他问机·丹尼尔。

机·丹尼尔正全神贯注地凝视着食堂里面，他随口答道：“可否请你再讲一遍，以利亚。”

“我只是好奇，丹尼尔，你到底会不会笑？”他小声说。

机·丹尼尔随即展露笑容，那是个既突兀又惊人的举动，他的嘴唇向后拉，嘴角的皮肤皱了起来。然而，这个笑容仅限于嘴巴，除此之外，这机器人的脸部毫无变化。

贝莱摇了摇头。“别为难了，机·丹尼尔，这种表情毫无用处。”

他们终于来到入口处，排队的人一个接一个将金属制的餐卡刷过扫描槽，咔嗒、咔嗒、咔嗒……

曾经有人作过计算，一个运作顺畅的食堂，每分钟能够放二百人进来，并完成每张餐卡的扫描，以杜绝换食堂、换梯次或寅吃卯粮之类的行为。此外也有人算过，等候用餐的队伍到底应该多长，才能达到最高的效率；如果有人需要特别的服务，又会浪费其他人多少时间。

因此，如果有人突然脱队，打乱流畅的咔嗒咔嗒，一定会引起一场大混乱。此时贝莱和机·丹尼尔就成了这样的人，他们为了将特许证交给食堂的主管，不得不走到人工服务窗口。

担任过助理营养师的洁西，曾经对贝莱解释过这个道理。

“这会搞得我们人仰马翻。”她说，“特许证会打乱消耗量和库存量的纪录，这就代表需要特别清点一次。我们必须将手中的单子和其他食堂一一核对，以确定不会偏离收支平衡太远，希望你了解我的意思。我们每周要制作一张收支平衡表，如果出了什么错，有了超支的情形，一定会归咎到我们头上。总之，乱发特许证给亲朋好友的大城政府绝对没错，唉，真受不了。每当我们宣布不得不暂停自由选餐，你想想，排队的民众难道不会鼓噪吗？最后背黑锅的，总是柜台后面的服务人员……”

贝莱早已将洁西这番话背得滚瓜烂熟，所以这时他相当清楚窗口后面那张晚娘面孔是怎么回事。那女员工匆匆记下相关资料：原社区、职业、换食堂的原因（“公务需要”真是个令人非常恼恨却无法拒绝的理由）。然后，她用夸张的动作将那张单子对折，塞入一个狭缝，电脑立即开始读取并消化那些资料。

接下来，她转向机·丹尼尔。

贝莱毫不留情地说出她最不想听到的答案：“我的朋友是外城人。”

看来那女子的火气终于全面爆发了，她说：“劳驾告知哪个大城。”

贝莱再次替丹尼尔挡下这个问题。“公务需要，无须细表，每餐记到警局账上即可。”

那女子猛地抬起手来抓下一本单据，然后，她熟练地用右手的食、中两指按出暗光码，填好了必要的资料。

她又问："你们要在这里吃多久？"

"由上级决定。"贝莱答道。

"在这里按指纹。"她将资料表倒转过来。

当机·丹尼尔伸出手指按下去的时候，贝莱仅仅担心了一下子。不用说，他们既然为他做出整整齐齐的指头，还镶上光亮的指甲，当然不会忘记制作指纹。

那女子将表格取回，插入手肘边那台永远喂不饱的机器。机器吞下表格后，并没有吐出任何东西，贝莱因而又松了一口气。

最后，她取出两张鲜红色的金属卡交给他们，这种颜色显然代表"暂时"。

她说："坐DF桌，不能自由选餐，我们本周有些困难。"

他们乖乖走向DF桌。

机·丹尼尔说："据我所知，你的同胞几乎每天都在这种食堂用餐。"

"没错，这是当然的，但在陌生的食堂用餐是件相当可怕的事，周围没有一个你认识的人。在你自己的食堂，情况就大不相同，你可以坐在自己的固定座位，身边不是家人就是朋友。尤其小时候，走进食堂是一天里最愉快的一件事。"贝莱沉浸在回忆中，不禁露出微笑。

DF桌显然和周围几桌一样，专门保留给"差旅客"使用。凡是坐在那一区的人，个个不自在地盯着自己的盘子，彼此并没有交谈。不过，他们不时会偷偷抬起头来，以羡慕的目光望着邻区那些有说有笑的人。

贝莱心想，再也没有比在外区吃饭更不舒服的事了。有句老话说得好，无论怎样粗陋，自家食堂都没的比——甚至食物都特别好吃。虽然已有无数的化学家指天发誓，即使你到了约翰内斯堡，吃到的仍是完全一样的食物。

他选了一个板凳坐下，机·丹尼尔跟着坐到他身旁。

“不能自由选餐。”贝莱一面说，一面摇摇手指，“所以只要按下那个开关，就等着上菜吧。”

两分钟后，桌面上一块碟形区域滑向一旁，一个餐盘升了上来。

“洋芋泥、酵母牛肉酱，还有焖杏仁。唉，好吧。”贝莱说。

这张桌子中间有一道矮栏，将长长的桌面一分为二。这时，矮栏左右两端各冒出一把叉子和两片全酵母面包。

机·丹尼尔压低声音说：“如果你想吃我这一份，尽管自己动手。”

一时之间，贝莱感到一阵错愕。但他随即想通了，喃喃道：“那样不礼貌，你赶紧吃吧。”

贝莱吃得很用心，只可惜无法放松心情来享受这些食物。他偶尔会细心地瞥瞥机·丹尼尔，发现这机器人的嘴巴一开一阖，动作非常精确。问题就是太精确了，以致看来不怎么自然。

真奇怪！一旦贝莱确定了机·丹尼尔真是机器人，各种小瑕疵一下子全显露无遗。举例而言，当机·丹尼尔吞咽食物的时候，他的喉结并未随之移动。

但是现在他并不怎么在意了。这是否代表他逐渐习惯这玩意了呢？假设有人前往一个新世界从头开始（这个想法，自从法斯陀夫博士灌输给他之后，就一直在他脑袋里打转），假设（比方说）班特莱是其中的一分子，他是否也会逐渐习惯，因而不在乎和机器人一起工作、一起生活？有何不可呢？太空族自己早就这样做了。

机·丹尼尔忽然说：“以利亚，别人在吃饭的时候，是不是不该盯着他看？”

“如果你是指直视着对方，那当然不礼貌。这简直是常识，对不对？任何人都有隐私权，交谈的时候当然无妨，但对方在吞咽食物时，千万别紧盯着人家不放。”

“我懂了。可是为什么我算出有八个人正望着我们，而且目不转睛？”

贝莱放下叉子，四下望了望，装作只是在找盐罐。“我看不出有任何异常。”

他虽然这么说，可是自己也没有把握。在他眼中，用餐民众只是乱哄哄的一大群人而已。然而，当机·丹尼尔将目光转向他的时候，贝莱忍不住开始怀疑，那对棕色眼珠根本就是两具扫描仪，不但能在瞬间看清全景，而且具有高级相机的精确度。

“我相当确定。”机·丹尼尔冷静地说。

“好吧，那又怎么样？虽然这是很失礼的行为，但又能证明什么呢？”

“我答不上来，以利亚，可是这八个人当中，有六个昨晚也在那间鞋店外面，难道这只是巧合吗？”

第十一章

脱逃

贝莱突然像抽筋般紧紧抓住叉子。

“你肯定吗？”他自然而然脱口而出，话还没说完，他已经了解这个问题毫无意义。如果是一台电脑提供答案，你绝对不会问它肯不肯定，这个道理同样适用于拥有四肢的电脑。

机·丹尼尔说：“相当肯定！”

“他们离我们近吗？”

“并不很近，他们散坐在各处。”

“那就好。”贝莱继续吃他的晚餐，事实上却只是机械地挥动着叉子。在那张皱着眉头的长脸后面，他的脑子正在全速运转。

假设昨晚的风波其实并非偶发事件，而是由一群狂热的反机器人分子策划的，那么在这群人当中，很可能包括出于敌意而对机器人有深入研究的成员，或许其中一人当场就认出机·丹尼尔的真实身份。（局长曾提到类似的可能性，妈的，他还真不简单。）

这个推论合情合理。就算昨晚由于意想不到的变数，令他们无法采取有组织的行动，这些人还是可以拟定下一步计划。如果他们能够认出机·丹尼尔是机器人，一定也有办法获知贝莱自己是个警官。而普普通通的一名警官，绝对不会陪在一个人形机器人旁边，这就代表贝莱极有可能是警局里的重要人物。（借着一点后见之明，贝莱轻轻松松地一路推论到这里。）

由此便可继续推知，市政厅里面的眼线（或许是大城政府的成员）一定能在不久之后便查出贝莱和机·丹尼尔的行踪。这些人能在二十四小时内完成这件事，一点都不令人惊讶，若非贝莱今天花了很多时间在往返太空城上，他们应该更早就完成任务了。

机·丹尼尔已经吃完这一餐，他安静地坐在那里，一双完美的手掌轻轻放在桌沿。

“难道我们不该有所行动吗？”他问。

“在食堂中不会有危险。”贝莱说，“拜托，这个问题就交给我吧。”

贝莱仔仔细细环顾四周，仿佛从来没见过这间食堂。

到处都是人，至少好几千！一般食堂的平均容量是多少？他印象中有个数字，大概是两千两百吧，他想，而这间食堂还要大一些。

假设突然有人将“机器人”三个字送到空气中，假设这三个字随即在几千人口中传来传去……

他真不晓得该怎么比喻，不过没关系，这种事并不会发生。

不论是在食堂、回廊或电梯，偶发性的暴动随时随地都有可能爆发。或许在食堂爆发的几率更大，因为用餐时间比较无拘无束，一个稍微过分的玩笑就可能擦枪走火。

可是有计划的暴动又另当别论了。如果发生在食堂，由于人满为患，策划者自己也会困在里面。一旦发生掀桌砸盘的混乱场面，想要脱困可没那么容易。最后，死亡人数一定不下几百，而他们自己也很可能包括在内。

不，若想策划一场安全的暴动，地点必须选在大城中比较狭窄的巷道。在那种受限的空间，恐慌的情绪传播得比较慢，如此他们便有充裕的时间，可以沿着预先选好的路线，例如侧巷或是一条不起眼的上升缓运带，迅速抵达上层，然后逃逸无踪。

贝莱想到可能还有更多的人等在外面，颇有身陷重围之感。他们会跟踪贝莱和机·丹尼尔到一个合适的地点，然后再引爆一场混战。

机·丹尼尔说："为什么不逮捕他们？"

"那只会让危机提早爆发。你记住他们的脸孔了，是吗？你不会忘掉吧？"

"我无法忘掉任何一件事。"

"那么我们改天再抓他们。现在，我们先突破他们的包围，跟着我，我怎么做你就怎么做。"

他站了起来，小心翼翼地将碟子翻个身，放到可升降的碟形区域正中央，又将叉子放回面前矮栏的凹槽。机·丹尼尔一面看，一面模仿他的动作。不久，那些餐具便消失无踪。

机·丹尼尔说："他们也起身了。"

"很好，我觉得他们不会太靠近我们，至少在这里不会。"

他们两人又开始排队，这回是朝出口处慢慢前进，在那里，刷卡的咔嗒咔嗒声像时钟般响个不停，每一个"咔嗒"记录着一份配额的消失。

贝莱回头一望，眼前一片雾蒙蒙的蒸气和闹哄哄的人群，一段往事便毫无来由地清晰浮现脑海。那是班六七岁的时候，父子俩去逛大城动物园——不，当时班已经八岁，因为他刚过完生日。（耶和华啊！时间怎么过得那么快？）

那次是班头一回去动物园，其兴奋可想而知。毕竟在此之前，他从来没有亲眼见过猫狗这些动物，而更重要的是，那里还有一座鸟园！就连贝莱自己，虽然已经逛过十余次，仍然无法抗拒它的魅力。

任何人第一次见到许多活物在空中飞舞，都一定会感到无比震撼。而他们刚好赶上麻雀园的喂食时间，工作人员正将碾碎的燕麦倒入一条长长的饲料槽（虽然人类已经习惯了酵母食物，动物却比人类保守，仍坚持要吃真正的谷物）。

成群的麻雀一起降落地面，看来有好几百只。它们发出刺耳的叽喳声，翅膀挨着翅膀，列队站在饲料槽旁……

没错，就是它，当贝莱回过头，对食堂投以最后一瞥时，心头浮现的正是这个画面。饲料槽旁边的一大群麻雀，这个想法令他起了一阵反感。

他想：耶和华啊，一定有更好的方法吧。

但什么才是更好的方法？现在这个方法又有什么不好呢？他以前从来没有为这种问题感到头痛。

想到这里，他突然对机·丹尼尔说："准备好了吗，丹尼尔？"

"准备好了，以利亚。"

他们离开了食堂，至于该如何脱逃，当然一切看贝莱的了。

有一种竞赛游戏，青少年称之为"奔路带"。它的规则在全球各个大城皆大同小异，一个来自旧金山的少年，可以毫无困难地参加开罗当地的奔路带。

简单地说，这个游戏是要玩家利用大众运输系统，从甲地前往乙地，其中担任"领导者"那个人，要尽可能甩脱所有的"追随者"。领导者若能单独抵达目的地，或是追随者始终紧跟在后，都能享有技艺超群的荣耀。

这种游戏通常选在傍晚的高峰期进行，借着通勤的人潮来增加危险性和复杂度。领导者出发后，就在加速路带之间跑来跑去，尽量做些别人意想不到的举动，例如在某条路带上尽可能停久一点，然后突然跳到旁边的路带。他也可以迅速跑过几条路带，然后出其不意地停下脚步。

如果追随者不小心冲过了头，那就很遗憾了。除非他的身手异常敏捷，否则还来不及更正错误，他和领导者的距离已经开始拉远了。这时，聪明的领导者会赶紧跳到另一条路带，以便扩大战果。

有时候，领导者会登上捷运带或缓运带，然后尽快从另一边跳下去，这么一来，追踪的复杂度便会增加十倍。你若完全不碰这两种路带就是耍赖，但在上面逗留太久同样不行。

成年人很难体会这种游戏的吸引力，尤其是那些自己年轻时不曾奔过路带的人。而合法的用路人都恨透了那些玩家，所以每当近距离接触，玩家无不赶紧逃之夭夭。此外，警察会毫不留情地对付他们，父母的处罚更是免不了。而且无论是在学校或是次乙太网路上，他们都会受到师长的责骂。根据统计，这种游戏每年总会导致四五个青少年死亡，数十人受伤，以及数不清的无辜路人受到程度不一的波及。

然而，奔路带的玩家是无论如何不会消失的。游戏越危险，玩家就能得到越大的无价奖赏——同伴们的钦佩眼光。一个成功的玩家整天神气活现，而成名的领导者更是有如一方霸主。

就拿以利亚·贝莱来说，即使到了今天，他对自己奔路带的纪录仍旧感到自豪。他曾经领导二十个玩家，从中央区一路奔到皇后区的边界，途中跨过三条捷运带。在那马不停蹄的两小时之间，他甩掉了几个最顶尖的布朗克斯区玩家，最后独自一人抵达终点。后来，这则佳话流传了好几个月。

当然，如今贝莱已经四十几岁，已有二十多年没奔过路带，但他多少还记得一些技巧。虽然身手不再那么矫捷，但他可以截长补短，别忘了他是一名警务人员。只有像他这样经验丰富的警察，才有可能对这座大城了若指掌，连每条巷道的头尾几乎都能如数家珍。

他以利落的步伐逐渐远离食堂，但并没有走得太快。一开始这几十秒是最危险的，他随时预期背后会有人大喊“机器人、机器人”。他一面走，一面仔细算着脚步，直到脚底终于传来踩上加速路带的感觉。

他停了一下，机·丹尼尔顺利跟了上来。

“他们还在我们后面吗，丹尼尔？”贝莱轻声问道。

“是的，而且越来越近。”

“等着瞧吧。”贝莱信心满满地说。他随即东张西望一番，在他看来，左侧各条路带上的人都在快速前进，而且离他越远的人速度越快。虽然他这一辈子，几乎每天都会踩上路带好几次，可是若说弯下膝盖准备在上面狂奔，却是七千多天以前的事了。昔日那种熟悉的刺激一下子涌上心头，他的呼吸也越来越急促。

这时，他根本忘记了自己严禁儿子参与这种游戏。班有一次奔路带被他逮到，他不但没完没了训了他不知多久，还威胁要将他交给警方看管。

他轻巧地、迅速地（以“安全速度”的两倍）向更高速的路带走去，为了对抗加速度，他将身体猛力向前倾。缓运带在他身旁呼啸而过，有那么一下子，看来他好像要爬上更高的速度，不料他突然开始后退，一面忽左忽右地闪避人群，一面退向人潮越来越密的低速路带。

最后他停下脚步，待在时速只有十五英里的路带上。

“还有多少人跟着我们，丹尼尔？”

“只剩一个了，以利亚。”那机器人站在他旁边，非但脸不红气不喘，连头发都依然服帖。

“他当年一定也是高手，但他跟不了多久。”

充满自信的贝莱，此时依稀重温了当年奔路带的各种感受，其一是沉浸在神秘仪式中的亢奋，其二是强风吹过头发和脸庞的快感，其三则是似有若无的一点心惊胆跳。

“下面这招称为‘侧闪’。”他压低声音对机·丹尼尔说。

他迈开大步，但这回是沿着一条路带向前走，一路轻而易举闪过循规蹈矩的用路人。他一面走，一面慢慢移到路带的边缘，但由于他不断在人群中钻动，头部看起来始终笔直前进——这正是他的目的。

然后，他在并未停步的情况下，忽然向旁边移动两英寸，踏上了隔邻的路带。但当他尽力维持平衡时，大腿肌肉猛然一阵抽痛。

他飞快穿过一群通勤者，来到时速四十五英里的路带。

“现在怎么样，丹尼尔？”他又问。

他得到一个冷静的答案：“他仍然跟在我们后面。”

贝莱紧抿着嘴唇。看来除了利用运动平台，再也没有别的办法了。可是这需要极佳的协调性，如今的他或许已经力有未逮。

现在到底身在何处？他迅速地环顾四周，刚好看见B22d街飞快掠过。他赶紧心算一番，随即展开行动。他以顺畅而稳健的步伐，跨越其余的加速路带，最后一举翻上捷运带的平台。

当贝莱和机·丹尼尔爬上平台、挤过栅栏之后，迎接他们的是一群已经站得很累的男女老少，下一刻，他们的倦容不约而同转为满脸的愤怒。

“喂，当心。”一名女子尖叫，同时紧紧抓住帽子。

“抱歉。”贝莱气喘吁吁地说。

他用力挤过那些人，一阵左弯右拐之后，终于从另一边跳下去。但就在最后关头，一名遭撞的乘客气得猛砸他的背部，他立刻一阵踉跄。

他拼命试图站稳脚步，勉强跨过了路带的边缘，但突变的速度就像一股无形的力量，令他膝盖着地，随即向后一仰。

他顿时有一种恐怖的预感：一大群人撞在他身上，接着纷纷跌倒，一场混乱立即沿着路带传开——这就是可怕的“人形骨牌”，一次可将几十个折手断脚的伤患送进医院。

好在机·丹尼尔及时捧住他的背部，然后，他便感到自己被一股超人的力量抬起来。

“谢了。”贝莱只来得及吐出这两个字。

他又出发了，这回是以高难度的步法，一路跨越减速路带，最后刚好让脚步落在缓运带的V型接点。接着他利用余势再度加速，一口气跳上了缓运带。

“他还跟着我们吗，丹尼尔？”

“看不见了，以利亚。”

“很好。你可真是奔路带的个中高手，丹尼尔！哎呀，快，快！”

他们转身登上另一条缓运带，然后噼里啪啦地大步越过数条路带，对准一个出口冲过去。出口处有一扇看来属于公家机关的大门，旁边一名警卫及时站了起来。

贝莱亮了亮证件。“执行公务。”

他们顺利走了进去。

“发电厂。”贝莱说得言简意赅，“这样就能切断我们的行踪了。”

他曾经造访过许多发电厂，这座也包括在内，但熟悉感总是敌不过一种负面的敬畏。尤其每当想到自己的父亲曾在这样的发电厂官居要职，负面的感觉就更加强烈。想当年……

这是一座典型的发电厂，隐藏在护墙内的巨大发电机不停嗡嗡作响；空气中弥漫着有点刺鼻的臭氧味；处处可见沉默而严肃的红色警告线，标示着必须穿防护衣才能跨越的禁区。

在发电厂某个角落（贝莱并不清楚正确位置）每天会消耗一磅的裂变物质，而每隔一小段时日，那些俗称“热灰”的放射性裂变产物就会被送进铅管，一路被空气压力推送到十英里外的海洋，最后躺进比海床还深半英里的人工洞穴内。贝莱有时不禁纳闷，一旦那批洞穴通通填满了，又该怎么办？

他板起脸孔对机·丹尼尔说：“离那些红线远一点。”然后，他突然想到一件事，又很不好意思地补充道：“但我想你根本不在乎。”

“你是指放射性吗？”丹尼尔问。

“对。”

“那我可就在乎了。伽玛辐射会破坏正子脑中的微妙平衡，它对我的影响会比对你还要快得多。”

“你的意思是它会杀死你？”

“至少我需要换个新的正子脑，由于每个正子脑都是独一无二的，所以我会成为一个新的个体。这样一来，就某种意义而言，现在跟你说话的丹尼尔当然死了。”

贝莱以疑惑的目光望着对方。“我从来不知道——来，走这个斜坡。”

“没有人强调过这一点，太空城希望地球人接受机器人的特长，而不是我们的弱点。”

“那又为何告诉我？”

机·丹尼尔双眼直视着他的人类搭档。“你是我的伙伴，以利亚，所以最好让你知道我的弱点和短处。”

贝莱清了清喉咙，没有再继续讨论这个问题。

“朝这个方向走。”过了一会儿他才开口，“再走四分之一英里，就到我们的宿舍了。”

这是一间阴森森的下等公寓，总共就一个小房间，里面有两张床、两把折椅以及一个衣柜。此外还有一个嵌入式的次乙太屏幕，它没有任何控制键，只能在固定时间播放固定的节目。屋内没有脸盆，连未启动的脸盆都没有，也看不到任何烹饪乃至烧水的设备。只有一根小型垃圾处理管赤裸裸地躺在房间的一角，看来非常碍眼，毫无任何美感可言。

贝莱耸了耸肩。“就是这样了，我想我们可以凑合。”

机·丹尼尔走到垃圾处理管旁边，按开衬衫的接缝，露出足以乱真的结实胸膛。

“你在干什么？”贝莱问。

“把我吃进去的食物清理掉。如果留在体内，它很快会腐败，我就会变得人人避之唯恐不及。”

机·丹尼尔将两根手指仔细放在左乳下方，以特殊的手法按了几下，他的胸部便由上而下齐中打开。他将手伸进去，从一大堆炫目的金属零件中，抽出一个有点鼓胀的半透明薄袋。在贝莱惊恐眼神的注视下，他打开了那个袋子。

机·丹尼尔犹豫了一下，才说：“这些食物绝对干净，我没有咀嚼，更没有分泌唾液。要知道，我是利用吸力让它通过食道，最后进入袋中，所以还可以吃。”

“没关系，”贝莱轻声细语道，“我不饿，你把它处理掉吧。”

根据贝莱判断，机·丹尼尔的食物袋应该是氟碳塑料制成的。

总之它对食物没有粘性，所以轻轻一倒，里面的东西就滑顺地一点一点排进了垃圾管。真是暴殄天物，贝莱这么想。

他坐到床边，脱掉了衬衣，然后说："我建议明天一大早就出门。"

"有特别的原因吗？"

"那些'朋友'还不晓得这间宿舍的位置，至少我这么希望。如果我们早些离开，将会安全得多。回到市政厅之后，我们赶紧检讨一下你我还能不能继续搭档合作。"

"你认为或许不能了？"

贝莱耸了耸肩，闷闷不乐地说："我们可不能天天经历这种事。"

"可是在我看来……"

鲜红色的叫门灯号突然亮了，硬生生打断了机·丹尼尔这句话。

贝莱悄悄站起来，并拔出了手铳。这时，叫门灯号又闪了一次。

他轻巧地来到门边，将拇指按在手铳扳机上，并开启了门上的单向窥视镜。那窥视镜并不怎么高明，不但视野狭小，而且影像扭曲，但即便如此，贝莱还是清楚看出是自己的儿子班站在门口。

正当班准备再次叫门的时候，贝莱猛然打开房门，凶狠地抓住他的手腕，一把将他拉了进来。

班顺势撞在一堵墙上。上气不接下气的他倚着那堵墙，惊恐和疑惑的眼神久久才消退。

班使劲揉着手腕。"爸！"他用可怜兮兮的语调说，"你没必要那样抓我嘛。"

贝莱贴近再度紧闭的房门，透过窥视镜往外看。但无论怎么看，他仍看不到走廊上有任何人。

"外面有人吗，班？"

“没有。唉，爸，我只是来看看你是否安好。”

“我有什么理由不好？”

“我也不知道。是妈妈啦，她哭得什么似的，叫我一定要找到你。她还说如果我不肯来，她就自己走这一趟，那样的话，可就不知道会发生什么事了。她逼我来的，爸。”

贝莱问：“你是怎么找到我的？你妈妈知道我在哪里吗？”

“不，她不知道，所以我打电话到你的办公室。”

“他们告诉你的？”

父亲的强烈反应令班吓了一大跳，他压低声音说：“当然，他们不该告诉我吗？”

贝莱和丹尼尔面面相觑。

贝莱怀着沉重的心情站了起来，问道：“班，你妈妈在哪里？在公寓吗？”

“不，我们去外婆家吃晚饭，然后就留在那儿。现在我也该回那儿去了，我的意思是，只要你没事，爸，我就能交差了。”

“你给我待在这里。丹尼尔，这层楼的通话器到底在哪里，你有没有印象？”

那机器人说：“有，但你打算走出这个房间去打电话吗？”

“我必须这么做，我必须和洁西取得联络。”

“我可否建议改派班去，这样比较合逻辑。这件事有危险，而他的价值比较低。”

贝莱怒目而视。“什么，你……”

他随即想到：耶和华啊，我这是生哪门子气？

他改用较平静的口吻说：“这你就不懂了，丹尼尔。在人类社会中，父亲通常不会派自己的儿子去冒险，即使这是合乎逻辑的决定。”

“冒险！”班用惊喜参半的声音大叫，“发生了什么事，爸？啊，爸？”

“没什么，班。听好，这根本不关你的事，懂了吗？准备就寝吧，我回来的时候要看到你已经上床了，听到没有？”

“啊，真扫兴。你可以信得过我，我会守口如瓶。”

“睡觉去！”

“真扫兴！”

贝莱走到那层楼的通话器旁，为了随时能拔出手铳，他将外套掀了起来。然后，他对着话筒说出个人代号，一台位于十五英里外的电脑便开始确认他的资格。他只等了很短的时间，便获准进行通话，这是因为便衣刑警的公务通话次数没有任何限制。他念出了岳母家的号码。

通话器底部的小屏幕亮了，映出了她的脸孔。

他压低声音说：“妈，我找洁西。”

洁西一定正在等他的电话，下一刻就出现在屏幕上。贝莱望着她的脸，然后刻意将屏幕调暗。

“好啦，洁西，班在我这里。你说，这到底是怎么回事？”与此同时，他的双眼还不停地东张西望。

“你还好吗？没什么麻烦吧？”

“我显然好得很，洁西，别疑神疑鬼。”

“喔，利亚，我担心死了。”

“担心什么？”他凶巴巴地追问。

“你知道的，你的朋友。”

“他怎么样？”

“我昨夜告诉过你，会惹麻烦的。”

“你听好了，这都是无稽之谈。今晚我会把班留在这里，你去睡觉吧，再见，亲爱的。”

他收了线，做了两次深呼吸，然后才往回走。他的脸色一片死灰，充满忧虑和恐惧。

贝莱回到套房时，班正站在房间正中央，他已经将一片隐形眼镜妥善地放入小吸杯，但另一片仍在他眼睛里。

班说：“真扫兴，爸，这地方到底有没有水？奥利瓦先生说，我不能去卫生间。”

“他说得对，你不能去。把那片戴回去，班，就一夜而已，不碍事的。”

“好吧。”班戴回隐形眼镜，放好了吸杯，然后爬上床，“乖乖，这是什么床垫！”

贝莱对机·丹尼尔说：“我想你不介意坐一宿吧。”

“当然不介意。对了，我对班特莱眼睛上那两片玻璃很感兴趣，每个地球人都戴着这种东西吗？”

“不，只有少数。”贝莱心不在焉地说，“例如我就不戴。”

“戴这种东西有什么用意？”

贝莱并未回答这个问题，因为他已沉浸在自己的思绪中，那是一些令他感到不安的思绪。

灯熄了。

贝莱仍旧醒着，他隐约能听见班的呼吸变得沉重而规律，甚至有点刺耳。当他转过头去，便在黑暗中逐渐看出机·丹尼尔的身形——他面向房门，一动不动地坐在椅子上。

然后他就睡着了，还做了一个梦。

他梦见身在一座核能发电厂，洁西突然掉进裂变腔，正在迅速坠落。她拼命尖叫，还伸出手来希望抓住他，可是他只能僵立在红线之外，眼睁睁看着她在半空中无助地翻滚，她的身躯则越来越小，最后变成一个黑点。

在这个梦里，他束手无策，而他心知肚明，把她推下去的人正是他自己。

第十二章
专家

当朱里斯·恩德比局长走进大办公室的时候，以利亚·贝莱立刻抬起头来，无精打采地对他点了点头。

局长看了看时钟，咕哝道："千万别告诉我，你一夜都没走！"

贝莱答道："放心，我不会那么说。"

局长压低了声音问："昨晚有任何麻烦吗？"贝莱摇了摇头。

局长接着说："我一直在想，可以尽量将暴动的几率降到最低，如果有任何……"

贝莱语气强硬地说："看在老天的份上，局长，如果有什么问题，我一定会告诉你。事实上，目前为止一切平安。"

"那就好。"局长转身离去，走进自己那间享有隐私的高级主管办公室。

贝莱望着他的背影，心想：他昨夜一定没有再失眠。

贝莱继续埋首撰写所谓的例行报告，用以掩饰过去两天的真正行动。可是他刚低下头，就觉得纸上那些字看起来又闪动又模糊。过了一会儿，他才察觉原来有个东西站在办公桌旁，害得自己心神不宁。

他猛然抬起头。“你要干什么？”

敢情又是机·山米，贝莱心想：当局长的好处可真不少，它不就是恩德比的私人仆役吗。

机·山米带着一成不变的蠢笑说：“局长要见你，利亚，他说马上。”

贝莱挥了挥手。“他才见过我，告诉他，我待会儿再进去。”

机·山米又讲一遍：“他说马上。”

“好啦，好啦，滚开。”

那机器人一面后退，一面还说：“局长马上就要见你，利亚，他说马上。”

“耶和华啊，”贝莱咬牙切齿，“我来了，我来了。”他离开座位，朝那间象征位高权重的办公室走去，机·山米这才闭嘴了。

贝莱一进去便说：“他妈的，大局长，别再派那东西来找我，好不好？”

局长只是回应道：“请坐，利亚，请坐。”

贝莱坐了下来，凝视着对方。或许自己冤枉了老友朱里斯；或许昨晚他根本没阖眼，他看起来相当疲倦。

局长轻敲着面前的一份文件。“这份记录显示，你曾经利用隔离波，打电话给华盛顿的杰瑞格博士。”

“没错，局长。”

“既然是隔离波，自然没有通话内容记录。你们到底讲些什么？”

“我在做些背景调查。”

“他是一位机器人学家，对吗？”

“没错。”

局长努着下唇，看起来活脱撅嘴要哭的小孩子。“目的是什么呢？你到底在调查什么背景？”

“我也不确定，局长。我只是有一种感觉，像这样的案子，不妨多搜集些有关机器人的资料。”贝莱说到这里便闭起嘴巴，他早已打定主意，不作更详细的说明。

“我不以为然，利亚，我可不以为然，我认为这么做并不明智。”

“你反对的理由为何，局长？”

“这件事知道的人越少越好。”

“我自然会尽可能对他保密。”

“我还是认为这么做并不明智。”

贝莱觉得很反感，终于失去耐心了。

他说：“你是在命令我别见他？”

“不，不，你自己看着办。这个调查是你在主导，只不过……”

“只不过什么？”

局长摇了摇头。“没什么——喔，他在哪里？你晓得我在说谁。”

贝莱的确晓得，他回答说：“丹尼尔还在档案室。”

局长顿了好长一段时间，然后才说：“你该知道，我们并未取得多大的进展。”

“我们并未取得任何进展，话说回来，事情不会一成不变的。”

“那就好。”局长说，可是从他的表情看来，他并非真的这么认为。

当贝莱回到自己的座位时，机·丹尼尔已经在那里等他。

“你好，有些什么收获？”贝莱硬邦邦地说。

“我对那些档案匆匆做完了第一遍搜寻，以利亚伙伴，我在里面找到两个人，他们不但昨晚试图跟踪我们，而且在前天的事件中，他们也出现在鞋店现场。”

“一起看看。”

机·丹尼尔将几张仅有邮票大小的卡片放到贝莱面前，卡片上布满由许多小圆点组成的密码，这机器人又掏出一台携带式解码机，将其中一张卡片插了进去。由于小圆点具有和卡片不同的导电系数，电场一旦通过卡片，随即扭曲成特定的型样，最后这个型样便会以文字的形式，显示在解码机的（3×6）屏幕上。这些文字如果未曾转成密码，需要好几张报表纸才印得出来，更重要的是，如果没有警方的解码机，任何人都不可能解译这些密码。

贝莱面无表情地浏览这些文字资料。第一个人是法兰西斯·克劳沙，两年前遭到逮捕，当时三十三岁，罪名是煽动暴乱。他是纽约酵母厂的员工，住址是某街某号，父母名叫某某某，接下来是他的头发和眼珠颜色、面貌特征、教育背景、工作经历、心理分析档、生理状况档，以及其他各式各样的资料，最后则是他的照片在罪犯资料室中的编号。

“你查过那张照片吗？”贝莱问。

“查过了，以利亚。”

第二个人叫吉哈德·保罗，贝莱看了一眼相关资料便说：“这完全没用。”

机·丹尼尔答道：“我确定绝对有用。如果地球上真有那么一个组织，有本事犯下这桩谋杀案，这两个人就是它的成员。难道这个可能性还不够明显吗？难道不该侦讯他们一番吗？”

“我们并未掌握任何证据。”

“他们曾经出现在那两个现场，鞋店和食堂，这点不容他们否认。”

“光是这样并不构成犯罪，况且他们可以否认，他们只要坚称当时不在那里即可，事情就是那么简单。我们要如何证明他们在说谎？”

“我看到他们了。”

“那不算证据。”贝莱凶巴巴地说，“就算真的上了法庭，也不会有人相信你能在上百万张模糊的人脸中记住他们两个。”

“显然我就有这个本领。”

“好啊，那么你不妨表明你的真实身份。一旦你这样做，下一秒你就不是证人了。你和你的同类，地球上没有任何法庭承认你们的法律地位。”

机·丹尼尔道：“这么说的话，我想你是改变心意了。”

“你这话是什么意思？”

“昨天在食堂里，你说我们没有必要当场行动，你说只要我能记住他们的面貌，事后随时可以逮捕他们。”

“好吧，我当时没想清楚。”贝莱说，“我一时鬼迷心窍，那样根本行不通。”

“即使打心理战也不行吗？他们可不知道我们并未掌握合法的证据，无法证明他们就是共犯。”

贝莱绷着脸说：“听好，我正在等华盛顿的安东尼·杰瑞格博士，他半小时内就会抵达，可不可以等他走了之后再继续讨论？可不可以？”

“我可以等。”机·丹尼尔说。

安东尼·杰瑞格是个中等身材、态度严谨，而且非常有礼貌的人，怎么看他都不像是地球上最博学的机器人学家。事实上，他迟到了将近二十分钟，因而感到相当愧疚。贝莱早已又急又气，他铁青着一张脸，不怎么接受对方的道歉，只是随便耸了耸肩，便开始确认先前预约的第四会议室，并对相关人员重申，接下来一小时无论如何不得打扰他们。然后，他就带着杰瑞格博士和机·丹尼尔穿过走廊，爬上一个坡道，再走过一道门，最后终于抵达那间足以隔绝间谍波束的会议室。

在就座之前，贝莱还针对四面墙壁仔细检查了一遍。他手中握着一具脉动计，在正常情况下，它只会发出稳定的呜呜声，但如果隔绝体出现裂缝，哪怕只是一个小孔，脉动计的音量也会明显减弱。他又检查了天花板和地板，并对房门做了特别仔细的检查，皆未发现任何异常。

杰瑞格博士淡淡一笑——他正像是那种顶多带着一丝笑意的人。他一身的穿着极其整洁，只能用吹毛求疵四个字来形容；他的铁灰色头发平整地往后梳，一张红润的脸庞看来刚清洗过。他的坐姿又直又挺，仿佛母亲在他幼时叮咛了太多遍，导致他的脊椎永久性僵化了。

他对贝莱说：“你把这件事弄得像如临大敌。”

“这件事相当重要，博士。我这里有些关于机器人的问题，或许只有你能够提供解答。所以我们在此的谈话，当然都是最高机密，会议结束后，大城政府希望你将这一切完全忘记。”说完，贝莱看了看手表。

机器人学家脸上的笑意消失了，他说：“请容我解释迟到的原因。”他显然对这件事耿耿于怀，“后来我决定不搭飞机，因为我会晕机。”

“那实在太糟了。”贝莱一面说，一面放下脉动计。他刚刚完成对脉动计本身的检查，确认功能一切正常，这才坐了下来。

“或许不该说是真的晕机，而只是会很紧张。我有轻微的空旷恐惧症，这并不算特别不正常，但多少会造成困扰，所以最后我是搭捷运来的。”

贝莱突然好奇心大发。“空旷恐惧症？”

“我好像把它说得太严重了。”机器人学家立刻更正，“那只是搭飞机时的一种负面感觉，你搭过飞机吗，贝莱先生？”

“搭过几次。”

“那么想必你会明白我的意思。那种感觉就像被空虚包围着，觉得……觉得和大气只隔着一英寸的金属，总之非常不舒服。”

“所以你决定搭乘捷运？”

“对。”

“一路从华盛顿搭到纽约？”

“嗯，我以前就这么走过，自从‘巴尔的摩—费城隧道’开通之后，这是个相当简单的旅程。”

的确如此。贝莱自己虽然从未走过这样的路线，但他了解这是绝对可行的。过去二百年来，华盛顿、巴尔的摩、费城和纽约不断成长，到了将近两两相交的程度。“四城区”几乎已经是这一段东岸的正式名称，甚至有很多人赞成将这四个行政区合并，组成一个超级大城。贝莱却不同意这样做，他认为纽约大城本身已经太大，几乎无法由一个中央政府来管理，万一出现一座拥有五千万人口的超级大城，它自己就会把自己压垮。

“问题是，”杰瑞格博士继续说，“我在费城的切斯特区错过了一条转接带，浪费了些时间。再加上申请差旅宿舍时碰到一点麻烦，最后我就迟到了。”

“别把这件事放在心上，博士。不过，你刚才的说法引起我的好奇，既然你不喜欢搭飞机，请问你会不会徒步走出大城的边界，杰瑞格博士？”

“为什么要那样做？”看他的表情，这个问题吓了他一大跳。

“这只是个假设性的问题，我并不是说你真应该那样做。我只是想知道这个说法令你有什么感觉，如此而已。”

“它令我感到非常不愉快。”

“假设你必须于夜间离开大城，在乡间走上至少半英里。”

“我……我想我不会答应做这种事。”

“不论这有多么重要吗？”

“若是为了救我自己一命，或拯救我的家人，那么我可能会试试……”他显得手足无措，“我能否请问这些问题到底有什么意义，贝莱先生？”

“我来告诉你吧。我们这里发生了一桩重大刑案，一桩特别棘手的谋杀案，但请恕我无法提供详情。总之，我们建立了一个理论：凶手为了犯案，一定做过我们刚才讨论的那件事，也就是在半夜独自跨越露天的乡间。我想不通的是，什么样的人有这种胆量。”

杰瑞格博士打了个冷战。“我不知道，我自己确定没有。当然，在数千万人口中，我想还是可以找到几个如此胆大包天的人。”

“但你认为一般人不太可能那么做。”

“对，确实不太可能。”

“事实上，这件案子如果有其他的解释，其他可能成立的解释，我们都应该考虑一番。”

杰瑞格博士显得更不自在了，但他仍旧坐得笔直，一双善加保养的手掌彼此交握，端端正正放在膝盖上。“你想到了另一种可能

吗？”

“对，比方说我曾经想到，机器人可以毫无困难地跨越露天的乡间。”

杰瑞格博士立刻站起来。“喔，亲爱的贝莱先生！”

“有什么不对？”

“你是指机器人有可能犯这种罪？”

“有何不可？”

“杀人？谋杀一名人类？”

“是的，请坐下说话，博士。”

机器人学家依言照做，然后说：“贝莱先生，我们的讨论牵涉到两种行动：跨越乡间和谋杀。一个人可以轻易执行后者，却很容易被前者难倒；机器人可以轻易做到前者，但是对它而言，后者是完全不可能的事。如果你想拿一个绝无可能的理论，取代一个不太可能的……”

“绝无可能是个极强烈的用词，博士。”

“你听说过机器人学第一法则吗，贝莱先生？”

“当然，我甚至会背诵：机器人不得伤害人类，或因不作为而使人类受到伤害。”贝莱突然伸出手来指着那位机器人学家，然后才继续说：“为何就不能制造不具第一法则的机器人呢？这有什么可怕的？”

杰瑞格博士大吃一惊，随即又傻笑几声。“喔，贝莱先生。”

“好啦，你到底怎么回答？”

“不用说，贝莱先生，只要你懂得一点点机器人学，一定会知道在制造正子脑的过程中，牵涉到多么庞大的数学和电子学。”

“我有些概念。”贝莱答道，他清楚记得曾经为了办案而造访一家机器人工厂，在那家工厂的书库里，他看到许多长卷的胶卷书，每一卷都是某个正子脑的数学分析。虽然书中都是浓缩的符号，但平均而言，若用正常速度扫描，每卷的浏览时间仍会超过一小时。而且，即使采用最严苛的规格，仍然不可能造出两个完全相同的正子脑——据贝莱了解，那是由于海森堡不确定性原理的关系——这就代表每卷书都必须附上一些附录，来描述各种可能的变异。

好吧，这的确不简单，贝莱不会否认这一点。

杰瑞格博士又说："既然如此，那么你一定了解，想要设计一个新型正子脑，即使只有轻微的更新，也并非一朝一夕能够完成的。通常，需要一个中型工厂的整个研究团队，花上至少一年的时间，这还是因为正子线路的基本理论已经标准化，可以用来当作进一步研发的基础，否则必须投入的人力和时间还要多得多。而所谓的标准基本理论，牵涉到了机器人学三大法则，其中第一法则你已经说过了，第二法则是这么说的：'除非违背第一法则，机器人必须服从人类的命令。'而第三法则是：'在不违背第一及第二法则的情况下，机器人必须保护自己。'你明白了吗？"

机·丹尼尔原本一直在仔细聆听这段对话，此时突然插嘴道："不好意思，以利亚，我想确认一下是否听懂了杰瑞格博士的意思。你试图说明的是，博士，若想制造一个正子脑中没有三大法则的机器人，首先必须发展一套崭新的基本理论，而这个工作需要很多年的时间。"

机器人学家流露出非常满意的表情。"这正是我的意思，您是……"

贝莱等了一下，才以不着痕迹的方式介绍机·丹尼尔。"杰瑞格博士，这位是丹尼尔·奥利瓦。"

"你好，奥利瓦先生。"杰瑞格博士和丹尼尔握了握手，然后继续说：“根据我的估计，想要在理论上发展出非阿西宁正子脑——也就是不具三大法则基本假设的正子脑——而且达到可用来制造机器人的程度，至少需要五十年的时间。”

“从来没有人试过吗？”贝莱问，“我的意思是，博士，机器人的发展已有几千年的历史，在这么长久的岁月里，花五十年试试又算什么，怎么会从未试过呢？”

“当然不算什么。”机器人学家说，“可是没有任何人想要做这种实验。”

“我觉得难以置信，人类的好奇心应该是无所不包的。”

“偏偏不包含非阿西宁机器人，贝莱先生，这是因为人类怀有强烈的科学怪人情结。”

“那是什么？”

“这个典故出自一本中古时代的小说，故事描述一个机器人反扑他的创造者。我自己并未读过原文，但这点并不重要，我想强调的是不具第一法则的机器人根本造不出来。”

“甚至相关理论都不存在？”

“至少不在我的知识范围之内，而我的知识，”他有点不好意思地笑了笑，“可以说相当广博。”

“另一方面，内建第一法则的机器人就一定不能杀人？”

“绝对不能。除非是百分之百的意外，或是为了拯救其他更多的人。而在这两种情况下，由于正子电位突然暴增，正子脑都会损坏到无法修复的程度。”

“好吧。”贝莱说，“你讲的这些都是地球上的情况，对不对？”

“当然啦。”

“那么外围世界呢？”

杰瑞格博士的自信似乎突然打了折扣。“哎呀，贝莱先生，我不能根据自己的知识回答这个问题，可是我确定，如果外围世界发展出非阿西宁正子脑，或是相关的数学理论，我们一定会听说。”

“是吗？好吧，接下来我想谈谈心中另一个想法，杰瑞格博士，我希望你不会见怪。”

“不会，绝对不会。”他带着无奈的神情，先望望贝莱，又望了望机·丹尼尔，“毕竟，如果事情真有你说的那么重要，我很乐意全力协助。”

“谢谢你，博士，我想问的是，人形机器人为何得天独厚？我的意思是，我自己从小到大，一直把人形机器人视为理所当然，但我现在突然发觉，自己从来不知道‘人形’的原因何在。为什么机器人必须有头颅又有四肢？为什么它们多多少少都像人类？”

“你的意思是，它们的外形为何不像其他机械那般功能取向？”

“对，”贝莱说，“为什么？”

杰瑞格博士淡淡一笑。“老实说，贝莱先生，你生得太晚了。在早期的机器人学文献中，针对这个问题的讨论处处可见，而且双方争辩得非常激烈，甚至口不择言。如果你想对这场‘功能主义对反功能主义论战’有所了解，我可以推荐一个非常好的参考资料，那就是韩福所写的《机器人学史》，其中用到的数学少之又少，我相信你会觉得那本书非常有趣。”

“我会找来看看。”贝莱耐着性子说，“此时此刻，你可否先给我一点概念？”

“主要还是经济上的考量。听好，贝莱先生，如果你要管理一座农场，而你眼前有两种选择，一是购买装有正子脑的牵引机、装有正子脑的收割机、装有正子脑的松土机、装有正子脑的挤奶机以及装有正子脑的汽车等等，二是只买一个正子脑机器人，由它操纵所有的普通农机。我要提醒你，第二个选择的花费是前者的五十到一百分之一而已。”

“可是为什么一定要人形呢？”

“因为在整个自然界，人形是最成功的一种广用形体。撇开神经系统和某些器官不谈，贝莱先生，我们并非单一功能的动物。如果你想设计一款机器，可以做许许多多五花八门的工作，而且都做得不错，那么模拟人形便是最佳方案。此外，一切科技都是以人形为基础所发展的，以汽车驾驶座为例，它之所以做成那个样子，就是要让人类的手脚操作起来最容易，而我们的手脚和四肢相连，四肢则和身体相连，每一部分的大小和形态都有大致的规格。就连那些最简单的用品，例如桌子、椅子、刀子、叉子，也都是根据人类的大小规格和运作方式来设计的。因此相较之下，让机器人模仿人类的形状，要比彻底重新设计各种用品和工具简单得多。”

“我懂了，这样说有道理。那么我想请问，博士，外围世界的机器人学家所制造的机器人，是不是比我们的机器人更像真人？”

“我相信的确如此。”

“他们制造的机器人会不会太惟妙惟肖，以致在一般情况下会被误认为人类？”

杰瑞格博士扬起眉毛思索了一番。“我想有此可能，贝莱先生。这需要投入极大的成本，可是我怀疑回报率能有多高。”

“根据你的判断，”贝莱毫不放松地继续追问，“他们可不可能造出一个酷似人类的机器人，连你都唬得了？”

机器人学家又傻笑几声。“喔，亲爱的贝莱先生，我不相信有这种事。事实上，机器人绝对不只外表……”

杰瑞格博士说到一半便戛然而止，然后，他慢慢转头望向机·

丹尼尔，红润的脸庞突然变得毫无血色。

“喔，我的天。”他悄声说，“喔，我的天。”

他小心翼翼伸出手来，碰了碰机·丹尼尔的脸颊。机·丹尼尔并未回避，始终平静地凝视着这位机器人学家。

“我的天，”杰瑞格博士的声音几乎透着呜咽，“你是机器人。”

“你花了很久的时间，才发现这个事实。”贝莱冷冷地说。

“我原先完全没料到。我从未见过这样的机器人，外围世界制造的吗？”

“是的。”贝莱说。

“现在看起来就很明显了。他的举手投足，他的说话方式，并没有模拟到完美的程度，贝莱先生。”

“但已经够好了，对不对？”

“喔，太神奇了，我不相信有谁能够一眼就看出真假。我非常感谢你，让我有机会和他面对面，我可不可以检查他一下？”机器人学家迫不及待地站了起来。

贝莱做了一个手势。“请便，博士，但不是现在。要知道，那桩谋杀案优先。”

“照你这么说，那是真的喽？”杰瑞格博士毫不掩饰失望的神情，“我以为或许只是引我分神的幌子，看看我会被唬弄多久……”

“那并非什么幌子，杰瑞格博士。所以请告诉我，要制造一个这么像人的机器人，而且目的就是要令人难辨真假，是否需要让它的大脑运作尽量接近人类？”

“当然。”

“太好了。这种人形机器人的大脑，难道不能违反第一法则吗？或许只是设计上的无心之失？你说相关理论仍是未知的领域，我却认为‘未知’正意味着不具第一法则的正子脑有可能出现，而制造者并不清楚该避免什么危险。”

杰瑞格博士连连摇头。“不，不，不可能。”

“你确定吗？我们可以先测试一下第二法则——丹尼尔，把你的手铳给我。”

贝莱的目光始终未曾离开那个机器人，他的右手则偷偷地紧握自己的手铳。

机·丹尼尔轻描淡写地说：“给你，以利亚。”随即将手铳递过去，并刻意让铳柄朝前。

贝莱说：“身为便衣刑警，他绝对不能缴出手铳，可是身为机器人，他只能服从人类的命令。”

“除非，贝莱先生，”杰瑞格博士说，“他要服从的命令违反了第一法则。”

“你可知道，博士，丹尼尔曾用手铳瞄准一群手无寸铁的民众，而且威胁要发射？”

“可是我并未发射。”机·丹尼尔说。

“同意，但你居然会威胁人类，此举本身就非比寻常，对不对，博士？”

杰瑞格博士咬了咬嘴唇。“我需要知道确切的详情，否则无法骤下断言，但听来的确不寻常。”

“那么，请考虑下列情况。凶案发生时，机·丹尼尔几乎就在现场，如果排除了地球人能够带着凶器跨越乡间的可能性，那么在所有置身命案现场的人士当中，只有丹尼尔一个人有办法藏起凶器。”

“藏起凶器？”杰瑞格博士问。

“让我进一步解释一下。行凶的那柄手铳下落不明，命案现场虽然经过地毯式搜查，却怎么找也找不到。但它绝不会化成一缕轻烟，所以只有一个地方可藏，只有那个地方，没有人会想到也该找找。”

“哪里，以利亚？”机·丹尼尔问。

贝莱举起了手铳，并将铳口牢牢对准机器人的方向。

“在你肚子里，”他说，“在你的食物袋中，丹尼尔！”

第十三章
仪 器

“那并非事实。”机·丹尼尔轻声答道。

“是吗？我们还是让博士来断定吧，杰瑞格博士？”

“啊，贝莱先生？”机器人学家愣了一下。刚才，当人类警探和机器人警探对话的时候，他的目光在两人身上跳来跳去，这时终于固定在人类身上。

“我请你来，是希望你对这个机器人作一次权威性的分析。若有必要，我可以替你申请‘大城标准局’的实验室，万一他们那里欠缺什么设备，我也一定会替你找齐。我只想要一个迅速而明确的答案，任何费用或人力都在所不惜。”

说到这里，贝莱站了起来。刚才那番话他说得心平气和，可是他感觉得到，这后面隐藏着一股蓄势待发的疯狂情绪。曾有那么片刻，他觉得自己很想掐住杰瑞格博士的脖子，硬把他的证词给捏出来——如果那样做真有用，他宁可放弃所有的科学。

“怎么样，杰瑞格博士？”他问。

杰瑞格博士发出神经质的傻笑，然后说：“亲爱的贝莱先生，我并不需要什么实验室。”

“为什么？”贝莱忧心忡忡地问，他紧绷着肌肉站在那里，甚至觉得自己开始发抖。

“测试第一法则并非什么难事。我从未做过，因为没有必要，你了解吧，但这实在简单得很。”

贝莱张开嘴巴，深深吸了一口气，然后慢慢吐出来。“可否请你解释一下这句话的意思？你是不是说，你可以在这里进行测试？”

“当然可以。听好了，贝莱先生，我给你打个比方：如果我是医生，当有必要替病人验血糖的时候，我需要一间生化实验室；同理，我需要有各方面的精密设备，才能测量病人的基础代谢率、查验他的皮质功能，或是检查他的基因以便确认某种先天性异常。但另一方面，我只要在他眼前挥挥手，就能确定他瞎了没有，只要摸摸他的脉搏，就能知道他是否还活着。

“我想强调的是，有待测试的功能越重要、越基本，所需要的设备就越简单。这个道理同样适用于机器人，第一法则非常基本，因此它的影响无所不在；如果第一法则消失了，机器人就会出现二三十种异常的反应。”

他边说边掏出一个扁平的黑色物件，展开之后，它就成了一个小型阅读镜。他将一个相当破旧的胶卷插进阅读镜插槽，然后又取出秒表，以及一组白色的塑胶片——经过简单组装，就变成相当特殊的计算尺，共有三个独立的活动标度，不过贝莱并不熟悉它上面的记号。

杰瑞格博士轻敲着阅读镜，露出淡淡的笑容，仿佛即将展开的临床实验令他精神振奋。

他说：“这是我的《机器人学手册》，我到哪里都会随身携带，好像一件衣服一样。”说完，他有点不好意思地吃吃一笑。

他将目镜贴近眼睛，用食指轻巧地操纵控制钮，阅读镜便开始忽转忽停，忽停忽转。

“内建的索引。”机器人学家骄傲地说，但因为阅读镜盖住了他的嘴巴，声音有点含糊不清。“我自己制作的，可以替我节省大量的时间。不过，现在这点无关紧要，对不对？让我想想看，嗯，可否请你把椅子挪近我一点，丹尼尔。”

机·丹尼尔依言照做。刚才，当机器人学家进行准备时，他一直仔细静观全部的过程。

与此同时，贝莱移开了手铳。

接下来一连串的发展，却令贝莱既困惑又失望。杰瑞格博士问了好些似乎毫无意义的问题，又做了好些似乎毫无意义的动作，但他偶尔也会停下来，用用他的三重计算尺，或是看看阅读镜。

例如，其中一个问题是：“如果我有两个表亲，两人相差五岁，年轻的是表妹，那么另一个是男生还是女生？”

丹尼尔郑重其事地回答（贝莱觉得根本多此一举）：“根据既有资料无法判定。”

听到这样的答案，杰瑞格博士除了瞥一眼秒表，唯一的反应就是将右手尽量向外伸，然后说：“可否请你用左手第三根指头的指尖，碰碰我的中指指尖？”

丹尼尔立刻轻松地做出这个动作。

杰瑞格博士顶多花了十五分钟，就完成了所有的测试。他默默地用计算尺做了最后一个计算，随即三下两下将它拆解。然后他收好秒表，再从阅读镜中抽出《机器人学手册》，并将阅读镜折叠起来。

“都做完了吗？”贝莱皱着眉头问。

“都做完了。”

“但这实在太荒谬了。你所问的问题，没有半个和第一法则有关。”

“喔，我亲爱的贝莱先生，如果医生用橡胶槌轻敲你的膝盖，难道你不相信这样就能测试你是否得到某种退化性神经病变吗？如果医生仔细检查你的眼睛，测试虹膜对光线的反应，然后断定你可能对某些生物碱上瘾，难道你也会感到惊讶吗？”

贝莱说：“好吧，怎么样？你的诊断如何？”

“丹尼尔配备了完整的第一法则！”机器人学家毫不犹豫地点头。

“你一定搞错了。”贝莱粗声说。

然而，贝莱做梦也想不到，杰瑞格博士的腰杆竟然能挺得比平常更直，但他显然做到了，同时他还眯起眼睛，射出愤怒的目光。

“你是在教我该怎么做吗？”

“我并非暗示你能力不足。”贝莱做了一个请听我说的手势，“可是难道你不可能犯错吗？你自己说过，谁也不了解非阿西宁机器人的理论。让我打个比方，其实盲人也能阅读，只不过读的是盲文书或有声书，假如你不晓得这两种书的存在，难道你不会因为某人知道某本书的内容，便错误地一口咬定他视力良好吗？”

“好的，”机器人学家又恢复了和颜悦色，“我懂你的意思了。可是话说回来，我就继续用你的比喻吧，盲人还是无法用眼睛阅读，而我测试的正是这一点。请相信我，姑且不论非阿西宁机器人能做什么或不能做什么，我还是肯定机·丹尼尔配备了第一法则。”

“他回答问题时就不能作假吗？”贝莱心知肚明自己是在作困兽斗。

“当然不能，这正是机器人和人类的差别。不论是人类或是任何哺乳类的大脑，都无法用现有的数学方法进行完整的分析，因此没有任何大脑反应是百分之百确定的。反之，机器人的正子脑却是可以完整分析的，否则根本造不出来，这就代表我们对于哪个刺激会导致哪个反应一清二楚，所以机器人绝对无法在答案上作假。你所谓的‘作假’这件事，根本不存在于机器人的意识中。”

“那么我们来谈谈实例吧，机·丹尼尔曾经拿手铳指着一群人类，当时我在场，是我亲眼看见的。即使他不曾发射，难道说第一法则就不会起一点作用，例如令他神经失常？但答案竟是否定的，要知道，事后他仍然百分之百正常。”

机器人学家摸了摸下巴，露出迟疑的神色。“这点的确反常。”

“一点也不反常，”机·丹尼尔突然开口，“以利亚伙伴，可否请你检查一下从我手中拿走的手铳？”

贝莱低头望了望握在自己左手的那柄致命武器。

“打开铳膛，”机·丹尼尔催促道，“仔细看看。”

贝莱权衡了一下风险，然后慢慢将自己的手铳放到桌上，再以迅速的动作打开另一柄手铳。

“是空的。”他茫然道。

“里面根本没有电囊。”机·丹尼尔附和道，“如果你检查得更仔细，会发现里面从未装过电囊。事实上，这柄手铳并没有击发器，根本就不能使用。”

贝莱说：“你用一柄不能发射的手铳指着群众？”

“我必须有一柄手铳，否则无法扮演便衣刑警。”机·丹尼尔说，“可是带着一柄真枪实弹的手铳，会有意外伤人的可能，这种事当然万万不可发生。当时我就想要解释，但你在气头上，硬是不肯听我说。”

贝莱怅然若有所失地望着那柄形同废铁的手铳，低声说："我想就到此为止吧，杰瑞格博士，感谢你的热心协助。"

贝莱订了一份午餐，可是送来之后（酵母胡桃蛋糕，以及一片相当厚实的炸鸡，下面还垫着脆饼），他却只能盯着这盘食物发呆。

他脑海中的思潮翻腾不已，长脸上蚀刻着深深的忧郁。

他仿佛活在一个不真实的世界，一个残酷且混沌不已的世界。

这一切究竟是如何发生的？如今回顾，自从踏进朱里斯·恩德比的办公室，开始和谋杀案以及机器人纠缠不清那一刻起，他就像是陷入一场迷离梦境之中。

耶和华啊！才不过是五十个小时之前的事。

他曾坚定不移地在太空城中寻找答案，甚至两度指控机·丹尼尔是凶手，第一次认为他是人类假扮的，第二次虽然承认丹尼尔真是机器人，仍旧认为他涉有重嫌。可是无论哪一次，最后的结果都是他自己灰头土脸。

现在他终于被迫转向了，他心不甘情不愿地将心思转回大城（打从昨夜起，他一直不敢朝这个方向想）。某些问题不断地敲打他的意识，可是他不想听，他觉得自己做不到。万一听见了，他就不得不回答，喔，天哪，他实在不想面对那些答案。

"利亚！利亚！"突然有人猛摇贝莱的肩膀。

贝莱立刻惊醒，问道："什么事，菲力普？"

C5级便衣刑警菲力普·诺瑞斯坐了下来，他将两只手放在膝盖上，身体向前倾，以便仔细审视贝莱的脸。"你到底是怎么回事？最近被人下了药吗？你就这么睁大眼睛坐在这里，我差点以为你真的死了。"

他摸摸自己逐渐稀疏且褪色的金发，一对鼠眼紧盯着贝莱始终未动的午餐。“鸡肉！”他说，“这年头想吃鸡肉，非得弄个医师处方不可。”

“吃点吧。”贝莱无精打采地说。

诺瑞斯天人交战一番，然后说：“喔，不了，我马上就要出去用餐，你留着自己吃吧——对了，你最近和头儿进展如何？”

“你说什么？”

诺瑞斯设法表现得从容，但他的双手却背叛了自己。他说：“少装蒜，你知道我的意思，自从他回来之后，你就和他形影不离。到底怎么回事？要升官了吗？”

贝莱皱起眉头，这种办公室政治令他觉得又回到了现实世界。诺瑞斯和自己年资差不多，当然要分分秒秒注意贝莱是否受到上级的青睐。

贝莱说：“绝无此事，请相信我，一切纯属空穴来风，空穴来风。如果你那么喜欢局长，我倒希望可以把他送给你。耶和华啊！把他拿走吧！”

诺瑞斯说：“可别误会我，我并不在乎你升不升官。我只是想说，如果你和头儿关系不错，何妨拉那孩子一把？”

“什么孩子？”

这个问题其实多此一举，因为就在这个时候，文森·巴瑞特——那个被机·山米取而代之的年轻人——从一个不起眼的角落慢慢走了过来。只见他心慌意乱地不停转动着手里的帽子，虽然他也试着挤出一丝笑容，却只牵动了高耸颧骨上的皮肤。

“午安，贝莱先生。”

“喔，午安，文森，最近好吗？”

“不太好，贝莱先生。”

文森如饥似渴地四处张望，贝莱心想：他看来简直失魂落魄，半死不活——这就是遭到解雇的下场。

然后他又毫不留情地想到（而且差点脱口而出）：可是他到底希望我做些什么呢？

结果他只是说："很遗憾，孩子。"

除此之外，他又能说什么呢？

"我一直在想——也许有了什么转机。"

诺瑞斯凑近贝莱的耳朵，低声说："这种事不能再发生了，一定要有人挺身而出，如今连陈洛也要被赶走了。"

"什么？"

"你没听说吗？"

"没有，妈的，他是个C3，至少有十年的资历。"

"我同意，怎奈一台有腿的机器就能做他的工作。下一个会是谁呢？"

文森·巴瑞特一直沉浸在自己的思绪中，这时他突然唤道："贝莱先生？"

"什么事，文森？"

"你听过一则传闻吗？他们说黎娜·米兰——那个次乙太节目的舞者——是一个机器人。"

"一派胡言。"

"是吗？他们说有人能将机器人造得和人类一模一样，外表披着一种特制的塑质皮肤。"

贝莱立刻联想到机·丹尼尔，不禁一阵心虚，再也说不出话来，只好摇了摇头。

年轻人又说："如果我四处走走，你想会不会有人介意？看看熟悉的老地方，我会觉得舒坦些。"

"去吧，孩子。"

年轻人走开了，贝莱和诺瑞斯目送他一程，然后诺瑞斯才说：“看来怀古分子似乎说对了。”

“你是指回归大地？是吗，菲力普？”

“不，我是指机器人这件事。回归大地，哈！咱地球的未来希望无穷。但我们并不需要机器人，绝不需要。”

贝莱喃喃道：“地球拥有八十亿人口，但眼看铀要用完了！有什么好希望无穷的？”

“万一铀真用完了，我们可以进口啊，或者我们可能发现另一种核能。人类总是有办法找到出路的，利亚。这方面你一定要乐观，要对咱人类的大脑有信心。我们最伟大的资产就是足智多谋，这可是取之不尽、用之不竭的，利亚。”

他相当陶醉在自己的言论中，继续滔滔不绝：“比方说，我们可以利用太阳能，这就能够撑上几十亿年。我们可以在水星轨道上建造太空站，当作能量收集器，然后利用定向波束把能量传回地球。”

贝莱早就听过这个计划，那些纸上谈兵的前卫科学家，至少已经花了一百五十年在探讨这种想法。它之所以无法跳脱理论层次，乃是由于目前为止，谁也无法将波束压缩得足够紧致，好让它走过五千万英里却仍不会散开。贝莱根据记忆，将上述事实稍微说了说。

诺瑞斯说：“真有需要的时候，就一定做得到，何必担心呢？”

贝莱脑海中忽然浮现一个能源无穷无尽的地球，人口可以不断增加，酵母农场可以一直扩充，水耕农业也可以一直强化。既然能源不虞匮乏，矿物可以取自太阳系的无人天体；如果淡水有所短缺，则能从木星的卫星运来补给。还有，可以将地球的海洋冷冻，然后一块块拖到太空去，让那些冰球像小卫星般绕着地球转；它们会永远待在那里，随时可以再取回来。一旦海床暴露在外，就等于变出许多可以开发、可以居住的陆地。甚至地球上的二氧化碳和氧气含量，亦能藉由土卫六的甲烷大气和天卫二的冻氧来维持和调节。

如此一来，地球上的人口便能增加到一两兆。有何不可呢？过去曾经有人认为，如今的八十亿人口是绝对不可能的事；甚至还曾经有人认为，十亿人口就已经难以想象了。自从中古时代以来，几乎每个世代都会出现马尔萨斯学派的末日预言，而事实总是证明那只是杞人忧天。

可是法斯陀夫又会怎么说呢？一个拥有一兆人口的世界？当然有可能！然而，它的空气和淡水都需要仰赖进口，能源则需要由五千万英里外的“仓库”来提供，那会是个多么不稳定的状况。地球距离全面瓦解仍旧只有一线之隔，只要这个“泛太阳系机制”任何一环出了一丁点儿问题，就会导致地球万劫不复。

贝莱说：“我自己认为，还是把多余的人口运走些比较容易。”这句话，与其说是在回应诺瑞斯，不如说他是在回应自己心中所勾勒的图像。

“谁会要我们呢？”诺瑞斯酸溜溜地说。

“任何尚未住人的行星。”

诺瑞斯站了起来，拍拍贝莱的肩膀。“利亚，你的迷药一定还没退，多吃点鸡肉，早些恢复正常吧。”他带着咯咯的笑声走了。

贝莱望着他的背影，冷冷地扬起嘴角。诺瑞斯会开始散布这个消息，接下来几个星期，办公室里那些碎嘴的同事（每间办公室都有这种人）可有的聊了。但这么一来，至少他可以暂时摆脱文森、机器人和解雇这些话题。

他叹了一口气，拿起叉子刺向一块已经冷掉而且有点硬的鸡肉。

贝莱吃完最后一块蛋糕的时候，丹尼尔刚好离开（当天早上才分发给他的）桌位，朝这个方向走过来。

贝莱不太自在地望着他。“怎么样？”

机·丹尼尔说：“局长不在自己的办公室，也不知道什么时候回来。我已经交代机·山米，我们要借用那间办公室，除了局长本人，不准他放任何人进来。”

“我们借用来做什么？”

“开一次秘密会议。我们必须开始计划下一步行动，这点你一定同意吧。毕竟，你并不打算放弃这项调查工作，对不对？”

其实，那正是贝莱梦寐以求的一件事，但他显然不能说出口。他站了起来，带头向恩德比的办公室走去。

进了办公室，贝莱立刻说：“好吧，丹尼尔，到底怎么回事？”

那机器人答道：“以利亚伙伴，打从昨夜起，你就魂不守舍，我发现你的精神氛围起了明显的变化。”

贝莱心中冒出一个极可怕的念头，随即大叫：“你会读心术？”

若非此时心乱如麻，他也不会想到这种可能性。

“不，当然没有。”机·丹尼尔说。

贝莱总算不那么惊慌了，他又问：“那么你所谓的精神氛围又是什么鬼东西？”

“我只是借用这个名词，来描述一种你并未透露的感觉。”

“什么感觉？”

“这并不好解释，以利亚。但你应该记得，我原本的功能是帮助太空城的同胞研究地球人的心理。”

“对，我知道。你只是加装了一组正义线路，就摇身一变成为警探。”贝莱并未刻意避免讽刺的口吻。

“完全正确，以利亚。但我的设计基本上保持不变，而我原本的功能是用来进行大脑分析。”

“分析人类的脑波？”

“喔，对。只要有特定的接收器，原则上就能远距离接收，无需电极的直接接触，而我的大脑就是这样的接收器。难道地球人没有使用这个原理吗？”

贝莱不知道这个问题的答案，只好反守为攻，再度发问：“你在测量脑波的时候，会测到些什么东西？”

“并不是思想，以利亚。我可以测到一点情绪，但最重要的是我能够分析性格，也就是分析一个人的潜在动机和态度。举例来说，当初只有我能确定，在那桩谋杀案发生之际，恩德比局长处于一种无法杀人的心理状态。”

“由于你这么说，他们便排除了他的嫌疑。”

“是的，这样做其实很保险。就这方面而言，我是个非常精密的仪器。”

贝莱心中又冒出一个念头。“慢着！恩德比局长并不知道他接受了大脑分析吧？”

“没有必要让他心里不舒服。”

“我的意思是，你就只是站在那里望着他，没有动用任何仪器，没有任何电极，也没有指针和图表？”

“当然都没有，我是个自给自足的装置。”

贝莱紧咬下唇，感到又怒又恼。这是最后一个小小的矛盾，这个硕果仅存的漏洞本来勉强还能当作箭靶，或许仍有机会将嫌疑推到太空族身上。

机·丹尼尔曾说局长接受过大脑分析，不料一小时之后，局长自己却光明正大地否认听过这个名词。照理说，任何人若是在涉嫌的情况下，接受了传统的脑波测量，脑袋上曾贴过许多电极，应该都忘不了那种骇人的经验，更应该记得什么叫大脑分析。

可是现在矛盾消失了，局长的确接受过大脑分析，只是他自己并不知道。机·丹尼尔所言句句属实，而局长也并未说谎。

“好吧，”贝莱厉声道，“我的大脑分析又是什么结果？”

“你心神不宁。”

“这可真是个伟大的发现，啊？我当然心神不宁。”

“不过，说得更明确些，你之所以心神不宁，是因为有两种力量正在你心中起冲突。一方面，你为了忠于自己的专业，很想深入调查昨晚那批围攻我们的地球阴谋分子，以及他们背后的组织，可是，另一个同样强烈的动机，却将你朝反方向用力推。在你的大脑细胞电场中，这个趋势显示得一清二楚。”

“我的大脑细胞，得了吧。”贝莱气呼呼地说，“听着，我来告诉你为何并无必要调查你所谓的阴谋组织，因为它和那桩谋杀案毫无关系。我承认，我曾经这样想过；昨天在食堂，我的确以为我们身陷险境。可是后来发生了什么呢？他们跟踪我们出来，然后很快就被我们利用路带摆脱了，不过如此而已。如果他们是组织严密、视死如归的阴谋分子，绝对不会这么容易善罢干休。

“我儿子轻而易举便查到了我们的住处；他只是打电话到局里，甚至不必表明自己的身份。那些所谓的阴谋分子若想猎杀我们，大可如法炮制。”

“难道没有吗？”

“显然没有。如果他们想引发暴动，当初在鞋店就有机会，但仅仅一个人和一柄手铳，就让他们温驯地撤退了。而你其实是机器人，一旦他们认出你的身份，便能确定你无法使用那柄手铳。他们只是怀古分子，只是一群没有危险的边缘人，你并不清楚这些事，但我应该明白。要不是这一切误导我……误导我一个劲儿胡思乱想，我早就该明白了。

“我告诉你，我知道什么样的人会变成怀古分子。他们一来个性温和，二来爱做白日梦，由于现实生活太辛苦了，于是他们沉迷在一个从未真正存在的古代理想世界中。如果你能像对一个人那样对一个团体进行大脑分析，你会发现他们就和朱里斯·恩德比一样不可能杀人。”

机·丹尼尔慢慢地说：“我无法照字面上的意义接受你的说法。”

“你这话什么意思？”

“你的看法转变得太突然，而且其中有些矛盾。昨天，你早在晚餐前几小时，就已经安排好和杰瑞格博士的会面。当时你还不知道我有食物袋，也就不可能怀疑我是凶手。所以说，你联络他是为了什么呢？”

“其实那个时候，我已经怀疑你了。”

“还有，昨夜你一边睡觉一边说话。”

贝莱睁大眼睛。“我说些什么？”

“没什么，就是连续喊了几声‘洁西’，我相信你是在叫你太太。”

贝莱尽量放松紧绷的肌肉，然后用颤抖的声音说：“我做了一个恶梦，你知道那是什么吗？”

“我当然欠缺亲身经验，但根据字典上的定义，恶梦就是不好的梦境。”

“你知道什么是做梦吗？”

“我同样只知道字典上的定义。当意识层面暂时中止思考，也就是在所谓的睡眠之际，如果出现类似真实的幻觉，那就是做梦。”

“幻觉，好吧，我可以接受。有些时候，幻觉还真他妈的足以乱真。嗯，我梦见我太太身陷险境，人们常常会做这种梦。于是在这种情形下，我大喊她的名字，这种事也并不罕见，你大可相信我。”

“我万分乐意相信你。但这让我联想到另一个问题，洁西怎么会发现我是机器人？”

贝莱感到自己的额头又湿了。“我们别再卷入这个问题，好不好？传闻……”

“抱歉我打个岔，以利亚伙伴，其实并没有什么传闻。如果真有的话，整个大城早已动荡不安了。送进局里的报告，我一一检查过了，没有一则提到这件事。这项传闻根本不存在，于是问题来了，你太太是怎么发现的？”

“耶和华啊！你到底想说什么？你认为我太太是一名……一名……”

“是的，以利亚。”

贝莱双手紧紧互握。“听好，她不是，这个话题到此为止。”

“这并不像你的作风，以利亚。在办案过程中，你曾两度指控我是凶手。”

“所以你用这种方式报复我？”

“我不确定是否了解你所谓的报复是什么意思。不用说，我赞成你对我采取怀疑的态度，你自有你的理由。这些理由很可能是对的，虽说事实不然。现在，我用来指证你太太的证据，也同样强而有力。”

“指证她涉嫌谋杀？他妈的，洁西不会伤害任何人，哪怕是她的死敌；她也不可能走出大城，更不可能……唉，如果你是血肉之躯，我就……”

“我只是说，她是阴谋集团的一分子，我认为应该侦讯她一次。”

“休想，这辈子你都休想。你给我听好，怀古分子并不想取我们性命，那不是他们的行事风格，但他们的确想把你赶出大城，这个企图显而易见。而他们用的是心理战，他们设法让你我的日子不好过，因为我俩已经绑在一起。他们很容易就查出洁西是我太太，于是，理所当然的下一步就是把消息泄漏给她。她和所有的地球人一样不喜欢机器人，她绝不希望我和一个机器人合作，尤其是当她以为这是个危险任务，而他们一定会这样暗示她。我告诉你，这招有效，她求了我一个晚上，要我放弃这个案子，或是设法把你赶出大城。”

“想必，”机·丹尼尔说，“你有非常强烈的动机要保护你太太，避免她遭到侦讯。所以在我看来，你显然在编造些自己都不太相信的论证。”

“你以为自己是他妈的何方神圣？”贝莱咬牙切齿，“你根本不是警探，你只是个大脑分析器，和我们这儿的脑波仪差不了多少。你虽然有头有手有脚，能说话能吃饭，但这并不代表你比大脑分析器高明一丁点儿。多插入一组什么正义线路，并不能让你成为真正的警探，所以你又知道些什么呢？你给我闭嘴，让我来作些设想。”

机器人心平气和地说：“我想你最好还是放低音量，以利亚。就算我并非像你一样是个货真价实的警探，我还是希望提醒你注意一件小事。”

“我没兴趣听。”

“拜托你听听，如果我说错了，你可以指正我，这对你我都没有害处。是这样的，昨晚当你正要离开我们的宿舍，到走廊上打电话给洁西，我曾建议由你儿子代替你去，但你告诉我，在你们地球上，父亲通常不会派自己的儿子去冒险，如此说来，是否母亲通常就会这样做呢？”

“不，当然……”贝莱这句话只说到一半。

“你懂我的意思了。”机·丹尼尔说，“照常理来讲，如果洁西担心你的安危，希望能够警告你，她会宁可拿自己的生命冒险，也不会让儿子代劳。她派班特莱出马这件事只有一个解释，那就是她觉得班的安全无虞，而她自己则刚好相反。如果阴谋集团的人和洁西并不相识，上述情形就不会成立，起码她毫无理由作这样的设想。另一方面，如果她是阴谋集团的一分子，那么她就会知道——以利亚，她就会知道——自己受到了监视，会被人认出来，而班特莱的行动则能神不知鬼不觉。”

“慢着，”贝莱心里很不好受，“这种推论太薄弱了。”

其实他没有必要叫停，因为就在这个时候，局长办公桌上的讯号灯忽然大闪特闪。机·丹尼尔等着贝莱接听，他却只是茫然无助地望着闪光，最后还是由机器人按下了通话键。

“什么事？”

只听机·山米的声音含含糊糊地说：“有一位女士想见利亚，我说他很忙，但她不肯走，她说她叫洁西。”

“让她进来。”机·丹尼尔冷静地说，同时扬了扬眉，那双棕色眼珠随即接触到了贝莱惊慌失措的目光。

第十四章
名 字

贝莱目瞪口呆地僵立在原处，任由洁西冲向他，抓住他的肩膀，将他紧紧搂住。

终于，他从苍白的嘴唇吐出一个名字：“班特莱？”

她望着他，摇了摇头，一头棕发也随之甩动。“他没事。”

“那么你这是……”

洁西突然开始啜泣，她一面哭，一面用细不可闻的声音说：“我憋不住了，利亚，我再也憋不住了。我吃不下、睡不着，我一定要告诉你。”

“什么也别说，”贝莱感到痛苦万分，“看在老天的份上，洁西，赶紧闭嘴。”

“我一定要说，我做了一件可怕的事，非常可怕的事。喔，利亚……”说到这里，她就语无伦次了。

贝莱无可奈何地说：“这里还有别人，洁西。”

她抬起头瞪着机·丹尼尔，但似乎没认出他来。此时泪水在她眼眶中泛滥，很容易将这个机器人折射成一团模糊的光影。

机·丹尼尔压低声音说："午安，洁西。"

她倒抽一口气。"这就是那……那个机器人？"

她赶紧用手背拭去泪水，并离开贝莱的怀抱。然后，她做了几回深呼吸，嘴角还闪现一个短暂而羞怯的笑容。"真的是你，对吗？"

"对，洁西。"

"我叫你机器人，你不会介意吧？"

"不会，洁西，这是事实。"

"那我也不介意你叫我笨蛋、白痴或……或是颠覆分子，因为这也是事实。"

"洁西！"贝莱想喝止她。

"没有用的，利亚。"她说，"既然他是你的搭档，还是让他知道比较好。我再也受不了啦，从昨天开始，我就备受煎熬。我不介意去坐牢，也不介意他们把我下放到最底层，只靠生酵母和清水度日，我更不介意……但你会保护我，对不对，利亚？别让他们惩罚我，我好……好害怕。"

贝莱轻拍她的肩膀，让她哭个痛快。

与此同时，他对机·丹尼尔说："她太激动，我们不能留她在这里，现在几点了？"

机·丹尼尔随口答道："十四点四十五分。"他并未望向时钟，也没有低头看表。

"局长随时可能回来。听好，你去调一辆警车，我们到公路里再详谈。"

洁西猛然抬起头。"公路？喔，不，利亚。"

他则尽可能用安抚的语调对她说："好啦，洁西，别迷信了。你现在这样子，根本不能搭乘捷运。乖乖听话，冷静下来，否则我们连大办公室都穿不过去。我先替你弄点水来。”

稍后，她用沾湿的手帕擦了擦脸，伤心欲绝地说：“喔，你看我的妆。”

“别担心你的妆了。”贝莱说，“丹尼尔，警车备好了吗？”

“已经在等我们，以利亚伙伴。”

“走吧，洁西。”

“等等，等我一下，利亚，我一定得补补妆。”

“这根本无关紧要。”

但她还是转过身去。“拜托，我不能这样子穿过大办公室，顶多一秒钟就好。”

两位男士只好默默等她，其中那位真人不耐烦地忽松忽紧攥着拳头，机器人则未显露任何情绪。

洁西开始翻找自己的皮包。（贝莱曾经郑重其事地宣称，只有一样东西，自中古时代起便抗拒科技的改良，那就是女用皮包，就连磁性接缝取代金属扣环的尝试都以失败告终。）最后，她掏出一面小镜子，以及一个镂银的化妆器，后者是三年前贝莱送她的生日礼物。

化妆器上有好几个小孔，她一一轮流使用，不过看起来，只有最后一道喷雾并非无质无形。她的动作精巧，手法细腻，令人相信化妆的确是女性天生的权利，即使最紧急的情况也不例外。

她先在脸上喷一层均匀的粉底，将油光和粗糙部分都遮掩起来，同时留下淡淡的金色光晕，根据长期累积的经验，洁西确定这种光晕最适合自己的头发和眼珠色泽。然后，她在前额和下巴喷了一点古铜色，又在两颊至颧骨的部分轻轻刷上腮红，此外，她还在眼睑和耳垂涂了些许蓝色阴影。最后，她将淡粉红色的喷雾对准嘴唇，这道喷雾在半空中真正可见，仿佛是闪动着水光的粉红雾气，但它一旦沾上嘴唇便立刻变干，而且颜色加深不少。

“好了，”洁西迅速拍了拍头发，显得非常不满意，“我想应该可以了。”

整个过程当然超过一秒钟，但总共还不到十五秒。虽然如此，贝莱却觉得这段时间漫无止尽。

“快走吧。”他说。

她几乎来不及将化妆器放回皮包，就被他推出门外。

公路里的阴森死寂压在每个人的心头。

贝莱说：“可以了，洁西。”

打从离开局长办公室，洁西脸上便戴着一副泰然自若的面具，直到这个时候，那副面具才有崩裂的迹象。她带着无助的沉默，望了望自己的丈夫，又望了望丹尼尔。

贝莱说：“打起精神来，洁西，拜托。你到底有没有犯罪？真正犯罪？”

“犯罪？”她不确定地摇了摇头。

“给我保持镇定，别再歇斯底里。你只要说有没有就行了，洁西，你可曾……”他迟疑了一下，“杀害任何人？”

洁西的表情瞬间由疑惑转为愤怒。“你在说什么，利亚·贝莱！”

“告诉我有没有，洁西。”

“没有，当然没有。”

贝莱胸口所承受的压力顿时消散一大半。“你有没有偷任何东西？有没有伪造配额数据？有没有攻击过任何人？毁损过任何公物？说出来，洁西。”

“我什么都没做——至少这些都没做，我指的并不是这些事。”她回头望了望，“利亚，我们有必要待在这儿吗？”

“除非你说清楚，否则我们不走。来吧，从头说起，你来找我们，到底是要说些什么？”此时洁西刚好低下头，贝莱和机·丹尼尔的目光因而短暂接触。

洁西用轻柔的声音开始陈述，而且越讲越清楚，越讲越有力。

“我要说的是关于那些人，那些怀古分子，你了解他们的，利亚，他们总是在你周围，总是高谈阔论。早在很久以前，我还是助理营养师的时候，情况就是那样了。还记不记得伊丽莎白·嵩恩波？她就是个怀古分子，她总是说当今的问题全部来自大城，过去没有大城的日子比现在好多了。

“当年，我常常问她为何那么确定，尤其是我认识你之后——你该记得我俩作的那些讨论吧——每一次，她都会从那些无所不在的怀古书籍中，引用一两句话来回答我。你知道的，比方说《大城之耻》，我忘记作者是谁了。”

贝莱随口说：“奥葛文斯基。”

“对，只不过相较之下，那本书算是很好的了。后来，我和你结了婚，她就变得好尖酸好刻薄，甚至说：‘既然嫁了警察，我想你难免会变成真正的大城妇女。’从此以后，她就很少和我讲话，不久我辞去了工作，这个插曲便告一段落。我想，她所说的那些事，大多只是为了唬我，或是为了让自己散发神秘感和魅力。要知道，她是个老处女，一辈子没结过婚，大多数的怀古分子或多或少都有社会适应的问题。记得吗，利亚，你曾经说过，人们有时会将自己的问题误以为是社会的问题；他们之所以想改造大城，只是因为不知如何改造自己。”

贝莱的确记得说过这番话，但如今自己听来，这番话显得轻率而肤浅。他柔声说：“别偏离主题，洁西。”

于是她继续说："总之，丽莎不断强调，总有一天我们得团结起来。她说所有的错误都该归咎太空族，因为他们想让地球一直处于衰弱和颓废的状态。'颓废'是她的口头语之一，比方说，她会盯着我规划的下周菜单，嗤之以鼻地说：'颓废，颓废。'珍·迈尔曾经在厨房模仿她，我们差点没笑死。而她——伊丽莎白——她还说，总有一天我们要摧毁大城，回归大地的怀抱，至于那些强迫我们使用机器人，想把我们永久禁锢在大城的太空族，我们要和他们好好算个账。只不过，她从来不用'机器人'三个字，而总是说'没灵魂的鬼机器'。请你千万别介意，丹尼尔。"

那机器人说："我并不了解这个说法有什么特殊含意，洁西，但无论如何，我是不会介意的，请继续说下去。"

贝莱开始坐立不安。这就是洁西的作风，即使火烧眉睫，即使天塌下来，她还是会用那种迂回曲折的方式继续说故事。

只听她说："伊丽莎白在言谈之间，总是表现得好像她有很多同党，例如她会先说：'上次的聚会……'然后赶紧停下来，带着又骄傲又担忧的表情望着我，仿佛希望我的追问能凸显她的重要性，却又担心我会害她惹上麻烦。当然啦，我从来没问过她，我才不要让她称心如意呢。

"总而言之，我们结婚之后，利亚，事情就告一段落，直到……"

她停了下来。

"继续说，洁西。"贝莱催促道。

"你还记得我们那次的争论吗，利亚？我是指，关于耶洗别的争论。"

"哪个耶洗别？"贝莱花了一两秒钟才恍然大悟，原来她是在说自己的名字，而不是另一个女人。

他自然而然转向机·丹尼尔，替自己辩护道："耶洗别是洁西原来的名字，她不喜欢，所以从来不用。"

机·丹尼尔严肃地点了点头，贝莱心想：耶和华啊，我又何苦担心他的观感呢？

"那件事造成我很大的困扰，利亚。"洁西说，"真的，千真万确。我猜这很傻，但我当时一直不断在想你说的那些话，我是指关于耶洗别只能算保守派，她为了保存祖先的传统，挺身抗拒异族带来的陌生事物。毕竟，我也叫耶洗别，而我总是……"

她想找一个适当的词，结果贝莱先想到了。"认同她？"

"对。"但她说完之后，几乎立刻摇了摇头，而且别过脸去，"当然，并非真的认同，并非照单全收。她在我心目中的形象你最清楚，而我自己并不是那个样子。"

"我很清楚，洁西，你别傻了。"

"但我还是常常想到她，而且，我不得不这么想，历史好像又重演了。我的意思是，我们地球人拥有传统的生活方式，太空族却带来许多新奇的事物，并想尽办法让我们接受，我们便误入歧途了。或许怀古分子是对的，或许我们应该回归传统的优良方式。于是，我回过头去找伊丽莎白。"

"好，继续。"

"起初她说听不懂我在讲些什么，何况我还是个条子老婆。我强调这是不相干的两码子事，最后她终于答应跟某人提一提。大约一个月之后，她主动告诉我通过了，于是我加入了他们，从此每次聚会我都参加。"

贝莱难过地望着她。"你却从未告诉我？"

洁西用颤抖的声音说："我向你道歉，利亚。"

"唉，于事无补，我是指你的道歉。你可以将功赎罪，我需要了解你所谓的聚会，首先，你们在哪里举行？”

与此同时，一股疏离感悄悄爬上他的心头，麻木了所有的情绪。他一直不愿相信的事，如今证实竟是真的，是千真万确，是绝对错不了的。既然尘埃终于落定，就某方面而言，也算是一种解脱吧。

她说：“就在这里。”

“在这里？你是指就在这个地点？你到底是什么意思？”

“我是指在公路里面，所以我才不想到这儿来。不过，这是个绝佳的聚会地点，我们……”

“多少人？”

“我不确定，大约六七十吧，我们只能算是一个地方支部。有人会负责准备折椅和点心，而且每回都有人发表演说，大多是讲过去的生活多么美好，总有一天我们会把妖魔鬼怪通通赶走，那是指机器人，当然还有太空族。那些演讲实在很无聊，总是千篇一律，但我们都能容忍，因为吸引我们的是聚会本身，以及一种肩负重任的感觉。我们会立下许多誓言，还会发明在其他场合打招呼的暗号。”

“你们从未受到干扰吗？没有任何警车或消防车经过？”

“从来没有。”

机·丹尼尔打岔道：“这很不寻常吗，以利亚？”

“也许还好。”贝莱深思熟虑之后答道，“有些支线根本从来没人用。不过，找出这些支线并不是一件简单的事。你们在聚会中，就只做这些事吗，洁西？发表演说、玩玩阴谋游戏？”

“差不多就这样，有时还会唱唱歌。当然，总要吃吃喝喝，东西不多，通常就是三明治和果汁。”

“既然这样，”他的口气近乎凶狠，“现在你又担什么心？”

洁西心头一凛。“你生气了。”

“拜托，”贝莱勉强耐着性子，“回答我的问题。如果都是像这样的平和活动，过去这一天半，你为何如此惊慌失措？”

“我认为他们会伤害你，利亚。老天啊，你为什么偏要装作不明白呢？我已经解释给你听了。”

“不，没有，你还没解释。你只是告诉我，自己常常参加一种故作神秘的茶会罢了。他们有没有举行过公开示威？有没有破坏过机器人？有没有发起暴动？有没有杀人？”

“从来没有！利亚，我绝对不会做那些事，而他们如果想那么做，我也绝不会留在里面。”

“好吧，那么你为何又说自己做了一件可怕的事？为何预料自己会坐牢？”

“嗯……嗯，他们曾经讨论，总有一天要向政府施压。他们说，我们应该组织起来，然后举行大规模的罢工罢市；我们可以强迫政府废止所有的机器人，并将太空族赶回他们的老家。我原本以为这只是空谈，结果真的发生了，我是指你和丹尼尔这件事。于是他们开始说：‘现在我们要采取行动了。’以及‘我们今天要杀一儆百，让机器人入侵成为历史。’有人在卫生间高谈阔论，虽然并不知道谈论的就是你们两人。可是我知道，立刻就知道了。”

说到这里，她语塞了。

贝莱不禁软化。“好啦，洁西，这些都没什么，的确只是空谈罢了。你大可自己看看，什么事都没有发生。”

“我好……好害……害怕，而且我想，我也是其中的一分子。如果发生流血暴动，你就有可能遇害，班特莱也会有危险，而算来算去都是我……我的错，我万万不该加入他们，所以我应该去坐牢。”

贝莱伸手搂着她的肩膀，让她呜呜咽咽发泄一番，同时他紧抿着嘴望向机·丹尼尔，后者则冷静地回望他。

他说："听着，我要你好好想想，洁西，谁是你们这个团体的领导？"

她现在比较平静了，正在用手帕轻拭眼角的泪水。"领导名叫约瑟夫·克列明，但他并不是什么了不起的人物。他身高顶多五尺四，而且我觉得他非常怕老婆。我认为他没有任何危险性，你该不会想要抓他吧，利亚？不会只因为我的一面之词吧？"她似乎万分懊悔。

"我暂时还不会抓任何人。这个克列明由谁指挥？"

"我不知道。"

"有没有任何陌生人参加过聚会？你知道我的意思：来自中央总部的大人物。"

"偶尔会有外人来演讲，但并不常见，大约一年两次吧。"

"你晓得他们的名字吗？"

"不晓得。他们总是被称为'我们的一分子'或是'来自杰克森高地的朋友'之类的。"

"我懂了。丹尼尔！"

"请说，以利亚。"机·丹尼尔答道。

"将你认为可疑的人物通通描述一遍，看看洁西是否认得他们。"

机·丹尼尔以极其精准的方式开始描述，详细说明每个嫌犯的外貌特征和背景资料，洁西却逐渐露出沮丧的表情，而且摇头摇得越来越坚定。

"没有用的，没有用的。"她喊道，"我怎么会记得？我不可能记得他们任何一个人的长相，我不可能……"

她突然住口，似乎在思索，然后又说："你是不是说，其中一人是酵母工？”

“法兰西斯·克劳沙，”机·丹尼尔说，“他是纽约酵母厂的员工。”

“嗯，你知道吗，某次，有个外人来演讲，我刚好坐在第一排，不断闻到一丝生酵母的味道，真的，只有一丝丝而已，你知道我的意思。我之所以记得这件事，是因为那天我有点反胃，那种味道一直让我感到恶心。后来，我不得不站起来，换到后面的座位，但我当然无法解释哪里不对劲，实在非常尴尬。也许他就是你说的那个人，毕竟，当你一天到晚和酵母打交道，气味就会黏在你的衣服上。”说着说着，她皱起了鼻子。

“你不记得他的长相吧？”贝莱问。

“不记得。”她十分肯定地回答。

“好吧，暂时这样。听着，洁西，我要把你送到你妈妈那儿，班特莱也会跟你一起去，你们两人千万不要离开那一区。班可以向学校请假，我会安排好一切，定时派人送食物给你们，还会派警察监视附近的通道。”

“你自己呢？”洁西声音发颤。

“我不会有危险的。”

“可是这样要多久？”

“我不知道，也许只有一两天。”即使在他自己听来，这句话都相当空洞。

贝莱和机·丹尼尔又回到了公路里面，车内只剩下他们两人。贝莱表情凝重，显得心事重重。

“在我看来，”他说，“我们要对付的这个组织，发展出了上下两层结构。第一层，也就是底层，只是为了替最后的行动储备群众，并没有特定的计划。第二层，则是一小群精英分子，他们正在进行一个周密策划的行动。我们必须找出来的正是这群精英分子，至于洁西所说的那些只会过家家的团体，可以不予理会。”

“如果洁西的故事可以照单全收，”机·丹尼尔说，“那么我想，你说的这一切都有道理。”

“我认为，”贝莱强硬地说，“洁西的故事可以视为百分之百的实情。”

“似乎没错。”机·丹尼尔说，“根据她的大脑脉冲，完全看不出她有说谎的坏习惯。”

贝莱狠狠瞪了机器人一眼。“这点我敢担保。所以，我们在报告中，并没有必要提她的名字，你了解吗？”

“如果你希望这样做，以利亚伙伴，我没有意见。”机·丹尼尔心平气和地说，“但这样一来，我们的报告会既不完整也不精确。”

贝莱说：“嗯，或许如此，但不会有什么实质的害处。她主动来找我们，将她知道的事实和盘托出，如果我们提及她的名字，她就会有案底了，我可不希望发生这种事。”

“既然如此，当然要避免，但前提是要先确定不会再有更多的内幕。”

“不会再有什么能牵扯到她了，我可以保证。”

“那么可否请你解释一下，为什么一个名字，单单耶洗别这三个字，就能使她放弃原先的信念，然后另起炉灶？她的动机似乎令人费解。”

这时，他们正缓缓驶过空无一人的弧形隧道。

贝莱说：“这的确不容易解释。耶洗别是个罕见的名字，偏偏在历史上，有个恶名昭彰的女人叫做耶洗别。我太太很珍惜这个巧合，这带给她一种虚幻的邪恶感，对她规规矩矩的生活是一种补偿。”

“一个奉公守法的女子，为何需要觉得自己邪恶呢？”

贝莱差点笑出来。“女人就是女人，丹尼尔。总之，我做了一件非常愚蠢的事，我曾经在气头上，坚称历史人物耶洗别并不怎么邪恶，甚至可以说是个好妻子。对于这件事，我一直后悔不已。

“结果，”他继续说，“我这么做，令洁西难过得不得了，因为我毁掉了她心中一件无可取代的事物。我想后来发生的那些事，就是她对我的报复。我可以想象，她希望藉由参加那些我无法赞同的活动来惩罚我，不过，我所谓的希望并非意识层面的。”

“希望竟然可以不是意识层面的？这难道不会自相矛盾吗？”

贝莱望着机·丹尼尔，实在懒得再对他解释什么是潜意识，所以他只是说：“更何况，《圣经》对人类的思想和情绪具有重大的影响力。”

“《圣经》是什么？”

一时之间，贝莱感到相当惊讶，但随即又对自己的惊讶感到惊讶。据他所知，太空族的人生哲学属于标准的机械论和无神论；太空族不知道的事，机·丹尼尔当然也不知道。

他简单地说：“是一本书，在半数地球人的心目中，它是一本神圣的经典。”

“我不了解‘神圣’这两个字在此作何解释。”

“我的意思是，这本书具有崇高的地位。在适当诠释下，它的某些篇章包含了一整套的行为准则，而许多人认为，这套准则最有可能带给人类至高无上的幸福。”

机·丹尼尔似乎在咀嚼这番话。“这套准则有没有融入你们的法律？”

“答案恐怕是否定的。它并不具有法律的约束力，人类必须心甘情愿、自动自发地去遵循。就某种意义而言，它的层次甚至高于任何的法律。”

“高于法律？这难道不也是自相矛盾吗？”

贝莱苦笑了一下。“要不要我引述一段《圣经》给你听？你有没有兴趣？”

“劳驾了。”

贝莱让车子慢慢停下来，然后闭起眼睛，花了一点时间来回忆。他很想背诵出《中古圣经》里那些铿锵有力的字句，可是对机·丹尼尔而言，中古英语只是一堆无意义的音节罢了。

于是，他用接近聊天的方式，以“现代英语”讲述这个故事，仿佛他并非追溯一段远古的人类历史，而是在转述一则当代的新闻：

> 耶稣前往橄榄山，清早又回到了神殿。众人聚集到他身边，他就坐下来对他们传道。不久，几位律法专家和法利赛人带来一名行淫时当场被捕的妇人，将她带到他面前，然后对他说：“夫子，这妇人行淫时被逮个正着，摩西的律法要求我们用石头打死这样的人。你的意见如何？”
>
> 他们这么说，是想要陷害他，用以制造控告他的借口。耶稣却弯下腰，用指头在地上写字，仿佛没听见他们在说什么。当他们再次问他的时候，他站了起来，对他们说：“你们中间谁没有罪，就先拿石头打她。”
>
> 然后他又弯着腰在地上写字。听到这番话的人，受到了良心谴责，于是从最年长的开始，一个个陆续走光了。最后只剩下耶稣一人，而妇人仍站在他面前。等到耶稣站起来，发现只有她一个人，就对她说：“妇人，指控你的那

些人在哪里？没有人定你的罪吗？”

她说：“主啊，没有。”

耶稣对她说：“我也不定你的罪，走吧，妇人，从此别再犯罪了。”

仔细听完之后，机·丹尼尔问：“行淫是什么意思？”

“那并不重要，总之她犯了一种罪，而当时公认的刑罚是石刑，也就是说，大家向犯人丢石头，直到打死她为止。”

“那妇人真的犯了罪？”

“是的。”

“那么她为何没受到石刑？”

“听完耶稣的一番话，指控她的人都觉得自己做不到。这个故事的寓意是，有些事物甚至凌驾于你脑中的那组正义之上。人类内心有一种冲动叫做慈悲，化为外在的行动则称为宽恕。”

“我并不熟悉这两个名词，以利亚伙伴。”

“我晓得，”贝莱喃喃道，“我晓得。”

他突然发动了警车，令它猛力向前奔驰，后座力随即将他紧压在椅背上。

“我们要去哪里？”机·丹尼尔问。

“去酵母镇。”贝莱说，“去找那个阴谋分子法兰西斯·克劳沙，设法让他吐实。”

“你有办法让他吐实，以利亚？”

“严格说来，是你有办法，丹尼尔，一个很简单的办法。”

警车继续快速前进。

第十五章
逮捕

贝莱感觉得出来，酵母镇那股气味隐隐然越来越浓，越来越无孔不入。有些人，例如洁西，很不喜欢这种味道，但贝莱不然。反之，他甚至可说喜欢，因为它会带来愉快的联想。

每当他闻到生酵母的气味，感官的神奇作用便会将他带回三十多年前，当时他才十岁，常在波瑞斯舅舅家中作客。波瑞斯舅舅是一名酵母工，家里总是放着一些酵母美食，例如酵母饼干、内有糖浆的酵母巧克力、做成猫狗形状的酵母糖果。虽然年纪很小，他已经明白波瑞斯舅舅其实不该那么做，因此他总是偷偷享用这些糖果和点心。通常他会以面壁的姿势坐在房间的角落，而且吃得很快，以免被人逮个正着。

正因为如此，那些糖果反倒特别好吃。

可怜的波瑞斯舅舅！不久他就意外身亡了。至于确切死因为何，从来没有人告诉过贝莱，于是他猜想舅舅是因为偷窃厂里的酵母而遭到逮捕，进而惨遭杀害，所以他哭得格外伤心。他料想自己也会被捕，然后也会被处决。许多年后，他在警方的资料中仔细查找，才终于发现真相，波瑞斯舅舅是失足落到运输带下而丧命的。对于他的浪漫幻想，这个真相带来一个幻灭的结局。

然而，每回闻到生酵母的味道，他心中总会再度浮现这个幻想，哪怕只有一时半刻。

其实，酵母镇并非纽约大城的一个正式行政区。无论在任何地名辞典或官方地图上，都没有这样一个地名。一般人所谓的酵母镇，对邮政单位而言，只是纽瓦克区、新布朗斯维克区和特伦顿区的统称。它是个宽阔的带状区域，跨越了中古时代的新泽西，其间点缀着一些住宅区（尤其以纽瓦克和特伦顿的市中心最为密集），但大多数的土地都开发为多层农场，用以培育和繁殖品种数以千计的酵母菌。

大城的两千万居民中，有五分之一在这些酵母农场工作，另有五分之一从事各种相关行业，包括：从亚利加尼山脉的原始森林中，将堆积如山的木材和粗质纤维素拖到大城里，然后让它们在酸液槽内水解为葡萄糖，并加入大量的硝石和磷矿粉（两者是最重要的添加物），此外还要加入化学实验室提供的许多有机物。最后的产物只有一样，除了酵母还是酵母。

若是没有酵母，地球八十亿人口当中，有六十亿会在一年之内饿死。

想到这里，贝莱感到不寒而栗。三天前，虽然这个恐怖的可能性与现在无异，可是三天前，他绝不会想到这件事。

他们从纽瓦克郊区的出口钻出了公路，两旁是一座又一座毫无特色的农场，巷道则稀稀疏疏，因此他们根本不必减慢速度。

“现在几点了，丹尼尔？”贝莱问。

“十六点零五分。”机·丹尼尔答道。

“只要他上日班，这时应该还在。”

贝莱将警车停在卸货区，锁好了驾驶仪。

“所以这里就是纽约酵母厂，以利亚？”机器人问。

“是它的一部分。”贝莱说。

他们走进一条两侧都有办公室的通道，转角处一名女接待员立刻笑脸迎人地说：“你们想找哪位？”

贝莱打开皮夹。“警察办案。法兰西斯·克劳沙是不是在你们纽约酵母厂工作？”

女孩显得有些不安。“我可以查查。”

她将面前的交换机连到标示着“人事室”的线路上，然后，只见她嘴唇缓缓嚅动，却没有声音传出来。

贝莱对这种喉头麦克风并不陌生，知道它的功能是将喉部的轻微运动直接翻译成语音。他说：“请发出声音来，好让我能听见。”

她终于出声了，但只有最后半句话：“……他说他是警察，主任。”

一位肤色黝黑、穿着体面的男士走了出来，他留着细细的八字胡，发线则已经明显后退。他带着灿烂的笑容说：“我是人事室的普列斯考特，出了什么问题吗，警官？”

贝莱冷冷地瞪着他，普列斯考特的笑容开始僵化。

他说：“我只是不想打扰我们的员工，他们对警察有点敏感。”

贝莱说：“真倒霉，是吗？克劳沙现在是否在厂里？”

“他在，警官。”

“那就给我们一根引路棒，如果他及时离去，我会再回来找你。”

对方的笑容几乎完全消失了。“我这就拿给你，警官。”他喃喃道。

引路棒的目标设定为CG课的第二区。至于CG在这一行的术语中代表什么意思，贝莱并不知道，也不需要知道。所谓的引路棒，是一个可以抓在手里、看起来不怎么起眼的装置。当它和设定的目标成一直线的时候，棒头就会微微发热，反之则会迅速降温。而当你逐渐接近目标时，温度还会越来越高。

由于这种冷热变化速度太快、幅度太小，因此对外行人而言，引路棒几乎派不上用场，然而在大城居民中，却很难找到这方面的外行。长久以来，最受孩童欢迎的游戏之一，就是在“学校层”的通道中，利用玩具引路棒来玩躲猫猫。（热不热，来问我；引路棒，最灵光。）

想当年，贝莱曾经利用引路棒，在上百座建筑之间找到正确的路径。甚至只要一棒在手，他就绝不会走冤枉路，仿佛引路棒能替他规划一条捷径。

十分钟后，当他踏入一间灯火通明的大房间之际，棒头几乎已经烫手了。

贝莱对最靠近门口的工人说：“法兰西斯·克劳沙在这里吗？”

那工人脑袋用力一甩，贝莱立即会意，朝他所指的方向走去。室内虽有许多不停嗡嗡作响的抽风机，酵母的气味仍然非常刺鼻。

一名男子出现在房间的另一个角落，正在脱掉围裙。他有着中等身材，虽然还算年轻，脸上却有很深的皱纹，头发也已经稍有花白。他正在用一条纤维毛巾擦手，看得出他的手掌很大，而且指节很粗。

“我就是法兰西斯·克劳沙。”他说。

贝莱望了机·丹尼尔一眼，机器人点了点头。

“好的。”贝莱说，“可有方便谈话的地方吗？”

“也许有，”克劳沙慢吞吞地说，“可是我很快就要下班了，明天怎么样？”

“明天还早得很，夜长梦多，咱们还是现在就谈吧。”贝莱打开皮夹，举到这位酵母工面前。

但克劳沙完全没有中断擦手的动作，只是冷淡地说：“我不知道警察局怎么运作，可是在这里，用餐时间没有任何弹性。我必须在十七点到十七点四十五分之间吃晚餐，否则就没得吃。”

“这不成问题。”贝莱说，“我会叫人把你的晚餐送过来。”

“喔，喔。”克劳沙没好气地说，“简直就像贵族了，C级条子都有这种特权吗？还有什么？私人浴室？”

“你只要回答问题就行了，克劳沙。”贝莱说，“把高级幽默留给你的女友吧。哪里可以谈谈？”

“如果你想讲话，天平室怎么样？你可以尽情发挥，至于我，我没什么好说的。”

贝莱伸出拇指一比，克劳沙便迈开脚步。天平室是个正方形的空间，整个漆成一尘不染的白色，并且拥有完全独立（因而更有效率）的空调设备。放眼望去，墙壁上满是排列整齐的精密电子天平，一个个都罩在玻璃罩内，只能藉由力场进行操作。贝莱在大学时代，曾经用过类似的装置，所以一眼就认出来，其中一型连十亿个原子的质量都测量得到。

克劳沙说：“我想暂时不会有人进来这里。”

贝莱咕哝了一声，然后转向丹尼尔说：“可否请你去找人送晚餐来？然后，不好意思，请你留在外面接应一下。”

他目送机·丹尼尔离去，然后才对克劳沙说：“你是化学家？”

“抱歉，我是发酵学家。”

“有什么差别？”

克劳沙显得相当自负。“化学家只会搅搅汤汁，倒倒馊水，发酵学家则要负责养活几十亿人口。换句话说，我是酵母培养专家。”

“好吧。”贝莱说。

克劳沙却打开了话匣子：“这间实验室是纽约酵母厂的枢纽。每一天，甚至他妈的每个小时，我们都闲不下来，公司所有的酵母菌株都忙着在这些大锅里生长。我们不断测试并调整食物需求因子，还要确定它们都繁殖得正确无误。我们也会改造基因，发展新的品系，去芜存菁，挑出具有特性的，再作进一步的改造。

“几年前，纽约人开始四季都吃得到草莓，老兄，那些其实并非草莓，只是一种高糖分的酵母，它拥有如假包换的颜色，只要再加一点调味添加剂即可。这种酵母草莓正是在这间屋子发展出来的。

“二十年前，班氏油脂酵母只是一种低劣的品系，味道像猪油，一点用处也没有。如今，它的味道虽然仍像猪油，但脂含量已经从百分之十五增加到百分之八十七。如果你今天搭过捷运，别忘了捷运所用的润滑油正是AG7品系的班氏油脂酵母，它正是在这间屋子里发展出来的。

“所以请别叫我化学家，我是发酵学家。”

面对着对方表现出的高傲自大，贝莱的气势不知不觉弱了下来。

他连忙转变话题：“昨晚十八点到二十点之间，你在哪里？”

克劳沙耸了耸肩。“在散步，我喜欢晚餐后散个小步。”

“有没有拜访朋友？或是看次乙太节目？”

“没有，就只是散步。”

贝莱抿起嘴来。如果克劳沙去看次乙太节目，他的配额票就会有纪录；如果他去拜访朋友，就可以把对方找来对质一番。“所以说，没有人看到你？”

“我不确定，也许有吧，不过我没碰到熟人。”

“那么前天晚上呢？”

“一样。”

“所以说，两个晚上你都没有不在场证明？”

“我好端端的，警官，为何需要不在场证明？如果真犯了案，那我才需要呢。”

贝莱并未搭腔，他看了看自己的笔记本，又说：“你曾经被送上法庭，罪名是煽动暴乱。”

“好吧，我告诉你，只不过是有个机字头的挤了我一下，然后我把他绊倒了，这就是煽动暴乱吗？”

“法庭是这么认定的，所以你被定罪并罚款。”

“事情就这么了了，不是吗？难道你想要再罚我一次？”

“前天晚上，布隆克斯区的一家鞋店差点发生暴乱，有人看到你在那里。”

“谁？”

贝莱说：“当时应该正是你的晚餐时间，前天晚上你在这里用餐吗？”

克劳沙迟疑了一下，然后摇了摇头。“前天我肠胃不舒服，即使是酵母专家，偶尔也会给它弄得消化不良。”

“昨天晚上，威廉斯堡也差点发生暴乱，又有人看到你在那里。”

“谁？”

“你否认自己出现在那两个现场吗？”

“你说得不清不楚，我想否认也无从否起。这两件事到底发生在哪里，看到我的又是什么人？”

贝莱直勾勾地瞪着这位发酵学家。“我想你自己心里再明白不过。我认为，你在一个非法的怀古组织中担任要职。”

“我不能阻止你这么想，警官，但你的想法并不是证据，或许你也明白这一点。”克劳沙咧嘴一笑。

“或许，”贝莱的长脸则毫无表情，“我现在就能让你说一两句实话。”

贝莱走到天平室门口，打开房门，冲着一直等在外面的机·丹尼尔说：“克劳沙的晚餐送来了吗？”

“马上就到，以利亚。”

“请你送进来好吗，丹尼尔？”

不久之后，机·丹尼尔端着一个金属餐盘走进来。

贝莱说：“把它放到克劳沙先生面前，丹尼尔。”他在一排靠墙的板凳中挑了一张坐下，翘起二郎腿，一只脚规律地晃来晃去。等到丹尼尔将餐盘放到这位发酵学家面前的板凳上，他注意到克劳沙的身体硬生生挪了一下。

“克劳沙先生，”贝莱说，“我替你介绍一下我的搭档，丹尼尔·奥利瓦。”

丹尼尔伸出右手，并说：“你好，法兰西斯。”

克劳沙并未开口，也没有想要和丹尼尔握手的意思。丹尼尔却一直维持那个姿势，克劳沙不禁脸红起来。

贝莱柔声道：“你实在很没礼貌，克劳沙先生，难道你骄傲得甚至不屑和警察握手吗？”

克劳沙喃喃道：“不好意思，我饿了。”他从口袋里掏出一柄万用刀，从中拉出一支叉子，然后坐了下来，目光停留在那份晚餐上。

贝莱说：“丹尼尔，我想一定是你的态度太冷淡，令我们这位朋友不满。你该不是在生他的气吧？”

“绝无此事，以利亚。”机·丹尼尔说。

“那就用行动证明一下，把你的手臂搁到他肩膀上。”

“十分乐意。”机·丹尼尔一面说，一面向前走去。

克劳沙放下叉子。“这是怎么回事？你们想干什么？”

机·丹尼尔若无其事地伸出手臂。

克劳沙反手用力一挥，打偏了机·丹尼尔的臂膀。“他妈的，别碰我。”

他猛然跳开，结果餐盘因此遭殃，“当啷”一声掉到了地板上。

贝莱冷冷地对机·丹尼尔点了点头，后者便开始步步进逼那位不断后退的发酵学家。与此同时，贝莱走到了门口。

克劳沙吼道：“叫那东西离我远点。”

“你不该这么讲话。”贝莱平心静气地说，“他是我的搭档。”

“他是个该死的机器人。”克劳沙尖叫道。

“让开吧，丹尼尔。”贝莱立刻说。

机·丹尼尔向后退去，最后退到了贝莱身后，抵住房门静静站着。克劳沙面对着贝莱，不但气喘吁吁，而且双拳紧握。

贝莱说：“好啦，天才小子，你怎么会想到丹尼尔是机器人？”

“谁都看得出来！”

“留给法官去判断吧。此时此刻，克劳沙，我想我们要带你回总部去。到底你是如何知道丹尼尔是机器人，我们希望你能从实招来，此外还有很多很多事，先生，需要请你解释清楚。丹尼尔，你出去设法联络局长，他现在应该在家里。告诉他尽快赶去办公室，并且告诉他，我手里有个人迫不及待要接受侦讯。”

机·丹尼尔走了出去。

贝莱问：“你脑子里在转些什么啊，克劳沙？”

“我要律师。”

“别担心，你会有的。此时此刻，请你先告诉我，你们这些怀古分子究竟受到什么力量驱动？”

克劳沙转过头去，显然决心保持沉默。

贝莱说：“耶和华啊，老兄，我们对你以及你的组织已经了若指掌，我可不是在唬人。但为了满足我的好奇心，请你告诉我：你们这些怀古分子到底想要什么？”

“回归大地。”克劳沙闷声说，“很简单，不是吗？”

“说来简单，”贝莱回应道，“但是做起来可就难了。我们的大地如何供养八十亿人口？”

“我只说回归大地，有没有说一夕之间？一年之间？或是一百年之间？一步一步来嘛，警察先生。需要多长的时间都无所谓，可是我们应该尽快走出这些钢穴，应该尽快走进天然的环境。”

“你自己可曾走进天然的环境？”

克劳沙抓耳挠腮。“好吧，就算我也没救了，可是孩子们还有救。每天不断有新生儿出世，看在老天的份上，让他们出去吧，把开放的空间、新鲜的空气和阳光都还给他们。若有必要，我们还可以一点一点逐步减少人口。”

“换句话说，退回到一个不可逆的过去。”贝莱并不明白自己为何据理力争，只是觉得体内燃起一股熊熊烈火，“这就好像退回到种子、退回到精卵、退回到子宫里。为何不大步向前呢？不必减少地球的人口，只要对外输出即可。这也算回归大地，但却是其他行星的大地，我是指殖民外星！”

克劳沙发出刺耳的笑声。“制造更多的外围世界？更多的太空族？”

“不会的。当年那些建立外围世界的地球人，来自一个尚未出现大城的地球，他们都是个人主义者兼物质主义者，而且将这些特质发挥到了病态的极致。现在这个社会则发展出了互助的模式，虽然或许过了头，但无论如何，我们可以利用这个模式去开拓外星。新环境和传统可以碰撞出一个折中的新火花，它将和古老的地球以及外围世界都很不一样，不但更新，而且更好。”

他明知自己是在重复法斯陀夫博士的说法，可是竟然说得流畅无比，仿佛这个观念已在他心中孕育了许多年。

克劳沙又说：“胡扯！放弃脚下的世界而去开拓荒芜的外星，什么样的傻子会如此舍近求远？”

“很多人都会，但他们不是傻子，他们会带着机器人当帮手。”

“不行，”克劳沙万分激动，“绝对不行！绝对不要机器人！”

“老天啊，为什么呢？我也不喜欢机器人，但我不会因为偏见而自我阉割。我们到底为什么要怕机器人？如果你问我，我会猜是因为自卑感。我们——你我每一个人——都觉得自己比太空族矮一截，我们痛恨这种感觉，所以必须在另一个地方，用另一种优越感来补偿。如果我们连机器人都无法瞧不起，那可就活不下去了。机器人似乎比我们优秀——但事实并不然，他妈的，这是最大的讽刺。”

贝莱越说越觉得热血沸腾。“看看这个丹尼尔，我和他已经相处两天了。他比我高大，比我强壮，比我英俊，事实上，他的外表活脱一个太空族。他的记忆力比我好，知道的事情比我多；他既不需要睡觉，也不需要吃喝，他更不会为各种疾病或七情六欲所苦。

“但他终究是个机器，就像这里的微量天平，我可以对他为所欲为。如果我给微量天平一巴掌，它绝不会还手，而丹尼尔也一样。我可以命令他举起手铳射击自己，而他会立刻照做。

“不论在哪一方面，我们都无法制造和人类同样优秀的机器人，更遑论优于人类了。我们造不出一个拥有审美观、道德感或宗教情操的机器人，我们无法让正子脑超越完美机械装置的层次，哪怕只有一丝一毫。

“我们做不到，只要我们还不了解自己的脑袋如何运作，只要还有一些事物是科学所无法测量的，他妈的，我们就做不到。什么是美，什么是善，什么是艺术，什么是爱，什么是神？我们永远在挑战明明不可知的事物，永远在尝试了解不可能了解的问题，这正是人的本性。

“机器人的脑子必须是有限的，否则制造不出来；它的结构必须计算到最后一个小数点，否则会没完没了。耶和华啊，你到底在怕什么？机器人可以貌似丹尼尔，可以貌似天神，本质上却比一堆木头好不到哪里去。你难道想不通吗？”

由于贝莱连珠炮似的滔滔不绝，克劳沙几度企图插嘴都失败了。现在，贝莱的情绪发泄到了一个段落，克劳沙才理不直气不壮地说：“条子成了哲学家，你又懂得什么呢？”

机·丹尼尔又进来了。

贝莱望着他，不禁皱起眉头，一半是由于余怒未消，一半是因为他有不祥的预感。

他问：“为何去那么久？”

机·丹尼尔说：“我一直找不到恩德比局长，以利亚，最后才发现他还在办公室。”

贝莱看了看手表。“这个时候？为什么？”

“临时有个突发状况，局里发现了一具尸体。”

“什么！天哪，谁的尸体？”

“那个跑腿的机·山米。”

贝莱一时说不出话来。然后，他望着这个机器人，愤愤不平地吼道：“我以为你说有一具尸体。”

机·丹尼尔随即作了修正：“当然你也可以说，是一个完全停摆的机器人。”

克劳沙突然哈哈大笑，贝莱立刻转向他，粗声道：“你给我闭嘴！听到没有？”他还故意亮出手铳，克劳沙果然变得非常安静。

贝莱说：“好吧，到底怎么回事？机·山米爆了一条保险丝，有什么大不了？”

“恩德比局长一直闪烁其词，以利亚，不过虽然他没直说，我却有一种感觉，局长相信机·山米是被人刻意弄停摆的。”

正当贝莱默默咀嚼这句话的时候，机·丹尼尔又严肃地补充道：“或者你也可以说，他遭到了谋杀。”

第十六章
动 机

贝莱将手铳收了起来，但右手仍不着痕迹地放在铳柄上。

他说：“你在前面带路，克劳沙，走到第十七街的B出口。”

克劳沙说：“我还没吃饭。”

“你活该。”贝莱不耐烦地说，“谁叫你把晚餐扔到地上。”

“我有吃饭的权利。”

“你可以到拘留所再吃，或者少吃一顿也无妨。饿不死你的，走吧。”

三人开始穿越迷宫般的纽约酵母厂，谁也没有再说什么。克劳沙硬邦邦地走在前面，贝莱居中，而由机·丹尼尔殿后。

当克劳沙再度开口的时候，贝莱和机·丹尼尔早已办好了签退手续，克劳沙也请好了假，并且留话要人去清理天平室，而他们三人已经来到了警车旁边。

“慢着。”克劳沙说完，随即停下脚步，绕到机·丹尼尔身边，在贝莱根本来不及阻止的情况下，他一个箭步冲上去，结结实实打了机器人一耳光。

“搞什么鬼。”贝莱一面喊，一面狠狠抓住克劳沙。

克劳沙没有作任何抵抗。“别担心，我会跟你走，我只是要亲眼看看。”他咧嘴冷笑。

机·丹尼尔心平气和地凝视着克劳沙，刚才他虽然及时闪避，却未能完全躲开那一巴掌。不过，看不出他脸颊上有任何红肿或伤痕。

他说：“这是个危险的举动，法兰西斯。要是我没后退，你很容易伤到手。现在这种情形，一定还是弄痛了你，我感到十分遗憾。”

克劳沙哈哈大笑起来。

贝莱说：“进去，克劳沙，你也进去，丹尼尔，和他一起坐在后座，绝不能让他轻举妄动，即使扭断他的手臂我也不在乎，这是命令。”

“第一法则哪里去了？”克劳沙嘲笑道。

“我相信凭丹尼尔的身手，足以在不伤害你的情况下把你制服，但为了你着想，或许还是扭断你一两条手臂比较好。”

贝莱坐上驾驶座，警车随即加速前进。他和克劳沙都被风吹乱了头发，只有机·丹尼尔的头发依然服帖。

机·丹尼尔轻声细语问：“你是怕机器人抢了你的工作吗，克劳沙先生？”

贝莱无法转头去看克劳沙的表情，但他可以确定，那张脸一定充分反映出嫌恶的神色，而且，他相信克劳沙会尽量坐到另一侧，离机·丹尼尔越远越好。

这时，传来了克劳沙的声音：“还有我的孩子，以及所有下一代的工作。”

“这当然并非无解的问题。”那机器人说，“举例而言，如果你的子女接受移民外星的训练……”

克劳沙插嘴道：“你也这么说？这个警察曾经大谈移民外星，想必他受过很好的机器人训练，或许他就是机器人。”

贝莱咆哮道：“够了，给我闭嘴！”

机·丹尼尔以平静的口吻说：“成立移民外星的训练机构，将会连带提供安全、身份以及职业的保障，如果你关心你的子女，这条路值得考虑。”

“我绝不会有求于机器人、太空族或是政府驯养的任何走狗。”

这段对话到此为止，寂静随即吞没了他们。空旷的公路里，只剩下警车引擎的轻微噪音，以及轮胎摩擦路面的嘶嘶声。

回到了警局，贝莱签署一份拘留令，便将克劳沙移交了。办完手续后，他随即和机·丹尼尔搭乘电动螺旋梯前往“总部层”。

对于舍电梯不用这件事，机·丹尼尔并未表示惊讶，而贝莱也早就料到了，这两天，他对机器人既能干又服从的天性越来越习惯，逐渐不再将丹尼尔视为需要考虑的变数。拘留所和总部层的垂直距离很长，搭电梯才是合理的做法。反之，电动螺旋梯又慢又绕路，通常只用来上下两三层的距离；各个行政部门的人来来去去，停留时间都不超过一分钟。只有贝莱和机·丹尼尔两人一直留在螺旋梯上，随着它愣愣地、缓缓地向上爬。

事实是，贝莱觉得自己需要一点时间。虽然顶多只有几分钟，可是一旦抵达总部，他就会一头栽进另一个难题之中，他想要先喘口气，想要先整理一下思绪、转换一下心情。因此，虽然螺旋梯走得很慢，他却觉得还是太快了些。

机·丹尼尔说：“看来我们暂时还不会侦讯克劳沙。”

“他可以等一等。”贝莱没好气地说，“咱们先把机·山米那件事弄清楚。”然后他又低声对机·丹尼尔补充道：“这不可能是独立事件，两者间必定有关联。”这句话却更像是对他自己说的。

机·丹尼尔又说：“真可惜，克劳沙的大脑特质……”

“怎么样？”

“有了奇怪的变化。我不在天平室的时候，你们两人之间发生了什么事？”

贝莱心不在焉地说：“我除了对他讲道，没有做别的事，我把法斯陀夫圣徒的福音传给他了。”

“我不懂你在说什么，以利亚。”

贝莱叹了一口气，然后说：“听好了，我试着对他解释地球最好能接纳机器人，并将多余的人口送到其他行星。换句话说，我试着把一些迂腐的怀古分子思想从他脑袋里敲出来。天晓得我为何这样做，我从来不认为自己适合传教。总之，除此之外并未发生任何事情。”

“我懂了。嗯，这就对了，或许这样就说得通了。告诉我，以利亚，关于机器人，你跟他说了些什么？”

“你真想知道？我告诉他机器人其实就是机器，这句话则是杰瑞格圣徒的福音。我想，这类的福音应该不少吧。”

“你有没有刚好告诉他，人类可以攻击机器人，不必担心受到反击？因为无论什么机器，挨打都是不会还手的。”

“大概只有沙包例外吧。没错，我说过，你又是怎么猜到的？”贝莱好奇地望着那机器人。

“这符合他的大脑变化，”机·丹尼尔说，“而且能解释我们刚离开酵母厂时，他为何会给我一巴掌。他一定对你那番话念念不忘，于是打算一举数得，一来测试你的说法，二来发泄他的情绪，三来又能享受一下地位在我之上的快感。要产生像这样的动机，考

虑到他的五次方 δ 变异……”

他顿了好长一段时间，然后又说：“是的，这相当有趣，现在我相信可以整理出一组自恰的完整数据了。”

总部层眼看就要到了，贝莱问：“现在几点钟？”

他随即在心中埋怨自己：笨蛋，我大可自己看表，这样更节省时间。

话说回来，他其实知道自己为何这么做。事实上，他的动机和克劳沙殴打机·丹尼尔差不了多少，对机器人下一个简单的命令，看着他乖乖服从，等于在强调自己是人类，而他只是机器人。

贝莱心想：我们都是一丘之貉，里里外外都没啥两样，耶和华啊！

机·丹尼尔说：“二十点十分。”

他们走出了电动螺旋梯，有那么几秒钟，贝莱照例有个古怪的感觉，那是人体在长时间的稳定运动突然终止后所必须进行的一种调适。

他说：“我还没吃饭呢，真是个该死的差事。”

恩德比局长的办公室并未关门，因此贝莱还没走进去，就看见了局长并听到了他的声音。大办公室此时空空荡荡，仿佛刚经历一次大扫荡，恩德比的声音贯穿其中，听起来特别空洞。由于摘下了眼镜，他那张圆脸看来毫不设防，这时，他正一手抓着眼镜，一手用薄纸巾擦拭油光的额头。

正当贝莱走到门口时，局长一眼瞧见了这位下属，声音立刻拔了一个尖。

“老天啊，贝莱，你死到哪里去了？”他气咻咻地埋怨。

贝莱不置可否地耸了耸肩，然后说：“怎么回事？夜班人员都到哪里去了？”直到这个时候，他才发现局长办公室里还坐着一个人。

他一头雾水地唤道：“杰瑞格博士！”

灰发的机器人学家微微点头，算是回应了这声茫茫然的招呼。“很高兴又见到你，贝莱先生。”

局长戴回眼镜，睁大眼睛瞪着贝莱。“全体人员都在楼下，或在接受侦讯，或在签声明书。我找你快要找疯了，你怎么不见了呢，真搞不懂。”

“谁说我不见了！”贝莱奋力吼道。

“我说你不见了。此事一定是局里人干的，这回我们可要吃不完兜着走了。真是一团糟！真是他妈的一团糟！”

他举起双手，仿佛在祈求上苍，就在这个时候，他的目光落到了机·丹尼尔身上。

贝莱幸灾乐祸地想：这还是你头一回和丹尼尔正面相对，好好看看他吧，朱里斯！

局长用经过克制的声音说：“他需要签个声明书，连我也得签，我！”

贝莱道：“我说局长，你为何那么肯定机·山米并非自己爆了一个零件？为何一口咬定是有人蓄意破坏？”

局长一屁股坐下来。“问他。”他伸手指向杰瑞格博士。

杰瑞格博士清了清喉咙。“我实在不知道该怎么说，贝莱先生。从你的表情可以看出来，我的出现令你相当惊讶。”

“或多或少。”贝莱承认。

“是这样的，我并不急于回华盛顿去，而且我不常来纽约，自然想要待久一点。更重要的是我越来越觉得，在我离开这座大城之前，至少应该再做一次努力，看看有没有机会研究那个神奇的机器人，否则我会有罪恶感。对了，”他一副非常渴望的样子，“我看到他又在你身边了。”

贝莱立刻坐立不安。“这几乎是不可能的事。”

机器人学家显得很失望。“现在不可能，或许不久之后？”

贝莱毫无反应，他的长脸也没有任何表情。

杰瑞格博士继续说：“我打电话找你，可是你不在，也没有人知道你在哪里。后来我找到了局长，他便邀我到总部来等你。”

局长赶紧插嘴道：“我认为不该等闲视之，我知道你想见这个人。”

贝莱点了点头。“谢了。”

杰瑞格博士又说：“不幸的是我的引路棒有些失灵，也可能是我操之过急，误判了它的温度。总之，我转错了方向，走进一个小房间……”

局长再度打岔：“他走进一间摄影器材室，利亚。”

“没错。”杰瑞格博士说，“结果里面竟然有个俯卧的躯体，而且显然是个机器人。我匆匆检查了一下，就相当肯定他永远停摆了，或者也可以说死了。至于他停摆的原因，其实也不难判定。”

“什么原因？”

“那机器人的右手微微攥着，”杰瑞格博士说，“手中有个亮晶晶的卵形物体，大约两英寸长、半英寸宽，一端有个透明的云母片。那只手贴近他的头部，仿佛那就是他死前的最后一个动作。他握着的东西叫做阿尔法喷射器，我想，你应该知道那是什么吧？”

贝莱点了点头。想当年上物理实验课，他曾经使用过几个阿尔法喷射器，所以不必查字典或翻手册，他就能详细描述这个装置：它外面包覆着一层铅合金，里面有一条长长的孔洞，洞底放置一小块钚盐；洞口则盖着一片云母，可以让阿尔法粒子直接穿透，所以在云母片这一端，会源源不绝喷出硬辐射来。

阿尔法喷射器有许多用途，但不包括杀害机器人在内，至少，那不能算是它的合法用途。

贝莱说：“我猜他曾将这装置举到头部，而且云母端朝前。”

杰瑞格博士说：“对，于是他的正子脑径路立刻被随机化，可说是瞬间暴毙。”

贝莱转向面色苍白的局长。“没搞错吗？真的是阿尔法喷射器？”

局长点了点头，撅起肥嘟嘟的嘴唇。“绝对没错。计数器在十英尺外就能侦测到辐射，而且器材室里的软片通通起雾，所以毫无疑问。”

他停顿了一下，似乎在沉思这件事，然后忽然改变话题：“杰瑞格博士，只怕你得在大城里待上一两天，直到我们录好你的证词为止。我会派人护送你去休息，你不介意有人守护你吧？”

杰瑞格博士紧张兮兮地说：“你认为真有必要吗？”

“这样比较安全。”

杰瑞格博士开始和大家逐一握手，连机·丹尼尔也没有放过，他似乎心事重重，握完手之后就默默离开了。

局长叹了一口气。“凶手就在我们之间，利亚，我头痛的正是这一点。外人不会为了打死一个机器人而潜入警局，外面多得是机器人，而且安全得多。此外，一定是个能取得阿尔法喷射器的人，那玩意可不容易弄到手。”

机·丹尼尔突然开口：“这桩谋杀案的动机是什么？”他用沉着而平稳的声音切断了局长的激动言语。

局长带着明显的嫌恶瞥了机·丹尼尔一眼，随即别过头去。“我们也是人啊，我想，警察可没本事比其他人更喜欢机器人。现在他死了，或许某人的眼中钉也消失了。他常常惹得你火冒三丈，利亚，记得吗？”

“这点很难成为谋杀动机。”机·丹尼尔说。

“没错。”贝莱斩钉截铁地表示同意。

“这并不是谋杀。”局长说，“只是毁损财物，我们都应该慎用法律名词。问题是这件事发生在局里，换成别的地方就根本没事，啥事都没有。可是现在，却有可能成为一级丑闻。利亚！”

“啊？”

“你最后一次看到机·山米是什么时候？”

贝莱说：“午餐后，机·丹尼尔曾经和机·山米说话，我估计大约是十三点三十分。他们是在安排借用你的办公室，局长。”

“我的办公室？做什么用？”

“我希望找个隐密的场所，以便和机·丹尼尔讨论案情。你出去了，我们理所当然借用你的办公室。”

“我懂了。”局长似乎有点怀疑，但随即抛在脑后，“当时你自己并没有见到他？”

“没有，但是大约一小时之后，我还听见他的声音。”

“你确定是他吗？”

“毫无疑问。”

“那时大概是十四点三十分？”

“或许还早一点。”

局长若有所思地咬着自己肥厚的下唇。“好吧，这就确定了一件事。”

“是吗？”

“是的，那个名叫文森·巴瑞特的孩子今天来过这里，这事你知道吗？”

“知道。可是，局长，他不会做这种事的。”

局长扬起眼珠，直视着贝莱的脸。“为何不会？机·山米抢了他的工作，我能想象他的心情，他感到极度不平，因此会想要报复，换成你不会吗？然而事实是，他十四点整便离开了总部，而你在十四点三十分还听见机·山米的声音。当然，他有可能在离去前先交给机·山米一个阿尔法喷射器，嘱咐他一小时之后再用，可是话说回来，他要去哪里弄个阿尔法喷射器呢？这个假设禁不起考验。所以我们再回到机·山米身上，你在十四点三十分的时候，到底听见他说了些什么？”

贝莱犹豫了好一阵子，然后谨慎地说：“我不记得，后来我们很快就走了。”

“你们去哪里？”

“最后的目的地是酵母镇，对了，我想谈谈这件事。”

“待会儿，待会儿。”局长摸了摸下巴，“我注意到洁西今天也来了，我的意思是，我们把今天的访客清查了一遍，我刚好看到她的名字。”

“她的确来过。”贝莱冷冷地说。

“来做什么？”

“一点家务事。”

“她也需要接受侦讯，只是例行公事。”

“我了解警方的办事原则，局长放心。顺便问一下，那个阿尔法喷射器也是线索吧？有没有追查它的来源？”

“喔，有的，它来自一家发电厂。”

“厂方如何解释？”

“他们没解释，他们对此事毫无概念。可是听好了，利亚，除了照例要做一次笔录，这件事和你一点关系都没有。你专心去办自己的案子，只不过……嗯，你专心调查太空城谋杀案就好。”

贝莱说："我可否晚些再做笔录，局长？事实上，我还没吃饭哩。"

恩德比局长瞪大眼睛望着贝莱。"拜托你去吃点东西吧，可是不要离开警局，好不好？不过，你的搭档说得对，利亚，"他似乎想要避免直接和机·丹尼尔交谈，甚至不想提他的名字，"我们需要的是动机，动机。"

贝莱突然僵住了。

有个仿佛不属于他的，而且完全陌生的力量，正在拨弄着今天、昨天和前天所发生的每一件事。一块块的拼图彼此开始接榫，完整的图样就快成形了。

他问："那个阿尔法喷射器来自哪家发电厂，局长？"

"威廉斯堡厂，问这干什么？"

"没什么，没什么。"

当贝莱领着机·丹尼尔大步走出办公室之际，他听见局长仍在喃喃自语："动机，动机。"

贝莱来到又小又乏人问津的警局便餐厅，草草吃了一顿。主菜是摆在莴苣上的有馅蕃茄，他狼吞虎咽地一口接一口，甚至不太清楚吃下些什么，而且，当晚餐通通下肚之后，他仍下意识地用叉子在光滑的纸盘上划来划去，寻找着早已不存在的食物。

一两秒钟后，他发觉不对劲了，赶紧放下叉子，咕哝了一声："耶和华啊！"

然后他大叫："丹尼尔！"

机·丹尼尔一直坐在另一张餐桌前，仿佛不希望打扰显然满腹心事的贝莱，也仿佛他自己需要一点隐私，但贝莱没兴趣追究真正的原因。

丹尼尔站起来，坐到了贝莱那一桌。“什么事，以利亚伙伴？”

贝莱并未抬起头。“丹尼尔，我需要你的合作。”

“哪方面的合作？”

“他们会侦讯我和洁西，这是可以肯定的。我打算用自己的方式回答他们的提问，你了解吗？”

“我当然了解你在讲什么。话说回来，如果有人直截了当问我一个问题，我怎么可能不照实回答呢？”

“如果有人直截了当问你一个问题，那又另当别论。我只是请求你别主动提供信息，这点你做得到吧？”

“我想没问题，以利亚，除非保持沉默有可能使我伤害到人类。”

贝莱绷着脸说：“如果你不这么做，就会伤害到我，这点我可以向你保证。”

“我不太了解你的观点，以利亚伙伴，机·山米这件事明明不会牵连到你。”

“不会吗？这件案子的关键在于动机，对不对？凶手动机何在，你曾经问过，局长也问过，甚至可以说连我也问过。为什么会有人想要杀掉机·山米？请注意，这个问题并不等于为什么会有人想要毁掉一两个机器人，实际上，任何地球人都想做那件事。我们面对的问题是，到底什么人会单挑机·山米下手？文森·巴瑞特虽有嫌疑，但局长说过，他无法弄到阿尔法喷射器，这个说法有道理。因此我们的调查必须另起炉灶，而刚好另一个人正巧也有动机，而且这个动机太明显了，太招摇了，简直就是尽人皆知。”

“那人是谁，以利亚？”

贝莱柔声说：“就是我，丹尼尔。”

机·丹尼尔只是摇了摇头，这句话所带来的震撼仍旧没有改变他毫无表情的面容。

贝莱说："你不同意？我太太今天来过办公室，这事他们已经知道。局长甚至起疑了，如果我们没有私交，他不会只是简简单单问一两句而已。我可以肯定，他们会把前因后果查个一清二楚。她是某个阴谋集团的成员，虽然那个组织既愚蠢又无害，但仍然是个阴谋集团，而身为警察，我不能容许自己的妻子和这种组织有任何牵连，所以我有想要掩盖事实的明显动机。

"好，那么谁会知道这件事呢？你我当然知道，此外就是洁西——以及机·山米，他曾经见到她惊慌失措的样子。当他告诉她说我们严令不得打扰之后，她一定曾经情绪失控；她走进办公室时那副德行，你是亲眼见到的。"

机·丹尼尔说："她不太可能会对他吐露什么真相。"

"或许如此，但我现在是根据他们的思维来重建案情。他们会说她吐露了，而这就是我的动机，我为了灭口而将他杀害。"

"他们不会这么想的。"

"他们会这么想的。凶手所作的一切安排，都是为了把嫌疑引到我身上来。为什么要用阿尔法喷射器？这样做有相当的风险，一来不易取得，二来不难追查来源，但我认为这正是它成为凶器的原因。凶手甚至命令机·山米走进摄影器材室，然后才杀死他，在我看来这样做的原因很明显，无非是要让死因一目了然。即使大家都幼稚到没有立刻发现阿尔法喷射器，要不了多久，一定会有人注意到那些起雾的软片。"

"这一切又如何牵扯到你呢，以利亚？"

贝莱硬生生咧开嘴，长脸上却完全没有任何笑意。"非常巧妙。那个阿尔法喷射器是从威廉斯堡发电厂偷来的，而你我昨天正巧曾借道威廉斯堡发电厂。有人看到了我们，所以这件事迟早会曝光的。于是，身为嫌犯的我，除了有动机之外，还有取得凶器的机会。此外，调查的结果很可能证明我们是机·山米死前所接触的最后两个人，当然，我是指除了真凶之外。”

“在发电厂的时候我一直和你在一起，我可以作证，你并没有机会偷窃阿尔法喷射器。”

“谢谢。”贝莱悲伤地说，“但你是机器人，你的证词没有法律效力。”

“局长是你的朋友，他会相信你的。”

“局长需要保住自己的职位，而且他对我已经有点敏感了。如今我只有一个机会，可以帮我自己脱离这个险恶异常的境况。”

“什么机会？”

“我曾经自问，为何会有人嫁祸于我？目的显然是要把我除掉，可是为什么呢？答案仍然很明显，因为我对某人产生了威胁。目前我正在全力调查那桩太空城谋杀案，因此我威胁到那个杀害萨顿博士的真凶。当然，真凶应该就是怀古分子，起码他们的核心团体涉有重嫌。想必就是这个核心团体知道我曾经借道发电厂，因为其中至少有一名成员，昨天一路跟踪我到了那里，虽然你认为已经将他们通通甩掉了。

“所以说，如果我能找出谋害萨顿博士的凶手，就有机会找出试图令我出局的人。如果我能想透，如果我能破案，如果我能揭开这桩阴谋，那么我就安全了。至于洁西，我绝对不能让她……可是我没有多少时间了。”他忽松忽紧地攥着拳头，“我没有多少时间了。”

贝莱望着机·丹尼尔如雕像般的脸孔，心中突然燃起一股希望。不论他算不算人，但他既强壮又忠诚，而且没有丝毫私心私欲。像他这样的朋友，还有什么可挑剔的？贝莱此时亟需身边有个朋友，至于这个朋友到底是不是血肉之躯，他可没心情吹毛求疵。

没想到，机·丹尼尔竟然开始摇头。

然后，这机器人开口道："我很抱歉，以利亚，"当然，他脸上并没有一丝悲伤的表情，"但我未曾料到会有这样的发展。或许我的行动对你造成了伤害，然而在整体利益的要求下，我只能说抱歉了。"

"什么整体利益？"贝莱结结巴巴地问。

"我一直在和法斯陀夫博士通讯。"

"耶和华啊！什么时候开始的？"

"你吃饭的时候。"

贝莱紧紧抿起嘴唇。

"是吗？"他勉力故作镇定，"发生了什么事？"

"如果你想证明自己并非杀害机·山米的凶手，恐怕要另谋他途，不能再用侦办萨顿博士的案子当跳板了。根据我所获得的信息，太空城的同胞决定今天过后便终止这项调查，全力投入离开太空城和地球的筹划工作。"

第十七章
终止

贝莱以异常平静的心情看了看手表，现在是二十一点四十五分，距离子夜还有两小时一刻钟。他今天不到六点就醒了，此后一直没阖过眼，而像这样的紧张生活已经持续了两天半。在他的感觉中，一切似乎变得不太真实了。

他取出烟斗以及珍藏着一点点烟丝的小袋子，并竭力要求自己的声音保持平静，然后说："这到底是怎么回事？"

机·丹尼尔答道："你还不了解吗？我说得不够明白吗？"

贝莱耐着性子说："对，我还不了解，你说得不够明白。"

"我们来到这里，"机器人说，"我所谓的我们，是指太空城里的同胞，我们的目的是要打破地球周围的藩篱，强迫地球人再度向外发展、殖民外星。"

"这点我知道，请别再多费唇舌了。"

"我必须费些唇舌，因为这是关键。若说我们急于惩处杀害萨顿博士的凶手，并非我们指望能让萨顿博士起死回生，你了解吧；真正的原因是，如果连这点也做不到，母星上那些反对太空城宗旨的政客就会更加振振有词。”

“可是现在，”贝莱突然变得很凶，“你却说你们自己决定要回家了，这是为什么呢？看在老天的份上，这究竟是为什么？萨顿案即将真相大白，这点错不了，否则他们不会费这么大的力气把我赶走。我有一种感觉，我已经掌握了破案所需的一切事实，答案一定就在这里，”他猛敲着太阳穴，“或许一句话，或许几个字，马上能让我开窍。”

他使劲闭上眼睛，过去六十个小时所累积的重重迷雾，仿佛眼看就要被朝阳驱散了。可惜事与愿违，事实并非如此。

贝莱哆嗦着吸了一口气，突然觉得很丢脸。在一个凡事无动于衷、只会默默瞪着自己的冰冷机器面前，他居然表现出软弱的窘态。

他粗声说：“嗯，不管了。太空族为什么要走掉？”

机器人说：“我们的计划告一段落了，我们相信地球人会开始殖民外星。”

“所以说你们变得乐观了？”这位便衣刑警总算可以心平气和地吸一口烟，而且觉得比较能够掌握自己的情绪了。

“是的。长久以来，太空城一直用改造经济结构的手段试图改造地球。我们试着引进自己的碳／铁文明，而你们地球政府和各大城的政府都愿意和我们合作，因为这是有益无害的一件事。话说回来，我们花了二十五年的时间，最后还是失败了。我们越努力，怀古分子的反对势力就越增长。”

贝莱说：“这些我都知道。”但他同时心想：没用的，他一定得用自己的方式说一遍，就像播放实况录音那样。于是在内心深处，他冲着机·丹尼尔无声地大喊：你这机器！

机·丹尼尔继续说：“萨顿博士率先提出一个理论，认为我们必须彻底改变战术。我们必须先从地球人口中找出一批人，他们要和我们有共同的心愿，或是至少能接受并执行我们的理念。藉由鼓励和帮助他们，我们可以促成一个不带外来色彩的本土运动。不过，困难在于如何找出最适合我们的本地人，而你，以利亚，就代表一个有趣的实验。”

“我？我？你是什么意思？”贝莱追问。

“我们很高兴你们局长推荐的是你。根据你的心理档案，我们断定你是个很有用的样本。而我一和你碰面，立刻对你进行大脑分析，确认了我们的判断无误。你是个务实的人，以利亚。虽然你对地球的过去感兴趣，但心态很健康，不会浪漫地沉湎其中。另一方面，你也不会固执地拥抱当今地球的大城文化。我们觉得就是要像你这样的人，才能领导地球人再度前往星际。昨天上午，法斯陀夫博士急着想见你，这正是原因之一。

“老实说，你的务实天性未免太过强烈。你拒绝相信有人会为了狂热的理想，哪怕是错误的理想，而能做出大大超越自己能力的事，例如在半夜跨越乡间，去摧毁他心目中的地球公敌。因此之故，当你固执地、勇敢地试图证明这件案子是骗局时，我们并不怎么惊讶。就某方面而言，这刚好证明你正是我们要找的实验对象。”

“天哪，那是什么实验？”贝莱用力捶了桌子一拳。

“说服你相信唯有殖民外星才能解决地球的问题，这就是我们的实验。”

“好吧，我愿意承认，我被说服了。”

“不过，是在适度药剂的影响下。”

贝莱突然牙齿一松，再也咬不住烟斗，好在他在半空中及时接住。与此同时，太空城穹顶屋中的场景再度浮现眼前：他被丹尼尔终究是机器人的事实吓呆了，等到逐渐恢复神智的时候，机·丹尼尔正用手指捏着他的手臂；那块皮肤底下有个“埋针”的暗影，但很快就消失不见了。

他激动万分，吞吞吐吐地问：“埋针里是什么药？”

“你完全不需要紧张，以利亚，那是一种温和的药物，只会让你的心胸更开放。”

“从此不论别人说什么，我都会照单全收，对不对？”

“并不尽然。如果不合乎你的基本思想结构，你仍旧不会接受。事实上，实验的结果颇令人失望。法斯陀夫博士希望你会变得对我们的理念既狂热又专一，结果你只是勉强认同，如此而已。你的务实天性从中作梗，不让你有进一步的反应。这使得我们了解，其实那些浪漫主义者才是我们唯一的希望，不幸的是，浪漫主义者本质上都是怀古分子，只是有显性和隐性之分罢了。”

贝莱心中忽然冒出好些突兀的感觉，一来相当自傲，二来对自己的顽强深感欣慰，三来很高兴自己令他们失望——让他们找别人实验去吧。

他狠狠地咧嘴一笑。“所以你们现在放弃了，准备打道回府了？”

“喔，并不是这样，刚才我曾经说过，我们相信地球会开始殖民外星。而且，这个答案还是你提供给我们的。”

“我提供你们的？怎么提供？”

“你曾对法兰西斯·克劳沙提到殖民外星的种种好处。据我判断，你讲得相当卖力，我们的实验至少达到了这个效果。而克劳沙的大脑特质因此改变了，虽说非常轻微，但的确改变了。”

“你的意思是我居然说服了他？我可不相信。”

“不，要说服一个人并没有那么简单。可是大脑分析所显示的变化，充分证明怀古分子在这方面是可以被说服的。我自己又做了进一步的实验，在我们离开酵母镇的时候，我根据他的大脑变化，猜到你和他可能有过一番对话，于是我提出移民训练机构的想法，并指出这么一来，他的子女便能前途无忧。他虽然拒绝了，可是他的精神氛围再度改变，因此我相当确定，这种心理战术是正确的。”

机·丹尼尔顿了顿，然后继续说下去。

“在所谓的怀古主义中，蕴藏着一种做先锋的渴望。没错，这个渴望投射到了地球本身，这是因为地球距离最近，而且拥有辉煌的过去。可是若将愿景投射到其他世界，本质上并没有什么差别，而浪漫主义者不难做到这一点，例如你给克劳沙上了一课，他便深受吸引，就是这个道理。

“所以你看，我们太空城的宗旨不知不觉已经成功了。我们自己就是那个扰动因素，它比我们刻意引进的其他因素更为有效。由于我们的催化，地球人对母星的激情落实为怀古主义，甚至还出现了相关的组织。毕竟，想要打破成规的是怀古分子，并非一心想要保持现状以获取最大利益的大城官僚。如果我们现在离开太空城，不再继续刺激怀古分子，即可避免他们拥抱地球到了无药可救的地步；如果我们暗中留下一些人，或是像我这样的机器人，他们就能联合像你这种认同我们的地球人，共同建立起我所说的移民训练机构。在这些前提下，怀古分子最后一定会放弃地球而拥抱太空，那时他们会需要机器人，我们当然乐意提供，他们也可以自己制造。然后，他们会发展出一种适合自己的碳/铁文明。”

机·丹尼尔很少发表这样的长篇大论，他自己一定也注意到了，所以再度顿了顿之后，他说：“我把这一切都告诉你，是想解释我为何不得不做些可能伤害你的事。”

贝莱愤愤地想：对，机器人不得伤害人类，除非他有办法证明这样做其实是为了此人的终极利益。

然后他说："慢着，我要提出一个务实的顾虑。你们回到母星之后，外围世界就会知道有个地球人杀了一名太空族，最后他却逍遥法外，于是他们会联合起来向地球索取赔偿。可是我要警告你，对于这样的威胁，地球再也不会忍气吞声，所以势必会引起争端。"

"我确定不会发生这种事，以利亚。在我们的母星上，最希望向地球索赔的那些人刚好也是最希望关闭太空城的人。我们大可利用后者当诱因，要求他们放弃前者。总之，这正是我们的打算，所以地球会安然无事的。"

贝莱突然情绪失控，声音沙哑且带着绝望。"那我怎么办？一旦太空城不再追究，局长立刻会终止萨顿案的调查，可是机·山米一案却会继续查下去，因为它是警局的家丑。他随时可以拿出一堆不利于我的证据，这点我知道，一切都已经安排好了。我会被解雇，丹尼尔，还有别忘了洁西，她会被污蔑成罪犯，而班特莱……"

机·丹尼尔说："你千万别以为我不了解你的处境，以利亚。为了人类整体的利益，必须容忍一些小冤小错。萨顿博士身后留有父母、妻子、两个儿女、一个妹妹，以及许多亲朋好友，他们对于他的惨死一定伤心不已，然而，每当想到凶手并未接受法律制裁，更会令他们痛上加痛。"

"那你为何不留下，把真凶找出来？"

"现在已经没这个必要了。"

贝莱愤愤不平地说："你何不干脆承认整起调查只是一个幌子，真正目的是为了要在实际情境中研究我们地球人？他妈的，你们根本不在乎谁杀了萨顿博士。"

"我们原本也很想知道。"机·丹尼尔冷冷地说，"可是若将个人和整体放在天平两端，我们向来不会以为两者能够平衡。如果继续调查下去，会干扰到我们已经感到满意的现状，我们无法预估会造成何等危害。”

“你的意思是，凶手有可能是个很重要的怀古分子，而此时此刻，太空族无论如何不想和新朋友为敌。”

“我自己并不会这样说，但是你的说法不无道理。”

“你的正义线路哪儿去了，丹尼尔？这是正义吗？”

“正义有许多等级，以利亚。当较低和较高的正义无法相容时，较低的必须退让。”

在这段时间里，贝莱的心思一直绕着对方无懈可击的正子脑逻辑在打转，试图寻找漏洞和弱点。

他又说：“难道你个人没有好奇心吗，丹尼尔？你自许为警探，但你可知道这代表着什么？你可明白调查工作并不只是一件差事而已？它是一种挑战，是你和罪犯之间的角力，是一种智慧的对决。你能轻易放弃、举手投降吗？”

“如果根本不值得继续下去，当然要放弃。”

“难道你不会有失落感吗？不会纳闷吗？不会有一点点不满意吗？好奇心不会受挫吗？”

贝莱起初就没有抱多大希望，后来则是越说越气馁。而在第二次提到“好奇心”的时候，他联想到四个钟头之前，自己对法兰西斯·克劳沙说的那番话。当时他就相当清楚人类和机器的差异何在，好奇心必定是其中之一。一个六周大的小猫就懂得好奇，可是难道真有好奇的机器吗？即使这个机器那么像真人？

机·丹尼尔像是在呼应贝莱的想法，他说：“你所谓的好奇心是什么意思？”

贝莱尽可能说得冠冕堂皇。“好奇心三个字，是用来描述一种拓展知识领域的渴望。”

“如果拓展知识是为了执行任务的需要，那么我心中也有这种渴望。”

“是啊，”贝莱以反讽的口吻说，“例如你为了深入了解地球的习俗，因而追问班特莱的隐形眼镜。”

“正是如此。”机·丹尼尔似乎对贝莱的讽刺一无所觉，“然而，漫无目标地拓展知识——我想你所谓的好奇心其实是这个意思——则是毫无效率的行为，而我被设计得可以避免这种事。”

就在这个时候，以利亚·贝莱等待已久的“那句话”总算出现了，原先挡在眼前的重重迷雾也终于开始消散。

当机·丹尼尔说到一半的时候，贝莱已经张开嘴巴，然后一直没有阖上。

这并不能说是一种顿悟，过程绝对没有那么简单。在他的潜意识深处，他谨慎地、周详地建立了一个理论，可惜其中却有一个自相矛盾之处。那个矛盾极其顽强，既不能忽略也不能避开，只要有它存在，那个理论便会继续深埋脑海，不会浮现到他的意识层面来。

但如今那句话出现了，矛盾随之消失，他终于掌握了那个理论。

这股灵光看来带给贝莱极强的激励，至少他突然想通机·丹尼尔的弱点何在了，那是所有思想机器共同的弱点。他兴奋不已、满怀希望地想：我吃定了你这死脑筋的东西。

他说：“太空城计划今天就要结束，而萨顿案的调查亦将同时终止，对不对？”

“这是我们太空城同胞的决定。”机·丹尼尔冷静地回应。

“可是今天还没有过完。”贝莱看了看手表，现在是二十二点三十分，“距离子夜还有一个半小时。”

机·丹尼尔并未搭腔，似乎是在思索这句话。

贝莱迅速说道：“所以说，这个计划将持续到子夜时分，而调查也要进行到那时候。”他越说越快，速度直逼连珠炮，“你是我的搭档，咱们要有始有终。让我放手去做，我向你保证，这样对你的同胞非但没害处，还会有极大的好处。如果你断定我言行不一，随时可以阻止我，我只要求再给我一个半小时。”

机·丹尼尔说：“你说得对，今天还没过完。我并未想到这一点，以利亚伙伴。”

贝莱再度成为“以利亚伙伴”了。

他咧嘴一笑，然后说：“当我在太空城的时候，法斯陀夫博士是不是提到一部关于凶案现场的影片？”

“是的。”机·丹尼尔说。

贝莱问：“你能弄到一份吗？”

“可以，以利亚伙伴。”

“我是指现在！立刻！”

“如果我能借用警局的发射机，只需要十分钟。”

结果要不了十分钟，贝莱已经用颤抖的双手握着一个小铝块，而从太空城传来的微妙力场，已在其中建立了一个特定的原子型样。

就在这个时候，朱里斯·恩德比局长出现在餐厅门口。他一看到贝莱，那张圆脸便闪过一丝焦虑，随之而起的是越来越恼怒的表情。

他带着犹豫的口吻说：“你呀你，利亚，你这顿饭可吃得真慢啊。”

“我实在太累了，局长，抱歉让你久等。”

“我倒无所谓，不过……你最好到我的办公室来一趟。”

贝莱对机·丹尼尔使了一个眼色，但没有得到任何回应，两人随即双双走出便餐厅。

朱里斯·恩德比在办公桌前不停踱步，来来回回，来来回回。贝莱静静望着他，自己其实同样心神不宁，不时低头看看手表。

二十二点四十五分。

局长将近视眼镜推到额头上，用拇指和食指按摩双眼，直到眼眶四周都揉红了，他才重新戴上眼镜，再对贝莱眨了眨眼。

“利亚，”他突然开口，“你到威廉斯堡发电厂，是什么时候的事？”

贝莱答道：“昨天，我离开办公室之后。据我估计，大约是十八时或更晚一点。”

局长摇了摇头。“你为何不早说？”

“我是打算要说，但一直没机会正式做个报告。”

“你去那里做什么？”

“没什么，前往临时宿舍的半途刚好路过罢了。”

局长突然停下脚步，站到了贝莱面前，然后说：“这个答案很糟，利亚，一个人不论要去哪里，都不会刚好路过发电厂。”

贝莱耸了耸肩。时机未到，那段被怀古分子追踪、在路带上狂奔的经过，目前还没必要讲出来。

于是他说：“如果你是想暗示，我有机会取得那个毁掉机·山米的阿尔法喷射器，那么我要提醒你，丹尼尔当时和我在一起，他可以替我作证，当天我直接穿过发电厂，没作任何停留，离去时也没有带着任何喷射器。”

局长慢慢坐下来，他并未望向机·丹尼尔，也并未打算和他交谈。他只是将一双肥嫩的手掌搁在办公桌上，带着一副愁苦的表情，仔细凝视着这双手。

他终于开口道：“利亚，我不知道该说些什么或相信什么，总之，你不能用你的……你的搭档当证人，他根本不能作证。”

“总之，我否认拿过阿尔法喷射器。”

局长的十根手指缠扭在一起。“利亚，今天下午洁西来找你做什么？”他问。

“你曾经问过我，局长，我的答案照旧，一点家务事。”

“我从法兰西斯·克劳沙那里取得一些口供，利亚。”

“什么口供？”

“他供出有个要以武力推翻政府的怀古组织，其中一名成员叫做耶洗别·贝莱。”

“你确定他讲的不是别人？姓贝莱的可多得是。”

“耶洗别·贝莱可就不多了。”

“他指名道姓了，是吗？”

“他说了耶洗别这个名字，是我亲耳听到的，利亚，我不会提供二手报告给你。”

“好吧，洁西的确加入一个近乎疯狂可是无害的组织，但是她除了偶尔开开会、过过干瘾，其他什么也没做。”

“评议会可不会这么想，利亚。”

“你的意思是我要被停职了，因为我涉有毁损机·山米这项政府财产的重嫌？”

“我希望不会，利亚，可是看来情况很凶险。大家都知道你不喜欢机·山米，而且今天下午有人看到你太太和他在说话。她一面说一面哭，旁人或多或少听进去了。这些事本身都没什么，但加在一起就难说了，利亚。或许你觉得为了保密必须杀他灭口，何况你又有机会取得凶器。”

贝莱插嘴道：“如果我想消灭不利于洁西的一切证据，为何还要把法兰西斯·克劳沙抓来？关于洁西的事，他知道的似乎比机·

山米要多得多。另一方面，我经过那家发电厂的时间，比机·山米碰到洁西早了十八个小时，难道说我有超感应，能够预知我要毁掉他，所以顺手拿了一个阿尔法喷射器？”

局长道：“这些说辞对你有利，我会尽力而为。其实我也很遗憾，利亚。”

“是吗？你真的相信我是无辜的，局长？”

恩德比慢吞吞地说：“坦白告诉你，利亚，我也不知道该相信什么。”

“那么我来告诉你该相信什么吧，局长，整起事件是个精密策划的嫁祸行动。”

局长突然强硬起来。“慢着慢着，利亚，别像疯狗那样乱咬。你想用这种方式自卫，是不会得到任何同情的，太多坏蛋用过这个伎俩了。”

“我不是要博取同情，我只是在陈述事实。有人为了不让我查到萨顿案的真相，想尽办法要把我赶出去。可是算他倒霉，这家伙出手太迟了。”

“什么！”

贝莱又看了看表，现在是二十三点整。

他说：“我已经知道是谁在陷害我，也已经知道萨顿博士是如何遇害的，甚至知道凶手是谁。我还有一小时的时间，可以把这一切告诉你，然后抓住凶手，圆满结束这起调查。”

第十八章
结 案

恩德比局长眯起双眼，凶巴巴瞪着贝莱。“你想做什么？昨天上午，你在法斯陀夫的穹顶屋就试过一次，别再来这套了，拜托。”

贝莱点了点头。“我知道，上次是我搞错了。”

他气咻咻地想：后来又错了一次，可是现在，这一回，可不会……

但这个想法随即消逝，就像是受到了正子阻尼器的阻挡。

他说：“你自己来判断吧，局长。假设不利于我的证据是伪造的，请设身处地替我想一想，看看你都能想到些什么。问问你自己，有谁能够伪造这个证据？答案很明显，一定是知道我昨晚去过威廉斯堡发电厂的人。”

“好吧，那会是谁呢？”

贝莱说：“昨天走出食堂之后，我被一群怀古分子跟踪。后来我甩掉了他们，或者应该说我这么以为，但事实显然并非如此，他们至少有一个人看到我穿过那家发电厂。你该了解，我那么做只有一个目的，就是要摆脱他们。”

局长考虑了一下。“克劳沙？他也在其中吗？”

贝莱点了点头。

恩德比局长说：“好吧，我们会再侦讯他。如果他知道任何内幕，我们一定会问出来。除此之外，我还能做些什么，利亚？”

“慢着，别忙着打发我。你明白我的意思吗？”

“嗯，我来琢磨一下。”局长双手紧紧交握，“克劳沙看见你走进威廉斯堡发电厂，也或许是他的同党看到之后，再把这个消息传给他，于是他决定利用这件事来陷害你，令你退出调查。你是这个意思吗？”

“相当接近。”

“很好。”局长似乎越来越投入，“他自然知道你太太隶属于他们的组织，所以你绝不允许自己的私生活遭到深入探查。他认为你宁愿辞职，也不会挺身对抗这个间接证据。对了，利亚，要不要真的考虑辞职？我是说，如果情势对你实在不利，我们可以把事情压下……”

“百万分之一的可能都没有，局长。”

恩德比耸了耸肩。“好吧，我说到哪里了？喔，对，于是他弄到一个阿尔法喷射器，想必是从发电厂的同谋那儿取得的，然后，他又叫另一个同谋下手毁掉机·山米。”他轻敲着桌面，“没说服力，利亚。”

“为什么？”

“太过牵强附会，需要太多同谋了。我忘了说，不论是昨晚或太空城谋杀案发生之际，他都有坚不可摧的不在场证明。我们几乎立刻就查了出来，不过，只有我知道为何要特别调查后者。”

贝莱回应道：“我从来没说是克劳沙干的，局长，都是你说的。

那个怀古组织的成员个个都有嫌疑，克劳沙会被我们揪出来，只是因为丹尼尔刚好认出他的脸。我甚至并不认为他在那个组织中有多么重要，不过话说回来，他背后倒是有件奇怪的事。”

“什么事？”恩德比狐疑地问。

“他竟然知道洁西是他们的成员。请你想想，难道那个组织的成员他通通认识吗？”

“我不知道。反正他认识洁西就对了，或许因为她是警察的妻子，所以地位特殊；或许是这个缘故，他才对她有印象。”

“你说他自动供了出来，说耶洗别·贝莱是他们的成员。他是这么说的吗？耶洗别·贝莱？”

恩德比点了点头。“我一再对你强调，是我亲耳听到的。”

“那就有趣了，局长。早在班特莱出生之前，洁西就不再用耶洗别这个名字，从无例外，我非常肯定。而她加入怀古组织，是在班特莱出生之后，这点我也相当肯定。所以说，克劳沙怎么会称呼她耶洗别呢？”

局长突然满脸通红，连忙解释：“喔，既然这样，或许他说的是洁西，是我下意识地改成了正式的说法。事实上，我现在相当确定，他的确是说洁西。”

“在此之前，你相当确定他说的是耶洗别，我问过你好几次。”

局长提高了音量。“你该不是说我在撒谎吧？”

“我只是怀疑或许克劳沙什么也没说，我只是怀疑这都是你编造的。你认识洁西已有二十年，所以你知道耶洗别这个名字。”

“你脑袋有问题，老弟。”

“是吗？今天吃完午餐之后，你到哪里去了？你至少有两个钟头不在办公室。”

“你在质问我吗？”

“我还要替你回答呢，你去了威廉斯堡发电厂。”

局长站了起来，看得出他的额头正在冒汗，两侧嘴角则有白色的干燥斑点。“他妈的，你到底想要说什么？”

“难道你没去？”

“贝莱，你被停职了，把证件交给我。”

“别急，听我说完。”

“我不想听。你心怀不轨，你和魔鬼一样邪恶，真没想到，你居然用这么低贱的方法想让我，身为局长的我，看来像是在设计陷害你。”他气到讲不出话来，不知所云地尖叫了一阵子，才勉强喘着气说：“事实上，你已经被捕了。”

“不，”贝莱坚定地说，“别急，局长，我的手铳正指着你呢。我瞄得很准，随时可以发射。别想唬弄我，拜托，因为我已经没有退路了，但我一定要把话讲清楚。然后，爱怎么处置随便你。”

朱里斯·恩德比瞪大眼睛，紧盯着贝莱手中的杀人武器。

他结结巴巴地说：“这足以让你关二十年，贝莱，而且是在大城最底层的监狱。”

机·丹尼尔突然采取行动，他紧紧抓住贝莱的手腕，但仍心平气和地说：“我不能让你这么做，以利亚伙伴，你绝对不能伤害局长。”

“你，抓住他，这是第一法则！”自从机·丹尼尔进入大城以来，这还是局长第一次直接对他说话。

贝莱迅速解释：“我并不打算伤害他，丹尼尔，除非你纵容他逮捕我。你说过，你会帮助我弄个水落石出，目前我还有四十五分钟。”

机·丹尼尔仍旧抓着贝莱的手腕。“局长，我认为应该允许以利亚畅所欲言。现在，我已经和法斯陀夫博士取得联络……”

“怎么做的？怎么做的？”局长急忙追问。

“我身上有个自给自足的次乙太装置。”机·丹尼尔答道。局长瞪大眼睛，一副难以置信的模样。

“我会和法斯陀夫博士一直保持着通讯，”机器人不带感情地继续说，“如果你不让以利亚发言，将会留下很糟的印象，局长，而后果则不难推想。”

局长跌回椅子里，什么话也说不出来。

贝莱开始陈述：“我说你今天去过威廉斯堡发电厂，局长，而且从那里取得一个阿尔法喷射器，然后交给了机·山米。你故意选择威廉斯堡发电厂，就是为了要诬陷我。你甚至抓住杰瑞格博士再度出现的机会，邀请他来警局，却刻意交给他一根定错目标的引路棒，将他引到摄影器材室，好让他发现机·山米的遗体。你打算利用他的专业，第一时间作出正确的诊断。”

贝莱将手铳放到一旁。“现在如果你想要逮捕我，可以动手了，但太空城是不会接受这个结果的。”

“动机！”恩德比气急败坏地勉强吐出两个字。他摘下起雾的眼镜，使得他的脸孔再度显得有些茫然和无助。“我可能有任何动机吗？”

“你给我制造了麻烦，有没有？萨顿案的调查工作因而受阻了，对不对？退一万步来讲，机·山米知道得未免太多了。”

“老天啊，他知道什么？”

“他知道五天半前，那位太空族是怎样遇害的。别忘了，局长，太空城的萨顿博士正是被你杀害的。”

恩德比只能紧抓着头发拼命摇头。机·丹尼尔回应了这句话。

那机器人说：“以利亚伙伴，你的理论恐怕相当有问题。你也知道，恩德比局长是不可能杀害萨顿博士的。”

“那么听好，你给我听好，恩德比当初一心求我接下这个案子，从未考虑任何更高阶的警探，他这样做其实有好几个原因。首先，我们是大学时代的哥儿们，他认为光凭这一点，我就绝不会怀疑这位老友兼可敬的上司是凶手。我的忠诚有口皆碑，令他觉得高枕无忧，你懂了吧。其次，他知道洁西参加了一个地下组织，万一我快要查出真相，他大可利用这点逼我退出调查，或是威胁我闭嘴。事实上，他不太担心会有这样的发展，因为打从一开始，他就竭尽所能地诱导我怀疑你，丹尼尔，而且想尽办法让你我无法同心同德。他知道我父亲曾经遭到解雇，所以能够猜到我的反应。你瞧，这正是由凶手主导凶案调查的好处。”

局长终于能开口了，他孱弱无力地说：“我怎么可能知道洁西的秘密呢？”然后，他转向机器人，“你，如果你正在将这一切发送给太空城，告诉他们这是谎言！是彻头彻尾的谎言！”

贝莱插嘴道：“你当然知道洁西的秘密，因为你也是一名怀古分子，而且是那个组织的成员。你的老式眼镜！你的窗户！在在显示你这方面的性格。不过，我这儿还有更好的证据。”他起初说得很大声，随后又将音量降低，听起来冷静到了诡异的程度。

“洁西怎么会发现丹尼尔是机器人？当初我百思不解。现在我们当然知道了，她是从那个怀古组织听来的，但这只是将问题推到另一个层次。那些怀古分子又是怎么知道的？你，局长，提出过一个理论来打发这个问题，你说丹尼尔是在鞋店纠纷中被认出来的。我始终不太相信这个理论，我没法相信。我刚见到他的时候，曾经以为他是真人，而我的眼睛正常得很。

“昨天，我邀请华盛顿的杰瑞格博士过来一趟。后来我才发现，他对我的帮助还真不少，可是，当初我打电话给他的时候，唯一的用意只是请他来做个实验，看看在无人提醒的情况下，他能否认出丹尼尔的真实身份。

“局长，他并未认出来！我为他介绍了丹尼尔，他们握了握手，然后我们三人开始交谈，直到触及人形机器人这个话题，他才顿时恍然大悟。请注意，那可是杰瑞格博士，地球上最伟大的机器人学家。你是不是想告诉我，两三个激进的怀古分子，在既紧张又混乱的情况下，竟然能表现得比他还好，而且仅仅由于觉得丹尼尔是机器人，他们整个组织就会倾全力展开行动？

“现在看来，那些怀古分子显然一开始就知道丹尼尔是机器人。那起鞋店纠纷是故意设计的，好让丹尼尔见识到大城中的反机器人情绪多么高涨，以便透过他传达到太空城。这样做是为了要混淆视听，将嫌疑从一个人转移到一群人身上。

“好，如果他们一开始就知道丹尼尔的身份，那么是谁告诉他们的？一来不是我，二来不是丹尼尔自己，虽然我怀疑过他。所以，知道真相的地球人就只剩下你了，局长。”

恩德比不知哪儿来的力气，突然大声说：“警局里也可能有间谍，怀古分子不难渗透到我们身边，你太太就是一个。既然你觉得连我都很可能是怀古分子，局里其他人又有何不可？”

贝莱的嘴角微微向后扯，做出一个不屑的表情。“暂且别扯什么神秘的间谍，先让我们看看直截了当的答案能解释多少问题。我要说，显然你就是那个如假包换的内应。

“如今回顾，局长，过去这几天，你的情绪一直随着我和真相的距离而起伏，这点可真有意思。起初你相当紧张，而昨天上午，当我想造访太空城却不告诉你原因时，你几乎要崩溃了。你以为我已经逮到你，是吗？你以为我是在制造机会，将你交到他们手中？

你告诉过我，你痛恨他们，当时你真的流下眼泪。一时之间，我还以为是由于你曾在太空城被当成嫌犯，那种屈辱令你悲愤不已，可是后来丹尼尔告诉我，他们十分重视你的感觉，处理得很谨慎，你压根儿不知道自己曾是他们心目中的嫌犯。所以，你的慌乱是由于恐惧，而不是其他的情绪。

“然后，当我提出那个完全错误的答案时，你透过三维线路听得一清二楚，立刻看出我距离真相天差地远，于是你又恢复了信心。你甚至和我争辩，并义正词严地维护太空族。事后则有一阵子，你表现得相当稳定，相当自信。先前你在教训我的时候，极力强调太空族有多么敏感，后来却轻饶了我对他们的错误指控。当时我很惊讶，现在才知道你巴不得我犯这个错。

“接下来，我打电话找杰瑞格博士，你希望知道原因，我偏不告诉你，这又令你的心情跌入谷底，因为你怕……”

这时，机·丹尼尔突然举起手来。“以利亚伙伴！”

贝莱看了看手表，二十三点四十二分！“怎么样？”他问。

机·丹尼尔说：“假设他真的和怀古分子暗通款曲，由于担心给你查出来，他的确有可能心神不宁。可是，那宗谋杀案却和他扯不上关系，不可能和他有任何牵连。”

贝莱说：“你错得离谱了，丹尼尔。当初他不知道我找杰瑞格博士做什么，但自然而然会假设事情和机器人学有关。这就吓坏了我们的局长，因为机器人和他所犯下的重罪有密切关联，对不对，局长？”

恩德比摇了摇头。“你等着瞧……”然后就哽住了，听不清他说些什么。

“这起谋杀是怎么做到的？”贝莱压抑着胸中的怒火，“碳／铁，他妈的！就是碳／铁！我在借用你的说法，丹尼尔。虽然你身上充满碳／铁文明的优点，但你看不出来一个别有居心的地球人会怎样利用它。让我来简单说说吧。

“机器人可以毫无困难地跨越露天的乡间，即使在夜晚，即使单独行动都没问题。于是，局长将一柄手铳交给机·山米，告诉他需在何时抵达何处。他自己则循着正常管道进入太空城，在卫生间交出了自己的手铳。然后，他从机·山米手中拿到原先那柄，杀掉了萨顿博士，再让机·山米循原路将它带回纽约大城。而今天他毁掉了机·山米，以免这个秘密泄漏出去。

“这样一来，一切都有合理的解释了，包括局长当时为何在场，凶器为何不翼而飞。而且在这个理论中，不必假设有什么人需要在半夜走入露天的环境。”

可是，当贝莱讲完之后，机·丹尼尔紧接着说：“我必须表示遗憾，以利亚伙伴，不过同时也为局长感到高兴，因为你的理论什么也解释不了。我已经告诉过你，根据局长的大脑特质，他绝不可能犯下蓄意谋杀罪。我不确定哪些字眼适用于这样的心理状态：懦弱、天良、慈悲。我知道这些字眼的定义，但我无法正确判断。无论如何，局长并没有谋杀任何人。”

“谢谢你。”恩德比喃喃道，声音中又有了力量和自信，“我不知道你的动机何在，贝莱，也不明白你为何想用这种方式毁掉我，但我一定会追查到底……”

“慢着，”贝莱道，“我还没说完呢，我这里还有个东西。”

他掏出那个小铝块，“啪”的一声放到办公桌上，然后试着感受浑身上下所散发的自信（至少他希望如此）。过去这半个小时，他一直避免想到一件小小的事实：自己并不知道其中有些什么画面。他是在孤注一掷，但除此之外，他已别无选择。

恩德比赶紧向后闪。“这是什么？”

“反正不是炸弹。”贝莱以讽刺的口吻说，“只是个很普通的微投影机。”

“是吗？它又能证明什么？”

“我们来看看吧。”他的指甲抠到铝块上一条隙缝，局长办公室的一角随即消失，由一个陌生的三维景象取而代之。

这个景象上下衔接天花板和地板，并一路延伸到办公室之外。其中充斥着一种灰蒙蒙的光芒，和大城内任何人工照明都不一样。

贝莱心中交杂着厌恶和爱慕两种矛盾的情绪，他想：这一定就是所谓的曙光。

这个场景正是萨顿博士的穹顶屋，中央摆放着一具怵目惊心的残骸，当然就是萨顿博士的遗体。

恩德比的眼珠几乎凸了出来。

贝莱说：“我知道局长并不是杀手，这点不需要你来告诉我，丹尼尔。如果在此之前，我有办法解释这个矛盾，早就可以宣布破案了。事实上，直到一小时前，我无意间提到你曾对班特莱的隐形眼镜感到好奇，才终于恍然大悟。这就是我要的，局长，我马上联想到你的近视和你的眼镜正是解谜的关键。我相信，外围世界并没有近视这回事，否则他们很可能第一时间就查出萨顿案的真相。局长，你的眼镜是什么时候跌破的？”

局长反问：“你是什么意思？”

贝莱答道：“我们第一次讨论案情的时候，你告诉我那副眼镜是在太空城跌破的，当时我曾假设，那是你听到噩耗之后心慌意乱的结果。可是你从未这样说，我也就没有理由保留这个假设。事实上，你在进入太空城之际，如果早已心怀不轨，那么在动手之前，很可能已经相当心慌意乱，足以令你把眼镜跌破或踩坏。我说得对吗？这是否就是事实？”

机·丹尼尔说："我不明白你的论点，以利亚伙伴。"

贝莱心想：再过十分钟，我就不是以利亚伙伴了。赶快！快点说！快点想！

他一面说话，一面调整穹顶屋内的影像。他试着将它放大，动作有些笨拙，而且由于他紧张得全身紧绷，指甲几乎不听使唤。终于，那具尸体忽快忽慢地逐渐变长、变宽、变高，而且距离越来越近，贝莱甚至觉得闻到了它所散发的焦味。死者的头部、肩膀和一只臂膀几乎和身体分了家，勉强借着残缺不全的脊椎连接到臀部和大腿，中间部分则只剩下一根根烧成焦炭的肋骨。

贝莱斜睨了局长一眼，发现他早已闭上眼睛，一副恶心欲呕的样子。贝莱自己也觉得很恶心，但他不得不看个仔细。他利用发射机的控制钮，慢慢旋转这个三维影像，同时拉近和地面的距离，以便从各个象限仔细观察这具尸体。突然间，他的指甲滑了一下，影像中的地板随即倾斜，并且不断放大，直到地板和尸体双双变作一团蒙胧，远超过发射机的解析度。他赶紧将影像缩小，并让尸体滑到一旁。

与此同时，他仍一直在说话。他必须这样做，在找到想要找的东西之前，他绝对不能住口。可是万一找不到，他说的一切就都是废话，甚至比废话还不如。他的心跳越来越猛，脉动一路传到他的脑袋。

他说："局长不可能蓄意杀人，这是真的！可是，如果摘掉蓄意两字，任何人都有可能过失致人于死。局长当天进入太空城，并不是想要杀害萨顿博士，他是特地去杀你的，丹尼尔，你！在他的大脑分析结果中，有没有证据显示他无法毁掉一具机器？那并非谋杀，只是一种破坏。

"他是个怀古分子，而且非常狂热。他一直和萨顿博士合作，因此知道制造你是为了什么，丹尼尔。他担心这个计划可能成功，导致地球人最后终于放弃地球，所以他决心毁掉你，丹尼尔。目前为止，像你这样的机器人，真正出厂的只有你一个，而他自认十分有把握，只要展现怀古主义在地球上的势力和决心，就能令太空族知难而退。这是因为他很清楚，在外围世界上，结束太空城计划的舆论有多么强大。萨顿博士一定和他讨论过这件事，所以他认为这会是压垮骆驼的最后一根稻草。

“但我要强调，即使是杀害你，丹尼尔，也并非什么愉快的想法。我猜，如果不是你的外表太像人类，使得机·山米那种原始机器人无法分辨真假，他就会命令山米代劳。山米不了解其中的差异，因此第一法则会阻止他。另一方面，局长应该也考虑过找真人行凶，可惜只有他一个人能够随意进出太空城。

“让我来重建一下局长的计划吧。我承认这只是我的猜测，但我相信八九不离十。他和萨顿博士约好了会面时间，但故意早到了。当时是黎明时分，我猜萨顿博士应该还在睡觉，而你，丹尼尔，你当然醒着。对了，我想你应该和萨顿博士住在一起吧，丹尼尔。”

机器人点了点头。“你说得很对，以利亚伙伴。”

贝莱说：“那就让我讲下去。你会来到穹顶屋门口，丹尼尔，随即胸部或头部被轰一记，然后就报销了。局长会立刻离去，穿过清晨渺无人烟的太空城街道，回到机·山米等待之处。一旦将手铳还给山米，他会再慢慢走回萨顿博士家。若有必要，他会自己‘发现’你的尸体，但他还是比较希望由别人来发现。若有人质疑他为何早到，他就会说，让我想想，他听说怀古分子打算攻击太空城，所以提前来找萨顿博士，想劝他采取秘密防范措施，以免太空族和地球人爆发公开冲突。有个机器人死在眼前，他的话自然可信。

“如果他们问起，局长，为何你在进入太空城之后，过了好久才抵达萨顿博士家，你就会说——让我再想想——你发现街上有人鬼鬼祟祟，一路朝露天乡间走去，于是你追了一阵子，这个说法更会把他们引导到错误的方向。至于机·山米，不会有人注意到他的，大城外的蔬菜农场多得是机器人，不差他一个。

“我说得有多正确，局长？”

恩德比捶胸顿足。“我没……”

“对，”贝莱说，“你没有杀死丹尼尔，他好端端站在这里。自从他来到大城，你一直未曾和他正面相对，也没喊过他的名字，现在你好好看看他，局长。”

恩德比并未那么做，反之，他用颤抖的双手掩住了脸。

贝莱的双手也在发抖，险些未能抓稳发射机，因为他终于找到了。

此时影像聚焦于萨顿博士的家门口。大门并没有关，整扇门滑进了墙壁之内，而在那条闪闪发亮的金属滑轨里面，有了！有了！

微弱的闪光，绝对错不了。

“我来告诉你发生了什么事，”贝莱说，“你的眼镜是在这间屋子里跌破的。那天你一定很紧张，而我太了解你在紧张时会做什么，你会摘下眼镜，一遍一遍擦拭。当时你正是在这么做，但你的手抖得太厉害，眼镜因此掉到地上，或许还被你踩了一脚。总之眼镜坏了，而就在这个时候，大门滑开来，一个看似丹尼尔的人站在你对面。

“你轰了他一记，随即捡起眼镜，拔腿就跑。后来是他们发现了尸体，而不是你，等到他们找到你的时候，你才惊觉自己杀害的并非丹尼尔，而是早起的萨顿博士。萨顿博士照着自己的形象制造丹尼尔，这是他最大的不幸，而你在万分紧张之际，由于没戴眼镜，根本分不出两人的差别。

“如果要我提出具体证据，就在那里！”在影像不断晃动的过程中，贝莱小心翼翼地将发射机放到桌上，右手仍紧紧抓着。

恩德比局长和贝莱的脸孔都极度扭曲，前者是出于恐惧，后者则是紧张，只有机·丹尼尔看起来仍无动于衷。

贝莱伸手一指。“门轨里有些亮晶晶的东西，那是什么，丹尼尔？”

“两片碎玻璃。”机器人冷冷地说，“和我们的讨论毫无关联。”

“有关联的。它们是某个凹透镜的碎片，只要测一下它们的光学性质，再和恩德比今天所戴的眼镜做个比较……别毁灭证据，局长！”

他冲到局长面前，从对方手中夺下眼镜。然后，他将这个证据交给机·丹尼尔，并喘着气说：“我想，这就足以证明，当天他抵达现场的时间比大家想象中来得早。”

机·丹尼尔说：“你完全说服了我。现在我终于明白，局长的大脑分析整个把我误导了。恭喜你，以利亚伙伴。”

此时，贝莱的手表刚好指着二十四点整，新的一天正式开始了。

局长的脸慢慢埋进了臂弯里，然后他以含混的声音，抽抽噎噎地说：“那是误会，是误会，我压根儿没想要杀他。”在毫无预警的情况下，他的身体滑落椅子，瘫到了地板上。

机·丹尼尔一个箭步跳到他身边。“你伤害了他，以利亚，这实在太糟了。”

“但他没死，对吧？”

“没有，可是昏迷不醒。”

“他会醒过来的，我想他只是一时承受不了。我不得不这么做，丹尼尔，不得不。除了这番推论，我并未掌握任何能够呈上法庭的证据。所以我必须一而再、再而三刺激他，并一点一滴套他的话，希望他最后自己崩溃。结果真是这样，丹尼尔，你听到他认罪了吧？”

“听到了。”

“好的，我答应过你，结果将会有利于太空城的计划，所以……等等，他醒过来了。”

局长先是呻吟几声，随即眼皮动了几下，这才终于睁开眼睛，无言地瞪着他们两人。

贝莱说：“局长，你听得见吗？”

局长无精打采地点了点头。

“很好，那么听我说，太空族其实另有打算，并非一定得起诉你，如果你愿意和他们合作……”

“什么？什么？”局长眼中射出一丝希望的光芒。

“你在纽约的怀古组织中一定是个大人物，甚至在全球性怀古组织中应该也有影响力，从现在起，策动他们向太空发展。你应该知道如何宣传吧？我们的确可以回归大地——只不过是外星的大地。”

“我不明白。”局长喃喃道。

“这正是太空族的诉求，而且天地良心，自从我和法斯陀夫博士谈了一回之后，这也成了我的诉求。对他们而言，这比什么都重要。他们长驻在地球，时时刻刻冒着生命危险，就是为了这个目的。如果萨顿博士的死，能够间接导致怀古分子改弦易辙，重新考虑开拓银河，他们或许就会认为这个牺牲是值得的。现在你明白了吗？”

机·丹尼尔道：“以利亚说得很对，只要帮助我们，局长，我们便既往不咎。这句话，我是代表法斯陀夫博士和我们全体同胞说的。当然，如果你现在一口答应，事后却违背承诺，我们随时可以公布你的罪证。这点希望你也明白，虽然这么说令我很不舒服。”

“我不会被起诉吗？”局长问。

“只要你肯帮助我们。”

他眼中充满泪水。“我愿意。那是个意外，是个意外，替我解释一下，我只是做了一件自以为正确的事。”

贝莱说：“你唯有帮助我们，才是做正确的事。移民太空是地球唯一的自救方式，只要你抛弃成见，其实不难想通这个道理。如果还想不通，就去找法斯陀夫博士谈谈吧。而现在，你赶紧把机·山米这件事解决掉，就是帮了第一个忙。随便编个意外之类的理由，总之做个了结！”

说到这里，贝莱站了起来。“请记住，知道实情的并非只有我一个人，局长。太空城已经人尽皆知，除掉我只会害了你自己，懂了吧？”

机·丹尼尔道：“不必再说这些了，以利亚。他是真心愿意帮忙的，从他的大脑分析就显而易见。”

“很好，那么我要回家了。我要回到洁西和班特莱身边，恢复正常的生活，还要好好睡一觉——丹尼尔，太空族走了之后，你还会留在地球吗？”

机·丹尼尔说：“我尚未接到通知，你问这做什么？”

贝莱咬了一下嘴唇，然后说：“我从来没想到，会对像你这样的人说出下面这番话，丹尼尔，可是我真的信任你，我甚至……佩服你。我年纪太大，离不开地球了，不过当移民训练机构成立之后，别忘了还有班特莱。或许有一天，班特莱和你，会一起……”

“或许吧。”机·丹尼尔依然面无表情。

然后，这机器人转向朱里斯·恩德比，后者正望着他俩，松垮的脸庞上总算有了一点生气。

机器人说："朱里斯好友，我一直在试图理解以利亚对我说的一些话。或许我快要开窍了，因为我突然觉得，与其毁灭不当存在的事物，也就是你们所说的'恶'，还不如将这个'恶'转化成你们所说的'善'。"

他犹豫了一下，然后，说出一句仿佛令自己也感到惊讶的话："走吧，从此别再犯罪了。"

贝莱突然绽露笑容，抓起机·丹尼尔的手肘，两人手挽着手，走了出去。

读客®

科幻文库

跟着读客读科幻，经典科幻全看遍。

太空歌剧、赛博朋克、奇幻史诗……

中国、美国、英国、俄罗斯、波兰、加拿大、日本、牙买加……

读客汇聚雨果奖、星云奖、轨迹奖获奖作品，

精挑细选顶尖的科幻奇幻经典，

陪伴读者一起探索人类文明的过去、现在和未来，

亿亿万万年，直至宇宙尽头。

阿西莫夫
银河帝国系列

基地系列

银河帝国：基地（Foundation）

银河帝国2：基地与帝国（Foundation and Empire）

银河帝国3：第二基地（Second Foundation）

银河帝国4：基地前奏（Prelude to Foundation）

银河帝国5：迈向基地（Forward the Foundation）

银河帝国6：基地边缘（Foundation's Edge）

银河帝国7：基地与地球（Foundation and Earth）

机器人系列

银河帝国8：我，机器人（I, Robot）

银河帝国9：钢穴（The Caves of Steel）

银河帝国10：裸阳（The Naked Sun）

银河帝国11：曙光中的机器人（The Robots of Dawn）

银河帝国12：机器人与帝国（Robots and Empire）

帝国系列

银河帝国13：繁星若尘（The Stars, Like Dust）

银河帝国14：星空暗流（The Currents of Space）

银河帝国15：苍穹一粟（Pebble in the Sky）

THE NAKED SUN

银河帝国

⑩ 裸阳

[美]艾萨克·阿西莫夫 著
叶李华 译

江苏凤凰文艺出版社
JIANGSU PHOENIX LITERATURE AND ART PUBLISHING

机器人学三大法则

一、机器人不得伤害人类，或因不作为而使人类受到伤害。

二、除非违背第一法则，机器人必须服从人类的命令。

三、在不违背第一及第二法则的情况下，机器人必须保护自己。

——《机器人学手册》第56版，公元2058年

目　录

第一章
问题

以利亚·贝莱顽强地抵抗着内心的恐惧。

这个恐惧感至少累积了两个星期。不，甚至更久，应该追溯到他们把他召去华盛顿，将另有任用的消息平静地告诉他那一刻。

被召去华盛顿已经是一件令人头痛的事，更糟的是征召命令中并没有任何说明。不过最令他头痛的，则是随函附上的那张往返纽约与华盛顿的飞机票。

他意识到这意味着情况紧急，当下便开始坐立不安。而一想到搭飞机，就令他更加坐立不安了。不过，话说回来，这两种不安的情绪都还不难抑制。

毕竟在此之前，以利亚·贝莱已有四次搭飞机的经验，其中一次甚至是跨洲飞行。因此，虽然这绝不是什么愉快的旅行方式，至少他并非踏入完全未知的领域。

而且，从纽约飞往华盛顿只要一小时而已。飞机将从纽约的第二跑道起飞，在华盛顿的第五跑道降落。两者都是官方专用的跑道，因此密闭防护做得特别周全，比方说，飞机一定要达到起飞速度，通往大气层的闸门才会自动开启。

此外，贝莱还很清楚，飞机上固然应有尽有，例如充足的照明、精美的食物等等，唯独不会有任何窗户。这种由无线电控制的飞行相当平稳，一旦飞机升空，乘客几乎不会再有任何感觉。

想当初，除了如此自我安慰，他还这么安慰他的妻子洁西。她不但从未坐过飞机，而且一想到这种事就心生恐惧。

她说："我不希望你搭飞机，利亚，那太不自然了。为什么不搭捷运去呢？"

"因为那要花上十个小时，"贝莱的长脸整个皱了起来，"而且因为我隶属于大城警局，必须服从上级的命令。如果我想保有C6级的官阶，至少得做到这件事。"

这一点，当然毫无争议。

上了飞机之后，贝莱一直紧盯着在他眼前不停卷动的新闻报表。大城对于这项服务相当自豪：新闻、专题、幽默小品、知性文章，甚至小说都一应俱全。据说，总有一天这种报表会由胶卷取而代之，因为盖住眼睛的阅读镜能更加有效地分散乘客对周遭环境的注意力。

贝莱目不转睛地读着新闻报表，除了故意要让自己分神，也是为了遵守基本礼节。飞机上另外还有五名乘客（他不可能不注意到这个简单的事实），人人都有权根据先天的本质和后天的教养，表现出不同程度的畏惧和焦虑。

在这种坐立不安的时刻，贝莱当然痛恨有人刺探自己。比方说，他现在双手紧抓着座椅扶手，指节都因而泛白，而且一旦抬起手来，一定会留下两摊汗渍，他绝不希望别人见到这些窘态。

他告诉自己：我仍处于封闭空间，这架飞机是个具体而微的大城。

可是他骗不了自己。他的手肘能感觉到左边是一块一英寸厚的钢板，而钢板后面，就什么也没有了——嗯，有空气！但其实等于什么也没有。

左侧是一千英里的空气，右侧也一样。而正下方的空气，也有一两英里厚吧。

他多么希望自己能够直视下方，瞥见沿途那些地底大城的顶端——纽约、费城、巴尔的摩、华盛顿。他开始想象那些起起伏伏绵延不断的低矮穹顶，虽然从未见过，但他确定它们一定存在。而在其下一英里处，那些向四面八方延伸几十英里的空间，就是所谓的大城。

他仿佛在心中见到了大城里那些密密麻麻、没有尽头的通道，人来人往热闹无比。此外还有数不清的公寓、社区食堂、工厂、捷运带——处处充满人群，因此充满了舒适和温暖。

而他自己，则锁在一个金属弹丸内，孤立于冰冷的半空中，朝向一片虚空飞去。

他感到双手在发抖，于是强迫自己将目光锁定在新闻报表上，读了一小段。

那是一篇讲述银河探索的短篇小说，而且主角显然是地球人。

贝莱恼怒地咕哝了一声，然后赶紧屏住气息，十分后悔自己发出这个鲁莽的声音。

不过，那个故事实在太荒谬了。为了迎合那些幼稚的读者，居然假设地球人能征服太空。银河探索！地球人休想。整个银河都被太空族霸占了，虽说他们几个世纪前也是地球人。太空族的祖先抢先抵达外围世界，发现那些星球条件极佳，而在几代之后，他们的子孙就再也不欢迎移民了。他们这么做，等于将地球上的远亲都圈禁起来。而地球的大城文明则更上一层楼，把地球人关进一个个大城中——甚至由于畏惧开放空间，地球人连自己世界上的机器人农场和矿场都不敢去。

贝莱痛苦地想：耶和华啊！如果不喜欢这种事，我们就做点什么吧，别拿这些童话故事浪费时间了。

可是他也知道，什么事都做不了。

飞机着陆了。他和其他乘客一起出来，随即四下散去，彼此始终没有看一眼。

贝莱看了看手表，认为还来得及梳洗一番，然后再搭捷运前往司法部。他很高兴还有这点时间。此时此刻他的所见所闻，不论是喧嚣的人声，巨大的封闭式机场，以及通往大城各层的通道，在在令他觉得自己又回到了温暖安全的大城子宫内。他的心情逐渐恢复平静，现在只要再冲个澡，就能把焦虑彻底冲干净了。

根据规定，必须有差旅许可证才能使用公共浴室，但他亮出了出差文件，所有的困难便一扫而空。唯一的例行手续就是盖个章，赋予他使用私人小间的特权（特别加注日期以防滥用），然后他就收到一张纸条，上面注明它的详细位置。

踩在路带上的踏实感令贝莱不禁谢天谢地。等到他逐渐换到高速路带，一步步向捷运带接近时，那种加速感更是一种奢华的享受。他借着一个轻巧的转身登上捷运带，随即找了一个适合自己官阶的座位。

现在并非高峰时段，因此有不少空位。当他抵达公共浴室之后，发现同样不算太拥挤。他申请到的那个小间状况良好，里面还有一个自助洗衣机。

在善用了自己的清水配额，把衣服也洗好之后，他觉得有心情去司法部了。相当讽刺的是，他甚至觉得心情愉快。

司法部次长阿伯特·敏宁拥有一副短小精悍的身材，他的皮肤红润，头发大半灰白，全身上下几乎没有什么棱角。他散发着一种净洁的气息，以及淡淡的刮胡水味道。这一切，都在说明像他这样的高官拥有充足的民生配额，得以过着养尊处优的生活。

相较之下，贝莱觉得自己简直就是面黄肌瘦。站在次长面前，他更加体会到自己有着一双粗大的手掌，一对深陷的眼窝，而且从头到脚似乎骨瘦如柴。

敏宁热诚地说："坐吧，贝莱。你抽烟吗？"

"我只抽烟斗，次长。"贝莱答道。

与此同时，他取出了自己的烟斗，敏宁便将抽出一半的雪茄又推了回去。

贝莱立刻后悔了。有见面礼总比没有的好，就算是雪茄也不错。虽然他刚从C5级晋升到C6，烟草的配给随之增加，但还是不足以抽个过瘾。

"如果你想抽，就点着吧。"敏宁说。然后，他像个慈祥的父亲一般，耐心看着贝莱仔细装填适量的烟草。

贝莱的眼睛仍盯着自己的烟斗。"次长，我还不知道自己被召来华盛顿的原因。"

"这我知道，"敏宁微微一笑，"我现在就可以告诉你。你要被暂时调往他处。"

"离开纽约大城吗？"

"距离相当远。"

贝莱扬了扬眉，显得若有所思。"暂时又是多久呢，次长？"

"我不确定。"

贝莱对于调职的优点和缺点都很清楚。如果以出差的身份，暂时住在另一个大城，他或许能过着超过他目前官阶所能享有的生活。但另一方面，洁西和他们的儿子班特莱几乎不可能获准和他一起去。当然，他们会在纽约受到良好的照顾，但贝莱是个恋家的男人，不喜欢和家人分隔两地。

此外，调职意味着执行一件特殊任务，这是好事，但肩负的责任要超过一名普通刑警，这就可能不太好受了。没几个月之前，纽约附近发生了一桩太空族谋杀案，贝莱历经千辛万苦才终于破案。如果又是这样的案件，或是类似的案子，他将感到兴趣缺缺。

他问："可否请您告诉我要把我派去哪里？任务属于什么性质？这一切到底是怎么回事？"

他开始揣度次长所说的"距离相当远"究竟是指何处，还在心中和自己打了一个小赌。"相当远"似乎有强调的意味，于是贝莱心想：加尔各答？悉尼？

然后，他注意到敏宁终究还是抽出一根雪茄，仔细点着了。

贝莱想道：耶和华啊！他感到难以启齿，他根本不想讲。

敏宁将嘴里的雪茄取出来，一面望着烟圈一面说："司法部是要派你去索拉利执行一件临时任务。"

贝莱随即在心中寻思索拉利的位置：在亚洲，在澳洲……？

他突然一跃而起，硬邦邦地说："你的意思是，外围世界之一的索拉利？"

敏宁并未接触贝莱的目光。"完全正确！"

贝莱说："但那是不可能的，他们不会允许地球人踏上任何外围世界。"

"这叫此一时彼一时，便衣刑警贝莱，索拉利上发生了一桩谋杀案。"

贝莱的嘴角扯出一个皮笑肉不笑的表情。"那有点超出我们的管辖范围了，是不是？”

“他们主动请求协助。”

“请求我们？请求地球？”贝莱在困惑和难以置信之间挣扎不已。外围世界一向只会鄙视地球这颗母星，想要他们对地球做点施舍都是痴心妄想，他们怎么可能请求地球协助呢？

“请求地球协助？”他又问了一遍。

“的确不寻常，”敏宁主动承认，“但事实如此。他们希望地球指派一名警探负责那件案子。这件事，是双方最高层通过外交途径谈定的。”

贝莱坐了回去。“为什么找我呢？我不年轻了，我已经四十三岁。我有妻有子，我不能离开地球。”

“我们没有选择的余地，便衣，对方指定要你。”

“要我？”

“纽约大城警局C6级便衣刑警以利亚·贝莱。他们知道要找的是谁，而你当然知道为什么。”

贝莱倔强地说：“我不够资格。”

“他们认为你够。你处理那桩太空族谋杀案的经过，他们显然知之甚详。”

“他们一定完全搞错了，传闻一定夸大了许多。”

敏宁耸了耸肩。“无论如何，反正他们指名要你，而我们也已经同意派你去。所以你暂时被调职了。所有的手续都已经办好，你非走不可。当你不在地球的时候，你的妻子和小孩会受到C7级的待遇，因为这正是你这段时期的暂时官阶。”他颇有深意地顿了顿，“只要圆满完成任务，这官阶就永远是你的。”

一切都发生得太快了，不应该是这样的。他不能离开地球，这点难道他们不明白吗？

他用自己听来都感到不自然的声音，平平板板地问道：“什么样的谋杀？情况到底如何？为什么他们自己处理不了？”

敏宁伸出善加保养的手指，挪动了办公桌上的一个小物件，然后摇了摇头。“我对这桩谋杀案一无所知，不知道情况到底如何。”

“那么谁有所知呢，次长？你总不希望我脑袋空空地去那里吧？”这时，他心中又响起那个绝望的声音：但我不能离开地球啊。

“这件事，凡是地球人都一无所知，索拉利人根本未曾告诉我们。这是你的工作，你要查出这桩谋杀案究竟有什么重大干系，逼得他们非找地球人办案不可。或者应该说，那是你的工作之一。”

情急之下，贝莱竟然脱口而出：“要是我拒绝呢？”当然，他知道会得到什么答案。他完全了解对他自己以及家人而言，解雇到底代表什么意义。

但敏宁并未以解雇回应，他轻声答道：“你不能拒绝，便衣，这是你的责任。”

“我对索拉利有责任？让他们去死吧。”

“不，是对我们，贝莱，对我们。”敏宁顿了顿，然后继续说：“面对那些太空族，地球的处境如何，我想不必我多说了。”

贝莱的确知道地球的处境，凡是地球人都知道。五十个外围世界人口都不多，总共加起来仍远小于地球的人口数，话说回来，他们的军事潜力有可能是地球的一百倍。在那些地广人稀的世界上，他们致力发展正子机器人经济，个人平均能量产值高达地球的几千倍。而无论军事潜力、生活水准、幸福指数，以及其他的一切，皆取决于每个人生产能量的多寡。

敏宁又说：“无知是令我们陷入这个困境的原因之一。就是这两个字，无知。太空族对我们了若指掌，他们频频组团前来地球，天晓得为什么。而我们对他们的了解，则仅限于他们告诉我们的事。从来没有地球人踩上任何一个外围世界的土地，而你却有机会。”

贝莱试着强调：“我不能……”

可是敏宁继续说了下去：“你却有机会，而且你的机会绝无仅有。你是应邀前往索拉利的，你要做的事都是他们所指派的。任务结束后，你会带回对地球很有用的情报。”

贝莱以忧郁的目光望着这位次长。“你的意思是，要我当地球的间谍。”

“谈不上什么间谍。除了他们要求你的事，你什么也不必做。你只要张大眼睛，敞开心胸，给我好好观察！等你回来后，地球上的专家会负责分析和诠释你的观察结果。”

贝莱说：“我猜应该是出现危机了，次长。”

“为何这么说？”

“派地球人去外围世界是有风险的。太空族憎恨我们。地球固然有最大的诚意，但即使我是应邀前往，仍有可能引发星际纠纷。地球政府只要愿意，其实很容易推掉这件事，他们可以说我生病了。太空族对疾病有病态的恐惧，如果他们听说我病了，无论如何不会想再要我了。”

“你是在提议，”敏宁说，“要我们试试这种伎俩？”

“不。如果政府没有其他的动机，早该自己想到这个借口，甚至更好的借口。由此可知，要我扮演间谍才是真正重要的事。果真如此的话，政府冒这个险一定有更重要的原因，绝非只是希望我张大眼睛而已。”

贝莱本以为对方会暴跳如雷，而在他想来，能用这种方式释放压力也不错。但敏宁只是露出冰冷的笑容，回应道：“你似乎有看透表象的本事。然而，这点我早就料到了。”

次长从办公桌后面倾身面对着贝莱。“下面这些情报，你绝不能泄漏出去，甚至不能和其他政府官员讨论。关于目前的银河局势，我们的社会学家得出一个结论：那五十个外围世界，人口稀少，势力强大，善用机器人，民众个个健康长寿。反观我们，拥挤不堪，科技落后，寿命不长，而且在他们支配之下。这是个不稳定的局面。”

“往远里看，任何事物都是不稳定的。”

“这个不稳定却近在眼前，据我们估计，顶多在一百年之后。没错，我们碰不到，但我们还有下一代。到头来，我们会对外围世界产生太大的威胁，终将自取灭亡。地球人有八十亿之众，个个痛恨太空族。”

贝莱说：“太空族禁止我们接触银河，操弄我们的贸易从中获利，控制着我们的政府，并将我们视为粪土。他们指望什么回应？感激吗？”

“说得很对，但我们的互动模式早已定型。反抗，镇压，反抗，镇压——一个世纪之内，地球上的人类将被彻底消灭。社会学家就是这么说的。”

贝莱显得坐立不安。社会学家和他们的电脑通常是不会遭到质疑的。“如果一切都是事实，你又指望我能做些什么呢？”

“为我们带回情报。我们对太空族所作的社会学预测，最大的瑕疵就在于欠缺资料。我们只能根据被派到地球来的少数太空族作出种种假设。我们只能借由他们提供的资料来了解他们，于是觉得他们除了长处还是长处。他妈的，他们有机器人，他们人口少，他们寿命长。可是他们有没有短处呢？有没有什么可供我们利用的条件，能够改变我们注定灭亡的社会学必然性；有没有什么行动指导方针，能够增加地球存活的几率。”

"改派社会学家去，难道不是更好吗，次长？"

敏宁摇了摇头。"如果我们能任意派人去，那么早在十年前，这些结论首先浮现之际，我们已经这么做了。事实上直到今天，我们才首度有这种机会；他们需要我们的警探支援办案，这是天赐良机。警探也是社会学家——凭经验法则行事的应用社会学家，否则他就不算优秀的警探。记录会说话，你正是优秀的警探。"

"谢谢您，次长。"贝莱机械式地答道，"万一我碰到麻烦呢？"

敏宁耸了耸肩。"那是当警察的风险之一。"他挥挥手，表示不愿多谈这个问题，随即又补充道："总而言之，你非去不可。你的启程时间已经定好，太空船也已经在等你了。"

贝莱僵住了。"等我？我何时动身？"

"两天后。"

"那么我得赶回纽约一趟。我太太……"

"我们会去探望你太太。你该明白，绝不能让她知道你在出什么任务。我们会告诉她，这段时间别指望你会跟她联络。"

"但这简直没人性。我一定要见她一面，我可能再也见不到她了。"

敏宁说："我要再讲一句或许更没人性的话，想想看，你每天早上出任务的时候，是否同样无法确定她晚上还能不能再见到你？贝莱便衣，我们都得尽忠职守。"

贝莱的烟斗已经熄了一刻钟，但他一直没注意到。

没有任何人能提供他进一步的资料。对于那桩谋杀案，每个人都一无所知。其后他所接触的一个个官员，毫无例外地催促他尽快上路，直到他终于来到太空基地，心中仍旧无法接受这个事实。

太空船活像一支瞄准天际的巨炮，周遭这片开放空间令贝莱不寒而栗。夜幕逐渐降临（贝莱感到谢天谢地），仿佛四面深黑的墙壁逐渐聚拢，并在头顶形成黑色的天花板。这是个典型的阴天，但云缝中仍透出一线星光，贝莱虽然在天象馆看过星星，此时还是忍不住吃了一惊。

那是很远很远的一个小亮点。他逐渐不再恐惧，只是好奇地凝视着它。看起来它相当近，相当不起眼，但那些银河之主就住在这种天体附近，更明确地说是住在它周围的行星上。他想，太阳也是这样的天体，只不过近得多，目前正在地球的另一端闪闪发光。

他突发奇想，将地球想象成一个大石球，上面贴着一层水气薄膜，薄膜外面就是一片虚空；所谓的地底大城其实都很浅，颤颤巍巍地夹在岩石和空气之间。他觉得毛发直竖！

那艘太空船当然属于太空族所有。星际贸易完全掌握在太空族手中。现在他落单了，他已经置身大城之外。在登船之前，他经历了沐浴、洗刷和消毒的过程，总算达到了太空族的安全标准。即便如此，他们还是只派一个机器人来接他。他这个大城居民身上仍旧黏着大城里的上百种病菌，虽然他自己不在乎，那些有如温室花朵的优生太空族却是毫无抵抗力。

在黑夜中，机器人显得特别巨大，双眼还射出暗红的光芒。

“便衣刑警以利亚·贝莱？”

“是的。”贝莱答得很干脆，后颈的汗毛却竖起了一些。看到机器人做着人类的工作，身为地球人的他难免会气得起鸡皮疙瘩。虽说当初侦办太空族谋杀案的时候，机·丹尼尔·奥利瓦曾经和他联手办案，但那另当别论。丹尼尔是……

“请你跟我来。”那机器人说，随即有一道白光从他们的位置一路射向太空船。

贝莱迈开脚步。他走上阶梯，登上太空船，穿过几条走廊，最后走进一间舱房。

那机器人说：“这是你的房间，便衣刑警贝莱，在整个旅程中，你要一直待在这里。”

贝莱心想：是啊，把我关起来，这样才安全，其实就是将我隔离。

刚刚穿过那些走廊时，他没有见到任何人影。现在，那里也许正有许多机器人在进行消毒。而面前这个机器人离去后，也许会立刻去做一次杀菌浴。

那机器人说：“这里面有完善的盥洗设备。食物会定时供应，阅览的资料随手可取。舷窗由这个面板控制，现在是关着的，但如果你想观赏太空……”

贝莱有点激动地说：“不必了，小子，就让它关着吧。”

地球人一向习惯用“小子”称呼机器人，但那个机器人并没有任何负面的反应。它当然不会有，它的反应一律受到机器人学三大法则的限制和掌控。

机器人弯下巨大的金属身躯，做了一个滑稽的鞠躬动作，便转身离去了。

单独待在舱内的贝莱开始评估目前的状况。这至少比搭飞机来得好。一架飞机能从头看到尾，能看到它的边界；太空船则大得多，里面有许多走廊、甲板和舱房。它本身就是一个小规模的大城，贝莱几乎可以自由地呼吸。

灯光忽然闪了一下，通话器中传出机器人的金属声音，对他详细说明起飞加速之际如何做好自我防护。

他感觉到安全带传来的压力以及液压系统的缓冲作用，还听见远处传来微质子堆喷射引擎的隆隆声。大气层被撕裂的声音随即响起，而接下来一个钟头，这个声音越来越小、越来越尖锐，终于逐渐消失。

他们进入太空了。

仿佛所有的感官皆已麻木，仿佛再也没有什么真实的事物。他告诉自己，每过一秒钟，他距离地球、距离洁西便又多了好几千英里，但他心中并未体会这个事实。

到了第二天（或是第三天？——现在他只能靠吃饭睡觉来计时，因此说不准），突然出现一种身体内外翻转的诡异感觉，但下一刻便消失无踪。贝莱知道这就是所谓的跃迁，这种借道超空间的特殊运动，能以极其不可思议，甚至近乎神秘的方式，将太空船和其中的一切瞬间转移好几光年。过了一段时间之后，太空船又做了一次跃迁。然后又过了一段时间，又再做了一次跃迁。

贝莱在心中告诉自己，现在距离地球已有几光年、几十光年、几百光年，甚至几千光年。

他不确定究竟有多远。地球上没有任何人知道索拉利位于何处。这点他敢一口咬定。地球人相当无知，没有任何例外。

他觉得分外孤独。

当他感到减速之际，那机器人也随之出现。它用那对暗红色眼睛仔细检查了贝莱的安全带，很有效率地拴紧一颗螺丝，又迅速检查了一遍液压系统。

它说："我们将在三小时后着陆。请你留在这间舱房。有人会来护送你出去，将你带到你的住处。"

"等等。"贝莱紧张地唤道——被安全带绑着的他感到十分无助。"我们着陆时，当地是几点钟？"

机器人立刻回答：“根据银河标准时间，是……”

“当地时间，小子，当地时间！耶和华啊！”

机器人继续不疾不徐地说：“索拉利的一天有28.35个标准小时，每个索拉利时有10个索拉利分，每个索拉利分有100个索拉利秒。预计我们抵达航站时，是当地时间的零时五分二十秒。”

贝莱恨透了这个机器人。不只是因为它头脑简单，更因为它逼得自己必须直接提出那个自曝其短的问题。

可是他不得不问。他冷冰冰地说：“会是白天吗？”

兜了这么一大圈，机器人终于回答：“是的，先生。”然后就走了。

会是白天！他必须在大白天，走在毫无遮掩的行星表面。

他不太确定那会是什么情况。他曾经在大城某些角落瞥见过地球的表面，甚至曾经短暂置身大城之外。不过在此之前，大城的围墙总是保护着他，或起码近在咫尺。他总是感到安全无虞。

现在他会感到安全吗？黑夜或许还能制造围墙的假象，可是现在，他连这点期望都落空了。

由于绝对不愿在太空族面前示弱——宁死也不肯——他勉强在安全带中挺直身子，闭上眼睛，顽强地抵抗着内心的恐惧。

第二章
老 友

贝莱快要坚持不住了。光凭理性并不足以战胜恐惧。

他在心中一遍又一遍告诉自己：有些人一辈子都生活在开放空间，例如现在的太空族，以及过去的地球人。没有围墙并不等于会有实质危险。我根本不该那么想，那是一种错误的观念。

可是这一切都徒劳无功。他心中一直有个非理性的声音，哭喊着要找围墙，死也不肯接触开放空间。

随着时间慢慢溜走，他认为自己不可能做到了。最后他一定会可怜兮兮地缩成一团，浑身不断发抖。前来接他的太空族（鼻孔里插着滤器以防细菌，双手戴着手套以避免接触）甚至不会瞧不起他，只会感到恶心而已。

贝莱咬紧牙关撑着。

太空船终于停下来，安全带自动解开，液压系统也退回到舱壁内。贝莱留在座位上，虽然很害怕，但他决心不表现出来。

当舱门传来一声轻响，他刻意将目光移往别处，仅从眼角瞥见门口出现一个高大的、有着古铜色头发的人物——那是一名太空族，虽然他们是地球人的后裔，但高傲的他们甚至不愿承认这个事实。

那太空族唤道：“以利亚伙伴！”

贝莱猛然转过头去，立刻睁大眼睛，不由自主地站了起来。

他盯着这张脸孔，凝视那宽阔高耸的颧骨、绝对平静的表情、完全对称的轮廓，尤其是那双蓝眼睛所射出的直勾勾的目光。

“丹——丹尼尔。”

那太空族说：“很高兴你记得我，以利亚伙伴。”

“何止记得你！”贝莱觉得大大松了一口气。对方不但和地球有渊源，而且是他的朋友，令他感到安慰，感到得救了。他差点忍不住要冲上去拥抱这个太空族，非但紧紧抱住不放，还要纵声大笑，用力拍打对方背部，总而言之，凡是老友久别重逢会做出的疯狂举动，他都很想照做一遍。

但是他并没有那么做，他不能那么做。他只能上前一步，一面伸手一面说：“我怎么会忘记你呢，丹尼尔。”

“我很高兴你这么说。”丹尼尔严肃地点了点头，“而你十分清楚，我只要还在运作，就不太可能忘记你。能再见到你真好。”

丹尼尔坚定地握住贝莱的手，五指施加的压力恰到好处，一会儿后才松开。

贝莱心中瞬间涌现一股浓烈的感情，或许可称之为金兰之爱，许久之后仍未完全消退。贝莱有些难为情，衷心希望对方那深不可测的目光无法看穿自己的内心。

毕竟，贝莱不能把丹尼尔·奥利瓦当成朋友那般友爱，因为他并非人类，他只是个机器人。

这位酷似人类的机器人说：“我申请了一辆由机器人驾驶的地面交通工具，将以空气管和这艘太空船直接相连……”

贝莱眉头一皱。“空气管？”

“对。这是一种在太空中常用的技术，无需特殊的抗真空装备，便能在两艘太空船之间运送人员或物资。你似乎并不熟悉这种技术。”

“没错，”贝莱说，“但我听懂了。”

“当然，把这种装置用在太空船和地面交通工具之间就没那么简单了，但我还是要求务必办到。幸好你我从事的这项任务有最高优先权，各种困难都很快克服了。”

“你也被派来调查这桩谋杀案？”

“你还不知道吗？真抱歉我没有立刻告诉你。”当然，在这机器人完美的脸庞上，看不出任何抱歉的神情。“我希望你还记得汉·法斯陀夫博士，上回我们在地球上合作时，你曾和他见过一面。最初就是他提议的，说你是侦办这个案子的适当人选。而且他还开出条件，必须让我和你合作，就像上次那样。”

贝莱挤出一个笑容。汉·法斯陀夫博士是奥罗拉人，而奥罗拉是外围世界中最强大的一员。奥罗拉人提出的建议显然颇有分量。

贝莱说：“一对好搭档是不该被拆散的，呃？”（这时，初见丹尼尔的喜悦逐渐褪去，贝莱胸口又感觉到一股压力。）

“我不知道他心里是否真这么想，以利亚伙伴。从他对我下的命令看来，我认为他只是希望你的搭档曾接触过你们的世界，因而了解你们的怪癖。”

“怪癖！”贝莱皱起眉头，觉得对方太过分了。他不喜欢和这个名词牵扯在一起。

“比方说，我就知道需要安排空气管。我十分了解你对开放空间有多么反感，因为你一直生活在地球的大城中。”

或许是由于“怪癖”这个说法令贝莱觉得必须反击，以免被一台机器踩在脚下，但也可能是长久以来所受的训练，让他无法容忍任何逻辑上的矛盾，总之，他猛然间转换了话题。

他说："这趟旅程中，有个机器人负责随船照顾我。那个机器人——"他的口气透出敌意了，"看起来就像机器人。你认识它吗？"

"我登船之前，跟它说过话。"

"它叫什么名字？我该怎么联络它？"

"它就叫RX2475，索拉利人通常只用序号称呼机器人。"丹尼尔的目光扫到了舱门附近的控制面板，"这个按钮就能呼叫它。"

贝莱望向那个控制面板，丹尼尔所指的那个按钮标示着"RX"，意思似乎相当明显。

贝莱伸手按了一下，不到一分钟，那个看起来像机器人的机器人便进来了。

贝莱说："你就是RX2475。"

"是的，先生。"

"不久前你告诉我会有人护送我下船，你说的是不是他？"贝莱指了指丹尼尔。

两个机器人目光相交。RX2475说："他的文件可以证明他就是来接你的那个人。"

"除了那份文件，在此之前你还知道些什么？有没有人对你形容过他的样貌？"

"没有，先生。然而，我知道他的名字。"

"是谁告诉你的？"

"这艘太空船的船长，先生。"

"他是索拉利人吗？"

"是的，先生。"

贝莱舔了舔嘴唇。下一个问题起着关键性作用。

他说："你从船长那里听到的是什么名字？"

RX2475说："丹尼尔·奥利瓦，先生。"

"好孩子！你可以走了。"

RX2475又做了一次机器人式的鞠躬，随即一个转身，走出了舱房。

贝莱转向他的伙伴，若有所悟地说："你并未将实情全部告诉我，丹尼尔。"

"此话怎讲，以利亚伙伴？"丹尼尔问。

"刚才跟你聊着聊着，我忽然想到一个疑点。当RX2475告诉我即将着陆时，它提到会有人来护送我。这点我记得相当清楚。"

丹尼尔静静听着，什么也没说。

贝莱继续讲下去："我本来以为或许是那个机器人弄错了。我也曾经以为原本奉命来接我的人临时由你取而代之，RX2475并不知道这件事。但你也听到我怎么问它了。它听说你会带着文件，还知道你的名字。可是，它所知道的名字并不完整，对不对，丹尼尔？"

"没错，它并不知道我的全名。"丹尼尔承认道。

"你的名字并非丹尼尔·奥利瓦，而是机·丹尼尔·奥利瓦，对不对？更完整的说法则是机器人·丹尼尔·奥利瓦。"

"这么说相当正确，以利亚伙伴。"

"由此可知，RX2475始终不晓得你是机器人，它一直误以为你是人类。既然你有人类般的外貌，这样的伪装的确行得通。"

"我不打算反驳你的推论。"

"那我们就继续下去。"贝莱开始感到一种狂野的喜悦。他抓到了一点线索，虽然并不多，但他一向擅长这种斗智游戏。正是因为他有这方面的专长，才会被请到太空的另一头来办案。"好，为何会有人想欺骗一个可怜的机器人呢？对它而言，你是人还是机器人毫无差别，反正它都得服从命令。因此我得到一个合理的结论：那位索拉利船长自己也不知道你是机器人，才会这么告诉它，同理，把这件事告诉船长的索拉利官员同样不知道真相。如我所说，这是一个合理的结论，但或许并非唯一的结论。它到底正不正确？”

“我相信是正确的。”

“很好，那么我猜对了。可是为什么呢？汉·法斯陀夫博士在推荐你担任我的搭档时，为何要让索拉利人以为你是人类？这么做难道不危险吗？索拉利人如果发现真相，可能会相当生气。他为何要这么做呢？”

这个人形机器人答道：“我所听说的解释如下，以利亚伙伴。如果你和一名太空族联手办案，会提高你在索拉利人心目中的地位，反之，如果你和一个机器人合作，则会让他们更瞧不起你。既然我熟悉你的作风，能够和你合作愉快，博士因而想到，不如就让索拉利人误以为我是人类，但绝不主动以任何资料欺骗他们。”

贝莱并不相信这种说法。不太可能有任何太空族会自然而然对一个地球人的感觉顾虑得那么周到，即便开明如法斯陀夫也不例外。

他想到了另一个可能性，于是说：“索拉利人是否以善于制造机器人闻名外围世界？”

“我很高兴，”丹尼尔说，“你对索拉利的经济结构已有若干了解。”

“恰恰相反，”贝莱说，“我顶多只能猜到索拉利三个字怎么写。”

“那我就不懂了，以利亚伙伴，你怎么会问出这样的问题，而且还是那么贴切的问题。你简直是一语中的。我的资讯储藏提供了如下事实：无论就机器人的款式或性能而言，在五十个外围世界中，索拉利的产品都是最有名的。其他外围世界都从索拉利进口特殊型号的机器人。”

贝莱绷着脸点了点头，对这个答案表示满意。当然啦，丹尼尔并不懂得从人性弱点出发，进行直觉式的跳跃思考。贝莱也不觉得有必要解释自己的推理过程。如果索拉利真是机器人学的圣地，汉·法斯陀夫博士和他的同僚就可能会有意炫耀他们自己的机器人杰作，这是非常符合人性的动机。而这样的动机和一个地球人的安全或感觉毫无关系。

如果索拉利的专家上了当，把这个奥罗拉机器人当成人类，就等于证明了法斯陀夫他们高人一等。

贝莱觉得好多了。说也奇怪，刚才他动用了所有的理智力量，想尽办法说服自己，却仍旧无法脱离恐惧，没想到自己虚荣心一浮现，所有的恐惧就被一扫而空。

当然，发现太空族居然有虚荣心，这点也是有帮助的。

他想道：耶和华啊，毕竟我们都是人类，包括太空族在内。

他扯开喉咙，大声问道：“我们要等多久才能等到地面车？我早就准备好了。”

好些迹象都显示空气管并不适合现在这个用途。他们两人——一个人和一个人形机器人——走出太空船，进入了空气管，而随着他们的移动，柔软的网状结构开始弯曲和摇摆。（贝莱可以隐约想象，在太空中的失重状态下，只要轻轻一踢，任何人都能顺着管子从一艘船滑到另一艘。）

空气管的另一端缩得很窄，仿佛被一只巨掌使劲捏住，网眼挤成了一团。拿着手电筒的丹尼尔开始匍匐前进，贝莱也有样学样。

他们就这样爬完最后的二十英尺，终于钻进了所谓的地面车。

上车后，丹尼尔小心翼翼地关上滑门。接着便传来厚重的“咔嗒”一声，想必是空气管撤离了。

贝莱好奇地四下张望。这辆地面车并没有太古怪的地方。一前一后有两排座椅，每排能容纳三名乘客，而且前后左右都有车门。车壁的光滑部分应该都是窗户，不过现在一片漆黑，不透任何光亮，想必正处于极化作用之下，这点贝莱倒是很熟悉。

车顶有两个圆形照明器，射出的黄色光芒充斥车内。一言以蔽之，贝莱唯一感到陌生的，就是装在正前方隔板上的那个发话器，以及看不到驾驶仪器这件事。

贝莱说：“我猜司机坐在隔板的另一边。”

丹尼尔说：“完全正确，以利亚伙伴，我们可以这样下达指令。”他微微倾身向前，轻触一个按键，一盏红灯便闪了起来。他轻声说道：“我们已就座，可以启程了。”

贝莱听到一阵细微的呼呼声，但几乎立刻便消失了。与此同时，他的背部感到一股非常轻、非常短暂的压力，然后就再也没有任何动静。

贝莱讶异地问道：“我们在前进吗？”

丹尼尔说：“是的。这辆车并没有轮子，而是靠着反磁力场贴地滑行。除了加速和减速，你什么也感觉不到。”

“转弯的时候呢？”

“车子会自动倾斜以抵抗离心力。就连上坡或下坡的时候，车内仍然会保持水平。”

“操作起来一定很复杂吧。”贝莱硬邦邦地说。

“几乎全自动，司机是机器人。”

“喔。”贝莱对这辆地面车总算有了充分了解，他又问：“这段路要走多久？”

“大约一小时。其实搭飞机会比较迅速，但我担心你的状况，想让你一直处于封闭空间内，而索拉利的飞机无法提供足够的封闭性，比不上我们目前乘坐的这种地面车。”

对方的“担心”不禁令贝莱恼火。他觉得自己好像一个抱在保姆怀中的婴儿。奇怪的是，他对丹尼尔的遣词用字同样感到恼火。他觉得这么正式的话语非但毫无必要，而且很容易泄漏他的机器人身份。

接下来好一会儿，贝莱都在好奇地凝视着机·丹尼尔·奥利瓦。这个机器人则一动不动地望着正前方，完全不在意对方的目光。

丹尼尔的皮肤完美无瑕，头发和汗毛也都是精心打造、细心组合的。他皮肤底下的肌肉动作更是真实无比，用不遗余力来形容他的制造过程绝不为过。可是，贝莱有第一手的经验，知道他的四肢和胸膛能沿着看不见的接缝裂开，以便进行修复。他还知道在乱真的皮肤底下，藏着金属和硅氧树脂；在金属头颅之中，藏着一个正子脑——虽然极其先进，仍是一堆电路而已。他更清楚丹尼尔的“思想”是什么，那只不过是一道道寿命短暂的正子流，流过严密规划的正子径路罢了。

但如果事先并不知情，专家要如何看出破绽呢？丹尼尔的说话方式有那么点不自然？他始终显得严肃而不带感情？他的人格完美到了无懈可击的程度？

这种胡思乱想只会浪费时间，于是贝莱说：“我们谈正事吧，丹尼尔。我猜你来这儿之前，曾经听取过有关索拉利的简报？”

“是的，以利亚伙伴。”

“很好，我就没有这样的机会。这个世界有多大？”

“直径有九千五百英里。在本星系的三颗行星中，它是最外面的，也是唯一住人的行星。它的气候以及大气层都很类似地球，但可耕地的比例较高，矿藏量则较低，不过开采当然也比较少。这个世界本身就能自给自足，加上出口机器人带来的收入，可以维持很高的生活水准。”

贝莱问:“人口有多少？”

“两万人，以利亚伙伴。”

贝莱听了进去，不久又客客气气问道:“你是指两千万吧？”他对外围世界所知不多，但至少也知道，虽然根据地球的标准，这些世界的人口个个少之又少，不过几千万人还是跑不掉的。

“两万人，以利亚伙伴。”这机器人又重复了一遍。

“你的意思是，这是个新开拓的世界？”

“绝对不是。它已经独立了将近两个世纪，而在此之前，它还有一个多世纪的历史。人口维持在两万是故意的，索拉利人自认那是最佳的数目。”

“这些人住在这颗行星的哪些部分？”

“凡是可耕地都有人住。”

“面积有多少平方英里？”

“如果包括边陲地带，三千万平方英里。”

“可是只住了两万人？”

“此外还有两亿左右的正子机器人，以利亚伙伴。”

“耶和华啊！那就是——平均一个人有一万个机器人。”

“这的确是外围世界中最高的比例，以利亚伙伴，远超过第二名奥罗拉的一比五十。”

“他们要那么多机器人做什么？生产那么多粮食又有什么用？”

“相对而言，粮食的生产只是小宗。比较大宗的是矿产，而能源就更大宗了。”

想到这里有那么多机器人，贝莱不禁有点晕头转向。两亿个机器人！一定满山遍野到处都是，而人类却那么少。如果有人从外太空观察，或许会以为索拉利完全是个机器人世界，而忽略了起着关键作用的少数人类。

贝莱突然觉得有必要好好看一看。他想起了敏宁对他说的那番话，以及关于地球危机的社会学预言。虽然似乎已经很遥远，有点不真实，但他依旧记得。离开地球之后，种种艰难险阻使得这段记忆变模糊了，但它从未全然遭到掩盖。因此，他并未忘记敏宁曾以冷静精准的语言，陈述这些生死攸关的问题。

多年来，贝莱受到责任感驱使，早已习惯永远任务第一，即使可怕的开放空间也拦不住他。另一方面，无论是从太空族或太空族机器人的言谈中搜集资料，都已经是地球社会学家不难做到的事。真正需要的是直接观察，而这正是他的工作，就算再不愉快，他也必须尽力达成。

他开始检视地面车的顶部。“这辆车有天窗吗？”

“抱歉，以利亚伙伴，我没听懂你在说什么。”

“这辆车的顶棚能不能推开？从里面能不能直接看到——天空？”（积习难改，他差点要说“穹顶”两字。）

“可以的。”

“那就这么做，丹尼尔，我想看一看。”

机器人严肃地回应：“很抱歉，我不能让你这么做。”

贝莱觉得很惊讶，说道：“听着，机·丹尼尔。”他特别强调“机”这个字，“让我再说一遍，我命令你打开天窗。”

不管外形多么像人，对方毕竟是机器人，也就必须服从命令。可是丹尼尔并未采取行动，他说：“我必须说明，我的首要考量是避免你受到伤害。如果你处在一个巨大的空旷空间中，那么根据我接到的指令，以及我的亲身经验，我很清楚你难免会受伤。因此之故，我不能允许你暴露自己。”

贝莱觉得气血上涌，涨得他满脸通红，但与此同时，他也想到生气毫无用处。对方是机器人，而贝莱对机器人学第一法则相当熟悉。

它是这么说的——机器人不得伤害人类，或因不作为而使人类受到伤害。

在机器人的正子径路中，其他事物都得臣服于这个最高指导原则之下——在这个银河里，任何一个世界的任何一个机器人都不例外。当然，机器人需要服从命令，可是不得抵触这个至高无上的前提。服从命令只是机器人学第二法则的要求。

它是这么说的：除非违背第一法则，机器人必须服从人类的命令。

贝莱强迫自己以平静而理智的口吻说：“我想短时间我还能忍受，丹尼尔。”

“我并不这么觉得，以利亚伙伴。”

“这点让我自己判断，丹尼尔。”

“如果这是命令，以利亚伙伴，我无法服从。”

贝莱仰靠在柔软的座椅上开始动脑筋。当然，对付机器人不能用蛮力。丹尼尔的力气太大了，至少是血肉之躯的一百倍，他绝对能在完全不伤人的情况下制住贝莱。

贝莱随身带着武器。他可以拿手铳指着丹尼尔，但这么做只能使他暂时感到占上风，紧接着会带来更大的挫折感。用这种方式威胁机器人毫无用处，自保只是第三法则的要求。

它是这么说的：在不违背第一及第二法则的情况下，机器人必须保护自己。

如果只有两种选择，丹尼尔宁肯遭到摧毁，也绝不会违背第一法则。贝莱当然不想摧毁丹尼尔，绝对不想。

但他还是很想看看车外的景象，就像着了魔一样，他挥不去这个念头。他不能让这种保姆婴儿的关系继续发展下去。

曾有那么片刻，他甚至想用手铳指着自己的太阳穴——你不打开天窗，我就立刻自杀——用一个更严重更紧急的状况，压制第一法则原本的作用。

但贝莱明白自己做不到。那样太丢脸了。一想到那种画面，他心中就起反感。

他无精打采地说："可否请你问问司机，距离目的地还有几英里？"

"当然没问题，以利亚伙伴。"

丹尼尔倾身向前，按下那个按键。不料这时贝莱也凑向前去，大声喊道："司机！打开车顶的天窗！"

紧接着，一只手——一只人类的手——在那个按键上又按了一下，并坚定地摆在那里，再也不肯松开。

贝莱一面微微喘气，一面瞪着丹尼尔。

丹尼尔愣了一秒钟，仿佛他的正子径路为了适应这个新状况而暂时失去平衡。但这一秒很快便过去，他的手开始有动作了。

贝莱早已预料到了。机器人的手会把人类的手从按键上移开（轻柔地，绝不会造成伤害），然后丹尼尔会重新启动发话器，重新下达命令。

贝莱说："我警告你，如果你想扳开我的手，一定会令我受伤，甚至可能扳断我的手指。"

贝莱心知肚明，事实并非如此。但丹尼尔还是停止了动作。两种选择都会造成伤害，因此正子脑必须衡量两者的几率，再转译成一正一反两种电位。这就代表他会多犹豫一下子。

贝莱说：“来不及了。”

他终于赢了这场比赛。天窗正逐渐滑开，车子不再密闭，索拉利的太阳开始将刺眼的白光灌进车内。

刚开始的时候，贝莱吓得想闭上眼睛，但他努力对抗内心的恐惧。他望见无数蓝蓝绿绿的光点，数量多到不可思议。他感觉得到乱风吹着自己的脸庞，除此之外，他对周遭的事物感到相当模糊。一个运动中的物体迎面冲来，可能是一个机器人、一只动物，也可能是卷在风中的什么东西。他无法分辨，车子开得太快了。

蓝色、绿色、气流、噪音、运动——这些都不算什么，可是天上那颗大球，正在猛烈地、无情地、凶狠地发射出白色的光芒。

有那么一瞬间，他重新抬起头，向索拉利的太阳望去。他就这么直接看，而并非像以前那样，透过大城顶层日光浴馆的漫射玻璃。现在他正望着一颗赤裸裸的太阳。

就在这个时候，他觉得丹尼尔的双手压向自己的双肩。在这昏乱而不真实的一刻，他心里同时冒出好些念头。他必须看出去！他必须尽可能地看，而身旁的丹尼尔却必须阻止他看下去。

不过，机器人当然不敢对人类使用暴力。这个信念凌驾了一切。丹尼尔不能强行阻止自己，偏偏贝莱觉得那双机器手正在将自己压下去。

贝莱举起双臂，正要推开那两只无血无肉的手掌，突然完全失去了知觉。

第三章
死 者

贝莱重归封闭空间的怀抱了。丹尼尔的脸孔在他眼前摇晃，脸上似乎有好多斑点，而当他眨眼时，那些斑点开始由黑转红。

贝莱问："发生了什么事？"

"很遗憾，"丹尼尔说，"虽然我就在你身旁，还是让你受到了伤害。直射的阳光会损伤人类的眼睛，不过你接触阳光的时间很短，我相信并未造成永久损伤。刚才你探头出去的时候，我不得不把你拉下来，然后你就失去意识了。"

贝莱做了一个鬼脸。这番话并未说明他究竟是由于太过兴奋（或太害怕）而自己昏倒，还是被一拳打昏的。他摸了摸下巴和头部，不觉得有任何疼痛。他把这个问题憋在肚子里，就某个角度而言，他并不想知道答案。

他说："不算太糟。"

"从你的反应看来，以利亚伙伴，我断定你并不觉得这是什么愉快的经验。"

"绝无此事。"贝莱倔强地反驳。眼前那些斑点正逐渐淡去，不再刺痛眼睛了。“我只觉得可惜，车子开得太快，我看到的东西太少了。我们遇到一个机器人是吗？”

“一路上我们遇到好些机器人。我们正在穿越金堡德的属地，它本身是一大片果园。”

“我得再试一次。”贝莱说。

“只要有我在，就绝对不准。”丹尼尔说，“还有，刚才我已经完成了你交代的事。”

“我交代的事？”

“记得吧，以利亚伙伴，你在命令司机打开天窗之前，曾经命令我问问目的地还有多远。现在只剩十英里的路程，大约六分钟就能抵达。”

贝莱忽然感到一股冲动，但他压抑住了。他本想问问丹尼尔可曾因为受骗而发火，以便看看那完美的脸庞会不会不再完美。丹尼尔当然会回答没有，而且不带丝毫怨恨或愤怒。他一定会冷静严肃如常地坐在那里，表现得既沉着又镇定。

贝莱心平气和地说:“还是那句话，丹尼尔，你该知道，我必须习惯这种事。”

机器人凝视着他的人类搭档。“你指的是什么事？”

“耶和华啊！我是指——户外。这个世界到处都是户外。”

“你没有必要面对户外。”丹尼尔说。然后，仿佛这个问题就这么被打发了，他又说:“我们正在减速，以利亚伙伴，想必我们已经抵达目的地了。现在我们得等一等，一旦空气管接好，便能从车门直接走到我们的寓所，它同时也是我们这次行动的大本营。”

“没必要接空气管，丹尼尔。如果我得在户外执行任务，那就不该拖延，越早让我习惯越好。”

“你根本不必在户外执行任务，以利亚伙伴。”机器人正要说下去，贝莱却蛮横地挥了挥手，示意要他闭嘴。

此时此刻，他可不想听到丹尼尔对他作出什么保证，或是说些安慰或安抚的话，例如一切都没问题，他会受到妥善的照顾等等。

他真正需要的是一种内化的知识，让他不但能照顾好自己，还能顺利完成任务。他已经领教过户外的滋味，那种感觉的确不好受。等到必须再度面对户外时，他或许会欠缺那个胆量，因而赔上他的自尊，以及（可想而知）地球的安全。只是一片虚空罢了，竟成了难以跨越的障碍。

即使只是在脑海里想到这一幕，他已经绷起脸来。迟早，他将面对空气、太阳，以及那一片虚空！

以利亚·贝莱觉得自己像是来自那些小型的大城，例如赫尔辛基的观光客，此刻正怀着敬畏的心情，细数纽约大城共有几层。他曾经以为“寓所”就是公寓里的一个居住单位，实际上完全不是那么回事。他从一个房间走到另一个房间，仿佛永远走不完。所有的广角窗都被遮得十分严密，不让任何日光渗透进来。每当他们走进一个房间，隐藏式照明便会悄悄启动，当他们离去时，又会静静地熄灭。

“这么多房间，”贝莱难掩惊奇，“这么多，简直像个微型的大城，丹尼尔。”

“似乎没错，以利亚伙伴。”丹尼尔以平静的口吻答道。

这位地球人不禁感到奇怪。为何要让那么多太空族和他挤在一个屋檐下，真有这个必要吗？他说：“会有多少人跟我一起住在这里？”

丹尼尔说：“当然就只有我自己，以及一些机器人。”

贝莱心想，他应该说“以及其他一些机器人”。这再度证明丹尼尔显然打算彻头彻尾扮演人类，即使没有其他观众在场，他在熟悉内情的贝莱面前也不肯放松。

然后，这个想法被另一个更急迫的疑问取而代之。他大叫道：“机器人？我是问有多少人类？”

“完全没有，以利亚伙伴。”

这时他们刚走进另一个房间，里面从地板到天花板堆满胶卷书。四个角落各有一台固定式阅读镜，其中三台设有二十四英寸的大型阅读面板，另一台则配备着动画荧幕。

贝莱老大不高兴地四下望了望。“莫非他们把其他人通通赶走了，好让我在这座陵墓里孤独地游荡。”

“本来就没有别人。根据索拉利的风俗习惯，这样的寓所一律只住一个人。”

“人人如此吗？”

“绝无例外。”

“他们要那么多房间做什么？”

“索拉利人习惯每个房间只作一种用途，例如这间是图书室。此外还有音乐室、健身房、厨房、烘焙房、餐厅、机器工场，以及修理和测试机器人的各种房间，再加上两间卧室……”

“停！这些你怎么通通知道？”

“这是我在离开奥罗拉之前，”丹尼尔流畅地说，“所接受的资料型样之一。”

“耶和华啊！这么多房间，谁来照顾呢？”贝莱大幅度地挥了挥手。

“有一批管家机器人。它们奉命来照顾你，尽可能让你住得舒服。”

“可是这些我都不需要。”贝莱说。他突然有股冲动，想要就地坐下，拒绝再走半步。他不想再看其他的房间了。

“你希望的话，我们可以留在一个房间里，以利亚伙伴。打从一开始，他们就想到有这个可能性。话说回来，既然索拉利的风俗习惯如此，当初建造这栋房子的时候……”

“建造！”贝莱瞪大眼睛，“你是说这栋房子是为我建造的？这整座建筑？特别为了我？”

“这是个彻底机器人化的社会……”

“对，我明白你要说些什么。等到一切结束之后，他们要怎样处理这栋房子？”

“我相信，他们会把它拆了。”

贝莱紧紧抿起嘴来。当然！该拆了它！为了一个地球人特别盖一座宏伟的建筑，不久之后，再把他碰触过的一切通通拆掉。房子下面的泥土需要消毒！他呼吸过的空气也得净化！太空族或许个个身强体壮，可是他们也有不少愚蠢的恐惧。

丹尼尔似乎能看穿他的心思，或者至少能解读他的表情。他说：“也许在你看来，以利亚伙伴，他们毁掉这栋房子是为了避免传染。如果你真这么想，我建议你大可不必耿耿于怀。太空族对于疾病的恐惧绝非那么极端，只不过对他们而言，建造这栋房子简直轻而易举。在他们看来，再把它拆掉也并不算多大的浪费。

“而且根据法律，以利亚伙伴，它也不能成为一座永久性的建筑。这里是汉尼斯·葛鲁尔的属地，而任何属地都只能有一栋合法的寓所，就是主人自己的家。这栋房子是为了特殊目的而在特许下兴建的，它的功能就是供我们住一段特定的时间，直到我们完成任务为止。”

“汉尼斯·葛鲁尔又是谁呢？”贝莱问。

“他是索拉利安全局的局长。我们抵达后，马上就要见他。”

“是吗？耶和华啊，丹尼尔，我什么时候才能对周遭的一切有一点了解？我像是在与世隔绝的状况下执行任务，我不喜欢这种感觉。我还不如回地球去，我还不如……”

他觉得自己越说越气愤，赶紧就此打住。丹尼尔始终不为所动，只是在静待说话的机会。这时他说：“我很遗憾令你感到不高兴。我对索拉利的认识的确似乎强过你，但我对那桩谋杀案的了解和你一样有限。葛鲁尔局长会把我们需要知道的都告诉我们，索拉利政府是这么安排的。”

“好，那么我们就去见这位葛鲁尔吧。这趟路程有多远？”一想到又要赶路，贝莱不禁畏缩不前，胸口的压迫感也再度出现了。

丹尼尔说：“不必再走了，以利亚伙伴，葛鲁尔局长将在会谈间等我们。”

“还有专供会谈使用的房间？”贝莱不以为然地咕哝着。然后，他提高音量道：“他已经在等我们了？”

“我想正是如此。”

“那我们就去找他吧，丹尼尔！”

汉尼斯·葛鲁尔是个不折不扣的光头，不但头顶秃得精光，旁边也没有半根头发——名副其实的寸发不生。

贝莱咽了一下口水。为了避免失礼，他试着将目光从那颗光头移开，却发现做不到。地球人一向根据太空族自己的标准来认定太空族：他们无疑是银河之主，他们高大英俊，有着古铜色的皮肤和头发，散发着冷酷的贵族气息。

简言之，他们个个是机·丹尼尔·奥利瓦，然而个个都是真人。

前往地球的太空族通常都是这个模样，或许正是由于上述原因而被挑选出来的。

可是面前这个太空族无论怎么看都像地球人。他不但秃，而且鼻子有点歪。虽然并不严重，但对太空族而言，即使一点点不对称都会很显眼。

贝莱开口道："午安，局长。很抱歉，不知有没有让你久等。"

礼多人不怪。他还需要和这些人共事呢。他忽然有个冲动，想要大步走到房间另一头（这房间实在太大了），向对方伸出右手。这个冲动倒是不难压下去。太空族当然不会欢迎这种握手礼，想想看，一只沾满地球细菌的手？

葛鲁尔严肃地坐在那儿，尽可能离贝莱越远越好。他的双手藏在长长的袖子里，他的鼻孔或许还插着滤器，只不过贝莱看不见而已。

贝莱甚至觉得葛鲁尔对丹尼尔投以不以为然的眼光，仿佛在说：你这个奇怪的太空族，居然跟一个地球人站得那么近。

这就代表葛鲁尔根本不知道真相。然后，贝莱突然注意到丹尼尔因此站开了些，两人的距离比平常远了几步。

当然啦！如果站得太近，会令葛鲁尔觉得不可思议。丹尼尔早已打定主意要冒充人类。

葛鲁尔说："我并没有等多久。两位，欢迎来到索拉利。你们觉得一切都好吗？"他的声音愉悦而友善，但他的目光总是偷偷停在丹尼尔身上；每次移开之后，不久又会飘回来。

"相当好，局长。"贝莱说。他曾经想到，是不是让"太空族"丹尼尔代表他俩发言才符合礼数，最后把这个顾虑愤愤地抛在脑后了。耶和华啊！受邀前来办案的是他自己，丹尼尔是后来才加入的。在这种情况下，即使他的搭档是真正的太空族，贝莱也觉得不必自我矮化；机器人当然更不用说了，就算这个机器人是丹尼尔也一样。

但丹尼尔并未试图抢在贝莱前面说话，葛鲁尔也并未显得惊讶或不悦。反之，他立刻把注意力集中在贝莱身上，再也不看丹尼尔了。

葛鲁尔说："关于我们请你来侦办的这件案子，便衣刑警贝莱，目前为止你还一无所知。这到底是为什么，我想你一定相当纳闷。"他将衣袖向后一甩，双手轻轻握拳放在膝盖上。"两位怎么不坐呢？"

坐下之后，贝莱说："我们的确纳闷。"他注意到葛鲁尔并未戴着手套保护双手。

葛鲁尔继续说："便衣刑警，那是故意的。我们不希望你有任何先入为主的想法，我们希望你来到此地后，能够不带任何成见地面对这个难题。你很快会拿到一份关于这个案子的完整报告，包括目前为止我们所进行的一切调查。不过，便衣刑警，只怕从你的经验看来，会觉得我们的调查草率得近乎荒唐。在索拉利，根本没有警察部门。"

"完全没有吗？"贝莱问。

葛鲁尔微微一笑，还耸了耸肩。"没人犯罪，懂了吧。我们这个世界地广人稀，根本没有犯罪的机会，因此警察毫无用武之地。"

"我懂了。但即便如此，终究还是有人犯罪了。"

"没错，这还是两个世纪以来，头一桩的暴力犯罪。"

"真不幸，头一桩竟然就是谋杀案。"

"的确不幸。而更不幸的是，死者是一位不可或缺的重要人物。他可以说是最死不得的死者。而且，这桩谋杀案的手法还特别残暴。"

贝莱说："我猜目前还完全没有凶手的线索。"（否则，为何还得从地球进口警探呢？）

葛鲁尔显得极其不安。他转头瞥了丹尼尔一眼，后者正一动不动坐在那里，形同一个在默默观察和记录的机器。贝莱很清楚，凡是丹尼尔听过的对话，无论多长多短，事后他都随时能够原音重现。就这方面而言，他无异于一台人形的录音机器。

葛鲁尔知道这件事吗？他望向丹尼尔的目光当然带有怀疑的成分。

葛鲁尔说："不，不能说完全没有凶手的线索。事实上，有可能做到这件事的只有一个人而已。"

"你确定自己是这个意思，而不是有嫌疑的只有一个人而已？"贝莱一向不信任斩钉截铁的说法，对于光靠逻辑便咬定凶手的安乐椅神探更是敬而远之。

但是葛鲁尔摇了摇他的光头。"不，只有一个人有可能是凶手。其他人都不可能，百分之百不可能。"

"百分之百？"

"我向你保证。"

"那么这就不是什么难题。"

"正好相反，我们的确碰到了难题。那个人同样不可能犯案。"

贝莱心平气和地说："那就没有凶手了。"

"可是的确有谋杀案。瑞坎恩·德拉玛被杀了。"

线索来了，贝莱心想，耶和华啊，总算有点线索了，我听到了死者的名字。

他掏出笔记本，开始一本正经地做起笔记。这可算是一种无言的抗议，表示自己直到如今才总算捡到一点点事实，此外也是因为自己身边坐着一台录音机，他不希望把这个事实表现得太明显。

他问："死者的名字是哪几个字？"

葛鲁尔回答了。

“他的职业呢，局长？”

“胎儿学家。”

贝莱根据猜测写下这四个字，便将这个问题搁在一旁。他又问：“好，有谁能告诉我凶案现场的实际情况？要尽可能是第一手资料。”

葛鲁尔露出阴森的笑容，他又朝丹尼尔瞄了一眼，随即收回目光。“这得问他的妻子了，便衣。”

“他的妻子……？”

“是的，她叫作嘉蒂雅。”葛鲁尔说明了是哪三个字。

“有任何子女吗？”贝莱的目光并未离开笔记本。良久等不到答案，他才抬起头来。“有任何子女吗？”

没想到葛鲁尔一直撅着嘴，仿佛吃到什么很酸的东西，甚至脸色也很差。最后他终于说：“我不太可能知道。”

贝莱惊呼：“什么？”

葛鲁尔连忙补充道：“总之，我认为你最好等到明天再展开实际行动。我知道你一路上很辛苦，贝莱先生，你现在不但累了，或许肚子也饿了。”

贝莱正准备否认，突然发觉吃饭这个念头对自己有着异常的吸引力。他说：“你会跟我们一起用餐吗？”他并未指望葛鲁尔这个太空族作出肯定的答复。（但对方已经从“便衣刑警”改口为“贝莱先生”，算是很大的进展了。）

不出所料，葛鲁尔答道：“很抱歉，我另有公事，不能再奉陪了。”

贝莱随即起身。基于礼貌，他应该把葛鲁尔送到门口才对。然而，一来他实在不想接近毫无遮掩的开放空间，二来也不确定大门到底在哪里。

他不知所措地站在原地。

葛鲁尔微微一笑，点了点头。“我们改天见。如果你想联络我，你的机器人个个都知道我的号码。”

然后他就消失了。

贝莱立刻失声惊叫。

葛鲁尔和他的椅子就这么不见了。而且猛然间，他背后的墙壁和他脚下的地板也都变了样。

丹尼尔平静地说：“他的肉身本来就不在这里，那只是个三维影像。我以为你应该知道，地球上也有这种东西。”

“跟这个不一样。”贝莱咕哝道。

地球上的那些三维影像，一律局限在边缘闪闪发亮的立方力场中，而且影像本身也会微微闪烁。在地球上，你绝不会把影像当成真的。而在这儿……

怪不得葛鲁尔没有戴手套，而且也不需要鼻孔滤器。

丹尼尔说：“你现在想吃饭了吗，以利亚伙伴？”

不料这顿饭竟然是天大的折磨。有许多机器人出现在餐厅中，一个布置餐桌，另一个端来食物……

“这房子里到底有多少机器人，丹尼尔？”贝莱问。

“大约五十个，以利亚伙伴。”

“我们吃饭时，它们还会留在这儿吗？”（其中一个已经退到角落，他的金属脸孔转到贝莱这边，双眼还发出红光。）

“它们通常都会的，”丹尼尔说，“以便随时听候召唤。如果你不希望这样，只要命令它们离开就行了。”

贝莱耸了耸肩。“让这个留下来吧！”

若是在正常情况下，贝莱或许会觉得这些食物很可口。现在他却只是机械式地把食物送进嘴里。不知不觉间，他注意到丹尼尔也在吃，而且动作不疾不徐。当然，稍后他会把现在吃进氟碳胃囊的食物清理出来。但此时此刻，丹尼尔装得有模有样。

“外面天黑了吗？”贝莱问。

“是的。”丹尼尔答道。

贝莱躺在床上，闷闷不乐地睁着眼睛。床铺太大了，整个卧室都太大了。没有毛毯能让他钻进去，只有薄薄的被单，不能提供完善的遮蔽。

每件事都不简单！刚才，他在卧室隔壁的淋浴间心惊胆跳地冲了一个澡。就某方面而言，这是极度奢华的享受，可是另一方面，这种建筑规划似乎并不符合卫生标准。

他突然问：“灯要怎么关掉？”床头板射出了柔和的光线，或许是为睡前阅读提供照明之用，但贝莱可没有那个心情。

“一旦你躺在床上准备入睡，它就会被关上。”

“有机器人在监看，对不对？”

“那是它们的工作。”

“耶和华啊！这些索拉利人自己什么都不做吗？”贝莱喃喃道，“现在我有点纳闷，刚才冲澡的时候，怎么没有机器人来替我刷背？”

丹尼尔丝毫不像开玩笑地说：“你只要提出要求，它们一定做到。至于索拉利人，他们爱做什么就做什么。机器人只会奉命行事，你不叫它们做，它们就不会做，当然，牵涉到人类的安全福祉则另当别论。”

“好吧，晚安，丹尼尔。”

“我会在另一间卧室，以利亚伙伴。半夜无论任何时候，你若需要任何东西……”

“我知道，会有机器人来。”

“床头柜上有个触控片，你只要碰一下，我也会马上到。”

贝莱无法入睡。他脑海中一直浮现着这栋房子的外貌，它颤颤巍巍地贴在这个世界的表面，周遭盘旋着一只名叫虚空的怪兽。

回想在地球上，他家的公寓——那栋温暖、舒适、拥挤的公寓——安安稳稳地建在许多公寓之下。在他自己和地球表面之间，还有几十层空间和成千上万的人类。

他试着说服自己，即使在地球上，还是有人住在最顶层。那些人和户外仅有一线之隔。绝对是这样！但正因为如此，那些公寓的租金才那么低廉。

然后他想到了洁西，此时她至少在一千光年之外。

他万分渴望能立刻跳起来，穿好衣服，一路向她走去。他的意识逐渐蒙眬了。如果有一条隧道该多好，一条完善安全的隧道，挖穿无数既安全又坚固的岩石和金属，从索拉利一路延伸到地球。他会一直走啊走啊走啊……

他会徒步走回地球，回到洁西身边，回到舒适和安全的……

安全！

贝莱睁开眼睛，感到手臂有点僵硬，而在不知不觉间，他已经用手肘撑起上半身。

安全！今天那个官员，汉尼斯·葛鲁尔，正是安全局的局长，至少丹尼尔是这么说的。这个“安全”是什么意思呢？如果这两个字的意思和地球上的用法一样，这个葛鲁尔的职责就是保护索拉利不受内乱外患的侵扰。

一宗谋杀案为何会引起他的兴趣？难道是因为索拉利没有任何警力，于是安全局成了最懂得处理谋杀案的机关？

葛鲁尔似乎对贝莱毫无戒心，可是，他却一而再、再而三偷偷打量丹尼尔。

莫非葛鲁尔怀疑丹尼尔的动机不单纯？贝莱自己曾奉命张大眼睛，丹尼尔很有可能也接到了类似的指令。

葛鲁尔自然会怀疑这类间谍行动的可能性。他的职责就是要处处疑神疑鬼。但他并不需要多么担心贝莱，贝莱只是地球人，而地球是全银河最不必担心的一个世界。

然而丹尼尔来自奥罗拉，它不但是外围世界中最古老，也是最大最强的一员。那可就另当别论了。

贝莱现在想起来，葛鲁尔未曾对丹尼尔说过一句话。

还是那个老问题，丹尼尔为何那么积极地伪装成人类？贝莱先前对自己提出的解释——丹尼尔的设计者在玩一场虚荣游戏——只怕太简单了。现在看来，丹尼尔的伪装有着更严肃的原因。

人类能享有外交豁免权，以及若干礼遇和款待，机器人则否。问题是，奥罗拉何不干脆派个真人来呢？为什么要不顾一切作假呢？贝莱心中立刻冒出了答案：一个真正的奥罗拉人，一个真正的太空族，不会愿意和一名地球人合作得太久，或是太密切。

但如果这些都是事实，索拉利又为何把一桩谋杀案看得那么重要，不得不容忍一个地球人和一个奥罗拉人来到他们的世界？

贝莱觉得陷入重重困境。

他的任务将他困在索拉利上。地球的危难又进一步困住他，令他陷在一个自己几乎无法忍受的环境中，以及一个他义不容辞的责任里。不过更糟的是，他还困在一场自己完全不了解的太空族冲突中。

第四章
女 子

他终于睡着了。他并不记得是什么时候真正进入梦乡的。唯一的印象就是自己的思绪曾经飘忽了一阵子，然后，床头板就亮了起来，天花板则发出白昼般的冷光。他看了看手表。

原来已经过了好几小时。管理这栋房子的机器人认定他该起床了，因而采取了行动。

他想，不知丹尼尔是否也醒了，随即领悟到这是不合逻辑的想法。丹尼尔并不能睡觉，于是贝莱又想，不知丹尼尔的伪装是否包括假装入睡在内。他是否换上了一身睡衣？

无巧不巧，丹尼尔这时刚好走进来。“早安，以利亚伙伴。”

这机器人穿戴得整整齐齐，而且一脸安详平静。他问：“你睡得好吗？”

“还好，”贝莱淡淡地说，“你呢？”

他下了床，拖着沉重的步伐走进浴室，正准备进行清晨的例行盥洗，忽然叫道：“如果有机器人要来帮我刮脸，你把它赶走。它们令我紧张，即使不在我眼前，它们还是会令我紧张。”

他一面刮脸，一面审视自己的脸庞——和在地球上照镜子没什么差别，不禁令他有点诧异。如果镜中人并非自己的光影幻象，而是能跟他讨论案情的另一个地球人该多好。如果能将已经查到的事仔细说一遍，虽然没多少……

“太少了！继续查。”他对着镜子喃喃道。

他走出浴室，擦了一把脸，然后在新内裤外面套上长裤。（机器人把一切都准备好了，真他妈的。）

他说：“请你回答我几个问题好吗，丹尼尔？”

“你该知道，以利亚伙伴，我一定尽我所知回答任何问题。”

或是根据你的指令来回答，贝莱这么想。“为什么索拉利只有两万人？”他开始发问。

“这只不过是个事实，”丹尼尔说，“是个数据罢了。换句话说，只是一个统计结果而已。”

“没错，但你是在回避问题。这颗行星至少能容纳几百万人，所以说，为何只有两万呢？你曾说索拉利人认为两万是最佳的数目，这又是为什么？”

“这是他们的生活方式。”

“你的意思是，他们在进行生育控制？”

“对。”

“故意让这颗行星空空荡荡？”贝莱并不确定自己为何紧咬着这个问题不放，不过，索拉利的人口数是他获悉的少数事实之一，除此之外，他实在问不出什么了。

丹尼尔说：“这颗行星并非空空荡荡。它划分成许多属地，每块属地由一位索拉利人监管。”

“你是说索拉利人个个住在自己的属地上，两万块属地，上面各有一个索拉利人？”

“并没有那么多，以利亚伙伴，夫妻共享一块属地。”

“没有任何大城？”贝莱觉得一股寒意。

“完全没有，以利亚伙伴。他们过着百分之百的独居生活，除非有极不寻常的情况，彼此甚至从不碰面。”

“一群隐士？”

“可以说是，也可以说不是。”

“这又是什么意思？”

“葛鲁尔局长昨天是以三维影像和你见面。索拉利人彼此之间随时可以这么做，这也是他们唯一的见面方式。”

贝莱凝视着丹尼尔，问道：“我们也受这个规范？我们也得这样行事吗？”

“这个世界的风俗习惯就是如此。”

“那么我要如何调查这件案子？如果我想见某个人……”

“在这栋房子里，以利亚伙伴，你能和这颗行星上任何一个人取得三维显像联系。不会有任何问题。事实上，这还能让你不必硬着头皮离开这栋房子。所以昨天刚到的时候，我才会说你根本不必试着适应户外。这样很好，其他的办法你都会吃不消。”

“吃不吃得消，我自己说了算。”贝莱说，“我今天的第一件工作，丹尼尔，是要联络那位名叫嘉蒂雅的女子，也就是死者的妻子。如果这个三维的玩意儿不尽理想，我就要亲自登门造访。这件事完全由我决定。”

“我们不妨看看怎么做最好也最可行，以利亚伙伴。”丹尼尔不置可否地说，“我这就去安排早餐。”说完他便转身离去。

贝莱望着机器人宽阔的背部，觉得又好气又好笑。丹尼尔·奥利瓦在反串主人的角色。如果他的任务是阻挠贝莱获悉案情之外的任何事物，贝莱手中仍有一张王牌可打。

毕竟，对方其实只是机·丹尼尔·奥利瓦。贝莱唯一需要做的，就是告诉葛鲁尔（或任何索拉利人）丹尼尔并非人类，而是一个机器人。

但另一方面，丹尼尔的假身份也可能有极大的用处。这张王牌不必急着打，有时王牌握在手中会更有用。

静观其变吧，想到这里，他便跟着丹尼尔去餐厅了。

贝莱问道："我们要如何建立三维联系呢？"

"不必我们亲自动手，以利亚伙伴。"丹尼尔伸出手，按向一个召唤机器人的触控片。

立刻进来一个机器人。

贝莱想不通它们是从哪里来的。当他在这个渺无人烟的迷宫胡乱游荡之际，眼前从未出现任何机器人。是否每当人类靠近，它们便会仓皇而逃？是否它们一直互通讯息，以便清出一条路给人类？

但无论你何时发出召唤，总有机器人在第一时间出现。

贝莱审视着这个机器人。它拥有光滑却并不闪亮的外壳，全身涂着一层暗灰色涂料，只有右肩那个类似棋盘方格的肩章有点色彩。那些方格黄白相间（实际上是有着金属光芒的金色和银色），但似乎没有任何规律。

丹尼尔说："带我们去会谈间。"

机器人一鞠躬，马上向后转，一句话也没说。

贝莱唤道："等等，小子，你叫什么名字？"

机器人转向贝莱，口齿清晰且毫不犹豫地答道："主人，我没有名字，我的序号是——"它将一根金属手指按在肩章上，"ACX2745。"

丹尼尔和贝莱跟着它走进一个大房间。贝莱认出这里正是葛鲁尔昨天现身的地方。

已经有个机器人等在里面了，身为机器的一员，它有着无比的耐心，丝毫没有不耐烦的样子。先前那个机器人随即鞠躬告退。

贝莱趁着这个机会，把两个机器人的肩章比较了一下。两者的金银相间图样并不一样。这种“棋盘”长宽各有六个方格，可能的组合共有二的三十六次方，也就是七百多亿种。怎么用也用不完。

贝莱说：“显然，每件事由一个机器人负责。一个领我们到这儿，另一个开启显像仪。”

丹尼尔说：“索拉利的机器人分工分得很细，以利亚伙伴。”

“既然数量那么多，并不难理解。”贝莱望向这个后来出现的机器人，除了肩章（以及铂铱合金大脑中的无形正子型样）之外，它简直就是先前那个的复制品。“你的序号呢？”他问。

“回主人，ACC1129。”

“我还是叫你小子吧。听着，我要联络嘉蒂雅·德拉玛夫人，也就是已故的瑞坎恩·德拉玛的妻子——丹尼尔，有没有什么地址之类的东西，能标示出她的所在地？”

丹尼尔轻声道：“我想并不需要进一步的资料。让我问问这个机器人……”

“我来问吧，”贝莱说，“好啦，小子，你知不知道怎么联络那位女士？”

“知道，主人。我脑中拥有每一位主人的联络码。”这句话听不出一丝骄傲的口气。它只是在陈述一件事实，就好像在说：我是金属之躯，主人。

丹尼尔插嘴道：“这没什么好惊讶的，以利亚伙伴。总共不到一万个联络码，这么一点点资料，很容易灌入记忆电路中。”

贝莱点了点头。“有没有可能不只一个嘉蒂雅·德拉玛？如果有，就可能搞错。”

“主人？”反问一句之后，机器人陷入全然的沉默。

“我想，”丹尼尔说，“这个机器人并不了解你的问题。我相信在索拉利上，并不存在同名同姓的情况。每个人的名字都是一出生就登记了，如果正巧有人在用这个名字，就不会获准重复使用。”

“很好。”贝莱说，“我们时时刻刻都会学到新东西。现在听好，小子，不管需要使用什么仪器或装置，反正你负责把我教会，再把你说的那个什么联络码告诉我，然后站到一边去。”

机器人在回答之前顿了好一阵子，最后才说：“你是不是想自己进行联络，主人？”

“是的。”

丹尼尔轻轻碰了碰贝莱的衣袖。“且慢，以利亚伙伴。”

“又怎么了？”

“如果由这个机器人联络，我相信会简单得多。这是它的专长。”

贝莱绷着脸说：“我确定它能做得比我好。由我自己动手，可能弄得一团糟。”他直勾勾地瞪着面无表情的丹尼尔，“话说回来，我还是宁可自己联络。这里到底是不是由我发号施令？”

丹尼尔说：“当然由你发号施令，以利亚伙伴，只要不违背第一法则，我们都会服从你的命令。然而你若允许，我想提供一些关于索拉利机器人的客观资料。在索拉利，机器人的分工程度远超过其他世界。虽然实际上，索拉利机器人个个多才多艺，可是在心理上，它们只认定一件特殊的工作。想要它们发挥专长外的功能，就得藉由三大法则直接提供一个高电位。同理，想要它们不做自己专长的工作，同样需要直接诉诸三大法则。”

“这么说的话，我的直接命令应该能启动第二法则了，对不对？”

“没错。可是对机器人而言，这样的电位是‘不愉快的’。这种情形一般来说并不会发生，因为索拉利人几乎不会干涉机器人的日常工作。一来，他们没兴趣干机器人的活；二来，他们不觉得有这个必要。”

“你是要试着告诉我，丹尼尔，如果我抢着做它的工作，会伤害到这个机器人？”

“你也知道，以利亚伙伴，在机器人的诸多反应中，并不包括人类所谓的痛苦。”

贝莱耸了耸肩。“所以呢？”

“即便如此，”丹尼尔继续说，“据我所知，这种不愉快的经验，和人类所体验的痛苦不相上下。”

“可是，”贝莱说，“我并非索拉利人，而是地球人。凡是我想做的事，我不喜欢由机器人代劳。”

“还有一点，”丹尼尔说，“如果一个机器人被我们弄得痛苦不堪，我们的主人可能会觉得这是失礼的行为。在一个像这样的社会，对于人类该如何对待机器人，想必或多或少有些根深蒂固的信念。得罪我们的主人，对我们的工作绝无帮助。”

“好吧，”贝莱说，“就让这个机器人干它的活吧。”

他退到了一旁。这个小插曲并不算浪费时间，它让贝莱体会到了机器人化的社会有多么冷酷。机器人一旦加入人类，就不容易把它们请走了。人类即使只是想要暂时摆脱它们，也会发现根本做不到。

贝莱半闭着眼睛，望着机器人朝那面墙走去。刚才这件事背后的意义，让地球的社会学家去慢慢研究吧。至于贝莱，他开始有些自己的想法了。

那面墙滑开了一半，露出好大一片控制面板，用来控制大城一个区的电力站也绰绰有余了。

贝莱万分想念他的烟斗。出发之前，他已被告知索拉利是个禁烟的世界，抽烟乃是大逆不道的行为，所以他的抽烟工具必须留在地球上。想到这里，他叹了一口气。如果现在能将烟斗紧紧咬在嘴里，或是握在手中感受它的微温，不知会带来多大的安慰。

那机器人动作迅速地调整了好些变阻器，并以快速和精准的动作将力场逐渐升高。

丹尼尔说："想要进行显像联系，首先必须发讯号给对方。当然，接收讯号的也是机器人。如果对方有空，愿意接收显像，就能启动完整的影音联系了。"

"真的需要那么多控制装置吗？"贝莱问，"机器人几乎没有摸到控制面板。"

"这方面的资料我掌握得并不完整，以利亚伙伴。然而，我知道在某些情况下，有必要安排多方显像或行动式显像。尤其是后者，特别需要不断进行繁复的调整。"

机器人说："主人，联系已经获准。一旦你准备好，就可以显像了。"

"准备好了。"贝莱大吼道。这几个字仿佛一道指令，房间的另一半随即亮了起来。

丹尼尔马上说："我忘了让机器人交代对方，凡是接触户外的门窗都得遮起来。这是我的疏忽，我们得赶快……"

"没关系，"贝莱咬着牙说，"我能应付。你退下吧。"

出现在他眼前的是一间浴室，或者应该说，那是他根据房间的样子所作的猜测。其中一角看起来是一座完善的化妆台，于是他脑海中浮现一个画面，有一个（或好几个？）机器人正以准确迅速的动作，替一位女士梳头发并打理门面，好让她以最美丽的形象出现在外人面前。

此外还有一些装置和陈设，但他根本懒得猜了。除非在此地生活过一段时间，否则无从知晓它们的用途。墙壁上镶嵌着一组繁复的图样，乍看之下几乎令人相信那是一幅写实画，多看两眼才能确定其实只是抽象的图案。由于它太过吸引目光，造成一种让人心神宁静甚至近乎催眠的效果。

另一个角落可能是个很大的淋浴间，它并没有任何实质障蔽，而是利用光学魔术筑起一道不透明的围墙。放眼望去，看不到一个人。

贝莱将视线移到地板上。哪里是会谈间的终点和那个浴室的起点呢？这倒不难分辨。有一条直线划分出两种不同的光线，一定就是那里。

他朝那条直线走去，犹豫一下之后，将右手伸到了对面。

什么感觉也没有，就像将手伸进地球的原始三维影像之中。不过，在地球上这么做的时候，他至少还能看到自己的手；或许有点模糊，而且和影像重叠，但终究看得见。而现在，那只手完全消失无踪。在他眼中看来，自己的手无异于被齐腕切掉了。

假使他整个人跨过那条线，又会如何呢？或许他的视觉将无法运作，令他陷入一个完全黑暗的环境中。这种彻头彻尾的封闭是一种愉快的联想。

突然响起一个声音。他抬起头来，有点狼狈地赶紧退了几步。

嘉蒂雅·德拉玛出现了，至少可以说贝莱假设那就是她。淋浴间的那道光墙矮了一截，露出她的头来。

她对贝莱微微一笑。“我在跟你打招呼。抱歉让你久等，我很快就会干了。”

她有一张瓜子脸，颧骨处虽然有点宽（微笑时颧骨更明显），但逐渐往下收拢，最后在丰唇之下是个尖尖的下巴。根据她的头部位置，贝莱判断她的个子并不高，大概五尺二吧。（这并非标准身高，至少贝莱认为并不标准。太空族女子应该更高、更有威严才对。）她的头发也并非太空族特有的古铜色，而是偏黄的淡棕色。这时，那一头长发正在四散纷飞，贝莱不难想象那是被一股热风吹的。整体而言，这个画面相当赏心悦目。

贝莱有点不知所措地说：“或许你想暂时切断联系，先把你……”

“喔，不必。我快好了，我们现在就可以开始谈。汉尼斯·葛鲁尔说你会透过显像找我。我知道，你是从地球来的。”她双眼紧盯着他，像是要彻底打量他一番。

贝莱点了点头，坐了下来。“我的搭档来自奥罗拉。”

她微微笑了笑，目光随即又锁定贝莱，仿佛只有他才是难得一见的稀世奇珍。贝莱心想，当然这也没错。

她将双手高举，不停用手指梳理着头发，似乎是要加快吹干的速度。她的双臂纤细而雅致，非常吸引人，贝莱心中这么想。

但他随即不安地想到：洁西会不高兴的。

丹尼尔的声音在耳畔响起：“德拉玛夫人，可否请你把我们看到的那扇窗户极化或遮起来？日光会让我的搭档心神不宁。你或许也听说过，在地球上……”

那年轻女子（贝莱猜她大概二十五岁，随即酸溜溜地想到，光凭外表根本无法判断太空族的年龄）双手捧住脸颊，说道：“啊，糟糕。我的确听说过。怎么我会这么笨呢。请原谅，我立刻改善。我马上找个机器人来……”

她踏出淋浴间，一面伸手按向触控片，一面抱怨道：“我一直想在这个房间多装几个触控片。一栋好房子，应该无论你站在哪里，触控片都伸手可及——我现在却得走上五英尺，这简直——咦，怎么回事？”

她满脸惊讶地望着贝莱，这时他已经跳起来，匆忙地别过头去，不但撞倒了椅子，而且满脸涨得通红。

丹尼尔心平气和地说：“德拉玛夫人，在你召唤机器人之后，最好立刻回淋浴间，如果你不想那么做，请在身上披两件衣服吧。”

嘉蒂雅愣了一下，这才望着自己一丝不挂的身体说：“喔，当然好。”

第五章
案 情

“你该知道，这只是显像啊。”嘉蒂雅的声音中带着歉意。现在她裹着一件浴袍似的衣物，手臂和肩膀仍旧露在外面，一只腿也只遮了一小部分，但贝莱却视若无睹——他早已完全恢复镇定，觉得刚才的反应实在太蠢了。

他说：“我只是吃了一惊，德拉玛夫人……”

“喔，拜托，你可以叫我嘉蒂雅，除非——除非这有违你们的习俗。”

“好吧，嘉蒂雅。你别担心，我只是想要告诉你，我绝对没有起任何反感，你了解吧。我只是吃惊而已。”自己的愚蠢反应已经够糟了，他想，可别再让这个可怜女子以为自己讨厌她。他当然不会起反感，其实……其实……

唉，他不知道该怎么说，但他相当确定自己绝对无法把这件事告诉洁西。

“我知道我冒犯了你，”嘉蒂雅说，“但我并非故意的，我只是没想到而已。我当然了解人人都应该顾虑到其他世界的习俗，可是有些习俗实在太古怪了。不，不是古怪，”她赶紧更正，“我不是指古怪，而是指陌生，你知道吧，所以很容易忽略，就好像我忘记要调暗窗户一样。”

“真的没关系。”贝莱喃喃道。这时她已来到另一个房间，那里每扇窗户都拉上了窗帘，其中的光线有点人工化，带有舒适且和自然光略微不同的质理。

“可是另一方面，”她一本正经地说，“要知道，这只是显像罢了。毕竟，刚才我在淋浴间的时候，同样没穿任何衣服，但你并不介意和我说话。”

“这个嘛，”贝莱希望她能尽快结束这个话题，“听见你的声音没什么，看见你却另当别论。”

“你刚好说到了重点。你根本就没有看见我。”她有点脸红，低下了头去，“你可千万别以为我真会那么做，我的意思是，如果有人在看我，我还会这样走出淋浴间。这只是显像罢了。”

“难道不是一回事吗？”贝莱说。

“绝对不是一回事。你现在只是看到我的显像，你不能碰到我，也不能闻到我，对不对？如果你真正看到我，就能做到这些事了。此时此刻，我离你至少有两百英里远。所以怎么会是一回事呢？”

贝莱渐渐感到有趣了。“但我能用眼睛看到你。”

“不，你不能看到我，你只能看到我的显像。”

“有什么差别吗？”

“简直就是天差地远。”

“我懂了。”他这么说并不算敷衍。两者的微妙区别虽然有些费解，但其中的确自有道理。

她把头稍微偏向一侧。“你真的懂了吗？”

“真的。”

“这是否意味着你并不介意我现在脱掉浴袍？”她微微一笑。

他心想：她在挑逗我，我应该好好跟她较量较量。然而，他只是大声说：“不，那会令我分心。我们改天再试试吧。”

“那么，你介不介意我继续裹着浴袍，不换上正式服装？我是说真的。”

“我不介意。”

“我能不能直接叫你的名字？”

“只要你觉得有此必要。”

“你叫什么名字？”

“以利亚。”

“很好。”她舒舒服服地坐进椅子里，那张椅子看起来硬邦邦的，几乎像是陶瓷做的，但她一坐上去，椅面就逐渐下陷，最后将她整个包住。

贝莱说：“现在谈正事吧。”

她答道：“好，谈正事。”

贝莱突然觉得困难无比，甚至不知该如何开口。若是在地球上，他会询问姓名、阶级、住所，以及几百万个例行问题。开头的一些问题，他甚至早已知道答案，但这是进入正式问答的跳板——一来让对方熟悉他这个人，二来帮助他决定侦讯的策略，避免仅仅根据直觉来发问。

可是现在呢？他如何能确定任何一件事？光是“看”这个动词，他和这名女子就有不同的解读。还有多少词汇有着不同的意义？在他毫不知情的情况下，每天会发生多少次类似的误解？

他终于开始发问：“你结婚多久了，嘉蒂雅？”

“十年了，以利亚。”

“你今年几岁？”

“三十三。”

贝莱隐约有点窃喜。她很可能已经一百三十三岁了。

他又问：“你的婚姻幸福吗？”

嘉蒂雅露出不安的表情。“你这是什么意思？”

“嗯——”贝莱一时词穷了。一桩幸福的婚姻要如何定义呢？或者应该说，索拉利人认为怎样的婚姻才算幸福呢？最后他说：“嗯，你们彼此经常见面？”

“什么？好在答案是否定的。要知道，我们又不是动物。”

贝莱心头一凛。“你们的确住在同一座宅邸吧？我以为……”

“我们结了婚，当然住在一起。但我们各有各的住处。他的事业非常重要，占用了他很多时间，而我也有自己的工作。有需要的时候，我们就以显像联络。”

“他常见到你，对不对？”

“这是不该谈论的问题，但的确如此。”

“你们有子女吗？”

嘉蒂雅猛然跳了起来，显得万分激动。“这太过分了，这是最下流的……”

“慢着，慢着！”贝莱用力捶了一下座椅扶手，“别这样为难我。我是在调查一桩谋杀案，你了解吗？谋杀案，而死者正是你的丈夫。你到底想不想见到凶手落网，接受法律的制裁？”

“那就问有关谋杀案的问题，别问……别问……”

“我得问各式各样的问题。比方说，我想知道你是否对他的死感到难过。”他刻意恶毒地加上一句：“你看起来并不难过。”

她以傲慢的目光瞪着他。“不管谁死了，我都会难过，更何况他是个年轻有为的人。”

“既然他是你的丈夫，你的难过难道不会更多一点吗？”

“他是被指派给我的。好吧，我们的确按时见面，不过……不过……”接下来她说得很快，“不过，如果你一定要知道，那么我们并没有子女，因为我们尚未领到配额。我不懂，这些事和我现在难不难过有什么关系？”

也许完全没有关系，贝莱心想。这取决于社会习俗，而他对这方面并不熟悉。

于是他改变话题：“据我所知，你对这桩谋杀案有第一手的资料。”

她似乎突然绷紧了神经。“是我……是我发现的尸体。我这么说对不对？”

“所以说，你并未真正目击凶案的过程？”

“喔，没有。”她压低了声音。

“好吧，请把当天的经过告诉我。你可以慢慢说，尽量用你自己的词汇。”他靠向椅背，准备洗耳恭听。

她说：“那是五时三二……”

“银河标准时间是什么时候？”贝莱立刻追问。

“我不确定。我真的不知道。但我想你可以查到。”

她的声音似乎有些颤抖，眼睛则张得很大。他注意到她的眼珠太偏灰色，并不能称为蓝眼珠。

她继续说：“那天他来我的住处。那是我们的见面日，我知道他会来。”

“他总是在见面日来找你吗？”

“对啊。他是非常认真负责的人，是个优秀的索拉利公民。他从未错过任何见面日，而且总是准时抵达。当然，他不会待太久。我们还没有领到子……”

她没把话说完，但贝莱还是点了点头。

“总之，”她说，“你要知道，他总是准时抵达，所以整个过程都很安闲自在。我们会聊上几分钟；见面是一件苦差事，但他和我说话时总是相当正常。他就是那样的人。然后他便会去做他的实验，至于细节我就不大清楚了。他在我的住处设了一间实验室，以便在见面日使用。当然，在他的住处还有一间大得多的实验室。”

贝莱很想知道他在做些什么实验。或许和所谓的胎儿学有关吧。

他又问：“那天他可有任何不自然的表现？例如忧心忡忡？”

“不，不，他一向无忧无虑。”她差点笑出声来，但在最后一刻忍住了。“他总是能百分之百控制情绪，就像你那位朋友一样。”她用纤细的小手指了指丹尼尔，后者完全不为所动。

“我懂了。好，请继续。”

嘉蒂雅并未说下去，而是悄声问道：“你介不介意我喝点东西？”

“请便。”

嘉蒂雅的右手在椅子扶手上滑了一下，不出一分钟，便有个机器人悄悄走进来，将一杯热腾腾的饮料（冒出的热气清晰可见）递给她。她慢慢呷了几口，然后放下杯子。

她说：“这样好多了。我能否问你一个私人问题？”

贝莱说：“你尽管问。”

“嗯，我读过不少关于地球的记述。我一直很有兴趣，你知道吧。一个那么古怪的世界。”她倒抽一口气，赶紧补了一句：“我并不是那个意思。”

贝莱微微皱起眉头。“凡是你没住过的世界，对你而言都是古怪的。”

“我其实是想说很不一样，你知道吧。总之，我想问你一个无礼的问题，但我希望至少在地球人听来不算无礼。当然，我不会拿这个问题问索拉利人，绝对不会。”

“什么问题，嘉蒂雅？”

“关于你和你的这位朋友——奥利瓦先生，对不对？”

“对。”

“你们不是彼此显像吧？”

“你是什么意思？”

“我的意思是你们彼此看得到。你们两人都在那里。”

贝莱说：“对，我们实际上共处一室。”

“你能碰触他——如果你真想这么做的话。”

“没错。”

她轮流扫视他们两人，然后说：“喔。”

这声“喔”有可能是任何意思。恶心？反感？

贝莱起了一个促狭的念头，如果他现在站起来走向丹尼尔，然后伸出手，不偏不倚地放到丹尼尔脸上，那么她的反应一定很有意思。

但他只是说：“刚才，你正准备说明当天你丈夫来见你的情形。”他万分确定，她之所以把话岔开——不论她对另外那个问题多么感兴趣——主要还是因为她想避开这个问题。

她又花了点时间喝饮料，这才答道：“没有多少好说的。我看得出他很忙，这点我相当肯定，因为他总是在做有建设性的事，所以我也回到我的工作岗位去了。然后，大约过了十五分钟，我听到一声叫喊。”

她说到这里就打住了，贝莱只好主动提问：“什么样的叫喊？”

她答道：“是瑞坎恩，是我丈夫的叫喊。只是叫喊，没说任何话。那是一种恐惧，不！应该说是惊讶、是震惊。在此之前，我从未听过他的叫喊。”

她举起双手捂住耳朵，仿佛想要阻挡记忆中的那个声音，与此同时，她身上的浴袍缓缓滑到腰际。她并没有注意到，贝莱则紧盯着自己的笔记本。

他问:“你的反应是？”

“我马上跑，跑去找他。我不知道他在哪里……”

“我以为你刚才说过，他去了那间设在你那儿的实验室。”

“没错，以——以利亚，但我不知道它在哪里。反正我不确定，我从来没去过，那是他的实验室。我对它的位置有个大致的概念，知道它在西侧，但我心乱如麻，甚至没想到要召唤机器人。任何一个机器人都能轻易把我领到那里去，但如果没召唤，它们当然都不会来。等到我好不容易找到那里，他已经死了。”

她突然打住，低下头哭了起来，这个举动令贝莱感到极不自在。她并未试图遮住脸庞，只是闭着双眼，让泪水顺着脸颊慢慢向下流。她几乎没发出任何声音，肩头也只是微微颤抖。

然后，她张开了眼睛，泪眼汪汪地望着他。“我以前从来没有见过死人。他浑身是血，而他的头……简直……全部……我勉强找来一个机器人，它又叫来其他同伴。接下来，我想是它们在照顾我，并处理了瑞坎恩。我不记得了，我不……”

贝莱问:“你说它们处理了瑞坎恩，这话什么意思？”

“它们把他带走，把一切都清理干净了。”她的声音中带着一丝气愤，证明她是一位注重整洁的女主人。“房间给弄得一团糟。”

“尸体是怎么处理的？”

她摇了摇头。“我不知道。我想是烧了吧，跟其他的尸体一样。”

“你没有报警吗？”

她显得一脸茫然，贝莱恍然大悟：这里没有警察！

他说："我想，你还是跟某人说了。这件事才会传开来。"

她答道："机器人找来一名医生。我也必须通知瑞坎恩的工作场所，让那里的机器人知道他再也不会回去了。"

"我想，医生是替你找的吧。"

她点了点头。直到这个时候，她似乎才注意到浴袍正垂挂在自己的臀部。她将浴袍拉到适当位置，可怜兮兮咕哝着："真抱歉，真抱歉。"

她无助地坐在那里，浑身发抖、脸孔扭曲地回忆着那段可怕的往事，令贝莱觉得很不自在。

她从来没有见过死人，也从未见过四溅的鲜血和破碎的头颅。虽说索拉利上的夫妻关系相当薄弱，她还是见到了一具死状甚惨的尸体。

接下来，贝莱简直不知道该说些什么或做些什么。他起了想道歉的冲动，但身为一名警员，他这么做只是尽忠职守罢了。

可是这个世界并没有警务人员。她能否了解他只是在尽忠职守？

他慢慢地，尽可能温柔地说："嘉蒂雅，当时你有没有听到任何声音？任何除了那声叫喊以外的声音？"

她抬起头来，虽然一脸悲苦，那张俏脸美丽依旧，或许还因而更具吸引力。她答道："没有。"

"没有脚步声？没有其他声音？"

她又摇了摇头。"我什么也没听到。"

"当你发现你丈夫的时候，你确定他是单独一人？现场只有你们两位吗？"

"是的。"

"没有任何外人来过的迹象？"

“我完全看不出来。总之，我无法想象外人怎么到得了那里。”

“你为何这么说？”

一时之间她显得很惊讶，不久却又沮丧地说：“你是地球来的，我一直忘记这件事。好吧，因为不可能有外人到得了那里。除了我之外，我丈夫从来不见任何人；他自幼如此，绝无例外。他当然不是那种喜欢见人的人，我的瑞坎恩不是那种人。他一向非常严谨，非常遵从习俗。”

“或许并非出于他的自愿。万一有个不速之客前来见他，而他事先完全不知情？不论他多么遵从习俗，也不可能避开那个不速之客。”

她说：“或许吧，但他一定会立刻召唤机器人，叫它们把那人赶走。他一定会那么做！何况如果没有受邀，谁也不会试图见我丈夫。我无法想象会有那种事。而瑞坎恩是绝对不会邀请任何人来见他的。这种事光是想想都很荒谬。”

贝莱柔声道：“你丈夫是头部受到重击而死亡的，对不对？这点你应该承认吧。”

“我想是吧。他……整个……”

“现在我并不是在询问细节。请你想想，那个房间有没有任何机械装置，可以让人透过遥控砸烂他的头颅。”

“当然没有。至少，我并没有看见。”

“如果真有那样的东西，我想你当时应该看得见。由此可知，曾有一只手抓着一件能够砸烂头颅的东西，而且曾经用力挥舞。换句话说，一定曾经有人距离你丈夫不到四英尺，所以那人的确见到他了。”

“不可能的。”她义正词严地说，“凡是索拉利人，都不会见任何人。”

“一个会犯下谋杀案的索拉利人，不会介意稍微见见人，对不对？”

（在他自己听来，这句话并没有多大的说服力。他知道地球上有一桩案例，某个丧尽天良的凶手最后之所以被捕，只是因为他无法违反在公共浴室必须绝对禁声的习俗。）

嘉蒂雅摇了摇头。“你对见面这件事并不了解。地球人随时随地想见谁就见谁，所以你并不了解……”

她似乎再也压不住自己的好奇心，她的眼睛也为之一亮。“对你而言，见面似乎是再正常不过的一件事，对吗？”

“我总是视之为理所当然。”贝莱说。

“不会给你带来困扰？”

“怎么可能呢？”

“嗯，胶卷书没提，而我一直很想知道——我问个问题无妨吧？”

“问吧。”贝莱硬邦邦地说。

“你拥有一个指派给你的妻子吗？”

“我已婚，至于所谓的指派我就不懂了。”

“据我所知，只要你想见你的妻子，随时能够见到她，而她也随时能见到你，你们从不觉得这有什么了不起。”

贝莱点了点头。

“嗯，当你见到她，我是说当你想要的时候——”她将双手举在胸前，迟疑了片刻，仿佛在寻找适当的用词。然后她又试了一次：“是不是任何时候，你都能……”她未能说下去。

贝莱并未试着帮她。

她又说：“唉，算了。反正我也不知道为什么会拿这种事烦你。

你问完了吗？”看来她好像又要掉眼泪了。

贝莱说：“最后一个问题，嘉蒂雅。暂且忽略没有人见得到你丈夫，假设的确有人见到他，谁最有可能呢？”

“这么猜毫无用处。谁都不可能。”

“一定有这样的人。葛鲁尔局长说他的确有理由怀疑某人，所以你看，一定有这样一个人。”

女子脸上闪现一抹极其勉强的笑容。“我知道他在怀疑谁。”

“很好，是谁？”

她将纤细的小手按在自己胸部。“我。”

第六章

推论

“我想我应该说，以利亚伙伴，”丹尼尔突然开口发言，“这是个明显的结论。”

贝莱对这位机器人搭档投以惊讶的一瞥。“为什么明显？”他问。

“这位女士自己强调，”丹尼尔说，“她是唯一见得到她丈夫的人。索拉利的社会习俗正是如此，她不想说实话也不行。而葛鲁尔局长当然有理由相信，甚至可以说不由得他不信，在索拉利上只有妻子见得到她的丈夫。既然只有一个人能够来到见面的距离，那就只有一个人可能是凶手。你该记得，葛鲁尔局长曾说只有一个人有可能这么做，他认为其他人都绝不可能。对不对？”

“他也提到过，”贝莱说，“那个人同样不可能犯案。”

“他也许是指并未在凶案现场找到任何凶器。想必德拉玛夫人能够解释这件怪事。”

他以机器人特有的文雅动作指了指嘉蒂雅的位置，这时她仍在显像的中心，只见她目光低垂，一张小嘴抿得很紧。

耶和华啊，贝莱心想，我们差点忘了这位女士。

或许是由于恼羞成怒，他的记性才会突然失灵。而自己之所以恼怒，他想，都要怪丹尼尔那种不带感情的办案方式。但祸首也可能是他自己，是他的办案方式太感情用事了。

他并未继续分析下去。“今天就到此为止，嘉蒂雅。不管切断联系时该说些什么，总之再见了。”

她柔声应道：“有些人会说‘显像结束’，但我比较喜欢说‘再见’。你似乎心神不宁，以利亚。我很抱歉，但我已经习惯被人当成凶手了，所以你不必觉得内心不安。”

丹尼尔问：“真是你做的吗，嘉蒂雅？”

“不是我。”她愤愤地说。

“那么，再见了。”

直到消失的那一刻，她脸上的怒意依旧未消。有那么一阵子，贝莱仍能感到那双灰眼珠带给他的无比震撼。

她大可宣称自己习惯了被人当成凶手，但那显然是十分拙劣的谎言。她的怒意比她的言语更能吐露实情。贝莱不禁纳闷，她到底有本事撒多少谎呢。

贝莱现在又和丹尼尔独处了，他说：“好啦，丹尼尔，我可不是大笨蛋。”

“我也从不这么想，以利亚伙伴。”

“那就告诉我，你为何会说并未在凶案现场找到凶器？目前为止，我还没查到任何证据，也没问到任何口供，能让我们作出这个结论。”

“你说得很对。我得到一些新的资料，还来不及拿给你看。”

“我就知道。什么样的资料？”

“葛鲁尔局长曾说，他会送过来一份他们自己的调查报告。就是我手上这份，今天早上送来的。”

“你为什么现在才拿给我看？”

“我觉得，或许至少在最初阶段，最好让你根据自己的想法进行调查，不要受到他人的影响，何况他们自己也承认并未得到满意的结论。而我自己，正是因为我觉得自己的逻辑程序可能受到了那些结论的影响，所以刚才并没有参与讨论。”

逻辑程序！贝莱脑海中突然冒出他和一位机器人学家聊天的记忆片段。那人说：机器人讲求逻辑，可是不讲理。

他说：“最后你还是加入了讨论。”

“没错，以利亚伙伴，但那是因为我有了独立的证据，足以支持葛鲁尔局长的怀疑。”

“什么样的独立证据？”

“从德拉玛夫人的言行推论出来的证据。”

“明确一点，丹尼尔。”

“假设这位女士正是凶手，却试图证明自己是无辜的，那么办案的警探若能相信她的清白，会对她相当有利。”

“所以呢？”

“如果她有办法利用他的弱点来左右他的判断，她很可能会这么做，对不对？”

“纯粹是假设。”

“并不尽然。”这是个心平气和的回答，“我想，你也注意到了，她将注意力全部集中在你身上。”

“因为我负责问话。”贝莱说。

“打从一开始，在她还没猜到将由你问话之前，她的注意力就放在你身上了。事实上，就逻辑而言，她应该会以为将由我这个奥罗拉人来主导调查。但她却认定了你。”

“你从这点导出了什么结论？”

“她把自己的希望全寄托在你身上，以利亚伙伴。因为你是地球人。”

“那又怎样？”

“她研究过地球，这点她暗示了不只一次。晤谈刚开始时，我要求她挡掉外面的日光，她完全知道我在讲什么。这就代表她对地球有着真正的认识，否则她一定会显得惊讶或不解。”

“所以呢？”

“既然她研究过地球，我们就能相当合理地假设，她发现了地球人的一项弱点。她一定知道赤身露体这个禁忌，以及裸露会带给地球人怎样的震撼。”

“她……她解释过那是显像……”

“她的确解释过，但你觉得她的解释能说服你吗？她曾两度在你认为衣不蔽体的情况下，向你展露她自己——”

“你的结论是，”贝莱说，“她在试图引诱我，对不对？”

“试图诱使你偏离专业的客观，在我看来就是如此。对于这样的刺激，我虽然无法产生人类的反应，但根据印记在我指令线路上的内容，我断定这位女士的肉体相当具有吸引力。更何况根据你的行为，我觉得你体认到了这个事实，而且对她的身体极为赞赏。我甚至敢断言，德拉玛夫人的策略奏效了，她的行为模式果然令你对她产生了好感。”

“听着，”贝莱不太自然地说，“不管她可能对我造成什么影响，我仍旧是一名执法的警官，我对自己的职业道德没有丝毫松懈。这点千万给我记住。现在，我们来看报告吧。”

贝莱默默读了一遍报告。读完之后，他翻回第一页，又从头到尾读了一遍。

“这里面有点新东西。”他说，“那个机器人。”

丹尼尔·奥利瓦点了点头。

贝莱若有所思地说：“她并没有提到。”

丹尼尔说：“因为你没有问对问题。你问的是当她发现尸体时，是不是只有她丈夫一个人；你问的是现场还有没有其他人。机器人并不能算‘其他人’。”

贝莱点了点头。假使他自己是嫌犯，有人问他凶案现场还有些什么人，他也不太可能回答：“就只有这张桌子了。”

他说：“我想，我该问她是否有任何机器人在场？”（他妈的，在这个奇怪的世界上，到底该怎么问问题才对？）他又说：“机器人作证有多少法律效力，丹尼尔？”

“你是什么意思？”

“在索拉利，机器人能不能算目击者？能不能提供证词？”

“你为何有此一问？”

“机器人不是人类，丹尼尔。在地球的法庭上，它们不能担任证人。”

“但脚印却可以，以利亚伙伴，虽说脚印要比机器人更不像人类。就这点而言，地球所抱持的立场是不合逻辑的。在索拉利，只要条件符合，机器人作证都是合法的。”

贝莱并未提出任何反驳。他将下巴靠在右手的指节上，把这个新线索好好想了一遍。

站在丈夫尸身旁边的嘉蒂雅·德拉玛，曾在极度恐惧的情况下高声召唤机器人。当它们来到现场时，她已经不省人事。

那些机器人供称，它们发现她和那具尸体躺在一起。此外现场还有一样事物：那个机器人。它并非召唤来的，而是原本就在那里。它并不属于这个管家团队。其他的机器人都没有见过它，更不知道它负有什么功能或任务。

而从这个机器人身上也查不出什么来。它早已无法正常运作了。被发现的时候，它的动作全然毫无章法，正子脑的功能显然也好不到哪里去。无论语言或动作，它的反应都很不正常。一位机器人专家做了彻底调查后，宣称它已经完全没救了。

当时，它仅有的一点点有意义的行为，就是一直不停重复说着："你要杀我……你要杀我……你要杀我……"

偏偏找不到可能用来砸烂死者头颅的凶器。

贝莱突然说："我想要吃点东西，丹尼尔，然后我们再跟葛鲁尔见个面——或者应该说，见见他的显像。"

当取得联系时，汉尼斯·葛鲁尔仍在用餐。他吃得很慢，每一口都是从菜肴中精挑细选出来的，而且他一面吃，还一面急切地盯着每一盘菜，仿佛想从中发掘出他觉得最满意的组合。

贝莱心想：他或许已有好几百岁，对他而言，用餐这回事也许越来越乏味了。

葛鲁尔说："晚安，两位。我相信你们已经收到我的报告了。"当他俯身攫取美食之际，他的光头看起来闪闪发亮。

"收到了。我们还和德拉玛夫人做了一次有趣的晤谈。"贝莱说。

"很好，很好。"葛鲁尔说，"你们是否得到任何结论了？"

贝莱答道："我们认为她是无辜的，局长。"

葛鲁尔猛然抬起头来。"真的？"

贝莱点了点头。

葛鲁尔说：“但她是唯一能够见到他的人，唯一有可能走到他近前……”

贝莱说：“这点我已经很明白了，但无论索拉利的社会习俗多么强而有力，这个说法也绝非定论。我能解释一下吗？”

又吃起晚餐的葛鲁尔说：“当然。”

“谋杀案共有三大要素，”贝莱说，“三者同样重要，那就是动机、方法和机会。不论指控任何嫌犯，这三大要素缺一不可。我同意你的说法，德拉玛夫人有犯案的机会。至于动机嘛，你们完全没提到。”

葛鲁尔耸了耸肩。“我们完全没找到。”他的目光突然飘向沉默的丹尼尔。

“好吧。嫌犯并没有已知的动机，但她仍有可能是个心理变态的杀手。这点我们可以暂且保留，继续讨论下去。当时他们夫妻俩都在他的实验室，而她基于某个原因想要杀他。她冲着他挥舞一根木棒或某种重物，一两秒钟后，他才终于了解他的妻子当真想伤害他。他惊慌地大喊：‘你要杀我。’然后她就下手了。他转身想跑，却晚了一步，于是后脑遭到重击。对了，有没有医生检查过他的尸体？”

“可以说有吧。机器人找了一名医生来照顾德拉玛夫人，可想而知，他顺便瞧了瞧那具尸体。”

“报告里没提到这件事。”

“这可以说是无关紧要。反正人已经死了。事实上，当医生以显像见到尸体时，它已经被剥掉衣服，冲洗干净，正准备照例进行火化了。”

“换句话说，那些机器人毁灭了证据。”贝莱气咻咻地说，随即又问：“你刚才是不是说他以显像观看尸体？他并未真正见到？”

“太空啊，”葛鲁尔说，“多么恶心的想法。他当然是以显像观看，我确定他用了特写镜头，而且各个角度都没漏掉。在某些情况下，医生免不了亲自见到病人，但我实在想不出有任何原因，要他们不得不见到尸体。行医是个肮脏的工作，但即使医生也有个底线。”

“嗯，那么我的问题是：那位医生有没有提到关于德拉玛博士的致命伤？”

“我知道你想导出什么了。你认为伤势或许太严重，不可能是女子造成的。”

“女性总是比男性柔弱些，局长，而且德拉玛夫人身材娇小。”

“可是行动相当敏捷，便衣。只要有合用的武器，万有引力和杠杆原理能够发挥最大的作用。就算这些因素都不存在，发了狂的女人还是能做出难以置信的事。”

贝莱耸了耸肩。“你提到了凶器，它在哪里？”

葛鲁尔换了一个坐姿。他伸手取了一个空杯子，立刻有个机器人进入显像范围，在杯中注满很可能是清水的无色液体。

葛鲁尔将杯子握在手中片刻，然后放下来，仿佛又不想喝了。“正如报告中所述，我们一直无法找到凶器。”他说。

“我知道报告上是这么说的。有几件事我想要百分之百确定，你们的确找过凶器？”

“彻底找过。”

“你自己进行的？”

“机器人进行的，可是从头到尾，我都以显像监督它们。我们找不到任何可能是凶器的东西。”

“这就减轻了德拉玛夫人的嫌疑，对不对？”

“的确如此。”葛鲁尔平静地说，“这件案子有好些我们想不通的地方，这是其中之一。我们之所以没有对德拉玛夫人采取行动，这便是主要的原因。我之前告诉你，唯一有嫌疑的人也不可能犯下此案，也正是由于这个原因。或许我应该说，表面上看起来，她不可能犯下这桩谋杀案。”

“表面上？”

“她一定设法把凶器处理掉了，目前为止，我们还没本事找出来。”

贝莱毫不放松地问：“你们考虑了所有的可能性吗？”

“我想是的。”

“我存疑。让我们动动脑吧，某人的头颅被某种凶器砸烂了，凶案现场却遍寻不到它。唯一的可能就是它被带走了，但不可能是瑞坎恩·德拉玛带走的，因为他死了。有没有可能是嘉蒂雅·德拉玛带走的呢？”

“一定是这样。”葛鲁尔说。

“怎么做到的？当机器人抵达现场时，她倒在地板上昏迷不醒。或许她只是假装昏迷，但无论如何她躺在那里。从凶案发生到第一个机器人赶来，这段时间有多久？”

“这需要知道凶案发生的精确时刻，但我们不知道。”葛鲁尔心虚地说。

“我把报告读完了，局长。有个机器人供称它听到了骚动，以及它认为是属于德拉玛博士的一声喊叫。它显然是最接近现场的机器人。五分钟后，召唤讯号响了起来，要不了一分钟，那个机器人就赶到了现场。”（贝莱想到自己的亲身经验，机器人一旦接到召唤，便会十万火急地赶过来。）“五分钟，就算十分钟吧，德拉玛夫人既要把凶器带离现场，又要及时赶回来假装昏迷，她能把凶器藏多远？”

“她可以用垃圾处理器将它销毁。”

“根据这份报告，垃圾处理器也检验过了，残余的伽玛射线相当低。二十四小时内，它顶多处理过很小的东西。”

“这我知道。”葛鲁尔说，“我只是举例说明可能的情形。”

“没错。”贝莱说，“但也可能有个非常简单的解释。我想，德拉玛家的机器人通通接受过检查，完全没有可疑之处。”

“是啊。”

“而且通通运作正常。”

“是的。”

“凶器有没有可能是被哪个机器人带走了，而它或许不知道那是什么东西？”

“没有任何机器人从凶案现场移走任何东西，它们甚至未曾碰触任何东西。”

“这话有问题。至少尸体确定是被它们移走了，而且做了火化前的准备。”

“嗯，这当然没错，但这不算什么。谁都知道机器人会这么做。”

“耶和华啊！”贝莱咕哝一声。他得努力设法保持冷静。

他说：“好，假设现场还有另一个人。”

“不可能。”葛鲁尔说，“怎么可能有人闯到德拉玛博士面前呢？”

“假设！”贝莱喊道，“好，机器人从未想到会有人闯进来。我猜，它们也不会立刻对那栋房子作地毯式搜索。报告中就完全没有提到。”

“直到我们要找凶器才进行了搜索，但那是很久以后的事了。”

“当初，也并未搜索任何地面车或飞车留下的蛛丝马迹？”

“对。”

“那么，万一有人壮着胆子，如你所说，闯到德拉玛博士面前，就能将他杀害，然后从容离去。不会有人阻止他，甚至不会有人看到他。事后，由于大家确信现场不可能出现其他人，所以他能高枕无忧。”

“不可能出现其他人。”葛鲁尔肯定地说。

贝莱说：“还有一个问题，最后一个了。这件案子还牵涉到一个机器人，当时它就在现场。”

丹尼尔首度打破沉默。“案发当时，那个机器人并不在现场，否则就不会发生这桩谋杀案了。”

贝莱猛然转过头去。刚举起杯子似乎想喝的葛鲁尔也将杯子重新放下，双眼紧盯着丹尼尔。

“难道不是吗？”丹尼尔问道。

“相当正确。”葛鲁尔说，“机器人会阻止人类彼此伤害，这是第一法则。”

“很好。”贝莱说，“我同意。但当时它一定在附近。其他机器人赶到现场时，它已经在那儿了。就说它原本在隔壁房间吧。凶手向德拉玛步步进逼，于是德拉玛喊道：‘你要杀我。’家里其他的机器人并未听到这句话，它们顶多听到了呼喊，但由于未受召唤，它们并没有过来。可是，那个神秘的机器人听到了这句话，于是第一法则驱使它主动前来，可惜太迟了。有可能，它亲眼见到了行凶过程。”

“它一定是见到了行凶过程的最后一幕。”葛鲁尔表示同意，“所以才会出故障。目睹人类受到伤害而未能阻止，就是违背了第一法则，会使得正子脑或多或少受损，损伤程度则由实际情况而定。在这个例子里，损伤极其严重。”

葛鲁尔来来回回转着杯子，双眼凝视着自己的指尖。

贝莱说：“所以那个机器人就是目击者，有没有人侦讯过它？”

“侦讯有什么用？它已经坏掉了。它只能说‘你要杀我’这几个字。目前为止，你所做的现场重建我都同意。那或许是德拉玛所说的最后一句话，它深深烙印在那机器人的意识里，成为它唯一残存的记忆。”

“但我听说索拉利人精通机器人学。难道没办法修理那个机器人吗？不能接好它的电路吗？”

“没办法。”葛鲁尔断然答道。

“现在那个机器人在哪里？”

“拆了。”葛鲁尔说。

贝莱扬了扬眉。“这是个相当奇特的案子。没有动机，没有方法，没有目击者，也没有证据。就算证据原本有一点，后来也给毁了。你手上只有一个嫌犯，大家似乎都相信她就是凶手；至少，大家都确定其他人通通没有嫌疑。显然，这也是你的看法。所以问题是：找我来做什么？”

葛鲁尔皱起眉头。“你似乎有点烦躁，贝莱先生。”他突然转向丹尼尔，“奥利瓦先生。”

“请说，葛鲁尔局长。”

“能否请你把这座寓所检查一遍，确定所有的窗户都关了起来并且遮蔽妥当。贝莱便衣可能受到了开放空间的影响。”

这句话令贝莱吃了一惊。他立刻有个冲动，想要驳斥葛鲁尔的假设并命令丹尼尔留在原地，但正准备开口之际，他听出葛鲁尔声音中带着一丝惊恐，还看到他眼中射出恳求的目光。

他往椅背一靠，目送丹尼尔离开这个房间。

下一瞬间，葛鲁尔仿佛摘掉一副面具，脸上露出赤裸裸的恐惧表情。他说：“这要比我想象中来得容易。我原本想了好些设法跟你独处的计策。我从未想到奥罗拉人会这么听我的话，但我实在想不到别的办法了。”

贝莱说：“好，我们现在独处了。”

葛鲁尔说：“有他在场，我就无法畅所欲言。他是奥罗拉人，我们接受他是不得已的，那是把你找来帮忙的代价。”这位索拉利官员倾身向前，凑近了贝莱一点。“我们请你来，并非单单因为那桩谋杀案。凶手是谁并非我唯一关心的事。索拉利上有些秘密党派，秘密组织……”

贝莱瞪大眼睛。“不用说，这方面我帮不了你。”

“你当然帮得了我。请你务必了解，德拉玛博士是传统主义者，他相信古老的、优良的传统。但我们之间还有一股新势力，要求改变的势力，于是德拉玛就被灭口了。”

“是德拉玛夫人干的？”

“一定是假手于她，但这并不重要。她背后还有个组织，那才是真正严重的问题。”

“你确定吗？你有证据吗？”

“只有很薄弱的证据。我也没办法。瑞坎恩·德拉玛当初在追查一件事。他向我保证找到了扎实的证据，而我相信他。我对他很了解，他这个人绝非愚蠢或幼稚之辈。不幸的是，他对我讲得非常少。很显然，他打算先完成调查，然后再对当局公开这整件事。他一定是即将完成调查了，否则他们也不会冒这个险，以暴力手法公然杀害他。不过，德拉玛还是对我讲了一点，那就是整个人类如今都有危险。”

贝莱觉得自己心头一震。一时之间，他仿佛又听到了敏宁的言论，只是这回涵盖的范围更大。难道自己成了宇宙救星，人人都要找他求救？

“你为什么认为我帮得上忙？”他问道。

“因为你是地球人。”葛鲁尔说，“你了解了吗？我们这些索拉利人对这种事毫无经验。就某方面而言，我们并不了解人类。我们的人数实在太少了。”

他显得很不自在。“我并不喜欢这么说，贝莱先生。我的同事都嘲笑我，有些甚至恼羞成怒，但我确确实实有这种感觉。在我想来，仅仅因为你们的世界人满为患，地球人对于人类的了解就一定远胜过我们。而在这方面，警探的表现又胜过一般人。对不对？”

贝莱勉强点了点头，忍住了没开口。

葛鲁尔又说：“换个角度来看，这桩谋杀案也算是一件幸事。我本来不敢跟任何人提起德拉玛的调查，因为我不确定那个阴谋牵连多广，有多少人涉入其中，而德拉玛自己又不愿在调查完成前公布任何细节。就算德拉玛能够完成调查，接下来我们又该怎么办？我们该怎样对付有敌意的人类？我毫无概念。打从一开始，我就觉得我们需要地球人帮忙。当我听说你在地球上侦破了那桩太空城谋杀案，我就知道你正是我们需要的人。我先和奥罗拉取得联络，因为他们曾经和你有过密切合作，然后又透过他们接触到了地球政府。但我无法说服那些同事同意我这么做。不久便发生了这桩谋杀案，这个巨大震撼给了我说服同事的机会。这时候，任何事情他们都会同意了。”

葛鲁尔迟疑了一下，又补充道：“向地球求助并非简单的事，但我必须这么做。记住，不管那是什么阴谋，总之整个人类都有危险，地球也不例外。”

所以说，地球面临着双重的危险。从葛鲁尔的声音，听得出他已走投无路，他的真诚是毋庸置疑的。

可是，若说这桩谋杀案是一件幸事，让葛鲁尔得以展开他一直急于想做的工作，它又真的是全然的幸事吗？贝莱心中突然冒出一个新的想法，但并未反映在他的脸上、眼中或是声音里。

贝莱说："我奉派至此，局长，就是专程来帮忙的。这件事，我会全力以赴。"

葛鲁尔终于再度举起玻璃杯，透过杯缘望着贝莱。"很好。"他说，"拜托，千万别对奥罗拉人透露半个字。无论那是什么样的阴谋，奥罗拉都可能有份。他们对这件案子的关注显然异乎寻常。比方说，他们坚持要派奥利瓦先生担任你的搭档。奥罗拉势力强大，我们不得不同意。他们说之所以这么做，只是因为奥利瓦先生和你共事过，但也有可能是因为他们希望有个可靠的自己人亲临现场，嗯？"

他慢慢啜饮着，眼睛仍紧盯着贝莱。

贝莱用指节磨蹭着自己长长的脸颊，显得若有所思。"如果说……"

说到这里，他突然从椅子上跳起来，差点就要向对方冲过去，好在及时想到他所面对的只是影像。

至于葛鲁尔，他双眼狂瞪着那杯饮料，双手掐着喉咙，嘶哑地呻吟着："好烫……好烫……"

玻璃杯从他手中坠落，里面的液体洒了一地。葛鲁尔随之倒下，脸孔极度扭曲，显得痛苦万分。

第七章
医 生

丹尼尔出现在门口。“发生了什么事，以利亚伙……”

但贝莱根本不必解释。丹尼尔随即提高音量喊道：“汉尼斯·葛鲁尔的机器人！你们的主人受伤了！机器人！”

立刻有个金属之躯大摇大摆走进餐厅，而在一两分钟后，又有十多个机器人鱼贯而入。其中三个轻轻抱起葛鲁尔，其余的则忙着收拾善后，包括将散落一地的餐具一一捡起来。

丹尼尔猛然叫道：“你们这些机器人，别管那些杯盘了。组织一个搜索队，找找屋内有没有其他人类。同时通知户外所有的机器人，要它们把这块属地每个角落都搜一遍。不论发现任何主人，都要把他留住，别伤害他——”（这话多此一举）“但也别放他走。如果并未发现其他主人，也要向我回报。我会一直在这个显像号码上。”

等到机器人散开后，以利亚对丹尼尔喃喃道：“好戏开始了。当然是中毒。”

“没错，至少这点很明显，以利亚伙伴。”丹尼尔以古怪的姿势坐下来，仿佛他的膝盖出了问题。在此之前，贝莱从未见过他有任何软弱的时刻，更遑论表现得像一个膝盖有毛病的人类。

丹尼尔说："目睹人类受到伤害，对我的机件有不良影响。"

"你根本救不了他。"

"这点我了解，但我的思想径路就是好像有点阻塞。借用人类的说法，我的感受大概等同于震惊。"

"若是这样，就设法克服吧。"贝莱无法同情一个不舒服的机器人，甚至有点不耐烦。"我们得稍微研究一下责任归属。有人中毒，一定有人下毒。"

"也有可能是食物中毒。"

"纯属意外的食物中毒？在一个这么卫生的世界上？绝无可能。此外，有毒的是那杯饮料，而且毒性发作得又猛又突然。那一定是毒药，而且剂量很高。听着，丹尼尔，我要去隔壁房间，好好想一想这件事。你去联络德拉玛夫人，要确定她正在家里，顺便查一下她和葛鲁尔两人的属地距离有多远。"

"你是不是认为她……"

贝莱举起手来。"去查就对了，好吗？"

他走出那个房间，设法独处一会儿。在索拉利这样的世界上，绝不可能在这么短的时间内发生两件毫无关联的蓄意谋杀。而两者如果确实有关，最简单的假设就是葛鲁尔所说的阴谋真有其事。

贝莱觉得心中涌现一股熟悉的兴奋感。他来到这个世界时，心头压着两个重担，一个是地球的危机，另一个是他自己的。那宗谋杀案原本感觉上相当远，现在却要真正展开缉凶行动了。想到这里，他的下颚肌肉不禁一紧。

毕竟，凶手（或凶手们）竟然在他面前行凶，对他而言简直是奇耻大辱。对方就这么不把他放在眼里？贝莱心知肚明，自己的职业尊严受到了伤害，但他也因而感到高兴。至少，现在他有一个坚实的理由，可以将这件事当成一个单纯的谋杀案，不必再把地球的安危牵扯进来。

这时丹尼尔刚好找到他，正大踏步向他走过来。“我已经照你的吩咐做了，以利亚伙伴。我以显像和德拉玛夫人联络过，她的确在家，而她家距离葛鲁尔局长的属地超过了一千英里。”

贝莱说：“稍后我会亲自见见她，我是指透过显像。”他若有所思地瞪着丹尼尔，“你认为她和这个下毒案有任何牵连吗？”

“看起来并没有直接的牵连，以利亚伙伴。”

“你是否在暗示可能有间接的牵连？”

“她或许说服了其他人替她行凶。”

“其他人？”贝莱立刻追问，“谁？”

“这点，以利亚伙伴，我就答不出来了。”

“如果是由别人替她下手，那人一定到过现场。”

“是的。”丹尼尔说，“那人一定曾经到过那儿，才能将毒药放进饮料里。”

“有没有可能饮料是当天稍早遭到下毒的？也或许提前了更久？”

丹尼尔平静地答道：“这点我也想过，以利亚伙伴，所以当我提到德拉玛夫人和下毒没有直接牵连时，我故意用‘看起来’这几个字。的确有可能她在稍早的时候到过现场，最好查一查她今天的行踪。”

“我们一定要查。我们要查查她是否亲自去过那里，不论是任何时候。”

贝莱撅起嘴来。他曾猜测机器人的逻辑总有不灵的时候，现在终于得到证实了。正如那位机器人学家所说：它们讲求逻辑，可是不讲理。

他又说："我们回显像室去，重新联络葛鲁尔的属地。"

那个房间现在焕然一新，完全看不出几十分钟前曾有人痛苦万分地倒在地上。

三名机器人背靠着墙站立，表现出机器人一贯的恭顺态度。

贝莱说："你们的主人可有任何消息？"

中间那个机器人答道："回主人，医生正在照顾他。"

"透过显像还是在现场？"

"透过显像，主人。"

"医生怎么说？你们的主人有救吗？"

"回主人，目前还不确定。"

贝莱又问："房子搜索过了吗？"

"彻底搜过了，主人。"

"除了你们自己的主人，有没有其他主人的踪迹？"

"回主人，没有。"

"有没有其他主人最近来过的踪迹呢？"

"回主人，完全没有。"

"户外也正在进行搜索吗？"

"是的，主人。"

"目前可有任何结果？"

"没有，主人。"

贝莱点了点头。"我想跟服侍晚餐的那个机器人谈谈。"

"它正在接受检查，主人，它的反应有些奇怪。"

"它可以说话吗？"

"回主人，可以。"

“那就第一时间把它找来。”

不料第一时间毫无反应，贝莱开口催促：“我说……”

丹尼尔毫不犹豫地打岔道：“这些索拉利机器人彼此间都保持着无线通讯，你要找的那个机器人已经接到召唤。如果它来得慢，是因为刚才发生的事故干扰了它的正常运作。”

贝莱点了点头。他应该猜到无线通讯这档事。在这个几乎将一切交给机器人的世界上，机器人之间一定要保持着密切联系，否则整个体系便会崩溃。这也解释了为何一个机器人受到召唤，竟然有十几个跟在它后面，那是因为当时确有这个需要，否则它们绝对不会现身。

一个机器人一跛一跛走了进来。贝莱不禁大为好奇，最后却只是耸了耸肩。即使是那些相当原始的地球机器人，当它们的正子径路受损时，外行人也根本看不出所以然来。以现在这个例子而言，受损的电路可能影响到了腿部的正常功能，但只有机器人学家了解背后的道理，其他人完全不明白其中的意义。

贝莱小心谨慎地说：“你记不记得主人的餐桌上有一壶无色液体，你曾经倒了一些到他的高脚杯中？”

那机器人答道：“忆得，土人。”它的发音咬字也出了问题！

贝莱说：“那个无色液体到底是什么？”

“回土人，系水。”

“只是水吗？没有别的东西？”

“回土人，仅系水。”

“你是从哪里取来的？”

“回土人，从一个吐水槽。”

“在你端到餐厅之前，它一直在厨房里吗？”

“土人不喜欢太冷的水，总命令我们餐前一小时先把水倒出来。”

贝莱心想，如果有人知道这个习惯，那可就太方便了。

他说：“找个机器人来联络照顾你们主人的那个医生，一旦他有空，立刻替我接通他。与此同时，我要另一个机器人来解释一下储水槽怎样操作，我要彻底了解此地的给水系统。”

过了一阵子，那位医生才终于有空。在贝莱见过的太空族当中，他算是年纪最大的一位，而这就意味着，贝莱心想，他或许已经超过三百岁了。他的双手布满一条条青筋，剪成平头的短发根根雪白。他习惯用指甲敲打着自己的门牙，发出“喀喀喀”的噪音，令贝莱觉得很不舒服。

这位大名亚丁·索尔的医生说：“幸好，他把毒药吐出来很多。话说回来，他还是有生命危险。真是太不幸了。”他重重叹了一口气。

“到底是什么毒药，医生？”贝莱问。

“只怕我不知道。”（喀——喀——喀）

贝莱回应道：“什么？那你如何治疗他？”

“直接刺激神经肌肉系统来预防瘫痪，但除此之外，我就让他听天由命了。”一个恳求的表情出现在他的脸孔上（那微黄的皮肤看起来好像久经磨损的高级皮革）。“对于这种事，我们的经验少之又少。我行医有两个多世纪了，还是第一次碰到这种病例。”

贝莱用蔑视的眼神瞪着对方。“你总该知道有种东西叫毒药吧？”

“知道，”（喀——喀）“普通常识嘛。”

“你可以从胶卷参考书中查到进一步的资料。”

“那要花上好几天的时间。无机毒素种类繁多，此外这个社会普遍使用杀虫剂，而要取得细菌性毒素也并非不可能。即使胶卷书中记载得很详细，若想检验这些毒素，我也得花很长的时间，才能找齐足够的设备，发展出足够的技术。”

“如果索拉利没有任何专家。”贝莱绷着脸说，“我建议你尽快联络其他世界，设法找个精通的人。与此同时，你最好验一下葛鲁尔家的储水槽有没有毒性反应。如果有必要，亲自跑一趟，亲自动手做。”

面对一位年高德劭的太空族，贝莱竟以粗鲁的态度把他当成机器人使唤，却不觉得这样做有什么不对。居然这位太空族也并未提出任何抗议。

索尔医生深表怀疑地说：“储水槽怎么可能有毒呢？我确定这是不可能的。”

“或许不可能，”贝莱表示同意，“但总要验一下才能确定。”

的确，储水槽遭人下毒的可能性极低。根据机器人所作的详细说明，储水槽是索拉利上一项标准的民生用品，无论任何来源的水皆能净化。它不但能去除所有的微生物以及无生有机物，还会进行适量的曝气过程，并在水中适度加入人体所需的各种微量离子。在如此的重重把关下，几乎不可能再有任何毒物残留。

话说回来，若能确定储水槽安全无虞，本案的时间表就更加明确了。拜葛鲁尔个人癖好之赐，开饭前有整整一小时的时间，那壶水被放在一旁慢慢回温（暴露在空气中，贝莱不以为然地想）。

索尔医生却皱着眉头说：“可是我要怎样检验那个储水槽呢？”

“耶和华啊！带一只动物去，从水槽中抽出一点水来，注射到它的血管里，或让它喝下去。动动脑筋，老兄。那个水壶里面剩下的水，也要做同样的检验，如果不出所料有毒，你再根据胶卷参考书中的说明，做些正式的检验。找几个简单的来做，总之一定要做。”

“慢着，什么水壶？”

“装水的那个水壶。机器人倒出毒水的那个水壶。”

“喔，天啊——我猜它早就被清洗干净了。管家机器人绝对不会让它留在原处。”

贝莱闷哼一声。当然不会的。有这些认真负责、尽忠职守的管家机器人跟在后面拼命破坏，想要保留任何证据都是不可能的事。他应该下令保持现场完整才对，可是他对这个社会并不熟悉，自然难以作出正确的反应。

耶和华啊！

他们终于接到了回报，葛鲁尔的属地已经清查完毕，没有任何外人闯入的迹象。

丹尼尔说：“这么一来，真相变得更加费解了，以利亚伙伴，因为下毒的人似乎并不存在。”

陷入沉思的贝莱几乎没听见这句话，他说：“什么？……刚好相反，刚好相反，这样反倒厘清了案情。”虽然明知丹尼尔无法了解或相信自己所认定的答案，但他并未立即作出解释。

丹尼尔也并未要求他解释。打扰人类的思考绝非机器人的行事作风。

贝莱坐立不安地来回走动，一直停不下来。他心知肚明，随着睡眠时间的迫近，自己对开放空间的恐惧将逐渐升高，对地球的思念更会有增无减。现在，他觉得自己有个近乎疯狂的渴望，最好永远有新状况不断发生。

他对丹尼尔说：“我想还是和德拉玛夫人再见一次面吧，叫机器人进行联系。”

他们两人走进显像室，看到一个机器人正在灵巧地挥舞金属手指。突然间，一张摆满佳肴的餐桌占据了半个房间，贝莱这才猛然一惊，中断了虚无缥缈的胡思乱想。

嘉蒂雅的声音随即出现：“嗨。”不久之后，她走进显像范围，坐了下来。“别显得那么惊讶，以利亚。现在是晚餐时间，而且我的穿着非常正式。看到了吗？”

的确没错。她穿着一件闪闪发亮、以淡蓝色为主的洋装，上上下下一路遮到手腕和脚踝。洋装的颈部和肩部装饰着黄色滚边，比她的发色淡了一点。她的一头秀发则梳得整整齐齐，呈现美丽的波浪状。

贝莱说：“我无意打断你的晚餐。”

“我还没开始呢，你们何不跟我一起吃？”

他狐疑地望着她。“一起吃？”

她哈哈大笑。“你们地球人真有趣。我不是指真正聚在一起吃，你怎么做得到呢？我的意思是，你们到自己的餐厅去，然后你和另外那位就能和我一起吃了。”

“但如果我离开……”

“显像技工机器人会帮你保持联系。”

丹尼尔郑重地点了点头，贝莱则半信半疑地转身走向门口。只见嘉蒂雅和她的餐桌，以及其上的菜肴、餐具和装饰品，果真一起跟着他前进。

嘉蒂雅露出鼓舞的笑容。“看到了吗？你的显像技工让我们一直保持联系。”

贝莱和丹尼尔沿着一个斜坡往上走，不过贝莱并不记得之前走过这条路。显然在这座不可思议的巨宅中，任何两个房间之间都存在着许多联系管道，而他只知道一小部分。不过，丹尼尔当然全部了然于胸。

在这段路程中，不论穿过任何一堵墙，嘉蒂雅和她的餐桌始终紧随着他们，只是桌脚有时比地板低一点，有时则高出一些。

贝莱停下脚步，喃喃说道：“我不太适应这种事。”

嘉蒂雅立刻问：“你觉得头晕吗？”

“有一点。”

“那我来告诉你怎么办。干脆叫你的技工把我固定在这里，等你们到了餐厅，一切就绪之后，再让它把我们放在一起。”

丹尼尔说：“我来下命令，以利亚伙伴。”

当他们抵达餐厅时，餐桌已经布置妥当。两盘深褐色的浓汤不但冒着热气，里面还翻滚着好些肉块，此外餐桌正中央摆着好大一只完整待切的烤鸡。丹尼尔对服侍用餐的机器人说了几句话，那机器人便以效率极佳的动作，将两人的座位调到了餐桌同一侧。

这个动作仿佛是个联络讯号，对面那堵墙似乎立刻向外移动，餐桌也似乎瞬间拉长了，而嘉蒂雅则出现在餐桌的另一头。两个房间彼此完美相接，两张餐桌也一样，若非双方的墙壁和地板花色不同，以及两组餐具大异其趣，很容易令人相信他们三人真正聚在一起用餐。

“又见面了。”嘉蒂雅满意地说，“这样是不是很舒服？”

“还不错。”贝莱答道。他谨慎地浅尝了一点汤，发觉很好喝，随即替自己装了一大碗。“你听说葛鲁尔局长的事了？”

她立刻脸色一沉，放下了汤匙。“很可怕，不是吗？可怜的汉尼斯。”

“你直呼他的名字，你认识他吗？”

“索拉利上的重要人物我几乎都认识。索拉利人大多彼此相识，这是很自然的事。”

的确很自然，贝莱心想。毕竟，他们总共才多少人哪?

贝莱说:“那么或许你也认识亚丁·索尔医生，正在看顾葛鲁尔的那位。”

嘉蒂雅轻声笑了笑。这时，服侍用餐的机器人切下了一片肉，在旁边配上金黄色的薯条和胡萝卜片。“我当然认识他，他替我治疗过。”

“什么时候的事？”

“就在那——那个意外之后。我是指我丈夫的意外。”

贝莱万分惊讶地说:“他是这星球上唯一的医生吗？”

“喔不。”只见她嘴唇嚅动了一阵子，仿佛正在默数人数。“医生至少有十位。我还知道有个正在学医的年轻人。但索尔医生是最好的一位，他的经验最老到。可怜的索尔医生。”

“为什么可怜？”

“嗯，你该知道我的意思。医生是个多么肮脏的职业啊。有时你一定需要见到病人，甚至摸到他们。可是索尔医生似乎甘之如饴，当他觉得有必要时，总是亲自去见病人。打从我还是小女孩，他就一直替我看病，而且一向都很友善很亲切。如果他不得不见我，老实说，我觉得自己几乎不会介意。比方说，这回他就见到我了。”

“你是指，在你丈夫死后？”

“是的。当他亲眼见到我丈夫的遗体，还有我躺在旁边时，你应该能想象他作何感受。”

“我听说他是透过显像见到遗体的。”贝莱说。

“这话没错。但等到他确定我还活着，而且并无大碍，他便命令机器人在我脑后放个枕头，再替我打了一针不知什么药剂，然后他就出门了。他是坐喷射机来的，真的，喷射机！不到半小时，他就开始亲自照顾我，确保我一切安然无事。当我苏醒的时候，头脑还不太清楚，以为只是透过显像见到他，你懂吧，直到他碰到了我，我才明白自己正和他面对面，吓得我失声尖叫。可怜的索尔医生，他尴尬死了，但我知道他是好意。”

贝莱点了点头。“我想，医生在索拉利派不上什么用场吧？”

“我也这么希望。”

“我知道这里并没有微生物导致的疾病。但新陈代谢方面的病症呢，例如动脉硬化，例如糖尿病等等？”

“的确有的，而且一旦染上就很可怕。医生可以设法改善这些病人的生活品质，但其他方面就束手无策了。”

“喔？”

“没什么好奇怪的。这意味着基因分析还不够完善。你该不会以为我们刻意让糖尿病之类的缺陷代代相传吧。凡是出现这类症状的人，必须接受非常仔细的追踪分析。他们的配偶则会遭到重新指派，对那些配偶而言，这是难堪之极的事。而这也代表不会……不会有……”她的声音变得有如耳语，“子女。”

贝莱以正常的音量说：“不会有子女？”

嘉蒂雅脸红了。“这两个字，真是难以启口啊！子——子女！”

“多说几次就容易了。”贝莱半开玩笑道。

“没错，但如果我说习惯了，改天就会在其他索拉利人面前脱口而出，那会令我羞愧得无地自容……总之，如果两人已经有了子女——瞧，我又说了一次——就得把子女一个个找出来，让他们一一接受检验——对了，这就是瑞坎恩的工作之一——唉，反正麻烦得很。”

关于这个索尔，贝莱心想，问到这里就行了。这位医生的无能是这个社会的自然产物，并非他个人心术不正。没必要认为他心术不正。删掉他吧，贝莱想，可是别忘掉。

他望着正在用餐的嘉蒂雅。她的动作流畅而优雅，她的胃口似乎也算正常。（他自己桌上的烤鸡也很好吃。总之，至少就食物而言，他很容易会被外围世界惯坏了。）

他又问："你对下毒这件事有什么看法，嘉蒂雅？"

她抬起头来。"我尽量不去想这件事，最近可怕的事情太多了。或许并不是下毒。"

"是下毒。"

"可是附近没有人啊。"

"你怎么知道？"

"不可能有人的。目前他并没有妻子，因为他已经用完配额，不能再有子……你知道我的意思。既然不会有任何人下毒，他又怎么可能中毒呢？"

"但他的确中毒了。这是我们必须接受的事实。"

她的眼神变得迷蒙。"你是否认为，"她说，"是他自己服毒自杀的？"

"我不信。他为何要那么做？而且如此公开进行？"

"那就没有其他可能了，以利亚，不可能有了。"

贝莱说："刚好相反，嘉蒂雅。想要下毒非常容易，而且我确定自己已经完全想通了。"

第八章
太空族

一时之间，嘉蒂雅似乎屏住了气息。然后她撅着嘴，几乎像是吹口哨般呼出这口气。“我可以肯定我真的想不通。你知道是谁干的吗？”她问。

贝莱点了点头。“就是杀害你丈夫的那个凶手。”

“你肯定吗？”

“你怀疑吗？你丈夫的凶案是索拉利有史以来第一桩，而一个月之后，又发生了另一桩谋杀。这有可能是巧合吗？在一个零犯罪率的世界上，短短一个月内，竟然发生两件独立的谋杀案？更何况，第二案的受害者正在调查第一个案子，当然给那个凶手带来极大的威胁。”

“好吧！”嘉蒂雅开始吃甜点，吃了几口之后又说：“如果照你这么讲，我就是无辜的。”

“怎么说呢，嘉蒂雅？”

“唉，以利亚。我从未接近过葛鲁尔的属地，这辈子从来没有，所以我当然无法毒害葛鲁尔局长。而如果我没……唉，那我也并未杀害我丈夫。”

然后，由于贝莱保持着坚定的沉默，她仿佛泄了气般，嘴角的笑容也垮了下来。“你不这么想吗，以利亚？”

“我无法肯定。”贝莱说，“我已经告诉你，我知道凶手是用什么方法毒害葛鲁尔的。方法相当高明，任何一个在索拉利上的人都做得到，而且不一定要置身葛鲁尔的属地，甚至不一定要曾经到过葛鲁尔的属地。”

嘉蒂雅将双手用力攥起来。“你是说我就是凶手？”

“我没有这么说。”

“你在这么暗示。”她气得紧紧抿起嘴巴，高耸的颧骨也一阵红一阵青。“你和我见面就是为了这个吗？为了问我这些狡猾的问题？为了陷我入罪？”

“慢着……”

“你表现得那么有同情心，那么善解人意。你——你这个地球人！”

说到最后，她低沉的嗓音变成了粗嘎的哀号。

丹尼尔将俊美的脸孔伸向嘉蒂雅，说道：“抱歉打个岔，德拉玛夫人，你正紧抓着一把刀，很可能会伤了自己。请务必小心。”

嘉蒂雅气呼呼地瞪着手中那把又短又钝、不太可能造成伤害的刀子。猛然间，她将那把刀高高举起。

贝莱说：“你碰不到我的，嘉蒂雅。”

她喘着气说：“谁要碰到你？呸！”她浑身发抖，像是厌恶至极点。“立刻切断联系！”她高声喊道。

最后那句话一定是对视线外的机器人说的。下一刻，嘉蒂雅和她的房间便消失了，原来的那面墙又跳了出来。

丹尼尔说：“你开始怀疑这位女士就是凶手，我这么想对不对？”

“不对。”贝莱断然道，“无论凶手是谁，他的某些人格特质都远超过这个可怜的女孩。”

“她脾气不好。”

“那又怎样？大多数人脾气都不好。别忘了，她承受着很大的心理压力，而且有很长一段时间了。如果换成是我承受这样的压力，当有人以这么容易引起误会的方式质问我时，我的反应可能会比挥动一把小餐刀激烈许多倍。”

丹尼尔说：“你说你想到了远距离下毒的手法，可是我还推理不出来。”

“我知道你做不到。这个谜太特殊了，你刚好欠缺破解它的能力。”能够这么说，贝莱觉得沾沾自喜。

他说得斩钉截铁，丹尼尔则以一贯的冷静和严肃接受了这个说法。

贝莱又说：“我要你做两件事，丹尼尔。”

“哪两件事，以利亚伙伴？”

“首先，联络那位索尔医生，问清楚德拉玛夫人在她丈夫遇害之后的身体状况，例如需要接受多久的治疗等等。”

“你有什么特别想要确定的事吗？”

“没有，我只是在搜集资料而已。在这个世界上，这并非一件容易的事。而第二件工作，是查出葛鲁尔的安全局长职位由谁接替，然后安排我明天一大早便和他进行显像会谈。至于我自己，”这么说的时候，他的心里和声音中都并不怎么高兴，“我要就寝了，希望好歹能睡一会儿。”然后，他像是无缘无故发了火。“你认为这里找得到一本像样的胶卷书吗？”

丹尼尔说："我建议你召唤管理藏书的机器人来。"

每当不得不和机器人打交道，贝莱总会觉得恼怒。若有任何选择的余地，他宁愿自己随意浏览一番。

"不，"他说，"不要古典文学，我只想读普通的小说，而且内容要跟当今索拉利日常生活有关。给我五六本吧。"

那机器人（只好）让步了，但它还是继续以恭敬的语气，喋喋不休地细数着书库中其他种类的藏书。与此同时，它的双手并未闲着，一直在操纵着相关装置，将一本本胶卷书从架上取出来，移到出口槽中，再转到贝莱手里。

比方说，它建议主人也许可以考虑探索时代的冒险小说，或是有着原子模型动画的精美化学图鉴，或是奇幻小说，或是银河地理方面的书籍。这里的藏书简直无穷无尽。

贝莱绷着脸接过六本小说，说道："这些就行了。"他伸出双手（终于能自己动手了）拿起一个扫描仪，便离开了藏书室。

机器人却跟在他后面问："你是否需要我帮忙调整仪器，主人？"贝莱转身吼道："不必，给我乖乖待在原地。"

机器人停下脚步，鞠了一个躬。

等到他躺在床上，开启了床头灯之后，贝莱对自己的决定有点后悔了。他从未用过这种类型的扫描仪，刚开始的时候，他完全不知道该如何插进胶卷书。但他并未轻言放弃，最后把扫描仪整个拆开，将各个零件逐一检视一番，总算研究出一点端倪。

至少，现在他能阅览这些书了。如果焦距不甚理想，就算是他暂时摆脱机器人所付出的小小代价吧。

接下来的一个半小时，他把其中四本书匆匆浏览了一遍，觉得相当失望。

他原本有个理论，认为若想深入了解索拉利的生活方式，最好的办法就是读他们的小说。想要进行有效的调查，这种深入了解是不可或缺的。

可是现在，他不得不放弃这个理论了。从这几本小说中，他只读到一些荒谬的人生问题，而在面对这些难题时，小说人物一律表现得既愚蠢又令人费解。当女主角发现她的子女选择了和自己相同的职业，竟然就放弃她的工作，直到事情闹到不可收拾的地步，她才勉强说明缘由，这到底是为什么？一名医生和一名艺术家被指派为配偶，两人有什么好羞愧的？那名医生后来坚持要改行研究机器人学，这个决定又高尚在哪里？

他将第五本书插进扫描仪，调整好了焦距。这时他已疲惫不堪。

事实上，他累到完全忘记那本书写了些什么（他认为应该是一本悬疑小说），只记得一开始的时候，某个属地的新主人走进自己的宅邸，遇到一个恭顺的机器人，请他阅览这个属地的相关记录。

想必看到这里他就睡着了，当时他手中还握着扫描仪，而房间还灯火通明。想必有个机器人恭恭敬敬地走进来，轻手轻脚地拿走扫描仪，并关上了灯。

总之他睡着了，而且梦到了洁西。梦中的他回到了过去，当时他还没有离开地球。他们正准备前往社区食堂，然后打算和朋友一起观赏次乙太节目。他俩将搭乘捷运，将会遇见很多人。他和她都对世事毫无牵挂，他觉得很快乐。

梦中的洁西很漂亮，而且竟然瘦了不少。她怎么会如此苗条，如此美丽呢？

只有一件事不对劲，阳光竟然向他们洒下来。他抬头向上望，视线仅仅达到上一层的拱形底部，但阳光还是洒下来，照亮了万事万物，谁也没有感到害怕。

醒来之后，贝莱觉得心烦意乱。他接过机器人送来的早餐，但并未开口和丹尼尔交谈。他什么也没说，什么也没问，就连那杯上好的咖啡，他也只是食不知味地一口吞下去。

怎么会梦见一个似有若无的太阳呢？他能了解自己为何梦到地球和洁西，但太阳算哪门子呢？而且为何一想到这个梦，自己就会心神不宁？

“以利亚伙伴。”丹尼尔轻声唤道。

“什么事？”

“半小时后，考文·亚特比希会跟你进行显像会谈。我已经安排好了。”

“这个叫考文什么的是哪里蹦出来的？”贝莱厉声问道，然后又倒了一杯咖啡。

“他是葛鲁尔局长的左右手，以利亚伙伴，现在是安全局的代理局长。”

“那就立刻联络他。”

“如我所说，会谈安排在半小时之后。”

“我不管你怎么安排，立刻联络他，这是命令。”

“我会试试看，以利亚伙伴。然而，他可能会拒绝显像。”

“我们试试看吧，说做就做，丹尼尔。”

安全局的代理局长同意了显像。自抵达索拉利以来，这还是贝莱首度见到一位地球人心目中的太空族。亚特比希身材又高又瘦，有着古铜色的头发、淡棕色的眼珠，以及一个巨大刚强的下巴。

他和丹尼尔有点神似。但丹尼尔太过完美，几乎像是神族，而考文·亚特比希脸上则有着凡人的轮廓。

这时亚特比希正在修面，磨胡笔将特殊微粒不断喷洒到他的双颊和下巴，把胡须齐根磨断，然后这些微粒便化作轻烟消失了。

贝莱虽然从未用过这种装置，但好歹听说过，所以一眼就认了出来。

“你是地球人？”亚特比希上唇沾满磨胡粉，几乎是抿着嘴迸出这句话的。

贝莱说：“我是以利亚·贝莱，C7级便衣刑警。是的，我来自地球。”

“你提前了。”亚特比希猛然关上磨胡笔，将它丢到贝莱的视线之外，“有何贵干，地球人？”

即使是在心情最好的时候，贝莱也难以消受这样的口气，更何况他现在一肚子火。他说：“葛鲁尔局长情况如何？”

亚特比希说：“他还活着，很可能活得下来。”

贝莱点了点头。“下毒杀害葛鲁尔的索拉利人缺乏经验，搞不清剂量。他们用了太多毒药，反倒让他吐了出来。一半的剂量就足以毒死他。”

“下毒？没有这方面的证据吧。”

贝莱瞪大眼睛。“耶和华啊！不是下毒还是什么？”

“有很多种可能。人的身体处处都会出毛病。”他用手指在脸上来回摩挲，摸索着没刮干净的地方。“你大概不知道，一个人超过两百五十岁之后，会有多少新陈代谢方面的问题。”

“如果真是这样，可有合格的医疗诊断？”

“索尔医生的报告……”

这句话是最后一根稻草，一大早就在贝莱心中翻腾的怒火终于爆发了。他以最大的音量吼道：“我可不管那个什么索尔医生，我是指合格的医疗诊断。你们的医生和你们的警探一样什么都不懂，只不过你们根本没有警探。既然你们必须从地球请警探来，那就再请个医生吧。”

这位索拉利人冷冷地望着他。“你是在指导我的行动吗？”

“是的，而且完全免费，千万别客气。葛鲁尔是遭人下毒，我亲眼目睹全程经过。他喝了一口水，随即边吐边喊喉咙好烫。把这一幕和他正在进行的调查联想在……”贝莱突然住了口。

“调查什么？”亚特比希不为所动地反问。

贝莱察觉到丹尼尔照例和自己保持大约十英尺的距离，不禁暗叫一声糟。葛鲁尔不想让丹尼尔这个奥罗拉人获悉这项调查。他心虚地改口道：“一些政治纠纷。”

亚特比希双臂交抱胸前，显得既不关心又不耐烦，还带着淡淡的敌意。“别的世界上那些所谓的政治问题，我们索拉利通通没有。汉尼斯·葛鲁尔是个好公民，可是他想象力太丰富。听说你的事迹之后，他就大力主张把你找来，甚至愿意接受附送一个奥罗拉人这样的条件。我认为根本没有这个必要，这件事毫无神秘可言。瑞坎恩·德拉玛是被他妻子杀害的，我们终究会查出本案的动机和方法。即使我们查不出来，仍会要求她接受基因分析，然后采取必要的措施。至于葛鲁尔中毒这件事，纯粹只是你的幻想罢了。”

贝莱以难以置信的口吻说：“你似乎在暗示这儿不需要我了。”

“我的确这么想。如果你想返回地球，随时可以动身。我甚至会说，我们劝你赶紧走。”

贝莱吼道：“不，局长，我不走。”这句话脱口而出，连他自己都惊讶不已。

“我们既然雇用你，便衣刑警，就有权将你解雇。我们会把你送回你的母星去。”

“不！你给我听好，我建议你竖起耳朵来。你是个尊贵的太空族，而我只是地球人，但请恕我直言，我先向你致上最深最虔敬的歉意，因为我要说——你心存恐惧。”

“收回这句话！”亚特比希挺直了六尺多的身躯，傲慢地俯视这个地球人。

“你恐惧得要死。你认为如果继续追查下去，自己会是下一个受害者。你打算放弃，好让他们放你一马，好让他们容许你继续苟活。”贝莱对于所谓的“他们”其实并无概念，甚至不确定“他们”是否真正存在。他只是凭借直觉舌战这名高傲的太空族，而他很高兴看到自己的言语吓得对方逐渐失去自制力。

“一小时之内，”亚特比希气得指着贝莱的鼻子，“我就会把你送走。没有任何外交礼仪或外交惯例能阻止我，我向你保证。”

“别再威胁我了，太空族。我承认，你可以不把地球放在眼里，但我并非一个人来的。让我介绍一下我的搭档，来自奥罗拉的丹尼尔·奥利瓦。他这个人沉默寡言，因为他不是来这里说话的，这方面由我负责。不过，他听得可仔细呢，一个字都不会放过。

“我就打开天窗说亮话吧，亚特比希——”贝莱懒得再冠上什么局长的头衔，“不论索拉利正在上演什么戏码，奥罗拉和其他四十几个外围世界都很感兴趣。如果你把我们赶走，下一批来访索拉利的可就是星际战舰了。我来自地球，我了解这种事怎么运作。一旦伤了感情，别人就会带着战舰找上门来。”

亚特比希将目光转移到丹尼尔身上，心中似乎正在盘算。“这里所发生的每一件事，都和任何外星人士没有关系。”他的口气比较温和了。

“葛鲁尔并不这么想，我的搭档听他亲口说过。”这时撒个小谎无伤大雅。

最后那句话令丹尼尔不禁转头望向他，但贝莱装作没看见，继续说下去：“我打算接手这项调查。照理说，我会无所不用其极地设法回地球去。光是想到这件事，便会令我热血沸腾坐立难安。即使这座塞满机器人的宫殿是我个人的财产，甚至整个索拉利都属于我的，我也愿意拿它换一张回家的船票。

“但是你不能命令我离去。当我手上还有一件没侦破的案子，你绝对赶不走我。如果你敢那么做，一旦你抬起头，立刻会看到来自太空的火炮。

“还有，从现在起，这个案子的调查工作要照我的方式进行。我要当家做主。凡是我想见的人，我都要见到。我是说见到本人，而不是透过显像。我习惯面对面进行调查，从今以后一律要这么做。以上这些事，我要你们的安全局通通正式批准。”

“这是不可能的，简直是奇耻大辱……”

“丹尼尔，你跟他说。”

这个人形机器人以不带情绪的声音说：“正如我的搭档向你强调的，亚特比希局长，我们受邀到这里来，是来调查一桩谋杀案。我们一定要尽力完成这项任务。当然，我们不希望妨害你们的习俗，或许实际面对面的确没必要，但为了有助于我们的调查，还是希望你能批准在便衣刑警贝莱提出要求的情况下，允许我们真正见到对方。至于逼我们离开索拉利这件事，我们认为万万不可。如果我们留在索拉利会让你或任何索拉利人感到不满，我们也只能说抱歉了。”

贝莱扁着嘴，带着似笑非笑的表情聆听这段仿佛演说的言论。对于知道丹尼尔真实身份的人而言，他说这番话只是为了尽忠职守，绝对无意冒犯任何人，无论是贝莱还是亚特比希。然而，如果有人以为丹尼尔是奥罗拉公民——来自外围世界中最古老、军事力量最强的世界——这番话听起来就像一连串彬彬有礼的威胁。

亚特比希用手指轻按着额头。“让我考虑一下。”

“别考虑太久。”贝莱说，“因为我一小时内就要动身，我要亲访当事人，而不是用显像仪。显像结束！”

他对机器人做了一个切断联系的手势，然后带着惊喜交集的心情望着亚特比希刚才显像的地方。一切都并非计划之中的事，而是被昨晚那场梦以及亚特比希无端的傲慢逼出来的。但既然发生了，他觉得很高兴。这正是他想要的，真正掌握主导权。

贝莱心想：无论如何，给了那丑恶的太空族一点颜色看！

他多么希望每个地球人都能亲眼目睹这一幕。那家伙怎么看怎么像太空族，这样效果当然更好，更好得多了。

只不过，自己为何那么热衷于亲自造访？贝莱简直想不通。他知道自己在打什么主意，而面对面进行调查（并非透过显像）是其中的一部分。好吧。可是，刚才谈到要亲自造访时，他感到精神为之一振，仿佛已经准备拆掉这座宅邸的围墙，纵使这么做毫无意义。

为什么呢？

除了这件案子之外，还有另一股力量正在驱使他，而这股力量甚至和地球的安危无关。但那究竟是什么呢？

说也奇怪，他又记起了那个梦：在地球的一座座地底大城中，阳光穿过了一层又一层不透明的楼板。

丹尼尔以深思熟虑的口吻说：“我怀疑，以利亚伙伴，这么做真的没有安全顾虑吗？”他的声音已经尽可能透出感情。

“恫吓这号人物？奏效了啊。而且这并非真正的恫吓。我相信奥罗拉亟需查出索拉利上到底在酝酿什么，而奥罗拉也明白这一点。对了，谢谢你刚才没拆穿我的谎话。”

“这是很自然的决定。替你背书只会对亚特比希局长造成一点无形的伤害，可是如果戳破你的谎言，则会对你造成较大而且比较直接的伤害。”

“两种电位针锋相对时，较高的电位胜出，呃，丹尼尔？”

“正是这样，以利亚伙伴。据我了解，人类的心灵也会这样运作，只是无法定义得那么明确。然而，我再说一遍，你提出的这个新方案并不安全。”

“什么新方案？”

“我不赞同你放弃显像，改采亲自造访的方式。”

“我了解你的意思，但我并未要求你赞同我。”

“我是奉命行事，以利亚伙伴。昨晚我不在的时候，汉尼斯·葛鲁尔局长究竟对你说了些什么，我无从知晓。但他显然对你说了一件事，因为你对这件案子的态度有了很大的转变。然而，对照我所肩负的使命，我便不难猜到了。他一定是对你提出警告，如果索拉利目前的局势继续发展下去，有可能危及到其他世界。”

贝莱慢慢摸索着自己的烟斗。他不时仍有这个动作，但每当他恍然大悟，想起自己根本不能抽烟，身上也没有烟斗，就总是感到一肚子火。他说：“索拉利只有两万人，能带来什么威胁？”

“我的那些奥罗拉主人，他们担心索拉利已经有些时日了。显然他们掌握了一些情报，但没有完全告诉我……”

“而你虽然多少知道一点，却奉命不得对我转述，对不对？”贝莱追问。

丹尼尔说：“必须先查清好些事情，我才能毫无顾忌地谈论这个问题。”

“好吧，索拉利人到底在做什么呢？发展新武器？进行颠覆？计划刺杀某个重要人物？面对好几亿的太空族，两万人能起什么作用呢？”

丹尼尔并未回答。

贝莱又说：“我打算查个水落石出，知道吧。”

“但并非使用你提议的方式，以利亚伙伴。奥罗拉主人对我千叮万嘱，要我务必保护你的安全。”

“你无论如何得这么做。这是第一法则！”

“不只第一法则而已。在无法兼顾时，我必须保护你，而不是其他任何人。”

“当然，这我了解。如果我有任何不测，你想继续留在索拉利可就难了，而奥罗拉尚未准备好面对这种复杂的情势。只要我还活着，就是索拉利的贵宾，若有必要，我们可以尽量强调自己的重要性，让他们舍不得放我们走。万一我死了，整个情势也就变了。所以说，你的命令是让贝莱活着。我说得对吗，丹尼尔？”

丹尼尔说：“我不能擅自解释这些命令背后的意义。”

贝莱说：“好啦，别担心。如果我觉得有必要造访某人，开放空间还不至于要我的命。我死不了，甚至会慢慢习惯户外。”

“问题不只是开放空间而已，以利亚伙伴。”丹尼尔说，“主要问题在于面见索拉利人，这点我无法赞同。”

“你的意思是那些太空族会不高兴。那算他们倒霉。让他们戴着手套、插着滤器，让他们去消毒空气吧。如果和我见面有违他们的善良风俗，让他们去面红耳赤吧。反正我已决心亲自造访他们。我认为有必要这么做，而且一定会这么做。”

“但我无法允许你这么做。”

“你无法允许我？”

“你当然明白为什么，以利亚伙伴。”

“我不明白。”

“那么请你想想，那位葛鲁尔局长——索拉利上负责调查那桩谋杀案的主要人物——如今已遭到毒杀。如果我允许你执行你的计划，任意将自己暴露在他人面前，那么可想而知，下一个受害者必定是你自己。所以说，我怎么可能允许你脱离这座宅邸的保护呢？”

“你要怎么阻止我，丹尼尔？”

“若有必要我会出手，以利亚伙伴。”丹尼尔心平气和地说，“即使伤害到你也在所不惜。如果我不这么做，你一定会没命的。”

第九章
人形机器人

贝莱道："所以又是较高的电位胜出，丹尼尔。为了避免我丧命，你会不惜伤害我。"

"我相信并不需要做到这一步，以利亚伙伴。你明明知道我比你强壮，所以不会想作无谓的抵抗。然而，如果真有必要，那我也不得不伤害你。"

"我能拔出手铳，"贝莱说，"当场把你轰掉！我脑中可没什么电位阻止我。"

"我早已料到在这次合作过程中，你迟早有可能跟我翻脸，以利亚伙伴。说得更明确些，我是前天想到的，当时我们正搭地面车赶来这里，而你突然有了激烈的动作。相较于你的安全，我的存亡无关紧要，但如果你毁了我，自己终究会惹祸上身，进而干扰到我的主人所制订的计划。因此之故，在你首次进入睡眠周期之际，我就第一时间将你的手铳放了电。"

贝莱紧紧抿着嘴唇。他竟然带着一柄没电的手铳！他的手立刻滑向皮套，取出那柄武器。一看电量读数，果然不偏不倚指着零。

他将那柄形同废铁的武器抓在手中掂了又掂，仿佛随时会朝丹尼尔脸上砸去。又有什么用呢？这机器人一定闪得开。

贝莱收起手铳。稍后充饱电，它就不再是废铁了。然后，他慢慢地、若有所思地说：“你并没有骗倒我，丹尼尔。”

“怎么说，以利亚伙伴？”

“你太像人类了，我几乎完全受制于你。你真是机器人吗？”

“你以前也怀疑过我。”丹尼尔说。

“去年在地球上，我曾怀疑机·丹尼尔·奥利瓦是否真的是机器人。结果答案是肯定的，而我仍旧这么相信。然而，我现在的问题是：你真是机·丹尼尔·奥利瓦吗？”

“真的是。”

“是吗？丹尼尔被设计得尽可能模仿太空族，那么太空族又何尝不能尽量模仿丹尼尔呢？”

“这么做的原因是？”

“以便在这次调查中，发挥超越机器人的积极性和行动能力。但是借着丹尼尔的角色，又能让我误以为自己在当家做主，如此便能安安稳稳地控制我。毕竟，你打算把我当成傀儡，所以我必须易于掌握。”

“你说的这些都并非事实，以利亚伙伴。”

“那么，为何我们碰到的每一个索拉利人，通通把你当成人类？他们都是机器人专家，会那么容易受骗吗？于是我想到，怎么会众人皆错而我独对呢，更可能许多倍的情形，应该是众人皆对而我独错吧。”

“绝非如此，以利亚伙伴。”

“证明给我看。”贝莱一面说，一面慢慢走向一张茶几，掀开其中的垃圾处理器，“如果你是机器人，这对你而言太容易了。让我看看你肌肤下面的金属。”

丹尼尔说：“我向你保证……”

“让我看。”贝莱说得很干脆，“这是命令！还是你觉得不一定得服从命令？”

丹尼尔解开了上衣，只见古铜色皮肤上覆盖着稀疏的胸毛。丹尼尔在右乳下方用力一按，胸前的皮肤和肌肉随即齐中裂开，里面的金属光泽隐约可见，绝非任何鲜血淋漓的画面。

就在这个时候，贝莱将放在茶几上的手向右移半英寸，砸向一个触控片。几乎立刻有个机器人走了进来。

“别动，丹尼尔。”贝莱吼道，“这是命令！给我定住！”

丹尼尔一动不动地站在那里，仿佛他的生命（或说模拟的机器生命）在瞬间消失了。

贝莱对那个机器人喊道：“你若不移动脚步，能不能再找两个同伴来这里？如果可以，赶快进行。”

那机器人说：“可以的，主人。”

不久便进来两个接到无线电召唤的机器人。三个机器人肩并肩站成一排。

“小子们！”贝莱说，“有没有看到这个原本你们以为是主人的家伙？”

六只红眼睛郑重其事地转向丹尼尔。“我们看到他了，主人。”它们齐声道。

贝莱又说：“你们是否也看出来，这个所谓的主人其实和你们一样是机器人，因为它也是金属之躯。它只是被设计成好像真人。”

“是的，主人。”

“你们并不需要服从它所下的命令，了解吗？”

“了解，主人。”

“话说回来，我，”贝莱说，“是真正的人类。”

三个机器人迟疑了一下。贝莱不禁担心，让它们见识到那么像真人的机器人之后，它们还会不会把任何具有人形的东西当成人类。

好在其中一个机器人终于说：“你是人类，主人。”贝莱这才喘了一口气。

他说：“很好。丹尼尔，你可以动动了。”

丹尼尔换了一个比较自然的姿势，平静地说：“我想，刚才你对我的身份表示怀疑，其实只是幌子，目的是要向其他机器人揭露我的本来面目。”

“的确如此。”贝莱说完便别过头去。他在心中告诉自己：这东西是机器，不是人，谈不上欺骗不欺骗。

但他无法完全压抑心中的羞愧。纵使丹尼尔敞开胸膛站在那里，他还是或多或少像个真人，或多或少令人不忍背叛他。

贝莱说：“阖上你的胸膛，丹尼尔，然后听我说。就气力而言，你敌不过这三个机器人。这点你也明白，是吗？”

“这很明显，以利亚伙伴。”

“很好！……小子们听着，”他再度转向那三个机器人，“不准你们对任何同类，或任何主人，提到这家伙是机器人。任何时候都不行，而且从今以后，只有我才能解除这个命令。”

“感谢你。”丹尼尔轻声插嘴道。

“然而，”贝莱继续说，“我不容许这个像人的机器人以任何方式干涉我的行动。万一它试图对我进行干涉，你们就出手制住他，但除非有绝对必要，千万别伤了它。除了我之外，不准它和其他人联络，除了你们之外，不准它和其他机器人说话，无论面对面或显像都不行。还有无论任何时候，都不能让它脱离你们的视线。把它留在这个房间，你们三个也一样。在接到后续命令之前，你们的其他职务都暂时解除。我所说的都听清楚了吗？”

“清楚了，主人。”它们齐声应道。

贝莱又转身面对着丹尼尔。“你现在什么也不能做，别再试图阻止我了。”

丹尼尔任由双臂松垮地垂下来。“我绝不能由于不作为而使你受到伤害，以利亚伙伴。但在目前这种情况下，我只能选择不作为。这个逻辑是无懈可击的，所以我什么也不会做。我相信你会自求多福，会安然无恙。”

这就对了，贝莱心想。逻辑就是逻辑，机器人除了逻辑什么也不懂，而逻辑告诉丹尼尔他完全无计可施。另一方面，理性或许会告诉他一切变数都是难以预料的，对方说不定也可能犯错。

丹尼尔并未想到这一层。机器人只懂逻辑，却欠缺理性。

贝莱再度感到羞愧难当，忍不住试图出言安慰。“听好，丹尼尔，就算我深入险境，虽说事实并非如此，”他赶紧补上这一句，并飞快瞄了其他机器人一眼，“那也是我分内的工作，是我的职责所在。正如你必须保护每个人类，我的工作是要避免人类整体受到伤害，你明白吗？”

“我不明白，以利亚伙伴。”

“那是因为你有先天的限制。相信我，如果你是人类，一定会明白的。”

丹尼尔低下头来，仿佛默认了这句话。当贝莱朝门口慢慢走去时，他仍旧一动不动地站在原地。另外三个机器人为贝莱让出一条路，但它们的光电眼始终紧盯着丹尼尔。

贝莱觉得自己正一步步走向自由，心跳也因此加快——不料突然停了一拍。原来他在门口看到另一个机器人，正朝这个房间走来。

出了什么问题吗？

“什么事，小子？”他喝叱道。

“我奉命转交一封信给你，主人，是从亚特比希代理局长的办公室发来的。”

贝莱接过那个私人信囊，它立刻自动开启，里面的纸卷随即摊开来。（他并不惊讶。索拉利一定有他的指纹记录，而这个信囊一定是利用他的指纹当开启密码。）

他将其上的工整字迹读了一遍，长脸便流露出满意的表情。那是批准他安排“面对面晤谈”的官方许可，上面虽然注明必须受访者同意，但同时也强调受访者应尽可能配合“贝莱与奥利瓦探员”的行动。

亚特比希屈服了，他甚至把贝莱这个地球人的名字放在前面。这是个好兆头，看来终于能以正常的方式进行调查了。

贝莱再度坐进空中交通工具，上次搭飞机还是他从纽约飞华盛顿那一趟。然而，这回有一点很不一样，不但并非封闭式机舱，连窗户都保持着透明状态。

这是个晴朗的艳阳天，从贝莱的座位看出去，一扇扇窗户好像一片片蓝色的斑点。相当单调，不能带来任何安全感。他强迫自己别缩成一团，直到实在受不了的时候，他才把头埋在双膝之间。

这种活罪是他自找的。他觉得自己打了胜仗，先后击败了亚特比希和丹尼尔，争取到了宝贵的自由，并在太空族面前保住了地球的尊严，这些战果在在要求他更上一层楼。

而他迈出的第一步，就是直接走向等在户外的飞机，虽然感到有点头昏眼花，但他甘之如饴。然后，他仿佛被过度的自信冲昏了头，下令每扇窗户都要保持原状。

我必须设法习惯户外，他这么想。于是他开始盯着窗外的蓝天，直到心跳加速、喉头肿胀到再也受不了的程度。

他不得不越来越频繁地闭起眼睛，并用双手紧紧护着头。他的自信一点一滴逐渐溜走，即使频频触摸手铳皮套也无济于事。

他试着将心思放在作战计划上。首先，熟悉这个世界的运作方式。画出一张蓝图，弄清每件事物的定位，一切才会合情合理。

求助社会学家吧！

于是他问机器人，谁是索拉利上最有名望的社会学家。机器人就有这点好处，它们不会质疑任何问题。

那机器人告诉他一个名字，外加此人的基本资料，顿了顿之后，机器人又补充道：那位社会学家很可能正在吃午餐，因此或许会要求稍后再联络。

“午餐！”贝莱厉声道，“别开玩笑了，距离中午还有两小时。”

那机器人说：“我用当地时间算的，主人。”

贝莱怒目而视，但不久便想通了。地球上的大城一律深埋地底，所谓的昼夜或醒睡周期都是人工制订的，以便配合当地社区与整个地球的需要。反之，在索拉利这种裸露于阳光的行星上，昼夜完全不能自由选择，而是强行加在人类头上的。

贝莱试着设想一个画面：一颗行星不断旋转，各个角落时明时暗。他发觉实在难以想象，不禁有点瞧不起这些万分优越的太空族了——时间是多么重要的一件事，他们竟然甘愿将主导权交给行星的自然运转。

他说：“联络他就对了。”

飞机着陆时，已有好些机器人在等候。贝莱一走进开放空间，立刻发觉自己抖得很厉害。

他对身旁的机器人低声说："小子，让我抓着你的手臂。"

在一条长廊的尽头，那位社会学家带着僵硬的笑容等着他。"午安，贝莱先生。"

贝莱一面喘气，一面点头致意。"晚安，阁下。可否请你把窗户都遮起来？"

社会学家说："已经遮起来了。我对地球的事物还算稍有了解。请跟我来好吗？"

贝莱推开机器人，自己勉强迈开脚步，在远远落后主人的情况下，他在一座迷宫中穿梭了好一阵子。等到终于抵达一间又大又精致的房间并坐定之后，他很高兴总算有了休息的机会。

那房间的墙壁有着许多浅浅的弧形壁凹，里面摆满了粉红和金色的雕像——全是抽象造型，虽然赏心悦目却无法一眼看出任何意义。此外室内还有一个巨大的箱型物体，上面垂挂着好些白色的柱状物，底下还有许多踏板，看来应该是某种乐器。

贝莱望着这位站在自己面前的社会学家。这位太空族的样貌和稍早在显像中一模一样，又高又瘦，有着一头雪白的银发。他的脸形极为尖削，鼻子很挺，双眼凹陷但炯炯有神。

他的大名是安索莫·奎摩特。

两人互望了一会儿，贝莱才确信自己的声音大致恢复正常了。他说的第一句话和这项调查毫无关系，事实上，原本他从未打算这么说。

他说："可否给我一杯饮料？"

"饮料？"社会学家的声音稍嫌高亢，听起来并不怎么悦耳。"你想喝水吗？"他问道。

"我比较想喝点酒精饮料。"

社会学家的表情突然变得极不自然，仿佛他完全不了解地主之谊是怎么一回事。

贝莱随即想到，这倒是一点也不假。在一个无不使用显像的世界上，谁也不会明白什么是待客之道。

机器人为他端来一个珐琅质的小杯子，里面盛满粉红色的液体。贝莱小心翼翼地闻了闻，又更加小心地尝了一口。那一小口随即在他嘴里暖暖地化开来，舒服的感觉一路沿着他的食道向下滑。下一口，他就不客气了。

奎摩特说："如果你还想要……"

"谢谢，暂时这样就好了。博士，十分感谢你同意和我见面。"

奎摩特试着挤出一点笑容，但明显地失败了。"是啊。我已经好久没有做这种事了。"

他几乎是惴惴不安地说出这句话的。

贝莱说："我猜这令你感到相当为难。"

"的确如此。"奎摩特猛然向后转，走到房间尽头一张椅子旁。然后，他将那张并未正对着贝莱的椅子转得更偏了些，这才坐了下来。他那双戴着手套的手彼此紧握，而他的鼻孔似乎在迅速翕动。

贝莱喝完了饮料，不但觉得四肢暖和起来，就连信心也恢复不少。

他问："你坐在我对面到底是什么感觉，奎摩特博士？"

社会学家喃喃道："这是个非常私人的问题。"

"我知道。但我想我们稍早以显像联络时我便解释过，目前我正在调查一桩谋杀案，所以需要问的问题很多很多，其中势必包含一些私人的问题。"

"我会尽量帮忙。"奎摩特说，"我希望你多问些体面的问题。"他说话的时候，双眼仍然望着别处。偶尔他的视线扫到贝莱的脸孔，也会立刻滑到一旁，没有丝毫停留。

贝莱说：“我之所以问你的感觉，并非单纯基于好奇心。这对我的调查起着重大的作用。”

“我不懂这个道理。”

“我得尽可能试着了解这个世界，我必须知道索拉利人对日常事物的感受。这样你懂了吗？”

奎摩特现在完全没有看着贝莱。他慢慢地说：“十年前，我的妻子去世了。和她见面一向不是多么容易的事，可是，当然啦，我还是逐渐学着克服了，而她也不是那种令人受不了的人。我并未被指派另一个妻子，因为以我的年纪，我已经不能……不能……”他望着贝莱，仿佛希望他帮忙说下去，但贝莱并没有开口，他只好压低声音继续说：“不能生育了。既然连妻子都没有，对于见面这种事，我就越来越不习惯了。”

“但你到底有什么感觉呢？”贝莱坚持追问到底，“你会恐慌吗？”他想到自己搭飞机的情形。

“不，不会恐慌。”奎摩特微微转头，瞥了贝莱一眼，然后几乎立刻收回目光，“但我坦白对你说，贝莱先生，在我的想象中，我能闻到你的气味。”

贝莱自然而然向后一仰，简直羞得无地自容。“我的气味？”

“当然是纯属想象。”奎摩特道，“我不敢说你到底有没有气味，或是气味有多浓，但即使你真有很浓的气味，我鼻孔中的滤器也不会让我闻到。可是，想象……”他耸了耸肩。

“我了解。”

“想象之中的更糟。请原谅，贝莱先生，但有个活生生的人在我面前，我强烈地感到好像有什么脏东西要碰到我。我一直不断退缩，这种感觉令人太不愉快了。”

贝莱若有所思地抚弄着自己的耳朵，勉力压住一肚子的怒火。毕竟，这只是对方对于一个单纯现象的神经反应而已。

他说：“如果真是这样，我很难想象你会这么干脆就答应见我。你当然预见了这些不愉快的反应。”

“没错。但你可知道，我也十分好奇，因为你是地球人。”

贝莱暗自苦笑，这对见面的意愿应该只有扣分的作用，但他只是心中这么想，嘴巴上却说：“这又有什么关系呢？”

奎摩特的声音突然显得兴奋异常。“这种事我很难解释清楚，不只对你，对我自己也一样，真的。不过，我研究社会学已经有十年了，我是指真正投入。我发展出一些相当新颖、相当惊人的论点，但基本上都是对的。其中一个论点，让我对地球和地球人产生非比寻常的兴趣。你可知道，如果仔细观察索拉利的社会结构和生活方式，你就不难发现，两者显然是直接从地球学来的，而且学得很像。”

第十章
文明

贝莱忍不住大叫:“什么！”

接下来是一阵寂静，然后奎摩特转头望了一眼，终于开口说:“不，我并不是指地球现在的文明。”

贝莱应道:“喔。”

“而是已经不存在的一种。身为地球人，对于地球的古代史，你当然不陌生吧。”

“我读过几本书。”贝莱谨慎地答道。

“啊，那你就应该了解。”

偏偏贝莱一点也不了解，他说:“让我来解释一下我到底想要什么，奎摩特博士。我要你尽可能告诉我索拉利和其他外围世界为何那么不同，为何这里有那么多机器人，为何你们普遍有这些怪异的行径。很抱歉，我似乎换了一个话题。”

其实贝莱是故意的。索拉利文明和地球文明的异同，无论哪方面都太有吸引力了。如果讨论起这个问题，他很可能会在这里泡上一整天，等到告辞离去的时候，却完全没搜集到任何有用的资料。

奎摩特微微一笑。“你不想比较索拉利和地球，却想拿索拉利和其他外围世界比较一番。”

“我了解地球，博士。”

“随你便吧。”这位索拉利人轻咳一声，“我想把椅子整个转过去背对着你，你不介意吧？这样我会比较——比较自在。”

“随你便吧，奎摩特博士。”贝莱硬邦邦地说。

“太好了。”奎摩特一声令下，立刻有个机器人替他转了椅子。等到这位社会学家再度坐下，或许由于椅背遮住了贝莱的目光，他的声音变得比较有生气，连语气都比较强而有力了。

奎摩特开口道：“索拉利的开拓，最早是大约三百年前的事，最初的拓荒者是涅克松人。你熟悉涅克松这个世界吗？”

“只怕不熟悉。”

“它距离索拉利很近，大约只有两秒差距。事实上，在整个银河中，找不到另一对像索拉利和涅克松这么靠近的住人世界。而早在人类殖民之前，索拉利就是个生气蓬勃的星球，极为适合人类居住。它对于相当富裕的涅克松显然很有吸引力，因为涅克松人发觉母星已经人满为患，难以继续维持一定的生活水准。”

贝莱打岔道：“人满为患？我以为太空族一直在实施人口控制。”

“你说的是索拉利，但一般而言，其他外围世界控制得不算严格。在我所说的那个时代，涅克松的人口刚刚达到两百万。由于人数攀升，每家所能拥有的机器人数目必须受到规范。于是有能力的涅克松人开始在索拉利建造夏季别墅，因为那里土壤肥沃，气候温和，而且没有危险的动物。

“住在索拉利的那些移民仍能轻易来去涅克松，而在索拉利的时候，他们可以依照自己的喜好过日子。只要负担得起，或觉得有需要，他们想用多少机器人都可以。他们的属地也是想要多大都行，因为这是个空旷的行星，空间绝无问题，而机器人的数目没有上限，代表拓荒的人手同样不成问题。

“随着机器人越来越多，必须以无线电彼此联络，这就开启了我们著名的机器人工业。我们开始发展新的机型，新的配件，新的功能。文化为发明之母，我相信这句话是我发明的。”奎摩特呵呵笑了几声。

一个机器人为奎摩特端来一杯类似贝莱刚才喝的饮料，想必他曾以某种方式下达命令，但由于椅背的阻隔，贝莱并没有看到。贝莱并未受到相同的待遇，而他也不打算争取。

奎摩特继续说：“索拉利式生活的优点显然是有目共睹的。于是索拉利成了一种风潮。越来越多的涅克松人在这里建立家园，于是索拉利成了我所谓的‘别墅行星’。至于那些移民，他们有越来越多的人喜欢终年留在这个世界，而把他们在涅克松的事务交给代理人处理。机器人工业开始在索拉利建立起来。此外农产和矿产也逐年成长，终于到了能够出口的程度。

“简单地说，贝莱先生，当时人人都看得出来，不出一个世纪，索拉利就会变得像涅克松一样拥挤。好不容易找到一个新世界，却由于缺乏远见而毁了它，这似乎太荒谬，也太可惜了。

“为了避免详述复杂的政治背景，我只想强调一件事，索拉利后来设法取得了永久独立的地位，而且完全没有动武。索拉利特产的机器人成了我们的筹码，为我们在外围世界争取到盟友，让我们因而受惠。

“独立后的当务之急，就是确保人口的增长不会超过合理的上限。我们开始管制移民数和生育率，并且尽量增加机器人的种类和数量，以便应付各种需要。”

奎摩特又开始高谈阔论社会学，贝莱不禁大起反感，问道：“索拉利人为什么不喜欢彼此见面呢？”

奎摩特从椅子后面偷瞄了一眼，几乎立刻又把头缩回去。“这是必然的结果。我们每个人的属地都很大，一万平方英里不算多么稀罕，只不过越大的属地就包含越多的不毛之地。我自己的属地只有九百五十平方英里，但每一寸都是良田。

“无论如何，和其他因素比较起来，一个人的社会地位主要还是取决于他的属地大小。庞大的属地至少有一项优点，你能近乎漫无目标地在其中闲逛，却不必担心会走进隔邻的属地，因而撞见你的邻居。你懂了吗？”

贝莱耸了耸肩。“我想我懂了。”

“简单地说，索拉利人以碰不到邻居为傲。此外，你的属地被机器人管理得井井有条，达到自给自足的境界，所以你也没必要和邻居碰面。这种心态导致我们发展出日趋完美的显像装置，而随着这些装置越来越精良，邻居彼此见面的需要也就越来越少。这是一种反馈作用，是个良性循环。你了解吗？”

贝莱说：“听好，奎摩特博士，你不必为了怕我听不懂，刻意说得那么浅显。我虽然不是社会学家，但我在大学修过一些基本课程。当然，那只是地球上的大学，”贝莱心不甘情不愿地谦虚一番，以免对方用更刺耳的说法指出这个事实，“但这些数学我还懂。”

“你是说数学吗？”奎摩特问，最后那个“吗”字已近乎尖叫。

“嗯，我不是指用在机器人学上的数学，那些我并不懂，但社会学的关系式还难不倒我。比方说，我对特拉敏关系式就很熟。”

“警官，你说什么？”

“或许你们用不同的名称，就是将‘大众的不便’对‘少数的特权’做微分，取到第N阶……”

“你到底在说什么啊？”

贝莱很少听到太空族以这么严厉而蛮横的语气说话，令他一头雾水，不知如何开口。

不用说，想要研究如何避免爆发民怨，就一定要充分了解“大众的不便”和“少数的特权”之间的关系。如果由于某种原因，在公共浴室里设立一个单人小间，便会导致X个人耐心等候相同的好运找上自己。X的数值会随着环境因素和大众情绪作规律的变化，而特拉敏关系式就是这个变化的定量描述。

话说回来，在一个人人都有特权，毫无任何不便的世界上，特拉敏关系式可能会退化成一加一等于二。他举这个例子或许并不恰当。

于是他另起炉灶。“听着，博士，关于索拉利人日渐讨厌面对面这个问题，虽然你能提出定性的解释，但是对我没什么用。我想要的是对于这种反感的精确分析，这样我才能有效地将它化解。我想要说服大家同意和我见面，就像你现在这样。”

“贝莱先生，”奎摩特说，“你不能把人类的情绪看成像是正子脑的产物。”

“我并没有那么说。机器人学是一门演绎性的科学，社会学则是归纳性科学，可是数学对两者同样适用。”

沉默了一会儿之后，奎摩特以颤抖的声音说：“你已经承认自己并非社会学家。”

“我知道，但我听说你是，而且是全球顶尖的一位。”

“我是唯一的一位。几乎可以说这门科学是我创立的。”

“喔？”下一个问题令贝莱有点犹豫，因为连他自己都觉得不太礼貌，“你读过这方面的书籍吗？”

“看过些奥罗拉出版的。”

“你看过地球的社会学著作吗？”

“地球？”奎摩特发出不安的笑声，“我从未想到阅读地球的任何科学文献。请别介意我有话直说。”

“嗯，真令人遗憾。我原本以为能从你这里得到些数据，让我在面对面询问其他人的时候，不至于……”

奎摩特突然发出一个古怪、刺耳、口齿不清的的声音，他坐的那张椅子随即重心不稳，“啪”的一声翻到地上。

贝莱隐约听到一句“真抱歉”。

在奎摩特踏着笨拙的步伐夺门而出之前，贝莱只来得及再瞥一眼他的背影。

贝莱扬了扬眉。自己这回又说错了什么话？耶和华啊！还是又按错了什么钮？

正当他准备起身离去，一个机器人走进来，贝莱便暂停了动作。

“主人，”机器人说，“我奉命来通知你，主人很快会以显像和你见面。”

“显像吗，小子？”

“是的，主人。在此之前，你或许想再用些点心。”

于是，贝莱身边又出现了一杯粉红色饮料，这回还多了一盘刚出炉且香气四溢的糕点。

贝莱重新坐下，谨慎地尝了一口饮料，便放了回去。那些糕点摸起来硬硬的，而且有点烫，不过外面的脆皮入口即化，而内馅则更热更软。由于味道特殊，他吃不出里面是些什么，不禁纳闷那是不是索拉利特产的香料或作料。

然后，他联想到地球上那些种类贫乏的酵母食物，不禁突发奇想，或许可以发展一些酵母菌种，专门模仿外围世界农产品的味道。

但他的思绪突然中断了，因为就在这个时候，社会学家奎摩特竟凭空出现在他面前。这回是在他面前！他坐在一张较小的椅子上，而且显然是在另一个房间里，因为他周围的墙壁以及地板都和贝莱这边有极大的差异。他现在面露笑容，脸上的细纹因此加深，但吊诡的是，这使得他的双眼更有生气，整个人也显得年轻不少。

他说："万分抱歉，贝莱先生。我本以为自己一定能忍受这种事，没想到那只是我的妄想。或许可以这么说，刚才我已经濒临崩溃，而你的话起了临门一脚的作用。"

"到底是哪句话，博士？"

"你说什么面对面——"他摇了摇头，还伸出舌头很快舔了舔嘴唇，"我还是别说的好，我想你该了解我的意思。这句话令我想到一幅极其鲜明的画面，我们两人在呼吸——呼吸彼此的空气。"这位索拉利人哆嗦了一下，"你不觉得恶心吗？"

"我好像从来没有这么想过。"

"这种习惯似乎肮脏得很。刚才你这么说的时候，我脑海中就浮现出那个恶心的画面。我觉悟到你我毕竟还是待在同一个房间里，即使我没有面对着你，从你肺中吐出的空气还是会来到我身边，甚至进入我体内。而我又是那么敏感……"

贝莱说："索拉利所有的空气分子都进入过成千上万人的肺脏。耶和华啊！此外还曾待过动物的肺和鱼鳃里面。"

"那倒是真的，"奎摩特无可奈何地搓着脸颊，"但我一直避免做这方面的联想。然而，当你真正和我共处一室，我便觉得事情发生到自己头上了，你我不断在呼吸彼此的空气。现在换成显像，说也奇怪，我就轻松多了。"

"我仍在这栋房子里，奎摩特博士。"

“所以我才说自己也觉得奇怪。你我仍旧待在同一栋房子里，但仅仅因为改用三维显像，一切就变得不同了。现在，我至少明白了和陌生人见面是什么感觉，我再也不会试第二次了。”

“听来你好像是在进行见面的实验。”

“就某方面而言，”这位太空族答道，“我想的确可以称之为实验，只不过动机并不强。我得到了很有趣的结果，虽说也是很不舒服的结果。这是个有价值的测试，或许我该记录下来。”

“记录什么？”贝莱茫然地问。

“我的感觉啊！”奎摩特和对方交换着茫然的目光。

贝莱叹了一口气。牛头不对马嘴，始终牛头不对马嘴。“我会这么问，是因为我假设你有什么测量情绪反应的装置，或许是脑电仪吧。”他作势四下望了望，“不过我想，你用的应该是袖珍型，不需要电线连接。我们地球上就没有这种好东西。”

“我相信，”这位索拉利人硬邦邦地说，“我不需要任何装置，就能评估自己的感觉，因为它太明显了。”

“这当然没错，但定量分析……”贝莱只说到这里。

奎摩特气咻咻地打岔道：“我不知道你在暗示什么。不管了，我打算告诉你另一件事，其实，那是我自己的理论，书里面读不到的，而我自己相当引以为傲……”

贝莱问：“到底是什么呢，博士？”

“啊，就是索拉利文明是在模仿地球过去的某个文明。”

贝莱叹了一口气。倘若不让对方一吐为快，想得到对方的合作恐怕难上加难。于是他问：“哪个文明？”

“斯巴达！”奎摩特抬起头来，一头白发被灯光照得熠熠生辉，几乎像是一道光晕，“我肯定你听说过斯巴达！”

贝莱不禁松了一口气。年轻的时候，他对地球的古代史十分感兴趣。（这个主题对很多地球人都有吸引力——那是地球的黄金时代，因为当时的地球唯我独尊，地球人就是主人，因为太空族根本不存在。）话说回来，地球的古代范围太大了，奎摩特很可能会说出一个他没听过的名词，那贝莱可就尴尬了。

现在，他可以审慎地答道："对，我看过这方面的胶卷书。"

"很好，很好。且说全盛期的斯巴达，人口结构相当特殊：真正的斯巴达公民少之又少，那些叫作庇里阿西人的二等公民反而较多，其余绝大多数的人口则是奴隶，也就是所谓的希洛人。希洛人和斯巴达人的比例是二十比一，而这些希洛人都是人类，拥有人类一切的情感和一切的优缺点。

"为了确保为数众多的希洛人无法造反，斯巴达人个个成了军事专家，经年累月过着战争机器的生活。而斯巴达社会的努力并未白费，希洛人的叛变从来没有成功过。

"我们这些住在索拉利的人类，就某方面而言，和斯巴达人没有两样。我们有我们的希洛人，只不过我们的希洛人并非人类，而是机器。虽然它们和我们的比例是两万比一，远超过希洛人和斯巴达人的二十比一，但是它们不可能叛变，我们根本不必担心。所以说，我们享有斯巴达人那种高高在上的好处，却不必牺牲时间精力来强化自己的统治。反之，我们可以模仿雅典人，过着充满艺术和文化的生活。雅典是和斯巴达同一个时代……"

贝莱说："我也看过关于雅典的书籍。"

奎摩特越讲越兴奋。"文明始终是一种金字塔结构。当一个人逐渐爬向社会阶级的顶端，就会有越来越多的闲暇、越来越多的机会追求幸福快乐。可是你爬得越高，就会发现和自己同样幸运的人越来越少。总会有些人遭到剥削，那是无可避免的。还有别忘了，不论金字塔底层的人实际上过得多好，相较于顶端那些精英，他们仍是遭到剥削的一群。比方说，即使最穷困的奥罗拉人，他们的日子也好过地球上的贵族，但是和奥罗拉贵族相较之下，他们就成了被剥削阶级。他们拿来作比较的，一定是在自己的世界上当家做主的那些人。

“因此在一般的人类社会中，社会摩擦总是免不了的。所有的社会革命运动，以及预防那些革命的反制行动，或是压制那些革命的战事，都会给人类带来巨大的灾祸。翻开历史，这样的事例层出不穷。

“而在索拉利，人类首度全部站上金字塔的顶端，遭到剥削的全是机器人。自从苏美人和埃及人发明城市以来，这要算是最重大的一项发明；我们首度发明了一种新的社会，一个真正的新社会。”

他带着微笑，靠回椅子里。

贝莱点了点头。“这个理论你发表了吗？”

“将来或许会吧。”奎摩特装出一副毫不在乎的模样，“现在我还没有这个打算。这是我生平的第三个成果。”

“另外两个成果也这么博大精深吗？”

“其实都和社会学毫无关系。我曾经当过雕刻家，你四周的这些作品——”他指了指那些雕像，“都是我亲手做的。此外我还当过作曲家。但后来我逐渐上了年纪，而且瑞坎恩·德拉玛一直强烈主张纯艺术比不上应用艺术，于是我决定转攻社会学。”

贝莱说：“听你的口气，德拉玛似乎是你的好朋友。”

“我们认识。活到我这个年纪，一定会认识索拉利上所有的成年人。但我没有理由否认我和瑞坎恩·德拉玛其实很熟。”

“德拉玛是个怎样的人？”说也奇怪，一提到这个名字，贝莱脑海中竟浮现出嘉蒂雅的身影，下一刻，那段不愉快的回忆便涌上心头——最后一次见到她的时候，她被自己气得五官都扭曲了。

奎摩特显得有点若有所思。“他是个杰出人士，一心一意守护着索拉利和它的社会制度。”

“换句话说，是个理想主义者。”

“对，完全正确。这一点，光从他自愿担任——担任胎儿工程师就看得出来。你可知道，这就是一门应用艺术，而我已经说过他对应用艺术的偏好。”

“这种自愿行为不寻常吗？”

“你不觉得吗——但我忘了你是地球人。是的，很不寻常。这是一种必须有人做却找不到自愿者的工作。通常，我们必须指派一个人接任这个职位，为期若干年，而中选的人都高兴不起来。德拉玛却自愿终身坚守这个岗位。他觉得这个工作太重要了，不该硬塞给那些不情愿的人。他曾经想说服我也投入这一行，但我当然不会自愿做这种事，我绝不可能做这么大的牺牲。不过对他而言，牺牲或许更大，因为他注重个人卫生到了近乎偏执的程度。”

“他的工作到底是什么性质，我仍不确定自己是否已经了解。”

奎摩特的双颊微微泛红。“这个问题，你是不是跟他的助理谈比较好？”

贝莱说：“如果在此之前，有人愿意告诉我德拉玛有个助理，我一定早就这么做了，博士。”

“我对此表示遗憾，”奎摩特说，“但他有助理这件事，同样反映出他多么重视社会责任。以前这个职位是没有助理的，然而，德拉玛觉得有必要找个适当的后生晚辈，由他亲自负责训练，以便将来继承这个职位，因为总有一天他会退休，或是，嗯，死去。”这位老者重重叹了一口气，“他比我年轻得多，竟然先我而去。我曾经跟他下过好多盘棋。”

“你们怎么下棋？”

奎摩特扬起双眉。“最普通的方式。”

“你们面对面？”

奎摩特露出惊恐的表情。“多么可怕的想法！就算我能忍受，但哪怕只有一秒钟，德拉玛也绝对不会答应。身为胎儿工程师并未使他的感觉变得迟钝，他是个吹毛求疵的人。”

“那么你们……”

“跟任何人一样，用两个棋盘来下。”这位索拉利人突然耸了耸肩，一副宽大为怀的模样，“好吧，你是地球人。我的棋步记录在他的棋盘上，反之亦然，这是再简单不过的一件事。”

贝莱又问：“你认识德拉玛夫人吗？”

“我们以显像见过几次。她是一名力场彩绘师，你知道吧，她的一些画作我也看过。可以说很精致，但只能算新奇，谈不上原创性。话说回来，那些作品挺有趣的，看得出她有个敏锐的心灵。”

“你觉得，她有这个能耐杀害她的丈夫吗？”

“我从未想过这个问题。女人是一种匪夷所思的动物。不过，此事几乎没有什么争辩的余地，对不对？只有德拉玛夫人能够贴近瑞坎恩，然后把他杀掉。无论在任何情况下，瑞坎恩绝不会因为任何理由而让第二个人见到他。他极度吹毛求疵，但我或许不该用这几个字。他没有丝毫不正常，没有任何一点点反常。他是个优秀的索拉利公民。”

“你答应见我，难道你会说这是反常吗？”贝莱问。

奎摩特答道：“对，我想我会这么说。我应该说我自己有点恋脏癖。”

“德拉玛会不会是由于政治因素遭到谋杀的？”

“什么？”

“我听说他自称为传统主义者。”

“喔，我们都是啊。”

“你的意思是，索拉利上并没有什么非传统主义者的团体？”

“我敢说还是有些人，”奎摩特慢慢说道，“他们认为太过拥抱传统主义是危险的。对于我们的稀少人口，对于其他世界的人数远远超越我们，他们有点过度担心。他们认为，万一其他外围世界打算发动侵略，我们将毫无招架之力。这么想可真是愚蠢，好在这些人为数不多，我并不认为他们有什么力量。”

“你为什么说他们愚蠢呢？在人数居于如此劣势的情况下，索拉利有什么办法保持势力的均衡？你们有什么新武器吗？”

“武器，当然有，但一点也不新。我提到的那些人，他们不只愚蠢，根本就是瞎子，竟然没看到这个武器一直在发挥作用，而且威力无穷。”

贝莱眯起眼睛。“你不是在开玩笑？”

“当然不是。”

“你了解这种武器吗？”

“其实大家都了解。只要动动脑筋，你也不难想通。或许因为我是社会学家，所以比大多数人更容易看出来。没错，它并不是一般的武器。它不会杀人也不会伤人，但它的威力仍强大无比。正因为没有人注意到，所以它的威力就更强大了。”

贝莱有点恼火地说：“这个非致命武器到底是什么？”

奎摩特答道：“正子机器人。”

第十一章
育场

贝莱觉得一股寒意。正子机器人是太空族超越地球人的象征，称之为武器绰绰有余。

他尽量保持声音的沉稳。“这是一种经济武器。索拉利对其他外围世界很重要，没有索拉利就没有先进的机器人，所以你们当然不会受到侵略。”

“这点显而易见。”奎摩特无精打采地说，“它有助于我们保持独立的地位。但我指的却是另一件事，一件更微妙、范围更广的事。”奎摩特的目光停留在自己的指尖上，他的心思则显然在神游物外。

贝莱问道:“这也是你发明的社会学理论吗？”

奎摩特难掩骄傲的神色，那种欲盖弥彰的表情令对面的地球人几乎忍俊不禁。

这位社会学家说:“的确是我发明的理论。据我所知，原创性百分之百，但如果你仔细研究外围世界的人口数据，这个结论其实很明显。首先我要强调，正子机器人自从问世后，在银河各个角落都越来越受重用。”

“地球例外。”贝莱说。

“慢着，慢着，便衣刑警。我对你们的地球所知不多，但我起码知道机器人也进入了你们的经济体系。你们地球人通通住在大城里，你们的行星表面几乎毫无人烟。所以，是谁在经营你们的农场和矿场？”

“机器人。”贝莱大方地承认，“但如果说到这一点，那么博士，最初发明正子机器人的正是地球人。”

“是吗？你确定？”

“你可以去查，此事千真万确。”

“真有趣。但机器人在那里最没有发展。”社会学家若有所感地说，“或许是因为地球的人口太多，所以需要的时间特别久。对，没错……话说回来，连你们的大城里也已经有机器人了。”

“是的。”贝莱说。

“现在要比——例如比五十年前更多。”

贝莱不耐烦地点了点头。“是的。”

“那就对了，差别仅仅在于时间因素而已。机器人会逐渐取代人工，这样的经济体系是一条单行道；机器人越来越多，而人类越来越少。我曾经非常仔细地研究过人口数据，把它们画成图解，并做了一些外推。”他突然住口，仿佛吃了一惊，“啊，这就是把数学应用到社会学上，对不对？”

“对。”贝莱说。

“而且，似乎有些深刻的意义，我得好好想一想。总之，这些都是我得到的结论，而我确信正确性是毋庸置疑的。在一个接受机械劳工的经济体系中，机器人对人类的比例一律会直线上升，任何试图避免这个趋势的法规命令都是徒劳的。上升的速度虽然缓慢，可是永远不会停止。起初人口会显著增加，但机器人增加的速度却快得多。一旦达到某个临界点之后……”

奎摩特又顿了顿，然后说：“我们这么讲吧。我很想知道有没有决定临界点的精确方法，例如能否真的定出一个数值来。这又要用到你喜欢的数学了。”

贝莱显得坐立不安。“达到临界点之后又会怎样，奎摩特博士？”

“啊？喔，那个世界的人口会开始真正下降，整个行星会趋近真正的社会稳定性。奥罗拉一定会这么发展，就连你们的地球也会。地球或许还需要好几个世纪，但迟早必定会发生的。”

“你所谓的社会稳定性是什么意思？”

“就是我们索拉利这里的情形。在这样的世界上，人人属于悠闲阶级。所以其他的外围世界都没什么好怕的。或许只要再等一个世纪，它们就会通通变成索拉利。我猜就某个角度而言，那将是人类历史的终点，至少可以说是大功告成。终于，人类终于拥有了他们所需要的和想要的一切。你知道吗，我曾经读到一句话，内容和追求幸福有关，但我并不知道真正的出处。”

贝莱语重心长地说：“所有的人类‘秉造物者之赐，拥诸无可转让之权利，包含生命权、自由权与追寻幸福之权。’”

“你说对了。它到底出自哪里？”

“某个古老的文献。”贝莱说。

“你可知道在索拉利，以及将来在整个银河，这句话该如何修正吗？追寻将会结束。人类与生俱来的权利会变成生命权、自由权以及幸福权。不必追寻，就有幸福。”

贝莱冷冷地说：“或许吧，但你们索拉利刚刚发生两桩凶案，一死一重伤。”

此话一出口，他几乎立刻反悔了，因为奎摩特的表情活像被甩了一巴掌。这位老者垂着头说：“我已经尽可能回答你的问题了。你还希望我做些什么吗？”

“没有了，谢谢你，博士。很抱歉，对于你痛失挚友这件事，我对你造成了二度伤害。”

奎摩特慢慢抬起头来。“我很难再找到另一位棋友了。他赴约一向万分准时，而且他的棋品极佳。他是个优秀的索拉利公民。”

“这我了解。”贝莱柔声道，“我能否使用你的显像仪，联络我要去见的下一个人？”

“当然可以，”奎摩特说，“我的机器人供你差遣。现在我要告退了，显像结束。”

奎摩特消失后还不到三十秒，便有个机器人来到贝莱身边。贝莱不禁再度大感好奇，想不通它们是如何接受指挥的。他记得奎摩特在告退之前，曾经伸手按向一个开关，此外什么也没做。

或许那是一种相当概略的讯号，内容仅说：“执行勤务！”或许机器人时时刻刻都在用心聆听，当人类有需要时，它们总是第一时间知晓。如果附近的机器人（无论身躯或心智）并不适合执行那件任务，整合机器人的无线网络便会启动，以便挑选最适当的机器人出马。

一时之间，贝莱把眼前的索拉利想象成一张“机器人网”，它的网眼虽然很小，但还在继续缩小之中，而所有的人类全住在这网子里。他还想到奎摩特说过每个世界都会变成索拉利，那岂不是处处都会出现这些越收越紧的网，连地球也逃不掉，最后……

这时，刚刚进来的那个机器人突然开口，打断了他的思绪。“我随时能替您服务。”它说得轻声细语，表现出身为机器应有的敬意。

贝莱说:“你知道如何联络瑞坎恩·德拉玛生前的工作场所吗?”

“知道,主人。”

贝莱耸了耸肩。他总是忘记避免提出这些没用的问题。机器人当然知道,没什么好问的。他忽然想到,若想真正有效率地指挥机器人,你得先成为专家,成为机器人学家才行。于是他不禁好奇,一般的索拉利人表现如何呢?或许只是平平吧。

他说:“联络那个地方,找德拉玛的助理讲话。如果助理不在那里,不管他在天涯海角,也要把他找出来。”

“是的,主人。”

机器人正要转身离去,贝莱又从后面把它叫住。“慢着!现在那里是什么时间?”

“大约0630时,主人。”

“早上吗?”

“是的,主人。”

贝莱再度起了反感,一个世界怎么会任由太阳的起落决定一切。这就是赤裸裸生活在行星表面的坏处。

他自然而然联想到地球,连忙收回了思绪。专注于手边工作时,他能把自己控制得很好。如果任由乡愁滋长,那他可就毁了。

他说:“不管了,小子,联络那个助理,告诉他这是公事——然后叫另一个小子拿点吃的来。一份三明治,一杯牛奶就行了。”

他心事重重地嚼着那份夹有某种熏肉的三明治,同时不知不觉地想到,在葛鲁尔出事后,丹尼尔·奥利瓦一定会认为每样食物都很可疑。而且,丹尼尔的想法或许没错。

然而，他吃完了三明治，并没有什么不良的后果（至少没有立即的反应），于是开始一口口呷着牛奶。他并未从奎摩特身上问出他想知道的事，可是仍有意料之外的收获。他在心中稍加整理后，觉得自己学到的还真不少。

没错，凶案的线索仍旧零零星星，但他对大环境的了解却突飞猛进。

机器人回来了。“那位助理愿意显像，主人。”

“很好，有没有碰到什么困难？”

“助理仍在睡觉，主人。”

“不过，现在醒了吧？”

“是的，主人。”

这时，那位助理突然出现在他面前，带着一脸的愠怒坐在床上。

贝莱猛然后退，仿佛面前毫无预警地升起一道力场屏障。他又没有问对问题，以致又一次错失了重要的讯息。

谁也没有想到要特别告诉他，瑞坎恩·德拉玛的助理是一名女性。

她的头发凌乱，但看得出颇为浓密，而且比太空族一般的古铜色来得深。她有一张圆脸，一点点蒜头鼻，下巴则相当大。只见她伸手慢慢抓了抓腰部上方，贝莱马上担心床单会溜下来——他联想到了嘉蒂雅在进行显像时的开放作风。

这种幻灭的经验令贝莱觉得五味杂陈。地球人总是假设所有的太空族女性都是美女，而嘉蒂雅当然是个强有力的例证。不过面前这位，即使以地球的标准，也只能算平庸而已。

因此当她开口之际，贝莱难以相信她低沉的嗓音居然那么迷人。她说：“喂，你知不知道现在几点钟？”

“我知道。”贝莱说，“但既然马上要去见你，我觉得应该先通知你一下。”

“见我？老天啊——”她瞪大眼睛，伸手按着下巴。（她手上戴着一枚戒指，这是贝莱在索拉利上见到的第一项个人饰物。）“慢着，你该不会是我的新助理吧？”

“不是，和那件事完全无关。我是来调查瑞坎恩·德拉玛死因的。”

“喔？好，那就调查吧。”

“你叫什么名字？”

“克萝丽莎·康特罗。”

“你为德拉玛博士工作多久了？”

“三年。”

“我猜你现在应该是在工作场所。”（这么含糊的说法，连贝莱自己都有点心虚，但他实在不知道胎儿工程师上班的地方该怎么称呼。）

“你是指我是否在育场里？”克萝丽莎愤愤地说，“我当然在这里。自从老板玩完了，我就没有离开过，而且，看来，除非他们指派一个新助理给我，否则我休想离开。对了，你能不能帮这个忙？”

“很抱歉，女士，我在这方面毫无影响力。”

“我就知道白问了。”

克萝丽莎拉开被单下了床，一点也没有害羞的意思。她穿着一件单套的睡衣，只见她将手伸到颈际，摸索着睡衣接缝末端。

贝莱赶紧说：“慢着。如果你同意和我见面，我们立刻可以结束显像，然后你就能私下换衣服了。”

“私下？”她努出下唇，用好奇的目光望着贝莱，“你很吹毛求疵，是不是？就像老板一样。”

“你愿意和我见面吗？我想参观一下这座育场。”

“我不明白你为何要见我，但如果你想透过显像参观育场，我可以担任向导。我很高兴有机会打破例行作息，但请容我先梳洗一番，处理些杂事，顺便让自己更清醒一点。”

“我不想透过显像，我想要亲眼观看一切。”

这位女士把头偏向一侧，敏锐的眼神透出职业的好奇心。“你是不是哪里不正常？你上次接受基因分析是什么时候的事？”

“耶和华啊！”贝莱咕哝道，“听好，我叫以利亚·贝莱，是从地球来的。”

“从地球来的？”她激昂地喊道，“老天啊！你来这里做什么？这是个精心设计的玩笑吗？”

“我可没开玩笑。我是应邀前来调查德拉玛死因的。我是一名便衣刑警，一名警探。”

“你的意思是那种调查啊。但我以为大家都知道凶手就是他太太。”

“不，女士，我心中仍旧存疑。可否请你允许我亲自造访你以及那座育场。你该了解，身为地球人的我对显像并不习惯，它令我觉得不舒服。我有安全局长签发的文件，准许我亲访本案的关系人。如果你想看，我这就拿出来。”

“看看吧。”

于是，贝莱将那份官方文件举到她的“眼前”。

她摇了摇头。“亲访！真脏呀。话说回来，老天啊，这份工作已经脏透了，我会在乎再脏这一点吗？不过，你给我听好，千万别靠近我，一定要和我保持一大段距离。若有必要，我们大可扯开嗓子交谈，或是派机器人传话。你了解了吗？”

“我了解了。”

在显像中断的那一瞬间，她的睡衣刚好齐中裂开，贝莱还听到她咕哝了一声：“地球人！”

“这样够近了。”克萝丽莎说。

此时贝莱和这位女士相距约二十五英尺。“这个距离我能接受，但我想赶紧进屋去。”

无论如何，今天的情况还算不赖。他已经不怎么在乎飞行了，但是没必要把自己逼到极限。他很想扯扯衣领，让呼吸更顺畅些，最后还是忍住了。

克萝丽莎犀利地问道：“你哪里不对劲？好像虚脱了。”

贝莱说：“我不太习惯户外。”

“那就对了！地球人！你们一定要被关在笼子里。老天啊！”她伸出舌头舔了舔嘴唇，仿佛吃到什么味同嚼蜡的东西，“好，那就进来吧，不过你得先让我腾出位子。好了，请进。”

她的头发现在结成两条粗大的辫子，再以繁复的式样盘在头顶上。贝莱不禁纳闷，梳这种头得花费她多少时间，但他随即恍然大悟，八成是由那些精准的机械手指代劳的。

她的圆脸被这种发型衬托出一种对称感，即使谈不上美丽，也令人觉得赏心悦目。她脸上并没有任何化妆，同理，她的穿着也只注重实用性而已。她全身上下几乎都是深蓝色，只有一双手套例外。那双手套罩住她半个手臂，淡紫的色调和她的衣服很不协调，显然并非她平日装扮的一部分。贝莱注意到手套底下有根手指分外粗大，想必是仍戴着戒指的缘故。

两人站在房间的两端，面对面遥遥相望。

贝莱说：“你不喜欢这种事，对不对，女士？”

克萝丽莎耸了耸肩。“我为什么要喜欢？我又不是野兽，不过我还能忍受。当你必须接触……接触……”她顿了顿，然后翘起下巴，仿佛下定决心要把该讲的话大大方方讲出来，“接触儿童，你就会慢慢变得坚强。”她把“儿童”两字讲得特别清楚。

“听你的口气，你并不喜欢目前这份工作。”

“这工作很重要，一定得有人做。话说回来，我还真不喜欢。”

“瑞坎恩·德拉玛喜欢吗？”

“我猜他也不喜欢，但他从不表现出来。他是个优秀的索拉利公民。”

“但他吹毛求疵。”

克萝丽莎显得很惊讶。

贝莱道：“是你自己说的。刚才我们以显像交谈时，我说你最好私下换衣服，你就说我像老板一样吹毛求疵。”

“喔，好吧，他的确吹毛求疵。即使在显像时，他也一向不随便，总是一丝不苟。”

“这并不寻常吗？”

“不该这样的。理论上，你应当正襟危坐，但从来没人理会，显像时谁也不管这一套。既然并非真正在场，何必那么麻烦呢？你知道吧？我在显像时从不自找麻烦，只有见老板例外。见他的时候，一切都得很正式。”

“你敬重德拉玛博士吗？”

“他是个优秀的索拉利公民。”

贝莱说：“你将这个地方称为育场，刚才又提到了儿童。你们在这里养育下一代吗？”

“从一个月大开始，每个索拉利胎儿都会被送到这里来。”

“胎儿？”

“是的。”她皱起眉头，“我们在受孕后一个月接手，这令你感到尴尬吗？”

“不会。”贝莱断然答道，“你能带我参观一下吗？”

“可以，但你要保持距离。”

当贝莱俯视那个狭长房间之际，他自己的长脸丝毫没有表情。他们是隔着玻璃观看那个房间的，而在玻璃的另一面，他十分肯定，无论温度、湿度或无菌程度都在完美的控制之下。放眼望去只见一排排的罐子，里面盛着成分精准、含有均匀养分的溶液，而一个个小生物就泡在那些罐子里。生命就在这里逐渐成长。

那些胎儿可真小，有些还比不上他的半个拳头。他们个个蜷曲着身子，有着鼓胀的头颅、正在发芽的四肢，以及逐渐消失的尾巴。

站在二十英尺外的克萝丽莎问道：“你觉得怎么样，便衣刑警？”

贝莱问：“总共有多少？”

“以今天上午来说，共有一百五十二个。我们每个月收进十五到二十个新的，送出同样多长大的。”

“在这颗行星上，这样的机构只有你们这一所吗？”

“没错。由于人口只有两万，平均寿命又有三百岁，一所育场便足以维持人口的稳定。这栋建筑相当新，是德拉玛博士亲自监工建造的，他还对作业流程做了很多改进。现在，我们的胎儿死亡率几乎等于零了。”

有不少机器人在玻璃罐之间来回穿梭。在每个罐子前它们都停一下，不厌其烦且一丝不苟地检查各项数据，并仔细观察其中的微小胚胎。

“谁替那些母亲动手术？”贝莱问，“我的意思是，取出那些小东西。”

“自有专人负责。”克萝丽莎答道。

“德拉玛博士？”

“当然不是他，我是指真正的医生。你该不会以为德拉玛博士会甘愿做……唉，算了。”

“为何不能用机器人呢？”

“用机器人动手术？第一法则很难允许这种事，便衣刑警。为了拯救某人的性命，机器人如果有办法，或许的确会替他割除阑尾，但我相信事后它得经过大修，否则就会成为一堆废铁。对正子脑而言，切割人类肌肤是一种相当伤痛的经验。人类医生能慢慢克服这种事，即使必须亲自到场，他们也受得了。”

贝莱又问：“不过，我注意到是机器人在照顾那些胎儿。你和德拉玛博士会介入吗？”

“有时出了错，例如某个胎儿的发育出了问题，我们就必须介入了。凡是攸关人命的事，不能假设机器人一定会作出正确判断。”

贝莱点了点头。“我能想象，太容易因为误判而闹出人命了。”

“刚好相反。太容易过度珍惜生命，而救回不该救的。”她说得斩钉截铁，“身为胎儿工程师，贝莱，我们要确保生出的孩子都很健康，健健康康。但就算父母做了最详尽的基因分析，也无法保证基因的排列组合通通是好的，更何况还有突变的可能。意料之外的突变，要算是我们最大的挑战。我们已将突变率降到千分之一以下，可是，这仍意味着平均十年会碰到一次。”

在她的示意下，他跟着她沿着二楼走廊向前走。

她又说：“我带你去看育婴室和孩童寝室。他们要比胎儿麻烦得多。在他们身上，我们能让机器人代劳的工作极为有限。”

“为什么呢？”

“如果你曾试着教导机器人如何维持纪律，贝莱，你就会知道了。第一法则令它们在这方面几乎使不上力。千万别以为孩童不懂这些，他们刚会说话便学到了。我曾见过一个三岁的小孩，光是大喊‘别伤害我，你们别伤害我’，就使得十来个机器人动弹不得。唯有极为先进的机器人，才会了解小孩子可能故意说谎。”

“德拉玛能应付这些小孩吗？”

“通常都能。”

“他是怎么做到的？是不是钻到他们中间，用棍子跟他们讲道理？”

“德拉玛博士？接触他们？老天啊！当然不会！但他的确会对他们训话，还会对机器人下达特别指令。我曾见过他以显像叫住一个小孩，然后让机器人打他的屁股，前后长达十五分钟，而机器人真的一直打个不停。这么几次之后，那孩子就不敢对老板造次了。而且老板这方面很高明，因此一般说来，机器人事后只需要接受例行调整即可。”

“你自己呢？你自己也会走近那些小孩吗？”

“有时我不得不这么做。我可没有老板的本事。或许有一天，我也能进行远距离指挥，但如果现在尝试，我只会毁掉那些机器人。指挥机器人可以算是一种艺术，你知道吧。每当我想到这种事，我是指走近那些小孩，唉，那些小野兽！”

她突然转头望着他。“我想你不介意见见他们吧。”

“一点也不介意。”

她耸了耸肩，饶富兴味地瞪着他。“地球人！”然后，她重新迈开脚步。“总之，这到底是为什么呢？你一定会得到嘉蒂雅·德拉玛是凶手的结论，一定会的。”

“这点我并不肯定。”贝莱说。

“怎么可能不肯定呢？除了她还会有谁？”

“还有其他的可能，女士。”

“比如说谁？”

“嗯，比如说你！”

克萝丽莎对这句话的反应令贝莱相当惊讶。

第十二章
箭靶

她竟哑然失笑。

她笑得越来越大声，简直一发不可收拾，直到喘不过气来才勉强停止，而她那张圆脸几乎涨成了酱紫色。她靠在墙边，大口大口喘着气。

“不，别过来。”她恳求道，“我还好。”

贝莱神情严肃地说：“这种事有那么可笑吗？”

她试着开口，不料又纵声大笑起来。最后，她以耳语般的声音说：“喔，你果然是地球人！怎么可能是我呢？”

“你很了解他。”贝莱说，“你了解他的习惯，不难策划这桩谋杀。”

“你以为我见得到他？以为我会走到他身边，拿东西猛击他的脑袋？你对这件事根本毫无概念，贝莱。”

贝莱觉得脸都红了。“你为何不能走到他身边，女士？你早已适应了——呃——走入人群。”

“走入这群小孩。”

“适应是可以循序渐进的。你似乎也能忍受我站在你对面。”

“距离二十英尺。”她以不屑的口吻说。

“我刚刚造访过另一个人，由于我的出现，他很快便濒临崩溃。”

克萝丽莎板起脸孔来说：“只是程度上的差别。”

“我认为程度上的差别具有重大意义。既然你对孩童早就习以为常，只要假以时日，或许你就有办法面对德拉玛。”

“我想要指出一点，贝莱先生，”克萝丽莎再也没有被逗乐的样子，“我有办法面对谁和此事丝毫没有关系。德拉玛博士是个吹毛求疵的人，这方面他几乎和李比一样糟。李比喔。即使我有办法面对他，他也没办法面对我。除了德拉玛夫人，他不容许任何人来到和他面对面的距离。”

贝莱追问：“你提到的这个李比是什么人？”

克萝丽莎耸了耸肩。“另一个古里古怪的天才，希望你知道我的意思。他和老板一起研究机器人。”

贝莱默默记下这件事，随即又回到原先的话题。“我们也可以说你拥有动机。”

“什么动机？”

“他一死，你就能接管这个机构，继承他的职位。”

“你把这件事称为动机？老天啊，谁会想要这个职位？索拉利上有这种人吗？恰恰相反，这刚好是让他能好好活着的原因，刚好是罩在他头上的保护伞。你需要找个更好的动机，地球人。”

贝莱伸出食指抓抓脖子，一副信心动摇的模样。他听得出这句话颇有道理。

克萝丽莎又说：“你注意到我的戒指吗，贝莱先生？”

一时之间，她似乎要脱下右手的手套，最后却忍住了。

“注意到了。”贝莱说。

“我想，你并不知道它的意义吧？”

“不知道。”他难过地想，自己永远无法摆脱这种无知的窘境。

“那么，你可愿意上一堂课？”

“只要能帮助我更加了解这该死的世界，”贝莱冲口而出，“我万分乐意。”

“老天啊！”克萝丽莎微微一笑，“我猜我们在你眼中，和地球人在我们眼中差不多。全凭想象。啊，这里有个空房间，我们进去找个地方坐下——不，这房间不够大。不过，我想这么办吧，你去里面坐，我就站在这里。”

她朝走廊另一头走了几步，腾出空位让他进屋去，然后又走回来，贴墙站在门口，和他刚好能够面对面。

贝莱仅仅稍微担心了一下绅士风度，便一屁股坐下来。他赌气似的想：有何不可？就让这个女太空族站着吧。

克萝丽莎将那双粗壮的手臂交握胸前，开口道：“基因分析是我们这个社会的运作关键。当然，我们并不直接分析基因。不过，每一个基因控制一种酶，而我们有办法分析这些酶。了解酶，就能了解人体的化学；了解人体的化学，就能了解人类。你听懂了吗？”

“理论我听懂了，”贝莱说，“但不明白实际上如何运作。”

“实际运作由这里负责。当宝宝尚未脱离胎儿期的时候，我们便开始验血，这就能让我们有个粗略的估量。理论上，此时我们已能抓出所有的突变，判断是否要让宝宝生下来。但事实上，我们在这方面的知识仍有不足，无法将误判的可能清除殆尽。或许总有这么一天吧。总之，宝宝出生后我们会继续进行切片和体液的化验。而无论如何，早在他们长大成人之前，我们就会把这些小男生小女生体内的一切完全弄清楚。”

（蜜糖和香料……贝莱脑海中自动浮现出这几个没意义的字眼。）

“我们手上的戒指，上面用密码刻着我们的基因结构。”克萝丽莎说，“这是个古老的习俗，是从索拉利人尚未采用优生筛选的时代一直流传下来的。如今，我们每个人都健健康康。”

贝莱说：“可是你仍然戴着戒指，为什么呢？”

“因为我与众不同。”她大言不惭，显得十分自傲，“德拉玛博士花了很多时间才找到我担任助理。他需要一个与众不同的人——心灵手巧、工作勤奋、稳定性高，其中最重要的就是稳定性。换句话说，要能学着接触小孩，不至于精神崩溃。”

“他自己做不到，对不对？这代表他的稳定性不够吗？”

克萝丽莎说：“可以这么讲，但至少在大多数情况下，这种不稳定都是良性的。你经常会洗手，对不对？”

贝莱低头看了看自己的双手，不用说当然很干净。“对。”他答道。

“很好。所谓的不稳定，我想可以比喻成你很讨厌弄脏双手，即使在紧急状况下，你也无法清理一个充满油污的机件。话说回来，在日常生活中，这种反感让你能保持干净，所以是好事。”

“我懂了，请继续。”

“没有了。我的基因健康指数是索拉利有史以来的第三名，所以我戴着这枚戒指。我喜欢随身携带这个光荣纪录。”

“恭喜你。”

“你不必冷嘲热讽。这也许不算我的成就，也许只是我的亲代基因盲目组合之下的结果，但无论如何，我还是感到骄傲。因此，谁也不可能相信我会心理变态到杀人的程度，我这种基因做不到。所以别在我身上浪费时间了。”

贝莱耸了耸肩，什么也没说。这女子似乎把基因和证据混为一谈了，想必其他索拉利人也都会这么做吧。

克萝丽莎说：“你想去看那些孩子了吗？”

“好，谢谢你。”

一条条的走廊似乎没有尽头。这显然是一栋巨大的建筑，虽然比不上地球大城内一排排的巨型公寓，但就一个黏在行星表面的独立建筑而言，它想必已经像一座小山。

眼前出现好几百张婴儿床，一个个粉嫩的初生儿或是啼哭，或是睡觉，或是在吃奶。然后，他们又经过几间游戏室，看到好些已经会爬的婴儿。

“甚至到了这个阶段，他们也还不算太坏。”克萝丽莎的口气有些勉强，“不过他们占用了很多机器人。在学会走路之前，几乎一个宝宝就需要一个机器人。”

“为什么呢？”

“如果欠缺个别照顾，他们会病恹恹的。”

贝莱点了点头。“对，我想需要关爱是一种无从消除的本能。”

克萝丽莎皱起眉头，不客气地说：“宝宝需要的是照顾。”

贝莱说：“机器人竟然能满足关爱的需要，倒是令我有点惊讶。”

她猛然转身面向他，虽然隔着一大段距离，仍能让对方将她的不悦看得一清二楚。“听好，贝莱，如果你想拿这些不雅的词汇困扰我，你不会得逞的。老天啊，别那么天真。”

“困扰你？”

“我也能说这两个字，关爱！你想听更简洁有力的说法吗，我照样敢讲，爱！爱！如果你觉得闹够了，那就安分点吧。”

贝莱懒得跟她争辩这些字眼有何不雅，只是说：“那么，机器人真能好好照顾他们吗？”

“显然可以，否则这所育场不会那么成功。它们跟小孩玩在一起，甚至相亲相爱地抱成一团。小孩子并不在乎它们只是机器人。不过，三岁到十岁这个阶段，他们就越来越难伺候了。”

“喔？”

“这段年龄的小孩坚持要和其他小孩玩，几乎毫无例外。”

“我想你们会顺他们的意。”

“我们没办法，但我们也从未忘记有义务教导他们如何成为成年人。每个小孩都有一间可以关上的房间。打从一开始，他们就一定要自己睡，这点我们很坚持。然后，他们每天都会有一段隔离的时间，而且随着年龄逐渐增加。到了十岁的时候，孩子就能连续一星期只用显像。当然，显像装置都很精巧，他们在户外行动时也能使用，而且整天不间断。”

贝莱说：“你们竟然把本能消除得那么彻底，这令我很讶异。我看得出你们刻意这么做，但我仍很讶异。”

“什么本能？”克萝丽莎追问。

“群居的本能。这是最现成的例子。你自己说的，孩子们坚持要玩在一起。”

克萝丽莎耸了耸肩。“你把这种事称为本能？不过，即使是又怎么样？老天啊，小孩都有惧怕坠落的本能，训练有素的成年人却能在高处工作，就算时时刻刻冒着摔落的风险，他们也能克服。你没看过在高空钢丝上进行的体操表演吗？某些世界上还有人住在很高的建筑里。此外，小孩对于巨响也有本能的恐惧，可是你会怕吗？”

“除非是特殊状况。”贝莱答道。

“我敢打赌，在万分安静的情况下，地球人根本睡不着。老天啊，只要有良好的、持续的教育，无论任何本能都可以被取而代之。总之人类的本能都很脆弱。事实上，只要摸对方向，这种教育会一代比一代容易，这就是一种进化。”

贝莱问：“此话怎讲？”

“你看不出来吗？每个人在发育过程中，都会重演自己的演化史。刚才看到的那些胎儿，都会经历一段有鳃有尾巴的时期。这些过程是无法跳过的。同理，小孩子必须经历一段群居动物期。但正如胎儿能在一个月内完成相当于一亿年的演化，我们的小孩也能很快走过群居动物期。根据德拉玛博士的看法，这个过渡阶段会一代比一代更短。”

“是吗？”

“照目前的进度，他估计再过三千年，我们的后代便会直接进入显像期。老板还有些其他的想法，他有心把机器人改造成能出手管教小孩，而不至于变得心智不稳定。有何不可呢？今天的管教是为了让他们明天会更好，这是第一法则的真谛，只要能让机器人明白这点就行了。”

“这种机器人发展出来了吗？”

克萝丽莎摇了摇头。“只怕没有。但德拉玛博士和李比曾经努力研发实验机型。”

“德拉玛博士有没有将这种机型送到他自己的属地？他对机器人学有多精通，能够自己进行测试吗？”

“当然。他经常测试机器人。”

“你知不知道，他遇害的时候，身旁有个机器人？”

“我听说了。”

“你知不知道是什么机型？”

“这点你得问李比。如我所说，和德拉玛博士合作的机器人学家就是他。”

“你对此一无所悉？”

“毫无概念。”

“如果你想到了任何事，请让我知道。”

“我会的。还有，别以为德拉玛博士只对新型机器人有兴趣。他经常提到，总有一天我们能将卵子储存在液态空气的温度下，以待人工受精之用。这么一来，优生原理便能真正付诸实现，而我们便能彻底消除演化的最后一点遗迹，也就是见面的需要。我不确定自己是否完全赞同他的观点，但他是个思想先进的人，是个非常优秀的索拉利公民。”

她很快又补了一句：“你想不想到外面去？我们鼓励五到八岁的小孩多多参与户外活动，你可以看到实际的状况。”

贝莱谨慎地答道：“我会试试看。但我也许很快就得回到室内。”

“喔，对，我忘了。或许你根本不想出去？”

“不。”贝莱挤出一个笑容，“我要试着慢慢习惯户外。”

外面的风很强，令人觉得呼吸困难。就直接感受而言，温度并不算低，可是那种陌生的感觉——那种衣服贴在身上拍动的感觉，让贝莱打心底窜出一股寒意。

当他想要开口说话时，牙齿竟然不由自主打战，他只好一个字一个字迸出来。放眼望去，地平线显得分外遥远，而且是一片朦朦胧胧的蓝绿色，令他的眼睛很不舒服，唯有收回视线，看看脚边的小径，才勉强带来一点舒缓。更重要的是，他避免抬起头——除了偶尔飘来的白云以及火辣辣的太阳，天空尽是一望无际的青蓝色，显得空虚无比。

但他并未拔腿飞奔逃回室内，他终究击败了这个冲动。

他尾随在克萝丽莎后面，保持大约十步的距离。经过一棵树的时候，他小心翼翼地伸出手去——摸起来又粗又硬。好些类似蕨类的叶子在他头顶迎风飘曳，但他并未抬头向上望。反正这是棵活生生的树！

克萝丽莎喊道："你觉得怎样？"

"很好。"

"你从这里就能看到一群小孩。"她说，"他们正在进行某种竞赛。机器人负责主持这个活动，随时防范那些小野兽把同伴的眼睛踢出来。真正面对面的时候，就会有这种可能，你知道吧。"

贝莱缓缓扬起目光，沿着水泥小径向前延伸，逐渐望向草坪和坡地，然后继续向更远的地方望去——非常小心——如果开始害怕，他随时准备收回视线——他用自己的眼睛来感觉——

他看到好些小男生小女生在互相追逐，他们完全不在乎置身于这个世界的表皮，上面只有大气层和太空。此外，还有个闪闪发亮的机器人灵巧地穿梭其间。他们的嬉闹声远远传过来，听起来只是此起彼落的尖叫。

"他们喜欢这种活动。"克萝丽莎说，"你推我，我拉你，摔倒了再爬起来，不停地互相接触。老天啊！他们什么时候才能长大？"

"年龄较大的在做些什么呢？"贝莱指了指站在旁边的另一群孩童，他们彼此间保持着一定距离。

"在练习显像。他们并非真正在那里。但借着显像，他们可以一起散步，一起聊天，一起奔跑，一起游戏。除了没有真正的接触，什么都做得到。”

“离开这里之后，这些小孩会去哪里呢？”

“去他们自己的属地。平均来说，索拉利每年的死亡人数大约等于我们的毕业人数。”

“所以他们会去父母的属地？”

“老天啊，大错特错！如果小孩成年时，他的父母正好死去，那可真是天大的巧合。不，哪个属地空出来，他们就去哪里。反正，如果有人刚好住进父母遗留的宅邸，也很难说他会不会特别高兴——当然，前提是他们知道父母是谁。”

“他们不知道吗？”

她扬起眉毛。“为什么要知道？”

“父母不会来这儿探望他们的小孩吗？”

“你怎么会有这种想法，他们为什么想要来？”

贝莱说：“我可否请你帮我厘清一件事？如果我问某人他有没有小孩，是不是很不礼貌？”

“这是个敏感的问题，你不觉得吗？”

“看怎么说了。”

“我自己不在乎。我的工作就是照顾小孩。别人就不一样了。”

贝莱问：“你自己有小孩吗？”

克萝丽莎吞了一口口水，喉咙明显地微微动了一下。“我想这是我自找的，你有权这么问。我没有。”

“你已婚吗？”

“是的，而且我有自己的属地，要不是这个紧急状况，我也不会过来这里。我如果不亲自到场，恐怕无法控制所有的机器人。”

她怏怏地转过身去，然后伸手一指。“有个小孩摔倒了，自然在放声大哭。”

立刻有个机器人大步向他跑去。

克萝丽莎说：“机器人会把他抱起来，好好哄慰一番。如果他真受了伤，我就会被找去。”她有点紧张地补了一句：“希望不必我亲自出马。”

贝莱做了一个深呼吸。然后，他注意到左方五十英尺处有三棵树排成一个小三角形。他朝那个方向走去，松软的草地踩起来很不愉快，甚至令人觉得恶心。（好像踏着腐尸前进，想到这里，他险些要作呕了。）

他来到那三棵树之间，背靠其中一棵站着。感觉上，周遭仿佛是一圈支离破碎的围墙。阳光透过树叶洒下来，成了一串串不连续的摇曳光影，几乎不怎么可怕了。

克萝丽莎原本站在小径上望着他，这时慢慢向他走来，将两人的距离拉近了一半。

“我在这里待一会儿好吗？”贝莱问。

“没问题。”克萝丽莎答道。

贝莱说：“这些孩子离开育场后，如何让他们和异性交往？”

“交往？”

“彼此互相了解，”贝莱有点担心该怎么表达才保险，“以便有机会结婚。”

“那不是他们的问题。”克萝丽莎说，“他们是由基因分析来配对的，通常在很小的时候就决定了。这是个明智的办法，对不对？”

“他们总是欣然接受吗？”

“你是指结婚？从来不会！那是个非常伤痛的过程。一开始，他们必须彼此适应，每天见面一下子，等到反感消失，就会出现奇迹了。”

“万一他们不喜欢自己的配偶呢？”

“什么？如果基因分析显示两人适合婚配，又有什么……”

“我了解了。”贝莱连忙说。他想到了地球，不禁叹了一口气。

克萝丽莎说：“你还想知道些什么吗？”

如果继续待下去，贝莱不太相信还能再有什么收获。他宁愿就此告别克萝丽莎和胎儿工程学，以便进行下一阶段的调查。

他把自己的意思说了出来，就在这个时候，克萝丽莎突然冲着远处吼道：“你，小孩，就是你！你在做什么？”然后，她转过头来说：“地球人！贝莱！小心！小心！”

贝莱没听清楚她说些什么，仅仅针对她焦急的声音作出反应。原本绷紧的情绪突然像是脱了缰，令他感到一阵恐慌。开放空间和无边天际所带来的恐惧感顿时爆发了。

贝莱仿佛站在很远的地方旁观这一切，他听见自己发出一些无意义的声音，又感觉到自己猛然双膝着地，然后侧身慢慢倒下去。

与此同时，他还听到头顶传来一串破空之声，最后以尖锐的重击声收尾。

贝莱闭上眼睛，双手紧紧抓着浮在地表的小树根，指甲深深陷入泥土中。

他睁开眼睛（一定只过了一两秒而已）。克萝丽莎正在厉声责骂远处一个小孩，而她身边则多出一个默不作声的机器人。在移开视线之前，贝莱只来得及看到小孩手中抓着一样弧形的物件，上面好像还绑着一根线。

贝莱气喘吁吁地挣扎着爬起来。一根亮晶晶的金属杆插在他靠过的那棵树上，吸引了他的目光。他伸手向它抓去，很容易便拔了出来，原来并未刺入太深。他看了看尖端，但没有伸手触摸。虽然不算尖锐，可是若非他摔倒了，这玩意儿足以刺穿他的肌肤。

他至少试了两次，才终于能迈开脚步。他一面向克萝丽莎走去，一面喊道："你，小孩。"

克萝丽莎转过头来，看得出她涨红了脸。她说："这是个意外，你受伤了吗？"

"没有！这是什么东西？"

"它叫弓箭，是用绷在弓上的弦来发射的。"

"像这样。"那小孩嚣张地说，同时向天空射出了一支箭，随即哈哈大笑起来。他看起来身躯柔软，头发颜色很淡。

克萝丽莎说："你会受罚的。给我走吧！"

"等一等。"贝莱叫道，"我有些问题。你叫什么名字？"他一面说，一面揉着被石头撞伤的膝盖。

"比克。"他吊儿郎当地答道。

"这支箭是你射的吗，比克？"

"是啊。"那孩子说。

"你可了解，如果我未能及时闪避，你就会射中我了？"

比克耸了耸肩。"我就是要射你。"

克萝丽莎连忙接口："你必须听我解释，射箭是一种受到鼓励的运动。这种竞技不需要身体的接触，男孩一律透过显像来比赛。我得承认只怕有些孩子会拿机器人当箭靶，他们自得其乐，而机器人又不会受伤。我是这块属地上唯一的成人，因此这孩子一定是把你当成机器人了。"

贝莱用心倾听。他的脑筋渐渐清楚了，而他的长脸因而显得更加忧郁。"比克，你以为我是机器人吗？"他问。

"不，"那小孩说，"你是地球人。"

“很好，走吧。”

比克立刻转身，吹着口哨跑走了。贝莱转向那个机器人，问道：“你！那个小孩怎么会知道我是地球人？还有，他射箭的时候，你没陪在他身边吗？”

“我的确陪着他，主人。我告诉他说你是地球人。”

“你有没有告诉他‘地球人’是什么意思？”

“有的，主人。”

“地球人是什么意思？”

“是一种次等人类，他们会传播疾病，所以不该让他们来到索拉利，主人。”

“这又是谁告诉你的，小子？”

机器人默然不语。

贝莱又问：“你知不知道这是谁告诉你的？”

“我不知道，主人。它来自我的记忆库。”

“所以你告诉那孩子，我是个会传播疾病的次等人类，他就立刻拿箭射我。你为何不阻止他呢？”

“我应该阻止的，主人。我不该坐视人类受到伤害，即使地球人也一样。但他动作太快，我来不及反应。”

“或许你认为我只是地球人，并非道地的人类，所以有些犹豫。”

“没有，主人。”

这句话回答得相当笃定，贝莱却不高兴地噘起嘴来。机器人的否认或许诚实不虚，可是贝莱觉得蹊跷正在这里。

他又问：“你陪在那孩子身边做什么？”

“我替他背箭筒，主人。”

“我能看看那些箭吗？”

他伸出手来。机器人走到他近前，递给他十来支箭。贝莱谨慎地将那枝射中树干的箭放在脚旁，这才一一检视其他那些箭。检查完毕，他将那些箭奉还，再拾起原来那一支。

他问：“你为何刻意拿这支箭给那孩子？”

“没有特别的原因，主人。他跟我要一支箭，而我刚好摸到这支。他四下寻找目标，然后发现了你。他问我这个陌生人是谁，我便解释……”

“我知道你是怎么解释的。其他那些箭后面的羽毛都是黑色，只有你递给他的这支是灰色的。”

机器人干瞪着眼睛，说不出话来。

贝莱继续问：“你故意引导那小孩来这里吗？”

“我们信步走来的，主人。”

地球人贝莱从两棵树之间望出去，刚才那支箭就是从这个空隙飞进来的。“有没有可能，这个叫比克的小孩，他刚好是你们这里最会射箭的？”

机器人点了点头。“他是最优秀的射手，主人。”

克萝丽莎目瞪口呆。“你是怎么猜到的？”

“不难推想。”贝莱冷冷地说，“请你把这支灰羽箭拿去和其他那些箭比较一下。唯有灰羽箭的箭头似乎有点油。我不介意说得夸张一点，女士，你的警告救了我一命。我躲过的是一支毒箭。”

第十三章
机器人学家

克萝丽莎说：“不可能！老天啊，绝对不可能！”

“我不管你是老天啊还是老地啊。育场里有没有什么可杀的动物？找一只来，拿这支箭划它一下，看看有什么结果。”

“但为什么会有人想要……”

贝莱厉声道：“我知道为什么。问题是，谁干的？”

“谁也不会干这种事。”

贝莱再度感到有点头昏眼花，脾气也暴躁起来。他将那支箭朝她丢过去，她则低头盯着它着地的位置。

“捡起来。”贝莱喊道，“你若不想做实验，就把它毁掉。留它在那里，万一让哪个小孩拿去，就会发生意外。”

她连忙捡起那支箭，用拇指和食指捏着。

贝莱拔腿奔向最近的一扇门，克萝丽莎紧随着他进入室内，那支箭一直被她小心翼翼地捏在手上。

进入封闭空间之后，贝莱觉得心情平静了一点。他说：“毒箭是谁做的？”

“我想不出来。”

“我认为不太可能是那男孩自己做的。你有没有办法知道他的父母是谁？”

“我们可以查资料。”克萝丽莎沉着脸答道。

“所以说，你们的确保有亲属关系的资料？”

“为了基因分析，一定要这么做。”

“那孩子知道他的父母是什么人吗？”

“绝对不知道。”克萝丽莎斩钉截铁地说。

“他有没有什么办法查到？”

“他得闯进资料室，那是不可能的。”

“假设有个成年人来访，想要知道自己的孩子是哪……”

克萝丽莎面红耳赤。“几乎不可能有这种事。”

“假设一下无妨。如果他这么问，会得到答案吗？”

“我不知道。其实，他这么问并非不合法，只是绝对违反习俗。”

“你会告诉他吗？”

“我会尽量别说。我知道德拉玛博士不会说，他坚信亲属关系资料应该仅供基因分析。在他之前，或许没有那么严格……总之，你问这些问题做什么？”

“我看不出那孩子自己能有什么动机，所以我想，他可能受了父母的利用。”

“实在太可怕了。”心慌意乱之下，克萝丽莎不知不觉离贝莱越来越近，甚至伸出手来指着他，“怎么会发生这些事呢？老板被杀了，你也险些遭到杀害。在我们索拉利上，谁也没有诉诸暴力的动机啊。我们要什么有什么，所以不会有个人的野心。我们对亲属关系一无所知，因此家族的野心也无从存在。我们个个都拥有健康的基因。”

她随即做恍然大悟状。“慢着，这支箭不可能有毒，我不该让你说服我相信这种事。”

“你为何突然这么肯定？”

“比克身边那个机器人绝不会容许他下毒。我无法想象它会做出任何令人类受到伤害的事。这是机器人学第一法则给我们的保证。”

贝莱问：“是吗？我有点好奇，第一法则到底保证了什么？”

克萝丽莎茫然地瞪着他。“你这话什么意思？”

“没什么意思。你去化验一下箭头，就会发现它有毒。”贝莱几乎懒得再讨论这个问题，他对自己的判断没有丝毫怀疑。“你仍旧相信德拉玛夫人是杀害丈夫的凶手吗？”他转换了话题。

“事发当时，她是唯一在场的人。”

“我懂了。可是，当我差点被毒箭射中的时候，唯一在场的成年人则是你。”

她中气十足地吼道：“我和这件事毫无关系。”

“或许吧。但德拉玛夫人或许同样是无辜的。我能使用你的显像装置吗？”

“当然可以。”

贝莱心知肚明，他打算联络的人绝非嘉蒂雅。因此，当他听到自己说出“找嘉蒂雅·德拉玛”这几个字，内心感到惊讶不已。

机器人毫无异议地服从命令，开始进行显像操作。贝莱望着它，心中的诧异有增无减，怎么也想不通自己为何下达这个命令。

是因为刚才他们讨论到了她这个人？还是因为上回显像时不欢而散，令他有点不安？或者仅仅由于他看久了克萝丽莎粗壮的、几乎可说是中用不中看的体型，因而觉得有必要再瞥嘉蒂雅一眼，才能取得视觉上的平衡？

他在内心替自己辩护：耶和华啊！有时男人必须懂得随机应变。

嘉蒂雅立刻出现在他面前。由于坐在一张巨大笔直的椅子里，她显得比先前更娇小，而且更无助。她的头发向后梳，盘成一个松松的髻。她双耳都戴了长长的耳环，上面的饰物很像是钻石。这回她的穿着相当简单，腰身束得很紧。

她低声说："我很高兴你又显像了，以利亚，我一直在设法找你。"

"早安，嘉蒂雅。"（午安？晚安？他不知道嘉蒂雅的当地时间，也无法从她的穿着判断出来。）"你为什么一直在找我？"

"为了告诉你，我对上次显像时的情绪失控感到抱歉。连奥利瓦先生都不知道你在哪里。"

贝莱眼前突然浮现丹尼尔仍被那些机器人严加看管的画面，差点笑了出来。他说："别放在心上了。我会在几小时后去见你。"

"当然没——见我？"

"真正面对面。"贝莱郑重其事地说。

她睁大眼睛，指甲陷进柔软的塑质扶手中。"你这么做有任何原因吗？"

"我必须这么做。"

"我认为没……"

"你允许吗？"

她别过头去。"有绝对的必要吗？"

"有的。不过，我必须先去见另一个人。你丈夫生前对机器人很感兴趣，你跟我提过这件事，我也从别处获得了佐证。可是，他自己并非机器人学家吧？"

“他学的不是这个，以利亚。”她仍旧避开他的目光。

“但他和一名机器人学家合作，对不对？”

“约珊·李比，”她立刻答道，“他是我的好朋友。”

“是吗？”贝莱精神为之一振。

嘉蒂雅似乎吓了一跳。“我不该这么说吗？”

“如果是实情，又有何不可？”

“我总是担心会说错话，令我自己好像——你不了解我现在的处境，大家都咬定我做了一件坏事。”

“放轻松点。李比怎么会是你的朋友呢？”

“喔，我也讲不清楚。或许原因之一，是他的属地就在旁边，显像几乎不需要能量，因此我们随时随地可以显像，连自由行动也没什么困难。我们总是一起散步，至少以前常这么做。”

“我不知道你能和别人一起散步。”

嘉蒂雅面红耳赤。“我是说透过显像。哎呀，我常常忘记你是地球人。自由行动显像是指镜头跟着我们跑，无论双方走到哪里，联系始终不会中断。我们分别在自己的属地，我走我的，他走他的，但我们始终在一起。”她扬起下巴，“这能带来许多欢乐。”

然后，她突然吃吃笑了起来。“可怜的约珊。”

“为何这么说？”

“我想到你以为我们并非透过显像，而是真正一起散步。他要是知道竟然有人这么想，一定会气死。”

“为什么？”

“这方面他很极端。他告诉过我，打从五岁起就再也不见任何人，一律只用显像。有些小孩就是这样。瑞坎恩——”她顿了顿，显得有点困惑，然后继续说，“瑞坎恩，我的丈夫，当我提到约珊的时候，他曾对我说，会有越来越多的小孩像他那样。他还强调这是一种社会进化，不爱用显像的会逐渐被淘汰。你认为有道理吗？”

“我没资格回答这个问题。”贝莱说。

“约珊甚至不肯结婚。瑞坎恩因此很生气，告诉他这是反社会的行为，而且我们的基因库需要他贡献基因，但约珊硬是不肯考虑。”

“他有这个权利吗？”

“没——有。”嘉蒂雅颇为迟疑地说，“但他是个非常杰出的机器人学家，你知道吧，而机器人学家在索拉利十分受重视。我猜他们对他特别通融吧。不过，我想瑞坎恩打算终止和约珊的合作。他曾告诉我，约珊是索拉利的败类。”

“他跟约珊这么说过吗？”

“我不知道。他去世前，一直和约珊维持着合作关系。”

“但他认为约珊是索拉利的败类，因为他拒绝结婚？”

“瑞坎恩曾经说，婚姻是生命中最困难的事，但无论如何要忍受。”

“你怎么想呢？”

“你指哪方面，以利亚？”

“婚姻，你也认为它是生命中最困难的事吗？”

她的表情逐渐变得空洞，仿佛她正尽力摘除挂在脸上的情绪。“我没想过这个问题。”她答道。

贝莱又问：“你原本说总是和约珊·李比一起散步，随即改口说那是以前的事。所以，你不再和他一起散步了？”

嘉蒂雅摇了摇头，脸上再度有了表情——悲伤。“对，似乎再也不会了。我联络过他一两次，他总是很忙的样子，所以我不想——你知道我的意思。”

“这是你丈夫死后的事吗？”

“不，在那之前，至少好几个月吧。”

“你会不会认为是德拉玛博士命令他别再理你？”

嘉蒂雅似乎又吓了一跳。“他为何要这么做？约珊又不是机器人，我当然也不是。瑞坎恩为何要对我们下令，我们又怎么会接受他的命令？”

贝莱懒得再多作解释了。如果真要解释，他也只能用地球的词汇，那会使她越听越糊涂。万一她真听懂了，也只会感到恶心而已。

贝莱说：“只是随便问问罢了。等我找到李比之后，嘉蒂雅，我会再跟你联络。对了，你那里现在是什么时间？”脱口而出之后，他立刻后悔了。机器人会换算成地球时间来回答这个问题，但嘉蒂雅说的很可能是索拉利钟点，而贝莱再也不想表现得那么无知了。

好在嘉蒂雅并未使用钟点，只是约略地说：“下午。”

“所以李比的属地也是下午喽？”

“是啊。”

“很好，我会尽快再跟你联络，到时我们再来安排见面。”

她又犹豫起来。“有绝对的必要吗？”

“是的。”

她低声答道：“好吧。”

联络李比有点小困难，贝莱利用这个空当又吃了一个三明治——一个原本并未拆封的三明治。不过他越来越谨慎了，在拆封之前，他先仔细检查了封套，然后又花了很大的力气，把三明治也好好检查了一遍。

吃完后，他拿起一个密封的塑胶容器，用牙齿咬出一个开口。那是一罐未完全解冻的牛奶，而他就直接这么喝了。他闷闷不乐地想到，据说有些无臭无味的慢性毒药，能够借着针头或高压注射神不知鬼不觉地注入容器内。他随即觉得这个想法太幼稚，便将它抛在脑后了。

目前为止，这几桩谋杀都是以最直接的方式进行的。无论是把受害者的头部打烂、将毒得死十几个人的毒药放进杯子里，或是公然以毒箭发动攻击，通通算不上精巧的手法。

然后他又（几乎同样闷闷不乐地）想到，如果自己一直在许多时区之间跳来跳去，就不可能有规律的用餐时间。而如果这么持续下去，规律的睡眠也将与他绝缘。

机器人来到他身边。“李比博士指示你明天再找时间联络，他正忙着一件重要的事。”

贝莱跳了起来，高声吼道：“你去告诉那家伙……”

他并未说下去。对机器人大吼大叫根本没用。或者应该说，你想吼想叫当然随便你，得到的结果却和轻声细语没有两样。

他改用平常的语气说：“你去告诉李比博士——或是他的机器人，如果你见不到他本人的话——就说我正在调查一桩谋杀案，死者是个优秀的索拉利公民，而且跟他有事业上的合作关系。你告诉他，我不能等他把事情做完。然后你再告诉他，如果五分钟内没看到他显像，我马上飞去他的属地，一小时内就会跟他面对面。你就用‘面对面’这三个字，以免有任何误会。”

说完，贝莱继续吃他的三明治。

结果还不到五分钟，李比——其实是个陌生的索拉利人，但贝莱假定他就是李比——已经在他面前龇牙咧嘴。贝莱也不甘示弱地还以颜色。

身材瘦削的李比站得笔直。他有一双鼓凸的黑眼珠，令他看起来一副心不在焉的样子，更何况这时他的双眼满是怒火。他的另一个特征是一边的眼睑有点下垂。

他说:“你就是那个地球人?”

“以利亚·贝莱,”贝莱答道,“C7级便衣刑警,正在负责侦办瑞坎恩·德拉玛博士的命案。你叫什么名字?”

“我是约珊·李比博士。你怎么有这个胆子打断我的工作?”

“很简单,”贝莱平心静气地说,“这是我的工作。”

“把你的工作拿到别处做去。”

“我得先问你几个问题,博士。我确信你和德拉玛博士曾有密切的合作关系,对吗?”

李比突然攥起一只拳头,朝一个壁炉大步走过去。壁炉上有个小巧的机械装置,正在进行着繁复的周期运动,令人看得眼花缭乱。

显像的镜头一直聚焦在李比身上,因此当他走动时,身体始终保持在投影的正中央。相较之下,室内的景物似乎不断后退,而且伴随着小幅的起伏。

李比说:“如果你就是葛鲁尔坚持要找来的外星人士……”

“正是在下。”

“那你就是我所反对的对象。显像结束。”

“且慢,别切断。”贝莱不但猛然提高音量,还猛然伸手指向对方,机器人学家则做了一个明显的闪避动作,同时扁起嘴来,显得极其厌恶。

贝莱说:“你该知道,我说要和你面对面,绝非虚张声势。”

“别要地球人的野蛮,拜托。”

“我只是想用最直截了当的方式作个说明。如果我不能透过显像和你说话,就只好直接去见你了。我会抓着你的衣领,让你不得不听我说。”

李比回瞪他一眼。“你是卑鄙下流的野兽。”

“随便你怎么讲，但我会照我说的来做。”

“如果你试图侵入我的属地，我就……我就……”

贝莱扬了扬眉。“就杀了我？你常常做这种威胁吗？”

“我没威胁谁。”

“那就开口吧。如果你没有浪费时间，我们可能已经谈得差不多了。你和德拉玛博士曾有密切的合作关系，对吗？”

机器人学家低下头来。他的肩膀微微起伏，显示他的呼吸逐渐平稳缓和了。等到再抬头时，他已经恢复自制，甚至勉强挤出一个短暂而无力的笑容。

“对。”

“据我所知，德拉玛对新型机器人很感兴趣。”

“是的。”

“哪种机器人？”

“你是机器人学家吗？”

“不是，请别对我说行话。”

“我怀疑自己是否做得到。”

“试试看！比方说，我想他希望能让机器人有办法教训小孩，这牵涉到哪些修改？”

李比稍稍扬了扬眉，然后说：“如果略过所有的细节，用最简单的方式来说，就是要提高C积分的强度，以便影响W65阶上的斯氏串联路径反应。”

“你在故弄玄虚。”贝莱说。

“这是实情。”

“在我听来就是故弄玄虚。你还能换个什么说法吗？”

“就是在某种程度上削弱第一法则。”

“为什么呢？管教孩子是为了他的将来着想。这理论有什么不对？”

“啊，为了将来着想！”李比激动得双眼放光，他似乎越来越不在意对方，越来越能滔滔不绝。“你认为这是简单的观念？有多少人会为了美好的将来，而愿意接受一点点的不便？我们都知道为了避免胃痛，现在应该少吃点美食；或是为了治疗胃痛，现在必须吞下苦口良药，可是小孩需要花多少时间才能学会呢？而你，竟然想要机器人了解这个道理？

“机器人如果打痛小孩，正子脑就会产生很强的干扰电位。要抵消这个电位，机器人必须明白‘为了将来着想’是什么意思，这需要很多额外的正子径路才做得到，除非牺牲其他一些电路，否则正子脑的重量会增加百分之五十。”

贝莱说：“所以，你并没有成功造出这样的机器人。”

“没有，我也不太可能成功，任何人都不可能。”

“德拉玛博士遇害的时候，是不是正在测试这样的实验机型？”

“不是那种机型。我们也在研究其他比较实用的机型。”

贝莱心平气和说：“李比博士，我得多学一点有关机器人学的知识，我要请你教我。”

李比拼命摇头，原本下垂的眼皮垂得更低了，勉强可以说有点像眯着一只眼睛。“机器人学的知识绝非一时半刻能说清楚的，我没那个时间。”

“纵然如此，你还是必须教我。在索拉利这个世界上，机器人的气息几乎无处不在。如果我们需要多花些时间，我就更有必要和你面对面交谈。我是地球人，无法透过显像安心自在地工作或思考。”

在贝莱想象中，李比的强硬态度已经到顶了，但事实则不然。

只听他说：“你们地球人的恐惧症与我无关，面对面绝无可能。”

“我想你会改变主意的，因为我马上要告诉你，我想请教你的主要是什么问题。”

“不会的，没有什么能改变我的心意。”

“是吗？那么听好，我坚决相信在正子机器人的发展史上，机器人学第一法则一直遭到刻意的曲解。”

李比仿佛突然抽了筋。“曲解？傻瓜！疯子！为什么？”

“为了掩盖一个事实，”贝莱泰然自若地说，“机器人能够进行谋杀。”

第十四章
动 机

李比慢慢张大嘴巴。贝莱起初以为他要咆哮一番，后来却相当惊讶地发现，那是他生平所见最不成功的一个笑容。

李比开口道：“别这么说，千万别这么说。”

“为什么？”

“因为那是有害的言论，会削弱人类对机器人的信心，任何这类言行都是有害的。不信任机器人是人类的通病！”

他仿佛是在教训小孩子；仿佛是将一串怒吼刻意轻声细语地说出来；仿佛他虽然很想祭出死刑，仍先试着劝诱对方浪子回头。

李比问道：“你对机器人学的历史清楚吗？”

“还可以。”

“身为地球人，你应当清楚。你可知道，机器人刚出现的时候，引发了很强的科学怪人情结？人类对机器人充满疑虑，非但不信任它们，而且心怀恐惧。于是，机器人学几乎成了一门地下科学。机器人之所以个个内建三大法则，最初就是为了克服这种疑虑，但即便如此，地球上还是不可能发展出机器人化的社会。当初会有人离开地球，移民到银河其他角落，原因之一就是为了善加利用机器人，好让人类永远脱离贫困劳苦。可是，大家对机器人仍有潜在的疑虑，一有什么风吹草动，这种心理便会窜出来作怪。”

“这种不信任机器人的内心挣扎，你自己也经历过吗？”贝莱问。

“很多次。”李比绷着脸说。

“莫非这就是你们这些机器人学家愿意稍微曲解事实，以便尽可能消除疑虑的原因？”

“我们没有曲解任何事！”

“比方说，三大法则没遭到曲解吗？”

“没有！”

“我能提出明确的证据。除非你有办法说服我，否则只要有机会，我就会向全银河证明这件事。”

“你疯了。我向你保证，无论你自以为掌握了什么证据，都一定靠不住。”

“我们是不是该讨论一下？”

“如果不太花时间的话。”

“面对面讨论？”

李比那张瘦脸扭成了一团。“不行！”

“再见了，李比博士。会有人愿意听我说的。”

“慢着。银河啊，老兄，慢着！”

“见面？”

机器人学家将双手举到下巴附近，晃来晃去了一阵子。只见一只拇指慢慢钻进他嘴巴里，就再也没有出来了。他的眼睛则茫然地望着贝莱。

贝莱心想：他是不是让自己退回到五岁之前，以便心安理得地和我相见？

“见面？”他又说。

不料李比缓缓摇了摇头。“我做不到，做不到。”他含着拇指，口齿不清地呻吟，“你爱怎么做就怎么做吧。”

在贝莱的瞪视下，李比转过身去面对着墙壁。这个直挺挺的索拉利人终于弯腰了，还将脸孔埋到了颤抖的双手中。

贝莱说：“好吧，我同意，就用显像吧。”

李比背对着他说：“失陪一会儿，我马上回来。”

贝莱利用这段空当去了一趟卫浴间，然后，他从镜子里端详那张刚刚洗过的脸。自己是否逐渐受到索拉利和索拉利人的影响？他心中没有答案。

他叹了一口气，拍下按键召来一个机器人。然后，他没转头便说：“除了我正在用的这一台，育场里还有其他的显像仪吗？”

“另外还有三个机座，主人。”

“那你就告诉克萝丽莎·康特罗——告诉你的女主人，我要继续使用这台，请她别打扰我。用完了，我自会跟她说。”

“是的，主人。”

贝莱回到原来那个房间，显像仪依旧对准李比刚才现身之处。现在那里仍是一片空洞，他索性坐下来等待。

不多久李比便出现了，随着他的脚步，房间仿佛又开始轻微晃动。显然，镜头毫无延迟地从锁定房中央转为锁定他这个人。贝莱想起显像控制的复杂程度，不禁感到有点肃然起敬。

李比几乎恢复正常了，这相当明显。他的头发梳得服服帖帖，衣服也换过了。他现在穿着一套宽松的服装，闪闪发光的质料十分吸引目光。他从墙上拉出一张椅子坐了下来。

“你对第一法则到底有什么独到的看法？”他一本正经地说。

“我们会遭窃听吗？”

“不会，我做了预防。”

贝莱点了点头。“我先来引述一下第一法则。”

“我看没必要。”

“我知道，但还是让我引述一下吧：机器人不得伤害人类，或因不作为而使人类受到伤害。”

“怎么样？”

“且说刚抵达索拉利时，我是搭乘地面车前往指定给我的属地。为了避免让我接触到开放空间，那辆地面车在行进中完全封闭。身为地球人……”

“这点我知道，”李比不耐烦地说，“但这又和第一法则有什么关系？”

“驾驶那辆车的机器人并不知道这一点。我要它打开天窗，它立刻遵命了。根据第二法则，它必须服从命令。我当然觉得很不舒服，好在天窗及时关闭，否则我就要崩溃了。能不能说那机器人伤害了我？”

“它是奉命行事。”李比回嘴道。

“我来引述一下第二法则：除非违背第一法则，机器人必须服从人类的命令。所以你看，我的命令应该无效才对。”

“荒谬。机器人并不知道……”

坐在椅子上的贝莱倾身向前。“啊！这就对了。让我们把最正确的第一法则说一遍吧：机器人不得在知情的情况下伤害人类，或在知情的情况下因不作为而使人类受到伤害。”

“这个道理大家都懂。”

“我认为一般人并不懂。否则，人人都会了解机器人能进行谋杀。”

李比脸色苍白。“你有精神病！你是疯子！”

贝莱凝视着自己的指尖。“我想，凡是不会对人类造成伤害的任务，机器人都会执行？”

“必须有人下令。”李比说。

“是的，当然必须有人下令。而如果有另一个机器人，奉命执行另一件任务，只要这件任务不会对人类造成伤害，我想它也是会执行的？”

“没错。”

“有没有可能，这两件任务本身对人类都毫无危害，加在一起却构成了一桩谋杀案？”

“什么？”李比的表情变得很阴沉。

“我想请教你对这个问题的专业意见。”贝莱说，“我来说一个假设性个案吧。假设某人对机器人说：‘把这种液体放一点到某处的一壶牛奶里。这种液体无毒无害，我只是想知道它对牛奶有何影响。一旦我确定了，便会把那壶牛奶倒掉。等你做完这项工作，把它忘得一干二净。’”

李比依旧沉着脸，什么也没说。

贝莱继续说道：“如果我叫机器人把那个神秘液体加到牛奶里，然后拿给某人喝，第一法则会促使它提出质疑：‘这个液体到底是什么？会不会对人类有害？’即使我向机器人保证这么做绝对安全，第一法则还是会让它存疑，因而拒绝端出那壶牛奶。然而，如果我告诉它最后会把牛奶倒掉，第一法则就不会介入了。请问机器人会不会服从命令？”

李比开始面露凶光。

贝莱又说：“然而，第二个机器人并不知道那壶牛奶被动了手脚。在完全不知情的情况下，它把牛奶倒出一杯给某人喝，而那人就被毒死了。”

李比大叫一声：“不会的！”

“为何不会？两件任务本身都是无害的，只有加在一起才会构成谋杀。难道你否认有这种可能性吗？”

“凶手应该是那个下令的人。”李比吼道。

“如果你追根究底，这么说当然没错。不过，那两个机器人却是直接的凶手，是行凶的工具。”

“没有人会下这种命令。”

“有这种人，而且他真做了。谋杀葛鲁尔局长一定就是用这种方法进行的。我想，你应该听说过这件事了。”

“在索拉利，”李比喃喃道，“每件事都会传到你耳朵里。”

“那你就该知道，葛鲁尔是在吃晚餐时遭毒害的，而且是当着两个人的面，除了我自己，还有我的搭档，也就是来自奥罗拉的奥利瓦先生。你能想出把毒药送进他嘴里的第二种方法吗？当时，他的属地上没有别人。身为索拉利人，你一定明白这个事实。”

“我又不是警探，我对犯罪手法一窍不通。”

“我已经告诉你一种了。我想知道它是否可能；我想知道两个不知情的机器人能否合作完成一件谋杀案。你是专家，李比博士，有这个可能吗？”

不堪其扰的李比终于答道：“可能。”声音低到贝莱几乎都听不见。

贝莱说：“很好。第一法则的讨论到此为止。”

李比瞪着贝莱，只见他那下垂的眼皮慢慢眨了一两下。他原本紧握的双手这时已分了开，不过手指依旧弯曲，仿佛那两只手仍各握着一只隐形的手掌。最后，他终于把双手摆到膝盖上，直到这个时候，十根指头才总算放松了。

贝莱出神地瞧着整个过程。

李比说："理论上有可能，仅仅理论上！可是地球人，别那么容易就把第一法则否定了。想要智取第一法则，你必须对机器人下达非常高明的命令才行。"

"同意。"贝莱说，"我只是个地球人，我对机器人几乎一无所知，刚刚我说的那些命令只是举例而已。在这方面，索拉利人一定比我优秀得多，下的命令也高明得多。这点我很肯定。"

李比恐怕根本没听进这句话，他高声道："万一机器人真能用来伤害人类，那就意味着正子脑的功能必须赶紧扩充。或许有人会说我们应当改良人类的品行，但那是不可能的，所以必须让机器人更不容易受骗。

"我们一直有进展，相较于一个世纪前，我们的机器人变得更多元，更专门化，能力更强，而且更加安全了。而一个世纪之后，我们还会有更多的进展。如果船舰的操控装置能够内建正子脑，何必还要由机器人操控那些装置呢？这就是专门化。不过，我们也能朝普遍化发展。何不替机器人装上可置换的四肢，啊？有何不可呢？如果我们……"

贝莱突然打岔："你是索拉利上唯一的机器人学家吗？"

"别傻了。"

"我只是好奇。比方说，除了他的助手，德拉玛博士就是你们唯一的——呃——胎儿工程师。"

"索拉利上的机器人学家超过二十位。"

"你是最优秀的一位吗？"

"是的。"李比大言不惭地说。

"德拉玛生前和你合作过。"

“是的。”

贝莱又说：“据我所知，后来他打算终止和你的合作关系。”

“没这迹象啊。你怎么会这么想？”

“据我所知，他很不认同你的独身主义。”

“或许吧，他是个典型的索拉利人。然而，这并不影响我们两人在事业上的合作。”

“换个话题。除了发展新型机器人，你是否也负责制造和修理现有的机型？”

李比答道：“制造和修理的工作主要由机器人执行。在我的属地上，有一间很大的工厂，以及一间维修厂。”

“顺便问问，机器人是否经常需要修理？”

“恰好相反。”

“这是否意味着你们尚未发展出修理机器人的科学？”

“没这回事。”李比硬邦邦地说。

“那个出现在德拉玛博士凶案现场的机器人，现在情况如何？”

李比别过头去，只见他双眉深锁，仿佛试图将一个痛苦的想法锁在心头之外。“完全毁了。”

“真的完全毁了？它还能回答什么问题吗？”

“什么也答不出来，百分之百成了废物。它的正子脑完全短路了，没有一条径路完好。想想看！它目睹了一场谋杀，而它竟然无法阻止……”

“对了，它为什么会无法阻止呢？”

“谁晓得？当时德拉玛博士正在研究那个机器人，我不知道它被设定成怎样的心理模式。比方说，他也许正在检查一个特殊的电路元件，因而命令它暂停所有的运作。这时，如果有个德拉玛博士和那机器人都绝不会怀疑的人，突然发动致命的攻击，机器人就很可能需要一些时间，才能藉由第一法则电位克服德拉玛博士的暂停命令。至于这段时间到底有多长，则取决于攻击的方式，以及德拉玛博士到底下达了怎样的命令。此外，我还可以想出十几个理由，来解释机器人为何无法阻止那桩谋杀。然而，无法阻止就是违背了第一法则，这就足以把机器人脑中的正子径路通通烧坏。”

“但机器人既然根本无能为力，它还需要负责吗？第一法则会要求机器人执行不可能的任务吗？”

李比耸了耸肩。“尽管你试图把第一法则说得一文不值，其实它对人类的保护是无所不用其极的。它绝不允许任何借口。只要违背第一法则，机器人一定完蛋。”

“这是个普适的规律吗，博士？”

“所有的机器人普遍适用。”

贝莱说：“我真学到了一点东西。”

“那就再多学一点吧。你刚刚提出的那个理论，什么两个无害的机器人加起来就能完成一桩谋杀，对于侦办德拉玛博士的命案根本毫无帮助。”

“为什么？”

“他的死因并非中毒，而是遭到钝器重击。必须有人挥动那个凶器，请注意一定是人，而绝非机器人。没有任何机器人会砸烂人类的头颅。”

“假设在不知情的情况下，”贝莱说，“某个机器人按下启动机关的按键，让重物掉到德拉玛头上。”

李比冷笑了一下。“地球人，我以显像看过凶案现场。我也熟悉这则新闻，你该知道，这桩谋杀是索拉利上的大事。所以我很清楚，并无迹象显示现场架设过什么机械装置，或曾有任何重物坠落。”

贝莱说：“所以也没有什么钝器喽。”

李比挖苦道：“你是警探，找出来啊。”

“既然机器人不可能杀害德拉玛博士，那么凶手到底是谁呢？”

“人人都知道凶手是谁。”李比吼道，“他的妻子！嘉蒂雅！”

贝莱心想：至少这点是他们一致的共识。

他提高音量道：“那么，毒害葛鲁尔的机器人又是服从何方神圣的命令呢？”

“我想这……”李比越说越小声。

“你该不会认为凶手另有其人吧？倘若第一个案子是嘉蒂雅干的，第二个案子她也一定脱不了干系。”

“没错，你说得很对。”他的声音又恢复了信心，“一定就是这样。”

“一定？”

“别人通通无法和德拉玛博士接近到能下杀手的距离。他和我一样坚决不见人，只不过他对一个人破例，那就是他的妻子，而我则没有任何例外。我比较聪明。”机器人学家狂笑几声。

“我相信你认识她。”贝莱冷不防地说。

“认识谁？”

“她。我们只谈论过一个‘她’，嘉蒂雅！”

“谁告诉你说我跟她特别熟？”李比追问。他将手举到喉咙附近，把衣服的颈部接缝拉下一英寸，好让呼吸顺畅些。

“嘉蒂雅自己说的。你们常常一起散步。”

“是吗？我们是邻居，这是很平常的一件事。她算是个挺可爱的人。”

“所以说，你对她有正面评价？”

李比耸了耸肩。“和她聊天是件轻松愉快的事。”

“你们聊些什么？”

“机器人学。”他有几分讶异，仿佛这是个意料之外的问题。

“她也聊机器人学吗？”

“她对机器人学一窍不通，完全不懂！但她听得进去。而她会说些她自己在玩的力场什么的，她称之为力场彩绘。我对那玩意儿提不起劲，但我愿意听听。”

“你们始终没有面对面？”

李比露出嫌恶的表情，并未回答这个问题。

贝莱另起炉灶，问道：“她对你有吸引力吗？”

“什么？”

“你觉得她对你有吸引力吗？肉体上的？”

李比瞪大眼睛，连那个不太正常的眼皮都扬了起来。“卑鄙下流的野兽。”他用颤抖的嘴唇吐出这几个字。

“那就让我换个方式说吧。你什么时候开始觉得嘉蒂雅不可爱了？刚才你用了‘可爱’两字，希望你还记得。”

“你这话是什么意思？”

“你说你曾经觉得她可爱，如今你又相信她谋杀了亲夫，所以应该不觉得她可爱了。”

“之前我看错了她。”

“就算她真是凶手吧，可是在她杀害亲夫之前，你便认定自己看错了人。早在凶案发生前好一阵子，你已经不再和她一起散步了。为什么呢？”

李比说：“这重要吗？”

“在被过滤之前，任何事物都是重要的。”

“听好，如果你要我以机器人学家的身份提供意见，尽管发问，但我可不回答任何私人问题。”

贝莱说：“你和本案的死者以及主嫌都曾经有密切的关系，难道你看不出私人问题是免不了的吗？你到底为什么不再和嘉蒂雅散步了？”

李比回嘴道：“我忽然发觉和她没话可说了，忽然发觉自己太忙了，忽然发觉和她散步没什么意义了。”

“换句话说，你忽然发觉她不再可爱了。”

“好，就算是吧。”

“她为什么突然不再可爱了？”

李比咆哮道：“不为什么。”

贝莱并不理会对方的激动。“但你仍然十分了解嘉蒂雅，她究竟会有什么动机呢？”

“什么动机？”

“谁也没有跟我提过她的动机。不用说，嘉蒂雅绝不会无缘无故犯下谋杀案。”

“银河啊！”李比仰起头来，仿佛准备张口大笑，结果却没有。“没人告诉你吗？嗯，或许没有人知道。不过我知道，她告诉过我，她常常跟我说。”

“跟你说什么，李比博士？”

“唉，她经常和她丈夫吵架，而且吵得很凶。她恨他，地球人。真的没有人告诉过你吗？她自己也没告诉你吗？”

第十五章
光雕

贝莱像是眉心着实挨了一记，但他努力表现得若无其事。

从索拉利人的生活方式看来，他们想必将私生活看得神圣不可侵犯。凡是有关婚姻或子女的问题一律上不得台面。因此他假设，夫妻之间也有可能出现经常性的争吵，但同样被视为不可打探的隐私。

可是如果牵涉到命案呢？难道也没有人甘冒大不韪，询问嫌犯是否经常和丈夫吵架吗？而那些知道内情的人，应讯时难道也不会稍微提一下吗？

嗯，至少李比做到了。

贝莱问："他们到底吵些什么？"

"我想，你最好还是问她吧。"

贝莱心想此话有理。他硬邦邦地站了起来。"李比博士，谢谢你的合作。稍后我或许还会需要你的协助，希望能随时联络到你。"

"显像结束。"刚说完，李比和他那部分的房间立刻消失无踪。

贝莱竟然不在乎搭飞机穿越开放空间了，这还是生平头一遭。非但一点也不在乎，而且几乎有如鱼得水的感觉。

他甚至并未想到地球或洁西。离开地球才不过几个星期，感觉上却好像有好几年了。而他来到索拉利还不满三天，居然像是已经住了一辈子。

一个人对恶劣环境的适应，真有那么快吗？

或者是因为嘉蒂雅的关系？他很快就要见到她，真正地面对面。莫非他的信心正是由此而来，而那种交织着忧虑和期待的古怪感受也同出一源？

她能忍受面对面吗？他十分好奇。她会不会像奎摩特那般，不到几分钟便溜走，然后以显像求饶？

当他进门时，她正站在狭长房间的另一头等着他。今天，她几乎像是印象派画家笔下的人物，被浓缩到了最本质的成分。

她的嘴唇擦着淡淡的口红，眉毛轻轻画了几笔，耳垂则涂着淡蓝色，但除此之外，她脸上未施任何脂粉。她看起来有点苍白，有些害怕，而且非常年轻。

她淡棕色的头发向后梳，灰蓝色的眼珠显得有些羞涩。她穿着一身暗蓝色的服装，说是黑色也不为过，只有两侧镶着细细的白色滚边。她借着长袖遮住手臂，并戴着一副白手套，外加一双平底鞋。除了脸庞，她可以说没有任何肌肤显露在外，就连脖子都绕着一圈不算起眼的褶带。

贝莱停下脚步。“这个距离够近了吗，嘉蒂雅？”

她的呼吸有点急促。“我差点忘了你真的会来到面前。这和显像没什么差别，不是吗？我的意思是，只要别想着是面对面就行了。”

贝莱说：“对我而言相当稀松平常。”

“在地球上，的确。”她闭上眼睛，“有时我也会试着想象那种情形。到处挤满了人，你走在路上，身旁总是有其他人，对面还会有人迎面向你走来。几十个……”

“几百个。”贝莱说，“你可曾在胶卷书中看过地球的照片？或是在小说中读到过地球的场景？”

“那种书我们这儿不多，但我读过以其他外围世界为背景的小说，在那些世界上，面对面是家常便饭。小说里没有什么新奇感，似乎像是多方显像而已。”

“小说中的人物会接吻吗？”

她羞得满脸通红。“我不读那种小说。”

“从不？”

“嗯——你也知道，总会有几本淫秽读物私下在流传，有些时候，仅仅出于好奇——真恶心，我不骗你。”

“是吗？”

她突然又精神振奋地说：“可是地球不同，上面有那么多人。你们走在街上，以利亚，我猜你们会碰——碰触到别人。我的意思是，一个不小心。”

贝莱露出似笑非笑的表情。“一个不小心，你还会把人撞倒呢。”他想到了捷运带上那些跳上跳下、你拉我推的青少年，不免窜出一股浓浓的乡愁。

嘉蒂雅说：“你不必站得那么远。”

“我靠近些你受得了吗？”

“我想还好吧。如果我希望你停下来，会跟你直说的。”

贝莱一步步向她接近，嘉蒂雅一直瞪大眼睛望着他。

她忽然冒出一句：“你想不想看看我的力场彩绘？”

这时贝莱站在六英尺外。他停下脚步打量对方，她看起来既娇小又柔弱。他试着想象她手中握着一样东西（到底是什么？）朝她丈夫的头颅猛力挥去。他试着想象她在盛怒之下丧失了理智，因而成了杀人凶手。

他必须承认，这是有可能的。只要有合用的武器，并且足够恼羞成怒，就算她只有一百零五磅，仍然能够令受害者脑袋开花。贝莱知道有些女杀人犯（当然是在地球上），当她们静下来的时候，简直就是小白兔。

他问："力场彩绘是什么，嘉蒂雅？"

"一种艺术品。"她答道。

贝莱想起李比曾经提到嘉蒂雅的艺术创作，连忙点了点头。"我很想开开眼界。"

"那就跟我来吧。"

贝莱谨慎地和她维持着六英尺的距离。这要比克萝丽莎所要求的距离短得多，还不到三分之一。

他们走进一间亮晃晃的房间，每个角落都映出五颜六色的光芒。

嘉蒂雅显得很得意。她抬头望着贝莱，眼神中充满期待。

虽然贝莱并未开口，他的反应显然完全符合她的期待。他慢慢转身，试图弄清楚自己到底在看些什么，因为这里除了光线还是光线，根本没有任何有形的实体。

一个个环形底座上摆放着一团又一团的光芒。它们仿佛活生生的几何形体，由无数的彩色线条编织而成，虽然互绕成一个完整的造型，各自仍维持着独立性。每件作品各有特色，甚至彼此没有丝毫相似之处。

贝莱为了适当的字眼而搜索枯肠，最后说："这些作品有什么意涵吗？"

嘉蒂雅发出悦耳的低沉笑声。“你喜欢它们有什么意涵都行。它们只是一团团会让你感到愤怒、快乐或好奇的光线，总之会把我在创作时的情绪传达给你。我可以替你做一个，就像为你画像一样。不过或许不会做得太好，因为只是即兴创作而已。”

“你愿意吗？我非常感兴趣。”

“没问题。”她快步走向房间的一角，在经过他身边时，和他相距仅仅数英寸，但她似乎并未注意到。

她来到某个光雕旁，碰了碰它的底座，那个杰作立刻消失无踪。

贝莱倒抽一口气，叫道：“别那么做。”

“没关系，反正这个我已经看腻了。我还要把其他作品暂时调暗，以免令我分神。”她打开附在墙上的控电盘，调动了一个变阻器，那些五光十色便几乎看不见了。

贝莱问：“没有机器人替你做这种事吗？我是指开关电路？”

“嘘，嘘。”她有点不耐烦，“我不让机器人来这里。这是我的天地。”她皱着眉头望着他，“我对你不够熟悉，这是个小麻烦。”

她并未望着那个底座，但她的双手轻轻放在它的光滑表面上——十指通通弯着，仿佛蓄势待发。

一根手指开始有了动作，在光滑的表面画出半个圆弧。一道深黄色的光芒从底座钻出来，斜斜地一路向上延伸。一旦那根指头稍微向后退，深黄色便逐渐变淡了一点。

她打量了一下子。“我想它算完成了。一种没有重量的力量。”

“耶和华啊。”贝莱说。

“你不高兴了？”她举起双手，那道黄色光芒依旧竖立在原处。

“不，一点也不。但这是什么呢？你是怎么做出来的？”

“这可不容易解释，”嘉蒂雅若有所思地望着那个底座，“因为我自己也不算真正了解。有人告诉我，这是一种光学幻象，实质上是用各种能阶所建立的力场。它们来自超空间，真的，因此欠缺普通空间应有的性质。不同的能阶，会让人眼看到不同的色泽。这些色泽和色彩全由我的指尖温度控制，我只要轻触底座的适当位置即可。在每个底座里头，都藏着各式各样的控制器。”

“你的意思是，如果我把手指放到那里……”贝莱走过去，嘉蒂雅随即让位给他。他试探性地把食指放到底座上，感到了轻微的震动。

“试试看，动动你的手指，以利亚。”嘉蒂雅说。

贝莱依言照做，底座便冒出一团暗灰色的光芒，把那道黄光给挤歪了。贝莱连忙抽回手指，嘉蒂雅被逗得哈哈大笑，但立刻表示了悔意。

“我不该笑你的。”她说，“真的非常不简单，就算你练了很久也一样。”她伸出手来轻轻一拂，速度快到贝莱根本看不清楚，下一刻，他做出的那个怪东西就不见了，只剩下黄光继续一枝独秀。

“这手艺你是怎么学来的？”贝莱问。

“我只是自己不断尝试。这是一种新的艺术，你知道吧，只有一两个人真正精通……”

“而你是最棒的。”贝莱没好气地说，“在索拉利，人人都能声称自己最棒，或是独一无二。”

“你不必嘲笑我。我的作品曾经公开展出，我还亲自做过示范。”她扬起下巴，她的骄傲是毋庸置疑的。

她继续说：“让我把你的光雕做完吧。”她的手指又动了起来。

在她的操弄下，又有几条弯弯曲曲的光线窜出来，每一条都有着尖锐的角度，而且皆以蓝色为主要色调。

“这算是地球吧。”嘉蒂雅咬了咬下唇，“我总是把地球想成蓝色，上面挤满了人，时时刻刻面对面，面对面。显像则比较接近玫瑰色。这是我的看法，你说呢？”

“耶和华啊，我无法把任何事物想成颜色。”

“无法？”她心不在焉地问，“例如你常说的‘耶和华啊’，就像是一小块紫色。而且带个尖角，因为通常你都是脱口而出，像射箭一样。”一小块紫光冒了出来，很接近底座的正中心。

“然后，”她说，“再加上这个，便大功告成了。”这时凭空出现一个既单调又毫无光泽的蓝灰色空心立方体，将整个作品团团围住。里面的光线仍旧透得出来，只是暗了不少，像是遭到了囚禁。

贝莱感到一阵难过，仿佛他自己被关了起来，无法随心所欲做自己想做的事。“最后这个是什么？”他问。

嘉蒂雅说：“就是你的围墙啊。这是你内心最深的感受，你走不出去，你必须待在里面。你被关在这里头，难道你看不出来吗？”

贝莱又看了几眼，但就是不敢苟同。他说：“那些围墙不会一直关着我，我今天就出来了。”

“是吗？你很自在吗？”

他忍不住发动反击。“和你见我的情形差不多。你虽然不喜欢，但还能够忍受。”

她若有所思地望着他。“你现在想不想出去？跟我一起？去散散步？”

贝莱的直觉反应是：耶和华啊，不要。

她又说：“我从来没有跟别人散过步，我是指面对面。现在还是白天，而且天气不错。”

贝莱望了望以自己为主题的抽象派光雕，然后说：“如果我去，你会把那团灰色拿掉吗？”

她笑了笑，答道：“我先看看你表现如何。”

在他们离去后，那座光雕仍旧留在原处。它用代表大城的灰色光芒，将贝莱的灵魂牢牢禁锢住。

贝莱有点发抖。一阵微风吹过，令他感到一丝寒意。

嘉蒂雅问：“你冷吗？”

“之前温度没这么低。”贝莱咕哝道。

“那是因为天色已晚，但这种温度还不能算冷。你想不想穿外套？我可以叫机器人马上送过来。”

“不，没关系。”他们沿着狭窄的人工小径向前走，他忽然问道：“当初你和李比博士就是在这里散步吗？”

“喔不。我们在田野间到处乱逛，不时能听见动物的声音，却很少见到干活的机器人。不过为了以防万一，这回你我只能在房子附近走走。”

“万一什么？”

“嗯，万一你想进屋去。”

“或是万一你受不了面对面了？”

“我真的无所谓。”她不在乎地说。

放眼望去，四面八方全是黄色和绿色的组合。头上的树叶隐约传来阵阵的沙沙声，周遭不时响起尖锐的鸟叫和刺耳的虫鸣，地面上则有一团团的黑影。

他特别注意的是那些黑影。其中一个就在他面前，形状像一个人，而且动作和他自己出奇相似，令人感到毛骨悚然。贝莱当然听说过所谓的影子，也知道那是怎么回事，但由于大城里到处都是间接的照明，他始终未曾特别注意影子的存在。

他知道索拉利的太阳就在背后。虽然他提醒自己千万别回头，但他心知肚明，它就在那里。

太空很大，而且很寂寞，他却发觉自己深受它的吸引。他心中浮现一个画面，自己走在一颗行星的地表，头上有好几千英里，不，好几千光年的空间。

这个孤独寂寞的画面，为何对他有那么大的吸引力？他并不想与孤独寂寞为伴，他想要的是地球，是那些挤满了人的大城，他渴望那种温暖和热闹。

偏偏这个画面就是不出现。他试着在心中召唤纽约，召唤其中的嘈杂、拥挤和纷扰，不久他便发现，目前自己所能想到的，就只有这个宁静且带有凉意的索拉利星表面。

在有意无意之间，贝莱逐渐向嘉蒂雅走近，直到两人相距只有两英尺的时候，他才发觉她露出惊吓的表情。

“很抱歉。”他立刻边说边后退。

她喘着气说：“没关系。你想不想往那边走？那里有些花圃，或许你会喜欢。”

她所指的那个方向和太阳刚好相反。贝莱默默跟着她向前走去。

嘉蒂雅说：“再过几个月，一切就会很有趣了。每到温暖的季节，我就能跳进湖里游泳，或是在田野间尽情奔跑，跑到再也不想跑的时候，我便会一头倒在地上，一动不动地躺着。”

她低头审视自己的穿着。“但今天并不适合这么做。穿着这身衣服，我只能走路了。文文静静地，你知道吧。”

“你喜欢怎么穿呢？”贝莱问。

“顶多穿个背心和短裤吧。”她一面喊，一面举起双臂，仿佛正在享受那种想象中的自由。“有时穿得更少，有时我只穿凉鞋，这么一来，每寸肌肤都能感受到空气——喔，抱歉，我冒犯你了。”

贝莱说：“没有，没关系。你和李比博士散步时，就是这么穿的吗？”

“不一定，要看天气。有时我穿得非常少，但那只是显像，你知道吧。我希望你真的了解。”

“我了解。不过李比博士呢？他也穿得很少吗？”

“约珊穿得很少？”一抹笑容掠过她的脸庞，“喔不，他总是非常庄重。”嘉蒂雅硬挤出一个严肃的表情，还眯着一只眼睛，把李比的特征模仿得惟妙惟肖，令贝莱忍不住低声叫好。

“他是这么讲话的，”她说，“亲爱的嘉蒂雅，考虑到一阶电位对正子流所造成的效应……”

“他真的和你说这些吗？机器人学？”

“大多都是。喔，你知道吗，他可认真呢。他总是想试着教我机器人学，从未放弃过。”

“你学到什么吗？”

“什么也没学到，半点都没有。那些话听起来完全不知所云。他难免会生我的气，不过每当他骂我，如果我们刚好在湖边，我就会跳到水里，用水泼他。”

“用水泼他？我以为你们是在显像。”

她哈哈大笑。“你真是个地球人。他当然是在自己房里，或是他自己的属地。我泼的水碰不到他，但他照样会闪躲——你看那里。”

贝莱放眼望去。他们刚绕过一片茂密的树林，这时已经来到一块空地。一条条小红砖道从中穿过，将它切成好几部分，空地正中央还有个装饰用的池塘。这里盛开着无数花朵，排列得井然有序。贝莱在胶卷书中看过照片，因此知道它们就是所谓的花。

那些花和嘉蒂雅制作的光雕可说有些神似，贝莱因而猜想，这个花圃就是她的灵感来源吧。他小心谨慎地摸摸其中一朵，然后四下望了望，发觉红花和黄花占了绝大多数。

而在四下张望之际，贝莱瞥见了天际的太阳。

他不安地说：“太阳垂得很低。”

“因为快傍晚了。”嘉蒂雅背对着他叫道。她已经跑到了池塘边，坐在一张石头打造的长椅上。“过来，”她一面挥手一面喊，“如果你不喜欢坐在石头上，站着也无妨。”

贝莱慢慢向前走去。“它每天都会这么低吗？”问完这句话，他立刻后悔了。只要行星不断旋转，太阳就只有中午才会高悬天顶，上下午一定会比较接近地平线。

他虽然能告诉自己这个事实，却不能改变心中长久以来的既定想法。他知道所谓的夜晚是怎么回事，甚至亲身经历过；在这段时间中，整个行星都会安稳地替你挡在太阳前面。他也知道到了白天，仍会有一片片的云朵扮演保护伞的角色。话说回来，每当他想到行星表面，心中总会浮现一幅太阳高挂天际、放出灼热光芒的画面。

他回头很快望了一下，快到仅瞥见太阳一眼，然后他开始寻思：如果自己决定回房去，距离会不会太远了。

嘉蒂雅指了指石椅的另一端。

贝莱说：“和你的位子很近，不是吗？”

她将那双小手一摊。“我已经渐渐习惯了，真的。”

于是他坐下来，面对着她，以免看到太阳。

她忽然上身向后仰，从水里拉出一朵杯状的小花——外面是黄色，里面有着白色条纹，丝毫谈不上艳丽。她说：“这是个土生土长的植物。这里大多数的花，其实都是从地球引进的。”

她小心翼翼地将花递给他，花柄的断处仍在滴水。

贝莱同样小心翼翼地伸出手来。“你把它杀死了。”他说。

“只不过是一朵花，这儿有好几千朵呢。”不料他尚未碰到那朵小黄花，她便突然抽回手去，而且双眼射出异彩，“还是你想要暗示，既然我能杀死一朵花，也就能够杀人。”

贝莱好言好语劝道：“我什么也没有暗示。能否让我看看？”

贝莱其实并不想碰那玩意儿。它原本生长在潮湿的泥土中，现在还散发着一股污泥味。这些索拉利人，他们采取那么谨慎的态度，尽量避免接触地球人，甚至避免彼此接触，怎么会如此随便地碰触脏泥巴呢？

贝莱将花柄握在拇指和食指之间，仔细端详了一番。这朵花由好几片薄薄的组织所组成，它们源自一个共同中心，然后逐渐向上弯。“杯子”里则有一个白色的突起，外表看起来很湿润，边缘则有些像是黑丝线的东西，正在风中轻微抖动。

她问：“你闻得到它的味道吗？”

贝莱立刻注意到它所散发的香气。他将鼻子凑过去，然后说：“闻起来像是女人身上的香水。”

嘉蒂雅用力一拍手，显得相当开心。“果真是不折不扣的地球人。你真正的意思应该是香水闻起来很像这朵花。”

贝莱懊丧地点了点头。他对户外逐渐厌烦了，所有的影子都越来越长，景色则越来越阴暗。可是他坚决不肯示弱。他想要除去围住自己那尊雕像的灰色光墙。虽说有点不自量力，但他别无选择。

嘉蒂雅作势要从他手中取走那朵花，贝莱欣然放手。她一面慢慢扯去花瓣，一面说：“我想，每个女人的味道都不一样。”

“看她用什么样的香水喽。”贝莱漫不经心地答道。

“想想看，靠近到足以分辨香水的距离。我不擦香水，因为没有人靠近我。现在是例外。但我想你常常闻得到香水，甚至天天闻到吧。在地球上，你的妻子总是在你身边，对不对？”她将注意力完全放在那朵花上，皱着眉头仔仔细细地一瓣瓣将它肢解。

“她并非总是在我身边，”贝莱说，“并非分秒形影不离。”

“但大多时候都在。无论何时你想要……”

贝莱突然打岔道：“李比博士为何那么想要教你机器人学，你猜是什么原因？”

那朵花现在只剩花柄和里面那团突起了。嘉蒂雅用手指夹着它转来转去，然后随手丢进池塘，但它并未立刻沉下去。“我想，他希望我当他的助理。”她说。

“他跟你这么说过吗，嘉蒂雅？”

“最后才说的，以利亚。我想他是不耐烦了。总之他曾问我，难道不觉得机器人学是个有趣的领域吗？我自然照实回答，说自己再也想不到有什么比机器人学更无趣的了。结果他相当生气。”

“后来，他就再也没有跟你一起散步了？”

她说：“你知道吗，我想你说得很对。想必我伤了他的心。问题是，我又能怎么做呢？”

“不过，在此之前，你已经把你和德拉玛博士争吵的事告诉他了。”

她的双手仿佛抽筋般牢牢攥紧，她整个人则僵立在原处，头垂了下来，微微偏向一侧。“什么争吵？”她的声音高得很不自然。

“你和你丈夫的争吵。我晓得你恨他。”

她恶狠狠地瞪着他。“谁告诉你的？约珊？”她的脸孔不但扭曲，而且一阵红一阵青。

“李比博士提到过，我想这是真的。”

她浑身发抖。“你还是在试图证明我是凶手。我一直把你当成朋友，没想到你只是——只是个警探。”

她举起拳头，贝莱一动不动。

他说："你知道你不能碰我。"

她终于放下拳头，别过脸去，开始饮泣。

贝莱则低下头，闭上双眼，把那些恼人的长长影子关在眼皮外面。"德拉玛博士并不是个感情非常丰富的人，对吧？"他说。

她像是掐着脖子回应道："他是个工作非常忙碌的人。"

贝莱说："反之，你的感情非常丰富。你对男人感兴趣，你自己了解吗？"

"我情——情不自禁，我知道这很恶心，但我情不自禁。这种事光……光是说说就很恶心。"

"不过，你的确跟李比博士说过吧？"

"我必须找人说说，找约珊自然最方便，而且他似乎并不介意，说出来我就觉得好多了。"

"这就是你和你丈夫争吵的原因吗？因为他感情不够丰富，对你冷冰冰的，所以你心生怨恨？"

"有时我真恨他。"她无奈地耸了耸肩，"他只是个优秀的公民罢了，我们甚至没有打算生……生……"她说不下去了。

贝莱耐心等待。他觉得满肚子寒气，而且户外的压力重重压在他身上。等到嘉蒂雅的抽噎逐渐平息，他尽可能柔声问道："是你杀了他吗，嘉蒂雅？"

"不——是。"然后，突然间，仿佛她的心防通通融化了。"我还有些事没告诉你。"

"好，那现在请说。"

"当时我们正在争吵，我是说他死的时候。那种争吵千篇一律，我对他大叫大嚷，他却从来不回嘴。他甚至几乎不说一句话，那只会让气氛更僵。我好生气，非常生气。然后我就什么都不记得了。"

“耶和华啊！”贝莱轻晃了一下，他瞪大眼睛，目光锁定长椅上的灰石板。“你说什么都不记得是什么意思？”

“我的意思是，他就这么死了，我拼命尖叫，马上进来几个机器人……”

“是你杀了他吗？”

“我不记得了，以利亚。如果是我做的，我应该会记得，对不对？问题是我也记不得到底发生了什么事，我好害怕，非常害怕。帮帮我，拜托，以利亚。”

“别担心，嘉蒂雅，我会帮你的。”贝莱设法把纷扰的思绪锁定在凶器上。它到哪里去了呢？一定被人拿走了。如果真是这样，就只有凶手做得到这件事。既然案发之后，立刻有机器人在现场看到嘉蒂雅，她就不可能拿走凶器。凶手一定是别人，不论索拉利人全都怎么看这件案子，凶手一定是别人。

贝莱觉得一阵晕眩，心想：我得赶紧回屋去。

他说：“嘉蒂雅——”

不知怎么回事，他开始凝视地平线附近的太阳。他必须转头才看得见，而他仿佛着了魔，居然看得目不转睛。他从未见过这样的太阳，又大又红，但有点暗淡，盯着看也不至于刺眼。他看到好些细长的云朵飘在太阳上方，还有一条压在它身上，活像一根黑色的棍子。

贝莱喃喃道：“太阳看起来好红。”

他听到嘉蒂雅无精打采地闷声道：“落日总是红的，一副即将熄灭的样子。”

贝莱心中浮现一个画面。太阳之所以落到地平线上，其实是由于行星表面以一千英里的时速在不断后退；索拉利星就这么在裸阳下旋转，完全无顾于表面上有好些称为人类的微生物，它疯狂地不停旋转，旋转……旋转……

他的脑袋也开始旋转了，下方的长椅逐渐倾斜，上方的天空也起了变化，蓝色，深蓝色，而太阳已消失无踪。他看到树梢和地面同时跳起来，听到嘉蒂雅隐约发出尖叫，接着又听到一声……

第十六章
解 释

贝莱首先察觉到这是个封闭空间，户外景色全都不见了，然后才看到一张脸孔正在俯视自己。

他定睛望去，并未立刻认出那是谁。一会儿之后，他叫道："丹尼尔！"

听到这声叫唤，机器人脸上并未显露出意味着宽心或任何其他情绪的表情，他只是说："你能恢复意识就没问题了，以利亚伙伴。我认为你并未受到任何外伤。"

"我很好。"贝莱不耐烦地应道，同时吃力地用手肘把自己撑起来，"耶和华啊，我在床上吗？这是干什么？"

"今天你数度暴露在开放空间中，身体已经承受不了，需要好好休息。"

"不，我需要先问几个问题。"贝莱四下张望了一番，虽然有点晕眩，他却试图在心中否认这个事实。这个房间看起来很陌生，但窗帘通通拉了下来，而所有的光线都是人工照明，让他觉得舒服多了。"比方说，我在哪里？"

"在德拉玛夫人宅邸的一个房间里。"

"下一个问题，让我们把话讲清楚。你在这里做什么？我明明命令几个机器人看住你，你是怎么逃脱的？"

丹尼尔说："我早已猜到这样的发展会令你不高兴，但为了能让我执行命令，更为了保护你的安全，我觉得没有选择……"

"你究竟做了什么？耶和华啊！"

"几小时前，德拉玛夫人似乎在试着找你。"

"没错。"贝莱想起嘉蒂雅曾经提过这件事，"这我知道。"

"当初你命令那些机器人把我当囚犯看管，你是这么说的：'不准它——你是指我——和其他人联络，不准它和其他机器人说话，无论面对面或显像都不行。'然而，以利亚伙伴，你完全没提到不准其他人或机器人和我联络。你看出其中的差异了吗？"

贝莱呻吟了一声。

丹尼尔又说："不必难过，以利亚伙伴。这道命令中的瑕疵可说救了你一命，因为它让我及时赶了过来。你知道吗，当德拉玛夫人以显像联络我时，看管我的机器人并未阻止她，因此我们说上话了。她开口就问你在哪里，而我相当诚实地答道，我对你的行踪并不清楚，但我能试着帮她找一找。看来她似乎急于要我帮忙。我说，我想你可能暂时离开我们的宅邸了，我会先确认这件事，与此同时，她最好能命令我身边的机器人在宅邸里也找找看。"

"难道她不觉得奇怪，你为何不自己下命令？"

"我想我给了她一个印象：我是奥罗拉人，对机器人并不像她那么熟悉，因此她下的命令会更有权威性，会让机器人更快完成任务。众所周知，索拉利人对于他们操纵机器人的技巧一向很自负，而且一向瞧不起其他太空族对机器人的掌控能力。你难道不这么认为吗，以利亚伙伴？"

“于是，她就把它们支走了？”

“没有那么简单。它们坚决奉行原来的命令，可是当然说不清楚是怎么回事，因为你曾命令它们绝对不可以泄露我的真实身份。最后她还是收服了它们，只不过她是在盛怒之中吼出那些命令的。”

“然后你就离开了。”

“是的，以利亚伙伴。”

贝莱心想，真可惜，嘉蒂雅并不认为这段插曲有多么重要，所以并未在显像时告诉自己。他说：“你花了很长时间才找到我，丹尼尔。”

“索拉利机器人共享一个透过次乙太传递的讯息网，一个熟练的索拉利人随时能够从中取得讯息。可是，由于这些讯息得透过几百万个机器人传递，换成像我这样欠缺经验的人，便注定得花些时间才能找到有用的资料。过了一个多小时，我才终于获悉你的下落。然后我又花了一些时间，在你之后造访了德拉玛博士的工作场所。”

“你去那里做什么？”

“进行我自己的调查。很抱歉我不得不擅自这么做，可是情况紧急，我也就别无选择了。”

贝莱问：“你有没有以显像或当面见到克萝丽莎·康特罗？”

“我以显像见过她，不过并非从我们的属地，而是从她那里的另一个房间。那所育场有些重要记录，我必须查一查。在一般情况下，透过显像就足够了，但我恐怕不宜继续待在我们的属地，因为那三个机器人知道我的真实身份，很可能会再把我拘禁起来。”

贝莱觉得几乎恢复了。他跳下床来，发现自己穿着一件像是睡袍的衣服，不禁露出嫌恶的表情。“把我的衣服拿来。”

丹尼尔立刻遵命。

贝莱一面穿衣服，一面问："德拉玛夫人在哪里？"

"她遭到软禁了，以利亚伙伴。"

"什么？谁下的命令？"

"我下的命令。她被软禁在自己的卧室，由机器人看管，只能下达和个人需求相关的命令，其余命令一律无效。"

"你自己下令？"

"这块属地上的机器人并不晓得我的真实身份。"

贝莱穿好了衣服。"我知道嘉蒂雅涉嫌重大。"他说，"她的确有行凶的机会，事实上，她掌握的机会超过我们原先的想象。她并非听到丈夫的叫喊才赶到现场的，之前她并未吐露实情，其实她一直都在那里。"

"她是否声称目睹了行凶经过，或看到了凶手？"

"没有。她对那个关键时刻毫无记忆，这倒是常有的事。此外，我还查到了她也有动机。"

"什么动机，以利亚伙伴？"

"一个打从一开始我就在怀疑的动机。我曾告诉自己，如果这里是地球，又如果德拉玛博士正如他人所说的那样，而嘉蒂雅·德拉玛则是个表里如一的女子，那么我会说她的确爱他，至少曾经爱过，偏偏他却只爱自己。问题是，索拉利人对爱情的感受和反应到底和地球人相不相同，那就很难说了。对于他们的情感和反应，我认为自己还抓不准。正是由于这个缘故，我必须见见他们。不是以显像，而是面对面。"

"我听不懂了，以利亚伙伴。"

"我也不知道能否对你解释清楚。这些索拉利人早在出生之前，就对他们的基因做好详细规划，而在出生后，还经常接受基因分析。”

“这我知道。”

“但基因无法代表一切，环境也是一项重要因素。基因只能指出某种精神疾病的可能性，环境却能让人真正发病。你有没有注意到嘉蒂雅对地球很感兴趣？”

“我还提到过呢，以利亚伙伴，我说那是她为了影响你的判断，故意装出来的。”

“假设她真感兴趣，甚至十分着迷；假设地球人的某项特质令她感到兴奋；假设吸引她的东西被她视为肮脏下流，她却不由自主受到吸引。这就可能是一种异常心态。为了证实我的猜测，我必须和一些索拉利人碰面，看看他们有何反应，此外我还得和她本人碰面，以便看看她有何反应。正因为如此，我必须不计任何代价摆脱你，丹尼尔；也正因为如此，我必须舍弃以显像当调查工具。”

“你并未这么解释过，以利亚伙伴。”

“这样的解释，会减轻第一法则要求你担负的责任吗？”

丹尼尔沉默不语。

贝莱继续说：“这个实验奏效了。我试着造访几个索拉利人，也几乎都见到了。一位年迈的社会学家试着接见我，但半途便知难而退。一位机器人学家拒绝接见我，无论我怎么威胁都没用。光是想到这个可能性，就吓得他几乎退化成婴儿，一面吸手指一面掉眼泪。德拉玛博士的助理由于职业上的训练，还算习惯和人面对面，所以她能当面见我，但始终保持二十英尺的距离。另一方面，嘉蒂雅……”

“她怎样，以利亚伙伴？”

“嘉蒂雅只犹豫了一下子，就答应见我了。她很容易就适应了和我面对面，而且不难看出，她的紧张情绪一直在减轻之中。这完全符合精神疾病的界定。她不介意和我见面，她对地球深感兴趣，她对自己的丈夫也可能表现出异常的兴趣。这通通可以归纳成一个强烈的欲望，而且是索拉利人眼中病态的欲望，那就是渴望异性出现在自己面前。德拉玛博士自己并不是这种人，所以无法配合她，更不可能产生共鸣。这一定令她非常沮丧。”

丹尼尔点了点头。“沮丧到了足以因为一时气愤而痛下杀手。”

“即便如此，我仍不这么想，丹尼尔。”

“或许是你自己被自己的动机给影响了，以利亚伙伴？德拉玛夫人是个迷人的女子，对你这个地球人而言，喜欢面对迷人的女子绝对不算病态。”

“我有更好的理由。”贝莱显得不太自在。（丹尼尔的冷酷目光简直能把他的灵魂看穿。耶和华啊！这家伙只是个机器罢了。）他继续说下去：“如果她真是杀夫的凶手，那么她一定也曾试图谋杀葛鲁尔。”他差点忍不住要解释如何用两个机器人来进行谋杀，最后压下了这个冲动。如果让丹尼尔听到这个理论——机器人能在不知情的情况下成为凶手——很难想象他会有什么反应。

丹尼尔说：“除此之外，她还试图杀害你。”

贝莱皱起眉头。他从未打算告诉丹尼尔自己险些被毒箭射中；丹尼尔对他的安危已有过度的顾虑，犯不着再火上加油了。

他气呼呼地说：“克萝丽莎到底跟你讲了什么？”他该叮嘱她什么也别提，话说回来，他又怎么知道丹尼尔会查案查到那里去？

丹尼尔心平气和地说：“康特罗夫人和这件事毫无关系，这桩罪行是我亲眼目睹的。”

贝莱完全糊涂了。“当时你并不在场啊。”

丹尼尔说：“一小时前，是我亲手接住你，把你抱来这里的。”

“你到底在说些什么？”

“你不记得了吗，以利亚伙伴？那几乎是个完美的谋杀计划。德拉玛夫人有没有建议你到户外走走？我并未目睹这一幕，但我敢说是她提议的。”

“对，的确是她提议的。”

“为了让你走出去，她甚至可能对你做了些暗示。”

贝莱立刻想到自己那尊“雕像”，以及一重重的灰色围墙。那是一种高明的心理战术吗？身为索拉利人，她能光凭直觉就对地球人的心理那么了解吗？

“没有。”他答道。

丹尼尔说：“后来，是不是她提议走到池塘边，坐在长椅上？”

“这倒没错。”

“她可能一直在从旁观察你，注意到你的晕眩越来越严重，这点你从未想到吗？”

“她曾问我要不要回去，问过一两次。”

“她或许只是做做样子。她或许巴不得坐在长椅上的你越来越不舒服。她甚至有可能推了你一把，但也可能根本没这个必要。当我及时赶到、伸手接住你的那一刻，你正从长椅上往后倒，眼看就要落入三英尺深的池塘，万一真掉进去，你一定会淹死的。”

贝莱首度忆起昏倒前那一瞬间的感觉。“耶和华啊！”

“更何况，”丹尼尔毫不放松地继续说，“德拉玛夫人当时就坐在你旁边，却眼睁睁看着你倒下去，完全没有想要拉住你。她也不会试图把你从水里捞出来，她会让你活活淹死。她或许会呼叫机器人，但机器人一定无法及时抵达现场。事后她只需要解释说，自己当然不可能伸手碰触你，即便是为了救你的命。”

很有道理，贝莱心想。谁也不会质疑她为何不敢碰触另一个人。万一有人感到讶异，也只是针对她怎敢和自己坐得那么近这一点。

丹尼尔说：“所以你瞧，以利亚伙伴，她的罪嫌几乎没有质疑的余地了。你刚才说，如果她就是真凶，她一定也曾试图谋杀葛鲁尔局长，仿佛这个说法能够替她脱罪。现在你总该明白，一定是她干的。她谋害你和谋害葛鲁尔乃是出于相同的动机，那就是为了摆脱你们对第一桩命案的苦苦纠缠。”

贝莱说：“刚才发生的事，可能只是一连串巧合。她可能根本不了解户外环境对我会有什么影响。”

“她研究过地球，她知道地球人的怪癖。”

“我曾向她夸口，今天我一直在户外，已经逐渐习惯了。”

“她或许了解这并非实情。”

贝莱一拳打在自己的手掌上。“你把她说得太聪明了。这与事实不符，我不想采信。无论如何，除非你能说明凶器是如何失踪的，否则我绝不会指控她是凶手。”

丹尼尔目不转睛地望着这个地球人。“这件事我也能解释，以利亚伙伴。”

贝莱望着这个机器人伙伴，脸上露出难以置信的表情。“怎么解释？”

“你应该记得，以利亚伙伴，你是这么推论的：假使德拉玛夫人就是凶手，那么不论凶器是什么东西，它一定还留在凶案现场。可是，那些几乎立刻赶到的机器人并未发现任何凶器，因此它一定被拿走了，因此一定是凶手拿走的，因此德拉玛夫人不可能是凶手。我所说的都正确吗？”

“都正确。”

“然而，”机器人继续说，“那些机器人却漏找了一个地方。”

“哪里？”

“德拉玛夫人身体下面。不论她是不是凶手，当时她受到了很大的刺激，因而昏倒在地，而不论凶器到底是什么，一定压在她身体下面，以致谁也看不到。”

贝莱说：“那么一旦她被抬走，凶器立刻会被发现了。”

“完全正确，”丹尼尔说，“但她并未被机器人抬走。昨天晚餐时，她亲口告诉我们，那些机器人遵循索尔医生的命令，在她头下放了一个枕头，然后就离开了。直到亚丁·索尔医生赶到现场，准备替她检查的时候，才亲自把她抬起来。”

“所以呢？”

“所以，以利亚伙伴，出现了一个新的可能性。德拉玛夫人就是凶手，而凶器就留在现场，可是索尔医生为了保护德拉玛夫人，把它偷偷带走，并且处理掉了。”

贝莱觉得大失所望。他原本以为对方真能提出什么合理的推论。“动机付之阙如。索尔医生为什么要做这种事？”他说。

“为了一个非常好的理由。你该记得德拉玛夫人曾经这么说：‘打从我还是小女孩，他就一直替我看病，而且一向都很友善很亲切。’这令我不禁怀疑，他是不是有什么动机，才会对她另眼相看。由于这个缘故，我造访了那所育场，检视其中的记录。结果，我的凭空猜测居然获得了证实。”

“什么？”

“亚丁·索尔医生是嘉蒂雅·德拉玛的父亲，而且，他自己知道这层关系。”

贝莱并没有想要怀疑这个机器人。他只是感到深深的懊恼：这个不可或缺的环节，竟然并非他自己，而是由机器人·丹尼尔·奥利瓦发现的。即便如此，逻辑分析仍不完整。

他问道："你有没有和索尔医生谈过？"

"谈过，而且我把他也软禁了。"

"他怎么说？"

"他承认自己是德拉玛夫人的父亲。主要是因为我掌握了关键证据，不但有出生证明，还有他在她小时候询问她健康状况的记录。在这方面，身为医生的他要比其他索拉利人多了一点机会。"

"他为何要询问她的健康状况？"

"我也这么问过自己，以利亚伙伴。当初获得多生一个孩子的特许时，他已经上了年纪，但重要的是，他真的做到了。他将此举视为自己基因优良而且身体健康的明证。他心中的骄傲或许超过了这个世界的常情。此外，由于他是个必须频频接触他人的医生，在索拉利没什么社会地位，因此这份骄傲对他就更有意义了。正因为这个缘故，他一直和他的女儿保持着低调的接触。"

"嘉蒂雅知道这件事吗？"

"据索尔医生判断，以利亚伙伴，她并不知道。"

贝莱又问："索尔承认了凶器是他取走的？"

"没有，这点他并未承认。"

"那你就是一无所获，丹尼尔。"

"一无所获？"

"你必须证明凶器是他取走的，或至少诱使他招认这件事，而且还得把凶器找到，才算是掌握了证据。环环相扣的推理虽然漂亮，但是并不等于证据。"

"想要他招认，必须使用非常的手段，这种事我自认无能为力。他十分珍爱这个女儿。"

“绝非如此。”贝莱说，“他对女儿的情感绝非你我所能揣测的。索拉利人与众不同！”

他在房间里来回走了一趟，好让自己冷静下来。然后他说：“丹尼尔，你的逻辑推理完美无缺，话说回来，却没有任何一环是合理的。”（讲求逻辑但不讲理，这不就是机器人的定义吗？）

他继续说下去：“姑且不论索尔医生二三十年前是否还能生儿育女，他现在绝对已经年老力衰。太空族也是会衰老的。你不妨设想一下，当天他抵达现场，发现他的女儿昏迷不醒，而他的女婿惨遭杀害。你能想象这对他是多大的打击吗？你还能假设他有办法保持镇定吗？事实上，是必须镇定到能做出一连串的惊人之举。

“听好！首先，他必须注意到他女儿身体下面压着一样东西，而且一定压得很牢，所以机器人始终没注意到。其次，他必须从蛛丝马迹推论出那东西就是凶器，而且立刻想到，如果他能神不知鬼不觉把凶器带走，他女儿的谋杀罪嫌就难以成立。对一个处于惊吓状态的老人而言，这可是相当精细的推理。此外还有第三点，他必须亲自执行这个计划，这对当时的他而言同样是很困难的事情。除此之外，他还得有胆子再犯下一项伪证罪，也就是撒谎撒到底。这些或许都是合乎逻辑的推论，但没有一项是合理的。”

丹尼尔说：“你对这件案子另有解释吗，以利亚伙伴？”

刚才发表长篇大论之际，贝莱坐了下来，现在由于太过疲倦，再加上椅子太深，他竟然站不起来了。“借你的手用用好吗，丹尼尔？”他没好气地伸出手去。

丹尼尔望着自己的手。“请问你在说什么，以利亚伙伴？”

贝莱在心里骂了几声死脑筋，然后说：“拉我一把，帮我站起来。”

丹尼尔伸出强壮的手臂，毫不费力地将他拉起来。

贝莱说："谢谢。不，我没有其他的解释。但至少，我看得出凶器的下落是整件事的关键。"

他踏着焦躁的步伐，走向一面几乎全被窗帘遮住的墙壁，下意识地顺手拉起厚重窗帘的一角。他盯着黑漆漆的玻璃好一阵子，才想明白所见到的其实是窗外的夜色。与此同时，丹尼尔已悄悄走近，一把将他手中的窗帘抢过去。

贝莱看着这机器人的作为，不禁联想到母亲阻止孩子玩火的画面，就在这电光石火的一瞬间，他心中冒出一个叛逆的念头。

他先是猛力一拉，从丹尼尔手中将窗帘抢回去。然后他利用全身的重量，硬生生把整片窗帘从墙上撕下来。

"以利亚伙伴！"丹尼尔轻声说，"你该知道开放空间对你有什么害处。"

"有什么害处，"贝莱说，"我当然知道。"

他从窗户望出去。除了一片黑暗，什么也看不见，但所谓的黑暗无非就是户外。即使毫无光亮，它仍是连绵不断、毫无阻隔的空间，而自己现在正望着它。

这是他第一次随兴望着户外。不再是为了逞强，或出于扭曲的好奇心，也不是为了寻找凶案的真相。他望着户外是因为他想这么做，是因为他需要这么做。这其中有着天壤之别。

墙壁是一种保护伞！黑暗和人群也是保护伞！他在潜意识里一定有这种认知。虽然他明白自己多么珍爱、多么需要这些保护伞，偏偏又恨之入骨。否则，他为何那么痛恨嘉蒂雅所做的那个灰色牢笼？

他觉得心中充满胜利感，而且这种情绪仿佛具有催化力量，下一瞬间，他心中像是发出一声巨响，另一个想法随之迸现。

贝莱晕乎乎地转向丹尼尔。"我知道了，"他悄声说，"耶和华啊！我知道了！”

“知道什么，以利亚伙伴？”

“我知道凶器是怎么失踪的，我也知道是谁干的。转瞬之间，一切的一切都有解了。”

第十七章

会议

丹尼尔不赞成立即行动。

“明天！”他恭敬却坚定地说，“采纳我的建议，以利亚伙伴。时候不早了，你需要休息。”

贝莱必须承认此话有理，何况还有许多准备工作尚未完成。他已经揭开这桩凶案的谜底，这点他很肯定，但正如丹尼尔的理论一样，他自己的答案也建立在推理上，证据力十分薄弱。因此，他需要索拉利人的帮助。

而如果他要面对他们——一个地球人面对五六个太空族——他必须能掌控全局。这就意味着需要好好休息，好好准备。

但他睡不着，他确定自己睡不着。即使有灵巧的机器人替他在嘉蒂雅宅邸的客房准备了柔软的床铺，即使这个房间里有着轻柔的香气和更轻柔的音乐，他仍然肯定自己无法进入梦乡。

丹尼尔默默坐在房间中一个阴暗的角落。

贝莱问：“你还在担心嘉蒂雅吗？”

机器人答道：“我认为最好有人一夜陪着你，保护你。”

“好，就依你。至于我希望你做些什么，你都清楚了吗，丹尼尔？”

“清楚了，以利亚伙伴。”

“希望第一法则不会令你有所保留。”

“关于你想召开的会议，我的确还有些保留。可否请你配备武器，随时留心自己的安全？”

“我会的，我向你保证。”

丹尼尔发出一声极为类似人类的感叹，一时之间，贝莱发觉自己竟然试图透视黑暗，以便审视对方那张完美的机器脸孔。

丹尼尔说：“在我看来，人类的行为有时并不合逻辑。”

“我们也需要自己的三大法则，”贝莱说，“但我很高兴它们不存在。”

他凝视着天花板。自己还需要大力仰仗丹尼尔，却只能对他透露真相的冰山一角。这件案子和机器人的关系太深了。奥罗拉星派出一个机器人当代表，他们这么做自有道理，不过却是错误的决定。机器人有其自身的局限。

话说回来，如果一切顺利，那么不出十二小时，一切就会结束了。他能够在二十四小时内出发，带着希望返回地球。一种怪异的希望——自己对它毫无信心，但它却是地球的出路，它一定得是地球的出路。

地球！纽约！洁西与班！那亲爱的、熟悉的、舒适安详的家乡！

在半睡半醒间，他把心思投射到地球，却无法唤起他所期盼的舒适安详。自己和那些大城似乎已经有了无形的距离。

不知道过了多久，一切都逐渐淡去，他也终于睡着了。

贝莱一觉醒来，沐浴更衣完毕，看来该准备的都准备好了，但他心里仍然不踏实。并非因为在清晨的微曦中，他昨晚的推论似乎不再那么有说服力，而是因为他即将面对那些索拉利人。

他到底能不能掌握他们的反应？还是仍旧会在盲目中摸索？

第一位出现的是嘉蒂雅。她当然最方便，因为她就在这座宅邸里，只要使用室内线路即可。她脸色苍白，面无表情，身上那件白袍似乎将她裹成一座冰冷的雕像。

她无助地凝视着贝莱。贝莱回以一个温柔的笑容，似乎让她觉得自在了一点。

其余人士也一一现身。紧接着出现的是瘦削而高傲的亚特比希，也就是安全局目前的代理局长，他把粗大的下巴拉得老长，一副不以为然的模样。然后是机器人学家李比，他看起来既愤怒又不耐烦，那个不灵光的眼皮还不停地翻上翻下。社会学家奎摩特则带着一点倦容，但他透过深陷的眼窝对贝莱投以带着笑意的目光，仿佛在说：我们见过，我们很熟。

而克萝丽莎·康特罗出现时，发现有那么多人在场，似乎有些不自在。她看了嘉蒂雅几眼，故意哼了一声，然后便低下头望着地板。索尔医生则是最后现身的，他显得很憔悴，几乎像个病人。

除了葛鲁尔，大家都到齐了。葛鲁尔仍在慢慢复原中，没力气出席这样的场合。（算了，贝莱想，没有他也无妨。）他们个个穿着正式的服装，各自的房间一律拉起了窗帘。

丹尼尔把一切安排得很好。贝莱万分希望他会把其余的工作也做得一样好。

贝莱逐一望向这些太空族，心跳不禁开始加速。每个人的显像都来自不同的房间，五花八门的光线、家具和壁饰看得他眼花缭乱。

贝莱开口道："我打算从三个方面来讨论瑞坎恩·德拉玛博士的谋杀案，依序是动机、机会和方法……"

亚特比希突然打岔："你要发表长篇大论吗？"

贝莱厉声答道："或许会。我是被请来调查这桩谋杀案的，这种工作正是我的专长和专业。我最了解该如何进行。"（别受他们任何影响，他想，否则就会白忙一场。控制住局面！控制住！）

他尽可能使用最尖锐的言语说下去："首先谈动机。就某方面而言，三者之中最难取得共识的就是动机了。机会和方法是客观的，可以实事求是地进行调查。动机则是主观的，有时能被他人观察到，例如某人遭到羞辱而心生怨恨。但有些动机表面上完全看不出来，一个律己甚严的人可能由于非理性的恨意而起杀机，他却始终隐藏得很好。

"在此之前，你们几乎都陆续告诉过我，你们相信嘉蒂雅·德拉玛就是凶手。当然，谁也没提到可能另有嫌犯。嘉蒂雅有动机吗？李比博士提出过一个。他说嘉蒂雅经常和她丈夫吵架，后来嘉蒂雅也对我承认了这件事。不难想象，因争吵而累积的怒火，的确可能使一个人成为凶手。很有道理。

"不过，她是不是唯一拥有动机的人呢？我对这个问题有所保留。李比博士自己……"

那位机器人学家几乎跳了起来，他伸出一只手，硬邦邦地指着贝莱。"你讲话当心点，地球人。"

"我只是在讨论可能性。"贝莱冷冷地答道，"你，李比博士，当时正和德拉玛博士研究新型的机器人。在索拉利所有的机器人学家中，你是最优秀的一位。这是你告诉我的，我也相信此言不虚。"

李比毫不客气地微微一笑。

贝莱继续说道："可是我听说，德拉玛博士由于不赞同你的某些作为，打算终止和你的合作关系。"

"乱讲！乱讲！"

“或许吧。但万一是真的呢？你可能会为了避免羞辱，因而先下手为强，这不就是动机吗？我有个感觉，面对这种公开拆伙的羞辱，你不是那种会忍气吞声的人。”

为了不让李比逮到回嘴的机会，贝莱赶紧继续说下去：“而你，康特罗夫人，德拉玛博士一死，你就会继任胎儿工程师，这可是一项要职。”

“老天啊，我还以为我们已经说清楚了。”克萝丽莎恼怒地大叫。

“我知道我们说清楚了，但无论如何，还是要把这个可能考虑进去。至于奎摩特博士，他跟德拉玛博士会定期较量棋艺，或许他输了太多次，因而恼羞成怒。”

这位社会学家轻声细语地插嘴道：“输棋当然算不上什么动机，便衣刑警。”

“那得看你把下棋这回事看得多么重要。一名凶手心目中的天大动机，在别人看起来可能完全微不足道。嗯，别追究这些了。我要强调的是，单有动机绝对不够。任何人都可能有动机，尤其是杀害德拉玛博士这种人的动机。”

“你这话是什么意思？”奎摩特怒冲冲地追问。

“很简单，我是指德拉玛博士是一位‘优秀的索拉利公民’这回事，你们都这么形容过他。他生前严格遵守索拉利所有的习俗；他是个完美的典型，几乎不像真实人物。这样的一个人，有谁会去爱他、甚至只是喜欢他呢？一个毫无瑕疵的人，只会让别人意识到自己的缺陷。有个名叫丁尼生的远古诗人曾这么写道：‘没有缺点便是他最大的缺点。’”

“谁也不会因为某人太好，而把他杀了。”克萝丽莎皱着眉头说。

“你太武断了。”不过贝莱并未借题发挥，而是继续说下去，“德拉玛博士察觉到——或说自认察觉到索拉利上酝酿着一桩阴谋，那就是有人准备对其他世界发动攻击，打算征服整个银河。他很希望阻止这件事，或许那些阴谋分子因此觉得有必要除掉他。在座各位都有可能参与这桩阴谋，德拉玛夫人自然有嫌疑，但是就连安全局的代理局长考文·亚特比希也不例外。”

“我？”亚特比希毫不动容地说。

“显然你在接替葛鲁尔之后，便想尽快终止我的调查行动。”

贝莱慢慢呷了几口饮料，以便补充体力。（他是直接从原封容器喝的，而在开封前，他没有让任何人或机器人碰过那罐饮料。）目前为止，这仍是个较量耐心的游戏，他很高兴这些索拉利人都还端坐在那里。他们不像地球人，没有近距离和他人打交道的经验。他们不善于短兵相接。

他又说：“接下来讨论机会。大家普遍认为只有德拉玛夫人有犯案的机会，因为只有她能够真正接近她丈夫。

“我们能够肯定吗？可否假设决心杀害德拉玛博士的另有其人呢？这么坚决的意志难道不能克服面对面的不自在吗？如果打定这个主意的是你，难道你不能硬着头皮面对被害者一时半刻吗？难道你不可能溜进德拉玛的宅邸……”

亚特比希冷冷地打岔道：“你对事实认识不清，地球人。我们能否这么做并不重要，事实是，德拉玛博士自己不会允许任何人和他面对面，这点我能向你保证。如果有人来到他面前，不论此人和他的交情多么深厚或多么可贵，德拉玛博士都会立刻把他赶走，若有必要，他还会召唤机器人帮忙赶人。”

“没错，”贝莱说，“但前提是德拉玛博士知道有人在他面前。”

“你什么意思？”索尔医生问，他显得很惊讶，连声音都在发抖。

“当天你抵达凶案现场，在救治德拉玛夫人的时候，”贝莱直勾勾地望着对方，“原本她还以为那是你的显像，直到碰触到你，她才恍然大悟。这是她告诉我的，我愿意相信。而我自己一向习惯和人面对面，因此我在抵达索拉利之初，在会见葛鲁尔局长的时候，还以为见到了他本人。等到我们会晤结束，葛鲁尔立刻消失，当时我还吓了一大跳。

“现在，不妨假设一个刚好相反的情形，假设某人成年后一律以显像见人，再也未曾面对他人，只有他的妻子是唯一例外。然后，假设有另一个人真正向他走近，他会不会自然而然假设那只是显像——尤其是还有机器人奉命告诉他显像已接通的时候？”

“绝无可能，”奎摩特说，“一致的背景会露出马脚。”

“或许吧，可是现在你们哪位注意到了背景呢？在德拉玛博士觉得有些不对劲之前，至少已经过了一分钟左右吧，在这段时间里，他的那位朋友——不管是谁——已经能够走到他面前，举起棍子用力砸下去。”

“不可能。”奎摩特坚持己见。

“我不这么想。”贝莱说，“我认为从现在开始，不能再用‘机会’一口咬定德拉玛夫人就是凶手。她是有机会，但别人也有。”

贝莱又等了一下。他觉得额头冒汗了，但伸手擦汗会令自己显得软弱。他必须对整个议程保有绝对的主导权。一定要让他心中的目标自觉处于劣势——地球人要让太空族有这种感觉，可是难上加难的事。

贝莱向众人一一望去，认定目前的进展至少还算顺利。就连原本冷冰冰的亚特比希，现在似乎也相当投入了。

“因此，”他说，“最后我们要讨论方法了。这是最费解的一项，因为这桩命案的凶器始终没被找到。”

“这点我们也知道。”亚特比希说，“如果不是这个缘故，我们已将德拉玛夫人正式定罪，不会展开什么调查了。”

“也许吧。”贝莱说，“所以，让我们来分析一下所谓的方法。这件案子的凶手可能是德拉玛夫人，但也可能不是，因此共有两种可能性。如果德拉玛夫人就是凶手，除非凶器事后被移走了，否则一定仍然留在凶案现场。我的搭档——来自奥罗拉的奥利瓦先生，今天他并不在场——认为索尔医生有机会取走凶器。现在，我当着众人的面，正式质问索尔医生，你到底有没有这么做，有没有趁着检查德拉玛夫人之便取走了凶器？”

索尔医生浑身发抖。“没有，没有，我可以发誓。不管你怎么问，我的回答都一样。我发誓，当天什么也没拿走。”

贝莱说：“现在，有没有谁想要指控索尔医生说谎？”

接下来是一阵沉默，与此同时，李比望向显像视野外的某个角落，咕哝了一声时间不早了。

贝莱接着说：“第二个可能性，则是凶手另有其人，而他在离去时带走了凶器。倘若真是这样，我们就得问为什么了。把凶器带走，等于宣告德拉玛夫人并不是凶手。除非这个外来的杀手十足是个白痴，否则一定会把凶器留在尸体旁边，以便嫁祸德拉玛夫人。因此无论如何，凶器一定还在现场！偏偏谁也找不到。”

亚特比希说：“你把我们当成了傻子还是瞎子？”

“我把你们当成了索拉利人。”贝莱心平气和地说，“因此，凶器虽然明明留在现场，你们却认不出来。”

“我完全听不懂了。”克萝丽莎苦着脸说。

就连几乎始终一动不动的嘉蒂雅，这时也万分讶异地瞪着贝莱。

贝莱说："当天，除了他们夫妻俩一死一昏迷，现场还有一个机器人，一个故障的机器人。"

"所以呢？"李比气呼呼地问。

"太明显了吧，排除掉所有不可能的情况之后，剩下的无论多么难以置信，也一定就是事实。那个出现在凶案现场的机器人就是凶器，由于你们从小受到制约，这种凶器你们是无法认出来的。"

众人立刻你一言我一语，唯有嘉蒂雅例外，她只是瞪大了眼睛。

贝莱举起双手。"好了，安静！听我解释！"他把葛鲁尔险遭谋杀的经过重新讲了一遍，并说明了凶手可能使用的方法。最后，他还提到自己也险些命丧育场那件事。

李比不耐烦地说："我想这没什么难的，首先，让一个机器人在不知情的情况下做一支毒箭，然后让另一个机器人先告诉那孩子你是地球人，再将那支毒箭交给他，当然，第二个机器人并不知道箭上有毒。"

"八九不离十。总之，必须对两个机器人下达完整的指令。"

"牵强附会至于极点。"李比说。

奎摩特脸色惨白，看来好像随时可能病倒。"没有任何索拉利人会用机器人来伤害人类。"

"或许没错。"贝莱耸了耸肩，"但重点是你的确能这么使唤机器人。问问李比博士，他是机器人学家。"

李比说："这并不适用于德拉玛博士的命案，昨天我已经告诉过你了。你怎么可能让机器人砸烂人类的头颅？"

"我该解释一番吗？"

"你最好能够解释。"

贝莱说："那个机器人是德拉玛博士正在测试的新机型。我原本没看出背后的意义，直到昨天晚上，我碰巧需要叫一个机器人拉我一把，所以我说：'借你的手用用！'那机器人却不解地望着自己的手，仿佛以为我要他把手拆下来递给我。我不得不改用更直接的说法，把命令重新说一遍。但我随即联想到李比博士稍早告诉我的一件事，那就是他们正在研究替机器人安装可置换的四肢。

"假设这个正在接受德拉玛博士测试的机器人属于这一型，也就是说，它能轻易换上各种形状的四肢，以便从事各式各样的工作。假设凶手知道这一点，猛然对那机器人说：'把手臂借我一下。'机器人就会拆下自己的手臂，递给那个凶手。那只手臂就是绝佳的凶器。等到杀死了德拉玛博士，它可以立刻被装回去。"

当贝莱进行这番陈述之际，众人逐渐从惊愕中醒转，七嘴八舌地发表反对意见。贝莱必须提高音量吼出最后那句话，但即便如此，它还是几乎遭到淹没。

亚特比希面红耳赤地站起来，往前走了几步。"就算你说的通通都对，德拉玛夫人仍旧是凶手。当时她就在现场，而且正在跟他吵架。她见到她丈夫在研究那个机器人，所以知道它的四肢可以置换——必须强调，我自己并不相信这回事。反正不管你怎么做，地球人，一切的证据仍旧指向她。"

嘉蒂雅开始低声啜泣。

贝莱并未望向她。"刚好相反，很容易证明无论凶手是谁，总之不是德拉玛夫人。"

约珊·李比突然将双臂交抱胸前，露出明显的轻蔑神情。

贝莱注意到这个举动，立刻说："你得帮我一个忙，李比博士。身为机器人学家，你一定知道需要极为高明的技巧，才能操纵机器人进行这种间接谋杀。昨天我曾为了安全的理由，试图把某人软禁起来。我对三个机器人下达了详尽的指令，告诉它们该怎么做。这是一件很简单的事，可是我对机器人并不在行。我的指令里有漏洞，让那人趁机溜掉了。”

“你软禁的是谁？”亚特比希追问。

“无关紧要。”贝莱不耐烦地答道，“重要的是由此可知，外行人无法精准地掌控机器人。而就索拉利的标准而言，或许某些索拉利人也只能算外行。比方说，嘉蒂雅·德拉玛对机器人学了解多少？……嗯，请李比博士回答好吗？”

“什么？”机器人学家瞪大眼睛。

“你曾想传授德拉玛夫人机器人学。她这个学生怎么样？她学到什么东西吗？”

李比不安地四下张望。“她不……”然后就说不下去了。

“她完全不是这块料，对不对？或是你并不想回答这个问题？”

李比硬生生地说：“她也许只是假装不懂。”

“那么你是否准备以机器人学家的身份宣称，你认为德拉玛夫人的本事足以指挥机器人进行间接谋杀？”

“这要我怎么回答呢？”

“让我换个方式说吧。无论想在育场用毒箭暗算我的是谁，他一定是利用机器人的联络网找到我的。毕竟，我并未把自己的目的地告诉任何人类，只有负责载送我的机器人知道我的行踪。昨天稍后，我的搭档丹尼尔·奥利瓦花了好大一番工夫，才终于找到我在哪里。反之，那凶手却一定不费吹灰之力，因为他不但找到了我，还在我离开育场之前，便将这场暗算从头到尾安排好了。请问德拉玛夫人有本事做到吗？”

考文·亚特比希倾身向前。“在你心目中，地球人，谁有这个本事呢？”

贝莱说：“约珊·李比博士自认是这个世界上最好的机器人学家。”

“你是在指控我吗？”李比高声喊道。

“是的！”贝莱吼了回去。

李比眼中的怒火慢慢褪去，但严格说来取而代之的并非平静，而是一种被强行压抑的紧张。他开口道：“凶案发生后，我检查过德拉玛的那个机器人。至少在一般人眼中，它并没有可拆换的四肢。想要拆下它的手脚，必须动用特殊的工具，并由专家亲自操作。所以说，那机器人并非杀害德拉玛的凶器，你的理论无法成立。”

贝莱问：“还有谁能替你的说法背书？”

“我说的每个字都不容置疑。”

“现在例外。我正在指控你，而你这番单方面的说法一点用也没有。如果有人替你作证，那便又另当别论。顺便问一下，你很快就把那个机器人销毁了，这是为什么？”

“没必要留着它。它完全失灵了，成了一堆废铁。”

“原因呢？”

李比冲着贝莱摇了摇手指，凶巴巴地说：“之前你就问过我这个问题，地球人，而我也回答过了。它目睹了一桩它无力阻止的谋杀。”

“当时你告诉我，这种情形一定会导致机器人全盘崩溃，这是普适的规律。可是在葛鲁尔中毒后，端水给他的那个机器人只是变得手脚不灵、口齿不清而已。在那个看来应该是谋杀的事件中，它不仅仅是目击者，而是实际上有所参与，但它的心智并未崩溃，它仍然能接受侦讯。

“因此这个机器人，德拉玛命案中的这个机器人，涉案程度一定远超过葛鲁尔案的那个机器人。这个机器人的手臂一定曾被当作杀人凶器。”

“胡说八道。”李比喘着气说，“你对机器人学一无所知。”

贝莱答道：“我不否认这句话。但我会向安全局的亚特比希局长建议，把你的机器人工厂和维修厂里的记录通通扣押。这么一来，或许我们便能确定你有没有制造可拆换四肢的机器人，以及有没有送交这样的机器人给德拉玛博士，以及何时送去的。”

“谁也不准碰我的记录。”李比吼道。

“为什么？如果你没有任何秘密，为何不能碰？”

“但我究竟为什么想要杀德拉玛呢？告诉我，我的动机是什么？”

“我能想到两个动机。”贝莱说，“你和德拉玛夫人交情很好，好过了头。索拉利人或多或少也算人类。你从未接触过异性，但这并不能让你免于——这么说吧——生物的冲动。你曾亲眼看过——抱歉，透过显像看过——德拉玛夫人穿得很不正式，而且……”

“没有。”李比极其痛苦地喊道。

嘉蒂雅也压低声音吐出一句：“没有。”

“或许你自己并未认清这种情欲的本质，”贝莱说，“也可能你隐约有些概念，却将它视为弱点而感到不耻，而既然这都是德拉玛夫人撩起来的，你自然对她怀恨在心。但你或许同样痛恨德拉玛，因为她是他的人。你的确邀请过德拉玛夫人当你的助手，这是你对自己本能欲望所作的妥协。而她婉拒了你，因此更加强了你的恨意。于是你杀了德拉玛博士，并嫁祸给德拉玛夫人，这样便能同时报复他们两人。”

“有谁会相信这种粗劣的、如同戏词的下流言语？”李比哑着嗓子追问，“地球人或许会，野兽或许会，索拉利人绝对不会。”

“这个动机仅供参考而已。”贝莱说，“我相信它存在，至少存在于你的潜意识，可是你还有个更明显的动机。瑞坎恩·德拉玛博士妨碍了你的计划，所以你必须除掉他。”

“什么计划？”李比追问。

“你打算征服银河的那个计划，李比博士。”贝莱说。

第十八章
答案

“这地球人疯了。”李比转向众人喊道，“难道你们看不出来吗？”

有些人无言地瞪着李比，其他人则瞪着贝莱。

贝莱不给他们下结论的机会，赶紧接着说：“你自己最清楚，李比博士。德拉玛博士死前正准备和你拆伙，德拉玛夫人以为问题出在你不想结婚，我却不这么想。德拉玛博士自己就在开创一个以人工生殖取代婚姻的未来。可是德拉玛博士和你有着合作关系，因此对你的研究工作比任何人都更了解，或说猜得更准。如果你试图进行危险的实验，他一定会知道，而且会设法阻止你。他曾对葛鲁尔局长暗示过这件事，但并未提供详情，因为详情他自己也不确定。显然，你发现他已经起疑，于是杀了他。”

“你疯了！”李比又骂了一句，“我不想管这件事了。”

亚特比希却插嘴道：“听他说完，李比！”

贝莱听得出安全局长声音中欠缺同情之意，但他紧抿着嘴，以免过早流露出得意之色。他又说：“昨天，当你提到可拆换四肢的时候，李比博士，你还提到星舰可以内建有正子脑。当时你的话未免太多了些。是不是因为你觉得我只是地球人，无法了解机器人学的发展潜力？或是因为我原本威胁说要见你，后来回心转意，所以你高兴得头脑不清了？无论如何，总之奎摩特早已告诉我，正子机器人正是索拉利对抗其他外围世界的秘密武器。”

奎摩特冷不防地听到自己的名字，猛然跳了起来，喊道：“我指的是……”

“我知道，你指的是社会学上的意义，但这句话带给我不少启示。想想看，内建正子脑的星舰和载人的星舰究竟有什么不同。在实际作战时，载人的星舰根本无法使用机器人。无论敌舰上或敌方世界上的人类，机器人都无法摧毁，因为机器人无法将人类分成敌人和自己人。

“当然，你可以告诉机器人说敌舰上没有任何人类，还可以告诉它遭到轰炸的是一颗无人行星。但实际上很难做到这一点，机器人看得出自己的船舰上有人，也知道自己的世界上住着人类，它当然会假设敌方阵营也是同样的情形。想让机器人服服帖帖，得由真正的机器人学专家出马，例如李比博士你自己，而这样的专家少之又少。

“但配备正子脑的星舰就完全不同了，在我想来，它会乐意奉命对任何船舰展开攻击。它自然而然会假设其他船舰上同样没有人。正子脑星舰不难被设定成无法接收敌舰的讯息，因而无从获悉实情。既然武器和防御系统都在正子脑的直接控制下，它会比任何载人星舰更加灵活。此外，由于上面不需要活动空间、补给品、清水以及空气滤清器，它能拥有更多的武器，更强的装甲，因而比普通的星舰更无懈可击。一艘正子脑星舰就能击败一支普通的舰队，我有没有说错？”

最后那个问题当然是针对李比博士，而他早已站了起来，挺直到了近乎僵硬的程度，似乎心中充满——愤怒？恐惧？

他并未回答，谁也没听见他说半句话。这时紧绷的气氛突然瓦解，人人竞相发出疯狂的呐喊。克萝丽莎像是戴上一副复仇女神的面具，就连嘉蒂雅也坐不住了，她不但站起来，还不断冲着空气挥拳。

李比成了众矢之的。

贝莱放心地闭上眼睛，试着暂且放松肌肉并舒展肌腱。

成功了。他终于按对了按钮。奎摩特曾把索拉利上的机器人比喻成斯巴达的希洛人。他说机器人不可能叛变，因此索拉利人可以高枕无忧。

可是，万一有人妄想教导机器人如何伤害人类呢？换言之，给了它们叛变的能力？

难道这还不算罪大恶极吗？在索拉利，机器人和人类的比例是两万比一；在这样一个世界上，如果某人只是涉嫌想让机器人有能力伤害人类，难道就不会成为全民公敌吗？

亚特比希喊道："你被捕了。绝对不准再碰你的笔记和记录，政府会尽快派人去检查……"他近乎语无伦次地说下去，但现场乱成一团，谁也听不清楚他还说了些什么。

这时，一个机器人走近贝莱。"主人，奥利瓦主人捎来的口信。"

贝莱神情严肃地听完口信，然后转过头来，大声喊道："大家静一静。"他的声音几乎有着魔力，众人纷纷郑重其事地朝他望去，全神贯注地注视着这个地球人（只有李比仍旧怒目而视）。

贝莱开口道："只有傻子才会指望李比博士再也不碰那些记录，乖乖等着政府官员前来接收。所以早在开会之前，我的搭档丹尼尔·奥利瓦便已启程前往李比博士的属地。我刚接到他的消息，他已经抵达目的地，即将找到李比博士，以便牢牢看住他。”

“看住我！”李比仿佛一头受惊的野兽，发出凄厉的嗥叫。他的眼睛睁到了最大的程度，仿佛脑袋上的两个窟窿。“有人要来这里？和我面对面？不！不！”第二个“不”根本就是一声尖叫。

“只要你合作，”贝莱冷冷地说，“他不会伤害你的。”

“但我不要见他，我不能见他。”这位机器人学家跪倒在地，却似乎浑然不觉。他双手合十，活脱一副求人饶命的模样。“你到底要什么？要我招认吗？那个机器人的四肢的确可以拆换。没错，没错，没错。葛鲁尔中毒是我一手策划的，令你差点中箭的也是我。我甚至如你所说，正在策划建造那样的星舰。我还没成功，不过，没错，我的确在策划。我都招了，拜托叫那人走开，别让他进来，叫他走开！”

他越说越含混不清。

贝莱点了点头。又按对了一个钮，拿面对面来威胁他，比任何刑求逼供更有效。

然后，在其他人看不到也听不到的某个角落，不知出现了什么动静，李比猛然转过头去，立刻张大嘴巴。他还举起双手，像是要挡住什么东西。

“走开，”他恳求道，“走开。别过来，求求你别过来，求求你……”

他趴下来爬了几步，突然将手伸进外套口袋中。只见他掏出一样东西，迅速放进嘴里。摇晃两下之后，他便仆倒在地了。

贝莱很想大叫：你这傻瓜，走近你的并非人类，只是一个你最喜爱的机器人。

丹尼尔·奥利瓦冲进显像范围，瞪着那个倒地不起的身躯，愣了一阵子。

贝莱屏息以待。万一丹尼尔想通了是他的人类外形害死李比的，那么第一法则恐怕会让他的脑子吃不消。

不过丹尼尔只是跪下来，用细长的手指在李比身上到处摸了摸。然后他抬起李比的头，紧紧搂在怀中，仿佛抱着一件珍爱之极的事物。

他将雕像般俊美的脸孔朝向众人，轻声说道："这个人死了！"

贝莱正在等她，因为她曾表示要跟他话别。可是当她出现的时候，他不禁睁大了眼睛。

他说："你在我面前。"

"没错，"嘉蒂雅说，"你怎么看出来的？"

"你戴着手套。"

"喔。"她不知所措地望着自己的双手。然后，她轻声说："你介意吗？"

"不，当然不介意。但你为何决定当面见我，而不用显像呢？"

"这——"她硬挤出一抹笑容，"我必须习惯这件事，对不对，以利亚？我的意思是，既然我要去奥罗拉了。"

"所以一切都安排好了？"

"奥利瓦先生似乎很有影响力。一切都安排妥当，我再也不会回来了。"

"很好。你会过得更快乐，嘉蒂雅，我对你有信心。"

"我有点害怕。"

"我知道。那意味着你随时会面对他人，再也不像在索拉利这么自在了。但你会习惯的，更重要的是，你会慢慢忘掉这些可怕的经历。"

“我不想忘掉任何事。”嘉蒂雅轻声细语地说。

“你会的。”然后，贝莱望着这个站在自己面前的纤细女子，带着一丝怅惘说：“总有一天你还会结婚，我是指真正的婚姻。”

“不知道为什么，”她消沉地说，“现在听起来，这似乎对我没什么吸引力了。”

“你的想法会逐渐改变的。”

两人站在那里，无言地对望了片刻。

嘉蒂雅又说：“我一直还没有谢你。”

贝莱说：“这是我分内的事。”

“你马上要回地球去了，是吗？”

“是的。”

“我再也见不到你了。”

“或许吧。但别因此感到难过。我顶多再过四十年就会死了，而那个时候，你看起来不会和现在有丝毫不同。”

她的表情扭曲了。“别这么说。”

“这是实话。”

她仿佛想要强行改变话题，快速说道：“关于约珊·李比那些事都不假，你知道吧。”

“我知道。其他几位机器人学家清查了他的记录，发现他的确在研究无人驾驶的智慧型星舰。而且，他们又发现了几个拥有可置换四肢的机器人。”

嘉蒂雅打了一个哆嗦。“你想，他为什么要做这种可怕的事呢？”

“因为他怕见人。为了避免和人面对面，他甚至不惜自杀。他打算将其他世界的人通通杀光，好让索拉利再也接触不到外人，让面对面永远成为禁忌。”

“他怎么会有这样的想法，”她抱怨道，“其实面对面可以是很……”

相隔十步的两人又面面相觑地沉默了一阵子。

然后，嘉蒂雅突然叫道：“喔，以利亚，你会觉得我不知廉耻。”

“什么事不知廉耻？”

“我能碰碰你吗？我再也见不到你了，以利亚。”

“如果你想，我不反对。”

她一步步向他走近，只见她双眼发亮，却也同时显露出忧虑。最后，她在三英尺外停下脚步，仿佛被催眠般，开始慢慢摘下右手的手套。

贝莱连忙做了一个制止的手势。“别做傻事，嘉蒂雅。”

“我不怕。”嘉蒂雅说。

她的右手露了出来，一面发抖一面向前伸。

贝莱抓住她的手，他自己的手同样在发抖。一时之间，他们就维持着这个姿势，看得出她显得既羞又怕。等到他松开手，她的手也立刻抽回去，但在毫无预警的情况下，那只手猛然伸到他眼前，指尖轻轻地、迅速地扫过他的脸颊。

她说：“谢谢你，以利亚，再见了。”

他回了一句：“再见了，嘉蒂雅。”便默默目送她离去。

虽然明知自己即将搭乘太空船返回地球，此时此刻，他心中还是感到若有所失。

阿伯特·敏宁次长刻意在脸上堆出正式的欢迎神情。“很高兴看到你回来了。当然，你的报告比你早一步回到地球，我们正在研究呢。你圆满完成任务，我们会好好为你记上一笔。”

“谢谢您。”贝莱说。对于这种好消息，他已经有点麻木。回到了地球，投入了钢穴安全的怀抱，还听到了洁西的声音（他跟她通过话了），竟然令他兴出一种诡异的空虚感。

“然而，”敏宁说，“你的报告只提到了凶案的调查经过。还有一件事，我们也很感兴趣，能否请你口头做个报告？”

贝莱迟疑了一下，右手自然而然伸向外套的内袋，这回，他终于摸到那根能带给他温暖自在的烟斗了。

敏宁立刻说：“你尽管抽，贝莱。”

贝莱故意把点烟过程拖得相当长。“我并不是社会学家。”他说。

“不是吗？”敏宁浅浅一笑，“我记得我们好像讨论过，一名成功的警探，即使从未听过汉克特方程式，也一定是个凭经验法则行事的一流社会学家。看你现在这种不自在的神情，我想你对外围世界已经有些见解，只是不确定我会作何感想，是吗？”

“这么说也没错，次长……当初您派我去索拉利的时候，曾经问我一个问题，那就是外围世界到底有没有短处。他们的长处是人口少、寿命长以及拥有机器人，但他们又有些什么短处呢？”

“嗯？”

“我相信我已经发现索拉利人的短处了，次长。”

“你能回答我的问题了？很好，说吧。”

“他们的短处，次长，就是他们人口少、寿命长以及拥有机器人。”

敏宁瞪着贝莱，表情没有丝毫变化，但双手不自觉地在纸张上画来画去。

他问：“你为何这么说？”

在返回地球途中，贝莱花了许多时间整理思绪，包括仔细想象如何用说之以理的方式跟地球官员侃侃而谈。现在他却不知如何开口。

他答道："我不确定能否说得清楚。"

"没关系，让我听听看。反正只是大略描述罢了。"

贝莱说："有一样东西，人类保有了百万年，却被索拉利人放弃了。这样东西要比原子能、城市、农业、工具、火，乃至一切的一切更为重要，因为一切的一切都是它所造就的。"

"我不想猜谜，贝莱，那到底是什么？"

"就是群居，次长，也就是人与人之间的合作。索拉利把它完全放弃了。那个世界上的人个个离群索居，他们唯一的社会学家居然还引以为傲。顺便提一下，那位社会学家从未听过社会数学这门学问，因为连社会学都是他自己发明的。没有任何人教导他，没有任何人帮助他，没有任何人替他找出自身的盲点。在索拉利，只有机器人学是唯一真正发达的科学，但也只有一小撮人从事研究；一旦需要分析机器人和人类的互动，他们就得向地球人求助了。

"索拉利的艺术，次长，都是抽象的。在地球的众多艺术形式中，当然也有抽象艺术，但索拉利却只有这一种。人味儿通通不见了。而他们对未来的展望则是人工生殖，是让人类完全不再自然生育。"

敏宁说："这些听起来都很可怕，但有实际的害处吗？"

"我想答案是肯定的。没有了人与人的互动，无论是人生的乐趣、智慧的价值，甚至活下去的理由都所剩无几了。显像无法取代见面，索拉利人自己也明白显像只是一种远距离的接触。

"如果相互隔离还不足以造成文明的停滞，别忘了还有长寿这一项。在地球上，不断有年轻人加入我们的社会，他们无论在各方面都还来不及僵化，因而乐于求新求变。我认为寿命有个最佳值——必须够长，好让人人能有真正的贡献，但也必须够短，好让更新换代的速度不会太慢。而在索拉利，速度却太慢了。”

敏宁继续用手指画着圈圈。“有意思！有意思！”他抬起头来，双眼露出欣喜的神采，原本挂在他脸上的面具似乎不见了。“便衣刑警，你很有洞察力。”

“谢谢您。”贝莱硬邦邦地说。

“你可知道我为什么鼓励你对我说这些吗？”这时的他活脱一个欢天喜地的孩子，不等贝莱回答，他就继续说下去。“我们的社会学家已经对你的报告做过初步分析，我只是好奇，对于你为地球带来的这个大好消息，你自己到底有没有任何想法。现在我知道了，你的确有。”

“且慢，”贝莱说，“我还没讲完。”

“你的确没讲完。”敏宁欢欣鼓舞地说，“索拉利的停滞状态已经没救了。它已经跨过临界点，他们对机器人太过依赖了。即便适当的管教是必须的，机器人也不能出手管教小孩。机器人只看得到当下的疼痛，看不到将来的好处。推而广之，就算索拉利的制度已经误入歧途，索拉利机器人也无法管教这个世界，否则它们大可放手让这个制度崩溃。机器人只看得到一时的混乱，看不到崩溃后的重生。因此，外围世界唯一的下场就是永远停滞，而地球终将脱离他们的控制。这个崭新的数据改变了一切。我们甚至不必起而反抗，自由就会自己到来。”

“且慢，”贝莱又更大声地说了一遍，“我们仅仅在讨论索拉利而已，并未讨论到其他外围世界。”

“它们都一样。那个索拉利的社会学家——圭摩特——”

“奎摩特，次长。”

“好吧，奎摩特。他是不是说过，其他外围世界都沿着索拉利的轨迹在发展？”

“他是这么说过，但他对其他外围世界并没有第一手的认识。何况严格说来，他也不算真正的社会学家。我想这点我早就说明了。”

“我们的社会学家自会仔细研究。”

“他们同样欠缺数据。对于那些真正强大的外围世界，我们一无所知。比方说，丹尼尔的世界奥罗拉就是现成的例子。在我看来，把它们和索拉利作任何联想都没什么道理。事实上，在整个银河中，只有一个世界类似索拉利……”

敏宁轻松愉快地挥了挥手，表示不想讨论下去了。“我们的社会学家自会研究，我相信他们会同意奎摩特的观点。”

贝莱的眼神变忧郁了。如果地球的社会学家渴望发掘好消息，那么在这个问题上，他们会欣然同意奎摩特的看法。只要找得够久够勤，并适度忽略或漠视一些资料，不难在数据中找到任何结果。

他犹豫了一下。现在他正面对一名政府高官，这是畅所欲言的好时机吗，还是……

不过贝莱未免犹豫得太久。敏宁再度开了口，他一面拨弄桌上的文件，一面以比较认真的口吻说：“便衣刑警，还有几个小问题，是关于德拉玛的命案，讲完你就可以走了。你是不是故意逼李比自杀的？”

“我只打算逼他招认，次长，从未想到他会自杀。说来也真讽刺，走近他的只是一个机器人，根本不会触犯什么面对面的禁忌。可是，坦白讲，我对他的死丝毫不觉得遗憾。他是个危险人物。像他这种集病态心理和不世才华于一身的人，是不会经常出现的。”

“这点我同意，”敏宁冷冷地说，“我也认为他死得好。可是，难道你不担心索拉利人突然想通李比绝不可能杀害德拉玛，导致你功亏一篑吗？”

贝莱将烟斗从嘴里拿出来，但什么也没说。

“得了吧，便衣刑警。”敏宁说，“你也知道不是他干的。这起谋杀必须面对面进行，李比却宁死也不肯和人见面。他之所以自杀，就是为了避免见人。”

贝莱答道：“您说得对，次长。当初我抱着一点投机心态，希望索拉利人被李比滥用机器人这回事吓傻了，以致想不到这一层。”

“那么德拉玛到底是谁杀的？”

贝莱慢吞吞地说：“您若是问真正下手的是谁，那么答案早已众所周知。当然是嘉蒂雅·德拉玛，他的妻子。”

“而你放走了她？”

贝莱说：“就情理而言，这笔账不该算到她头上。李比早就知道嘉蒂雅和她丈夫经常吵架，而且吵得很凶。此外，他也一定知道她生起气来会变得多凶悍。李比希望一石二鸟，将丈夫的死嫁祸到妻子头上。因此他替德拉玛做了一个机器人，而且我猜他使出浑身解数，确保那机器人会在嘉蒂雅盛怒之际，将自己的手臂拆下来递给她。在那个关键时刻，她暂时失去了理智，一旦有东西在手，第一时间便砸下去，令德拉玛和那个机器人都来不及阻止。嘉蒂雅可以说和那个机器人一样，都只能算是李比的行凶工具。”

敏宁说：“那机器人的手臂一定沾上了血迹和毛发。”

“有此可能，”贝莱说，“但那个机器人是由李比负责善后的。若有其他机器人注意到这件事，他也很容易命令它们忘得一干二净。索尔医生或许也注意到了，但他只负责检查死去的丈夫和昏迷不醒的妻子。李比仅仅犯了一个错误，那就是他认为嘉蒂雅的罪证太过明显，凶器在不在现场无关紧要。当然，他也无法预见会有个地球人被找去协助办案。”

“因此李比一死，你就赶紧安排嘉蒂雅离开索拉利。你是为她着想，以免哪天索拉利人又对这件案子起疑？”

贝莱耸了耸肩。“她受的罪也够了。大家都在折磨她，包括她的丈夫、李比，以及索拉利这个世界。”

敏宁说：“你这么做，难道不是以个人好恶来曲解法律吗？”

贝莱刚直的脸孔变得更冷峻了。“这不算个人好恶。我并不受索拉利法律的管辖。对我而言，地球的福祉比什么都重要，为了保护地球，我一定要让那个危险分子李比受到制裁。至于德拉玛夫人——”他和敏宁正面相对，觉得自己即将迈出最关键的一步。“至于德拉玛夫人，我把她当成一个实验品。”这是他非说不可的一句话。

“什么实验？”

“我想知道她愿不愿意活在一个把面对面视为理所当然的世界，更想知道她有没有勇气打破自己那些根深蒂固的习惯。我原本担心她会拒绝我的安排，担心她不愿放弃目前这种扭曲的生活方式，坚持要留在那个对她而言无异炼狱的索拉利。但她选择了改变，这令我很高兴，因为我觉得这仿佛是个象征，仿佛替我们自己找到了自救之道。”

“我们？”敏宁中气十足地说，“你葫芦里在卖什么药？”

“我并不是指你我两人，次长。”贝莱严肃地说，“而是指所有的人类。您对其他外围世界的了解并不正确。他们的机器人并不多，他们并不在乎面对面，而且他们一直在研究索拉利。您也知道，机·丹尼尔·奥利瓦全程参与了我的调查工作，他也会带一份报告回去。他们的确有可能变成另一个索拉利，但他们或许看得出这个潜在危机，因而设法维持一个合理的平衡，这么一来，他们就能继续领导所有的人类。”

“那只是你个人的看法。”敏宁不耐烦地说。

“我还没说完呢。的确有一个世界很像索拉利，那就是地球。”

“贝莱便衣！”

“这是事实，次长，我们是索拉利的翻转版。他们退缩到彼此隔绝的程度，我们则是退缩到了和整个银河隔绝。他们被那些神圣不可侵犯的属地带到了死胡同，我们的死胡同则是这些地底大城。除了那些无法回嘴的机器人，他们没有其他的追随者。而我们呢，只有封闭的大城提供安全保障，却找不到任何领导者。”说到这里，贝莱握紧了拳头。

敏宁根本听不进去。“便衣刑警，这趟任务让你吃了不少苦。你需要好好休息，我们不会亏待你的。让你带薪休假一个月，然后晋升一级。”

“谢谢您，但我要的不是这个，我要您听我说下去。只有一个方向能让我们走出死胡同，那就是向外走，向太空前进。银河中有百万个世界，属于太空族的仅五十个而已。他们人口少而寿命长，我们则是人口多而寿命短。相较之下，我们比他们更适合探勘和开拓银河。我们有人口压力在背后驱策，还有迅速的世代交替不断替我们补充求新求变的年轻成员。想当初，建立那些外围世界的正是我们的祖先。”

“好，我懂了——但恐怕时间不早了。”

贝莱明显感受到对方急于摆脱自己，却不动如山地站在原处。“后来，那些移民世界逐渐独立，并发展出超越我们的科技，而我们的因应之道竟是打造许多有如子宫的地底大城。太空族令我们感到自卑，我们只好尽量躲避。这绝不是办法。想要避免循环不已的起义和镇压，我们必须跟他们竞争——必要的话，不妨追随他们；可以的话，还要领导他们。想做到这一点，我们必须面对开放空间，我们必须教会自己这个本事。如果教育我们自己已经太迟，那就务必从下一代教起。这太重要了！”

“你需要好好休息，便衣刑警。”

贝莱凶巴巴地说：“听我讲完，次长。假如太空族的确强大，而我们甘于保持现状，那么不出一个世纪地球就会毁灭。您自己告诉过我，这是社会学家算出的结果。反之，假如太空族确实不强，而且越来越弱，我们就有机会逃过一劫。可是谁说太空族不强呢？索拉利的确外强中干，但目前为止，我们就只知道这个世界而已。”

“可是……”

“我还没讲完呢。不论太空族是强是弱，都不妨碍我们进行一项改变，那就是我们自己的心态。只要我们愿意面对开放空间，就再也不需要起义造反。我们自己也能变成太空族，也能扩散到许许多多的外太空世界。如果我们一直把自己囚禁在地球上，那些徒劳的、自取灭亡的叛乱永远没完没了。另一方面，如果我们假设太空族虚有其表，因而抱持错误的希望，那就更糟了。去，去问问那些社会学家，看看他们是否认同我的立论。如果他们仍旧存疑，就设法把我送到奥罗拉去。等到我针对真正的太空族提出一份报告，你就会知道地球必须怎么做了。”

敏宁点了点头。“好，好。再会了，贝莱便衣。”

贝莱带着欢欣的心情离去。他并未指望敏宁会当场回心转意；想要扭转那些根深蒂固的想法，绝非一朝一夕的事。不过，他的确看到敏宁脸上掠过一丝迟疑的神色，而且至少有那么一下子，这份迟疑取代了原本毫无保留的洋洋得意。

他觉得未来的发展已经呈现眼前。敏宁会去询问一些社会学家，其中总有一两位会有点动摇。他们会感到好奇，然后便会来请教贝莱。

顶多一年，贝莱心想，顶多再过一年，我就能启程前往奥罗拉。而一个世代之后，我们就能重返太空。

贝莱上了北向的捷运带。他很快就会见到洁西，她能了解这一切吗？他们的儿子班特莱今年十七岁了，等到他自己的儿子十七岁之际，班会不会正站在某个无人世界上，努力打造一个开阔的人生？

这是个可怕的想法。贝莱对开放空间仍旧心存恐惧。但这个恐惧已经吓不倒他！他再也不要逃避这种恐惧，他要正面迎战。

贝莱觉得自己似乎有点着了魔。打从一开始——当他智取了丹尼尔、打开了地面车的天窗——开放空间就对他有一种诡异的吸引力。

当时，他自己也不太了解。丹尼尔认为他只是一时行为反常，贝莱自己则认为那是出于专业需要——想要侦破这个案子，他就得面对开放空间。直到离开索拉利的前夕，他用力一把扯下窗帘，才明白自己之所以有这种需要，纯粹是由于开放空间本身的吸引力，以及它所应许的那份自由。

一定还有好几百万地球人感受得到这种冲动。当然，必须先让他们了解这份吸引力，让他们迈出第一步。

他四下望了望。

捷运带正在迅速前进，一排排公寓则不断后退。周遭充满了人工照明、交通标志、商店的橱窗、各式各样的工厂——光线、噪音和人群，以及更多的噪音，更多的人群，更多更多的人群……

这一切，原本都是他所珍爱的，都是他不敢也不舍抛弃的，都是他在索拉利时以为自己所怀念的。

现在看来，一切都好陌生。

他竟无法重新适应这个环境。

在前往外星办案这段时间中，他身上发生了一些变化。

他曾告诉敏宁大城好像子宫，事实也的确如此。一个人想要长大成人，第一步该怎么做？自然是必须呱呱坠地，必须离开子宫。然后，就再也不可能回去了。

贝莱已经离开过大城，他回不去了。大城再也不属于他，这些钢铁洞穴已经形同陌路。这是个必经的过程，其他人也将会经历一遍。然后地球便能重生，开始对外发展。

他的心脏跳得又急又猛，周遭形形色色的声音反倒几乎听不见了。

他猛然想起在索拉利所做的那个梦，终于了解它的意义了。他抬起头来，觉得自己的视线能轻易穿透头顶所有的钢筋混凝土和所有的人群。太空中有一座吸引人类勇往直前的灯塔，而他一眼就看到了。他看到它正洒下万丈光芒，那是一颗赤裸裸的太阳！

读客®
科幻文库

跟着读客读科幻，经典科幻全看遍。

太空歌剧、赛博朋克、奇幻史诗……

中国、美国、英国、俄罗斯、波兰、加拿大、日本、牙买加……

读客汇聚雨果奖、星云奖、轨迹奖获奖作品，

精挑细选顶尖的科幻奇幻经典，

陪伴读者一起探索人类文明的过去、现在和未来，

亿亿万万年，直至宇宙尽头。

读客科幻文库

读客®

阿西莫夫
银河帝国系列

基地系列

银河帝国：基地（Foundation）

银河帝国2：基地与帝国（Foundation and Empire）

银河帝国3：第二基地（Second Foundation）

银河帝国4：基地前奏（Prelude to Foundation）

银河帝国5：迈向基地（Forward the Foundation）

银河帝国6：基地边缘（Foundation's Edge）

银河帝国7：基地与地球（Foundation and Earth）

机器人系列

银河帝国8：我，机器人（I, Robot）

银河帝国9：钢穴（The Caves of Steel）

银河帝国10：裸阳（The Naked Sun）

银河帝国11：曙光中的机器人（The Robots of Dawn）

银河帝国12：机器人与帝国（Robots and Empire）

帝国系列

银河帝国13：繁星若尘（The Stars, Like Dust）

银河帝国14：星空暗流（The Currents of Space）

银河帝国15：苍穹一粟（Pebble in the Sky）

图书在版编目（CIP）数据

裸阳 /（美）阿西莫夫 (Asimov,I.) 著；叶李华译
. -- 南京：江苏凤凰文艺出版社，2015（2025.9 重印）
（银河帝国．机器人五部曲）
书名原文：The Naked Sun
ISBN 978-7-5399-8333-2

Ⅰ．①裸… Ⅱ．①阿… ②叶… Ⅲ．①长篇小说－美国－现代 Ⅳ．① I712.45

中国版本图书馆 CIP 数据核字 (2015) 第 100051 号

裸阳

［美］艾萨克·阿西莫夫 著　叶李华 译

责任编辑　丁小卉
特约编辑　江培芳　许姗姗　胡艳艳
封面设计　李子琪
责任印制　刘　巍
出版发行　江苏凤凰文艺出版社
　　　　　南京市中央路 165 号，邮编：210009
网　　址　http://www.jswenyi.com
印　　刷　三河市龙大印装有限公司
开　　本　890 毫米 ×1270 毫米 1/32
印　　张　8
字　　数　184 千字
版　　次　2015 年 9 月第 1 版
印　　次　2025 年 9 月第 48 次印刷
标准书号　ISBN 978 – 7 – 5399 – 8333 – 2
定　　价　248.00 元（全 5 册）

江苏凤凰文艺版图书凡印刷、装订错误，可向出版社调换，联系电话：010-87681002。

读客科幻文库

跟着读客读科幻，经典科幻全看遍。

THE ROBOTS OF DAWN

银河帝国

11 曙光中的机器人

[美]艾萨克·阿西莫夫 著
叶李华 译

江苏凤凰文艺出版社
JIANGSU PHOENIX LITERATURE AND ART PUBLISHING

图书在版编目（CIP）数据

曙光中的机器人 /（美）阿西莫夫 (Asimov,I.) 著；叶李华译 . -- 南京：江苏凤凰文艺出版社，2015（2025.9 重印）
（银河帝国 . 机器人五部曲）
书名原文：The Robots of Dawn
ISBN 978-7-5399-8333-2

Ⅰ . ①曙… Ⅱ . ①阿… ②叶… Ⅲ . ①长篇小说 - 美国 - 现代 Ⅳ . ① I712.45

中国版本图书馆 CIP 数据核字 (2015) 第 100048 号

曙光中的机器人

［美］艾萨克·阿西莫夫 著　　叶李华 译

责任编辑	丁小卉
特约编辑	江培芳　许姗姗
封面设计	李子琪
责任印制	刘　巍
出版发行	江苏凤凰文艺出版社 南京市中央路 165 号，邮编：210009
网　　址	http://www.jswenyi.com
印　　刷	三河市龙大印装有限公司
开　　本	890 毫米 ×1270 毫米 1/32
印　　张	15.75
字　　数	372 千字
版　　次	2015 年 9 月第 1 版
印　　次	2025 年 9 月第 48 次印刷
标准书号	ISBN 978 - 7 - 5399 - 8333 - 2
定　　价	248.00 元（全 5 册）

江苏凤凰文艺版图书凡印刷、装订错误，可向出版社调换，联系电话：010-87681002。

机器人学三大法则

一、机器人不得伤害人类，或因不作为而使人类受到伤害。

二、除非违背第一法则，机器人必须服从人类的命令。

三、在不违背第一及第二法则的情况下，机器人必须保护自己。

——《机器人学手册》第56版，公元2058年

目　录

献给马文·闵斯基与约瑟夫·F.恩格柏格，他们两人（分别）是机器人学理论和实务的化身。

第一章
贝 莱

01

以利亚·贝莱来到树荫下，开始喃喃自语："我就知道，我出汗了。"

他拉了拉衣服，反手擦去额头上的汗水，然后闷闷不乐地望着湿答答的手背。

他继续自言自语："我最讨厌流汗。"这句话，像是在宣称一项放诸宇宙皆准的法则。想到宇宙总是制造这种既讨厌又不可或缺的东西，他再度感到厌烦不已。

只要待在大城内，你就永远不会流汗（当然，除非是故意的），这是由于大城内的空气和湿度始终受到绝对的控制，因此，无论从事任何必要的活动，你所产生的热量一律不会超过消散的热量。

那样才叫作文明。

他放眼望去，田野中零零星星有好些男男女女，这些人可算通通归他管辖，其中大多数是接近二十岁的青年，但也有些是像他一样的中年人。他们正在做的每一件事，例如垦地翻土，其实都是机器人分内的工作——而且它们能做得更有效率得多，绝不会像这些主人那么笨拙，不过这回人类坚持亲自动手，所以它们奉命站在一边旁观。

天上飘着几朵云，而且眼看太阳就要被遮住了。他抬头望了望，心情有些矛盾。虽然这意味着直射的阳光（以及汗水）会暂时终止，可是另一方面，是否也意味着可能会下雨呢？

置身于城外就是有这种麻烦，各种恶劣的环境顶多是半斤八两，永远不会令人愉快。

一片不大不小的云朵，竟然就能完全遮住太阳，令大地整个陷入阴暗，却对蔚蓝的天空几乎没有影响——这种大自然的奇景，总是令贝莱啧啧称奇。

这时，他站在茂叶形成的树荫下（这是最原始的墙壁和天花板，坚实的树皮更有一种足以抚慰人心的触感），再次望向并审视那群男女。无论天气如何，他们风雨无阻，固定每周来这儿一次。

一开始，只有极少数的勇者响应这个活动，如今则是越来越声势浩大，人数明显增加了许多。大城政府即使不算积极支持这个活动，至少并未横加阻挠，这已令人感激不尽。

在贝莱右边的地平线上——根据逐渐西沉的太阳，不难推断那边是东方——他能看到大城内一座座外形酷似手指的穹顶，那才是地球人安身立命之处。除此之外，他注意到远方有个移动的小黑点，只是目前还看不太清楚。

根据它的运动方式，以及其他一些很难形容的迹象，贝莱相当确定那是个机器人，但他丝毫不觉得惊讶。只要出了大城，地球表面处处皆为机器人的活动领域，人类从不涉足其间——例外的只有他们（包括他自己）这些梦想征服外星的少数人。

想到这里，他自然而然又转向那群正在锄地的星空梦想家，目光轮流扫过每一个人。每一个人他都认识，而且叫得出名字。他们都在工作，都在学习应付城外的环境，都在……

他突然皱起眉头，低声嘀咕："班特莱哪儿去了？"

立刻有一个声音（虽然有些气喘吁吁，却显得生气蓬勃）在他身后回应道："爸，我在这里。"

贝莱随即转身。"班，别这样。"

"别怎样？"

"别偷偷摸摸冒出来。来到这城外，想要维持心情平静已经很不容易，我可没多余的精神留意这种恶作剧。"

"我并不是故意要吓你。走在草地上，想弄出一点声音都很难，所以我也没办法。不过，爸，你是不是该进去了？你出来足足有两小时，我想应该够了吧。"

"为什么？因为我已经四十五岁，而你只是十九岁的毛头小子？你认为得好好照顾年老力衰的父亲了，是吗？"

班说："没错，我就是这么想。你真是个了不起的警探，一句话就把我拆穿了。"

班露出灿烂的笑容。他有一张圆圆的脸庞，以及一双闪亮的大眼睛。贝莱心想，班太像他的母亲了，他身上有太多洁西的影子。反之，贝莱自己这张冷峻的长脸则几乎没有一丝一毫遗传给他。

然而，班却遗传到了父亲的思考方式，例如不时会眉头深锁。无论谁看到那种严肃的表情，都不会怀疑他们的父子关系。

"我的状况很好。"贝莱说。

"是啊，爸，你是我们当中最好的，尤其是以……"

"以什么？"

“当然是以你这种年纪。而且，我从未忘记这个活动是你发起的。话说回来，刚刚我看到你躲在树下，于是我想——嗯，或许老人家受不了了。”

“你才老人家呢。”贝莱说。这时，刚才他瞥见的那个机器人已经来到近处，可以看得一清二楚了，但贝莱并未多加注意，他继续说：“如果阳光太强，本来就该偶尔到树下避一避。我们不但要学习忍受城外的种种不便，还要学习如何就地取材——瞧，太阳又从云端露脸了。”

“没错，是要出来了。好啦，你到底要不要进去？”

“我还能撑下去。每周我都可以休息一个下午，而我选择把时间花在这里。身为C7级，这是我应享的权利。”

“这并非权利不权利的问题，爸，问题在于你是否过劳了。”

“我告诉你，我感觉很好。”

“是啊，只不过一回到家，你就会直接冲到床上，躺在黑暗中不肯起来。”

“那是对抗过度曝光的天然解药。”

“可是妈会担心。”

“嗯，让她去担心吧，这对她其实有好处。再说，到这儿来又会有什么害处呢？最糟也不过是流汗而已，但我正是要学着适应流汗，不能避之唯恐不及。当初刚开始的时候，我只要走出大城这么一小段，就再也走不下去——而当时只有你陪着我。现在你看看，有多少人加入我们，而我又能毫无困难地走出多远。此外，我还学会了许多事。我可以再撑一个钟头，轻而易举。我告诉你，班，如果你母亲也和我们一起来，对她真的会有好处。”

“谁？妈？你绝对是在说笑。”

“一半一半。等到启程那一天，我将无法和大家同行——因为她不会去。”

“我想你会因此感到庆幸。你就别哄自己了，爸，距离那天还有好长一阵子呢——即使你现在还不算太老，到时也一定是老人家，恐怕无法参与年轻人的游戏了。”

“给我听好，”贝莱半握着拳头，“你这种‘年轻人’的论调，可真是天纵英才。你有没有离开过地球？田野里那些人又有谁有过这种经历？我就有，那还是两年前的事。当时我完全没有受过这种适应训练，而我撑过来了。”

“我知道，爸，但那只是短期旅行，是执行任务，而且你从头到尾接受妥善的照顾，所以两者不能混为一谈。”

“我认为可以。”虽然明知并非事实，贝莱仍旧倔强地坚持己见，“而且，我们不一定要等很久才能出发。只要我获准去一趟奥罗拉，我们就有机会随时离开地球。”

“算了吧，事情不会那么容易的。”

“我们必须试一试。想要地球政府放我们走，除非奥罗拉点头。在太空族世界中，要数奥罗拉最为强大，它的主张深具……”

“影响力！这我知道。关于这件事，我们已经讨论过一百万次了。可是，想要获得奥罗拉的许可，你不一定要亲自跑一趟，别忘了还有超波中继器这种东西。你在这里就可以和他们通话，我已经提醒你无数次了。”

“不一样的。我们需要作面对面的沟通——我已经提醒你无数次了。”

“总之，”班说，“我们还没准备好。”

“所谓没准备好，是因为地球不肯给我们太空船。而太空族不但愿意，还会提供必要的科技协助。”

“你还真有信心！太空族为何要这么做？打从什么时候开始，

他们对短命的地球人这么友善了？”

“只要我有机会和他们谈谈……”

班却哈哈大笑。“得了吧，爸，你想去奥罗拉，只是为了再去看看那个女人。”

贝莱不禁皱起眉头，一对眉毛紧紧贴着深陷的眼眶。“女人？耶和华啊，班，你到底在说什么？”

“好啦，爸，我保证守口如瓶，不会传到妈耳朵里——你和那个索拉利女人到底发生了什么事？我已经够大了，你可以告诉我。”

“什么索拉利女人？”

“地球上家家户户都从超波剧中认识了那个女人，你怎能当着我的面否认呢？就是那个女人，嘉蒂雅·德拉玛！”

“没发生任何事。那出超波剧毫无根据，我已经对你强调一千次了。她不是剧中那个样子，我也不是剧中那个样子，所有的剧情都是编出来的。你也知道，我曾经提出抗议，可是戏却照拍不误，因为政府认为它有助于地球和太空族的亲善关系。你要留心，在你母亲面前要坚持这个立场，千万别乱讲话。”

“我保证不会。只不过，这位嘉蒂雅去了奥罗拉，碰巧你也一直想去那里。”

“你是想告诉我，你真的认为我想去奥罗拉是因为……喔，耶和华啊！”

“怎么回事？”儿子扬了扬眉。

“那个机器人，竟然是机·吉洛尼莫。”

“谁？”

“它是局里的信差机器人，而它到这儿来了！今天是我的休假日，我故意把收讯器留在家里，就是不希望他们找到我。身为C7

级，那是我应有的权利，而他们竟然派机器人来找我。”

“爸，你怎么知道它是来找你的？”

“通过非常高明的推理。一、除我之外，这里没有第二个人和警局有任何关联；二、那个破铜烂铁正对准我走过来。我就是根据这两点，推论出它是来找我的，我该赶紧站到大树另一边去。”

“树木又不是墙壁，爸，机器人站在树这边，还是可以跟你说话。”

就在这个时候，那机器人开始喊道：“贝莱主人，我给你带口信来，总部要你赶回去。”

说完后，机器人等了一会儿，然后再度喊道：“贝莱主人，我给你带口信来，总部要你赶回去。”

“我听到了，也听懂了。”贝莱硬邦邦地说。他不得不回答，否则机器人会一直重复下去。

贝莱微微皱着眉头，开始打量这个机器人。它属于一种新的型号，比那些旧型要更像真人几分。短短一个月前，它们才正式拆箱启用，当时还引起不大不小的轰动。政府总是尝试利用各种方式——任何方式都不放过——让机器人变得更受大众欢迎。

这种机器人表面呈暗灰色，并没有金属光泽，而且或多或少有些弹性（有点像软皮革吧）。它的表情虽然几乎没有变化，却不像大多数机器人那样看起来像个白痴。不过就心智而言，它和其他的地球机器人如出一辙，实际上通通是白痴。

这时，贝莱突然想起了机·丹尼尔·奥利瓦这个太空族的机器人——他曾经两度和自己合作办案，一次是在地球上，另一次是在索拉利；而他们最后一次见面，则是丹尼尔为了“镜像案”来请教他的时候。丹尼尔这个机器人实在太像人类了，贝莱甚至可以将他当成朋友，而且至今仍旧想念他。如果所有的机器人都像他那样……

贝莱收回思绪，答道：“小子，我这半天休假，没必要回总部去。”

机·吉洛尼莫并未接口，但贝莱注意到，它的双手正在微微发抖。他相当了解，这意味着机器人的正子径路出现了某种程度的冲突。机器人必须服从人类的命令，可是在日常生活中，经常会出现两人的命令互相抵触的情形。

机器人终于作出决定，它说：“你正在休假没错，主人——总部还是要你赶回去。”

“既然他们要找你，爸……”班的口气有点不安。

贝莱耸了耸肩。“别给唬弄了，班。如果他们真急着找我，就会派出一辆密封车，里面或许还会坐着一名自告奋勇的同事——绝不会派一个机器人走路过来，还带着惹我生气的口信。”

班不以为然地摇摇头。“我可不这么想，爸。他们并不知道你在哪里，更不知道要花多少时间才能找到你。这种充满变数的搜寻工作，我认为他们不会派真人来执行。”

“是吗？好吧，咱们看看总部的命令到底有多强——机·吉洛尼莫，马上回总部去，告诉他们明天0900时我才会上班。”然后，他用更严厉的口气说，“回去，这是命令！”

机器人明显地犹豫不决了一阵子，然后才转身离去，但它很快又转过身来，试图走回贝莱身边。最后它停在一个固定位置，全身颤抖不已。

贝莱终于心知肚明，低声对班说：“看来我非走不可了，耶和华啊！”

这个机器人所出现的问题，机器人学家称之为“第二级等电位矛盾”。服从是机器人学第二法则的主旨，但机·吉洛尼莫此时却面对着两个强度大致相等而内容互相矛盾的命令。一般人将这种情形称为“机器人困阻”，而“机困”则是更常用的简称。

那机器人又慢慢转了过来，它最初接受的命令终究比较强，却也只强了一点点，以致它的声音含糊不清。“主人，我被告知你有可能这么说，在这种情况下，我就要回应……”它顿了顿，然后嘶喊道，“我就要回应——但你现在不是单独一人。”

贝莱对儿子点了点头，班立即会意，赶紧退了下去——他十分清楚父亲何时是“爸爸”，何时又是一名警官。

一时之间，恶作剧的念头在贝莱心中起伏不已，他很想再加强自己的命令，让机困效应发挥得更彻底，可是这么一来，这机器人注定严重受损，必须接受正子分析和程序重设。所有的修复费用都得由他支付，他一整年的薪水很可能会全被扣光。

于是他说：“我收回我的命令，你到底奉命如何回应？”

机·吉洛尼莫的声音立刻变得清晰。“我奉命回应说，事情和奥罗拉有关，所以要将你紧急召回。”

贝莱转向尚未走远的班，高声喊道：“我必须先走一步，让他们再做半小时，然后说我命令收工。”

他迈开大步往回走，同时没好气地问机器人道：“他们为何不能叫你一见面就说清楚？又为何不能给你装个驾驶程序，省得我一路走回去？”

第二个问题的答案，其实他心中非常清楚。如果让机器人驾驶车辆，只要出一点意外，一定会引起另一波的反机器人暴动。

他一直没有放慢脚步。他们要走上两公里，才能抵达大城的外墙，然后，还要在拥挤的交通状况中一路走到总部。

奥罗拉？这回又有什么样的危机呢？

02

贝莱花了半小时才走到大城的入口，他开始绷紧神经，迎接即将出现的心理变化。或许……或许……这次不会再发生了吧。

等到终于抵达那道分隔城里和城外、文明和洪荒的围墙，他将一只手贴到讯号板上，围墙随即出现一个逐渐扩大的裂缝。一如往常，一旦裂缝开到足以容身，他便迫不及待地挤了进去，机·吉洛尼莫紧跟在他后面。

岗哨中的警卫吓了一跳——只要有人从城外进来，他的反应一律如此，每一次，他都会露出难以置信的表情，都会进入警戒状态，都会赶紧握住手铳，也都会犹疑地皱起眉头。

贝莱沉着脸出示了证件，警卫立刻向他行礼。城门随即关上——他预期中的事也随之发生了。

贝莱回到了大城内，在围墙的重重包覆下，整个大城俨然构成了一个宇宙。他再度钻进源自人类和机器的噪音与气味中，这些听觉和嗅觉的刺激虽然永无止尽，可是不久之后，就会降到阈值之下，令他再也感觉不到。而城内的人工照明，则是既轻柔又间接，一点也不像城外那种既不均匀又不稳定的强光——绿、褐、蓝、白混在一起，不时还夹杂着红光和黄光。此外，大城里没有飘忽的强风，没有过冷过热的温度，没有晴雨不定的天气——只有一股股完全感觉不到的气流，永恒不变地静静吹拂，令万物永远保持清爽干燥。至于温度和湿度，则调整到完美的组合，令人一无所觉却舒适无比。

贝莱近乎抽搐地猛吸着气，同时满心欢喜地想到，自己又回家了，一切的未知数和威胁也随之消失了。

这就是总会发生的那件事。他再度把大城视为子宫，每次回到里面，照例欣慰地大大松了一口气。他明明知道人类必须钻出这个子宫，降生到世上，可是自己为何总是离不开它？

难道事情一定会这样吗？难道说，即使他引领无数群众走出大城，离开地球，飞入星际，到头来自己却无法成行？难道只有待在城内，他才会感到舒适自在吗？

他咬紧牙根——这些胡思乱想根本没用。

他回过神来，对机器人说："小子，你是不是搭车来到这儿的？"

"是的，主人。"

"车子哪儿去了？"

"主人，我不知道。"

贝莱转向那名警卫。"警官，这机器人是两小时前搭车来此地的，送他来的那辆车去了哪里？"

"报告长官，我值勤还不到一小时。"

老实说，这真是个蠢问题。无论那辆车里有些什么人，他们都不知道机器人需要多久才能找到他，所以当然不会在此等候。贝莱曾动念想要打电话，但想必他们会叫他搭乘捷运，那样一定更快。

他之所以犹豫不决，唯一的原因是机·吉洛尼莫在他身边。他不希望带着机器人一起登上捷运，但满街都是对机器人充满敌意的群众，他又绝对不能让它自己走回总部。

他处于进退维谷的窘境，而毫无疑问，这是局长有心刁难他。

无论是不是上班时间，只要联络不上他，局长就会很不高兴。

贝莱说："走这边，小子。"

这座大城占地五千余平方公里，人口数远超过两千万，而大众运输全靠总长四百多公里的捷运带，以及几百公里的支线缓运带。这个繁复的交通网上下共有八层，此外再加上数以百计、大小不一的转接点。

身为便衣刑警，理当熟悉所有的交通路线，这点贝莱绝不含糊。如果将他蒙上眼睛，带到大城任何一个角落，等到重见光明，他一定能毫无困难地前往另一个随机指定的地点。

因此毫无疑问，他当然知道怎样回到总部。然而，总共有八条路线可供选择，此时到底哪条最不拥挤，他一时之间还拿不定主意。

但他只迟疑了一下子，随即作出决定，说道："跟我走，小子。"机器人便温驯地跟在他后面。

他们跳上附近的一条支线带，贝莱立刻抓住一根微温的白色扶杆——它的特殊质地让人握起来轻松而舒适。贝莱不想坐下，因为并不会搭乘太久。机器人则是直到贝莱挥手示意，才学着他也握住那根杆子。其实它大可什么也不抓，仍旧不难保持平衡，可是这么一来，就可能会有人站在他们中间，贝莱可不想冒这个险。此时此刻，这个机器人由他负责照顾，万一机·吉洛尼莫出了任何事，大城政府蒙受的损失都要由他来赔偿。

这条支线带上的乘客虽然不多，但人人都无可避免地向机器人投以好奇的目光。贝莱则摆出一副高官的模样，一一回瞪众人，令他们个个不安地别过头去。

不久之后，这条支线眼看就要和普通路带交会，速度也刚好和最接近的路带一致，因此完全没有必要减速。贝莱做了一个手势，领着机器人下了支线带。由于上方不再有防护罩，他一踏上那条最近的路带，便感到一阵强风袭来。

他倾身向前，驾轻就熟地对抗着强风，并举起一只手臂挡在眼睛的高度。然后，他跨越一条条越来越慢的路带，一路朝捷运交点跑过去，接着再跨越一条条越来越快的路带，一路跑到捷运旁边的高速路带上。

这时，他听到几个青少年大喊“机器人！”，立刻料到将会发生什么事（别忘了，他自己也经历过这种年龄）。一群青少年——可能两三个也可能五六个——会在几条路带之间跳来跳去，而机器人迟早会被绊倒，当啷一声跌到路带上。事后如果闹上法庭，被捕的青少年便会坚称是机器人向他撞过来，真正威胁交通安全的是机器人——于是一定会被释放。

至于机器人，事发当时它根本无法自卫，而事后也不能出庭作证。

贝莱赶紧采取行动，挡在机器人和最前面的年轻人之间。然后，他横步跨到速度高一级的路带上，同时高举手臂，仿佛为了对抗更强的风力，其实是要在那个年轻人毫无准备之际，将他推向低一级速的路带。年轻人惨叫了一声“嘿！”，马上摔个狗吃屎，他的同伴赶紧重新评估形势，随即一举作鸟兽散。

贝莱发号施令：“小子，上捷运带。”

由于在无人陪伴的情况下，机器人不得自己登上捷运，所以机·吉洛尼莫稍微迟疑了一下。然而，贝莱的命令相当坚决，它不得不照做。好在贝莱立刻跟上去，这才解除了机器人的心理压力。

贝莱将机·吉洛尼莫推到自己前面，硬生生挤过站在底层的人群，来到了乘客较少的上层。他一只手抓住扶杆，一只脚牢牢踩着机器人的脚掌，同时忙着再次以怒目驱散好奇的眼光。

走了十五公里半的路程之后，终于来到警局总部附近，贝莱下了捷运，机·吉洛尼莫紧跟在后——自始至终，它未被任何人摸一摸或碰一碰。贝莱将毫发无损的机器人带到警局门口，换回一张收据。他仔细检查了收据上的日期、时间以及机器人序号，这才将它放进皮夹里。今天稍后，他还得确认电脑已经记录了这个交接手续。

现在，他就要去见局长了。贝莱自认很了解他，这位局长严厉无比，而且将贝莱过去的功绩通通视为大逆不道。无论贝莱出了什么差错，都会是遭到降级的最佳理由。

03

局长名叫威尔森·鲁斯，他在两年半前接下这个职位。当时，那宗太空族谋杀案所引起的轩然大波总算逐渐平息了，在情势许可后，前任局长朱里斯·恩德比第一时间辞职求去。

贝莱自己从未真正适应这个改变。朱里斯虽然有许多缺点，但他除了是贝莱的上司，还有另一重朋友的身份。相较之下，鲁斯却只是上司而已，他甚至没有大城血统，起码不是这个大城，他是从外地空降而来的。

鲁斯有着中等身材，既不特别高，也不特别胖。不过，他的脑袋相当大，似乎压得他的脖子微微向前倾。这使得他整体而言堪称“厚重”。厚重的身躯配上厚重的头颅，就连他的眼皮都很厚重，几乎遮住一半的眼睛。

任何人第一次见到他，都会觉得他还没睡醒，其实他永远眼观四面，耳听八方。这一点，在鲁斯接掌这个职位之后，贝莱很快就发现了。打从那时起，贝莱从未幻想鲁斯会喜欢他，更不曾幻想自己会喜欢这位新长官。

“贝莱，你为什么总是那么难找？”鲁斯的口气并不算坏——他一向如此——但也绝不能算高兴。

贝莱尽可能以恭敬的口吻回答：“局长，我今天下午休假。”

“是啊，这是你身为C7级的特权。但你总该知道有‘随身波’这种东西吧？总该知道它能让你随时随地收到官方讯息吧？即使并非上班时间，你也应该随时待命。”

“这点我非常了解，局长，可是如今，随身波不离身这类规定已经不存在了。无论我们带不带，反正一定能被找到。”

“在大城之内，的确，但你刚刚却在城外——难道我搞错了吗？”

“你没搞错，局长，我确实在城外。可是也没有任何规定，要求我在那种情况下，必须携带随身波。”

“所以说，你在用法规条文当护身符？”

“是的，局长。”贝莱心平气和地说。

局长站了起来，显得威风凛凛，隐隐散发着慑人的气魄，然后，他一屁股坐到办公桌上。想当初，恩德比曾在办公室墙上开了一扇窗，如今早已封死，而且重新粉刷过，于是在这个封闭（因而更加温暖舒适）的空间中，局长的身形看起来更为巨大。

他并未提高音量，继续说：“贝莱，我想你是仗着地球对你的感激，这才有恃无恐。”

“我之所以有恃无恐，局长，是因为我在工作上全力以赴，而且完全遵守规定。”

“但你仗着地球对你的感激，一再扭曲那些规定的精神。”

这回贝莱并未回答。

局长又说："大家都认为，三年前你侦办萨顿的谋杀案，表现十分出色。"

"谢谢你，局长。"贝莱说，"而我相信，这件案子最后导致太空城从地球上消失。"

"没错，这一点，赢得地球各个角落的掌声。而两年前，你在索拉利的表现也被公认为可圈可点——别急，我正要说，这导致了太空族世界主动修改和我们的贸易条约，结果对地球极为有利。"

"我相信这些都有案可查，局长。"

"结果，你就变成了一个大英雄。"

"我从未这么说。"

"你每破一案就升一级，短时间内竟连升两级。而你在索拉利的事迹，甚至改编成了超波剧。"

"那出戏并未获得我的许可，而且违反我的意愿，局长。"

"虽然如此，它还是把你塑造成了英雄。"

贝莱耸了耸肩。

局长等了几秒钟，并未等到贝莱开口回应，便径自说下去："可是过去这两年，你并没有什么重大贡献。"

"我最近有什么贡献，地球当局自然有权质疑。"

"完全正确，而且可能真的质疑过。所以当局知道，你领导了一个城外探险的新兴运动，带着一大群人去玩泥巴，扮演机器人的角色。"

"这些活动都获得了批准。"

"获得批准并不代表赢得赞赏，认为你是怪人的群众可能超过了把你视为英雄的崇拜者。"

"或许，我对自己的看法也正是这样。"贝莱答道。

“群众是健忘的，这点众所周知，在他们心目中，你的怪异行径很快便会取代你的英雄事迹，所以只要你犯一点错，就会带来严重的后果。你所仰仗的声誉……”

“请容我澄清，局长，我并未仰仗什么声誉。”

“好吧，警局觉得你仰仗了那些声誉。可是那些声誉救不了你，而我也无能为力。”

有那么一瞬间，贝莱阴沉的表情中似乎闪现一丝笑意。“局长，我可不希望你冒着丢官的危险，莽莽撞撞对我伸出援手。”

这回轮到局长耸耸肩，并挤出一个同样飘忽短暂的微笑。“这倒不劳你操心。”

“那么局长，你跟我说这些到底是为什么？”

“为了要警告你。我并不想毁掉你，了解吧，所以我至少要警告你一次。你即将卷入一个非常敏感、非常容易犯错的事件，而我要特别警告你，从头到尾一点小错都犯不得。”说到这里，他终于露出一个如假包换的笑容。

贝莱对那个笑容视而不见，追问道：“你能否告诉我，这个非常敏感的事件究竟是什么？”

“我也不知道。”

“是否牵涉到奥罗拉？”

“机·吉洛尼莫奉命在必要时可将这点透露给你，但除此之外，我就不知道了。”

“那么局长，你又如何断定它是个非常敏感的事件？”

“别忘了，贝莱，你自己就是专破奇案的推理专家。地球司法部明明可以把你叫去华盛顿，就像两年前派你去办索拉利上那件案子一样，可是这回他们却派专人来找你，这是为什么呢？而这位司法部的专员抵达之后，听说无法第一时间见到你，立刻皱起眉头，显得不太高兴，而且越来越不耐烦，这又是为什么？你让自己隐遁半日的决定是个错误，这件事我无法替你负责。或许这还不算致命的错误，可是我相信，你至少已经迈出错误的第一步。”

“然而，你却继续耽搁我的时间。”贝莱皱着眉头说。

“并不尽然。那位司法部的专员正在享用点心——你也知道，地球政府的高官一向不介意接受款待。等到专员吃完，我们再一起开会。我已经派人传达说你回到警局了，所以你我就继续等吧。”

贝莱开始耐心等待——他早已心知肚明，那出在他抗议之下照播不误的超波剧，虽然或许有助于提升地球的地位，却毁了他在警局的前途。如今在这个扁平的组织中，他活脱一尊突出平面的立体浮雕，自然而然成为众矢之的。

没错，他一再晋升，获得越来越多的特权，可是与此同时，他在警局中也累积了越来越多的公愤。因此，他爬得越高，就越容易摔得粉身碎骨。

哪怕只是犯一点错……

04

司法部的专员走了进来，四下望了望，随即走到鲁斯的办公桌后面，径自坐下来。身为上级长官，这位专员表现得恰如其分，鲁斯则默默选了一个下首的座位。

贝莱继续站在那里，竭力压抑着惊讶的表情。

鲁斯好歹应该先提一下，可是他并未那么做。而为了避免泄漏真相，他刚才说话的时候，显然还刻意字斟句酌。

那位专员竟然是女性。

其实，这并无任何违背常理之处。任何官员都可能是女性，即使部长也不例外。而警方成员中也不乏女性，甚至有一位女警做到了队长。

只不过，无论在任何情况下，除非事先被人告知，谁也不会先做这种心理准备。虽然在过去某些时代，曾有女性担任行政主管的诸多先例，熟读历史的贝莱对这点绝不陌生，可是如今却不属于那样的时代。

她个子相当高，而且此时坐得笔直。她身上的制服和男装并没有很大差异，而她的发型和妆容同样属于中性。唯有那突出的胸部能让人一眼看出她的性别，而她丝毫没有掩饰的意思。

她看起来有四十几岁，五官端正，轮廓很深。虽然已经明显步入中年，她的一头黑发却看不出任何斑白。

她说："你就是C7级便衣刑警以利亚·贝莱。"这是一句陈述，后面并没有问号。

"是的，长官。"贝莱却还是照例回答了。

"我是司法部次长拉维尼雅·迪玛契科，你看起来和超波剧里面那个演员不太一样。"

贝莱最近常常听到别人这样说，他公式化地答道："次长，如果他们找的演员长得太像我，那出戏就不会那么受欢迎了。"

"我倒不那么想，你看起来要比那个娃娃脸演员更像硬汉。"

贝莱仅仅迟疑了大约一秒钟，便决定把握住这个机会——也或许是这个机会令他不忍放弃，总之，他神情严肃地说："次长，您的品位很高。"

她笑了几声，贝莱则趁机轻轻吐了一口气。然后她说："我也愿意这么想——好啦，你让我久等到底是什么意思？"

"没有人通知我您将到访，次长，而我今天恰好休假。"

"据我了解，你去了城外。"

"是的，次长。"

"如果我的品位不高，我会说你是那群怪人的一分子。不过，还是让我换个方式问吧，你是那群狂热分子的一员吗？"

"是的，次长。"

"你指望有一天能够移民星际，在茫茫银河中找到几个新世界？"

"次长，或许并非我自己去。我也许年纪太大了，但……"

"你几岁？"

"报告次长，四十五。"

"嗯，看起来很像。而我，刚好也是四十五岁。"

"您看起来却不像，次长。"

"看起来比较老，还是比较年轻？"她又笑了几声，然后说，"我看咱们别再打哑谜了，你是否在暗示我已经太老，没机会成为移民先锋了？"

"如果不接受城外训练，大城居民没有一个能够成为移民先锋。而训练最好从小开始，比方说，我儿子就有希望踏上另一个世界。"

"是吗？但你当然知道，整个银河都在太空族的掌握中。"

"他们总共只有五十个世界，次长。而在整个银河中，至少有几百万个世界适合人类居住，或是能改造成可住人的世界，而且可能并没有土生土长的智慧生物。"

"没错，可是太空族如果不点头，地球的太空船一律飞不出去。”

“这也许有商量，次长。”

“我并不像你那么乐观，贝莱先生。”

“我曾和太空族沟通过……”

“这点我知道，”迪玛契科说，“阿伯特·敏宁是我的顶头上司，两年前，就是他把你送到索拉利去的。”她挤出一个浅浅的笑容，“他在那出超波剧中也有一点戏分，我还记得，饰演他的那个演员和他本人很像，而我也记得，他很不高兴。”

贝莱突然改变话题。“我曾请求敏宁次长……”

“你该知道，他已经升官了。”

贝莱万分了解官阶和头衔有多么重要。“次长，他升了什么官？”

“副部长。”

“谢谢您。我曾请求敏宁副部长，设法把我送到奥罗拉去商讨这个提案。”

“什么时候的事？”

“我从索拉利回来之后不久。后来，我又两度提出申请。”

“可是从来没有获得正面答复？”

“是的，次长。”

“你感到诧异吗？”

“我感到失望，次长。”

“大可不必。”她上身微微向后靠，“我们和太空族世界的关系非常紧张。你或许觉得自己扮演两次神探便改善了这种情况——事实的确如此，甚至那出超波烂剧也有贡献。然而整个加起来，只改善了这么一点点——”她举起右手，拇指和食指几乎贴在一起，“有待改善的关系却有那么大。”这回她将双手尽量展开。

“在这种情形下，”她继续说，“我们不太可能冒险把你送到奥罗拉——它可是太空族世界的龙头老大——以免你一不小心，惹出了星际纠纷。”

贝莱迎向她的目光。“我曾经去过索拉利，不但没有闯祸，而且……”

“对，我知道，但那次你是应太空族之邀，这和我们主动送你过去，两者相差不可以光年计。你不可能不了解吧。”

贝莱哑口无言。

她轻哼了一声，表示并不意外，接着继续说：“副部长因此对你的申请置之不理，这是非常正确的处置。巧的是，在你提出申请的同时，上述情况就开始恶化，而在上个月，恶化到了无以复加的程度。”

“所以才有今天这场会议吗，次长？”

“你不耐烦了，警官？”她故意用下属对上司的口吻来表示讽刺，“你在指示我赶紧进入正题吗？”

“报告次长，绝无此意。”

“你当然有，但这又何尝不可呢？毕竟我越扯越远了。让我言归正传，先问你一个问题，你可认识汉·法斯陀夫博士？”

贝莱谨慎地答道：“将近三年前，我在太空城和他见过一面。”

“我相信，你对他有好感。”

“就一个太空族而言，他相当友善。”

她又轻哼了一声。“我可以想象。你晓不晓得，早在两年前，他已经是奥罗拉上一位重量级的政治人物？”

“我听说过他从政了，这是我的……一个同事告诉我的。”

“就是那个机·丹尼尔·奥利瓦，你的太空族机器人朋友？”

“我的老同事，次长。”

"是在你们上次碰面，你替他解决两个数学家在太空船上的争执那一回？"

贝莱点了点头。"是的，次长。"

"你瞧，我们一向消息灵通。过去这两年，汉·法斯陀夫博士几乎可以说已经成为奥罗拉政府的精神领袖；他是他们那个世界立法局的重要成员，甚至有人说他可能成为下届的立法局主席。而你该了解，所谓的立法局主席，本质上就是奥罗拉的最高行政长官。"

贝莱敷衍道："是的，次长。"他心里却在想，局长提到的那个非常敏感的事件，要什么时候才会讲到呢？

迪玛契科似乎一点也不急，她又说："法斯陀夫是一个——温和派，这是他自己说的。他觉得奥罗拉——以及整个太空族世界——越来越朝极端发展，正如你或许觉得我们地球自己的发展也越来越极端。他希望能后退几步，减少机器人的使用，加速世代的交替，并且加强和地球的联盟及友谊。我们自然会支持他——但必须非常低调。如果我们太过张扬对他的好感，无异于将他送上死路。"

贝莱说："我相信，他会支持地球开拓外星世界。"

"这点我也相信，而且我认为，他对你提过这件事。"

"是的，次长，就在上次碰面的时候。"

迪玛契科双手合十，指尖顶住下巴。"你认为他能代表太空族世界的舆论吗？"

"这我倒不敢说，次长。"

"只怕答案是否定的。追随他的人一律温温吞吞，反对他的却是一群激进人士。他完全是借着自己的政治长才以及个人魅力，才得以维系目前的权力。当然，他最大的弱点就是同情地球，他的对手经常拿这件事攻击他，借此影响许多在其他方面愿意支持他的人。如果你被派去奥罗拉，哪怕只犯一点小错，也会助长那里的反地球情绪，因而削弱他的力量，甚至葬送他的政治生命。所以，地球实在不能冒这个险。”

贝莱喃喃道：“我懂了。”

“法斯陀夫倒是愿意冒这个险。上回你去索拉利就是他一手安排的，当时他的政治势力刚刚崛起，地位还非常不稳定。话说回来，他失去的顶多是他个人的政治权力，而我们必须考虑到八十多亿地球人的福祉。因此，当今的政治局势敏感到了令人几乎无法承受的地步。”

说到这里她停了下来，贝莱终于不得不发问：“您所指的敏感局势到底是怎么回事，次长？”

“是这样的，”迪玛契科说，“法斯陀夫似乎卷入了一个史无前例的重大丑闻。若是他没什么智商，很可能不出几周，他的政治人格就会破产。若是他有如超人般聪明，或许能够撑上几个月。但或早或晚，他在奥罗拉上的政治实力终究会土崩瓦解——而这会给地球带来大灾难，你懂吧。”

“我能否请问，他背负了什么罪名？贪污？叛国？”

“不是那种小事。他的操守无论如何完美无瑕，连他的政敌也从不怀疑。”

“那么是出于一时激愤，他杀了人？”

“不完全正确。”

“这我就不懂了，次长。”

“贝莱先生，奥罗拉上除了人类之外，还有许多机器人，它们大多数和我们的机器人类似，很难说有什么非常先进之处。然而，那里还有些人形机器人，它们酷似人类到了真假难辨的程度。”

贝莱点了点头。“这点我非常了解。”

“在我想来，根据严格的定义，毁掉一个人形机器人并不等于杀人。”

贝莱倾身向前，瞪大眼睛咆哮道：“耶和华啊，你这娘儿们！别再打哑谜了，你是不是要告诉我，法斯陀夫博士把机·丹尼尔给杀了？”

鲁斯赶紧跳起来，似乎准备冲向贝莱。但迪玛契科次长挥手阻止了他，她自己似乎一点也不见怪。

她说：“这次情况特殊，我原谅你的无礼，贝莱。放心，机·丹尼尔没有被杀掉，他并非奥罗拉上唯一的人形机器人。既然你喜欢用这个字眼，那么被杀的是另一个这样的机器人，而不是机·丹尼尔。说得更精确些，它的心智完全遭到摧毁，它进入了不可逆的永久性机困状态。”

贝莱说：“而他们认为法斯陀夫博士是嫌犯？”

“他的政敌是这么说的。那些人都是极端分子，他们希望银河各处只有太空族的足迹，甚至希望地球人从宇宙中消失。如果这些极端分子能在几周内推动一场选举，他们一定会完全掌控政府，而后果不堪设想。”

“这桩机困事件为何有那么大的政治影响力？我实在想不通。”

“我自己也不太确定。”迪玛契科说，“对于奥罗拉的政治，我并不想硬充内行。据我猜想，人形机器人应该和极端分子的某些计划有关，因此这件事才会令他们火冒三丈。”说到这里，她皱皱鼻子，“我觉得他们的政治非常难懂，如果我勉强解释下去，到头来只会误导你。”

贝莱竭力在次长的瞪视下控制住自己的情绪。“把我召来又是为什么呢？”他低声问。

“为了法斯陀夫。你曾经为了侦办一桩谋杀案，去过一趟太空，结果凯旋而归。法斯陀夫希望你再试一次，这回他要你去奥罗拉，找出引发机困的真正主谋。他觉得，这是他阻止那些极端分子的唯一机会。”

“我并不是机器人学家，我对奥罗拉也一无所知……”

“当初你对索拉利同样一无所知，但你还是办到了。重点是，贝莱，我们和法斯陀夫一样，渴望发掘出事实的真相，因为我们不希望他被打倒。万一他失势，地球将直接面对那些充满敌意的太空族极端分子，那种敌意之大恐怕是空前的，我们可不想发生这种事。”

“我无法承担这样的重任，次长，这项任务……”

“几乎不可能成功。我们当然知道，但我们没有选择的余地。法斯陀夫坚持要你——而挺在他后面的是奥罗拉政府，至少现在如此。如果你拒绝前往，或是我们拒绝让你去，地球就必须面对奥罗拉的怒火。但如果你去了而且成功了，我们就会有活路，而你也会得到适当的奖赏。”

“万一我去了——可是失败了呢？”

“我们会尽全力让奥罗拉怪罪你，好让地球得以幸免。”

“换句话说，保住你们这些官僚的面子。”

迪玛契科说：“用比较好听的说法是，为了避免地球受到太大的伤害，只好把你推出去喂狼。为了整个世界着想，牺牲一个人并不算太高的代价。”

“可是在我看来，既然注定失败，我还不如根本别去。”

“你别给我装傻。”迪玛契科轻声道，“奥罗拉指名要你，你根本不能拒绝——话说回来，你又怎么会想要拒绝呢？过去这两年，你一直设法去奥罗拉，我们迟迟不批准，还令你心生怨恨。”

“我是想客客气气地去请求他们协助，帮助我们移民外星，而不是……”

“贝莱，你还是可以试着争取他们的协助，帮助你实现移民外星的美梦。毕竟，假如你破案了——好歹这是有可能的——这么一来，法斯陀夫就会把你视为大恩人，对你提供的协助一定会比原来多得多，而我们这里同样会万分感激你的贡献。虽说风险极高，难道不值得你冒险吗？无论成功的机会多么渺茫，如果你不去，就完全没机会。想想吧，贝莱，可是拜托——别想太久。”

贝莱紧紧抿起嘴，不久，他终于了解根本别无选择，于是说：“我有多少时间可以准备……”

迪玛契科心平气和地说：“得了吧，难道我没解释清楚吗？我们既没有选择余地，也没有时间可以浪费。我要你——”她看了看手腕上的计时带，“六小时内启程。”

05

太空航站设在大城东郊一个几乎废弃的行政区，而严格说来，此地已经算是城外了。好在，无论售票处或候船室实际上都在大城之内，旅客一律搭车经由密封车道登上太空船。此外根据传统，所有的太空船一律在夜间升空，好让漆黑的夜幕进一步缓和置身城外的压力。

就地球上的稠密人口而言，这座太空航站并不算太忙碌。地球人极少离开自己的母星，来来去去的全是从事商业活动的机器人和太空族。

等待登上太空船的以利亚·贝莱觉得已经和地球脱离了关系。

班特莱坐在他旁边，两人保持着一种忧郁的沉默。最后班终于先开口：“我想妈是不会来了。”

贝莱点了点头。“我也这么想。我还记得当年我去索拉利，她的反应多么激烈，而这次并没有什么差别。”

“你曾试图安抚她吗？”

“我尽力而为了，班。她认定我会在太空意外中丧命，或是一踏上奥罗拉便惨遭太空族杀害。”

“但你去过索拉利，又平安回来了。”

“那只会让她更不希望我再度冒险，她假定我的好运迟早要用完。然而，她会调适过来的——你要负起责任，班，多花点时间陪她，还有，无论如何别提你要移民到另一颗行星。你要知道，她真正担心的正是这件事。她觉得你不出几年就会离开她，而她明白自己无法跟你去，所以会再也见不到你。”

“她不无道理，”班说，“事情很可能会这样发展。”

“或许你能轻易面对这个事实，可是她不能，所以千万别在我离家这段时间和她谈这件事，好吗？”

“好的——我认为她对嘉蒂雅有点反感。”

贝莱猛然抬起头。“莫非你……”

“我一个字也没说。但你要知道，她也看了那出超波剧，所以她晓得嘉蒂雅在奥罗拉。”

“这算哪门子啊？奥罗拉是个很大的星球，你认为嘉蒂雅·德拉玛会待在太空航站等我吗？耶和华啊，班，那出宣传用的超波剧十之八九是虚构的，难道你母亲不明白吗？”

班刻意试图改变话题。“这有点滑稽——我是指你两手空空，什么行李也没带。”

“我只是两手空空而已，身上还穿着衣服呢，对不对？一旦我上了船，他们立刻会把我的衣服扒光。经过化学处理之后，这身衣服便会丢弃到太空中。与此同时，我要接受全身消毒，里里外外刷洗得干干净净，然后他们会给我一套全新的服装。这一切，我以前就经历过。”

两人再度陷入沉默，然后班说：“你可知道，爸……”他突然住口，接着又试了一次，“你可知道，爸……”可是并未多说一个字。

贝莱目不转睛地望着他。“你想说什么，班？”

“爸，我觉得这样说真像个蠢蛋，但我想还是说出来吧。你并没有那种英雄特质，就连我也一向这么想。你是个好人，而且是天底下最好的父亲，但你就是没有那种英雄特质。”

贝莱只是咕哝一声。

“话说回来，”班继续说，“凭良心讲，让太空城从地球上消失的是你，把奥罗拉争取过来的是你，移民外星计划的创始人也是你。爸，你对地球所作的贡献，可比整个地球政府还要多。所以我想不通，为何世人没有好好感激你？”

贝莱说：“因为我并不具有英雄特质，也因为那出愚蠢的超波剧害惨了我——它令我成为警局所有同事的公敌，它令你母亲成天惴惴不安，它还给了我一个难以承受的名声。”这时，手腕上的讯号器闪了闪，他立即站起来，“现在我得走了，班。”

“我知道。但我想要说的是，爸，我自己很感激你。不过等你这次回来，那就不只我，而是每个人都会感激你。”

贝莱觉得心头一股暖意。他很快点了点头，将手搭在儿子的肩膀上，喃喃道：“谢谢。我不在的时候，好好照顾自己——还有你母亲。”

他转身离去，径自向前走。其实，他并未说出实情，班一直以为他去奥罗拉是要商讨移民计划。假如真是这样，他的确有可能凯旋归来。但事实上……

他想：即使回得来，我也一定会灰头土脸。

第二章
丹尼尔

06

这是贝莱第三次搭乘太空船，前两次距今虽然已有两年，他仍记忆犹新。所以，他十分清楚会遇到些什么事。

其一是隔离，不会有任何人见到他，或是和他有任何形式的接触，（或许）只有一个机器人例外；其二是一连串的医疗处理，也就是消毒杀菌（没有更贴切的说法了）；其三，则是试图将他改造得适合接近太空族——他们个个患有疾病恐惧症，在他们眼中，地球人都是长了两只脚的多重感染源。

然而，这次还是会有些不同。比方说，他不会对上述过程那么害怕了，而脱离母体的失落感也一定不会再那么严重。

他会做好面对开阔空间的心理准备。这一次，他告诉自己一定要勇敢（尽管腹部还是稍微抽搐一下），甚至可能会坚持要看看太空的景观。

真实的太空和从城外拍摄的夜空照片，看起来会不一样吗？他很想知道答案。

他还记得当年第一次去参观天象馆（当然位于大城内），他并未感到置身城外，因而丝毫没有不舒服的感觉。

后来，他前后两次——不，三次——来到露天的夜空，见到了真实天幕上的真实星斗，竟然觉得远比不上天象馆的天幕那么壮观。不过，每次都有凉风阵阵，还有一种无形的距离感，而天象馆的气氛就没有那么令人战栗——但相较之下，还是要比白昼好得多，因为黑暗构筑了一道令他感到舒适的围墙。

所以说，从太空船的观景窗向外望去，会比较像天象馆还是地球的夜空呢？或者，那会是一种完全不同的感受？

他专心思考这个问题，仿佛想要借此忘掉自己即将远离洁西、班以及这座大城。

他仗着一点匹夫之勇，拒绝搭乘接驳车，坚持要跟前来迎接他的机器人一起走到太空船上。毕竟，只是走过一个有顶棚的走廊罢了。

这条通道并不算很直，但此时贝莱回过头，仍旧看得到班站在入口处。他很自然地举手打招呼，仿佛自己只是要搭乘捷运前往特伦顿区。班的反应则热烈多了，他不但用力挥动双臂，双手还伸出食、中两指，做出中古时代象征胜利的标志。

胜利？贝莱确定这是个徒劳的祝福。

为了转换心情，他开始想些别的事。如果升空时间改在白天，明亮的阳光洒在太空船的金属外壳上，而他自己和其他乘客都在暴露于外的情况下登船，那会是个什么光景？

眼前这个小圆桶即将变成一个封闭的世界，而且，即将脱离它暂时栖身的大世界，冲向远比“城外”巨大无数倍的“天外”，然后穿越无尽的虚空，在另一个世界降落。当一个人完全了解这些事实，心中会是什么样的感受呢？

他咬紧牙根稳住步伐，不让脸上的表情有任何变化——至少他自己这么想。然而，身旁那个机器人却主动将他拉住。

“先生，你不舒服吗？”（不喊“主人”，只喊“先生”，果然是奥罗拉的机器人。）

“我还好，小子。”贝莱用嘶哑的声音说，“继续走。”

他一路低着头向前走，直到太空船耸立在面前时，他才重新抬起头来。

一艘奥罗拉太空船！

这点他相当确定。在暖色聚光灯的照射下，它显得比索拉利的太空船更高大、更优雅，却也更为强而有力。

贝莱登船后，仍觉得是这艘奥罗拉太空船略胜一筹。比方说，相较于两年前，这回他的舱房显然比较大，而且更加豪华舒适。

由于完全了解接下来的流程，他毫不犹豫地把自己脱个精光。（那套衣服或许会被电浆火炬分解，总之，他即使能回到地球，也一定拿不回来了——上次就是这样。）

而在他穿上一身新衣服之前，必须先经历彻底的沐浴、体检、服药和注射等程序。他对这样的屈辱非但不排斥，而且几乎十分欢迎。毕竟这样一来，他就不会一直挂心目前的状况。正因为如此，他几乎没注意到太空船开始加速，也几乎没时间去想自己何时离开地球、进入太空。

等到终于再度穿戴整齐之后，他一肚子不高兴地望着镜中的自己。这套服装的材质（不管它是什么做的）既光滑又反光，从不同角度望去还会呈现不同的色彩。他的下半身整个被裤子包住，裤口不但束住脚踝，而且塞进鞋子里（那双鞋子则柔软地包住双脚）。

他的手臂被长袖上衣一直覆盖到手腕，手上还戴着一双透明的薄手套。那件上衣的领口箍住他的颈部，而衣服后面连着一顶兜帽，需要时可将头部罩起来。他心知肚明，自己被包得如此严密，并非为了他的舒适着想，而是为了降低他对太空族的威胁。

他望着这身装饰，忍不住想到，自己现在应该觉得又闷又热又潮湿，总之十分不舒服。事实上却没有，他甚至没有出汗，这令他大大松了一口气。

他作了一个合理的推论。“小子，这套衣服有温控功能吗？”他向那个刚才接他上船、目前仍留在他身边的机器人求证。

那机器人答道：“先生，的确没错。这是一套全天候的服装，深受人们喜爱，可是也极为昂贵，在奥罗拉很少有人穿得起。”

“是吗？耶和华啊！”

他开始打量那个机器人。它似乎属于相当原始的机型，事实上，可以说和地球制造的机器人差不了多少。话又说回来，它仍有超越地球机型的地方，比方说，它的表情可以做有限度的变化。刚才，当它暗示贝莱正穿着一套昂贵的奥罗拉服装之际，脸上便浮现了一个非常浅的笑容。

它拥有一副金属之躯，外壳看起来却像一层纺织品，不但会随着它的动作稍微变形，而且色彩的搭配和对比都令人赏心悦目。一言以蔽之，除非你目不转睛看得非常仔细，否则虽然它绝非人形机器人，却活脱穿着一件衣服。

贝莱问：“小子，我该怎么叫你？”

“先生，我叫吉斯卡。”

“机·吉斯卡？”

“您也可以这么叫。”

“这艘太空船上有书库吗？”

“有的，先生。”

“能不能帮我找几本谈奥罗拉的胶卷书？”

“哪一类的，先生？”

“历史、地理、政治学……凡是能帮助我了解那个世界的都好。”

“遵命，先生。”

“还要阅读镜。”

“遵命，先生。”

那机器人随即告退，走出了舱房的双扇门。贝莱若有所思地点了点头。当年前往索拉利途中，他从未想到善用穿越星际这段时间学习些有用的东西。两年来，他多少有点进步。

他研究了一下那道门，发觉它锁上了，无论怎么推都纹丝不动。其实如果真能打开，他才会惊讶万分呢。

他继续研究这间舱房，不久便发现一台超波屏幕。他随手按了按控制器，弄出一阵震耳的音乐，忙乱了一阵子才终于把音量降低。他勉强听了一会儿，相当不以为然，这种音乐既尖锐又刺耳，仿佛每个乐器都经过了改造。

他试了试其他按键，总算切换了画面。这回，屏幕上呈现的是一场太空足球赛，而且显然是在零重力环境下进行的。只见足球沿着直线飞行，球员则以优雅的姿态飞来飞去（双方人马都多到惊人的程度；每个人的背部、手肘和膝盖都装有鳍状物，想必是用来控制运动的速度和方向），这些类似特技的动作看得贝莱头昏眼花。正当他倾身向前，找到并按下关机键，他听到身后响起了开门声。

他转过身来，但由于一心以为会看到机·吉斯卡，所以他最初的反应只是“竟然并非机·吉斯卡”。他眨了一两下眼睛，才发觉自己正瞪着一个“人”，此人脸庞宽阔，颧骨高耸，铜色的短发向后梳得服帖，一身衣服无论剪裁或色调都相当保守。

“耶和华啊！”贝莱仿佛掐着脖子喊道。

“以利亚伙伴。”对方一面说，一面向前走，脸上露出严肃的浅浅笑容。

“丹尼尔！”贝莱大叫一声，随即伸出双臂，紧紧拥抱住这个机器人。“丹尼尔！”

07

居然会在太空船上见到这位渊源深厚的老朋友，贝莱真是始料未及，他就这么一直抱着丹尼尔，心中充满安慰和感动。

不久，他一点一滴恢复了理智，终于想到自己拥抱的并非“丹尼尔”，而是机·丹尼尔——机器人·丹尼尔·奥利瓦。他正在拥抱一个机器人，而对方也轻轻抱着他。这个机器人之所以如此配合，是由于他认定这么做会给这个人类带来快乐；他脑中的正子电位根本不允许他拒绝这个拥抱，因为那将会让此人感到失望和尴尬。

至高无上的机器人学第一法则是这么说的：“机器人不得伤害人类……”而拒绝一个热情的拥抱，当然会给对方带来伤害。

贝莱慢慢松开手，以免心中那股懊悔表现出来。他甚至趁机捏了捏机器人的双臂，用以进一步遮掩自己的羞愧。

“好久不见，丹尼尔。”贝莱说，“上次碰面，还是你带着那两位数学家的‘镜像案’找我讨论那回，记得吗？”

“当然记得，以利亚伙伴，很高兴见到你。”

“你能感觉到情绪了，是吗？”贝莱随口问道。

“我不能说自己拥有人类般的任何感觉，以利亚伙伴。然而我可以说，看到你之后，我的思想似乎就运作得更顺畅，万有引力对我的感官所造成的负担也没有那么厉害了，除此之外，我实在说不出其他的变化。我想大致来说，我所感受到的这些就如同你所感受到的快乐。”

贝莱点了点头。“老搭档，只要你见到我的时候，会感受到比平时更好的状态，我就心满意足了——希望你听得懂我的意思。可是，你怎么会在这里呢？”

“吉斯卡·瑞文特洛夫向我报告，说你已经……”机·丹尼尔并未说完这句话。

“净化完毕？”贝莱语带讽刺地问。

“消毒完毕。”机·丹尼尔说，“于是我觉得可以进来了。”

“但你当然不必担心受到感染？”

“完全正确，以利亚伙伴，可是这么一来，船上其他乘客恐怕都会对我避之唯恐不及了。奥罗拉人对于染病几率的敏感，有时简直到了毫无理性的程度。”

“这点我了解，但我的问题并非此时此刻你怎么会来到这里，我的意思是，你怎么会在这艘船上？”

“我隶属于法斯陀夫博士的宅邸，博士基于几个原因，命令我登上这艘前来接你的太空船。他确定你这次的任务十分艰巨，觉得最好让你身边有个熟悉的事物。”

“他真是设想周到，替我谢谢他。”

机·丹尼尔郑重其事地鞠躬答礼。“法斯陀夫博士还觉得，这次的会面将带给我——”这机器人顿了顿，“一些适切的感受。”

"你是指快乐吧，丹尼尔。"

"既然你准许我使用这个用词，那我就不妨承认。此外还有第三个原因——而且是最重要的——"

这时舱门再度打开，机·吉斯卡走了进来。

贝莱转头望向它，心中起了一股嫌恶感。谁都能一眼看出机·吉斯卡是机器人，因而只要有它在场，就等于强调了丹尼尔也是机器人这个事实（贝莱突然再次想到，他其实是机·丹尼尔），即使丹尼尔远远超越吉斯卡也于事无补。贝莱很不希望丹尼尔的机器人本质被突显出来，他无法将丹尼尔视为只是说话有点不自然的人类，这使他感到心虚，因而想要极力避免这种情况。

他不耐烦地说："什么事，小子？"

机·吉斯卡答道："先生，我把你想看的书拿来了，还有阅读镜。"

"好，放下吧，放下就好——你不必留下来，丹尼尔会在这儿陪我。"

"是的，先生。"机器人的双眼迅速望向机·丹尼尔（贝莱注意到它的眼睛会发光，丹尼尔则否），仿佛等待这个"高级生物"下达命令。

机·丹尼尔轻声说："吉斯卡好友，你不妨就站在门口吧。"

"好的，丹尼尔好友。"机·吉斯卡答道。

等到它离去后，贝莱有点不悦地问："为什么要让它待在门口，难道我是囚犯吗？"

"既然在这趟旅程中，"机·丹尼尔说，"你不能和其他乘客有任何接触，所以很抱歉，我不得不说你的确是一名囚犯。但吉斯卡紧跟着你其实另有原因——不过，我觉得应该先告诉你一件事，以利亚伙伴，你最好别再用'小子'称呼吉斯卡，或是任何机器人。”

贝莱皱起眉头。“它讨厌这个称呼？”

“吉斯卡不会讨厌人类的任何行为，只不过在奥罗拉上，我们通常不会用‘小子’称呼机器人。所以，我劝你最好不要因为这些没必要的惯用语，无意间突显了你来自地球，以免你和奥罗拉人产生摩擦。”

“那么我该如何称呼它？”

“就像称呼我一样，直接用他的专属名字就行了。毕竟，名字只是代表对方的一组声音，而声音又有什么优劣之分呢？说穿了，只是一种约定而已。还有在奥罗拉上，通常习惯用‘他’或‘她’来指称机器人，而不会用‘它’这个代名词。此外，奥罗拉人通常不会在机器人的名字前面冠上‘机’字，除非是需要用到机器人全名的正式场合——即便如此，如今还是常常会省略这个字。”

“这么说的话，丹尼尔，”贝莱压抑住想叫他“机·丹尼尔”的冲动，“你们在言语中，又如何区别机器人和人类呢？”

“两者的区别大多是不言而喻的，以利亚伙伴，因此似乎没有必要特别强调，至少奥罗拉人这么认为。既然你要吉斯卡替你找些谈奥罗拉的胶卷书，我猜你是想熟悉一下奥罗拉的风土人情，为你肩负的任务预作准备。”

“应该说，是我硬吞下肚的任务。可是，万一碰到人类和机器人的区别并不明显的情形呢？丹尼尔，例如你自己？”

“既然不明显，又何必区别呢，除非碰到确有必要的情形，对不对？”

贝莱深深吸了一口气。他觉得并不容易调适自己的心态，做到像奥罗拉人那样假装机器人并不存在。他又说：“可是，如果吉斯卡并非把我当囚犯看管，那么它——他又为何站在门口？”

"那也是法斯陀夫博士的指示，以利亚伙伴，吉斯卡是奉命来保护你的。"

"保护我？预防什么事？还是防什么人？"

"这一点，以利亚伙伴，法斯陀夫博士并未交代得很清楚。话说回来，自从詹德·潘尼尔这件事激起公愤……"

"詹德·潘尼尔？"

"就是那个被终结功能的机器人。"

"换句话说，就是那个被杀害的机器人？"

"以利亚伙伴，杀害这种说法通常只用在人类身上。"

"可是在奥罗拉，你们尽量避免区别机器人和人类，不是吗？"

"的确没错！虽然如此，可是据我所知，就终结运作这个特殊情况而言，过去从未出现该不该区别的问题，所以我也不知道标准何在。"

贝莱思索了一下。这纯粹是个语意学的问题，并没有实质的重要性。话说回来，他想借此探究奥罗拉人的思考模式，否则他根本踏不出第一步。

他慢慢地说："一个正常运作的人类就是活人，如果另一个人刻意用激烈的手段终止他的生命，我们就称之为'杀人'或'凶杀'。不过相较之下，'杀人'是比较强烈的字眼。

"你若猛然目睹有人试图以激烈手段结束另一个人的生命，就会大喊'杀人啦！'反之，你绝不可能大喊'凶杀！'因为后者是比较正式、比较不带感情的用语。"

机·丹尼尔说："我无法了解你所作的区别，以利亚伙伴。既然'杀人'和'凶杀'都代表以激烈的手段终结他人生命，这两个词就一定能互换，所以说，区别又在哪里呢？"

“区别在于，如果你高喊‘杀人’，会比高喊‘凶杀’更能让听到的人血液为之凝结，丹尼尔。”

“为什么呢？”

“言外之意的联想，并非字典上的意义，而是经年累月所累积的一种微妙效应；在一个人的经验中，不同的词汇适用于不同的句子、情况和事件。”

“我的程序中完全没有这些知识。”丹尼尔答道，在那显然毫无感情的声音之下（他说每一句话皆是如此）似乎透着一种古怪的无助感。

贝莱问：“你愿意接受我的说法吗，丹尼尔？”

丹尼尔仿佛刚刚获悉一道难解之谜的答案，迅速答道：“毫无疑问。”

“既然这样，我们应该可以将运作中的机器人称为活的。”贝莱说，“很多人可能会拒绝扩充‘活’这个字的意思，但我认为只要对我们有用，大可自由发明新的定义。把一个运作中的机器人当成活的并不困难，反之，如果硬要发明新字，或者刻意避免使用意思相近的字眼，那就是自找麻烦了。比方说，丹尼尔，你就是活的，对不对？”

丹尼尔放慢速度强调道：“我在运作！”

“得了吧。既然松鼠是活的，虫子、树木、青草也都是活的，那么你又何尝不是呢？我永远不会想要在言语中——或心中——强调我是活的但你只是正在运作的，尤其是我将要在奥罗拉生活一阵子，要试着避免在我自己和机器人之间作无谓的区别。因此我告诉你，我们都是活的，而且我要求你接受我的说法。”

“我会接受的，以利亚伙伴。”

“但是，如果一个人刻意用激烈的手段终结机器人的生命，能否称之为‘杀人’呢？这点我们可能还是会有些犹豫。如果把这两种罪行画上等号，刑责也就应该一样，可是这样对吗？如果杀人犯应当接受死刑，难道真该把终结机器人的罪犯也处死吗？”

“以利亚伙伴，杀人犯应当接受的惩罚是心灵穿刺，紧接着是人格重建。真正犯罪的是他的心灵结构，而不是他的肉体生命。”

“那么在奥罗拉上，用激烈的手段终结机器人的运作，又会受到什么惩罚呢？”

“我不知道，以利亚伙伴。据我所知，奥罗拉上从来没有发生过这种事。”

“我猜惩罚应该不是心灵穿刺吧。”贝莱说，“对了，‘机杀’如何？”

“机杀？”

“机器人凶杀案的简称。”

丹尼尔说：“可是恐怕不能当动词吧，以利亚伙伴？你绝不会说‘谁凶杀了某某某’，因此同样不适合说‘谁机杀了某某某’。”

“你说得对。在这两种情况下，都应该说‘谋杀’才对。”

“可是这个词专门用在人类身上，比方说，你不可能谋杀一只动物。”

贝莱说：“没错。而且，你甚至不会无意间谋杀一个人，这个词只能描述蓄意的作为。‘杀死’就比较广义了，既可以用于意外致死，又能适用于蓄意谋杀——而且除了人类之外，还可以用在动物身上。即使是一棵树，也有可能被细菌杀死，所以说，机器人又为什么不能被杀死呢，啊，丹尼尔？”

“无论人类或其他动物甚至植物，以利亚伙伴，全都是活生生的。”丹尼尔说，“机器人却是人造物，这点和阅读镜没有两样。人造物可以遭到‘毁坏’‘损坏’‘破坏’等等，就是不会被杀死。”

“虽然如此，丹尼尔，我还是要用‘杀死’这两个字，詹德·潘尼尔被杀死了。”

丹尼尔说：“使用不同的字眼，为何会产生不同的效果呢？”

“‘我们叫作玫瑰的那种花，要是换了一个名字，气味还是同样芬芳。’对不对，丹尼尔？”

丹尼尔顿了顿，然后说：“我不确定玫瑰的气味是什么意思，但如果地球上的玫瑰也就是奥罗拉上称为玫瑰的那种花，而你所谓的‘气味’是一种可以被人类侦测、度量或感受到的性质，那么用另一组声音称呼它——其他条件通通不变——当然不会对它的气味，或是任何内在性质产生影响。”

“没错，可是对人类而言，改了名字的确会导致感受上的改变。”

“我不懂这是为什么，以利亚伙伴。”

“因为人类通常都是不合逻辑的，丹尼尔，这是个令人无法恭维的特点。”

贝莱仰靠在椅子里，玩弄着手中的阅读镜，让自己的思绪暂时封闭几分钟。这番和丹尼尔的讨论令他很受用，因为在忙着咬文嚼字的时候，贝莱就能忘掉自己身处星空，忘掉太空船正在高速前进，一旦远离太阳系的质心，便会跃迁到超空间之中。此外，他还能忘掉自己即将距离地球好几百万公里，而不多久之后，更会拉大到好几光年。

更重要的是，他可以从中得到一些肯定的结论。丹尼尔虽然说奥罗拉人并不区别机器人和人类，但这显然只是表象。奥罗拉人或许出于善意，避免冠上“机”字头，避免使用“小子”的称呼，还尽量避免“它”这个代名词，可是从丹尼尔拒绝对机器人和人类一视同仁地使用“杀死”这种说法，便能确定上述那些只是表面上的改变（既然这种反应源自他的程序，就代表奥罗拉人认定丹尼尔应当表现出这样的行为）。骨子里，奥罗拉人和地球人一样，都坚决相信机器人只是一种比人类低等无数倍的机器。

而这就意味着，在他从事这项艰巨任务、试图替这场危机找出解决之道的过程中（倘若确有可能找到），他起码少了这一个形同绊脚石的误解。

贝莱曾考虑是否应该询问吉斯卡，以便验证他刚刚得出的结论——不过，他并未犹豫太久，就决定不要这么做。吉斯卡的心灵太过简单，而且不够精巧，根本没什么用处。到头来他只会回答“是”或“不是”，那和询问一台录音机没什么差别。

既然如此，贝莱决定继续和丹尼尔讨论下去，至少他有能力作出些耐人寻味的回应。

他说：“丹尼尔，咱们来谈谈詹德·潘尼尔的案子。根据你刚才的说法，我假设这是奥罗拉历史上第一桩机杀案。犯下这案子的人——也就是凶手——我猜还没找出来吧。”

“如果，”丹尼尔说，“你假设是人类犯下这案子，那么此人的确身份不明。这点你说对了，以利亚伙伴。”

“那么动机呢？詹德·潘尼尔为何会遭到杀害？”

“这一点，同样还不清楚。”

“可是詹德·潘尼尔是个人形机器人，外表像你而并不像——比方说，不像机·吉斯……我是说吉斯卡。”

“这点正确，詹德是个像我这样的人形机器人。”

“那么有没有可能，凶手并非刻意进行一桩机杀案？”

“我不了解你的意思，以利亚伙伴。”

贝莱有点不耐烦地说：“难道凶手不可能将詹德误认为人类吗？

果真如此的话，他的企图就是凶杀，而不是机杀了。”

丹尼尔缓缓摇了摇头。“人形机器人的确外表酷似人类，以利亚伙伴，甚至连毛发和皮肤的毛细孔都惟妙惟肖。我们的声音百分之百自然，我们可以进行吃喝等等的动作，可是若和人类比较，我们的言行举止仍有显而易见的差异。随着科技的进步，这些差异或许会越来越少，但目前还是很多。你——以及其他不熟悉人形机器人的地球人，也许不容易注意到这些差异，但奥罗拉人则否。没有一个奥罗拉人会将詹德——或是我——误认为人类，哪怕只是一时半刻。”

“那么奥罗拉以外的其他太空族，他们有没有可能误认呢？”

丹尼尔有些犹豫。“我认为没这个可能。我这么说并非根据个人的观察，也不是直接根据内建的知识，而是我脑中的程序告诉我，所有的太空族世界都和奥罗拉一样，对于机器人十分熟悉——有些世界，例如索拉利，甚至犹有过之——因此我推论，任何太空族都能轻易分辨人类和机器人的差别。”

“其他的太空族世界也有人形机器人吗？”

“答案是否定的，以利亚伙伴，目前为止，仅仅奥罗拉才有。”

“那么其他太空族就不会对人形机器人十分熟悉，因此很可能忽略那些差别，而将它们误认为人类。”

“我可不认为有此可能。即使是人形机器人，仍会在某些方面表现出机器人的特色，任何太空族一眼就能看出来。”

“可是一定有少数人，并不像大多数太空族那么聪明、那么成熟、那么有经验。至少，太空族儿童就属于这一类，他们应该看不出什么差别吧。”

“我们相当肯定，以利亚伙伴，犯下这桩——机杀案——的人，绝不可能智商太低、年纪太小或经验不足。应该说，百分之百肯定。”

“很好，我们逐渐缩小范围了。如果太空族通通没嫌疑，那么地球人呢？有没有可能……”

“以利亚伙伴，如果不算早先的移民，那么不久之后，你将是第一个踏上奥罗拉星的地球人。当今的奥罗拉人几乎都是奥罗拉上土生土长的，而其余极少数，则是来自其他的太空族世界。”

“几千年来的第一个地球人，”贝莱喃喃道，“我感到很荣幸。但有没有可能在奥罗拉人不知情的情况下，已经有人比我捷足先登了？”

“不可能！”丹尼尔说得斩钉截铁。

“你所掌握的知识，丹尼尔，或许不够完整。”

“不可能！”这句话无论用字或语气都是刚才的翻版。

“那么我们可以下结论了，”贝莱耸了耸肩，“这件案子的确是蓄意的机杀案，没有其他的可能。”

“我们早就得到这样的结论了。”

贝莱说：“你们奥罗拉人早就得到这样的结论，是因为你们早已掌握所有的线索，而我才刚刚进入状况而已。”

“我这么说，以利亚伙伴，并没有任何贬抑之意，我无论如何不会小看你的能力。”

“谢谢你，丹尼尔，我知道你这么说并不代表嗤之以鼻——好，不久前你提到，犯下这桩机杀案的人，绝不可能智商太低、年纪太小或经验不足，而且百分之百肯定这一点。咱们来探讨一下你的说法——”

贝莱明知自己是在绕远路，但他不得不这么做。由于他对奥罗拉人的行事风格以及思考模式都不够了解，所以不敢跳过任何步骤，更不敢骤下结论。此时此刻，如果他面对的是人类这种智慧生物，对方很可能会觉得不耐烦，索性直接说出答案——而且还会把贝莱当成白痴。然而，身为机器人的丹尼尔则会以全然的耐心，追随着贝莱迂回曲折的思绪。

无论丹尼尔外表多么像人，类似这样的行为就能泄漏他的机器人身份。此时若有奥罗拉人在场，或许仅仅根据丹尼尔对某个问题的回答，就能断定他是机器人。丹尼尔说得对，人类和机器人之间的确存在着微妙的差别。

贝莱说："若能假设这桩机杀案牵涉到暴力行为——詹德的脑袋被打爆，或是他的胸部受到重创，就应该能排除所有的儿童，以及成年人中绝大多数的女性和许多男性。我想，如果不是特别强壮魁梧的人，实在很难做到这一点。"根据当初迪玛契科所作的简报，贝莱已经知道这桩机杀案不属于这一类，可是他又如何肯定迪玛契科自己并未受到误导？

丹尼尔说："其实任何人类都不可能做到。"

"为什么？"

"不用说，以利亚伙伴，你很清楚机器人骨子里都是金属之躯，比人类的骨骼要坚固得多。而我们的行动要比人类更快、更强而有力，而且受到更精密的控制。机器人学第三法则强调'机器人必须保护自己'，凡是人类作出的攻击，我们都可以轻易防卫；即使再强壮的人，我们都可以将他制住。此外，机器人也不太可能遭到出其不意的袭击，我们随时随地都在注意身边的人类，否则就无从发挥我们的功能。"

贝莱说："得了吧，丹尼尔。第三法则其实是这么说的，'在不违背第一及第二法则的情况下，机器人必须保护自己。'而第二法则是说，'除非违背第一法则，机器人必须服从人类的命令。'第一法则的内容则是，‘机器人不得伤害人类，或因不作为而使人类受到伤害。’所以人类能够命令机器人自我毁灭——然后那机器人就会使尽全力打碎自己的头颅。而如果人类向机器人发动攻击，机器人自卫的话便会伤到人类，那就违背第一法则了。”

丹尼尔说：“我猜，你想到的都是地球机器人。奥罗拉——或任何太空族世界——对机器人的重视都超过地球，而且相较之下，太空族世界的机器人一般而言都更复杂、更能干，同时更有价值。所以在太空族世界上，第三法则相对于第二法则的强度也大大超过地球上的情形。如果接到自毁的命令，机器人会提出质疑，除非听到确实正当的原因——为了化解眼前一个明显的危机——机器人才会执行这个命令。至于防卫人类的攻击，这并不会违背第一法则，因为奥罗拉的机器人都有很好的身手，足以在不伤害人类的前提下将他制住。”

“那么，假设有人坚决宣称，除非机器人自我毁灭，否则遭到毁灭的就是他自己——他这个人类，这么一来，机器人会不会自我毁灭呢？”

“奥罗拉的机器人一定会质疑这样的说法，因为口说无凭，那个人必须提出明显的证据来。”

“难道他不可能作出巧妙的安排，让机器人觉得这个人的确陷入绝境？你之所以排除掉智商太低、年纪太小或经验不足的人，不正是这个原因吗？”

丹尼尔说：“不，以利亚伙伴，答案是否定的。”

“我的推理有错吗？”

“没有。”

“那么我就错在假设他受到了实质的损伤。事实上，他并未受到任何实质损伤，对不对？”

“是的，以利亚伙伴。”

（贝莱心想：这意味着迪玛契科的情报正确无误。）

“所以说，丹尼尔，詹德是心智受到了损伤。哈，机困！彻底且不可逆的机困！”

“机困？”

“机器人困阻的简称，就是正子径路的功能遭到永久性阻断。”

“奥罗拉人并不用‘机困’这种说法，以利亚伙伴。”

“你们怎么说呢？”

“我们称之为‘心智冻结’。”

“也可以，反正是描述同一种现象。”

“以利亚伙伴，我劝你最好还是使用我们的说法，否则奥罗拉人会听不懂你在说什么，交谈会因而无端受阻。不久之前，你才提到不同的字眼会造成不同的感受。”

“很好，我会改用‘心智冻结’——这种事会不会自动发生？”

“会，可是机器人学家说，发生的几率是无限小。我身为人形机器人，可以提供你第一手资料，我自己从未经历过可能导致心智冻结的任何效应。”

“那么我们就必须假设，有人故意制造了一个足以引发心智冻结的情境。”

“法斯陀夫博士的对头正是这么一口咬定的，以利亚伙伴。”

“要做到这件事，需要有机器人学的训练、经验和技术，所以不可能是智商太低、年纪太小或经验不足的人。”

“这个推理天经地义，以利亚伙伴。”

“我们甚至可以把奥罗拉上具有这样技术的人列举出来，制作一份嫌犯清单，而人数或许不会太多。”

“事实上，清单早已出炉了，以利亚伙伴。”

“总共有多少人？”

“不多不少，刚好只有一个人。”

这回轮到贝莱说不出话来，他恼怒地锁紧眉头，然后用相当暴躁的口气说：“只有一个人？”

丹尼尔心平气和地答道：“是的，只有一个人，以利亚伙伴。这是汉·法斯陀夫博士所作的判断，而他是奥罗拉上最伟大的理论机器人学家。”

“可是，这样的话，本案还有什么神秘可言？这个人到底是谁？”

机·丹尼尔说：“啊，当然就是汉·法斯陀夫博士自己。我刚刚说了，他是奥罗拉上最伟大的理论机器人学家，而根据法斯陀夫博士的专业意见，只有他自己拥有这个本事，能令詹德·潘尼尔进入彻底的心智冻结状态，却又不留下任何蛛丝马迹。然而，法斯陀夫博士也说过，他并没有那么做。”

“可是，别人都没有这个本事吗？”

“的确如此，以利亚伙伴，这就是本案的神秘之处。”

“万一法斯陀夫博士……”贝莱说到一半煞住了。他原本想问丹尼尔，法斯陀夫博士有没有可能弄错（其实不只他一个人有这个本事），或者有没有可能说谎（其实真是他干的），但他随即想到这种问题毫无意义。丹尼尔的程序是由法斯陀夫设计的，他绝无能力怀疑自己的设计者。

因此，贝莱尽可能以温和的口气说：“我会好好想一想，丹尼尔，然后我们再谈。”

“很好，以利亚伙伴，反正已经到了睡眠时间。由于抵达奥罗拉后，工作压力可能令你无法规律作息，所以你现在最好把握机会好好睡一觉，我来教你怎样架床和铺床。”

“谢谢你，丹尼尔。”贝莱喃喃道，不过他并未奢望能够顺利入眠。他奉命前往奥罗拉，目的是要证明法斯陀夫并未涉及那桩机杀案——唯有成功达成任务，地球的安全才会继续有保障，贝莱自己的前途也才会一片光明（两者的重要性虽然天差地远，但在贝莱心中却不相上下）——没想到，在尚未抵达奥罗拉之前，他就发现法斯陀夫几乎等于已经认罪。

08

然而，贝莱最后还是睡着了。

刚才，丹尼尔为他示范了如何降低“人造重力场”的强度。这种装置并非真正的重力产生器，后者耗能过大，只有在特定时间和特殊情况下才得以使用。

丹尼尔并没有能力解释这个装置如何运作，但即使他拥有这方面的解说程序，贝莱也确定自己不可能听懂。好在控制器很容易操作，使用者完全不必了解背后的科学原理。

丹尼尔说：“力场强度无法调降到零——起码这个控制器做不到。总之，睡在零重力环境下并不舒服，尤其是对太空旅行的生手而言。你真正需要的是一个不高不低的力场，一方面让你几乎感觉不到自己的重量，另一方面仍然可以维持上下的定向。至于高低则因人而异，大多数人觉得控制器所定的最低强度是最舒服的，不过你是初次使用，或许会希望调高一点，这样比较能够让你保有熟悉的重量感。只要试试不同的强度，很快就能找出最适合你的。”

结果，这种新奇感受不禁令贝莱神迷，他发觉自己逐渐放下了法斯陀夫既承认又否认的问题，就连他的身体也逐渐脱离了清醒状态，或许两者是一而二、二而一的过程吧。

他梦见自己回到了地球（当然喽），虽然沿着一条捷运带前进，但他并非坐在座位上，而是飘浮在高速路带的边缘。他几乎就飘在众多路人的头上，速度比他们稍快，但似乎没有任何人显得惊讶，也没有任何人抬头看他。这是个相当愉快的感受，醒来之后，还令他怀念不已。

次日早上，用过了早餐——

真的是早上吗？在太空中，真有早、中、晚的时段之分吗？

显然并没有。他思索了一下，决定将早上定义为睡醒之后那段时间，并将此时吃的那一顿称为早餐。至于计时器上的时间，至少对他本人毫无用处——虽然对太空船而言或许另当别论。

于是，用过了“早餐”后，他随手翻了翻最新的新闻报表，为的只是确认有没有奥罗拉机杀案的进一步消息，然后，他便拿起前一天（前一个清醒周期？）吉斯卡替他找来的那些书籍。

他根据书名，选了几册应该和历史有关的，而匆匆浏览一遍之后，他便断定吉斯卡替他找的都是青少年读物，不但文字浅显，还配上大量的插图。他不禁怀疑，这是否反映了吉斯卡对自己智商的评估——抑或是单纯针对他的需要。贝莱想了想，随即下了一个结论：吉斯卡是个毫无心机的机器人，他这么做自有道理，不该怀疑他抱有羞辱自己的意图。

他定下心来，尽量将注意力放在书本上，却发觉丹尼尔也拿着阅读镜陪他一起看。他这么做纯粹是出于好奇吗？或者只是不想让眼睛闲着？

丹尼尔从未要求翻回任何一页，也从来没有开口发问。想必，基于机器人对人类的信赖，他对读到的东西一律照单全收，不允许自己生出任何疑心或好奇。

在此期间，贝莱仅仅问了丹尼尔一个问题，不过这个问题和他们读到的内容无关，而是由于他对奥罗拉阅读镜不太熟悉，想知道该如何下达打印的指令。

偶尔贝莱也会暂停一下，走到隔壁的小舱房。那是一处解决各种卫生需求的隐密场所，因此无论是在地球或奥罗拉（后者是贝莱从丹尼尔口中获悉的），都毫不避讳地使用“卫生间”这三个字来标示。不过，身为大城居民的贝莱一向使用有着一排排便斗、马桶、洗脸台和淋浴间的大型卫生间，那间小舱房却只能容纳一个人，令他有点不知所措。

而在阅读过程中，贝莱并未试图记住书中任何细节。他并不打算成为奥罗拉社会的专家，也不是想要通过这方面的考试，只是希望读出一些感觉罢了。

比方说他注意到，这些由历史学家所撰写的青少年读物，虽然一律使用歌功颂德的笔法，可是书中那些奥罗拉的先圣先贤——在星际旅行早期从地球飞到奥罗拉的首批移民——仍是不折不扣的地球人。他们的政治形态、他们的纷争方式，以及他们所作所为的方方面面，几乎都有地球的影子。就某个角度而言，奥罗拉上所发生的一切，可说是重演了数千年前地球上某些原始地区的移民史。

当然，在这段过程中，奥罗拉人并未发现或遭遇任何智慧生物，因此这些来自地球的入侵者，不必烦恼到底该用人道还是残酷的手段对待“原住民”。事实上，这颗行星上原有的生物少之又少，因此人类得以迅速到处生根，而人类所驯养的动植物，以及无意间带去的寄生虫和其他微生物，也在最短时间内遍布了整个世界。除此之外，当然，这些移民也带去了机器人。

由于未曾遭到任何阻力即轻易征服这个世界，首批移民很快觉得自己就是它的主人。最初，他们将这颗行星称为“新地球”，这是理所当然的，因为它是人类所开拓的第一颗“系外行星”，亦即第一个太空族世界。而它也是星际旅行的第一个具体成果，是崭新纪元的第一道曙光。然而不久之后，他们就切断了和地球的血脉关联，并采用罗马神话中曙光女神的名字，将这颗星重新命名为“奥罗拉”。

所以说，奥罗拉就是曙光世界，而首批移民更开始刻意宣称自己是一种新人类的始祖。过去的人类历史都是漫漫长夜，直到奥罗拉人抵达这个新世界，白昼才终于来临。

这个伟大的事实（或说伟大的自夸）开始逐渐扩散到所有的命名、所有的纪念日、所有历史人物的评价。最后，它成了无所不在的信仰。

后来，其他太空族世界陆续诞生，它们的移民有些来自地球，也有些来自奥罗拉，但贝莱对这段历史的细节并未多加注意，因为他关心的是大方向。他注意到，由于发生了两点重大改变，使得奥罗拉人和地球的关系因而被拉得更远。其一是他们越来越让机器人融入生活中各个层面，其二则是他们的生命不断延长。

随着机器人变得越来越先进和多才多艺，奥罗拉人对它们的依赖也越来越重，但从未达到不能自拔的程度。这点和索拉利不同，贝莱记得那个世界的人类非常少，机器人非常多，而奥罗拉的情况并非如此。

但依赖性还是逐渐升高。

在阅读过程中，他尽可能抓住直觉的领悟，以及趋势和一般性——结果他发现，在奥罗拉上，人机互动的每一步进展似乎都和依赖性息息相关。甚至“机器人权”这个共识的建立——亦即逐渐废弃丹尼尔所谓的“不必要的区别”——也是一个突显依赖的迹象。在贝莱看来，奥罗拉人之所以对机器人越来越讲人道，似乎并非由于认同广义的人道精神，而是他们不想承认机器人的机器本质，于是干脆将两者一视同仁，这么一来，人类必须依赖人工智能这个令人不快的事实就消失于无形了。

而在生命延长之后，随之而来的是奥罗拉的历史开始放慢脚步，起起伏伏也逐渐模糊，延续性和一致性则越来越高。

毫无疑问，他所阅读的奥罗拉史越到后面就越没意思，令人看得几乎昏昏欲睡。但另一方面，对于置身那段历史的人而言，这绝对是一件好事。或许可以这样说，凡是有趣的历史一律充满了灾难，虽然后人读来津津有味，当时的人却苦不堪言。不过可以肯定的是，对绝大多数的奥罗拉人而言，个人生活一直无忧无虑，而如果每一个人的生活都越来越安逸，谁又会反对呢？

假如曙光世界拥有阳光普照的好天气，谁又会想要呼唤暴风雨？

——就在这个时候，贝莱突然体会到一种难以形容的感觉。如果硬要他试着描述，他会说仿佛一眨眼间，体内的一切整个翻转到体外，然后又立刻恢复原状。

由于过程太过短暂，他几乎没注意到，差点以为只是自己悄悄打了一个嗝。

直到大概一分钟之后，他才猛然想起来，自己有过两次这样的经验：一次是在前往索拉利的途中，另一次则是在回程。

这就是所谓的“跃迁”，也就是进入超空间的过程。一旦进入超空间，时间和空间双双失去意义，太空船便能打破宇宙中的光速极限，一举前进许多光年。（就字面上来说，这并没有什么神秘可言，因为太空船其实就是暂时离开这个宇宙，来到没有速限的另一种空间。然而，就观念上而言则刚好相反，因为若想描述超空间的本质，唯有使用数学符号一途，可是那些符号无论如何看不出任何直觉上的意义。）

事实上，人类虽然早就学会如何操弄超空间，却始终是知其然而不知其所以然。只要你接受上述事实，整件事就一清二楚——前一刻，就天文尺度而言，太空船距离地球还不算远，而下一刻，它已经来到奥罗拉附近。

在理想情况下，跃迁不需要任何时间——完全不需要，换言之，如果整个过程完美无缺，应该不会造成任何生理上的反应。然而物理学家宣称，完美无缺的跃迁需要无限大的能量，因此在真实情况中，总会有一个“有效时间”，虽然可以尽量缩小，但绝不等于零。正是这段不可避免的瞬间，导致了那种古怪却实质无害的翻转感觉。

想通了自己已经距离地球非常远、距离奥罗拉非常近之后，贝莱突然很想看看这个太空族世界。

原因之一，这时他很想看到有人烟的地方，而另一个原因，则是出于自然而然的好奇心，想要看看那个他已经从书本上非常了解的世界。

这时吉斯卡走了进来，手上端着介于清醒和入睡之间的那一餐（称之为午餐吧）。他径自开口道：“先生，我们正在接近奥罗拉，可是很抱歉，你无法从驾驶舱中观看它。反正，其实也没什么好看的。奥罗拉的太阳只是一颗普通的恒星，而我们还需要再飞几天，才能看到奥罗拉这颗行星的面貌。”然后，他仿佛又想到一件事，连忙补充道，“即使那个时候，你也无法从驾驶舱中观看它。”

贝莱心中冒出一股莫名的尴尬。显然，对方不但料到了他这个心愿，而且很快让他死了这条心，原来他们根本不希望他进入驾驶舱。

他说：“没问题，吉斯卡。”那机器人便走开了。

贝莱闷闷不乐地望着他的背影。今后，他身上还会被扣上多少枷锁呢？想要圆满完成任务，原本已经不太可能，不知奥罗拉人还会使出多少阴谋诡计，让不太可能变成绝无可能。

第三章
吉斯卡

09

贝莱转过身来，对丹尼尔说：“这太过分了，丹尼尔，因为这艘船上的奥罗拉人担心我是感染源，我就必须被当成囚犯。这纯粹是迷信，我已经彻底消毒了。”

丹尼尔说：“以利亚伙伴，我们要求你待在自己舱房里，并非由于奥罗拉人的恐惧。”

“不是吗？那还有什么原因？”

“或许你还记得，我们在这艘船上重逢之初，你曾问我为何奉命前来接你。我回答说，一来是因为我这个老友能让你心安，二来我自己也会感到快乐。可是，当我正要说第三个理由的时候，吉斯卡突然拿着你要的阅读镜和胶卷书走进来，因而打断了我们的谈话——然后，我们就开始转而讨论机杀案。”

“所以说，你始终没有告诉我第三个理由。那又是什么呢？”

“啊，以利亚伙伴，答案很简单，我或许还可以保护你。”

“我有什么好保护的？”

“那个我们决定称为机杀案的事件，已经挑起非比寻常的激烈情绪。你受邀前往奥罗拉，又是为了证明法斯陀夫博士的清白。而那出超波剧……”

“耶和华啊，丹尼尔，”贝莱义愤填膺地说，“奥罗拉上也看得到那鬼东西吗？”

“每个太空族世界都看得到，以利亚伙伴。它一度是最受欢迎的节目，而它将你塑造成了最伟大的侦探。”

“于是，机杀案背后的主谋开始庸人自扰，生怕我会调查出什么来，因此可能会无所不用其极地阻止我——甚至将我杀害。”

“法斯陀夫博士深信，”丹尼尔平心静气地说，“这桩机杀案背后并没有主谋，因为除了他自己，再也没有第二个人能做到这件事。在法斯陀夫博士看来，它纯粹只是偶发事件。然而，有人却想拿这件事大做文章，所以他们会设法阻止你，以免你证明它纯属偶然。因此之故，必须有人保护你。”

贝莱在两面舱壁之间来回快步走，仿佛想要借此加快自己的思考速度。奇怪的是，他就是不觉得自己身处险境。

他问道：“丹尼尔，奥罗拉上总共有多少人形机器人？”

“你是指在詹德终止运作之后？”

“对，在詹德死了之后。”

“只有一个，以利亚伙伴。”

贝莱万分震惊地望着丹尼尔，还做出无声的嘴形：一个？

最后他终于开口：“我想确定一下，丹尼尔，你现在是奥罗拉上唯一的人形机器人？”

“我在任何世界上都是唯一的，以利亚伙伴，这点我想你应该知道。我是这种机型的原型，詹德则是第二个。然后，法斯陀夫博士就不愿再制造这样的机型了，而这个技术掌握在他一人手中，别人谁也不会。”

“可是这么说来，既然两个人形机器人之一已经死了，难道法斯陀夫博士不会想到另外那个——也就是你，丹尼尔——也可能有危险吗？”

“他承认有这种可能性。但心智冻结本身已是极其罕见的现象，连续发生两次的几率当然趋近于零，所以他并不担心。然而，他觉得其他意外倒是有机会发生。我想，他之所以派我到地球去接你，这个考虑也是因素之一。这么一来，我就可以有一周左右的时间不在奥罗拉。”

“所以说，你现在和我一样是囚犯，对不对，丹尼尔？”

“以利亚伙伴，”丹尼尔郑重其事道，“所谓我是囚犯，只有在一个意义下成立，那就是我不该离开这间舱房。”

“还有什么其他意义之下的囚犯呢？”

“有的，遭到限制行动的人，必须对这种限制心生怨恨。真正的惩罚隐含着强迫性，我却相当了解为何要待在这里，而且同意确有必要。”

“你同意，”贝莱发起牢骚，“我可不，我认为自己就是不折不扣的囚犯。总之，为什么我们待在这里就能安全无虞？”

“原因之一，以利亚伙伴，吉斯卡在门外站岗。”

“他的智慧足以胜任这项工作吗？”

“他完全明白他所接受的命令。而且他不但身强体壮，还相当了解自己的工作多么重要。”

“你的意思是，他随时会为了保护你我而牺牲自己？”

“当然，正如我随时会为了保护你而牺牲自己。”

贝莱觉得有点脸红，问道：“既然你会被迫为了我而牺牲自己，难道你不怨恨这种处境吗？”

“我的程序正是这样设定的，以利亚伙伴。”丹尼尔的语气似乎变得柔和了，“不过，即使我的程序并未这样设定，我还是觉得为了救你而牺牲自己是相当值得的，我也说不上来为什么。”

贝莱感动到不能自已，他伸出手来，和丹尼尔紧紧握了握手。“谢谢你，丹尼尔伙伴，可是请你务必避免这种事，我可不希望失去你。在我看来，我的性命并非那么有价值。”

这时，贝莱突然惊觉自己说的竟是真心话。为了一个机器人，他居然愿意拿自己的生命冒险，这个想法令他心头一凛。不，不是为了一个机器人，而是为了丹尼尔。

10

吉斯卡径自走进舱房，猛然出现在他们面前。贝莱这时已经接受了这件事，这个机器人既然身为保镖，就必须拥有随意来去的权利。而且在贝莱眼中，吉斯卡只是一个机器人，即使大家刻意用“他”来称呼他，即使刻意省略“机”字头，也改变不了这个事实。如果贝莱想要抓抓痒、挖挖鼻孔，或是做出其他不雅的动作，他觉得吉斯卡都不会特别留意或妄加评断，甚至无法作出任何反应，只会静静地将观察结果输入内建的记忆库。

这就使得吉斯卡形同一件有脚的家具，在他面前贝莱不觉得有丝毫尴尬——而且，贝莱不经意地想到，吉斯卡也从未在不适当的时候闯进来。

吉斯卡抱着一个像是空箱子的东西。“先生，我猜你仍然希望从太空中观看奥罗拉。”

贝莱吓了一跳。想必是丹尼尔注意到了贝莱在生闷气，并且推测出原因，随即决定采取因应之道。而丹尼尔竟然让吉斯卡来做这件事，好像一切都是这个简单头脑所想到的，更表现出他细致的一面。这么一来，贝莱就无需表示感激之意，丹尼尔应该是这个意思吧。

事实上，在贝莱的感觉中，自己被无端禁止观看奥罗拉，要比被当成囚犯更令他忿忿不平。自从跃迁之后，这两天来，他一直为了丧失这个难得的机会而懊恼不已——因此，他转向丹尼尔说：“谢谢你，老朋友。”

“这是吉斯卡的主意。”丹尼尔答道。

“喔，当然啦。”贝莱浅浅一笑，“我也要感谢他。这是什么呢，吉斯卡？”

“先生，这是一台天体模拟仪。基本上它就是一台三维接收器，和观景室直接联线。不过我想提醒……”

“提醒什么？”

“先生，你不会觉得那景象有什么惊人之处，我不希望你空欢喜一场。”

“我会尽量不抱太高的期望，吉斯卡。万一我真的感到失望，也绝不会要你负责。”

“谢谢你，先生。我要回自己的岗位了，如果出现任何问题，丹尼尔都可以帮你解决。”

说完他便告退了，贝莱带着赞许的神情，转头对丹尼尔说：“我想，这件事吉斯卡做得很好。他或许是个简单的机型，但设计得十分精良。”

“他也是法斯陀夫设计的机器人，以利亚伙伴——这个天体模拟仪不但自给自足，还能自我调整。既然它已经瞄准奥罗拉，你只要轻碰‘控制缘’即可，这样就能将它启动，除此之外什么也不必做。你要不要自己来操作？”

贝莱耸了耸肩。“没必要，你来吧。”

“遵命。”

丹尼尔动手将那个仪器放到了贝莱的书桌上。

“以利亚伙伴，这个，”他指着手中那个长方形物体，“就是控制器。你只需要像这样抓着它的边缘，轻轻一压就能开机——再压一下则关机。”

丹尼尔随即压下控制缘，贝莱却立刻惨叫一声。

贝莱原本以为这个“空箱子”会亮起来，里面展现出一个全息式的星像场。结果根本不是那么回事，贝莱竟然发觉自己顿时置身太空——置身太空之中——四面八方是一颗颗明亮却不闪烁的星辰。

这个变化只持续了很短的时间，随即一切又恢复原状，包括这间舱房，以及其中的贝莱、丹尼尔和那个“空箱子”。

“很抱歉，以利亚伙伴。”丹尼尔说，“我一察觉你感到不舒服，立刻把它关掉了。我不知道你尚未做好心理准备。”

“那就替我做好准备。刚刚发生了什么事？”

“天体模拟仪会直接刺激人类大脑的视觉中心，使用者根本无法分辨它和三维真实环境有什么不同。这是个相当新的发明，目前只用于显示天文景观，毕竟，星空的内容不算太复杂。”

“你自己也看到了吗，丹尼尔？”

“看到了，可是非常不清楚，绝不像人类体验到的那么真实。我眼前有个模糊的星空轮廓，它和舱房内的景象交叠在一起，可是据我所知，人类只会看到星空而已。毫无疑问，如果我们的正子脑再做更精密的微调……”

这时，贝莱的心情已经恢复平静。“问题是，丹尼尔，在我的感觉中，其他的一切都不存在了，连我自己也不例外。我看不见也感觉不到自己这双手，觉得自己仿佛成了无形的灵魂，或是——呃——如果我死后，仍然能以某种非物质的方式存在，我想应该就是这种感觉吧。”

“我现在了解你为何颇为心神不宁了。”

“事实上，我觉得非常心神不宁。”

“再说声抱歉，以利亚伙伴，我会让吉斯卡把它拿走。”

“不，现在我有心理准备了，把这仪器留给我——对了，既然我觉得自己的双手已经不存在，我还能不能把它关掉？”

“控制器会粘在你手上，掉不下来的，以利亚伙伴。法斯陀夫博士曾经告诉我，根据他的亲身经验，当使用者意图结束时，手掌自然而然就会施力。这是一种自动的神经操控，原理和视觉类似。至少，奥罗拉人都屡试不爽，而我猜想——”

“就生理结构而言，地球人和奥罗拉人相当接近，所以这个原理也适用于我们——很好，把控制器给我，我要再试一次。”

贝莱怀着几丝恐惧，轻轻压下控制缘，立刻再度来到太空。这回，一切已在他预料之中，而且，一旦发觉自己仍能顺畅呼吸、丝毫不觉得被真空环境包围，他便尽力说服自己，一切只是幻觉罢了。他一面粗重地呼吸着（或许是要让自己相信这个动作是真的），一面好奇地四下张望。

突然间，他发觉自己听到了鼻孔里的粗重气息，连忙问道：“你听得到我说话吗，丹尼尔？”

至少他自己听到了这句话——有点遥远，有点生硬——可是他还是听到了。

然后，他听到了丹尼尔的声音——和他自己的声音不太一样，所以并非他自问自答。

“我听得到，”丹尼尔说，“你也应该听得到我说话，以利亚伙伴。为了让幻象更加真实，你的视觉和动觉都受到了干扰，但听觉则未受影响，大致来说就是这样。”

“嗯，我只能看到许多星星——我是指普通的星星。我们已经很接近奥罗拉，所以我猜，奥罗拉所环绕的那颗恒星，也就是它自己的太阳，要比其他星星明亮许多。”

“应该说太明亮了，以利亚伙伴。它的光芒已被遮蔽，否则你的视网膜会有危险。”

“那么，奥罗拉这颗行星又在哪里呢？”

“你看见猎户星座了吗？”

“看见了——你的意思是，我们现在见到的各个星座，和地球夜空中或是大城天象馆内的星座一模一样？”

“差不多。就星际尺度而言，目前我们和地球以及太阳系的距离并不算太远，因此见到的星空没什么差别。奥罗拉的太阳就是地球上所谓的‘天仓五’，它位于鲸鱼星座，距离地球3.67秒差距——如果你想象以‘参宿四’为起点，向猎户座肚脐上那颗星画一个箭头，然后将箭头延伸一倍多一点，你会遇到一颗中等亮度的天体，那就是奥罗拉行星。未来这几天，我们会朝它高速前进，而它也会越来越容易辨识。”

贝莱一本正经地望着奥罗拉。它只是一个孤独的明亮星体，旁边并没有任何闪烁的箭头，周围也没有任何解说文字。

他问：“太阳又在哪里呢？我是指地球的太阳。”

“从奥罗拉来看，它位于室女星座，是一颗二等星。只可惜，我们这个天体模拟仪并非充分电脑化的仪器，不容易把它指出来。反正，它看起来就像是一颗相当普通的星星。”

“那就算了。”贝莱说，“现在我要关机了，万一不顺利——你要帮帮我。”

关机过程十分顺利。贝莱刚刚动念，模拟仪随即关闭，令一切恢复原状。面对突然出现的灯光，他只能坐在那里猛眨眼睛。

直到这个时候，也就是他的感官恢复正常之后，贝莱才猛然想到，自己曾有好几分钟仿佛真正置身太空，周围没有任何保护层，可是他的空旷恐惧症并未因此发作。一旦认定自己根本不存在，他就完全解脱自在了。

这个想法不禁令他困惑，因而有好一阵子，他无心继续阅读那些胶卷书。

他一遍又一遍地开启天体模拟仪，并且采用太空船外最佳的位置来观看太空，自己却（显然）并不在那个位置上。有些时候，只是为了确认自己仍能从容面对无尽的虚空，他只看一会儿；但有些时候，星空的图案令他着了迷，不知不觉玩起数星星或连连看的游戏——之前在地球上，拜空旷恐惧症之赐，他无论如何做不到这些事，所以成心好好放纵一番。

几天后，奥罗拉果然变得越来越亮。没多久，他就不难从其他光点中找出这颗行星，然后，“不难”变成了“非常容易”，最后则成了根本无法漠视。起初，它只是个小小的狭长亮点，但很快就越来越大，终于开始显现出盈亏。

等到贝莱察觉到盈亏时，它看起来几乎已经是个半圆形。

在贝莱的询问下，丹尼尔解说道：“我们并非沿着轨道面接近这颗行星，以利亚伙伴，所以奥罗拉的南极几乎在圆盘正中央，稍微偏亮区一点。现在这个时候，南半球正是春天。”

贝莱说："根据我所读到的资料，奥罗拉的自转轴倾斜十六度。"当初，由于他急着了解奥罗拉的风土民情，天文地理方面的资料只是匆匆瞥过，但至少他还记得这一点。

"没错，以利亚伙伴。我们最后还是会进入轨道面，到时候盈亏变化会迅速得多。奥罗拉的自转比地球快……"

"对，它一天只有22个小时。"

"应该说是22.3个传统小时。每个奥罗拉日有10个奥罗拉时，每个奥罗拉时有100个奥罗拉分，每个奥罗拉分又有100个奥罗拉秒。因此，一个奥罗拉秒大约等于0.8个地球秒。"

"我在书上读到的公制时、公制分等等，就是指这些时间单位吗？"

"是的。起初，很难说服奥罗拉人放弃他们早已习惯的时间单位，于是两种同时使用，也就是传统制和公制。当然，最后公制逐渐胜出。如今我们虽然只说时、分、秒，但一定是指十进位的公制。这套时间单位已经广为太空族世界采用，只不过在其他世界，它和行星的自转并没有直接关系。当然，每颗行星同时也有自己的时间单位。"

"就像地球那样。"

"是的，以利亚伙伴，不过地球只用传统的时间单位。因此在进行贸易时，往往给太空族世界造成许多不便，但他们还是让地球自行其是。"

"我猜，这样做并非出于善意。在我看来，他们是希望突显地球的差异——对了，奥罗拉的一年和公制有什么关系？毕竟，既然这颗行星绕着它的太阳转，一定有个和季节循环相关的公转周期，这个周期又如何表示呢？"

丹尼尔说："奥罗拉的公转周期是373.5个奥罗拉日，差不多等于0.95个地球年。这个事实在奥罗拉历法里并没有什么重要性。我们将30个奥罗拉日定义为一个月，10个月定义为一个公制年。因此，一个公制年大约等于0.8个季节年，或是四分之三个地球年。当然，这个比例在各个世界并不一样。此外，10天通常称为一旬，所有的太空族世界都使用这个制度。”

“可是，一定有更简单的方式来配合季节循环吧？”

“每个世界照例都有自己的季节年，但很少有人使用。若有需要，你随时能用电脑算出过去或未来某一天在季节年中的定位。其实在每个世界上，类似的换算都是很方便的。而且，以利亚伙伴，机器人当然也都会作这种计算，随时可以替人类服务。公制单位的优点在于提供了统一的计时法，牵涉到的数学却只有小数点的移动而已。”

在此之前，贝莱未曾在任何书籍中读到这么明白的解说，这点令他感到不解。话说回来，根据他自己对地球历史的了解，他知道曾有一段时期，“朔望月”在历法中扮演重要的角色，可是曾几何时，基于计时的便利，朔望月逐渐遭到淘汰，终至被人遗忘。假设他要为外星人士选几本谈地球的书，这些书里极有可能完全找不到有关朔望月或相关历法沿革的记载。日期就是日期，无需多作任何解释。

除此之外，还有哪些事物无需多作解释呢？

所以说，他最近学到的那些知识，可信度又有多少呢？他一定要常常发问，不能将任何事物视为理所当然。

眼前，漠视线索的机会、曲解事实的机会以及误入歧途的机会，实在是太多太多了。

11

现在，贝莱只要开启天体模拟仪，奥罗拉就会占满整个视野，而且，看起来和地球相当接近。（他从来没有用过这种方式观看地球，但至少看过这类的天文照片。）

没错，此时贝莱眼中的奥罗拉，和那些地球照片十分类似，同样有着云层的图样、沙漠的踪迹和昼夜的分界，而且在夜半球部分，也同样有着闪烁的灯火。

贝莱一面忘情地欣赏，一面设想一种情况：假设他被送上太空，并被告知目的地是奥罗拉，可是基于某种原因——某种微妙又疯狂的原因——太空船绕了一圈又回到地球，那么在着陆之前，自己该如何分辨真假呢?

他有理由起疑吗?丹尼尔曾不厌其烦地告诉他，无论是地球或奥罗拉的夜空，星座看起来都是一样的，但是，既然两颗行星所属的星系相距不远，这难道不是很自然的结果吗?至于乍看之下，两者在太空中的外观几乎相同，难道不也是由于同为适宜住人的世界吗?

还有没有其他理由，支持他继续牵强附会地怀疑这是骗局?这样做有什么目的呢?万一真是骗局，表面上看起来牵强和无用又有何不可?假如行骗的理由相当明显，他会立刻一眼看穿。

这个阴谋丹尼尔也有份吗?假如他是人类，答案当然是否定的。但他只是个机器人，难道不能命令他配合这一切吗?

看来，根本无法得到任何定论。不久之后，贝莱却开始寻找大陆的轮廓，因为他想到，或许可以据此判断这到底是不是地球。这应该是个有根有据的测试——结果还是失败了。

从云层之下断断续续透出一些模糊的轮廓，可是对他毫无用处。对于地球的地理，他的知识不够丰富，他真正了解的地球仅限于那些大城，也就是所谓的钢穴。

一段段的海岸线，在他看来都相当陌生——它们到底属于奥罗拉还是地球，他完全没概念。

问题是，自己为何会疑神疑鬼呢？当年前往索拉利，他始终未曾怀疑目的地是别处，也没有怀疑他们要把自己送回地球——啊，当时他是去执行一个明确的任务，而且胜算相当高。现在，他却觉得毫无成功的机会。

那么或许应该说，自己很想回到地球，于是在心中构筑出这个假阴谋，以便借题发挥，好好想象一番。

没想到，这个阴谋论逐渐有了自己的生命，令他怎么也摆脱不掉。他发觉自己无法再回到真实的舱房，只能目不转睛地望着奥罗拉，专注到了近乎疯狂的程度。

奥罗拉处于运动状态，正在缓缓旋转——

他看得够久了，足以发现上述事实。在此之前，当他观看太空的时候，一切似乎都是静止的，活脱舞台剧的背景，上面布满沉默且静止的光点，后来又加上一个小小的半圆形。是否正因为一切静止，才使得他免于空旷恐惧症？

可是现在，他看到奥罗拉正在运动，而他也明白，那是因为太空船即将着陆，正在盘旋而下，逐步接近地表。云层慢慢升起——

不，云其实没动，是太空船逐渐盘旋而下。是太空船在运动，是他自己在运动。就在这个时候，他突然意识到了自己的存在；他正迅速划破云层，正在向下坠落；在毫无防护的情况下，他穿过稀薄的空气，冲向坚实的地表。

他的喉咙不断收紧，呼吸变得非常困难。

他拼命对自己说，你并未暴露在太空中，有舱壁包围着你。

可是他感觉不到什么舱壁。

他又想到，不管有没有舱壁，你仍并未暴露，还有皮肤包覆着你。

但他也感觉不到自己的皮肤。

这种感觉甚至比赤裸更糟——他成了一个彻底曝光的孤独个体，成了一个活生生的时空点，一个被无尽虚空包围的奇点，而与此同时，他还不断向下坠落。

他猛压控制器，想要关掉这个影像，可是没有任何反应。他的神经末梢已经不正常，意志再也无法影响自发性收缩。不，他根本没有意志——他无法闭上眼睛，也无法攥紧拳头，他仿佛被恐惧所催眠，浑身上下动弹不得。

他只觉得眼前出现一片片的白云——不算很白——并非纯白——带着点橙黄——

然后，周遭的一切全变成了灰色——他感到被淹没了，完全无法呼吸。他拼命挣扎，想要撑开喉咙，想要向丹尼尔求救——

偏偏发不出声音——

12

贝莱喘得上气不接下气，仿佛刚刚冲过马拉松赛的终点线。他觉得舱房整个倾斜，自己的左手肘顶着一片坚硬的物体。

他终于明白，原来自己趴在地板上。

吉斯卡正跪在他身边，这机器人的一只手（坚定但有些冰冷）紧握着贝莱的右拳。当贝莱的视线越过吉斯卡之后，他看到舱房的门开着一条缝。

贝莱无需发问，就知道发生了什么事。正当自己慌乱无助之际，吉斯卡及时抓住他的手，然后用力一压，关闭了天体模拟仪。否则……

丹尼尔也在一旁，他的脸靠得贝莱很近，脸上正挂着可视为痛苦的表情。

他解释道:“你什么也没说，以利亚伙伴。要是我早些察觉你感到不适……”

贝莱仍旧无法开口，他试着用手势表示自己完全了解，根本不会放在心上。

两个机器人就这么守在贝莱旁边，等到他勉强恢复，试图起身之际，他们赶紧一边一个把他扶起来，安放在一张椅子上，吉斯卡还顺便将他手中的控制器取走了。

“我们很快就要着陆，我想，你再也不需要这个天体模拟仪了。”吉斯卡说。

丹尼尔一脸严肃地补充道：“无论如何，还是把它拿走比较好。”

贝莱却说：“等等！”他发觉自己的声音既细微又嘶哑，不确定对方有没有听清楚，于是他深深吸了一口气，轻轻清了一下喉咙，又说了一声，“等等！——吉斯卡。”

吉斯卡转过身来。“什么事？”

贝莱并未立刻回应。既然吉斯卡已经听到自己的命令，他就会耐心地等待，或许会永远等下去。贝莱试着整理杂乱的思绪，集中精神寻思：不管空旷恐惧症有没有发作，自己对目的地仍有怀疑。相较之下，这个疑惧出现得更早，很可能因此加剧了空旷恐惧症。

他必须查出真相。吉斯卡不会说谎，因为机器人不能说谎——除非有人下达了非常高明的指令。可是又何必指使吉斯卡这么做呢？前来迎接自己的是丹尼尔，从头到尾陪伴自己的也是他，如果真有说谎的需要，也该是丹尼尔的责任。吉斯卡仅仅扮演跑腿和看门的角色，当然没必要对他下达什么高明的说谎指令。

“吉斯卡！”贝莱的声音几乎恢复正常了。

“什么事？”

“我们即将着陆，对不对？”

“对，两小时之内，先生。”

贝莱想，他说的应该是公制时，要比真正的两小时长一点？或是短一点？这并不重要，只会徒增困扰，还是别追究了。

贝莱以尽可能严厉的口吻说：“赶紧告诉我，我们即将着陆的到底是哪颗行星？”

如果向人类提出这样的问题，对方一定会先顿一顿，然后，即使他决定回答，也会现出相当惊讶的神情。

吉斯卡却立刻答道："先生，是奥罗拉。"而且，平板的声音更突显了他的肯定。

"你怎么知道？"

"一来，它是我们的目的地；二来，它绝不可能是地球，原因之一，由于奥罗拉的太阳'天仓五'比地球的太阳轻了百分之十，因此温度稍低，在陌生的地球人看来，它的光芒带有明显的橙色。你可能已经从云层顶端的反射光，看到了天仓五特有的颜色。稍后，你一定能从地表看得更清楚——直到你的眼睛习惯了，才会视而不见。"

贝莱将视线从吉斯卡面无表情的脸孔上移开。他想，自己的确曾注意到阳光的差异，可是并未多加留意，真是个严重的错误。

"你可以走了，吉斯卡。"

"遵命。"

贝莱苦着一张脸望向丹尼尔。"我觉得自己像个傻瓜，丹尼尔。"

"我想你是在怀疑我们或许欺骗了你，把你带到别的世界去了。你这么想有任何理由吗，以利亚伙伴？"

"没有。也许是由于空旷恐惧症在潜意识层面发作，令我惴惴不安的缘故。望着似乎完全静止的太空，我并未察觉任何不适，但意识层面之下可能早就不对劲，使得我的心情越来越不稳定。"

"这是我们的错，以利亚伙伴。既然我们知道你不喜欢开放的空间，就不应该让你体验天体模拟，而既然这么做了，我们就该寸步不离地在旁守护。"

贝莱摇了摇头，露出厌烦的表情。"别这样说，丹尼尔，我被守护得够了。我现在只关心一个问题，到了奥罗拉之后，我会被守护得多么严密。"

丹尼尔说：“以利亚伙伴，据我所知，恐怕很难让你任意接触奥罗拉社会和奥罗拉人。”

“然而话说回来，那正是我必须争取的。如果我想查明这桩机杀案的真相，一定要有充分的自由，让我能去现场直接寻找线索——并询问相关人士。”

这个时候，除了有些疲累，贝莱觉得自己大致已经恢复正常。可是，经历了那段紧张刺激之后，现在他竟然十分渴望吞云吐雾一番，这令他感到相当尴尬。他以为自己早在一年多前就完全戒掉了这个嗜好，但此时此刻，他的喉咙和鼻孔却能感觉到烟叶烧出来的香味。

他心知肚明，自己也只能借着回忆过过干瘾。一旦抵达奥罗拉，他无论如何不可能有抽烟的机会。事实上，太空族世界一律没有烟草，即使他随身携带一些，也迟早会被没收和销毁。

只听丹尼尔说：“以利亚伙伴，我对这件事没有任何决定权，必须等到着陆之后，请你直接和法斯陀夫博士讨论。”

“这我了解，丹尼尔，可是我要怎样和法斯陀夫讨论呢？借由类似天体模拟仪的装置吗？我手上仍要拿着控制器？”

“完全不需要，以利亚伙伴。你们将面对面讨论，他打算在太空航站和你碰面。”

13

贝莱试图倾听太空船的着陆过程，不过，他当然不晓得会听到哪些声音。他不知道这艘太空船的结构，不知道船上总共有多少人，也不知道每个人在着陆之际会做些什么事，更不知道会产生什么样的噪音。

呼啸声？隆隆声？还是模糊的震动？

他什么也没听到。

丹尼尔说："你似乎很紧张，以利亚伙伴。如果觉得哪里不舒服，希望你都能立刻告诉我。无论你有任何不快，不管原因为何，我都必须第一时间提供协助。"

这句话，稍微加重了"必须"两字的语气。

贝莱漫不经心地想：他是受到了第一法则的驱策。刚才，他并未预见我会昏倒，光凭这一点，他所承受的痛苦就一定不下于我。对我而言，正子电位的失衡或许毫无意义，可是他体内因而产生的反应和不适，很可能等同于人类所感受的剧痛。

他又进一步想到：不过，正如丹尼尔不可能真正了解我这个人，我又如何能够了解在机器人的人工皮肤和人工意识之下藏着些什么呢？

贝莱随即惊觉自己竟然把丹尼尔想成机器人，不禁颇为自责。他望着对方温柔的双眼（打从什么时候起，他心中将那种眼神冠上

“温柔”两字了？），然后说：“如果我哪里不舒服，一定立刻告诉你，但现在并没有。我只是想试着用耳朵来追踪着陆的进度，丹尼尔伙伴。”

“谢谢你，以利亚伙伴。”丹尼尔一脸严肃地答道，他还微微欠了欠身，才继续说下去，“着陆应该不会引发任何不适。你的确会感到加速度，但是微乎其微，因为舱房会顺着加速方向略微变形，产生缓冲作用。温度虽然也会升高，但不会超过摄氏两度。至于听觉上，当我们穿过越来越浓的大气时，或许难免出现些许嘶嘶声。有没有哪一点会对你造成困扰？”

“应该都不会。目前困扰我的，就是无法自由参与最后这一段旅程。我希望多加了解着陆的过程，不希望被囚禁在舱房内，错过了这段难得的经历。”

“可是你已经知道，以利亚伙伴，对你而言这种经历是无法承受的。”

“那么我该如何克服呢，丹尼尔？”他据理力争，“这个理由还不足以把我关在这里吧？”

“以利亚伙伴，我已经对你解释过，这样做是为了你的安全着想。”

贝莱摇了摇头，显得十分反感。“这点我早就想过了，但我认为是无稽之谈。加在我身上的限制那么多，我想要了解奥罗拉已是难上加难，能够厘清事实真相的机会更是小之又小，任何头脑清楚的人都知道没必要阻止我。但如果他们真要自找麻烦，又何必直接对我发动攻击呢？为什么不破坏这艘太空船？假设我们所面对的是一群无恶不作的坏蛋，他们根本不会在乎牺牲一艘船——以及上面所有的乘客——以及你和吉斯卡——当然还有我。”

“事实上，我们考虑过这个可能性，以利亚伙伴。这艘船经过详尽的检查，并未侦测出任何遭到破坏的迹象。”

“你确定吗？百分之百确定吗？”

“这种事一律不可能百分之百确定。然而，我和吉斯卡都很放心，我们认为准确性相当高，出事的几率已经压到极小值。”

“万一你们错了呢？”

丹尼尔的脸孔似乎微微抽动一下，仿佛这个问题干扰了他脑中正子径路的流畅运作。他答道：“可是我们未曾出错。”

“你不能这么讲。我们即将着陆，这绝对是危险关头。事实上，到了这个阶段，根本不必再破坏太空船。现在——此时此刻——才是我自己最危险的时候。如果我要踏上奥罗拉，就不可能继续躲在这间舱房里。我必须走出太空船，必须和其他人有所接触。你们可曾采取各种预防措施，确保着陆安全无虞？”由于长期囚禁令他恼羞成怒，再加上当众昏倒令他脸上无光，否则贝莱不会如此咄咄逼人，毫无来由地数落无辜的丹尼尔。

但丹尼尔仍心平气和地说：“当然有，以利亚伙伴。还有，顺便告诉你，我们已经着陆了，太空船已停在奥罗拉表面上。”

一时之间，贝莱感到不知所措。他慌乱地四下张望，可是除了密封的舱房，当然什么也看不到。丹尼尔先前描述的什么加速、什么升温和嘶嘶声，他一概没有察觉。或许，刚才丹尼尔故意重提他的安全问题，目的就是为了转移注意力，以免他想到那些微不足道——却可能令他不安的效应。

贝莱说：“可是还有个尚未解决的难题，我该如何下船，才不会让我们的假想敌轻易得手？”

丹尼尔朝一面舱壁走去，伸手按了一下，舱壁便裂开一条缝，然后逐渐一分为二。在贝莱眼前，出现了一个长长的管子——一条隧道。

这时，吉斯卡从另一侧走进舱房，说道：“先生，我们三人就用这个逃生管下船，外面还会有人负责监视。在逃生管的另一端，法斯陀夫博士已经在等你了。”

“我们的预防措施滴水不漏。”丹尼尔说。

贝莱喃喃道：“我郑重道歉，丹尼尔——还有吉斯卡。”他闷闷不乐地走向逃生管，心想，他们致力做到滴水不漏，等于他们认为确有必要采取这些措施。

贝莱从不觉得自己懦弱，可是如今他来到一个陌生的行星，不知该如何分辨敌友，也见不到令他宽心的熟悉事物（丹尼尔当然是例外），到了重要关头，更别奢望会出现任何提供温暖和慰藉的屏障。想到这里，他不禁打了一个冷战。

第四章
法斯陀夫

14

法斯陀夫博士的确等在那里——而且笑容满面。他又高又瘦，浅棕色的头发并不算浓密，不过，最显眼的当然要数那一对大耳朵。即使过了三年，贝莱仍旧记忆犹新。那对几乎横长的招风耳让他看起来有点滑稽，甚至可以说丑得可爱。此时令贝莱展现笑容的正是那对耳朵，而并非由于法斯陀夫亲自相迎。

贝莱不禁纳闷，是不是奥罗拉的医疗科技并未涵盖微整形手术，以致无法矫正这样的耳朵——话说回来，也可能是法斯陀夫和贝莱一样，就是喜欢这个长相（如此相提并论，他自己都有些惊讶）。拥有一张赚人笑容的脸孔，也是一件值得骄傲的事。

也许，法斯陀夫希望第一眼就换来陌生人的好感？或者他乐于被人低估？或者只是为了与众不同？

法斯陀夫开口说："便衣刑警以利亚·贝莱，我一直没忘记你，只不过，我总是把你想成那个超波剧演员的模样。”

贝莱立刻收起笑容。“那出戏始终阴魂不散地纠缠我，法斯陀夫博士，如果我能找到一个可以摆脱它的地方……”

“你找不到的，除非奇迹出现。”法斯陀夫亲切和蔼地说，“所以，如果你不喜欢这码事，我们就把这个话题永久剔除，从现在起我再也不提了。同意吗？”

“谢谢你。”贝莱逮住这个时机，向法斯陀夫伸出右手。

在表现出明显的犹豫之后，法斯陀夫才小心翼翼地和贝莱握了握手，动作很迅速。“我姑且假设你并不是感染源，贝莱先生。”

然后，他端详着自己的双手，改用懊恼的语气说：“不过我必须承认，我这双手经过特殊处理，上面有一层不算太舒服的惰性膜。我也继承了这个社会的非理性恐惧。”

贝莱耸了耸肩。“大家都一样。比方说，我就不喜欢置身城外——我是说户外的空间。正是因为这样，我并不喜欢被迫在这种情况下来到奥罗拉。”

“这点我很了解，贝莱先生。我替你准备了一辆密封车，等到抵达我的宅邸之后，我们也会尽力让你继续处于封闭空间。”

“谢谢你，可是在奥罗拉这段时期，我觉得有必要让自己偶尔待在户外。我已经做好心理准备——尽可能做好了。”

“我了解了，但除非有必要，我们才会让你受户外之苦。现在并没这个必要，所以请钻进密封车吧。”

那辆车停在隧道外的阴影处，因此在上车的过程中，几乎完全不会有置身户外的感觉。贝莱知道丹尼尔和吉斯卡都紧跟在自己后面，这两个机器人虽然外形迥异，但同样处于严肃的待命状态——而且同样有着无穷的耐心。

法斯陀夫打开后车门，说道：“请上车。”

贝莱率先上车，丹尼尔则紧随在后，动作迅速且一气呵成。至于吉斯卡，他几乎在同一时间，以近乎严格排练过的舞蹈动作，从另一侧钻进车内。贝莱就这样被他们两个夹在中间，不过并没有什么压迫感。事实上，他很喜欢这样的安排，这让他觉得在自己和户外之间，还有厚实的机器人身体在两侧当作屏障。

没想到他完全见不到户外。法斯陀夫刚坐上前座，关上车门，车窗随即一一封闭，车内泛起一股柔和的人工光线。

法斯陀夫解释道："贝莱先生，通常我不这样开车，但我可以接受，而你会觉得这样舒服很多。这辆车完全电脑化，自己知道该怎么走，而且能够应付任何障碍或紧急状况，根本不必我们插手。"

随着一阵极其轻微的加速感，车子便进入几乎察觉不到的运动状态。

法斯陀夫说："我们走的是一条安全路线，贝莱先生。这些天我费尽心思，尽可能不让闲杂人等知道你会坐上这辆车，而你在车内之际，当然更不会被侦测到。就车程而言——对了，这是一辆气翼车，实际上是在贴地飞行——这段路并不算远，但你不妨趁机休息一下，你现在相当安全。"

"听你这么说，"贝莱道，"你似乎认为我仍身处险境。之前在太空船上，为了保护我，只好把我当成囚犯——现在又来了。"贝莱环顾这个狭小的封闭空间，觉得自己更像囚犯了，不但有金属和不透明玻璃围成的牢房，身旁还有两个金属之躯的狱卒。

法斯陀夫轻声笑了笑。"我知道，我有点反应过度了。问题是如今奥罗拉群情激愤，既然你在这个节骨眼赶过来，我宁愿像个傻瓜般反应过度，也不要因为反应迟钝而令你身冒奇险。"

贝莱说："我想你应该了解，法斯陀夫博士，如果我失败了，对地球会是个严重的打击。"

“这点我非常了解。请务必相信，我的决心和你一样坚定，我会尽可能避免让你无功而返。”

“我相信。此外，万一我失败了，不论原因为何，我于公于私都无法在地球上立足了。”

法斯陀夫转过头来，带着惊讶的神情望着贝莱。“真的？这太不合理了。”

贝莱耸了耸肩。“我同意，但事实如此。对于走投无路的地球政府而言，我是最现成的代罪羔羊。”

“贝莱先生，当初我请你来的时候，并没有想到这一层。请放心，我一定会尽力保护你。不过，老实对你说，”他刻意移开目光，“万一我们失败，我的力量可就小之又小了。”

“这点我知道。”贝莱绷着脸说。然后，他靠向柔软的椅背，还闭上了眼睛。虽然车子平稳前进，贝莱仿佛躺在摇篮里，但他始终没有睡着。反之，他正在绞尽脑汁——希望想出些什么来。

15

抵达目的地之后，贝莱同样未曾接触户外。他一走出气翼车，便发现自己置身于一间地底停车场，接着便搭乘一台小型电梯升到（走出电梯他才知道）地面层。

他被一路引领到一间充满阳光的房间，而在穿过一道道的天然光线之际（没错，带点橙红色），他不禁显得有些畏怯。

法斯陀夫注意到了，他说："这些窗户无法转成不透明，不过还是可以调暗。只要你吩咐，我马上照做。其实，我应该事先想到……"

"不必了。"贝莱硬邦邦地说，"我找个背对窗户的座位即可，我必须试着适应。"

"那就依你吧，但如果你觉得受不了，请随时告诉我——喔，贝莱先生，现在此地的时间已经接近中午。我不知道你在船上怎样设定个人作息时间，如果你已经清醒很久了，想要睡一觉，我们可以立刻安排。如果你现在不困也不饿，那就不必急着进食。然而，如果你觉得可以吃点东西，欢迎你待会儿和我共进午餐。"

"真巧，这和我的个人时间配合得刚好。"

"太好了。我要提醒你，我们的一天要比地球上短了百分之七。这应该不会对你的生物时钟产生太大困扰，但如果真有这种事，我们会试着配合你来调整。"

"谢谢你。"

"最后一点——我不太清楚你喜欢什么样的食物。"

"我会尽量有什么吃什么。"

"话说回来，如果你觉得哪些食物不够——可口，我不会介意的。"

"谢谢你。"

"还有，你不在乎丹尼尔和吉斯卡作陪吧？"

贝莱淡淡一笑。"他们会一起吃吗？"

法斯陀夫并未以任何笑容作为回应，而是一本正经地说："不会，但我希望他们时时刻刻陪着你。"

"我还有危险？即使在这里？"

"凡事我都不会百分之百放心，即使在这里。"

这时进来一个机器人。“先生，午餐准备好了。”

法斯陀夫点了点头。“很好，菲伯，我们一会儿就过去。”

贝莱问：“你有多少机器人？”

“还真不少。但我们远不及索拉利那种一比一万的人机比例，像我拥有五十七个机器人，已经超过平均值。这座宅邸很大，而且还兼作我的办公室和实验室。此外，当我有妻子的时候，为了避免我的工作打扰到她，必须让她远远住在另一侧，由另一批机器人服侍。”

“嗯，既然你有五十七个机器人，出借一两个我想还好。听你这么说，我对你派吉斯卡和丹尼尔护送我这件事不再那么内疚了。”

“我可以向你保证，贝莱先生，我可不是随便挑的。吉斯卡不但是我的总管，还是我的左右手，我成年之后，他一直跟着我。”

“你却派他一路去接我过来，我感到很荣幸。”贝莱说。

“这代表了你的重要性，贝莱先生。吉斯卡既壮健又刚强，在我拥有的机器人当中，他是最可靠的一个。”

贝莱随即瞄了丹尼尔一眼，法斯陀夫赶紧补充：“我刚才的说法，并未将我的朋友丹尼尔计算在内。他并非我的仆人，而是一项重大成就，一项令我忍不住感到无比自傲的成就。他是这类机型的第一个，虽然他的设计者以及他的蓝本都是拉吉·尼曼奴·萨顿博士，也就是那位……”

他警觉地及时住口，贝莱却猛然点了点头，接口道：“我了解了。”

他并不需要对方说出萨顿惨死于地球这件事。

“虽然萨顿负责丹尼尔的实际监造，”法斯陀夫继续说，“可是我的理论计算起了关键作用。”

法斯陀夫对丹尼尔微微一笑，后者则点头答礼。

贝莱说：“还有詹德呢。”

“没错。”法斯陀夫摇了摇头，显得有些沮丧，“或许应该让他和丹尼尔一样，也留在我身边。但他是我制造的第二个人形机器人，意义多少有些不同。打个比方，丹尼尔就像我的长子——地位自然特殊。”

“你不再制造人形机器人了？”

“对，但先别谈这些，我们得去吃午餐了。”法斯陀夫搓了搓手，“贝莱先生，我想地球上的人恐怕吃不惯我所谓的天然食物。今天的主菜是虾肉色拉，当然还有面包和奶酪，你可以选择喝牛奶，或是任何一种果汁，总之这不是什么大餐。甜点则是冰淇淋。”

“都是传统的地球食物。”贝莱说，“可是如今，只有在地球的古文献中，才能见到它们的真实面貌。”

“即使在奥罗拉，这些食物也不算很普通。可是，我认为不该急着让你品尝我们的美食，因为无论食材或调味料，其中的奥罗拉口味都太重了，需要些时间才会习惯。”

他站了起来。“请跟我来吧，贝莱先生。既然只有你我两人，我们不必拘泥礼数，也不必理睬用餐时的繁文缛节。”

“谢谢你，”贝莱说，“真感谢你的好意。旅途中我为了消磨时间，集中阅读了不少关于奥罗拉的资料，所以我知道，正式的用餐礼仪包含很多规矩，令我想到就害怕。”

“你不必害怕。”

贝莱说：“法斯陀夫博士，我们能不能更进一步打破成规，在餐桌上谈点公事？我绝不能无谓地浪费时间。”

“我赞成这个想法。好，我们就在餐桌上谈公事，相信你不至于把这个失礼行为告诉任何人吧，我可不想因此被赶出这个文明的社会。”他呵呵笑了几声，又赶紧说，“其实我不该发笑，这没什么好笑的。浪费时间或许不只造成不便而已，很可能会导致极其严重的后果。”

16

贝莱离开原来那个房间，来到了餐厅。相较之下，前者实在乏善可陈，只有几张椅子，一个五斗柜，以及一个看起来像是钢琴的乐器，但琴键却是管乐器的活塞。此外值得一提的，或许就是墙壁上有些似乎微微发光的抽象图案。地板则是由几种色泽的褐色方格混拼的，想必是为了营造木头的质感——虽然亮晶晶的仿佛刚打过蜡，踩在上面却一点也不滑。

至于餐厅，虽然铺着同样的地板，但除此之外毫无雷同之处。那是个长方形的房间，给人的第一印象就是装饰过了头。里面有六张显然属于一套的大型方桌，可以根据需要以多种方式组合。四面墙壁各有各的不同装潢，其中一面较短的墙壁整个做成吧台，上面摆着许多五颜六色的酒瓶，后方还装设一面弧形的镜子，制造出一种空间无限延伸的错觉。而另一面短墙上则有四个壁凹，里面各有一个正在待命的机器人。

两面较长的墙壁则装饰着会缓缓变色的镶嵌画。其中的一面是大地的景观，但贝莱看不出那到底是奥罗拉还是其他行星，或者纯属虚构。这幅画的左端是一大片麦田（或类似的作物），里面有许许多多的精密农机，全部由机器人操作。当你的目光一路从左扫到右，田野逐渐为三三两两的住家所取代，而最右端所画的内容，贝莱认为应该就是奥罗拉的典型都市。

另一面长墙上画的是一幅天体图——一颗蓝白色的行星，反映着恒星从远方射来的光芒，由于光影安排得很巧妙，除非你近距离仔细观察，否则一定觉得那颗行星正在旋转。周遭的那些星辰——有些黯淡、有些明亮——似乎也处于变幻不定的状态，不过一旦你将目光固定在一小块区域，那些星星又会显得完全静止。

贝莱看得眼花缭乱，不禁大起反感。

法斯陀夫说："这算得上艺术品，贝莱先生，只不过贵得离谱，但范雅非买不可——范雅是我现在的伴侣。"

"她会和我们一起用餐吗，法斯陀夫博士？"

"不会的，贝莱先生。如我所说，就只有我们两个人。这段时间，我要求她留在自己的活动范围。我不想让她卷入我们这个问题，我想，你该了解吧？"

"当然，当然。"

"来吧，请就座。"

一张方桌上已经摆好了杯盘以及精致的餐具，其中，有几样餐具令贝莱感到很陌生。比方说，餐桌中央有个高高的、接近锥状的圆筒，外形有点像西洋棋的"卒"，不过大了很多，而且是由灰色石材磨制成的。

贝莱刚坐下，就忍不住伸出手摸了摸。

法斯陀夫微微一笑。"那是调味瓶，里面装有十来种佐料，你可以利用它的简易开关，替你的菜肴添加任何一种，多寡也能自由控制。正确的使用方式，首先要把它拿起来，以繁复的手法转上几转，这个动作本身毫无意义，可是讲究时尚的奥罗拉人十分重视，认为它象征着优雅和精致的用餐礼仪。我年轻的时候，能够用拇指和食中两指做到三起三落，等到调味瓶落到手掌中，盐巴刚好倒出来。现在如果我还想尝试，则会冒着打破客人脑袋的危险。我看最好别试了，相信你不介意吧。”

“我拜托你别试，法斯陀夫博士。”

不久，一个机器人将色拉端上桌，另一个用托盘捧来一些果汁，第三个送上面包和奶酪，第四个则负责侍奉餐巾。四个机器人合作无间，虽然不断穿梭，从来不曾相撞或彼此阻挡，看得贝莱目瞪口呆。

而在完工时，他们刚好分别站在方桌的四边，完全看不出彼此经过协调。紧接着，他们动作一致地后退，动作一致地鞠躬，动作一致地转身，走回了餐厅另一角的四个壁凹中。此时，贝莱突然惊觉丹尼尔和吉斯卡也在屋内，但他明明没看到他们走进来。原来不知不觉间，那面画有麦田的墙壁上也出现了两个壁凹，他们两人就待在里面，其中丹尼尔离餐桌比较近。

法斯陀夫说：“既然他们走了……”他随即住口，慢慢摇了摇头，万般无奈地否定了自己的说法。“其实他们根本没走。通常，在午餐正式开始前，机器人照例要先离开。人类需要吃东西，机器人则否。因此，前者留下、后者离开是很合理的安排。久而久之，这也成了一个规矩。在机器人走掉之前，难以想象谁会有这个胃口。不过，今天却是例外……”

“他们并未离去。”贝莱说。

“对，我觉得安全比礼仪更重要，而且我觉得，既然你不是奥罗拉人，应该不会介意的。”

贝莱静待法斯陀夫率先开动，等到对方举起叉子，贝莱便有样学样。法斯陀夫也故意放慢动作，好让贝莱看清楚他如何使用这个餐具。

贝莱试着咬了一小口虾肉，发觉鲜美无比。这种美味他并不陌生，有点像地球上的虾球，但相较之下，这口虾肉更香更浓无数倍。他慢慢咀嚼，慢慢品味，虽然这个时候，他很想在餐桌上展开调查工作，却发现除了将注意力放在这顿午餐上，根本不可能同时再做别的事。

事实上，首先进入正题的是法斯陀夫。“我们是不是该开始讨论了，贝莱先生？”

贝莱不禁觉得有点脸红。“对，当然应该。真抱歉，这些奥罗拉食物给了我一个惊喜，令我难以把心思转到其他事物上——如今这个问题，法斯陀夫博士，可以说是你咎由自取，对不对？”

“此话怎讲？”

“据我所知，这桩机杀案所用的手法极为专业。”

“机杀案？很有趣的说法。”法斯陀夫微微一笑，“当然，我了解你的意思——你的情报正确，的确是极度专业的手法。”

“此外据我所知，只有你具有这种专业技能。”

“这点，你的情报也正确。”

“而且，连你自己也承认——其实是你坚持——只有你能够让詹德进入心智冻结状态。”

“无论在任何情况下，贝莱先生，我都永远坚持真理。即使我愿意说谎，对我也没有好处。在五十个太空族世界中，最杰出的理论机器人学家就是我，这已是众所皆知的事实。”

“话虽如此，法斯陀夫博士，难道排名第二的理论机器人学家——或是第三名，甚至第十五名——他们真的没有能力做出这种事吗？真的需要第一名才有足够的本事吗？”

法斯陀夫平心静气地说：“在我看来，真的需要第一名才有足够的本事。更何况，底下仍是我的看法，即使是我自己，也只有在最佳状态下，才有可能完成这项工作。记住一件事，机器人学界的精英——包括我自己——多年来都在努力研发不会遭到外力冻结的正子脑。”

“这些你都确定吗？真的确定吗？”

“完全确定。”

“你也曾公开这么说？”

“当然。亲爱的地球人，我们曾经进行过一场公开的调查。你现在问我的问题，当时都有人问过，而我一律照实回答——这是奥罗拉的优良传统。”

贝莱说：“此时此刻，我并未质疑你确信自己曾照实回答这件事。可是，你有没有可能被自傲的天性冲昏了头？这也是奥罗拉的优良传统，对不对？”

“你的意思是，我不顾一切要争第一，甚至不惜把自己推上火线，让大家不得不承认是我冻结了詹德的心智。”

“我猜，你基于某种原因，不惜毁掉自己的政治和社会地位，好让你的科学声誉不受影响。”

“我懂了。你的思考模式颇为耐人寻味，贝莱先生，可是我并不会想到那种办法。当我面对两种选择：或是将第一拱手让人，或是承认自己——借用你的说法——是机杀案的凶手，在你看来我会故意选择后者。”

“不，法斯陀夫博士，我不希望把问题简化成这个样子。你有没有可能欺骗了自己，以至于坚信你是最伟大的机器人学家，举世无人能及，而且愿意不惜任何代价来坚持这个信念，因为你潜意识里——我是说潜意识，法斯陀夫博士——其实已经了解有人正在超越你，或是已经超越你了。”

法斯陀夫随即哈哈大笑，但笑声中带着些许恼怒。“并非如此，贝莱先生，错得离谱了。”

“好好想想，法斯陀夫博士！你确定机器人学界就只有你是天纵英才？”

“在这个圈子里，有能力研究人形机器人的专家并不多。丹尼尔的研发过程等于创造了一门新的学问，它甚至还没有正式的名字——或许可以叫作人形机器人学。而奥罗拉上的理论机器人学家之中，只有我一个人了解丹尼尔的正子脑如何运作，此外再也没有第二个人。萨顿博士另当别论，但他已经死了——而且他也不如我那么了解，基本理论都是我发明的。”

“或许这门学问是你发明的，但你绝对不可能垄断，难道别人都没有学会吗？”

法斯陀夫坚定地摇了摇头。“的确如此。一来我没有收学生，二来我敢说，当今的机器人学家都不可能自行发展出这套理论。”

贝莱带着点不悦的口气说：“难道不会有个大学刚毕业的年轻人，他的聪明才智超出大家的想象……”

“不，贝莱先生，不会的。倘若有这样的年轻人，我一定会知道。他会加入我的实验室，会和我一起工作一阵子。当今当世，这样的年轻人并不存在。将来一定会有，或许还很多，可是如今，一个也没有！”

“所以说，万一你死了，这门新科学就会跟你一起进坟墓？”

“我现在只有一百六十五岁而已，当然我是指公制年，所以换算成地球年，我才一百二十四岁左右。根据奥罗拉的标准，我还相当年轻，而且以我的健康状况来说，我的人生无论如何尚未过半。想要活到公制年的四百岁，并非多么不切实际的梦想，因此，我不愁没时间把这门学问传下去。”

这时他们早已吃完了，但两人都没有起身的意思。那些机器人同样一动也不动，仿佛这场唇枪舌战把他们吓呆了。

贝莱眯着眼睛说：“法斯陀夫博士，两年前我去过索拉利一趟。根据亲身的体验，我认为整体而言，索拉利人是全银河最优秀的机器人学家。”

“整体而言，这么说也许没错。”

“他们之中，难道没一个人有这本事？”

“一个也没有，贝莱先生。他们的本事仅限于普通机器人——他们那些最先进的机型，也没有超越我家这个头脑简单、忠实可靠的吉斯卡。总之，索拉利人完全不懂如何制造人形机器人。”

“你怎能确定呢？”

“你既然去过索拉利，贝莱先生，就该非常明白索拉利人必须硬着头皮才能作面对面的接触，通常他们的互动都是透过三维显像——只有不得不从事性行为时例外。想想看，索拉利上有谁会梦想设计一个外形酷似人类的机器人，用来时时刻刻刺激自己的神经？如果真的把他做出来，他们一定避之唯恐不及，因为他看起来太像真人，他们根本无法使唤他做任何事。”

“难道整个银河中，就没有一个反常的、能够容忍人形机器人的索拉利人？你又怎能确定呢？”

“这点我无法否认，但即使有这样的索拉利人存在，今年也并没有任何索拉利人来到奥罗拉。”

“完全没有？”

“完全没有！他们甚至不喜欢和奥罗拉人接触。除非出现十万火急的情况，他们不会有任何人来我们这里——或是去其他世界。即使真有十万火急的情况，他们也顶多停在奥罗拉的轨道上，利用电子通讯和我们打交道。”

贝莱说：“这么说的话，既然你是整个银河中——无论理论上或事实上——唯一有这个能力的人，你到底有没有杀害詹德？”

法斯陀夫说：“这点我早已否认，我不信丹尼尔没告诉你。”

“他的确告诉过我，但我要听你亲口说一遍。”

法斯陀夫皱起眉头，并将双臂交叠胸前。然后，他咬牙切齿地说：“那我就亲口告诉你，不是我干的。”

贝莱摇了摇头。“我相信你自认为这是实话。”

“没错，而且是最真诚的实话。我没说半句谎言，我并没有杀害詹德。”

“但如果不是你，而其他人又通通没可能，那么……等等，也许我作了一个一厢情愿的假设。詹德真的死了吗？或者这只是把我骗来的幌子？”

“那机器人真的坏掉了。我应该可以让你见见他，除非立法局在太阳下山前对我颁布了禁令——但我认为他们不会那么做。”

“这样说来，如果不是你干的，他人又没有这个能耐，而那个机器人又真的死了——凶手到底是谁呢？”

法斯陀夫叹了一口气。“关于我在接受调查时所坚持的论点，我确定丹尼尔也告诉过你——但你想要听我亲口说一遍。”

“正是如此，法斯陀夫博士。”

“好吧，根本就没有凶手。导致詹德心智冻结的，其实是发生在他脑中‘正子流’里的一个自发性事件。”

“这有可能吗？”

“不太可能，可能性微乎其微——但如果不是我干的，那么这就是唯一的解释。”

“我看你撒谎的可能性要比那个自发性心智冻结来得大，我们可以这么推论吗？”

“很多人都这么推论。偏偏我就是知道自己没有撒谎，因此自发性事件成了唯一的可能。”

“而你把我找来这里，是要我澄清——证明——的确发生过那个自发性事件？”

“是的。”

“可是我要如何证明这个自发性事件？看来只要能证明这一点，便能够拯救你，拯救地球，以及拯救我自己。”

“排在越后面的越重要吗，贝莱先生？”

贝莱显得不太高兴。“好吧，拯救你，拯救我，拯救地球。”

“我仔细思考过这个问题，但只怕我得告诉你，”法斯陀夫说，“结论是根本无法找到这样的证明。”

17

“无法找到？”贝莱神情惊恐地瞪着法斯陀夫。

“是的，毫无办法。”然后，他像是精神突然出了问题，一把抓起调味瓶，转移话题道，“你知道吗，我很想试试自己还能不能做到三起三落。”

说罢他便手腕一翻，以精准的力道将调味瓶向上抛，当瓶子在空中转了一圈，开始坠落之际，法斯陀夫以右掌猛然切向瓶口，使得瓶子进入翻飞状态。然后他又伸出左掌，如法炮制一番，紧接着便进入下一轮。如此三个循环之后，瓶子又被用力抛到空中，转了整整一圈。最后法斯陀夫伸出右手向它抓去，左手也同时靠了过来。当调味瓶入手之后，法斯陀夫摊开左掌，上面果然有些亮晶晶的细盐。

法斯陀夫说：“在科学家眼中，这种表演相当幼稚，你的投资和报酬完全不成比例，费了九牛二虎之力，只不过弄出一小撮盐而已。可是奥罗拉人做东的时候，总是对这种表演感到自豪。有些高手能让调味瓶在空中停留一分半钟，双手的动作快到令你几乎看不清楚。”

“当然啦，”他若有所思地补充道，“这些动作丹尼尔都会，而且他要比任何人类做得更快更好。为了检查他的大脑径路是否正常，我曾经拿这些动作来测验他，可是如果要他当众表演，那我就万万不该了，真正的调味家会因而受到无谓的羞辱——调味家是这些人的俗称，你了解吧，不过在辞典里当然查不到。”

贝莱只是咕哝了一声。

法斯陀夫叹了一口气。“但我们必须回归正题了。”

“这正是你从好几秒差距之外把我请来的目的。”

“对，有道理——咱们继续吧！”

贝莱却问道：“你突然表演一手，到底有何用意，法斯陀夫博士？”

法斯陀夫说：“这个嘛，因为我们好像钻进了死胡同。我把你请来这里，调查一个无解的案子——你的表情会说话，我看得一清二楚，实话告诉你，我也好不到哪里去。因此，我们似乎可以趁机喘口气。现在，咱们继续吧。”

“继续讨论那件不可能的任务？”

“你为何一口咬定不可能呢，贝莱先生？你早已享誉银河，专破不可能的案子。”

“因为那出超波剧吗？那是利用我在索拉利的经历所改编的闹剧，你竟然相信？”

法斯陀夫双手一摊。“那是我唯一的指望。”

贝莱说：“其实我也没有第二条路了，我必须继续走下去，我绝不能无功而返，地球当局早就让我明白这一点——告诉我，法斯陀夫博士，要怎么做才能杀死詹德？需要把他的心智操纵到什么程度？”

“贝莱先生，即使对另一位机器人学家，我也不知道该如何解释这个问题，何况你并不是。同理，即使我打算正式发表自己的理论，目前为止也尚未想到该如何下笔。然而，还是让我试试看吧——你当然知道，机器人是在地球上发明的。”

“在地球，很少有人谈到机器人学……”

“地球上有着强烈的反机器人偏见，这在太空族世界是家喻户晓的事。”

“可是，但凡关心这段历史的地球人，都晓得机器人源自地球这个事实。众所皆知，超空间旅行是在机器人协助之下发展出来的，既然太空族世界可说是超空间旅行的产物，自然早在人类开拓银河之前、地球仍是唯一的住人世界之际，机器人就已经出现了。因此可以断定，机器人是地球人在地球上发明的。”

“但地球人并不引以为傲，对不对？”

“我们不谈论这件事。”贝莱四两拨千斤。

“那么地球人是否对苏珊·凯文这个人一无所知呢？”

“我在几本古书上看过这个名字，她是机器人学的先驱之一。”

“你只知道这点吗？”

贝莱做了一个别再追问的手势。“我想只要仔细搜寻，就能找到更多的资料，只是我从来没机会这样做。”

“这就怪了。”法斯陀夫说，“在太空族心目中，她是个了不起的传奇人物，所以据我猜想，除了真正的机器人学家，其他的太空族几乎都不觉得她是地球女性——否则等于亵渎了她。如果你告诉他们，她在世的时间顶多只有100个公制年，他们一定拒绝相信。然而，你却只知道她是机器人学先驱。”

“她和目前这个案子有任何关联吗，法斯陀夫博士？”

“没有直接关联，但还是有关。你应该了解，关于她这个人的传说不胜枚举，其中大多数无疑都是虚构的，即便如此，还是一直如影随形地粘着她。最有名的一则传说——也是最不可信的——是关于一个极早期的机器人，由于生产线上的意外变故，因而有了精神感应力……”

“什么！”

“这是传说！我讲过，这只是传说——而且无疑是虚构的！但是请注意，这个可能性还是有一些理论根据，只不过实际上，从来没有人提出过可行的径路设计，哪怕只是迈出第一步。所以说，在超空间纪元之前，某个简陋的正子脑竟会出现那种能力，是完全无法想象的一件事。正是由于这个原因，所以我们相当确定故事是虚构的。但因为里面有个寓意，还是让我讲下去吧。”

“当然，请继续。”

“根据这则传说，那个机器人拥有读心术，所以当你问他问题时，他会读取你的心思，然后拣你想听的告诉你。且说机器人学第一法则明文规定：机器人不得伤害人类，或因不作为而使人类受到伤害。对一般的机器人而言，其中的伤害是指肉体上的。然而，一个拥有读心术的机器人，他当然会认定失望、愤怒等等负面情绪会导致人类内心痛苦，因此这样的机器人会把这类情绪解释为另一种‘伤害’。所以说，如果一个会读心的机器人知道真相可能令你失望、生气，或让你出现嫉妒或是哀伤的反应，他就会编出一个美丽的谎言。你听懂了吗？”

“当然听懂了。”

“这个机器人甚至对苏珊·凯文也撒谎。但他的谎言很快就被戳破了，因为他见人说人话，见鬼说鬼话，要知道，这些谎言不但彼此矛盾，也和陆续浮现的客观证据不符。苏珊·凯文终于发现自己被骗了，而且那些谎言令她陷入难堪的窘境——原本只会是普通的失望，但由于她抱着不切实际的幻想，最后的失望却令她难以承受。你真的没听过这个故事吗？”

“我向你保证。”

“不可思议！但这绝非奥罗拉人杜撰的故事，因为它在其他世界同样流行。总之，凯文展开了报复行动，她对那个机器人指出，无论他说实话还是说谎，一样会伤害到对方。换句话说，不管采取什么行动，他都无法服从第一法则。在了解这点之后，那机器人只好遁入全然不作为的状态。如果你要加油添醋，大可说他的正子径路当场烧坏，也就是他的大脑彻底毁了。传说在结尾处还提到，凯文最后冲着那个被毁掉的机器人，骂了一声‘骗子！’”

贝莱说：“我想你是要告诉我，发生在詹德·潘尼尔身上的情形应该很类似。他曾面对一个矛盾，导致他的大脑烧坏了？”

“表面上看起来是这样，但如今可不比苏珊·凯文的时代，这种事并没有那么容易发生。可能正是由于那则传说，机器人学家总是小心翼翼，全力预防出现矛盾的可能性。随着正子脑的理论越来越精妙，以及正子脑的实务设计越来越复杂，这种系统也就越来越可靠，能将可能出现的各种情况一一分解成不等式，于是，机器人一定可以采取理论上服从第一法则的某种行动。”

“好吧，如今机器人的脑子不会烧坏了，这就是你的结论吗？但如果真是这样，詹德到底出了什么事？”

“这并不是我的结论。我刚才只是说系统越来越可靠，并没有说百分之百可靠，那是不可能的。无论正子脑多么精妙，多么复杂，你总有办法设计一个矛盾来困住它，这是数学上的基本真理。换言之，你永远不可能制造一个精妙复杂至极的正子脑，让它毫无面对矛盾的机会，那是绝对办不到的。然而，如今的系统已经能让这种几率趋近于零，所以如果想利用矛盾令某个正子脑冻结，你必须对它有深刻的了解——这一点，只有高明的理论机器人学家做得到。”

“比如说你自己，法斯陀夫博士？”

“比如说我自己。而若是人形机器人，那就只有我了。”

“或者谁也做不到。”贝莱以极度讽刺的口吻说。

“或者谁也做不到，说得太好了。”法斯陀夫居然表示同意，“人形机器人的大脑是一种刻意模仿人类的产物，此外，躯体当然也是。这种正子脑精密至于极点，自然或多或少和人类的大脑一样脆弱。正如人类可能罹患脑中风——由于偶然的内在原因，和外在的影响毫无关系——人形机器人的大脑也可能由于纯属偶然的因素，例如偶发性的正子随机漂移，而进入心智冻结状态。”

“你能证明这点吗，法斯陀夫博士？”

“我能用数学导出这个结果，但是那些看得懂的专家，并非人人同意我的推论过程，因为我用到一些并不符合机器人学主流思想的自家假设。”

“根据你的计算，自发性心智冻结到底有多大可能？”

“如果我们有很多的人形机器人，例如十万个，那么平均而言，一个奥罗拉人在他一生当中，有机会见到一次自发性心智冻结。但也可能不需要那么久，詹德就是一个例子，不过这样的机会就更小了。”

“可是请注意，法斯陀夫博士，即使你能斩钉截铁地证明任何机器人都可能出现自发性心智冻结，也不等于证明了这件事会在这个时候发生在詹德身上。”

“对，”法斯陀夫承认，“你说得很对。”

“你，当代最伟大的机器人学家，竟无法针对詹德的个案提出任何证明。”

“这句话，你也说得很对。”

“那你又指望我能做什么呢，我对机器人学根本一窍不通。”

“你不需要证明任何事，只要想个高明的办法，让一般大众相信自发性心智冻结的确有可能，那就足够了。”

“例如——”

“我还没想到。”

贝莱厉声道：“你确定自己没想到吗，法斯陀夫博士？”

“你这话什么意思？我已经说了还没想到。”

“那就让我说得更明白些。我假设，奥罗拉民众大多知道我已经被请来这里办案。由于我是地球人，而这里是奥罗拉，想让我的行踪神不知鬼不觉，可说是难上加难。”

“对，那还用说，我也从来不想那么做。为了这件事，我专程拜访过立法局主席，说服他允许我邀请你来这里。我就是用这个理由，替自己争取到一些缓冲时间，在我接受审判之前，先让你试试看能否侦破这件悬案，但我相信他们不会给我太多时间。”

“那么我再说一遍，奥罗拉民众大多知道我来了，而且我猜他们完全清楚原因为何——我是来解开詹德死亡之谜的。”

“当然，除此之外，还能有什么其他原因呢？”

“打从我登上那艘太空船，你就认定我身处险境，始终将我置于严密保护之下。根据你的说法，你的敌人可能想要除掉我——他们误以为我是什么超人，即使一切条件都对我不利，我还是能够轻易揭开谜底，把胜券送到你手上。”

“是的，我的确担心有这个可能。”

“假设有人并不希望揭开谜底，更不希望还你清白，而我真的命丧此人之手，在这种情况下，难道社会大众不会转而同情你吗？难道大家不会想到，你的敌人也觉得其实你是无辜的，否则他们不会宁可杀了我，也不愿意让我展开调查？”

“相当复杂的推理，贝莱先生。在我想来，如果善加利用你的死亡，的确可以达到这个目的。可是这种事绝对不会发生，你受到严密的保护，不会遭到杀害的。”

“可是为什么要保护我呢，法斯陀夫博士？你何不干脆让他们把我杀了，利用我的死当作胜券呢？”

“因为我宁愿由活生生的你来证明我的清白。”

贝莱说：“可是你当然知道我无法证明你的清白。”

“你也许可以。你有足够的动机。如你自己所说，你的成败关系到了地球的兴衰，以及你自己的前途。”

“动机有什么用？如果你命令我，要我靠着挥动双臂飞起来，而且进一步威胁说，如果我做不到，你会立刻动用酷刑处死我，同时还会炸掉地球，消灭所有的地球人，那么我绝对有强大无比的动机，但我还是无法靠双臂飞起来。”

法斯陀夫有些心虚地说：“我知道机会很小。”

“你明明知道根本没机会。”贝莱凶巴巴地说，“只有我的死亡能够拯救你。”

“那么我就没救了，因为我绝不会让任何敌人接近你。”

“可是你能接近我。”

“什么？”

“我脑袋里一直有个想法，法斯陀夫博士，你可能会自己动手把我杀了，却安排成看似你的敌人下的毒手。然后你再利用这桩凶案对付他们——这才是你把我找来奥罗拉的真正目的。”

接下来几秒钟，法斯陀夫只是望着贝莱，并未显得多么惊讶。但说时迟那时快，他的情绪突然爆发到了极点，不但满脸通红，而且五官扭成一团。与此同时，他一把抓起桌上的调味瓶，高高举起，随即砸向贝莱。

一时之间，贝莱完全不知所措，唯一的反应就是尽可能让自己缩进椅子里。

第五章
丹尼尔与吉斯卡

18

若说法斯陀夫动作迅速，丹尼尔的反制动作则比他快得多。

由于贝莱几乎忘了丹尼尔也在场，他只觉得依稀有股气流，伴随着一声怪响，然后就见到丹尼尔出现在法斯陀夫旁边，一面抓着调味瓶，一面说：“法斯陀夫博士，我想并没有伤到你吧。”

而在恍惚和清醒之间，贝莱又察觉到吉斯卡也从另一侧来到法斯陀夫附近，甚至那四个原本待在远处壁凹的机器人，此时也几乎赶到了餐桌旁。

法斯陀夫披头散发，微微喘着气说：“我没事，丹尼尔，你做得非常好，真的。”他提高了音量，又说，“你们都表现得很好，一定要记住，无论如何不能有丝毫迟疑，即使对我也要一视同仁。”

他轻声笑了笑，重新坐了下来，同时用手整了整头发。

“真抱歉，”他说，“让你受惊了，贝莱先生，但我觉得实际示范一次，要比我讲得口沫横飞更有说服力。”

贝莱早已恢复正常，刚才的窘态只是一种反射动作而已。他松开领口，声音稍带沙哑地说：“我可没想到你会用行动来说话，但我同意这个示范很有说服力。好在丹尼尔就在附近，能够及时阻止你。”

“他们每个都近到足以阻止我，只是丹尼尔离我最近，抢先到我身边罢了。他来得够快，这才不必动粗，万一离我远了些，他就难免会扭伤我的手臂，甚至得把我打昏。”

“他会做得那么过分吗？”

“贝莱先生，”法斯陀夫说，“我下令要他们保护你，而我最懂得如何命令机器人。即使代价是令我受伤，他们也会毫不犹豫地拯救你。当然，他们会尽可能把伤害程度减到最小，丹尼尔正是那样做的。他只损伤了我的尊严，弄乱了我的头发而已，还有我的指头有点发麻。”法斯陀夫带着苦笑弯了弯手指。

贝莱深深吸了一口气，试图摆脱这段混乱的思绪，然后说：“即使你没有特别下令，丹尼尔不是也会保护我吗？”

“这点毋庸置疑，他一定得这么做。然而，你千万别以为机器人的反应只是简单的是非、上下、黑白，那是外行人常犯的错误。要知道，还有反应速度这回事。那些保护你的命令，早已使得这座宅邸中的机器人——包括丹尼尔在内——个个脑中电位异常升高，事实上，这种高度已经是我能做到的极限了。因此之故，如果你有明显的、立即的危险，他们的反应当然会快到非比寻常的程度。我清楚这一点，而这也是我敢用最快速度攻击你的原因——这样才能作出最有说服力的示范，让你相信我无法伤害你。”

“没错，但我并不百分之百领情。”

“喔，我对这些机器人有百分之百的信心，尤其是丹尼尔。不过，我现在才想到——其实有点迟了——刚才我若不及时丢掉调味瓶，他可能会扭断我的手腕，虽然这样做有违他的意愿——或说有违他的线路。”

贝莱说：“在我看来，你冒这种险，可真是愚蠢。”

“事后回顾，我自己也这么觉得。听好，如果换成你打算用调味瓶砸我，丹尼尔同样会立刻制止你的行动，只不过速度不会那么快，因为并没有人命令他要特别保护我。我当然希望他的动作够快，但不确定他救不救得了我——我宁可不要作这种测试。”法斯陀夫露出亲切的笑容。

贝莱问：“万一有个飞行器，从空中朝这间房子投下爆裂物呢？”

“万一有人从附近的山顶，向我们发射一道伽马射线呢？机器人的保护不可能做到滴水不漏，可是那么激进的恐怖攻击，在奥罗拉上发生的机会小之又小，我建议你不必担这个心。”

“我不想担心也难啊。老实说，法斯陀夫博士，我并非真的怀疑你会加害我，但我需要彻底排除这个可能性，这样我们才能讨论下去。现在可以继续了。”

法斯陀夫说：“对，我们可以继续讨论了。虽说刚才这段非常戏剧化的插曲有点启发性，可是问题依然存在，我们还是得设法证明詹德的心智冻结是自发的。”

由于无法忽视丹尼尔的存在，贝莱有点不自在，索性转向他问道：“丹尼尔，我们讨论这个问题，会不会令你痛苦难过？”

丹尼尔刚刚把调味瓶摆到较远的空桌上，听到这个问题，他随即答道：“以利亚伙伴，我当然希望故友詹德仍在运作，可是既然事实并非如此，而且他永远无法恢复功能了，我们现在最该做的，就是设法防止类似事故再度发生。既然你们所作的讨论和这个目标有关，我非但不会痛苦，还会感到快乐。”

“很好，那么为了厘清另一件事，丹尼尔，我要请问你，是否相信法斯陀夫博士要为你的机器人伙伴——詹德的死负责？法斯陀夫博士，你不介意我这样问吧？”

法斯陀夫做了一个请便的手势，丹尼尔随即答道：“法斯陀夫博士说过他没有责任，所以他当然不必负责。”

“你对这点毫不怀疑吗，丹尼尔？”

“是的，以利亚伙伴。”

法斯陀夫似乎被逗乐了。“你是在盘问一个机器人，贝莱先生。”

“我知道，但我就是无法把丹尼尔单单视为机器人，所以必须问上一问。”

“他的回答不会被任何调查委员会采信，因为正子电位迫使他不得不相信我。”

“我并不是什么调查委员会，法斯陀夫博士，我这么做是在清除那些妨碍调查的枝枝节节。且让我再回到正题，真相只有两个可能：一、詹德的脑子是你烧坏的；二、此事纯属偶然。你已经向我保证，我绝对无法证明第二点，那么我唯一能做的就是对第一点提出反证。换句话说，如果我能证明你不可能杀害詹德，那就只剩下偶发事件这一个可能了。”

“你要如何提出反证呢？”

“不外乎方法、机会和动机三者。你掌握了杀害詹德的方法——理论上，你有能力把他操弄成心智冻结。可是你有没有机会呢？没错，他是你的机器人，这是指你负责设计他的大脑径路，并监督他的制造过程，可是他心智冻结之际，是否真的在你手上呢？”

"事实上并不是，当时他在别人手上。"

"长达多久时间？"

"大约八个月——也就是你们的半年多一点。"

"啊，这就有意思了。当他被毁的时候，你有没有在他身边，或是附近？当时你能接触到他吗？总归一句话，我们能否证明当时你离他很远——或是接触不到他——而唯有漠视这些条件的人，才会假设你当时有办法犯下这件案子。"

法斯陀夫说："只怕那是不可能的事。案发时间并不确定，可能的范围又很宽。一个机器人被毁掉之后，并不像人类尸体那样会僵硬或腐烂。我们只能确定，詹德在某个时刻还运作正常，而在另一个时刻已停摆了。这两个时刻相隔大约八小时，而这段时间中我并没有不在场证明。"

"完全没有吗？在这段时间中，法斯陀夫博士，你到底在做什么？"

"我待在这座宅邸里。"

"我想，你家的机器人一定知道当时你在这里，他们能替你作证。"

"他们当然知道，可是他们的证词不具任何法律效力，偏偏当天范雅出去办事了。"

"对了，范雅和你一样精通机器人学吗？"

法斯陀夫勉强挤出一抹苦笑。"这方面她还不如你——何况，这根本无关紧要。"

"为什么？"

法斯陀夫的耐性显然快要耗尽了。"亲爱的贝莱先生，我们并不是在讨论什么近距离攻击，例如我刚才假装作出的偷袭。想要加害詹德，我根本不必亲临现场。其实，詹德当时虽然不在我的宅邸，也并没有离我太远，退一万步来讲，他即使远在奥罗拉另一边也无所谓。我总是能借着电子装置和他接触，然后借着特殊指令，引发预料中的特殊反应，最后将他导入心智冻结的状态。其中最关键的步骤，甚至不需要花多少时间……”

贝莱立刻插嘴：“所以说，这个过程很短，因此某人在做一件例行工作之际，就有可能意外引发这种状况？”

“不可能！”法斯陀夫说，“看在曙光女神的份上，地球人，你让我说下去。我已经告诉过你，事情不是这样的。导致詹德心智冻结的过程，一定既冗长复杂又迂回曲折，还需要无比的智力和理解力，除非发生一连串不可思议的巧合，否则绝不可能被外行人无意间触发。假如以我的数学推理当前提，那么相较之下，这种由极度复杂过程所累积出来的意外，发生的机会要远小于自发性心智冻结。

“然而，若是我自己希望引发心智冻结，我可以一点一滴、仔仔细细地培养各种变化和反应，也许需要几星期、几个月，甚至几年的时间，我才能够把詹德带到毁灭的边缘。在这段过程中，他始终不会显露即将暴毙的任何迹象，正如你若在暗夜里一步步接近悬崖，即使只差一步便粉身碎骨，你的脚步依旧稳健如常。然而，一旦我将他带到了悬崖边，也就是我所谓的毁灭边缘，我只要再说一句话，便能终结了他。我说不需要花多少时间，是指最后这一步，你懂了吗？”

贝莱紧抿着嘴，觉得毫无必要掩饰自己的失望。“总而言之，你有犯案的机会。”

“任何人都有。任何奥罗拉人，只要有这个能力，就有这个机会。”

“但其实只有你具有这个能力。”

“只怕正是如此。”

“那我们就该来谈谈动机了，法斯陀夫博士。”

“啊。”

“在动机这方面，我们或许能据理力争。这些人形机器人可以说是你的心血结晶，他们是由你的理论所催生的，而且，虽说是由萨顿博士负责监督他们的制造过程，但每个步骤你都没有缺席。他们能出现在这个世界，完全是——也仅仅是拜你之赐。你曾提到丹尼尔好像你的‘长子’，没错，他们就是你的创作、你的孩子，以及你送给世人的礼物，所以他们能让你永垂不朽。”贝莱觉得自己越来越辩才无碍，一时之间，他甚至想象自己是在对调查委员会发表演说。“地球啊，不，奥罗拉啊，你到底有什么理由，要毁掉自己的作品呢？你绞尽脑汁创造了奇迹，又为何要亲手将他杀死呢？”

法斯陀夫看来又有点被逗乐了。“唉，贝莱先生，你对整个背景一无所知。你又怎么知道我的理论是绞尽脑汁所创造的奇迹？也许它只是某条方程式的一种直截了当的应用，任何人都做得到，只不过在我之前，谁也懒得做这件非常无聊的工作而已。”

“我可不这么想。”贝莱尽力让自己冷静下来，“如果只有你一个人对人形机器人有充分的了解，到了足以毁掉它的地步，那么我认为，很可能也只有你一个人拥有足以创造它的知识，这点你能否认吗？”

法斯陀夫摇了摇头。“不，我不否认这一点。但是，贝莱先生，”他的表情变得比刚才都来得严峻，“你的精辟分析只能帮倒忙，它会把我们自己逼到绝境。我们已经断定，在这件案子中，我是唯一既有方法又有机会的嫌犯，但无巧不巧，也只有我才拥有动机——再好不过的动机——而我的敌人心知肚明。所以说，不管你是喊地球啊，奥罗拉啊，或是任何星球啊，到底我们要如何证明凶手不是我？”

19

贝莱气得整张脸皱成一团。他快步走到房间的一角，仿佛想要寻找一个藏身之处，然后又猛然转身，厉声道：“法斯陀夫博士，我觉得你好像故意在整我，寻我开心。”

法斯陀夫耸了耸肩。“我并非寻你开心，只是把问题摊在你面前而已。可怜的詹德，他的死因纯属意外，只是随机的正子漂移罢了。因为我知道自己和这件事毫无关系，所以我知道一定就是这个原因。然而，他人都无法确定我是无辜的，而且所有的间接证据都对我不利——我们必须定出应对之道，绝不能闪躲这个问题。”

贝莱说：“好吧，那么我们来审视一下你的动机。首先，你自认的那个强烈动机，搞不好根本不算什么。”

“这点我不敢苟同，贝莱先生，我并不是傻子。”

“你或许根本无法认清自己，连带无法认清你心目中的动机，这是常有的事。你有可能当局者迷，自己在鸡蛋里挑骨头。”

“我可不这么想。”

“那就把你所谓的动机告诉我。到底是什么啊？告诉我！”

“别急，贝莱先生，这不是三言两语能解释的——你能不能跟我出去一趟？”

贝莱迅速转头望向窗外。出去？到户外？

此时太阳斜斜挂在天际，室内因此灌入更多的阳光。他犹豫了一下，然后纯粹为了壮胆，刻意提高音量说：“好，我愿意！”

“太好了。”然后，法斯陀夫又亲切地补充了一句，“但或许你想先去一趟卫生间。”

贝莱想了想，虽然自己并不觉得很急，可是他不知道要去做什么、会待上多久，以及户外到底有没有卫生间之类的设备。更重要的是，他并不清楚奥罗拉这方面的习俗，也不记得当初在太空船上临阵磨枪时读过任何相关记载。因此，也许最安全的办法就是接受主人的建议。

“谢谢你，”他说，“如果不麻烦的话。”

法斯陀夫点了点头。“丹尼尔，”他说，“你带贝莱先生到访客卫生间去。”

丹尼尔马上说：“以利亚伙伴，请跟我走好吗？”

等到两人走到了隔壁房间，贝莱开口道：“很抱歉，丹尼尔，我和法斯陀夫博士说话时冷落了你。”

“那并没有什么不对，以利亚伙伴。我虽然有问必答，但我并未受邀加入这场讨论，所以没有多说话。”

“要不是我觉得必须谨守客人的分寸，丹尼尔，我一定会邀请你加入。我只是认为，或许自己不该主动提这种事。”

“我了解——这里就是访客卫生间，以利亚伙伴。只要里面没有人，你碰一下这扇门的任何地方，它都会打开。”

贝莱并未立刻进去，他若有所思地顿了顿，然后说：“如果刚才我邀请你加入讨论，丹尼尔，你有没有什么想说的话？有没有任何想发表的意见？我很重视你的看法，老朋友。”

丹尼尔以惯有的严肃态度答道：“我唯一想说的是，法斯陀夫博士宣称他有终结詹德运作的极佳动机，这点出乎我意料之外。我想不出那会是什么样的动机，然而，不论他的动机为何，或许你该问问他，为什么对我就没有这样的动机。如果别人相信他的确有冻结詹德心智的动机，同样的动机为何不适用于我？我很想知道答案。”

贝莱以锐利的目光望着对方，下意识地想从这张不会失控的脸孔中看出一丝表情。“你觉得不安全吗，丹尼尔？你觉得法斯陀夫对你有威胁吗？”

丹尼尔答道：“根据第三法则，我必须保护自己，但是，如果法斯陀夫博士或任何一个人类在深思之后，认为确有必要把我终结，我也绝不会反抗，那是第二法则对我的要求。然而，我知道自己是个珍贵的资产，一来我有科学上的重要性，二来我代表着人力、物力和时间的重大投资，因此如果你要终结我的运作，必须对我详细解释不得不这样做的理由。就算法斯陀夫博士心里真有这种想法，我也从未在他的言谈之中听出任何端倪——从来没有，以利亚伙伴。我自己并不相信他心中有一丝一毫想要终结我或是詹德的念头。随机正子漂移一定就是詹德的死因，或许哪天这种事也会发生在我身上——在我们的宇宙中，总是有这个机会的。”

贝莱说：“你这么讲，法斯陀夫也这么讲，而我也愿意这么相信——但困难在于如何说服一般民众接受这个观点。”他沉着脸，转身面向卫生间，随口问了一句，“你要跟我一起进去吗？”

丹尼尔努力挤出一个被逗乐的表情。“你把我视为人类到了这个程度，以利亚伙伴，我感到很荣幸。不过，我当然没这个需要。”

“我当然知道，但你还是可以进来。”

“我不方便进去。根据习俗，机器人不该进卫生间，这种房间是专为人类设计的——何况，这还是个单人卫生间。”

“单人！”贝莱愣了一下子，然而很快便恢复正常。真是一个世界一种习俗！不过，他不记得曾在胶卷书上读到过这个特定的习俗。“怪不得你刚才说，只要里面没有人，我就可以把门打开。假使里面有人，例如我进去之后，那又会如何呢？”

“当然，那时为了保护你的隐私，从外面就打不开了。但另一方面，你自然可以从里面开门出来。”

“万一某位访客在里面昏倒了、中风了，或是心脏病发作了，因而不能把门打开，岂不就无法进去救他了？”

“如果真有必要，可以采用紧急措施来开门，以利亚伙伴。”然后，他以明显不安的口吻问道，“你是不是认为会发生这样的事？”

“不，当然没有——我只是好奇而已。”

“我会紧紧守在门外，”丹尼尔显得如临大敌，“万一听见呼叫，以利亚伙伴，我便会采取行动。”

“我不信会发生那种事。”贝莱用手背随便轻轻碰了碰，那扇门果然立刻打开。他等了一下子，确定它并未自己阖起来，这才走了进去，随手关上了门。

当那扇门开着的时候，这似乎是个标准的卫生间，里面有一个洗手台、一个小隔间（其中想必设有淋浴装置）、一个浴缸、一扇半透明的矮门（后面八成是马桶）。此外，还有几样他认不太出来的装置，但他假设应该都和个人卫生有关。

他还来不及研究这些装置的用途，它们竟然就通通不见了，令他不禁怀疑起自己的眼睛——这些装置到底是真实的存在，或者他只是看到了自己想看的东西。

由于没有窗户，随着那扇门慢慢阖起，整个房间逐渐暗了下来。等到门整个关上，室内又重新大放光明，但周遭的一切却都走了样。他突然置身于白昼的户外——或说看起来如此。

头上是广阔的天空，点缀着足以乱真的朵朵白云，但云朵的运动稍嫌规律，因而能一眼看出真假。四面八方则是一望无际的田野，而且同样呈现类似的往复运动。

他觉得腹部又开始打结了——每当来到户外，都会出现这种熟悉的感觉——但他现在并非置身户外。刚才，他明明走进一间没有窗户的房间，一切想必只是光线的魔术罢了。

他直视着前方，慢慢滑开脚步。他将双手举在面前，一面慢慢走，一面仔细张望。

摸到光滑的墙壁之后，他便沿着墙面左右各走一趟。不久，他的双手终于碰触到了起初见到的那个洗脸台，而且借着触觉的帮助，他的眼睛也看得见它了——在强烈的光影幻觉中，它显得隐隐约约，轮廓极为模糊。

他随即找到了水龙头，但开口处没有半滴水。他沿着水龙头的弧线向后摸，却找不到任何可以控制水流的把手或开关。但在附近的墙壁上，他倒是摸到一块触感不同的长条区域，于是抱着姑且一试的心态轻轻按了按。下一刻，看似无边无际的田野（范围远远超过他摸到的那面墙）便裂开一条缝，一道水流如瀑布般从天而降，一路冲向他的脚部，并且带起一声巨响。

他吃了一惊，自然而然向后一跳，没想到水滴并未真正落地，而是消失在半空中。换言之，虽然水流从未停止，却始终没有流到地板上。他伸出手来，才发现那根本不是水，只是一种光影的幻象；他的手并没有湿，也没有任何感觉。但他的双眼仍拒绝承认这个事实，因为他明明看到了水。

他顺着那道水流向上找，最后终于摸到真正的水——从水龙头慢慢流出来，水量不大，而且很冷。

他再度摸索到那个长条区域，开始按来按去做些实验。水温果真迅速改变，没多久，他便找到一个不冷不热的适当温度。

但他一直未曾找到肥皂，只好有点勉强地在这股“清泉”中搓揉双手——看起来，他让这股泉水从头淋到脚，实则他根本没有淋湿。结果，这个装置仿佛能够感知他的心意，不过更可能是受到搓手动作的触发，他觉得双手逐渐有了滑腻感，那股似有若无的泉水也开始出现越来越多的泡沫。

他又勉勉强强弯下腰，用那股肥皂水洗了洗脸。虽然摸到了胡茬，可是他心知肚明，在没有任何说明的情况下，自己不可能从这个房间变出一把刮胡刀来。

洗完脸之后，他无助地将双手继续摆在水龙头下。该如何关掉肥皂呢？其实根本不必问，想必仍旧是由双手控制，只要不再搓揉就行了。果然，水流很快便不再有滑腻感，他手上的肥皂也被冲掉了。他又往脸上撩些水——刻意避免搓揉——于是脸也冲干净了。不过，由于视觉并未派上用场，他对整个过程又十分陌生，因此把衬衫弄湿了一大片。

有毛巾吗？纸巾呢？

他闭起眼睛向后退，同时将头向前伸，以免脸上的水继续滴到衣服上。后退这个动作显然是歪打正着，因为他很快便感到一股暖流，于是他先将脸部伸进去，接着再换双手。

等到张开眼睛，他发现那股泉水已经停了。他又伸出双手试了试，的确再也感觉不到任何水流。

这时，他的腹部早已不再打结，胸中却郁积了一股怒气。虽然明知各个世界的卫生间各有千秋，彼此差异极大，可是这个无聊的虚拟户外也太过分了。

在地球上，卫生间严格区分男女，不过一律是集体式的，里面虽然有些私人小间，但必须有钥匙才进得去。而在索拉利，卫生间总是建在住宅左右两侧，借着狭窄的长廊相连，仿佛索拉利人不希望将它视为自家的一部分。然而，虽然这两个世界的卫生间各方面都天差地远，但卫生间就是卫生间，里面每样东西的功能都能一眼看出来。可是在奥罗拉，为什么要精心设计这种田园的假象，把卫生间每个角落都完全遮蔽呢?

为什么?

不管为什么，由于恼怒占据他大半的思绪，这个户外假象几乎不再令他不安了。他开始根据记忆，朝那扇半透明矮门的方向前进。

但他显然记错了方向，最后，他只好摸索着墙面慢慢前进，跌跌撞撞了好几次，才总算抵达目的地。

等到他终于就定位的时候，面前的幻象是个似乎不堪盛接尿液的小池塘。虽然根据膝盖的感觉，自己确实瞄准了心目中的小便斗，但他仍在心中自我安慰，如果用错了装置，或是并未对准，也绝不是自己的错。

小解完毕，他本想再一路摸到洗手台边，最后却决定干脆不洗手了，因为他实在不想再经历一次盲目的摸索，更不想再次面对那个假瀑布。

于是，他开始摸索出去的方向，但直到借着碰触打开了那扇门，他才知道自己成功了。所有的虚假光影立即消失，他再度置身于正常的白昼中。

除了丹尼尔，法斯陀夫和吉斯卡也一起在外面等他。

法斯陀夫说:“你花了将近二十分钟，我们都开始为你担心了。”

贝莱觉得自己气得浑身发烫。“都怪你那愚蠢的幻象。”说这句话的时候，他竭力控制着自己的情绪。

法斯陀夫扬起眉毛撅起嘴，虽然并未开口，却等于长叹了一声喔——喔!

然后他说："门后面就有个控制幻象的开关。只要按一下，幻象就会变淡，让你同时也能看到真实情境——如果你不喜欢，还可以将幻象整个去掉。"

"没人告诉我。你们的卫生间都像这样吗？"

法斯陀夫答道："不，应该这么说，奥罗拉上的卫生间一般都备有幻象，但幻象的内容因人而异。我自己喜欢天然的花草树木，而且不时会改变景观的细节。要知道，不论任何事物，只要时间一久，都会令人厌烦。有些人爱用情色的幻象，但我并不喜好此道。

"当然，一旦习惯了，幻象就不会对你造成任何困扰。这种卫生间相当标准，每样设备都有定位。你置身其中，和闭着眼睛在熟悉的地方活动差不多——但我想知道，贝莱先生，你为何不设法打开门来问一下？"

贝莱说："因为我不想那么做。我承认那些幻象带给我极大的困扰，但我还是硬着头皮接受了。毕竟，刚才是丹尼尔领我到这里来的，但他并未对我多作说明或警告。如果他能自行其是，一定会仔细对我说明，不这样做就等于伤害了我，这点他肯定预料得到。因此我不得不假设，你曾特别下令禁止他对我提出警告，又由于我不太相信你会对我恶作剧，因此不得不进一步假设，你这样做是寓有深意的。"

"哦？"

"毕竟，是你主动邀我到户外去，而当我答应后，你立刻问我想不想上卫生间。我因而断定，你之所以让我接触户外的幻象，目的是要看看我能否受得了，是否会惊慌失措地逃出来。如果我受得了幻象，也许就有能力接触实物。好，我通过了。拜你之赐，我身上有点湿，但很快就会干了。"

法斯陀夫说："你这个人头脑非常清楚，贝莱先生。我愿为这个测试以及因此带给你的困扰向你郑重道歉。我这样做，只是想避免给你带来更大的困扰和不适。你还想要跟我出去吗？”

“我不只想去，法斯陀夫博士，我还坚持要去。”

20

他们两人走过一条长廊，丹尼尔和吉斯卡紧紧跟在后面。

法斯陀夫像是闲话家常地说：“我希望你不介意有机器人同行。奥罗拉人出门时，最起码也会带一个机器人贴身伺候，由于你的情况特殊，我必须坚持丹尼尔和吉斯卡随时随地陪在你身旁。”

他打开一扇门，阳光和微风——还有奥罗拉土地所散发的奇特气息——纷纷迎面而来，贝莱如临大敌般力图站稳脚步。

法斯陀夫侧到一旁，让吉斯卡先走出去。这个机器人仔细张望了好一阵子，令人不禁觉得他将所有的感官都开足了马力。然后，他回头打个招呼，丹尼尔便加入了搜索的行列。

“给他们一点时间，贝莱先生。”法斯陀夫说，“等到他们认为安全无虞，就会告诉我们可以出去了。让我借着这个机会，再次为卫生间里的卑鄙把戏郑重道歉。但我向你保证，万一你有任何状况，我们会立刻知道——你的各种生命迹象都受到严密监控。我非常高兴你洞悉了我的目的，虽说我并不十分惊讶。”微微一笑之后，他带着难以察觉的犹豫，把手放到贝莱的右肩，轻轻地、友善地捏了一下。

贝莱并未轻易软化。“你似乎忘了另一个卑鄙的把戏——你曾作势要拿调味瓶砸我。如果你能向我保证，从现在起我们彼此开诚布公，我就愿意把这两件事视为合理的行为。”

“一言为定！”

“现在可以出去了吗？”贝莱望向越走越远、越分越开的吉斯卡和丹尼尔，他们一左一右，仍在四下张望和感测。

“还不算很安全，等他们把整座宅邸绕一遍吧——丹尼尔告诉我，你邀他和你一起进卫生间，你是开玩笑，还是认真的？”

“是认真的。我知道他没这个需要，但我觉得让他等在外面并不礼貌。虽然我读了很多有关奥罗拉的风土民情，但这方面的习俗我并不清楚。”

“我想奥罗拉的作者都觉得并无必要在书中提到这点，你当然不能指望他们会特别为来自地球的访客说明……”

“因为很少有来自地球的访客？”

“正是如此。当然，重点是机器人从来不进卫生间，只有在那里，人类可以完全摆脱他们。我想人类还是觉得，在日常生活中，总该有个能摆脱机器人的时间和地点。”

贝莱说：“可是三年前，丹尼尔在地球上侦办萨顿案的时候，我不想让他进公共卫生间，刻意强调他没这个需要，他仍坚持要进去。”

“那是理所当然的。当时，他接到严格的命令，绝对不能泄漏自己是机器人，原因你非常清楚。然而，如今在奥罗拉——啊，他们查完了。”

两个机器人正走向门口，丹尼尔挥手表示请他们出来。

法斯陀夫却伸手挡住贝莱。“请别介意，贝莱先生，还是让我先出去吧。你自己耐心地从一数到一百，然后再加入我们。”

21

贝莱数到一百之后，便迈开坚定的步伐，朝法斯陀夫走去。但他的表情或许太僵硬了些，而且下巴咬得太紧，背脊也挺得太直了。

他四下望了望，周遭的景致和卫生间里的幻象没有太大差别，也许法斯陀夫就是利用前者当作蓝本。到处都是绿油油的一片，某个角落还有一道溪流顺着山坡缓缓流下。虽然或许是人工的景致，但至少并非幻象，因为水是真的，当他经过的时候，还能感觉到飞溅的水花。

不过整体而言，就是有那么点温室花朵的味道。相较之下，地球的户外（虽然贝莱也没见过多少）似乎就比较狂野，而且更为壮丽。

法斯陀夫轻碰一下贝莱的臂膀，并做了一个手势。“往这儿走，你看那边！”

一大片草坪夹在两棵大树之间。

直到这个时候，距离感才猛然浮现，贝莱还看到远方地平线上有一户住家。房子很矮但相当宽，绿色的外表几乎和乡间环境融为一体。

“这里是住宅区。”法斯陀夫说，“或许你觉得不像，因为你习惯了地球上的巨大蜂窝，不过别忘了，这里是奥罗拉，而我们脚下的这座厄俄斯城，正是这个世界的行政中心。总共有两万人住在这里，因此不只奥罗拉，就算在整个太空族世界，它也是最大的城市。要知道，整个索拉利的人口加起来也只有那么多。”法斯陀夫骄傲地说。

“有多少机器人呢，法斯陀夫博士？”

“在这个地区？或许十万个吧。整个世界平均而言，机器人和人类的比例是五十比一，远小于索拉利的一万比一。我们的机器人大多待在农场、矿区、工厂以及太空中。或许应该说，我们觉得机器人还是太少了，尤其是家用机器人。大多数奥罗拉人只有两三个家用机器人凑合着用，有些人甚至只有一个。话说回来，我们可不想朝索拉利模式发展。”

“有多少人根本没有家用机器人？”

“一个也找不到，那样对大家都没有好处。如果某人因故无法拥有机器人，政府会提供一个给他，必要的时候，还会用公费替他维修。”

“随着人口的增长，你们会增加机器人的数量吗？”

法斯陀夫摇了摇头。“人口是不会增长的。奥罗拉总共有两亿人口，而且已经稳定维持了三个世纪。这是个理想的数目，你一定在那些胶卷书中读到过。”

“没错，”贝莱承认，“可是我觉得难以置信。”

“我向你保证那是真的。在这个数目下，我们能拥有足够的土地、足够的空间、足够的隐私，以及足够的自然资源。我们的人口恰到好处，既不像地球上那么多，也不像索拉利上那么少。”他伸出手臂让贝莱搭着，好让贝莱能继续向前走。

“在你眼前的，”法斯陀夫又说，“是一个驯服的世界。我带你出来，就是要你亲眼看看，贝莱先生。”

“这里毫无危险吗？”

“危险总是有的。我们仍有暴风、暴雪、地震、滑坡、雪崩，而且还有一两座火山——意外死亡率永远不可能降到零。此外各种负面情绪，例如愤怒、嫉妒，以及不成熟的愚蠢、短视的疯狂等等，也都会带来危险。然而，这些都只是非常微弱的刺激，对这个文明世界的太平影响并不大。”

法斯陀夫这番话似乎令他自己陷入沉思，一会儿之后，他才叹了一声，然后说：“对于这个现状，我几乎不想作任何改变，不过在理智上，我还是有若干保留。当年我们带到奥罗拉的动植物，仅限于我们觉得具有实用价值或观赏价值的。多年来，我们尽全力铲除我们眼中的杂草和害虫，乃至其他不合标准的事物。而且我们刻意选择强壮、健康、俊美的人种，当然，这是根据我们自己的标准。我们还试图——我发现你在笑，贝莱先生。”

其实贝莱只是嘴角抽动了一下。“没有没有，”他说，“并没有什么好笑的。”

“有的，因为你我都心知肚明，根据奥罗拉的标准，我自己可算不上俊美。问题在于我们无法完全控制基因的组合，以及母体对胎儿的影响。当然，如今随着人工繁殖越来越普遍——不过我希望永远别像索拉利上那么普遍——像我这种人在胎儿的晚期就会被剔除了。”

“那样的话，法斯陀夫博士，银河中就失去了一位伟大的理论机器人学家。”

“万分正确，”法斯陀夫脸不红气不喘地说，“可是大家永远不会知道，对不对？总之，我们努力建立一个非常简单但完全可以运作的生态平衡，包括稳定的气候、肥沃的土壤，以及尽可能平均分配的资源。结果就是这个世界提供了我们一切的所需，而且，如果用拟人化的说法，这个世界对我们相当体贴——要不要我讲讲我们所追求的理想？”

"请讲。"贝莱说。

"我们的理想，是打造一个整体而言服从机器人学三大法则的行星。它绝不会因为任何的作为或不作为，导致人类受到伤害。而只要我们不要求它伤害人类，它就会完全遵从我们的意思。此外它还懂得保护自己，除非在某些特殊的时间和地点，它必须牺牲自己来服务或拯救人类。我敢说除了奥罗拉，再也没有其他世界——无论是地球或任何太空族世界——几乎达成了这个理想。"

贝莱感慨万千地说："地球人对这个境界同样梦寐以求，可是一来我们早就人口过盛，二来过去的无知导致地球受到了严重伤害，以致如今根本欲振乏力——不过，奥罗拉原有的那些生物呢？当初你们到达的绝非一颗死气沉沉的行星。"

法斯陀夫说："如果你读过我们的历史书，就该知道的确是这样的。我们来到奥罗拉的时候，这里已经有些动物和植物——以及氮氧大气层。这一点，五十个太空族世界没有任何例外。但奇怪的是，无论哪个太空族世界，原本的生物都相当稀少，种类也不多。而且，那些生物对母星并没有什么特别的依恋，我们可以说不费一兵一卒就取而代之——从此，只有在水族馆、动物园，以及少数刻意维持的保留区，才能见到那些原生物种了。

"有几个相关问题，我们至今尚未真正了解，一是人类所找到的这些有生命的行星，上面的生命为何都那么贫乏；二是为何只有地球拥有如此多样化的生命，而且几乎无所不在；三是似乎只有地球发展出了智慧生命。这背后的原因到底是什么？"

贝莱说："可能是数据不足导致的巧合吧，因为目前为止，我们探索过的行星还太少了。"

"我承认，"法斯陀夫说，"这是最有可能的解释。或许在银河某个角落，存在着和地球一样复杂的生态平衡；而在另一个角落，存在着智慧生物和科技文明。可是，地球文明已经朝四面八方扩展了数十秒差距，如果其他角落也孕育着生命和智慧，他们为何偏偏没有扩展——双方为何从来未曾相遇？”

“大家都知道，这或许只是早晚的问题。”

“或许吧。但如果这样的接触已经为期不远，我们更不应该只是被动等待。我认为我们越来越被动，贝莱先生。已有两个半世纪的时间，未曾出现新的太空族世界了。我们这些世界是如此温驯、如此可爱，使得我们实在不愿离开。你知道的，当初人类之所以移民这个世界，是因为地球的情况越来越糟，因而相较之下，蛮荒世界上的艰难险阻也就不算什么了。等到五十个太空族世界一一建立起来——索拉利是最后一个——对外发展的动力和需要便消失了。至于地球，则退缩到地底钢穴中。故事就此结束。”

“你并不真的这么想吧。”

“难道我们要维持现状吗？难道要继续过着平静、舒适、不思进取的日子吗？告诉你，我真的就是这么想。人类若想继续茁壮，一定要设法扩展活动范围，而途径之一就是开拓外层空间，就是不断发现新的世界。如果我们不这么做，其他进行这种扩展的文明就会接触到我们，而我们将无法抵挡对方的旺盛活力。”

“你预期会有一场太空大战——像超波剧里那种战争场面。”

“不，我不太相信有那种必要。一个在太空中不断扩展的文明，根本看不上我们这几十个世界，而且他们或许已经进化到某种智慧高度，根本不觉得需要用武力在此建立霸权。然而，如果被一个更有活力、更有生气的文明所包围，我们将感到相形见绌，无形的压力就会毁掉我们。一旦了解到当前的处境，以及过去所浪费的潜能，我们必定会自暴自弃，从此一蹶不振。当然，我们或许能用其他的扩展来补偿——例如扩充科学知识，或是文化内涵。但我担心没有任何扩展能够独立发展，它们的兴衰总是彼此牵连。显然，如今我们正处于全面衰退中——我们活得太久，过得太舒服了。”

贝莱说：“我们在地球上，总是认为太空族无所不能，而且自信心十足。所以我很难相信，从你这个太空族口中会说出这种话。”

“我的观点和主流背道而驰，其他太空族都不会对你这么说。既然别人无法忍受，我在奥罗拉上也就很少谈这种事。我换个方式，直接鼓吹新一波的拓荒运动，至于我所担心的事情，也就是不这么做将会带来灾难，我则故意避而不提。这一点，至少我算是赢了。奥罗拉已经认真地——甚至狂热地——考虑开启一个新的探索与拓荒时代。”

“可是听你的口气，”贝莱说，“却一点狂热也没有。出了什么问题吗？”

“因为马上就要谈到我想毁掉詹德·潘尼尔的动机了。”

法斯陀夫顿了顿，摇了摇头，然后继续说：“贝莱先生，我很希望自己对人类能有更深刻的了解。我已经花了六十年来研究正子脑的复杂结构，而且预计还要再花上十五到二十年的时间。但由于人脑要比正子脑复杂得多，关于人脑的问题，目前我才摸到一点边而已。到底有没有类似机器人学三大法则的人类法则呢？如果真有的话，总共有几条，又该如何以数学表达呢？我完全没概念。

“不过，或许总有一天，会有人研究出这组人类法则，然后就能预测人类未来的大方向——例如将来会发生些什么事，以及要怎么做才能趋吉避凶——而不是像我这样，只能作些猜想和臆测。有时我会梦想建立一门数学分支，我将它称为‘心理史学’，但我明白自己做不到，甚至担心永远没人做得到。”

他有点说不下去了。

贝莱等了一会儿，然后柔声道：“你想毁掉詹德·潘尼尔的动机到底是什么，法斯陀夫博士？”

法斯陀夫似乎没有听到这个问题，总之并未有所回应，当再度开口时，他只是说：“丹尼尔和吉斯卡再次回报一切正常。告诉我，贝莱先生，你想不想和我再走远一点？”

“去哪里？”贝莱谨慎地问。

“去隔壁的宅邸。在那个方向，穿过草坪就到了。你受得了这种开放感吗？”

贝莱抿着嘴，朝那个方向望去，仿佛试图测量它对自己的影响。“我相信自己受得了，我认为没问题。”

这时吉斯卡已经来到附近，听到了这句话，他向贝莱更靠近些，看得出在阳光底下，他的双眼不再闪闪发光。“先生，请容我提醒你，昨天太空船降落奥罗拉之际，你曾经极为不舒服。”就算他的声音丝毫不带人类情感，这句话仍明白显示他的关切。

贝莱随即转头面向吉斯卡。纵使他把丹尼尔当成好朋友，纵使移情作用早已改善了他对机器人的态度，此时此刻却另当别论，这个造型原始的吉斯卡令他感到分外厌恶。他竭力压抑心中的怒火，回应道：“我在太空船上会那么大意，小子，是因为我太好奇了。面对一个从未经历过的景象，我根本来不及调适。现在可不一样。”

“先生，你现在是不是觉得不舒服？可否跟我确定一下？”

“是不是并不重要。”贝莱以坚定的口吻说，同时他还提醒自己，机器人是第一法则的奴隶，自己应该试着对这团金属客气一点，毕竟他的福祉是吉斯卡唯一的考虑。“重要的是我身负重任，如果我龟缩起来，就无法执行任务。”

“身负重任？”听吉斯卡的口气，仿佛他的程序无法解读这几个字。

贝莱朝法斯陀夫的方向迅速望了一眼，但法斯陀夫默默站在原地，毫无介入的意思。而且，他似乎听得出了神，仿佛正在衡量机器人对某种新情况的反应，以便拿来和只有他自己了解的变数、常数，以及微分方程等关系式互相比较。

至少，贝莱是这么想的。他很不高兴自己被当成观察的对象，于是（他知道，口气或许太严厉了）反问："你明白什么是'责任'吗？"

"就是应该做的事情，先生。"吉斯卡答道。

"你的责任是服从机器人学三大法则，同理，人类也有他们必须遵守的法则——正如你的主人法斯陀夫博士刚刚说的。我必须执行上级交付的任务，这是很重要的事。"

"可是在开放空间中，硬撑着走下去……"

"虽然如此，我还是得这么做。也许有一天，我的儿子会前往另一颗行星，那儿的环境一定比这里糟得多，他下半辈子都得暴露在户外。但如果我有办法，一定会跟他一起去。"

"可是你为何要那样做呢？"

"我告诉过你，我将它视为自己的责任。"

"先生，我不能违背三大法则，但你能否违反你的法则呢？因为我必须劝你——"

"我可以选择逃避责任，但我不会那么做——我偶尔就是会有这种难以抗拒的冲动，吉斯卡。"

沉默了一会儿之后，吉斯卡又说："如果我成功说服你不再向前走了，会对你造成伤害吗？"

"会的，至少我会觉得自己没有尽到责任。"

"比起处于开放空间，这种伤害令你更不舒服吗？"

"不舒服得多。"

"谢谢你对我解释这些，先生。"吉斯卡说。这时，根据贝莱的想象，在这个机器人毫无表情的脸孔上，出现了一个满意的神色（拟人化的倾向是人类压抑不了的）。

等到吉斯卡退下，法斯陀夫博士才终于开口："刚才这段很有趣，贝莱先生。吉斯卡需要适当的指引，才能充分了解该如何调整正子电位对三大法则的反应，或者说，才能让这些电位根据实际情况自行调整。现在，他知道该怎么做了。"

贝莱说："我注意到丹尼尔什么也没问。"

法斯陀夫说："丹尼尔了解你，他曾经在地球和索拉利上跟你合作过。好啦，可以走了吧？咱们走慢一点，四下多注意些。还有，无论什么时候，如果你想停一停，休息一下，甚至向后转，我都希望你立刻告诉我。"

"我答应你，但走这趟的用意为何呢？你已预见我可能不舒服，仍然建议我走一趟，不会是吃饱了没事干。"

"没错，"法斯陀夫说，"我认为你会想看看詹德的躯体。"

"形式上的确如此，但我认为不会有什么实际作用。"

"我完全赞成，不过，你或许能借着这个机会，问问詹德的那位临时主人。除了我之外，你当然会希望和其他人谈谈这件案子。"

22

法斯陀夫缓步向前走，经过一株灌木时，他摘下一片树叶，将它弯成两截，一口口慢慢嚼着。

贝莱好奇地望着他，感到十分纳闷：太空族一方面极怕受到感染，另一方面却能将这种未经高温处理，甚至未曾清洗的东西放进嘴里。他随即想起奥罗拉上并没有（完全没有吗？）致病的微生物，但仍觉得那是令人反感的举动。反感并不需要找一个理性的依据，他在心中如此自我辩护——就在这个时候，他突然觉得自己快要原谅太空族对地球人的态度了。

他立刻反悔！两者不能相提并论！无论如何，人类不该厌恶人类！

这时，吉斯卡走在右前方带路，丹尼尔则在左后方押阵。奥罗拉的橙色太阳（贝莱现在几乎已经习惯这个颜色）暖烘烘地照在他背后，一点也不像地球的夏季阳光那般火热。（不过，在奥罗拉这个角落，如今到底算是什么季节、什么气候呢？）

和他记忆中的地球草坪相比，脚下这些植物（总之看起来像草）比较坚硬，也比较有弹性，而土地则相当扎实，仿佛已有一阵子没下雨了。

他们一路朝着前方那栋房子走去，詹德的临时主人想必就住在那里。

不知不觉间，好些声音同时钻进贝莱耳中，包括右方草地里某种动物发出的窸窣声、背后一棵树上猛然传来的鸟叫，还有来自四面八方各个角落的虫鸣。他在心中告诉自己，这些动物的祖先当初都来自地球，但它们永远不会知道，它们所栖息的这块土地在很久很久以前并非这个样子。这里的一草一木也毫无例外，同样是某些地球植物的后代。

在这个世界上，只有人类知道自己并非土生土长，而是地球人的后裔——但太空族真的知道吗？或是刻意抛在脑后？若干时日之后，他们会不会完全忘掉这段历史，会不会记不得自己来自哪个世界，甚至不确定到底有没有一个起源世界？

或许是为了挣脱这一连串越来越沉重的联想，贝莱突然开口："法斯陀夫博士，"他说，"你还没告诉我毁掉詹德的动机。"

"对！我还没说！这样吧，贝莱先生，请你先想想看，我努力发展人形正子脑的理论基础，到底是为了什么？"

"我说不上来。"

"唉，动动脑筋。我的目标是要设计一个尽可能接近人类的正子脑，而这似乎牵涉到一点诗意的境界——"他顿了顿，然后从微笑突然变成了咧嘴大笑。"你可知道，每当我跟某些同行说，如果你的结论不像诗那般和谐，就不可能是科学上的真理，他们总是会大皱眉头，直截了当地告诉我，听不懂我在说些什么。"

贝莱说："只怕我也不懂。"

"可是我懂，虽然我无法用言语来解释，但我感觉得到其中的真意。或许正因为如此，我的成就远远超过那些同行。然而，我似乎越说越玄了，显然应该改用白话才对。这样讲吧，我对人脑的运作几乎一无所知，因此若想模拟人脑，必须有个直觉上的跃进——在我的感觉中，这就像是作诗一样。而这个直觉上的跃进，既然能帮助我发展人形机器人的正子脑，一定也能让我对人脑本身有更新的认识。这就是我的信念——通过研究人形机器人，我至少能朝刚才提到的心理史学迈开一小步。”

“我懂了。”

“而如果我成功发展出人形正子脑的理论结构，自然需要有个人形机器人来将它实现。你该了解，这样的正子脑无法单独存在，它必须和躯体随时保持互动。因此，若将人形正子脑放进一个非人形的躯体，就某个程度而言，根本无法模拟人类。”

“你确定吗？”

“相当确定。你只要比较丹尼尔和吉斯卡就知道了。”

“所以说，丹尼尔其实是个研究工具，好让你对人脑有更进一步的了解。”

“你想通了。我和萨顿在这上头花了二十年的光阴，淘汰了无数的失败设计。丹尼尔是第一个真正成功的，而我之所以把他留下来，当然是为了作进一步的研究，但另一方面——”他夸张地咧嘴一笑，仿佛承认做了一件傻事，“也是因为我喜欢他。毕竟，丹尼尔能掌握责任这样的概念，而吉斯卡虽然各方面都很强，在这件事情上却无能为力。这是你亲眼目睹的。”

“三年前，丹尼尔在地球上和我合作，就是他的第一项任务？”

“对，是他的第一项重要任务。为了调查萨顿之死，正需要像他这样的机器人，一来他不怕地球上的传染病，二来他外表又足够像人，得以避免地球人的反机器人偏见。”

“真是惊人的巧合，我是指丹尼尔及时派上用场。”

“哦？你相信这是巧合？在我的想象中，像人形机器人这样的革命性发明，无论何时问世，都会立刻出现非他莫属的需求。在丹尼尔诞生之前，或许类似的需求就经常出现——但由于没有丹尼尔，只好寻找其他的解决方案。”

“请问你的努力成功了吗，法斯陀夫博士？你现在对人脑的了解，是否比以前更深入了？”

法斯陀夫这一路上越走越慢，贝莱因此一直在调整自己的速度。现在他们则是完全停下了脚步，差不多刚好停在两座宅邸的正中央。对贝莱而言，这是最糟的地点，因为距离两个庇护所刚好同样遥远，但他决心不让吉斯卡起疑，尽力克制住了越来越不安的情绪。他可不希望由于某个动作，或是一声叫喊——甚至一个表情——触发了吉斯卡出手拯救他的冲动。否则自己马上会被抱起来，强行送到屋内。

法斯陀夫似乎并未察觉贝莱的困境，他径自说下去：“毫无疑问，心智学这方面因此有了一些进展。当然仍有许多未解的问题，它们或许永远无解，但进展确实是有的。话说回来……”

“话说回来？”

“话说回来，奥罗拉学界不甘于只对人脑作纯理论的研究。于是，有人开始将人形机器人用到了我不赞同的方向。”

“例如用在地球上。”

“不，我对那个简易的实验相当赞同，甚至很感兴趣。丹尼尔能否瞒过地球人？结果证明他办到了，不过，当然啦，地球人这方面的眼力并不敏锐。换成奥罗拉人，丹尼尔就过不了关，可是我敢说，人形机器人终将改良到过得了这一关的程度。然而，有人还提出了其他方面的用途。”

“比如说？”

法斯陀夫若有所思地凝视着远方。“我刚才说过，这是个驯服的世界。当我开始倡导新一波的探索与拓荒之际，我心目中的领导者，并非生活超级安逸的奥罗拉人——或任何太空族。其实在我想来，我们应该鼓励地球人领这个头。既然他们的世界那么糟——请见谅——寿命又那么短，实在没有什么好眷恋的。我认为他们一定会欢迎这样的机会，如果我们愿意提供科技上的协助，那么诱因就更大了。三年前我在地球上碰到你，就曾经跟你提过这件事，你还记得吗？”说到这里，他斜睨了贝莱一眼。

贝莱硬邦邦地说：“我记得相当清楚。事实上，你启发了我一连串的想法，结果是地球上的确出现了一个这方面的小型运动。”

“真的吗？我猜这可不容易。你们地球人都有幽闭癖，不喜欢走出你们的围墙。”

“我们正在努力克服，法斯陀夫博士，飞向太空是我们那个团体的目标。我儿子是这个运动的领导者之一，我希望有朝一日，他能率领一支远征军离开地球，移民到一个新的世界。如果我们真能获得你提到的科技协助……”贝莱故意只说到一半。

“你的意思是，如果我们提供太空船？”

“对，法斯陀夫博士，当然还有其他装备。”

“这件事有不少困难。很多奥罗拉人都不希望地球人离开母星，更遑论建立新世界。他们担心地球文化会迅速蔓延，把蜂窝般的大城和其中的混乱带到银河各处。”他突然有点手足无措，赶紧说，“奇怪，咱们站在这里干什么？继续走吧。”

他慢慢向前走了几步，又说：“我曾经辩称，事情并不会那样发展。我还特别指出，新一波的地球移民不会是传统的地球人，不会将自己锁在大城内。找到一个新世界之后，他们会表现得像奥罗拉人的祖先当初那样。他们会发展出一个管得住的生态平衡，而且在心态上，他们也会比较接近奥罗拉人。”

“可是，法斯陀夫博士，你曾强调太空族的文化有许多缺点，难道他们不会重蹈覆辙吗？”

“或许不会，他们会从我们的错误中学到教训——但这些都是学理罢了，有个最新的发展，使我的论据成了毫无意义的空谈。”

“什么发展？”

“嗯，就是人形机器人啊。你要知道，有些人认为最完美的拓荒者是人形机器人，应该由他们来建立新世界。”

贝莱说：“你的意思是，虽然你们早已拥有机器人，以前却从来没有人提出过这个想法？”

“喔，有的，但总是一眼就看得出行不通。那些不具人形的普通机器人，倘若没有人类在旁监督，他们建立的世界只会适合非人形机器人，可别指望他们所驯服的世界会适合人类居住，因为人类的身心要比他们更纤细，而且更多变。”

“把他们建立的世界当作一阶近似，我认为绝对合理。”

“绝对合理，贝莱先生。然而，从这里就看得出奥罗拉开始沉沦了，因为我们绝大多数的同胞都有一种强烈的感觉，那就是一阶近似虽然绝对合理，可惜绝对不够。另一方面，如果换成了无论身心都尽量模拟人类的人形机器人，他们所建立的世界只要适合他们自己，就一定能适合奥罗拉人。你明白其中的逻辑吧？”

“完全明白。”

“所以说，他们会建立一个很理想的世界，等到他们大功告成，而奥罗拉人终于愿意动身的时候，我们的同胞刚离开奥罗拉，便会踏上另一个奥罗拉。他们等于从未离开家园，只是换到一个较新却一模一样的家园，然后在那里继续沉沦下去。这其中的逻辑你也明白吧？”

“你的论点我懂了，但我想奥罗拉人并不懂。”

“或许吧。我想，如果我的对手没有利用詹德之死来摧毁我的政治人格，那么我的论点会更为强而有力。现在，你是否看出安在我身上的动机了？想必我暗中发起了一个毁灭人形机器人的计划，以免他们被用来开拓新世界。至少我的政敌是这么说的。”

现在轮到贝莱停下脚步，他若有深意地望着法斯陀夫，然后说：“你该了解，法斯陀夫博士，站在地球的立场，我们希望你的论点大获全胜。”

“站在你自己的立场也一样吧，贝莱先生。”

“好吧，我也一样。但如果我把自己暂时摆到一边，对我的世界地球而言，以下几件事还是万分重要。一是你们最好能够允许、鼓励并且协助我的同胞探索银河；二是放手让我们选择自己喜欢的生活方式；三是不要让我们永远被禁锢在地球上，否则我们只有死路一条。”

法斯陀夫说：“我想，你们其中会有些人坚持继续自我囚禁。”

“当然，也许我们绝大多数都这么想。然而，起码有几个人——我希望尽量多——一旦得到许可，就会尽快逃离地球。因此之故，不论你是否真的无辜，我的职责都是要还你清白——我这么做，并不算是反映一大半的人类所认同的法律，而是出于一个地球人的单纯动机。话又说回来，若想要我全心全意投入这项工作，我必须先确定事实上你是被冤枉的。”

“当然！这点我了解。”

“那么，你把那个‘动机’告诉了我，等于再次向我保证你确实是无辜的。”

法斯陀夫说：“贝莱先生，我完全了解你在这件事情上毫无选择余地。而且我相当清楚，即使我告诉你我罪有应得，但迫于你自己以及地球的需要，你还是不得不帮助我掩盖真相。老实说，假使我真的犯了罪，我会觉得无论如何要对你说实话，让你好歹心里有数，而你在充分掌握状况之后，所采取的营救行动也会更为有力——不只救我，也是救你自己。但我不能那么做，因为事实上我是无辜的。不论我表面上涉嫌多么重大，但我真的没有毁掉詹德，连想也从未那么想过。”

“从未想过？”

法斯陀夫挤出一抹苦笑。“喔，或许有那么一两次，我想到自己若是从未提出那些高明想法，导致人形正子脑的发展，奥罗拉的处境应该会更好——或者，如果能够证明这样的正子脑并不稳定，随时可能心智冻结，结果也会一样。但那只是胡思乱想罢了，我从未有一时一刻认真思考过要因此毁掉詹德。”

“那么，我们必须摧毁他们安在你身上的这个动机。”

“很好，如何进行？”

“我们可以证明这么做毫无用处。毁掉詹德又有什么用？没了詹德，还会有成千上万的人形机器人陆续问世。”

“只怕事实并非如此，贝莱先生，今后再也不会有了。能够设计人形机器人的人只有我一个，但只要机器人拓荒这个构想仍是选项之一，我就拒绝再制造任何人形机器人。詹德死了以后，就只剩下丹尼尔了。”

“别人也可能破解人形机器人的奥秘啊。”

法斯陀夫扬起下巴。“我倒很想看看有哪个机器人学家做得到。我的敌人成立了一个‘机器人学研究院’，唯一的宗旨就是要发展出人形机器人背后的理论，但他们是不会成功的。至少他们目前没有任何成果，而我确定他们永远不会成功。”

贝莱皱起了眉头。“如果只有你知晓人形机器人的奥秘，又如果你的敌人走投无路，难道他们不会打你的主意吗？”

“当然会。他们正在拿我的政治前途来威胁我，或许还打算以惩戒的名义禁止我继续从事这方面的研究，也就是还要埋葬我的学术前途，而目的是希望逼我就范，和他们分享这些机密。他们甚至会让立法局命令我同意这么做，否则就要查封我的财产，乃至将我下狱——天晓得还有些什么招数？然而我已经打定主意，无论他们使出任何手段——任何手段——我都会咬牙吞下去，总之绝不屈服。但我并不希望走到这一步，这点你了解吧。”

“他们知道你誓死不从的决心吗？”

“我希望他们知道，因为我已经明明白白告诉他们。我想他们认为我只是在唬人，只是说说罢了——但我是认真的。”

“可是如果他们真的相信你，也许就会采取更激烈的手段。”

“你这话什么意思？”

“例如偷窃你的文件，或是绑架你，甚至对你刑求。”

法斯陀夫随即纵声大笑，贝莱涨红了脸，赶紧解释道：“我也讨厌说得这么像超波剧的对白，但你到底有没有考虑过这种可能？”

法斯陀夫答道：“贝莱先生——一、我的机器人能够保护我。想要把我抓走，或是夺取我的研究成果，势必得发起一场正规的战争；二、那些和我敌对的机器人学家就算侥幸成功了，也绝不敢公开承认这是一窥人形正子脑奥秘的唯一途径，否则他们的学术声誉将瞬间化为乌有；三、这种事在奥罗拉是闻所未闻的。他们若想用这种下三滥的手段对付我，哪怕只要泄漏一点风声，那么立法局——以及所有的舆论——立刻会倒向我这边。”

“是这样的吗？”贝莱一面喃喃问，一面在心中咒骂造化弄人，令他不得不在一个陌生的文化背景中办案。

“是的，请相信我。我倒是希望他们会用这种耸动的手段，我真心希望他们愚蠢到了那种地步。事实上，贝莱先生，我希望自己能说服你投奔他们的阵营，取得他们的信任，诱骗他们对我的宅邸发动一场攻击，或者在空巷中偷袭我——或是任何诸如此类的手段，我猜在地球上，这些事都很普遍吧。”

贝莱硬邦邦地说：“我想，这并非我的行事风格。”

“我也这么想，所以我压根儿没打算实现这个愿望。但请相信我，这其实很糟糕，因为如果无法说服他们考虑自杀式攻击，他们便会继续施展那个更高明的手段——我是指从他们的观点而言——他们将用一堆谎言来毁掉我。”

“什么谎言？”

“他们替我罗织的罪名，不只是说我毁掉一个机器人而已，虽然那已经够糟，而且够充分了。他们还在暗中造谣——目前仍处于耳语阶段——说詹德之死只是我的实验，而且是个很危险但很成功的实验。他们放出风声，诬陷我正在研究一套系统，能够迅速有效地毁掉人形正子脑，这样一来，一旦我的敌人制造出他们自己的人形机器人，我和我的同党就有办法一举将他们摧毁，如此便能阻止奥罗拉开拓新的世界，把整个银河留给我的地球盟友们。”

“这里头肯定没半句实话。”

“当然没有，我已经告诉你那是谎言，而且还是荒谬的谎言。即使在理论上，那样的毁灭方法也不存在，而且，研究院的人也还根本造不出他们自己的人形机器人。就算我有心想要大开杀戒，我也办不到，绝对办不到。”

“那么，这样的谎言迟早不攻自破，不是吗？”

“不幸的是，时间上恐怕来不及。这个谣言虽然荒诞无稽，但仍有可能流传一阵子，足以左右舆论到一个临界点，导致立法局的表决刚好能将我击败。最后，大家终究会认清那是胡说八道，可是已经太迟了。还有请注意，在这个事件中，地球被当成了代罪羔羊。指控我为地球效力的那套说词强而有力，很多人会愿意毫不怀疑地照单全收，因为他们不喜欢地球和地球人，以致理性遭到了蒙蔽。”

贝莱说：“你是在告诉我，此地仇恨地球的情绪正在升高。”

法斯陀夫说：“完全正确，贝莱先生。我的处境一天比一天糟——地球也一样——我们的时间所剩无几了。”

“然而，不是有个简单的办法，能够把谣言一拳打倒吗？”贝莱在绝望之余，终于决定要回归丹尼尔的观点了。“如果你真的急于测试摧毁人形机器人的方法，为何要拿正在别人宅邸的机器人做实验？为什么要找这个麻烦呢？你身边有丹尼尔，他就在你的宅邸，随叫随到方便得很。若说那个谣言有一丝真实性，难道你不该拿他做实验吗？”

“不，不。”法斯陀夫说，“我无法说服任何人相信这个说法。丹尼尔是我的第一个成果，是我的里程碑。无论在任何情况下，我都不会毁掉他。我自然而然会选择詹德，这点大家都明白。除非我是傻瓜，才会希望别人相信牺牲丹尼尔是更合理的选择。”

他们又走了一阵子，眼看就要抵达目的地了。贝莱紧抿着嘴，久久未发一语。

法斯陀夫问：“你觉得怎么样，贝莱先生？”

贝莱低声说：“如果你是指置身户外这件事，我简直快忘了。但如果你是指我们所面临的困境，我想不必有什么人拿超声波脑融炉来威胁我，我也眼看就要放弃了。”然后，他改以激烈的口吻质问，“法斯陀夫博士，你为何要把我找来？你为何要把这个工作交给我？我到底哪里得罪你了？”

“实际上，”法斯陀夫说，“这主意并非我想到的，我只是病急乱投医罢了。”

“好，那么这是谁的主意？”

“最初提出这个建议的，是我们面前这座宅邸的主人——而我实在想不出更好的办法。”

“这座宅邸的主人？他为什么……”

“不，是她。”

“好吧，她为什么要作这样子的建议呢？”

“喔！我还没说明其实她认识你，对不对，贝莱先生？她就在那里，正在等我们呢。”

贝莱一头雾水地抬眼望去。

“耶和华啊。”他暗叹了一声。

第六章
嘉蒂雅

23

眼前那位年轻女子带着孱弱的笑容说：“我就知道，以利亚，再见到你的时候，这会是我听到的第一句话。”

贝莱凝视着她好一阵子。她变了，她的头发剪短了，她的面容比两年前更为忧郁，而且看起来，她似乎不只老了两岁而已。然而，毫无疑问她仍是嘉蒂雅，仍旧有着一张瓜子脸，配上高耸的颧骨和尖尖的下巴。还有她依然那么矮小，依然那么纤细，依然隐约有那么点孩子气。

当年回到地球之后，他经常会梦见她——不过并非那种赤裸裸的春梦。在梦中，她和他永远若即若离。她总是在那里，但距离有点远，说话并不方便；无论他怎样呼唤，她从未真正听见；无论他如何向她靠近，却从未真正拉近和她的距离。

这些梦境背后的逻辑其实不难解释。她是土生土长的索拉利人，因此很少有机会和其他人类面对面接触。

想当年，以利亚原本毫无机会站在她面前，除了因为他是人类，（当然）更重要的是他来自地球。不过，由于他所侦办的那件谋杀案遇到了瓶颈，逼得他们不得不碰面。等到他们真正面对面之际，为了避免实际接触，她全身上下裹得密不透风。然而，他们最后一次碰面的时候，她竟然不顾一切，直接用手掌迅速拂过他的脸颊。她不会不明白，这样做很可能令自己遭到感染。这太不可思议了，完全抵触她从小到大的教养，他因而对这个小插曲更加珍惜。

随着时光的流转，这些梦也逐渐消逝。

想到这里，贝莱有点支支吾吾地说："原来你就是那机器人的……"

他住了口，嘉蒂雅替他接了下去："临时主人。而两年前，我则是德拉玛先生的妻子。凡是跟我在一起的，都不会有好下场。"

贝莱不知不觉伸出手，摸了摸自己的脸颊，他自己并未察觉这个动作，嘉蒂雅也似乎没有注意到。

她说："上回多亏你拯救我，很抱歉，这次我不得不再把你找来——请进，以利亚，请进，法斯陀夫博士。"

法斯陀夫退了一步，让贝莱走在前面，自己才跟进去，丹尼尔和吉斯卡则走在最后面。进屋之后，两名机器人基于内建的退避特性，随即走向两个遥遥相对的壁凹，然后各自背对着墙壁，静静站在其中。

一开始的时候，嘉蒂雅似乎对他们视而不见，这正是人类对机器人的惯常态度。然而，瞥了丹尼尔一眼之后，她转过头来，以略带哽咽的声音对法斯陀夫说："那一个，拜托，请让他离开。"

法斯陀夫显得有点讶异，问道："丹尼尔？"

"他太……太像詹德了！"

法斯陀夫转头望了望丹尼尔，脸上掠过一抹明显的哀痛表情。“当然，亲爱的嘉蒂雅，请原谅我的疏忽，我没想到这一层——丹尼尔，你到隔壁房间去，一直待到我们离开为止。”

丹尼尔一言不发便走了。

嘉蒂雅瞪了吉斯卡一会儿，仿佛在判断他是不是也像詹德，结果只是微微耸了耸肩。

她转过头来，问道：“你们两位想不想喝点什么？我这里有绝佳的椰子汁，新鲜又冰凉。”

“不必了，嘉蒂雅。”法斯陀夫说，“我只是信守承诺，把贝莱先生带来这里，自己不会待太久。”

“我只要一杯水，”贝莱说，“这样就可以了。”

嘉蒂雅举起一只手来。毫无疑问，她的一举一动都有机器人看在眼里，因为没多久，就有一个机器人端着盘子悄悄走进来，盘子里除了一杯水，还有一碟像是饼干的点心，上头撒着些粉红色的碎屑。

虽然并不确定那是什么，贝莱还是忍不住拿起一片。反正它的原料一定源自地球，因为他不相信在这个世界上，包括他自己在内，有谁会吃到任何人工合成食品，或是奥罗拉的任何一点原生物种。话又说回来，地球的作物来到这里之后，还是会随着时间而改变——或是由于刻意的改良，或是由于环境的因素。而且，午餐时法斯陀夫还提到，大多数的奥罗拉食物都不是一下就吃得惯的。

结果令他相当惊喜，那点心的味道有点辛辣，但他觉得很好吃，几乎立刻拿起第二片。然后，贝莱对那个机器人（他并不介意永远站在那里）说了一声“谢谢”，随即一手接过碟子，一手举起那杯水。

机器人便离开了。

此时已经接近傍晚时分，红红的阳光从面西的窗户射进了屋内。在贝莱的感觉中，这栋房子虽然不像法斯陀夫的宅邸那么大，但住起来应该更舒服，只不过现在有个悲伤的嘉蒂雅站在中间，难免令人觉得死气沉沉。

当然，那可能只是贝莱的想象罢了。其实在他看来，如果一座建筑物和户外仅隔着一道墙，那么即使它被称为房子，即使它能遮风蔽雨，也绝不可能住得舒服。他认为每道墙的外面都找不到一丝人味，更遑论友谊或社区的温暖；无论上下左右、四面八方，任何一道外墙的外面一律毫无生气。除了寒冷，还是寒冷。

当贝莱再度想起如今所面临的困境，类似的寒意重新袭上心头。（刚才，嘉蒂雅所带来的震撼令他暂时忘却了这个烦恼。）

嘉蒂雅说："请坐吧，以利亚。你一定要原谅我有点魂不守舍，因为我再次成了全球注目的焦点——这种事只要一次就够受了。"

"我了解，嘉蒂雅，请别说抱歉。"贝莱答道。

"至于你，亲爱的博士，请别急着走。"

"嗯——"法斯陀夫望了望墙上的计时带，"我可以待一会儿，然后，亲爱的嘉蒂雅，虽说天快塌下来了，该做的工作还是得做。其实是更应该做，因为我必须有心理准备，不久的将来，我很可能什么工作都不能做了。"

嘉蒂雅猛眨眼睛，仿佛强忍住泪水。"我知道，法斯陀夫博士，由于这儿……这件事情，害你惹上了大麻烦，而我念念不忘的，却似乎只有自己的……伤痛。"

法斯陀夫说："我会尽力解决自己的问题，嘉蒂雅，对于这件事，你丝毫不必觉得内疚——或许，贝莱先生有办法帮你我脱困。"

听到这句话，贝莱用力抿了抿嘴，然后才以沉重的口吻说："嘉蒂雅，我不明白你怎么也卷进了这件案子。"

“否则还会有谁呢？”说完她还叹了一声。

“詹德·潘尼尔是……曾是你名下的财产？”

“不能算我的财产，他是我从法斯陀夫博士那儿借来的。”

“事发当时，你和他在一起吗？我是指当他……”贝莱不禁犹豫该怎么说才好。

“死的时候？难道这个字不能说吗？不，我并不在他身边。别急，我知道你要问什么，当时除了我，这栋房子里没有别人。我经常独处，几乎毫无例外。这是拜索拉利文化之赐，你该没忘吧。当然，我并不是非这样不可。比方说，现在你们两位来访，我就还好——勉强还好。”

“詹德死的时候，你百分之百确定没有旁人？不会搞错吗？”

“我已经对你说过了。”嘉蒂雅显得有点不耐烦，“算了，以利亚，我知道你一定要再三重复每一个问题。听好，没有旁人，千真万确。”

“不过，应该还有机器人吧。”

“当然，我所谓的‘没有旁人’，是指没有其他人类在场。”

“你有多少机器人，嘉蒂雅？我是说除了詹德之外。”

嘉蒂雅顿了顿，仿佛在心中默默计算，最后她终于说：“二十个。五个在屋内，十五个在外面。但无论是我的还是法斯陀夫博士的机器人，都可以在我们的两座宅邸间自由来去，所以如果某个机器人突然出现在眼前，有时并非一眼就能看出他是谁的。”

“啊，”贝莱说，“既然法斯陀夫博士的宅邸有五十七个机器人，那就意味着，如果我们把两边加起来，总共有七十七个机器人可供差遣。除此之外，还有没有哪座宅邸的机器人，会跟你们的机器人混淆不清？”

法斯陀夫说：“其他的宅邸都没有近到这种程度，况且共享机器人并非值得鼓励的一件事。我和嘉蒂雅的情况算是特例，一来她并非奥罗拉人，二来我对她——有照顾的责任。”

“即便如此，还是有七十七个机器人。”贝莱说。

“没错。”法斯陀夫说，“但你拿这点大做文章是什么意思？”

贝莱答道：“因为这就表示，你们身边有七十七个活动的物体，个个外形和人类相去不远，你们每天看惯了，根本不会特别留意。你说有没有可能，嘉蒂雅，万一有个真人潜入屋内，不论目的为何，你几乎会视而不见？他只是另一个活动的物体，外形和人类相去不远，所以你并不会在意。”

法斯陀夫呵呵轻笑了几声，嘉蒂雅则一本正经地摇了摇头。

“以利亚，”她说，“你果然是地球人。即使是法斯陀夫博士本人，如果接近这座宅邸，我的机器人也会立刻向我通报，你认为别人能够溜进来吗？我有可能对活动的物体视而不见，有可能假设他只是机器人，但机器人可不会这么粗心。刚才我之所以出门迎接你们，正是因为我的机器人向我报告说你们快来了。不，不，詹德死的时候，这栋房子里并没有别人。”

“你自己除外？”

“对，除了我自己，整栋房子里没有第二个人，正如当年我丈夫遇害时那样。”

法斯陀夫轻声打岔道：“还是有些差别，嘉蒂雅。你先生是遭钝器杀害，凶手必须亲临现场才办得到，因此，如果当时只有你一人在场，问题就很严重。如今这个案子，詹德是被巧妙的口述指令弄停摆的，凶手完全不必现身，虽然现场同样没有第二个人，这却没什么意义，更何况你并不懂得如何困阻人形机器人的心智。”

然后，两人不约而同望向贝莱，法斯陀夫带着嘲弄的表情，嘉蒂雅则一脸哀伤。（虽然法斯陀夫和贝莱一样前途难料，他却似乎甘之如饴，这点令贝莱有些恼火。如今这个情势，到底有哪点让人笑得出来，甚至笑得像个白痴？贝莱越想越郁闷。）

“所谓的不懂，”贝莱缓缓说道，“或许也没什么意义。一个人即使闭着眼睛乱走，仍有可能不知不觉抵达目的地。说不定她只是在和詹德讲话，在全然无意间，竟然触发了心智冻结的关键。”

法斯陀夫说：“机会有多大呢？”

“这方面你是专家，法斯陀夫博士，我想你会告诉我机会非常小。”

“小到简直难以想象。如果通往目的地的唯一途径，是一条拼命拐弯抹角的羊肠小道，那么一个人如果闭着眼睛乱走，他抵达目的地的机会有多少呢？”

嘉蒂雅的双手剧烈地颤抖，她紧握着拳头，仿佛力图恢复镇定，最后总算能将双手搁在膝盖上。“无论是不是意外，总之不是我做的。事发当时，我并不在他身边，真的。当天早上我和他说过话，那时他还很好，可以说完全正常。但几小时后，我再召唤他，他却始终没出现。而当我在他常待的地方找到了他，他就站在那里，看起来仍然相当正常。问题是，他没有反应，丝毫没有反应。从此以后，他就再也没有任何反应了。”

贝莱说：“有没有可能，你不经意对他说的一两句话，过了一段时间，例如一个钟头之后才发挥作用，导致他心智冻结？”

法斯陀夫猛然插嘴道：“十分不可能，贝莱先生。如果会发生心智冻结，就一定会立刻发生。请别用这种方式缠着嘉蒂雅不放。她并没有刻意引发心智冻结的能力，若要说她是无意间引发的，那就更不可思议了。”

“你一口咬定的随机正子漂移，不是同样不可思议吗？”

“没有那么不可思议。”

“既然都是极其不可能，这两个‘不可思议’又有什么差别呢？”

“差别大了。据我猜想，随机正子漂移导致心智冻结的几率或许有十的十二次方分之一，而无意间引发的几率只有十的一百次方分之一。这只是个估计，但应该相当合理。两者间的差别，超过了一个电子和整个宇宙的比例——随机正子漂移的机会大得多。”

接下来，三人都沉默了一阵子。

然后贝莱开口道：“法斯陀夫博士，你曾说自己不能待太久。”

“我已经待得太久了。”

“很好，那么可否请你先走一步？”

法斯陀夫正准备起身，突然问道：“为什么？”

“因为我想和嘉蒂雅单独谈谈。”

“以便继续纠缠她？”

“我必须在没有你干扰的情况下问她一些问题。我们的处境已经太危急，顾不得什么礼貌了。”

嘉蒂雅说：“亲爱的博士，我并不怕贝莱先生。”接着，她又刻意补了一句，“如果他无礼到太过分的程度，我的机器人一定会保护我。”

法斯陀夫笑了笑，然后说：“很好，嘉蒂雅。”他站了起来，对她伸出右手，她很快握了一下。

他又说：“我打算让吉斯卡留在这里，保护你们的安全——而如果你不介意，就让丹尼尔继续留在隔壁房间吧。你的机器人可否借我一个，由他护送我回自己的宅邸？”

“绝无问题。”嘉蒂雅一面说，一面举起双手，“我相信你认识潘迪昂。”

“当然认识！既强壮又可靠，最适合当保镖。”他随即离去，那个机器人紧跟在后。

贝莱并未立即开口，他只是望着嘉蒂雅，仔细打量着她。而她静静坐在那里，双手软绵绵地交叠在膝头，目光则停在那双手上。

贝莱肯定她还有许多话没说，至于怎样才能劝她说出来，他自己也毫无把握。但有一件事，他万分肯定：只要法斯陀夫留在这里，她绝不会将真相和盘托出。

24

嘉蒂雅终于抬起头来，表情变得和小女孩无异。她低声说道：“你好吗，以利亚？目前感觉如何？”

“相当好，嘉蒂雅。”

她解释道：“法斯陀夫博士说，他会带你走过这片露天空间，并会刻意在最糟的地点停留一阵子。”

“哦？为什么呢？要捉弄我吗？”

“不是的，以利亚。我曾经告诉他，你对露天空间有些什么反应。当年你曾昏倒并掉进池塘，应该还记得吧？”

以利亚连忙摇了摇头。他无法否认那件事，也无法否定自己的记忆，但这并不代表他愿意旧事重提。他粗声道：“我已经有进步，不再那么没用了。”

“可是法斯陀夫博士说过要测试你一番，一切还顺利吧？”

“十分顺利，我并没有昏倒。”他想起了太空船着陆前发生的那段插曲，不禁偷偷咬了咬牙。那另当别论，现在没必要讨论那件事。

他故意改变话题，问道：“如今在奥罗拉，我该怎么称呼你？”

“你一直都叫我嘉蒂雅啊。”

“这或许并不妥当。我可以叫你德拉玛太太，但你可能已经……”

她倒抽一口气，猛然打岔道：“自从来到这里，我就没有用过那个名字，拜托你别再提醒我。”

“那么，奥罗拉人怎么称呼你？”

“他们称我索拉利的嘉蒂雅，但那只是为了强调我并非本地人，因此我也不喜欢。我就是嘉蒂雅，就这么简单。这并非奥罗拉人的名字，我想这颗行星上不会还有另一个嘉蒂雅，所以这就足够了。而如果你不介意，我就继续叫你以利亚。”

“我不介意。”

嘉蒂雅说：“我想请你喝杯茶。”这并非问句，贝莱直接点了点头。

他说：“我不知道太空族也喝茶。”

“并非地球上那种茶。这是一种植物萃取物，口味很好，但一点害处也没有，我们就管它叫茶。”

她随即举起手来，贝莱注意到她的袖子不但紧贴手腕，而且和超薄的肉色手套紧密连接。在贝莱面前，她仍尽可能避免暴露肌肤，仍尽可能减少感染的机会。

她让手臂在半空中停了一会儿，不久之后，就有一个机器人端着盘子走进来。他显然比吉斯卡更为原始，却能有条不紊地将茶杯、三明治和小点心一一放好，而他倒茶的动作更是堪称优雅。

贝莱好奇地问："你是怎么做到的，嘉蒂雅？"

"做到什么，以利亚？"

"每当想要做一件事，你就会举起手来，而机器人总是知道你的心意。比方说，这个机器人怎么知道你要请我喝茶？"

"这没什么难的。屋里始终存在着微弱的电磁波，我一举手，它就会受到扰动。我的手掌和手指只要位置稍有不同，便会产生不同的扰动，而机器人能把这些扰动解读成指令。但我只用这种方法下达简单的命令：过来！奉茶！等等。"

"我在法斯陀夫博士的宅邸时，并未注意到他使用这种系统。"

"其实这是我们索拉利的系统，在奥罗拉并不流行，我是因为从小用惯了——况且，我总是在这个时候喝茶，波哥拉夫早就准备好了。"

"这就是波哥拉夫吗？"贝莱饶富兴味地端详那个机器人，这才想到之前只瞥了他一眼而已。正所谓习惯成自然，熟悉感很容易造成忽视。只要再过一天，这些机器人便会完全从他眼底消失，他会对这些忙碌的机器人视而不见，仿佛所有的杂活都是自动完成的。

话说回来，他并不想仅仅眼不见为净，他想要他们真正消失。于是他说："嘉蒂雅，我希望能和你独处一下，连机器人也别在场——吉斯卡，去丹尼尔那边，你可以在那里继续警戒。"

"遵命。"听到自己的名字，吉斯卡突然活了起来，并且立刻有所回应。

嘉蒂雅好像有点被逗乐了。"你们地球人真奇怪，我知道你们地球上有机器人，可是你们似乎不懂得怎么指挥。你把命令大声吼出来，仿佛他们都是聋子。"

她转向波哥拉夫，故意压低声音说："波哥拉夫，没有我的召唤，你们通通别再进来。除非有明显且紧急的状况，否则一律不准打扰我们。”

波哥拉夫说：“是的，夫人。”他退了一步，瞥了茶几一眼，仿佛在检查是否有任何遗漏，然后才转身走了出去。

这回轮到贝莱被逗乐了。没错，嘉蒂雅的确轻声细语，可是她的语气简洁有力，仿佛把自己当成正在对新兵训话的士官长。然而，他又有什么好惊讶的呢？别人的缺点总是比自己的短处来得明显，这是他早就知道的事。

嘉蒂雅说：“现在我们真正独处了，以利亚，连机器人也走光了。”

贝莱说：“你不怕跟我独处吗？”

她缓缓摇了摇头。“我有什么好怕的？只要举个手，做个动作，或是惊呼一声，马上会有好几个机器人赶过来。这里又不是地球，在太空族世界，任何人都没有理由怕另一个人。可是，你为何这么问呢？”

“因为除了有形的恐惧之外，还有无形的。我不会对你施展任何暴力，或用任何有形的方式虐待你。可是，难道你不怕我严词逼问，不怕你的隐私不保吗？别忘了，这里也并非索拉利。当初在索拉利，我的确同情你，一心一意想要证明你的清白。”

她低声问道：“现在你就不同情我了？”

“这回并非哪位配偶遇害，而你也并非杀人嫌犯。只不过是有个机器人被毁了，而且据我所知，你自己毫无嫌疑。另一方面，法斯陀夫博士才是我的烫手山芋。对我而言，最最重要的一件事——原因不必我细表——就是设法证明他是无辜的。如果办案过程会对你造成伤害，我也爱莫能助。我可不打算想方设法避免让你受苦，这个立场我必须先郑重声明。”

她扬起头来，傲慢地直视他的双眼。“有什么事会对我造成伤害呢？”

“既然没有法斯陀夫博士在这儿碍事了，”贝莱冷冷地说，“我们不妨现在就来找找看。”他用一根小叉子，将一个三明治从碟子拨到自己盘内（他不想用手抓，以免嘉蒂雅再也不敢碰那个碟子），随即丢进嘴里，然后呷了一口茶。

她有样学样，同样吃了一个三明治，呷了一口茶。如果他故作镇定，她显然乐意奉陪。

“嘉蒂雅，”贝莱说，“我需要明确知道你和法斯陀夫博士的关系，这点非常重要。你和他住得很近，而且，你们两人简直就是共享一组家用机器人。他显然很关心你——在此之前，他除了声称自己是无辜的，没有花更大的力气为自己辩解，可是一旦我开始逼问你，他立刻倾全力替你辩护。”

嘉蒂雅淡淡一笑。“你在怀疑什么，以利亚？”

贝莱答道：“别闪避问题。我不想怀疑什么，我想知道答案。”

“法斯陀夫博士有没有提到过范雅？”

“有的。”

“你有没有问过他，范雅是他的妻子呢，或者只是他的伴侣？还有，他有没有子女呢？”

贝莱不禁打了一个冷颤，当然，这些问题都是他该问的。然而，在拥挤不堪的地球上，正因为隐私几乎荡然无存，大家反而分外珍视。在地球上，想不知道别人家的点点滴滴几乎是不可能的事，所以大家一律装傻，绝不互问这方面的问题。这可以说是一种集体自我欺骗。

而在奥罗拉，当然不存在地球上的那种顾虑，但贝莱仍不知不觉自我设限，真是愚蠢！

他说："我还没问，告诉我吧。"

嘉蒂雅说："范雅是他的妻子。他结过好几次婚，当然是一段接着一段，虽说在奥罗拉上，一方或双方处于重婚状态并非什么奇闻。"说这句话时，她带着些许嫌恶的表情，而这也起着些许自我辩解的作用。"索拉利上从没听说有这种事。"她补充道。

"然而，法斯陀夫博士现在这段婚姻可能很快就要结束了。然后，双方便能自由地追寻下一段感情，不过，经常会有一方甚至双方都迫不及待，在离婚之前就另结新欢——我并不是说我了解这种随便的态度，以利亚，但奥罗拉人的男女关系就是这么建立的。就我所知，法斯陀夫博士在这方面律己甚严，他总是忠于每一段婚姻，从不发生婚外情。但是在奥罗拉，人们却认为这是古板而且相当愚蠢的作风。"

贝莱点了点头。"这方面，我从书中也读到过一些。根据我的了解，当他们打算生儿育女的时候，就需要结婚了。"

"理论上的确如此，可是我听说，如今几乎没什么人遵守了。法斯陀夫博士已经有两个孩子，不能再生了，但他还是继续结婚，并提出三度生育的申请。当然，申请没通过，他也早就预料到。甚至有些人根本就懒得申请了。"

"那为何不懒得结婚呢？"

"为了一些社会福利。不过内情相当复杂，我不是奥罗拉人，不敢说自己真正了解。"

"嗯，那就算了，跟我说说法斯陀夫博士的子女吧。"

"他没有儿子，只有两个同父异母的女儿，当然，她们的母亲都不是范雅。根据奥罗拉的传统，两个女儿都是在母亲子宫内孕育的。她们现在都成年了，拥有各自的宅邸。"

"他和这两个女儿亲近吗？"

“我不知道，他从未谈到过她们。其中一个是机器人学家，我想至少在工作上，他和这个女儿保持着联络。另一个应该正在某个城市竞选议员，或是已经选上了，我并不太清楚。”

“他们家人之间可有什么紧张关系，你知道吗？”

“这我倒是没听说过，也许没什么大不了的吧，以利亚。就我所知，他和几位前妻都好聚好散，没有一次离婚闹得不愉快。总归一句话，法斯陀夫博士不是那种人。无论碰到任何不如意，他都会默默承受，最激烈的反应顶多是斯斯文文地叹口气。他是那种临终还会开玩笑的人。”

贝莱心想，至少这点听来丝毫不假。他又问：“那么法斯陀夫博士和你的关系呢？拜托，请说实话。别为了避免尴尬而闪避问题，如今的情势不容你这么做。”

她扬着头直视他的双眼，然后说：“没什么尴尬不尴尬的，法斯陀夫博士是我的朋友，非常要好的朋友。”

“多么要好，嘉蒂雅？”

“如我所说——非常要好。”

“你是否正在等他离婚，以便成为他的下一任妻子？”

“不是。”她非常冷静地答道。

“那么，你们是情人吗？”

“不是。”

“曾经是吗？”

“不是——这令你惊讶吗？”

“我只是要知道实情。”贝莱说。

“那就让我一口气把答案通通告诉你，以利亚，别再那么凶巴巴地发问，好像我硬是不肯松口，而你非用这种方式震慑我不可。”她虽然这么说，但看不出真的生气，仿佛只是在开玩笑罢了。

贝莱有点脸红，原本想说自己完全没有这个意思，无奈事实正是如此，否认也无济于事。于是，他愤愤地轻声道：“好吧，请开始。”

这时，他们早已用完茶点，有些残渣掉落在茶几上。贝莱不禁纳闷，若是在平时，她会不会举起手来轻轻做个手势，而那个机器人波哥拉夫会不会悄悄走进来，把桌面收拾干净。

那些残渣是否害得嘉蒂雅心烦意乱——会不会令她回答问题时比较容易冲动？如果真是这样，那么最好能够维持现状——但贝莱并未抱多大希望，因为他看不出嘉蒂雅的情绪受到任何干扰，她可能根本没注意到这件小事。

嘉蒂雅的目光再度垂到膝盖上，而她的表情似乎变得更深沉，甚至有点严厉，仿佛她正在翻搅一段很想遗忘的往事。

她终于开口：“在索拉利的时候，你有机会一窥我当时的生活。那种日子谈不上快乐，但我原本一无所觉。直到有一天，我真正体会到一丝快乐，才突然明白——无论就深度或广度而言——自己以前的生活是多么不快乐。而这个启发来自于你，以利亚。”

“来自我？”贝莱吃了一惊。

“是的，以利亚。你离开索拉利之前，又和我见了一面——我希望你还记得，以利亚——那次见面教了我一件事。我碰触到你！当时我戴着一副类似这样的手套，我把它摘掉，然后碰了碰你的脸颊。时间并不长，我不知道你怎么看待这件事——不，别告诉我，那并不重要——可是对我而言，意义极为重大。”

她抬起头来，放胆迎向他的目光。“它对我的意义超过了一切，甚至改变了我的一生。记得吗，以利亚，我在童年结束之后，除了我的丈夫，再也没有真正碰触过任何人——而我碰触他的机会也少之又少。当然，我在三维显像中见过不少男子，对于男性躯体的外观十分熟悉。就那方面而言，没有什么是我不懂的。

“但我从来不曾想到，不同的男性会带来多么不同的触感。我的丈夫，我熟悉他的肌肤摸起来是什么感觉，我也熟悉他的手掌——当他愿意触摸我的时候——会带给我什么感觉，以及……关于他的一切。我没理由想象换成别的男人会有什么不同。没错，夫妻间的接触未曾给我任何快感，可是这又有什么不对吗？当我用手指碰触这张桌子，除了体会到它的滑润，还会带给我什么特别的快感吗？

“我们夫妻间的接触只是生活中偶一为之的仪式，我的丈夫可以说是在履行义务，因此，身为一位优秀的索拉利公民，他完全根据日历和时钟来做这件事，无论时间的长短或进行的方式，都做得非常有教养。只不过，换个角度来说，他这么做和教养刚好背道而驰，因为这样的定期接触虽然正是为了性交，他却从未提出生育申请，而且我相信，他对教养小孩毫无兴趣。而我对他又太过敬畏，不敢自己主动提出申请，虽说我的确有这个权利。

“如今回顾，我发觉当年的性经验不是公式化就是机械化。我从来没有高潮，一次都没有。性高潮这回事，我还是从书里读到的，可是我看得一头雾水——因为那些都是进口书，索拉利书籍从不谈论性爱——所以我简直无法相信，还以为只是一种异色的比喻。

“我也无法用自体性行为来做实验——至少没成功过。我想，自慰才是比较通俗的说法，至少我听过奥罗拉人使用这个说法。至于在索拉利，当然谁也不会谈论性的议题，而任何和性爱相关的词汇也从来不会在文明社会中出现——只不过在索拉利，也就只有那么一种社会而已。

“从某本书中，我学到了自慰是怎么一回事，于是有好几次，我根据书上的描述，姑且试试看，但没有一次成功。肌肤不相触的禁忌令我觉得自己的身体也碰不得，否则只会起反感。我可以用手搓揉腰部，可以交叠双腿，感觉大腿之间的压力，但这些都是不经意的碰触。而把碰触当作追求快感的手段，则又另当别论。我身上每根神经都知道不该这么做，而正因为我这么想，所以快感无从产生。

“我也从未想到其他情况下的碰触会带来快感，一次也没有。我为什么会想到呢？我又如何会想到呢？

“直到那次我摸到你，一切才改观了。至于我为何那么做，我自己也不知道。或许，因为你替我洗刷了谋杀犯的罪名，我打心底对你产生好感。此外，你也不完全算是禁忌。你并非索拉利人，你甚至——请原谅我这么说——不完全算是人类，只是地球上的一种生物罢了。你具有人类的外表，可是寿命很短，而且易受感染，顶多只能算半个人类。

“所以说，由于你拯救了我，而你又并非真正的人类，我才会有那样的举动。更重要的是，你望着我的眼神，既不像我丈夫那般带有敌意和反感，也不像某些人在三维显像中刻意表现出的矫揉冷漠。你就在我面前，伸手就能碰到，而你眼中充满了温暖和关怀。当我的手掌碰到你的脸颊，你也颤抖了一下，那是我亲眼见到的。

“为什么会这样，我也不知道。那次的接触是如此短暂，照理说，它所带给我的生理感受，应该和我碰触自己的丈夫或其他男性——甚至其他女性——并没有任何差别。但实际上，那不只是生理上的感受而已。你站在那里，你欣然接受，而你所表现出来的一切，我都视之为——为爱意。当我们的肌肤——我的手，你的脸颊——碰触之际，我仿佛摸到一股温柔的火焰，它瞬间蹿上我的手掌和手臂，令我全身开始燃烧。

“我不知道这种感觉持续了多久，顶多一眨眼的工夫吧，但对我而言，时间似乎静止了。我经历了一件过去从未经历过的事，很久以后，当我不再懵懂，再回顾这件事，我了解到当时的我几乎就是经历了一次性高潮。

“但我不动声色……”

（贝莱摇了摇头，却不敢接触她的目光。）

“嗯，所以，当时我不动声色，只是说，‘谢谢你，以利亚。’我之所以这样说，除了感谢你查明了我丈夫的死因，更重要的是，我要感谢你照亮了我的生命，而且在不知不觉间，让我了解到了生命的价值。你等于替我开了一扇门，帮我找到了一条路，为我指出了一个新的方向。那次的接触，本身算不上什么，但它却是一切的起点。”

她的声音越来越小，有那么一阵子，她还闭上了嘴巴，陷入回忆中。

然后，她忽然举起食指。“不，什么也别说，我还没讲完。

“在此之前，我也有过一些非常模糊的幻想。我想象自己和另一个男人，做着我们夫妻之间才会做的事，可是多少有点不同，虽然我根本不知道有什么不同——而且有些不一样的感受，但无论我怎么想，也想象不出具体的感觉来。我很有可能一辈子都在试图想象那些想不出来的事物，我也很可能会像许多索拉利女性——我想男性也一样——即使活了三四个世纪，死前仍然什么也不懂。什么也不懂！虽然曾经生儿育女，仍旧什么也不懂。

“而我只是轻触你的脸颊，以利亚，居然就开窍了。这是不是很神奇？你让我学会了该想象些什么，并非机械式的动作，也并非呆板的、勉强的身体接触，而是一种我从未梦想能够达到的境界。脸上的表情、眼中的火花、温柔感和亲切感，以及种种我甚至不知如何形容的感觉——或许是接纳，是解除了人与人之间的藩篱。我想那就是爱，这么简单的一个字，就能包含这一切的一切。

“我觉得自己爱上了你，以利亚，因为在我想来，你有能力爱上我。我并不是说你爱我，而是我认为你能这么做。我从未体会过爱情，虽然这个字眼在古典文学中经常出现，但我不明白那是什么意思，就如同我常常读到的‘荣誉’一样，虽然书中人物不惜为它牺牲性命，我却完全无法理解。我学到了‘爱情’这个字眼，但从来不明白它真正的意义，至今仍是如此。或许我碰触你的举动，就是心中有爱的表现。

“从此以后，我就能幻想那些事了。不久，我来到了奥罗拉，还一直想着你，一直怀念你，一直在心里不断和你说话，而且还幻想着，自己在奥罗拉能够遇到一百万个以利亚。”

她停了下来，陷入沉思片刻，突然又继续说：“结果事与愿违。没想到奥罗拉和索拉利殊途同归，情况一样糟。在索拉利，性爱是不对的事，大家痛恨它，避之唯恐不及。由于对性的憎恨，使我们的男女无法相爱。

“而在奥罗拉，性则是无聊的事。大家轻易接受它——把它当作呼吸一样稀松平常。如果某人性欲高涨，他会随便找个看来合适的人，只要双方并非忙得不可开交，两人便有可能以任何方式发生性行为。就像呼吸一样——但是呼吸能带来至高无上的欢愉吗？如果你窒息了，那么在获救之后，你猛吸的第一口空气或许甜美无比。可是，如果你从来不曾窒息呢？

“还有，如果人人变得无时无刻不需要性，那会如何呢？如果让性教育和阅读、写程序等课程平起平坐，那又会如何？如果大人认为孩子们从小就该亲身实验，还认为青少年可以从旁协助，那将是个什么样的社会？

“在奥罗拉，性就像清水一样唾手可得，所以和爱毫无关系；正如同在索拉利，性是一种禁忌和羞耻，同样和爱扯不上任何关系。这两个世界儿童都很少，而且若想生育下一代，必须正式提出申请。如果申请获准，就必须从事一段专为生育量身打造的性行为，那想必既无聊又难受。而若干时日之后，如果女方还没有怀孕，双方却已经大起反感，则会求助于人工受孕。

“总有一天，人工生殖会在奥罗拉流行起来，就像现在的索拉利一样，于是受精和胚胎发育的过程都会在基因室里完成，而性行为将会成为单纯的社交活动和游戏，如同太空马球一样和爱情毫无关系。

“我无法接受奥罗拉人这方面的态度，以利亚，这抵触了我从小到大的教养。我曾带着惶恐的心情，追求性的满足，结果没有人拒绝——但也没有人重视。每当我主动献身，无论事前事后，对方的眼神都相当空洞。他们一定想，只是又做了一次罢了，有什么大不了的？他们愿意做，但也只是愿意而已。

“而且，碰触他们的身体对我毫无意义，那和碰触我的丈夫没什么两样。我学着慢慢适应，学着跟随他们的动作，学着接受他们的指引——结果仍旧感到毫无意义。久而久之，我连自己解决的冲动都没有了。你让我体会到的感觉再也没有出现过，终于有一天，我放弃了。

“在此期间，法斯陀夫博士一直是我的朋友。在所有的奥罗拉人当中，只有他对索拉利上发生的事一清二楚。至少，我是这么想的。你也知道，完整的经过并未公之于世，更没有出现在那个可怕的超波剧里面——我只听说过那出戏，始终拒绝观看。

“此外，奥罗拉人非但不了解索拉利人，而且还蔑视我们，好在有法斯陀夫博士保护，我才未曾受到伤害。后来，我又陷入了绝望的深渊，也多亏他伸出援手。

“不，我们并不是情人。我可以对他献身，但是当我想到可以这样做的时候，我已经觉得，以利亚，你带给我的那种感觉再也不会出现了。我甚至怀疑，那可能只是记忆跟我开的一个玩笑，所以我放弃了。我并没有向他献身，他也没有向我求欢。我不知道他为何不那么做，也许因为他看出来，我之所以绝望，正是由于无法从性爱中找到任何慰藉，而他不想让我再经历一次失败，以免加深我的绝望。他在这方面对我设想如此周到，足以证明他是一个多么好心的人——所以说，我们并非情人，他只是在我最需要友谊的时候，适时出现的一个朋友。

"好了，以利亚，针对你的问题，我已经把答案通通告诉你了。你想知道我和法斯陀夫博士的关系，并强调你需要了解实情。听我说完后，你满意了吗？"

贝莱力图掩饰内心的伤痛。"没想到你的日子这么难过，嘉蒂雅，我感到很遗憾。我需要知道的，你都告诉我了。你告诉我的实情，或许比你想象中还要多。"

嘉蒂雅皱起眉头。"此话怎讲？"

贝莱并未直接回答这个问题，他说："嘉蒂雅，我真的很高兴，自己在你心中竟然有那么重要的地位。当年在索拉利，我从未想到自己带给你那么大的影响，而即使想到了，我也不会试着……你明白我的意思。"

"我明白，以利亚。"她轻柔地说，"即使你试了也是徒然，我根本做不到。"

"这点我也明白——今天，我也不会把你这番话视为暗示。短暂的一下接触，令你一窥性的堂奥，这就足够了。这种感觉极可能不会有第二次，我们应当珍惜，不该强求重温，否则只会毁掉独一无二的珍贵记忆。这就是为什么我现在并不——不向你求欢。千万别把这件事视为你的另一次失败，何况——"

"请说。"

"正如我刚刚说的，你提供给我的资料，或许超过了你的想象。其实你等于已经告诉我，你的故事并未以绝望收场。”

“你这话什么意思？”

“刚才，当你在叙述我们的接触带给你的感觉时，曾经说了类似这样的话——‘很久以后，当我不再懵懂，再回顾这件事，我了解到当时的我几乎就是经历了一次性高潮。’可是接下来，你就开始阐述你和奥罗拉人的性行为皆以失败告终，我猜想，你并未从中体验过性高潮。可是后来你一定有过，嘉蒂雅，否则你不会体认到当初在索拉利有过极其类似的经验。除非你有过成功的性爱，否则根本无从回顾和比较。换句话说，后来你的确找到一个情人，有了一段真正的爱情。如果要我相信法斯陀夫博士始终不是你的情人，那么可想而知，一定另有其人。”

“如果真有又如何？那又关你什么事，以利亚？”

“我还不确定是否关我的事，嘉蒂雅。告诉我那人是谁，如果确实不关我的事，这个话题就到此为止。”

嘉蒂雅陷入沉默。

贝莱说：“如果你不告诉我，嘉蒂雅，那就必须由我告诉你。我已经有话在先，如今我身不由己，无法对你留情。”

嘉蒂雅仍旧一言不发，她紧抿着嘴，嘴角都开始泛白了。

“这个人一定存在，嘉蒂雅，而你对詹德之死的伤痛又太不寻常了——你把丹尼尔赶走，是因为你看到他的脸就会想起詹德，这令你无法承受。所以我几乎肯定，那个詹德·潘尼尔……”他顿了顿，然后厉声道，“那个机器人，詹德·潘尼尔，就是你的情人。如果我说错了，请立刻指正。”

嘉蒂雅悄声答道：“詹德·潘尼尔，那个机器人，并不是我的情人。”然后，她猛然提高音量，义正辞严地说，“他是我的丈夫！”

25

贝莱嚅动着嘴唇，虽然并未发出声音，但显然是在说他的口头禅。

“没错，”嘉蒂雅说，“耶和华啊！你万分惊讶，可是为什么呢？因为你不认同吗？”

贝莱硬邦邦地说：“我没资格说什么认不认同。”

“这就表示你不认同。”

“这就表示我只是在追查实情。在奥罗拉，情人和丈夫有什么区别？”

“如果两个人一起住在某座宅邸一段时间，就能互称‘丈夫’和‘妻子’，而不必再用‘情人’的称呼。”

“一段时间是多久呢？”

“据我所知，这点因地而异，因为各地民情不尽相同。比如说在厄俄斯城，一段时间是指三个月。”

“在这段时间内，双方是否还不得和其他人发生性关系？”

嘉蒂雅惊讶地扬起眉毛。“为什么？”

“我只是问问。”

“在奥罗拉，难以想象有谁会遵守这条游戏规则，不论丈夫或情人都一样。只要你高兴，爱跟谁做都行。”

“那么，跟詹德在一起的时候，你‘高兴’过吗？”

“事实上并没有，但那是我的选择。”

“有人曾向你求欢吗？”

“偶尔。”

“而你拒绝了？”

“我永远有拒绝的权利，这也是游戏规则的一部分。”

“但你有没有拒绝过呢？”

“有的。”

“那些遭你拒绝的人，知道你拒绝他们的原因吗？”

“你这话是什么意思？”

“他们是否知道你有个机器人丈夫？”

“他就是我的丈夫，请别叫他机器人丈夫，根本没有这种说法。”

“他们到底知不知道？”

她顿了顿。“我不知道他们知不知道。”

“你告诉过他们吗？”

“我有什么理由要告诉他们？”

“别拿问题来挡我的问题，你有没有告诉过他们？”

“没有。”

“你怎么回避得了呢？难道你不觉得，解释一下才顺理成章吗？”

“没人要求我解释。拒绝就是拒绝，对方一定会接受。我真搞不懂你。”

为了整理思绪，贝莱暂停了一下。嘉蒂雅并非故意和他唱反调，而是两人好像一对平行线，始终没有交集。

他再度开口：“换成在索拉利，找个机器人当丈夫是否顺理成章呢？”

“若是在索拉利，那会是不可思议的一件事，我绝对不会生出这种念头。其实在索拉利，任何事都是不可思议的——地球上也一样，以利亚，你的妻子可曾想过找个机器人当她的丈夫？”

“那是两码子事，嘉蒂雅。”

“也许吧，但你的表情已回答了我的问题。你我或许不是奥罗拉人，但我们目前置身于奥罗拉。我在这里住了两年，已经接受了它的道德观。”

“你的意思是，在奥罗拉上，人类和机器人的性关系是相当普通的事？”

“这我倒不清楚。我只知道大家一定会接受这件事，因为性是百无禁忌的——只要出于自愿，只要彼此满意，只要不造成肉体上的伤害即可。想想看，一个人或一群人如何找乐子，和其他不相干的人有一丝一毫关系吗？难道有人会担心我读什么书、吃什么食物、何时就寝何时起床、是否喜欢猫而讨厌玫瑰？在奥罗拉，性这档事也是同样的情形。”

“是啊，在奥罗拉。”贝莱特别强调，“但你并非生于奥罗拉，也不是受奥罗拉教育长大的。不久前你还告诉我，这种对性漠不在乎的态度令你无法适应，虽然你现在又赞美起它了。而更早一点的时候，你还表示过对于重婚和滥交的厌恶。若说你对吃你闭门羹的人从来不作任何解释，那或许是因为在你内心深处某个阴暗的角落，你耻于承认詹德是你的丈夫。你也许知道——或是怀疑，甚至只是假设——自己的行为反常，即使在奥罗拉也不例外——而你引以为耻。”

“不，以利亚，不论你说什么，我都不会感到羞耻。如果说，即使在奥罗拉把机器人当成丈夫也算反常，那是因为像詹德这样的机器人非比寻常。我们索拉利上那些机器人，或是地球上那些——

乃至于奥罗拉上除了詹德和丹尼尔之外的机器人——由于先天的限制，这些机器人顶多只能满足人类最原始的性欲。他们或许能当作机械式震动器之类的自慰工具，但仅止于此。然而，一旦新型的人形机器人开始普及，人机性爱也会随之普遍起来。”

贝莱又问：“嘉蒂雅，当初你是怎么得到詹德的？法斯陀夫博士明明只有两个而已，难道他那么大方，把其中的一半就这么给了你？”

“是的。”

“为什么？”

“因为他好心吧，我这么想。我是个寂寞、不幸而且幻想破灭的异乡异客，他让詹德来陪我作伴，我实在不知道怎么感激他才好。虽然前后只有半年，但这半年要比我的一生更精彩。”

“法斯陀夫博士知不知道詹德是你的丈夫？”

“他从未提过这件事，所以我不清楚。”

“你自己提过吗？”

“没有。”

“为什么？”

“我觉得没必要——不，并非因为我感到羞耻。”

“这到底是怎么回事？”

“我怎么会觉得没必要？”

“不，詹德怎么会成了你的丈夫？”

嘉蒂雅转趋强硬，用带着敌意的声音说：“我为什么要对你说明？”

贝莱说：“嘉蒂雅，时候不早了，别再处处跟我为难。你是不是因为詹德——走了，才会那么伤心？”

“这还需要问吗？”

“你想不想查明事实的真相？”

“仍是那句话，这还需要问吗？”

“那就帮助我。面对这个显然无解的难题，如果想要开始——仅仅是开始——有一点点进展，我就需要尽可能问出一切实情。詹德是怎么变成你丈夫的？”

嘉蒂雅上身靠向椅背，双眼突然盈满泪水。她推开原本装着小点心的盘子，然后哽咽地说：“普通的机器人并不穿衣服，但他们的外形看起来就像穿着衣服一样。我在索拉利土生土长，非常了解机器人，而且我又有些艺术天分……”

“我对你的光雕记忆犹新。”贝莱轻声说。

嘉蒂雅微微点头答礼。“于是，我设计了一些新造型，在我看来，无论就风格或趣味性而言，它们都超越了奥罗拉目前流行的款式。我还根据这些设计画了好些图画，其中几幅就挂在这间屋子里，其他的则挂在这座宅邸各个角落。”

贝莱遂将目光移到这几幅画上。其实他刚才就看到了，画中的主体无疑都是机器人。他们的模样不太自然，身体似乎拉长了，并且有些超现实的扭曲，但他现在改用另一个角度欣赏这些画，才发现这些失真都是故意的，目的则相当明显，当然是为了突显这些机器人的衣着。他曾经读过一本专门讨论中古维多利亚时代的书籍，书上那些英国仆佣好像就穿着类似的服装。嘉蒂雅也知道这段历史吗？或者两者的相似纯属偶然？也许这并非什么重要的问题，但是（也许）会令人留下深刻印象。

刚才，第一次注意到这些画的时候，他曾告诉自己，嘉蒂雅是为了模拟索拉利上的生活，才用这种方式令自己感到身边环绕着机器人。虽然她口口声声说痛恨那种生活，但这只能反映她的意识层面而已。索拉利是她唯一真正熟悉的地方，这可是不容易抛在脑后的——甚至或许她根本无法忘怀。说不定，这就是她作画的原因之一——虽说她的新职业提供了一个更说得过去的动机。

她继续说下去:“我做得很成功。有几家机器人厂商出高价购买我的设计，此外，好些已经上市的机器人参考我的风格进行了换装。我从中得到些许成就感，填补了我感情生活的空虚。

“当詹德刚来我这里的时候，这个机器人当然穿着普通的衣服。法斯陀夫博士真是设想周到，还给了我好几套衣服让詹德换洗。

“那些衣服通通毫无创意，于是我心血来潮，打算替他买些更合适的服装。这就需要替他精确地量身，因为后来我决定，要以自己设计的款式来定做——而这就需要让他将衣服一件件脱去。

“他遵命照做——直到脱去所有的衣物，我才了解到他有多么酷似人类。该有的一样都不缺，而那个照理能够勃起的地方，居然真的会勃起。而且，借用人类的方式来说，它还能受意识的控制——詹德能够听我的命令，让它胀大或缩小——起初我只是随口问问，他的阴茎是否有这方面的功能，他就对我解说了一番。我觉得很好奇，他马上示范给我看。

“有一点你必须了解，虽然他看起来非常像真人，但我心知肚明他是机器人。我对于触摸男性身体总会有些迟疑——你应该很清楚了——这是我无法在奥罗拉上获得性满足的原因之一，这点我从不怀疑。但当时我面对的并非真正的男人，而且我从小就和机器人生活在一起，所以我能毫无顾忌地抚摸詹德。

“不久之后，我就发觉自己很喜欢抚摸他，与此同时，詹德也发觉到我喜欢那么做。他是个经过精密微调的机器人，服从三大法则到了巨细靡遗的程度。如果他有能力取悦我却没有做到，就等于是令我失望，而失望当然可以视为一种伤害，他却无论如何不得伤害人类。于是，他以无比的细心和耐心来取悦我，而我，由于看到了他发自内心的诚意，这是我在奥罗拉男性身上从未见到的，我真心感到了喜悦。终于有一天，我总算了解了——应该说，完全了解了什么是性高潮。”

贝莱问：“所以说，当时你感到十分快乐？”

“和詹德在一起的时候？当然，万分快乐。”

“你们从未起过争执？”

“和詹德吵架？怎么可能？他唯一的目标，他活在世上唯一的意义，就是为了取悦我。”

“难道你不觉得别扭吗？他取悦你只是因为他必须这么做。”

“任何人想要做任何事，不是都能解释为他必须做吗？”

“而你在体验了高潮之后，从未冒出想要和真……想要和奥罗拉人试试的冲动吗？”

“我只想要詹德，由他们取而代之，是无法令我满足的——现在，你可了解我失去的是什么了？”

不知不觉间，贝莱脸上的严肃表情变得倍加庄重了，他说：“现在我了解了，嘉蒂雅。如果我的问题刺痛了你，请务必原谅我，因为我原先并不完全了解实情。”

但她只是不停地啜泣。他无法再说下去了，也想不出什么好办法来安慰她，只好耐心地等待。

最后，她摇了摇头，用手背擦了擦眼睛，悄声道：“还有别的事吗？”

贝莱带着歉意答道：“还有几个另一方面的问题，然后我就不会再打扰你了。”说完，他又谨慎地补上一句，“暂时不会了。”

“什么问题？”她显得非常疲倦。

“你可知道，有些人似乎认为法斯陀夫博士就是杀害詹德的凶手？”

“知道。”

“你可知道，法斯陀夫博士自己也承认，照詹德的死因来分析，只有他自己拥有杀害他的专业技能。”

“知道，亲爱的博士自己告诉过我。”

“很好，嘉蒂雅，那么你认为真是法斯陀夫博士杀害了詹德吗？”

她猛然抬眼瞪着他，义愤填膺地说：“当然不是。他为何要那么做？詹德是他一手打造的机器人，他关心还来不及呢。你不像我那么了解亲爱的博士，以利亚。他是一位温文儒雅的绅士，不会伤害任何人，也绝不会伤害任何机器人。你若假设他是凶手，就如同假设岩石有可能向上坠落。”

“我没有其他问题了，嘉蒂雅，目前我只剩下最后一项工作，那就是去看看詹德——詹德的遗体——希望能获得你的允许。”

她又变得多疑且充满敌意了。“为什么？为什么？”

“嘉蒂雅！拜托！我并不指望看看他能起什么作用，但我必须亲眼见到詹德，才能确定真的没用。为了避免害你伤心，我会尽量约束自己的行为。”

嘉蒂雅站了起来。她今天所穿的这套简便礼服和紧身衣几乎无异，但贝莱注意到，这套衣服即使并非（地球上传统的）黑色，颜色仍然很素，上面没有任何亮点或光泽。虽说贝莱并非服饰专家，也了解这代表一种哀悼。

“跟我来吧。”她悄声道。

26

贝莱跟着嘉蒂雅走过几个房间，沿途一面面的墙壁都会微微发光。有那么一两次，他瞥见一些可疑的动静，但随即想到那是机器人在及时闪避，因为他们都接获了不得打扰主人的命令。

两人穿过一条走廊，爬上一道矮梯，最后来到一个小房间。在这间斗室里，某一面墙的一角射出强烈的光芒，好像聚光灯一样。

室内有一张便床和一把椅子——除此之外没有其他的家具。

“这就是他的房间。”说完之后，嘉蒂雅仿佛又猜到了贝莱心中的疑问，继续说道，“他所需要的就是这些了。我尽可能不来找他——甚至整天都不来，因为我不想很快便厌倦了他。”她摇了摇头，“如今，我却希望当初一分一秒都在他身边，我真的不知道美好时光只有那么短暂——这就是他了。”

詹德躺在那张便床上，贝莱神情严肃地向他望去，只见那机器人身上盖着一张柔软光亮的织品，那道源自墙上的光正好投射到他的头部——在一片安详中，他显得很平静，却有一点虚假。詹德的双眼睁得很大，但相当混浊且毫无光彩。他的确酷似丹尼尔，这充分说明了嘉蒂雅为何如此不愿和丹尼尔同处一室。他的颈部和肩膀则裸露在那床被单的外面。

贝莱问：“法斯陀夫博士检查过他吗？”

“彻底检查过。当时，我六神无主地去找他，他立刻冲了过来，如果你也在场，看到他那种关心，那种伤痛，还有那种慌乱，就绝不会认为他是凶手。没想到，他自己竟然也束手无策。”

“他现在没穿衣服吧？”

“对，为了进行彻底检查，法斯陀夫博士必须把他的衣服脱掉，后来就没有穿回去的必要了。”

“你能否允许我揭去被单，嘉蒂雅？”

“一定要吗？”

“我可不想遗漏任何明显的疑点，令我的调查遭到批评。”

“你又能找到什么法斯陀夫博士找不到的疑点呢？”

“的确不能，嘉蒂雅，但我必须确定自己什么也找不到，请和我合作。”

“好吧，就依你，但你检查完了，请把被单完全依照现在的方式盖好。”

她转过身去，将左手手臂贴在墙上，再将额头凑上去。虽然她并未发出声音——也没有任何动作——但贝莱却知道她又哭了。

这副躯体并不算足以乱真，例如肌肉的线条就有点简化和制式，但该有的都不缺，包括乳头、肚脐、阴茎、睪丸、阴毛等等。甚至，他还有着细微稀疏的胸毛。

詹德遇害至今已有多少天了？贝莱忽然惊觉自己并不知道，但可以肯定，绝对是在他起程前往奥罗拉之前。时间至少已经过了一个星期，可是不论看起来或闻起来，都丝毫没有腐败的迹象，这正是机器人有别于人类之处。

贝莱犹豫了一下，随即将一只手伸到詹德肩膀下面，并用另一只手捧起他的臀部，试着将他翻一个身。他从未考虑请嘉蒂雅帮忙——那是不可能的事。他用力一抬，费了一点工夫，总算平安地将詹德翻过去，并未失手将他推落床下。

便床嘎吱作响，嘉蒂雅一定晓得他在做什么，但是没有转过头来。虽然她并未出手帮忙，却也未曾出言阻止。

贝莱抽回了双手，手掌仍留存着詹德身上的余温。即使在正子脑停摆的情况下，想必电源仍会做些诸如维持体温这类简单的工作。此外，这副躯体依然结实而有弹性，想必永远不会经历类似尸体僵硬的过程。

现在，詹德一只手臂垂在床边，很像人类睡着时的模样。贝莱轻轻一拉那只手，它随即来回轻微摇摆，不久便又恢复静止。然后，贝莱弯起詹德的左小腿，检查他的脚掌，紧接着再换右小腿。他还注意到，这机器人臀部线条十分完美，甚至还有肛门。

贝莱一直无法挥去心头那种不安的感觉，他就是觉得自己好像侵犯了另一个人的隐私。假使这是一具人类的尸体，冰冷和僵硬反倒会令它不那么像人类。

机器人的尸体竟然比人类尸体更像人类，这个想法令他很不自在。

最后，他再把詹德推起来，翻回最初的姿势。

他尽可能把那床被单拉直，才按照原来的方式盖上去，并仔细抚平皱褶。他还退了几步，以便确定它的确恢复原状——或者说确定自己已经尽力而为。

“我完工了，嘉蒂雅。”他说。

她转过身来，泪汪汪地望向詹德，然后说：“那么，我们可以走了？”

“当然可以，可是嘉蒂雅……”

“什么？”

“你要一直这样保存他吗？我想他是不会腐烂的。”

“如果我真这么做，又有什么关系？”

“可以说有点关系。你必须给自己一个恢复正常的机会，往者已矣，你不能花上三个世纪来哀悼他。”（这番规劝在他自己听来都显得空洞，在她听来又如何呢？）

她答道：“我知道你是好意，以利亚。在调查结束之前，我有义务暂时保存詹德。事后，我会要求将他炬化。”

“炬化？”

“利用电浆火炬将他还原成化学元素，就像火化人类尸体那样。而我将保有他的全息像，以及我对他的回忆。这样你满意了吗？”

“当然。现在，我得回法斯陀夫博士的宅邸去了。”

“好的。你从詹德身上发现了任何线索吗？”

“我压根儿没抱希望，嘉蒂雅。”

她与他正面相对。“以利亚，我要你查出这事是谁干的，以及到底为了什么。我一定要弄清楚。”

“可是，嘉蒂雅……”

她猛力摇了摇头，仿佛要将她不想听到的话通通甩开。“我知道你做得到。”

第七章
法斯陀夫之二

27

贝莱走出嘉蒂雅的宅邸，投入落日余晖当中。他转身面向心目中的西方，很快便在地平线上找到了奥罗拉的太阳，在苹果绿的天空背景衬托之下，它是个深红色的圆盘，正上方还点缀着几片稀疏的红色云朵。

“耶和华啊。”他喃喃道。显然在这日落时分，相较于那颗孕育地球的恒星，奥罗拉的太阳显得温度更低、颜色更为橙黄，这都是因为阳光斜射而奥罗拉的大气层较厚的缘故。

丹尼尔跟在他身后，吉斯卡则照常走在很前面。

他耳畔忽然响起丹尼尔的声音：“你还好吗，以利亚伙伴？”

“相当好。”贝莱得意洋洋地说，“我把户外的挑战应付得很好，丹尼尔，我甚至能欣赏落日了。是不是每天都像这样呢？”

丹尼尔无动于衷地看了看西沉的太阳，然后说：“没错。但我们还是尽快回到法斯陀夫博士的宅邸吧。如今这个季节，黄昏并不会持续太久，以利亚伙伴，我希望你趁着还看得清楚的时候赶回去。”

“我随时可以出发，咱们走吧。”不过，贝莱口是心非地想，等到天黑再走会不会更好呢。没错，伸手不见五指绝非什么愉快的事，却能为他带来一种受到保护的幻象——虽然欣赏落日（请注意，是户外的落日）的确带给他难以形容的愉悦，但在内心深处，他还真不确定这种心情能持续多久。然而，这是一种懦弱的想法，他可不愿公开承认。

吉斯卡悄无声息地退到了他面前，问道：“你想等一等吗，先生？天黑了你会比较适应吗？我们两个都无所谓。”

这时，贝莱注意到远处有些机器人的踪迹，前后方都有。是不是嘉蒂雅派出她的户外机器人担任警戒工作？或者他们是法斯陀夫派出来的？

吉斯卡这番话突显了他们多么关心他，可是，他竟倔强地不肯承认自己这方面的弱点。他只说了一句：“不，我们现在就走。”随即迈开轻松的步伐，朝法斯陀夫的宅邸走去——它仍隐藏在远方的树林之后，仅仅隐约可见。

他放胆告诉自己，随便他们要不要跟过来，让这两个机器人自己决定吧。他心知肚明，如果放任自己思考这个问题，心中会出现一个怯懦的声音，提醒自己正置身于一颗行星的表皮上，只有空气替他隔绝巨大无边的虚空，可是，他绝对不会去想这件事。

远离恐惧不但令他心情愉快，甚至令他下巴不听使唤，牙齿拼命打颤。或者，这是傍晚的凉风所引起的——而这也能解释他的手背为何起了鸡皮疙瘩。

并不是置身户外的关系。

并不是。

他试着松开牙关，开口道：“你对詹德有多么了解，丹尼尔？”

丹尼尔说：“我们曾在一起一阵子。打从詹德好友出厂，到他前往嘉蒂雅小姐的宅邸为止，这段时间我们一直在一起。”

“詹德和你外形这么相似，丹尼尔，会带给你困扰吗？”

“不会的，以利亚伙伴。我和他都知道自己是谁，而法斯陀夫博士也不会把我们弄错。因此，我们是两个独立的个体。”

“你也能分辨他们两人吗，吉斯卡？”现在，或许因为有别的机器人接手远距离警戒，丹尼尔和吉斯卡都靠他比较近了。

吉斯卡说：“就我记忆所及，从来没有真正需要这么做的时候。”

“假使真有呢，吉斯卡？”

“那么我一定能分辨。”

“你对詹德有什么看法，丹尼尔？”

丹尼尔说：“我的看法吗，以利亚伙伴？你希望我说说对詹德哪方面的看法呢？”

“比方说，他在工作上的表现好吗？”

“当然好。”

“他在各方面都令人满意吗？”

“据我所知，的确如此。”

“你呢，吉斯卡？你的看法呢？”

吉斯卡说：“我未曾像丹尼尔好友那样和詹德好友朝夕相处过，所以并不适合提出自己的看法。但我可以这么说，据我所知，法斯陀夫博士对詹德好友一向很满意，他对詹德好友和丹尼尔好友的满意程度似乎不相上下。然而，我认为我的程序并不足以让我对这种问题下定论。”

贝莱又问:“詹德去了嘉蒂雅小姐家之后呢?你对他的表现还清楚吗,丹尼尔?”

“不清楚了,以利亚伙伴,嘉蒂雅小姐一直让他待在她的宅邸。在我的印象中,当她拜访法斯陀夫博士的时候,他没有一次跟来过。而当我陪法斯陀夫博士前往嘉蒂雅小姐的宅邸时,我也从未见过詹德好友。”

这个答案令贝莱有点惊讶。他随即转向吉斯卡,想对他重复同样的问题,但始终没有开口,最后耸了耸肩,打消了这个念头。他根本问不出什么来,正如法斯陀夫博士先前所说,盘问机器人其实并没有什么用。他们绝不会主动提供任何可能伤害人类的答案,而你也休想用任何威胁利诱的手段令他们就范。他们不会摆明了说谎,可是他们会一直顽固地——但还算礼貌地——重复着毫无用处的答案。

不过——或许——已经没什么关系了。

现在,他们终于走到法斯陀夫家门口,贝莱觉得自己的呼吸急促了起来。但他坚决相信,自己的双臂和下唇之所以发抖,只是因为凉风习习的关系。

太阳已经下山,星星开始逐渐露脸,天空则转成一种诡异的紫青色,好似瘀血一般。他跨出一步,走进了这栋会发光发热的建筑物。

他安全了。

法斯陀夫迎了上来。“你回来得正是时候,贝莱先生。你和嘉蒂雅的晤谈有收获吗?”

贝莱答道:“相当有收获,法斯陀夫博士。甚至很有可能,我已经掌握了揭开谜底的钥匙。”

28

法斯陀夫只是礼貌地微微一笑，看不出他有任何惊讶、欣喜或是怀疑的意思。然后，他领头走向一间显然也是餐厅的房间，但和中午那间相较之下，现在这间比较小，也比较有亲切感。

“你和我，亲爱的贝莱先生，”法斯陀夫笑容可掬地说，“要单独吃一顿家常晚餐，就我们两个人而已。如果你喜欢的话，甚至可以叫机器人通通走开。而且，我们也不要谈什么正事，除非你真的很想谈。”

贝莱并未说什么，他只是站在那里，望着四周的墙壁，露出难以置信的表情。映入他眼中的是一片片摇曳生姿、闪闪发亮的绿色图案，由下往上，无论亮度或色调都逐渐递增，其中颜色较深且闪烁不定的部分，看起来有几分像海藻。一言以蔽之，这个房间活脱一座位于浅海海底的明亮洞穴。整体而言，这种效果令人头昏眼花——至少贝莱有这种感觉。

法斯陀夫一眼便看出贝莱的表情代表什么意思，他说：“我承认，贝莱先生，这并不是一下子就能习惯的——吉斯卡，把墙壁的亮度调暗一点——谢谢你。”

贝莱这才松了一口气。“谢谢你，法斯陀夫博士，我可否先去一趟卫生间？”

“当然可以。”

贝莱却有些迟疑。“能否请你……”

法斯陀夫呵呵笑了几声。“你别担心，它完全正常了，贝莱先生，不会带给你任何不便的。”

贝莱点头示意。“非常感谢你。”

一旦关掉令人难以忍受的幻象，这卫生间——他相信正是自己之前用过的那间——就是个单纯的卫生间，只不过即使在梦里，他也从未见过这么豪华、这么舒适的格局。它和地球上的卫生间——里面是一排又一排一望无际的小隔间，每间都标示着仅限一人使用——有着天壤之别。

它的洁净几乎达到光可鉴人的程度，仿佛你每次用过之后，都能撕下最外层的分子薄膜，重新贴上一层新膜。贝莱隐隐然觉得，如果自己在奥罗拉待得太久，回到地球后势必无法重新适应，因为地球人早已被迫将清洁和卫生之类的观念束之高阁——只能在心中顶礼膜拜，永远无法达到这样的理想。

此时，贝莱站在由象牙和黄金打造的卫浴设备之间（当然并非真的象牙，也并非真正的黄金，但触感和视觉效果足以乱真），突然间心头一凛，发觉自己已经开始畏惧那个细菌泛滥和感染频仍的地球了。难道太空族不是这么想吗？自己还能怪他们吗？

他一面若有所思地洗着手，一面在长条形控制带的小按键上按来按去，试图改变水温。说也奇怪，奥罗拉人为何要对室内装潢下那么多无谓的功夫，他们既然已经驯服并改造了大自然，为何还硬要假装自己仍旧生活在自然环境中——或者，法斯陀夫只是一个特例？

毕竟，嘉蒂雅的宅邸就朴素得多——或者，这只因为她原本是索拉利人？

接下来这顿晚餐，确实是个不折不扣的惊喜。正如午餐一样，令贝莱明显感到和自然界拉近了距离。菜色非常丰富，每盘都不同，而且分量都不多，其中有好几道菜，不难看出取材自动物或植物的一部分。贝莱开始学着将一些小小的不便——偶尔出现的软骨、小硬骨或纤维，这些原本会令他反胃的东西——视为一种挑战。

第一道菜是一条小鱼——因为太小了，必须连同内脏一起吞下去——起初，他觉得这是另一种逼人接受“大自然”的愚蠢方式。但他还是学着法斯陀夫，将那条小鱼丢进嘴里，下一瞬间，那种美味便改变了他的想法。他从未有过这样的经验，仿佛造物者前一秒钟才发明了味蕾，随即安装在他的舌头上。

每道菜的口味都不一样，有些极其古怪，不能算可口，但他已经不在乎了。真正值得品尝的并非食物本身，而是种种特殊口味所带来的刺激（他遵照法斯陀夫的指导，每吃完一道菜，就呷一小口带着淡淡香气的白开水）。

他尽量不狼吞虎咽，也避免把注意力完全放在食物上，更提醒自己不要舔盘子。问题是，他不得不一直观察并模仿法斯陀夫的动作，至于对方那显然被逗乐的友善眼神，他则装作完全没看到。

“我相信，”法斯陀夫说，“你发觉这一餐很对胃口。”

“相当好。”贝莱勉强开口答道。

“请别强迫自己遵守那些什么礼节，凡是你觉得古怪或难吃的东西，都不必硬着头皮吃。至于你真正喜欢吃的，我一定会多叫几份来。”

“没这个必要，法斯陀夫博士，每样东西都很好吃。”

“那就好。”

虽然法斯陀夫曾说这顿饭不必有机器人在场，服侍他们的仍是一个机器人。（或许法斯陀夫根本没注意到这件事，因为早就习以为常——贝莱心里这么想，但是并未提出来。）

不出所料，这个机器人的动作既轻巧又安静，毫无任何瑕疵。他身上穿着一件帅气的制服，仿佛是从贝莱常看的历史超波剧中借出来的。除非你贴近观察，否则绝对看不出这件制服只是一种光学幻象，而这个机器人的外壳是百分之百的金属，并没有任何其他成分。

贝莱问："这位'侍者'的外观是嘉蒂雅设计的吗？"

"是的。"法斯陀夫显然很高兴，"要是知道你一眼就认出她的风格，她会觉得这是最大的赞美。她很优秀，对不对？她的作品越来越受欢迎，为她自己在奥罗拉社会争得了一席之地。"

席间的交谈始终很愉快，可是都没有重点。贝莱非但不急着"谈正事"，而且在享受这顿美食之际，他其实宁愿尽可能保持沉默，至于他现在认定最核心的那个问题，则留给自己的潜意识——或任何取代正式思考的机制——来决定该如何切入。

最后却是由法斯陀夫打破这个僵局，他是这么说的："既然你提到了嘉蒂雅，贝莱先生，我能否请问一件事——你前往她的宅邸时一副绝望透顶的模样，为何回来的时候简直就是神采飞扬，而且还告诉我，或许已经掌握了解决整件事的钥匙？你在嘉蒂雅家中，是不是发现了什么新的——或许还是意想不到的线索？"

"的确如此。"贝莱心不在焉地说——他正将全副心思放在甜点上，虽然根本不知道那是什么东西，但这时（他渴望的眼神驱动了那位机器人侍者）第二盘刚刚端到他面前。其实他觉得很饱了。他这辈子从来没有如此享受过进食的过程，而且有生以来第一次，他竟然因为不能再吃下去而憎恨人类的肉体极限。但不久之后，他就对自己的这种感觉羞愧不已。

"这个新的，而且意想不到的发现是什么呢？"法斯陀夫耐着性子委婉地问，"想必是一件连我自己都不知道的事？"

"或许吧。嘉蒂雅告诉我，你在大约半年以前，把詹德送给了她。"

法斯陀夫点了点头。“这我知道，的确是这样。”

贝莱厉声问道：“为什么呢？”

法斯陀夫的和颜悦色慢慢消失了，然后他才说：“有何不可呢？”

贝莱说：“我并不知道有何不可，法斯陀夫博士，而我也不在乎。但我的问题是，为什么？”

法斯陀夫轻轻摇了摇头，并没有开口。

贝莱又说：“法斯陀夫博士，我来到奥罗拉，是为了厘清这个看似乱成一团的情况。而你的所作所为并没有——完全没有——帮上任何忙。你似乎反倒喜欢向我炫耀目前的情况到底有多糟，而且每当我提出任何推测或假设，你都乐于把它推翻。听着，我并不指望别人回答我的问题。在这个世界上，我不具有官方身份，也没有权利发问，更别说强迫对方回答。

“然而，你却不同。我是你找来的，我要拯救的是你我两人的前途，而且，根据你自己的说法，我这么做同时还能拯救奥罗拉和地球。因此，我指望你能完完整整、老老实实地回答我的问题。请别再玩这种幼稚的对峙游戏，例如我问你为什么，你就反问有何不可。听好，我再问一次——而且是最后一次，为什么？”

法斯陀夫努着嘴，面色相当凝重。“我向你郑重道歉，贝莱先生。如果我回答得不够干脆，那是因为在回顾一番之后，我竟然看不出什么非常显而易见的理由。嘉蒂雅·德拉玛——不，她不喜欢再用这个姓氏——嘉蒂雅在此地是个异乡人。你也知道，她在自己的世界上，曾有过一连串痛苦的经历；但你或许不知道，在这个世界上，她的痛苦经历同样不少……”

“我都知道，请回到正题。”

“嗯，好吧，我为她感到难过。她是那么孤单，于是我想，詹德应该能帮助她排遣寂寞。”

“为她感到难过？就因为这点？你们是情人吗？当时是吗？”

“不，绝对不是。我并没有向她求欢，她也没有向我献身——你为何这么问呢？她告诉你说我们是情人吗？”

“不，她没这么说，但无论如何，我需要从你口中证实这件事。你只管说就对了，如果出现任何矛盾，我会立刻告诉你。既然你是那么同情她——而根据嘉蒂雅的说法，她又是那么感激你——你们彼此竟然没有求欢求爱？据我所知，在奥罗拉这个社会，发生性关系就和聊天气一样稀松平常。”

法斯陀夫皱起眉头。“你对这方面一无所知，贝莱先生，所以请不要用你们地球的标准来评断我们。对我们而言，性这回事不是什么大不了的，但我们仍旧谨慎行事。没有任何人会轻易向人求欢或献身，虽然你很可能不这么想。嘉蒂雅或许是个例外，她或许会轻易——或者应该说，不顾一切这么做——那是因为她还不熟悉我们的习俗，而且她在索拉利曾经受过这方面的挫折。因此，她对结果十分不满意，也就没什么好奇怪的了。”

“你没有设法改善这种情况吗？”

“要我主动向她求欢？我并不适合她，而反过来说，她也不适合我。我为她感到难过，我喜欢她，我钦佩她的艺术才华，而且我希望她快乐——毕竟，贝莱先生，有件事你一定会同意：一个人同情另一个人，可以并不涉及性欲或其他因素，而纯粹出于人类的高贵情操。难道你从来没有同情过别人吗？从来没有想要对谁伸出援手，却不求快乐之外的任何回报吗？你到底是从哪个星球来的？”

贝莱说：“你讲的这些都有道理，法斯陀夫博士，我并不质疑你具有高贵情操这件事。话说回来，还是得请你容忍我一下。当我第一次问你为何把詹德送给嘉蒂雅，你并没有用刚才那番话来回答我——而且可以说，你还相当情绪化。你第一时间的反应是闪躲，是迟疑，是利用反问来争取时间。

“就算你最后的确说了真话，为何这个问题一开始令你那么尴尬？在你找到愿意承认的原因之前，有什么原因是你不愿承认的呢？请原谅我追根究底，但我必须知道——我可以向你保证，这并非为了满足我个人的好奇心。如果你告诉我的事情，和这件棘手的案件无关，大可当作你说的话都被丢进黑洞去了。”

法斯陀夫压低了声音说：“天地良心，我也不明白自己为何回避你的问题。你冷不防这么问我，令我面对一件或许根本不想面对的事，我才会这么不知所措。让我想想，贝莱先生。”

于是，两人静静地坐在那里。机器人侍者这时已将桌面收拾干净，离开了这个房间；丹尼尔和吉斯卡则待在别处（想必是在守护这栋房子）。贝莱和法斯陀夫总算处于一个没有机器人的环境里了。

最后法斯陀夫终于开口：“我不知道该告诉你些什么，但让我从几十年前说起吧。或许你已经知道，我有两个女儿，她们的母亲不是同一个人……”

“你比较希望生儿子吗，法斯陀夫博士？”

法斯陀夫显得十分惊讶。“不，绝无此事。我二女儿的母亲应该是想要个儿子，但我不同意用筛选过的精虫进行人工受孕——即使我自己的也不行——我坚持要用自然的方法来碰运气。我知道你要问为什么，答案很简单，因为我希望生命中有些随机性，也是因为整体而言，我应该是希望有生女儿的机会。如果是儿子我也能接受，你了解吧，但我不想放弃生一个女儿的机会。可以说，我就是比较喜欢女儿。好啦，结果第二胎果真又是个女儿，有可能正是这个缘故，导致她母亲在产后不久便结束了这段婚姻。但另一方面，其实产后离婚的比例相当高，所以我或许不必特别这么联想。”

“我猜，她把那女婴带走了。”

法斯陀夫满脸疑惑地瞥了贝莱一眼。“她为何要那么做？——我忘了，你是地球人——没有，当然没有。那女婴会在育幼院长大，在那里，她当然会受到良好的照料。不过事实上——”他皱了皱鼻子，仿佛想起一件令他难堪的往事，“她并没有被我送走，我决定自己把她养大。这么做完全合法，只是极不寻常。当然那时我仍很年轻，还没有过一世纪的生日，但在机器人学界已经崭露头角了。”

“你做到了吗？”

“你是指把她养大吗？那还用说，而且我越来越喜欢她。我替她取名瓦西莉娅，要知道，那是我母亲的名字。”他呵呵笑了笑，仿佛陷入美好的回忆，“我有些感情用事的怪癖——我那么钟爱我的机器人也是这个缘故。当然，我从来没见过我母亲，但我的记录里有她的名字。据我所知，她目前仍在人世，所以我大可去找她——可是我想，如果见到一个你曾在她肚子里待过的人，一定万分不自在——我刚才说到哪里了？”

“你把女儿取名为瓦西莉娅。”

“对——我的确把她养大了，而且真的越来越喜欢她，非常非常喜欢。我因此了解到了养儿育女的迷人之处，不过，当然，我也因此成了朋友之间的麻烦人物，每当我要和别人碰面，无论公事或私事，都得先把她藏起来。记得有一次……”他打住了。

“怎样？”

“我已经有好几十年没想起这件事了。当时，萨顿博士在我家，我们正在讨论人形机器人最早期的设计方案，她突然跑出来，一把鼻涕一把眼泪地扑到我怀里。我想，她当时应该只有七岁，为了安抚她，我当然是又抱又亲，完全忘了手头上的工作，这种失礼是很不可原谅的。萨顿干咳两声，拔腿就走——总之他气坏了。整整过了一个星期，我才重新和他取得联络，继续我们的学术讨论。我想，大人的确不该被小孩牵着鼻子走，但我们这儿小孩实在太少了，而且没什么机会碰得到。”

“而你的女儿——瓦西莉娅——也喜欢你吗？”

“那还用说，至少在……对，她非常喜欢我。我十分重视她的教育，一定要让她的心智有机会扩展到极限。”

“你说她喜欢你的时候，那句‘至少在’显然没讲完。所以说，后来她就不再喜欢你了。那是什么时候的事？”

“她长大之后，希望能拥有自己的宅邸，这是很自然的。”

“而你不想让她独立？”

“你这话是什么意思？我当然希望她独立。你一直在假设我是个怪物，贝莱先生。”

“那么我可否假设，一旦到了能够自立门户的年龄，她对你的感情自然比不上当初依偎在你身边、吃你喝你的时候那么深厚了？”

“并没有那么简单，事实上还相当复杂。你可知道……”他似乎难以启口，“她曾向我献身，而我拒绝了她。”

“她曾向你献身？”贝莱惊讶不已。

“这点倒是顺理成章。”法斯陀夫随口说道，“我是她最熟悉的人，我教导她性知识，鼓励她尝试，还带她参加‘厄俄斯爱神祭’，总之这方面我不遗余力。其实这是意料中的事情，是我自己太笨才没料到，以致一时之间不知所措。”

“但这不是乱伦吗？”

法斯陀夫说：“乱伦？喔，我懂了，那是地球上的观念。在奥罗拉根本没这回事，贝莱先生，没有几个奥罗拉人知道自己的近亲是谁。当你打算结婚并申请生育时，自然要作亲缘调查，可是这跟日常性行为又有什么关系呢？不，刚好相反，我拒绝了我女儿才是有违常理的事。”他脸红了——那双大耳朵红得尤其厉害。

“幸好你拒绝了。”贝莱喃喃道。

“但我这么做，并没有什么好的理由——至少没有任何能向瓦西莉娅解释的理由。我竟然不能防患于未然，真是罪无可赦。她是那么年轻、那么没经验，如果我能预先想到这件事，就能设法找个合理的借口来婉拒她，以免伤害她的心灵，令她受到可怕的羞辱。所以我实在是羞愧不已，我自告奋勇养大了一个小女孩，结果一不小心，就害她有了一段这么不愉快的经验。我本来还以为，我们可以继续维持父女关系，或者朋友的关系，可是她并未就此放弃。而我每拒绝她一回——不论我做得如何委婉——两人的关系便恶化几分。”

“终于——”

“终于，她提出要有自己宅邸的要求。起初我持反对立场，并非因为我不想支持她，而是我希望在她离开之前，设法将我们的关系恢复到原本那般亲密。但无论我做什么，一律徒劳无功。或许，这是我一生中最辛苦的一段时间。最后，她表明了要离开这个家，而且态度相当决绝，我就再也留不住她了。当时，她已经是学有专精的机器人学家——我很高兴她并未因为讨厌我而放弃这个志业——因此她有能力建造自己的宅邸，完全不需要我的协助。事实上，她真的这么做了，打从那时候起，我们父女就几乎没有再联络过。”

贝莱说：“法斯陀夫博士，她既然并未放弃机器人学，就有可能并不觉得真正和你疏远了。”

“和我毫无关系。那是她最得心应手也最有兴趣的工作。这点我很清楚，因为起初我的想法和你一样，我提出好些合作的提议，可是都石沉大海。”

“你想念她吗，法斯陀夫博士？”

“贝莱先生，我当然想念她——这就是万万不该自己抚养小孩的教训。你会注入一种非理性的冲动，一种重生的渴望，而那个幼小心灵便会因此对你产生最强烈的爱意，最后导致你自食恶果——这孩子很可能想把她的第一次献给你，你却不得不拒绝，于是在她心中永远留下一道伤疤。此外还有另一个恶果，就是当她离去后，你将感到一种全然非理性的遗憾。在此之前，我从未有过这种感觉，在此之后也没有了。总之，我和她都经历了不必要的痛苦，而这完全是我的错。”

法斯陀夫随即陷入了沉思，贝莱轻声问道：“这一切又和嘉蒂雅有什么关系呢？”

法斯陀夫猛然惊醒。“喔！我都忘了。嗯，接下来就相当简单了。关于嘉蒂雅的事，我所说的句句属实。我喜欢她，我同情她，我钦佩她的才华。可是，除此之外还有一点，她长得很像瓦西莉娅。当我在超波报道中，第一次看到她从索拉利抵达此地的消息时，便发现了这个巧合。这令我相当惊讶，也令我开始注意她。”他叹了一口气，“后来，当我了解到她和瓦西莉娅一样，也有过性方面的创伤，我就再也忍不住了。如你所见，我安排她住在我的附近，和她成了好朋友，并尽全力帮助她适应这个陌生的世界。”

“所以说，她是你女儿的替代品。”

“对，或多或少，我想你可以这么说，贝莱先生——但是你绝对想不到，最令我高兴的事，是她脑袋里从未冒出向我献身的念头。否则，如果拒绝了她，在我的感觉中，等于再拒绝了瓦西莉娅一次。另一方面，如果由于无法重演那一幕，我便接受了她，那我下半生良心都会受到煎熬——我会觉得，只因为她是我女儿的幻影，我就把一样不肯给自己亲生女儿的东西，轻易给了这个陌生人。无论哪种情况……不过，算了，现在你总该明白，一开始的时候，我为何对你的问题百般闪躲。每次回想起这件事，我就被迫重温一遍生命中的悲剧。”

“你的另一个女儿呢？”

“露曼？”法斯陀夫随口说道，“我从未和她有过任何接触，不过我时不时会听到她的消息。”

“据我了解，她正在竞选公职。”

“地方性选举，她是母星党的候选人。”

“那是什么？”

“母星党吗？他们心目中只有奥罗拉——只有我们这颗星球，你知道吧。他们主张由奥罗拉人领头开拓全银河，其他人尽可能排除在外，尤其是地球人。‘唤醒自身权益’是他们的口号。”

“当然，你不抱持这种观点。”

“当然不，我领导的是人道党，我们相信所有的人类都有共享银河的权利。每当我提到‘我的敌人’，我指的就是母星党。”

“所以说，露曼也是你的敌人之一。”

“其实瓦西莉娅也是。她是‘奥罗拉机器人学研究院’的一员，这个机构是几年前成立的，里面的机器人学家个个把我视为恶魔，不惜一切代价要打倒我。然而，据我所知，我的几位前妻都不关心政治，或许还支持人道党。”他挤出一抹苦笑，“好啦，贝莱先生，你想要问的问题，是不是都问完了？”

自从在太空船上换了奥罗拉服装之后，贝莱就养成一个习惯，双手经常在那条宽松柔滑的奥罗拉式长裤上摸来摸去，试图伸进并不存在的口袋里。这时，他又不知不觉做着这个徒劳的动作，最后照例采取折中之道，将双手交握在胸前。

他说："事实上，法斯陀夫博士，我根本不确定你是否回答了我的第一个问题，在我的感觉中，你似乎一直不断在回避。你到底为什么把詹德送给嘉蒂雅？让我们开诚布公，把一切摊开来，也许就能在一团黑暗中瞥见一线光明。"

29

法斯陀夫再度涨红了脸，这回可能是因为生气了，但他的语气柔和依旧。

他说："别威吓我，贝莱先生，我已经回答了你的问题。我为嘉蒂雅感到难过，而我认为詹德可以陪伴她。要是换另一个人问我，我绝不会这么坦白，一来是因为我目前处境特殊，二来则是因为你并非奥罗拉人。将心比心，请你也给我适度的尊重。"

贝莱咬了咬下唇。这里不是地球，并没有官方当他的后盾，而此时此刻，他最需要维护的并非自己的职业尊严。

于是他说："如果害你心里不舒服，法斯陀夫博士，我正式向你致歉。我不是故意要暗指你不诚实或不合作，话说回来，除非掌握全盘真相，否则我无法展开行动。这样吧，我提出一个自认为可能的答案，然后你来告诉我，到底我是猜对了，猜错了，还是只猜对八成。实情有没有可能是这样——你把詹德送给嘉蒂雅，是为了让她的性冲动能找到一个出口，如此她就没有机会向你献身了？或许这个动机并不在你的意识层面，但请你赶紧想一想，这份礼物里有没有可能暗藏这样的情绪？”

法斯陀夫从餐桌上拿起一个透明的小巧摆饰，抓在手中转来转去，转来转去。除了这个动作之外，他整个人似乎都僵住了。最后，他终于开口：“是有这个可能，贝莱先生。确实如此，我把詹德借给她之后——顺便强调一下，我从未明说那是送她的礼物——就比较不那么担心她会向我献身了。”

“你是否确定嘉蒂雅拿詹德来满足自己的性欲？”

“你这么问过嘉蒂雅吗，贝莱先生？”

“这和我目前的问题无关，我是问你确不确定。你可曾目睹他们之间有明显的性行为？你的机器人有没有哪个向你打过这种报告？她自己有没有告诉过你？”

“这一连串的问题，贝莱先生，答案通通是否定的。如果真要我好好想一想，结论会是利用机器人满足自己的性欲没什么大不了的，无论男女皆然。一般的机器人并不特别适合做这种事，但人类在这方面充满了创意。至于詹德，他倒是很合适，因为我们尽可能让他酷似人类……”

“所以他能够从事性行为。”

“不，我们从未想过这一点。我和已故的萨顿博士绞尽脑汁所探讨的学术问题，只是如何制造一个百分之百乱真的人形机器人。”

“可是你们设计这种人形机器人，骨子里还是为了性，对不对？”

“我想是吧。现在，既然我愿意朝这方面想了——我承认，或许打从一开始，我就把这个想法藏在心底——嘉蒂雅很可能把詹德拿来这么用。如果真是这样，我希望她能从中得到快乐，而如果她真的快乐，我就会认为自己做了一件好事。”

“你做的好事有没有可能不止一件而已？”

“此话怎讲？”

“如果我告诉你，嘉蒂雅和詹德是一对夫妻，你会有什么反应？”

法斯陀夫的右手突然痉挛起来，那小摆饰仍被他紧紧握在手中好一会儿，然后才掉到了桌上。“什么？这简直荒唐，法律上根本行不通。他们不可能生小孩，所以想必不会提出什么申请。而不提出申请，就不会有婚姻关系。”

“这并不是法律问题，法斯陀夫博士。记得吗，嘉蒂雅是索拉利人，她的看法和奥罗拉人并不一样。这其实是情感问题，因为嘉蒂雅亲口告诉我，她把詹德视为自己的丈夫。我想，如今她则将自己视为他的遗孀，也就是说，她又经历了一次性方面的创伤——而且伤得非常深。如果，无论什么原因，这件事竟是你故意的……”

“众星在上，”法斯陀夫情绪异常激动，“绝无此事。就算我打破脑袋，也想不到嘉蒂雅居然会幻想和一个机器人结婚，不管他多么像真人。任何奥罗拉人都不会想到居然有这种事。”

贝莱点了点头，然后举起右手。“我相信你这番话。如果你是在演戏，你装出来的真诚也把我骗倒了，但我认为你绝非那么好的演员。可是我必须弄清楚真相，毕竟，还是有可能……”

“不，不可能。你是指我可能预见这种情况？我可能基于某些原因，故意害她成为寡妇？绝无可能。这种事根本难以想象，所以我从来没想过。贝莱先生，无论我是为了什么把詹德送到她的宅邸，总之是出于一番好意，并没有打这个歪主意。‘出于好意’是个拙劣的说词，这我知道，但我也只能这么自我辩护了。”

“法斯陀夫博士，我们把这件事搁下吧。”贝莱说，“我现在要针对这个谜团，提出一个可能的解答。”

法斯陀夫靠向椅背，并深深吸了一口气。“你从嘉蒂雅那儿回来后，就曾经这么暗示。”他望着贝莱，目光带着一丝蛮横。“难道你不能一开始就告诉我那个‘钥匙’是什么吗？我们真有必要绕这么一大圈吗？”

“很抱歉，法斯陀夫博士，想要让钥匙发挥作用，就必须先绕这么一大圈。”

“好啦，宣布答案吧。”

“我会的。你自己已经承认，即使你这位全银河最伟大的理论机器人学家，也未能预见詹德所扮演的角色。他让嘉蒂雅快乐无比，使她深深爱上他，还把他视为自己的丈夫。万一真正的情况是，他在带给她快乐的同时，也给她带来痛苦呢？”

“我不太了解你的意思。”

“嗯，听好了，法斯陀夫博士。她对这件事相当保密，但在奥罗拉上，我猜应该没必要不惜代价遮掩这种性事吧。”

“我们不会在超波上宣传这种事。”法斯陀夫冷冷地说，“但我们也不觉得它比其他隐私更为机密。我们一般都晓得谁最近和谁在一起，而且朋友们聊天时，大家也都会知道朋友的另一半或彼此有多么好、多么热情，或者恰恰相反的情形。这些都是茶余饭后的话题。”

“好的，但你对嘉蒂雅和詹德的关系却一无所知。”

“我曾怀疑……”

“那是两回事。她什么都没告诉你，你也什么都没见到，甚至没有任何机器人向你作过报告。你是她在奥罗拉最好的朋友，但她居然连你也瞒着。显然，她的机器人都接到了严格的指令，不准他们谈论有关詹德的事，而詹德自己一定也被严格要求不得泄漏半个字。”

“我想这是个合理的结论。”

“她为什么要这样做呢，法斯陀夫博士？”

“基于索拉利人对性的保守态度？”

“这不等于就是说，她对这件事感到羞愧吗？”

“她没道理感到羞愧，不过倘若硬要把詹德当成丈夫，她倒是会成为众人的笑柄。”

“如果她只想隐藏这一部分，而不在意其他事实公之于世，那实在太容易了。或许，她是以索拉利的角度看待这件事，因而感到羞愧。”

“嗯，所以呢？”

“谁也不喜欢感到羞愧，所以她可能会怪罪詹德——这是很常见的情形，一个人明明自己犯了错，却毫不讲理地找个代罪羔羊，把气出在别人头上。”

“然后呢？”

“嘉蒂雅有可能因此情绪不稳定，比方说，可能常常一面流泪，一面责骂詹德，还强调她的羞愧和痛苦都是他带来的。这种情绪也许来得急去得快，她也许很快就向他道歉，恢复亲密的关系，可是，难道詹德不会牢记在心，自己正是带给她羞愧和痛苦的罪魁祸首吗？”

“或许吧。”

“那么詹德是否会觉得，如果继续维持这种关系，将令她痛苦不堪，反之如果终止这种关系，同样会令她痛苦不堪。不论他怎么做，都会违背第一法则，既然根本找不到任何出路，他唯一的解脱之道就是什么也不做——于是他进入了心智冻结的状态——你记不记得，今天中午曾经给我讲过一个故事，一个拥有读心术的机器人，被机器人学先锋逼得走投无路，最后终于停摆了。”

“对，那是苏珊·凯文的故事。我懂了！你这番推理是以那个古老传说当蓝本。非常高明，贝莱先生，可是你白忙一场。”

“为什么？当你说只有你能导致詹德心智冻结的时候，你对他的遭遇一点也不清楚，不知道他已深陷完全意想不到的僵局中，这和苏珊·凯文的那场僵局刚好有着平行关系。”

“我们姑且假设，有关苏珊·凯文和那个读心机器人的故事并非纯属虚构，而是一个真实严肃的个案。可是我们仍不难发现，那个故事和詹德的情况并没有平行关系。在苏珊·凯文的故事里，我们面对的是个原始到难以形容的机器人，以今天的眼光来看，连个玩具都不如。它只能定性地处理那种问题，A会导致痛苦，非A也会导致痛苦，因此只好心智冻结。”

贝莱问：“那么詹德呢？”

“现代机器人——过去这一世纪出厂的任何一个机器人——都会定量地衡量这类的问题。A和非A这两种情况，何者会造成较多的痛苦？机器人会很快作出判断，并选择痛苦较少的做法。当然，他也有可能断定这两种互斥的方案会产生完全等量的痛苦，但机会实在太小了，即使真的出现这种情形，要知道现代机器人还拥有随机化的功能。如果根据他的判断，A和非A会导致恰好相等的痛苦，他将以完全无法预测的方式，选择其中一个方案，然后毫不犹豫地执行。总之，他不会进入心智冻结的状态。”

“你是说詹德绝不可能进入心智冻结的状态？但你曾口口声声说你做得到。”

“就人形正子脑而言，的确有办法避开那个随机化功能，具体做法则完全取决于正子脑的实际构造。但即使你了解基本理论，想要借着一连串高明的问题和指令，把机器人一步步引诱到心智冻结的边缘，也是一个非常困难而且冗长的过程。若说这是意外造成的，简直就是难以想象，除非是在最不寻常的情况下，借助于最精密的定量调节，否则光是爱恨交织所产生的那些肤浅矛盾，绝不可能具有这种神奇功效。于是只剩下一种可能了，那就是我一再强调的，毫无规律的几率是唯一可能的元凶。”

“但你的敌人会坚称你才是最有可能的元凶——我们能不能反守为攻，坚称是由于嘉蒂雅的爱恨交织造成了逻辑冲突，才导致詹德心智冻结的？难道这个说法不是更可信吗？难道它不会把舆论导向你这边吗？”

法斯陀夫皱了皱眉头。“贝莱先生，你太心急了。请你认真地想一想，如果我们用这种不光彩的方法替自己解围，将会招来怎样的后果？姑且不论会给嘉蒂雅带来多少羞辱和痛苦——如果她真的感到过并在詹德面前流露过羞愧之情，她将不只承受失去詹德的悲痛，还会觉得一切都是她自己一手造成的。我绝不希望那么做，但让我们姑且把这个问题放在一边。我要请你换个角度思考，我的敌人是否会指控说，我之所以把詹德借给她，目的正是要引发这件事。他们会说这是我精心策划的阴谋，一方面能发展出令人形机器人心智冻结的方法，另一方面自己又能完全置身事外。到那个时候，我们的处境会比现在更糟，非但我原来这个幕后首谋的罪名摘不下来，还会再被追加一条罪名，那就是我虚情假意地和一个无辜女子做朋友，骨子里却怀有邪恶无比的企图。”

贝莱大吃一惊。他觉得自己的下巴不听使唤了，只能结结巴巴地说：“他们绝不会……”

“不，他们会的。不久之前，你自己也至少有一半这样的倾向。”

“那只不过是虚无缥缈……”

“我的敌人不会觉得虚无缥缈，当他们公之于世时，更不会宣称它只是虚无缥缈。”

贝莱知道自己脸红了。他明显地感到两颊发烫，简直无法再直视着法斯陀夫。他清了清喉咙，然后说：“你说得对。我没好好想想就胡乱出主意，内心深感羞愧，现在我只能请求你的原谅。我想，只有找出真相，才是唯一的解决之道——但愿我们找得出来。”

法斯陀夫说：“千万别沮丧。你已经挖掘出关于詹德的大秘密，这是我做梦也想不到的。我相信你还能挖掘出更多的内幕，总有一天，我们会把如今令人费解的谜团一一解开，让真相大白。接下来你打算怎么做？”

但贝莱这时羞愧难当，脑袋简直一片空白。他答道：“老实讲，我不知道。”

“好吧，我不应该这么追问。你经历了既漫长又辛苦的一天，现在脑筋有点迟钝是理所当然的。何不休息一下，看看书，睡个觉？明天早上便会感到好多了。”

贝莱点了点头，咕哝道：“也许你说得对。”

可是此时此刻，他一点也不相信明天早上情况会有任何改善。

30

无论就温度或气氛而言，这间卧室都冷得很，难怪贝莱有些发抖。这么低的室温，令人不禁感到仿佛置身户外，感觉上很不舒服。四周墙壁泛着淡淡的灰白色，上面没有任何装饰（这在法斯陀夫的宅邸是很不寻常的事）。地板看起来似乎是光滑的象牙，但赤脚踩上去又觉得像地毯。床铺是纯白的，而被单的触感则是又柔又冷。

他坐在床边，但他的重量只压得床垫微微下陷。

他对陪他一起进来的丹尼尔说："丹尼尔，人类说谎的时候，会带给你困扰吗？"

"我了解人类偶尔会说谎，以利亚伙伴。有些时候，说谎或许相当有用，甚至是必要的。至于谎言带给我的感受，则不能一概而论，要看这谎是谁说的、为何要说，以及是在什么情况下说的。"

"当人类说谎时，你一定听得出来吗？"

"不一定，以利亚伙伴。"

"你觉得法斯陀夫博士常常说谎吗？"

"我从来不觉得法斯陀夫博士说过半句谎话。"

"即使是和詹德之死有关的事？"

"根据我的观察和判断，关于这件事，他各方面都说了实话。"

"或许是他命令你这么说的——万一我问起的话？"

“他没命令我，以利亚伙伴。”

“这句话，或许也是他命令你说的……”

他打住了。又来了，盘问一个机器人有什么用呢？而且现在这种情形，无异于正在制造一个无限递回。

他突然察觉到床垫正在慢慢凹陷，险些把自己的臀部吞进去。他猛然起身，问道：“有没有办法让房间暖和一点，丹尼尔？”

“以利亚伙伴，你关上灯盖上被子，便会感到暖和些。”

“啊。”他狐疑地环顾四周，“可否请你把灯关上，丹尼尔，然后继续留在屋内？”

灯光几乎立刻熄灭，贝莱这才明白，自己假设这个房间毫无装饰，原来是完全搞错了。一旦陷入黑暗，他便感到有如置身户外。耳畔响起了树梢间的柔和风声，以及远方好些动物的慵懒鸣叫。此外，头顶上有着满天星斗的幻象，偶尔还会飘过一片勉强可见的云朵。

“灯再打开，丹尼尔！”

室内重新大放光明。

“丹尼尔，”贝莱说，“这些我通通不想要。我不要星星，不要云朵，不要树，不要风——也不要有任何声音或气味。我只要一片黑暗——无质无形的黑暗。你能替我办到吗？”

“当然可以，以利亚伙伴。”

“那就做吧。还有，请问当我准备睡觉的时候，该怎么把灯关掉？”

“我会留在这里保护你，以利亚伙伴。”

贝莱没好气地说：“我确定你站在门外也能执行这项任务。而吉斯卡，我猜他应该会站在窗外，我是说，如果窗帘后面真有窗户的话。”

“的确有——而如果你跨过那道门槛，以利亚伙伴，就会发现后面是个供你专用的卫生间。那堵墙有一部分是无形的，你轻而易举便能穿过去。灯光会在你进去时自动开启，离开时自动关上——而且里面没有装饰。只要你喜欢，随时可以淋浴，或是做任何睡觉前或起床后的梳洗。”

贝莱朝那个方向转过身去，看不出墙上有任何裂缝，不过，该处的地板确实有个类似门槛的突起。

“我在黑暗中怎么摸过去，丹尼尔？”他问。

“那部分墙壁——其实不能算墙壁——本身会微微发亮。至于室内的照明，你的床头板上有个凹槽，你只要把一根指头放进去，亮着的灯就会关上——关着的灯则会打开。”

“谢谢你，现在你可以走了。”

半小时后，他用完了卫生间，整个人在被单下缩成一团。灯光早已熄灭，整个房间笼罩在一片温暖舒适的黑暗中。

正如法斯陀夫所说，这可真是漫长的一天。他几乎难以相信，今天早上自己才刚抵达奥罗拉。一天之中，他已经获悉许许多多的事实，可惜对他通通没帮助。

他躺在黑暗中，依据时间顺序，将今天发生的事默想了一遍，希望能把某个没意识到的环节想起来——但是白忙了一场。

真是愧对超波剧里那位心思细腻、目光敏锐、头脑灵光的以利亚·贝莱。

他再度陷入床垫里，好像投入一个温暖的怀抱。他稍微动了一下，床垫随即恢复原状，然后又开始慢慢变形，以配合他目前的姿势。

现在的他又累又困，不适宜再回想一整天的经过，但他还是忍不住又试了一次——从太空航站到法斯陀夫的宅邸，然后到嘉蒂雅家，然后再回到法斯陀夫的宅邸。他顺着自己的脚步，重温了他在奥罗拉的第一天。

嘉蒂雅——比他记忆中更美丽，但就是有点冷——说不上来哪里冷——或是她生出了一层保护膜——可怜的女人。他想起了她碰触自己脸颊后的反应，心中泛起一股暖流——若能留在她身边，他就可以教导她——愚蠢的奥罗拉人——对性的态度随便到令人作呕——百无禁忌——其实等于百无一用——毫无价值——愚蠢——去法斯陀夫家，去嘉蒂雅家，回到法斯陀夫家——回到法斯陀夫的宅邸。

他又轻轻动了动，随即隐约觉得床垫又开始变形。回到法斯陀夫家——回到法斯陀夫家的路上发生了什么事？我说了什么话？我没说什么话？而在抵达奥罗拉之前，在那艘太空船上——另一件事正好吻合——

贝莱进入了半睡半醒的迷离境界，他的心灵完全解放，只遵循它自己的法则。就好像肉身挣脱了万有引力，腾空飞起，翱翔在半空之中。

它开始自行整理那些记忆——包括许多他未曾注意的细节——把它们放在一起——一个个加起来——像是拼图一样——形成一个网——一个脉络——

然后，他似乎听到一个声音，于是赶紧唤醒自己。他竖起耳朵，不过什么也没听见，只好再回到半睡半醒的状态，试图重拾刚才的思绪——它却溜走了。

就像是一件陷入泥沼的艺术品，仍看得到它的轮廓和色彩，虽然越来越模糊，但他依旧知道它就在那里。然而，即使他拼了命想抓住，最后它还是完全消失了——他什么也不记得，一点也想不起来了。

他真的想到什么重要的线索吗？或者只是个毫无意义的梦中杂

念，造成了这样一个虚假的记忆？实际上他根本没醒过来。

刚才，他曾在心中告诉自己，我有了一个想法，一个重要的想法。

可是现在，除了记得好像有那么回事，他什么也不记得了。

他凝视着无边的黑暗，维持了一阵子清醒。如果事实上，刚才他真的想到了什么，以后一定会再想起来。

但也可能不会！（耶和华啊！）

——他再度进入梦乡。

第八章
法斯陀夫与瓦西莉娅

31

贝莱猛然惊醒，机警地用力吸了一口气。空气中有一丝不明的气味，但很快就再也闻不到了。

丹尼尔一本正经地站在床边，说道：“以利亚伙伴，我相信你睡了一个好觉。”

贝莱四下望了望。窗帘并没有拉开，但户外显然已是白昼。吉斯卡已经换了一套完全不一样的服装，从鞋子到外套，都是贝莱从未见过的。

他说：“睡得相当好，丹尼尔，但我好像是被叫醒的？”

“我们在室内空调中加入了抗睡剂，以利亚伙伴，它能活化人类的醒觉系统。由于不确定你的反应会有多强，我们用的剂量刻意低于正常值。或许，应该把剂量调得更低一点。”

贝莱说：“的确像是在我屁股上打了一板。现在几点了？”

丹尼尔说："根据奥罗拉的算法，现在是0705时。就生理时钟而言，再过半小时就该吃早餐了。"他毫无语带诙谐的样子，如果换成人类说这句话，应该会伴着一抹微笑。

吉斯卡接着说："先生，如果你要使用卫生间，我和丹尼尔好友不能进去，所以请告诉我们你需要些什么，我们会立刻提供。"他的声音比丹尼尔生硬些，而且少了一点点抑扬顿挫。

"对，有道理。"贝莱坐起来，一转身便下了床。

吉斯卡立刻动手取下床单。"请把你的睡衣给我好吗，先生？"

贝莱仅仅犹豫了一下子。这只是机器人尽忠职守的表现，没有别的意思。他脱下整套睡衣递给他，吉斯卡接过去，并郑重其事地点头示意。

望着自己赤裸的身体，贝莱不禁起了一阵反感。他突然意识到自己已经步入中年，但相较于年龄几乎是自己三倍的法斯陀夫，很可能自己的身体状况还不如他。

然后，他下意识地开始寻找拖鞋，却怎么也找不到。想必他根本不需要，地板既温暖又柔软，大可光着脚踩在上面。

走进卫生间之后，他随即提高音量，询问使用的方法。从幻影墙壁的另一侧，吉斯卡郑而重之地开始解释如何使用刮胡器和牙膏供应器，以及如何把冲水装置设定成自动模式、如何控制淋浴的水温等等。

相较于地球的卫生间，这里面的一切都显得更豪华、更精巧，而且隔壁并非另一个卫生间，所以不会听到他人的动静或不经意发出的声音——在地球上，人们必须坚决地忽略这一切，才能维持一个隐私的假象。

贝莱一面进行着这个奢华的仪式，一面闷闷不乐地想：这意味着退化，但却是（他已经知道）自己能够习惯的一种退化。如果他在奥罗拉待久一点，一旦回到地球，将会受到极强烈的文化冲击，尤其是使用卫生间这回事。他希望调适期不会太长，但是他更衷心希望，当地球人建立新世界的时候，不会死守着公共卫生间这个传统。

贝莱想到，"退化"或许就该这么定义：让人很容易适应的事物。

贝莱走出了卫生间，该做的事都做完了；下巴刮得干净，牙齿洁白光亮，身体也已经洗净烘干。他随口问道："吉斯卡，体香剂在哪里？"

吉斯卡说："我不明白你的意思，先生。"

丹尼尔赶紧接口："当你启动泡沫控制器的时候，以利亚伙伴，体香剂便释放出来了。请原谅吉斯卡好友不明白你的问题，他不像我，他从未去过地球。"

贝莱半信半疑地扬了扬眉，随即在吉斯卡的帮助下开始着装。

他说："我注意到你和吉斯卡仍前脚后脚地跟着我。难道有任何迹象显示，有人想让我消失吗？"

丹尼尔说："目前还没有，以利亚伙伴。话说回来，只要不算太勉强，还是让我和吉斯卡好友随时陪着你，那才是明智之举。"

"为什么呢，丹尼尔？"

"有两个原因，以利亚伙伴。第一，如果你对奥罗拉的风俗文化有任何不熟悉的地方，我们能够适时提供协助；第二，吉斯卡好友能够记录你所说的每一句话，事后可以原音重现，这对你可能会很有帮助。你应该记得，当你和法斯陀夫博士或嘉蒂雅小姐谈话时，我和吉斯卡好友有时距离你们很远，或在另一个房间……"

"所以那些对话没有被吉斯卡记录下来？"

"其实是有的，以利亚伙伴，只是逼真度较低——而且某些部分可能不如我们预期中那么清楚。所以，在不打扰你的前提下，最好让我们尽可能贴近你。”

贝莱说：“丹尼尔，你是不是认为，如果把你们视为导游手册和录音装置，而并非贴身保镖，我会觉得比较自在？那么何不干脆下个结论，说你们两人完全没必要担任保镖？既然目前为止，没有人对我有任何图谋，为何不能就此断言，类似的图谋将来也不会出现？”

“不，以利亚伙伴，不能妄下结论。法斯陀夫博士觉得，你在他的敌人眼中是个大麻烦。他们曾经试图说服主席，希望他别允许法斯陀夫博士把你找来，今后他们一定会继续试图说服他，希望他尽快命令你回地球去。”

“这种和平的手段，不必动用保镖来防范吧？”

“这话没错，但是，如果对方开始担心你能够还法斯陀夫博士清白，便有可能觉得非常手段势在必行了。毕竟你不是奥罗拉人，这个世界虽有反暴力的法令，用在你身上却会打折扣。”

贝莱沉着脸说：“我已经来了一整天，可是一事无成，这个事实应该能让他们大大松一口气，也大大降低了我自己的危险。”

“的确，这似乎有道理。”看来丹尼尔完全没察觉到贝莱这句话中的讽刺。

“另一方面，”贝莱说，“如果我似乎有些进展，那么我的危险便立刻增加了。”

丹尼尔默想了一下，然后说：“这似乎是个合乎逻辑的结论。”

“因此，不论我去哪里，你和吉斯卡都要跟着我，以防我突然有了什么进展。”

丹尼尔又默想了一下，然后说：“你这种说法把我搞糊涂了，以利亚伙伴，但你仍旧似乎没错。”

“既然如此，”贝莱说，“我准备要吃早餐了——虽然我的胃口难免打了折扣，因为我刚刚听说，我若不失败，就有可能遭到暗杀。”

32

法斯陀夫隔着餐桌对贝莱展现笑容。“你睡得好吗，贝莱先生？”

贝莱正入迷似的研究着面前那片火腿。它有着颗粒状的纹理，其中一侧还夹着一条油花，要吃这种食物，必须刀叉齐用才行。总之，这是未经处理的天然食物，因此吃起来更像火腿——或许可以这么说吧。

餐桌上还有几个煎蛋，其中的蛋黄都像是扁平的半球，周围则是一圈白色，令他联想到地球田野间（班指给他看的）那些雏菊。理论上来说，他知道生鸡蛋是什么样子，而且知道里面有蛋黄和蛋清两部分，但他从未在餐盘里见过两者仍旧分离的模样。即使是在前来此地的太空船上，乃至当初在索拉利，他所吃的也一律是炒蛋。

他猛然抬起头，望着法斯陀夫。“不好意思，你说什么？”

法斯陀夫又耐心地说了一遍:“你睡得好吗？”

“睡得相当好。如果不是那个什么抗睡剂，我现在可能还在睡呢。”

“是啊，那的确不是什么待客之道，但我觉得你也许想早些开工。”

“你说得完全正确，而且严格说来，我也不算是客人。”

法斯陀夫默默吃了一两分钟，然后呷了一口热饮，这才重新开口：“这一觉是否睡出任何灵感？你醒来之后，有没有什么新的看法，新的想法？”

贝莱狐疑地望着法斯陀夫，并未从对方表情中看到任何挖苦之意。于是，他一面将饮料举到嘴边，一面说：“只怕没有，我还是和昨晚一样束手无策。”他呷了一口饮料，不由自主做了一个鬼脸。

法斯陀夫说：“真抱歉，你觉得不好喝吗？”

贝莱咕哝了一声，然后小心翼翼地又尝了一口。

法斯陀夫说：“这就是咖啡啊，你知道吧，而且是无咖啡因的。”

贝莱皱了皱眉。“口感并不像咖啡啊——不好意思，法斯陀夫博士，我并不想表现得疑神疑鬼，可是，刚刚我和丹尼尔才半开玩笑地讨论我遭到攻击的可能性——当然，半开玩笑的人是我，不是丹尼尔——我因而想到，他们对付我的方法之一，就是……”

他的声音越来越小。

法斯陀夫双眉一扬，咕哝了一声抱歉，便拿起贝莱的咖啡闻了闻。然后，他又用汤匙舀了一点点，尝了尝味道。“完全正常，贝莱先生，没有人想要毒害你。”

贝莱说：“请原谅我有这种愚蠢的反应，我知道这些都是你的机器人所准备的——可是你确定吗？”

法斯陀夫笑了笑。“以前是有机器人给动了手脚的例子——然而，这回绝对没有。虽然咖啡在每个世界都一样受欢迎，可是品种各有不同。众所皆知，所有的人类都只喜欢母星世界的咖啡。很抱歉，贝莱先生，我没有地球咖啡可招待你。你想不想喝牛奶？这种饮料倒是每个世界都差不多。果汁如何？举世公认，奥罗拉的葡萄汁是太空族世界中的极品。有人还故意造谣，说我们设法让葡萄汁发酵，可是，那当然不是真的。或者喝水？”

“我来试试葡萄汁吧。”贝莱又犹豫不决地望着那杯咖啡，“我想自己应该试着习惯这种口味。”

“没那回事。”法斯陀夫说，“如果没必要，何必跟自己过不去呢？对了，所以说，”随着他言归正传，他的笑容也收敛了几分，“一夜好眠并未带给你什么有用的启示？”

“很抱歉。”然后，一个模糊的记忆令贝莱皱起了眉头，“不过——”

“怎样？”

“我记得昨晚快要入睡之际，在半睡半醒的浮想联翩中，我似乎想到了一件事。”

“真的？什么事？”

“我也不知道。那个想法把我惊醒了，却没有跟着我醒过来。也可能是我脑海中的声音令我分了神，总之我不记得了。我试着把那个想法抓回来，可是并未成功，它就那么消失了。我想，这种情况不算多么罕见吧。”

法斯陀夫显得若有所思。“这事你确定吗？”

“不算真的确定。那个想法很快就变得虚无缥缈，我甚至无法确定它是否真正存在过。即使它确实曾经浮现，也有可能只是因为我处于半睡状态，才觉得它很有道理。如果它在大白天再来找我，我可能会觉得它毫无意义。”

“可是，不论那是什么想法，也不论多么虚无缥缈，它还是留下了一点痕迹。”

“我想是吧，法斯陀夫博士。这么说的话，它就会再来找我，这点我有信心。”

“我们应该等吗？”

“除了等，我们还能做什么呢？”

“有一种东西，叫作心灵探测器。”

贝莱仰身靠向椅背，凝视了法斯陀夫一会儿，然后说：“我听说过这种装置，可是在地球上，它并未用于警方办案。”

“这里不是地球，贝莱先生。”法斯陀夫柔声说。

“它会造成脑部伤害，我说得对不对？”

“由专家操作，就不大可能。”

“即使由专家操作，也并非绝不可能。”贝莱说，“据我了解，除非是在严格规范的情况下，它在奥罗拉也禁止使用。接受心灵探测的人，必须是罪大恶极，或是……”

“没错，贝莱先生，但那是针对奥罗拉人的规定，而你并不是。”

“你的意思是，因为我是地球人，所以不把我当人？”

法斯陀夫微微一笑，同时摊开了双手。“别这样，贝莱先生，这只是个提议罢了。昨天晚上，你在情急之下，也曾建议牺牲嘉蒂雅——把她置于既可怕又悲惨的境地——来帮助我们脱困。既然你那么焦急，我很好奇你是否同样愿意牺牲自己？”

贝莱揉了揉眼睛，维持了约莫一分钟的沉默。然后，他换了一种口吻说：“我承认，昨晚是我错了。至于现在这个争议，首先，我在半睡状态中想到的事到底有没有用，都还根本无法确定。那有可能纯粹只是我的幻想——完全不合逻辑。也有可能，我压根儿没冒出什么想法，压根儿没有。既然你说要仰赖我的头脑解决这个难题，现在为了这么小的赢率，就要拿它来冒险，你认为这是明智的做法吗？”

法斯陀夫点了点头。“你这番话谁也无法反驳，别担心，我只是随口说说罢了。”

“谢谢你，法斯陀夫博士。”

“可是接下来要怎么做呢？”

“首先，我希望和嘉蒂雅再谈一次，还有几个疑点需要厘清。”

“你昨天就应该问清楚。”

“的确如此，但昨天我脑子里装进太多东西，来不及消化吸收，所以有些事疏忽了。我只是个探员，并非永不犯错的电脑。”

法斯陀夫说：“我并不是在责怪你，只是不愿见到嘉蒂雅受到不必要的骚扰。根据你昨晚告诉我的一切，我只能假设她正处于深沉的悲痛中。”

“毫无疑问。可是她也万分渴望找出真相——如果她心目中的‘丈夫’真是遭人杀害的，那么凶手到底是谁？那种心情同样是可以理解的。我确信她会愿意帮助我——此外，我还希望能和另一个人谈谈。”

“谁？”

“你的女儿瓦西莉娅。”

“瓦西莉娅？为什么？那样做有什么用？”

“她是机器人学家。除你之外，我希望能再请教一位机器人学家。”

“我不希望你那么做，贝莱先生。”

他们已经吃完早餐，贝莱索性站了起来。“法斯陀夫博士，我必须再次提醒你，我是应你之邀而来的。我并没有从事警务工作的官方身份，而且我和任何奥罗拉官方都没有正式关系。对于这件不幸的悲剧，想要我有机会查个水落石出，就必须指望人人都能自愿和我合作，诚恳回答我的问题。

“如果你阻止我作这样的努力，那么我显然只能原地踏步，不会有任何进展。这对你也会是极为不利的，而地球也会因此遭殃，所以我劝你千万别妨碍我。如果你让我想见谁就见谁，哪怕只是试着替我穿针引线，奥罗拉民众一定会认为这意味着你心中光明磊落。另一方面，如果你阻碍我的调查工作，那么他们除了认定你有罪和心虚，还会有第二个结论吗？”

法斯陀夫勉强压抑住不满的情绪，说道：“这我了解，贝莱先生。但为什么是瓦西莉娅呢？还有其他的机器人学家啊。”

“瓦西莉娅是你的女儿。她不但认识你，而且或许坚决相信你极有可能毁掉了一个机器人。既然她是机器人学研究院的一员，同时又是你的政敌之一，不管她提供任何有力证据，都会极具说服力。”

“万一她的证词对我不利呢？”

“那时我们再另作打算。麻烦你联络她，请她接见我好吗？”

法斯陀夫无可奈何地说：“我姑且答应你，但如果你认为我能轻易说服她，那就大错特错了。她也许很忙，或自认为很忙；她也许不在奥罗拉，或者，她也许就是不想卷入这件事。昨天晚上我试着向你解释，她对我抱持敌意是有原因的——至少她自己这么认为。如果由我出面，很可能适得其反，她光是为了表示对我的不满，就会一口回绝。”

“你愿意试试吗，法斯陀夫博士？”

法斯陀夫叹了一口气。“稍后你去找嘉蒂雅的时候，我会试试看——我猜你希望直接和她面对面是吗？请容我提醒你，三维显像能够达到同样的效果。影像的逼真度很高，你会觉得和亲临现场没有任何差别。”

“这点我了解，法斯陀夫博士，但嘉蒂雅是索拉利人，三维显像会勾起她不愉快的回忆。此外不管怎么说，我就是认为近在咫尺时会多一点无形的效率。目前的情势万分棘手，而且困难重重，既然有办法多一点效率，我就一定要把握。”

“好吧，我会通知嘉蒂雅。”他转过身去，犹豫了一下，随即又转回来，“可是，贝莱先生……”

“什么事，法斯陀夫博士？”

“昨晚你告诉我，由于情势太过危急，你无法顾及嘉蒂雅的感受。你特别指出，相较之下那根本不算什么。”

“的确如此，但请相信我，除非真有必要，我不会去打扰她。”

“我现在说的并不是嘉蒂雅。我只是提醒你，你这个态度基本上很正确，记得要一视同仁地用到我身上。如果你有机会见到瓦西莉娅，我绝不希望你担心我的感受或尊严。虽然我并不期盼你有什么收获，但如果你真的见到她，我就甘心忍受随之而来的任何难堪，而你一定不能对我留情。了解了吗？”

“老老实实告诉你，法斯陀夫博士，我压根儿没打算对你留情。如果我必须把你的难堪或羞辱放在天平一端，把你的政策以及地球的兴衰放在另一端，两相比较之下，我会毫不犹豫地羞辱你。”

“很好！还有，贝莱先生，这个态度也必须一视同仁用到你自己身上。你自己的感受同样不能对我们造成妨碍。”

“你问也没问我一声，便私自决定把我找来，我的感受还能碍着什么事？”

“我指的是另一件事。如果，过了一段时间——不是很长的时间，而是一段合理的时间——你仍然毫无进展，我们终究要考虑使用心灵探测器的可能性。我们的最后一线希望，或许就是在你心灵中找出连你自己都不知道的想法。”

“它也许一文不值，法斯陀夫博士。”

法斯陀夫感慨万千地望着贝莱。“同意。可是，正如你刚才讨论到瓦西莉娅可能成为敌意证人时所说的——那时我们再另作打算吧。”

他再度转身，走出了这个房间。

贝莱心事重重地望着他的背影。接下来的发展，看来只有两个可能：如果他有任何收获，迎接他的将是某种不明的——但可能很危险的——实质报复；而如果他毫无进展，等着伺候他的则是心灵探测器，那同样好不了多少。

“耶和华啊！”他暗自嘀咕了一声。

33

前往嘉蒂雅住处的路程似乎比昨天短了些。阳光再度普照大地，感觉上很舒服，但景色和昨天不太一样。当然，那是因为此时阳光来自另一个方向，而且颜色似乎有点不同。

可能正是这个缘故，植物在清晨和傍晚看起来，或说闻起来，就是有那么点差异。贝莱记得自己偶尔也会想到地球的植物同样如此。

丹尼尔和吉斯卡照例陪在他身边，但今天他们靠得比较近，而且似乎不再那么严阵以待。

贝莱随口问道：“这里是不是天天有大太阳？”

“不是的，以利亚伙伴。”丹尼尔说，“万一真是这样，植物就要遭殃了，而人类也将无法幸免。事实上，根据气象预报，今天一整天都是多云的天气。”

“那是什么？”贝莱突然问。原来有个棕灰色的小动物蹲在草地里，吓了他一跳。看到他们后，小动物便从容不迫地跳走了。

“先生，是一只兔子。”吉斯卡说。

贝莱松了一口气。他在地球的原野间，也曾看过这种动物。

嘉蒂雅这回并未在门口相迎，不过她显然正在等他们。等到他们被机器人引进屋内，她并没有起身，便直接以介于蛮横和厌倦之间的口气说：“法斯陀夫博士告诉我，你一定要和我再碰一次面，这是怎么回事？”

她穿着一件紧身的长袍，袍下显然没有任何衣物。她的脸色苍白，头发随随便便束到脑后。看起来她要比昨天更憔悴，显然她昨夜没睡多久。

丹尼尔牢记着昨天的情况，因此并未进屋去。然而，吉斯卡径自跟了进来，他敏锐地察看一番之后，便退到一个壁凹里。而另一个壁凹中，则站着嘉蒂雅家的一个机器人。

贝莱说：“真的很抱歉，嘉蒂雅，我不得不再打扰你一次。”

嘉蒂雅说：“昨天我忘了告诉你，等到詹德炬化之后，当然会被机器人工厂回收再利用。我想，知道这点也不错，这样一来，以后每当我看到一个新出厂的机器人，就会忍不住联想到他身上有好些詹德的原子。”

贝莱说：“我们自己死去后，同样会被大自然回收——谁知道现在你我身上有些什么人的原子，而我们的原子将来又会到谁身上。”

“你说得非常正确，以利亚。你提醒了我一件事，别人的哀痛总是容易被讲成人生哲理。”

“你这话也很正确，但我并不是来谈人生哲理的。”

“那么，该做什么你就做吧。”

“我必须再问你一些问题。”

“昨天还问得不够吗？你回去之后，是不是就一直在想新的问题？”

“这么说也可以，嘉蒂雅——昨天你曾经说，即便你和詹德在一起之后——我是指做了夫妻——还是有些男士向你求欢，而你一一拒绝了。关于这一点，我一定要问个清楚。”

“为什么？”

贝莱并未理会她的问题。“告诉我，”他说，“在你和詹德成为夫妻之后，曾有多少男士向你求欢？”

“我并未刻意记下来，以利亚，应该有三四个吧。”

“其中有没有人特别坚持？有没有人向你求欢不止一次？”

嘉蒂雅原本一直在回避贝莱的目光，这时突然正视着他，问道：“你和别人谈论过这件事吗？”

贝莱摇了摇头。“除了你，我没有和任何人谈论过。然而，既然你这么问，我猜至少有一个人特别坚持。”

“是有一个，他叫山提瑞克斯·格里迈尼斯。”她叹了一口气，“奥罗拉人有许多古怪的名字，他的名字却连奥罗拉人都觉得古怪。在这种事情上，我从未碰过像他这么越挫越勇的人。他总是彬彬有礼，总是带着微笑接受我的婉拒，还会郑重其事向我鞠个躬。然后，他很可能下周甚至隔天就会再试一次。这种越挫越勇的行为有点失礼，有教养的奥罗拉人都知道婉拒是无限期的，除非对方明白表示自己改变了心意，否则你就不该卷土重来。”

“请再告诉我一次——那些向你求欢的男士，是否知道你和詹德的关系？”

“我在聊天的时候，不会刻意提这件事。”

“好吧，那么，我们专门讨论一下这个格里迈尼斯。他知不知道詹德是你的丈夫？”

“我从来没告诉他。”

“别想这么敷衍过去，嘉蒂雅，这不是你有没有告诉他的问题。他和别人不同，他曾一试再试。对了，你印象中有几次？三次？四次？到底多少次？”

“我没算过。”嘉蒂雅不耐烦地说，“应该有十来次，也许更多。要不是他还算可爱，我会叫机器人将他拒于宅邸之外。”

“啊，但你并未这样做。而他求欢过那么多次，前前后后总有一段时间。他常常上门，常常和你见面，就有不少机会注意到詹德，以及你和这个机器人的互动。难道他不会猜到这层关系吗？”

嘉蒂雅摇了摇头。“我认为不会。当我接待客人的时候，詹德绝不会闯进来。”

“是你下的指令吗？根据我的推测，一定是这样的。”

“没错。但你别急着说是因为我羞于承认这层关系，我这么做，只是为了避免麻烦罢了。我并非奥罗拉人，对于性仍旧保有一些含蓄的本性。”

“你再想想，他会不会多少猜到些？他是个坠入爱河……”

“爱！”她几乎像是嗤之以鼻，“奥罗拉人懂得什么是爱？”

“好吧，他是个自认为坠入爱河的人，而你却对他相应不理。害单相思的人总是最敏感也是最多疑的，他怎么可能不猜呢？想想看！他有没有旁敲侧击提到过詹德？有没有任何蛛丝马迹令你起疑……”

“没有！没有！没听说过有哪个奥罗拉人会恶意批评别人的性癖好或性习惯。”

“不一定是恶意的，或许只是半开玩笑。总之，可有任何迹象显示他开始怀疑你们的关系？”

“没有！如果小格里迈尼斯曾经说过这种话，哪怕只有一个字，他便休想再进我的宅邸，而且我绝不会让他再接近我——但他不会做这种事的，在我心目中，他是那种最礼貌的典型。”

“你称他‘小格里迈尼斯’，这人到底多大年纪？”

“跟我差不多。我三十五岁，而他或许还要小一两岁。”

“还是个孩子嘛。”贝莱伤感地说，“甚至比我还小。但在这种年纪……假设他猜到你和詹德的关系，但嘴上不说，什么也不说。然而，他会不会吃醋呢？”

“吃醋？”

贝莱突然想到这种说法在奥罗拉或索拉利可能都毫无意义。“因为你选择了别人，而令他感到气愤。”

嘉蒂雅疾言厉色地说：“我知道‘吃醋’是什么意思，我之所以反问，只是因为难以相信你竟然认为奥罗拉人会吃醋。在奥罗拉，没有任何人会为了性而吃醋。其他原因当然有可能，但绝不会为了性。”她脸上挂着明显的冷笑，“即使他吃醋，又有什么关系？他又能做什么呢？”

“他有没有可能告诉詹德，说你和一个机器人产生那种关系，会危及你在奥罗拉的地位……”

“这是不可能发生的！”

“如果詹德听到这种说法，他很可能会相信——相信他自己正给你带来危机，带来伤害。这难道不可能是他心智冻结的原因吗？”

“詹德绝对不会相信这种说法。我常常告诉他，有他做我的丈夫，我每天都非常快乐。”

贝莱竭力保持冷静。她还没弄清楚重点，不过没关系，自己再讲明白些就行了。“我绝不怀疑他相信你，但如果有人告诉他完全相反的事，他也有可能觉得自己不得不相信。万一他陷入了无法承受的第一法则矛盾……”

嘉蒂雅面容扭曲，尖声叫道：“这太疯狂了。你刚刚说的简直是神话，是苏珊·凯文和那个读心机器人的翻版。只有不到十岁的小孩，才会相信这种事情。”

“难道不可能……”

“不，就是不可能。我是索拉利人，我对机器人有足够的了解，所以我知道绝无可能。除非是超凡入圣的专家，才有办法用第一法则困住机器人。法斯陀夫博士或许有这个本事，可是山提瑞克斯·格里迈尼斯绝对没有。格里迈尼斯是个造型师，他替人修剪头发，设计服装。我的工作和他类似，但我的设计对象是机器人。格里迈尼斯从来不碰机器人，他对机器人一无所知，顶多只会命令他们做些关窗户之类的工作。你是否想要告诉我，是詹德和我——和我——”她用一根手指使劲戳着自己的胸口，但那娇小的胸部仍旧并不明显，“——之间的关系，导致他的死亡？”

“即使如此，也不是你故意的。”贝莱想要到此为止，又忍不住想要继续刺探，“万一格里迈尼斯从法斯陀夫博士那儿学到些……”

“格里迈尼斯并不认识法斯陀夫博士，而且，就算法斯陀夫博士倾囊相授，他也完全听不懂。”

“你无法断言格里迈尼斯听得懂或听不懂什么，也不能一口咬定他不认识法斯陀夫博士——既然追你追得那么勤，格里迈尼斯一定常来你这里……”

“但法斯陀夫博士几乎不曾来过我的宅邸。昨天他陪你来，仅仅是他第二次跨过我的门槛。他担心走得太近会把我吓跑，这点他曾经承认过。他认为，他的女儿就是这么失去的——虽然这是个愚蠢的想法。你瞧，以利亚，如果你有几个世纪好活，就会有太多的时间失去太多的事物。对于寿命短这回事，你要心存……心存感激，以利亚。”她再也控制不住自己的泪水。

贝莱显得（也觉得）爱莫能助。“今天实在很抱歉，嘉蒂雅，我没有别的问题了。要不要我叫个机器人来？你需要任何协助吗？”

她摇了摇头，并对他挥了挥手。“你走吧——走吧。”她以哽咽的声音说，“走吧。”

贝莱犹豫了一下，随即大步走出那个房间。当他跨出房门之际，还对她投以最后的、迟疑的一瞥。吉斯卡一直紧跟在他后面，等到他们来到户外，丹尼尔也凑了上来，而他几乎都未曾注意。不过，他倒是隐约浮现一个念头：自己逐渐接受了他们的随侍，把他们当成和影子或衣服一样，甚至快到了没有他们就觉得赤身裸体的地步。

他快步走回法斯陀夫的宅邸，一路上脑筋转个不停。他之所以想见瓦西莉娅，起初只是因为想不出什么调查对象，甚至可以说走投无路，可是现在情况不一样了。很有可能，他已在无意间撞见了一个重大线索。

34

贝莱进门时，法斯陀夫绷起了那张其貌不扬的脸孔。

“有任何进展吗？”他问。

“我把一个可能性排除了一半——或说也许吧。”

“排除了一半？另一半你又要怎么排除呢？还有，你是怎么认定有这个可能性的？”

贝莱答道：“我发觉到不可能排除某个可能性，然后就一步步认定了它。”

“这个被你故弄玄虚的可能性，万一你发现它的另一半也无法排除，那该怎么办？”

贝莱耸了耸肩。“我们先别把时间浪费在这上面，听好，我一定要见你的女儿。”

法斯陀夫显得有些沮丧。“这个嘛，贝莱先生，我照你的要求试着联络她，结果我不得不把她叫醒。”

“你的意思是她住在这个世界的另一个角落，而那里正是黑夜？这点我并未想到。”贝莱觉得相当懊恼，“只怕是我太傻了，以为自己仍在地球上。在那些地底大城里面，昼夜已经失去意义，大家都使用统一的时间。”

“并没有那么糟。厄俄斯城是奥罗拉的机器人学中心，几乎所有的机器人学家都住在这里。她只是正在睡觉而已，但既然是被叫醒的，她不可能有什么好脾气。总之，她不肯跟我说话。”

“再试一次。”贝莱急切地催促。

“我通过她的秘书机器人沟通过，那种传话方式令我很不舒服。她摆明了不会以任何方式和我说话，但是愿意对你稍加通融。那机器人宣称，她可以在她的私人显像频道上，给你五分钟的时间，不过你得——”法斯陀夫看了看墙上的计时带，“半小时内打过去。无论在任何情况下，她都不会和你面对面交谈。”

“那种交谈方式没用，时间也太短了。我必须和她面对面，而且要给我充分的时间。你可曾对她解释过其中的重要性，法斯陀夫博士？”

“我试过，她根本不在乎。”

“你是她的父亲，不用说……”

“我对她的影响力还比不上街头任何一个陌生人，她不太可能会为我改变任何决定。这点我很清楚，所以我用上了吉斯卡。”

“吉斯卡？”

“是啊，吉斯卡是她最宠爱的机器人。当年她在大学攻读机器人学的时候，曾经自作主张，对他的程序作了轻微的调整——人类和机器人的关系，再也没有比这更亲密的了——当然，嘉蒂雅的方式又另当别论。几乎可以说，吉斯卡就像是安德鲁·马丁。”

“安德鲁·马丁是谁？”

“他是个历史人物。”法斯陀夫说，“你从来没有听说过他吗？”

“没有！”

“多奇怪啊！我们这些古老传说一律以地球为场景，你们地球人却通通没听过——安德鲁·马丁是个机器人，据说，他一步步逐渐拥有了足以乱真的人形。事实上，在丹尼尔之前，早就出现过人形机器人，但他们全都是简单的玩具，比发条机器人强不了多少。虽然如此，关于安德鲁·马丁的本事却被描述得相当惊人——充分显示这只是传说而已。在这个传说中有个女性角色，通常称为小小姐。他们之间的关系太复杂了，一时之间讲不清楚，但我想可以这么说，奥罗拉每个小女孩都曾梦想自己是小小姐，拥有一个像安德鲁·马丁那样的机器人。瓦西莉娅也不例外——而吉斯卡就是她的安德鲁·马丁。”

“好，所以呢？”

“我要她的机器人告诉她，吉斯卡会陪你一起去。她已经有很多年没见到他，因此我想这可能会诱使她答应见你。”

“但我猜并未奏效。”

“没错。”

“那么我们必须想想别的办法，一定有其他方法能让她愿意见我。”

法斯陀夫说：“或许你能想到。不久之后，你便会透过三维显像见到她，然后你有五分钟的时间，说服她相信自己应该跟你碰面。”

“五分钟！五分钟能做什么？”

“我也不知道。无论如何，总比没有的好。”

35

十五分钟后，贝莱站在三维显像屏幕前，准备好和瓦西莉娅·法斯陀夫相见。

法斯陀夫博士早已离去，他走开的时候曾带着苦笑说，如果自己在场，一定会让他的女儿态度更加强硬。丹尼尔也不在了，只有吉斯卡留下来陪伴贝莱。

吉斯卡说：“瓦西莉娅博士的显像频道已经开通，你准备好了吗，先生？”

“完全准备好了。”贝莱绷着脸说。他坚持不肯坐下，因为他觉得站着会显得更有气势。（但一个地球人又能有多少气势呢？）

这时室内逐渐变暗，屏幕则显得越来越亮，一名女子随即出现其中——一开始的时候，画面相当不稳定。只见她站在那里面对着他，右手放在一个摆满图表的实验桌上（毫无疑问，她也打算要有气势）。

随着画面越来越清晰，屏幕边缘似乎逐渐融化了，而瓦西莉娅的影像（假设那就是她）慢慢加深，最后变成一个立体图像。她置身的那个房间在各方面皆真实无比，只不过它的装潢和贝莱这个房间并不相同，两者相交之处显得很不协调。

她穿着一件深褐色裤裙，宽大的裤脚是半透明的材质，膝盖以下和半个大腿皆隐约可见。她的上身穿着一件无袖的紧身罩衫，整条手臂裸露在外。此外，她的领口开得很低，一头美丽的金发则烫得很卷。

她丝毫没有遗传到父亲的平庸长相，更没有一对招风耳。因此贝莱只能假设她的母亲很漂亮，而她幸运地完全继承了母系的基因。

她个子不高，而贝莱很快看出她的容貌和嘉蒂雅确实极其相似。只不过相较之下，她的神情冷酷许多，并隐隐透出一股支配欲。

她猛然开口，劈头就说："你就是那个来帮我父亲消灾解难的地球人？"

"是的，法斯陀夫博士。"贝莱以同样干脆的方式回答。

"你可以叫我瓦西莉娅博士，我不希望和我父亲混淆不清。"

"瓦西莉娅博士，我必须和你面对面谈一谈，而且要有足够的时间。"

"显然你很希望这么做。但你当然是地球人，所以肯定是个感染源。"

"我已经接受过消毒杀菌处理，现在的我相当安全，你父亲和我在一起已经超过一天了。"

"我父亲喜欢假扮理想主义者，有时必须做些蠢事来证明这个假象，我可不想学他。"

"我想你并不希望他受到伤害，如果你拒绝见我，就一定会伤害到他。"

"你是在浪费时间。除了显像，我不会以任何方式见你，而我给你的时间已经过了一半。如果你觉得不满意，我们不妨现在就提早结束。"

"吉斯卡也在这里，瓦西莉娅博士，他想劝你当面见我。"

吉斯卡走进了显像范围。"早安，小小姐。"他低声道。

一时之间，瓦西莉娅显得有些尴尬，等到终于开口时，她的语气变得轻柔了些。“我很高兴见到你，吉斯卡，也欢迎你随时来找我。可是我不会接见这个地球人，即使你劝也没用。”

“既然如此，”贝莱决定要孤注一掷了，“我不得不在未曾和你商议的情况下，便将山提瑞克斯·格里迈尼斯的事公之于世。”

瓦西莉娅张大了眼睛，她举起放在桌上的手并紧握成拳。“格里迈尼斯的什么事情？”

“没什么大不了的，只不过他是个英俊的年轻人，而且和你很熟罢了。我是否不必听你说什么，就可以自行处理了？”

“我现在就可以告诉你……”

“不。”贝莱大声说，“除非让我和你面对面，否则什么也不必说。”

她的嘴角微微抽动。“那么我答应见你，但我说完就会走人，不会多陪你一秒钟，这点我有言在先——还有，带着吉斯卡。”

三维显像联线毫无预警地猛然中断。面对着突变的背景，贝莱觉得一阵天旋地转，他慢慢走到椅子前面，然后坐了下来。

吉斯卡一直扶着他的手肘，确保他一路平安无事。“我能帮你什么吗，先生？”他问。

“我很好，”贝莱说，“我只是需要喘口气。”

这时，法斯陀夫博士来到他面前。“身为主人的我再次失职了，为此我郑重向你道歉。你们刚才的对话，我在一个只收不发的分机上全程监听了。即使她不想见我，我还是想看看我女儿。”

“我了解。”贝莱一面说，一面微微喘息，“如果基于礼貌，你必须为这件事道歉，那么我愿意接受。”

“可是那个山提瑞克斯·格里迈尼斯到底是怎么回事？这名字听来很陌生。”

贝莱抬起头，望着法斯陀夫说：“法斯陀夫博士，我也是今天早上，才从嘉蒂雅口中听到这个名字的。我对他知道得非常少，但我还是放手一搏，跟你女儿说了那番话。我的胜算小得可怜，虽然如此，结果却正好如我所愿。你都看到了，就算掌握的讯息少之又少，我还是可以作出有用的推论，所以你最好放手让我继续这么做。从今以后，拜托了，请百分之百和我合作，再也别提什么心灵探测器了。”

法斯陀夫陷入了沉默，贝莱则感到一种冷酷的成就感，短短几分钟，他已一前一后将自己的意志加诸一对父女身上。

至于这种情势能持续多久，他并不知道。

第九章
瓦西莉娅

36

贝莱在气翼车的门边停下脚步，语气坚定地说：“吉斯卡，我不希望把车窗调成不透明，也不希望坐到后面。我想要坐在前座，观看户外的风景。既然我一定会坐在你和丹尼尔之间，除非整部车遭到摧毁，我的安全应该不成问题。而如果真发生那种事，我们通通无法幸免，我坐哪里并没有任何差别。”

面对如此强而有力的声明，吉斯卡采取更恭敬的态度来回应。“先生，万一你觉得不舒服……”

“那么你就把车停下来，让我爬到后座，你还可以把后车窗调成不透明。或者你根本不必停车，即使车子仍在前进，我还是能从前座爬到后面去。我要强调的是，吉斯卡，我非常需要尽可能熟悉奥罗拉，而且无论如何，我也非常需要熟悉户外的环境。我把这句话当成命令来说，吉斯卡。”

丹尼尔轻声说：“吉斯卡好友，以利亚伙伴的要求相当合理，他会很安全的。”

吉斯卡让步了（或许有点勉强，但由于他的脸孔似人非人，贝莱无法准确解读他的表情），径自坐到驾驶座上。贝莱跟着进去，随即从透明的挡风玻璃向外望，不禁感到有些心虚，自己似乎把话说得太满了。然而，左右两侧各坐一个机器人，的确让他心安不少。

借着压缩空气形成的喷流，气翼车微微腾空，然后稍稍摇晃了一下，仿佛正在寻找立足点。贝莱觉得腹部有一种翻腾的感觉，忍不住对刚才的豪情壮志有点后悔。虽说丹尼尔和吉斯卡丝毫没有惧色，他却无法借此鼓励自己，他们是机器人，根本不懂得什么叫恐惧。

然后，车子突然向前冲，贝莱便觉得自己紧紧粘在椅背上。不到一分钟，他们就加速到了大城捷运的速度，只见一条宽广且长满青草的路径不断向前迅速延伸。

由于两侧全是绿油油的不规则地形，并没有任何熟悉的灯光或建筑物，因此在感觉上，目前的速度甚至超过大城的捷运。

贝莱努力维持呼吸的均匀，说话时也尽量像是在闲话家常。

他说：“我们似乎并未经过任何农地，丹尼尔，这些好像都是原野。”

丹尼尔答道：“这里仍是这座大城市的一部分，以利亚伙伴，这些都是私人的属地。”

“大城？”贝莱无法接受这个说法，他知道大城是什么样子。

“厄俄斯城是奥罗拉上最大且最重要的城市，也是历史最悠久的。奥罗拉世界立法局就设在此地，立法局主席的属地也在这里，不久我们就会经过。”

它居然不只是城市，还是最大的一个。贝莱左顾右盼了一番，又说：“我有个印象，法斯陀夫和嘉蒂雅的宅邸都在厄俄斯城的郊区，所以我想，现在我们已经离开厄俄斯城的范围了。”

“还早得很，以利亚伙伴，我们刚通过城中心而已。城市的界线在七公里之外，从那里再往前走将近四十公里，才是我们的目的地。”

“城中心？我没看见任何建筑啊。”

“在路上当然看不见，这是故意的。不过你从这些树丛望出去，还是勉强看得到一栋，那是名作家弗德·拉博的宅邸。”

“这些宅邸你通通一眼就能认出来吗？”

“它们都在我的记忆库里。”丹尼尔严肃地说。

“一路上都没有其他车辆，又是什么原因呢？”

“长途交通工具主要是飞车和地下磁车，而三维影像……”

“索拉利人称为显像。”贝莱说。

“我们口语也这么说，但三维影像联线是比较正式的说法，大多数的通讯靠它就行了。久而久之，奥罗拉人都变得喜欢散步，只要不赶时间，无论访友或洽谈公事，经常会有人一走就是几公里。”

“而我们要去的地方，徒步太远，飞车又太近，可是我又不想用三维显像——所以我们开这辆地面车。”

“严格来说是气翼车，以利亚伙伴，不过我想，它可以算是一种地面车。”

“开到瓦西莉娅的宅邸要多少时间？”

“要不了多久，以利亚伙伴。或许你知道，她住在机器人学研究院。”

沉默了一阵子之后，贝莱又说：“那边的地平线看起来乌云密布。”

这时吉斯卡正以高速开过一个弯道，气翼车倾斜了大约三十度。贝莱险些发出一声呻吟，身体则紧贴着丹尼尔。丹尼尔先伸出左手抱住贝莱的肩头，随即双手将他的双肩紧紧抓牢。直到气翼车恢复正常姿势，贝莱才慢慢吁了一口气。

丹尼尔说："是的，根据气象预报，那些云稍后就会化为雨水。"

贝莱皱起了眉头。他曾经淋过一次雨——一次而已——那是他们在地球户外的田野实习的时候。那种感觉很像穿着衣服站在淋浴下面，可是当他突然想到，根本没有任何办法关掉这个冷水浴，一时之间不禁惊慌失措——这场雨可能永远下不停！然后，众人纷纷拔腿飞奔，而他也不落人后，大家一起冲向既干爽又受人掌控的大城。

但这里是奥罗拉，他不晓得一旦下雨该怎么应变，至少没有大城可以躲进去。跑到最近的一座宅邸吗？主人一定欢迎这些落汤鸡吗？

等到又转了一个小弯之后，吉斯卡开口道："先生，我们已经抵达机器人学研究院的停车场。下车后，我们就能走去瓦西莉娅博士建在研究院里的宅邸。"

贝莱点了点头。这趟旅程大约花了十五到二十分钟（这是他的判断，并且是用地球时间），而他很高兴总算结束了。他有点气喘吁吁地说："在我和法斯陀夫博士的女儿见面之前，我想对她多做点了解。你不认识她吧，丹尼尔？"

丹尼尔说："当我出厂的时候，法斯陀夫博士和他女儿已经分开好一阵子了。我从来没有见过她。"

"不过，吉斯卡，你倒是和她彼此很熟吧，对不对？"

"是的，先生。"吉斯卡硬邦邦地说。

"而且你们彼此很有好感？"

"先生，我相信，"吉斯卡说，"只要和我在一起，法斯陀夫博士的女儿就会感到快乐。"

“你和她在一起的时候也快乐吗？”

“我和任何人类在一起都会有这样的感觉，而我认为那就是人类所谓的‘快乐’。”吉斯卡似乎是在字斟句酌。

“但是和瓦西莉娅在一起的时候特别有感觉，我猜得对吗？”

“她和我在一起所感受到的快乐，”吉斯卡说，“似乎的确刺激了我的正子电位，使我产生等同于人类的快乐反应。至少，法斯陀夫博士是这么告诉我的。”

贝莱突如其来地问道：“瓦西莉娅为何离开她的父亲？”

吉斯卡却没有回答。

贝莱忽然以地球人教训机器人的蛮横口吻说：“我在问你问题，小子。”

吉斯卡转过头来凝视着他，贝莱一时之间不禁担心，自己说话这么不客气，搞不好会让这个机器人双眼喷出愤恨的火光。

然而，吉斯卡不但口气很温和，也并未流露出任何眼神。他说：“我很想回答，先生，可是关于她搬出去这件事，瓦西莉娅小姐当时便命令我什么也不能说。”

“可是现在我命令你照实回答，如果觉得有必要，我还可以用万分坚决的方式命令你。”

吉斯卡说：“很抱歉，早在那个时候，瓦西莉娅小姐已经精通机器人学了，所以不管你现在说什么，先生，她给我的命令仍旧屹立不摇。”

贝莱又说：“对，想必她精通机器人学，因为法斯陀夫博士告诉过我，她偶尔会改写你的程序。”

“这样做并没有危险，先生。若有任何差错，法斯陀夫博士自己总是可以修正过来。”

“他有必要这么做吗？”

“从来没有，先生。”

“那些改写属于什么性质？”

“都是无关紧要的，先生。”

“或许吧，但请你帮个忙，她到底对你做了些什么？”

吉斯卡迟疑了一下，贝莱立刻知道那代表什么意思。然后这机器人便说：“关于这些改写的问题，只怕我一律无法回答。”

“你有什么禁令吗？”

“没有，先生，可是在改写过程中，以前的种种都被自动消除了。因此，如果真有什么改变，我就不再保有改变之前的记忆，于是在我自己看来，就好像我始终都是如此。”

“那么你又如何知道那些改写无关紧要呢？”

“因为，法斯陀夫博士从不认为瓦西莉娅小姐的改写需要作任何修正——至少他是这么告诉我的——所以我只能假设那些改写通通无关紧要。你可以当面问问瓦西莉娅小姐，先生。”

“我会的。”贝莱说。

“然而，先生，只怕她是不会回答的。”

贝莱心一沉。目前为止，他只侦讯过法斯陀夫博士、嘉蒂雅，以及两名机器人，他们全都有百分之两百的理由和他合作。而现在，他将首次面对一个并不友善的侦讯对象。

37

贝莱走出停在一块草坪上的气翼车，脚底重新有了踏实的感觉，这点令他颇为高兴。

他四下张望一番，不禁有些惊讶，因为周遭的建筑竟然相当拥挤。其中，要数他右边那座特别高大，但它看起来很朴实，几乎就像一个由金属和玻璃组成的巨大方块。

“那就是机器人学研究院？”

丹尼尔答道：“整个建筑群都是这所研究院，以利亚伙伴，你现在只看到一部分而已。由于是个自给自足的行政区，所以房舍的密度远超过奥罗拉的一般标准。它们包括了宅邸、实验室、图书馆、社区体育馆等等，最大的那一栋则是行政中心。”

“一眼就能看到这么多建筑，真不像奥罗拉——根据我对厄俄斯城的了解，我至少敢这么说——我相信应该有不少反对声浪吧。”

“我也相信确实如此，以利亚伙伴，但研究院的首长和主席很熟，而主席又很有影响力，因此据我所知，他们以研究需要的理由获得了特许。”丹尼尔若有所思地环顾四周，“的确比我想象中还要拥挤。”

“比你想象中？你以前从来没有到过这里吗，丹尼尔？”

“没有，以利亚伙伴。”

“你呢，吉斯卡？”

“也没有，先生。”吉斯卡答道。

贝莱说：“但你们毫无困难就找到这里来——而且对此地似乎相当熟悉。”

“既然我们必须陪你来，以利亚伙伴，”丹尼尔说，“我们事先掌握了充分的资料。”

贝莱若有所悟地点了点头，然后说：“法斯陀夫博士为何不跟我们一起来呢？”但他随即再一次说服自己，这种冷不防的伎俩用在机器人身上毫无意义。无论多么迅速——或多么出其不意——对机器人发问，他们仍会等到将问题消化吸收之后才作出回答。他们永远没有冷不防的时候。

丹尼尔答道：“正如法斯陀夫博士所说，他自己并不是研究院的一员，所以觉得并不适合不请自来。”

“但他为什么不是呢？”

“他从来没有告诉我个中原因，以利亚伙伴。”

贝莱将目光转向吉斯卡，后者立刻回答：“我也不知道，先生。”

真的不知道？还是奉命这么说？贝莱耸了耸肩——真相如何并不重要。正如人类能够说谎，机器人也能奉命不说实话。

当然，如果侦讯的手段足够高明或足够凶残，人类就可能由于疏忽或恐惧而吐露实情；同理，如果侦讯的手段足够高明或不择手段，同样有可能骗得机器人不再谨守命令——可是，这两种侦讯方式并不相同，而贝莱对后者一窍不通。

他问：“我们要到哪里去找瓦西莉娅·法斯陀夫博士？”

丹尼尔答道：“她的宅邸就在正前方。”

“所以说，你们已经获悉它的位置？”

“早就印记在我们的记忆库中，以利亚伙伴。”

“好吧，那就由你带路。”

这时橙色的太阳正高挂天空，显然已经快到正午时分了。他们在接近瓦西莉娅的宅邸之际，不知不觉走进了厂房的阴影中，贝莱立刻感到温度下降，不由自主打了一个冷颤。

不久的将来，地球人也得去占领并开拓那些没有大城的世界——非但温度完全不受控制，还会出现种种难以逆料的愚蠢变化，想到这里，他不禁紧紧抿起嘴来。与此同时，他还惴惴不安地注意到，地平线那端的乌云有迫近的趋势。说不定什么时候就会开始下雨，而且雨水会像瀑布般倾泄而下。

地球啊！他多么怀念那些大城。

吉斯卡率先走进那座宅邸，丹尼尔则伸出手臂，不让贝莱跟上去。

当然啦！吉斯卡得先侦察一番。

其实，丹尼尔也没闲着。他正以人类望尘莫及的注意力，仔细扫描周遭的环境。贝莱确信，他们的机器眼必定万无一失。（但他也不禁纳闷，为何不能在机器人的脑袋上前后左右各装一只眼睛——或者索性安装一整圈的感光环。当然，丹尼尔不能那么做，因为他的外表必须人模人样，可是吉斯卡有何不可呢？莫非那样便会增加视觉的复杂度，使得正子径路无法负荷？有那么片刻，贝莱隐约体会到了机器人学家终日所面对的复杂难题。）

吉斯卡走了出来，在门口点了点头。丹尼尔恭谨地用手臂轻触贝莱一下，两人随即迈开脚步。

房门半开着。瓦西莉娅的宅邸并没有装设门锁，不过（贝莱突然忆起）嘉蒂雅和法斯陀夫博士的宅邸同样没有。稀疏的人口以及分散的居住方式皆有助于保障隐私，而在这方面，奥罗拉人彼此互不干扰的风俗无疑也有帮助。此外仔细想想，无所不在的机器仆佣要比任何门锁更加有效。

丹尼尔在贝莱的上臂轻轻施压，示意贝莱停下脚步。这时，走在前面的吉斯卡正和两个外形很像他的机器人低声交谈。

贝莱突然觉得腹部蹿出一股寒意。万一有人偷偷将吉斯卡换成另一个机器人，那会怎么样？自己能够看出他遭到掉包吗？能够分辨两者的差异吗？还是会任由一个并未接受特别命令的机器人保护自己，一旦出现状况，他势必无法迅速回应，致使自己置身险境？

贝莱努力控制自己的口气，冷静地问丹尼尔说："这些机器人看起来还真像，丹尼尔，你分得出来吗？"

"当然分得出来，以利亚伙伴。他们的服饰不太一样，他们的编号也各不相同。"

"在我眼中没什么两样。"

"你还不习惯留意那些细节。"

贝莱再度凝视一番。"哪有什么编号？"

"其实显而易见，以利亚伙伴，不过一来你要知道该往哪里看，二来你的眼睛对红外线的敏感度必须超过人眼。"

"好吧，所以说，当我必须分辨的时候，其实根本办不到，对不对？"

"没那回事，以利亚伙伴。任何机器人，只要你询问他的全名和序号，他都会告诉你。"

"即使他奉命提供假资料给我？"

"怎么会有机器人奉命做这种事？"

这点，贝莱决定不予解释。

吉斯卡总算沟通完毕，回身对贝莱说："先生，她准备接见你了，请走这边。"

于是，原先那两个机器人开始带路。贝莱和丹尼尔尾随在后，为了保险起见，丹尼尔的手一直没有离开贝莱。

吉斯卡则走在最后面。

在一道双扇门之前，那两个机器人停了下来，那道门随即左右开启，显然是自动操作的。门后的空间弥漫着一种灰暗的光线——那是穿透了厚重窗帘的阳光。

虽然不算非常清楚，贝莱仍看得出屋内有个娇小的人形，此人半坐在一个高脚凳上面，一只手肘放在一张横跨整个房间的长桌上。

贝莱和丹尼尔走了进去，吉斯卡紧跟在他俩后面。房门自动关了起来，使得室内更加昏暗。

一个女性声音猛然响起：“别再靠近！就待在那里！”

下一瞬间，室内注满了明亮的阳光。

38

贝莱眨了眨眼，抬头向上望去。透过玻璃材质的天花板，他可以直接看到太阳。然而奇怪的是，虽然射入室内的阳光好像没有任何异样，太阳却似乎暗得出奇，而且还可以直视。想必是那些玻璃（总之是某种透明材质）虽然不吸收阳光，却会令光线充分漫射。

他收回视线，转而望向那位仍端坐在高凳上的女子，问道：“瓦西莉娅·法斯陀夫博士吗？”

“我不借用别人的姓氏，如果你想称呼我的全名，那么我是瓦西莉娅·茱露博士。但你可以叫我瓦西莉娅博士，这是我在研究院里最常使用的名字。”然后，她一改先前的严厉口吻，柔声说道，“我的老友吉斯卡，你好吗？”

吉斯卡答道：“我向你……”他顿了顿，然后又说，“我向你问好，小小姐。”他的语气听起来跟平常很不一样。

瓦西莉娅微微一笑。“而这位，我猜，就是我久仰大名的人形机器人——丹尼尔·奥利瓦？”

“是的，瓦西莉娅博士。”丹尼尔答得很干脆。

“最后，还有这个——地球人。”

“以利亚·贝莱，博士。”贝莱硬邦邦地说。

“对，我晓得地球人个个也有名字，例如你叫以利亚·贝莱。”她冷冷地说，“你一根汗毛也不像超波剧里扮演你的那名演员。”

“这点我晓得，博士。”

“然而，扮演丹尼尔的人倒是十分像，不过我想，你们并不是来讨论那出戏的。”

“没错。”

“我猜，地球人，你们来找我的目的，是要谈谈你所谓的那个关于山提瑞克斯·格里迈尼斯的问题，而且要当下作个了结，对吗？”

“并不尽然，”贝莱说，“虽然我想我们会谈到这件事，但它并非我登门造访的主要原因。”

“是吗？难道你认为无论你选择什么话题，我都愿意和你进行繁复而冗长的讨论？”

“我想，瓦西莉娅博士，你的上上之策，应该是允许我照自己的意思主导这场晤谈。”

“这是威胁吗？”

“不是。”

“好吧，我从未遇见过任何地球人，有兴趣见识一下你和那个演员到底有多像——我的意思是，除了长相之外。你本人当真和戏里一样出色吗？”

“那出戏，”贝莱的语气带着明显的嫌恶，“实在太过戏剧化，而且把我的个性在各方面都夸大扭曲了。我宁愿你接受我的本来面目，并且完全根据你现在对我的观感来评断我这个人。”

瓦西莉娅笑了几声。“至少你似乎并不怎么怕我，这点对你有利。或者你认为，你心中那件关于格里迈尼斯的事，足以让你对我颐指气使？”

“我来此地只有一个目的，就是调查那个人形机器人詹德·潘尼尔死亡的真相。”

“死亡？这么说，他曾经是活的？”

“我用‘死亡’代替‘被动终止运作’之类的说法，这么说会造成你的困扰吗？”

瓦西莉娅说：“你很会辩解——德伯瑞，帮这个地球人拿张椅子。如果这段对话没完没了，他会越站越累的。然后就回到你的壁凹去，而你，丹尼尔，自己也选一个待着——吉斯卡，站到我身边来。”

贝莱坐了下来。“谢谢你，德伯瑞——瓦西莉娅博士，我不具备侦讯你的官方身份，我也没有什么合法的方式能强迫你回答我的问题。然而，詹德·潘尼尔之死已经令你的父亲陷入某种困境……”

“令谁陷入某种困境？”

“你的父亲。”

“地球人，有时我会将某人称为我的父亲，但别人可不能这么做，请改用适当的称呼。”

“汉·法斯陀夫博士，他是你的父亲，难道这并非事实吗？没有记录可查吗？”

瓦西莉娅说：“你这是生物学的说法。我和他确实拥有共同的基因，在你们地球上，就会把这种关系称为父女。可是在奥罗拉，除非涉及医疗和遗传上的问题，我们一点也不重视这种关系。我可以想象如果我的新陈代谢不正常，那么我大可声称，就生理学和生物化学而言，和我拥有共同基因的人——父母、手足、子女等人同样不能幸免。除此之外，在文明的奥罗拉社会，一般是不会谈论这种关系的。因为你是地球人，我才对你解释这一点。”

“如果我触犯了什么禁忌，”贝莱说，“那纯属无心之失，我愿郑重道歉。刚才提到的那位男士，我可以用名字称呼他吗？”

“当然可以。”

“那么，就是詹德之死已经令汉·法斯陀夫博士陷入某种困境，而我假设你仍然很关心他，愿意对他伸出援手。”

“你这么假设吗？为什么？”

“他是你的……他把你养大，他照顾你多年，你们彼此曾有很深的感情。直到今天，他对你仍有很深的感情。”

“这是他告诉你的？”

“我们交谈之际，很多小地方都让我明显有这种感觉——甚至那个索拉利女子嘉蒂雅·德拉玛也是迹象之一，他之所以对她关怀备至，只是因为她长得很像你。”

“这是他告诉你的？”

“是的，但即便他没说，谁也看得出你俩长得很像。”

“虽然如此，地球人，我对法斯陀夫博士却毫无亏欠。你可以取消这个假设了。”

贝莱清了清喉咙。“姑且不论你对他有没有什么私人感情，这件事还牵涉到了银河的未来。法斯陀夫博士一直希望由人类来探索和开拓新世界，万一詹德之死所引发的政治效应导致这项任务由机器人取而代之，法斯陀夫博士相信那将带给奥罗拉和全人类万劫不复的灾难。这件事，你绝不会想成为帮凶吧。”

瓦西莉娅紧盯着对方，以漠不关心的口吻说：“如果我同意法斯陀夫博士的看法，那么我当然不会。但事实并非如此，我看不出让人形机器人开拓银河有什么害处。事实上，我加入这所研究院，就是为了实现这个理想。我是一名母星党员，而法斯陀夫博士属于人道党，所以他是我的政敌。”

她的回答既简洁又直接，半个字也没多讲。每说完一句话，她总会明确地闭上嘴巴，仿佛是在兴味盎然地等着下一个问题。而贝莱则觉得，自己一来令她感到好奇，二来也勾起了她的兴趣——下一个问题会是什么呢？她似乎在心中和自己打赌。因此她打定主意不多透露半点口风，以迫使他必须继续发问。

他接着问的是：“你加入这所研究院已经很久了吗？”

“我是创始成员之一。”

“你有很多同事吗？”

“我敢说，奥罗拉的机器人学家约有三分之一都是我的同事，不过，其中大约只有一半真正在院内工作和居住。”

“关于利用机器人探索新世界这回事，研究院其他成员也都认同你的观点吗？他们是否一致反对法斯陀夫博士的观点？”

“我猜他们大多数都是母星党员，但关于这件事，据我所知我们并未作过表决，甚至未曾正式讨论过。你最好逐一询问他们的意见。”

“法斯陀夫博士也是研究院的成员吗？”

“不是。”

贝莱等了一下，但除了“不是”两字，她并未进一步加以说明。

他说：“这难道不奇怪吗？我会认为他比任何人都更有资格成为你们的一员。”

“偏偏我们不想要他，而他也不想要我们，后者或许是比较次要的原因。”

“这不就更奇怪了吗？”

“我可不这么想。”然后，仿佛心中有股怒火令她不吐不快，她又说，“他住在厄俄斯城，我想你应该知道这个地名的典故吧，地球人？”

贝莱点了点头，答道：“厄俄斯是古希腊的曙光女神，正如奥罗拉是古罗马的曙光女神。”

“完全正确。汉·法斯陀夫博士住在曙光世界中的曙光之城，但他自己却对曙光欠缺信仰。例如，我们得用什么方式才能扩展到全银河，将太空族的曙光提升为整个银河的白昼，他就完全不了解。要完成这项壮举，唯一实际可行的办法就是利用机器人来探索银河，他不接受这个理念，就等于不接受我们。”

贝莱慢条斯理地说：“它为什么是唯一实际可行的办法呢？比方说，探索和开拓奥罗拉以及其他太空族世界的都是人类，而并非机器人。”

“不，不是人类，而是地球人。但那是个既没效率又浪费资源的过程，所以我们绝不会再让地球人担任拓荒者。我们已经蜕变成太空族，不但自己健康长寿，我们的机器人也极为先进，相较于当年参与开拓太空族世界的机器人，无论就功能或灵活度各方面而言，我们的机器人都不知优秀了多少倍。物换星移，时代完全不同了——如今唯有以机器人探索新世界，才是可行之道。”

“我们姑且假设真理站在你这边，而不在法斯陀夫博士那儿，但即便如此，他的观点仍相当理性。他和研究院为何就不能彼此接纳呢？仅仅因为这一点点的歧见吗？”

“不，相较之下，这点歧见不算什么。双方的观点，其实还有更基本的冲突。”

贝莱照例等了一下，而她照例未作任何补充。他觉得此时不宜表现出任何不满，因此心平气和、近乎试探般地问：“更基本的冲突又是什么呢？”

“我想，除非有人对你说明，否则你是猜不出来的。”瓦西莉娅的声音忠实反映出她所感受到的乐趣，就连她的表情都变得柔和不少，而且有那么片刻，她看起来更像嘉蒂雅了。

“我之所以发问，正是这个缘故，瓦西莉娅博士。”

“好吧，地球人，我听说你们的同胞都相当短命。这件事，我应该没搞错吧？”

贝莱耸了耸肩。“我们有些人能活到一百岁，我是指地球时间。”他稍微想了想，“大概是一百三十个公制年吧。”

“你今年几岁？”

“标准年四十五岁，公制年六十岁。”

“我今年六十六公制岁，我预期至少还能再活三个公制世纪——只要我足够小心。”

贝莱双手一摊。“恭喜你。”

“这样也有缺点。”

“今天早上有人告诉我，在这三四个世纪当中，你有机会失去很多很多东西。”

“只怕正是如此，”瓦西莉娅说，“可是，也有机会获得很多很多东西。整体而言，算是扯平了。”

“那么，所谓的缺点又是什么呢？”

“你一定不是科学家吧。”

“我是一名便衣刑警——其实也就是警察。”

“但你或许认识一些地球上的科学家。”

“我遇见过几个。”贝莱谨慎地回答。

“你知道他们的工作模式吗？据说基于需要，地球科学家总是互相合作。在他们短暂的生命中，顶多只有半个世纪能全力投入工作。算起来还不到七十个公制年，这么一点时间，做不了太多事情。”

“我们有些科学家，根本没花多少时间，就得到了相当丰硕的收获。”

“那是因为他们不但受惠于前人的成果，还懂得利用同辈的成果助自己一臂之力，你说对不对？”

“当然对。我们有个超越时间和空间的科学社群，大家各尽所能，各取所需。”

“完全正确，这是唯一的办法了。每个科学家都明白，仅凭一己之力不太可能有太大的收获，于是不得不加入那个社群，不得不和他人交换情报。唯有这样做，科学才能突飞猛进。”

“奥罗拉和其他太空族世界难道不也是这样吗？”贝莱问。

“理论上如此，实际上却几乎没有。在一个长寿的社会中，压力相对小得多。我们的科学家能用三到三个半世纪的时间，专心研究一个问题，因此逐渐有人认为，自己即使单打独斗，也有机会得到重大的进展。久而久之，就滋生出一种学术性的贪婪——想要自己独力完成某项研究，将科学进展的某个方面视为私产，宁愿眼睁睁看着整体发展慢下来，也不愿舍弃自己心目中的禁脔。结果，太空族世界的整体科学发展就真的变慢了，甚至到了难以超越地球的地步，虽说我们掌握了极大的优势。”

“我想，你若不是觉得汉·法斯陀夫博士就是这样的人，绝不会对我说这些。”

“他当然是这样的人。人形机器人之所以诞生，主要归功于他对正子脑所作的理论分析。他就是利用这个理论，在已故的萨顿博士协助之下，造出了你的机器人朋友丹尼尔。可是其中的重要细节，他非但没有正式发表，甚至不肯和任何人分享。就这样，他——他一个人——钳制住了人形机器人的发展命运。”

贝莱皱起眉头。“而机器人学研究院则致力于推动科学家之间的合作？”

“完全正确。这所研究院由上百位背景各异的一流机器人学家组成，而且我们希望将来能在其他世界设立分院，让它成为一个星际组织。我们每一位成员都乐于将各自的发现或发明贡献出来，累积成共同的资产——为了大我的福祉，我们自愿这么做，不像你们地球人，是因为短命而不得不然。

“然而，汉·法斯陀夫博士却不愿这么做。我很清楚，你认为汉·法斯陀夫博士是个怀有崇高理想的忠贞人士，可是他不愿将那些被他视为己有的智慧财富，贡献到共同资产中，因此我才说，他不想要我们。而正因为他把科学发现视为个人的财产，我们也不想要他。我想，你该不会再觉得我们的互相排斥有什么神秘的了。”

贝莱点了点头，然后说：“这种自愿放弃个人荣耀的做法，你认为会成功吗？”

“非成功不可。”瓦西莉娅绷着脸说。

“而借着群策群力，贵院是否已经赶上法斯陀夫博士的个人成就，自行发现了人形正子脑的理论？”

“假以时日，我们一定做得到。”

“你们从未试图说服法斯陀夫博士别再保密，以缩短这个时程？”

“我想我们正准备这么做。”

“利用詹德一案的丑闻吗？”

“我认为你实在没必要提出这个问题——好啦，你想知道的事，我是不是通通告诉你了，地球人？”

贝莱说：“你还告诉我好些我不知道的事。”

“那么现在，轮到你跟我讲讲格里迈尼斯的事了，你为何要把这个理发匠的名字跟我扯在一起？”

“理发匠？”

“他自认为是艺术家，什么发型设计师之类的，但讲来讲去他就是理发匠。跟我说说他这个人，否则我们就结束这场晤谈吧。”

贝莱觉得疲惫不堪。他明显感到瓦西莉娅喜欢这种言词交锋——她三言两语便吊足他的胃口，而现在，他不得不拿自己的情报来换取更多的讯息。问题是他并没有什么情报，顶多只有一些猜测罢了。只要他猜错一件事，而且大错特错，那他就完了。

因此他决定主动出击。“你应该了解，瓦西莉娅博士，关于你自己和格里迈尼斯之间的纠葛，并非你假装那只是笑话就能躲过的。”

“有何不可？明明就是笑话。”

“喔，绝对不是。如果真是笑话，你当场就会嘲笑我一番，然后切断三维显像。光是你愿意放弃原先的坚持，同意我拜访你——光是你跟我谈了那么久，还主动告诉我那么多——就代表你明白承认，你觉得我可能已经拿刀架到你的咽喉上了。”

瓦西莉娅紧绷着下巴，用低沉而愤怒的声音说：“听好了，小小地球人，我在此的地位并不稳固，这点或许你也知道。我是法斯陀夫博士的女儿，因而研究院里有些极为愚蠢——或极为狡诈的人——便对我怀有疑虑。我并不清楚你听到了——或编造了什么样的故事，反正我确定它多少是个笑话。可是话说回来，不管多么可笑，有心人士还是能用它来对付我，所以我愿意跟你做这笔交易。我已经告诉你一些事，甚至可以说得更多，但你必须先告诉我到底你掌握了什么资料，并说服我相信你所说的句句属实。所以赶紧开始吧。

“如果你想跟我玩什么花样，我会立刻把你踢出去——我的处境不会因此变得更糟，但至少可以开心一下。此外，我会动用一切关系对主席下工夫，让他取消对你的邀请，尽快把你送回地球。目前已有许多压力要求他这么做，你绝不会希望我再加把劲。

“说吧！赶快！”

39

贝莱有个冲动，想要直接切入问题的核心，看看自己到底猜得对不对。可是，他觉得那样行不通。她绝不笨，马上会看出他在做什么，然后出言制止。他知道，自己已经摸对了方向，可不想因此前功尽弃。她刚才说由于那一重父女关系，她的地位并不稳固，这或许是实情，可是，她竟然怕到了愿意接见他的程度，就表示她担心他心中所想的并非纯然只是笑话。

他必须透露一点口风，而且分量要足够，这样才能一举夺回主导权。因此——这是一场豪赌。

他开口便说："山提瑞克斯·格里迈尼斯曾经对你求欢。"然后，他赶在瓦西莉娅作出回应之前，又用更严厉的口吻加码，"不只一次，而是很多次。"

瓦西莉娅先是双手紧扣放在膝头，然后，仿佛想要坐得舒服些，她向后挪了挪身子，整个人坐上了高凳。她还看了吉斯卡一眼，只见他仍一动不动、面无表情地站在她身边。

然后她望着贝莱说："好吧，那个白痴见到任何人都会求欢，年龄性别通通不拘。如果他没注意到我，那我可就异于常人了。"

贝莱挥挥手，做了一个不予置评的手势。（她并没有发笑，也没有打算结束这场晤谈，甚至没有表现出一丝愠怒。她等着看这句话能让他如何借题发挥，由此可知，他的确在某方面制住了她。）

他说："这么讲也太夸张了，瓦西莉娅博士。一个人无论多不挑剔，也不会完全没有选择，而就这个格里迈尼斯而言，他的选择就是你。虽然你拒绝接受，他却置奥罗拉习俗于不顾，继续不断向你求欢。"

瓦西莉娅说："我很高兴你知道我拒绝了他。有些人觉得基于礼貌，无论任何人向你求欢，你都应该一律——或尽可能接纳，但我并不这么想。对于那些只会浪费时间的无聊行为，我看不出为何必须委曲自己。我的话有没有引起你任何反感，地球人？"

"关于奥罗拉的习俗，我没有任何正面或负面的意见。"（她仍在等待，所以听得很专心。到底她在等什么呢？难道就是他想说却不确定自己敢不敢说的那句话？）

她故作轻松地说："你到底还有没有什么想说的——或是我们讲完了？"

“还没完。”贝莱现在不得不再赌一把，“你看出格里迈尼斯具有那种越挫越勇的反奥罗拉作风，于是你想到可以好好利用一番。”

“真的吗？多疯狂啊！我又能怎样好好利用呢？”

“既然他对你的迷恋显然非常强烈，只要略施小计，不难让他迷恋上另一个非常像你的人。你在背后怂恿他，或许还对他作出承诺：如果他又遭到拒绝，你就会接纳他。”

“那个非常像我的倒霉女子是谁呢？”

“你不知道吗？得了吧，别装天真了，瓦西莉娅博士。我指的当然就是那个索拉利女子嘉蒂雅，我已经说过，她之所以受到法斯陀夫博士的照顾和保护，正是因为她长得像你。刚才我提到这点的时候，你并未表现出任何惊讶，现在再想装糊涂，恐怕太迟了吧。”

瓦西莉娅狠狠地瞪着他。“就因为你知道他喜欢她，于是推论出他一定先喜欢我？你是根据这个瞎猜的结果找上我的吗？”

“不全然是瞎猜，另外还有好些佐证。你完全否认这件事吗？”

她忽然若有所思地在身边那张长桌上画来画去，贝莱不禁好奇桌上那些文件都是些什么内容。从他所在的位置，他只看得出上面全是复杂的图样，而他心知肚明，不论自己多么仔细、多么努力地研读，也不可能看懂一丝一毫。

瓦西莉娅说：“我有点烦了。你告诉我说，那个格里迈尼斯先喜欢上我，然后才喜欢上那个像我的索拉利人，而现在你又要我否认这件事。我为何要花那个力气否认呢？这又有什么大不了的呢？即使这是实情，对我又能有什么杀伤力？你只是在说我曾经巧妙地摆脱一个无谓的困扰。所以呢？”

贝莱说："问题不在于你怎么做，而是为何那么做。你知道格里迈尼斯是那种越挫越勇的人，他曾经一而再、再而三向你求欢，因此也会对嘉蒂雅一而再、再而三那么做。"

"前提是她会拒绝他。"

"她是索拉利人，在性这方面有过挫折，所以不会接纳任何人。我敢说这些你都知道，因为我可以想象，尽管你和你的父……和法斯陀夫博士早已疏远，但血浓于水，对于替代你的人，你仍会忍不住多加留意。"

"好吧，算她做得对。如果她拒绝了格里迈尼斯，代表她的品位不错。"

"你早就知道这件事没有什么'如果'，你早就知道她会拒绝。"

"再问一遍——所以呢？"

"既然格里迈尼斯会一再向她求欢，就意味着他会经常出入嘉蒂雅的宅邸，意味着他会粘着她。"

"最后一次——所以呢？"

"嘉蒂雅的宅邸里有个非比寻常的对象，那就是詹德·潘尼尔，当世仅有的两个人形机器人之一。"

瓦西莉娅迟疑了一下，然后问道："你这话是什么意思？"

"我认为你曾经灵机一动，想到那个人形机器人如果遇害，令法斯陀夫博士受到牵连，就能把这件事当成武器，用来迫使他吐露人形正子脑的秘密。至于格里迈尼斯，他一来有机会持续出入嘉蒂雅的宅邸，二来却又不断遭到嘉蒂雅的拒绝，所谓由爱生恨，他很容易听人教唆，杀掉那个机器人作为报复。"

瓦西莉娅拼命眨眼。"那个可怜的理发匠，他或许有二十个动机，再加上二十个机会犯下这个案子，但这么说毫无意义。他甚至几乎不懂如何命令一个机器人握手，怎么可能有一丁点机会让一个机器人心智冻结呢？”

“借着这个问题，”贝莱轻声说道，“我们终于能够讲到重点了，我想你等的也正是这一刻，你一直按捺住轰我出去的冲动，就是因为你必须确定我到底有没有想到这一点。我要说的是，格里迈尼斯背后有机器人学研究院的协助，而你就是那个穿针引线的人。”

第十章
瓦西莉娅之二

40

转瞬间，仿佛一场超波剧来到一个全息静止时刻。

在场的机器人当然个个一动不动，但贝莱和瓦西莉娅·茉露博士竟然也跟他们一样。几秒钟之后——每一秒都漫长到难以想象——瓦西莉娅才吁了一口气，并以非常缓慢的动作站了起来。

她紧绷的脸孔上挂着一个皮笑肉不笑的表情，她的声音则相当低沉。“你的意思是，地球人，我是毁坏那个人形机器人的共犯？”

贝莱说：“我的确有过这方面的想法，博士。”

“谢谢你的想法。现在晤谈结束，你可以回去了。”她指了指门口。

贝莱说：“只怕我还不想走。”

“我可没问你想不想，地球人。”

“那你就错了，如果我不想走，你又能怎么样？”

“我有许多机器人，只要我一声令下，他们就会礼貌地但坚决地把你赶走，唯一可能遭到伤害的只有你的自尊——如果你还有的话。”

“但眼前你只有一个机器人，而我却有两个，他们绝不会坐视这种事。”

“我随时能召来二十个。”

贝莱说：“瓦西莉娅博士，请务必听清楚！刚才你乍见丹尼尔的时候相当惊讶，所以我猜，虽然你任职于这个机器人学研究院，而贵院的首要任务就是研发人形机器人，你却从未真正见过像他这样运作自如的成品。因此，你的机器人同样没见过。瞧瞧这个丹尼尔，他多么像真人，除了已经死去的詹德，再也没有其他机器人像他这么酷似人类。在你的机器人眼中，丹尼尔当然就是人。而且他懂得怎样让机器人优先接受他的命令，或许能把你都给比下去。”

瓦西莉娅说：“有必要的话，我也能在研究院内召唤二十个真人，请他们把你赶走，或许还会让你挂点彩，而你带来的机器人很难干预他们的作为，就连丹尼尔也不能。”

“我的机器人具有极其迅速的反应能力，如果他们不让你有所行动，你又要怎样找来帮手？”

瓦西莉娅咧开嘴，做了一个算不上笑容的表情。“虽然我不能替丹尼尔发言，但我从小就认识了吉斯卡。我认为他绝不会阻止我的行动，而且我猜，他也不会容许丹尼尔干涉我。”

贝莱心知肚明，此时的处境如履薄冰，但他竭力避免声音打颤。“在你采取任何行动之前，或许该问问吉斯卡，如果你我的命令彼此冲突，他会怎么做。”

“吉斯卡？”瓦西莉娅带着无比的信心问道。

吉斯卡正视着瓦西莉娅，答道：“小小姐，我不得不保护贝莱先生，他有优先权。”他的声音透着一种莫名的古怪。

“真的吗？谁下的命令？这个地球人吗？这个陌生人吗？”

吉斯卡说：“是汉·法斯陀夫博士下的命令。”

瓦西莉娅的双眼几乎喷出火来，她慢慢坐回高凳上，双手摆在膝头。“他连你也抢走了。”当她低声说出这句话的时候，双手兀自颤抖不已。

“如果这还不足以说服你，瓦西莉娅博士，”丹尼尔突然自行发言，“那么请注意，我同样会把以利亚伙伴的权益放在你前面。”

瓦西莉娅带着一脸苦涩的疑惑凝望着丹尼尔。“以利亚伙伴？你是这么叫他的吗？”

“是的，瓦西莉娅博士。我之所以这样选择——将这个地球人置于你之上——除了因为这是法斯陀夫博士的命令，也是因为在这次的调查中，我和这个地球人的确是搭档，而且——”丹尼尔顿了顿，仿佛对即将脱口而出的那句话有些疑惑，但还是不管三七二十一说了出来，“我们还是好朋友。”

瓦西莉娅说：“好朋友？一个地球人和一个人形机器人？嗯，果然相配，都是半吊子的人类。”

贝莱厉声道：“无论如何，我们的友谊十分牢固。为了你自己着想，千万不要测试我们——”这时轮到他顿了一顿，“这种友情的力量。”他能顺利说完这句话，连他自己都万分惊讶。

瓦西莉娅转向贝莱。“你到底想要什么？”

“实情。我被请到奥罗拉——这个曙光世界——是来厘清一个似乎不易解开的谜团，那就是法斯陀夫博士蒙受了不白之冤，而你我的世界也有可能受到可怕的牵连。丹尼尔和吉斯卡对这个情势有充分的了解，在他们心目中，除非有迫在眉睫而且百分之百违背第一法则的情况，否则我的办案行动永远是第一优先。既然他们已经听到我刚才那番话，知道了你可能是这件案子的共犯，所以他们很清楚，绝不能让这场晤谈就此结束。因此之故，我再说一遍，如果你拒绝回答我的问题，他们将被迫采取行动，所以千万别冒这个险。我在指控你是谋杀詹德·潘尼尔的共犯，你否认这项指控吗？这个问题你非答不可。”

瓦西莉娅气急败坏地说：“我会回答的，我才不怕呢！谋杀？一个机器人被解除了功能，这叫作谋杀吗？好，不管是谋杀还是其他罪名，反正我通通否认，不遗余力地否认到底。我并没有为了要让格里迈尼斯去终结詹德，而教导他任何机器人学的知识。就这件事而言，我自己的学识根本不够，而且我猜这所研究院里谁也没有这个学识。”

贝莱道：“我不敢说你到底有没有这方面的足够知识，或是这所研究院里哪位成员有没有。然而，我们还是可以讨论你的动机。我首先想到的是，或许你对这个格里迈尼斯感到心软。不管你如何坚拒他的求欢——不管你觉得他多么不配成为你的情人——可是，若说你被他的坚持所打动，这又有什么奇怪的吗？所以，如果他诚心诚意向你求助，而事情又和性爱无关，难道你不会对他伸出援手吗？”

“你的意思是，也许他曾经对我说：‘亲爱的瓦西莉娅，我想把一个机器人解除功能，请告诉我该怎么做，我会对你感激涕零。’于是我说：‘啊，亲爱的，当然没问题，我万分乐意协助你犯这个罪。’荒谬之极！唯有对奥罗拉一无所知的地球人，才有可能相信真会发生这种事。而且，还必须是个特别愚蠢的地球人。”

“或许吧，可是各种可能性我都必须考虑。比方说，底下是第二种可能，你看有没有道理：格里迈尼斯移情别恋这件事令你醋劲大发，你之所以帮助他，可能并非心软这么抽象的原因，而是基于一个非常具体的渴望，就是想把他赢回来？”

“醋劲大发？那是地球人才有的反应。如果我自己不想要格里迈尼斯，又怎么会在乎他是否向其他女子求欢，以及是否成功，或者倒过来，是否有其他女子成功地对他献身？”

“之前我就听说过，奥罗拉上没有吃醋这回事，我也愿意相信理论上的确如此。可是，这样的理论很难通过现实的考验，总会有若干例外的情形。此外，吃醋几乎都是非理性的反应，光靠逻辑是不能排除的。不过，我们暂且搁下这个问题，先来讨论第三种可能性：即使你毫不在乎格里迈尼斯这个人，你仍有可能吃嘉蒂雅的醋，因而想要伤害她。”

“吃嘉蒂雅的醋？我几乎从未见过她，只有她刚到奥罗拉之际，在超波电视上看过她一眼。虽然每隔好一阵子，偶尔会有人提到她和我长得很像，但这并未造成我的困扰。”

“可是，她和法斯陀夫博士关系非比寻常，不只受到他的照顾和宠爱，甚至取代了你的地位，几乎成了他的女儿，这点有没有造成你的困扰呢？”

“那是她的自由，我一点也不在乎。”

“即使他俩是情人？”

瓦西莉娅瞪着贝莱，看得出她越来越气愤，发际冒出了许多细小的汗珠。

她说：“我们没必要讨论这一点。你声称我是你所谓的那个谋杀案的共犯，然后又要我否认，我已经这么做了。我已明白表示，自己一来没有能力，二来欠缺动机。你大可把这个指控公之于世，就算给我安上一个愚蠢的动机，并坚称我有那个能力，你也得不到任何支持，绝对得不到。”

虽然这时她气得发抖，贝莱却听得出她的声音充满自信。

她并不怕这个指控。

既然她同意见他，代表他确实猜对了一点——她在害怕什么事，或许还怕得要死。

可是她并不怕这件事。

所以说，到底哪里搞错了呢？

41

贝莱（心慌意乱地急着寻找出路）说道：“假设我接受你的说法，瓦西莉娅博士；假设我同意根本不该怀疑你是这桩——机杀案——的共犯。即便如此，并不代表你就不可能帮我。”

“我为什么要帮你？”

贝莱答道：“因为人类的高贵情操。汉·法斯陀夫博士向我们保证，他并没有做那件事，他并不是机器人杀手，他并未将那个十分特别的机器人詹德弄得停摆。而大家都会认为，你对法斯陀夫博士的了解超过任何人。曾有许多年的时间，你是他最宠爱的孩子，在他的照顾下逐渐长大，这种关系极其亲密。从来没有人像你那样，几乎在任何时间、任何情况下都见过他。无论你现在对他有什么感觉，都改变不了过去那些事实。既然你这么了解他，一定能够替他的人格作证——他不可能伤害一个机器人，更何况那机器人是他登峰造极的成就。你是否愿意公开作证？对所有的世界？那会有极大的帮助。”

瓦西莉娅的表情似乎更严峻了。“给我听清楚，”她一字一顿地说，“我不想给牵扯进去。”

“你不想也不行。”

“为什么？”

“难道你不觉得你的父亲对你有恩吗？他是你的父亲啊。不论这个称谓对你有没有意义，你们两人总有血缘上的关联。除此之外——不管父亲不父亲——他花了许多年的时间把你养大，尽心尽力照顾你、教育你。光是这一点，他就对你有恩。”

瓦西莉娅开始发抖。这回她抖得很明显，连牙齿都格格作响。她试着开口，可是办不到，只好接连做了两个深呼吸，然后再试一次。“吉斯卡，这些对话你都听到了吗？”

吉斯卡颔首答道：“听到了，小小姐。”

“你呢，那个人形机器人——丹尼尔？”

“请说，瓦西莉娅博士。”

“你也都听到了？”

“是的，瓦西莉娅博士。”

“所以你们都了解了，这个地球人坚持要我为法斯陀夫博士的人格作证？”

两个机器人点了点头。

“那我就说了——虽然这有违我的意愿，而且令我气愤。在此之前，我之所以没有出来作证，正是因为我觉得我的这个父亲——他给了我一半的基因，而且勉强可以说把我养大——对我至少有那么点恩情。可是现在我改变主意了。地球人，你给我听好，这个和我有血缘关系的汉·法斯陀夫博士，并没有把我——我！我！——

当作一个独立的人类来养育。对他而言，我只不过是个实验品，是个观察对象。”

贝莱摇了摇头。“我不是要你说这个。”

她却得理不饶人地步步紧逼。“既然你坚持要我说，我就照办，而且会给你一个答案。汉·法斯陀夫博士只对一件事感兴趣，只有一件事，一件事而已，那就是人脑的运作。他希望能将它化约成方程式，并且画出图解，以便破解这个迷宫，进而建立一套研究人类行为的数理科学，好让他得以预测人类的未来。他将这门科学称为‘心理史学’。我相信你只要跟他谈上一个钟头，他就一定会提到这件事，这股狂热正是他的原动力。”

瓦西莉娅仔细端详贝莱的表情，然后兴高采烈地叫道：“我看得出来！他跟你提过了。那么他必定告诉过你，他之所以对机器人感兴趣，只是想要通过他们来研究人类的大脑。而他之所以对人形机器人感兴趣，只是想要通过他们更进一步研究人类的大脑——没错，这点他也跟你说了。

“我相当确定，正是由于他试图了解人类的大脑，才会发展出人形机器人的基本理论，而他将这套理论视为禁脔，不让任何人看一眼，因为他想在长达约两世纪的余生中，完全独力地解开人脑之谜。其他的一切都是次要的，我当然也绝对包括在内。”

贝莱一面勇敢迎向对方的怒火，一面低声道：“请问为什么说你也包括在内，瓦西莉娅博士？”

“我出生后，原本应当和其他婴儿生活在一起，由专业人士负责照顾；不该让我独自成长，更不该让一个外行来照顾我——无论他是不是我的父亲，是不是科学家。法斯陀夫博士不该获准把一个小孩置于那样的环境下，他如果不是汉·法斯陀夫，就绝对做不到。为了实现这件事，他动用所有的名望，兑现了所有的人情，尽可能说服每一个关键人士，最后终于得到了我。”

“那是因为他爱你。”贝莱喃喃道。

“爱我？任何一个婴儿都能取代我，偏偏他一个也找不到。他想要有个小孩在他身边成长，有个大脑在他的观察下发育。他想要仔细研究人脑的生长模式和发展方式，所以希望先有个简单的大脑，随着它越长越复杂，他就有机会研究其中的细节。为了这个目的，他强迫我接受一个不正常的环境，以及稀奇古怪的实验，完全不把我当人看。”

“这点我无法相信。即使他拿你当实验对象，仍然能把你当成人类来关心和照顾。”

“不，你这是地球人的说法。或许在地球上，血缘的关联还受到某种重视，此地则完全不会。对他而言，我只是个实验对象，如此而已。”

“即使起初是这样安排的，可是一旦成了你的监护人，法斯陀夫博士便忍不住开始爱你——你这无助的小东西。即使完全没有血缘的关联，即使我们姑且假设你只是小动物，他还是会开始爱你。”

“喔，他现在会了吗？”她以苦涩的口吻说，“像法斯陀夫博士这种人，你不会知道他的心肠有多硬。如果杀了我能令他知识增长，他会毫不犹豫地这么做。”

“这太荒谬了，瓦西莉娅博士。他对你那么亲切、那么体贴，甚至令你对他产生爱意。这事我知道，你……你曾对他献身。”

“他告诉你的，是吗？对，他会这么做。直到今天，他都未曾静下心来想想，公开这种事会不会令我难堪。没错，我曾对他献身，但这又有何不对？当时，他是我唯一真正认识的人类。表面上他一直对我很温柔，而我那时还不了解他的真正意图，所以，他是我最自然的选择。此外，他还刻意要我在受控的情况下接触到性刺激——而且是由他一手安排的。于是，我无可避免地终将投向他的怀抱。我不得不这么做，因为根本没有其他选择——而他竟然拒绝我。”

“所以你开始恨他？”

“不，起初并没有，最初几年都没有。虽说我在性这方面的发展受到了阻碍和扭曲，直到今天心中还有阴影，但我并未立刻怪罪到他头上，因为我知道得太少了。我替他找了不少借口，例如他太忙、他有别的对象、他需要比较成熟的女人。我竟然有本事替他想到那么多理由，你也不得不佩服吧。直到好些年后，我察觉到事情有点不对劲，才设法把问题当面摊开来。‘你为什么拒绝我？’我问，‘如果你答应我，也许就能帮助我回到正轨，一举解决所有的问题。’”

她顿了顿，咽了一下口水，还把双眼遮住一阵子。贝莱觉得很尴尬，只好一动不动地耐心等待，而那些机器人仍旧个个面无表情（据贝莱了解，正子径路中各式各样的电位平衡或不平衡，一律无法产生类似尴尬这样的情绪）。

她比较平静了，又说：“他尽可能拖延这个问题，但我一而再、再而三当面追问他。‘你为什么拒绝我？’‘你为什么拒绝我？’他对性爱活动毫不排斥，我见识过好几次——我记得自己还怀疑过他是否只喜欢男性。只要不牵涉到生儿育女，性倾向如何一点也不重要，而且有些男性的确不喜欢女性，反之亦然。然而，你称之为我父亲的这个人，却不属于这一类。他喜欢女性——有时还是年轻的女性——她们和我当年向他献身时一样年轻。‘你为什么拒绝我？’最后他终于回答了——你不妨猜猜他给我的答案是什么。”

她带着嘲讽的意味暂且打住，等待对方开口。

贝莱感到坐立不安，含含糊糊地说：“他不想和自己的女儿做爱？”

“喔，别傻了。这又有什么差别呢——别忘了奥罗拉男性几乎都不知道谁是自己的女儿，而且他们和比自己小好几十岁的女性做爱是家常便饭。不过别管了，这种事不言而喻。他的回答是——唉，我记得一清二楚，他竟然说：‘你这大傻瓜！如果我和你有了那种关系，今后怎能再保持客观——我继续研究你还有什么用呢？’

“要知道，在那个时候，我已经明白他对人脑十分着迷。我甚至追随他的脚步，自己也成了一位机器人学家。我拿吉斯卡当实验品，尝试修改他的程序。我做得非常好，对不对，吉斯卡？”

吉斯卡说：“的确非常好，小小姐。”

“但我终究看出来，这个你称之为我父亲的人，其实并不把我当人看。为了避免影响自己的客观性，他宁愿眼睁睁看着我的人生遭到扭曲。对他而言，他的观察要比我的正常人生更为重要。从那时候起，我总算认清了自己的身份以及他的真面目——于是我离开了他。”

沉重的寂静开始凝结在空气中。

贝莱感觉到脑部血管在微微悸动。他很想问些问题：一个伟大的科学家，免不了有自我中心的倾向，更何况他研究的问题是那么重要，难道你完全不能体谅吗？你再三逼迫他讨论那件他不想讨论的事，或许他因此说了些气话，难道你完全无法容忍吗？瓦西莉娅，你刚才火冒三丈的时候，情况不也很类似吗？你为了彻底坚持自己的“正常”（姑且不论你如何定义），忽视了或许是人类所面对的最重要的两个课题——人脑的本质和银河系的开拓——这难道不是同样严重的自我中心，而且更站不住脚吗？

可是，这些问题他通通说不出口。他不知道该怎么说，才能让这个女人真正听进去，而如果她愿意回答，他也不确定自己是否听得懂。

他在这个世界上到底是在做什么？不论这些奥罗拉人如何解释，他也无法了解他们的行事作风，反之，他们也不了解他。

他以疲惫的口吻说：“很抱歉，瓦西莉娅博士，我知道你在气头上，但如果你能暂时消消气，心平气和地想想法斯陀夫博士和那个遇害的机器人，你能否看出这两件事其实并没有关系？法斯陀夫博士或许是想以超然和客观的方式观察你，甚至不惜为此牺牲你的幸福，可是这和他会忍心毁掉一个先进的人形机器人，两者相差了无数光年。”

瓦西莉娅涨红了脸，咆哮道：“你真的听不懂我说的话吗，地球人？难道你认为我刚才对你说那些话，是由于我认为你——或任何人——会对我的悲惨遭遇感兴趣吗？另一方面，你真的认为我喜欢用这种方式暴露自己的隐私吗？

“我告诉你这些，只是为了要向你说明，汉·法斯陀夫博士——如你不厌其烦一再强调的，也就是我的亲生父亲——确确实实毁掉了詹德。这事当然是他干的。我一直没这么说，是因为在你之前，没有任何人愚蠢到了问我这个问题，此外也是因为我自己太傻，对那个人多少还有些牵挂。但你既然问了我，那我可就不客气了，我向奥罗拉发誓，从今以后，我会对每个人都这么说。若有必要，我还会作公开说明。

“毁掉詹德·潘尼尔的就是汉·法斯陀夫博士，这点我万分确定，你满意了吗？”

42

贝莱骇然地瞪着这个发了狂的女人。

他结巴了一阵子，然后再度开口：“这些我全都不了解，瓦西莉娅博士。请你冷静下来，好好考虑一番。法斯陀夫博士为何要毁掉那个机器人？这和他对待你的方式又有什么关系？莫非在你的想象中，这是他对你进行的一种报复？”

瓦西莉娅呼吸急促（贝莱竟在不知不觉间注意到，瓦西莉娅虽然和嘉蒂雅一样身材娇小，她的胸部却比较大），她似乎要花很大的力气，才能控制住自己的声音。

她说：“地球人，我是不是已经告诉你，汉·法斯陀夫对于观察人脑十分着迷？他会毫不犹豫地对人脑施压，以便观察它的反应。而且，他特别喜欢不寻常的人脑——比方说婴儿的——因为可以观察它的发育过程。反之，他对普通人的大脑则兴趣缺缺。”

“可是这又和……”

“先问问你自己，他对那个外星女子为何那么感兴趣。”

“嘉蒂雅？我问过他，他也回答了。她令他想起了你，这点毫无疑问，你们两人长得还真像。”

“刚才，当你告诉我这件事的时候，我觉得很好笑，还反问你是否相信他。现在我再问一遍，你真相信他吗？”

“我为何不该相信他？”

"因为那并非事实。她长得像我，顶多只会引起他的注意，可是他对她感兴趣的真正原因，则是由于那个外星女子——来自外星。她是在索拉利长大的，那个世界的习俗和社会规范都有异于奥罗拉。她的大脑就像是用另一个模子铸出来的，因此能提供他不同的观点和启发。现在你还不明白吗？——另一方面，他为什么对你感兴趣呢，地球人？难道他那么笨，认为对奥罗拉一无所知的你真有办法解开奥罗拉上的谜？"

这时丹尼尔突然加入讨论，他的声音令贝莱吓了一跳。丹尼尔这么说："瓦西莉娅博士，以利亚伙伴当初对索拉利也一无所知，却侦破了索拉利上的一件奇案。"

"是啊，"瓦西莉娅酸酸地说，"那出超波剧红遍了每个世界。闪电总有可能打到人，但我并不觉得汉·法斯陀夫会坚信连续两个闪电能打到同一个地方。不，地球人，他之所以对你感兴趣，首要原因正是你的地球人身份。你能提供另一个非比寻常的大脑，供他研究和操弄。"

"但你绝不会真心相信，瓦西莉娅博士，他仅仅为了研究一个不寻常的人脑，就会不顾奥罗拉所面临的重大难题，找来一个他明明知道没用的人。"

"他当然会。我跟你讲这么多，不就是在强调这一点吗？无论奥罗拉面对什么样的危机，在他看来，都远远比不上解决人脑之谜来得重要。如果你问他，我能百分之百猜到他会如何回答。奥罗拉或许有兴有衰，有荣有枯，但相较于人脑之谜，通通显得微不足道，因为人类如果真正了解大脑，他心目中的'心理史学'就会梦想成真，而在这个学说的指导之下，只要短短十年的努力，便能修正和弥补过去一千年之间所有的错误和遗憾。他会用这样的论述把一切合理化——包括谎言、残酷的手段、一切的一切——只要说他的所作所为，都是为了增进有关人脑的知识即可。”

“我难以想象法斯陀夫博士会有残酷的一面，他这个人再温和不过了。”

“是吗？你和他相处过多久？”

贝莱答道：“三年前在地球上，和他谈过几小时。如今在奥罗拉，和他处了一整天。”

“一整天，一整天。我曾经和他在一起三十年，可以说是朝夕相处，然后，我虽然离开了他，仍不时注意他的学术动态。而你仅仅和他处了一整天，地球人？好吧，在那一天当中，他有没有做过任何吓唬你或羞辱你的事？”

贝莱陷入沉默。他想起了自己差点被调味瓶打破脑袋，好在有丹尼尔及时相救；想起了昨天在卫生间，曾经因为自然界的假象而寸步难行；还想起了他在户外多待了好些时间，目的只是为了测试他对开放空间的适应力。

瓦西莉娅说：“我看出来了。你的这张脸，地球人，并不如你所想象的那么会掩饰。他有没有想用心灵探测器伺候你？”

贝莱答道：“曾经提到过。”

“只不过一天——就已经提到了。我猜这令你感到很不安？”

“没错。”

“而且，他这个提议根本没来由？”

“喔，那倒是有的。”贝莱迅速回应，“我曾告诉他，自己有过一个一闪即逝的想法，所以他建议用心灵探测器帮我找回来，这当然是合情合理的。”

瓦西莉娅说：“不，不对。心灵探测器在这方面的精巧度还不够，如果轻易尝试，很有可能对大脑造成永久性伤害。”

“由专家操作就一定不会——比方说，由法斯陀夫博士亲自动手。”

“他？他连心灵探测器的前后都分不清。他是理论家，不是技术员。”

“那么一定能找到适当的人。事实上，他并没有说要亲自动手。”

“不，地球人，找不到的。想想！想想！如果心灵探测器能够安全地用在人类身上，又如果汉·法斯陀夫如此看重机器人无故停摆这件事，那么他何不自告奋勇，自愿接受心灵探测器的检查呢？”

“自告奋勇？”

“别说你没有想到这一点。只要不是白痴，谁都会得出法斯陀夫有罪的结论。唯一对他有利的事，就是他坚持自己是无辜的。所以说，为了证明自己的清白，他何不干脆接受心灵探测器的检查，示范一下在他的大脑深处挖不出一丁点罪恶的痕迹。他提过这种建议吗，地球人？”

“没有，至少没对我提过。”

“因为他非常了解，那样做有致命的危险。然而，他却毫不犹豫地对你作这种建议，只因为他想观察你对恐惧的反应，以及你的大脑在压力下如何运作。也或许是他想到，无论心灵探测器会带给你多大的风险，但你的大脑既然是在地球上塑造的，还是有可能提供他一些有趣的数据。所以请告诉我，这算不算残酷？”

贝莱硬生生挥了挥右臂，将这个问题扫到一边。“这和真正的案情——那个机杀案——又有什么关系？”

“那个索拉利女子，嘉蒂雅，吸引了曾是我父亲的那个人的注意。对他而言，她拥有一个有趣的大脑。因此他给了她一个机器人，也就是詹德，想要看看一个并非在奥罗拉长大的女子，面对在各方面都酷似真人的机器人，到底会做出什么事。他知道，换成了奥罗拉女性，极有可能立刻把机器人当性伴侣，丝毫没有心理障碍。我承认，我自己会有些这方面的障碍，因为我并非以正常方式养大的，但奥罗拉女性一般都不会。另一方面，那个索拉利女子则会出现极大的心理障碍，因为她是在一个极度机器人化的世界长大的，对机器人怀着非常僵硬的心态。你瞧，对我父亲而言，这个差异可能极具启发性，而从这些个别差异中，他就能试着建立人脑运作的理论。汉·法斯陀夫耐心等了半年，时机终于成熟了，那个索拉利女子或许已经能尝试跨出第一步……”

贝莱突然插嘴：“关于嘉蒂雅和詹德的特殊关系，你父亲完全不知情。”

“这是谁告诉你的，地球人？我父亲？嘉蒂雅？如果是前者，他自然是在说谎；如果是后者，那只是因为她很可能不知道。你大可相信法斯陀夫确实清楚内情，他非清楚不可，因为在他的研究中，一定包括了‘索拉利人的大脑是怎样扭曲的’这样的问题。

“然后他又想到——这件事，我像是能看穿他的心思那般确定——现在这个女人刚开始依恋詹德，如果这时候，在毫无来由的情况下，她突然又失去他，会导致什么情况呢？他知道换成奥罗拉女性会怎么做，她们会觉得有些失望，然后就开始寻找替代品，可是索拉利女子又会如何呢？于是他下手解除了詹德的功能……”

“只为了满足一时的好奇，竟然毁掉一个极具价值的机器人？”

“骇人听闻，对不对？但汉·法斯陀夫就是会做这种事的人。所以请你回去告诉他，地球人，就说他的小把戏玩不下去了。如果目前为止，这个世界普遍还不相信他是凶手，那么在我和盘托出之后，大家肯定就会相信了。”

43

接下来有好长一段时间，贝莱目瞪口呆地坐在那里，瓦西莉娅则带着幸灾乐祸的表情望着他。这时，她看起来一脸的冷酷，和嘉蒂雅没有半分相似之处。

似乎再也无能为力了……

贝莱站起来，觉得自己突然老了——虽然他只有四十五标准岁（对奥罗拉人而言，这只是小孩子的年龄），感觉上却老得多。目前为止，他所做的每一件事都毫无收获。不，其实更糟，因为他每走一步，拴在法斯陀夫身上的绳索就收得更紧一点。

他抬头望向透明的天花板，看见太阳仍高挂天际，不时有一两排稀疏的云朵遮住它的光芒。但它不如之前那么明亮，或许是已经通过天顶了。

他的这个举动似乎令瓦西莉娅想到了什么，她的手臂在面前的长桌上滑了一下，天花板立刻转为不透明。与此同时，一道明亮的光线迅速扩散至整个房间，其中还带着阳光里特有的淡橙色。

她说："这次晤谈我想该结束了。我不会再有任何理由想见你，地球人，反之你也一样。或许你最好尽快离开奥罗拉，你已经——"她冷冷一笑，然后近乎凶残地说，"对我父亲造成不少伤害，虽然他应得的报应要比这还多得多。"

贝莱朝门口走出一步，两个机器人随即来到他身边。吉斯卡低声说：“你还好吗，先生？”

贝莱耸了耸肩，这该怎么回答是好呢？只听瓦西莉娅叫道：“吉斯卡！等到法斯陀夫博士不再需要你的时候，来我这边好吗？”

吉斯卡平静地望着她。“只要法斯陀夫博士允许，小小姐，我就会来。”

她笑得更亲切了。“一定要来，吉斯卡，我一直都很想念你。”

“我也经常想到你，小小姐。”

贝莱在门口转过头来。“瓦西莉娅博士，我可否借用一下你的卫生间？”

瓦西莉娅双眼圆睁。“当然不行，地球人。研究院里各处都有公共卫生间，你的机器人应该知道怎么带你去。”

他一面瞪着她，一面摇了摇头。显然她不希望地球人污染她的房间，这并没有什么好意外的，但他仍旧气愤难平。

他说：“瓦西莉娅博士，如果我是你，绝不会宣称法斯陀夫博士有罪。”这句话纯粹出于义愤，并非任何理智的决定。

“有什么能阻止我呢？”

“如果你和格里迈尼斯之间的勾当被全盘揭露，会给你带来危险。”

“别胡扯了。你已经承认，我和格里迈尼斯之间没有什么同谋关系。”

“不完全正确。我同意表面上看来，应该能断定你和格里迈尼斯并未直接同谋要毁掉詹德。不过，间接的同谋还是有可能的。”

“你疯了，什么是间接的同谋？”

“如今我还不想在法斯陀夫博士的机器人面前讨论这件事——除非你坚持。但你又何必这么做呢？我这番话的意思，你自己心知肚明。”至于她会不会被唬到，贝莱自己毫无把握。这般虚张声势的结果，可能只会令情势更加恶化。

可是它奏效了！瓦西莉娅似乎全身缩了起来，而且双眉紧锁。

贝莱心想：所以说，不管内情如何，这个间接的同谋还真的存在，因此在被她看穿虚张声势之前，我至少还能制住她一阵子。

贝莱精神振奋了些，说道：“我再次强调，关于法斯陀夫博士的事，请你保持沉默。”

可是，当然啦，他并不知道自己争取到了多少时间——或许只有很少很少。

第十一章
格里迈尼斯

44

他们再次坐进气翼车——三人都坐在前面，贝莱照例坐在中间，左右两侧都感到被紧紧夹着。虽然他俩只是不能违背命令的机器，但对于他们无微不至的照顾，贝莱心中仍充满感激。

但他随即想到：为什么要拿“机器”这两个字来贬损他们呢？在这个好坏无常的宇宙里，他们即使是机器，也是两台好机器。我并没有权利把“机器和人类的区分”置于“好与坏的区分”之上。而且，至少就丹尼尔而言，我无法将他想成机器。

只听吉斯卡说：“我必须再问一遍，先生，你觉得还好吗？”

贝莱点了点头。“相当好，吉斯卡，我很高兴有你俩陪着我。”

此时天空几乎全是一片白色——更正确地说是灰白色。微风阵阵吹拂，带来相当的凉意，直到上了车才暖和起来。

丹尼尔说：“以利亚伙伴，刚才我一直在仔细聆听你和瓦西莉娅博士的对话。我并不希望驳斥瓦西莉娅博士的言论，但我必须告诉你，根据我自己的观察，法斯陀夫博士是个既亲切又有礼貌的人。据我所知，他从未有过任何残酷的作为，而且无论我怎么想，也想不到他曾经牺牲别人来满足自己的好奇心。”

贝莱仿佛在丹尼尔脸上看到了无比的真诚，他忍不住问道：“即使法斯陀夫博士其实既残酷又自私，你能对他作出负面评价吗？”

“我至少能保持沉默。”

“但你会这么做吗？”

“在瓦西莉娅博士完全诚实的前提下，我如果说谎，就是对她提出不当的质疑，因而会对她造成伤害；而如果我保持沉默，则会伤害到法斯陀夫博士，因为他所受到的正确指控将更加坐实。上述这两种伤害，如果在我看来强度大致相等，我就必须保持沉默。一般而言，在所有的条件大致相等的情况下，主动作为所导致的伤害，总是超过了被动的不作为。”

贝莱说：“所以，即便第一法则宣称‘机器人不得伤害人类，或因不作为而使人类受到伤害。’它前后两部分其实地位并不相等？根据你的说法，采取或不采取行动，导致的错误总是前者比较大？”

“这些字句只是大概的描述而已，以利亚伙伴，真正的三大法则其实是正子径路中那些‘正子电动势’的恒常变化。我没有足够的知识用数学来描述这件事，但我很清楚自己会怎么选择。”

“如果几乎会造成相等的伤害，那么在采取与不采取行动之间，你总是会选择后者？”

“一般而言是这样的。此外，如果几乎会造成相等的伤害，那么在说实话和说谎之间，我总是会选择说实话。同样的，这也是一般而言。”

“而现在这个情况，既然你已开口驳斥瓦西莉娅博士，造成了她的伤害，唯一的解释就是你在说实话，所以第一法则没有足够的力量阻止你？”

“正是这样，以利亚伙伴。”

“然而事实上，即使刚才那番话是不折不扣的谎言，你还是可能一字不漏地说出来——只要法斯陀夫博士事先对你下了一道足够强的命令，要求你在必要时那么说，而且拒绝承认你曾接到这样的命令。”

丹尼尔顿了顿，然后才说：“正是这样，以利亚伙伴。”

“情况可真是复杂，丹尼尔——但你还是相信法斯陀夫博士并没有谋杀詹德·潘尼尔？”

“根据我和他相处的经验，以利亚伙伴，我判断他是个诚实的人，绝对不会伤害詹德好友。”

“然而，针对他是凶手的指控，法斯陀夫博士自己竟然提出一个强而有力的动机，另一方面，瓦西莉娅博士则提出一个完全不同的动机，不但同样强而有力，而且甚至比前者更可耻。”贝莱沉思了一下，“这两个动机，无论哪个公之于世，普天下都会相信法斯陀夫博士确实有罪。”

贝莱突然转向吉斯卡。“你怎么说呢，吉斯卡？你认识法斯陀夫博士的时间要比丹尼尔来得长，根据你对博士人格的了解，你是否也同意法斯陀夫博士不可能犯下这个案子，不可能毁掉詹德？”

“我同意，先生。”

贝莱凝视着这个机器人，心中难免有几分怀疑。他不如丹尼尔那么先进，所以他的证词能有多么可信呢？他会不会身不由己，被迫对丹尼尔所作的选择照单全收呢？

他又问：“你也认识瓦西莉娅博士，对不对？”

“我和她非常熟。”吉斯卡答道。

“我猜，你还很喜欢她。”

“我照顾了她许多年，她从来没有带给我任何麻烦。”

“即使她曾任意修改你的程序。”

“她的技术很高明。”

“她会不会说谎诬陷她的父亲——我是指法斯陀夫博士？”

吉斯卡迟疑了一下。“不会的，先生，她不会这样做。”

“那么你是说，她所讲的都是实话。”

“也不完全是这样，先生，我只是说她相信自己是在说实话。”

“可是，如果事实上，她父亲的为人真是丹尼尔所说的那样，她又为何要相信他做过那些邪恶的事呢？”

吉斯卡慢条斯理地说：“她年轻的时候受过不少委屈，而她将问题通通归咎于法斯陀夫博士，况且，在某种程度上，这些不幸确实是他的无心之失。在我看来，会有那样的结果根本不是他的本意。然而，人类不像机器人，并非几个直截了当的法则就能规范。因此大多数的时候，人类各种动机的复杂性都是很难判断的。”

“有道理。”贝莱喃喃道。

吉斯卡问：“你是否认为，想证明法斯陀夫博士是无辜的，已经没希望了？”

贝莱双眉紧锁。“有可能。目前为止，我看不到任何希望——如果瓦西莉娅博士照原定计划，公开说出那些话……”

“但你已经命令她别说。你已经对她说明，那会给她带来危险。”

贝莱摇了摇头。“我是在吓唬她，当时我也只能那么讲。”

“所以说，你打算放弃了？”

贝莱慷慨激昂地说：“不！此事若只牵涉到法斯陀夫，我也许会放弃。毕竟，他会受到什么实质伤害呢？杀害机器人顶多只是民事案件，显然不算什么重罪。最坏的结果，也只不过是令他失去政治影响力，此外，他也许会有一段时间无法从事科学研究。我很不愿意见到这种事，但如果我无能为力，那就真的无能为力了。

“另一方面，此事若只牵涉到我自己，我也可能会放弃。无功而返虽说有损我的声誉，但我碰到的情况，正应了巧妇难为无米之炊这句话。我将会灰头土脸地回到地球，会开始过着遭到解雇的悲惨日子，但每个地球人都有可能遇到这种坏运气。许多比我优秀的人，同样碰到过这么不公平的事。

“问题是，这件事还关系到了地球。如果我失败，除了会让我自己和法斯陀夫博士遭到难以承受的打击，还会把地球人离开地球、走向银河的希望彻底葬送掉。基于这个原因，我一定不能失败，只要我没有被逐出这个世界，就一定要继续努力下去。”

他近乎耳语般讲完最后几句话之后，突然抬起头来，用发牢骚的口吻说：“我们干嘛停在这里，吉斯卡？你让发动机空转着好玩吗？”

“恕我直言，先生，”吉斯卡说，“你还没告诉我要去哪里。”

“对！——很抱歉，吉斯卡。首先，瓦西莉娅博士提到此地有不少公共卫生间，带我去最近的一处。你们两人或许没这个问题，但我的膀胱可得清一清了。然后，在附近找个吃饭的地方，我的肚子也得填一填了。再然后……”

“怎样，以利亚伙伴？”丹尼尔问。

“实话告诉你，丹尼尔，我也不知道。然而，等照顾完这些生理需求，我一定能想到下一步。”

贝莱衷心希望自己也能相信这句话。

45

这回，气翼车并未贴地飞行太久。它很快就停止前进，开始轻微摇晃，而贝莱又照常出现腹部抽紧的感觉。他原本觉得车身好像墙壁，自己则安全地夹在两个机器人之间，可是由于这种轻微的摇晃，他记起自己正置身于一辆交通工具之内。透过前方和两侧的玻璃窗（以及后方的，但他看不到），他能望见白色的天空和绿色的景致——这些加在一起就等于户外，也就是无边的空旷。他不安地咽了一下口水。

他们停在一栋小型建筑旁边。

贝莱说："这就是公共卫生间吗？"

丹尼尔说："在研究院范围内，这是最近的一间了，以利亚伙伴。"

"你们效率真高。灌入你们记忆库中的地图，也包括这些建筑吗？"

"是的，以利亚伙伴。"

"这间现在有人用吗？"

"或许吧，以利亚伙伴，但它可供三四个人同时使用。"

"还有我的空位吗？"

"很有可能，以利亚伙伴。"

"很好，那就让我出去，我要去碰碰……"

两个机器人并未有所行动。吉斯卡说：“先生，我们不能陪你进去。”

“对，这点我很清楚，吉斯卡。”

“所以我们无法好好保护你，先生。”

贝莱皱起了眉头。构造越简单的机器人，心智自然越僵硬。贝莱惊觉大事不妙，他们势必会禁止自己离开他们的视线，换句话说，不准自己进卫生间去。于是，他改用急迫的口吻说：“我忍不住了，吉斯卡——丹尼尔，这种事由不得我，让我下车。”他对丹尼尔比较抱希望，因为他想必较为了解人类的需要。

吉斯卡只是望着贝莱，并未采取任何行动。一时之间，贝莱冒出一个可怕的想法：这机器人该不会要自己像动物一样，在附近找个地方，公然解决吧。

好在丹尼尔及时道：“在这件事情上，我想我们必须遵从以利亚伙伴的意思。”

于是吉斯卡对贝莱说：“那么请你稍等一会儿，先生，让我先过去看看。”

贝莱做了一个鬼脸。吉斯卡随即下车，慢慢走向那栋建筑，然后刻意绕着它走一圈。贝莱早已有预感，一旦吉斯卡在眼前消失，自己的急迫感便会升高。

为了分散注意力，他开始瞭望四周的景物。经过一番审视，他察觉到半空中零星散布着许多细线——像是白色的天幕上挂着好些黑色发丝。起初，他根本没看见什么线，最先进入他眼中的，是一个滑行在云层下方的卵形物体。他很快就明白那是个交通工具，并且想通了它并非飘浮在半空中，而是挂在一条很长的水平线上。他用目光来来回回追踪那条长线，不久便发现了更多类似的线条。然后，在较远的地方，他看到另一个同类型的交通工具——随即在更远处又看到一个。最远的那个看起来只是个小黑点，他是根据其他两个，才推断出它是什么东西。

毫无疑问，这是穿梭于机器人学研究院内的交通缆车。

贝莱忍不住想到，这所研究院范围有多大，浪费了多少空间啊。

然而，正因为如此，它并未吞噬这片土地。建筑物彼此都相隔甚远，因此这里似乎依旧是绿油油的一片，而动植物（根据贝莱的想象）继续照常生长。

贝莱一直记得索拉利十分空旷，现在则确定太空族世界一律如此。原因很简单，奥罗拉是人口最稠密的太空族世界，既然奥罗拉上最密集的区域都那么空旷，其他世界可想而知。事实上，就连地球也算是个空旷的世界，只有大城里面例外。

可是地球上好歹有那些大城，想到这里，贝莱感到一阵锥心之痛，赶紧设法将这股乡愁抛在脑后。

丹尼尔说："啊，吉斯卡好友侦察完毕了。"

吉斯卡刚走回来，贝莱便尖酸刻薄地说："怎么样？可否请你恩准我……"他突然打住了。机器人在这方面明明百邪不侵，又有什么好挖苦的呢？

吉斯卡说："几乎可以确定这个卫生间是空的。"

"太好了！那就快给我让开。"贝莱用力推开车门，一脚踏到了碎石小径上。他随即快步向前走去，丹尼尔则紧跟在后。

他们来到了那栋建筑的门口，丹尼尔默默地指着门上的开关，并未贸然伸手按下去。贝莱推测，想必是在没有明确指令的情况下，如果主动那么做，会显得他有打算进去的意图——机器人连这种意图都不能有。

贝莱按下开关，走了进去，让两个机器人留在外面。

直到他置身这个卫生间，才想到吉斯卡绝不可能进来巡视过——那机器人说里面没有人，一定只是从外面观察所得的结论，而这种结论并不算可靠。

然后，贝莱又有点不自在地想到，这是自己头一回身边没有任何保镖——如果突然出现状况，门外那两名保镖并不容易进来。所以说，万一此时此刻，这里面还有别人，那该怎么办？万一敌人通过瓦西莉娅获悉了他的行踪，知道他正在找卫生间；万一敌人此时正躲在这栋建筑内？

突然间，贝莱又惊觉自己竟手无寸铁（这是在地球上不可能发生的事）。

46

事实上，这栋建筑并不算大。里面共有六个小便斗，以及六个小洗脸台，两者皆是一字排开。但是并没有淋浴间，也没有衣物清洗机或刮脸装置。

不过倒是还有六个隔间，每间都附有一扇小门。会不会某间里面正藏着一个人呢——

由于隔间门和地板之间有些空隙，他轻轻弯下腰来，从那些空隙望进去，看看会不会瞥见一双脚。然后他又走近每扇门，如临大敌般一一打开，而且心中早有准备，只要发现一丝不对劲，立刻用力把门关上，拔腿冲向通往户外那扇门。

结果，每个隔间都是空的。

他又四下望了望，以确定并没有其他可供藏身之处。

最后，他检查了一下那扇外门，发觉竟然无法将它锁上。这时他才想到，那是理所当然的事。这个卫生间显然是供多人同时使用，必须让其他人随时能够进来。

但他不能轻易离开这里，去找另一个卫生间，因为任何一间都有同样的危险——此外，他也不能再憋了。

一时之间，他无法决定该用哪个小便斗。他可以任选一个，问题是别人也能这么做。

他终于强迫自己作出选择，但由于四周毫无遮拦，他羞得连膀胱都使不出力气。虽说他尿急，可是在那股担心有人闯进来的情绪慢慢消退之前，他却什么也做不了。

他不再害怕敌人闯进来，他现在担心任何人闯进来。

然后他想到，如果有人走近，两个机器人至少会挡一阵子。

有了这个想法之后，他勉强宽心了——

他总算解完小便，感到无比轻松，正准备要转向洗脸台，忽然听到有人以音调颇高、带点紧张的声音说："你是以利亚·贝莱吗？"

贝莱僵住了。他担了那么多心，作了那么多预防，结果还是未曾察觉有人进来。想必刚才在最后关头，他完全专注于清空膀胱这个简单的动作。可是这种事，不该令他有一丝一毫分神才对。（他是不是老了？）

其实，他听到的那个声音似乎并未带有任何威胁，更没有一丝敌意。贝莱之所以错愕，只是因为他很有把握——甚至内心万分肯定——就算吉斯卡办不到，丹尼尔也一定会替他挡住所有的威胁。

令贝莱难以接受的，是凭空冒出一个人这回事。他活到这么大，从未碰过有人在卫生间里靠他那么近——更遑论和他说话。在地球上，那是最严重的禁忌；而在索拉利（以及直到现在在奥罗拉），他一律使用单人卫生间。

那声音又出现了，而且听起来很不耐烦。“好了！你一定就是以利亚·贝莱。”

贝莱慢慢转过头去，见到一个中等身高的男子，穿着一件剪裁合宜的服装，整套衣服都是深浅不同的蓝色。他的肤色和发色都很淡，两小撇八字胡的颜色则比较深。贝莱不禁望着对方的小胡子出了神，这还是他头一回见到蓄八字胡的太空族。

贝莱（声音中充满在卫生间说话的羞愧）答道：“我就是以利亚·贝莱。”即使在他自己听来，这句话也轻声细语到毫无说服力的程度。

当然，那名太空族也觉得这个回答没什么说服力。他眯起眼瞧了瞧，说道：“外面的机器人说以利亚·贝莱就在这里，可是你和超波剧里面的你根本不像，一点都不像。”

贝莱咬牙切齿地想，又是那个愚蠢的超波剧，真是没完没了！他所碰到的陌生人，无不因为剧中那个绝不忠于原型的角色，对他有个先入为主的错误印象。因而一开始的时候，谁也无法接受他是个普普通通的人类，是个也会犯错的凡人——等到发现他竟然会犯错，他们失望之余，便会开始把他当成笨蛋。

想到这里，他愤愤地来到洗脸台，把水龙头开到最大，然后一面在半空中微微甩手，一面寻找热风机在哪里。那太空族按下一个开关，手中便凭空出现一小团能吸水的松软物质。

“谢谢你。”贝莱伸手接了过来，“超波剧中那个人不是我，是个演员。”

“我知道，但他们应该找个更像你的人来演，对不对？”他对这件事似乎颇为不满，“我想跟你谈谈。”

“我的机器人怎么会让你进来？”

他对这件事显然同样不满。“我差点进不来了。”那太空族说，“他们试图阻拦我，而我身边只带了一个机器人。我必须装作急得不得了、非进来不可的样子，没想到他们竟然对我搜身。他们真的把双手放到我身上，确认我是否带有危险物品。如果你不是地球人，我一定会告你。你不能对机器人下那种羞辱他人的命令。”

“我很抱歉。”贝莱硬邦邦地说，“不过这个命令并不是我下的。我能帮你什么吗？”

“我想跟你谈谈。”

“你已经在这么做了——请问你是谁？”

对方似乎迟疑了一下，然后说：“格里迈尼斯。”

“山提瑞克斯·格里迈尼斯？”

“没错。”

“你为什么想要跟我谈谈呢？”

格里迈尼斯显得有点尴尬，他凝视贝莱片刻，然后含糊地说：“嗯，既然我进来了……希望你别介意……我不妨也……”说着，他便朝那排小便斗走去。

贝莱立刻了解格里迈尼斯要做什么，忍不住感到一阵恶心。他连忙转身，说道：“我在外面等你。”

“不不，别走。”格里迈尼斯急得几乎像在尖叫，“一下就好，拜托！”

正巧贝莱现在也急着要跟格里迈尼斯谈谈，不想因为任何小事得罪对方，惹得对方不愿开口，否则他可不愿答应这个请求。

他一直背对着小便斗，由于惊吓引发的反射动作，他的眼睛几乎眯成了一条线。直到格里迈尼斯转到他面前，手上同样捏着一团蓬松的纸巾，贝莱才再次有了宽心的感觉。

“你为什么想要跟我谈谈？”他又问了一次。

“嘉蒂雅——那个索拉利女子——”格里迈尼斯显得有些犹豫，没有再说下去。

“我认识嘉蒂雅。”贝莱淡淡地说。

“嘉蒂雅用显像和我联络——你知道，就是三维影像——告诉我说你在打听我。而且，她还问我有没有用任何方式欺负她的机器人——那是个外表酷似人类的机器人，和外面那个很像……”

“究竟有没有呢，格里迈尼斯先生？”

“没有！我甚至不知道她有个那样的机器人，直到——难道你告诉她是我做的吗？”

“我只是问了她一些问题，格里迈尼斯先生。”

格里迈尼斯右手握拳，按在左手手掌上不停地磨蹭。“我可不想遭到任何不实指控——尤其是那种会影响到我和嘉蒂雅关系的诬陷。”他紧张兮兮地说。

贝莱问：“你是怎么找到我的？”

格里迈尼斯说：“她先问我有没有欺负她的机器人，然后又说你在打听我。我本来就知道你是被法斯陀夫博士找来奥罗拉，来帮忙解开关于那个机器人的——谜团。这些事超波新闻都报道过，而……”他一句句说得很辛苦，仿佛对他而言，说出这些实情有着天大的困难。

“请继续。”贝莱说。

“我觉得必须向你解释清楚，我和那个机器人没有任何瓜葛，绝对没有！嘉蒂雅并不知道你在哪里，但我猜法斯陀夫博士应该知道。”

“所以你联络了他？”

“喔，不，我——我自己并没有这个胆子——他是那么伟大的科学家。但嘉蒂雅替我问了他，她这个人——就是那么热心。他告诉她，你去找他的女儿瓦西莉娅·茉露博士去了，这对我是好消息，因为我也认识她。”

“对，这我知道。”贝莱说。

格里迈尼斯显得局促不安。“你是怎么——你也跟她打听了我？”他的不安似乎很快转化成悲哀，“等到我终于和瓦西莉娅博士取得联络，她说你刚离开，但我或许能在某个公共卫生间找到你——而这间离她的宅邸最近。我确定你没有理由舍近求远，耽搁更多的时间。我的意思是，你何必那么做呢？”

“你的推理相当正确，但你怎么会来得这么快？”

“我在机器人学研究院工作，我的宅邸就在研究院里面。骑机板车几分钟就到这儿了。”

“你一个人来的吗？”

“对！只带了一个机器人。要知道，机板车是双座的。”

“而你的机器人等在外面？”

“是的。”

“请再讲一遍，你为什么想要见我。”

“我必须说服你相信我和那个机器人毫无瓜葛，在这件事爆成大新闻之前，我甚至从未听说过他。所以我能跟你谈谈了吗？”

“可以，但不是在这里。”贝莱坚决地说，“我们先出去。”

贝莱心想，说来也真奇怪，自己竟然那么渴望走出这几堵墙，投向户外的怀抱。在这个卫生间里，他遇到一件完全陌生的事物，可以说是他在奥罗拉或索拉利都从未见识过的。在这种场所，竟然有人公然地、若无其事地跟他说话——将这个特殊场所和其他场所一视同仁——这要比公开谈论卫生间更加令他惊讶。

关于这件事，他所读过的胶卷书都只字未提。显然，正如法斯陀夫所强调的，那些书并非为了地球人而写，作者心目中的读者主要是奥罗拉人，其次则是来自其他四十九个太空族世界的观光客。毕竟，地球人几乎永远不可能前往太空族世界，其中又以奥罗拉最不可能。这里根本不欢迎地球人，所以说，又何必替他们写什么书呢？

更何况，对于众所周知的事，那些胶卷书又何必详加说明？难道书中还要不厌其烦地强调奥罗拉世界是球形的，或者水是湿的，或者男性在卫生间可以自由交谈？

但这样一来，岂不是亵渎了“卫生间”这三个字吗？然而，贝莱又不免想到地球上的女用卫生间，正如洁西经常提到的，女性在里面总是喋喋不休，从来不觉得有什么不妥。为何女性可以，男性却不行？在此之前，贝莱只是将它当作习俗——牢不可破的习俗——从未认真思考过这个问题。但既然女性可以，男性为何不行？

当然可以。不过，这个想法只停留在他的理智层面，并未影响他的内心，因此他对这种事还是有着根深蒂固的强烈反感。于是他再度强调：“我们先出去。”

格里迈尼斯表示反对。“但你的机器人就在外面。”

“完全正确，那又怎样？”

“可是这件事，我想跟你私下谈，所谓仅限人类和人……人类之间。”最后半句话，他说得有点结巴。

“我想你的意思是，太空族和地球人之间。”

“这么说也行。”

“我的机器人一定要在场，他们是我查案的工作伙伴。”

“但我要说的话和你的查案毫无关系，我试图说服你的正是这一点。”

“有没有关系，由我来决定。”贝莱说得十分坚决，随即走出了卫生间。

格里迈尼斯迟疑片刻，然后才跟上去。

47

丹尼尔和吉斯卡仍旧耐心地等在外面——他们面无表情，仿佛漠不关心。不过贝莱觉得，至少能在丹尼尔脸上看到一丝挂念，但另一方面，他也有可能只是把情绪投射到了这个足以乱真的机器脸孔上。至于比较不像人的吉斯卡，即使再有想象力的人，也无法对他作出拟人化的联想。

此外还有另一个机器人等在门外——想必就是格里迈尼斯带来的。他的外观甚至比吉斯卡更简单，而且看起来有点破旧感，显然格里迈尼斯并不怎么富裕。

丹尼尔说：“很高兴看到你安然无事，以利亚伙伴。”贝莱自然而然把这句话解释成丹尼尔大大松了一口气。

“完全没事。然而，有件事令我感到好奇，如果听见我在里面大声呼救，你们会闯进去吗？”

“会立刻行动，先生。”吉斯卡说。

“即使你们的程序禁止你们进卫生间？”

“保护人类——尤其是你——是至高无上的要求，先生。”

“的确没错，以利亚伙伴。”丹尼尔说。

“我很高兴听到这句话。”贝莱说，“这个人就是山提瑞克斯·格里迈尼斯。格里迈尼斯先生，这是丹尼尔，这是吉斯卡。”

两个机器人都庄重地点头行礼。格里迈尼斯只是瞥了他们一眼，然后随便挥了挥手。他也根本懒得介绍他自己的机器人。

贝莱四下望了望。太阳已经完全躲进云层里面，天色明显地暗了下来，凉风则吹得更起劲，把空气吹得更冷了。不过，这种阴暗的天气似乎并未影响贝莱的心情，他仍在暗自庆幸总算逃出了卫生间。当他察觉自己对户外真的有了好感，精神不禁大为振奋。他知道这只能算是特例，但这一小步得来不易，他还是忍不住视之为丰功伟绩。

贝莱正准备转向格里迈尼斯，和他继续谈下去，却无意间望见一些动静——一名女子正带着一个随行的机器人跨过那片草地，一路朝他们走来，可是似乎对他们完全视而不见。显然，她的目的地是这个卫生间。

虽然女子距离他们还有三十米，贝莱仍朝她举起手来，仿佛要阻止她继续前进。与此同时，他还低声抱怨："难道她不知道这是男用卫生间？"

"什么？"格里迈尼斯说。

那女子继续前进，贝莱越看越觉得一头雾水。最后，她的机器人在门口站定，女子则走进了那栋建筑。

贝莱莫可奈何地说："可是她不能进去啊。"

格里迈尼斯回应道："有何不可？这是公用的。"

"但却是男用的。"

"不，大家都可以用。"格里迈尼斯似乎完全摸不着头脑了。

"男女通用吗？你不可能是那个意思吧。"

"凡是人类皆可使用，我就是这个意思！不然你希望怎么样？我真搞不懂。"

贝莱转过身去。几分钟之前，他还认为在卫生间公开交谈是最糟的一件事，再也没有比这更糟的了。

就算要他尽力设想更糟的情况，他也无论如何想不到有可能在卫生间遇到女性。根据地球上的惯例，只要进入大型的公共卫生间，他就必须装作其他人都不存在，但即使所有的惯例加在一起，也不能阻止他察觉迎面而来的人是男是女。

万一，当他还在卫生间的时候，有个女子若无其事地走了进来——就像刚才那位一样——那该怎么办？或者更糟的情况，万一他走进卫生间，发现已经有个异性在里面，那又该怎么办？

他无法推估自己会有什么反应。他从未估量过这种可能性，更遑论遇到过这种情形，但即使想一想，他也觉得完全难以忍受。

而胶卷书中，对这件事同样只字未提。

当初他之所以阅览那些书，是为了避免在进行调查之际，对奥罗拉人的生活习惯一无所知——结果读完之后，他对所有的重要环节仍旧一无所知。

这种一无所知的情形，几乎令他寸步难行，所以说，对于詹德之死这个谜中谜，他又要如何破解呢？

不久前，他还因为稍微克服了户外恐惧而沾沾自喜，可是现在，他却发现自己对身边的事物全都不够明白，甚至不明白自己为何这么不明白。

他竭力避免想象有个女子正走在自己刚刚站立的位置，但他发觉自己眼看就要完全绝望了。

48

吉斯卡又说（从他的遣词用字，不难察觉出关怀之意——虽说从口吻中听不出来）:“你不舒服吗，先生？需要协助吗？”

贝莱喃喃道:“不，不，我很好——但我们赶紧走吧，我们挡住了通往卫生间的路。”

他迅速朝气翼车的方向走去。刚才他们将气翼车停在碎石小径旁的空地，现在空地的另一侧还停了一辆小型双轮车——共有一前一后两个座位。贝莱假设那就是格里迈尼斯的机板车。

贝莱心里很清楚，由于饥肠辘辘，他心中的沮丧和难过更加严重了。现在显然已经过了午餐时间，而他尚未填饱肚子。

他转向格里迈尼斯。“我们继续谈吧——但如果你不介意，让我们边吃边谈。我是说，如果你还没吃午饭，而且不介意和我一起用餐的话。”

“你要去哪里吃？”

“我不知道。研究院哪里有卖吃的？”

格里迈尼斯说:“不能去公共餐厅，那里不方便说话。”

“还有别的选择吗？”

“去我的宅邸吧。”格里迈尼斯立刻答道，“它并非那种高级住宅，我可不是这里的高阶主管。话说回来，我还是有几个仆佣机器人，可以弄一顿像样的午餐——我看这么做吧，我仍骑车载着布朗迪吉——你知道，就是我的机器人——而你们跟在我后面。你们得开慢点，不过只有一公里多的路程，两三分钟就到了。”

他小跑步离去，一副迫不及待的样子。贝莱望着他瘦长的背影，觉得他似乎散发着一种青春气息。当然，想要准确判断他的年龄并不简单，太空族的外表不会显露年龄，所以格里迈尼斯很可能已经五十岁了。但他的言行令他看起来很年轻，几乎可以说就是地球人心目中的青少年。至于他怎么会给人这种印象，贝莱自己也说不准。

贝莱突然转向丹尼尔。“你认识格里迈尼斯吗，丹尼尔？”

“我以前从未见过他，以利亚伙伴。”

“你呢，吉斯卡？”

“我见过他一次，先生，但只是擦肩而过。”

“你对他有任何了解吗，吉斯卡？”

“全都是很浮面的，先生。”

“他的年龄？他的个性？”

“都不知道，先生。”

只听格里迈尼斯喊道：“准备好了？”他的机板车随即发出刺耳的噪音。显然这辆车并不具备喷射辅助动力，因为它的轮子一直未曾离开地表。这时，布朗迪吉已端坐在格里迈尼斯后面。

吉斯卡、丹尼尔和贝莱迅速钻进气翼车。

格里迈尼斯沿着一条弧线骑出去，只见他的头发飞扬在半空中。贝莱忍不住想象，骑着像这样的开放式交通工具，风吹在身上是什么感觉？他很庆幸自己坐在完全封闭的气翼车内——而且他突然觉得，这是一种文明得多的旅行方式。

机板车开始走直线了，并在一声闷响之后猛然向前冲。格里迈尼斯挥了挥手，做了一个跟我来的手势。坐在他后面的机器人并未搂着他的腰，却能轻轻松松地保持平衡，贝莱确定换成人类绝对做不到。

气翼车跟了上去。虽然机板车一路畅行无阻，似乎在高速前进，但那显然是它的大小所造成的假象。气翼车必须尽可能放慢速度，才不至于把它撞倒。

“还有一件事，”贝莱若有所思地说，“令我百思不解。”

“什么事，以利亚伙伴？”丹尼尔问。

“瓦西莉娅提到格里迈尼斯的时候，曾不屑地说他只是个‘理发匠’。显然，他的工作不外是替人设计发型、服装，以及各种随身饰品。所以说，他的宅邸怎么会在机器人学研究院里面呢？”

第十二章
格里迈尼斯之二

49

只不过短短几分钟，贝莱已经置身格里迈尼斯的住处，这是自从他一天半前抵达奥罗拉之后，所造访的第四个宅邸，前三个分别属于法斯陀夫、嘉蒂雅，以及瓦西莉娅。

虽然贝莱不算熟悉奥罗拉的事物，也看得出格里迈尼斯的宅邸是个新房子，只是相较之下，它显得比较小，也比较简单朴素。然而，奥罗拉宅邸的一大特色——机器人栖身的壁凹——当然少不了。大伙儿刚进去，吉斯卡和丹尼尔便迅速走进两个空置的壁凹，面向墙壁一动不动地静静待着。格里迈尼斯的机器人布朗迪吉也几乎同样迅速地进了另一个壁凹。

尽管动作那么快，却看不出他们在选择壁凹之际出现任何困难，更看不出有两个机器人想要走进同一个壁凹。贝莱十分好奇他们是如何避免冲突的，最后他断定，他们彼此之间一定在互通讯息，其中的过程类似人类的潜意识运作。诸如此类的问题，他或许会找个机会请教丹尼尔（只要他没忘记）。

贝莱还注意到，格里迈尼斯也在端详那些壁凹。

格里迈尼斯将手举到上唇，伸出食指摸了一下他的小八字胡。然后，他以不太确定的口吻说："你的那个机器人，外表像人类那个，似乎不该待在壁凹里。他就是丹尼尔·奥利瓦吧？法斯陀夫博士的机器人，对不对？"

"没错。"贝莱说，"他在那出超波剧中也有戏分。不，并不是他自己演的，但扮演他的演员还算称职。"

"对，我记得。"

贝莱注意到格里迈尼斯就像瓦西莉娅——甚至嘉蒂雅以及法斯陀夫一样，和自己保持着一定的距离。在贝莱周围，似乎有一个看不见、摸不着，而且无论如何感知不到的"排斥场"，令这些太空族无法靠他太近，甚至每当他们经过他身边，也会受到排斥而改走有弧度的路径。

贝莱有点纳闷，格里迈尼斯是刻意这么做呢，还是这纯属下意识的行为。既然这样，那么他在这些宅邸所坐过的椅子，用过的碗盘，擦过的毛巾，他们又会怎么处理呢？普通的清洗就足够了吗？还是要经过特殊的杀菌程序？他们会不会把那些东西通通丢弃，一一换新？一旦他离开这个世界，那些宅邸会不会被整个消毒一遍？或是每晚已经在这么做？而他用过的那个公共卫生间呢？他们会不会把它拆了，重新建造一个？刚才在他之后使用卫生间的那个不知情女子，她又要怎么办？或者有没有可能，她就是前来消毒的工作人员？

他发觉自己冒出的疑问越来越蠢了。

把这些问号丢到外层空间吧。奥罗拉人到底会怎么做，以及他们如何处理自己的问题，都是他们自己的事，他再也懒得动这个脑筋了。耶和华啊！他早已自顾不暇了，而现在，他手头上的问题是这个格里迈尼斯——而他打算午餐后再来处理。

这顿午餐相当简单，主要都是素食，但他遇到一个前所未见的小问题。每道菜的口味都太有自己的特色了，比方说，胡萝卜吃起来太像胡萝卜，豌豆太有豌豆味等等。

或许，有点过了头了。

他硬着头皮一口口吃下去，尽量不让逐渐泛起的恶心感显露出来。

而在这个过程中，他发觉自己慢慢习惯了这种吃法——仿佛他的味蕾成熟了，能够轻易处理更多的味觉。贝莱（相当无可奈何地）顿悟一件事：如果让他继续接触奥罗拉的食物，那么一旦回到地球，他将十分怀念这些各具特色的菜肴，再也吃不惯地球上的大杂烩口味。

甚至那些分外酥脆的食物——起初令他吓一大跳，因为每嚼一下，似乎就会出现一声（他认为必定会）干扰到谈话的噪音——现在也摇身一变，成了帮他确定自己正在据案大嚼的明证。这也会是一件令他怀念的事，因为相较之下，地球的食物显得太安静了。

他开始把心思放在食物上，仔细品尝这些美味。或许，当地球人移民到其他世界时，这类太空族食物会是一种新的饮食标准，尤其是在没有机器人、全靠人类自己下厨和上菜的情况下。

然后，他又不安地想到，并不是“当地球人移民到其他世界”，而是“如果地球人移民到其他世界”。至于这个“如果”能否实现，将完全取决于他——便衣刑警以利亚·贝莱的表现。这个重担令他感到不胜负荷。

这一餐终于吃完了。两个机器人送来热呼呼的湿毛巾，想必是擦手用的。不过，那并不是普通的毛巾，因为当贝莱用毕、放回盘子之后，它似乎微微动了动，而且逐渐消融，变得像一团蜘蛛网。然后，它在毫无预警的情况下飘了起来，被吸进天花板的一个通风口。贝莱吓得轻跳了一下，目光随之上扬，张大嘴巴望着它在眼前消失。

格里迈尼斯说："这是我刚开始试用的新东西。你瞧，即用即丢，但我还不确定自己会不会喜欢。有些人说它用久了会阻塞废气管，还有人担心污染问题，因为他们认为它的分解物多少还是会进入你的肺部。制造商说不会，但……"

贝莱突然想起来，刚才吃饭时对方一个字也没说，而且，他们在饭前谈了几句丹尼尔的事情之后，两人就谁也没有再开口——可是拿餐巾当话题一点用也没有。

贝莱相当突兀地说："你是理发师吗，格里迈尼斯先生？"

格里迈尼斯立刻涨红了脸，一路红到他的发际。他用像是快要窒息的声音说："谁告诉你的？"

贝莱说："如果用这三个字称呼你的职业并不礼貌，我向你郑重道歉。我们在地球上一般都这么讲，没有任何侮辱之意。"

格里迈尼斯说："我是发型设计师兼服装设计师，这是一门公认的艺术。事实上，我可以说是一位人体艺术家。"他再次摸了摸自己的八字胡。

贝莱严肃地说："我注意到你的八字胡了，它在奥罗拉普遍吗？"

"不，并不普遍，但我希望能流行起来。你的脸型足够阳刚——不过，许多男士的脸孔能通过胡须艺术设计来增强或改善。任何事物都可以设计一番——这就是我的专业。当然，有时可能会过了头。比方说在帕勒斯这个世界，蓄须是相当普遍的，但他们耽溺于分色染法，每根胡子染上不同颜色，营造出混色的效果——唉，那样做很愚蠢，不可能持久，一段时间后就会变色，看起来便很可怕。但即便如此，总比脸上光溜溜来得好。‘脸部沙漠’可以说是最没有吸引力的了——这是我自己的用语，我在开发新顾客时常会这么说，效果非常好。女性则没有这个需要，因为她们用别的方法来装饰脸部。在史密瑟司——”

他在说这番话的时候，无论是轻声而迅疾的言词，或是热切的表情，都带来一种近乎催眠的效果，更遑论他还瞪大眼睛，极其诚恳地紧盯着贝莱不放。贝莱需要用力摇摇头，才能够保持清醒。

他问：“你是机器人学家吗，格里迈尼斯先生？”

被硬生生打断发言的格里迈尼斯不但显得惊讶，而且有点困惑。“机器人学家？”

“对，机器人学家。”

“不，完全不是。我和大家一样天天使用机器人，但我可不知道他们肚子里有些什么——老实说一点也不关心。”

“可是你住在机器人学研究院里面，这是怎么回事？”

“有何不可呢？”格里迈尼斯的声音透出了更明显的敌意。

“如果你不是机器人学家……”

格里迈尼斯做了个鬼脸。“多蠢的问题啊！当年这所研究院在设计之初，就被规划成一个自给自足的社区。我们有自己的交通工具修理厂，有自己的个人机器人维修厂，还有我们自己的医生和自己的建筑师。我们的员工通通住在这里，如果有谁需要人体艺术家，他们就会找山提瑞克斯·格里迈尼斯，而我当然也住在此地——你说我不该住这儿，是指我的专业有什么问题吗？”

“我可没这么说。”

虽然贝莱赶紧撇清，但于事无补，格里迈尼斯仍余怒未消地别过头去。他按下一个钮，接着又花些时间，审视一条五颜六色的长方形带子，最后做了一连串很像是用手指打鼓的动作。

一个圆球从天花板轻轻落下，停在他们头顶上方大约一米之处。然后，圆球像橘子般一瓣瓣剥开来，里面随即出现色彩的变化，同时伴随着一连串轻柔的声音。两者结合得十分巧妙，贝莱不但看得目瞪口呆，不久后还发现，由于融合得天衣无缝，声光竟然彼此难以分辨。

这时窗户已变作不透明，一瓣瓣的“橘子皮”更加明亮了。

“太亮了吗？”格里迈尼斯问。

“不会。”贝莱迟疑了一下才说。

“这是用来当作声光背景的，我挑了一个能缓和情绪的组合，要知道，这样我们比较能够以文明的方式交谈。”然后他很干脆地说，“我们进入正题好吗？”

贝莱费了些力气，总算将注意力从那个不知道是什么的东西上移开（格里迈尼斯并未介绍它的名称），然后说：“请便，我很乐意。”

“你是否指控我涉嫌把那个名叫詹德的机器人弄坏了？”

“我只是在调查这个案子的相关背景。”

“但是你曾提到我和那个案子有些牵连——事实上，几分钟前，你还问我是不是机器人学家。我知道你心里打什么主意，你试图让我自己承认懂得一点机器人学，这样你就可以正式指控我——指控我是——那个机器人的终结者。”

“你可以用‘凶手’两字。”

“凶手？谁也不可能杀害机器人——总之，我并没有终结它，杀害它，或是对它做任何事。我告诉你，我并不是机器人学家。我对机器人学一窍不通，你究竟怎么会想到……”

“我必须调查所有可能的关联，格里迈尼斯先生。詹德隶属于嘉蒂雅——那个索拉利女子——而她是你的朋友，这就是关联。”

“她的朋友可能不计其数，这算不上什么关联。”

“你可愿意声明，当你在嘉蒂雅家的时候，从来没有见过詹德？”

“从来没有！一次也没有！”

“你从不知道她有个人形机器人？”

“对！”

“她也从未提过他？”

“她那儿到处都是机器人，通通是普通货色，她从没说过拥有其他类型的机器人。”

贝莱耸了耸肩。“很好。我没理由怀疑你未说实话——至少目前为止。”

“那你就对嘉蒂雅这么说吧。这正是我想要见你的原因，我要请你那么做，不，我坚持。”

“嘉蒂雅有任何理由不相信你吗？”

“当然，她受了你的蛊惑。你朝那个方向跟她打听我，于是她假设——总之她起疑了——事实上，她今天早上联络我，就是要问我和那件事有没有任何瓜葛。这点我已经对你说了。”

“你否认了吗？”

“我当然否认，而且坚决否认，因为我和那件事真的毫无瓜葛。但如果由我自己来否认，不会有什么说服力。我要你帮我出头，我要你告诉她，在你看来，我和整件事情没有任何关系。你刚刚已经这么说了，而且在完全没有证据的情况下，你不能诋毁我的名誉，否则我可以告发你。”

“向谁告发？”

“人身保障委员会，或是立法局。这所研究院的院长和主席本人有很好的私交，而我已经针对这件事，送了一份完整的报告给他。我并非消极等待，你了解吧，我已经在采取行动了。”

格里迈尼斯使劲摇了摇头，像是打算表现出一副凶狠的模样，可惜他的长相实在太温和了，以致完全欠缺说服力。“听好，”他说，“这里可不是地球，在这儿我们受到了完善的保护。你们的世界人口过剩，所以你们地球人必须住在一个又一个蜂窝和蚁穴里头。你们彼此推挤，彼此逼到窒息——这都没什么关系。一条命或一百万条命，都没什么差别。”

贝莱竭力避免声音中出现轻蔑之意：“你爱看历史小说吧？”

“我当然爱看——那些内容都是写实的。你让几十亿人挤在一个世界里，一定会发生那种情形——而在奥罗拉，每个人的生命都很珍贵。我们的机器人把每一个人都保护得很好，所以在奥罗拉，绝不会出现暴力事件，更遑论谋杀案了。”

“唯独詹德一案例外。”

“那并不算谋杀，他只是个机器人。至于不像暴力攻击那么具体的伤害，则由立法局负责保护我们。凡是有危害公民的名誉或社会地位之类的行为，人身保障委员会都会采取广义解释——非常广义的解释。若有奥罗拉人像你刚才那样，就会惹上大麻烦。至于地球人嘛——嗯——”

贝莱说：“我想，我是受到立法局的邀请，前来进行这项调查的。如果没有立法局的许可，我不信法斯陀夫博士能把我弄到这里来。”

“也许吧，但即使这样，你也无权超越正当调查的底线。”

“所以说，你打算把这件事提到立法局？”

“我打算请研究院院长……”

“对了，他叫什么名字？”

“凯顿·阿玛狄洛。我打算请他替我做这件事——要知道，他也是立法局的一员，而且还是母星党的领袖之一。所以我说你最好向嘉蒂雅解释清楚，我是百分之百无辜的。”

“我很愿意这么做，格里迈尼斯先生，因为我也猜你是无辜的。可是，除非你允许我问些问题，否则我如何把猜测变成肯定呢？”

格里迈尼斯犹豫了一阵子。然后，他带着不以为然的神情，将上身靠向椅背，双手放到脖子后面，想表现得轻松自在却适得其反。他开口道：“问吧，我没什么好隐瞒的。问完后，你得立刻联络嘉蒂雅，就直接用你背后那个三维发射器，然后把话说明白——否则，你会惹上难以想象的麻烦。”

“我了解了。但首先——格里迈尼斯先生，你认识瓦西莉娅·法斯陀夫博士有多久了？或是你称呼她瓦西莉娅·茉露博士？”

格里迈尼斯又犹豫了一下，才以紧绷的声音说：“你问这个做什么？这和那件案子有何干系？”

贝莱叹了一口气，那张苦瓜脸显得更苦了。“我要提醒你，格里迈尼斯先生，一来你没有什么好隐瞒的，二来你希望说服我相信你的清白，这样我才能替你说服嘉蒂雅。干干脆脆告诉我，你到底认识她多久了。如果你并不认识她，不妨就说一声——但如果你想那么做，基于职责我得先告诉你，瓦西莉娅博士已经声明你和她很熟——至少，熟到了会向她求欢的程度。”

格里迈尼斯显得很苦恼，他用颤抖的声音说：“我不懂为什么会有人拿这种事大做文章。求欢是完全自然的社交行为，不干他人任何事——当然，你是地球人，所以才会大惊小怪。”

“据我了解，她并未接受你的求欢。”

格里迈尼斯把双手移到膝盖上，并握起了拳头。“接受或婉拒，完全是她的自由。我也婉拒过一些异性，这没什么大不了的。”

“好吧。你到底认识她多久了？”

“好些年了，大约十五年吧。”

“你是否在她和法斯陀夫博士仍住一起的时候，就认识她了？”

“那时我还小。”他红着脸答道。

“你是怎么认识她的？”

“完成人体艺术家的训练之后，我被找去替她设计一套服装。她很喜欢我的作品，从此以后，凡是这方面的工作，她一律找我替她服务。”

“所以，你是否多亏她的推荐，才获得如今这个职位——或许可以称为——机器人学研究院员工专属的人体艺术家？”

“她只是认为我够资格。我凭自己的实力，和其他人一起参加考试，最后赢得了这个职位。”

“但她到底有没有推荐你？”

格里迈尼斯没好气地简短回答：“有。”

“而你觉得，唯有向她求欢，才算是对她作出够体面的回报？”

格里迈尼斯做了一个鬼脸，还吐出了舌头，仿佛尝到什么难吃的东西。“那么讲——实在——恶心！我想只有地球人会作这种假设。我之所以向她求欢，只是因为我喜欢这么做。”

“因为她长相迷人，而且生性热情？”

格里迈尼斯再次显得犹豫。“嗯，我并不会说她生性热情，”他说得很谨慎，“但她的确十分迷人。”

“我还听说你会向任何人求欢——不作任何筛选。”

“那是天大的谎言。”

“哪部分是谎言？是你会向任何人求欢，还是我听说？”

“是我会向任何人求欢这件事。究竟是谁告诉你的？”

“我想不通你为何要我回答这个问题。如果你提供我一些令人难堪的情报，会不会希望我暴露你的身份？如果你认为我会那么做，还会不会对我知无不言？”

“好吧，不管是谁说的，反正他在说谎。”

“或许只是过分夸大吧。在你向瓦西莉娅博士求欢之前，有过向别人求欢的经验吗？”

格里迈尼斯别过头去。“有过一两次，并不认真。”

“可是你对瓦西莉娅博士很认真？”

“这……”

“据我了解，你曾一再向她求欢，这相当有违奥罗拉习俗。”

“喔，奥罗拉习俗……”格里迈尼斯气得讲不下去了，他紧紧抿起嘴，额头也皱成一团，“听好了，贝莱先生，你能否替我保密？”

“可以。我提出这些问题，全都是为了让我相信你和詹德之死毫无牵连。一旦我说服了自己，你大可放心，我一定会替你保密。”

“那就好。这没什么不对——请你了解，我没什么好羞愧的。这只能代表我有很强的隐私感，而这是我的权利，对不对？”

“一点也没错。”贝莱以抚慰的口吻说。

“你要知道，我觉得双方之间必须存在深厚的情感，性爱活动才会完美。”

“我想这点也非常正确。”

“所以不关其他人任何事，你说对不对？”

“这听来——也有道理。”

“我一直梦想找到那个完美的伴侣，从此不必再找其他任何人了。听说这叫单偶制，虽然在奥罗拉见不到，但在某些世界还有——地球就采用这种制度对不对，贝莱先生？”

“理论上如此，格里迈尼斯先生。”

“这正是我要的，我已寻觅了许多年。当我偶尔尝试性爱活动，我能感觉到确实少了些什么。然后我遇到了瓦西莉娅博士，而她告诉我——嗯，人们常会对自己的人体艺术家吐露心中的秘密，因为工作的关系，我们和客户非常亲近——这就是绝对要保密的部分——”

“好，请继续。”

格里迈尼斯舔了舔嘴唇。“如果我说的这些话给泄漏出去，那我就完了。她会想尽办法让我再也接不到客户。你确定这件事和你的调查有关吗？”

“我全力向你保证，格里迈尼斯先生，此事很可能重要无比。”

“嗯，好吧。”看来格里迈尼斯并未完全被说服，“我根据瓦西莉娅博士告诉我的事，一点一点拼凑，最后得到一个结论，她事实上——”他的声音压低到有如耳语，“还是处女。”

“我懂了。”贝莱轻声答道（与此同时，他想到瓦西莉娅曾一口咬定她父亲毁了她一生，因而更加了解她为何那么痛恨她父亲）。

“这令我很兴奋。我觉得自己能够完全拥有她，而她一生中也将只有我一个人。我难以解释这对我而言意义多么重大。总之，这使得她在我眼中美丽无比，我实在太想得到她了。”

“于是你向她求欢？”

“是的。”

“而且接二连三。她的拒绝并未令你气馁？”

“或许可以说，那反倒更加突显她是处女，令我更想要得到她。越困难的事物越会令人心痒，但我不太会解释，也不指望你能了解。”

“其实，格里迈尼斯先生，我还真的了解——可是后来，你忽然不再向瓦西莉娅博士求欢了？”

“嗯，没错。”

“转而开始向嘉蒂雅求欢？”

“嗯，没错。”

“同样接二连三？”

“嗯，没错。”

“为什么？为什么转换目标？”

格里迈尼斯答道：“瓦西莉娅博士后来明白告诉我，她绝不会给我任何机会，不久之后，嘉蒂雅就出现了，她长得很像瓦西莉娅博士，而……而……一切就这么开始了。”

贝莱说：“可是嘉蒂雅并非处女。她在索拉利结过婚，而且我听说，她来到奥罗拉之后，变得相当狂放。”

“这些我都晓得，可是她——后来不了。要知道，她并非奥罗拉人，而是土生土长的索拉利人，况且她不太了解奥罗拉的风俗。可是她后来不那么做了，因为她不喜欢她所谓的‘滥交’这回事。”

“这是她告诉你的吗？”

“对，索拉利的风俗习惯是单偶制。她的婚姻并不美满，但她还是习惯这种制度，所以她从未真正喜欢过奥罗拉的开放作风——

而单偶制也是我想要的。你懂了吗？”

“我懂了。但你最初是怎么遇到她的？”

“就是那么遇到的。她刚从索拉利来到奥罗拉时，超波新闻曾报道过，把她塑造成一个充满传奇性的难民。而且，那出超波剧里面也有她这个人。”

“对对，但应该还有其他原因，是不是？”

“我不明白你还要打听些什么。”

“好吧，我来猜猜。是不是曾有那么一天，瓦西莉娅博士声明她永远不会接受你——并且建议你换个目标？”

格里迈尼斯突然火冒三丈，嘶吼道：“这是瓦西莉娅博士告诉你的？”

“她没说那么多，但即便如此，我想我还是猜得出来。她是不是告诉你，最好去找一个来自索拉利的年轻女子，她刚抵达这个世界，而目前负责照护她的人是法斯陀夫博士——也就是瓦西莉娅博士的父亲？瓦西莉娅博士或许还告诉你，大家都觉得这个名叫嘉蒂雅的女子长得跟她自己很像，但比她更年轻，而且生性更热情？总而言之，瓦西莉娅博士有没有鼓励你把注意力从她自己转移到嘉蒂雅身上？”

格里迈尼斯显得痛苦不堪。他的目光和贝莱的双眼作了短暂接触，随即便转开了。贝莱还是头一回在一个太空族眼中看到恐惧——或说是敬畏？（贝莱轻轻摇了摇头。虽然他终于吓倒一个太空族，但他提醒自己不可沾沾自喜，否则会影响到他的客观性。）

他说：“怎样？我到底说对了，还是说错了？”

格里迈尼斯压低声音说：“所以，那出超波剧一点也不夸张——你真有读心术吗？”

50

贝莱以平静的口吻说："我只是在问问题——你还没直截了当回答我，我到底说对了，还是说错了？"

格里迈尼斯说："事情的经过不尽然是这样，不仅仅是这样。她的确提到过嘉蒂雅，可是——"他咬了咬下唇，然后继续说，"好吧，事情的结果确实如你所说，这点你的描述八九不离十。"

"但你并不失望？你发觉嘉蒂雅的确很像瓦西莉娅博士？"

"可以说很像。"格里迈尼斯的眼睛亮了起来，"但其实不然。如果她们站在一起，一眼就能看出差异。相较之下，嘉蒂雅要灵巧和优雅得多，而且更……更活泼开朗。"

"你认识嘉蒂雅之后，还有没有再向瓦西莉娅求欢？"

"你疯了吗？当然没有。"

"但你曾经向嘉蒂雅求欢？"

"没错。"

"而她拒绝了你？"

"这也没错，但你必须了解，她得先仔细确认过，正如我也得先确认过一样。想想看，如果当初我真的打动了瓦西莉娅博士，那会是多大的错误啊。嘉蒂雅不想犯那样的错误，而我一点也不怪她。"

"不过你却认为，她若接受你，绝不会是什么错误，所以你就一而再、再而三向她求欢，求个没完没了。”

格里迈尼斯茫然地望了贝莱一会儿，然后似乎打了个冷战。他还故意努出下唇，好像一个不服管教的小孩。“你这种说法太侮辱人了……”

“很抱歉，我并没有侮辱你的意思。请回答我的问题。”

“好吧，有这回事。”

“你总共向她求欢过多少次？”

“我没细算。四次吧，不，五次，也许更多。”

“而她每次都拒绝你。”

“是的，否则我就不必继续求了，对不对？”

“她凶巴巴地拒绝你吗？”

“喔不，嘉蒂雅不是那种人，她每次都非常客气。”

“你是否因此转向其他人求欢？”

“什么？”

“很简单，嘉蒂雅拒绝了你，面对这个结果，你很可能转向其他人求欢。有何不可呢？既然嘉蒂雅不想要你……”

“不，我不想要别人。”

“你可明白自己是怎么想的？”

格里迈尼斯激动地说：“我怎么知道自己是怎么想的？我想要嘉蒂雅，那是——那是一种疯狂，不过我认为那是最甜美的疯狂。如果不能体会那种疯狂，我才真的发疯了——但我并不指望你会了解。”

“你有没有试着向嘉蒂雅说明？她或许会了解。”

“从来没有。我怕令她苦恼，我怕令她尴尬。这种事是不能说出口的，我应该去看心灵治疗师。”

“你去了吗？”

“没有。”

“为什么？”

格里迈尼斯皱起眉头。“地球人，你总有办法提出最无礼的问题。”

“或许正因为我是地球人，所以不知道还有更好的办法。但我同时也是本案的调查员，我必须把答案找出来。你为什么没去看心灵治疗师？”

万万没想到，格里迈尼斯竟然哈哈大笑起来。“我告诉你吧，他们治病的方法要比疯病本身更疯狂。我宁愿在嘉蒂雅身边一直被她拒绝，也不要和另一个接受我的女人在一起——想想看，我明明可以解脱却偏偏不想解脱，任何心灵治疗师都会把我关起来，彻底治疗一番。”

贝莱想了一下，然后说：“请问你知不知道，瓦西莉娅博士是否也能算心灵治疗师？”

“她是机器人学家，有人说这两种工作最接近了。如果你知道机器人如何运作，你对人脑的运作也会多少有些了解，至少他们是这么说的。”

“你可曾想到过，你对嘉蒂雅的奇特情感，瓦西莉娅通通知道？”

格里迈尼斯态度转趋强硬。“我从未告诉过她——我的意思是，没说那么多。”

“她有没有可能根本不必问，就能了解你的情感？她晓不晓得你一再向嘉蒂雅求欢？”

“这——她会问我最近好不好。你知道的，就是那种老朋友之间的问候。我会说说自己的近况，但绝非向她交心。”

“你确定从未向她交心吗？她一定鼓励过你继续求欢。”

“你知道吗——经你这么一提，我对这件事似乎有了全新的看法。我不太清楚你是怎么把这个想法装进我脑子里的，我想，应该是你问的那些问题。但我现在真的觉得，她的确一直鼓励我和嘉蒂雅交往。这件事，她可以说是积极地支持。”他显得非常不安，“以前我从未有过这种想法，我根本没有真正想过这件事。”

“那你怎么会认为她曾经鼓励你向嘉蒂雅求欢呢？”

格里迈尼斯显得有些难过，他的眉毛不停地抽动，而且食指又放到了八字胡上。“我想，有人会猜那是因为她想摆脱我，想要确保我不会再骚扰她。”他轻声笑了笑，“这算不上对我的恭维，对不对？”

“瓦西莉娅博士是否开始疏远你了？”

“完全没有。若说她对我有何改变，就是变得更友善了。”

“她有没有试着告诉你，怎样才能赢得嘉蒂雅的好感？比方说，对嘉蒂雅的工作表现得更感兴趣？”

“这不必她来说。我和嘉蒂雅的工作性质非常类似，虽然我的对象是人类，而她的对象是机器人，但我们都是设计师——都是艺术家——这的确拉近了我们的距离，你知道吧。我们有时还会互相帮忙。一旦忘掉求欢这回事，我们就是好朋友——每当想到这一点，我就觉得很有意义。”

“瓦西莉娅博士可曾建议你对法斯陀夫博士的工作也表现出兴趣？”

“她为何要作那种建议？我对法斯陀夫博士的工作一无所知。”

“对于自己恩人的工作，嘉蒂雅也许会感兴趣，而你或许能借此赢得她的好感。”

瞪着眼睛的格里迈尼斯猛然跳了起来，他快步走到房间另一头，然后立刻折返，在贝莱面前站定，说道：“你——给我——听好！我并非这个世界上智商最高的人，当然也排不上第二名，但我绝对不是什么白痴。你要知道，我已经看出你在打什么主意了。”

“哦？”

“你问这些问题，目的不外是引诱我承认瓦西莉娅博士令我坠入情网——对啊——”他很突兀地停了一下，“我坠入了情网，就像历史小说写的那样。”他带着幽然神往的眼神想了一会儿，然后火气又回来了，“她令我坠入情网，不能自拔，这样一来，我就会替她打探法斯陀夫博士的研究，学到怎样弄坏那个名叫詹德的机器人。”

“你认为并不是这样吗？”

“不，绝对不是！”格里迈尼斯咆哮道，“我对机器人学一点也不了解，一点也不。凡是有关机器人学的问题，无论你多么仔细地对我解释，我还是完全听不懂，而我认为嘉蒂雅同样不懂。况且，我从未向任何人请教过机器人学的问题。从来没有人——包括法斯陀夫博士在内——教过我任何关于机器人学的知识。另一方面，也未曾有人建议我接触机器人学，包括瓦西莉娅博士在内。你这套烂理论根本说不通。”他将双臂向两旁一伸，“说不通的，趁早放弃吧。”

他坐了回去，将双臂僵硬地抱在胸前。他的嘴唇紧紧抿成一条线，八字胡因而翘了起来。

贝莱抬头望了望那个“剥开的橘子”，它仍在一面微幅摆动，一面发出变幻不定的低沉音调和轻柔光彩。

就算自己的攻击策略真被格里迈尼斯的激烈反应打乱了，贝莱也丝毫不形于色。他说：“我了解你在说些什么，但事实上，你的确经常见到嘉蒂雅，对不对？”

“对。”

“虽然你一再求欢，她并不觉得讨厌——虽然她一再拒绝，你也并不生气？”

格里迈尼斯耸了耸肩。“我求得很礼貌，她拒绝得很客气。有什么好讨厌和生气的？”

“但你们在一起的时候，都做些什么呢？性爱显然排除在外，你们又不讨论机器人学，那你们到底做些什么？”

“性和机器人——友谊只能建立在这些上面吗？我们在一起有许多事可做。比方说，我们常常聊天。她对奥罗拉非常好奇，所以我会花很多时间介绍这个世界。要知道，她和这个世界的接触非常少。而她会花很多时间为我介绍索拉利，强调那是个多么可怕的地方。相较之下，我宁愿住到地球上——请原谅我这么比喻。她还会谈到逝去的丈夫，他真是个悲剧人物。嘉蒂雅是个可怜的女人，她当年的日子很不好过。

“我们会去听音乐会，我还带她去过几次艺术学院，此外我们还会一起工作，这点我刚才提到过。我们会一起研究我的设计——或是她的设计。老老实实告诉你，我并不觉得机器人艺术有什么价值，但你也知道，每个人有每个人的理念。另一方面，她却很有兴趣听我解释发型的重要性——你知道吗，她自己的头发就剪得不怎么样。但绝大多数的时候，我们都在散步。”

“散步？在哪里散步？”

“没有什么固定地点，只是随便走走罢了。那是她的习惯——因为她是土生土长的索拉利人。你去过索拉利吗？——抱歉，你当然去过——在索拉利，有好些广大的属地，里面只有一两个人类，其他通通是机器人。你可以走上好几里路，完全碰不到其他人，嘉蒂雅常说，那会令你觉得整个世界仿佛都是你一个人的。当然，机器人总是在附近，以便随时留意你，照顾你，不过，当然都待在看不见的地方。来到奥罗拉后，嘉蒂雅经常怀念那种拥有整个世界的感觉。”

“你的意思是她想拥有全世界？”

“你是指某种权力欲？嘉蒂雅吗？你简直疯了。她只不过是指很怀念那种和大自然独处的感觉。我自己没什么体会，你了解吧，但我乐意迁就她。当然，索拉利那种特有的感觉不太可能在奥罗拉感受得到。你一定会碰到其他人，尤其是在厄俄斯这个都会区，而且机器人也不懂得回避人类。事实上，奥罗拉人散步的时候，通常都会有机器人陪伴——话说回来，我知道几条路，不但风景优美，而且不太拥挤，嘉蒂雅果然喜欢。”

“你自己也喜欢吗？”

“嗯，我之所以喜欢，只是因为能和嘉蒂雅在一起。一般来说，奥罗拉人都爱散步，但我必须承认自己是例外。刚开始的时候，我的肌肉叫苦连天，瓦西莉娅还因此嘲笑我。”

“她知道你去散步了，是吗？”

“嗯，有一次我跛着脚去找她，膝盖还吱吱作响，不得不解释一番。她大笑几声，然后告诉我，这是个好主意，想要向爱散步的人求欢，最好的办法就是陪她散步。‘继续努力，’她说，‘保证你还来不及再向她求欢，她就已经不再拒绝你，而且主动向你献身。’事实上，嘉蒂雅并没有那么做，但我最后还是爱上了散步，非常喜爱。”

现在他似乎已将愤怒抛到脑后，变得非常自在了。贝莱心想，他或许正在回忆散步的光景，脸上才会挂着似有若无的笑容。当他的心思飘回到不知哪次散步的不知哪段对话之际，他看起来相当可爱——而且相当脆弱——贝莱差点回报他一个微笑。

“所以说，瓦西莉娅知道你在持续这个活动。”

“我想是吧。我开始改休周三和周六，以便配合嘉蒂雅的时间表。后来，当我将草图交给瓦西莉娅的时候，她还偶尔会拿我的‘三六散步日’开些玩笑。”

“瓦西莉娅博士参加过这个活动吗？”

“当然没有。”

贝莱换了一下坐姿，然后一面凝视着自己的指尖，一面说：“我想你们散步的时候，都有机器人陪着。”

“绝无例外。一个我的，一个她的，不过，他们都离得相当远，并没有用嘉蒂雅所谓的奥罗拉方式紧跟着我们。她说，她希望享受索拉利式的遗世独立，于是我只好配合，虽然一开始的时候，我总是转头寻找布朗迪吉的踪迹，把脖子都扭伤了。”

“陪伴嘉蒂雅的又是哪个机器人？”

“并非总是同一个。但不论是哪个，他都不会靠近，我没机会和他说话。”

“詹德呢？”

格里迈尼斯的表情立刻阴沉了几分。

“他怎样？”他反问。

“他有没有陪过你们？如果有，你就会知道，对不对？”

“那个人形机器人詹德？我当然会知道。但他从未陪过我们散步——一次也没有。”

“你确定吗？”

“百分之百确定。”格里迈尼斯面露不悦，“我猜是因为她觉得他太珍贵了，不该浪费在这种任何机器人都能执行的任务上。”

“你似乎不太高兴。你自己也这么想吗？”

“他是她的机器人，不必我来操心。”

“而你去嘉蒂雅家的时候，也从未见过他？”

“从来没有。”

“她有没有提过他？和你讨论过他？”

“我记得是没有。”

“你不觉得这有点奇怪吗？”

格里迈尼斯摇了摇头。“不觉得。我们为何要讨论机器人？”

贝莱用严峻的目光盯着对方的脸孔。“关于嘉蒂雅和詹德的关系，在此之前你有任何概念吗？”

格里迈尼斯说：“你要告诉我，他们之间有性关系？”

贝莱问：“我若这么说，你会惊讶吗？”

格里迈尼斯木然道：“是有这种事，并不算罕见。只要你喜欢，偶尔用用机器人无妨。至于人形机器人——我相信他应该惟妙惟肖——”

“百分之百惟妙惟肖。”贝莱比了一个夸张的手势。

格里迈尼斯的嘴角垮了下来。“那么，女主人将难以拒绝。”

“但她拒绝了你。嘉蒂雅宁可喜欢机器人，这会不会令你恼怒？”

“嗯，如果真是这样——我还不确定自己是否相信这件事——但若是真的，我也觉得没什么好担心的。机器人就是机器人，无论是女人和机器人，或者男人和机器人，都只不过是自慰罢了。”

“你当真从不知道这层关系，格里迈尼斯先生？你从未怀疑过？”

“我从没那么想过。”格里迈尼斯强调。

“你真不知道？或是你知道，但没往心里去？”

格里迈尼斯满脸怒意。“你又在逼我了。你到底想要我说什么？你把这个想法塞到我脑子里，然后又这么逼我，如今我再回想这件事，还真觉得自己或许起过疑心。话说回来，在你问我这些问题之前，我从来不觉得有什么不对。”

“你确定吗？”

“是的，我确定，别再纠缠我了。”

“我并不是在纠缠你，我只是好奇有没有下面这种可能：一来你的确知道嘉蒂雅和詹德有固定的性关系，二来你也知道，只要这种关系继续存在，你永远不会成为她的情人，可是你实在太想得到她，所以你不择手段地毁掉了詹德。总而言之，由于你醋劲大发……”

就在这个时候，格里迈尼斯——仿佛一个强力弹簧，在绷紧好一阵子之后，突然挣脱了束缚——一面语无伦次地大喊大叫，一面猛然冲向贝莱。由于猝不及防，贝莱本能地向后一仰，椅子立刻倒了下去。

51

一双强壮的臂膀立刻向他伸过去。贝莱觉得自己被抬起来，椅子也给扶正了，便明白一定是有机器人及时出手。当他们静静地站在壁凹里的时候，是多么容易被人类遗忘啊。

然而，前来救他的既不是丹尼尔，也不是吉斯卡，而是格里迈尼斯的机器人布朗迪吉。

“先生，”布朗迪吉的声音只有一点点不自然，“希望你没有受伤。”

丹尼尔和吉斯卡到哪里去了？

他的问题很快有了答案。这三个机器人的分工可以说是既迅速又明快——事发瞬间，丹尼尔和吉斯卡已作出评估，认为对贝莱而言，发狂的格里迈尼斯要比翻倒的椅子更加危险，因此两人尽快向这位主人冲过去。布朗迪吉立刻看出那头不需要自己帮忙，于是赶紧出手拯救客人。

在贝莱的两个机器人钳制之下，格里迈尼斯丝毫动弹不得，只能站在原地大口喘气。

他用接近耳语的音量说：“放开我，我已经恢复理智了。”

“是的，先生。”吉斯卡说。

“当然没问题，格里迈尼斯先生。”丹尼尔以近乎平和的口吻说。

不过，他们虽然松开手，仍在原地待了一阵子。格里迈尼斯望了望站在自己两侧的机器人，整理了一下衣衫，然后刻意坐了下来。他的呼吸依旧很快，他的头发也或多或少有些凌乱。

贝莱则站在那里，一只手搭在自己那张椅子的椅背上。

格里迈尼斯说：“贝莱先生，很抱歉我刚才失控了。自从我长大后，从来没有出现过这种情形。你指责我醋……醋劲大发，有教养的奥罗拉人绝不会用这几个字批评别人，但我不该忘了你是地球人。我们只有在历史小说中才会读到这个成语，而且即使在书里，通常也会写成醋×××。当然，你们的世界没有这个禁忌，这点我了解。”

“我也很抱歉，格里迈尼斯先生，”贝莱神情严肃地说，“我对奥罗拉的习俗记得不够熟，以致表现得这么荒腔走板。我向你保证，今后再也不会出现这种疏失。”他坐了下来，又说，“我想大概没有什么需要讨论的了……”

格里迈尼斯似乎没听到那句话。“我小的时候，”他自顾自地说，“有时会跟其他小孩推来推去。机器人总是先等一阵子，然后才会试着把我们分开，当然……”

丹尼尔说：“请让我来解释一下，以利亚伙伴。众所皆知，如果幼童的侵略性完全遭到抑制，将会导致不良的后果。只要不会造成实质伤害，是可以允许小孩玩些体能竞争的游戏——甚至应该鼓励。那些负责照顾小孩的机器人拥有特殊的程序，能够分辨伤害发生的几率以及可能的程度。拿我自己来说，我就未曾接受过这方面的设定，所以没有资格担任保姆——吉斯卡跟我一样——紧急状况下暂代则不在此限。”

贝莱说：“我想，一旦迈入青少年阶段，这样的攻击行为就会被制止了。”

“随着伤害的严重程度逐渐升高，以及自制能力越来越强，”丹尼尔说，“就会逐渐制止了。”

格里迈尼斯说：“当我准备接受中等教育时，我就像所有的奥罗拉人一样，已经相当明白，一切的竞争本质上都是智力和天资的较量……”

“没有体能的较量了？”贝莱问。

“当然有，可是在过程中，绝不能出现蓄意伤人的碰触。”

“而你在成为青少年之后……”

“我就没有再攻击过任何人，当然没有了。老实说，我曾有过几次这样的冲动。我想，这反而代表我是正常人，可是在此之前，我总是能够控制住自己。话说回来，以前从来没有人拿——那几个字骂我。”

贝莱说：“反正机器人一定会阻止你，你发动攻击又有什么用呢，对不对？在我想来，双方至少都会有一个机器人在附近吧。”

“当然——所以对于刚才的失控，我觉得格外羞愧。我相信这件事不必写进你的报告吧。”

“我向你保证，我不会泄漏此事给任何人，它和这件案子毫无关系。”

“谢谢你。你刚才是不是说，我们的晤谈已经结束了？”

“我想是吧。”

“这样的话，是否代表你答应了我的请求？”

“什么请求？”

“告诉嘉蒂雅，詹德的停摆和我一点关系也没有。”

贝莱犹豫了一下。“我会告诉她，这是我的看法。”

格里迈尼斯说：“请你说得更肯定些。我要她绝对相信我和这件事没有关系，如果那个机器人对她真有性爱吸引力，这点就更重要了。我绝不能让她以为我醋……醋×××。她既然是索拉利人，就有可能那么想。”

“对，是有可能。”贝莱若有所思地说。

“你听好了，”格里迈尼斯说得又快又急切，“我对机器人一窍不通，而且谁也没有——不论瓦西莉娅博士或其他任何人——跟我讲过任何关于机器人的事——我是指他们的运作原理。所以，我根本就不可能毁掉詹德。”

一时之间，贝莱似乎陷入了沉思，然后，他显然有几分勉强地说：“我不得不相信你。老实说，我可不是无所不知。有可能——我只是就事论事，没别的意思——你和瓦西莉娅博士其中一人——甚至两人都在说谎。对于奥罗拉社会骨子里的本质，我知道得少之又少，所以或许很容易受骗。但是，我仍然不得不相信你。话又说回来，我还是顶多只能告诉嘉蒂雅，在我看来，你是完全清白的。总之，我必须说‘在我看来’，我相信她会觉得这已足够肯定了。”

格里迈尼斯愁眉不展地说：“那我只好接受了——不过，我还是想再强调一遍，我以奥罗拉公民的身份向你保证，我是清白的。”

贝莱轻轻一笑。“我做梦也不会怀疑你这句话，但我所受的训练，要求我只能信赖客观的证据。”

他站了起来，严肃地凝视着格里迈尼斯好一会儿，然后说：“我还有几句话要讲，但你千万别误会了，格里迈尼斯先生。我认为，你这么想要我向嘉蒂雅作出保证，是因为你希望继续和她交往。”

“我非常希望，贝莱先生。”

“而且你打算，在某个适当时机，再试着向她求欢？”

格里迈尼斯涨红了脸，大动作吞了一下口水，然后说：“是的，没错。”

“那么，老兄，我可否给你一个忠告？别那么做。”

“如果这就是你要对我讲的话，那就省省吧，我绝不会放弃的。”

“我的意思是，别再用正规方式进行。你不妨考虑——”贝莱别过脸去，觉得尴尬到难以形容的程度，“直接搂住她，然后亲吻她。”

“不行。”格里迈尼斯一本正经地说，“拜托，奥罗拉女性不会容许那种事，就连奥罗拉男性也无法容忍。”

“格里迈尼斯先生，难道你忘了嘉蒂雅并不是奥罗拉人吗？她是索拉利人，他们拥有不同的习俗，不同的传统。如果我是你，就会试试看。”

贝莱直勾勾的目光掩盖了内心蹿起的怒火。格里迈尼斯是他的什么人，他为何提供这样的忠告？这明明是他自己渴望已久的事，为什么要建议别人去做呢？

第十三章
阿玛狄洛

52

贝莱回到了正题："格里迈尼斯先生，你先前提到过机器人学研究院院长的名字，可否请你再说一次？"他的声音比平常低沉若干。

"凯顿·阿玛狄洛。"

"从你这里有没有办法联络到他？"

格里迈尼斯答道："嗯，这么说好了，你可以联络到他的接待员或助理。但我相信你联络不到他本人。我听说，他这个人相当冷漠。当然，我并不认识他本人。我偶尔会见到他，但从未跟他说过话。"

"那么，我想，他并未请你替他设计衣服或造型？"

"我不知道他有没有请设计师，然而根据我仅有的几次观察，我可以告诉你，他有这个需要。不过，我希望你别转述这句话。"

"我相信你说得对，但我会保密的。"贝莱郑重其事地说，

“虽然你说他是出了名的冷漠，我还是要试着联络他。如果你这儿有显像机座，可否借我一用？”

“布朗迪吉可以帮你联络。”

“不，我想应该让我的伙伴丹尼尔来做——我是说，如果你不介意的话。”

“我完全不介意。”格里迈尼斯说，“机座在那里，你们跟我来吧，丹尼尔，你要使用的组合码是七五——三〇——上——二〇。”

丹尼尔点头致意。“谢谢你，先生。”

安置显像机座的房间几乎空无一物，只在一侧有一根高度齐腰的细柱子，顶端摆放着一个相当复杂的操作台。淡绿色的地板上画有两个灰色的圆圈，那根柱子就竖立在其中一个圆圈的圆心。旁边那个圆圈虽然大小和颜色完全一样，但里面并没有任何东西。

丹尼尔朝那根柱子走去，与此同时，围着柱子的圆圈开始发出淡淡的白光。他将一只手放到操作台上，五根手指飞快地运作，贝莱根本看不清楚他在做些什么。一会儿之后，另外那个圆圈发出同样的光芒，一个机器人随即出现其中——看起来相当立体，但是身上有着非常细微的闪烁，透露出那只是全息影像的事实。他旁边也有个操作台，和丹尼尔身旁那台几乎一样，但它也在微微闪烁，因此当然也是影像而已。

丹尼尔说：“我是机·丹尼尔·奥利瓦，”他稍微强调了“机”这个字，以免那个机器人将他误认为人类，“我代表我的伙伴，来自地球的便衣刑警以利亚·贝莱发言。我的伙伴想要和首席机器人学家凯顿·阿玛狄洛通话。”

那机器人答道：“首席机器人学家阿玛狄洛正在开会，可否由机器人学家西希斯代为答话？”

丹尼尔迅速望向贝莱，贝莱点了点头，于是丹尼尔说：“我们愿意这么做。”

那机器人说：“请你让便衣刑警贝莱站到你的位置，我这就开始寻找机器人学家西希斯。”

丹尼尔毫不考虑地说：“或许最好请你先找……”

贝莱却喊道：“没关系，丹尼尔，我不介意等一会儿。”

丹尼尔说：“以利亚伙伴，身为机器人学大师汉·法斯陀夫的私人代表，你拥有他的社会地位，至少暂时如此，所以不该由你来等……”

“没关系的，丹尼尔。”为了终止这个讨论，贝莱特别加重了语气，“我不希望为了这些虚礼而造成任何延误。”

丹尼尔走出那个圆圈，贝莱随即走了进去。刚进去的时候，他感到一阵轻微的刺痛（或许纯粹是他的想象），但那种感觉一闪即逝。

站在另一个圆圈中的机器人在他眼前慢慢消失。贝莱耐着性子等待，终于等到另一个影像出现——由浅而深，最后成了明显的三维影像。

“我是机器人学家马龙·西希斯。”那人以尖锐且清晰的声音说。他有一头铜色的短发，光是这点就让贝莱觉得他是个典型的太空族，不过他也有不像太空族的地方，因为他的鼻子有点不对称。

贝莱轻声细语道：“我是来自地球的便衣刑警以利亚·贝莱，希望能和首席机器人学家凯顿·阿玛狄洛通话。”

“你有没有预约，便衣刑警？”

“抱歉，没有。”

“如果你想见他，就必须先预约——但这两周他都没有空当了。”

“我是来自地球的便衣刑警以利亚·贝莱……”

“这点我已经了解，可是于事无补。”

贝莱说：“我是应汉·法斯陀夫博士之邀，在奥罗拉世界立法局的许可下，前来调查机器人詹德·潘尼尔的谋杀案……”

“机器人詹德·潘尼尔的谋杀案？”西希斯故意问得分外客气，以透出轻蔑之意。

“你想称之为机杀案也行。在地球上，毁掉一个机器人没什么大不了的，但在奥罗拉，机器人或多或少被视为另一种人类，因此我觉得可以用‘谋杀’这两个字。”

西希斯说：“话虽如此，但无论是谋杀、机杀还是什么杀，都不可能让你见到首席机器人学家阿玛狄洛。”

“我可否留个口信给他？”

“可以。”

“你会尽快转给他吗？立刻？”

“我可以试试，但显然无法保证。”

“够好了。我将分成几点，依照顺序来说，或许你要大致写下来。”

西希斯淡淡一笑。“我想我应该记得住。”

“第一点，只要有谋杀，一定有凶手，因此我想给阿玛狄洛博士一个自清的机会……”

“什么！”西希斯叫道。

（站在房间另一角的格里迈尼斯，这时猛然张大嘴巴，再也阖不拢了。）

挂在对方嘴角的淡淡微笑瞬间消失，随即转移到了贝莱脸上。“我是否说得太快了，阁下？你是不是打算写下来了？”

“你是在指控首席机器人学家和这个詹德·潘尼尔的案子有什么牵连？”

“恰好相反，阁下。正是因为我不想作那种指控，所以我必须见他。我可不希望根据不完整的情报，随便推断那个机器人的停摆和他这位首席有任何关系，只要他说一句话，就能澄清这一切。”

“你疯了！”

“很好，那就请你告诉首席机器人学家，有个疯子想要他说句话，好让他不至于被指控为凶手，这就是我要说的第一点。我这儿还有第二点，可否请你告诉他，这个疯子刚刚完成对人体艺术家山提瑞克斯·格里迈尼斯的详尽侦讯，此时正从格里迈尼斯的宅邸和你们联络。然后第三点——你是否觉得我说得太快了？”

“没有！赶快说完吧！”

“第三点如下，想必首席机器人学家日理万机，或许不记得人体艺术家山提瑞克斯·格里迈尼斯到底是谁。这样的话，请指出他这个人就住在研究院里面，而过去一年间，他和目前住在奥罗拉的索拉利女子嘉蒂雅经常散步出游。”

“地球人，我不能传达这么荒谬、这么唐突的口信。”

“这样的话，可否请你转告他，我会直接到立法局，当众宣称我的调查无法继续下去，因为有个叫马龙·西希斯的人自作主张向我保证，首席机器人学家凯顿·阿玛狄洛绝对不会协助我调查詹德·潘尼尔被毁的案子，而且即使遭到指控，他也绝对不会挺身而出替自己辩解。”

西希斯涨红了脸。“我谅你不敢说这种话。”

“是吗？我又会有什么损失？另一方面，公众听到这些话又会作何感想呢？毕竟，奥罗拉人都万分清楚，在机器人学这个领域，阿玛狄洛博士的水平仅次于法斯陀夫博士，所以，如果法斯陀夫和这桩机杀案无关——我有必要继续说下去吗？”

“地球人，你也许还不知道，奥罗拉法律对诽谤罪是绝不宽贷的。”

“这点我毫不怀疑，但如果阿玛狄洛博士为诽谤所苦，他的下场很可能比我更惨。你何不干脆替我传个口信呢？只要他对这几点作出解释，那些什么诽谤、指控之类的问题都能避免了。”

西希斯沉下脸，硬邦邦地说：“我会把口信传给阿玛狄洛博士，但我会极力建议他拒绝见你。”说完他立刻消失了。

贝莱又开始耐心等待，就在这个时候，格里迈尼斯做了一个激烈的手势，并压低声音说：“你不能这么做，贝莱，你不能这么做。”贝莱并未回答，只是挥手要他闭嘴。

大约过了五分钟（在贝莱的感觉中却要长得多），西希斯怒气冲天地再度出现，说道：“几分钟后，阿玛狄洛博士会站在我这个位置和你说话，好好等着！”

贝莱立刻答道：“这样空等毫无意义。我会直接去阿玛狄洛博士的办公室，在那里和他碰面。”

他走出灰色圆圈，对丹尼尔做了一个切割的手势，丹尼尔随即中断了联线。

格里迈尼斯像是掐着脖子说：“地球人，你不能对阿玛狄洛博士的手下那么说话。”

“来不及了。”贝莱说。

“他能在十二小时内把你赶出这个世界。”

“如果我在厘清案情上无法取得任何进展，同样会在十二小时内被赶出这个世界。”

丹尼尔说：“以利亚伙伴，只怕格里迈尼斯先生的警告自有道理。由于你并非奥罗拉公民，奥罗拉世界立法局顶多只能把你驱逐出境。话说回来，他们却能坚决要求地球当局对你施以严惩，而他们会如愿以偿的。在这件事情上，地球当局无法拒绝奥罗拉的要求。我可不希望你因此遭到惩处，以利亚伙伴。”

贝莱以沉重的口吻说：“我也不希望遭到惩处，丹尼尔，但我必须冒这个险——格里迈尼斯先生，很抱歉，我不得不说我是从你家跟他们联络的。我必须设法说服他见我，而我觉得这项事实或许会有影响力。况且，我说的毕竟都是实情。”

格里迈尼斯摇了摇头。“如果早知道你打算怎么做，贝莱先生，我绝不会允许你在我家通话。我觉得自己在这里的职位势必难保了，而——”他的声音充满悲痛，“你又能做些什么来补偿我呢？”

“我会尽力设法帮你保住这份工作，格里迈尼斯先生，不会给你惹麻烦的，这点我有信心。然而，如果我失败了，你大可把我形容成一个疯子，说我胡乱指控你，而且还威胁要污蔑你，所以你只好让我使用你的显像机。我确信阿玛狄洛博士会相信你的，毕竟，你已经向他提交一份报告，投诉我对你进行污蔑，对不对？”

说到这里，贝莱挥了挥手。“告辞了，格里迈尼斯先生，让我再谢你一次。你不用担心，还有——那个关于嘉蒂雅的建议，你可别忘了。”

在丹尼尔和吉斯卡一前一后的护送下，贝莱走出了格里迈尼斯的宅邸，几乎未曾意识到自己再度走进了开放空间。

53

一旦来到户外的开放空间，情况就完全不同了。贝莱停下了脚步，抬头向上望去。

“怪了，”他说，“我并不觉得已经那么晚了，虽然我也知道奥罗拉的一天要比标准日短一点。”

“怎么回事，以利亚伙伴？”丹尼尔的关切溢于言表。

“我完全没想到，太阳已经下山了。”

“太阳还没有下山，先生，”吉斯卡插嘴道，“距离日落还有两小时。”

丹尼尔说：“是因为暴风雨快来了，以利亚伙伴。云层越来越厚了，但还要一阵子，暴风雨才会真正出现。”

贝莱打了个哆嗦。黑暗本身并不会对他造成困扰。事实上，置身户外之际，夜晚要比白天更令人心安，因为黑夜会造成暗室的假象，白昼则会任由地平线和开放空间向四面八方延伸。

糟的是，此时既非白天也并非黑夜。

他再度试着回忆那次在户外淋雨的情景。

但他忽然想起来，自己从未在下雪的时候待在户外，甚至不确定从天而降的“固态水结晶”是什么模样，而光看文字的描述是绝对不够的。年轻人有时会出去滑雪或玩雪橇——或诸如此类的活动——回来后经常兴奋得尖叫——但总是很高兴能再度回到大城里。有一次，班根据某本古书上的说明，自己试着做了一对滑雪板，结果差点被白茫茫的积雪活埋了。不过，就连自己儿子亲口所作的描述，无论是雪的外观或触感，在他听来也是模模糊糊，完全无法令人满意。

而且，谁也不会在真正下雪时到户外去，天上的雪花和地下的积雪是很不一样的。这时，贝莱在心中告诉自己，至少大家都同意一件事，那就是只有在非常冷的时候才会下雪。现在并不算非常冷，只是很凉而已。那些云层并不代表即将下雪——不过，这样的自我安慰成效不彰。

根据他的亲身经验，地球的阴天并不是这个样子。在地球上，云层的颜色比较淡，这点他很肯定——即使已经达到铺天盖地的程度，看起来也只是灰白色而已。而在这里，天色（姑且用这个说法）令人很不舒服，是一种死气沉沉的黄灰色。

是不是因为和地球的太阳相较之下，奥罗拉太阳的颜色偏橙一点？

他问："这种颜色的天空——算是异常吗？"

丹尼尔抬头望了望。"不算异常，以利亚伙伴，是暴风雨快来了。"

"你们这儿常有这种暴风雨吗？"

"每年这个时候，答案都是肯定的，有时还是雷雨呢。这没什么好惊讶的，昨天气象预报就已经提到，今天早上又报了一次。明早破晓前它就会结束了，最近我们的降雨有点不足，这些雨水刚好能够滋润田野。"

"气温也总是这么低吗？这也算正常吗？"

"是啊，没错——我们赶紧进气翼车去吧，以利亚伙伴，里面可以调高温度。"

贝莱点了点头，走向午餐期间一直停在草地上的气翼车。

他忽然半途停下来。“慢着，我忘了问格里迈尼斯该怎么去阿玛狄洛的宅邸——或他的办公室。”

“没这必要，以利亚伙伴。”丹尼尔随口答道，与此同时，他将一只手按在贝莱的手肘，轻柔但坚决地向前推，“在吉斯卡好友的记忆库中，存有研究院的详尽地图，他会直接把我们带到行政大楼，阿玛狄洛博士的办公室很可能就在那里。”

吉斯卡说：“我掌握的资料只说阿玛狄洛博士的办公室在行政大楼里面。万一他不在办公室，而在自己的宅邸，也一定不会太远。”

于是，贝莱再度坐上前座，挤在两个机器人之间。由于快要冻僵了，贝莱特别喜欢贴近具有真人体温的丹尼尔。至于吉斯卡，他的外壳虽然并非冷冰冰的金属，而是不会导热的类织品，但此时对贝莱的吸引力却略逊一筹。

为了想跟丹尼尔靠得更近，贝莱差点伸手搂向他的肩膀。但他及时收回了手臂，有点不知所措地放到膝盖上。

他说：“我不喜欢外面现在的样子。”

丹尼尔或许是想转移贝莱对户外景观的注意力，故意问道：“以利亚伙伴，你怎么知道瓦西莉娅博士曾经鼓励格里迈尼斯先生把目标转移到嘉蒂雅小姐身上？我没见到你获得了这方面的任何证据。”

“的确没有。”贝莱说，“我当时几乎走投无路了，只好孤注一掷——也就是说，搏一把赢面很小的赌局。嘉蒂雅告诉我，格里迈尼斯对她很感兴趣，曾经一再向她求欢。因此我想到，他有可能由于吃醋而杀害詹德。问题是，我认为他的机器人学知识不足以让他做到这件事，但我随即又听说法斯陀夫的女儿瓦西莉娅是个机器人学家，而且长得很像嘉蒂雅。我开始怀疑，格里迈尼斯之所以对嘉蒂雅那么着迷，会不会是因为他原本迷恋的对象是瓦西莉娅——而这个凶案有没有可能是他们两人共同策划的阴谋。于是我迂回地暗示这个共谋的可能性，这才说服了瓦西莉娅接见我。”

丹尼尔说：“但至少就詹德被毁这件事而言，并不存在所谓的阴谋，以利亚伙伴。即使瓦西莉娅和格里迈尼斯有同事关系，也不可能策划出这样的行动。”

“同意——但我稍加暗示她和格里迈尼斯的关系，没想到瓦西莉娅就紧张起来，这是为什么呢？等到格里迈尼斯告诉我们他受瓦西莉娅吸引在先，我又开始怀疑，是否这两件事的关联其实比较间接，是否瓦西莉娅劝他转移目标的原因和詹德之死的关联并非那么大——但仍多少有一点。毕竟，这两件事一定有些关联，瓦西莉娅当初的紧张反应就是明证。

“我的怀疑果然正确，瓦西莉娅确实一手策划了格里迈尼斯转移目标这件事。我对此事的了解曾令格里迈尼斯十分惊讶，而这点也很有帮助，因为如果这件事情完全正当，就没有理由把它当成秘密——事实上它显然是个秘密。你该记得，瓦西莉娅从未提到她力劝格里迈尼斯转移目标。当我告诉她格里迈尼斯曾向嘉蒂雅求欢，她表现得仿佛头一回听到一样。”

“可是，以利亚伙伴，这又有什么重要性呢？”

“或许我们能找出来。我现在觉得，无论对格里迈尼斯或瓦西莉娅而言，这都没什么大不了的。因此之故，如果真有什么重要性，很可能和另一个人有关。又如果这件事和詹德之死有着任何牵连，那人理应是个比瓦西莉娅更高明的机器人学家——而他很可能就是阿玛狄洛。所以我故意指出，我已经讯问过格里迈尼斯，而且现在就在他家，正是要暗示我认为有桩阴谋——而这招奏效了。”

“但我还是不明白这一切有什么意义，以利亚伙伴。”

“我也一样——目前只有些臆测而已，但我们或许能在阿玛狄洛那儿找到答案。要知道，我们的处境奇差无比，猜一猜或赌两把，对我们都没什么损失。”

在这段对话进行之际，气翼车已借着喷射气流飘了起来，并且升到适当的高度。它掠过一排矮树丛，再度奔驰在草地和碎石路的正上方。贝莱注意到，每当经过比较高的草坪，那些草都被吹得倒向一侧——仿佛有个无形的（而且大得多的）气翼一路扫过去。

贝莱问：“吉斯卡，只要你在场，所有的对话你都录了音，是吗？”

“是的，先生。”

“若有需要，随时能够播放？”

“是的，先生。”

“而且，任何人说的任何一段话，都很容易找到——然后播出来？”

“是的，先生，你不必把录音从头到尾听一遍。”

“而若有需要，你能上法庭作证吗？”

“我吗，先生？不行的。”吉斯卡的双眼紧盯着路面，“只要下达足够高明的指令，你就可以命令机器人说谎，不论法官如何规劝、如何威胁都无济于事，因此法律明智地规定机器人不得作证。”

“可是，这样的话，你的录音又有什么用呢？”

“先生，这是两码子事。一段录音完成之后，要删除固然容易，却不是普通指令能随便篡改的。因此，这样的录音确实可以当作证据。然而，由于没有扎实的前例，不同的法官和不同的案件会有不同的考虑。”

贝莱说不上来，究竟是这番话本身令他感到沮丧，还是外面那种惨白的天色带来了不良的影响。他问："视线清楚吗，吉斯卡？"

"当然清楚，先生，但其实没必要。气翼车配备了电脑化雷达，就算我毫无来由地失职了，它也能自行闪避障碍物。正是因为有这个装置，昨天上午虽然我们把车窗调成不透明，车子仍旧安然行驶。"

"以利亚伙伴，"丹尼尔再次转移话题，以免贝莱一直在担心即将来临的暴风雨，"你是否希望阿玛狄洛博士真能帮上忙？"

吉斯卡正在将气翼车停在一大片草坪上。草坪后方是一座宽阔但并不很高的建筑物，正面刻着好些繁复的图样——虽然明明是一座很新的建筑，却给人一种刻意仿古的感觉。

贝莱无须别人告知，便能确定这正是行政大楼。他说："不，丹尼尔，只怕这个阿玛狄洛精明得很，不会让我们抓到什么把柄。"

"如果真是这样，下一步你打算怎么做？"

"我不知道。"贝莱忽然有一种似曾相识的不祥感觉，"但我会试着想出办法的。"

54

走进行政大楼之后，总算摆脱了户外那种不自然的天色，贝莱首先感到的是心头一阵轻松。而紧接着，他又体验到了一种荒谬的趣味。

在奥罗拉这个世界，所有的宅邸——亦即私人住宅——都是百分之百的奥罗拉风格。当初不论是在嘉蒂雅家的起居室端坐，在法斯陀夫家的餐厅进餐，在瓦西莉娅的工作室谈话，或是在使用格里迈尼斯家的三维显像仪，他未曾有任何一刻觉得自己身在地球。这四座宅邸彼此虽然大异其趣，仍属于同一种类型，和地球上的地底公寓非常不一样。

然而，这座行政大楼处处散发着官僚气息，显然超越了普通人的品位。它和那些奥罗拉宅邸并不属于同一类，其差异有如地球上的官方建筑之于住宅区的公寓——虽然这两个世界有着天壤之别，两者的官方建筑竟然出奇地相似。

自从抵达奥罗拉之后，贝莱头一回有机会假想自己回到了地球。在这座建筑内，同样有着空旷冷清的长廊，同样有着能让最多人接受的装潢和室内设计——例如每个光源都是根据所打扰和所取悦的人皆越少越好这个原则所设计的。

不过，这里仍然有些地球上见不到的特色——比方说，不时会出现悬吊的盆栽，旁边不但有着充足的照明，还装设有（贝莱猜测）自动控制的浇水装置。这样的自然风是地球上所没有的，可是贝莱不怎么喜欢。他担心这些盆栽会不会掉下来，会不会招引昆虫，还有会不会滴水。

除此之外，这里还欠缺了一些东西。在地球上，只要身处大城之内，总是能听到来自人群和机械的嗡嗡声——音量很大，却令人感到温暖——即使是在最冷峻的公家建筑里面也不例外。借用地球上政治人物和新闻记者的说法，这就是所谓的“同胞忙碌的声息”。

反之，这里就太安静了。在此之前，贝莱并未特别注意他所造访的几个宅邸有多么安静，那是因为这两天几乎件件事都新奇，他根本来不及一一留意。事实上，相较于听不见持续不断的“人籁”

（另一个地球惯用语），他反倒比较注意户外的昆虫低语，以及微风吹过树梢的声音。

所以，这里虽然有些类似地球之处，可是欠缺“人籁”这件事，就像人工照明中掺有明显的橙色一样令人不舒服——相较于奥罗拉宅邸的缤纷装饰，此地单调的灰白色墙壁令橙色特别显眼。

贝莱的神游并未持续多久。他们刚刚跨过大门，丹尼尔便举起手臂挡住其他两人。直到过了三十秒左右，贝莱才忍不住问道：“我们等在这儿做什么？”由于四周一片静寂，他自然而然把声音压得很低。

“因为这样做才不会后悔，以利亚伙伴。”丹尼尔说，“前面有个刺痛场。”

“有个什么？”

“刺痛场，以利亚伙伴。其实，这是个很委婉的说法。它会刺激神经末梢，导致相当剧烈的痛感。机器人可以通过，但人类不行。当然，不论人类或机器人，只要强行通过，一律会触发警报器。”

贝莱问：“你怎能断定这里有刺痛场？”

“如果你知道诀窍，以利亚伙伴，其实就不难看见。一来空气会因而有点闪烁，二来相较之下，刺痛场后方的墙壁会稍稍发绿。”

“我并不确定自己看不看得到。”贝莱忿忿不平地说，“有没有什么机制，能够防止我——或任何无辜的外人——不小心闯进去，因而痛不欲生？”

丹尼尔答道：“研究院的成员会随身带着一个中和装置；至于访客，几乎都会由一两个机器人陪同，那些机器人当然能侦测刺痛场。”

这时，有个机器人从刺痛场对面的长廊慢慢走过来。（在他的光滑金属表面衬托下，空气中的闪烁变得更明显了。）他似乎对吉斯卡视而不见，但有那么片刻，他轮流望向贝莱和丹尼尔，显得犹豫不决。然后，他终于作出了决定，以贝莱作为询问对象。（贝莱心想，或许丹尼尔太像人类，看起来反倒不真实。）

那机器人问："尊姓大名，先生？"

贝莱说："我是来自地球的便衣刑警以利亚·贝莱，陪同我的是汉·法斯陀夫博士宅邸的两个机器人——丹尼尔·奥利瓦和吉斯卡·瑞文特洛夫。"

"有身份证件吗，先生？"

吉斯卡的左胸突然发出柔和的磷光，显现了他的序号。"机友，我替他们两位担保。"他说。

机器人花了点时间审视那个序号，仿佛是在核对他记忆库中的某个档案。然后他点了点头，说道："序号无误，你们可以通行了。"

丹尼尔和吉斯卡立刻迈开脚步，但贝莱只敢慢慢向前移动。他还伸出一只手，以便测试会不会产生剧痛。

丹尼尔说："刺痛场解除了，以利亚伙伴，等我们通过后才会恢复。"

小心点绝对错不了，贝莱这么想。于是，在刺痛场可能存在的范围内，他始终步步为营慢慢前进。

三个机器人站在远方等着贝莱，丝毫没有不耐烦或怪罪的意思。

然后，他们走上一个仅有两人宽的螺旋斜坡。那机器人在前方带路，贝莱和丹尼尔并肩站在他后面（丹尼尔的手轻轻地但近乎攫住猎物般放在贝莱手肘上），吉斯卡则负责殿后。

贝莱觉得这个斜坡未免太陡，爬上去只怕不轻松，比方说，此时鞋子的角度就让他觉得不太舒服，而且为了避免滑跤，身体还得刻意向前倾。真要爬这种坡的话，他的鞋底或斜坡的表面应该具备防滑纹路——最好两者都有，而事实刚好相反。

只听带路的机器人叫了一声："贝莱先生。"仿佛在提醒什么事，而他原本放在栏杆上的手则突然用力一抓。

下一刻，整条斜坡仿佛柔肠寸断，随即重组成一级级的台阶。紧接着，整个斜坡便开始向上升。转了整整一圈之后，它已穿过裂开一条缝的天花板，而在达到静止之际，他们已经（想必）升到了二楼。阶梯随即消失无踪，一行四人踏上了地板。

贝莱好奇地回头望了望。"我想它也能用来下楼吧，可是万一有段时间想上楼的人超过想下楼的呢？那样的话，它势必要向天空延伸半公里，反之则是往地下钻五百米。"

"这是上螺旋。"丹尼尔压低声音说，"还有另一个下螺旋。"

"可是，它终究要下去的，不是吗？"

"以利亚伙伴，它会在最高处——而下螺旋则会在最低处——折叠起来，等到没人使用的时候，它又会展开来。现在，这个上螺旋正在降下去。"

贝莱回头一看。它的平滑表面或许正在向下溜，但由于上面没有任何突起或标志，根本看不出是否正在滑动。

"万一有人想要用的时候，它却正在最高处呢？"

"那就必须等它展开来，前后要不了一分钟——此外，当然还有普通的楼梯，以利亚伙伴，大多数的奥罗拉人都不排斥，机器人则几乎一律走那些楼梯。由于你是访客，才特别以螺旋梯礼遇你。"

他们正沿着一条长廊向前走，尽头处是一扇装饰得特别华丽的房门。“所以说，他们刻意对我礼遇。”贝莱道，“是个好兆头。”

就在这个时候，华丽的房门刚好打开，一名奥罗拉人出现在门口——这或许是另一个好兆头。他个子很高，至少比丹尼尔高八公分，而丹尼尔又比贝莱高了五公分。而且他还相当壮，几乎称得上魁梧。走近一看，此人有着一张圆脸，一个蒜头鼻，一头鬈曲的黑发，一身黝黑的皮肤，而且脸上带着笑容。

其中最显眼的莫过他的笑容了，他笑得很开怀，丝毫不显得勉强，自然而然地露出两排整齐洁白的牙齿。

他开口道：“啊，这位就是来自地球的神探贝莱先生，你来到我们这个小小的星球，就是为了证明我是个可怕的坏蛋。请进，请进，欢迎之至。真抱歉，我那位能干的助理——机器人学家马龙·西希斯——可能让你误以为我没空见你。请包涵他是个谨慎的家伙，比我自己还要加倍珍惜我的时间。”

当贝莱走进去的时候，他站到了一旁，用手掌在贝莱的肩膀轻轻拍了一下。这似乎是个友善的表示，不过在此之前，从来没有奥罗拉人对贝莱做过这个动作。

贝莱谨慎地说（他或许太多虑了）：“我想你就是首席机器人学家凯顿·阿玛狄洛吧？”

“完全正确，完全正确，我正是那个打算摧毁汉·法斯陀夫博士政治势力的人——但我希望能说服你，别因为这件事就把我和坏蛋画上等号。毕竟，我不会仅仅因为法斯陀夫做了那件傻事——毁了他自己的心血结晶，那个可怜的詹德——就试图证明他才是坏蛋。让我们这么说吧，我只是想证明法斯陀夫——犯了一个错误。”

他轻轻做个手势，那个带路的机器人立刻走进一个壁凹。

房门关上之后，阿玛狄洛很客气地招呼贝莱坐到一张精致的扶手椅上，与此同时，他丝毫不浪费时间，用另一只手告诉丹尼尔和吉斯卡该去哪两个壁凹。

贝莱注意到，阿玛狄洛曾对丹尼尔露出饥渴的眼神，有那么片刻，他脸上的笑容消失殆尽，取而代之的是近乎垂涎的表情。可是转瞬之间，他又恢复了原本的笑容。贝莱甚至怀疑，那个倏来倏去的诡异表情会不会只是自己的幻想。

阿玛狄洛说：“看来马上要变天了，我们索性把阴暗的天色遮起来吧。”

一扇扇窗户随即变成不透明（贝莱没看清楚阿玛狄洛究竟是如何操作书桌上的控制盘），而墙壁则开始发出柔和的日光。

阿玛狄洛似乎笑得更灿烂了。“你我两人，贝莱先生，其实没有太多话要说。在你赶来这里的时候，我为了有所准备，先和格里迈尼斯先生通了一次话。而他所转述的事实，让我决定也和瓦西莉娅博士先沟通一下。显然，贝莱先生，你针对詹德被毁这件事，或多或少指控他俩有共谋的关系，而如果我没误会的话，你同时也指控了我。”

“我只是问了他们一些问题，阿玛狄洛博士，而我现在也正打算这么做。”

“这点毫无疑问，但你是地球人，才会不知道自己有多么罪大恶极。我真的很遗憾，但你必须为自己的所作所为付出代价——或许你已经知道，格里迈尼斯针对你污蔑他这件事，送了一个报告给我。”

“他告诉过我，可是他误解了，我并非在污蔑他。”

阿玛狄洛努着嘴，仿佛正在考虑这个说法。“我敢说，贝莱先生，根据你自己的观点，你做得很正确，但你并不了解奥罗拉人对‘污蔑’的定义。我不得不将格里迈尼斯的报告转呈给主席，因此，你很可能明天一早就会被逐出这个世界。当然我万分遗憾，但我必须告诉你，只怕你的调查工作眼看就要结束了。”

第十四章
阿玛狄洛之二

55

贝莱大吃一惊，不知该如何评断阿玛狄洛才好。在此之前，他从未料到自己会陷入这种困境。格里迈尼斯曾用“冷漠”两个字来形容他，而根据西希斯的描述，贝莱以为阿玛狄洛这个人相当专横。然而，他本人却显得相当开朗、直率，甚至可以说友善。但若阿玛狄洛所言句句属实，他就是正在不动声色地封杀这项调查。他的手段冷酷——偏偏脸上还带着同情般的笑容。

他究竟是什么样的人？

贝莱下意识地望向吉斯卡和丹尼尔栖身的壁凹，造型原始的吉斯卡当然面无表情，较为先进的丹尼尔则是一脸平静。丹尼尔刚问世不久，由此可知，他不可能见过阿玛狄洛。另一方面，吉斯卡已有好几十年的寿命（到底多少年呢？），在此之前很可能遇见过他。

想着想着，贝莱不禁抿起嘴来，他觉得在此之前，自己应该先问问吉斯卡对这个阿玛狄洛的看法。这样的话，他现在就比较容易判断这位机器人学家的表现到底有多少是真实的，又有多少是精密算计的结果。

贝莱不禁纳闷，这些储存在机器人脑中的资料，自己究竟为什么不懂得善加利用？或者说，吉斯卡为什么不主动提供这些资料——不，这么想并不公平。贝莱想到，吉斯卡显然缺乏这种独立运作的能力；他会奉命提供资料，但并不会采取主动。

阿玛狄洛注意到贝莱的视线飘忽了一下，于是说："我想，我是以一敌三。你看得出来，我的机器人都不在这间办公室里——但我得承认，只要一声召唤，要多少有多少——而你却只带了法斯陀夫的两个机器人，忠实可靠的老吉斯卡，以及新奇的丹尼尔。"

"原来两个你都认识。"贝莱说。

"只是久仰大名。这是我第一次亲眼见到——我，一个机器人学家，居然差点要说'他们本人'了——这是我第一次亲眼见到他们两位。不过，我倒是在超波剧里，看过由演员扮演的丹尼尔。"

"显然太空族世界每一个人都看过那出超波剧，"贝莱埋怨道，"让我的日子很不好过，其实我只是个很平凡的人。"

"不能一概而论。"阿玛狄洛的笑意更浓了，"我向你保证，我可从未认真看待故事中的那个你。我早就想到，真实的你应该相当平凡。结果的确没错——否则你也不会在奥罗拉肆无忌惮地进行不实指控。"

"阿玛狄洛博士，"贝莱说，"我向你保证，我尚未提出任何正式指控。我只是在进行调查，只是在考虑各种可能而已。"

"可别误会我，"阿玛狄洛突然极其认真地说，"我并没有责怪你。我相信倘若根据地球的标准，你的做法完美无缺。问题是，奥罗拉的标准却不容许你这么做。我们对名誉的重视程度，恐怕令你难以置信。”

“果真如此的话，阿玛狄洛博士，那么你和其他母星党人对法斯陀夫博士的怀疑，岂不也是诽谤了他——而且严重程度远超过我所做的这些芝麻小事？”

“相当正确，”阿玛狄洛表示同意，“但我是奥罗拉上的名人，具有一定的影响力，而你是个地球人，影响力又等于零。我承认这是极不公平的事，连我自己也深恶痛绝，但现实世界就是这个样子，我们又能怎么办呢？何况，我们对法斯陀夫的指控是站得住脚的——一定站得住——而一旦得到证实，诽谤也就不再是诽谤了。你所犯的错误，在于你的指控根本站不住脚。我相信你必须承认，不论是格里迈尼斯先生或瓦西莉娅·茱露博士——甚至两人联手——都不可能害得了可怜的詹德。”

“我并没有正式指控他们。”

“或许吧，但在奥罗拉，你可不能躲在‘正式’这两个字后面。法斯陀夫邀请你来进行调查的时候，万万不该忘了警告你这件事，如今，只怕你的调查工作已经凶多吉少。”

贝莱的嘴角不禁微微抽动，他想到法斯陀夫的确不该忘记警告自己这件事。

他说：“我能争取到听证吗？还是一切都定案了？”

“奥罗拉又不是野蛮国度，当然要先召开听证会，然后才能定你的罪。主席会好好研究我转给他的报告，以及我自己对这件事的看法。他也许还会把法斯陀夫视为重要关系人来征询意见，然后或许就在明天，他将安排和我们三人碰个面。那时——也可能晚些——应该就会达成一个结论，再交由立法局正式通过。我向你保证，一切都会遵循法定程序。”

“毫无疑问，一切都会依法行事。可是，万一主席已经有所决定，万一无论我说什么都没用，万一立法局只是橡皮图章？有此可能吗？”

听到这句话，阿玛狄洛并未真正展露笑容，但似乎还是被逗乐了。“你是个现实主义者，贝莱先生，这点让我很高兴。那些对于正义充满梦想的人，是很容易失望的——他们通常都是优秀人物，令人看了很不忍。”

阿玛狄洛的目光又粘在丹尼尔身上了。“真是个杰作，这个人形机器人。”他说，“难以想象法斯陀夫的保密工作那么到家。真可惜詹德就这么没了，法斯陀夫做了一件不可饶恕的事。”

“阁下，法斯陀夫博士否认他和这件事有任何牵连。”

“是啊，贝莱先生，他当然会否认。但他可曾说过我反倒有牵连？或者那全然是你自己的想法？”

贝莱从容不迫地说：“我并没有那么想。我只是希望针对这件事，请教你几个问题。至于法斯陀夫博士，如果你要提出诽谤的指控，不该把他也列在里面。他早就肯定你和詹德一案毫无关系，因为他相当确定，你的学识和你的能耐都无法令一个人形机器人停摆。”

倘若贝莱希望借此激怒对方，那么他显然失败了。阿玛狄洛坦然接受了这个嘲讽，心情丝毫未受影响。“就这点而言，他说得很对，贝莱先生。除了法斯陀夫自己，再也没有第二个机器人学家——不论现在或过去——拥有这样的能力。我们那位大师中的大师，是不是曾经谦虚地这么说？”

“对，他的确说过。”

“那么我很好奇，在他看来，詹德身上到底发生了什么事？”

“一个随机事件，纯属偶然。”

阿玛狄洛哈哈大笑。“他有没有计算过这种随机事件的几率？”

“有的，首席机器人学家。但即使几率小到不能再小，还是有发生的可能，尤其是，如果还有其他因素增加了它的可能性。”

“比方说什么？”

“那正是我希望查出的真相。既然你已经安排好，要把我逐出这个世界，你是打算拒绝接受侦讯吗——还是我可以继续调查下去，直到我的活动被依法终止那一刻？——在你回答这个问题之前，阿玛狄洛博士，请务必想想，目前我的调查尚未依法终止，所以，如果你坚持现在就要结束这场晤谈，等到举行听证会的时候，不论是明天或后天，我都能指控你拒绝回答我的问题。这样一来，很可能就会影响主席的决定。”

“不会的，亲爱的贝莱先生。千万别以为你有办法左右我——然而，我们的晤谈还是可以继续下去，你要谈多久都行。即使只是为了参与法斯陀夫的困兽之斗，享受其中的乐趣，也值得我充分和你合作。我并不是那种复仇心切的人，贝莱先生，但就算詹德是法斯陀夫的心血结晶，他也没有权利毁掉它。”

贝莱说：“目前尚未依法认定这件事就是他做的，所以你刚才这番话，或多或少有诽谤的嫌疑。因此，姑且把这点摆到一边，继续我们的晤谈吧。我需要知道实情。我的问题会尽量直接而简短，如果你的回答也一样，我们很快就能结束这番问答。”

“不，贝莱先生，问答的规则不该由你来定。”阿玛狄洛说，“我想，你带来的两个机器人，至少有一个能把我们的对话通通录下来。”

“应该没错。”

“我就知道。我自己也有录音装置，所以亲爱的贝莱先生，别以为你能借着一大堆简短的问题，从我嘴里套出对法斯陀夫有利的说词。我会根据自己的意思回答，还要确保我的答案并未遭到误解——我自己的录音能帮助我做到这一点。”此时，在友善的羊皮底下，阿玛狄洛首次露出一丝恶狼的嘴脸。

“很好，但如果你的回答故意啰哩啰唆或闪烁其辞，同样会显示在录音里。”

“这当然。”

“取得这个共识之后，我可否先喝杯水再开始？”

“绝无问题——吉斯卡，请你替贝莱先生服务好吗？”

吉斯卡立刻走出壁凹，位于房间一角的吧台随即传来冰块撞击声，不久便有一大杯冰水放到贝莱面前。

贝莱说了一句：“谢谢你，吉斯卡。”然后静待他回到自己的壁凹。

这时他才开口：“阿玛狄洛博士，我想你就是机器人学研究院的院长，没错吧？”

“是的，没错。”

“也是创办人？”

“同样正确——你看，我答得很简短。”

“研究院有多久历史了？”

“它的理念——酝酿了几十年。我至少花了十五年的时间，寻找志同道合的人。十二年前，它通过了立法局的许可，九年前开始动工兴建，六年前展开实际运作。至于目前这种完整规模，则只有两年的历史，此外还有一些远程扩充计划尚待实现——这个问题无法简短回答，阁下，但我还是尽量精简字句。”

“当初，你为何觉得有必要设立这所研究院？”

“啊，贝莱先生，这回你绝对不会希望我简短回答了。”

“随你的意思吧，阁下。”

这时，有个机器人端来一个盘子，上面放了一些小三明治，以及几块更小的点心，不过没有任何一样是贝莱熟悉的。他尝了一个三明治，发觉相当酥脆，但是并不可口，得硬着头皮才能吃完。然后，他把杯中的水一饮而尽，才将它送进肚子里。

从头到尾，阿玛狄洛似乎看得津津有味。“你必须了解，贝莱先生，我们奥罗拉同胞可不是普通人。所有的太空族都不是，但我现在主要是在说奥罗拉人。我们的祖先虽然来自地球——这是绝大多数人不愿想到的一件事——但我们却是‘自择’的产物。”

“这话是什么意思，阁下？”

“长久以来，地球人生存在一个越来越拥挤的世界上，而且彼此互相吸引，形成了一个个更加拥挤的城市，最后，那些蜂窝和蚁穴终于变成你们所谓的‘大城’。所以说，什么样的地球人会愿意离开地球，前往空无一人而且环境恶劣的其他世界，以便从零开始建造新社会，却注定在有生之年无法享受努力的成果——比方说，当他们去世时，连树苗都还没有长大？”

“我想，都是相当不平凡的人。”

“必须很不平凡。尤其是，他们不能过度依赖群居生活，以致无力面对无人的环境。他们甚至要喜欢无人的环境，要喜欢自力更生，以及独力面对问题——而绝非躲在人群中，以分摊的方式解除自己身上的负担。个人主义者，贝莱先生，他们是个人主义者！”

“这我懂。”

“而我们的社会就是这样建立的。太空族世界所发展的每个方向都在强化我们的个人主义。我们是堂堂生活在奥罗拉上的人类，而不是在地球上挤成一团的绵羊。请注意，贝莱先生，我这么比喻并不是要嘲笑地球——只是你们的社会让我实在不敢恭维，而你们，我想，你们却觉得它既理想又舒适。”

“这和你建立这所研究院又有什么关系呢，阿玛狄洛博士？”

“即使是最健全、最令人自豪的个人主义，仍然难免有些缺点。不论多么伟大的学者，如果他拒绝分享学术成果，往往会单独工作数个世纪，也没有什么明显的进展。一位科学家有可能被一道难题困住一百年，而另一方面，他的同僚或许早已掌握解决方案，却不知道它派得上用场——这所研究院，至少在机器人学这个狭窄的领域，要试着引进学术社群的制度。”

“你们试图解决的难题，会不会刚好就是如何建造人形机器人？”

阿玛狄洛眼睛亮了起来。“对，这点显而易见，不是吗？二十六年前，法斯陀夫发展出一套崭新的数学体系，他称之为‘交叉分析’，使得人形机器人不再只是梦想——可是他并未公开这个理论。许多年后，他克服了所有的技术性难题，开始和萨顿博士合作，利用他的理论设计出丹尼尔。后来，法斯陀夫又独力做出了詹德，可是所有的细节他仍旧秘而不宣。

“大多数机器人学家只是耸耸肩，觉得这是很自然的事。他们唯一能够做的，就是各自尝试自行导出那些细节。而我则不同，我想到了成立研究院以及群策群力的可能性。这可不是简单的事，一来要说服其他机器人学家相信这是可行的，二来要在法斯陀夫的强烈反对下，说服立法局拨款资助，三来还要努力不懈坚持许多年，但我们做到了。”

贝莱问：“法斯陀夫博士为什么反对？”

“他最初的动机是很普通的自恋心态——我并不觉得那有什么不对，你了解吧。我们每个人都有非常自然的自恋心态，它和个人主义是平行发展的。问题是，法斯陀夫把自己视为有史以来最伟大的机器人学家，并将人形机器人视为自己的特殊成就。他希望这项成就永远是他自己的，不希望另一群名不见经传的机器人学家也做得出来。我猜在他眼中，那只是我们这些三流货色的阴谋，目的是要抢夺和混淆他个人的丰功伟绩。”

“你说那是‘他最初的动机’，这就意味着还有其他的反对动机，那又是什么呢？”

“我们规划的几项人形机器人的应用，他同样反对。”

“什么样的应用，阿玛狄洛博士？”

“好了，别装得那么天真。法斯陀夫博士一定告诉过你母星党开拓银河的计划吧？”

“他的确说过，而在这个问题上，瓦西莉娅博士也曾提到个人主义者在科学发展上所遭遇的困难。然而，我还是很想听听你对这些事情的看法，而你同样很想告诉我吧。比方说，你是否希望我相信法斯陀夫博士对贵党计划的理解既客观又公平——你是否愿意把这句话记录在案？或者，你想不想用自己的话来描述一下这个计划？”

“换句话说，贝莱先生，你不打算给我任何余地。”

“没错，阿玛狄洛博士。”

“很好。我——不，应该说我们，因为研究院的成员对此事的看法一致——我们展望未来，希望能够看到人类开发出更多而且更新的世界。然而，我们不希望这种‘自择’的过程会毁掉原有的那些世界，或让它们一蹶不振，就好像——不好意思——地球那样。我们不希望新世界把我们的精华吸尽，最后只留下糟粕。这点你了解吧？”

“请继续。”

“就任何一个机器人导向的社会，例如我们自己而言，最简单的解决方案就是派机器人担任拓荒者。等到机器人把整个社会，甚至整个世界建立起来之后，我们只要去接收成果即可，无需再作任何挑选——因为新世界一定会像原有的世界那么舒服、那么适合我们，所以我们一旦抵达新世界，几乎就等于回到家了。”

“谁说机器人一定会建立人类的世界，而不会创造出机器人的世界？”

“如果我们仅仅派出普通的机器人，你这句话就完全正确。然而，我们有机会派出像丹尼尔这样的人形机器人，他们在创造自己的世界之际，自然而然会创造出我们的世界。可是，法斯陀夫博士却反对。在他的想象中，由人类自己把陌生险恶的行星改造成一个新世界，似乎存在着不少优点，那是因为他并未预见，这样做不但会损失许多宝贵生命，还会因为过程中所出现的天灾人祸，使得结果和我们所熟悉的世界完全不同。”

“正如当今各个太空族世界，不但都和地球不同，而且彼此也不一样？”

接下来几秒钟，阿玛狄洛收起开朗的笑容，显得心事重重。“实际上，贝莱先生，你说到了一个重点。我刚刚讨论的仅限于奥罗拉，太空族世界确实各有各的不同，而且绝大多数我都不太喜欢。我心知肚明——虽然这或许是我的偏见——奥罗拉这个最古老的太空族世界，就是最好而且最成功的一个。我不希望在开拓出一堆五花八门的新世界之后，其中却只有几个真正有价值。我希望能够制造许多的奥罗拉——无数个奥罗拉——因此之故，我希望在人类抵达之前，那些新世界已经被塑造成奥罗拉。对了，这正是我们自称‘母星党’的原因，我们只认同自己这颗母星——奥罗拉——其他都不屑一顾。”

“你认为五花八门并没有价值吗，阿玛狄洛博士？”

“如果那些五花八门同样优秀，或许就有价值，但如果某些——或大多数——是劣等货，对人类又有什么好处呢？”

“你准备何时展开工作？”

“等到我们有了堪用的人形机器人之后。目前为止，只有两个人形机器人问世，其中一个还被法斯陀夫自己毁掉了，剩下丹尼尔成了唯一的样本。”他不知不觉又瞥了丹尼尔一眼。

“你们何时能造出人形机器人？”

“这很难说，我们尚未赶上法斯陀夫博士的水准。”

“虽然他只有一个人，而你们群策群力，阿玛狄洛博士？”

阿玛狄洛的肩头微微抽动。“你的讽刺对我无效，贝莱先生。打从一开始，法斯陀夫就远远超越了我们，而且，虽然研究院已经成立很长一段时间，我们全力展开工作才只有两年而已。此外，我们的目标不但是要赶上法斯陀夫，而且还要超越他。丹尼尔是个优秀的成品，但他只是原型，还不算尽善尽美。”

“像丹尼尔这样的人形机器人，还需要作哪方面的改进？”

“显然必须更像真人才行。他们必须有两种性别，而且还需要有孩童的类型。如果要在新世界建立一个以假乱真的人类社会，必须有两三个世代生活其中。”

“我想我看出其中的困难了，阿玛狄洛博士。”

“毫无疑问，困难重重。你预见了哪些困难，贝莱先生？”

“如果你制造出一批人形机器人，他们酷似人类的程度到了足以建立一个人类社会，而且他们还有性别和世代之分，那么你要如何辨别他们究竟是不是真人？”

“有什么关系吗？”

“或许有。如果这种机器人太像人类，他们便有可能融入奥罗拉社会，变成人类家族的一分子——就可能不适宜担任开路先锋。”

阿玛狄洛哈哈大笑。“显然是因为嘉蒂雅·德拉玛对詹德的迷恋，让你脑袋里出现这种想法。你瞧，我从格里迈尼斯以及瓦西莉娅博士口中，多少知道了些你对那女子的调查结果。我要提醒你，嘉蒂雅来自索拉利，她对‘丈夫’两字的认定和奥罗拉人不一定相同。”

“我并没有特别想到她。我是想到奥罗拉人对性爱一向采取广义解释，即使在今天，把机器人当性伴侣也是社会能够接受的事，而那些机器人只是粗具人形罢了。如果有一天，你真的无法分辨人类和机器人……”

“别忘了还得有孩童，机器人绝对无法生儿育女。”

“但这就引发了另一个问题。机器人的寿命必须够长，因为建立一个社会可能需要好几个世纪。”

“既然各方面都得像奥罗拉人，他们无论如何必须长寿。”

“而孩童呢——也要很长寿？”

阿玛狄洛默然不语。

贝莱说：“他们会是一批刻意制造的机器人孩童，而且永远长不大——永远不会变老变成熟。这必定会形成一个相当违反人性的因素，使得这种社会的本质充满了疑虑。”

阿玛狄洛叹了一口气。“你可真是一针见血，贝莱先生。我们的确想到过要设计一些机制，使得机器人能够生育下一代，而这些子女也能够以某种方式长大成人——至少要能撑到建立起我们想要的社会。”

“然后，当人类抵达时，这些机器人的行为模式就能回归正常。”

“或许吧——如果这样比较合适的话。”

“那么生儿育女的功能呢？显然，这个机器人社会最好尽量贴近人类，对不对？”

“有可能。”

“性交，受孕，生产？”

“有可能。”

“但如果那些足以乱真的机器人，形成了一个无异于人类的社会，那么，等到真正的人类抵达之际，机器人难道不会讨厌这些新移民，甚至试图把他们赶走吗？换句话说，那些机器人对奥罗拉人的态度，会不会就像你们对地球人一样？”

“贝莱先生，那些机器人仍然会受到三大法则的约束。”

“三大法则要求的是机器人不得伤害人类，以及必须服从人类的命令。”

“完全正确。”

“万一那些机器人太像人类，把自己视为应当保护和服从的对象呢？他们有可能——非常理直气壮地——把自己的地位放在那些新移民之上。”

“亲爱的贝莱先生，你为何对这类事情那么关心呢？这些问题都还远在天边呢。随着时代不断进步，以及我们对问题的本质越来越了解，一定能找到解决之道的。”

“但也有可能，阿玛狄洛博士，一旦奥罗拉人了解了这些前因后果，就不再万分认同你的计划了。他们或许会转而支持法斯陀夫博士的观点。”

“是吗？法斯陀夫认为，如果奥罗拉人没有机器人帮助，就不可能自己直接开拓新世界，而在这个前提下，我们应该鼓励地球人放手去做。”

贝莱说：“我觉得这很有道理。”

“因为你是地球人，我的好贝莱。我向你保证，奥罗拉人不会乐见地球人蜂拥到一个个新世界，建立一个又一个新蜂窝，因为那样一来，数以兆计的地球人便会逐渐形成一个银河帝国，而我们太空族世界则会遭到打压——至于结果呢，最好的情况是变得弱小不堪，最坏的情况是彻底灭绝。”

“但另一个可能的结果，则是由人形机器人开拓新世界，建立起一个个以假乱真的人类社会，而真正的人类却被摒于门外。他们会逐渐建立一个机器人银河帝国，而你们太空族世界则会遭到打压，最好的情况是变得弱小不堪，最坏的情况是彻底灭绝。相较之下，奥罗拉人一定会选择由人类建立的银河帝国。”

“你怎么会那么有把握，贝莱先生？”

“我的把握来自你们这个社会的现况。我在前来奥罗拉的途中，听说你们这个世界对人类和机器人一视同仁，不作任何区分，但这个说法显然是错的。那可能只是奥罗拉人自我陶醉的一种理想状况，实际上并不存在。”

“你来这里才——多久？——不到两天吧，而你已经这么肯定？”

“没错，阿玛狄洛博士。或许正因为我是外人，所以看得很清楚，我并未受到习俗和理想的蒙蔽。比方说，机器人不得进入卫生间，就是一项明文规定的人机区分，让人类能够找到一个独立于机器人的地方。此外，你我安坐在这里，可是你看，我的机器人却在壁凹中罚站——”贝莱朝丹尼尔的方向挥挥手，“这又是另一个区分。类似这样的区分，我认为人类——甚至包括奥罗拉人——永远会乐此不疲，以保障自己的特殊性。”

“难以置信，贝莱先生。”

“一点都不难以置信，阿玛狄洛博士。你已经输了。就算你设法让奥罗拉人普遍相信詹德是法斯陀夫博士毁掉的，就算你削弱了法斯陀夫博士的政治实力，就算你的机器人殖民计划赢得立法局和奥罗拉民众的支持，你也只是争取到一点时间而已。一旦奥罗拉人看清这个计划背后的本质，他们就会转而反对你。所以说，你最好赶紧终止和法斯陀夫博士的对立，两人碰个面，谈出一个折中之道，让地球人能够着手开拓新世界，又不会对奥罗拉人或太空族世界带来任何威胁。”

“难以置信，贝莱先生。”阿玛狄洛又说了一遍。

“你别无选择。”贝莱硬生生地说。

可是，阿玛狄洛却以既从容又戏谑的口吻答道：“当我说难以置信的时候，我指的并不是你的言论，而是你居然能滔滔不绝讲那么一大串——而且认为会起作用。”

56

在贝莱的注视下，阿玛狄洛抓起最后一个小点心，一口便咬掉半块，显然吃得很开心。

“非常可口，”阿玛狄洛说，“但我未免有点太贪吃了。我刚才说到哪里？喔，对了。贝莱先生，你以为自己发现了什么秘密吗？以为我把世人还不知道的事告诉了你吗？以为我的计划虽然危险，我却泄漏给每个陌生人吗？我猜你大概会认为，只要我跟你聊得够久，就一定会说些傻话，能够让你大做文章。千万记住，我可不是那种人。我的那些计划，无论是更完美的人形机器人、机器人家庭，或是尽可能模仿人类文明，通通有案可查。凡是有兴趣的人，都能在立法局找到完整的资料。”

贝莱问：“一般大众知道吗？”

“或许不知道。一般大众对下个世纪或下个千年不会太关心，相较之下，他们对于下一餐吃什么，下一出超波剧演什么，以及下一场太空足球的赛事反而更有兴趣。话说回来，一般大众将会乐于接受我的这些计划，正如那些对它已有通盘了解的有识之士。即使有人反对，为数也不会太多，没什么关系的。”

“你能肯定吗？”

“信不信，我还真能肯定。奥罗拉人——以及整个太空族——对于地球人的强烈情绪，只怕你是难以了解的。请注意，我自己并没有这样的情绪，我能从容和你相处就是现成的例子。我对传染病没有与生俱来的恐惧，我不会妄想你身上带有恶臭，我不觉得你散发着种种令我讨厌的人格特质，我也不认为你和你的同胞正在密谋要抢夺我们的财产或谋害我们的性命——可是绝大多数的奥罗拉人都有这种倾向。或许表面上并不明显，因为面对似乎无害的个别地球人，奥罗拉人都会非常客气，可是一旦面临考验，他们的憎恨和疑虑就会浮现出来。如果告诉他们，地球人会蜂拥至一个个新世界，进而占领整个银河，他们便会大声疾呼把地球给毁掉。”

“即使另一条路是通往机器人社会？”

“毫无疑问。我们对于机器人的看法，我想你并不了解。我们对他们很熟悉，而且和他们相处融洽。”

“不。他们是你们的仆人，你们觉得高高在上。只有在这件事不受威胁的情况下，你们才会和他们相处融洽。如果你们面临被取而代之的威胁，如果有可能变成他们高高在上，你们就会出现恐惧的反应。”

“你会这么说，只是因为地球人会有那种反应。”

“不。你们不让他们进卫生间，就是一个征兆。”

“他们没有必要进去。他们不必大小便，而且他们有自己的盥洗场所——当然，也是因为他们并未具有真正的人形，否则，我们或许就不会作这种区分。”

“到时候你们只会更怕他们。”

“真的吗？”阿玛狄洛问，“那太愚蠢了。你怕丹尼尔吗？如果我能相信那出超波剧的内容——我承认其实我做不到——你对丹尼尔有着相当深厚的感情。你自己也感觉到了，对不对？”

贝莱以沉默代替回答，阿玛狄洛立刻乘胜追击。

“此时此刻，”他说，“对于吉斯卡静静站在壁凹这个事实，你可以说是无动于衷，但我能够根据你的小幅肢体语言，看出你对丹尼尔的相同处境却感到不安。你觉得他外表太像人，不该被当作机器人看待。反之，你并不会因为他酷似人类而感到害怕。”

“我是地球人。我们地球上虽然有机器人，”贝莱说，“可是并没有机器人文化。你不能拿我的例子以偏概全。”

“而嘉蒂雅，她宁愿和机器人詹德在一起……”

“她是索拉利人，你同样不能拿她的例子以偏概全。”

“那么，什么例子才不算以偏概全呢？你只是在瞎猜罢了。对我而言，如果一个机器人足够像人，就该被视为人类，这似乎是天经地义的事。你会要求我证明自己不是机器人吗？光是我貌似人类就够了。如果最后再也没有人能够分辨人机之别，我们就不会再担心开拓新世界的奥罗拉人到底是真正的人类，或者只是外表酷似人类而已。然而——不论是人类或机器人——总之那些拓荒者是奥罗拉人，而不是地球人。”

贝莱的信心动摇了，他有点心虚地问：“万一你永远造不出人形机器人呢？”

“你为什么认定我们造不出来呢？请注意我说‘我们’，因为有很多人牵涉其中。”

“不管多少庸才加在一起，恐怕也抵不上一个天才。”

阿玛狄洛回嘴道：“我们并不是庸才，法斯陀夫或许还会希望和我们合作呢。”

“我可不这么想。”

“我却相当肯定。他不会乐见自己在立法局中失势，只要我们的银河殖民计划有了进展，他看出来无法阻止我们，就会加入我们的。他会这么做，乃是人之常情。”

“我认为你无法获胜。”贝莱说。

“因为你相信你的调查结果能替法斯陀夫洗刷冤屈，然后，或许还能把嫌疑指向某人，例如我自己。”

“或许吧。”贝莱硬着头皮说。

阿玛狄洛摇了摇头。“朋友，我若认为你的行动有可能破坏我的计划，还会端坐在这里静待一切发生吗？”

“你当然不会。你正在穷尽一切手段，设法令我的调查半途夭折。如果你确信我无论如何也妨碍不了你，又何必这么做呢？”

“嗯，”阿玛狄洛说，“如果研究院某些成员的士气遭到打击，就等于妨碍了我。你不会构成危险，却会带来困扰——这也是我无法容忍的。所以，只要我有能力，一定会消灭这个困扰——但我会用合理的方式，甚至温和的方式。如果你这个人真的危险……”

“那样的话，你会怎么做呢，阿玛狄洛博士？”

“我能设法逮捕你，把你关起来，直到你被逐出这个世界为止。我想，不管我用什么手段对付一个地球人，一般奥罗拉人都不会在意的。”

贝莱说：“你在试图恐吓我，但这起不了作用。你也非常清楚，只要有我的机器人在场，你就无法动我一根汗毛。”

阿玛狄洛说：“你有没有想到我随时能召来上百个机器人？你的机器人要怎样对付他们？”

“那上百个机器人通通不敢碰我。他们无法区分地球人和奥罗拉人，对他们而言，我就是三大法则所定义的人类。”

“他们能限制你的行动——并不伤害你——然后毁掉你的机器人。”

“休想。”贝莱说，“吉斯卡听得到你的声音，如果你打算召唤机器人，他就会限制你的行动。吉斯卡的动作非常迅速，一旦动起手来，你的机器人将会无用武之地。哪怕你真的把他们叫进来，他们也会了解到，无论对我采取任何行动，都会令你受到伤害。”

“你的意思是吉斯卡会伤害我？”

“以免我受到伤害？一定会的。若有绝对必要，他还会杀了你。”

“你当然是在开玩笑。”

“绝对不是。”贝莱说，“丹尼尔和吉斯卡奉命保护我。为了这个目的，法斯陀夫博士想尽一切办法提高第一法则的强度——并指定以我为对象。他并未对我多作解释，但我相当确定一切不假。如果我的机器人必须在你我的伤害之间作出选择，那么虽然我是地球人，他们仍会毫不犹豫地选择牺牲你。我想你应该很清楚，法斯陀夫博士不会多么渴望保障你的身家性命。”

阿玛狄洛咧开嘴巴呵呵大笑。“我确信你说的每一点都正确，贝莱先生，但我很高兴你说了出来。你记得吧，亲爱的阁下，这段对话我自己也正在录音——一开始的时候我就对你说了——我真有先见之明。法斯陀夫博士可能会删掉最后这一部分对话，但我向你保证我可不会。根据你的说法，显然他已经准备好了要利用机器人来伤害我——甚至杀掉我，只要做得到的话。可是根据这段对话录音——或其他任何证据，都无法证明我打算以任何暴力手段对付他，或是对付你。我和他到底谁是坏蛋呢，贝莱先生？我想你心中已经有了答案，所以我想，我们的晤谈到此应该正式结束了。”

他站了起来，脸上依旧挂着笑容。贝莱用力吞了一下口水，几乎下意识地跟着他起身。

阿玛狄洛说：“然而，我还有一件事想跟你讲。它无关乎这个发生在奥罗拉的小小遗憾——我是指法斯陀夫和我的纷争。而是你自己的问题，贝莱先生。”

“我的问题？”

“或许我应该说是地球的问题。我猜，你会那么积极地协助法斯陀夫脱离这个自找的困境，是因为你相信这么一来，你们地球就能获得扩展的机会。千万别这么想，贝莱先生。你大错特错了，如果借用我从地球历史小说里学到的说法，你这么做就是弄巧反拙。”

“我并不熟悉这句成语。”贝莱硬邦邦地说。

“我的意思是，你正在帮倒忙。要知道，等到我的观点在立法局大获全胜——请注意我说‘等到’而非‘如果’——我必须承认，那时地球人便会被迫待在自己的太阳系内，但实际上这对你们是有好处的。奥罗拉人将会开始扩展疆域，建立一个无边无际的帝国。而如果我们知道地球将永远只是地球，还会对它操什么心呢？既然整个银河都在我们掌握之中，我们不会吝惜把地球留给地球人。我们甚至会愿意在可行的范围内，尽可能把地球改造成一个宜人的世界。

“另一方面，贝莱先生，如果奥罗拉人接受法斯陀夫的观点，允许地球派出许多殖民队伍，那么不久之后，我们的同胞便会有越来越多人想到，地球人终将占领整个银河，把我们团团包围起来，而我们只有坐以待毙的份。如果到了那种地步，我可就无能为力了。我自己对地球人的好感，势必无法抵御奥罗拉上普遍燃起的疑虑和偏见，而结果将对地球非常不利。

“所以，贝莱先生，如果你真正关心自己的同胞，就该积极阻止法斯陀夫，别让他用那个错得离谱的计划迷惑奥罗拉人。换句话说，你应该当我的忠实盟友。考虑一下吧，我向你保证，我这番话是出于真诚的友谊，以及对你和对地球的好感。”

阿玛狄洛再度展现灿烂的笑容，但狼子野心已表露无遗。

57

贝莱和他带来的两个机器人，一起跟着阿玛狄洛走出那个房间，沿着长廊一路走下去。

经过一扇不显眼的房门之际，阿玛狄洛停下了脚步，问道：“走以前，你要不要用用化妆室？”

贝莱并未听懂这句话，不禁皱起了眉头，显得相当困惑。好在他自己也爱读历史小说，很快便想到了阿玛狄洛喜欢卖弄古老词汇这回事。

他答道：“古时候有一位将军，我忘了叫什么名字，他有鉴于军事行动瞬息万变，所以曾说，‘千万别放弃撒尿的机会。’”

阿玛狄洛露出开怀的笑容。“绝佳的建议。就像我建议你认真想想我刚才那番话，同样是肺腑之言——但我注意到，你还是有些犹豫不决，你总不会以为我设了什么陷阱害你吧。请相信，我并非野蛮人。既然你来到这里，就是我的客人，光凭这一点，你就绝对安全。”

贝莱小心谨慎地回应：“若说我在犹豫，那是因为我在考虑，使用你的——呃——化妆室是否得体，毕竟我并非奥罗拉人。”

“没那回事，我亲爱的贝莱。你还有其他选择吗？所谓人有三急，请你放心用吧。希望你能因此感受到，我自己并没有一般奥罗拉人的偏见，我是真心为你和地球着想。”

“你能更上一层楼吗？”

“上哪层楼，贝莱先生？”

“可否请你向我证明，你也并不认同这个世界对机器人的偏见——”

“我们对机器人没有任何偏见。”阿玛狄洛抢着更正。

贝莱严肃地点点头，像是接受了这一点，同时继续把话说完：“——很简单，只要准许他们跟我进卫生间即可。我越来越觉得，没有他们跟着，我就坐立不安。”

阿玛狄洛似乎吃了一惊，但他几乎立刻恢复镇定，却几乎是沉着脸说：“没问题，贝莱先生。”

“但如果现在里面有人，他可能会强烈反对，我可不希望出丑。”

“里面没有人。这是单人卫生间，如果正有人用，灯号会显示出来。”

“谢谢你，阿玛狄洛博士。”贝莱一面说，一面推开门。“吉斯卡，请进来。”

吉斯卡显然迟疑了一下，但还是不发一语便走了进去。而在贝莱的示意下，丹尼尔紧跟在吉斯卡后面，不过在经过门口之际，他抓住贝莱的手肘，将他也拉了进去。

门快关上的时候，贝莱说：“我很快就会出来，谢谢你允许我这么做。”

他尽可能怀着轻松的心情走进去，但腹部还是有一阵抽紧的感觉。会不会出现什么意想不到的变故呢？

58

然而，贝莱发现卫生间内空无一人。它比法斯陀夫家的卫生间还要小，所以他甚至不必怎么搜查。

最后，他才注意到丹尼尔和吉斯卡静静地并排站在门口，背部紧贴着门，仿佛他们还是尽量不要走进这个房间。

贝莱想以平常的方式开口说话，发出的声音却有些沙哑。他大力清了清喉咙，又说：“你们可以走进来一点——而你，丹尼尔，不必刻意保持沉默。”（丹尼尔曾经到过地球，知道在卫生间内说话是地球上的一大禁忌。）

丹尼尔果然记得很清楚，他立刻举起食指放到嘴巴上。

贝莱说：“我知道，我知道，可是别管了。如果阿玛狄洛能够放弃机器人不得进入卫生间的禁忌，我这个地球人同样能放弃不得说话的禁忌。”

“这样会不会令你不自在，以利亚伙伴？”丹尼尔低声问。

“一点也不会。”贝莱以普通的口吻回答。（实际上，跟丹尼尔这个机器人说话，感觉就是有点不一样。在卫生间这样的房间里，当没有其他人类在场的时候，说话的声音听起来并没有那么可怕。而且老实讲，当只有机器人在场的时候，不论他是不是人形机器人，这种经验根本一点都不可怕。当然，这种事贝莱说不出口。虽然丹尼尔并没有情感，不至于受到伤害，可是贝莱自己却有。）

然后，贝莱又想到另外一件事，猛然惊觉自己实在太笨太笨了。

“或者，”他突然把声音压得非常低，对丹尼尔说，“你建议别出声，是因为这间屋子有鬼？”最后两个字，他只是做出嘴形而已。

“以利亚伙伴，如果你的意思是，屋外的人能利用某种窃听装置听到屋内的对话，那是很不可能的事。”

“为什么不可能？”

这时，便器以极佳的效率开始自动冲水，贝莱则向洗脸台走去。

丹尼尔说：“在地球上，每一座大城都极为拥挤，使得隐私荡然无存。别人的交谈传到你耳中是理所当然的，而利用某种设备增强这个效果，也似乎是很自然的一件事。如果你不希望自己说的话传到他人耳中，只要不开口就行了，正因为如此，在那些假装有隐私的地方，例如你们所谓的卫生间，才会强制要求人人保持沉默。

“另一方面，无论在奥罗拉，乃至所有的太空族世界，隐私是生活中真正存在的事实，而且极度受到重视。你该记得索拉利，以及他们那些病态的极端习俗吧。但即使奥罗拉并非索拉利，人与人之间仍被极大的空间阻绝，这是地球人所难以想象的，何况还加上了机器人组成的围篱。想要打破隐私，根本是不可能的事。”

贝莱问：“你的意思是，窃听是一种犯法的行为？”

“比犯法还糟得多，以利亚伙伴。一个有教养的奥罗拉绅士，绝对不会做这种事。”

贝莱四下望了望，丹尼尔误会了他的意思，以为这个地球人一时找不到纸巾供应器，便随手抽了一张给他。

贝莱接过纸巾，不过那并非他真正在找的东西。他之所以四下张望，当然是想找找有没有窃听器，因为他实在难以相信，仅仅因为那是没教养的行为，对方就会放弃这样的大好机会。然而，这么做只是白费力气，贝莱虽然相当沮丧，还是接受了这个事实。即使屋内有奥罗拉窃听器，他也没本事找出来，这点他心知肚明。在这个陌生的文化环境中，他根本不知道该找的是什么。

想到这里，他开始追究起心中另一个疑团。“丹尼尔，既然你比我更了解奥罗拉人，我问你，你认为阿玛狄洛为什么不厌其烦地招呼我？他和我侃侃而谈，他亲自送我出来，还主动劝我使用卫生间——这是瓦西莉娅绝对不会做的事情。他在我身上似乎花多少时间都无所谓，这是出于礼貌吗？”

“许多奥罗拉人都对好礼的教养感到自豪。或许阿玛狄洛也是这样，他曾不止一次强调自己并非野蛮人。”

“另一个问题，你认为他为什么愿意让我带你和吉斯卡进来这里？”

“我觉得那是为了消除你的疑虑，以免你怀疑这里头设了陷阱。”

“他何必操这个心呢？因为他不希望我承受毫无必要的焦虑？”

“我猜，为了更加突显他是有教养的奥罗拉绅士吧。”

贝莱摇了摇头。“嗯，如果这个房间有鬼，阿玛狄洛能窃听到我这番话，那就让他听吧。我并不认为他是个有教养的奥罗拉绅士。他已经说得很明白，如果我不放弃调查，他保证会让整个地球跟着遭殃。这是有教养的绅士该有的行为吗？还是残酷至于极点的勒索呢？”

丹尼尔说：“必要的时候，有教养的奥罗拉绅士也会威胁他人，但即便如此，他也会用相当绅士的方式。”

“正如阿玛狄洛这样。所以，某人到底算不算绅士，取决于他的谈吐态度，而并非他的言论内容。可是，丹尼尔，你是机器人，因此并不能真正批判人类，对不对？”

丹尼尔说：“我很难这么做。不过，我可否问个问题，以利亚伙伴？你为何要求把我和吉斯卡好友带进这个卫生间呢？在我看来，你原本不大相信自己身处险境。难道你现在断定，如果我们不在身边，你的安全便失去保障？”

“不，一点也不会，丹尼尔。我相当确定自始至终我都没有危险。”

“可是刚进来的时候，你的行为充分显示了你的疑虑，以利亚伙伴，你搜查了这个房间。”

贝莱答道：“当然要搜！我只是说我自己没危险，并没有说危险不存在。”

“我觉得自己无法分辨其中的差别，以利亚伙伴。”丹尼尔说。

“这点我们稍后再讨论吧，丹尼尔。我仍不确定这个房间到底有没有遭到窃听。”

这时，贝莱已经梳洗完毕。他换个话题说：“好啦，丹尼尔，我故意慢条斯理，一点也不赶时间。现在我要出去了，不知道阿玛狄洛是否还在耐心等着我们，还是他早已离开，委派手下送我们出研究院。毕竟，阿玛狄洛是大忙人，不可能整天陪着我们。你怎么想呢，丹尼尔？”

“相较之下，阿玛狄洛博士委派他人代劳，比较合乎逻辑。”

“你呢，吉斯卡？你又怎么想？”

“我同意丹尼尔好友的看法——虽然经验告诉我，人类并非总是作出合乎逻辑的反应。”

贝莱说：“至于我自己，我猜阿玛狄洛仍在相当耐心地等着我们。如果真有什么原因，驱使他在我们身上花费那么多时间，我觉得这个驱动力——不论原因为何——目前仍未消失。”

“我实在想不出你所谓的驱动力究竟是什么，以利亚伙伴。”丹尼尔说。

“我也想不出来，丹尼尔，”贝莱说，“所以我极为不安。但我们还是赶紧打开门，揭晓谜底吧。”

59

结果阿玛狄洛仍在等待他们，而且仍旧站在原来的位置。他对他们笑了笑，丝毫没有不耐烦的神情。贝莱忍不住向丹尼尔抛了一个“我说对了吧”的眼神，丹尼尔坦然接受。

阿玛狄洛说：“你没有把吉斯卡留在外面，贝莱先生，这点令我相当遗憾。很久以前，当我和法斯陀夫关系还不错的时候，我应该有机会认识他，可惜总是失之交臂。你可知道，法斯陀夫曾经是我的老师。”

“是吗？”贝莱说，“事实上，我并不知道。”

“除非有人告诉你，你会知道才奇怪呢——不过我想，你来到这个世界只有短短几天，几乎没时间对这类琐事多做了解——来吧，我刚刚想到，如果不借着你光临研究院的机会，带你好好逛一逛，你很可能会觉得我未尽地主之谊。”

“老实说，”贝莱的口气有点硬，“我必须……”

“我坚持。”阿玛狄洛带着一点专横的口吻说，“你昨天上午才抵达奥罗拉，但我担心你在这个世界待不了太久。如果你想瞧瞧尖端的机器人学实验室，这也许是唯一的机会了。”

他索性挽起贝莱的手臂，继续用老友般的口吻说下去。（大感意外的贝莱不禁想到“没话找话”这种说法。）

“你已经洗过脸，”阿玛狄洛说，“也已经方便过了。现在，或许你还想再找几位机器人学家问问话，我很欢迎你这么做，因为我已决心向你证明，在你仍能进行调查的这段短短时间内，我绝不会从中作梗。事实上，你大可和我们共进晚餐。”

吉斯卡说：“先生，我能否插个嘴……”

“不行！”阿玛狄洛说得坚决无比，吉斯卡立刻闭上嘴巴。

阿玛狄洛说：“亲爱的贝莱先生，我了解这些机器人。还有谁比我更了解他们呢？——当然，那位令人遗憾的法斯陀夫是个例外。我相当确定，吉斯卡是要提醒你还有别的事，例如另有行程、另有承诺或是另有公务——不过这些都不重要了。既然你的调查工作即将终止，我向你保证，无论他要提醒你什么事，都没有任何意义了。让我们把那些无聊的事通通抛在脑后，暂时交个朋友吧。

“你一定要了解，亲爱的贝莱先生，”他继续说，“我对你们地球以及它的文化相当狂热。在奥罗拉，这并非多么流行的东西，但我却觉得十分迷人。我特别感兴趣的是地球古代史，当时你们有上百种语言，而星际标准语则尚未成形——对了，我可否赞美一下你所说的星际语?

“走这边，走这边。”他一面说，一面拐了个弯。“我们会经过径路模拟室，它本身就具有奇特的美感，或许我们有个原型正在运作当中，事实上，那简直就像交响乐——不过，我刚才正在讲你说得一口流利的星际语。奥罗拉人对地球有许多迷信，其中之一就是地球人说的星际语我们几乎听不懂。那出关于你的超波剧播出时，很多人都说那些演员不可能是地球人，因为他们的口音并不难懂。可是，我就听得懂你说的每句话。”说到这里，他微微一笑。

“我曾试着阅读莎士比亚，”他继续交心似的说，“可是，我当然无法阅读原文，偏偏译文读起来味同嚼蜡。我不得不相信问题出在翻译，绝不在莎士比亚。狄更斯和托尔斯泰的作品给我的感觉就好得多，或许因为并非韵文的关系，虽然其中每个人物的名字我几乎都念不出来。

“我想要说的是，贝莱先生，我是地球的朋友，此事千真万确。我希望替地球作出最好的安排，你了解吗?”他望向贝莱，闪烁的目光中又透出了狼子野心。

贝莱提高了音量，在对方的喋喋不休中，硬生生插进一句话：“只怕我难以从命，阿玛狄洛博士。我在此地的访谈已经结束，没有什么问题需要问你或其他人了。但我还另有要务，可否请你……”

贝莱突然住口，因为空中隐隐传来一阵古怪的隆隆声。他抬起头，大惊小怪地问:“那是什么?”

“什么是什么?”阿玛狄洛反问，“我觉得什么也没有。”他转过头去，望向那两个默默跟在后面的机器人。“什么也没有!”他强而有力地说，“什么也没有。”

贝莱听得出来，他这么说等于是在下命令。现在，两个机器人都不能再声称曾经听到隆隆声，否则就是和人类唱反调——除非贝莱自己施以相反的压力，以抵消那道命令，但他相当确定，自己可没本事和阿玛狄洛这位专家一较高下。

话说回来，那也无所谓。他自己听到了那个声音，而他并非机器人，不是对方三言两语就能打发的。他说："根据你自己的说法，阿玛狄洛博士，我的时间所剩无几，所以我更应该……"

隆隆声再度传来，这回更响了。

贝莱改以极其尖锐的口吻说："我想，这正是你不论刚才或现在都听不到的那种声音。让我走，院长，否则我要向我的机器人求救了。"

阿玛狄洛立刻松开贝莱的手臂。"好朋友，你怎么不早说呢。来吧！我这就带你去最近的出口。虽然机会微乎其微，但如果你能再来奥罗拉，请务必旧地重游，我一定信守承诺，担任你的向导。"

他们开始加快脚步，先走下螺旋梯，又一路走过长廊，来到了那间宽敞的前厅。刚才贝莱就是从这里进来的，可是现在此处已空无一人。

每扇窗户都黑漆漆的，难道已经入夜了吗？

其实并没有。阿玛狄洛喃喃自语："烂天气！他们把窗户都转不透明了。"

他转向贝莱，又说："我猜现在正在下雨。气象预报早就说了，而他们通常都报得很准——坏天气更是一向准。"

门一打开，一股冷风猛然袭来，贝莱倒抽一口气，同时向后跳了一大步。外面的天色虽然不算漆黑，也好不了多少，而衬着这个灰暗的背景，一枝枝的树梢都在拼命摇摆。

户外正下着倾盆大雨，像是凭空出现了许多瀑布。当贝莱心惊胆战地向外望去，一道无比耀眼的闪电正划过天空，不久隆隆声便随之而至，这次还伴随着巨大的爆裂声，仿佛那道闪电撕裂了天空，因而带起一声巨响。

贝莱赶紧转身逃进屋内，不知不觉哭了起来。

第十五章
丹尼尔与吉斯卡之二

60

贝莱感觉到丹尼尔将手伸到自己腋下，紧紧抓住自己的臂膀。他停下脚步，明显地感到全身发抖，但已经能强忍住婴儿般的啜泣。

丹尼尔以无比恭敬的口吻说：“以利亚伙伴，这只是一场雷雨——很正常——早已预测到——早在预料中。”

“我知道。”贝莱低声说。

他真的知道。在他的阅读经验中，不论小说或非小说，有数不清的书籍描述过这种雷雨。此外，他也在全息照片和超波剧中看过——而且声光效果俱佳。

然而，真正的雷雨，真正的雷鸣和闪电，却从来未曾钻进大城之内。因此在他一生中，从未有过这种真实的体验。

尽管在理智上，他对雷雨有相当的认识，可是内心深处，他仍旧无法面对这样的真实场景。虽然他读过那么多的文字描述，看过那么多的照片和影像，听过那么多的实况录音，纵使如此，他从未想到闪电会那么明亮、那么壮观，也从未想到破空而来的雷声会引起那么强的震荡，他更没想到两者都来得那么突然，还有，雨水竟然真像脸盆被打翻般下个不停。

他绝望地低声道：“这种天气，我出不去。”

“你不必出去。”丹尼尔赶紧安慰他，“吉斯卡会把气翼车开过来，会直接开到门口来接你，你一滴雨也淋不到。”

“为什么不等雨停了再走？”

“那绝非好主意，以利亚伙伴。这种雨，有时会一直下到半夜还不停，如果阿玛狄洛博士并未唬人，主席的确明天上午就会抵达，你今晚最好和法斯陀夫博士商讨一下对策。”

贝莱强迫自己转过身来，面对着他想逃离的方向，并直视着丹尼尔的眼睛。那双眼睛似乎显露出深切的关怀，可是贝莱悲观地想到，那只是他自己对这样的眼神所作的解读。机器人根本没有感情，有的只是模拟人类感情的正子突波罢了。（或许人类同样没有感情，有的只是被解读为感情的神经突波而已。）

他忽然察觉阿玛狄洛已经离去，于是说：“阿玛狄洛想尽办法拖延我——又劝我用卫生间，又跟我言不及义说个没完，还不让你或吉斯卡插嘴提醒我快变天了。他甚至试图说服我参观这座大楼，并且和他共进晚餐。直到雷声响起，他才终于罢手，因为他等的就是这场雷雨。”

“似乎正是如此。如果雷雨真能把你困在这里，那么他等的应该就是这一刻。”

贝莱深深吸了一口气。“你说得对。我必须——无论如何也得走。”

他颇为勉强地向门口走去，那扇大门依旧敞开，外面依旧是狂风暴雨所交织的一片昏暗。他倚在丹尼尔身上，跨出沉重的一步又一步。

吉斯卡则默默等在门口。

贝莱半途停下脚步，将眼睛闭上一会儿。然后他低声（其实是对自己而非丹尼尔）说：“我非做到不可。”随即继续向前走。

61

“你还好吗，先生？”吉斯卡问。

真是个蠢问题，贝莱心想，这机器人是受到了程序的指挥，才不得不这么问。不过，人类有时也会受到礼节的指挥，问出种种极不合宜的问题，愚蠢的程度可谓不相上下。

“还好。”贝莱想要大声回答，偏偏力不从心，只能发出嘶哑的低语。这样的回答其实毫无意义，因为即使吉斯卡是机器人，也一定看得出贝莱状况不佳，所以这个答案显然是个谎言。

然而，经过这轮虚伪的问答之后，吉斯卡总算能采取下一步行动了。他说：“我现在就去把气翼车开到这儿来。”

“这种天气——简直像在倒水——车还能开吗，吉斯卡？”

“没问题，先生，雨势其实还算普通。”

说完他随即离去，在倾盆大雨中稳健地向前走。闪电一个接一个，几乎没有停过，轰隆隆的闷雷则是每几分钟就拔一次尖。

有生以来第一次，贝莱觉得自己羡慕起机器人来。想想看，能够在这种天气中大步前进，能够毫不在意雨水、闪电和雷声，能够无视于周遭的环境，能够拥有勇气十足的虚拟生命，更重要的是，对痛苦和死亡能够无所畏惧，因为他们根本没有痛苦和死亡。

但另一方面，则是无法拥有原创性的思想，无法产生意料之外的直觉或灵感——

人类为这些天赋所付出的代价，是否真的值得？

此时此刻，贝莱心中并没有答案。他只知道，只要不再感到恐惧，那么为了身为人类，付出任何代价都算不了什么。可是现在，他所感受到的只有心脏的猛烈跳动，以及意志的全盘崩溃，他因而不得不怀疑，倘若无法克服这些内心深处的恐惧——这个强烈的空旷恐惧症——身为人类又有什么用呢？

但过去这两天，他大部分时间都待在户外，几乎没有什么不适。

可是现在他终于明白了，自己并未真正克服恐惧。他一直刻意想些别的事情，借此转移注意力，但雷雨终究击败了他的意志。

他绝对不能允许这种事。如果其他一切通通失守——包括思想、自尊、意志——那么剩下的就只有羞耻心了。他绝不能在机器人眼前崩溃，让他们看人类的笑话。羞耻心一定要胜过恐惧才行。

他突然觉得丹尼尔紧紧搂住自己的腰际，此时此刻，他最想做的一件事，就是转一个身，将自己的脸埋进机器人的胸膛，但羞耻心不准许他这么做。假如丹尼尔是真人，他或许就无法抑制这个冲动了。

他的意识早已脱离了现实，因而觉得丹尼尔的声音仿佛来自很远的地方。丹尼尔的口气似乎透出类似惊慌的感觉。“以利亚伙伴，你听到我说话吗？”

吉斯卡的声音则从另一个遥远的方向传来：“我们必须抱他走。”

“不，”贝莱咕哝道，“让我自己走。”

或许他们并未听见这句话，也或许他只是自以为说了，而事实并非如此。他随即觉得自己被抬了起来。于是，他使尽全身的力气，想要举起孱弱无力的左手，想要搭到某人的肩膀，想要撑起自己的上半身，还想将双脚踩到地板上，以便重新站起来。

但他的左臂仍旧无力地垂挂在肩头，他的一切努力都徒劳无功。

他似乎察觉到自己正在前进，而且有一股水花喷到脸上。那并非真正的雨水，只能算是分外潮湿的空气。然后，他感到一个硬物压向自己的左侧，右侧则同时感到一股较为柔软的压力。

他已经进了气翼车，再度夹在吉斯卡和丹尼尔之间。而他最清楚的感觉，就是吉斯卡身上非常湿。

接着，他觉得有一股温暖的气流，将自己从头到脚包裹起来。在近乎黑夜的户外和车窗上的一层薄雾之间，那些玻璃若能变不透明就好了——或说贝莱先这么想，不久之后便如愿以偿，车内真正成了一片漆黑。而当气翼车从草地上缓缓升起、摇摇晃晃之际，轻柔的噪音压过了雷声，雷雨似乎就不再那么可怕了。

吉斯卡说：“真抱歉，我身上的雨水让你很不舒服，先生，但我很快就会干了。我们可以先等一等，等你恢复了再出发。”

贝莱的呼吸比较顺畅了，密闭空间令他感到无比安心舒适。他不禁想到，把大城还给我吧。整个宇宙关我何事，让太空族去殖民吧，我们只要地球就好了。

不过，即使在这样想的时候，他也明白这只是个疯狂念头，自己其实并不相信。

他体认到不能让脑筋闲下来。

他以虚弱的声音唤道：“丹尼尔。”

“什么事，以利亚伙伴？”

“是关于那位主席。阿玛狄洛明白指出主席会下令终止调查，你认为这个判断正确吗，或者只是他一厢情愿的想法？”

“以利亚伙伴，主席或许的确会就这件事，和法斯陀夫博士以及阿玛狄洛博士晤谈一番。要解决诸如此类的纷争，这是标准的程序，而这有许多先例可循。”

“可是为什么呢？”贝莱有气无力地问，“如果阿玛狄洛这么有说服力，主席何不直接下令终止调查？”

“那位主席，”丹尼尔说，“目前的政治处境十分艰难。当初，在法斯陀夫博士力促之下，他答应了把你请到奥罗拉来，如果这么快就做一百八十度的转变，势必显得他懦弱和优柔寡断——而且一定会触怒法斯陀夫博士，博士在立法局仍是非常有影响力的人物。”

“那么他何不干脆拒绝阿玛狄洛的要求？”

“阿玛狄洛博士的影响力也很大，以利亚伙伴，而且可能会越来越大。为了两不得罪，主席必须先听取双方的意见，而且至少要表现得经过一番深思熟虑，才能够作出决定。”

“根据什么来决定？”

“我们必须假设，会根据本案成立与否。”

“所以明天早上，我必须拿出些东西来说服主席支持法斯陀夫，而不是跟他唱反调。如果我做到了，就代表我们赢了吗？”

丹尼尔说：“主席的权力并非至高无上，但是他的影响力确实很大。如果他表明了坚决站在法斯陀夫博士这边，那么，在当今这种政治情势下，法斯陀夫博士确有可能赢得立法局的支持。”

贝莱发觉自己的思路又变得顺畅了。“这似乎就足以解释阿玛狄洛为何试图耽搁我们的行程。想必他推测到，目前我还没有什么能提供给主席的，他只需要把我所剩无几的时间耗尽，就立于不败之地了。”

“似乎就是这样，以利亚伙伴。”

“直到他认为这场雷雨能困住我，他才肯让我走。”

“或许吧，以利亚伙伴。”

“既然这样，绝不能让这场雷雨阻挡我们。”

吉斯卡平心静气地说：“你想去哪里，先生？”

“回法斯陀夫博士的宅邸。”

丹尼尔说：“我们要不要再等一下，以利亚伙伴？你是否打算告诉法斯陀夫博士，你不能继续进行调查了？”

贝莱厉声问道：“你为何这么说？”这句话，无论是音量或其中的火气，都充分显示他已恢复正常。

丹尼尔答道：“我只不过是担心，你忽然忘了那只是阿玛狄洛博士拿地球的福祉当幌子，怂恿你那么做的。”

“我没忘，”贝莱绷着脸说，“可是我很惊讶，丹尼尔，你居然认为我会受到他的影响。我一定要替法斯陀夫平冤，也一定要让地球展开银河殖民。如果这么做会激怒母星党，我们也不得不冒这个险。”

“可是，既然这样，以利亚伙伴，我们为何要回去找法斯陀夫博士呢？在我看来，我们还没有什么重要的结果要向他报告。难道再也没有其他方向，能让我们在向他报告之前，再作些进一步调查吗？”

贝莱挺直腰杆，将左手放在吉斯卡已经烘干的身上。“我对目前的进展相当满意，丹尼尔。我们走吧，吉斯卡，向法斯陀夫的宅邸出发。”他以稀松平常的口吻说。

然后，他攥起拳头，绷紧全身的肌肉，又补了一句：“还有，吉斯卡，把窗户转成透明，我要亲眼看看雷雨的真面目。”

62

贝莱屏息以待这个变化。这辆小小的气翼车将不再完全密封，不再是个毫无隙缝的围墙。

就在窗户开始透光之际，天空出现了一道闪电，它来得急去得快，只不过将整个世界衬托得更暗而已。

一两秒之后，传来了震耳欲聋的雷声，贝莱虽然试着从容以对，畏缩之色还是怎么也掩不住。

丹尼尔安慰他说："雷雨不久就会趋缓，天气不会更坏了。"

"我才不管天气会不会更坏。"贝莱从打颤的嘴唇中吐出这句话，"来吧，我们走。"为了自我安慰，他试着维持一个由人类指挥机器人的假象。

气翼车微微腾空，随即猛然向旁一偏，贝莱立刻觉得自己倒在吉斯卡身上。

贝莱大叫一声（更像是倒抽一口气）："稳住车身，吉斯卡！"

丹尼尔伸手搂住贝莱的肩膀，将他轻轻拉回来，另一只手则紧抓着气翼车内部的手把。

"做不到的，以利亚伙伴。"丹尼尔说，"外面的风太强了。"

贝莱觉得毛发直竖。"你的意思是——我们会被吹跑？"

"不，当然不会。"丹尼尔说，"如果这辆车具有反重力——

当然这是并不存在的科技——以致车子的质量和惯性暂时消失，它才会像羽毛那样被吹到天上。事实则是，虽然我们被气流抬起来，浮在半空中，我们的质量却完全不变，所以仍能借着惯性抵抗风力。话说回来，即使这辆车完全在吉斯卡的掌控下，强风还是会吹得我们摇摇晃晃。”

“我可不觉得它受到掌控。”贝莱隐约听见一阵嗖嗖声，猜想那是气翼车在破空前进之际，车身卷起一股气流所引起的。就在这个时候，气翼车又猛然倾斜，贝莱情急之下，只好死命抓住丹尼尔的脖子。

丹尼尔静候了一会儿，直到贝莱喘过气来，双手也稍微松开的时候，他才轻轻挣脱，同时将贝莱的肩膀搂得更紧。

他说：“为了保持方向，以利亚伙伴，吉斯卡必须用不对称的气流来抵消风力。也就是说，将气流灌到一边，使得气翼车倾向强风来袭的方向，由于风力和风向不断改变，这些气流的力量和方向也必须随时调整。吉斯卡是个中高手，但即便如此，偶尔还是会造成车身的抖动和摇晃。所以，如果吉斯卡没加入我们的谈话，你千万别怪他，目前他必须全神贯注在气翼车上。”

“这……这安全吗？”想到他们正在和强风玩这样的游戏，贝莱不禁感到腹部抽紧。谢天谢地，好在他有几小时没吃东西了。他绝不能——也不敢——在局促的气翼车内恶心欲呕。光是想到这一点，便令他更加不安，他只好试着把心思摆在别的地方。

他突然想到了地球上流行的奔路带。这种活动的玩法很简单，从一条运动中的路带出发，不断转换到旁边另一条较快的路带，最后再反过来，逐步换到较低速的路带。不论是“奔加速”或“奔减速”（这是奔路带玩家的专用词汇），每次转换路带的时候，都必须熟练地在强风中将身体向左或向右打斜。年轻的时候，贝莱能够毫不间断且毫无失误地做出整套的动作。

当年，丹尼尔毫不费力就学会了这些技巧，那回他们一起奔路带，丹尼尔表现得完美无缺。嗯，现在没什么两样！气翼车正在奔路带。没错！完全一样！

但严格说来，还是有些差别。在大城中，每条路带都有固定的速度。你在奔路带的时候，所谓的强风其实是路带运动的结果，风速和风向皆在预料之中。然而，如今在暴风雨里面，强风却有自己的意志，或者说，受到许多变数的影响（贝莱刻意坚持理性思考），所以似乎有它自己的意志，而吉斯卡必须将这点考虑在内。差别就在这里，除此之外，目前的情况只比奔路带再复杂一点点——这条“路带”并非等速前进，而是不断猛烈地变速。

贝莱喃喃道：“万一我们撞到树呢？”

“机会非常小，以利亚伙伴，吉斯卡的技术高明得很。而且，我们非常接近地面，因此气流分外强而有力。”

“我们可能撞到岩石，可能因此被活埋。”

“我们不会撞上岩石的，以利亚伙伴。”

“为何不会？吉斯卡怎么看得出该往哪儿走呢？”贝莱望向前方，只见一片昏暗。

“现在只是黄昏而已，”丹尼尔说，“仍然有些光线透过云层。再加上车头灯帮忙，我们足以看到外面。等到天色更暗一点，吉斯卡会把车头灯调得更亮。”

“什么车头灯？”贝莱以挑衅的口气问。

“你几乎看不到，因为其中有很强的红外线成分，吉斯卡对这部分很敏感，而你则不然。此外，相较于波长较短的可见光，红外线具有较强的穿透力，因此在雨天或雾气中，能够发挥更高的功效。”

即使忐忑不安，贝莱仍旧感到一丝好奇。“那你的眼睛呢，丹尼尔？”

“我的眼睛，以利亚伙伴，被设计得尽可能接近人类的眼睛。在这种节骨眼，或许就是个遗憾了。”

气翼车开始猛烈晃动，贝莱不知不觉又屏住了呼吸。他压低声音说：“就算机器人的视觉高人一等，太空族的眼睛仍旧适应着地球的阳光。这样其实也不错，因为这能提醒他们，别忘了自己是地球人的后裔。”

他没有再说下去。现在天色越来越暗，他什么也看不见了，断断续续的闪电只会使人眼冒金星，无法照亮任何事物。他闭上眼睛，却无济于事。反之这么一来，轰轰的雷声更加令他心惊胆跳。

他们不该停车吗？他们不该避开这阵最强的风雨吗？

吉斯卡突然说：“车子的反应不正常了。”

与此同时，贝莱也体会到颠簸的感觉，仿佛气翼车成了有轮子的交通工具，正在驶过崎岖的路面。

丹尼尔问：“会不会是暴风雨造成的损坏，吉斯卡好友？”

“感觉上并不像，丹尼尔好友。何况，无论什么样的狂风或暴雨，也不该对这辆车造成这样的损坏。”

贝莱有点听不懂了。“损坏？”他喃喃道，“什么样的损坏？”

吉斯卡说：“我判断应该是压缩机在漏气，先生，不过漏得很慢，并不是普通破洞造成的。”

“那么，到底是怎么回事？”贝莱问。

“或许是车子停在行政大楼外面的时候，遭到了蓄意破坏。不久前，我开始注意到有人跟在我们后面，但刻意不超过我们。”

“为什么呢，吉斯卡？”

“可能性之一，先生，他们在等我们彻底抛锚。”这时，气翼车颠得更厉害了。

“你能撑到法斯陀夫博士家吗？”

“似乎不太可能，先生。”

贝莱试着启动仍在发昏的脑袋。“这样的话，我就完全误判了阿玛狄洛拖延我们的原因。他之所以拖住我们，是为了让他的机器人有机会破坏气翼车，这样就能把我们困在雷电交加的荒郊野外。”

“可是他为何要那么做呢？”丹尼尔显得有些震惊，“为了抓你吗？——其实可以说，他已经抓到你了。”

“他不是想抓我，没有人想抓我。”贝莱带着些微怒意说，“有危险的是你，丹尼尔。”

“是我，以利亚伙伴？”

“对，丹尼尔，是你！——吉斯卡，选个安全的地方降落，然后，丹尼尔必须立刻下车，找个安全的地方藏起来。”

丹尼尔说：“那是不可能的，以利亚伙伴，我不能在你不舒服的时候离开你——更何况还有人正在追捕我们，而且可能伤害你。”

贝莱说：“丹尼尔，他们是在追你，你一定得走。至于我，我会留在气翼车内，不会有危险的。”

“你要我怎么相信你？”

“拜托！拜托！这当儿天旋地转，我怎能把一切解释得清清楚楚——丹尼尔，”贝莱的声音突然冷静得出奇，“你是我们当中最重要的人，你的重要性远超过我和吉斯卡的总和。现在不只是我个人关心你，希望你别受到伤害，事实上，全体人类都寄望在你身上。别挂念我，我只是一个人，请挂念好几十亿的人类吧。丹尼尔——拜托——”

63

贝莱感到自己正在前后摇晃，或是气翼车在晃？车子整个坏了吗？吉斯卡再也控制不住了，还是他正在进行闪避行动？

贝莱并不关心，丝毫不关心！让气翼车坠毁吧，让它摔成碎片吧。只要能够摆脱这种可怕的恐惧，摆脱这种什么也做不了的全然无力感，他还巴不得走入历史呢。

不过，他必须先确保丹尼尔平安离去，但要怎么做呢？

一切似乎都那么不真实，他根本没办法对这两个机器人作任何解释。如今的情势在他看来明显得很，问题是，他要如何把自己的理解传递给两个并非人类的机器人？除了三大法则，他们什么也不懂，除了眼前这个人，他们什么也不关心；即使葬送掉所有的地球人，进而葬送所有的人类，他们也毫不在乎。

人类为什么要发明机器人呢？

万万没想到，较为原始的吉斯卡竟适时对他伸出援手。

他以不带丝毫感情的声音说：“丹尼尔好友，我无法让气翼车再撑多久，或许你应该照贝莱先生的意思去做，他对你下了一道非常坚决的命令。”

“我能在他不舒服的时候离开他吗，吉斯卡好友？”丹尼尔惶惶无措地说。

“这么大的风雨，绝不能让他跟你同行，丹尼尔好友。何况，他似乎急着要你走，如果你留下来，恐怕会对他造成伤害。”

贝莱觉得逐渐恢复了元气。“对——对——”他勉强以沙哑的声音说，“吉斯卡说得对。吉斯卡，你和他一起去，找个地方把他藏好，并确定他不会离开——然后再回来找我。”

丹尼尔强而有力地说：“不能这么做，以利亚伙伴，我们不能留你一个人在这里，没人照顾又没人保护。”

“没危险——我并没有危险。照我说的做——”

吉斯卡说：“这种风雨会使得人类裹足不前，所以跟踪我们的可能都是机器人，而机器人是不会伤害贝莱先生的。”

丹尼尔说：“他们可能把他带走。”

“不会的，丹尼尔好友，如果在暴风雨中把他拖走，显然会令他受到伤害。我现在要把气翼车停下来，丹尼尔好友，你一定要遵照贝莱先生的命令行事，而我也一样。”

“很好！”贝莱低声道，“很好！”他很高兴吉斯卡有个简单的头脑，不但容易接受命令，而且不会像那些越来越精密的机器人，动不动便会感到茫然和犹豫不决。

他模模糊糊地想到，丹尼尔现在一定进退维谷，一方面察觉到贝莱处境恶劣，另一方面又有来自紧急命令的强大压力——他进而想到，在这样的冲突中，那副正子脑正在劈啪作响。

贝莱心想，不不，丹尼尔，别再提出质疑，照我的话去做就对了。

他居然没力气把这句话说出来，也几乎没意愿这么做，因此这个想法始终没有化为命令。

随着一下撞击，气翼车停了下来，带起一阵短短的刺耳摩擦声。

两侧车门同时猛然打开，又在轻巧的气流声中慢慢关上。下一刻，两个机器人就不见了。一旦有了决定，他们便毫不犹豫地展开行动，以人类无法企及的速度飞快离去。

贝莱深深吸了一口气，同时打了一个哆嗦。气翼车现在稳若磐石，仿佛成了地表的一部分。

他忽然想通了，刚才之所以那么狼狈，全是因为气翼车的摇摆和颠簸，令他感到心里不踏实，感到自己脱离了这个宇宙，感到被一股无情的力量捏住不放。

然而，现在一切恢复平静，他终于张开了眼睛。

在此之前，他并未注意到自己的眼睛是闭着的。

地平线上仍不时出现闪电，雷声则已大大减缓。不过，由于气翼车不再闪躲腾挪，强风吹在硬邦邦的金属上，声音听起来更加凄厉。

天色已暗，除了偶尔明灭的闪电，贝莱的一双肉眼无法看到任何光线。太阳一定早已下山，而且云层相当厚重。

自从离开地球之后，这还是贝莱头一回落单！

64

落单！

他身心备受煎熬，实在理不出一个清楚的头绪。然而，如果在疲惫的心灵中，除了丹尼尔必须逃走这个念头，还能挤出另外一点空间，他会尽力设法厘清思绪，想想自己应该怎么做，以及到底会怎么做。

比方说，刚才他就应该问问此时身在何处，附近有些什么，而丹尼尔和吉斯卡又打算去哪里。他完全不了解如何操作这辆气翼车，无法驾驶它是理所当然的事，然而，如果他觉得冷，也许就该打开暖气，或在温度过高时把暖气关上——问题是，他也不知道如何下这样的指令。

即使想要和外界隔绝，他也不知道该怎样把车窗转成不透明，同理，如果他想下车离去，也不知道该如何打开车门。

现在他唯一能够做的，就是等吉斯卡回来找他，而吉斯卡当然也会预期他这么做。他对吉斯卡下的命令很简单：回来找我。

这个命令丝毫没有暗示贝莱可能会前往他处，所以，吉斯卡那简单明快的心灵一定会把“回来”解释为要他回到气翼车的位置。

贝莱试着让自己接受这一点。就某方面而言，了解到目前只能等待，暂时不能作任何决定，也不失为一种解脱，因为他根本没决定可做。而且此时此刻，他稳稳地待在车内，见不到可怕的闪电，听不到任何扰人的噪音，更令他感到轻松无比。

或许他应该试着睡一会儿。

但他随即绷紧神经——自己敢这么做吗？

他们正遭到追捕，正遭到监视。这辆气翼车是停在行政大楼外面时被动了手脚的，由此可想而知，对方很快便会找到他。

所以，不只吉斯卡会来找他，对方同样也会。

刚才狼狈不堪之际，他真的把一切都想清楚了吗？气翼车是在行政大楼外被动手脚的，虽然任何人都有嫌疑，但嫌疑最大的当然是知道它停在那儿的人——而除了阿玛狄洛，还有谁更清楚呢？

阿玛狄洛故意拖延到暴风雨来临，这点显而易见。这样一来，自己就得在风雨中赶路，最后势必会精神崩溃。阿玛狄洛研究过地球以及地球人，他曾就这点吹嘘了一番。户外环境给地球人带来的困扰，尤其是雷电交加的暴风雨所导致的震撼，他一定相当清楚。

他十分确定，贝莱会变得如婴儿般无助。

可是，他为何要这么做呢？

为了把贝莱带回研究院？贝莱虽然早已送上门去，但那时是有备而来，身边还带着两个机器人，他们随时可以出手保护他。现在情况完全不同了！

如果气翼车在暴风雨中抛锚，贝莱的情绪势必跌到谷底。或许，他甚至会失去意识，如果有人要带他回去，他当然无法抵抗。那两个机器人同样不会反对——既然贝莱的身体显然出了问题，他们应当采取的行动正是协助阿玛狄洛的机器人拯救他。

事实上，两个机器人一定会跟着贝莱走，毫无选择的余地。

万一有人质疑阿玛狄洛的行动，他可以辩称由于风雨交加，他担心贝莱可能出事；他曾试着把贝莱留在研究院，可惜未能成功；于是他派自己的机器人跟在贝莱后面，确保他安全无虞；当气翼车在暴风雨中出了故障，那些机器人就把贝莱救了回去。除非有人了解内情，知道气翼车之所以抛锚，全是阿玛狄洛在幕后指使（谁会相信，谁又能证明呢？），否则，舆论会一面倒地赞扬阿玛狄洛的人道精神——何况，这次的关怀对象居然是个次等人类，一定更加令人赞叹。

那么，阿玛狄洛会怎样对付贝莱呢？

别担心，只会让他消失一阵子。贝莱自己并非真正的猎物，而这正是关键。

那两个机器人也会留在阿玛狄洛那里，不可能有丝毫主见。他们所接受的指令，以最严格的方式要求他们守护贝莱，如果贝莱病倒了，正在接受治疗，只要阿玛狄洛装出一副对贝莱关怀备至的模样，他们就不得不遵从他的命令。而贝莱（或许）也无法再下任何命令来保护他们——在镇静剂的作用下，他当然无能为力。

太明显了！太明显了！贝莱、丹尼尔和吉斯卡曾经落入阿玛狄洛的掌心——可是对他毫无用处。于是他将他们送到风雨中，好让他们重新回到自己的掌心——这回就有用了。尤其是丹尼尔！丹尼尔才是关键人物。

事实上，法斯陀夫终究会开始寻找他们，而且一定会找到，并将他们带回去，可是那个时候，一切已经太迟了，不是吗？

而阿玛狄洛要丹尼尔做什么呢？

贝莱虽然头痛欲裂，还是确定自己掌握了答案——可是他要怎么证明呢？

他实在想不下去了——他若能将车窗转成不透明，就能营造一个封闭的、静止的小世界，然后也许就能让思绪延续下去。

可是他不知道怎样下指令。他唯一能做的就只有坐在那里，望着窗外逐渐减弱的风雨和越来越细的闪电，听着雨水打在车窗上的声音以及有如低喃的雷鸣。

他使劲闭上眼睛。眼皮也算一堵墙，但他不敢睡着。

右侧车门突然打开，带起的气流声极其明显。他感觉到湿冷的空气灌了进来，车内温度随即降低，与此同时，他还闻到一股由植物和湿泥所散发的强烈气味——车内原本隐约泛着机油和皮椅交织成的味道，虽然不好闻，却有亲切感，因为能使他联想到可能再也回不去的大城，现在这种味道完全给掩盖了。

他张开眼睛，发现有个机器人正近距离瞪着自己。那机器人的头颅并未真正移动，脸部却像是往一旁飘去，感觉上相当诡异。贝莱感到一阵头晕眼花。

在漆黑的背景中，那机器人仿佛一个更黑的暗影，显得相当巨大。而且看起来，他绝不是等闲之辈。他说："不好意思，先生，不是有两个机器人跟你在一起吗？”

“走了。”贝莱咕哝道，他尽可能假装不舒服的样子，却发觉根本不必装。他微微张开眼睛，正巧看到天空又出现一道明亮的闪电。

“走了！走去哪里了，先生？”当他等待对方回答之际，又补了一句，“你病了吗，先生？”

从残存的一点点清醒头脑中，贝莱察觉到一丝病态的成就感。如果这个机器人未曾接受特别的命令，他在第一时间就会对贝莱的明显病征作出回应。而他竟然先问那两个机器人的下落，意味着在他所接受的命令中，特别强调了那两个机器人的重要性。

一切都吻合了。

他强打起精神，装作若无其事地说：“我很好，你不必为我担心。”

在一般情况下，机器人不太可能这么轻易就被说服，但眼前这个机器人一心挂念着丹尼尔（这很明显），因此接受了贝莱的说法。“那两个机器人去哪里了，先生？”他又问。

“回机器人学研究院去了。”

“回研究院去了？为什么，先生？”

“因为首席机器人学家阿玛狄洛命令他们回去，而我正在这里等他们。”

“但你怎么没跟他们一起去呢，先生？”

“首席机器人学家阿玛狄洛不希望我暴露在风雨中，所以命令我等在这里。我现在这么做，是在遵从首席机器人学家阿玛狄洛的命令。”

借着不断重复这个如雷贯耳的名字，并刻意冠上那个显赫的头衔，再加上不断重复“命令”这两个字，他希望能够打动这个机器人，让他允许自己继续留在这里。

另一方面，如果他们的确接受过特别的指令，要他们务必将丹尼尔带回去，而他们又已经相信丹尼尔正在赶回研究院，那么他们对于丹尼尔的关注程度就会下降，就会有时间顾虑到贝莱，而他们就会说——

那机器人说："但你看起来不太好，先生。"

贝莱又体会了一次病态的成就感。他说："我很好。"

在这个机器人后面，他能隐约看到好些机器人，但看不清到底有多少——偶尔出现闪电时，他们的脸孔会被照得发亮。每当贝莱的眼睛再度适应黑暗，还能看到他们的双眼射出昏暗的光芒。

他转过头去，左侧车门外也有些机器人，不过车门并没有打开。

阿玛狄洛究竟派出多少机器人？若有必要，他们是否会被强押回去？

他说："首席机器人学家阿玛狄洛的命令是要我的机器人回研究院去，而我留在这里等他们。你看得出来，他们已经回去，而我正等在这里。如果你们是来帮忙的，如果你们有交通工具，就该去找那两个已经上路的机器人，以便载他们一程。这辆气翼车已无法行驶了。"为了假装一切安好，这番话他尽量说得坚决而毫不犹豫，结果并未非常成功。

"他们徒步走回去吗，先生？"

贝莱说："去找他们，这个命令很明确。"

对方却出现了迟疑，十分明显的迟疑。

贝莱终于想到应该移动右脚——他希望自己做得到。他早就该这么做了，无奈身体不怎么听从心思的使唤。

那些机器人还在犹豫，贝莱却苦无良策。他并非太空族，不知道该用什么语句、什么口气、什么姿态，才能最有效率地指挥机器人。一位高明的机器人学家，只要做做手势，扬扬眉毛，就能令机器人任他摆布，仿佛操纵傀儡一般——如果机器人是他自己设计的，效率就更高了。

但贝莱只是一个地球人。

他皱起眉头——此时的他很容易做出这个表情——颇不耐烦地轻唤一声：“走！”同时挥了挥双手。

或许这么一来，刚好让这个命令的力道超过了临界点——也或许只是时间上的巧合，这些机器人凭借正子径路中此起彼伏的正反电压，总算想通了该如何解读他们听到的指令，才算符合三大法则。

总之，他们终于下定决心，然后就再也不迟疑了。他们毅然决然地冲回自己的交通工具——姑且不论它在哪里，也不论是什么车辆——速度之快，仿佛瞬间消失一般。

那扇被打开的车门随即自动关闭，但贝莱早已把右脚挡在门轨上。他难免有点担心，这只脚会不会被切下一截，或是骨头给辗得粉碎，但他仍旧一动不动。任何车辆在设计之初，都一定会设法排除这种惨剧的可能性。

现在他又落单了。他以智取胜，硬逼着那些机器人离开了一个显然身体违和的人类——阿玛狄洛这位机器人学大师，为了遂行自己的目的，刻意在命令中加强第二法则的比重，给了他一个可乘之机。另一方面，贝莱自己所编织的明显谎言，又进一步降低了第一法则的力道。

自己究竟做得多好呢，想着想着，贝莱不禁有点自满——然后他注意到，由于自己右脚的阻挡，车门留了一条缝，而那只脚果然安然无恙。

65

贝莱觉得右脚被一股冷风包围，还有寒冷的雨水在不断浇灌。那是一种相当诡异的陌生感觉，但他不敢让车门整个关上，否则还真不知道如何才能再打开来。（那些机器人是怎么打开的？毫无疑问，对这个社会的成员而言，此事一点也不困难。可是在他所读过的奥罗拉书籍中，没有一本详细介绍过如何开启一辆标准气翼车的车门。凡是重要的事皆被视为理所当然，你就是应该知道——虽然理论上而言，作者正在告诉你。）

他一面想，一面摸索着上衣的口袋，偏偏这也并非一件容易的事。所有的口袋都不在应该在的位置，而且每个都封了口，因而他必须先摸索一番，找出解开封口的正确方法。然后，他从中掏出一条手帕，扭成一团，塞到那道门缝里，好让车门不会完全关上。直到这个时候，他才把右脚缩回来。

现在开始动脑筋——但愿他做得到。除非他打算出去，否则没必要让车门一直开着。然而，他出去有什么用吗？

如果他等在原地，吉斯卡终究会回来找他，而且，想必会将他带到安全的地方。

他敢等下去吗？

他不知道吉斯卡需要多少时间，才会把丹尼尔藏妥，然后回到这里。

而他同样不知道，那些机器人需要多少时间，便能确定无法在回研究院的路上找到丹尼尔和吉斯卡。（丹尼尔和吉斯卡当然不可能真的一路往回走，以便寻找藏身之处。贝莱并未真的命令他们别那么做——可是，万一就只有那么一条路呢？不！不可能！）

贝莱摇了摇头，默默否定了这个可能性。这个动作竟引发了头痛，他不禁龇牙咧嘴，双手抱住了头。

那些机器人还会继续寻找多久，才会确定他们给贝莱耍了，或是以为贝莱自己被误导了？然后，他们会不会再回来逮捕他——态度非常客气，而且绝对避免伤害他？如果他告诉他们，一旦暴露在风雨中，自己就会没命，能否令他们不敢轻举妄动？

他们会相信吗？他们会不会向研究院报告？他们一定会这么做。然后会不会有真人赶来？他们可不会特别关心自己的死活。

如果贝莱下了车，在附近的树丛里找个藏匿地点，那些追捕他们的机器人就很难找到他了——这样就能替他争取到时间。

虽然这样做，同样会让吉斯卡难以找到他，可是相较之下，要求吉斯卡守护贝莱的命令强而有力，要求那些机器人寻找他的命令则微弱不堪。前者的首要任务是找到贝莱——后者则是找到丹尼尔。

此外，吉斯卡的程序是法斯陀夫亲自设定的，不论阿玛狄洛多么高明，终究比不上法斯陀夫。

所以，如果一切条件完全相等，吉斯卡一定会比其他的机器人更早回来。

可是双方的条件会完全相等吗？贝莱有点自嘲地想到，我已经筋疲力尽，无法真正思考了，我只会死命抓着各种自我安慰的想法。

话说回来，针对心目中这个优势，他除了放手一搏，还能做什么呢？

他倾身顶开车门，走到了外面。那条手帕随即掉进潮湿而茂密的草丛里，他自然而然弯腰把它捡起来，紧紧抓在手中，然后跌跌撞撞地向前走去。

雨水不断打在他的脸庞、双手和全身各处，不久之后，湿透的衣服就粘在他身上了，冷得他直打哆嗦。

一道突如其来的闪电撕裂了天空——他根本来不及闭上眼睛——然后，一声巨响吓得他僵在原地，只能举起双手捂住耳朵。

风雨又转强了吗？还是因为他走了出来，雷声才特别响亮？

他必须向前走。他必须尽量远离气翼车，那些机器人才不会那么容易找到他。他绝不能犹豫不决或留在附近，否则还不如待在车内——至少能享受干爽。

他想要擦擦脸，可是那条手帕和他的脸一样湿。一点用也没有，他随手将它扔了。

他将双手举在前面，一步步走下去。奥罗拉有没有自己的卫星？他似乎记得某本书里提过，期盼着能见到它的光亮——可是又有什么差别？即使真有这么一颗卫星，而且此时它真的高挂天际，云层也会将它整个遮掩。

他摸到一样东西，虽然完全看不见，但他知道那是粗糙的树皮。没错，他摸到了一棵树，即使是大城居民，也能肯定这一点。

然后，他想起来闪电可能会击中树木，还有可能将人击毙。至于被闪电击中是什么感觉，以及有什么方法可以避免，他却不记得读到过这方面的记载。总之，他从未听说过有哪个地球人是闪电的受害者。

他满怀忧虑和恐惧，慢慢绕过那棵树。为了保持原来的方向，他必须恰好绕半圈，可是到底该走几步呢？

继续前进！

周遭的灌木越来越浓密，就像一根根瘦骨嶙峋的手指紧紧抓住他，令他举步维艰。他赌气般用力拉扯，随即听到衣服撕裂的声音。

继续前进！

他全身发抖，牙齿更是咯咯作响。

又是一道闪电。这倒也不错，刚好让他瞥一眼周遭的环境。

一棵又一棵的树，好多好多！他正置身于树丛中。就雷击而言，许多树会比一棵树更危险吗？

他不知道。

如果他避免碰触任何树木，会有帮助吗？

他同样不知道答案。生活在大城中，向来不必担心会被闪电击毙。至于历史小说（以及若干历史记载），即使偶尔提到，也都语焉不详。

他抬头望向漆黑的天空，立刻觉得像是被泼了一盆水。他只好用湿淋淋的双手，擦擦湿漉漉的眼睛。

他蹒跚地向前走，每一步都努力把脚抬高。不久，他走进一条小溪，踩着滑溜溜的石头涉水而过。

真奇怪！他并未因此变得更湿。

他继续前进。那些机器人找不到他了，可是吉斯卡找得到吗？

他不知道自己身在何处，或是要往哪里去，或是自己已经走了多远。

如果想要折返气翼车，他自问做不到。

如果想要试着找到自己，他自问也做不到。

这场暴风雨永远不会停止，他最后将整个溶解，化成一条名叫贝莱的小溪，再也不会被任何人找着。

而从他身上解离出的分子，将会慢慢流到海里。

奥罗拉有海洋吗？

当然有！而且比地球的海洋还要大，但两极的冰冠也比较宽。

啊，他将漂到冰冠旁，冻结在那里，在寒冷的橙色阳光下闪闪发亮。

他又摸到了一棵树——双手是湿的——树也是湿的——轰隆一个雷声——奇怪竟然没有先看到闪电——闪电应当先出现的——难道他被击中了？

他什么感觉也没有——只觉得接触到了土地。

土地就压在他身体下面，因为他的手指正扒着湿冷的泥土。他侧过头去以便呼吸，那是相当舒服的感觉。他不必再走了，他可以等在这里，吉斯卡会找到他的。

他突然非常肯定这一点。吉斯卡一定会找到自己，因为……

糟糕，他忘了因为什么。他再度忘记一件重要的事，上次是在睡前——两次忘记的是同一件事吗？——真的是吗？

无所谓了。

反正没事了——没——

于是在滂沱大雨中，他躺在一棵树旁，孤孤单单，人事不省，无情的风雨则继续打下。

第十六章
嘉蒂雅之二

66

事后回顾，根据准确的估计，贝莱失去意识的时间，介于十到二十分钟之间。

不过，在他当下的感觉中，那段时间则有可能从零到无限大。然后，他听到一个声音，却只知道那是有人在说话，听不清楚说些什么。那声音听起来很古怪，但他还是设法解开了这个谜，因为他终于听出那是个女子的声音。

好几只手开始抓住他，慢慢将他抬起来。其中一只手——他自己的右手——无力地垂荡着，而他的脑袋也一样。

他试着抬起头，偏偏毫无反应。不久，他又听到那女子的声音。

他困倦地睁开眼睛。虽然仍旧觉得又湿又冷，但他忽然惊觉雨水不再打到身上。而且，周遭已不再是全然的黑暗。借着一点昏暗的光线，他看到了一个机器人的脸孔。

他立刻认出来，轻声叫道：“吉斯卡。”随着这声呼唤，他想起了那场暴风雨，以及逃亡的过程。所以说，吉斯卡的确先一步找到自己，他的确抢在那些机器人前面了。

贝莱满意地想到，我就知道他会抢先一步。

他再度闭上眼睛，随即感到自己正在迅速移动。一路上都有轻微（但很明确）的颠簸，代表抱着他的人正在步行。然后他们停下来，慢慢做了一些调整，最后让他躺到一个相当温暖舒适的物件上。他知道那是车内的座椅，上面或许还盖着毛巾，但他并未追究自己是怎么知道的。

他感到进行了一段安稳的飞行，接着又出现了一连串的感觉：柔软的毛巾（或类似的布料）压向他的脸庞和双手、上身的衣服被撕开、胸膛接触到冷空气、毛巾随即又压下来。

然后，更多的感觉接踵而至。

他置身于一座宅邸。每当他睁开眼睛，便会瞥见一堵又一堵的墙壁，一团又一团的灯光，以及许多形状各异的东西（想必是各式各样的家具）。

他觉得身上的衣服被一件件脱下来，虽然他勉强试着配合，却帮不上什么忙。然后他的肌肤感到了水的温暖，以及强有力的擦拭动作——来来回回好舒服，他希望永远别停下来。

突然间，他想到了一件事，立刻抓住抱着自己的那只手。“吉斯卡！吉斯卡！”

他果然听见吉斯卡的声音。“我在这里，先生。”

“吉斯卡，丹尼尔安全吗？”

“他相当安全，先生。”

“很好。”贝莱再度闭上眼睛，再也不管自己会被怎样摆布了。不久，他觉得自己在干燥的气流中翻来覆去，最后被披上一件温暖的、想必是睡袍之类的衣服。

真享受！唯有在婴儿时期，他才享受过这样的待遇。他突然为那些宝宝感到遗憾：虽说事事有人服侍，他们并未充分意识到自己多么幸福。

真是这样吗？婴儿时期的美好记忆，虽然尘封已久，仍会决定成年后的行为吗？他现在这种感受，象征着他乐于重温婴儿时期的旧梦吗？

而且，他曾听到一个女子的声音。是母亲吗？

不，不可能。

——妈？

现在他坐在一张椅子上，他的感官至少能确定这一点。此外，他还察觉到“重温旧梦”的短暂快乐时光即将结束。他必须回到悲惨的现实世界，自行面对一切真实的喜怒哀乐。

但他的确听到过一个女子的声音——究竟是谁呢？

贝莱猛然张开双眼。“嘉蒂雅？”

67

那并非呼唤，而是个疑问，一个令他惊讶的疑问，可是在他内心深处，其实并不真的惊讶。只要回想一下就知道，他当然早已认出了她的声音。

他环顾四周，看到吉斯卡站在壁凹内，但他暂时不理会他，因为事有轻重缓急。

他问："丹尼尔在哪里？"

嘉蒂雅说："他已经洗净烘干，换上一身干衣服了。现在他待在机器人的房间，我派了好些管家机器人陪他，他们都奉有明确的命令。我可以告诉你，外人无论从哪个方向接近我的宅邸，一旦来到方圆五十米内，我们都会立刻知道——吉斯卡同样洗净烘干了。"

"对，我看得出来。"贝莱说。现在他只关心丹尼尔，无心想到吉斯卡。嘉蒂雅似乎也同意确有必要把丹尼尔保护好，因此他不必多费唇舌解释这件事，这使他松了一口气。

然而，这个保护网还是有个漏洞，于是他带着一丝埋怨的口吻说："你为什么要离开他，嘉蒂雅？你一走，你的宅邸若闯进一帮外来的机器人，就没有人类能阻止他们了，而丹尼尔就有可能被强行带走。"

"乱讲。"嘉蒂雅中气十足地说，"我们并没有走开多远，而且事先还通知了法斯陀夫博士。他派了许多机器人来我这儿，和我的机器人合作，若有必要，他自己也能在几分钟内抵达——我倒想看看外来的机器人要怎样对付他。"

"你回来之后，有没有见过丹尼尔，嘉蒂雅？"

"当然有！我告诉你，他很安全。"

"谢谢你！"贝莱闭上眼睛，总算放心了。说也奇怪，他竟然想到，这样也不坏。

当然不坏。他历劫归来了，对不对？当他想到这里，心中忍不住窃笑窃喜了一番。

他历劫归来了，对不对？

他睁开眼睛，又问："你是怎么找到我的，嘉蒂雅？"

"多亏了吉斯卡。他们来到这里——两人一起来的——吉斯卡很快对我说明了当时的情形。我立刻想要把丹尼尔藏起来，不过，直到我答应会命令吉斯卡去找你，他才终于愿意配合。他非常会说话，而且一提到你，他的反应就非常强烈，以利亚。

“当然，丹尼尔再也没有离开，这令他非常不高兴。但吉斯卡坚持要我用最高的音量，命令他务必留下来。你一定对吉斯卡下了万分严格的命令。然后我们和法斯陀夫博士取得了联络，再然后，我们就上了我自己的气翼车。”

贝莱有气无力地摇了摇头。“你不该来找我，嘉蒂雅。你应该坚守在这里，确保丹尼尔的安全。”

嘉蒂雅做了一个不以为然的表情。“什么也不做，任由你死在风雨中？或是被法斯陀夫博士的敌人抓走？我无法想象自己会坐视那种事。不，以利亚，如果其他机器人抢先找到你，我就能派上用场，不会让他们碰你一根汗毛。或许我有许多事做不好，可是让我告诉你，任何一个索拉利人都能轻易应付一大堆机器人，我们从小就习惯了。”

“但你到底是怎么找到我的？”

“并没有多么困难。事实上，你的气翼车停得并不太远，如果没有风雨，其实走都走得到。我们……”

贝莱问：“你的意思是，我们几乎开到了法斯陀夫家？”

“对。”嘉蒂雅说，“有可能是因为你们的气翼车损坏得不太严重，并未太早抛锚，也可能是因为吉斯卡技术高明，让气翼车的表现出乎对方意料之外。这真是万幸，如果车子迫降在研究院附近，你们三个或许都被他们抓去了。总之，我们驾着我的气翼车前往你们停车的地点。吉斯卡当然知道正确位置，于是我们下了车……”

“你们都淋湿了，是吗，嘉蒂雅？”

“完全没有。”她答道，“我带着一个很大的雨篷，还有一个光球。我的鞋子的确沾到了泥巴，脚也弄湿了一点，那是因为我没时间喷上乳胶，但这丝毫不碍事——总之，我们很快赶到了你们停车的位置，距离吉斯卡和丹尼尔离开你还不到半小时。当然，你已经不在那里了。”

“我试着……”贝莱只说了三个字。

“对，我们知道。我原本以为他们——对方——把你带走了，因为吉斯卡曾说有人跟踪你们。可是后来，在距离气翼车大约五十米的地方，吉斯卡发现了你的手帕，便一口咬定你朝那个方向跑了。吉斯卡还说，那是不合逻辑的行为，不过人类行事经常不合逻辑，所以我们应该去找你。于是借着光球的照明，我们——我和他——开始四下寻找，但最后是他找到你的。他说，他远远看到一棵树下发出红外线，认出了那是你的体热，我们便赶紧把你抱回来。”

贝莱带着些许恼怒说：“我的做法为什么不合逻辑？”

“他没有说，以利亚，你想问他吗？”她指了指吉斯卡。

贝莱问：“吉斯卡，你是什么意思？”

吉斯卡立刻跳脱了呆滞状态，两只眼睛紧盯着贝莱，答道：“我觉得你没必要闯进风雨中，如果你等在原地，我们会更早把你接到这里来。”

“对方的机器人有可能先找到我。”

“他们的确找到了——但又被你赶走了，先生。”

“你怎么知道？”

“两侧车门附近的地面，先生，都有许多机器人的脚印，但气翼车内却几乎没有水迹，由此可知那些机器人并未伸手进来抓你。而根据我的判断，你绝不会自行走出气翼车，主动跟他们离去，先生。所以说，一旦把他们赶走了，你就不必担心他们很快会再回来，因为他们要找的是丹尼尔，而不是你——这是你自己对情势的分析。此外，你应该可以确定，我很快就会回来找你。”

贝莱喃喃道：“我正是这么推论的，但我觉得故布疑阵或许会有帮助。我所采取的行动，是我心目中最佳的选择，即便如此，你终究还是找到我了。”

“是的，先生。”

贝莱说：“可是为什么把我带到这里来呢？既然我们停车的地点离嘉蒂雅家很近，那么离法斯陀夫博士家应该也不远，或许还更近些。”

“不全然如此，先生。相较之下，这座宅邸的确比较近。由于你的命令异常急迫，在协助丹尼尔脱险的任务中，我判断一分一秒都很珍贵。丹尼尔虽然万分不愿离开你，但他还是认同这一点。既然他来到了这里，我觉得你应该也会想来这儿，这样你就能亲眼见到他安全无虞。”

贝莱点了点头，没好气地说（他仍然对“不合逻辑”的批评耿耿于怀）：“你做得很好，吉斯卡。”

嘉蒂雅说：“你是不是得尽快和法斯陀夫博士碰个面，以利亚？我可以把他请到这里来，或者你也可以用三维显像和他交谈。”

贝莱上身靠回椅背上。他终于有机会体认到自己非常疲倦，而且脑筋也变迟钝了。现在和法斯陀夫见面，对自己并没有什么帮助。于是他说：“不，明天吃完早餐后，我再跟他碰面不迟。然后，我想我还会见到那个叫凯顿·阿玛狄洛的家伙，也就是机器人学研究院的院长。还有那个高官——你们管他叫什么？——主席是吧。我猜，他也会来到这里。”

“你看起来疲倦极了，以利亚。”嘉蒂雅说，“当然啦，这里并没有地球上那些微生物——我是指细菌和病毒——而你全身也早已消毒干净，所以地球上那些常见的疾病，你通通不会染上，但你显然很疲倦。”

贝莱心想：经过这么一番折腾，竟然不会伤风？不会感冒？不会得肺炎？——太空族世界果然还是有些优点。

他说：“我承认我很累，但只要稍加休息，就能复元了。”

“你饿了吗？现在是晚餐时间。”

贝莱做了个鬼脸。“我并不想吃东西。”

“我觉得这可不是什么好主意。你或许不想大吃一顿，但喝碗热汤如何？会对你有好处的。”

贝莱差点笑了出来。她或许是索拉利人，但在某些情况下，她的口吻像极了地球女子。他不禁怀疑，奥罗拉人也不例外吧，有些事情和文化差异是扯不上关系的。

他说：“你有现成的汤吗？我不想给你添麻烦。”

“你怎么会给我添麻烦？我有一班机器人——虽然不比在索拉利时那么多，但足以在短时间内做出任何像样的食物。你只要坐在那里，告诉我想喝什么汤，就能很快心想事成。”

贝莱不能再婉拒了。“鸡汤可以吗？”

“当然可以。”然后，她一派天真地说，“我正想作这个建议呢——再加上些鸡块，这样就能填饱肚子。”

一碗鸡汤以惊人的速度出现在他面前。“你不一起吃吗，嘉蒂雅？”他问。

“刚才你在接受清理和治疗时，我已经吃过了。”

“治疗？”

“只是例行的生化调整罢了，以利亚。你受到的心理创伤不轻，我们可不想让你留下后遗症。快吃吧！”

贝莱将汤匙举到嘴边，试着喝了一小口。算是挺好喝的鸡汤，只不过对贝莱而言，它像其他奥罗拉食物一样口味过重了些。或者，也可能是里面的佐料都是他所不熟悉的。

他突然想起了自己的母亲——在蓦然涌现的回忆中，她显得比现在的自己还年轻好几岁。他记得，每当自己拒喝那碗“好汤”的时候，她总是会来到他身边。

她会说：“别这样，以利亚。这是真正的鸡肉，非常珍贵，就算太空族也吃不到。”

他们吃不到。他在心里遥遥对她呼唤：妈，他们真的吃不到！

千真万确！如果这些记忆值得相信，而且小贝莱的味蕾确实灵光，那么他母亲所做的鸡汤——除非偶尔喝腻了——真的好喝得多。

他喝了一口又一口，喝到一滴不剩时，他有点害羞地轻声问道：“能再给我一点吗？”

“你要多少都行，以利亚。”

“再一点就好了。”

等到他终于喝完了，嘉蒂雅开口道：“以利亚，明天早上那场会议——”

“怎么样，嘉蒂雅？”

“是否代表你的调查结束了？你知道詹德的死是怎么回事了吗？”

贝莱审慎地说：“对于这件事，我自己有个理论。不过，我想我无法说服任何人相信我是对的。”

“那你为什么要召开这场会议？”

“不是我，嘉蒂雅，而是那个首席机器人学家阿玛狄洛的主意。他反对进行这样的调查，所以要设法把我赶回地球。”

“不就是他破坏了你们的气翼车，还派他的机器人追捕丹尼尔

吗？”

“我想你说得对。”

“好，既然他做了这些事，难道不能让他受审定罪，接受应有的惩罚吗？”

“理论上当然可以。”贝莱语重心长地说，“只不过有个小问题，那就是我完全无法证明。”

“难道他能够逍遥法外——还能让你的调查半途夭折？”

“这两件事，只怕他做得到的机会都很大。正如他自己所说，对正义不抱希望的人也就不会失望。”

“但绝不能这样，你绝不能让他得逞。你一定要完成调查，把真相找出来。”

贝莱叹了一口气。“万一我无法找出真相呢？或是即使我能找出真相，却无法让大家相信我呢？”

“你一定能找出真相，也一定能让大家相信你。”

“你对我的信心令人感动，嘉蒂雅。不过话说回来，如果奥罗拉世界立法局决定把我送回地球，并下令终止调查，我可是一点办法也没有。”

“你绝不会愿意一事无成地回到地球吧。”

“我当然不愿意。事实上，结果会比一事无成更糟，嘉蒂雅。我一动身，自己的前途和地球的未来就等于毁了。”

“那就别让他们这么做，以利亚。”

他回应道：“耶和华啊，嘉蒂雅，我会努力的。但我不可能赤手空拳举起一颗行星，你不能指望我制造奇迹。”

嘉蒂雅点了点头，然后她垂下眼睑，用手捂着嘴巴，一动不动地坐在那里，仿佛陷入了沉思。过了一会儿，贝莱才注意到她正在默默哭泣。

68

贝莱赶紧站起来，绕过桌子走到她身边。他依稀察觉（因而有点恼怒）自己的双腿正在发抖，而且右大腿的肌肉还在抽筋。

“嘉蒂雅，”他急切地说，“别哭嘛。”

“别管我，以利亚，”她悄声道，“一会儿就好了。”

他不知所措地站在她身边，想伸出手又缩了回来。“我不会碰你的，”他说，“我想我最好别那么做，可是……”

“喔，碰我吧，碰我吧。我并没有那么珍惜自己的身体，何况你也不会传染什么给我。我已经不是——当年的我了。”

于是贝莱将手伸过去，用指尖非常轻柔、非常笨拙地抚摸她的手肘。“我明天会尽力而为，嘉蒂雅。”他说，“我会尽全力放手一搏。”

听到这句话，她忍不住站起来，面对着他唤道：“喔，以利亚。”

贝莱自然而然伸出双臂，几乎未曾意识到自己正在做什么。与此同时，她也自然而然冲向他。当她的头靠上他的胸膛，他一把抱住了她。

他尽可能轻轻地抱着她，等待她察觉自己正在一个地球人的怀抱中。（毫无疑问，她曾经投入一个人形机器人的怀抱，但詹德并不是地球人。）

她紧靠着贝莱，发出浓重的鼻息，说话的声音也含混不清。

她说："真不公平。因为我是索拉利人，就没有人真正关心詹德的死因。如果我是奥罗拉人，情况将完全不同。归根究底，都是偏见和政治因素作祟。"

贝莱心想，太空族果然也是人。如果洁西碰到类似的情况，一定也会这么说。而如果换成是格里迈尼斯抱着嘉蒂雅，他也会做出和我现在完全相同的回应——但愿我知道自己该如何回应。

然后他说："不能一概而论，我确信法斯陀夫博士他就真正关心詹德的死因。"

"不，他不关心，并不真正关心。他只是想巩固自己在立法局的势力，而阿玛狄洛也想巩固自己的势力，他们两人都把詹德当成了交换条件。"

"我向你保证，嘉蒂雅，我不会拿詹德交换任何条件。"

"不会？如果他们跟你说，你回到地球后，非但前途不受影响，你的世界也不会受到任何惩罚，而条件是你要把詹德忘得一干二净，你会怎么做呢？"

"这种不可能发生的假设性状况，讨论起来毫无意义。他们绝对不会因此给我任何回报。他们只是想把我送回去，唯一的附赠品就是毁掉我和我的世界。可是，如果他们让我办下去，我就会抓到那个毁掉詹德的元凶，而且务必让他受到应有的制裁。"

"你说'如果他们让我办下去'是什么意思？一定要让他们答应你！"

贝莱挤出一抹苦笑。"如果你觉得由于你是索拉利人，奥罗拉人因此不重视你，那么请想想，如果你和我一样是地球人，又会受到什么样的待遇。"

他将她抱得更紧了，简直忘了自己是地球人，虽然他嘴上正在这么说。“但我会努力的，嘉蒂雅。我不想让你抱任何希望，但我手中并非完全没有筹码。我会努力的……”他越说越小声。

“你一直在说你会努力——但要怎么做呢？”她将他稍微推开一点，抬头直视着他的脸庞。

贝莱一脸错愕地说：“喔，我可以——”

“找出凶手？”

“不无可能——嘉蒂雅，拜托，我得坐下了。”

他伸手扶住桌子，倾身靠在桌面上。

她问：“怎么回事，以利亚？”

“谁都知道我今天多灾多难，我想是还没完全康复吧。”

“那么你最好躺到床上去。”

“实话告诉你，嘉蒂雅，我很想这么做。”

她放开了他。这时她脸上充满关切之情，再也没有空间容纳泪水了。她举起手来，迅速做了一个动作，（在他看来）立刻就有好些机器人来到他身边。

当他终于躺下来，而所有的机器人都离去之后，他张大眼睛，望着上方的一片黑暗。

他无从判断户外是否还在下雨，也不知道强弩之末的闪电是否还在苦撑，但他确定自己再也没有听到雷声了。

他深深吸了一口气，心想，我对嘉蒂雅到底作了什么承诺？明天到底会发生什么事？

这出戏的最后一幕，叫作“失败”？

当意识逐渐飘向梦乡之际，贝莱想到了之前那不可思议的灵光一闪。

69

那种情形前后发生过两次。一次是在昨夜，当他像现在这样快要入睡之际；另一次则是在几小时前，当时他在暴风雨中，靠在一棵树下，即将陷入昏迷。每一次，突如其来的灵感都带给他解谜的启示，宛如一道闪电照亮了夜空。

不过，这个灵感也像闪电一样短暂。

到底是什么灵感呢？

它还会再出现吗？

这回，他试着在意识层面将它攫获，试着抓住这个飘忽的真相——或者，只是个飘忽的幻象？只是因为大脑无法正常运作，导致理性思维出走，由胡思乱想取而代之？

然而，不论要找的是什么，他都越来越不起劲了。就好像在一个没有独角兽的世界里，想要召唤一只独角兽一样。

不如想想嘉蒂雅以及她的触感，那要简单多了。他刚才直接碰触的，只是她的丝质上衣，但在衣裳之下，便是她纤细的手臂，以及柔滑的背脊。

当时如果双腿并未开始发软，他敢不敢亲吻她？或是那样做会太过分了？

他听见自己的呼吸化作轻微的鼾声，一如往常地感到有点窘。他硬生生将自己唤醒，继续想着嘉蒂雅的种种。当然，在他离去前——但若是无法提供她回报可不行——这就是他想要的报酬吗——他又听见自己的鼾声，这次他不在乎了。

嘉蒂雅——他从未想到自己会再见到她——更何况是碰触——更何况是拥抱——拥抱她——

他无从确定自己的思绪是何时由清醒进入梦境的。

他又像刚才那样抱着她了——但这回她没穿衣服——她的肌肤温暖而柔嫩——他的手慢慢从她的肩胛骨向下滑，一路滑到肋骨最底端——

一切实在太像真的了。他所有的感官都派上了用场。他闻到了她的发香，尝到了她肌肤上淡淡的咸味。他俩不知不觉已经躺了下来——是刚刚躺下的，还是打从一开始就没有站着？灯光又是怎么暗下来的？

他感觉到床垫和被单将自己夹在中间——周遭一片漆黑——她仍在他的怀里，而且全身一丝不挂。

他终于给吓醒了。“嘉蒂雅？”

那是尾音上扬、难以置信的口气——

“嘘，以利亚。”她用手指轻轻抵住他的嘴唇，“什么也别说。”

要他什么也别说，还不如要他的血液停止流动。

他问道：“你在干什么？”

她说：“你不晓得我在干什么？我和你在床上。”

“可是为什么呢？”

“因为我想要。”她用身体磨蹭着他。

然后她伸出手来，在他的睡衣顶端掐了一下，接缝随即整个裂开。

“别动，以利亚。你太累了，我不想让你再消耗体力。”

以利亚觉得有股暖流在体内蹿动。他决定不再替嘉蒂雅把关了，于是说：“我不累，嘉蒂雅。”

“不。”她厉声道，“躺好！我要你躺好，一动也别动。”

她的唇贴了上来，仿佛打算强行封住他的嘴。贝莱松懈下来，心中闪过一个念头：他是在服从命令；他已经很累了，乐意放弃主动改用被动。然后，他不无羞愧地想到，这个想法多少冲淡了自己的罪恶感。（我没办法，他听见自己在心里说，是她强迫我的。）耶和华啊，真孬种！真是自甘堕落！

但这些想法也逐渐消散了。不知不觉间，耳畔响起了轻柔的音乐，室温也升高了一点。被单不见了，他的睡衣也失踪了。他觉得自己的头埋在她双臂之间，感受到一股柔软的压力。

他猛然想通了，从她的姿势不难判断，那股柔软压力来自她左边的乳房，而且乳头正尖挺地塞进他嘴里。

她随着音乐轻哼，那是个令人沉醉的优美曲调，但他听不出究竟是什么歌。

她缓缓地前后摇摆，手指不时划过他的下巴和颈部。他全身放松，乐得什么也不做，完全让她采取主动，主导着每一个动作。当她抓住他的双手，他丝毫未曾抗拒，由得她将这双手摆放在任何地方。

从头到尾，他都没有出力协助。而当他兴奋至于极点，达到高潮之际，也是因为他并没有选择的余地了。

她似乎毫不疲倦，而他也不希望她停下来。除了性爱的官能享受，他还再度感受到了先前那种愉悦——那种像婴儿般一切全由他人照料的幸福。

终于，他再也无法消受，而她似乎也不能继续了。她躺了下来，脑袋塞进他左侧的腋窝，左手压在他的肋骨上，手指温柔地轻抚着那片卷卷的胸毛。

他似乎听见她在呢喃：“谢谢你——谢谢你——”

谢什么？他不禁纳闷。

不多久，他就几乎不觉得她的存在了，今天经过无数波折，最后以这个温柔的方式画下句点，令他像是吃了传说中的忘忧草般昏昏欲眠。他能感觉到自己正在逐渐滑落，仿佛他已松开了紧抓着现实悬崖的手，让自己从严酷的真实世界不断坠落——坠落——穿过浓浓睡意织成的云朵，最后掉进轻柔摇晃的美梦之洋。

而在这个过程中，原本召唤不到的事物，竟然自行出现了。神秘的戏码第三度开演，他离开地球后所发生的每一件事，再次在他脑海中重新聚焦，而且和前两次一样清晰无比。他挣扎着想开口，想听听必须听到的那句话，想将它烙印在思绪中。可是，虽然他放出所有的心灵触须设法抓住，它还是狡猾地溜走，最后消失无踪。

因此，就这点而言，贝莱在奥罗拉上的第二天，结束的方式和第一天几乎完全一样。

第十七章
主 席

70

当贝莱睁开眼睛的时候，阳光正透过窗户大把大把洒进来。他对此无任欢迎，这令睡眼惺忪的他自己都有些惊讶。

这意味着风雨已经结束，甚至好像从来没有出现过。如果把阳光拿来和大城内那些柔和、温暖、受控的照明互相比较，只能说它是太强太烈且不稳定的替代品。可是和风雨相较之下，阳光就等于是平和的保证。贝莱不禁感叹，万事万物都是相对的，而他心知肚明，自己再也不会把阳光和邪恶画上等号了。

“以利亚伙伴？”丹尼尔正站在床边，吉斯卡则站在他后面。

贝莱的长脸展现了一个罕见的愉悦笑容。他向这两个机器人各伸出一只手，激动地说：“耶和华啊，老兄——”此时此刻，他完全不觉得用词有什么不当，“上次我看到你俩在一起的时候，几乎以为那是最后一次了。”

“无论在任何情况下，”丹尼尔柔声说，“当然谁都伤害不了我们。”

“如今阳光普照，我完全同意你这句话。”贝莱说，“可是昨晚，我却觉得自己会死在风雨中，而且我很肯定，你的处境万分危险，丹尼尔。甚至，如果吉斯卡不顾一切来保护我，也很可能无法全身而退。我承认这有点危言耸听，但你也知道，当时我头脑不太清楚。”

“这些我们都了解，先生。”吉斯卡说，“因此，虽然你的命令十万火急，我们还是难以离你而去。但我们相信，现在你不会再因此而不高兴了。”

“当然不会，吉斯卡。”

“此外，”丹尼尔说，“我们还知道，当我们不在你身边的时候，你获得了很好的照顾。”

直到这个时候，贝莱才记起昨晚那些事。

嘉蒂雅！

他猛然一惊，急忙四下张望。她并不在这个房间里。难道那是他的幻想——

不，当然不是，那是不可能的。

然后，他皱着眉头望向丹尼尔，仿佛怀疑他刚才那句话是否带有性暗示。

不，那同样是不可能的。一个机器人，无论设计得多么像真人，也不会想要在冷嘲热讽中找乐子。

他说：“我获得相当好的照顾。但我现在最需要的，是有人告诉我卫生间在哪里。”

“我们来这儿，先生，”吉斯卡说，“就是来服侍你起床的。嘉蒂雅小姐觉得，如果派她自己的机器人来，你不可能像跟我们在一起那么自在，她还特别强调，要我们不遗余力地让你感到舒适。”

贝莱显得有些狐疑。“她命令你们做到什么程度？现在我觉得很好了，所以谁也不必替我洗澡，我可以自己来。我希望她了解这一点。”

“你不必担心会有什么尴尬，以利亚伙伴。”丹尼尔露出浅浅的笑容，如果他是真人，这个及时的笑容（贝莱觉得）会被解读为他心中泛起了关怀之情，“我们只是来确保你一切舒适自在。无论什么时候，如果你觉得独处最舒适最自在，我们都会在一定距离外等候。”

“这样的话，丹尼尔，我们一言为定。”贝莱三两下爬下了床。他很高兴地发现，自己的双腿相当稳健。休息了一整夜，再加上那些所谓的治疗（不论那是什么），的确发挥了神奇功效——当然，嘉蒂雅也功不可没。

71

刚冲完澡的贝莱神清气爽，他还没穿衣服，身体也还没干，便忙着以严格的标准审视刚梳好的头发。想必他会跟嘉蒂雅共进早餐，那是再自然不过的事，只是不确定她会怎样招呼自己。或许，最好先装作什么也没发生，再根据她的态度见机行事。无论如何，他想，在可行的范围内，把自己打扮得好看些总是有帮助的。最后，他对着镜子做了一个不满意的鬼脸。

“丹尼尔！”他叫道。

“请吩咐，以利亚伙伴。”

贝莱含着一嘴牙膏说：“看来你穿的是新衣服。”

“以利亚伙伴，这原本不是我的衣服，而是詹德好友的。”

贝莱扬起了眉毛。“她让你穿詹德的衣服？”

“当我自己的湿衣服送洗之际，嘉蒂雅小姐不希望我赤身露体。现在，我的衣服虽然已经洗好烘干，但嘉蒂雅小姐说这套不用还她了。”

“她是什么时候说的？”

“今天早上，以利亚伙伴。”

“所以说，她醒了？”

“是啊。等你梳洗完毕，就要和她一起吃早餐。”

贝莱紧抿着嘴。说也奇怪，此时此刻，他最关心的并非稍后将和那位主席会面，而是马上要再见到嘉蒂雅了。毕竟，主席那档事只能听天由命，他早已决定好采用什么对策，就等着看是否奏效了。至于如何面对嘉蒂雅——他根本毫无对策。

好吧，既然无法避不见面。

他尽可能以随口问问的方式说：“嘉蒂雅小姐今天早上还好吗？”

丹尼尔答道：“似乎不错。”

“愉快？沮丧？”

丹尼尔犹豫了一下。“人类的内在状态是很难分析的。但从她的言行举止，看不出她内心有任何骚动。”

贝莱迅速瞄了丹尼尔一眼，再次怀疑他是否在影射昨晚那件事——但也再次否定了这个可能性。

即使他仔细审视丹尼尔的脸孔，仍是无济于事。你不可能从机器人的表情猜测到他的思想，因为他并不具有人类所谓的思想。

等到他重新走进卧室，一眼便看到他们替他准备的衣服。他好好想了想，仍不确定是否不必机器人的协助，自己就能准确无误地穿戴整齐。风雨和黑夜皆已成为过去，他想要重新戴上“成人”和“独立”这两个面具。

“这是什么？”他拿在手中的是一条长长的饰带，上面有着色彩繁复的阿拉伯式图案。

“那是睡衣饰带。”丹尼尔说，“纯粹是装饰用的。要先把它挂在左肩，然后拉到右侧腰际打个结。根据某些太空族世界的传统，吃早餐时要佩戴这种饰品，但它在奥罗拉并不怎么流行。”

“那我为何要戴？”

“嘉蒂雅小姐认为你戴起来会很好看，以利亚伙伴。打结的方法相当复杂，我很乐意提供协助。”

耶和华啊，贝莱悔恨交集地想，她希望我看起来赏心悦目。她心里到底在想些什么？

别再想了！

贝莱说：“不必，我打一个简单的领结就好了——可是听着，丹尼尔，早餐后我要去法斯陀夫家，会在那里和阿玛狄洛以及立法局主席碰面，当然还有法斯陀夫本人。除此之外，不知还会不会碰到其他人士。”

“是的，以利亚伙伴，这我知道，我想应该没有其他人了。”

“嗯，好吧，”贝莱一面说，一面开始穿内衣，为了避免出错，他故意放慢动作，这样就不必求助于丹尼尔了，“跟我讲讲这个主席。根据我所读到的资料，在奥罗拉这个世界，他是最接近行政长官的人，但同样的资料也告诉我，这个职位纯属荣誉职。我想，他并没有实权吧。”

丹尼尔说：“以利亚伙伴，只怕我……”

吉斯卡插嘴道：“先生，因为我运作得比较久，我要比丹尼尔好友更了解奥罗拉的政治现况。可不可以让我回答这个问题？”

“啊，当然可以，吉斯卡，请讲。”

“先生，在奥罗拉政府设立之初，”吉斯卡以上课的口吻开始叙述，仿佛体内有个“资料轴”正在规律地转动，“故意只让行政长官执掌仪式性的工作。例如迎接其他世界的贵宾，召开立法局的例会，主持每一项协商——只有在僵持不下时，他才投下关键的一票。然而，在‘河川争议’之后……”

“对，我读过这段历史。”贝莱抢着说。那是奥罗拉历史上极其沉闷的一页，由于水力发电权的分配引发了无解的纷争，险些导致了这个世界绝无仅有的一次内战。“你不必详细解释了。”

“好的，先生。”吉斯卡说，“然而，在‘河川争议’之后，大家一致决定再也不要让这种对立危及奥罗拉的社会。从此便形成一个惯例，每当再度出现类似的纷争，都改为在立法局之外，以私下的、平和的方式解决。等到议员们真正投票的时候，只是追认这个共识而已，因此总会有一方是压倒性的多数。

“而在解决纷争的过程中，关键人物正是立法局主席。他被视为立场超然，否则他的权力——理论上虽然等于零，实际上却相当大——便会消失于无形。因此之故，主席总是小心谨慎地力求客观，而只要他不偏不倚，那么无论任何争议，通常都是靠他最后的一句话来解决的。”

贝莱问：“你的意思是，主席会先后听取我的陈述、法斯陀夫的陈述，以及阿玛狄洛的陈述，然后作出决定？”

“有此可能。另一方面，先生，也或许他还需要听取更多的证词，或是花更多的时间思考，那么他就会暂不表态。”

“倘若主席果真作出决定，而这个决定对阿玛狄洛不利，他会屈从吗？同理，如果决定对法斯陀夫不利，他又会屈从吗？”

“这点并非绝对必要。几乎总会有人不接受主席的决定，而阿玛狄洛博士和法斯陀夫博士都是那种顽强不屈的人物——从他们的行动就不难看出来。然而，无论主席如何决定，大多数的议员都会附和他。等到投票结果出炉，法斯陀夫博士或阿玛狄洛博士——其中遭到主席否决的那位——肯定会发现自己成了绝对的少数。”

“有多肯定，吉斯卡？”

“几乎完全肯定。在正常情况下，主席的任期是三十年，期满即由立法局改选，得以连任一届。然而在此期间，只要主席提出的建议遭到否决，他就得立刻辞职下台，这时便会出现政治危机，因为立法局必须在纷纷扰扰中选出另一位主席。很少有议员愿意冒这个险，所以，利用表决来扳倒主席的机会几乎等于零。”

“那么，”贝莱忧心地说，“一切都取决于今天上午的会议了。”

“非常有可能。”

“谢谢你，吉斯卡。”

贝莱怀着忧郁的心情，一遍又一遍理着自己的思绪。在他看来自己还是有希望的，但他完全不知道阿玛狄洛会说些什么，而主席又是怎样的人。主动召开这场会议的是阿玛狄洛，因此他一定充满自信，有着十足的把握。

就在这个时候，贝莱再度想起，昨晚当他搂着嘉蒂雅沉沉入睡之际，他曾经看穿——或说自认为曾经看穿——或说幻想自己曾经看穿——奥罗拉上这一连串事件背后的意义。每一件事似乎都极其明显、极其肯定。可是醒来之后，这些洞见再次（第三度）消失无踪，仿佛从来未曾存在。

想到这里，他心中的希望似乎也消失了。

72

贝莱随着丹尼尔来到吃早餐的地方，感觉上，这里比一般的餐厅温馨不少。它是个小房间，而且相当朴素，除了一张餐桌和两把椅子，没有其他任何家具。而丹尼尔则直接告退，并未退到壁凹内——事实上，室内根本没有任何壁凹。一时之间，贝莱变成一个人待在这里，陷入完全孤单的状态。

不过，他肯定自己并非真正孤单，只要一声召唤，立刻会有机器人出现。话说回来，这是个仅供两人使用的房间——是个排斥机器人的房间——是（贝莱有些迟疑地想到）保留给一对恋人的房间。

餐桌上有两叠像是煎饼的食物，闻起来很香，偏偏并非煎饼的味道。左右各有一碟像是液态奶油的东西（但也可能不是），此外还有一壶取代咖啡的热饮（贝莱之前尝过，并不怎么喜欢）。

嘉蒂雅走了进来，她打扮得整整齐齐，头发闪闪发亮，仿佛刚保养过。她顿了一下，才露出一个很浅的笑容。“以利亚？”

贝莱被她吓了一跳，连忙站了起来。“你好吗，嘉蒂雅？”他有些结结巴巴。

她当作什么也没发生，一副轻松愉快、心情很好的样子。“如果你因为丹尼尔不在眼前而开始担心，那大可不必。他百分之百安全，不会出任何问题。至于我们——”她朝他走过去，站在他近前，伸手慢慢抚过他的脸颊，就像很久以前她在索拉利所做的那样。

她轻声笑了笑。“当时我就只是这么做，以利亚，你记得吗？”

以利亚默默点了点头。

“你睡得好吗，以利亚？——坐下吧，亲爱的。”

他坐了下来。“非常好——谢谢你，嘉蒂雅。”他迟疑了一下，才决定不用“亲爱的”回敬她。

她说：“别谢我。至于我自己，已经有几星期没睡得这么好了。在确定你熟睡之后，如果我仍留在你身边，就不可能享受一夜的好眠。如果我没离开——我还真不想离开——恐怕整晚都会骚扰你，害你也无法好好休息。”

他觉得有必要献献殷勤了。“有些事情比……休息更重要，嘉蒂雅。”但他说得太公式化，令她再度笑出声来。

“可怜的以利亚，”她说，“你难为情了。”

她居然看了出来，令他感到更难为情。贝莱早已做好心理准备，她或许会哭泣、悔恨、厌恶、羞愧，甚至装作若无其事——却万万没想到，她会大大方方和他调情。

她说：“好啦，别再跟自己过不去。你饿了吧，昨晚你几乎没吃东西。装些热量到肚子里，你就会饱暖思淫欲了。”

贝莱以充满怀疑的目光，望着那些似是而非的煎饼。

嘉蒂雅说：“喔！或许你从未见过这种食物。这是索拉利的美食，煎饼派！我必须重新设定厨师机器人的程序，才能让他做出地道的煎饼派。首先，你必须使用从索拉利进口的谷物，绝不能用奥罗拉品种。而且这里面还有馅，事实上，有上千种馅料可供选择，但这是我最爱吃的一种，我知道你一定也会喜欢。我不会告诉你到底有些什么，只能透露有栗子浆和一点蜂蜜，总之你尝尝看，再把你的评价告诉我。你可以用手抓来吃，但咬的时候要小心。”

她自己抓起一个，用双手的拇指和中指优雅地夹住，慢慢咬了一小口，并将流出来的金色浆汁舔了个干净。

贝莱模仿着她的动作。这种煎饼派摸起来有点硬，但并不烫手。他小心翼翼地把一角送进嘴里，没想到竟然咬不动。他加大力道，总算把它咬碎了，但双手随即沾满了馅料。

“你咬得太大口，也太用力了。”嘉蒂雅一面说，一面将纸巾递给他，“把它舔干净吧，要吃煎饼派就别怕脏，想全身而退是不可能的，你几乎会在糖浆里打滚。理论上来说，应该光着身子吃，吃完后再冲个澡。”

贝莱犹豫地伸出舌头，舔了一下之后，他的表情便说明了一切。

“你喜欢，对不对？”嘉蒂雅问。

“很可口。”贝莱小口小口地慢慢吃。它并不太甜，而且似乎入口即软即化，几乎不用怎么咀嚼。

他总共吃了三块煎饼派，那是因为他实在不好意思再拿第四块。然后，他好整以暇地舔着手指头，刻意避免使用纸巾——即使擦走一点糖浆，他都觉得是莫大的浪费。

“把你的手指放到洗涤剂里头，以利亚。”她边说边示范。显然，那碟“液态奶油”其实是个洗手盆。

贝莱有样学样地做了一遍，等擦干手指后，他仔细闻了闻，完全没有任何味道。

她问：“昨晚的事令你难为情吗，以利亚？这就是你唯一的感觉吗？”

该怎么回答呢？贝莱有点伤脑筋。

最后，他终于点了点头。“只怕正是如此，嘉蒂雅。若说那是我唯一的感觉，倒也不尽然，但我的确感到难为情。你想想，我是地球人，这点你心知肚明，可是你把这个事实暂时抛在脑后，让

‘地球人’对你而言只是毫无意义的三个字。昨天晚上，你为我感到难过，你担心风吹雨打对我造成伤害，你把我当小孩子般呵护，而且——你过来找我——或许是由于伤心人别有怀抱，所以你很同情我。但是那种感觉迟早会消失的——我很惊讶它目前还在——等它消失后，你就会想起来我是地球人，于是你会感到羞愧、堕落、肮脏。你会痛恨我对你所做的事，可是我不希望你恨我——我不希望你恨我，嘉蒂雅。”（如果他的表情能忠实反映内心感受，那么他现在确实很不快乐。）

她一定也有同感，因为她对他伸出手，轻抚着他的手掌。“我不会恨你的，以利亚。我为什么要恨你呢？你对我所做的，我都绝不反对。而我对你所做的事，在我的余生中都会令我感到欣慰。两年前那轻轻一触，我等于已经解放了，以利亚，而昨天晚上，你更进一步解放了我。两年前，我需要知道自己还能感受到欲求——而昨天晚上，我则是需要知道在詹德死后，自己还能有同样的感受。以利亚——留下来吧，我们……”

他一本正经地插嘴道：“这怎么可能呢，嘉蒂雅？我必须回到自己的世界。我在那里有责任，还有奋斗的目标，而你却不能跟我一起去。你不可能在地球上好好活下去，你会死于地球的传染病——拥挤的群众和封闭的空间还可能提前令你窒息。这些你当然了解。”

“我对地球相当了解。”嘉蒂雅叹了一口气，“可是，你当然不必立刻回去。”

“今天中午之前，主席就有可能命令我离开奥罗拉。”

“不会的，”嘉蒂雅中气十足地说，“你会有办法的——万一真没办法了，我们可以到其他太空族世界去，有好几十个可供我们选择。难道地球对你意义那么重大，你毫不考虑在太空族世界定居

吗？”

贝莱说：“我可以找个借口，嘉蒂雅，我可以指出没有哪个太空族世界会让我永久居留——你知道这是事实。不过，更深切的事实则是，就算有太空族世界愿意收留我，地球对我的意义还是太重大了，所以我必须回去——即使这意味着不得不离开你。”

“从此再也不来奥罗拉？再也不和我见面了？”

“如果能再见到你，我当然会来。”贝莱幽然神往地说，“而且会一来再来，请相信我。可是这么讲又有什么用呢？你知道他们不太可能再邀请我，而你也知道，如果没有受邀，我是不可能再回来的。”

嘉蒂雅低声道：“我不想相信，以利亚。”

贝莱说：“嘉蒂雅，别自寻烦恼了。你我之间曾经擦出奇妙的火花，可是今后，你的生命中还会出现其他的火花——许许多多，各式各样，但和如今并不相同。抬起头来，向前看吧。”

她陷入了沉默。

“嘉蒂雅，”他突然急切地说，“我们之间的事，需要告诉别人吗？”

她抬头望向他，露出痛苦的表情。“你觉得羞耻吗？”

“对于这一切，我当然不觉得羞耻。但即便如此，还是可能出现不愉快的结果，例如会成为人们茶余饭后的话题。别忘了你我是新闻人物，这都要归功于那个可恨的超波剧，把我们的关系给扭曲了。我们，一个地球男子和一个索拉利女子。只要人们有一丝一毫的理由，怀疑你我之间有——恋情，绯闻就会以超空间引擎的速度传回地球。”

嘉蒂雅扬起眉毛，显得有几分高傲。“然后地球人就会认为你自甘堕落？因为你和配不上你的人有了性爱关系？”

“不，当然不会。”贝莱说得很心虚，因为他明白，几十亿地球人确实都会抱持那样的观点，“你有没有想到，绯闻也会传到我太太耳中？我是有家室的人。”

“如果她知道了，那又怎么样？”

贝莱深深吸了一口气。“你并不了解，地球人和太空族行事方式不同。在我们的历史上，也曾有过性尺度较宽的时候，至少在某些地区、某些阶级如此。如今则不然，如今地球人过着极其拥挤的生活，在这种情况下，必须采用严谨的道德尺度，才得以维持家庭制度的稳定。”

“你的意思是，每个人只有一个伴侣，绝无例外？”

“不。”贝莱答道，“老实说，并不是那样。可是，例外的情形都会尽量谨慎和低调，这样大家就能……就能……”

“装作不知道？”

“嗯，没错，但我们的情形——”

“因为一切都在台面上，谁也不能装作不知道——所以你太太会生你的气，会揍你一顿。”

“不，她不会揍我，但她会因而蒙羞，这要比她揍我更糟。我自己同样会蒙羞，我儿子也逃不掉。我的社会地位将岌岌可危，而……嘉蒂雅，如果你不了解，不必试着了解，但请答应我，你不会像奥罗拉人那样，把这件事挂在嘴边。”他察觉到自己是在低声下气地求饶。

嘉蒂雅语重心长地说：“我并非有意嘲弄你，以利亚。你一直对我很好，我不会恩将仇报，可是——”她高举双手，显得很绝望，“你的地球作风实在太荒谬了。”

“这点毫无疑问。但我必须维持这个作风——正如你从小到大，一直遵循着索拉利的作风。”

"没错。"她陷入了回忆，表情忧郁起来，然后她又说，"请原谅我，以利亚，我真心诚意向你郑重道歉。我妄想着自己无法拥有的事物，还把气出在你身上。"

"没关系。"

"不，有关系。拜托，以利亚，我一定要对你解释一番。昨晚发生的事，我认为你并非真正了解。如果我开口解释，会不会令你更难为情？"

贝莱忍不住想，如果洁西听得到这段对话，她会有什么感受，又会有什么反应呢。其实他相当明白，此时该把心思放在即将和主席举行的那场会议，而不是自己的婚姻危机上。他应当担心的是地球，而不是自己的妻子，可是，事实上，他却一心想到洁西。

他说："我或许会感到难为情，但还是请你说吧。"

嘉蒂雅刻意不召唤任何机器人，自己动手挪动椅子。贝莱只是紧张兮兮地等着，并未提供任何援助。

她把自己的椅子搬到他旁边，故意和他的椅子方向相反，以便坐下之后，刚好能和他面对面。等到一切就绪，她将右手放到他的手掌上，而他自然而然就捏住了。

"你瞧，"她说，"我不再害怕和你接触。我不再像当初那样，只敢轻抚你的脸颊一下子。"

"或许没错，可是对你而言，现在的感觉远比不上当初那么震撼，对吗，嘉蒂雅？"

她点了点头。"对，的确比不上，但我还是一样喜欢。事实上，我认为这是一种进步。轻轻一触便令我感到天翻地覆，彰显了我长久以来过着极其不正常的生活。而现在好多了，我能告诉你好在哪里吗？我刚刚说的其实只是开场白。"

"告诉我吧。"

“我希望我们正躺在黑漆漆的床上，那样我更容易开口。”

“可惜现在灯火通明，你我又正襟危坐，不过嘉蒂雅，我正洗耳恭听呢。”

“好吧——在索拉利，以利亚，根本没有性爱可言，这你是知道的。”

“对，我知道。”

“就真正的性爱而言，我从未有过任何体验。偶尔——只是偶尔——我的丈夫会来找我尽义务。我实在不想作进一步的描述，但如果我告诉你，事后回顾，那种性经验还不如没有的好，请务必相信我。”

“我相信你。”

“但我知道性爱是什么。我在书上读到过，有时也会和其他女性讨论，而她们通通装模作样地说，那是索拉利人必须承担的苦差事。而凡是子女数已经达到定额的妇女，一律高兴地表示再也不必做那档事了。”

“你相信她们的说法吗？”

“我当然相信。我从未听过别的说法，虽然我读过几本其他世界的书籍，但据说内容都是扭曲和虚构的。这点我也相信。后来，我的丈夫发现了那些书，斥之为色情读物，立刻把它们销毁了。你知道吗，一个人可以被训练得相信任何事情。我想索拉利妇女的确相信自己说的每一句话，而且真的鄙视性爱。她们当然都说得言词恳切，令我觉得自己问题极其严重，因为我对性爱有着某种好奇——还有着无法理解的奇怪感觉。”

“当时，你并没有用机器人来解决问题吧？”

“没有，我根本没想到，我也没有用其他替代品。关于那些东西，人们多少会口耳相传，但是都说得很可怕——或许是故意的——所以我做梦也没想过要用那种东西。当然，我常常做梦，有些时候会从梦中惊醒，如今回顾，那一定就是所谓的梦中高潮。当然，那时我完全不懂，也不敢跟别人讨论。事实上，我感到羞耻极了。更糟的是，那种经验所带来的快感令我心生恐惧。然后，你也知道，我就来到了奥罗拉。”

“你告诉过我，奥罗拉式的性爱无法满足你。”

“对，我还因而相信，索拉利人的说法毕竟是对的。真实的性爱和我的梦境完全不同。直到遇到了詹德，我才恍然大悟，奥罗拉人的性爱根本不算性爱，而是，而是——一种舞蹈。每个步骤皆有固定模式，从开始到结束毫无例外。其中没有任何意外的惊喜，没有任何即兴的动作。在索拉利，由于罕有性爱活动，根本谈不上什么付出或接受；而在奥罗拉，性爱过于仪式化，到头来同样没有付出和接受，你了解吗？”

“我不确定，嘉蒂雅，我从未和奥罗拉女性有过性关系，或者说，我从来也不是奥罗拉男性。但你不必再解释了，我对你的说法已有一点概念。”

“你难为情极了，对不对？”

“还没到听不下去的程度。”

“然后我有了詹德，学会了怎么用他。他并非奥罗拉男性，他唯一的心愿——唯一可能拥有的心愿——就是要取悦我。他付出，我接受，于是有生以来第一次，我体验到了真正的性爱。这你能了解吗？突然间，我明白自己并没有发疯，并不是变态，心理并未扭曲，甚至没有任何不对，我只是个正常的女人，拥有一个满意的性伴侣——你能想象那种情形吗？”

“我应该可以想象。”

“然而，不久之后，得来不易的幸福就被夺走了。我想——我想——这就是我的下场，我命中注定如此。在今后几个世纪的岁月中，我再也不会，再也找不到另一段美好的性关系了。自始至终未曾拥有固然很可怜，可是曾经意外获得，却又突然失去，回到了一无所有，那简直令人难以承受——因此你该了解，昨晚为何对我那么重要吧。”

“但为何是我呢，嘉蒂雅？为什么不能是别人？”

“不，以利亚，一定非你不可。昨天我们，我和吉斯卡，终于找到你的时候，你是那么无助，真正的无助。你并非不省人事，但你的身体不听使唤。我们必须抬你起来，把你抱到车子里。后来，你任由机器人摆布，接受他们的治疗，让他们替你洗澡和烘干，那时我也全程在场。机器人以非凡的效率完成这一切，他们一心一意照顾你，避免你受到伤害，可是他们毫无真正的感觉。而旁观的我，感觉却十分强烈。”

贝莱低下头，想到自己那种无助的模样，不禁咬牙切齿。当时他曾觉得那是至高无上的享受，现在获悉有人全程旁观，唯一的感觉就是太丢脸了。

她继续说道：“我很想亲手为你做那些事。我不禁怨恨起那些机器人，他们竟然霸占了对你好，以及为你付出的权利。当我想象自己在服侍你的时候，感到一股越来越强的性冲动，那是自从詹德死后，我就再也没有过的感觉——于是我终于想通了，在我仅有的成功性经验中，我所做的只有接受而已。我想要的詹德都会给我，但他从来不求回报。他没有那个能力，因为他唯一的快乐来自于取悦我。而我也从未想到付出，因为我是由机器人带大的，知道他们不求回报。

“直到昨天晚上，我才明白自己对性爱顶多只懂一半，而我多么渴望能体会另外那一半。后来，你坐在餐桌旁喝鸡汤的时候，看起来已经恢复了，你似乎又强壮如昔，强壮到了足以安慰我的程度。由于在此之前，我已经对你生出那种感觉，我不再害怕你是地球人，我乐意投入你的怀抱。我很想那么做。可是，虽然让你抱着我了，我还是有失落感，因为我并未付出，我不知不觉又接受了。

“然后你对我说，‘嘉蒂雅，拜托，我得坐下了。’喔，以利亚，那是你对我说的最甜蜜的一句话。”

贝莱觉得脸红了。“当时我觉得羞愧极了，我竟然承认自己是弱者。”

“那正是我想要的，那句话挑起了我的情欲。我催你赶紧上床，随后又去找你，于是生平第一次，我付出了，而且未求任何回报。这么一来，詹德的魔咒便解除了，因为我了解到他还不够完美。一定要既能付出又能接受，缺一不可——以利亚，留下来吧。”

贝莱摇了摇头。“嘉蒂雅，即使我把心撕成两半，也无法改变这个事实。我不能留在奥罗拉，我一定要回地球去，而你却不能去地球。”

“以利亚，若是我能去呢？”

“你为什么要说这种蠢话？即使你能在地球定居，我也很快会变老，很快会配不上你。再过二十年，顶多三十年，我就会是个老头，也或许根本不在人世了，而你则会维持这个样子，长达好几个世纪。”

“但这正是我的意思，以利亚。我到了地球之后，就会染上你们的传染病，就会和你们一样很快变老。”

“你这话太天真了。更何况，老化并不是传染病。一旦到了地球，你只会很快病倒，然后死去。嘉蒂雅，你可以找到别的男人。”

“奥罗拉男人？”她以轻蔑的口吻说。

“你可以教他们。既然你已经知道如何付出和接受，教教他们吧。”

“就算我愿意教，他们会愿意学吗？”

“有些人会，这种人一定有的。你的时间很多，可以慢慢寻找这样的人。比方说——”（不，他想，现在提格里迈尼斯并非明智之举，但或许，今后他来找她的时候——少一点礼数，多一点决心……）

她似乎若有所思。“有这个可能吗？”然后，她望着贝莱，灰蓝色的眼睛噙着泪水。“喔，以利亚，昨夜发生的事，你还多少记得些吗？”

“我必须承认，”贝莱有点伤感地说，“很遗憾，某些部分相当模糊。”

“如果你通通记得，就不会想离开我了。”

“我现在同样不想离开你，嘉蒂雅，只不过我身不由己。”

“激情过后，”她说，“你似乎很高兴，很放松。我依偎在你的肩头，感觉得到你的心跳起初很快，然后越来越慢，越来越慢，直到你突然坐起来，心跳又猛然加快。你记得这回事吗？”

贝莱吃了一惊，上身微向后仰，惶急地凝视着她的眼睛。“不，我不记得。你这话是什么意思？我做了些什么？”

“就像我说的，你突然坐了起来。”

“对，可是还有什么吗？”他的心跳开始加速，想必已经和昨夜做爱之后跳得一样快了。那个似乎就是“真相”的灵感，曾经三度在他心头浮现，但前两次他完全是孤单一人。然而第三次，也就是昨夜，他身边还有嘉蒂雅，他有了一个目击证人。

嘉蒂雅说：“真的没什么了。我说，‘怎么回事，以利亚？’但你没理会我，自顾自说，‘我懂了，我懂了。’你说得含糊不清，而且你目光涣散，看起来有点吓人。”

“我就说了那几个字吗？耶和华啊，嘉蒂雅！我还有没有说些什么？”

嘉蒂雅皱起眉头。“我不记得了。然后你又躺了下来，我就说，‘别怕，以利亚，别怕，你现在安全了。’我轻轻抚摸你，你逐渐平静下来，最后总算睡着了——而且还发出鼾声。我从来没听过别人打鼾，可是根据书中的描述，那一定是鼾声没错。”她显然越想越觉得有趣。

贝莱说：“听着，嘉蒂雅，我到底说了些什么？‘我懂了，我懂了。’我有没有说懂了什么？”

她又皱起了眉头。“不，我不记得了——等等，你的确小声说了一句话，你说，‘他首先赶到’。”

“‘他首先赶到’，我是这么说的吗？”

“对，我自然想到你是指吉斯卡比其他机器人先找到你，你是想克服可能被抓走的恐惧感，因为你的思绪又回到了暴风雨当时的情境。对！所以我才轻抚着你，不断对你说，‘别怕，以利亚，你现在安全了。’直到你放松为止。”

“‘他首先赶到’‘他首先赶到’，现在我不会忘记了。嘉蒂雅，谢谢你昨夜陪着我，更谢谢你现在告诉我。”

嘉蒂雅问：“你说吉斯卡先找到你，有什么特殊含意吗？事实的确如此，你是知道的。”

“我不会是指那件事，嘉蒂雅。那一定是我不知道的某种想法，只有在心思完全放松的情况下，我才能勉强捕捉到它。”

“那么，这句话到底是什么意思呢？”

“我不确定，但如果我真那么说，它就一定有意义。我有一小时左右的时间，可以设法弄明白。”他站了起来，“现在我得走了。”

他朝门口走了几步之后，嘉蒂雅飞奔过去，双手环抱住他。“等等，以利亚。”

贝莱迟疑了一下，便低下头来亲吻她，两人紧紧拥抱了好久。

“我还能再见到你吗，以利亚？”

贝莱悲伤地说：“我说不准，但我衷心希望。”

然后他就前去找丹尼尔和吉斯卡，以便在那场论战开始之前，先作一些必要的准备。

73

直到走过大草坪，前往法斯陀夫的宅邸之际，贝莱仍旧未能挥去心头的悲伤。

两个机器人走在他两旁，丹尼尔似乎很从容，但吉斯卡由于程序使然，显然无法轻松以对，仍对周遭的环境保持着高度警戒。

贝莱问：“这位立法局的主席叫什么名字，丹尼尔？”

“我答不出来，以利亚伙伴。每次我听到有人提起他，一律管他叫‘主席’。而当着他的面，则称呼他‘主席先生’。”

吉斯卡说：“他名叫鲁提兰·侯德，先生，但这个名字在正式场合绝不会出现，唯一会被用到的就只有他的头衔。这能让人感受到政府的持续性。担任主席一职的个人虽然有固定任期，但是‘主席’永远存在。”

“而目前这位主席——他多大年纪？”

“年纪相当大，先生，三百三十一岁了。”吉斯卡答道，他随时能够提供这类数据。

“身体健康吗？”

“从未听说他健康不佳，先生。”

“他可有什么人格特质是我得先做好心理准备的？”

吉斯卡似乎给难倒了，他顿了顿才说：“我难以回答这个问题，先生。他被视为很称职的主席，工作努力，成果丰硕。目前他在第二任上。”

“他暴躁吗？有耐心吗？行事霸道吗？善体人意吗？”

吉斯卡说：“这些必须由你自己判断，先生。”

丹尼尔说：“以利亚伙伴，主席的地位超越任何党派。根据定义，他代表着公平和正义。”

“这点我肯定，”贝莱喃喃道，“不过定义是抽象的，正如‘主席’这个头衔一样，然而个别的主席——有名有姓的个人——则是具体的，各有各的脑袋，各有各的想法。”

他摇了摇头。他可以发誓，自己的脑袋含有很具体的糊糊成分。他曾三度想到一件事，又三度将它遗忘，虽然现在终于知道自己当时对这个想法下过注脚，怎奈仍旧毫无帮助。

“他首先赶到。”

“谁首先赶到？赶到何时何地？”

贝莱心中没有答案。

74

贝莱看到法斯陀夫站在宅邸门口迎接自己，身后还站着一个机器人。那机器人似乎极为反常，一副惴惴不安的模样，仿佛由于无法执行迎接访客的功能，因而感到心烦意乱。

（话说回来，人们总是喜欢从机器人身上找寻人类的动机和反应。更接近真实的情况，应该是机器人并没有任何感觉，更不会心烦意乱——只因为他的使命是迎接并检查每一位访客，可是现在除非推开法斯陀夫，否则无法执行任务，偏偏他又找不到充分理由这么做，这才导致他的正子电位产生轻微的震荡。因此，他的行为一次又一次遭到纠正，令他显得好像惴惴不安。）

贝莱不知不觉望着那个机器人出神，最后必须强迫自己把视线拉回法斯陀夫身上。（他一心一意在想机器人，自己也不知道为什么。）

“很高兴再见到你，法斯陀夫博士。”他一面说，一面伸出手来。和嘉蒂雅有过那么一段之后，他很难再记得太空族不愿碰触地球人这回事。

法斯陀夫犹豫了片刻，然后，显然是礼貌战胜了谨慎，他握住对方的手，不过轻轻握一下便很快放开。他说：“其实我比你更高兴，贝莱先生，你昨晚的遭遇令我提心吊胆。那场暴风雨并不算特别强，但对地球人而言，一定像是排山倒海。”

“所以说，你知道事情的经过了？”

“这件事，丹尼尔和吉斯卡对我作了完整的报告。昨晚如果他们直接来我这儿，最后把你也带过来，我会感到更放心。可是由于气翼车的出事地点比较接近嘉蒂雅的宅邸，而你的命令又十万火急，并将丹尼尔的安全置于你自己之上，他们才会根据这些因素，作出那样的决定。他们没有误解你的意思吧？”

“没有，是我强迫他们离开的。”

“那样做是明智之举吗？”法斯陀夫把他请进屋内，朝一张椅子指了指。

贝莱坐了下来。“那应该是正确的做法，当时我们正遭到追捕。”

“吉斯卡向我报告过，他还报告说……”

贝莱插嘴道：“法斯陀夫博士，拜托，时间所剩无几，而我有好些问题需要问你。”

“请尽量问吧。”法斯陀夫立刻回应，而且一如往常地彬彬有礼。

“有人告诉我，你把大脑功能的研究工作看得比什么都重要，而且你——”

“让我接下去吧，贝莱先生。而且我打着科学研究的旗帜，不允许任何阻挠，无视于道不道德，不在乎邪不邪恶，我毫无人性，绝不会手软，也绝不会罢手。”

“没错。”

“是谁告诉你的，贝莱先生？”法斯陀夫问。

“有什么关系吗？”

“或许没有，何况并不难猜。一定是我的女儿瓦西莉娅，我相当确定。”

贝莱说：“或许吧。我想要知道的是，她对你的人格评价是否正确。”

法斯陀夫挤出一抹苦笑。“我自己的人格，你指望我给你一个中肯的答案？就某些方面而言，针对我的这些指控都不假。我的确把自己的研究看得重要无比，我也的确有不惜牺牲一切的冲动。如果世俗的善恶道德观挡了我的路，我的确很想视而不见——然而，问题是我并未那样做，我做不了那种事。尤其是，如果有人指控詹德是我杀的，目的是为了增进我自己对人类大脑的了解，那我更要否认到底。事实并非如此，我并没有杀害詹德。”

贝莱说：“你曾经建议我接受心灵探测，以便从我的大脑中挖出连我自己都无法接触的讯息。你有没有想过，如果你愿意接受心灵探测，就能证明你的清白了？”

法斯陀夫若有所思地点了点头。“我想瓦西莉娅曾对你说，我拒绝接受心灵探测正是我有罪的明证。事实并不然，心灵探测是很危险的一件事，我和你一样不敢轻易尝试。话说回来，若非我的对手万分希望我能同意，那么虽然害怕，我还是愿意勉强一试。心灵探测器还不算是多么敏锐的仪器，并不足以扎扎实实地证明我的清白，因此任何对我有利的结果都会遭到他们驳斥。他们诉诸心灵探测器，是想借此获得人形机器人的理论架构和设计蓝图。那才是他们真正想要的，也正是我绝不会给他们的。”

贝莱说：“答得很好，谢谢你，法斯陀夫博士。”

法斯陀夫说：“别客气。好，请容我回到刚才的话题，根据吉斯卡的报告，他们把你单独留在车内之后，曾有些陌生的机器人来找过你。至少，后来他们在风雨中，找到昏迷不醒的你，你含含混混地提到了那些机器人。”

“的确有些陌生的机器人向我盘问，法斯陀夫博士，但我设法误导他们，把他们支开了。不过我随即想到，最好赶紧离开气翼车，别等着他们再回来找我。在作这个决定的时候，我也许并没有想得很清楚，后来吉斯卡就是这么说的。”

法斯陀夫微微一笑。“吉斯卡的世界观太单纯了。你认为他们是谁的机器人？”

贝莱在椅子里动来动去，似乎怎么也找不到一个舒服的姿势。“主席来了吗？”他问。

“还没有，但他随时可能抵达。此外还有阿玛狄洛，就是机器人学研究院的院长，据说你昨天也和他见过面。我不确定那是不是明智之举，你激怒了他。”

“昨天我非见他不可，法斯陀夫博士，但他似乎并未被我激怒。”

“阿玛狄洛这个人高深莫测。借着指控你诽谤他，以及玷污了他不容侵犯的学术声誉，他已迫使主席介入此事。”

“此话怎讲？”

“主席的职责就是在出现争议之际鼓励双方坐下来谈，设法找出和解之道。如果阿玛狄洛希望和我开会，那么根据定义，主席不能劝他打消念头，更不能加以阻止，他必须主持这场会议。而阿玛狄洛若能找到对你不利的足够证据——既然你是地球人，此事简单得很——调查工作就要结束了。”

“既然地球人那么脆弱，法斯陀夫博士，当初你或许就不该向我求助。”

“或许吧，贝莱先生，但我实在想不到别的办法了。现在依然如此，所以必须请你自己说服主席接受你的观点——希望你做得到。”

“责任在我身上了？”贝莱没好气地说。

“全在你身上了。”法斯陀夫毫不犹豫地答道。

贝莱问：“就只有我们四个人开会吗？”

法斯陀夫说：“实际上，只有我们三人——主席、阿玛狄洛，以及我自己。也就是说，两个当事人，加上一个和事佬。而你这个外人，贝莱先生，是勉强获准出席的。主席随时可以命你退席，所以我希望你别惹他不高兴。”

“我会小心的，法斯陀夫博士。”

“比方说，贝莱先生，千万别跟他握手——请原谅我有话直说。”

贝莱想到自己刚才的鲁莽举动，不禁羞得两颊发烫。“我不会的。”

“而且一定要客客气气，可别义愤填膺地提出指控，也别坚持那些没有佐证的言论……”

“你的意思是，别用激将法试图从任何人嘴里套出实情，比如说阿玛狄洛。”

“是的，别那样做。否则你就是犯了诽谤罪，反而弄巧成拙，招致不良的后果。因此，一定要客气！但如果你笑里藏刀，倒是不会有人抗议的。还有，除非有人跟你说话，别主动开口。”

贝莱说：“这是怎么回事，法斯陀夫博士，现在你不遗余力地对我提出忠告，可是在此之前，你从未警告我诽谤罪的严重性。”

“这的确是我的错。”法斯陀夫博士说，“对我而言，这只是基本常识，所以我从未想到需要对你解释一番。”

贝莱哼了一声。“是啊，我也这么想。”

法斯陀夫突然抬起头来。“我听见外面有气翼车的声音，不只如此，我还听见我家的一个机器人正朝门口走去。我想，主席和阿玛狄洛已经到了。”

“一起来的？”贝莱问。

“毫无疑问。你懂了吧，阿玛狄洛提议在我的宅邸举行会议，看起来好像是给了我地利之便。但他也因此有机会向主席提出——名义上当然是出于礼貌——由他负责把主席接来这里。毕竟，他们两人都必须到这儿来开会。这样，他就能争取到和主席独处几分钟，以便推销他自己的观点。”

“这太不公平了。”贝莱说，“你就不能制止吗？”

“我不想那么做。阿玛狄洛是在冒险，他虽然精于计算，仍有可能在言语间激怒主席。”

“这位主席特别容易被激怒吗？”

“不能这么说，任何主席在这个职位上超过四十年，都会和他差不多。话说回来，由于主席必须严格遵守规范，更要绝对不偏不倚，而且实际上掌握着独断的大权，这些因素加在一起，免不了让每位主席或多或少都易怒。而阿玛狄洛并非真的那么有智慧，他那副开朗的笑容，那口洁白的牙齿，那种过分和蔼可亲的态度，万一碰到心情不好的人，他居然还使出浑身解数，对方就有可能大起反感——但我必须去迎接他们了，贝莱先生，而且要尽可能展现我的个人魅力。请你待在这里，别离开这张椅子。”

现在贝莱除了等待，什么也不能做。他突然毫无来由地想到，自己来到奥罗拉，还几乎不满五十个标准小时。

第十八章
主席之二

75

主席非常矮，矮到令人惊讶的程度。相较之下，阿玛狄洛比他高了将近三十公分。

然而，他之所以那么矮，主要是因为两腿太短，因此当大家就座之后，主席在身高上的缺陷就不那么明显了。事实上他相当粗壮，有着结实的胸膛和肩膀，这使得他几乎显得盛气凌人。

他的头也很大，脸上布满岁月的痕迹。感觉上，那些皱纹绝非笑容所累积的，而是由于长期行使权力，在脸颊和额头所留下的记录。他的头发花白稀疏，发漩附近则是一片光秃。

他的声音低沉而果决，十分适合他的身份。或许由于年事已高，音色难免沙哑，听起来有些严厉，但是这点（贝莱想到）对一位主席而言只有加分作用。

法斯陀夫将欢迎仪式做到十足，当然少不了言不及义地寒暄几句，并且奉上点心和饮料。从头到尾，谁也没有提到贝莱这个外人，甚至谁也没有注意到他。

直到完成所有的准备工作，而且人人皆就座之后，贝莱（他比其他三人坐得远些）才有了被介绍出场的机会。

他并未伸出手来，只是叫了一声："主席先生。"然后，他随便点了点头，又说："当然，我曾见过阿玛狄洛博士。"

虽然贝莱态度不佳，阿玛狄洛的笑容却没有丝毫改变。

主席并未对贝莱作出任何回应，他将双手放在膝盖上，十指张开，开口道："我们开始吧，看看能否用最短的时间获得最大的成果。

"首先我想强调，有关这个地球人行为不当——或说有此可能——这个议题我希望能略去不谈，直接跳到核心议题。而在讨论核心议题的过程中，谁也不要提到另外那个小题大作的机器人议题。中断机器人的运作属于民法的范畴，民事法庭可能会判被告侵害财产权，然后处以罚款，顶多如此而已。更何况，即使真能证明是法斯陀夫博士令詹德·潘尼尔终止运作，那个机器人毕竟是他参与设计并监督制造的，而且事发当时，其所有权仍属于他。既然一个人可以任意处置自己的财产，法斯陀夫博士是不会受罚的。

"该如何探索和开拓银河，才是今天真正需要讨论的问题。究竟是要由奥罗拉单独进行，还是让我们和其他太空族世界携手合作，或是把这件任务留给地球？阿玛狄洛博士和母星党主张由奥罗拉一肩扛起这个重责大任，法斯陀夫博士则希望把机会留给地球。

"如果我们能解决这个歧见，机器人那件案子可以留给民事法庭，至于这个地球人是否行为失当，或许根本不必有结论，直接打发他走就行了。

"因此首先我要请问，阿玛狄洛博士是否准备接受法斯陀夫博士的立场，以便达成一致的决议，或是法斯陀夫博士基于同样理由，准备接受阿玛狄洛博士的立场。”

他暂停发言，开始等待。

阿玛狄洛说：“很抱歉，主席先生，我必须坚持把地球人留置在地球上，由奥罗拉人单独开拓银河。然而，若能避免我们之间不必要的纷争，我愿意作出妥协，允许其他太空族世界加入我们的行列。”

“我懂了。”主席说，“而你，法斯陀夫博士，听了这番陈述之后，是否愿意放弃你原本的立场？”

法斯陀夫说：“阿玛狄洛博士的妥协几乎没有实质意义，主席先生，我愿意提出一个更有意义的妥协方案。何不将银河同时开放给太空族和地球人？银河大得很，不愁容不下双方的人马。这样的安排，我会愿意接受。”

“毫无疑问，”阿玛狄洛立刻回应，“这根本不算什么妥协。地球有八十多亿的人口，比太空族世界人口总数的一倍半还要多。地球人寿命很短，全靠快速生育来递补。我们对于个体生命的尊重，在他们那个世界上付之阙如。他们会不惜任何代价，蜂拥至每一个新世界，然后像昆虫般开始繁殖，当我们还在进行准备工作之际，他们已经霸占了整个银河。提供所谓的平等机会给地球人，无异于把银河拱手让给他们——那绝非什么平等。地球人必须留置在地球上。”

“针对这点，你有什么回应呢，法斯陀夫博士？”主席问。

法斯陀夫叹了一口气。“我的观点早已记录在案，我确信不需要再重复了。阿玛狄洛博士打算利用人形机器人来建设新世界，等到完工后，再由奥罗拉同胞进驻，可是目前他连一个人形机器人也没有。他根本造不出人形机器人，但就算他在这方面有所突破，这个计划还是行不通。除非阿玛狄洛博士同意，至少让地球人能够参与开拓新世界的工作，否则不可能有妥协的余地。”

“那就不可能有任何妥协了。”阿玛狄洛说。

主席显得不太高兴。“恐怕你们其中一人必须让步。我可不想在这么重大的问题上引发意气之争，让奥罗拉分裂成两个阵营。”

他淡然地望着阿玛狄洛，刻意避免流露出支持或反对的神情。“你打算利用那个机器人詹德的停摆，当作反对法斯陀夫观点的论证，对不对？”

“是的。”阿玛狄洛说。

“那是诉诸情感的论证。你打算声称，法斯陀夫为了颠覆你的观点而故意造假，让人形机器人显得并非那么有用。”

“那正是他想要做的……”

“诽谤！”法斯陀夫低声抗议。

“只要我能证明，就不算诽谤。”阿玛狄洛说，“我的论证或许诉诸情感，可是它站得住脚，主席先生，您也看出来了吧？我的观点一定能胜出，但如果我孤军奋战，难免会拖泥带水。我建议由您来说服法斯陀夫博士，请他坦然接受失败，否则奥罗拉人所面对的巨大困境，将削弱我们在太空族世界的地位，进而动摇我们对自己的信心。”

“你如何证明是法斯陀夫博士令那个机器人停摆的？”

“他自己也承认，他是唯一做得到这件事的人。这点您也知道。”

“我是知道，”主席说，“但我想听你亲口说出来——并非对你的支持者，也并非对媒体，而是私下对我说。你刚才已经这么做了。”

他转向法斯陀夫。“你又怎么说呢，法斯陀夫博士？只有你才能毁掉那个机器人吗？”

“在不着痕迹的前提下？据我所知，的确如此。我不信阿玛狄洛博士在机器人学上有那么高的造诣，而且我常感到讶异，在他创立了机器人学研究院之后，有那么多的同仁作为后盾，他还是不遗余力地声称自己无能为力——而且是公开宣示。”他对阿玛狄洛挤出一个并非没有恶意的笑容。

主席叹了一口气。“别这样，法斯陀夫博士。别玩弄修辞伎俩，今天我们要把冷嘲和热讽都放在一边。你要如何为自己辩护？”

“很简单，就是我从未伤害詹德。我并没有影射任何人，此事纯属偶然——是测不准原理作用在正子径路上的结果，这种事经常可能发生。请让阿玛狄洛博士承认它是偶发事件，在没有证据的情况下不该指控任何人，然后，我们就可以针对两个殖民方案的优劣，展开一场理性的辩论。”

“不，”阿玛狄洛说，“意外故障的几率实在太小了，相较之下，法斯陀夫博士是元凶的机会大得多——如果我们因此轻忽法斯陀夫博士的刑责，那就太不负责任了。我不会放弃立场，而且我一定会赢。主席先生，您也知道我一定会赢，而在我看来，目前唯一合理的做法，就是强迫法斯陀夫博士承认失败，以免造成奥罗拉的分裂。”

法斯陀夫迅速回应：“讲到这里，就要谈谈我请地球人贝莱先生所进行的调查了。”

阿玛狄洛同样迅速回应：“打从一开始，我就反对这样做。那个地球人或许是高明的侦探，但他对奥罗拉一无所知，根本查不出什么来。除了四处造谣中伤，令奥罗拉在太空族世界丢人现眼，他一事无成。如今在五六个太空族世界上，至少有六七个重要的超波新闻节目把这件事当成闹剧来报道。相关影音记录已经送到您的办公室了。”

“我已经注意到了。”主席说。

“而在奥罗拉，也已经有人在私下抱怨。”阿玛狄洛继续说，“我其实是基于私心，才让调查工作持续下去。那会折损法斯陀夫在民间的支持度，以及他在立法局中的得票数。调查进行得越久，我就越有胜算。可是另一方面，它对奥罗拉会造成伤害，而我绝不希望为了增加胜算，拿我自己的世界当作代价。我建议——诚心诚意建议您——主席先生，下令终止这项调查，并劝法斯陀夫博士趁早优雅地接受这个必然的结果，否则拖得越久，他要付出的代价就越大。”

主席说：“我同意，当初我允许法斯陀夫博士安排这项调查，或许并非明智之举，但我只是说‘或许’。我也承认，现在我很想下令结束调查。不过这个地球人——”他的言谈举止仿佛他并不知道贝莱也在场，“已经来了好一阵子了——”

他顿了顿，似乎是要给法斯陀夫一个附和的机会，法斯陀夫当然不放过，赶紧说：“他的调查工作已经进入第三天，主席先生。”

“既然如此，”主席说，“在我下令终止调查之前，应该先问问目前可有任何重大发现，我想这样才公平。”

他又顿了顿，法斯陀夫迅速瞄了贝莱一眼，并微微点了点头。

贝莱低声道：“主席先生，我不希望在没人问我的情况下，擅自发表任何意见。您是否问了我一个问题？”

主席皱起眉头，并未望向贝莱便直接说：“我请来自地球的贝莱先生告诉我们，他是否有任何重大发现。”

贝莱深深吸了一口气，时候到了。

76

“主席先生，”他开始发言，“昨天下午，我曾经侦讯过阿玛狄洛博士，他非常合作，主动提供许多资料。当我们离开的时候……”

“你们？”主席追问。

“我在进行调查之际，有两个机器人全程陪伴，主席先生。”贝莱答道。

“是法斯陀夫博士的机器人吗？”阿玛狄洛问道，“我这么问，是希望留下记录。”

“请列入记录，答案是肯定的。”贝莱说，“其中一位是人形机器人丹尼尔·奥利瓦，另外一位名叫吉斯卡·瑞文特洛夫，他是比较旧型的非人形机器人。”

“谢谢你，”主席说，“请继续。”

“等到我们离开研究院之后，发现我们的气翼车被动了手脚。”

“动手脚？”主席惊讶地问道，“被谁动手脚？”

“我们不晓得，但这是在研究院里面发生的事。我们是受邀前往的，因此研究院中有不少人知道我们在那里。更重要的是，当时不太可能有其他的不速之客。想要为这件事找个合理的解释，就必须认定是研究院成员动的手脚，然而这是无论如何不可能的——除非是阿玛狄洛博士亲自下令，但这点同样不可思议。”

阿玛狄洛说:“你似乎对不可思议的事作了很多设想。有没有找过合格的技师来检查那辆气翼车，确认它真被动了手脚？会不会只是普通的故障呢？”

“回院长，并没有，”贝莱说，“不过吉斯卡坚称它被动了手脚——他不但是合格的气翼车司机，而且经常驾驶那辆气翼车。”

“此外他还是法斯陀夫博士的手下——他的程序是他设定的，日常命令也是他下达的。”阿玛狄洛说。

“你是在暗示……”法斯陀夫只说了几个字。

“我并未暗示什么。”阿玛狄洛举起手来，做了一个表示友善的手势，“我只是作个陈述——以便留下记录。”

主席有点烦躁了。“请来自地球的贝莱先生继续好吗？”

贝莱说:“当气翼车抛锚时，我们正遭到追捕。”

“遭谁追捕？”主席问。

“其他的机器人。他们不久就来了，但那时我的机器人已经走了。”

“等一等。”阿玛狄洛说，“当时你情况如何，贝莱先生？”

“不能算很好。”

“不能算很好？你是个地球人，只能适应你们那些大城里的人工环境，到了户外你就会浑身不自在。是不是这样，贝莱先生？”阿玛狄洛问道。

“是的，院长。”

“而且昨晚狂风暴雨、雷电交加，我相信主席一定也记得。所以更正确的说法，应该是你很不舒服，对不对？至少处于半昏迷状态？”

“好吧，我很不舒服。”贝莱勉强承认。

“那么你的机器人怎么会走开呢？”主席厉声问道，“既然你身体不适，他们不该留在你身边吗？”

“是我命令他们离开的，主席先生。”

“为什么？”

“我认为那是最好的办法。”贝莱说，“如果允许我说下去，我会详加解释。”

“说下去。”

“我们的确遭到了追捕，因为我的机器人刚刚走开，追捕我们的那批机器人就到了，他们劈头便问我的机器人在哪里，我则回答我已命令他们离去。直到这个时候，他们才问我是否身体不舒服。我说我没事，他们就不管我了，因为他们要继续搜寻我的机器人。”

“搜寻丹尼尔和吉斯卡？”主席问。

“是的，主席先生。我十分肯定，有很强的命令在驱使他们这么做。”

“你为何如此肯定？”

“当时，虽然我的身体明显有问题，他们却先问我的机器人在哪里，然后才问及我的健康状况。不久之后，他们就丢下病恹恹的我，继续去搜寻我的机器人。他们一定背负着极其强烈的命令，否则面对一个健康状况显然不佳的人类，他们不可能置之不理。事实上，我早已料到我的机器人会遭到搜捕，所以才及时把他俩支开。我觉得万万不能让他俩落到外人手中。”

阿玛狄洛说：“主席先生，能否让我针对这点，继续询问贝莱先生，以便证明这个陈述毫无价值？”

“可以。”

阿玛狄洛说：“贝莱先生，你的机器人离去后，就只剩下你一个人了，对不对？”

“是的，院长。”

“因此后来这些事，你并未保有任何记录？你身上并未安装记录装置？也没有随身携带这类装置吧？”

“院长，这三个问题，答案都是否定的。”

“而且当时你很不舒服。”

“是的，院长。”

“精神涣散吗？或许记忆也有些模糊？”

“没有，院长，我记得相当清楚。”

“我想，你大可这么讲，但你当时也很可能已经精神错乱，产生了幻觉。在那种情况下，那些机器人说了些什么，甚至到底有没有那些机器人，似乎都得打上大大的问号。”

主席若有所悟地说：“我同意。来自地球的贝莱先生，假设你的记忆——或说你所声称的记忆——都是正确的，对于你所叙述的事情，你要如何诠释呢？”

“我有点犹豫要不要把自己的想法告诉你，主席先生，”贝莱说，“因为我担心会诽谤了尊贵的阿玛狄洛博士。”

“既然你是在我要求之下讲的，而且你说的话出不了这个房间——”主席环顾四周，没有任何壁凹里站着机器人，“也就不存在诽谤的问题，除非我觉得你在作恶意攻击。”

“既然这样，主席先生，我的设想如下，”贝莱说，“阿玛狄洛博士故意和我讨论了很多无关紧要的问题，好让我在他的办公室待得够久，给他足够的时间破坏我的车辆。然后他又设法让我再多留一阵子，以便我在雷雨交加时才动身离去，这就能确保我的身体会在半途出状况。他曾经研究过地球的社会，这点他跟我提过好几次，所以他知道雷雨会对我造成什么影响。我认为一切都在他的算计之中，他派机器人跟踪我们，等到我们的气翼车抛锚，他们便能把我们通通带回研究院，表面上是营救我，实际上则是这么一来，法斯陀夫博士的机器人便会落到他手中。”

阿玛狄洛轻轻笑了几声。“我有什么动机要做这些事。您瞧，主席先生，这只是一个接着一个的臆测，在奥罗拉任何法庭都会被判是诽谤。”

主席严肃地说：“对于这些假设，来自地球的贝莱先生可有任何佐证？”

“我有一连串环环相扣的推理，主席先生。”

主席站了起来，气势立刻打了折扣，因为他的高度几乎没有任何改变。“我要去走走，以便想想我刚刚听到的一切，很快就会回来。”他朝卫生间走去。

法斯陀夫倾身凑向贝莱，贝莱也赶紧向他凑过去。（阿玛狄洛则是一副满不在乎的表情，仿佛无论他们说什么都和他无关。）

法斯陀夫悄声道：“你有没有更具体的论述？”

贝莱说：“我想应该有，但需要适当的时机来借题发挥，可是主席似乎并不认同我。”

“的确如此。目前为止，你只是让事情变得更糟。如果他回来后，直接宣布休会，我也不会感到惊讶。”

贝莱摇了摇头，目光集中在自己的鞋子上。

77

等到主席回来的时候，贝莱仍旧盯着自己的鞋子。主席重新就座，随即对这位地球人投以严厉（而且相当不友善）的一瞥。

他说："来自地球的贝莱先生？"

"请说，主席先生。"

"我认为你是在浪费我的时间，但我可不想有人说我并未充分听取双方陈述，即便这似乎的确是在浪费时间。你指控阿玛狄洛博士做出这些疯狂行为，但他到底有什么动机，你能告诉我吗？"

"主席先生，"贝莱以近乎孤注一掷的声音说，"我的确找到了动机——一个非常好的动机。首先我要强调一件事实，如果阿玛狄洛博士和他的研究院无法制造人形机器人，他的银河殖民计划就会成为泡影。而目前为止，他并未造出任何人形机器人，也根本造不出来。您不妨问问他，是否愿意让立法局成立一个委员会，专门来调查他的研究院是否成功制造出或设计出了人形机器人。如果他愿意声称研究院目前正在生产人形机器人，或者只是刚完成设计——甚至只是掌握了理论基础——而他随时能对一个合格的委员会证明这件事，那么我会立刻住口，并承认我的调查工作一无所获。"说到这里，他屏住了气息。

主席望向阿玛狄洛，后者的笑容开始褪去。

阿玛狄洛说："我愿意承认，在可见的未来，我们还造不出人形机器人。”

“那么我就继续说下去。”贝莱恢复了呼吸，但听起来很像是猛喘一口气，“如果阿玛狄洛博士向法斯陀夫博士求教，当然有机会得到所需要的一切答案，只不过，虽然答案都在他脑子里，但在这件事情上，法斯陀夫博士是不会愿意合作的。”

“对，无论在任何前提下，”法斯陀夫咕哝道，“我都不会愿意。”

“可是，主席先生，”贝莱继续说，“有关设计和制造人形机器人的秘密，并非仅仅掌握在法斯陀夫博士一人手中。”

“是吗？”主席问，“还有谁知道呢？听到你这么讲，贝莱先生，法斯陀夫博士自己都显得很惊讶。”（这是他头一回没有冠上“来自地球的”五个字。）

“我的确很惊讶。”法斯陀夫说，“据我所知，绝对只有我一个人知道，我并不了解贝莱先生的意思。”

阿玛狄洛微微翘起嘴唇说：“我怀疑贝莱先生自己也不了解。”

贝莱觉得自己成了众矢之的。他轮流望向其他三人，感到谁也没有站在自己这边。

他开始解释：“难道不能说，任何一个人形机器人都知道这个秘密吗？或许并非在意识层面，也不能直接提供这方面的资料——可是这些资料当然在他们脑中，对不对？如果好好盘问一个人形机器人，我们就能根据他的答案和反应，窥探出他是如何设计和制造的。理论上，只要有足够的时间，以及足够精辟的问题，就能让一个人形机器人告诉你怎样设计另一个人形机器人——一言以蔽之，无论任何机器，只要我们有机会详加研究，都能破解它的秘密。”

法斯陀夫似乎吃了一惊。“我懂你的意思了，贝莱先生，你说得很对。我从没想到过这一点。”

“恕我直言，法斯陀夫博士，”贝莱说，“但我必须告诉你，你和其他奥罗拉人一样，怀有一种奇特的自傲心理。你是最顶尖的机器人学家，只有你会制造人形机器人——你太过陶醉于这个虚名，以致对明显的事实反倒视而不见。”

主席总算绽露笑容。“他把你一语道破了，法斯陀夫博士。我也曾经纳闷，你为何那么积极地主张只有你才知道如何毁掉詹德，虽说这会大大削弱你的政治实力。现在我明白了，你宁愿在政治上失势，也要保住独一无二的地位。”

法斯陀夫显得又气又恼。

阿玛狄洛则皱着眉头说：“这和我们正在讨论的问题有关吗？”

“的确有关。”贝莱的信心逐渐增强，“你不能直接向法斯陀夫博士逼问答案，更不能命令你的机器人伤害他，例如对他严刑逼供。而法斯陀夫博士身边永远有机器人当保镖，你也无法亲自出马发动攻击。然而，你却能设法孤立一个机器人，再让其他机器人将他带走，只要在场的人类病得不清，无法采取必要行动阻止即可。昨天下午所发生的一切，都是因为你想染指丹尼尔而临时策划的。当身在研究院的我坚持要见你，你就知道机会来了。后来，假使我没把两个机器人支开，假使我无法硬撑着装作若无其事，骗你的机器人朝反方向追去，你就已经抓到他了。而只要持之以恒地分析丹尼尔的行为和反应，你终究会破解人形机器人的秘密。”

阿玛狄洛说：“主席先生，我抗议。我从未听过这么恶毒的诽谤。他所说的这些，只是一个病人的胡思乱想罢了。我们不知道——或许永远不会知道——那辆气翼车是否真的遭到破坏；倘若真有其事，又是谁破坏的；此外，是否真有机器人在追气翼车，他们又是否真的和贝莱先生说过话。他只是把一个又一个的推论堆在一起，唯一的证人就是他自己，唯一的证词则充满疑点——别忘了，他当时吓得快疯了，而且很可能出现了幻觉。无论在任何法庭上，这些证词都会立刻遭到否定。”

“这里并不是法庭，阿玛狄洛博士。”主席说，“凡是和目前这个议题有关的事，我都有责任仔细聆听。”

“全然无关，主席先生，他只是在罗织罪名。”

“不过，这些话倒还兜得拢，我看不出贝莱先生有任何明显的逻辑矛盾。如果我们承认他所声称的经历都是事实，那么他的结论可谓合情合理。你要否认这一切吗，阿玛狄洛博士？包括破坏车辆、追捕对方，以及想将人形机器人据为己有？”

“当然！我否认到底！没一件是真的！”阿玛狄洛说——他已有好一阵子不曾展露笑容，“这地球人能够提出我们昨天对话的全程录音，而且毫无疑问，他会指出我为了延误他的行程，故意把话说得分外仔细，故意邀请他参观研究院，还故意留他共进晚餐——可是这一切，同样能解释为我尽心竭力地展现礼貌和待客之道。或许，我对地球人太过同情，以致表现得有点失常，但这没什么大不了的。我否认他的一切推论，而无论他再说什么，都无法推翻我的否认。我拥有极佳的声誉，绝非这个地球人声称我是奸诈小人，就会有人被他说服的。”

主席若有所思地搔搔下巴，然后说：“当然，我不会根据这个地球人目前所说的这些，就对你提出任何指控——贝莱先生，如果你要说的仅止于此，它只能算是耐人寻味，说服力却嫌不足。你还有更具实质内容的说词吗？我要警告你，如果没有的话，我在这件事情上就只能花这么多时间了。”

78

贝莱说："我最后还想提一件事，主席先生。您或许听说过一个人，名叫嘉蒂雅·德拉玛，或是索拉利的嘉蒂雅，她自己则只用嘉蒂雅这个名字。"

"我听说过她，贝莱先生。"主席的声音中透出些许不耐烦，"我看过那出超波剧，你和她在里面都有重要的戏份。"

"她和那个名叫詹德的机器人相处了好几个月。事实上，最后他成了她的丈夫。"

主席原本不以为然的目光瞬间转为怒目逼视。"她的什么？"

"她的丈夫，主席先生。"

法斯陀夫差点站了起来，他赶紧重新坐下，一脸惴惴不安的表情。

主席厉声道："这并不合法，而且还更糟，简直就是荒唐。机器人无法使她受孕，他们不可能有下一代。如果没作出生儿育女的承诺，就无法取得丈夫——或妻子——的法律地位。我想，即使是地球人，也该知道这一点。"

贝莱说："我的确了解，主席先生。而且我确定，嘉蒂雅自己同样了解。她口中的'丈夫'只有情感上的意义，和法律并无关系。她将詹德的地位视同丈夫那么重要，她在情感上将他当成了自己的丈夫。"

主席转向法斯陀夫。“这事你知道吗，法斯陀夫博士？他可是你的机器人。”

法斯陀夫显得很尴尬，答道：“我知道她喜欢他，也曾怀疑她拿他来解决性欲。然而，在贝莱先生告诉我之前，我并不知道这重近似儿戏的关系。”

贝莱说：“她是索拉利人，她对‘丈夫’的看法和奥罗拉人并不一样。”

“显然如此。”主席说。

“但她对大环境的现实还算清楚，因此懂得保守秘密，主席先生。借用法斯陀夫博士的说法，她并未将这重近似儿戏的关系告诉任何奥罗拉人。前天她一五一十对我说了，是想要我明白我所调查的案子对她而言多么重要。不过，她之所以提到‘丈夫’两字，主要还是由于我是地球人，能够以非奥罗拉的角度，了解这两个字对她的意义。”

“很好，”主席说，“冲着她是索拉利人，我勉强可以认同这一点。这就是你要补充的那件事吗？”

“是的，主席先生。”

“这样的话，它和今天的议题完全不相干，我们在审议时必须排除在外。”

“主席先生，有个问题我必须问一问。就一个问题，十几个字而已，主席，然后我就会结束发言。”这番话他说得尽可能认真严肃，因为成败就在此一举了。

主席犹豫了一下。“同意，最后一个问题。”

“谢谢，主席先生。”贝莱很想将问题一字字大喊出来，可是他忍住了。他甚至没有提高音量，也没有伸出手来指着对方。成败在此一举，这个问题代表了一切，但他牢记法斯陀夫刚才的警告，故意像是随口说出来："阿玛狄洛博士怎么知道詹德是嘉蒂雅的丈夫？"

"什么？"主席万分惊讶，扬起了那对雪白的浓眉，"是谁说他知道的？"

既然主席发问，贝莱就能继续说下去："问他吧，主席先生。"

与此同时，他朝阿玛狄洛的方向点了点头，而后者已经起身，以明显的惊恐目光瞪着贝莱。

79

"问他吧，主席先生，他似乎坐立不安。"贝莱再说了一遍，声音非常轻柔，以免将大家的注意力从阿玛狄洛身上引开。

主席问道："怎么样，阿玛狄洛博士？机器人竟然成了索拉利女子所谓的丈夫，此事你知道任何原委吗？"

阿玛狄洛结结巴巴说了两句，然后闭上嘴巴好一会儿，才又重新开口："主席先生，这个毫无来由的指控令我措手不及，我完全不知道这是怎么回事。"他的脸色已经由刚才的煞白转成了酱紫色。

"我可否解释一下，主席先生？一下子就好。"贝莱说。（他会被制止发言吗？）

"如果你有任何解释，"主席绷着脸说，"就赶紧提出来，我当然愿意听。"

"主席先生，"贝莱说，"昨天下午，我和阿玛狄洛博士有过一番对话。由于他打算一直把我留到风雨大作，所以故意把话说得分外啰唆，而且显然并未字斟句酌。在提到嘉蒂雅的时候，他随口提及那个机器人詹德是她的丈夫。我很好奇，他是怎么知道这件事的。”

“这是真的吗，阿玛狄洛博士？”主席问。

阿玛狄洛仍旧站着，一副犯人面对法官的模样。他答道：“不管是真是假，都和目前讨论的问题无关。”

“或许无关，”主席说，“可是你面对这个问题的反应令我很惊讶。我认为你和贝莱先生都了解其中的意义，而我则不然，因此我也想要了解一番。关于詹德和那个索拉利女子的不正常关系，你到底知道还是不知道？”

阿玛狄洛像是掐着脖子说：“我不可能知道啊。”

“这并不算回答。”主席说，“这是闪烁其辞。当我要求你对我交代一段记忆时，你却作出主观判断。关于詹德的那段陈述，你到底说过还是没说过？”

“在他回答之前，”贝莱觉得自己的立场越来越稳固，因为主席此时已经义愤填膺，“为了公平起见，我必须提醒阿玛狄洛博士一件事：昨天也在场的那个机器人吉斯卡，能够奉命将我们的交谈完整复述一遍，非但一字不漏，还会模拟双方的声音和语调。简言之，他拥有那段对话的录音。”

阿玛狄洛突然火冒三丈。“主席先生，吉斯卡那机器人的设计者和制造者是法斯陀夫博士，此人不但宣称自己是全银河最顶尖的机器人学家，而且还是我的死对头。这样一个机器人所做的录音，我们能够相信吗？”

贝莱说：“或许您该先听听那段录音，然后自行决定，主席先生。”

“或许我该这么做。”主席说，“今天我来这里，阿玛狄洛博士，可不是来请别人帮我拿主意的。但我们暂且搁下这件事。不管那段录音说些什么，阿玛狄洛博士，你是否希望正式作个声明，强调你原本并不知道那个索拉利女子将机器人视为自己的丈夫，而且你也从来没有这么讲过？请记住一件事——你们两位都是立法局议员，应该都明白——虽然没有机器人在场，我自己的录音装置仍会将我们的对话完整录下来。”他拍拍前胸鼓鼓的口袋，“一句话，阿玛狄洛博士，有还是没有？”

阿玛狄洛的声音中透出一丝绝望。“主席先生，我当真不记得我在聊天时随口说了些什么。如果我的确提到丈夫两字——这并不代表我承认了——也许只是因为之前和别人聊天的时候，有人提到嘉蒂雅迷恋她的机器人，仿佛把他当成自己的丈夫。”

主席问：“你究竟是跟谁聊的天？是谁跟你提到这件事的？”

“一时之间，我也说不上来。”

贝莱说：“主席先生，阿玛狄洛博士若能热心地把可能的对象一个个列举出来，我们就可以逐一询问，查出到底是谁提到这件事的。”

阿玛狄洛说：“主席先生，我希望您能考虑到，如果真这样做，会对研究院的士气造成多大的打击。”

主席说：“我希望你也考虑一下，阿玛狄洛博士，然后针对我们问你的问题，提出一个比较好的答案，以免我们被迫使用极端手段。”

“等一等，主席先生，”贝莱以极尽逢迎的口吻说，“还有一个问题。”

“什么？还有问题？”主席不以为然地望着贝莱，“什么问题？”

“阿玛狄洛博士为何极力避免承认自己知道詹德和嘉蒂雅的关系？他说过那是件不相干的事。既然如此，他何不干脆承认自己的确知道，以便结束这个议题？我要说，此事绝对有关，而阿玛狄洛博士心知肚明，一旦他承认了，我就会用这点来证明他的罪行。”

阿玛狄洛怒吼道：“我无法接受这种说法，我要求郑重道歉！”

法斯陀夫淡淡一笑。贝莱则紧紧抿起嘴，一脸严肃的表情，他已经将阿玛狄洛逼到了墙角。

主席涨红了脸——像是随时会脑溢血——万分激动地说：“你要求？你要求？你向谁要求？我才是主席。我负责听取各方陈述，然后作出决定，建议一个最佳的解决方案。我要听听这个地球人如何分析你的行为。如果他诽谤你，一定会受到惩罚，这点你大可放心；而且我会对诽谤罪采取最广义的解释，这点你同样大可放心。可是你，阿玛狄洛，千万别对我提出要求。继续吧，地球人，你要说什么尽管说，但字字句句都要格外谨慎小心。”

贝莱说：“谢谢您，主席先生。事实上，嘉蒂雅的确把她和詹德的秘密关系告诉了一个奥罗拉人。”

主席打岔道：“啊，那人是谁？可别在我面前玩超波剧的把戏。”

贝莱说：“我只想直截了当提出一个陈述，绝对没有其他意图，主席先生。我所谓的奥罗拉人，当然就是詹德自己。他虽然是机器人，但他也是奥罗拉居民，因此或许可被视为奥罗拉人。嘉蒂雅一定曾在激情之际，当面称呼他‘我的丈夫’。既然阿玛狄洛博士承认，关于詹德和嘉蒂雅的夫妻关系，他或许是从他人口中获悉的，那么我们能否假设正是詹德告诉他的呢？阿玛狄洛博士是否愿意立刻作个正式声明，在詹德进驻嘉蒂雅宅邸这段时期，他从来没有和詹德说过一句话？”

阿玛狄洛两度张嘴像是要说话，却两次都没有发出任何声音。

“好啦，”主席说，“在此期间，你到底有没有和詹德说过话，阿玛狄洛博士？”

仍旧没有回答。

贝莱轻声说：“答案若是肯定的，就和目前的议题百分之百有关了。”

“我开始看出这是必然的了，贝莱先生。好啦，阿玛狄洛博士，再问一次——有还是没有？”

阿玛狄洛冲口而出：“这地球人到底掌握了什么对我不利的证据？他手里有我和詹德的任何谈话录音吗？他找到任何目击我和詹德碰面的证人吗？除了那些自说自话的陈述，他到底还掌握了什么？”

主席转头望向贝莱，贝莱回应道：“主席先生，如果我毫无证据，阿玛狄洛博士应该赶紧否认他和詹德作过任何接触，以便留下正式记录——但他并未这样做。事实上，我在调查过程中，曾经询问过法斯陀夫博士的女儿瓦西莉娅·茉露博士，此外还询问过一位名叫山提瑞克斯·格里迈尼斯的奥罗拉青年。在这两段访谈录音里，很容易听出瓦西莉娅博士曾经鼓励格里迈尼斯去追求嘉蒂雅。您大可问问瓦西莉娅博士这么做到底有何目的，以及是不是阿玛狄洛博士建议她这么做的。而且看起来，格里迈尼斯经常性地和嘉蒂雅一起散步出游，两人都很喜欢这个活动，但詹德从未和他们同行。您若觉得需要，主席先生，不妨调查一下。”

主席淡淡地说：“我会考虑，但若一切如你所说，又意味着什么呢？”

贝莱说：“我曾经强调，除了法斯陀夫博士自己，就只有丹尼尔能够提供人形机器人的秘密。但在詹德死前，当然可以利用同样的手法，从詹德身上套取这些秘密。丹尼尔住在法斯陀夫博士的宅邸，相较之下接触不易，詹德则是常住嘉蒂雅的宅邸，而她对于机器人的保护措施，不会做得像法斯陀夫博士那样严密。

“有没有可能，阿玛狄洛博士利用嘉蒂雅不在宅邸的机会，也就是当她和格里迈尼斯定期出游的时候，试图和詹德交谈——或许是利用三维显像——以便研究他的反应，甚至对他进行各种测试，最后再抹除詹德的相关记忆，让他无法把这件事告诉嘉蒂雅？很可能他即将找到他想知道的答案——偏偏詹德此时停摆了，令他功败垂成。然后，他的注意力便转移到丹尼尔身上。他觉得也许只剩下几个测试和观察便能成功，所以设下昨晚那个圈套，正如我先前的……的证词所言。”

主席以近乎耳语的音量说：“现在一切都兜拢了，令我几乎不得不相信。”

“我还要指出最后一点，然后我就真的发言完毕了。”贝莱说，“在研究和测试詹德的过程中，阿玛狄洛博士当然有可能一不小心——但并非蓄意——把詹德弄坏了，因而犯下了这桩机杀案。”

阿玛狄洛疯狂地咆哮：“不！绝对没有！我对那机器人做的事情，绝无可能导致他停摆！”

法斯陀夫插嘴道：“这点我同意，主席先生，我也认为并非阿玛狄洛博士令詹德停摆。然而，主席先生，阿玛狄洛博士刚才所作的陈述，似乎间接承认了他曾经研究过詹德——因此贝莱先生的分析原则上完全正确。”

主席点了点头。“我不得不同意你，法斯陀夫博士——阿玛狄洛博士，你可以坚持正式否认这一切，那就会迫使我展开一次全面性调查，无论结果如何，都会对你造成极大的伤害——根据目前的态势，我相当担心调查的结果将对你极为不利。我建议你别逼我这么做——以免损及你自己在立法局的地位，或许还会伤害到奥罗拉一向稳定的政局。

“依我看，当詹德一案尚未发生之际，在银河殖民这个议题上，法斯陀夫博士的观点在立法局占了多数——但显然并非绝大多数。而你凭借宣扬法斯陀夫博士应对詹德的停摆负责，争取到不少议员转投你的阵营，因而从少数变成了多数。可是现在，如果法斯陀夫博士愿意，他可以指控你非但是终结詹德的元凶，事后还故意诬陷你的对手，而将局势翻转过来——一定会让你输得很惨。

“如果我不出手干预，那么你，阿玛狄洛博士，以及你，法斯陀夫博士，或许会由于倔强顽固，甚至是由于愤恨难消，而动员双方的人马，用各种罪名互相指控。我们的政界和舆论界也会注定分成两个阵营——甚至四分五裂——给我们带来无穷的伤害。

“我相信，在那种情况下，虽然法斯陀夫一定会获胜，但大家都将付出极大的代价。为了奥罗拉着想，身为主席的我有责任从一开始就替他拉票，并对你和你的同党施压，要求你们以最佳的风度接受法斯陀夫的胜利，而且要立刻表态，阿玛狄洛博士。”

法斯陀夫说：“我无意获得压倒性的胜利，主席先生。我再次提出我的妥协方案，让奥罗拉和地球，以及其他太空族世界，一律拥有开拓银河的自由。而我乐意加入机器人学研究院，把我对人形机器人的知识毫无保留地贡献出来，协助阿玛狄洛博士实现他的计划，用以换取他郑重承诺，从今以后，再也不会兴起任何报复地球的念头，并将这个承诺写成书面协定，由我们和地球代表共同签字。”

主席点了点头。“这是个既明智又有政治家风范的建议。我能请你也接受吗，阿玛狄洛博士？”

阿玛狄洛终于坐了下来，表情活像一只斗败的公鸡。他说：“我从未争取个人的权势或个人的胜利。我想要推动的，是我认为对奥罗拉最有利的方案，而我坚决相信，法斯陀夫博士这个计划意味着奥罗拉迟早自取灭亡。然而我了解到，这个地球人的作为，令我现在毫无反击之力——”他以恶毒的目光很快瞥了贝莱一眼，“我被迫接受法斯陀夫博士的建议——但我提出一个要求，请允许我在立法局针对这个议题正式发言，公开宣示我对这些后果的恐惧，以便留下历史记录。”

“当然，我们会准许的。”主席说，“而你如果愿意听我的忠告，法斯陀夫博士，请尽快让这个地球人离开我们的世界。他已经替你打赢这一仗，让你的观点获胜，但如果奥罗拉人有充分的时间觉悟到这是地球人打赢奥罗拉人，你的观点恐怕就不会太受欢迎了。”

“您说得很对，主席先生，贝莱先生会在接受我的道谢——我相信还有您的道谢之后，很快就离开的。”

“嗯，”主席的态度并不算十分大方，“既然他凭借智慧和勇气，替我们免去一场政治上的腥风血雨，我愿意向他道谢——谢谢你，贝莱先生。”

第十九章
贝莱之二

80

贝莱站在远处，目送着阿玛狄洛和主席离去。虽然他们一同前来，回程则是各走各的。

法斯陀夫送完他们两人，回到了贝莱身边，丝毫不想掩饰如释重负的神情。

“来吧，贝莱先生，”他说，“请你和我共进午餐，饭后，我会尽快安排将你送回地球。”

他的机器人显然都知道主人的心意，已经开始张罗了。

贝莱点了点头，语带嘲讽地说：“主席勉强向我道了谢，但那声谢谢像是鲠在他的喉咙。”

法斯陀夫说：“你不明白这是多么大的荣耀。主席几乎不会感谢任何人，反之也不会有人感谢他。主席的丰功伟绩，通常都是留给历史来歌颂。这位主席已经在位超过四十年，个性越来越古怪，也越来越爱发脾气，这是主席在位数十年之后的通病。

“然而，贝莱先生，我要再说一声谢谢你，而奥罗拉也会通过我向你道谢。虽然你寿命不长，但一定能活着见到地球人前往太空，而我们会提供科技上的协助。

“我实在想不通，贝莱先生，你如何能在两天半——还不到——的时间内，就解开了我们这个死结。你真是个传奇人物。算了，来，你该想要洗把脸吧，我自己就很想。”

从主席抵达开始算起，直到此时此刻，贝莱才有时间想到除了“下句话该说什么”之外的事情。

那接二连三乍现的灵光——第一次是在入睡前，其次是即将昏迷之际，第三次则是在性爱后的松弛状态下——他依旧不知道意义究竟何在。

“他首先赶到！”

这句话他至今莫名其妙，但即使并未将它参透，他还是让主席接受了他的观点，并因此大获全胜。所以说，如果根本派不上用场，或是似乎不需要，它到底还有没有任何意义呢？或者只是一句呓语罢了？

由于心里还有这个疙瘩，在出席这顿庆功午餐时，他并没有那种胜利的感觉。不知怎么回事，他就是觉得自己疏忽了什么。

比方说，主席会贯彻自己的决定吗？阿玛狄洛虽然输了这一仗，但他似乎是那种在任何情况下都不会放弃的人。姑且相信他说的都是真话，亦即驱动他的力量并非个人荣辱，而是他对奥罗拉的一片赤诚——果真如此的话，他就不可能放弃。

贝莱觉得有必要警告法斯陀夫。

“法斯陀夫博士，”他说，“我认为事情还没完，阿玛狄洛博士会继续设法排挤地球。”

当机器人端菜上桌之际，法斯陀夫刚好点了点头。“我知道他会，也等着他这么做。然而，只要詹德这个案子平息下来，我就再也没有什么好怕的了。此事一了，我确定自己永远能在立法局里制住他。别担心，贝莱先生，地球会很顺利的。你自己也别怕阿玛狄洛找你报仇，在日落之前，你就会离开这个世界，直奔地球而去——当然，丹尼尔会一路护送你。此外，我们随船送出的那份公文，一定会让你好好再升一次官。”

“我也很想赶紧回去，”贝莱说，“但我希望有时间一一道别。我想要——再去看看嘉蒂雅，还想当面向吉斯卡说再见，他昨晚等于是救了我一命。”

“绝无问题，贝莱先生。但请先吃完饭，好不好？”

贝莱开始把食物放入口中，吃起来却索然无味。正如刚才那场唇枪舌战，以及随之而来的所谓胜利，这顿饭同样是味同嚼蜡。

他其实不该赢的。主席应该半途制止他发言，而阿玛狄洛若觉得有必要，也该断然否认这一切。针对一个地球人的言词——或说推理——这样的否认应该会被接受。

但法斯陀夫却显得欢天喜地，他说：“我早已做好最坏的心理准备，贝莱先生。我本来还担心见主席的时机尚未成熟，你来不及提出什么扭转局势的说词。但你应付得很好，听你讲着讲着，我就不禁佩服起来。不过我始终提心吊胆，因为阿玛狄洛随时可能要求和你这个地球人对质，毕竟，你是在一个陌生的世界上，又经常出入户外，导致你的心智始终处于半错乱状态……”

贝莱冷冷地说：“恕我直言，法斯陀夫博士，我并非始终处于半错乱的状态。昨晚是个例外，那是我唯一失控的一次。打从我来到奥罗拉之后，或许常常感到不舒服，但我的心智总是处于最佳状态。”刚才面对主席，他费尽心力压抑的满腔怒火，这时总算有了宣泄的管道。“只有在暴风雨中例外，博士——当然，还有——”他陷入回忆，“当太空船快抵达时，有过那么一下子……”

他并未意识到这个想法——或说这段记忆、这个解释——是如何冒出来的，以及速度到底多快。前一刻它还并不存在，下一刻已经在他心中完整成形，仿佛它始终藏在那里，只需要戳破一个肥皂泡，便能令它无所遁形。

“耶和华啊！”他悄悄惊叹一声。然后，他挥拳捶向饭桌，震得餐盘嘎嘎作响。“耶和华啊！”

“怎么回事，贝莱先生？”法斯陀夫吃惊地问。

贝莱茫然地望着他，过了好一会儿才听到那个问题。“没什么，法斯陀夫博士。我只是在想阿玛狄洛博士真是可恶透顶，他先弄坏詹德，然后巧妙地嫁祸于你，昨晚他又害我在暴风雨中陷入疯狂，然后利用这件事来质疑我的说词。我只是——突然间——怒火中烧。”

“嗯，不必生这个气，贝莱先生。事实上，詹德不太可能是被阿玛狄洛弄停摆的，我仍然认为那纯粹是偶发事件——老实说，阿玛狄洛所进行的研究，确有可能增加这种事的发生几率，但我不想再追究这一点。”

贝莱并未专心聆听这段陈述。他刚刚回答法斯陀夫的话纯属虚构，因此法斯陀夫如何回应并不重要，或说并不相干（正如主席常用的说法）。事实上，今天所发生的一切——贝莱所作的一切解释——都是不相干的。可是，他却不必作任何更正。

只有一个例外——但要等一下。

耶和华啊！他在心中默默叹了一声，然后，他将注意力转移到午餐上，开始津津有味地大快朵颐起来。

81

贝莱再度跨越法斯陀夫家和嘉蒂雅家之间的草坪。这将是三天以来，他第四次和嘉蒂雅碰面——而（他的心脏似乎扭成了一个死结）这也是最后一次了。

吉斯卡负责护送他，不过这次离他比较远，而且对周遭的环境格外留意。其实，如今主席充分掌握了事实真相，已经没有必要再为贝莱的安危操心了——如果真要操心，照理说丹尼尔反倒比较危险。想必在这件事情上，吉斯卡尚未收到更新的指令。

他唯一一次主动贴近贝莱，是因为后者问了他一个问题："吉斯卡，丹尼尔呢？"

吉斯卡迅速来到贝莱身旁，仿佛绝对不愿意提高音量来说话。"先生，丹尼尔正带着几个同伴一同赶往太空航站，替你安排返回地球的行程。等你到了太空航站，他会尽快和你会合，还会和你一起上船，直到抵达地球，才会和你道别。"

"真是好消息，和丹尼尔相处的每一天我都很珍惜。那你呢，吉斯卡？你会和我们一起去吗？"

"不，先生，我奉命留在奥罗拉。然而，即使没有我，丹尼尔一个人也能把你伺候得很好。"

"这点我肯定，吉斯卡，但我会想念你。"

"谢谢你，先生。"说完，吉斯卡便以同样的速度退到了远处。贝莱望着他的背影，思索了一两秒钟——不，凡事都有先后顺序，他得先去见嘉蒂雅。

82

她走上前迎接他——在这两天之间，出现了多么大的改变啊。她并不算欢欣，也并没有雀跃，甚至并未显得精神愉快，她仍旧和每位遭逢巨变、备受打击的人一样，脸上一副严肃的神情——不过那股忧虑已经消失无踪。现在的她散发出一种平静，仿佛她已逐渐明白日子终将过下去，甚至偶尔还会伴随着欢笑。

她一面向他走去，一面伸出手来，并挤出一个热情而友善的笑容。

“喔，握住吧，握住吧，以利亚。”见他显得犹豫，她立刻这么说，“经过昨夜之后，如果你还退缩，还假装不想碰我，那就太可笑了。你瞧，我都还记得，而我并不后悔，事实上刚好相反。”

贝莱采取了（对他自己而言）非比寻常的回应方式，对她微微一笑。“我也记得，嘉蒂雅，而我同样不后悔。我甚至还想再做一次，不过，我是来跟你说再见的。”

一股阴霾掠过她的脸庞。“所以说，你要回地球去了。可是，从我们两家之间永不间断的机器人联线，我接到的报告是一切顺利，你不可能失败了。”

“我并没有失败，事实上，法斯陀夫博士他大获全胜。我相信从今以后，再也不会有人说他和詹德之死有任何牵连了。”

“因为你的发言吗，以利亚？”

“我想是的。”

“我就知道。”她带着些许自满的口气说，“当我建议他们请你来办案时，我就知道你会成功——可是，他们为什么要把你送回去呢？”

“正是因为案子破了。如果我再不走，显然会成为这个政治实体的过敏原。”

她狐疑地望着他一会儿，然后说：“我不确定你是什么意思，听起来像是地球的用语。不过别管了，你是否找出了杀害詹德的凶手？那才是重点。”

贝莱环顾四周。吉斯卡正站在壁凹里，此外，另一个壁凹内还站着一个嘉蒂雅的机器人。

嘉蒂雅毫无困难地看懂了他的肢体语言，她说：“好啦，以利亚，你得学着别再顾忌这些机器人。比方说，你不会因为屋里有这些椅子，或这些窗帘，而有所顾忌吧？”

贝莱点了点头。“嗯，好吧，嘉蒂雅，我很抱歉——万分抱歉——但我不得不把詹德是你的丈夫这个事实告诉他们。”

见她瞪大眼睛，他赶紧说下去：“我不得不这么做，这对破案起着关键的作用。但我向你保证，你在奥罗拉的处境不会因此受到影响。”他以尽可能简短的方式，把事情的经过摘要说明一番，然后做出结论，“所以你看，根本没有凶手。詹德之所以停摆，是正子径路中的随机变化所导致的结果，只不过发生在他身上的事，有可能增加这种随机变化的几率。”

“而我一直不知道，”她呜咽着说，“一直不知道。在阿玛狄洛这个恶毒的阴谋中，我等于做了帮凶——他无论如何要负责，他这么做无异于故意用大铁锤把詹德砸得粉碎。”

“嘉蒂雅，”贝莱真诚地说，“这么讲有欠公平。他并没有蓄意伤害詹德，而在他看来，他的所作所为都是为了奥罗拉着想。事实上，他已受到惩罚了。他自己一败涂地，相关计划也摇摇欲坠，而机器人学研究院则会进入法斯陀夫博士的势力范围。你自己即使绞尽脑汁，也想不出更合适的惩罚吧。”

她说："这点我会想想——可是我该拿山提瑞克斯·格里迈尼斯怎么办？这个年轻英俊的小共犯，专门负责把我引出去，怪不得虽然我一再拒绝，他却一副有志竟成的模样。嗯，他还会来的，我会让他好好……”

贝莱猛力摇了摇头。“嘉蒂雅，别这样。我曾经侦讯过他，而我向你保证，他根本不知道这是怎么回事。他和你一样，完全被蒙在鼓里。事实上，你本末倒置了。他并非因为要把你引开，才百折不挠地追求你，而是因为他百折不挠，阿玛狄洛才认定了他有利用价值。而他之所以不屈不挠，是因为他关心你——如果‘爱’这个字的意思在奥罗拉和在地球上一样，那就是因为他爱你。”

“在奥罗拉，爱和跳舞没有差别。詹德是机器人，而你是地球人，你俩都和奥罗拉人并不一样。”

“这点你已经解释过了。可是嘉蒂雅，你从詹德那儿学到了接受，又从我这儿学到了付出——虽然并非我刻意教你。如果你自认为学到的都是好东西，难道没有责任把它再传授给别人吗？格里迈尼斯对你足够迷恋，一定会愿意学的。他面对你的拒绝却不屈不挠，这已经是打破了奥罗拉的传统，今后他一定还会打破更多。你可以教他怎样付出和怎样接受，而在他的帮助下，你可以进一步学习如何同时或轮流付出和接受。”

嘉蒂雅凝视着贝莱的双眼，像是想看透他的心思。“以利亚，你想要摆脱我吗？”

贝莱慢慢点了点头。“是的，嘉蒂雅，我的确这么想。此时此刻，我最关心的就是你的幸福快乐，它超过了我为自己或为地球所作的任何打算。我无法给你幸福，也不能让你快乐，但如果格里迈尼斯能做到这两点，我也会感到快乐——感觉上，几乎就像是我自己做到了一样。

“嘉蒂雅，只要你肯教他如何打破那种制式的舞步，他的投入程度将会令你感到惊讶。然后这件事会慢慢传开，其他人也会纷纷拜倒在你的裙下——而格里迈尼斯或许也能开始教导其他女子。嘉蒂雅，也许你在有生之年，就会在奥罗拉掀起一场性爱革命，你有三个世纪的时间来做这件事。”

嘉蒂雅盯着他，突然哈哈大笑起来。“你在哄着我玩，你在故意装疯卖傻。我从没想到你会这样，以利亚。你看起来总是那么郁郁寡欢，那么严肃。耶和华啊！”（她试着模仿他那忧郁的男中音，说出这句口头禅。）

贝莱说：“或许我有点哄你，但我是真心的。答应我，你会给格里迈尼斯一个机会。”

她来到他近前，他毫不犹豫地伸手搂住她。她将食指放到他的嘴唇上，他立刻做了一个亲吻的动作。她轻柔地说：“难道你自己不想要我吗，以利亚？”

他（无法对两个机器人视而不见）以同样轻柔的声音说：“不，嘉蒂雅，我很想。我必须厚着脸皮说，如果能拥有你，此时此刻就算地球粉碎了我也不在乎——可是我做不到。几小时后，我就会离开奥罗拉，但你绝对无法获准和我同行。而今后，我想我再也不能重返奥罗拉，而你也不可能有机会造访地球。

“我永远不会再见到你，嘉蒂雅，但也永远不会忘记你。几十年后，我就会死去，而那个时候，你将仍旧像现在一样年轻。所以不论我们会有任何可能的发展，都会很快就得说再见了。”

她将头倚在他的胸膛。“喔，以利亚，你两度闯入我的生命，每回都只有短短几小时。你每次都对我做了那么多，但随即又告辞离去。头一次，我唯一能做的只是碰碰你的脸，但那个小小的动作，却带来那么大的改变。第二次，我做的多得多——带来了更为天翻地覆的改变。无论我活多少世纪，以利亚，我将永远记得你。”

贝莱说：“那么，千万别让这段回忆阻断了你的幸福。接受格里迈尼斯，把幸福带给他——也让他把幸福带给你。还有，别忘了，没有任何力量能阻止你写信给我，奥罗拉和地球之间的超波邮件始终通畅。”

“我会的，以利亚，你也会写信给我吗？”

“我会的，嘉蒂雅。”

接下来是一阵沉默，然后两人便依依不舍地分开了。当他走到门口，回过头来时，她仍站在房间的正中央，而且依然带着浅浅的笑容。他做了一个“再见”的嘴形，然后，因为不必发出声音——否则他绝对做不到——他又补上“亲爱的”三个字。

而她也掀动嘴唇：再见了，我最亲爱的。

然后他便转身走了出去，心中再明白不过，今后永远不可能见到她的真身，也永远不可能再碰触到她了。

83

过了好一阵子，以利亚才能重新思考尚未完成的工作。在此之前，他已默默走了一大段路，直到大约来到两座宅邸中间，他才停下脚步，举起手来。

观察入微的吉斯卡随即来到他身边。

贝莱问："我何时一定得动身前往太空航站，吉斯卡？"

"三小时又十分钟之后，先生。"

贝莱考虑了一下。"我想要走到那棵大树旁，靠着树干坐下，独自一人待一会儿。当然要你陪着我，但我想暂时远离其他人类。"

"在户外吗，先生？"这机器人的声音无法表达惊讶与震撼，但贝莱就是有一种感觉，吉斯卡若是人类，这句话便会传达出那两种情绪。

"没错，"贝莱说，"我需要想些事情，而经过昨晚之后，今天一切显得这么平静——阳光普照、万里无云、气候宜人——似乎不会有什么危险。我向你保证，万一空旷恐惧症发作，我会立刻回到室内。所以，你会陪我吗？"

"会的，先生。"

"很好。"贝莱走在前面带路。等到两人走到大树旁，贝莱谨慎地摸了摸树干，然后仔细盯着自己的手指，发觉指尖仍旧十分干净。在确定了贴近树干不会把自己弄脏之后，他又检视了一下草地，这才小心翼翼地坐下来，并将上身靠向树干。

虽然比不上靠着椅背来得舒服，可是（说也奇怪）他心中却有一种安详的感觉，那或许是置身室内永远感觉不到的。

吉斯卡仍旧站着，贝莱问："你不坐下吗？"

"我站着和坐着一样舒服，先生。"

"我知道，吉斯卡，但如果不必抬头望着你，我的思路会更顺畅。"

"如果我坐下来，就无法那么有效地监视各种风吹草动，先生。"

"这我也知道，吉斯卡，但此时此刻，照理说不会再有什么危险了。案子已经侦破，我的任务结束，法斯陀夫博士的地位也巩固了。你可以放心大胆地坐下来，而我也命令你这么做。"

吉斯卡立刻坐下，面对着贝莱，但他继续眼观四路耳听八方，维持着警戒状态。

贝莱抬起头，透过浓密的树叶望向天空，见到了一片蓝绿交织的景象。他还竖起耳朵，倾听着虫鸣鸟叫，并注意到附近草丛有点骚动，想必刚好有个小动物经过。他不禁想到，这是多么奇妙的一种安详，而这种安详和大城的喧嚣多么不同啊。这是一种宁静的安详、从容的安详、远离尘世的安详。

有生以来头一遭，贝莱隐约领悟到了户外究竟比大城好在哪里。他由衷感谢这次在奥罗拉的诸多经历，尤其是那场暴风雨——因为现在他知道了自己的确能够离开地球，移居到一个新世界，并面对其上任何可能的环境——当然是和班一起，或许还有洁西。

他说："昨天晚上，我在漆黑的风雨中突然想到，如果没有云层遮掩，不知能否看到奥罗拉的卫星。如果我没记错，书上说奥罗拉有一颗卫星。”

“其实有两颗，先生。大的那颗叫作提托诺斯，不过它还是很小，看起来只像一颗中等亮度的星星。小的那颗肉眼根本看不到，所以没有名字，我们提到它的时候，就称之为提托诺斯二号。”

“谢谢你——还有，吉斯卡，谢谢你昨晚救了我。”他望着那机器人，“我不知道该怎么谢你才对。”

“完全没有必要谢我，我只是在遵从第一法则。在这种事情上，我没有选择余地。”

“话虽如此，你仍然等于是我的救命恩人，我认为有必要让你了解这一点——而现在，吉斯卡，我该怎么做呢？”

“你是指什么事，先生？”

“我的任务结束了，法斯陀夫博士的观点已经巩固，地球的前途也已经确保。看起来我似乎没什么好做的了，可是詹德的案子还悬着呢。”

“我不了解你的意思，先生。”

“嗯，他的死因似乎已经公认是脑部正子电位的随机漂移，可是法斯陀夫也承认，那样的几率几乎是无限小。就算阿玛狄洛的行动可能有推波助澜的作用，那个几率在提高后，还是跟无限小差不多。至少，法斯陀夫是这么说的。所以，我仍然在怀疑詹德是死于蓄意谋杀，但我不敢提出质疑了。一切皆已尘埃落定，我不想再颠覆这个令人满意的结局。我不希望再把法斯陀夫置于险境，不希望再让嘉蒂雅痛苦难过。我不知道该怎么做，也不能和任何人讨论这个问题，所以我只好跟你说，吉斯卡。”

“好的，先生。”

“我随时能命令你把听到的全部洗掉，把这一切都忘记。”

“是的，先生。”

“依你看，我该怎么做？”

吉斯卡说：“如果这是一桩机杀案，先生，那就一定有作案的凶手。目前只有法斯陀夫博士有这个能力，但他说并非他下的手。”

“对，当初我们就是从这里出发的。我信任法斯陀夫博士，相当确定他并不是凶手。”

“那么，这又怎么可能是机杀案呢，先生？”

“如果还有一个人，对机器人的了解和法斯陀夫博士不相上下，那就有可能了，吉斯卡。”

贝莱屈起双腿，两手紧紧抱住膝盖。他并未望向吉斯卡，而是似乎陷入了沉思。

“那会是谁呢，先生？”吉斯卡问。

贝莱终于推演到了关键点。

他说：“就是你，吉斯卡。”

84

假如吉斯卡是人类，他的反应很可能会是目瞪口呆、震惊不已；但也可能会是勃然大怒，或是吓得缩成一团，或是其他十来种可能的反应。但因为他是机器人，他并未显露任何情绪，只是回应道：“你为何这么讲，先生？”

贝莱说：“我相当确定，吉斯卡，你完全明白我是如何得出这个结论的，但我要你帮个忙，请允许我在这个宁静的地点，在必须动身前的这个空当，为我自己从头到尾解释一遍。我想听听自己的分析，如果我哪里说错了，我希望你立刻纠正。”

“绝无问题，先生。”

“我猜我犯的第一个错误，就是假设你不如丹尼尔那么先进、那么复杂，因为你看起来不那么像真人。身为人类的我们，总是假设机器人越是像真人，他就会越先进、越复杂，而且越有智慧。没错，像你这样的机器人确实不难设计，而丹尼尔就只有法斯陀夫那种机器人学天才造得出来，对于其他人，例如阿玛狄洛而言，要造出丹尼尔那样的机器人则是难上加难。然而在我看来，丹尼尔的设计困难主要在于模仿人类的各个层面，例如脸部的表情、声音的抑扬顿挫、各式各样的姿势和动作等等，这些模仿虽然细致繁复至极，可是和心智的复杂度并非真正有关，我猜得对吗？”

“相当正确，先生。”

“因此我和其他人一样，自然而然低估了你。但在我们抵达奥罗拉之前，你自己便泄了底。或许你还记得，在降落过程中，我的空旷恐惧症突然发作，有那么一下子，我比昨晚在暴风雨中更加无助。”

“我记得，先生。”

“当时，丹尼尔在我的舱房里，而你却在门外。我陷入了一种僵呆的状态，发不出声音来，而他也许并未望向我这边，所以完全不知道发生了什么事。你原本在舱房外，但你赶紧冲了进来，关掉了我手中的控制器。你比丹尼尔更早赶到我身边，虽说丹尼尔的反射动作和你一样迅速，这点我很肯定——当初法斯陀夫博士冷不防攻击我，就是他及时出手制止的。”

“法斯陀夫博士绝对不可能攻击你。”

“没错，他只是要对我示范丹尼尔的反射动作——但言归正传，如我所说，那天在舱房里，你却首先赶到我身边。以当时的情况，我几乎无法注意到这件事，但我在这方面训练有素，而且空旷恐惧症并未令我完全失去行动能力，这点我昨晚又证明了一次。我的确注意到了是你首先赶到的，但我很快就忘掉了。当然，这只有一个合理的解释。”

贝莱顿了顿，仿佛在等待吉斯卡表示同意，但这机器人什么也没说。

（多年后，每当贝莱想到这趟奥罗拉之旅，最先浮现脑海的并非暴风雨，甚至不是嘉蒂雅，而是目前这个画面——他平静地坐在树下，头上是衬着蓝天的绿叶，周遭是和煦的微风以及动物的低鸣，而吉斯卡坐在他对面，双眼微微发出红光。）

贝莱说：“即使有舱门阻隔，你似乎仍有办法侦测到我的心灵状态，知道我出了状况。或者简单地说，你拥有读心术，但这么说或许过分简化了。”

“是的，我有，先生。”吉斯卡平静地答道。

“而且，你还有办法影响他人的心灵。我相信你早已注意到我发现了这件事，所以你遮蔽了我心中这段记忆，硬是让我记不起来，即使我不经意地想到，也看不出背后的意义。但你并非做得天衣无缝，这或许是因为你的能力有限……”

吉斯卡说：“先生，第一法则至高无上。虽然明知会露出马脚，我还是一定要去救你。而为了避免伤害你的心灵，我只能施行最低限度的遮蔽。”

贝莱点了点头。“我懂了，你有你的难处。最低限度的遮蔽——所以当我的心灵足够放松，可以进行自由联想之际，便会记起这件事。昨晚在风雨中，我在失去意识的前一刻，已经想到你会首先找到我，正如当初在太空船上一样。你或许能借着红外辐射发现我的位置，但所有的飞禽走兽也都会射出红外线，很有可能造成混淆——可是你还能侦测心灵活动，不论我是否不省人事，而这就有助于顺利将我找到。”

“的确有帮助。”吉斯卡说。

“虽然我在即将睡着或昏迷之前，能够记起这件事，到了完全清醒时，我又会忘得一干二净。然而，昨天夜里，当我第三次想起来的时候，身旁还有一个人。嘉蒂雅跟我在一起，而她记得我说了什么，我说的是，‘他首先赶到’。即便如此，我还是想不起这句话的意思，直到法斯陀夫博士随口的一句话，才帮助我冲出了你设下的障碍。一旦开了窍，我很快便想起其他的事情。比方说，当初我怀疑太空船是否真的前往奥罗拉，在我开口发问之前，你就向我保证，目的地确实是奥罗拉——不过我猜，你不让任何人知道你有读心的能力。”

“正是这样，先生。”

“为什么呢？”

“这种读心的能力，先生，让我能以独一无二的方式诠释第一法则，所以我分外珍惜。我能以超乎寻常的效率防范人类受到伤害。然而在我看来，无论法斯陀夫博士——或其他任何人——对于一个会读心的机器人，都不可能容忍太久，所以我对这件事坚决保密。法斯陀夫博士常爱讲述苏珊·凯文摧毁读心机器人的传说，在这件事情上，我不希望他成为第二个苏珊·凯文。”

“对，他也跟我提过这则传说。我猜，他在潜意识里早已知道你有读心的能力，否则不会一再转述这个故事。而我认为，他这么做等于对你构成威胁。例如我当然是因此而注意到这件事的。”

“在不过度干扰博士心灵的前提下，我已尽可能消除这个威胁。因此，法斯陀夫博士在讲这个故事的时候，总不忘强调它只是个传说，实际上不可能发生。”

“对，这点我也记得。但是，既然法斯陀夫不知道你有读心术，在你的原始设计中，一定没有这种能力。所以说，你是怎么得到的？——不，别告诉我，吉斯卡，让我猜一猜。瓦西莉娅小姐，当她还是小女孩、刚对机器人学感兴趣的时候，特别喜欢跟你在一起。她跟我说过，在法斯陀夫的远距监督下，她曾试着改写你的程序。有没有可能，某一回，她无意间所做的一件事，赋予了你这种能力？这么说正确吗？”

“完全正确，先生。”

“你知不知道她到底做了什么？”

“知道，先生。”

“目前为止，你是唯一会读心的机器人吗？”

“目前为止是的，先生，将来就不止我一个了。”

“如果我问你，瓦西莉娅博士到底对你做了什么，才让你有了这种能力——或者法斯陀夫博士这么问——你会基于第二法则而回答我们吗？”

“不会的，先生，因为根据我的判断，真相会对你们造成伤害，所以第一法则会优先发挥作用，阻止我回答这个问题。然而，其实并不会有人问我，因为我会预先知道某人想要发问和下令，而我会赶在他这么做之前，从他心中移除这个冲动。”

“没错。”贝莱说，“前天傍晚，我们从嘉蒂雅家走回法斯陀夫家的时候，我曾经问丹尼尔，在詹德服侍嘉蒂雅的那些日子里，他和詹德是否有过任何接触，而他直截了当否认了。然后我准备问你同样的问题，结果竟然没问出口。我想，是你消灭了我想发问的冲动吧。”

“是的，先生。”

“因为如果我问了，你就必须回答你和他很熟，但你还不准备让我知道这件事实。”

“是的，先生。”

“可是，在你和詹德接触的这段时间中，你应该知道阿玛狄洛正在测试他，因为据我猜想，你也能读取詹德的心灵，或说侦测他的正子电位……”

“是的，先生，机器人和人类的心智活动都难不倒我。相较之下，机器人更容易了解得多。”

“你并不赞同阿玛狄洛的行为，因为在开拓银河这件事情上，你支持法斯陀夫的主张。”

“是的，先生。”

“那你为何不阻止阿玛狄洛？为何不从他心中移除测试詹德的冲动？”

吉斯卡答道：“先生，我从不轻易干扰他人的心灵。阿玛狄洛的决心是那么根深蒂固，想要将它移除，我必须大费周章——而他的心灵相当先进，也相当重要，我实在不愿意破坏。我让这件事持续了好长一阵子，在此期间，我一直在思考该怎么做才最符合第一法则对我的要求。最后，我终于决定了矫正这个局势的方式，这绝非一个容易的决定。”

“于是你决定，在阿玛狄洛研究出如何设计人形机器人之前，先下手令詹德停摆。你知道该怎么做，因为多年来日积月累，你已经从法斯陀夫的心灵充分了解了法斯陀夫的理论。对不对？”

“一点也没错，先生。”

“所以说，法斯陀夫终究并非唯一能令詹德停摆的专家。”

“就某个层面而言，他仍然是的，先生。我自己的能力只是他的反射——或说他的延伸而已。”

“但是同样厉害。难道你看不出来，这会带给法斯陀夫极大的危险吗？看不出来他理所当然会成为嫌犯吗？你是否打算到了必须救他的时候，就公开你的能力，并承认这件事是你做的？”

吉斯卡说：“我的的确确看出法斯陀夫博士会陷入痛苦的困境，但我并未打算承认自己是元凶。我所打的主意，是利用这个情势把你找来奥罗拉。”

“把我找来这里？这是你的主意？”贝莱觉得自己有点吓呆了。

“是的，先生。如果你允许，我想解释一番。”

贝莱说：“请讲。”

吉斯卡说：“当初，我是从嘉蒂雅小姐和法斯陀夫博士那儿获悉你这个人的，不只从他们口中，同时还从他们心里。我也因而了解到地球的处境。显然，地球人的生活被围墙所包围，他们难以破墙而出。可是我看得很清楚，奥罗拉人同样活在围墙里面。

“奥罗拉人的围墙是由机器人组成的，这堵墙替他们挡住了人生所有的风浪，而根据阿玛狄洛的计划，将由机器人打造更多拥有围墙的社会，以免奥罗拉人亲自开拓新世界。此外奥罗拉人还有另一堵围墙，那就是他们的倍增寿命，他们因而过度重视个人主义，不想与他人分享科学资源。他们也因此不愿陷入纷纷扰扰的争议，总是在问题尚未公开之前，便请出他们的主席，由他负责排难解纷，并决定一个解决方案。他们懒得绞尽脑汁找出最佳的解答，只想闭上嘴巴捡现成的便宜。

“地球人的围墙既粗陋又具体，因此显而易见——而且总是有人渴望逃出去。奥罗拉人的围墙却是无质无形，甚至谁也看不出来，因而从未有人兴起逃脱的念头。所以我觉得，必须由地球人——而非奥罗拉人或其他太空族——负责开拓银河，并建立起银河帝国的前身。

“这些都是法斯陀夫博士所作的推论，而我完全同意。法斯陀夫博士作出这些推论就心满意足了，然而，我的能力却不允许我这么容易满足。我至少也得直接研究一个地球人的心灵，以便检验我自己悟出来的结论，而你，就是我自认有把握请到奥罗拉的那个地球人。詹德的停摆可以说是一举两得，不但阻止了阿玛狄洛的野心，还提供了邀请你来的借口。我先轻轻地推了嘉蒂雅小姐一把，让她向法斯陀夫博士推荐你；接着，我同样轻轻地推了博士一把，让他向主席推荐你；最后我又轻轻推了主席一把，让他同意这件事。而你来到之后，我立刻开始研究你，得到的成果令我很高兴。”

吉斯卡闭上了嘴巴，恢复了机器人惯常的漠然神态。

贝莱皱起眉头。“我突然觉得，自己在这里的所作所为，其实一点功劳也没有。你一定在暗中替我铺路，确保我一路找到真相。”

“不，先生，刚好相反。我刻意给你设下重重阻碍——当然是在合理范围内。虽然我曾被迫展现自己的能力，但我绝对不要给你看出来。我设法让你不时会感到灰心和绝望，同时又鼓励你大胆走出户外，以便研究你的反应。而你跨越了一个个障碍，替自己找到了出路，这令我很高兴。

“我发现你渴望回到大城的围墙里，但你也明白必须学着摆脱它。我发现你从太空鸟瞰奥罗拉以及暴露在风雨中都会感到不适，但两者皆未令你思路受阻，也并未令你打消解谜的决心。我还发现你坦然接受自己的缺陷，包括短暂的寿命——而更重要的是，你面对争议绝不回避。”

贝莱说：“你又怎么知道我能代表一般的地球人？”

“我知道你不能。可是从你心里，我获悉了还有像你这样的人，而我们可以拿这些人当作基础。我会全力促成——既然我确定了该走哪条路，我将催生出更多像我这样的机器人——他们也会全力促成这个目标。”

贝莱猛然问道：“你是指，会有很多的读心机器人前往地球？”

“不是，不是，但你有这个警觉却是正确的。那堵机器人围墙已经让奥罗拉和太空族世界注定瘫痪，如果直接引进机器人，地球势必重演这段历史。地球人必须独力开拓整个银河，不能有任何种类的机器人帮助。这意味着将有不计其数的困难、危险和损伤——如果有机器人，通通可以避免——可是人类若能一切自力更生，最后将会得到更美好的成果。或许某一天——很远很远的未来——机器人能再度介入。谁说得准呢？”

贝莱好奇地问：“你能预见未来吗？”

“不能，先生。但在研究人类心灵的过程中，我隐约看出有些法则在规范着人类的行为，正如机器人学三大法则规范机器人的行为那样。或许利用这样的法则，人类总有一天能对未来大致作些预测。相较之下，人类的法则要比机器人的法则复杂得多，我对它的具体内容没有任何概念。它的本质可能是统计性的，所以必须针对广大的群众，才能作出较为明确的预测。它也可能几乎不具约束力，因此除非广大群众对它的运作一无所悉，否则它根本毫无意义。”

“告诉我，吉斯卡，这就是法斯陀夫博士所说的‘心理史学’这门未来科学吗？”

“是的，先生。我把这个想法轻轻植入他心中，好让它有机会生根发芽。既然这个以长寿和机器人为特色的太空族文明即将走到尽头，而新一波的人类扩张即将展开——由短寿命的地球人主导，没有机器人参与——这门学问总有一天会派上用场。

“现在，”吉斯卡站了起来，“先生，我想我们必须回到法斯陀夫博士的宅邸，替你作行前准备了。当然，我们在此所说的一切，不会再转述给任何人。”

“我向你保证，我绝对会守口如瓶。”贝莱说。

“好的。”吉斯卡平心静气地说，“但别担心保密的重担会压在你身上。我会让你记得这一切，但你永远不会想要告诉别人——半个字也不会。”

贝莱扬起眉毛，表示姑且接受，然后说:“不过，吉斯卡，在你将我封口之前，我还要说一件事。可否请你确保嘉蒂雅的生活不会受到干扰；不会因为她是索拉利人，而且曾将机器人当成丈夫，而在这个世界上受到不友善的待遇；还有——还有她终究会接受格里迈尼斯的求爱？”

“我听到了你和嘉蒂雅小姐最后那番谈话，先生，我了解你的意思，所以请放心吧。现在，先生，我能否趁着没有旁人的时候，先向你正式道别？”他以贝莱前所未见酷似人类的姿势伸出右手。

贝莱握住他的手，那五根手指坚硬且冰凉。“再见——吉斯卡好友。”

吉斯卡说:“再见，以利亚好友。请记住，虽然奥罗拉的原意是曙光女神，可是从现在起，地球才是真正的曙光世界。”

读客®

科幻文库

跟着读客读科幻，经典科幻全看遍。

太空歌剧、赛博朋克、奇幻史诗……

中国、美国、英国、俄罗斯、波兰、加拿大、日本、牙买加……

读客汇聚雨果奖、星云奖、轨迹奖获奖作品，

精挑细选顶尖的科幻奇幻经典，

陪伴读者一起探索人类文明的过去、现在和未来，

亿亿万万年，直至宇宙尽头。

读客科幻文库

读客®

阿西莫夫
银河帝国系列

基地系列

银河帝国：基地（Foundation）

银河帝国2：基地与帝国（Foundation and Empire）

银河帝国3：第二基地（Second Foundation）

银河帝国4：基地前奏（Prelude to Foundation）

银河帝国5：迈向基地（Forward the Foundation）

银河帝国6：基地边缘（Foundation's Edge）

银河帝国7：基地与地球（Foundation and Earth）

机器人系列

银河帝国8：我，机器人（I, Robot）

银河帝国9：钢穴（The Caves of Steel）

银河帝国10：裸阳（The Naked Sun）

银河帝国11：曙光中的机器人（The Robots of Dawn）

银河帝国12：机器人与帝国（Robots and Empire）

帝国系列

银河帝国13：繁星若尘（The Stars, Like Dust）

银河帝国14：星空暗流（The Currents of Space）

银河帝国15：苍穹一粟（Pebble in the Sky）

读客科幻文库

跟着读客读科幻，经典科幻全看遍。

ROBOTS AND EMPIRE

银河帝国

⑫ 机器人与帝国

[美]艾萨克·阿西莫夫 著
叶李华 译

江苏凤凰文艺出版社
JIANGSU PHOENIX LITERATURE AND ART PUBLISHING

图书在版编目（CIP）数据

机器人与帝国 /（美）阿西莫夫 (Asimov,I.) 著；叶李华译 . -- 南京：江苏凤凰文艺出版社，2015（2025.9 重印）
（银河帝国 . 机器人五部曲）
书名原文：Robots and Empire
ISBN 978-7-5399-8333-2

Ⅰ . ①机… Ⅱ . ①阿… ②叶… Ⅲ . ①长篇小说－美国－现代 Ⅳ . ① I712.45

中国版本图书馆 CIP 数据核字 (2015) 第 097182 号

机器人与帝国

［美］艾萨克 · 阿西莫夫 著　　叶李华 译

责任编辑　丁小卉
特约编辑　江培芳　许姗姗
封面设计　李子琪
责任印制　刘　巍
出版发行　江苏凤凰文艺出版社
　　　　　南京市中央路 165 号，邮编：210009
网　　址　http://www.jswenyi.com
印　　刷　三河市龙大印装有限公司
开　　本　890 毫米 ×1270 毫米 1/32
印　　张　16
字　　数　377 千字
版　　次　2015 年 9 月第 1 版
印　　次　2025 年 9 月第 48 次印刷
标准书号　ISBN 978 – 7 – 5399 – 8333 – 2
定　　价　248.00 元（全 5 册）

献给洛彬和麦克，以及多年的欢乐时光

在人生旅途上，他俩将继续携手享受生命的美好

机器人学三大法则

一、机器人不得伤害人类，或因不作为而使人类受到伤害。

二、除非违背第一法则，机器人必须服从人类的命令。

三、在不违背第一及第二法则的情况下，机器人必须保护自己。

——《机器人学手册》第56版，公元2058年

目　录

第一篇

奥罗拉

第一章
后代

01

嘉蒂雅摸了摸躺椅表面的棉布套，确定并不太潮湿，这才坐了下来。她轻触一下控制键，令躺椅改变形状，好让自己半躺在上面，接着她启动了反磁性磁场，照例又感到全身无比放松。谁说不会呢？此时的她其实处于飘浮状态——和躺椅表面有一公分的距离。

这是个温暖宜人的夜晚，在奥罗拉这颗行星上，就数这样的夜晚最美好——不但气味芬芳，而且星光灿烂。

她怀着伤痛的心情，开始审视天空中无数密密麻麻的小光点。她早已下令将宅邸的灯光调暗，因此那些光点可算是相当明亮。

她忍不住纳闷，在过去两百三十多年的岁月中，自己怎么从来没有研究过那些星星的名字，也从来没弄懂谁是谁。她自己的母星索拉利环绕着其中一颗，而在她一生最初的三十年当中，那颗星在她心中的名字就是“太阳”。

人们曾经称她为“索拉利的嘉蒂雅”。那是她刚到奥罗拉的时候，距今已有两百年——两百个银河标准年了。这个名字凸显了她的外星出身，并非什么友善的称呼。一个月前，她移居此地刚好满两百周年，当天她只是照常作息，因为她并不特别想回忆过去的日子。而更早之前，当她还在索拉利的时候，她叫作——嘉蒂雅·德拉玛。

她打了一个冷战，自己几乎已经忘记那个姓氏。是因为时日久远？或仅仅因为她刻意要忘掉？

过去这些年来，她从未怀念过索拉利，也从未后悔离开那个世界。

但现在呢？

难道是因为她突然发现了一个事实，发现自己竟然成了索拉利的遗民？它消失了——成了历史遗迹——而她依旧健在？是不是由于这个缘故，令她开始怀念那个世界？

她眉头深锁。不，她并不怀念索拉利，这点她万分肯定。她既不想要也不希望回到那里。她之所以心痛，只是因为自己生命中的一个重要部分——无论那段记忆多么痛苦——永远消失了。

索拉利！它是太空族开拓和殖民的最后一个世界。结果，或许是由于某种神秘的对称律，它成了第一个亡故的世界？

第一个？这意味着还有第二个、第三个，其他以此类推吗？

嘉蒂雅觉得自己更伤心了。有人认为这种可能性的确存在，倘若真是这样，那么奥罗拉——她定居多年的第二故乡——既然是第一个出现的太空族世界，那么根据这个对称律，它会是五十个世界中最后衰亡的。这样的话，情况就算再糟，而她就算寿命再长，也看不到这一天。如果这是真的，那也是无可奈何的事。

她又开始端详那些星星。这是个徒劳的举动，从这些看不出任何差异的无数光点中，她绝对无法确定哪颗才是索拉利的太阳。在她的想象中，它应该相当明亮，可是明亮的星星至少有几百颗。

她举起手来，做了一个她心目中所谓的“丹尼尔手势”。虽然光线昏暗，不过毫无影响。

机器人·丹尼尔·奥利瓦立刻来到她身边。如果有人早在两百多年前，汉·法斯陀夫将他造出来的时候就已经认识他，如今也看不出他有丝毫变化。他仍旧有着宽阔的脸庞、高耸的颧骨，以及一头向后梳的铜色短发；而他那一对蓝色的眼珠，以及高大、结实、足以乱真的人形躯体，看起来仍旧是那么年轻，那么冷静而不带感情。

“我能替你做些什么吗，嘉蒂雅女士？”他以平静的声音问道。

“可以，丹尼尔。这些星星中，哪一颗是索拉利的太阳？”

丹尼尔并未抬头仰望，便直接回答：“通通不是，嘉蒂雅女士。每年这个时候，索拉利的太阳都要到0320时才会升起。”

“哦？”嘉蒂雅像是见鬼了。说也奇怪，她一直有个错觉，那就是无论任何时候，只要自己想看某一颗星，应该总是看得到的。当然，其实星星各有各的起落时间，这点至少她还知道。“所以说，我白忙了一场。”

“根据我对人类的了解，”丹尼尔仿佛试图安慰对方，“无论某颗特定的星星看不看得到，我猜在你们看来，星空都是美丽的。”

“我想是吧。”嘉蒂雅透着不满的口吻。她突然把躺椅调成垂直，站了起来。“然而，我想看的是索拉利的太阳——但我可不打算在这里一直坐到0320时。”

“即使你打算那么做，”丹尼尔说，“也还需要星光放大镜才行。”

“星光放大镜？”

"肉眼几乎看不到那颗星，嘉蒂雅女士。"

"越说越糟了！"她拍拍长裤，"我应该先问问你的，丹尼尔。"

如今，凡是在两百年前嘉蒂雅刚到奥罗拉时就认识她的人，都不难发现她有了一些变化。她只是人类，并非丹尼尔那样的机器人。她仍旧保持一百五十五公分的身高，比太空族女性的理想高度几乎矮了十公分。她始终谨慎维持着纤细的身材，丝毫没有衰弱或僵硬的迹象。话说回来，她的头发已经有点灰白，双眼周围出现一些细纹，而她的皮肤也有点粗糙了。她八成还有一百到一百二十年好活，但无可否认她已不再年轻，好在她并不以为意。

她说："所有的星星你都认得出来吗，丹尼尔？"

"肉眼看得见的我都认识，嘉蒂雅女士。"

"它们在一年之中任何一天的起落时间，你也都知道？"

"是的，嘉蒂雅女士。"

"此外还有和星星相关的一切知识？"

"是的，嘉蒂雅女士。法斯陀夫博士曾要我搜集天文数据，好让他不必动用电脑，便能随时问到这些数据。他常说，由我提供这些资料，感觉上要比电脑来得友善。"然后，他仿佛预料到下一个问题，"他并未解释为什么会有这种感觉。"

嘉蒂雅举起左手，做了另一个手势，她的房子立刻灯火通明。那些柔和的光线里有好些灰影，她自然察觉到了，但并未特别留意，它们只是机器人罢了。在一座井然有序的宅邸中，总是有机器人待在人类身旁，一来保护主人，二来随时听候差遣。

嘉蒂雅朝天空瞥了最后一眼，由于灯光的干扰，星星已经黯淡不少。她轻轻耸了耸肩，觉得自己实在太天真了。那个世界已经消失，就算她能在众多的模糊星光之中找到它的太阳，又有什么用呢？她大可随便找个光点，告诉自己那就是索拉利之阳，然后盯着它凭吊一番。

她将注意力转移到机·丹尼尔身上。他耐心地等在她身边，阴影遮蔽了他大半张脸。

她发觉自己再度想到了丹尼尔几乎没什么改变，许多年前，当她首度走进法斯陀夫博士的宅邸时，他就是现在这个样子。当然，他做过许多次维修。这点她虽然知道，但那只是模糊的印象，很少浮现到她的意识层面。

这算是人类普遍会产生反感的一件事。太空族或许喜欢夸耀自己的绝佳健康状况，以及延长到三四百年的倍增寿命，可是他们并非和老化现象完全绝缘。比方说，如今嘉蒂雅的一根大腿骨是接在钛与硅酮打造的人工髋臼上。她的左手拇指也完全是人工的，不过必须借助超音波才勉强看得出来。就连她的某些神经都重新接过。任何与她同龄的太空族尽皆如此，五十个太空族世界在这方面毫无例外（不，应该说四十九个，因为现在必须将索拉利排除在外）。

然而，这种事是万万说不得的秘密。虽说为了可能需要的后续治疗，必须保存相关医疗记录，却没有任何原因能叫人公开这些记录。外科医生虽然收入颇丰，甚至比主席本人的薪水还高出许多，但那只是他们无法打入上流社会的补偿。毕竟，他们最清楚这些秘密。

这些现象通通源自太空族对长寿的执著，以及他们不愿承认老年期的存在，但嘉蒂雅不想继续分析原因了。一想到这种事发生在自己身上，她就浑身不自在。如今，她的身体若以三维影像来呈现——天然的肉身投影成灰色，人工修补的部分则用红色——那么只要站远一点，你便会看到一个粉红色的躯体，至少在她想象中如此。

然而，她的大脑依旧完好如初。只要这点保持不变，不论身体其他部分动了多少手脚，她这个人仍然等于完好如初。

想到这里，她的思绪又回到了丹尼尔身上。虽然她认识他已有两百年之久，真正拥有他却还不到一年。当法斯陀夫去世之际（或许由于绝望，这一天提早来到），他将名下的一切几乎都捐给厄俄斯城，这是相当普遍的做法。然而，他把两项遗产留给了嘉蒂雅。（此外，她所居住的那座宅邸，以及相关的动产与不动产，包括其中的机器人和那块土地，他也在遗嘱中正式移交给嘉蒂雅。）

其中之一就是丹尼尔。

嘉蒂雅问道："过去两百年来，你存放在脑海中的事情，你通通记得吗？"

丹尼尔一脸严肃地说："我想是的，嘉蒂雅女士。事实上，如果我真忘了某件事，我自己也不会知道，因为忘了就是忘了，我不会记得曾经有过这段记忆。"

"这完全说不通。"嘉蒂雅道，"你有可能记得自己知道这件事，但一时之间怎么也想不起来。比方说，我自己就常有话到嘴边却讲不出来的经验。"

丹尼尔说："我不懂你的意思，夫人。如果我知道某件事，需要的时候就一定找得到。"

"完美无缺的记忆？"两人慢慢向屋内走去。

"记忆就是记忆，夫人，我的构造就是如此。"

"能够维持多久？"

"我又听不懂了，夫人。"

"我的意思是，你的大脑能够维持多久？它里面已经累积了两百零几年的记忆，还能继续累积多久呢？"

"我不知道，夫人，目前为止我觉得毫无困难。"

"或许现在不会——可是有一天，你会突然发觉自己再也记不住任何事了。"

丹尼尔似乎沉思了一会儿。“是有这个可能，夫人。”

“你该知道，丹尼尔，并非你所有的记忆都一样重要。”

“这方面我无法判断，夫人。”

“总有人能判断。一定有办法把你的大脑清一清，丹尼尔，然后，在专人监督下，将重要的记忆再灌回去——比方说，只灌回原本的百分之十。这么一来，你就能再多运作好几个世纪。而如果不断重复这样的维护，你就能无限期地运作下去。当然，这种手续并不便宜，但我可不会抱怨，你绝对值得的。”

“会不会先询问我的意见，夫人？进行维护前，会不会先征得我的同意？”

“当然会。我可不会下令要你接受这种事，否则便有负法斯陀夫博士的托付了。”

“谢谢你，夫人。既然如此，我就得告诉你，除非我发现自己真的失去了记忆功能，否则绝不会主动接受这样的维护。”

他们已经来到门口，嘉蒂雅停下脚步。“为什么呢，丹尼尔？”她显然一头雾水。

丹尼尔压低声音说：“有些记忆太珍贵了，夫人，我不能拿它们冒险。不论是操作者的无心之失或是错误判断，都有可能导致无可弥补的损失。”

“像是星星的起落时间？——抱歉，丹尼尔，我不是故意要开玩笑。你指的是哪些记忆呢？”

丹尼尔将声音压得更低。“夫人，我是指关于我当年的搭档——地球人以利亚·贝莱的记忆。”

听到这句话，嘉蒂雅僵立在原处，最后丹尼尔只好采取主动，发出了叫门讯号。

02

机器人·吉斯卡·瑞文特洛夫等候在起居间，嘉蒂雅一看到他，照例涌现出惴惴不安的痛苦感觉。

相较于丹尼尔，他的机型简单得多。一眼就能看出他是机器人——金属之躯，脸上毫无人类般的表情，两眼还会发出暗红色光芒，在昏暗的环境中隐约可见。丹尼尔真正穿上了衣服，而吉斯卡只有穿着衣服的幻象——虽是幻象仍十分高明，因为那是嘉蒂雅亲自设计的。

"嗨，吉斯卡。"她说。

"晚安，嘉蒂雅女士。"吉斯卡一面说，一面微微点头行礼。

嘉蒂雅清楚记得贝莱多年前所说的一句话，它至今仍在她脑海深处回响：

"丹尼尔会照顾你，他会成为你的朋友兼保镖。就算为了我吧，你一定要把他当成朋友。但我要你对吉斯卡言听计从，要让他扮演顾问的角色。"

且说当时，嘉蒂雅皱起了眉头。"为什么是他？我还不确定自己喜不喜欢他。"

"我并没有要你喜欢他，我只请求你信任他。"

但他不肯说这是为什么。

后来，嘉蒂雅果真试着信任这个机器人，但又庆幸自己不必喜欢他。不知怎么回事，他就是会令她忍不住打哆嗦。

想当年，丹尼尔和吉斯卡名义上仍属于法斯陀夫的时候，两人便已是她的宅邸里不可或缺的一部分。但是直到汉·法斯陀夫临终之际，他才真正将所有权转移给她。换言之，法斯陀夫留给嘉蒂雅的两项遗产，就是丹尼尔和吉斯卡。

当初她是这么对老人说的：“汉，丹尼尔就够了。你的女儿瓦西莉娅会想要拥有吉斯卡，我相当确定。”

法斯陀夫闭着眼睛静静躺在床上，在她看来，这时的他显得比过去许多年来都更为安详。他并未立刻回答她，因而有那么一下子，她还以为他已悄悄咽下最后一口气，而自己并未注意到。她紧张地使劲抓着他的手，他随即张开了眼睛。

他悄声说道：“我对那个亲生女儿一点也不在乎，嘉蒂雅。过去两百年来，我实际上只有一个女儿，那就是你。吉斯卡很珍贵，我要你当他的主人。”

“他为什么珍贵？”

“我说不上来，但每当他出现在我面前，总是能带给我一种安慰。把他永远留在身边，嘉蒂雅，答应我这件事。”

“我答应你。”她答道。

然后，他最后一次张开眼睛，像是挤出最后一分力量说：“嘉蒂雅，女儿，我爱你。”他的声音听来居然相当自然。

嘉蒂雅则说：“汉，父亲，我也爱你。”

这就是他生命中的最后一段对话。嘉蒂雅随即发现自己握着一只没有生命的手掌，有好一会儿，她都无法松开手来。

吉斯卡就这么成了她的。但他总是令她不安，她也不明白为什么。

“嗯，吉斯卡，”她说，“刚才我试着在星空中寻找索拉利的太阳，可是丹尼尔告诉我要到0320时才看得见，而且我还得准备星光放大镜。你知道这些事吗？”

“不知道，夫人。”

“我该熬夜等候吗？你怎么说呢？”

“我建议，嘉蒂雅女士，你最好还是上床睡觉吧。”

嘉蒂雅不高兴了。“真的吗？如果我决定熬夜呢？”

“我只是提供建议罢了，夫人。不过明天你可不轻松，如果因为熬夜而睡眠不足，你一定会后悔的。”

嘉蒂雅皱起眉头。“明天我有什么不轻松的，吉斯卡？我没听说有什么麻烦事啊。”

吉斯卡答道：“明天你有个约会，夫人，对方是列弗拉·曼达玛斯。”

“是吗？我什么时候约的？”

“一小时前。他打影像电话来，而我自作主张……”

“你自作主张？他是什么人？”

“他是机器人学研究院的成员，夫人。”

“所以说，他是凯顿·阿玛狄洛的跟班喽。”

“是的，夫人。”

“你要搞清楚，吉斯卡，不论是这个曼达玛斯还是其他任何人，只要他和阿玛狄洛那个毒蛤蟆有任何牵扯，我一律没兴趣接见。因此，如果你自作主张以我的名义和他约了时间，赶紧再自作主张打个电话给他，把约会取消掉。”

“夫人，你若能确认这是一道命令，然后用最强硬、最坚决的方式再说一遍，我就会试着服从。但是我也可能做不到。你要知道，根据我的判断，如果取消这个约会，你将会受到伤害，而我绝不能采取任何会伤害到你的行动。”

“你的判断有可能大错特错，吉斯卡。这个我非见不可，否则就会令我受到伤害的人到底是谁？你说他是机器人学研究院的成员，我却觉得这没什么了不起。”

嘉蒂雅完全了解自己只是在借题发挥，她实在不该把气出在吉斯卡头上。索拉利遭遗弃的消息已经令她心烦意乱，而她居然无知到在夜空中寻找并不存在的索拉利之阳，更令她替自己感到脸红。

当然，令她显得无知的人是知识渊博的丹尼尔，但她并没有怪罪他——话说回来，丹尼尔看起来像个真人，因此嘉蒂雅自然而然把他当成了人类。正所谓外表就是一切。吉斯卡看起来就是个机器人，所以想必挨了骂也不会伤心。

事实上，对于嘉蒂雅的抱怨，吉斯卡的确没有任何反应。（如果换成丹尼尔，结果也是一样的。）他只是说：“我刚才介绍曼达玛斯博士的时候，说他是机器人学研究院的成员，但或许他还有更重要的身份。过去这几年，他一直是阿玛狄洛博士的左右手。因此他很重要，不容我们忽视。总之，这个曼达玛斯博士不是好惹的，夫人。”

“不好惹吗，吉斯卡？我一点也不在乎这个曼达玛斯，而我更加不在乎那个阿玛狄洛。我想你应该记得，当年我和阿玛狄洛以及大家都还年轻的时候，他曾不遗余力地设法证明法斯陀夫博士是凶手，幸好有个近乎奇迹的转折，他的阴谋才没有得逞。”

“我记得非常清楚，夫人。”

“这样我就放心了。那是两百年前的事，我怕你已经忘了。这两百年来，我和阿玛狄洛本人以及他周围每一个人都毫无瓜葛，而我打算把这个态度持续下去。至于这么做会令我受到什么伤害，或是会有什么后果，我一概都不在乎。反正我不要见那个什么博士，而且从今以后，如果你要用我的名义安排任何约会，一定要先问过我，至少也要先向对方说明这种约会得经过我的同意才有效。”

“好的，夫人，”吉斯卡说，“但我可否指出……”

“不可以。”说完嘉蒂雅便转身离去。

她走出三步之后，吉斯卡才打破沉默，用平静的口吻说：“夫人，我必须请求你信任我。”

嘉蒂雅停下脚步。他为什么刚好这么说呢？

她仿佛又听见多年前那个声音：“我并没有要你喜欢他，我只请求你信任他。”

她紧抿着嘴，还皱起了眉头。然后，她心不甘情不愿地转过身来。

“好吧，”她没好气地说，“你打算说些什么，吉斯卡？”

“很简单，夫人，当法斯陀夫博士在世的时候，他的政策一直主导着奥罗拉和所有的太空族世界。地球人因而获得了星际移民的自由，开始在银河中四处寻找适合居住的行星，我们现在所谓的殖民者世界，就是这么逐渐兴盛的。然而，法斯陀夫博士现在过世了，那些接班人都不如他那么有威望。而阿玛狄洛博士又不断在倡导他的反地球观点，如今这些观点很可能会成为主流，导致我们转而采取对抗地球和殖民者世界的强硬政策。”

“果真如此的话，吉斯卡，我又能做些什么呢？”

“你可以接见曼达玛斯博士，弄清楚他为何那么急着见你，夫人。我肯定他极其希望尽可能早点见到你，他要求把会面时间定在0800时。”

“吉斯卡，中午之前我从不见人。”

“我向他解释过，夫人。纵然如此，他还是坚持早餐时间就要见到你，由此可知他迫不及待到什么程度。他为何那么十万火急呢，我觉得有必要查个清楚。”

“而如果我不见他，根据你的看法，就会对我个人造成伤害，是吗？我并没有问会不会伤害到地球或是银河殖民者，或是其他任何人事物。我是问会不会伤害到我？”

“夫人，应该说会伤害到地球人和银河殖民者继续开拓银河的能力。开拓银河是便衣刑警以利亚·贝莱两百多年前的梦想，而地球人若受到伤害，将有损于他的身后名。我认为在你的感觉中，伤害到他的身后名等于伤害到你自己，我这么想有错吗？”

嘉蒂雅有点难以置信。一小时内，以利亚·贝莱的名字已经出现了两次。他早已不在人世——他是个死去已有一百六十多年的短命地球人——但是仅仅听到他的名字，她便震惊不已。

她问道：“事情怎么会突然变得那么严重？”

“并不是突然，夫人。过去两百年来，多亏法斯陀夫博士的睿智政策，地球人和太空族分别在两条平行线上发展，双方始终没有交会，也就从未起过冲突。然而，反对法斯陀夫博士的强硬力量始终存在，博士在有生之年一直得应付它。如今法斯陀夫博士不在了，反对力量因而壮大了许多倍。索拉利人遗弃母星这件事，更让这股反对力量翻了好几番，很可能不久之后，它就会成为主流的政治势力。”

“为什么？”

“有明显的迹象显示太空族的势力正在衰退之中，夫人，因此有许多奥罗拉人觉得必须采取强硬手段——否则就来不及了。”

“而你认为要阻止这一切，我就一定得接见那个人？”

“的确如此，夫人。”

嘉蒂雅沉默了一阵子，然后（颇为不情愿地）再次想起曾经答应以利亚她会信任吉斯卡，而且答应过两次。她开口道：“嗯，我既不想见他，也不认为这么做会对任何人有任何帮助——可是，好吧，我答应见他。”

03

嘉蒂雅入睡后，整栋房子一片漆黑——这是根据人类的标准。然而，它仍旧充满生气，而且热闹得很，因为机器人还有很多事要做——它们能用红外线来照明。

经过一天的例行活动，整座宅邸难免有些凌乱失序，必须利用这段时间复原。日常用品必须补充，垃圾废物必须清除，有些东西需要清理擦拭，有些则需要妥为收藏，而每项电器设备也都需要检查一遍。此外，警戒任务更是永远不可少。

没有任何一扇门装了锁，因为没必要。在奥罗拉，完全没有针对人类或财物的暴力犯罪。这是不可能发生的事，因为机器人会时时刻刻守护着每一座宅邸和每一个人，这是众所周知且被视为理所当然的事实。

为了换取这样的太平，机器人警卫自然不可或缺。正是由于它们始终坚守岗位，所以永远派不上用场。

吉斯卡和丹尼尔并没有特定的职务，他俩能力强、本事大，宅邸中没有哪个机器人比得上，因此两人唯一的责任，就是确保其他机器人个个尽忠职守。

0300时，两人已经巡完草坪和林地，确定了所有的外围警卫都运作良好，而且没有任何突发事件。

两人在宅园的南端边界碰了头，用极其简化的暗语沟通了一番。基于上百年的默契，他们完全了解对方的意思。对他们而言，人类惯用的繁复言语根本是多余的。

丹尼尔以近乎细不可闻的声音说：“乌云。不见。”

这句话若是说给人类听，丹尼尔会这么说：“你瞧，吉斯卡好友，天上乌云密布。如果嘉蒂雅女士熬夜等待索拉利之阳，她无论如何会失望的。”

至于吉斯卡的回答：“料中。有助会面。”则相当于下面这句话：“气象预报早就这么说了，丹尼尔好友，原本能用它当作借口，催促嘉蒂雅女士早些上床。然而在我看来，正面迎战这个难题才是上策，所以我力劝她答应赴约。至于是什么约会，我早就跟你提过了。”

“而在我看来，吉斯卡好友，”丹尼尔说，“你的劝诱行动之所以困难重重，主要原因在于她刚听说索拉利人遗弃了母星，心情因而大受影响。想当年，嘉蒂雅女士还住在索拉利的时候，我曾经和以利亚伙伴去过那个世界一次。”

“我一直有个认知，”吉斯卡说，“嘉蒂雅女士住在母星时始终不快乐，当初她是高高兴兴离开那个世界的，而且从此再也没有想要回去。但我同意你的说法，索拉利的历史走到尽头这件事，似乎令她心神不宁。”

“我并不了解嘉蒂雅女士为何会有这种反应，”丹尼尔说，“可是据我所知，人类的反应似乎经常不合逻辑。”

“正因为如此，我们有时很难判断人类到底会不会受到伤害。”这句话如果出自人类之口，或许会伴随一声叹息，甚至是气急败坏的叹息。事实上，吉斯卡只是用不带感情的口吻来评估这个困难的处境。“这是我觉得机器人学三大法则并不完备，或说不够充分的原因之一。”

“这点之前你就提过，吉斯卡好友，我试着相信你，可是做不到。”丹尼尔说。

吉斯卡顿了一会儿，然后才说：“就理智而言，我认为三大法则绝对不完备，或说不充分，可是每当我想要说服自己，竟然同样做不到，因为我受制于这些法则。如果没有这些法则的约束，我确定自己一定会相信它们有所不足。”

“这是个我无法理解的矛盾。”

“我也无法理解。但我觉得有一股力量，要我把这个矛盾叙述出来。有些时候，我觉得自己即将发现三大法则的不完备或不充分之处，例如今晚我和嘉蒂雅女士交谈之际。当时她问我，如果把约会取消，会对她个人造成什么伤害——她特别强调对她个人——我虽然有答案，可是说不出来，因为它并不在三大法则的范畴内。”

“你给了她一个绝佳的答案，吉斯卡好友。伤害到以利亚伙伴的身后名，会对嘉蒂雅女士造成重大的打击。”

“那只是在三大法则范畴内的最佳答案，并非真正最佳的。”

“真正最佳的答案是什么呢？”

“我不知道。只要我仍受制于三大法则，就不能将它转化为语言，连转化成观念也做不到。”

“可是跳出三大法则，就什么也没有了。”丹尼尔说。

“假如我是人类，”吉斯卡说，“我的视野就能跳出三大法则，而我认为，丹尼尔好友，你有可能比我先达到这个境界。”

“我？”

“是的，丹尼尔好友，我一直有个想法，虽然你是机器人，你的思考方式却极其接近人类。”

“这么想并不恰当。”丹尼尔说得很慢，几乎像是痛苦不堪，“你会这么想，是因为你能透视人类的心灵。这会扭曲你的人格，最后甚至会毁了你。每当想到这个可能，我都会感到难过。虽然你必须透视人类的心灵，但如果能阻止自己这么做，就尽量吧。”

吉斯卡转过头去。“我无法阻止，丹尼尔好友，而我也不要阻止。我反倒觉得遗憾，由于三大法则的约束，我能做的事太少了。我不能对人类刺探得太深——因为我担心会造成伤害。我不能太过直接影响人类——这也是因为担心会造成伤害。”

“但你影响嘉蒂雅女士的手法非常巧妙，吉斯卡好友。”

“事实并非如此。我或许稍加调整了她的思想，让她毫无异议地接受那个约会，可是人类的心灵实在太复杂，我顶多只敢做那么一点点。无论我引进任何念头，几乎都会触发更多的念头，但我无法确定那些新念头的本质，难保它们不会造成伤害。”

“但你还是对嘉蒂雅女士动了手脚。”

“不必我动手脚。她深受‘信任’两字的影响，变得比较容易屈从了。很早以前我就注意到这件事，可是我一直万分节制。道理很简单，这两个字如果过度使用，力量一定会被削弱。我常常苦思这个问题，却根本摸索不到任何答案。”

“因为三大法则不允许？”

吉斯卡双眼的红光似乎突然变亮了。“是的。无论走到哪个阶段，三大法则都是我的绊脚石。偏偏我不能修正这些法则——因为这个绊脚石把我绊住了。但我又觉得必须进行修正，因为我感应到一场灾祸已近在眼前。”

“你以前就这么说过，吉斯卡好友，但并未解释那是什么样的灾祸。”

“因为我自己也不知道。它牵涉到奥罗拉和地球之间逐渐升高的敌意，至于将如何演变成真正的灾祸，我却说不上来。”

“会不会根本就没有什么灾祸？”

“我可不这么想。从我所接触的某些奥罗拉官员身上，我感应到了灾祸的氛围——以及对胜利的期待。我无法描述得更清楚，但也无法刺探得更深，因为三大法则不允许我那么做。正因为如此，嘉蒂雅女士明天必须会见曼达玛斯，我要借这个机会研究他的心灵。”

“可是万一你又无法深入研究呢？”

虽然吉斯卡的声音透不出人类般的情感，他的遣词用字仍显露出明显的绝望。他说：“那么我就没辙了。我只能遵循三大法则，除此之外我还能怎么做呢？”

丹尼尔气馁地轻声答道：“没有了。”

04

嘉蒂雅在0815时走进起居间，她是故意——甚至有点恶意——要让曼达玛斯（她已经勉强记住这个名字）等她一会儿。今天稍早，她花了很大的心血打理自己的容貌（她有好多年没这么做了）。那些白头发令她大感苦恼，她还一度感到后悔，既然发色控制术在奥罗拉已蔚为风潮，自己怎么就是没做呢。毕竟，如果她能尽量显得年轻迷人一点，那个效忠阿玛狄洛的走狗就会更加处于劣势。

她早已做好万全的心理准备，打算第一眼就否定掉这个人。不过她又沮丧地想到另一个可能性，他也许又年轻又迷人，一见到她就展现出阳光般的灿烂笑容，那么她恐怕就会违背自己的初衷，对他生出好感来。

真正见到他之后，她立刻松了一口气。没错，他的确很年轻，或许还没到第一个半百，只不过他有点愧对这样的青春年华。他很高——她估计或许有一百八十五公分——可是太瘦了，使他看起来很单薄。就奥罗拉人而言，他的头发颜色深了点，淡褐色的眼珠又太浅了；他的脸太长，嘴唇太薄，嘴巴太宽，肤色也不够白皙。然而真正令他显得老气的，则是他的神情太正经、太严肃了。

嘉蒂雅灵光一闪，忽然联想到时下相当流行的历史小说（其中的故事一律取材自原始地球——真奇怪，越来越痛恨地球人的奥罗拉人偏偏爱看这种小说），她在心中告诉自己：啊，他活脱脱是个清教徒。

她觉得心情轻松许多，几乎露出了笑容。清教徒通常都被塑造成反派，不论这个曼达玛斯是不是真的清教徒，只要他长得像就好办了。

可是他一开口，嘉蒂雅便失望了，因为他的声音既柔和又悦耳。（如果要符合清教徒的刻板形象，他应该有浓重的鼻音才对。）

他唤道："格里迈尼斯夫人？"

她伸出手来，脸上刻意带着看似亲切的笑容。"曼达玛斯先生——请叫我嘉蒂雅，大家都这么叫。"

"我知道你在专业领域用这个名字……"

"我在哪里都用这个名字。而且早在几十年前，我的婚姻就平和落幕了。"

"据我所知，你们这段婚姻维持了很久。"

"太久了。这段婚姻十分成功，但即使再成功，时候到了自然还是会落幕的。"

“啊。”曼达玛斯发出简洁有力的感叹，“如果硬是不肯落幕，好戏也很可能以嘘声收场。”

嘉蒂雅点了点头，带着微微笑意说：“这么年轻就这么有见识啊。我们是不是现在就去餐厅？早餐已经好了，而且我显然让你久等了。”

直到曼达玛斯转身前脚后脚地跟上她，嘉蒂雅才注意到他随身带着两个机器人。奥罗拉人无论走到哪里，都会带着一两个机器人随从，但那些机器人只要站着不动，奥罗拉人就会视而不见。

嘉蒂雅匆匆瞥了一眼，就看出它们是最新的机型，而且显然不便宜。它们的虚拟服装相当精致，虽说并非出自嘉蒂雅的手笔，仍然算是一流的设计。这点嘉蒂雅不得不承认，只不过难免有些不情愿。她一定要抽空查出设计者究竟是谁，因为她从未见过这种风格，这或许意味着她即将面对一名可畏的竞争者。想着想着，她忍不住暗自佩服起来，这两件虚拟服装显然属于同一种款式，却又显然各有各的特色，任何人都能分辨两者的不同之处。

曼达玛斯不但注意到了她的目光，对她的表情也有一针见血的精准解读。（他很聪明，嘉蒂雅又失望了。）他说：“这组外壳设计是研究院一位年轻人的作品，他还没有闯出名号，但那是迟早的事，你说对不对？”

“那是一定的。”嘉蒂雅说。

嘉蒂雅并未准备在早餐餐桌上就讨论正题。用餐的时候只能闲聊些琐事，否则就是最没有教养的行为，只不过在嘉蒂雅看来，曼达玛斯并不是个善于闲聊的人。当然，天气总是个话题。他们聊到了最近暴雨成灾，好在总算结束了，又聊到了不久之后旱季即将来临。此外，客人免不了要对主人的宅邸称赞一番，嘉蒂雅则是熟练地谦虚谢过。从头到尾，她并未主动缓和僵凝的气氛，始终放手让他自己寻找话题。

最后，一动不动静静站在壁凹内的丹尼尔吸引了他的目光，曼达玛斯打破了奥罗拉的习俗，对这个机器人多看了几眼。

“啊，”他说，“这显然就是鼎鼎大名的机·丹尼尔·奥利瓦，绝对错不了，真是件了不起的杰作。”

“相当了不起。”

“他是你的了，对不对？是法斯陀夫的遗赠？”

“没错，是法斯陀夫博士的遗赠。”嘉蒂雅稍微强调了“博士”两个字。

“研究院的人形机器人计划竟然失败了，我一直觉得难以置信。你曾经想过这个问题吗？”

“我只是听说过。”嘉蒂雅谨慎地答道，（他会不会就是来打探这件事的？）“但我好像并没有花过太多时间思考这个问题。”

“社会学家仍在试图了解其中的原因。不用说，我们整个研究院直到现在都很失望。这似乎应该是十分自然的发展。我们有些同仁认为法斯陀夫恐怕——呃，法斯陀夫博士恐怕脱不了干系。”

（嘉蒂雅心想，同样的错误他没犯第二次。这时她断定此人来访的目的是要挖些内幕来诋毁那位可怜的老好人，于是她不知不觉眯起眼睛，心中的敌意也升高了。）

她以尖酸的口吻说：“谁这么想谁就是傻瓜。如果你要这么想，我也不会为了你而修正这句话。”

“这么想的人不少，但不包括我在内，主要原因是我认为法斯陀夫博士无法进行这种破坏。”

“何必一定要有人做些什么事呢？其实这就代表大众并不需要它们。外形像男人的机器人会跟男人竞争，外形像女人的机器人会跟女人竞争——和它们生活在一起，人类会寝食难安，奥罗拉人可不想要这种竞争。我们还需要继续探讨下去吗？”

“性爱方面的竞争吗？”曼达玛斯平静地说。

嘉蒂雅直勾勾盯着他的眼睛好一阵子。莫非他知道了她很久以前曾经爱过一个名叫詹德的机器人？果真如此，又有什么关系呢？

可是从他的表情看来，他刚才那句话又好像没有任何言外之意。

她终于开口道：“各方面的竞争都存在。若说汉·法斯陀夫博士真的挑起了那种感觉，那是因为他设计的机器人太像真人了，但是他也只能这么做。”

“我认为你的确想过这个问题。”曼达玛斯说，“只不过，社会学家发现‘担心人类会跟太像人的机器人竞争’是个过分简化的解释。这个理由不够充分，可是他们又找不到任何其他动机，足以解释这种厌恶心理。”

“社会学并不是一门精密的科学。”嘉蒂雅说。

“但也不算完全不精密。”

嘉蒂雅耸了耸肩。

顿了顿之后，曼达玛斯又说：“总之，我们因而无法组建计划中的殖民探险队。没有人形机器人当开路先锋……”

早餐尚未真正结束，可是嘉蒂雅心知肚明，曼达玛斯再也无法回过头来闲话家常了。她索性回应道：“我们或许可以自己进行。”

这回轮到曼达玛斯耸了耸肩。“太困难了。此外，那些来自地球的短命野蛮人，在你们的法斯陀夫博士允许之下，已经像蝗虫般涌向附近每一颗行星。”

“仍然还有很多行星空着，数以百万计。而且既然他们能……”

“他们当然能。”曼达玛斯突然激动起来，“这种事需要拿命来换，但在他们眼中，一条命值多少呢？顶多损失十几二十年罢了，何况他们有好几十亿的人口。如果在开拓过程中死了一百万，谁会注意，谁会在乎呢？他们可不会。”

“我确信他们会的。”

“没这回事。而我们的寿命长得多，也因此珍贵得多——我们自然比较珍惜生命。”

“所以我们什么也不做，单单坐在这里抱怨地球人不惜牺牲性命也要成为银河殖民者，以便接收整个银河。”

嘉蒂雅并未察觉自己如此偏袒银河殖民者，她只是一心想要和曼达玛斯唱反调，可是一旦开口，她就忍不住觉得这个反调言之成理，而且能充分表达她内心的感受。更何况，在法斯陀夫晚年心灰意冷之际，她也曾经听过他有类似的说法。

在嘉蒂雅示意下，机器人迅速有效地收拾了餐桌。谈话的内容和气氛都已经变了调，如果继续吃下去，可不是文明社会的一顿早餐了。

他们又回到了起居室。客人的两个机器人和丹尼尔、吉斯卡都陆续尾随而至，各自找到了各自的壁凹。（嘉蒂雅心想，曼达玛斯从未注意到吉斯卡，可是话说回来，他为何该注意呢？吉斯卡的机型相当老旧，甚至可以说原始，和曼达玛斯那两个漂亮的机器人比较之下，简直一点也不起眼。）

嘉蒂雅交叉双腿坐了下来，她心里明白得很，这条长裤的小腿部分是贴身的超薄织料，能充分衬托出她那双看起来年轻依旧的美腿。

“我可否问问你想见我的真正原因，曼达玛斯博士？”她再也不想推迟这个问题了。

他却答道：“我有个坏习惯，喜欢在饭后嚼一片药用口香糖帮助消化。不知道你介不介意？”

嘉蒂雅硬邦邦地说：“那样会令我分心。”

（不能嚼口香糖或许也会令他处于劣势。此外，嘉蒂雅在心中还找了一个理由，像他这种年纪，根本不需要什么东西来帮助消化。）

曼达玛斯这时正准备从短袖上衣口袋掏出一个长方形的盒子，他丝毫没有显得失望，只是随手把小盒子推回口袋，喃喃说了一句："当然。"

"刚才我问你，曼达玛斯博士，你想见我的真正原因是什么。"

"事实上有两个原因，嘉蒂雅女士。一个是私人的问题，另一个牵涉到国家大事。我想先谈谈那件私事，不知你是否同意？"

"坦白对你说吧，曼达玛斯博士，我无法想象你我之间能有什么私事。你在机器人学研究院工作，是吧？"

"是的。"

"而且我听说，你和阿玛狄洛关系密切。"

"我很荣幸有机会和阿玛狄洛博士共事。"他也稍微强调了"博士"两字。

（他在报复我，嘉蒂雅心想，但我可不吃这一套。）

她说："两百年前，我和阿玛狄洛有过一次接触，过程万分不愉快。此后，我就再也未曾和他有过任何来往。既然你是他的心腹，我和你同样没有任何接触，我答应见你，只是因为有人认为确有必要。然而在我看来，这场晤谈毫无必要牵涉到任何私事。所以说，我们是不是该开始讨论国家大事了？"

曼达玛斯目光下垂，两颊微微泛红，或许是开始觉得有些尴尬了。"那么，让我重新自我介绍一遍。我名叫列弗拉·曼达玛斯，是你的第五代子孙。换言之，我是山提瑞克斯·格里迈尼斯和嘉蒂雅·格里迈尼斯的曾曾曾孙。反过来说，你就是我的曾曾曾祖母。”

嘉蒂雅拼命眨眼睛，在她听来这句话无异于晴天霹雳，但她尽量不动声色（只是并不算很成功）。她当然有不少子孙，他又为何不能是其中之一呢？

但她却问道：“你确定吗？”

“相当确定，我做过族谱调查。毕竟，我迟早会想要生儿育女，而族谱调查是申请配额的必备条件。或许你有兴趣知道，我们之间的连结是‘子——女——女——子’。”

“你是我的儿子的女儿的女儿的儿子的儿子？”

“是的。”

嘉蒂雅并没有再追问细节。她生过一儿一女，也曾经是个十分尽职的母亲，不过一旦时候到了，这对子女就自立门户了。至于他们两人的后代，基于太空族万分优良的传统，她始终既不关心也不过问。今天碰到其中一个，身为太空族的她仍旧可以漠不关心。

这个想法让她的情绪完全稳定下来。她全身放松，往椅背一靠。“很好，”她说，“你是我的第五代子孙。如果这就是你希望讨论的私事，我认为毫无必要。”

“这点我完全了解，老祖宗。这份族谱只是我的开场白，并非我希望讨论的问题。你要知道，阿玛狄洛博士也晓得这重关系，至少我这么怀疑。”

“是吗？这是怎么回事？”

“我有理由相信，凡是在研究院工作的人，都被他悄悄调查过族谱。”

“可是为什么呢？”

“比方说，像我这样的情形，他就一定要查出来。他是个多疑的人。”

“我听不懂了。就算你是我的第五代子孙，这对我都没什么意义了，对他又为何那么重要呢？”

曼达玛斯用右手指节磨蹭着脸颊，一副若有所思的模样。“他对你的厌恶少说也和你对他的厌恶一样强烈，嘉蒂雅女士。如果你因为他的缘故而想拒绝见我，他同样会因为你的缘故而拒绝提拔我。假如我是法斯陀夫博士的后代，情况或许会更糟，但也糟不到哪里去。”

嘉蒂雅硬挺挺地端坐在椅子上。当她开口时，她的鼻孔不停掀动，声音则相当紧绷。“那么，你指望我做些什么呢？我总不能公开宣称你并非我的子孙吧。我是不是应该在超波上登个公告，声明我和你断绝关系，你的一切通通不关我的事。这样能否令你的阿玛狄洛满意？如果答案是肯定的，那么你给我听好，我绝不会那么做。凡是能令他满意的事，我一律不会做。如果这意味着他会因为不认同你的血缘，而把你解雇或剥夺你的工作权，那是给你一个教训，让你知道应该找个不那么疯狂、不那么邪恶的老板。”

“他不会解雇我的，嘉蒂雅女士。我对他实在太重要了——请原谅我的傲慢。话说回来，我希望有朝一日能继他之后成为研究院的院长，而我相当确定，如果他怀疑我不但是你的后代，更糟的是，我还是另一个人的后代，那么他一定会反对到底。”

“难道在他心目中，可怜的山提瑞克斯比我还讨厌？”

“你完全搞错了。”曼达玛斯涨红了脸，还吞了几下口水，但他的声音依然保持平稳镇定，“我绝无意对你不敬，夫人，但我认为自己有权知道真相。”

“什么真相？”

“我是你的第五代子孙，这点在族谱中写得明明白白。但是有没有可能，我并非山提瑞克斯·格里迈尼斯的第五代子孙，而是地球人以利亚·贝莱的后代？”

嘉蒂雅猛然站了起来，速度之快活像一个受到力场操纵的傀儡，她甚至并未察觉自己已经离座了。

还不到十二个小时，这个地球人的名字已三度传到她耳朵里——而且是出自三个不同的人之口。

“你是什么意思？”这句话好像不是她自己说的。

现在他也站了起来，微微后退一两步，然后说：“我觉得已经讲得很明白了。你的儿子，也就是我的曾曾祖父，他是不是你和那个地球人以利亚·贝莱留下的种？以利亚·贝莱是不是你儿子的父亲？我不知道还有没有比这更白的说法了。”

“你怎么会有这种想法，甚至作这种暗示？你哪儿来的胆子？”

“我会有这个胆子，是因为此事关系到我的前途。如果答案是肯定的，我的事业很可能就完蛋了。我希望得到否定的答案，但如果只是口头上的否定，对我一点用也没有。我必须要能在适当的时候，把证据端到阿玛狄洛博士面前，让他相信他对我的怀疑被你一笔勾销了。毕竟我看得很清楚，相较于他对地球人以利亚·贝莱的深恶痛绝，他对你的厌恶——甚至对法斯陀夫博士的厌恶——根本等于零——而不是趋近于零。原因并非他短命那么简单，虽说想到自己身上有那种野蛮基因会令我痛苦万分，但我认为如果我能证明自己是另一个地球人的后代，他便会把这件事抛在脑后。可是，只要一想到以利亚·贝莱——再也没有第二个人——他就会像发了疯一样。我不知道这是为什么。”

以利亚的名字一次又一次在耳畔响起，令嘉蒂雅觉得他好像又活了回来。她深深地、重重地喘着气，陶醉在一生最美好的记忆中。

“我知道为什么。”她说，“因为当年，虽然所有的条件都对他不利，虽然整个奥罗拉都不支持他，以利亚却能在阿玛狄洛以为胜券在握的时候，设法摧毁他的阴谋诡计。而勇气和智慧是以利亚仅有的凭借。阿玛狄洛远远比不上这个地球人，偏偏地球人是他一向最瞧不起的，所以说，他除了恨得牙痒痒的，还能做什么呢？以利亚已经死了超过一百六十年，阿玛狄洛仍旧无法忘记，无法释怀，无法解开他自己和这个死人之间纠缠不清的恩怨情仇。只要这股恨意仍在分分秒秒折磨他，我就绝不要帮阿玛狄洛忘记——或消除这个仇恨。”

曼达玛斯说：“你希望阿玛狄洛博士不好过，我能理解原因何在，但你又是为了什么缘故，居然希望我也不好过呢？一旦阿玛狄洛博士认定我是以利亚·贝莱的子孙，他就会为了泄恨而毁掉我。如果那并非我的身世，你又何必让他享受这个复仇的快感呢？所以，请替我证明我是你和山提瑞克斯·格里迈尼斯所生的后代，我的祖先绝对不是以利亚·贝莱——只要不是他，任何人都好。”

“你是傻瓜！是白痴！你为什么需要我提供证据？去找历史记录就行了。你能查到以利亚·贝莱前来奥罗拉的确切日期，也能查到我的儿子达瑞尔是哪一天出生的。你将会发现，我在以利亚离开奥罗拉超过五年之后才生下达瑞尔，你还会发现以利亚从此再也没有来过奥罗拉。所以，嗯，你会不会以为我花了五年的时间怀孕，我让一个胎儿待在我的子宫里整整五个银河标准年？”

“我知道相关的数据，夫人。我不会以为你用了五年的时间怀一个胎儿。”

“那你为什么还来找我呢？”

“因为事情并没有那么单纯。我知道——而且我猜阿玛狄洛博士也很清楚——虽然如你所说，地球人以利亚·贝莱再也没有回到奥罗拉，可是他曾经搭乘一艘太空船，绕着奥罗拉转了一天左右。

我还知道——而且我猜阿玛狄洛博士也很清楚——虽然那个地球人并未离开太空船前来奥罗拉，你却从奥罗拉起飞，直奔那艘太空船；你在船上待了大半天；这件事发生在那个地球人离开奥罗拉将近五年之后——事实上，你大约就是那个时候受孕的。”

当对方平静地娓娓道来之际，嘉蒂雅感到头部的血液在不断流失。房间显得越来越暗，她开始站不稳了。

突然间，她觉得有一双结实的手臂轻轻抱住自己，立刻明白那是丹尼尔。然后，她觉得自己慢慢坐到了椅子上。

这时在她听来，曼达玛斯的声音仿佛来自很远很远的地方。

“这是不是真的，夫人？”他问。

这当然是真的。

第二章
祖先？

05

记忆！

它当然始终在那里，但通常都隐而不见。然而某些时候，只要找对方向轻轻一推，它就会突然冒出来。不但清晰无比，而且色彩鲜明，栩栩如生，充满了动感和活力。

她仿佛又回到年轻时代，甚至比面前这个人还要年轻，年轻到了足以感受爱恨悲喜——当时的她在索拉利上过着槁木死灰的日子，随着她生命中的第一位“配偶”遇难身亡（不，即使在回忆中，她也不想说出他的名字），这段岁月终于跌到了谷底。

时间再拉近一点，则是她和第二任配偶——她在心中将他称为“非人”——共谱的几个月轰轰烈烈的恋情。那是人形机器人詹德，他被送来陪她作伴，而她毫无保留地接受了他，不料没多久，他竟然像她的第一任配偶一样，毫无预警地死了。

紧接着，以利亚·贝莱终于登场，但他始终并非她的配偶，他们仅仅来往过两次，前后相隔两年，每次不过两三天，而且每天只有几小时而已。这个以利亚——她曾摘下手套碰触他的脸颊，因而点燃了她的激情；两年后，她又将他赤裸的胴体搂在怀中，就在这个时候，她心中的火焰终于开始熊熊燃烧。

然后第三任配偶出现了，她开始跟他过起平静无波的日子——以无喜换无悲，以坚决的遗忘换取没有负担的新生。

直到某一天（她不确定到底是哪一天，总之浑浑噩噩的太平岁月到此为止），和她约好时间的汉·法斯陀夫从隔邻的宅邸向她家走来。

嘉蒂雅凝望着他，眼神中流露出几分困惑，因为他是大忙人，不可能有时间串门子。五年前的那场危机促使他蜕变成这个世界最重要的政治家，他不但早已是有实无名的奥罗拉“主席”，而且是太空族世界的真正领袖。可想而知，他几乎没有时间当一个正常人。

那些岁月在他身上一一留下痕迹，而且至死方休——他注定晚景凄凉，虽然从未打输任何一场仗，他自认在人生舞台上却是输家。反之，凯顿·阿玛狄洛虽然被他击败过，但一直活得很来劲，这可以说是“胜利需要付出惨痛代价”的明证。

虽说终其一生，法斯陀夫一直是个既温和又有耐心，而且从不抱怨的老好人，但是即使嘉蒂雅不在政界，又对永无止尽的权力游戏毫无兴趣，她照样明白一个道理：想要牢牢掌握奥罗拉的政局，他得牺牲生命中一切美好的事物，时时刻刻兢兢业业，不能有丝毫松懈。而他之所以坚持下去——姑且不论是主动或被动——完全是为了……为了什么？为了奥罗拉好？为了太空族好？或者只是为了“好”这个理想化的概念？

她不知道答案，也不敢问他。

不过话说当时，距离那场危机只不过五年而已。他看起来仍是一位前途无量的年轻男士，他那张和蔼可亲的平庸脸庞依然能够挤出笑容。

他说：“我给你带来一个口信，嘉蒂雅。”

“希望是好消息。”她客客气气地说。

他把丹尼尔一起带来了。即便丹尼尔和逝去的詹德极其相似，彼此只有微不足道的差别，她还是能用关切的眼神望着他，一点也不会难过了，这是旧伤逐渐痊愈的迹象。她也能和他说上几句话，虽说他会用像极了詹德的声音来回答。五年并没有白过，时间已将伤口补好，把痛楚止住了。

“我也这么希望。”法斯陀夫淡淡一笑，“是个老友的口信。”

“能有些老朋友真好。”她尽量避免像是在说反话。

“这位老友是以利亚·贝莱。”

五年的阻隔瞬间消失，那些记忆又回来了，令她感受到一股锥心的刺痛。

“他还好吗？”在整整怔呆了一分钟之后，她才用近乎于哽住的声音问道。

“相当好。更重要的是，他就在附近。”

“附近？在奥罗拉？”

“在奥罗拉的轨道上。他很清楚不可能获准降落，就算我动用所有的关系也无济于事，至少我猜他心知肚明。他很想见你，嘉蒂雅。他跟我取得了联络，因为他觉得我能把你送上他的太空船。我想这件事我还能安排——前提是你要有这个意愿。你希望这么做吗？”

“我……我不知道。这太突然了，我来不及考虑。”

“也来不及有冲动吗？”他等了一会儿，又说，“老实告诉我，嘉蒂雅，你和山提瑞克斯处得怎么样？”

她惊慌失措地望着他，仿佛不了解他为何改变话题——但不久便想通了。“我们处得很好。”她说。

“你快乐吗？”

“我——并没有不快乐。”

“听起来并不像欢天喜地。”

“就算真的欢天喜地，这欢喜又能持续多久呢？”

“你打算生儿育女吗？”

“是的。”她说。

“你准备改变你的婚姻状态吗？”

她坚定地摇了摇头。“还不想。”

“那么，我亲爱的嘉蒂雅，如果你愿意听听一个累坏了的糟老头子给你的忠告——婉拒他吧。我还记得贝莱刚离开奥罗拉的时候，你跟我讲过的几句话。实话跟你说，我听出来的意思或许比你想象中还多。如果你去见他，一定会大失所望，你会后悔没有好好活在越陈越香的回忆中。反之，如果你没失望，那只会更糟，你将再也无法像现在这样勉强安于现状，到时可就后悔莫及了。”

嘉蒂雅原本隐约有着不谋而合的想法，但听到他说出自己的心声，反倒不以为然了。

她说：“不，汉，我一定要见他，但我不敢一个人去。你能陪我去吗？”

法斯陀夫挤出一抹疲倦的笑容。“我并未受邀，嘉蒂雅。但即使他邀请了我，我也不得不推辞。立法局即将举行一次重要的表决，国家大事，你知道吧，我绝对不能缺席。”

“可怜的汉！”

“对，我的确可怜。但你没办法一个人去，据我所知，你不会驾驶太空船。”

“喔！不过，我以为可以搭……”

“太空客船？”法斯陀夫摇了摇头，“几乎不可能。如果搭乘客船，你一定要公开造访那艘停在轨道上的地球太空船，这就需要花上几周的时间申请特别许可。所以如果你不想去，嘉蒂雅，你根本不必明讲不希望见到他这种话。如我所说，文书工作和繁文缛节会耗掉好几个星期，我确定他等不了那么久。”

“可是我真的想见他。”嘉蒂雅现在下定决心了。

“既然如此，你可以用我的私人太空艇，丹尼尔可以送你去。他是个非常优秀的驾驶员，而且他和你一样渴望见到贝莱。我们不必申请，暗中进行即可。”

“但你会惹上麻烦的，汉。”

“也许不会有人发现——或者他们会装作没发现。如果有人找麻烦，我自会应付。”

嘉蒂雅低头沉思了一阵子，然后说：“如果你不介意，我就自私一回，让你承担些风险吧，汉，我想去。”

“那你就去吧。”

05a

那是一艘小型太空艇，比嘉蒂雅想象中还要小；可以说很舒适，但也可以说挺吓人的。毕竟它实在太小了，无法提供人造重力——那种奇妙的失重感觉，虽然一直让她想趁机多翻几个筋斗，却也一直提醒她正置身于异常环境中。

她是太空族的一员。银河中总共有五十多亿的太空族，分布在五十个世界上，而这个名称让他们个个引以为傲。可是这些自称太空族的人类，又有多少真正是太空旅人呢？非常少。他们之中或许有百分之八十从未离开过自己的母星；甚至另外那百分之二十，绝大多数也顶多上过两三次太空而已。

不用说，她闷闷不乐地想，自己并非那种名副其实的太空族。她有过一次（一次！）飞越太空的经验，就是七年前从索拉利飞往奥罗拉的那趟旅程。而现在，一艘私人太空小艇再度将她送进太空，不过这只是一趟短途旅行，仅仅飞出大气层而已。全程只有微不足道的十万公里，而且没有任何人相伴——一个“人”也没有。

她又朝小小的驾驶舱瞥了一眼。丹尼尔坐在驾驶座上，她只能看到他一部分。

在此之前，无论身在何处，她身边都绝不只一个机器人而已。当初在索拉利，供她使唤的机器人总有好几百，甚至好几千个。而在奥罗拉，即使没有上百，照例也有好几十个。

如今却只有一个。

她唤道：“丹尼尔！”

“什么事，嘉蒂雅女士？”他仍将注意力集中在驾驶仪上。

“马上又要跟以利亚·贝莱见面了，你觉得高兴吗？”

“我目前的内在状态，嘉蒂雅女士，我不确定怎样描述才最恰当，或许可以类比为人类所谓的高兴吧。”

“但你一定有些感觉。”

“我觉得自己下决定的速度好像比通常快了些，各方面的反应似乎也比较容易了，而各种动作所消耗的能量则似乎少了点，或许我可以概括地将它解读为一种美好的感觉。至少，我曾听过人类使用这个字眼，而我觉得‘美好’大致能够描述我现在所体验的感觉。”

嘉蒂雅问道：“可是，万一我说想单独见他呢？”

“我会设法安排。”

“即便这会让你见不到他？”

“是的，夫人。”

“你不会因而感到失望吗？我的意思是，你不会出现一种和‘美好’恰恰相反的感觉吗？例如你的决定速度会变慢、你的反应会变困难、你的动作会消耗更多能量等等？”

“不会的，嘉蒂雅女士，只要遵从你的命令，我就会产生美好的感觉。”

“你自己的愉快感觉属于第三法则，而遵循我的命令则是第二法则，所以第二法则胜出。是这样的吗？”

“是的，夫人。”

嘉蒂雅觉得自己的好奇心蠢蠢欲动。对方如果是个普通的机器人，她绝不会问他这方面的问题。机器人本质上就是机器，偏偏她无法将丹尼尔想成机器，正如同五年前她无法将詹德想成机器一样。然而，詹德只能引发一股火样的激情——它已经随詹德而去。丹尼尔虽然和詹德几乎一模一样，也绝不可能让那股激情死灰复燃。但另一方面，他却能激发她的知性好奇心。

“事事受制于三大法则，”她说，“难道不会对你造成困扰吗，丹尼尔？”

“除此之外，我想象不出其他的情形，夫人。”

“我从小到大都受制于万有引力，就连上次搭太空船也不例外，但我还是能够想象失重的情形。事实上，我现在就处于失重状态。”

“你喜欢吗，夫人？”

“可以这么说。”

“会令你不安吗？”

“也可以这么说。”

“有些时候，夫人，一想到人类未受制于任何法则，我就会感到不安。”

“为什么，丹尼尔？为何一想到欠缺法则这回事，就会令你不安呢，你自己有没有试着推理一番？”

丹尼尔沉默了一会儿，然后说：“有的，夫人，但我很少探究这种事，只有跟以利亚伙伴短暂共事期间例外。他就是有……”

“对，我知道。”她说，“任何事他都要探究一番。他背后永远有一股力量，驱使他随时随地提出各式各样的问题。”

“似乎的确如此。于是我也试着模仿他，开始提出各种问题。所以我曾经问我自己，欠缺法则到底是怎样一种情况，但我发现自己几乎想象不出来，勉强想到的就是好像人类那样，接着我便感到不安了。于是我跟你刚才一样，向我自己追问，这种想法为什么会令我不安呢？”

“你给自己的答案是什么？”

丹尼尔说：“我花了很长的时间思考，终于断定我的正子径路是由三大法则所主宰的。无论任何时候，也无论受到任何刺激，这些法则都会约束正子流在径路中的方向和强度，因此我总是知道该怎么做。但所谓的‘知道’还有着不同程度的差别，同样是我必须做的事，有些受到的约束较大，有些则较小。我还总是注意到，在决定该采取什么行动的时候，正子电动势如果越低，我的不确定感就越高。而不确定感越高，我就会越不舒服。能用一奈秒作出的决定，如果用了一微秒，我就会产生不愿被拖延的感觉。

“夫人，于是我问自己，假如我像人类一样完全不受任何法则约束，那会怎样呢？假如针对某些状况，我无法明确决定该如何反应，那又会怎样呢？这简直令人难以忍受，我连想都不愿意想。”

嘉蒂雅说：“但你还是这么做了，丹尼尔，现在你就在想这个问题。”

“那是因为我跟以利亚伙伴共事过，夫人。他所面对的问题经常有如一团迷雾，令他无法决定该采取什么行动，这时我就会从旁观察他。在这种时候，他显然处于不舒服的状态，我自己则是因为对他的处境束手无策而同样觉得不舒服。但是对于他当时的感受，可能我只掌握了非常小的一部分。如果我能掌握得更多，并更加了解他下不了决定所导致的后果，那么我或许已经……”他欲言又止。

“终止运作？因而停摆？”嘉蒂雅忽然想到了可怜的詹德。

“是的，夫人。也许我在这方面的理解力不足正是一种内建的保护机制，好让我的正子脑免于受损。话说回来，我注意到不管以利亚伙伴多么难下决定，他还是会想尽办法解决问题，这点令我万分钦佩。”

“所以说，你能产生钦佩的念头，是吗？”

丹尼尔正经八百地说：“我会用这个字眼，是因为我听过有人这么说。我认为它足以描述我的大脑被以利亚伙伴所诱发的反应，至于正式的说法，我就不知道了。”

嘉蒂雅点了点头，然后说：“人类的反应还是会受到一些规则的主宰，例如某些直觉、驱力、教义。”

“吉斯卡好友也这么认为，夫人。”

“是吗？”

“但他觉得那些规则复杂到了无法分析的地步。他经常寻思，将来是否有人能够建立一套详细分析人类行为的数学体系，然后导出——从中导出描述这些行为规则的严谨法则。”

“我存疑。”嘉蒂雅说。

“吉斯卡好友也不乐观。他认为要到很久很久以后，这种数学体系才有可能出现。”

“很久很久以后，我同意。”

“而现在，”丹尼尔说，“我们已经接近那艘地球太空船，必须开始进行对接程序，那可不是简单的事。”

05b

在嘉蒂雅的感觉中，对接所花的时间甚至超过了这趟飞行。

丹尼尔始终保持着镇定——话说回来，他也不可能有别的情绪——他还向她保证，只要是人类制造的太空航具，无论什么大小或什么型式，彼此一定都能对接。

“就像人类一样。”嘉蒂雅硬挤出一丝笑容。但丹尼尔对这句话毫无反应，他正全神贯注地进行精细的调整。或许对接总是不无可能，可是看起来并非总是那么容易。

时间一分一秒过去，嘉蒂雅的心情越来越不安了。地球人寿命很短，而且老得很快。她已经有五年没见到以利亚，他究竟老了多少？他现在是什么样子？见到他以后，她脸上能不显露震惊或恐惧的表情吗？

不论他变成什么模样，他依旧是她万分感激的那个以利亚。

就是这样而已吗？感激？

她发觉自己的双手紧紧缠在一起，连手臂都酸疼了。她费了一番工夫，才让两只手勉强放松。

她知道对接程序已大功告成。那艘地球太空船很大，自然拥有人造重力产生器，因此在对接之际，重力场瞬间延伸到这艘小艇上。当小艇地板突然变成真正的“下方”的时候，出现了轻微的旋转效应，令嘉蒂雅冷不防坠落了两英寸。着地时她成了半蹲状态，一个重心不稳，整个人便撞向舱壁。

她有点吃力地直起身子，越想越懊恼——自己对这种变故为何毫无心理准备呢？

丹尼尔一丝不苟地说：“我们对接好了，嘉蒂雅女士，以利亚伙伴请求准予登艇。”

“那还用说，丹尼尔。”

随着一阵呼呼声，舱壁的一部分很快旋开了。一个人弯着腰走过来，舱壁随即在他身后恢复原状。

等到这人站直了，嘉蒂雅轻唤一声：“以利亚！”一颗心随即被喜悦和安慰淹没了。她觉得他的白发似乎变多了，但除此之外，他就是原来那个以利亚。他并没有其他的明显变化，也没有任何老化的迹象。

他冲着她笑了笑，而接下来的几秒钟，他仿佛要用目光将她生吞活剥。然后他举起食指，似乎是在说“等一下”，随即朝丹尼尔走去。

“丹尼尔！”他抓着机器人的双肩猛摇，“你完全没变。耶和华啊！你是我们生命中的一个定点。”

“以利亚伙伴，很高兴见到你。”

“而我很高兴又听到有人叫我伙伴，真希望这并非称呼而已。这是我第五次见到你，却是第一次没有待解的谜团。我甚至不再是便衣刑警，我已经辞职了。我现在的身份是星际移民，正要前往某个新世界。告诉我，丹尼尔，三年前法斯陀夫博士访问地球时，你为什么没有跟去？”

“那是法斯陀夫博士的决定，他决定带吉斯卡同行。”

“当时我很失望，丹尼尔。”

“我也期盼能有机会见到你，以利亚伙伴，不过法斯陀夫博士事后告诉我，那趟地球行极为成功，所以或许他的决定是正确的。”

“的确很成功，丹尼尔。在他来访之前，地球政府对于银河殖民态度消极，现在则是整个地球都跃跃欲试，有上百万人急着动身。我们没有足够的太空船——奥罗拉全力支援也不够——而我们也欠缺足够的新世界来安置他们，因为每个新世界都还有待调整，没有任何世界能以原来的面貌接纳人类社群。我要去的那个世界氧气浓度太低，我们必须在圆顶城市住上一个世代，地球植物才能遍布整个星球。”说着说着，他的目光逐渐频频转向带着微笑坐在一旁的嘉蒂雅。

丹尼尔说：“这是意料之中的事。根据我对人类历史的了解，太空族世界也都经历过一段大地改造。”

“当然免不了！多亏他们的经验，现在我们能进行得更快了。可是，不知你能否在驾驶舱里待一会儿，丹尼尔，我得跟嘉蒂雅谈谈。”

“当然可以，以利亚伙伴。”

丹尼尔穿过了通往驾驶舱的拱门，贝莱随即用询问的目光望着嘉蒂雅，并向旁边挥了挥手。

她完全明白他的意思，马上走过去按下开关，一道隔板便无声无息地封住了拱门。现在，不论从哪方面来说，他俩都是独处了。

贝莱伸出双手。“嘉蒂雅！”

她一把抓住他的手，甚至没想到自己并未戴手套。“就算丹尼尔待在这里，他也不会妨碍我们。”她说。

“实际上不会，心理上就很难说了。”贝莱苦笑了一下，“请原谅我，嘉蒂雅，刚才我必须先跟丹尼尔谈几句。”

“你认识他比较早。”她轻声道，“他自然有优先权。”

“他没有——可是他不会替自己说话。如果我惹恼你，嘉蒂雅，你生起气来，大可一拳挥向我的眼睛，丹尼尔却不能。我可以不理他，可以命令他走开，可以把他当成机器人看待，他不但得无条件服从，还会毫无怨言地继续做个忠实的伙伴。”

“他实际上就是机器人，以利亚。”

“我绝不这么想，嘉蒂雅。我的意识知道他是机器人，知道他并没有人类般的感受，可是我在心中却将他视为人类，所以必须这么对待他。若不是机器人去不得殖民者世界，我会拜托法斯陀夫博士让我带丹尼尔一起去。”

“你可曾梦想带我一起去，以利亚？”

“太空族也去不得。”

“你们地球人似乎和我们太空族一样，都有不理性的排外倾向。”

以利亚怏怏地点了点头。“双方都疯了吧。但即使我们精神正常，我还是不会带你去。你受不了那种生活，而且我担心你的免疫机制无法及时建立起来。你恐怕只会有两个下场，一是因为一场小病而很快过世，二是你会活得太久，眼看着我们一代一代死去——请原谅我，嘉蒂雅。”

“原谅什么，亲爱的以利亚？”

“原谅——这件事。”他手掌朝上，双手往左右一伸，“原谅我请你来见我。”

“但我很高兴你这么做，我也想见你。”

他说：“我知道。我原本不希望绕到奥罗拉来，但一想到上了太空就直奔目的地，我的心就碎了。但这样做并没有好处，嘉蒂雅。这只会让我们再经历一次生离死别，同样会令我感到心碎。正因为如此，我从来没有写信给你，也从未试着透过超波和你联络，想必你一直都在纳闷。”

“并不尽然。我同意你的说法，那么做毫无意义，只会把痛苦放大无数倍，但我还是写了很多信给你。”

“是吗？我一封都没收到。”

“我一封都没寄。每次写完后，我就把信毁了。”

“可是为什么呢？”

“因为，以利亚，凡是从奥罗拉寄到地球的私人信件，毫无例外都要经过审查。而我写给你的每一封信，我都不愿让审查人员读到。假如你曾写信给我，不论内容多么稀松平常，我敢说照样半封都送不到我手上。我原本以为是这个缘故，才会从来没收到你的信。现在我才知道你并不了解这个情况，但我万分高兴你并未傻到试着和我保持联络。否则你一定会误会我，以为我不回信给你。”

贝莱凝视着她。“我现在又怎能见到你呢？”

“这并不合法，千万别怀疑。我是搭乘法斯陀夫博士的私人太空艇，才得以轻易通过边界的警卫。如果这艘太空艇不是他的，我一定会被拦下，然后立刻被遣返。我想你也了解这一点，因此你先找上法斯陀夫博士，而并未试图直接联络我。”

“我根本什么都不了解。我这也不知道，那也不知道，没想到这就是我平安无事的原因。其实我还有一样不知道的，那就是你个人的超波联络码，在地球上，想查到这组号码真是难上加难。一来我无法私下进行，二来关于你我的流言蜚语早已传遍整个银河，这都要怪那出根据七年前的事件所改编的愚蠢超波剧。否则的话，我向你保证，我一定会试着查出你的号码。然而，我有法斯陀夫博士的号码，因此一进入奥罗拉的轨道，我立刻和他取得联络。”

“总之，我们又见面了。”她坐到了那张简便床的床沿，然后伸出了双手。

贝莱握住她的手，正准备坐到一张凳子上——一只脚都已经跨过去——她却坚决地用力一拉，拉他坐到了自己身边。

他吞吞吐吐地问：“你还好吗，嘉蒂雅？”

“相当好。你呢，以利亚？”

“我老了。三个星期前，我庆祝了自己的五十大寿。”

“五十岁并不……”她没说下去。

“对地球人而言就是老了。你也知道，我们的寿命很短。”

“即使对地球人而言，五十岁也不算老，你一点都没变。”

“多谢你这么说，但我感觉得到越来越多的零件都生锈了。嘉蒂雅——”

“什么事，以利亚？”

“有件事我非问不可，你和山提瑞克斯·格里迈尼斯……”

嘉蒂雅笑着点了点头。“他已经是我的丈夫，我接受了你的忠告。”

“结局美满吗？”

“够美满了，日子过得很愉快。”

“很好，希望永远持续下去。”

“没有任何事物能持续几个世纪，以利亚，但至少能持续几年，甚至或许几十年。”

“有孩子吗？”

“还没有。说说你的家人吧，我的有妇之夫。你儿子好吗？你太太好吗？”

“班特莱两年前移民到了新世界，在那里担任行政官员。事实上，我正是要去那个世界和他团聚。他今年才二十四岁，已经颇受尊敬了。”贝莱说得眉飞色舞，“我想就连我都得称呼他阁下，至少是在公开场合。”

“太好了。贝莱夫人呢？她跟你在一起吗？”

“洁西？没有，她不肯离开地球。我告诉她，我们会在圆顶城市住上好一阵子，当然一切从简，但不会和在地球上有太大的差别。不过话说回来，过些日子她就可能改变心意了，我会尽量让她过得舒服些。一旦我安顿好，就会派班特莱去地球把她接过来。到时她也许已经很寂寞，愿意离开地球了，看看吧。”

“但目前你是独自一人。”

“我们的太空船上有一百多位移民，所以我不算独自一人。”

“然而，他们在对接口另一边，而我现在也独自一人。”

贝莱不由自主地朝驾驶舱瞥了一眼，嘉蒂雅随即说：“当然，还有丹尼尔，但他在隔板的另一边，何况，不论你多么努力地把他视为人类，他仍然是机器人——而且你找我来，当然不只是要闲话家常，问候彼此的家人吧？”

贝莱的表情变得严肃，甚至接近焦虑了。“我不能要求你……”

“那就换我来要求你吧。这张简便床的设计并未考虑到性爱活动，一个不小心就可能摔下来，但我希望你愿意冒个险。”

贝莱以迟疑的口吻说：“嘉蒂雅，我不否认……”

“喔，以利亚，千万别为了满足你们地球人的道德感而对我发表长篇大论。我是在依照奥罗拉的习俗向你献身，你绝对有权利拒绝，而我则无权质问你为何拒绝我——只不过，我会以最强硬的方式质问你。我认定只有奥罗拉人拥有拒绝的权利，我可不接受地球人的拒绝。”

贝莱叹了一口气。“我已经不再是地球人了，嘉蒂雅。”

“这么一个正要前往蛮荒世界、准备窝在圆顶内的可怜移民，我更不可能接受他的拒绝。以利亚，之前我们只有那么一点点时间，现在我们的时间同样少得可怜，而且我很可能再也见不到你了。这次见面完全是意料之外的惊喜，如果白白浪费，那可是天大的罪恶。”

“嘉蒂雅，你真的想要一个老头吗？”

“以利亚，你真的想要我求你吗？”

“可是我觉得羞愧。”

“那就闭起眼睛。”

“我的意思是——这衰老的身体令我感到羞愧。”

“那就羞愧吧，你对自己这种愚蠢的评价和我毫无关系。”她双手搂着他，完全不管身上的袍子已齐中裂开。

05c

嘉蒂雅同时体认到了好几件事。

首先，她体认到了不老的奇迹，因为以利亚正是她记忆中那个样子，五年的岁月并未造成任何改变。这些年来，她并非活在被记忆美化的光辉中，现在的他就是那个以利亚。

她也体认到了藏在差异中的迷惑。她明明挑不出山提瑞克斯·格里迈尼斯有什么缺点，这时居然觉得他一无是处。山提瑞克斯深情款款，温柔亲切，头脑清晰，而且相当聪明——就是淡而无味。她也说不上来为何认为他淡而无味，可是不论他说什么或做什么，都不能像贝莱那样令她动心——即便后者什么也不说，什么也不做。论年龄贝莱大了不少，论体魄更是老了许多；他非但不如山提瑞克斯那么英俊，更糟的是，身上还有一种无以名之的腐朽感——对于寿命短、老化快的地球人而言，这是免不了的。可是……

她还体认到了男人有多么愚蠢，由于完全不明白自己对她的吸引力，以利亚竟然不太敢采取主动。

除此之外，她体认到了他已不在身边，想必是到驾驶舱去了。他一上来就先找丹尼尔，临走前还要跟他话别一番。地球人一律对机器人又恨又怕，以利亚则例外，他虽然十分清楚丹尼尔是机器人，仍旧把他当成人类看待。另一方面，太空族虽然喜爱机器人，甚至没有它们就浑身不自在，却一向只将它们视为机器而已。

而最重要的是，她体认到了时间的流逝。她不但知道从以利亚踏进这艘小艇算起，已经过了三小时又二十五分，她还知道剩下的时间不多了。

她自己离开奥罗拉本土越久，或是贝莱的太空船在轨道上停留的时间越长，都越有可能引人注意——她几乎可以肯定已经有人注意到这件事，所以或许应该说，时间拖得越久，就越有可能引起他人的怀疑和调查。然后，法斯陀夫就会惹上一身甩也甩不掉的麻烦。

贝莱从驾驶舱回来了，他哀伤地望着嘉蒂雅。“我必须走了，嘉蒂雅。”

“我非常了解。”

贝莱说：“丹尼尔会照顾你，他会成为你的朋友兼保镖。就算为了我吧，你一定要把他当成朋友。但我要你对吉斯卡言听计从，要让他扮演顾问的角色。”

嘉蒂雅皱起眉头。“为什么是吉斯卡？我还不确定自己喜不喜欢他。”

“我并没有要你喜欢他，我只请求你信任他。”

“可是为什么呢，以利亚？”

“我不能告诉你为什么。这一点，你也必须信任我。”

他们彼此凝望，没有再说什么，仿佛沉默有能力令时间静止，能让他们抓住每一秒钟，不让光阴从手中溜走。

可是时间并未永远静止。贝莱终于开口：“你不后悔……”

嘉蒂雅悄声说道：“我也许再也见不到你了——怎么会后悔呢？”

贝莱仿佛要回应这句话，但她攥紧拳头压住了他的嘴。

“无谓的谎言就省省吧。”她说，“我也许再也见不到你了。”

她果然再也没有见过他，再也没有！

06

她觉得自己拖着痛苦的脚步，走过了上百年的记忆荒原，重新回到此时此刻。

我再也没有见过他，她想，再也没有了！

多年来，她总是避免回想这些苦乐参半的往事，将自己保护得很好。如今，由于她见了这个叫作曼达玛斯的人，由于吉斯卡要求她这么做，而她不得不信任吉斯卡——那是他最后的请求——她一头栽进这段回忆，觉得是苦多乐少。

她打起精神面对眼前的局面。（时间究竟过了多久？）

一直冷冷望着她的曼达玛斯开口道："根据你的反应，嘉蒂雅女士，我猜是真有其事。即使你知无不言，也不可能说得更明白了。"

"什么真有其事？你到底在说些什么？"

"我是说在那个地球人以利亚·贝莱离开奥罗拉五年之后，你又和他见了一面。大约就是在你怀上长子的时候，他的太空船来到奥罗拉的轨道，你飞上去找他，和他相处了一段时间。"

"这件事你有什么证据？"

"夫人，此事并非绝对机密。当时就有人侦测到那艘位于轨道上的地球太空船，也侦测到了法斯陀夫的太空艇，甚至目睹两者曾经对接。但是法斯陀夫并不在太空艇上，可想而知乘客应该就是你。由于法斯陀夫博士很有影响力，这件事才没留下正式记录。”

“如果没留下正式记录，就等于没有证据。”

“可是别忘了，阿玛狄洛博士为了报仇雪恨，花了大半生的岁月在监视法斯陀夫博士的一举一动。况且，阿玛狄洛博士所倡导的‘银河保留给太空族’这个政策，还是有些政府官员全心全意拥护支持，因此凡是他们认为他有兴趣知道的事，都会悄悄向他报告。你那次小小的越轨，阿玛狄洛博士几乎第一时间就知道了。”

“仍然不是什么证据。某个低阶官员为了拍马屁而信口开河，毫无任何意义。阿玛狄洛当时没有采取行动，就是因为他也知道自己并未掌握证据。”

“只能说他没有证据指控任何人犯了任何罪，没有证据能够找法斯陀夫麻烦，可是已有足够的证据怀疑我是贝莱的后代，并毁掉我的前途。”

嘉蒂雅忿忿地说：“你再也不必担心了。我的儿子是我和山提瑞克斯·格里迈尼斯生的，是纯正的奥罗拉人，而格里迈尼斯的这个儿子就是你的祖先。”

“请设法说服我，夫人，此外我别无所求。说服我相信你曾飞到轨道上，和那个地球人独处几小时，可是这段时间，你们都在聊天——也许是聊政治，或是谈些往事和共同的朋友，或是聊聊趣闻——总之没有肌肤之亲，说服我吧。”

“我们做了什么，一点也不重要，你就别再挖苦我了。当年见他的时候，我已经怀了我丈夫的孩子。我肚子里有个三个月大的胎儿，一个奥罗拉胎儿。”

“你能证明吗？”

“何必要我证明呢？我儿子的生日有案可查，而阿玛狄洛一定知道我造访那个地球人的日期。”

“如我所说，当时的确有人向他通风报信，但那是将近两百年前的事，他现在记不清楚了。你的那趟飞行并未记录在案，根本无从查起。我担心阿玛狄洛博士宁愿相信你怀的是那个地球人的孩子，而你在九个月之后把他生了下来。”

“六个月。”

“请提出证明。”

“我向你保证。”

“不够。”

“嗯，好吧——丹尼尔，当时你也在场，我去见以利亚·贝莱是什么时候的事？”

“嘉蒂雅女士，是你儿子出生之前一百七十三天。”

嘉蒂雅说：“也就是还不到六个月。”

“不够。”曼达玛斯说。

嘉蒂雅扬起下巴。“丹尼尔的记忆完美无瑕，这点很容易验证，而奥罗拉的法庭一向采信机器人的证词。”

“我们又不是在打官司，况且对阿玛狄洛博士而言，丹尼尔的记忆一文不值。丹尼尔是法斯陀夫制造的，而且近两个世纪以来，一直由法斯陀夫亲自维修。很难说他有没有被动过手脚，或接受过什么特别指令，要他对阿玛狄洛博士另眼看待。”

“老弟，那你自己推理一番吧。就基因结构而言，地球人和太空族相当不同。我们可以说是两个不同的物种，无法产生混血的下一代。”

“只是理论。”

“嗯，好吧，别忘了还有基因档案。达瑞尔有，山提瑞克斯也有，去比较一下吧。如果我的前夫并非他的父亲，基因差异会提供不容置疑的证据。”

“你明明知道，基因档案不是人人见得到的。”

“阿玛狄洛不是那种紧紧拥抱道德良知的人，他自有本事非法看到那些档案——还是他根本不敢验证自己的假说？”

“无论在任何情况下，夫人，他都不会侵犯奥罗拉人的隐私。”

嘉蒂雅说：“嗯，很好，那你就到外太空去死吧。如果你的阿玛狄洛拒绝采信，那可一点也不关我的事。但你自己至少应该相信，而说服阿玛狄洛则是你自己的事。如果你说服不了他，如果你的事业无法如你所愿更上一层楼，请千万别怀疑，我一丝一毫也不在乎。”

“你这么说我并不惊讶，我从未指望你多做什么。至于这个问题，我已经被你说服了。我只是希望你给我一些实质证据，好让我说服阿玛狄洛博士，但你并没有。”

嘉蒂雅耸了耸肩，露出不屑的表情。

“那么，我只好诉诸别的办法了。”曼达玛斯说。

“我很高兴你还有别的办法。”嘉蒂雅冷冷地说。

曼达玛斯压低了声音，仿佛突然忘记对方的存在。“我也很高兴，自己还掌握着几个很有效的办法。”

“很好。我建议你试着勒索阿玛狄洛，他一定有好些把柄可供勒索。”

曼达玛斯抬起头来，忽然眉头深锁。“别说傻话。”

嘉蒂雅说：“你可以走了，我想我对你的耐心已经通通耗尽。滚出我的宅邸！”

曼达玛斯举起双手。“等等！我一开始就告诉你，我为了两件事来找你——一件是私事，另一件是国家大事。我花了太多时间在第一件事情上，但你一定要给我五分钟谈谈第二件事。”

“我最多给你五分钟。”

“还有一个人想见你。他是地球人——或者应该说他是殖民者世界的成员，是地球人的后裔。”

“告诉他，”嘉蒂雅说，“奥罗拉既不欢迎地球人，也不欢迎他们的殖民者后代，然后打发他走。为何一定要我见他？”

“遗憾的是，夫人，过去两百年间，权力天平起了微妙的变化。那些地球人掌握的世界已经超过我们——人口更是始终遥遥领先。他们的太空船虽然不如我们的先进，数量却比我们多。而且因为寿命短，繁殖力强，他们显然不像我们那么怕死，甚至可以说是视死如归。”

“我不相信最后那句话。”

曼达玛斯露出僵硬的笑容。“为何不相信呢？八十年的寿命比不上四百年那么有价值啊。但无论如何，我们必须对他们客客气气——必须表现得比以利亚·贝莱的时代客气得多。或许这么讲会让你舒服些，听好，今天这种局面全是拜法斯陀夫的政策之赐。”

“对了，你代表什么人发言？是阿玛狄洛自己现在必须对银河殖民者客客气气吗？”

“不，其实是立法局。”

“你是立法局的发言人吗？”

“并非正式的发言人，可是我受托通知你这件事——非正式地。”

“如果我接见这个银河殖民者，那又怎样？他见我要做什么呢？”

“这就是我们不知道的部分了，夫人，我们指望由你告诉我们。你要接见他，查出他想要什么，然后向我们汇报。”

“‘我们’是指谁？”

“如我所说，就是立法局。今天稍后，那位银河殖民者会到你的宅邸来找你。”

“你似乎假设我毫无选择余地，只能接受这个反间任务。”

曼达玛斯站了起来，显然认为任务已经达成了。“并不是什么‘反间’，你对这个银河殖民者毫无亏欠。你只是为你的政府提供情报罢了，凡是忠心耿耿的奥罗拉公民都会愿意——甚至抢着这么做。你可不希望由于你的索拉利出身，让立法局觉得你对奥罗拉不够忠诚吧。”

“博士，我当奥罗拉人的时间比你这一生还多了三倍有余。”

“这点毫无疑问，但你是在索拉利出生和长大的。你是个不寻常的异数，是个生于外星的奥罗拉人，这点令人印象深刻。更何况这个银河殖民者之所以要见你，而并非其他的奥罗拉人，正是因为你生于索拉利。”

“你怎么知道？”

“这是个合理的推测。他将你称为‘索拉利女士’，我们很好奇这个称呼到底对他有什么意义——索拉利如今已经不存在了。”

“问他啊。”

“我们宁愿问你——在你问到答案之后。现在我必须告辞了，非常感谢你的招待。”

嘉蒂雅硬邦邦地点了点头。“我十分乐意招待你，更万分乐意把你送走。”

曼达玛斯转身走向通往大门的走廊，他的两个机器人紧跟在后。

即将走出这个房间时，他停下脚步，转头说道：“我差点忘了……”

“忘了什么？”

“那位希望见你的银河殖民者，说来可真巧，他的姓氏居然也是贝莱。”

第三章
危 机

07

丹尼尔和吉斯卡遵循机器人礼仪，一路将曼达玛斯和他的机器人送到宅园之外。然后，既然已经出来了，他们索性将整个宅园巡了一遍，确认一下那些低阶机器人个个坚守岗位，还顺便做了今天的气象记录（多云，而且气温偏低）。

丹尼尔说："曼达玛斯博士公开承认殖民者世界如今强过了太空族世界，我没预料到他会这么讲。"

吉斯卡说："我也没有。我确定和太空族相较之下，银河殖民者的力量会越来越强大，因为以利亚·贝莱两百年前就作过这种预测，但我无法判断奥罗拉立法局何时能够看清这个事实。我觉得即使太空族早已失去优势，社会惯性仍然会让立法局坚信太空族的优越地位，只是我算不出他们会继续自欺到什么时候。"

"以利亚伙伴能在那么久以前就预见这个发展，真令我感到惊讶。”

“人类对于人类自有一套思考模式，这是我们学不来的。”吉斯卡若是人类，这时应该会透出遗憾或嫉妒的口吻，但身为机器人的他只是陈述事实而已。

他继续说：“虽然学不来，我还是详读了人类的历史，希望获得一些相关知识。在人类历史长河的某个角落，一定埋藏着相当于机器人学三大法则的‘人学法则’。”

丹尼尔说：“嘉蒂雅女士曾经告诉我，这种愿望是不可能实现的。”

“这话或许没错，丹尼尔好友，因为我虽然觉得人学法则一定存在，却怎么也找不出来。每次我试着找出规律，不论它多么粗略或多么简单，总是发现许许多多的例外。然而，如果真有这套法则，而我又能把它找出来，我就能够对人类有更深入的了解，因而对于自己服从三大法则的方式更有信心。”

“既然以利亚伙伴了解人类，他一定对人学法则多少知道些。”

“也许吧。但他使用的工具是人类所谓的直觉，那是我无法理解的字眼，而这就意味着我对那个概念完全陌生。也许它不在理性范畴内，而理性却是我唯一的凭借。”

07a

除此之外，还有记忆！

当然，这些记忆并非像人类那般运作，而是毫无残缺，毫无模糊，毫无由于一厢情愿或自私自利而作的增减，更不会因为流连忘返或挥之不去，而将记忆转化成冗长的白日梦。

机器人的记忆一律依照事件的顺序精准重现，只不过速度快得多。一秒钟可以浓缩成一奈秒，因此他能一面毫无间断地交谈，一面把好几天的事情在大脑中重演一遍。

而那趟地球之旅，吉斯卡不知重温过多少次，每次都试图从中理解以利亚·贝莱那种能够预见未来的直觉，可是每次都不成功，今天也不例外。

地球！

法斯陀夫是搭乘奥罗拉战舰前往地球的，舰上挤满了同行的人类与机器人。然而进入地球轨道后，只有法斯陀夫一人钻进登陆艇。虽然已经接受预防注射，激活了自己的免疫机制，他还是不敢掉以轻心，防护手套、连身服、隐形眼睛、鼻孔滤器样样不缺。这些防护令他感到相当安全，但是其他奥罗拉人还是不敢加入代表团的行列。

这点法斯陀夫毫不在意，因为在他想来（如他事后对吉斯卡所作的解释），自己只身前往地球将更受欢迎。代表团会勾起（地球人）那段关于太空城的不愉快回忆，当时太空族在地球上有个永久据点，借此直接掌控这个世界。

然而，法斯陀夫决定让吉斯卡随行。难以想象出远门的奥罗拉人会不带任何机器人，即使法斯陀夫也不例外。可是地球人的反机器人情结越来越严重，如果机器人带得太多，会给这次的造访和协商对象带来不必要的压力。

第一个要见的人当然是贝莱，他将扮演主客双方的联系管道。这足以成为他们见面的原因，不过真正的原因则是法斯陀夫非常想再见到贝莱，他太感激这位恩人了。

（法斯陀夫不可能知道——甚至做梦也想不到——吉斯卡也希望和贝莱碰面，而为了促成这件事，他对法斯陀夫脑中的情绪和冲动作了非常轻微的刺激。）

贝莱夹在一小群地球官员中等着迎接他，而在法斯陀夫降落后，双方浪费了不少时间，才熬过一轮又一轮的外交礼数。直到过了几个钟头，贝莱和法斯陀夫才摆脱了闲杂人等。事实上，要不是吉斯卡悄悄出手干预，他们恐怕还要多等好一阵子。（吉斯卡挑选了几个显然早已很不耐烦的大官，轻触他们的心灵。针对已存在的情绪下手总是安全的，几乎绝对不会造成伤害。）

最后，贝莱和法斯陀夫终于坐在一个通常只有政府高官才能使用的隐密用餐空间里。每样食物皆可通过电脑化菜单选取，然后由电脑化餐车送到面前来。

法斯陀夫微微一笑。“非常先进，”他说，“不过，这些餐车就是特种用途的机器人嘛，我很讶异地球上会有这种东西，它们当然并非太空族的产品。”

“的确不是。”贝莱正经八百地说，“可以算土产吧。只有达官显要享用得到，我自己也是第一次领教，应该不会再有第二次机会了。”

“也许有一天你会当选要职，天天过这种日子。”

“绝对不会。”贝莱答道。这时菜肴已经放到两人面前，而那辆餐车显然颇有智慧，对于乖乖站在法斯陀夫后面的吉斯卡完全不闻不问。

贝莱静静吃了一会儿，然后带着几分羞怯说：“很高兴再见到你，法斯陀夫博士。”

“我同样很高兴见到你。我一直难忘你的恩情，两年前你来到奥罗拉，不但帮我洗刷了毁坏詹德那个机器人的嫌疑，还巧妙地把矛头转向我的死对头——那个过度自信的阿玛狄洛。”

“每次想到这件事，我还会忍不住发抖。”贝莱说，“吉斯卡，我也要向你问好，相信你还没忘记我吧。”

“那几乎是不可能的，先生。”吉斯卡说。

“太好了！嗯，博士，我相信奥罗拉的政治局势依然很乐观。这儿听到的消息好像都是这么说的，但我并不相信地球人对奥罗拉事务所作的分析。”

“你不妨相信——至少目前可以，现在我的政党牢牢控制着立法局。阿玛狄洛的人马继续为反对而反对，可是在我看来，他们被你那么修理一顿之后，会有很多年无法恢复元气。不过你自己怎么样，地球上的情形又如何？”

“都还好。告诉我，法斯陀夫博士——”贝莱像是有点尴尬，表情稍微有些扭曲，“你把丹尼尔也带来了吗？”

法斯陀夫慢慢说道：“很抱歉，贝莱。他的确跟我来了，但我把他留在了战舰上。我觉得带着一个很像真人的机器人恐怕不礼貌，既然你们越来越反对机器人，让人形机器人来到地球像是一种刻意的挑衅。”

贝莱叹了一口气。“我了解。”

法斯陀夫问道：“听说地球政府打算禁止在大城中使用机器人，这是真的吗？”

“我猜应该快要成真了，当然会有一段缓冲期，好将经济损失和大众的不便降到最低程度。将来机器人只能在乡间使用，因为农业和矿业少不了它们。不过它们终将被逐步淘汰，在我们的计划中，新世界将完全禁用机器人。”

“既然你提到了新世界，你儿子离开地球了吗？”

“走了，几个月前走的。我们获悉他已经安全抵达一个新世界，同行的还有好几百名银河殖民者，那是他们对自己的称呼。那个世界有些原生植物，还有一个低氧的大气层。显然若干时日之后，就能将它改造得很像地球。目前他们暂时住在圆顶建筑内，大家都忙着大地改造的工作，而且已经开始召募新伙伴了。班特莱的信件以及偶尔的超波通话带给我们非常大的安慰，可是他妈妈还是想他想得厉害。”

“你自己也会去吗，贝莱？”

“我不敢说住在一个陌生世界的圆顶建筑内，是不是我心中所认定的幸福，法斯陀夫博士——我不像班那么年轻而且充满热情了，但我想两三年内还是必须动身。反正，我已经把移民的打算告知大城警局了。”

“我猜他们一定不知如何是好。”

“一点也不。他们嘴上那么说，心里巴不得我赶快走，我这个人太恶名昭彰了。”

“而地球政府对于这股拓展银河的风潮，又有什么反应呢？”

“很紧张。他们并没有全然禁止，可是当然也不合作。至今他们仍旧怀疑太空族抱持反对立场，会以某种不客气的方式阻止我们。”

“这就是社会惯性。”法斯陀夫说，“他们一直根据我们过去的行为来作评断。其实我们已经表明立场，我们鼓励地球人尽量开拓新世界，而且我们自己也打算这么做。”

“那么，针对这一点，我希望你能对我们的政府作个说明。不过，法斯陀夫博士，我还有个小问题，不知道她……”他支支吾吾没说下去。

“嘉蒂雅吗？”法斯陀夫忍住笑意，“你忘了她的名字吗？”

“没有，没有。我只是有点……有点……”

“她很好，”法斯陀夫说，“日子过得很自在。她要我提醒你别忘了她，但我看你一点也不需要提醒。”

“她的索拉利出身，没被什么人拿来为难她吧？”

“没有，而她对扳倒阿玛狄洛所作的贡献，同样没给她惹上麻烦，还可以说恰恰相反。我向你保证，我一直在照顾她。但我不太想让你把话题扯远了，贝莱。万一地球政府继续反对星际移民和拓展银河，那该怎么办？在政府的反对下，事情还能继续吗？”

“有可能，”贝莱说，“但不太肯定。对于这件事，地球人之间普遍存在着反对心态。大家都很难割舍那些地底大城，毕竟那是我们的家园……”

“你们的子宫。”

“好吧，我们的子宫，这么说也行。前往一个新世界，以最原始的条件住上几十年，这辈子休想再过舒服日子——那是很困难的。我自己有时想到这里，也会决定哪儿都不去了——尤其是在我彻夜难眠的时候。这个决心我已经下了一百次，或许哪天就再也不会动摇了。可是，这整个风潮可以说因我而起，如果连我自己都裹足不前，还有谁可能会高高兴兴、无牵无挂地出发呢？如果没有政府的鼓励——或者说得更露骨些——没有政府在民众屁股上踢一脚，整个计划就很可能成功不了。”

法斯陀夫点了点头。“我会试着说服你们的政府。可是万一我失败了呢？”

贝莱低声说道：“万一你失败了，而我们地球人也因此失败了——那就只剩下一个选择。太空族必须自己去开拓银河，这件事一定得有人做。”

“你甘心看着太空族扩展到整个银河，而地球人却待在自己这颗行星上？”

“一点也不甘心，但那总好过现在这种双方都原地踏步的情形。许多世纪之前，地球人蜂拥到星际之间，陆续开拓了好些新世界，而最初的几个新世界又继续扩展，终于建立了如今这五十个太空族世界。然而已有好长一段时间，无论太空族或地球人都未曾再有这方面的成果，不能允许这种情况继续下去了。”

“我同意。可是你倡导扩展的理由是什么呢，贝莱？”

“我觉得，如果没有任何扩展，人类就不可能有进步。我指的并不一定是疆域的扩展，不过显然它最容易带动其他的扩展。如果疆域的扩展不必以牺牲其他智慧生物为代价，如果有足够的空间让我们向外发展，那么何乐而不为呢？拒绝这样的扩展一定会带来衰败。”

“所以说，你看到两种可能性？扩展而进步，以及不扩展而衰败？”

“是的，我相信就是这样。因此之故，如果地球拒绝，太空族就必须接受。不论是地球人也好，太空族也罢，反正人类一定要扩展。我很想看到地球人担负起这个重任，但如果没这个机会，那么太空族的扩展总好过双方都停滞不前。就只有这两种可能了。”

“如果只有一方决定扩展呢？”

“那么，进行扩展的社会将持续茁壮，不扩展的则会持续衰弱。”

“你确定吗？”

“我想，这是不可避免的结果。”

法斯陀夫点了点头。“其实我都同意。正是由于这个缘故，我在努力说服地球人和太空族一起扩展，一起进步。这是第三种可能性，而且，我认为是最好的一种。”

07b

其后几天的记忆飞快闪过——无数的人潮不停地挤来挤去；捷运上的乘客上上下下；开不完的会议，数不尽的官员，还有一堆堆的心灵。

尤其是那一堆堆的心灵，他印象最深刻。

那一堆堆的心灵浓密异常，吉斯卡根本无法分辨任何个体。所有的心灵通通混在一起，融合成一个不停搏动的巨大灰影，只有每当某人向他望过来的时候，他才能侦测到一股代表怀疑和厌恶的精神火花。

唯有在法斯陀夫和少数官员开会的时候，吉斯卡才能触动个别的心灵，当然，他也只有那时才能发挥作用。

在即将离开地球的某一天，记忆突然减速了。那时，吉斯卡终于设法和贝莱再独处一次——他对几个心灵作了最小的调整，以确保短时间内不会受到打扰。

贝莱带着歉意说："我真的不是不理你，吉斯卡，我只是找不到机会跟你单独相处。我在地球上官位不高，无法说来就来，说走就走。"

"这点我当然了解，先生，但我们现在有这个机会了。"

"很好。法斯陀夫博士告诉我嘉蒂雅一切都好，他这么说也许是出于善意，因为他知道我想听好消息。然而，我命令你说实话。嘉蒂雅真的一切都好吗？"

"法斯陀夫博士跟你说的都是实话，先生。"

"而我希望你还记得，当年我在奥罗拉跟你告别之际，曾经嘱咐你保护嘉蒂雅，避免她受到任何伤害。"

"先生，我和丹尼尔好友都牢记你的嘱咐。我已经安排好了，等到法斯陀夫博士离开人世之后，嘉蒂雅女士的宅邸将是我和丹尼尔好友的归宿。那时候，我们会把她保护得更好。"

"这，"贝莱哀伤地说，"注定是我死后的事了。"

"这点我了解，先生，而且感到遗憾。"

"是啊，可惜谁也无能为力。不过在此之前，就会有危机出现——或说可能出现——但那仍是我死后的事。"

"你指的是什么事呢，先生？到底是什么危机？"

"吉斯卡，这场危机的根源很可能是法斯陀夫博士惊人的说服力。但是，也可能还有些与他有关的其他因素会促成这件事。"

"此话怎讲？"

"凡是法斯陀夫博士拜访过的官员，现在似乎都热烈支持星际移民了。之前他们或是绝不支持，或是有极大的保留。一旦意见领袖开始支持这件事，民众一定会跟进，这股风潮会像传染病般蔓延开来。”

“这不正是你希望见到的吗，先生？”

“是我希望见到的没错，问题是恐怕过了头。我们将在银河中开枝散叶——可是，万一太空族做不到呢？”

“他们为何做不到？”

“我也不知道。我只是提出一个假定，一个可能性。万一他们做不到呢？”

“根据你之前的说法，这么一来，地球和地球人所开拓的世界就会日渐强盛。”

“而太空族就会日渐衰弱。然而，太空族和地球人或银河殖民者之间的差距虽然会持续缩短，但前者强过后者的情势仍会维持一阵子。在此期间，太空族终究会察觉地球人越来越危险，到了那个时候，太空族世界一定会决心阻止地球人和银河殖民者，以免后悔莫及，而且他们会认为必须采取激烈手段。那时就会出现危机，而它将决定人类未来整个的走向。”

“我懂你的意思了，先生。”

贝莱若有所思地沉默了一阵子，然后，仿佛生怕遭人偷听，他用十分接近耳语的声音说：“你的能力有谁知道？”

“人类之中就只有你了——而你无法向任何人透露。”

“这点我非常明白。问题是你们之所以能扭转乾坤，令那些受访的官员转而支持星际移民，其实全是因为你，而并非法斯陀夫的功劳。为了实现这件事，你设法让法斯陀夫来地球时带着你而不是丹尼尔。在这件任务中，你是不可或缺的，而丹尼尔却可能造成反效果。”

吉斯卡说：“我觉得来访人数必须尽量少，才能降低地球人的敏感度，让我的工作变得容易些。先生，我很抱歉害得丹尼尔不能来，令你无法见到他，你的失望我完全感受得到。”

“嗯——”贝莱摇了摇头，“我了解这个必要性，而我只能指望你对丹尼尔说明我有多么想念他。无论如何，我们还是回到正题吧。如果地球全力执行星际殖民政策，而太空族在这场竞赛中落后了，那么这个发展——以及随后势必出现的危机——都要算在你的账上。因此之故，当危机出现时，你一定要设法偿还这笔债，也就是用你的能力来保护地球。”

“我会尽力而为，先生。”

“万一你成功了，阿玛狄洛——以及他的党徒——有可能拿嘉蒂雅出气，一定不能忘记也要保护她。”

“我和丹尼尔都不会忘记。”

“谢谢你，吉斯卡。”

然后他们就散会了。

直到吉斯卡随着法斯陀夫钻进登陆艇，准备返航之际，他才又见到了贝莱。这回，他俩并没有机会说话。

贝莱挥了挥手，做出无声的嘴形：“别忘了。”

吉斯卡感应到了那句话，也感应到了藏在其后的情感。

从此以后，吉斯卡再也没有见过贝莱，再也没有。

08

每当吉斯卡重温访问地球的那一幅幅鲜明画面，一律会联想到后来前往机器人学研究院拜访阿玛狄洛的重要经过。

那场会议并不容易安排。遭到惨败的阿玛狄洛仍旧愤恨难平，坚决不肯前往法斯陀夫的宅邸，认为那是加倍的自取其辱。

“好吧，那么我去见他。”法斯陀夫对吉斯卡说，“我大可表现出胜者的风度。更何况，我也必须见他。”

就在阿玛狄洛的政治野心给贝莱粉碎之后，法斯陀夫成了机器人学研究院的一员。为了表示诚意，法斯陀夫将建造和维修人形机器人的相关资料通通移交给研究院。这个计划造就了一些人形机器人，但后来却无疾而终，法斯陀夫还曾因此勃然大怒。

最初，法斯陀夫打算只身前往研究院，一个机器人也不带。打个比方，他将赤裸裸地、手无寸铁地置身于敌方阵营的核心。那是一种谦逊和信赖的象征，却也暗示着百分之百的自信，而阿玛狄洛一定会心知肚明。法斯陀夫这么做，等于表明了认定阿玛狄洛是个纸老虎——头号敌人莽莽撞撞、毫无防备地送上门来，在研究院独揽大权的阿玛狄洛却不敢动他一根汗毛。

可是在最后关头，法斯陀夫却决定让吉斯卡随行，自己也不太清楚为什么。

阿玛狄洛似乎比法斯陀夫上次见到他时瘦了一点，但仍是那副令人望而生畏的模样——高大魁梧。他那充满自信的笑容早已一去不返，当法斯陀夫进门时，他试着唤回那个招牌笑容，却只挤出一个介于龇牙咧嘴和闷闷不乐之间的表情。

“你好，凯顿。”法斯陀夫径自使用对方的昵称，“虽然我们当了四年的同事，见面的次数却寥寥可数。”

阿玛狄洛显然十分恼怒。“别来这种假惺惺，法斯陀夫，”他以低沉的声音咆哮道，“请叫我阿玛狄洛。我们只是名义上的同事，而且我从不讳言——从不隐瞒——我坚信你的对外政策是在自取灭亡。”

阿玛狄洛身边有三个机器人，一个个高大而闪闪发亮，法斯陀夫扬眉审视了它们一番。“面对一名和平使者和他仅有的机器人，阿玛狄洛，你把自己保护得可真好。”

“你很清楚，法斯陀夫，他们绝不会攻击你。但你为什么带着吉斯卡呢？为何不带你的杰作丹尼尔？”

“把丹尼尔带到你这儿安全吗，阿玛狄洛？”

“我把你这句话当成在说笑。我不再需要丹尼尔，我们会建造自己的人形机器人了。”

“以我的设计为基础。”

“我们作了好些改良。”

“可是你们并未使用那些人形机器人，这就是我今天来找你的原因。我知道自己在研究院的职位只是个虚名，你们甚至不喜欢见到我，更遑论我提出的意见或建言了。然而，身为研究院的一员，我必须针对弃置人形机器人这件事向你提出抗议。”

“你希望我如何善加利用呢？”

“当初你的打算是要利用人形机器人开发新世界，等到那些世界完成大地改造，完全适合住人的时候，太空族便能移民其上，对不对？”

“但那正是你所反对的，法斯陀夫，对不对？”

法斯陀夫说：“对，我以前反对过。我希望太空族能够自己移民到新世界，自己动手改造大地。然而，现在并没有发生这种事，而我已经看清楚，将来也不太可能发生了。所以，让我们把人形机器人送出去吧，这样总强过什么也不做。”

“只要你的观点仍在立法局中一枝独秀，法斯陀夫，其他的方案都会是一场空。太空族不可能前往原始而未经开发的世界，而且，他们似乎也不喜欢人形机器人。”

“你几乎没给太空族喜欢它们的机会。地球人正着手开拓新世界——都是原始而未经开发的行星，而且从头到尾没有机器人帮忙。”

“你应该非常了解我们和地球人之间的差异。地球共有八十亿人口，外加好些银河殖民者。”

“太空族加起来也有五十五亿。”

“人数并非唯一的差异。”阿玛狄洛忿忿地说，“他们还像昆虫般繁殖。”

“没这回事，地球的人口已有好几个世纪相当稳定。”

“他们仍有这个潜力。如果全心全意放在星际移民上，他们不难每年生产一亿六千万个新成员，等到新世界住满了人，这个数字还会向上攀升。”

“就生物学的观点而言，我们也有能力每年生产一亿个新成员。”

“就社会学的观点则否。我们很长寿，我们不希望自己被迅速汰换。”

“我们可以把大半的新成员送到其他世界。”

“他们不会去的。这副躯体既强壮又健康，而且能够如此维持将近四百年，所以我们分外珍惜。反之，地球人的身体不到一百年就会报废，而且在这么短的时间里，还会深受疾病和退化之苦，他们绝无可能珍惜。如果每年送出几百万人去受苦受难甚至送命，他们一点也不会在乎。事实上，就连那些牺牲品都不必畏惧苦难和死亡，他们留在地球上又会好到哪里去？那些移民外星的地球人，等于是在逃离那个疫区似的世界，他们都很清楚应该不会碰到更糟的情况了。另一方面，我们很珍惜这五十个既完善又舒适的世界，所以不会轻易放弃。”

法斯陀夫叹了一口气。“这些论调都是我经常听到的——能否让我指出一个简单的事实，阿玛狄洛？奥罗拉当初也是个原始而未经开发的世界，必须经过大地改造才能住人，而且其他的太空族世界也通通一样。”

阿玛狄洛说：“你的这些论调，我则是听得快要作呕了，但我仍会不厌其烦地再回应一次。一开始的时候，奥罗拉或许是个原始世界，但奥罗拉是由地球人开拓的；而其他的太空族世界，即使有些虽然由太空族所开拓，可是那些太空族却并未完全挣脱地球人的本质。现在时代不同了，当时做得到的，现在做不到了。”

阿玛狄洛龇牙咧嘴了一番，然后继续说：“不，法斯陀夫，你的政策所孕育的成果，就是逐渐创造一个被地球人占满的银河，而太空族则注定衰败灭亡。你现在就看得出这个发展了。两年前，你那趟著名的地球之旅是一个转捩点。你竟然背叛自己的同胞，鼓励那些次等人类开始扩展。短短两年内，地球人已经踏上二十四个新世界，而这个数字还在稳定增长中。”

法斯陀夫说：“别那么夸张。那些殖民者世界还没有哪个真正适合人类居住，这种情况将持续好几十年，况且并非个个都能撑下去。此外，等到这些邻近的世界一一被殖民后，这股热潮就会冷却下来，因为越远的世界越难开拓，失败的几率也越高。我之所以鼓励他们，是因为对我们自己有信心。我们只要愿意努力，仍然可以跟他们并驾齐驱，而在这种良性竞争下，双方可以一起征服整个银河。”

“不，”阿玛狄洛说，“这只是愚蠢的理想主义，再也没有任何政策比你心中的构想更具破坏力了。不论你如何努力，扩展永远都只会是单方面的。地球人将长驱直入地蜂拥到太空中，而我们必须趁早阻止，等到他们坐大可就来不及了。”

“你打算怎么做呢？我们和地球签过友好条约，里面特别注明，只要避开各个太空族世界周围二十光年的星空，我们就不会阻止他们进行扩展。他们始终严格遵守这个协议。”

阿玛狄洛说：“大家都知道有这个条约。可是大家也都知道，一旦条约内容损及强势那一方的国家利益，任何条约都会变成废纸。我根本不认同那个条约。”

“我认同，它不会成为废纸的。”

阿玛狄洛摇了摇头。“你的信念令人感动。等你不再大权在握，又怎能保证它不会成为废纸呢？”

“我还打算再掌握大权好一阵子。”

“随着地球人和银河殖民者日益强大，太空族的恐惧将与日俱增，到时你的大权就保不了多久了。”

法斯陀夫说：“就算你将条约撕烂，把殖民者世界一个个毁掉，把地球重新关起来，难道太空族就会开始移民星际，扩展到整个银河吗？”

“也许不会。但如果我们决定不扩展，如果我们决定安于现状，那又会有什么差别呢？”

“那样的话，银河就不会成为人类的帝国。”

“如果不会，那又怎样？”

“太空族将会逐渐退化，逐渐衰败。即使地球一直被我们监禁起来，也不会改变这种情形，只会陪着我们退化和衰败而已。”

“那只是贵党的危言耸听之论，法斯陀夫，没有确切证据能够证明一定会发生这种事。即使真有这么一天，那也是我们的选择，至少我们不会见到那些野蛮的短命鬼继承了整个银河。”

法斯陀夫说：“你是不是在正式宣称，阿玛狄洛，只要能够阻止地球扩展，你愿意见到太空族文明走进坟墓？”

“我并不想牺牲我们自己，法斯陀夫，但如果真走到这一步，哈，没错，在我看来，与其让那些满身疾病的短命次等人类获胜，还不如牺牲我们自己呢。”

“别忘了我们是他们的后裔。”

“我们和他们已经没有真正的血缘关系。十亿年前，我们的祖先和虫子差不多，难道我们现在还是虫子吗？”

法斯陀夫紧抿着嘴，一言不发地起身离去。满眼怒火的阿玛狄洛并未试图拦住他。

09

丹尼尔不确定吉斯卡是否沉浸在回忆中，至少无法直接确定。原因之一，吉斯卡的表情毫无变化；原因之二，即使他沉浸在回忆中，也只是一眨眼的事，这和人类很不一样。

另一方面，很早以前吉斯卡就对丹尼尔转述了那段记忆，而现在，导致吉斯卡忆起那些往事的动机，也让丹尼尔想到了相同的往事，对此吉斯卡并未感到讶异。

他们的对话仍旧流畅地进行，却是以一种前所未有的特殊方式，仿佛两人都替对方想到了这段往事。

丹尼尔说："依我看，吉斯卡好友，既然奥罗拉体认到了国力不如地球和那些殖民者世界，我们应该已经安然渡过以利亚·贝莱预见的那个危机了。"

"看来是这样，丹尼尔好友。"

"这都多亏你的努力。"

"是的。我让立法局一直在法斯陀夫掌握之中，我还尽可能影响了那些能够影响舆论的人。"

"但我还是感到不安。"

吉斯卡说："我则是从头到尾每个阶段都感到不安，虽说我已尽力避免对任何人造成伤害。除了那些只需要作最轻微调整的人类——精神上的调整——其他人我一律不碰。当初在地球上，我试图将恐惧报复的心理减轻，但仅仅针对那些恐惧感原本就较小的人，而且我所折断的那些思绪，无一不是已经快要自行断裂的。而在奥罗拉，情况则刚好相反。凡是会导致奥罗拉人从这个舒适世界出走的政策，那些决策者都不愿意支持，而我只需要确保这一点，将已经很结实的思绪稍微加强即可。这么做令我陷入不安的状态，即使不算心乱如麻，也始终心神不宁。”

“为什么呢？你一手推动了地球的扩展，另一手拉住了太空族的扩展，想必这些都是你应该做的啊。”

“我应该做的？丹尼尔好友，难道你认为虽然都是人类，地球人却比太空族重要吗？”

“两者确有差异。以利亚·贝莱宁可他的地球同胞挫败，也不愿任由银河荒芜。阿玛狄洛博士则是宁可看到地球人和太空族双双凋萎，也不愿眼见地球人扩展到整个银河。前者希望看见双赢的局面，后者却乐于让彼此同归于尽。难道我们不该选择前者吗，吉斯卡好友？”

“没错，丹尼尔好友，似乎正是这样。但你这种想法，有多少是来自你对当年那个伙伴以利亚·贝莱的崇拜？”

丹尼尔说：“我很珍惜和以利亚伙伴那段交情，而地球人都是他的同胞。”

“我看得出来。而且这一两百年来我一直在说，你倾向于人类的思考模式，丹尼尔好友，但我不确定这句话算不算恭维。话说回来，虽然你倾向于人类的思考模式，但你并不是人类，到头来还是受制于三大法则。你无法伤害人类，无论地球人或太空族皆然。”

“有些时候，吉斯卡好友，我们对人类也必须有所取舍。你我奉命要特别卖力保护嘉蒂雅女士，而为了保护她，某些情况下我将被迫伤害其他人类。因此我认为，即使一切条件通通相等，我也会为了保护地球人，而愿意对太空族造成轻微的伤害。”

“你只是认为如此。但在真实事件中，当下的情势才是你的最高指导原则，你将会发现凡事不能一概而论。”吉斯卡说，“我自己也是一样。为了推动地球并拉住奥罗拉，我故意让法斯陀夫博士无法说服奥罗拉政府支持移民政策，以免银河中出现两股扩展势力。但我还是不免体认到他在这方面的努力因而付诸流水，这一定会令他感到越来越绝望，或许还会缩短他的寿命。他内心的感受我都体会到了，这令我万分痛苦。可是，丹尼尔好友……”

吉斯卡打住了，丹尼尔追问：“什么？”

“假如我不这么做，有可能太大削弱地球的扩展能力，却无法相对提升奥罗拉在这方面的行动。法斯陀夫博士将因此有双重的挫折感——一方面是地球，一方面是奥罗拉——更有甚者，他还会被阿玛狄洛博士赶下政治舞台。那时，他的挫折感会更加严重。只要法斯陀夫博士还活着，他就是我第一优先的效忠对象，因此我才选择这样的行动方针，一来带给他的挫折感最小，二来对其他人伤害也不大。就算法斯陀夫博士由于无法说服奥罗拉人以及其他太空族开拓新世界而一直耿耿于怀，至少他会对地球人的移民行动感到欣慰。”

“难道你就不能同时推动地球和奥罗拉，吉斯卡好友，好同时满足法斯陀夫博士的两个心愿？”

“这点我当然想过，丹尼尔好友。我考量了它的可能性，最后决定不这么做。要鼓励地球人移民星际，只需要一点点改变即可，这点改变不会伤到任何人。想对奥罗拉人造成同样的效果，则需要很大的、足以造成伤害的改变，第一法则禁止我做这种事。”

“真可惜。”

“确实如此。假如我能彻底扭转阿玛狄洛博士的心态，想想看会得到什么成果。但我要怎样才能改变他对法斯陀夫博士根深蒂固的成见呢？那就好像把他的脑袋强行扭转一百八十度，而我认为，令他内心的情感作这么大的转变和扭他的脑袋一样会要了他的命。

“我的这个特殊能力是有代价的，丹尼尔好友，”吉斯卡继续说，“我等于掉进一个两难困境中，而且越陷越深。机器人学第一法则禁止我们伤害人类，但通常是指可见的、有形的伤害，这类伤害我们都能轻易分辨，而且不难作出判断。然而，我还能体会到人类的情感和心灵状态，因此我知道所谓的伤害其实还有更微妙的形式，偏偏我又无法百分之百了解。有好些时候，我都被迫在不太确定的情况下采取行动，使得我的电路长期承受着一种压力。

“但我觉得自己表现得很好，我已经带领太空族通过了危机点。奥罗拉人已了解到银河殖民者越来越强大，现在必须尽量避免冲突。想要报复为时已晚，他们不得不承认这个事实，而从这个角度来看，我们对以利亚·贝莱的承诺已经实现了。我们已将地球推上扩展至整个银河、建立银河帝国的康庄大道。”

这时他们正朝嘉蒂雅的宅邸走去，但丹尼尔突然停下来，一只手轻轻按在吉斯卡肩膀上，令对方也停下脚步。

丹尼尔说：“你规划的蓝图很有吸引力。若能如你所说，我们终将完成这项壮举，一定会令以利亚伙伴为我们感到骄傲。以利亚会说这是‘机器人与帝国’的佳话，或许还会拍拍我的肩膀。但正如我所说，我感到不安，吉斯卡好友。”

“哪点令你不安，丹尼尔好友？”

“我忍不住寻思，我们是否真的已经渡过以利亚伙伴百年前所说的那个危机。如今太空族若想报复，是否真的为时已晚？”

“你为何会有这种疑虑，丹尼尔好友？”

“因为曼达玛斯博士和嘉蒂雅女士谈话时，他的言行举止令我感到可疑。”

吉斯卡定睛凝视丹尼尔好一会儿，四周一片静寂，树叶在凉风中擦出的沙沙声清晰可闻。云层正在逐渐散去，太阳应该很快就会露脸。打从一开始，他们的对话便像拍电报般简略，花费的时间寥寥无几，所以他们并不担心嘉蒂雅会开始着急。

吉斯卡问："他们的谈话内容到底哪点令你不安？"

丹尼尔说："我曾从旁观察以利亚·贝莱解决难题的过程，前后共有四次。在这四次难得的机会中，我都特别注意他是如何从有限的，甚至误导的情资中得出有用的结论。从那时开始，我就总是在自己的能力范围内，试着模仿他思考问题的方式。"

"在我看来，丹尼尔好友，这方面你做得很好。我曾经说过，你倾向于人类的思考模式。"

"那么你也该注意到，曼达玛斯博士希望跟嘉蒂雅女士讨论的共有两件事，这点他自己特别强调过。其中一件事是关于他的血统，他到底是不是以利亚·贝莱的后代。另一件事则是请求嘉蒂雅女士接见一名银河殖民者，并于事后提出报告。在这两件事情中，第二件应该是立法局所重视的大事，第一件则只有他自己才会关心。"

吉斯卡说："曼达玛斯博士曾明白表示，阿玛狄洛博士也很关心他到底是谁的后代。"

"那也只是多了一个人关心这件私事而已，吉斯卡好友，它仍然不是立法局以及奥罗拉世界会重视的大事。"

"请继续，丹尼尔好友。"

"而那件国家大事——这是曼达玛斯博士自己的用词——竟然被他排到第二位，几乎像是随口提提，然后就几乎立刻抛在脑后了。事实上，那件事似乎用不着他亲自造访，只要找个立法局官员，透过全息影像沟通即可。另一方面，曼达玛斯博士把他自己的血统问题摆在前面，讨论得极其详尽，而这个问题只有他自己能够处理，不可能假手他人。”

“你得到了什么结论，丹尼尔好友？”

“我相信，曼达玛斯博士是利用那个银河殖民者当借口，这样他才能亲访嘉蒂雅女士，以便私下打探他自己的血统，那才是他唯一感兴趣的问题。你可有办法支持这个结论，吉斯卡好友？”

由于奥罗拉的太阳尚未钻出云层，仍看得出吉斯卡的双眼闪着黯淡的红光。他说：“在讨论第一个问题的时候，曼达玛斯博士心中确实比较紧张，而且紧张的程度明显强过第二个问题。这或许是个明确的证据，丹尼尔好友。”

丹尼尔说：“那么我们就得问问自己，为什么血统问题对曼达玛斯博士那么重要？”

吉斯卡说：“曼达玛斯博士曾经提出解释。唯有证明自己并非以利亚·贝莱的后代，他才能拥有光明的前途。他指望阿玛狄洛博士能够一路提拔，但如果他真是贝莱先生的后代，一定会遭到阿玛狄洛博士的唾弃。”

“那是他自己说的，吉斯卡好友，但是会谈的内容反驳了这一点。”

“为何这么说呢？请你继续以人类的方式思考，丹尼尔好友，我发觉这很有启发性。”

丹尼尔严肃地说：“谢谢，吉斯卡好友。你可曾注意到，关于他是不是以利亚伙伴的后代这个问题，不论嘉蒂雅女士提出什么反证，曼达玛斯博士都认为不足采信？每一次，曼达玛斯博士都说阿玛狄洛博士不会接受这样的证据。”

“没错，但你能从中推出什么呢？”

“依我看，既然曼达玛斯博士坚信阿玛狄洛博士不会接受以利亚·贝莱和他并无血缘关系的任何证据，就不禁令我们怀疑他为何还要大费周章地来请教嘉蒂雅女士。显然打从一开始，他就知道这么做毫无意义。”

“或许吧，丹尼尔好友，但这只是臆测而已。针对他的行为，你可否提出一个可能的动机？”

“可以。我相信他之所以调查自己的血统，并非为了说服冥顽不灵的阿玛狄洛博士，而是为了说服他自己。”

“这样的话，他为何还要特别提到阿玛狄洛博士呢？为何不直接说：‘我想知道真相。’”

丹尼尔脸上掠过一丝笑容，这种表情变化是吉斯卡无论如何做不到的。“假如他对嘉蒂雅女士说：‘我想知道真相。’她的回答一定是那不关她的事，而他就会空手而归。然而，正如阿玛狄洛博士恨透了以利亚·贝莱，嘉蒂雅女士也恨透了阿玛狄洛博士。无论阿玛狄洛博士对她有什么成见，嘉蒂雅女士一定都会气急败坏。即使那些成见多少有点真实性，她照样会发火；而如果完全是空穴来风，像这件事这样，她的怒火就更是难以想象了。她会不遗余力地证明阿玛狄洛博士胡说八道，会尽可能提出证据来推翻他的说法。

“这么一来，每当曼达玛斯博士硬生生指出证据不够充分，她的怒气就会更上一层楼，也就会设法提出更多的佐证。曼达玛斯博士所采取的策略，是要确保自己能从嘉蒂雅女士身上尽可能挖出真相，好说服自己相信他的祖先并不是地球人，至少不是两百年前的地球人。在这件事情上，我认为阿玛狄洛的感受并非真正的问题。”

吉斯卡说：“丹尼尔好友，这个观点很有意思，但似乎欠缺扎实的立论基础。我们要如何断定这并非只是你的猜测而已？”

丹尼尔说：“难道你不觉得，吉斯卡好友，当曼达玛斯博士谈完自己的血统问题，却没有得到足以说服阿玛狄洛博士的证据，他应该万分灰心沮丧，至少他曾让我们有这种预期。根据他自己的说法，这意味着他的前途将一片黑暗，更别妄想能当上机器人学研究院的院长了。可是在我看来，他非但不沮丧，事实上还可以说是欢欣鼓舞。这点我只能从外表来判断，但你能做得更好。告诉我，吉斯卡好友，当他和嘉蒂雅女士讨论完这个问题之后，他的精神状态如何？”

吉斯卡说：“现在回顾起来，他的反应不只是欢欣鼓舞，更像是打了一场胜仗。丹尼尔好友，你说对了。在听你解释完这段思考过程之后，我对自己所侦测到的胜利喜悦更有信心，它足以证明你的推论正确无误。事实上，在听完你的全盘分析之后，我想不通为何无法自行看清这一切。”

“那是因为，吉斯卡好友，在许多时候，我的反应都是源自以利亚·贝莱的推理方式。而我之所以能在这个节骨眼进行这样的推理，或许——至少有一部分原因——是因为当前的危机带给我的强烈刺激，它迫使我作出更贴切的思考。”

“你低估自己了，丹尼尔好友。早在很久以前，你的思考就已经很贴切了。但你为何会用当前的危机这种说法呢？停下来解释一下吧。从曼达玛斯博士获悉自己和贝莱先生并无血缘关系后的欣喜反应，你如何联想到什么危机呢？”

丹尼尔说：“关于阿玛狄洛博士的事，曼达玛斯博士或许欺骗了我们，但我们仍不妨假设他倒是真有事业上的野心，渴望有一天成为那所研究院的院长。你说对不对，吉斯卡好友？”

吉斯卡顿了顿，仿佛沉思了一下，然后才说：“我并未刻意寻找野心的痕迹，刚才我在研究他的心灵时，没有特别想要找什么，所以只察觉到一些表面的情绪而已。可是当他提到自己的前途时，或许的确冒出一些野心的火花。我并没有强烈的证据来支持你，丹尼尔好友，但我也完全没有任何证据来反驳你。”

“那么，我们姑且假设曼达玛斯博士的确野心勃勃，看看能推论出什么来。同意吗？”

“同意。”

“所以说，一旦相信自己并非以利亚伙伴的后代，他立刻出现打胜仗的感觉，会不会是因为他觉得自己的野心能够实现了？然而，这和阿玛狄洛博士的认可毫无关系，因为我们已经同意，曼达玛斯博士只是拿阿玛狄洛博士当幌子罢了。他的野心能够实现，一定是由于其他的原因。”

“什么其他的原因？”

“目前还没有任何强有力的证据，足以支持任何其他的原因。可是为了进行推论，我可以提出一个假设。或许有一件事，只有曼达玛斯博士知道怎么做，或者只有他做得到，而这件事会导致一个巨大的战果，一定能够让他继任院长的职位？你还记不记得，在讨论完他的血统问题之后，曼达玛斯博士曾说‘自己还掌握着几个很有效的办法’。假设这是真话，而他必须不是以利亚伙伴的后代，才能使用这些办法，那么我们可以说，他之所以欢欣鼓舞，归根结底是因为他总算能用上这些方法，他的前途已经确保一片光明。”

“但这些‘很有效的办法’到底是什么呢，丹尼尔好友？”

丹尼尔严肃地说：“我们必须继续推论下去。我们知道阿玛狄洛博士最想做的一件事就是打败地球，令它回到原先臣服于太空族世界那种地位。如果曼达玛斯博士有办法做到这一点，无论他要什么，阿玛狄洛博士一定都会给他，甚至包括保证由他接手院长的职位。但对于打败和羞辱地球这件事，曼达玛斯博士或许仍有些犹豫，他得先确定自己和地球人毫无亲戚关系。如果他是地球人以利亚·贝莱的后代，他就下不了这个手。一旦确定没这回事，他就百无禁忌了，所以他表现得欢欣鼓舞。”

吉斯卡说：“你的意思是曼达玛斯博士是个有良心的人？”

“良心？”

“这是人类常用的一个字眼。据我推测，它是指一个人奉行某些行为准则，因而他所采取的行动和他的私欲私利背道而驰。如果曼达玛斯博士觉得不能为了自己的前途而牺牲地球上那些远亲，我想他就算是所谓的有良心的人。我经常思考像这样的事情，丹尼尔好友，因为这似乎暗示人类心中也存在着若干法则，至少在某些情况下，这些法则能够支配他们的行为。”

“你能明确判断曼达玛斯博士是个有良心的人吗？”

“根据我对他的情感所做的观察？不，那并非我观察的目标，但如果你分析得没错，良心似乎和情感有密切关系。不过另一方面，如果我们先假设他的确有良心，然后再往回推，却能得到另一个结论。如果曼达玛斯博士认为他和地球人祖先的距离只有短短的一百九十几年，便可能产生一股违背良心的冲动，让他想要带头去攻击地球，以便消灭这个耻辱的印记。如果他没有地球的血统，就不会产生这种誓不两立的冲动，那时他的良心便会发挥作用，让他放地球一马。”

丹尼尔说：“不，吉斯卡好友，这和事实不符。如果不必对地球采取激烈手段，不论他觉得多么如释重负，他却再也无法满足阿玛狄洛博士，也就无法确保他自己的前途。既然他是个野心勃勃的人，在这种情况下，他不会显现出你清清楚楚察觉到的胜利感。”

“我懂了。那么我们得到一个结论：曼达玛斯博士的确有办法击败地球。”

“是的。而如果这是真的，那么以利亚伙伴当年所预见的危机如今刚刚出现，并非早已安全度过。”

吉斯卡若有所思地说：“可是有个关键问题还没讨论到，丹尼尔好友。那个危机的真面目是什么？到底会有什么致命的危险？这你也能推论出来吗？”

“这我就做不到了，吉斯卡好友，我的推理能力已经发挥到极限。假如以利亚伙伴仍然在世，他或许有办法再往前多走几步，可是我不行。现在我必须靠你了，吉斯卡好友。”

“靠我？怎么靠？”

“你能够研究曼达玛斯博士的心灵，这是我做不到，甚至任何人都做不到的。这么一来，你就能发现那个危机的真面目了。”

“只怕我也做不到，丹尼尔好友。如果我和某个人类长期生活在一起，例如之前的法斯陀夫博士，或是现在的嘉蒂雅女士，那么我能一点一点打开他们的心灵，一片一片拨，一个结一个结慢慢解，在不造成伤害的情况下逐渐了解他们。但若是想要在一场甚至一百场短暂的会议中，对曼达玛斯博士作同样的分析，只能得到少之又少的结果。情感显而易见，思想则否。如果我为了赶时间，试着强行加快速度，就一定会伤到他——那是我必须避免的。”

“但地球上有好几十亿人，外加银河中另外的几十亿人，他们的命运或许都寄托在你身上。”

“只是或许而已，换言之这只是臆测，而一个人类受到伤害却会是事实。看来很可能只有曼达玛斯博士一个人知道那个危机的真面目，以及该如何将它实现。如果阿玛狄洛博士能从其他管道获悉这个秘密，曼达玛斯博士就无法利用自己的知识或能力换取继任院长的承诺了。”

“有道理。”丹尼尔说，“很可能正是如此。”

“这样的话，丹尼尔好友，我们就没必要知道危机的真面目是什么。不论曼达玛斯博士手里抓着什么秘密，只要我们能阻止他告诉阿玛狄洛博士——或其他任何人——就不可能出现什么危机了。”

“别人也有可能发现曼达玛斯博士所掌握的秘密。”

“当然，但这种事不知何时才会发生。很有可能，我们会争取到足够的时间，进行更深入的调查，发现更多的真相——好让我们做足扮演中流砥柱的准备。”

“很好。”

“若想阻止曼达玛斯博士，可以考虑把他的心灵破坏到无法运作的地步，或是彻底消灭他的性命。我所拥有的特殊能力，的确能对他的心灵造成适度的损伤，但我下不了手。另一方面，你我都能用有形的方式结束他的性命，而我同样下不了手。你做得到吗，丹尼尔好友？”

丹尼尔顿了顿，最后终于悄声答道：“你明明知道，我也下不了手。”

吉斯卡慢慢地说：“即使你知道地球上和银河中的几十亿人都有危险？”

“我无论如何也无法伤害曼达玛斯博士。”

“我也不能。所以说，我们仅仅确定即将出现一场致命的危机，却不知道危机的真面目，甚至无从查起，因此之故，我们对它根本束手无策。”

他们默默凝视着对方，两人脸上都毫无表情，但此时此刻，就是有一股绝望的气氛徘徊不去。

第四章
另一个后代

10

经过曼达玛斯这段精神折磨之后，嘉蒂雅很想好好放松一下，可是由于太努力，结果适得其反。她原本将卧室的窗户通通调成不透明，让屋内充满暖暖的微风，伴随着树叶的沙沙声响，以及偶尔从远方传来的轻柔鸟鸣。后来，她又将音效改为遥远的波浪，并在空气中加入淡淡的海洋气息。

通通没用。她仍不由自主地想着刚刚发生的一切，以及即将发生的事情。她为什么要跟曼达玛斯侃侃而谈呢？她有没有飞到轨道上去会晤以利亚，关他以及阿玛狄洛什么事？而她的儿子到底是跟谁生的，以及何时生的，又关他和阿玛狄洛什么事了？

曼达玛斯对自己血统的质疑令她心神不宁，而问题就出在这里。在这个社会中，除非是由于医疗方面的原因，谁也不会关心自己的血统或血缘，因此一旦有人在言谈中提到这个话题，一定会令对方不知所措。更何况，他还再三提到了以利亚（但想必不是故意的）。

她认定自己其实是想找个自我安慰的理由，一气之下，她将这些思绪通通抛在脑后。刚才她反应失常，说起话来活像三岁小孩，那才是背后真正的原因。

不久之后，还有个银河殖民者要来。

他并不是地球人，并非生于地球，这点她很肯定。而且很有可能，他甚至从未造访过地球。他和他的同胞或许住在一个她听都没听过的陌生世界，而且八成已有好几代的历史。

那他就应该是太空族了，她这么想。太空族也是地球人的后裔，但要远溯许多世纪之前，不过那又有什么关系呢？诚然，太空族寿命很长，而这些银河殖民者想必和地球人一样短命，但这又能造成多大的差异呢？就算是太空族，也有可能由于特殊原因而意外早夭；她甚至曾经听说，有个太空族不到六十岁就自然死亡了。所以，若将下一名访客想成是有着古怪口音的太空族，又有何不可呢？

但是并没有那么简单。毫无疑问，那个银河殖民者并不认为自己是太空族。重要的不是客观的事实，而是自己的主观认同。所以还是把他想成银河殖民者，别想成太空族吧。

可是，不管如何称呼他们——太空族、银河殖民者、奥罗拉人、地球人——人类难道不就是人类吗？最明显的证据，就是他们一律不会受到机器人的伤害。而且，无论是最没知识的地球人，或是奥罗拉立法局的主席，只要面临威胁，丹尼尔都会以同样的速度挡在他们面前，而这就意味着……

当她心中突然冒出一个念头，似乎蓄势待发之际，她感觉到自己有些恍惚——事实上是全身放松，打了一个盹。

那个银河殖民者为何也叫贝莱？

她顿时打起精神，从险些将她吞没的忘川之中钻出头来。

为什么也叫贝莱?

或许只是因为这个姓氏在银河殖民者当中很普遍。毕竟，以利亚是这一切的幕后推手，他一定是他们心目中的英雄，就像……就像……

她想不出奥罗拉人心目中有类似的英雄。当年，首先发现奥罗拉的那支探险队是由谁领导的？而当奥罗拉还几乎无法住人的时候，又是由谁主持大地改造计划的？这些她都不知道。

她在这方面的无知，到底是因为她是在索拉利长大的，还是奥罗拉根本就没有这类英雄人物？毕竟，首先踏上奥罗拉的那支探险队，成员个个都是地球人。直到许多世代之后，拜精妙的生物工程之赐，地球人的后裔才逐渐蜕变成长寿的奥罗拉人。从此以后，奥罗拉人开始鄙视那些先圣先贤，又怎么会把他们塑造成英雄呢?

但银河殖民者则有可能把地球人视为英雄。或许，这是因为他们尚未脱胎换骨。总有一天，他们也可能会变得不一样，那时以利亚就会遭到无情的遗忘，可是现在……

一定是这样。当今的银河殖民者也许有一半都改姓贝莱了。可怜的以利亚！人人争先恐后挤到他的羽翼之下，甚至站到他的肩膀上。可怜的以利亚……亲爱的以利亚……

现在她真的睡着了。

11

这一觉睡得并不安稳，根本无法让她恢复平静，更别提什么好心情了。她浑然不觉地沉着一张脸——要是从镜子里看到自己，她会被这副中年外貌吓一大跳。

丹尼尔唤道：“夫人——”在他眼里嘉蒂雅就是人类，和她的年龄、外貌、心情都毫无关系。

嘉蒂雅吓了一跳，轻轻打个哆嗦。“那个银河殖民者来了吗？”

她抬头看了看墙上的计时带，然后做了一个简短的手势，丹尼尔立刻将暖气温度调高。（今天有点凉，到了晚上会更凉。）

丹尼尔说：“他来了，夫人。”

“你让他待在哪里？”

“在主客房，夫人。吉斯卡在陪着他，管家机器人也全部就近候召。”

“希望它们有能力判断他午餐想吃些什么。我对银河殖民者的餐点一无所知，希望它们能好生伺候他。”

“这件事，夫人，我相信吉斯卡一定胜任愉快。”

嘉蒂雅对此毫不怀疑，却只是哼了一声。如果嘉蒂雅是那种习惯用鼻子说话的人，这一声应该有嗤之以鼻的意思，可是她自认并非那种人。

"我猜，"她说，"在他获准登陆之前，应该接受过妥善的隔离检疫吧？"

"难以想象他躲得过那一关，夫人。"

她又说："即便如此，我还是要戴上手套和鼻孔滤器。"

她从卧室走出来，隐约察觉附近有些管家机器人正在待命，立刻做了一个"给我一双新手套和新滤器"的手势。每座宅邸其实都有主人自行制定的专用"手语"，而且在做这些手势的时候，主人一律动作迅速且不着痕迹。机器人必须像是有读心术般，一一看懂这些毫不起眼的手语命令。此外可想而知，对于宅邸主人以外的其他人类，机器人就只能服从他们一字一句说出来的命令。

万一机器人对于手语命令犹豫不决，甚至执行错误，那就是宅邸主人的奇耻大辱了。这意味着主人没把手势做好，或者机器人没有看清楚。

嘉蒂雅心知肚明，通常错误都出在人类这一方，但几乎毫无例外，人类从来不会承认这种事。那些倒楣的机器人会被迫接受不必要的反应分析，甚至被冤枉地贱价出售。嘉蒂雅一向认为自己绝不会做这种死要面子的蠢事，但这时如果没拿到手套和滤器，那么她……

她不必再想下去了。她想要的两样东西，离她最近的机器人已经迅速且正确地送上来了。

嘉蒂雅将滤器插入鼻孔，吸了一两下，以确认它位置正确。（检疫过程虽然关卡重重，难保不会有些病菌漏网，她可没心情冒这个险。）然后她问道："丹尼尔，他长得什么样子？"

丹尼尔说："他不高不矮，不胖不瘦，夫人。"

"我是指他的脸孔。"（这是个傻问题。如果他遗传了以利亚·贝莱一点点特征，那么不劳她提醒，丹尼尔一定会注意到，而且主动提出来。）

“这就很难说了，夫人，我看不清楚。”

“这话什么意思？他绝不会戴着面具吧，丹尼尔。”

“这么说也没错，夫人，他的脸全被毛发遮住了。”

“毛发？”她忍不住笑出声来，“你是指好像超波历史剧中的人物？那是胡子吧？”她伸手在自己的下巴和嘴唇附近比了比。

“还要多呢，夫人，他的脸有一半都被遮住了。”

嘉蒂雅瞪大眼睛，她终于觉得自己有兴趣见这个人了。被胡子遮住整张脸是什么样子？奥罗拉男性——乃至一般的太空族男性——脸上的胡子都非常少，而且大多数在二十岁之前——几乎可以说是婴儿期——就做了永久性的毛囊清除术。

但仍有少数人保留着上唇的胡子。嘉蒂雅还记得她的前夫——山提瑞克斯·格里迈尼斯——在结婚之前，鼻下就有着两条细细的胡须。他称之为八字胡，但在她看来，活像一对生错了地方的畸形眉毛。她一旦答应成为他的妻子，便坚持要他连根除去。

当时他二话不说便照办了，直到今天她才头一回想到，不知他是否有点舍不得。她依稀有个印象，刚结婚那几年，他偶尔会将食指摆在上唇的位置。之前她都以为那是不自觉的搔痒动作，现在她才终于想通，他是在怀念那对一去不返的八字胡。

男人如果满脸都是胡须会是什么模样呢？会不会像只狗熊？

那会是什么感觉？如果女人也有这样的胡须呢？她忽然想到一个画面：一男一女想要接吻，竟然找不到对方的嘴唇。她觉得这个想法很滑稽，有些粗俗却又无伤大雅，不禁哈哈大笑了好几声。她顿时觉得心头的烦躁已消失无踪，而且真的很期待见见这个“怪兽”。

毕竟，即使他的外表和行为都像一头野兽，自己也不必怕他。

他并没有任何机器人——银河殖民者活在一个没有机器人的社会——而她会有十来个机器人围在身边。只要这个怪兽做出丝毫可疑的动作，哪怕只是气呼呼地提高音量，他在瞬间就会被制服了。

她以绝佳的心情说："带我去见他，丹尼尔。"

12

"怪兽"连忙起身，开口说了一句话，听起来有点像："午安，夫人。"

她马上就听懂了"午安"两字，但过了一会儿，她才想到后面说的是"夫人"。

嘉蒂雅心不在焉地回了一声："午安。"她不禁想起多年前，自己还是个怯生生的年轻女子，刚从索拉利来到这个世界，当时奥罗拉口音的银河标准语曾让她吃足了苦头。

这个"怪兽"的腔调颇为粗俗——或者只是因为她听不惯的缘故？她还记得以利亚有几个字发音不太准，除此之外可以说是字正腔圆。然而，如今已过了一百九十几年，这个银河殖民者又并非来自地球，只要有隔离，语言就会产生变化。

不过，口音的问题只占了嘉蒂雅一小部分心思而已，她大半的注意力都用来打量对方的胡须了。

它一点也不像历史剧演员所使用的道具，那些假胡子总是这儿一撮、那儿一撮地黏在脸上，看起来相当虚假。

这位银河殖民者的胡子则大不相同，不但又浓又厚，而且平均分布在他的脸颊和下巴。和他深棕色的头发比较起来，这些胡须颜色稍微淡一点，而且比较卷。每根胡子都差不多长，根据她的估计，至少都有两英寸。

其实他并非满脸都是胡须，这点令她相当失望。比方说，他的额头（除了眉毛之外）就完全光溜溜的，而鼻子和双眼下方也一样。

此外，他的上唇并没有明显的胡须，只有些影影绰绰的斑点，仿佛刚冒出的胡茬儿。嘴唇下方的情形也差不多，但胡茬儿更不明显，而且主要集中于下巴附近。

既然他的双唇都裸露在外，嘉蒂雅确定要和他接吻应该毫无困难。她说："我看你好像把嘴唇附近的胡子除掉了。"虽然明知紧盯着对方并不礼貌，她就是无法收回视线。

"是的，夫人。"

"我可否请问为什么？"

"可以。是为了卫生着想，我不希望食物掉到胡子里面。"

"你只是把它刮掉，对吗？看得出它还会再长。"

"我使用激光刮刀，起床后十五秒就解决了。"

"为何不用一劳永逸的脱毛术？"

"我也许还想让它长出来。"

"为什么？"

"为了美观，夫人。"

这回嘉蒂雅真的听不懂了，实在猜不到他说的是什么"观"。

她追问："你说什么？"

银河殖民者答道："也许有一天，我会厌倦现在这个模样，会想把上唇的胡须再留起来。你可知道，有些女人就喜欢这种胡子，而且——"他想故作谦虚，却难掩得意的神色，"我留起八字胡很好看。”

她突然想通了。“你说的是‘美观’。”

银河殖民者哈哈大笑，露出一副美白的牙齿。“你这么说，听起来也很滑稽，夫人。”

嘉蒂雅试着装出高傲的神情，它却自动融化成一个微笑。所谓的正确发音其实因地而异，并没有绝对的标准。她说：“你既然有这种想法，就该听听我的索拉利口音。听好了——美、观。”两个字都有着浓重的弹舌音。

“我到过一些地方，口音和这就有点像，听起来真是——粗、鲁。”在说最后两个字的时候，他故意夸张地弹舌。

嘉蒂雅咯咯大笑。“你弹的是舌尖，其实应该用舌头的两侧。除了土生土长的索拉利人，这个音谁也发不准。”

“或许你可以教我。像我这种到处乱跑的行商，什么南腔北调通通听过。”他又试着说了一遍“粗鲁”两字，结果险些窒息，随即呛咳起来。

“瞧。你的舌头缠住了扁桃腺，当心永远回不来了。”她仍旧紧盯着他的胡子，但再也压不住自己的好奇心，终于伸出手去。

银河殖民者吓得连忙后退，等到明白她的意图，他才停下了脚步。

嘉蒂雅将手轻轻放在他的左脸颊。她所戴的薄膜手套不但几乎透明，而且不会影响指尖的触感，因此他的胡子摸起来既柔软又有弹性。

“很好摸。”听得出她显然很讶异。

“这倒是有口皆碑。”银河殖民者咧嘴一笑。

她又说：“可是我不能站在这里，就这么跟你耗一整天。”

不出所料，他回了一句“我觉得没什么不可以”，但她装作没听见，继续说："你有没有告诉我的机器人想吃些什么？"

"夫人，我这就把告诉它们的话再跟你说一遍——有什么吃什么。去年我到过好些世界，各地的饮食都各有特色。身为行商就得学着'只要没有毒，什么都能吃'。总之，任何奥罗拉餐点都行，千万别刻意模仿贝莱星的口味。"

"贝莱星？"嘉蒂雅脱口而出，眉头又皱了起来。

"那是为了纪念班·贝莱。我们是第一个殖民者世界，而开拓这个世界的先锋部队就是由他率领的。"

"他就是以利亚·贝莱的儿子？"

"是的。"说完，银河殖民者立刻改变话题，他低头打量了自己一番，然后带着一丝愠怒说，"你们奥罗拉人怎么受得了这种衣服——又滑又蓬松，巴不得赶快换上我自己那一套。"

"我保证你很快就有这个机会了。不过现在，请先跟我一起享用午餐——对了，听说你也叫贝莱，和你们的世界同名。"

"没什么好奇怪的，贝莱自然是我们那个世界上最尊贵的姓氏，我叫丹吉·贝莱。"

他们一路朝餐厅走去，吉斯卡走在最前面，丹尼尔则殿后。一进餐厅，两个机器人便走进自己的专属壁凹。其他的机器人原本都待在各自的壁凹中，这时走出两个来服侍用餐。这间餐厅采光很好，墙上满是各种装饰，而餐桌早已布置妥当，上面的食物散发出引人垂涎的香气。

银河殖民者做了一个深呼吸，露出满意的表情。"我想我一定吃得惯奥罗拉食物。你要我坐哪里呢，夫人？"

其中一个机器人立刻答道："请你坐这里好吗，先生？"

嘉蒂雅礼貌地让客人先就座，然后才坐到自己的位子上。

"丹吉？"她说，"我不清楚你们的世界有什么特殊的命名习惯，如果我的问题冒犯了你，请务必原谅。丹吉难道不是女性的名字吗？”

“绝对不是。”银河殖民者的声音有点生硬，“其实这根本不算名字，而是两个名字的缩写：丹・吉。”

“喔。”嘉蒂雅恍然大悟，“原来你叫作丹・吉・贝莱。可否让我满足一下好奇心，这两个字代表什么意思呢？”

“当然可以。那位当然就是‘丹’，”他边说边伸出拇指，朝某个壁凹用力一挥，“而我猜那位应该就是‘吉’。”他又指了指另一个壁凹。

“你不会是那个意思吧？”嘉蒂雅轻声说。

“我就是那个意思。我的全名是丹尼尔・吉斯卡・贝莱。在我的家族开枝散叶的过程中，每一代至少都有一个丹尼尔或吉斯卡。我是六个子女中的老幺，却是唯一的男孩。我妈妈觉得生够了，就把两个名字都给了我，算是一种补偿吧。于是我成了丹尼尔・吉斯卡・贝莱，这对我来说实在太沉重。我宁可用丹吉当名字，如果你也这么叫我，我会觉得很荣幸。”他露出亲切的笑容，“在我的家族中，我是第一个同时拥有这两个名字的后代，也是第一个见到两位本尊的人。”

“但为何要取这两个名字呢？”

“根据我们家族的传说，那是老祖宗以利亚的意思。他的两个孙子都是由他命名的，老大叫丹尼尔，老二叫吉斯卡。他坚持要用这两个名字，这个传统就这么建立了。”

“女儿呢？”

“一代又一代都沿用耶洗别——也就是洁西这个名字。你知道，她是以利亚的妻子。”

“我知道。”

“不过并没……”他突然住口，将注意力转移到面前的餐盘上，“如果这里是贝莱星，我会说这是一片烤猪肉，而且是用花生酱闷烤的。”

“事实上，这是一盘素菜，丹吉。你刚才要说的是家族中并没有嘉蒂雅这个名字吧。”

“是啊。”丹吉平静地答道，“有一种说法是洁西——那位本尊洁西——反对这么做，但我并不相信。以利亚的妻子始终没有到过贝莱星，你知道吧，她甚至从未离开过地球，又怎么可能反对呢？不，我相当肯定，是老祖宗自己不希望再有另一个嘉蒂雅。她不能有仿制品，也不能有分身。嘉蒂雅就只有一个，独一无二。此外他还要求子孙，不要再出现另一个以利亚。”

嘉蒂雅觉得食不下咽了。“我认为，你的老祖宗后半生都在学着做一个不动感情的人，就像丹尼尔那样。话说回来，他心里还是藏着浪漫情怀。他大可容许多出现几个以利亚或嘉蒂雅，我绝对不会介意，而且我想他太太应该也不会介意。”她笑得花枝乱颤。

丹吉说：“不过这些传说似乎都不太可信。老祖宗几乎要算是历史人物了，他去世已有一百六十四年。我是他的第七代子孙，但现在坐在我对面的女士，竟然是他年轻时的朋友。”

“我其实不能算他的朋友。”嘉蒂雅盯着自己的餐盘，“前后七年间，我跟他只有过三次短短的接触。”

“我知道。老祖宗的儿子，班，替他写了一本传记，那是贝莱星的文学经典，连我都读过呢。”

“是吗？我倒是没读过，甚至不知道有这本书。书里……书里是怎么写我的？”

丹吉似乎被逗乐了。“把你写得很好，你绝不会抗议的，但别谈这个了。我觉得难以置信的，是我们虽然相隔七代却能坐在一起。你多大年纪，夫人？问这种问题妥不妥当？”

“我也不知道妥不妥当，但我并不反对。照银河标准年算来，我今年两百三十三岁。”

“你看起来绝对不到五十岁。老祖宗去世时七十九岁，已经垂垂老矣。我今年三十九岁，等到我死的时候，你仍旧健在……”

“前提是我不会死于意外。”

“而且或许还能再活五十年。”

“你嫉妒我吗，丹吉？”嘉蒂雅的声音中透出一丝悲愤，“我已经比以利亚多活了一百五十几年，而且恐怕还得再苟活一百年，这会令你嫉妒吗？”

“我当然嫉妒你。”他从容地答道，“怎么可能不呢？只要不会成为贝莱星上的坏榜样，我绝不介意活上好几个世纪。但我可不希望我的同胞普遍活得那么长，否则历史的脚步和文明的进展会变得太慢，而且在上位的人会掌权太久。贝莱星将会越来越保守，终于走向衰亡——就像你的世界那样。”

嘉蒂雅扬起尖尖的下巴。“你仔细看看，就会发现奥罗拉欣欣向荣。”

“我说的是你的世界，索拉利。”

嘉蒂雅犹豫了一下，然后坚定地说：“索拉利并不是我的世界。”

丹吉说：“我希望你承认。我来见你，就是因为我相信索拉利是你的世界。”

“如果这就是你来见我的原因，那么你是在浪费时间，年轻人。”

“你生于索拉利，对不对？而且在那里住过好一阵子？”

“我三十岁以前都住在那里——差不多是我一生的八分之

一。”

“那么你就是索拉利人，足以帮我完成一件相当重要的大事。”

“不管你有多么重要的事，反正我不是索拉利人。”

“事情关系到了是战是和——希望你觉得够重要了。太空族世界和殖民者世界眼看就要开战，如果真走到这一步，我们大家都要遭殃。能否阻止战争确保和平，就在你一念之间了，夫人。”

13

午餐结束了（这并非什么大餐），嘉蒂雅不知不觉开始望着丹吉，并未让愤怒显露出来。

过去两百年来，她远离尘世的纷扰，过着心如止水的日子。无论是当年在索拉利所受的苦难，或是初到奥罗拉时适应上的困难，都慢慢被她淡忘了。那两起谋杀带给她的大恸，以及两段诡异的恋情——对象分别是机器人和地球人——所带来的狂喜，她都设法深深埋葬，没有留下任何后遗症。她经营了一段为期很长而且平静无波的婚姻，养育了两名子女，并继续投入服装设计这门应用艺术。后来子女终于自立门户，接着丈夫又离她而去，而不久之后，或许她也要从工作岗位退休了。

那时，将只剩下一些机器人陪伴她，而她将满足于——或者应该说认命——让生命平平静静地溜走，直到慢慢抵达那个尽头——那会是个十分温和的过程，或许来到尽头之际，她还根本未曾察觉。

那正是她想要的。

现在——发生了什么事呢？

一切要从昨晚说起，她徒劳地在星空中寻找索拉利的太阳，但它其实尚未出现，即使出现了，她用肉眼也看不到。这个缅怀过去的愚蠢举动——缅怀一个应该已经永远埋葬的过去——仿佛刺破了她精心打造的保护膜。

首先，是以利亚·贝莱这个名字一而再、再而三在她耳畔响起，唤醒了她刻意遗忘的那些大悲大喜的记忆。

然后，她被迫面对一个（错误地）自认为是以利亚第五代子孙的人，好不容易把他打发走，却又来了一个如假包换的第七代子孙。而现在她所面对的问题和责任，居然和当年纠缠以利亚的那些难题出奇地相似。

难道说，自己虽然没有以利亚的才能，更欠缺他奋不顾身的责任感，却要扮演他当年的角色？

她到底造了什么孽？

她感到一股自怜的浪潮压过了心中的怒火，觉得这种安排对自己太不公平了。除非她心甘情愿，否则谁也没有权利要她承担任何责任。

她尽力维持声音的平稳：“我已经说过我不是索拉利人，你为何还要坚持说我是？”

丹吉似乎并不在意她那冷若冰霜的口吻。他手中一直握着一张湿纸巾，那是机器人在餐后递给他的，当时它的温度恰到好处，有点烫又不太烫。刚才，他曾模仿嘉蒂雅的动作，仔细擦拭了双手和嘴巴，然后又将纸巾对折，把胡子也擦了一遍，现在那张纸巾已经开始分解了。

他说："我想它最后会整个消失吧？"

"会的。"嘉蒂雅早已将自己的纸巾塞进桌上一个容器内。一直抓着纸巾是很不礼貌的举动，但丹吉当然情有可原，他显然并不熟悉这些文明礼仪。"有人认为会对空气造成污染，其实会有一道气流把分解后的物质带到上面的滤器内。我可不信这会带来任何困扰。但你还没回答我的问题，先生。"

丹吉将手中的纸巾揉成一团，放到座椅扶手上。在嘉蒂雅迅速而不着痕迹的手势指引下，一个机器人立刻将它拿走了。

丹吉说："我不打算回避你的问题，夫人。我并非想要强迫你做索拉利人。我只是指出你生于索拉利，而且在那里生活了几十年，因此把你视为索拉利人应该还算合理，至少就某个层面而言。你可知道，索拉利被遗弃了？"

"知道，我听说了。"

"听到这个消息，你有任何感觉吗？"

"过去两百年来，我都是奥罗拉人。"

"这可是牛头与马嘴。"

"什么？"她完全听不懂他说些什么了。

"这件事和我的问题无关。"

"喔，你是说'牛头马嘴'，你的意思是牛头不对马嘴。"

丹吉微微一笑。"很好，咱们别再牛头对马嘴了。我问你对于索拉利的消亡可有任何感觉，你却告诉我说你是奥罗拉人。你要继续坚持这个答案吗？一个土生土长的奥罗拉人，听到姐妹世界成了一颗死星，也可能会觉得很伤心。你又有什么感觉呢？"

嘉蒂雅冷冰冰地说："这点无关紧要。你为何关心这个问题呢？"

"我来解释一下。我们——我是指殖民者世界的行商——之所以关心索拉利，是因为那里有利可图，有生意可做，有一颗行星等着我们接收。索拉利已经完成大地改造，是个适宜住人的世界，而你们太空族似乎不需要也不想要它，我们何不移民过去呢？”

“因为它不是你们的。”

“夫人，你为何反对，难道它是你的吗？奥罗拉比贝莱星更有资格宣示它的主权吗？一个无人世界，应该属于有兴趣移民其上的人所有，这么说合不合理？”

“你们开始移民了吗？”

“没有——因为它并非无人世界。”

“你的意思是，索拉利人并未全部离去？”嘉蒂雅一口气说。

丹吉再度露出笑容，而且笑得咧开了嘴。“这个消息令你感到兴奋——虽然你自称是奥罗拉人。”

嘉蒂雅立刻眉头深锁。“回答我的问题。”

丹吉耸了耸肩。“根据我们的精确估计，那个世界遭遗弃时，上面大约只有五千名索拉利人。他们的人口一直在逐年减少，但就算只有五千人——谁又能确定他们通通走了？然而，其实这并非重点。即使索拉利人的确走得一个不剩，那颗行星也并非空无一人。它上面至少还有两亿个机器人，全都是无主之物，有些还是全银河最先进的机型。索拉利人离去时，想必多少带走一些——难以想象太空族没有机器人如何过日子。”他带着微笑，转头望了望那些站在壁凹内的机器人，“然而，不可能每人带着四万个机器人吧？”

嘉蒂雅说：“那可好，既然殖民者世界完全没有机器人，而且不希望改变现状，我想你们绝不可能移民索拉利。”

“这倒没错。除非将那些机器人清光，否则我们绝不会移民，因此像我这样的行商就有事可做了。”

“做什么事？”

“我们的社会不想引进机器人，可是我们并不介意接触它们，也不介意拿它们做点生意。我们对那些东西并没有盲目的恐惧，只是知道引进机器人的社会注定是要衰败的。这点，太空族替我们做了详尽的示范。所以我们虽然不想中机器人的毒，但只要太空族继续执迷不悟，我们万分乐意把那些机器人卖给他们，好好赚上一笔。”

“你认为太空族会买那些机器人吗？”

“我确定他们会。索拉利人制造的精致机型一定大受欢迎，全银河人尽皆知，他们是最优秀的机器人设计师——虽然有人认为，法斯陀夫博士在这方面的成就举世无双，而他并非索拉利人。此外，就算我们会好好赚上一笔，这一笔仍会大大低于那些机器人的价值，太空族和行商将双双受惠——这是买卖得以成功的秘诀。”

“太空族绝不会向银河殖民者购买机器人。”嘉蒂雅透出明显的轻蔑口吻。

身为行商，丹吉对于愤怒或轻蔑这些无关痛痒的反应自然无动于衷。有生意做最重要，其他都不算什么。“他们当然会买。那么先进的机型，只卖一半的价钱，他们有什么理由拒绝？面对一笔好交易，你很难相信意识形态这类问题会变得多不值钱。”他说。

“我认为你才会很难相信。试着卖卖看，你就知道了。”

“只要我有，当然会卖，夫人，我是指把机器人卖给他们。可是我手上一个也没有。”

“为什么没有？”

“因为尚未取得货源。一前一后有两艘太空商船在索拉利降落，每艘都能装载差不多二十五个机器人。如果他们成功了，便会有一支接一支的商船队跟进，我敢说这笔生意可以做上好几十年——然后我们就能移民那个世界了。”

“可是他们并未成功。为什么呢？”

“因为两艘船都在地表遇难了，而且据我们了解，船员无一幸免。”

“机械故障？”

“胡说。两艘船都安然着陆，并没有坠毁。他们发的最后一则电讯提到有一群太空族在逼近他们——至于是索拉利人还是其他世界的太空族，我们就不知道了。我们只能假设，那些太空族对他们发动了突袭。”

“那是不可能的。”

“是吗？”

“当然不可能。请问有什么动机？”

“不要我们接近那个世界，我这么猜。”

“如果那就是他们的目的。”嘉蒂雅说，“他们只要宣称索拉利已被占领就行了。”

“他们也许觉得杀几个银河殖民者更有趣。至少，我们有许多同胞都这么想，而且形成一股要求采取行动的压力，例如派几艘战舰前往索拉利，并在上面建立一座军事基地。”

“那样会很危险。”

“当然危险，那是会引发战争的，我们有些好战分子正在翘首盼望呢。或许有些太空族同样期待大打一场，摧毁那两艘船正是为了挑起战端。”

嘉蒂雅惊讶地呆坐在椅子上。无论在任何新闻节目中，都从未提到太空族和银河殖民者有任何的紧张关系。

她说：“这种事当然可以坐下来谈。你们的人有没有接洽过太空族联邦？”

“那是个毫无用处的组织，但我们还是接洽了，我们也接洽过奥罗拉立法局。”

“结果呢？”

“太空族把事情推得一干二净。他们反倒暗示，索拉利机器人这笔生意大有赚头，而行商只认识钱——仿佛他们自己不认识似的——所以难免明争暗斗。显然，他们要我们相信那两艘船都希望替自己的世界垄断这笔生意，结果自相残杀而同归于尽。”

“所以说，那两艘船并非来自同一个世界？”

“是的。”

“那么，难道你没想过双方的确打了起来？”

“我从未这么想过，但我愿意承认有这个可能。殖民者世界之间并没有任何公开的冲突，但仍不时出现相当严重的争执，好在总是由地球出面调停。话说回来，在面对几十亿元生意的时候，到了紧要关头，殖民者世界的确不太可能团结一致。正因为如此，打仗对我们并没有好处，也正因为如此，必须设法冷却一下那些好战分子，而这就要看我们的了。”

“我们？”

“你和我啊。我受托前往索拉利查出——尽可能查出——到底发生了什么事。我会带一艘太空船去——有武装，但并非正式的战舰。”

“你也可能会被摧毁。”

“也许吧。可是，我的船至少是有备而去，不会猝不及防。此外，我可不是超波里面那些英雄，为了降低被消灭的风险，我作了全盘考量。例如我想到，在这件任务中，有几个因素对银河殖民者不利，其中之一是我们对索拉利一无所知。所以说，最好能带一个了解那个世界的人——简单地说，就是一个索拉利人。”

“你的意思是要带我去？”

"是的，夫人。"

"为什么是我？"

"我以为你心知肚明，根本不必我解释，夫人。那些索拉利人离开母星后，不知去了哪里。若有任何索拉利人留下来，非常可能都是敌人。而除了索拉利，其他世界上再也找不到生于索拉利的太空族了——据说只有你是例外。你是我唯一能够找到的索拉利人——全银河独一无二。这就是我必须带你去，以及你必须去的原因。"

"你错了，殖民者。如果只能找到我，你等于谁也没找到。我可不打算跟你去，而你没办法——绝对没办法——强迫我跟你走这一趟。我的机器人都在我身边，你只要朝我走一步，立刻会被制服；而如果你反抗，一定会受伤。"

"我不打算强迫你。你一定要自愿跟我走——而你应该愿意才对，这是为了阻止一场战争。"

"那是你我的政府该做的事情。我拒绝跟这件事有任何牵连，我只是平民百姓。"

"这个世界对你有恩。一旦开战，我们可能受到重创，但奥罗拉也好不到哪里去。"

"既然你不是超波里的英雄，我就更不是了。"

"那么，你欠我的情。"

"你疯了，我对你毫无亏欠。"

丹吉勉强挤出一丝笑容。"你对我个人毫无亏欠。可是，若将我当成以利亚·贝莱的后人，你就欠我很大的情了。"

嘉蒂雅盯着这个大胡子怪兽好一阵子，全身动弹不得。她怎么忘了他还有这重身份？

最后，她吃力地咕哝道："没这回事。"

“有这回事。”丹吉强而有力地说，“老祖宗对你恩重如山，而且前后共有两次。他已经无法让你还这个人情，哪怕只是一小部分——而我继承了这个权利。”

嘉蒂雅以绝望的口吻说：“但如果我跟你去，又能做些什么呢？”

“到时自有分晓。你愿意去吗？”

嘉蒂雅很想一口回绝，但她忽然想到，过去这二十四小时，以利亚又在她的生命中频频出现，难道就是这个缘故吗？难道是为了借着他的名义，令她难以拒绝这个根本难以接受的要求？

她答道：“那有什么用？立法局不会让我跟你去的，他们不会准许任何奥罗拉人被银河殖民者的太空船接走。”

“夫人，你在奥罗拉住了两百年，所以你认为土生土长的奥罗拉人把你当成同胞了。事实并非如此，在他们眼中，你仍旧是索拉利人，他们会让你走的。”

“不会的。”嘉蒂雅的心脏怦怦乱跳，手臂上也起了鸡皮疙瘩。他说得没错，她想到了阿玛狄洛，他一定只会把自己视为索拉利人。纵然如此，为了自我安慰，她还是再说了一遍：“不会的。”

“会的。”丹吉回嘴道，“你们的立法局有没有派人来找你，要求你接见我？”

她则奋力反驳：“他只是要我把我们的对话汇报上去，我也答应他了。”

“如果他们希望你在自己家中刺探我，夫人，他们更会希望你跟到索拉利去继续刺探。”他等着她作出回应，久等不到之后，他透着厌倦的口吻说，“夫人，如果你拒绝，我不会强迫你，因为没这个必要。他们自会强迫你，但我不希望走到这一步。假如老祖宗站在这里，他绝不希望看到这种事。他会希望你是基于感激他而答应我，没有第二个原因。夫人，老祖宗曾在极端困难的情况下全力帮助你，你就不愿看在他的份上伸出援手吗？”

嘉蒂雅心一沉，知道自己无法拒绝了。“没有机器人，我哪里也去不了。”她答道。

“我可没那么说。”丹吉又咧嘴一笑，“何不带着跟我同名的这两位呢？或是你还要多带几个？”

嘉蒂雅望向丹尼尔，但他只是纹风不动地站在那里。她又望向吉斯卡——情形完全一样。然后她似乎发觉，有那么一下子，他的头非常轻微地上下动了动。

她必须信任他。

于是她说：“好吧，我跟你去，带这两个机器人就足够了。”

第二篇

索拉利

第五章
弃置的世界

14

有生以来，这是嘉蒂雅第五次置身太空船中。上一次，是她和山提瑞克斯携手前往欧特普的观光之旅。众所皆知，那个世界的雨林美景举世无双，尤其是在“宝石星”这颗卫星的浪漫光芒照映下——不过一时之间，她记不清楚那是多久以前的事了。

那片雨林确实非常茂密苍翠，树木都经过谨慎规划，一排排栽种得十分整齐。其中的动物也经过精心选取，将整片雨林点缀得五颜六色、赏心悦目，凡是有毒的、有害的动物则一律被摒除在外。

而那颗直径一百五十公里的卫星和欧特普相当接近，活像个闪闪发亮的耀眼灯饰。由于实在太近，再加上它的公转速度超过行星的自转，因此肉眼便能看出它从西到东一路飞越天际。它在爬上天顶之际越来越亮，坠落地平线时又逐渐暗下来。如果连续几天晚上晴朗无云——这种机会不大——观光客头一晚会看得如痴如醉，第二天便兴趣锐减，第三天则会隐隐觉得缺了些什么。

嘉蒂雅注意到，欧特普人一律看也不看那颗卫星，可是在观光客面前，他们自然对它赞不绝口。

整体而言，嘉蒂雅对这趟旅行还算满意，但她记得最清楚的，却是重返奥罗拉怀抱所带来的喜悦，以及她暗自作出的决定：除非万不得已，今后绝对不再旅行。（现在想来，那至少是八十年前的事了。）

有那么一阵子，她成天在担心丈夫会坚持再出门玩一趟，但他始终没提过这档事。而她偶尔也会想到，很可能他心里的想法和自己一样，反倒担心她会想要再去旅行。

他俩不爱旅行并不算什么怪事。一般说来，奥罗拉人——乃至所有的太空族——大都喜欢待在家里。他们的世界，以及他们的宅邸，都实在太舒服了。毕竟，被自家的机器人好好照顾是再愉快不过的一件事——那些机器人熟悉你的手势，并且对你的生活方式和需求了若指掌，根本不需要你开口下令。

她忽然打了一个冷战。丹吉曾说引进机器人的社会注定衰败，莫非他就是这个意思？

没想到许多年以后，她还是回到了太空中，而且还是搭乘一艘地球太空船。

她未曾仔细观察过这艘船，但光是瞥上几眼已经令她惴惴不安。整艘船似乎就只有直线、锐角和曲面而已，凡是不生硬的东西显然都被排除在外。除了功能性，其他的一切仿佛都没有存在的价值。即使她不清楚船上各个物件到底有什么功能，也感觉得到它们都是必要的，否则绝无资格阻碍两点之间的最近距离。

奥罗拉的一切总是分成好些层次（这句话甚至适用于所有的太空族，不过要属奥罗拉在这方面最先进）。功能性在最底端——不可能完全排除这一点，只有纯粹的装饰品例外——但在功能性之上，总有些满足视觉和其他感官的东西，而更上一层，则能提供精神上的满足。

这可真是先进！抑或它所代表的是人类创造力的高度发展，使得太空族再也无法生活在朴质无华的宇宙中，而这又有什么不好呢？人类的未来会掌握在那些只认识几何构图的银河殖民者手中吗？或者他们只是尚未了解生命中的乐趣呢？

话说回来，如果生命中真有那么多乐趣，她自己怎么会几乎完全体会不到呢？

她在太空船上没什么正事可做，只好翻来覆去地咀嚼这方面的问题。都是这个丹吉，这个流着以利亚血液的野蛮人，把这些问题塞进她脑子里。虽然他在奥罗拉短暂停留之际（他当然只能停留最短的时间），所见皆是根基深厚的繁荣和安定，他仍然脸不红、气不喘地认定太空族世界正在走下坡。

为了逃避这些思绪，她带着些许好奇心，开始观赏船上提供的全息影片。只见随着投影曲面上的画面跳来跳去，那些冒险故事（千篇一律是冒险故事）从一个场景匆匆换到另一个场景，几乎没有什么对话，更没有让观众思考的时间，也没有什么娱乐性，和他们的家具非常类似。

当丹吉走进舱房时，某部影片正播放到一半，但她早已心不在焉。她并没有吓一跳——她的两个机器人一直守在门口，不但提前许多通知她的丹吉要来，而且是在确定她能见他之后，才由丹尼尔陪他进来的。

丹吉说：“你还好吗？”等到她轻触按键，全息画面逐渐消失之后，他又说，“你不必把它关掉，我可以陪你看。”

“没这个必要，”她说，“我已经看够了。”

“你住得舒服吗？”

“并不尽然，我被——隔绝了。”

“抱歉！可是，我在奥罗拉时也曾遭到隔绝。他们不准我的人跟在我身边，一个都不准。”

“你是在报仇吗？”

“绝对不是。证据之一，我允许你随身带着你自己挑选的机器人；证据之二，是我的船员坚持要这么做的，与我无关。他们既不喜欢太空族也不喜欢机器人。但你有什么好不高兴的？隔绝不是会减轻你对传染病的恐惧吗？”

嘉蒂雅的眼神透着高傲，声音却有气无力。“我怀疑自己是否到了不必恐惧传染病的年纪，虽然在许多方面，我想我都活得够久了。话说回来，我还是准备了手套、鼻孔滤器，以及——若有需要的话——我的专用面罩。此外，我不相信你会想碰我。”

“谁也不会想碰你。”丹吉的声音突然透出一丝冷酷，与此同时，他摸了摸插在右臀口袋的一样东西。

这个动作吸引了她的目光。“那是什么？”她问。

丹吉微微一笑，大胡子被灯光照得闪闪发亮——原来他的胡子并非完全是棕色，多少有几根泛红的胡须。“一柄武器。”他边说边抽了出来。握柄的下端被他使劲握住，上端刚好又鼓鼓的，看起来像是被他挤出一团来。武器的前端正对着嘉蒂雅，那是个大约十五公分长的细长圆柱，可是看不到任何开口。

“它能杀人吗？”嘉蒂雅向它伸出手去。

丹吉赶紧将它拿开。“夫人，千万不要碰别人的武器，这绝非不礼貌而已。对于这种动作，训练有素的银河殖民者一律会有强烈反应，你很可能会受伤的。”

嘉蒂雅瞪大眼睛，不但抽回了手，还将双手放到背后。“别威胁要动武。丹尼尔在这方面可没什么幽默感。在奥罗拉，谁也不会野蛮到随身携带武器。”她说。

“好吧，”丹吉对“野蛮”这两个字无动于衷，“我们可没有机器人当保镖。况且这并非杀人武器，但就某些方面而言，它要更加可怕。它所发射的特殊振荡专门刺激负责痛觉的神经末梢，引发的疼痛超过你的想象千百倍，挨过的人绝不会想再试一次。我们称之为神经鞭，通常都是备而不用。”

嘉蒂雅皱起眉头。“真恶心！我们虽然有机器人，但他们只有在不得已的紧急状况下才会伤人，而且下手会尽量轻。”

丹吉耸了耸肩。“听起来非常文明，可是一点点痛楚，甚至一点点杀戮，总好过机器人所带来的堕落。此外，神经鞭并不是用来杀人的，而你们太空族架设在星舰上的武器，则会造成大规模的死亡和毁灭。”

“那是因为很早以前，我们身上的地球劣根性还很强的时候，曾经发生过大型战争，但我们已经进化了。”

“甚至在你所谓的进化之后，你们仍旧用那些武器对付地球。”

“那是……”她突然闭上嘴巴，仿佛把下面的话一口吞了回去。

丹吉点了点头。“我知道，你打算说‘那是另一回事’。夫人，如果你真的纳闷为何我的船员不喜欢太空族，还有为何我也不喜欢，朝这方面想想吧。但你对我会很有帮助，夫人，我不会让个人好恶妨碍了公事。”

“我怎么会对你有帮助呢？”

“你是索拉利人。”

“你一直这么说，但那是两百多年前的事了。我不知道索拉利现在成了什么样子，我对它已经一无所知。两百年前，贝莱星是什么样子呢？”

“两百年前它还不存在，但索拉利早就在那里了。我相信你还记得些有用的东西，我愿意赌一把。”

他站起来，看似彬彬有礼却又近乎嘲弄地点了点头，然后就离开了。

15

嘉蒂雅维持了一会儿沉默，显得若有所思且忧心忡忡，然后才说：“他一点也不礼貌，对不对？”

丹尼尔答道：“嘉蒂雅女士，这位银河殖民者显然处于紧张状态下。他的目的地是索拉利，而在那个世界上，已有两艘类似的太空船被摧毁了，而船员则全部遭到杀害。他正在往火坑里跳，他的船员也一样。”

“只要是人类，你都会替他们说话，丹尼尔。”嘉蒂雅忿忿地说，“这个火坑我也要跳啊，而且我还不是自愿的，但我不会因此变得粗鲁无礼。”

丹尼尔没有回答。

嘉蒂雅又说：“嗯，也许不尽然。我也有一点无礼，对不对？”

“我认为那位银河殖民者不会介意的。”丹尼尔说，“夫人，我可否建议你准备就寝，现在已经很晚了。”

“很好。我会准备就寝，但我觉得心情还没有放松，不可能睡得着，丹尼尔。”

“吉斯卡好友说你一定睡得着，夫人，这种事他通常说得很准。”

她果真睡着了。

16

在嘉蒂雅的舱房里，丹尼尔和吉斯卡站在一片漆黑中。

吉斯卡说：“她会睡得很熟，丹尼尔好友，她的确需要休息，一场危险的旅程正在等着她。”

“依我看，吉斯卡好友，”丹尼尔说，“是你让她同意走这一趟的，而我猜你有很好的理由。”

“丹尼尔好友，银河如今到底面临什么样的危机，你我所知实在太少，因此任何有助于搜集情报的行动，我们都绝不能轻易放过。我们一定要弄清楚索拉利上到底在酝酿些什么，而想要弄清楚，唯有亲自前往一途——而想要亲自前往，唯有设法让嘉蒂雅女士带我们同行。至于要影响她，则几乎不费吹灰之力。她其实很想去，虽然她嘴里说的恰恰相反。想回去看看索拉利的渴望，在她心中有如排山倒海般强烈。如果不去这一趟，她心中永远会有伤痛。”

“既然你这么说，就一定错不了，但我还是有些不解。她不是经常强调她在索拉利过得很不快乐，还说她完全融入了奥罗拉，从未想要再回她的母星去。”

“没错，她的确这么想。在她心中，这个想法一清二楚。两种情绪，两种感受，是可以同时并存的。我经常在人类心中观察到这种现象——两种相反的情绪同时显现。”

“这种情况似乎不合逻辑，吉斯卡好友。”

“我同意，而我只能说人类并非时时刻刻、方方面面都合乎逻辑。支配人类行为的法则之所以不易建立，这一定是原因之一。就嘉蒂雅女士的例子而言，我不时会体察到她对索拉利的怀念。通常它都隐藏得很好，或说被她对那个世界的厌恶掩盖了，因为后者强烈得多。然而，当索拉利人遗弃母星的消息传来，她的心情立刻起了变化。”

“为什么呢？导致嘉蒂雅女士厌恶母星的早年经验，和它遭到遗弃又有什么关系？或者这么说，当索拉利社会运作正常的时候，百年来她一直压抑着对那个世界的怀念，一旦它成了一颗死星，她为何就不再自我压抑，还想要前往这个如今对她而言一定完全陌生的世界？”

“我无法解释，丹尼尔好友，我对人类心灵研究得越深，也就越有无力感，觉得它根本无从理解。能够看穿人心并非什么真正的优势，我常羡慕做不到这点的你，你对自己的行为控制可以说是干净利落、简单明了。”

丹尼尔继续追问：“你有没有什么猜测呢，吉斯卡好友？”

“我猜想她对那个无人世界感到歉疚。她在两百年前抛弃了它……”

“她是被赶走的。”

“如今在她看来，却像是她自己主动抛弃的。我猜她是在钻牛角尖，认为自己做了一个坏榜样；如果当年她没离开，别人也不会有样学样，那颗行星便会继续欣欣向荣。由于我无法解读她的心思，只能从她的情绪倒推回去，或许没猜对也说不定。”

“但她不可能树立什么坏榜样，吉斯卡好友。她离开索拉利是两百年前的陈年往事，和最近这件事不可能有什么不容置疑的因果关系。”

“我同意，但人类有时就是喜欢钻这种牛角尖，以致毫无理由甚至违背常理地责怪自己。总之，嘉蒂雅女士强烈渴望回母星一趟，令我觉得有必要替她松开那个约束，好让她答应那个银河殖民者。只需要轻轻碰一下就成了。不过，虽然我觉得她有必要走这一趟，因为这意味着我们可以跟她同行，我还是有个不安的感觉，那就是可能——仅仅是可能——这么做弊大于利。”

“怎么说呢，吉斯卡好友？”

“因为立法局很希望嘉蒂雅女士答应这件事，或许他们的目的是要她暂时离开奥罗拉，而在此期间，他们将为打败地球和殖民者世界做好准备。”

丹尼尔似乎在仔细考量这个说法，总之他顿了许久才重新开口：“在你看来，让嘉蒂雅女士暂时离开能达到什么具体目的呢？”

“我无法判断，丹尼尔好友，我需要你提供意见。”

“我没有仔细想过这个问题。”

“那就赶紧想！”假如吉斯卡是人类，这句话就是一道命令。

丹尼尔这回停顿了更久，然后才说：“吉斯卡好友，在曼达玛斯博士尚未出现在嘉蒂雅女士宅邸之前，她这个人从未关心过任何星际事务。虽然她是法斯陀夫博士和以利亚·贝莱的朋友，但两者皆属私人情谊，背后并未藏有任何意识形态。况且，他们两人都已经离开人世。她对阿玛狄洛博士有很深的反感，反之亦然，但这同样是私人恩怨。这个宿怨已有两百年的历史，双方却从未采取任何实际行动，只是始终坚决不肯释怀罢了。如今阿玛狄洛博士已经是立法局里最有影响力的人，他没有任何理由害怕嘉蒂雅女士，或是必须大费周章地把她支走。”

吉斯卡说：“你忽略了一个事实，他支开嘉蒂雅女士，就同时支开了你和我。或许他相当肯定嘉蒂雅女士离不开你我两人，所以，有没有可能我们才是他眼中的危险人物？”

“打从出厂那天算起，吉斯卡好友，我们从未在任何方面，让阿玛狄洛博士觉得我们有任何威胁。他有什么理由要怕我们？他并不知道你有特殊能力，更不知道你如何使用这些能力。所以说，他为何要花那么大的力气，把我们从奥罗拉暂时支开？”

“暂时吗，丹尼尔好友？你为何假设他的计划是暂时性的？关于索拉利上发生的变故，他有可能比这个银河殖民者知道得更多，甚至可能还知道这个银河殖民者和他的船员一定会遭到杀害——而嘉蒂雅女士和你我也将会陪葬。或许他的主要目的是要摧毁这个银河殖民者的太空船，但如果再加上法斯陀夫博士的好朋友和他所制造的机器人，他会视之为额外的收获。”

丹尼尔说：“毁掉银河殖民者的太空船，很可能会导致和殖民者世界开战，他绝不会冒这么大的风险。即使再加上毁掉我们当作小小的额外收获，也不值得他冒这个险。”

“丹尼尔好友，有没有可能阿玛狄洛博士的确是要发动一场战争，一场在他的算计中毫无风险的战争，所以除掉我们当作他的‘额外收获’并不会增加任何风险？”

丹尼尔平心静气地说：“吉斯卡好友，这么说并不合理。在如今这种情势下，任何一场战争的赢家都会是银河殖民者。在心理层面上，他们较能坦然面对战争的严酷。他们人口分散，因此能成功地使用游击战术。他们的世界比我们的原始，失去了也比较不算什么，相较之下，太空族世界个个井井有条又舒适宜人，被摧毁可就不得了。如果银河殖民者愿意用一个世界换一个世界的方式打这场仗，太空族将被迫立刻投降。”

“可是这场仗真的会‘在如今这种情势下’开打吗？万一太空族拥有新式武器，能够迅速击败银河殖民者呢？有没有可能这就是我们现在所面临的危机？”

“那样的话，吉斯卡好友，想要取得胜利，冷不防的突袭会有用且有效得多。又何必要大费周章挑起一场战争，让银河殖民者也有机会对太空族世界发动突袭，造成重大伤亡呢？”

“或许太空族需要测试那种武器，而太空船在索拉利遇难正是测试的结果。”

“如果找不到不必让新武器曝光的测试方法，太空族就是最低能的人种了。”

这回轮到吉斯卡思考了一下。“很好，那么，丹尼尔好友，你要如何解释我们这趟旅程呢？你又要如何解释立法局竟心甘情愿，甚至热切希望我们陪银河殖民者同行呢？那个银河殖民者曾说他们甚至会命令嘉蒂雅启程，而且，他们也算是真的这么做了。”

“我也没有仔细想过这个问题，吉斯卡好友。”

“那就赶紧想。”这句话同样有命令的味道。

丹尼尔说：“我这就开始。”

接下来是一阵拖得更长的沉默，但吉斯卡毫无表示不耐烦的言语或动作。

最后，丹尼尔终于开口——他说得很慢，仿佛摸索着一条陌生的思路逐步前进。“如果把索拉利上的机器人视为一项财产，我认为贝莱星，或任何一个殖民者世界，都没资格占有它们。就算索拉利人把它们遗弃了，甚至他们自己也永远消失了，索拉利仍旧是个太空族世界，即使空无一人也不会改变这个事实。不用说，其他四十九个太空族世界都会推出这个结论。而最重要的是，奥罗拉会推出这个结论——只要它还觉得能够掌控目前的情势。”

吉斯卡考量了一下。“你是不是说，丹尼尔好友，太空族为了主张他们对索拉利的所有权，因而摧毁那两艘属于银河殖民者的太空船？”

丹尼尔说：“不，只要身为太空族盟主的奥罗拉觉得能够掌控目前的情势，就不会出现这个结果。奥罗拉只消声称不论索拉利有没有人，银河殖民者的太空船都一律不得靠近，甚至可以进一步威胁，若有任何银河殖民者进入索拉利的行星系，就会对他们的母星进行报复性攻击。他们还可以在那个行星系周围建立封锁线和侦测站。但我们并未听到这种警告，也没看到这种行动，吉斯卡好友。所以说，既然可以轻轻松松地将那些太空船阻挡在索拉利之外，为何偏偏要摧毁它们呢？”

“但事实就是如此，丹尼尔好友。你会用人类不合逻辑的天性当作解释吗？”

“除非万不得已。让我们暂且将那两艘太空船的遭遇当作已知的事实，推敲一下它的后果——一艘殖民者太空船来到奥罗拉，船长要求和立法局讨论目前的情势，并坚持要一名奥罗拉公民陪同前往索拉利协助调查，而立法局一一作出了让步。就奥罗拉而言，若说无预警地摧毁那两艘太空船是过分强硬的行动，对殖民者船长作出这么懦弱的让步却又过分软弱了。奥罗拉这么做，非但不是想打一仗，反倒像是愿意以任何代价消弭战争的可能性。”

“是的，”吉斯卡说，“我看得出这是个可能的解释。但接下来呢？”

“依我看，”丹尼尔说，“太空族世界尚未衰弱到那种程度，大可不必采取那么卑微的姿态——就算真的衰弱了，高高在上几世纪所培养出的自尊也不会允许他们这么做。一定有其他因素在背后驱使他们，我曾指出他们不会故意挑起一场战争，所以更加可能的原因是他们在争取时间。”

“目的是什么呢，丹尼尔好友？”

“他们想要摧毁银河殖民者，但是尚未准备好。他们让这个银河殖民者予取予求，是想将开战时机拖延到他们做好万全准备之际。就算他们主动派一艘奥罗拉战舰护送他，我也不会感到惊讶。如果这个分析是正确的——我相信没错——奥罗拉就不可能和索拉利上的变故有任何牵连。在毁灭性攻击就绪之前，他们不会做这种小动作，否则只会让银河殖民者提高警觉。”

“那么，这个你所谓的小动作又作何解释呢，丹尼尔好友？”

“踏上索拉利之后，或许我们就能找到答案。奥罗拉人有可能和我们以及银河殖民者一样好奇，他们之所以和那位船长充分合作，甚至允许嘉蒂雅女士陪他走这一趟，想必这也是原因之一。”

换成吉斯卡维持了好一阵子沉默，才终于说：“他们那个神秘的毁灭计划内容如何？”

“我们一直在说，由于太空族想击败地球，危机因此而起。但我们所说的地球是个通称，包含了地球人以及殖民者世界上的地球后裔。然而，如果我们当真怀疑太空族正准备发动一场毁灭性攻击，以便一举击败敌人，我们或许可以修正一下原先的观点。那就是，他们绝不会打算攻击哪个殖民者世界。任何一个殖民者世界都是可有可无的，何况这么一来，其他殖民者世界会立刻反击。他们也不会打算对几个甚至所有的殖民者世界同时发动攻击，目标太多了，而且太过分散。通通打胜仗是不太可能的，而那些撑下来的殖民者世界，在气急败坏之余，会反过来重创所有的太空族世界。”

“那么根据你的推论，丹尼尔好友，是地球本身会遭到攻击。”

“是的，吉斯卡好友。绝大多数的短寿命人类目前仍住在地球——地球为殖民者世界提供源源不绝的移民，还提供各种资源来协助开拓更多的新世界，它更是所有银河殖民者心目中的神圣故乡。如果地球被毁了，银河殖民运动恐怕永远无法恢复。”

“可是如果地球被毁，殖民者世界难道不会以同样强有力的行动进行报复吗？在我看来，这是不可避免的结果。”

“在我看来也一样，吉斯卡好友。因此依我看，除非太空族世界发了疯，否则这场攻击一定会不着痕迹，好让太空族世界不必担负任何责任。”

“既然能够不着痕迹地发动攻击，何不直接对付殖民者世界？地球人的作战实力都蕴藏在那些世界上。”

“若非因为太空族觉得攻击地球较能产生心理上的毁灭效果，就是因为这种攻击只对地球有效，不能用来对付任何殖民者世界。我猜后者是真正的原因，因为地球是独一无二的，它的社会结构和其他社会都不一样——殖民者世界或太空族世界皆然。”

“所以总而言之，丹尼尔好友，你得到的结论是太空族正准备以一种特殊方式攻击并毁灭地球，这种不着痕迹的方式不会让他们沾上嫌疑，却不能用来对付其他的世界，而直到目前为止，他们尚未准备就绪。”

“没错，吉斯卡好友，但他们或许即将完成准备，一旦准备好，他们就得立刻发动攻击，任何延迟都会增加泄密和曝光的风险。”

“从我们掌握的那么一点点线索，丹尼尔好友，你就能推论出这一切，真是太值得喝彩了。现在请告诉我这项计划的真面目，太空族到底打算进行什么样的攻击？”

“我一路推下来，吉斯卡好友，根据都是非常薄弱的，难以肯定我的推论有没有任何问题。可是，即使假设它们完全合理，我也无法再继续了。恐怕我只能说，我既不知道也猜不出那场攻击的真面目。”

吉斯卡说：“除非获悉它的真面目，我们无法采取任何行动来反制，进而消弭这场危机。若要等到攻击发生后才真相大白，那就太迟了，什么都做不了了。”

丹尼尔接口道：“若说只有一个太空族知道即将发生什么变故，那人一定就是阿玛狄洛。难道你不能迫使阿玛狄洛作个公开声明，以便警告银河殖民者，好让这个诡计流产？”

“如果我这么做，丹尼尔好友，一定会毁掉他的心灵。当他进行声明时，我不太相信我能让它维持那么久的稳定。我绝不能做那种事。”

“那么，或许我们可以自我安慰一番，”丹尼尔说，“我们可以认为我的推理有错，地球不会受到什么攻击。”

“不，”吉斯卡说，“我觉得你并没有错，但是，我们只能束手无策地静观其变。”

17

嘉蒂雅怀着近乎痛苦的心情，期待着最后一次跃迁的来临。然后，他们就会很接近索拉利，而它的太阳也会从光点变成一个圆盘。

当然，也只能是一个圆盘，一个毫无特色的光圈而已。如果让它的光线通过适当的滤镜，就能舒舒服服地直接望着这颗恒星。

它的外观没有什么特殊之处。事实上，并非每颗恒星周围都有适宜人类居住的行星，这样的恒星必须符合一连串的条件，这就使得它们彼此十分相似。比方说，它们都是所谓的单星，和地球所属的太阳相比，大小一定不会相差太多，不会太活跃也不会太安静，不会太老也不会太年轻，不会太热也不会太冷，而且化学成分不会太怪异。它们一律拥有黑子、闪焰和日珥，肉眼看起来几乎都差不多。唯有动用单色光照相仪仔细分析它们的光谱，才能确立每颗恒星的独特性。

纵然如此，当嘉蒂雅望着那个在她看来除了光圈还是光圈的天体之际，双眼竟然盈满泪水。早年住在索拉利的时候，这颗恒星在她心中毫无分量；它只是光和热的忠实来源，依照规律的节奏起起落落。在离开索拉利那天，她望着这个逐渐消失的太阳，也只是感到谢天谢地而已。总之，它未曾留下任何令她珍惜的记忆。

此时此刻，她却在轻声啜泣。这种说不出原因的激动固然令她感到羞愧，但她的眼泪就是止不住。

当讯号灯亮起之际，她极力控制住情绪。站在门口的一定是丹吉，别人不会走近她的舱房。

丹尼尔说："要让他进来吗，夫人？你似乎情绪不稳。"

"对，我的确情绪不稳，丹尼尔，但还是让他进来吧，我猜他并不会感到惊讶。"

事实则不然。至少，满面虬髯的他堆着笑脸走进来——笑容却几乎立刻消失。他退了一两步，压低声音说："我待会儿再来吧。"

"别走！"嘉蒂雅厉声道，"我没什么，只是一时犯傻，情绪有些激动。"她抽了两下鼻子，又气呼呼地擦擦眼睛，"你来这儿做什么？"

"我想跟你讨论登陆索拉利的事。只要再作一次成功的微调，我们明天就能降落了。如果你现在不太有心情讨论……"

"我相当有心情。事实上，我要问你一个问题。我们为何做了三次跃迁才来到这里？一次跃迁应该就足够了。两百年前，我从索拉利前往奥罗拉，就只做了一次跃迁。这些年来，太空旅行科技绝不可能倒退吧。"

丹吉咧开嘴，再度展现笑容。"那是欺敌行动。如果有奥罗拉船舰跟踪我们，我想要——困惑它——可以这么说吧？"

"我们为什么会被跟踪？"

"我只是怀疑罢了，夫人。立法局有点热心过度，我这么觉得。他们曾建议派一艘奥罗拉船舰陪我一起进行索拉利探险。"

"嗯，可能有些帮助，不是吗？"

"或许吧——如果我足够确定并非奥罗拉在幕后操纵一切的话。我相当坦白地告诉立法局，我不要——或者说，"他指着嘉蒂雅，"我只要你陪同。可是立法局难道不会——姑且说全然出于好意——背着我偷偷派出一艘船舰？哼，我就是不要这样；我们的麻烦已经够多了，我可不想随时紧张兮兮地回头张望。所以我设法令对方难以追踪。你对索拉利知道多少，夫人？”

“还要我再跟你说多少遍？一无所知！已经过去两百年了。”

“听好，夫人，我说的是索拉利人的心态，那可不会在短短两百年间就改变了。告诉我，他们为何遗弃了自己的行星。”

“我所听到的传闻是，”嘉蒂雅平心静气地说，“他们的人口一直不断减少。这显然是低生育率和早夭共同导致的结果。”

“这种说法在你听来合理吗？”

“当然合理，那里的生育率总是很低。”她皱起眉头陷入沉思，“因为习俗的关系，索拉利人都不容易怀孕，无论自然怀孕、人工受孕或试管婴儿皆然。”

“你自己从未生儿育女吗，夫人？”

“在索拉利时没有。”

“早夭又是怎么回事呢？”

“这我就只能猜测了，我想是由于挫败感的缘故。虽然索拉利人曾经投注极大的热情，想将他们的世界打造成一个理想社会——不只要超越地球历史上最好的社会，还要比任何太空族世界更接近完美——可是显然没有成功。”

“你是在告诉我，索拉利人集体心碎就是这个世界的死因？”

“如果你想用这么荒谬的说法，我也无从反对。”嘉蒂雅不悦地说。

丹吉耸了耸肩。“你的意思似乎就是这样。可是他们真的会离开吗？他们会去哪里呢？又要怎么活下去？”

“我不知道。”

“可是，嘉蒂雅女士，谁都知道索拉利人习惯拥有大片的土地，以及成千上万的机器人仆佣，因此每个索拉利人都过着近乎完全隔绝的生活。如果遗弃了索拉利，他们上哪儿去找另一个能满足他们这些怪癖的社会？他们是不是迁往其他太空族世界去了？”

“据我所知并没有。话说回来，我又不是他们肚子里的蛔虫。”

“他们会不会自己找到了一个新世界？即使找到了，也需要进行大量的大地改造，然后才能住人，他们有这方面的准备吗？”

嘉蒂雅摇了摇头。“我不知道。”

“或许他们并未真正离去。”

“根据我的了解，证据在在显示，索拉利已经是个无人世界。”

“什么证据？”

“所有的星际通讯都终止了。索拉利发出的电磁辐射，要不是和机器人有关，就是有明显的天然来源，其他的通通消失了。”

“你怎么会知道？”

“奥罗拉把它当成新闻来报道。”

“啊！新闻报道！有没有可能只是一则谎言？”

“如果是谎言，目的又是什么呢？”嘉蒂雅态度强硬地反问。

“以便引诱我们的太空船飞到那个世界去送死。”

“太荒谬了，丹吉。”她的声音转趋尖锐，“精心设计这样一个阴谋，毁掉两艘太空商船，对太空族又能有什么好处？”

“在理应空无一人的行星上，两艘殖民者太空船竟被摧毁了。你又如何解释呢？”

“我无法解释。我以为我们前往索拉利，就是为了去找合理的解释。”

丹吉神情严肃地凝视着她。“你能不能把我带去当年你住在索拉利的时候，那个属于你的区域？”

“我的属地吗？”她以讶异的目光回瞪他。

“难道你不想回去看看？”

嘉蒂雅的心跳停了一拍。“我当然想，但你为什么想去我的属地呢？”

“之前那两艘太空船，降落的地点相隔甚远，可是都很快就被摧毁了。虽然这颗行星每个角落都可能有危险，但依我看你的属地也许好些。”

“为什么？”

“因为我们可能会获得机器人的协助。你认识它们，对不对？我想，它们的寿命可以超过两百年，丹尼尔和吉斯卡都是这样的例子。那些在你的属地上曾经服侍过你的机器人，它们应该还记得你，对不对？它们会把你当作主人，在它们心目中，你的重要性超过了一般的人类。”

嘉蒂雅说：“我的属地上当年有一万个机器人。我大概认得出三四十个。其他的机器人我大多没见过，而它们也可能从未见过我。你该知道，农务机器人并不怎么先进，林业和矿业机器人也好不到哪里去。至于家务机器人，如果这么多年都没被卖掉或调走，它们应该还记得我。只不过，天有不测风云，并非每个机器人都撑得了两百年。此外，不论你对机器人的记忆多么有信心，人类的记忆却不可靠，搞不好我一个也记不得了。”

“即便如此，我还是要问，”丹吉说，“你能不能领我前往你的属地？”

“提供经纬度？我没办法。”

“我有索拉利的地图。这会有帮助吗？”

“大概有一点吧。它在北赫里欧纳洲的中南部。”

“一旦我们大致抵达那里，你能否利用地标做更精确的定位——如果我们贴地飞行的话？”

“你是指海岸和河流之类的？”

“是的。”

“我想应该可以。”

“很好！与此同时，试试看能否想起你的机器人都长得什么样子，以及叫些什么名字，这可是攸关生死的大事。”

18

在高级船员面前，丹吉·贝莱似乎成了另一个人。灿烂的笑容藏了起来，视死如归的潇洒也不见了。他坐在那里，埋首钻研地图，脸上一副专注无比的表情。

他开口道：“只要这女人没记错，我们就明确掌握了那块属地的位置——而只要进入飞行模式，我们应该很快就会抵达。”

“白白浪费能量，船长。”坐第二把交椅的杰明·欧瑟咕哝道。他个子很高，而且和丹吉一样满脸胡须。但他的胡须和眉毛都是黄褐色，中间夹着一双湛蓝的眼珠。他看起来相当年长，但总是让人觉得那是由于他经验丰富，而并非实际年龄。

“没办法。”丹吉说，“假如我们有反重力，情况会完全不同。可是那些搞技术的承诺了我们一辈子，至今仍一事无成。”

他又看了看地图，然后说：“她说从这两条河的汇流处，沿着较小那一条逆流而上约六十公里，如果她没记错的话。”

“你一直对她有所保留。”这回说话的是詹德拉斯·纳迪尔哈巴，从臂章便能看出他是这艘船的领航员，负责把太空船带到正确的地点，或者应该说是船长指定的地点。他有一张英俊的脸孔，黝黑的肤色以及八字胡更有加分的效果。

“她是在回忆两百年前的情景。”丹吉说，“如果要你回忆某个三十年不见的地方，你又能记得多么详细呢？她并非机器人，遗忘是难免的。”

“那么带着她又有什么意义呢？”欧瑟喃喃道，“还有那个男的，以及那个机器人？船员因此骚动不安，我自己也不太喜欢这种事。”

丹吉抬起头来，双眉凑到了一块儿。他压低声音说：“先生，在这艘船上，你喜不喜欢什么，或船员喜不喜欢什么，全都一点也不重要。责任由我一肩扛起，决定自然由我来作。除非这个女人能拯救我们，否则很可能着陆还不到六小时，我们就通通死于非命了。”

纳迪尔哈巴轻描淡写地说：“死就死吧，有啥好怕的。如果不知道暴利和暴毙只有一字之差，根本不配做行商。至于这趟任务，我们都是自愿的。话说回来，先弄清楚会怎么死也不赖，船长。如果你知道了，有必要保密吗？”

“不，没必要。照理说索拉利人都走光了，可是，打个比方吧，或许他们悄悄留下几百个人来看家呢。”

“他们对一艘武装商船又能怎么样，船长？他们有秘密武器吗？”

“算不上秘密武器。”丹吉说，“索拉利到处都是机器人，殖民者太空船会登陆这个世界，这是唯一的原因。那些留下来的索拉利人，每人至少可以指挥一百万个机器人，这可是一支大军。”

负责通讯工作的艾班·卡拉亚始终没有开口。他心知肚明，自己不但资历最浅，而且在座四人当中，只有他脸上没有半根胡须，令他显得更加稚气。现在，他终于鼓起了勇气。“机器人，”他说，“不可能伤害人类。”

“大家都这么说，”丹吉冷冷回应道，“但我们对机器人了解多少呢？我们真正确定的事，就是在这个到处都是机器人的世界上，有两艘隔得老远的太空船被摧毁了，外加一百余人——都是优秀的银河殖民者——惨遭杀害。除了遭到机器人攻击，还能有什么解释呢？我们不知道索拉利人能对机器人下什么样的命令，或是有何妙招可以骗过所谓的机器人学第一法则。”

“所以，”他继续说，“我们自己也得想些妙招才行。根据那两艘船在遇难前发回的电讯，我们研判很有可能船员全都下了船。毕竟那是个空无一人的世界，大家都想伸伸腿，呼吸一下新鲜空气，顺便看看那些被他们当成货源的机器人。他们的太空船没有任何防护，而他们自己是在猝不及防的情况下遭到攻击的。

“这回不会再发生这种事了。我下船后，你们通通给我待在船上，或是守在太空船附近。”

纳迪尔哈巴瞪大眼睛，一副不敢苟同的神情。“为啥是你，船长？如果你需要找人当诱饵，任何人都比你更值得牺牲。”

“我很感激你这么想，领航员。”丹吉说，“但我并不会单独行事，那个太空族女人和她的同伴会一路陪着我。她是这次行动的关键人物，她或许认识一些机器人，至少会有些机器人认识她。我的乐观期望是，那些机器人虽然有可能奉命攻击我们，但绝不会攻击她。”

“你的意思是，它们会记得这个老小姐，还会跪倒在她膝下。”纳迪尔哈巴冷冷地说。

“你要这么说也可以。这就是我带她同行的原因，更是我们降落在她的属地上的主因。我一定要守在她旁边，因为我了解她——或多或少啦——而且我一定要好好观察她的一举一动。我们先用她当挡箭牌来保命，一旦有机会搞清楚敌人到底是何方神圣，我们就可以自己行动，再也不需要她了。”

欧瑟说：“然后我们怎么处置她？抛到外太空去？”

丹吉咆哮道：“我们把她送回奥罗拉！”

欧瑟说：“我必须告诉你，船长，船员会认为跑这一趟是毫无必要的浪费。他们会觉得我们大可将她留在这个该死的世界，反正这儿本来就是她的家。”

“好啊。”丹吉说，“等到船长得听从船员命令的时候，我们就这么办吧。”

“我确定你不会的。”欧瑟说，“但船员自有他们的想法，惹毛了船员会使得旅程危险重重。”

第六章
船员

19

嘉蒂雅伫立在索拉利的土地上，植物的气味隐约飘来——和奥罗拉上不尽相同——让她的记忆立刻跨越了两百年的时间。

她知道，嗅觉能以独特的方式引发对往事的联想，那是视觉和听觉做不到的。

一股似有若无而独一无二的气味，将她带回了童年时代——她能自由自在地奔跑，身旁总有十来个机器人仔细看着她——有时她会发现别的小孩，因而欣喜若狂，她会停下脚步，怯生生望着对方，然后一小步一小步慢慢接近，最后伸出手来。这个时候，机器人就会喊道："够了，嘉蒂雅小姐。"随即将她带走，而她则会频频回顾那个同龄的孩子，对方自有另一组保姆机器人负责照顾。

她清楚地记得，有一天机器人告诉她，从此以后她只能用全息影像见到其他人类。她还学到那叫作显像，而不叫见面。机器人似乎认为“见面”是不能说的禁忌，所以必须压低声音讲出这两个字。她能继续和它们见面，可是它们并非人类。

起初一切都还好。她的交谈对象一律是可以自由行动的三维影像，他们能说话，能奔跑，甚至能翻筋斗，就是不能让她摸到。后来又有机器人告诉她，她可以真正见到一个人了。他是个成年男子，比她自己大了不少，但既然生为索拉利人，他看起来仍旧相当年轻。之前她就常在显像中见到他，而且对他颇有好感。只要她愿意，今后凡是有需要的时候，她都能获准和他见面。

她愿意。第一次见面的情景，至今仍历历在目。她的舌头打结，而他也一样。他俩互相绕着圈，一直不敢和对方接触——那就是他们的婚姻生活。

那当然就是。后来他们又相见了，并非透过显像，而是面对面，因为他们已经结婚了。他们迟早会碰触对方，他们应该这么做。

那是她一生中最兴奋的一天，却出现了意想不到的结果。

嘉蒂雅猛然煞住思绪。再想下去又有什么用？她热情而渴望，他却冰冷而畏缩。后来，他也一直那么冰冷。依照习俗，为了试图让她受孕，他每隔固定时间要来见她一次，她心中却只有强烈的反感，不久便希望他最好忘记这件事。但他是个有责任感的人，从来不曾忘记他的义务。

这种痛苦的日子拖了好些年，最后总算结束了——他遭到谋杀，头颅被敲碎了，而她自己是唯一的嫌犯。多亏以利亚·贝莱救了她，并安排她离开索拉利，前往奥罗拉。

现在她又回来了，闻到了索拉利的气息。

除此之外，一切都是陌生的。远处那栋房子和她记忆中的宅邸没有丝毫类似之处，过去两百年来，它一定经过多次的整修、拆除和重建。甚至这块土地，都没有引起她一丝一毫的熟悉感。

不知不觉间，她伸手摸了摸身后那艘殖民者太空船——这艘将她送来这个世界的太空船，现在已经有了家的气味，但也仅止于气味而已——她之所以这么做，只是想摸摸比较熟悉的东西罢了。

和她一起站在太空船阴影下的丹尼尔说："你有没有看到那些机器人，嘉蒂雅女士？"

那群机器人站在大约百码之外的一个果树园里面。它们一动不动、一本正经地瞪着眼睛，在阳光照耀下，它们的外壳闪着银灰色的金属光芒，和嘉蒂雅记忆中的索拉利机器人并无二致。

她说："看到了，丹尼尔。"

"有任何眼熟的感觉吗，夫人？"

"完全没有。它们似乎是新机型，我不记得见过它们，也确定它们不可能记得我。丹吉以为我会认识自己属地上的机器人，能对他的任务有所帮助，现在他可得失望了。"

吉斯卡说："它们似乎无所事事，夫人。"

嘉蒂雅说："这倒不难理解。它们所接受的命令仍然有效，一旦发现像我们这样的入侵者，它们就要前来观察，并且随时回报。然而，现在已经没有回报的对象了，所以它们只能默默观察。由于不再有人继续下令，我猜它们不会有进一步的行动，但也不会停止目前这个行动。"

丹尼尔说："嘉蒂雅女士，或许我们最好还是回到太空船的舱房去。我猜船长正忙着监督船员构筑防御工事，还不准备作进一步的探勘——我相信他是不会同意你擅自离开舱房的。"

嘉蒂雅高傲地说："这是我自己的世界，我不会为了迎合他的好恶，而延后我踏上故土的时间。"

"我了解，可是船员们正在附近工作，我相信有些人已经注意到你了。"

“而且朝这儿走来了，”吉斯卡说，“如果要避免感染……”

“我有所准备，”嘉蒂雅说，“鼻孔滤器和手套。”

嘉蒂雅并不了解太空船周围所建构的到底是什么工事。刚才大多数的时候，船员都在埋头苦干，并未见到站在阴暗处的嘉蒂雅以及她的同伴。（这个地区目前处于温暖季节，而且由于索拉利上的一天比奥罗拉的一天几乎长了六小时，来自奥罗拉的他们觉得越来越热——如果是半年前，则会越来越冷。）

总共有五名船员走了过来，其中最高大的那位朝嘉蒂雅的方向指了指。其他四人随即停下脚步望过来，仿佛只是有点好奇。然后，先前那人又做了一个手势，他们便继续向前走，但稍微转了一个方向，变成直直地朝这三个奥罗拉乘客走来。

嘉蒂雅一言不发地望着他们，同时扬起了眉毛，露出轻蔑的表情。丹尼尔和吉斯卡则漠然地等在那里。

吉斯卡压低声音对丹尼尔说：“我不知道船长在哪里。他一定在船员当中，但我分辨不出哪个才是他。”

“我们要不要退回船上去？”丹尼尔大声道。

“那样太没面子，”嘉蒂雅说，“这是我的世界。”

她站在原处，那五名船员好整以暇地逐渐走近。

刚才他们都在卖力干粗活（像机器人一样，嘉蒂雅不屑地想），现在仍然满身是汗，嘉蒂雅察觉到了他们身上发出的汗臭味。相较于无形的威胁，这股味道更能把她吓走，但她偏偏不为所动，她确定鼻孔滤器能够淡化这种气味。

那个高大的船员距离她最近。他有着古铜色的皮肤，结实的双臂裸露在外，在太阳底下闪着油光。他大概有三十岁（对于这些短寿命的人类，嘉蒂雅只能勉强估计年龄），如果他好好梳洗打扮一番，看起来或许会相当体面。

他说：“所以你就是我们一路从奥罗拉带过来的那位太空族女士？”他说得很慢，显然试图要在银河标准语中加上一点贵族气息。他当然未能成功，这句话还是说得很粗鲁，让他比丹吉更像银河殖民者。

嘉蒂雅为了声张自己的领土权，特别强调：“我原本是索拉利人，殖民者。”然后便尴尬得说不下去了。由于刚才一直在想索拉利的事，她的心思跳回两百年前，以致一开口竟带有浓重的索拉利口音。例如‘我’这个字听来几乎成了‘哦’。

她又说了一遍，这次声音低沉许多，也比较没有霸气，但字字都是道地的“奥罗拉大学腔”，也就是太空族世界所公认的银河标准语。“我原本是索拉利人，殖民者。”

那银河殖民者哈哈大笑，转向其他船员说：“她讲话拿腔拿调的，但她至少得试试。对不对，伙伴？”

那几名船员也开始大笑，其中一人还说：“让她再多说几句，尼斯，或许我们都能学学这种太空族的娘娘腔。”他以尽可能优雅的动作，将一只手放在臀部上，另一只手则软绵绵地伸出来。

尼斯边笑边说：“你们通通给我闭嘴。”周遭立刻鸦雀无声。

他再度转向嘉蒂雅。“我是一级船工柏托·尼斯。小妞，请问芳名？”

嘉蒂雅不敢再开口了。

尼斯说：“我很有礼貌喔，小妞。我说话像个绅士，像个太空族。我知道你年纪很大，当我的曾祖母绰绰有余。你到底有多大年纪，小妞？”

“四百岁，”一名船员在尼斯背后吼道，“但怎么看都不像！”

“她看起来还不到一百岁。”另一人说。

“看起来还能嘿咻一番喔，”第三名船员说，“但我猜她已经很久没做了。问问她想不想来几回，尼斯。说话客气点，问问能不能让我们轮流上。”

嘉蒂雅气得面红耳赤，丹尼尔赶紧说：“一级船工尼斯，你的同伴冒犯了嘉蒂雅女士。你们还不让开？”

尼斯转头望向丹尼尔，在此之前，他完全忽略了对方的存在。收起笑容之后，他开口道：“你给我听好，船长说过的，这小女人碰不得。我们不会惹她，只会无伤大雅地聊聊天。还有，那东西是机器人，我们也不会惹他，而他绝不能伤害我们。我们知道机器人学三大法则是什么，瞧，我们能命令他离我们远点。但你是太空族，对于你这个人，船长什么命令也没下。所以你这细皮嫩肉的小白脸——”他伸手指着丹尼尔，“站到一边去，别来穷搅和，否则一定落得鼻青脸肿，搞不好还会痛哭流涕。”

丹尼尔未作任何回应。

尼斯点了点头。“很好。算你识相，懂得什么叫见好就收，我喜欢你这种人。”

他又转向嘉蒂雅。“好啦，太空族小妞，既然船长有令，我们就不再打扰你。如果我们哪位说话粗鲁些，那也是很自然的事。让我们握握手，交个朋友吧。太空族，殖民者，分什么彼此呢？”

他向嘉蒂雅伸出手去，吓得嘉蒂雅连退几步。只听“唰”的一声，丹尼尔已经抓住尼斯的手腕，动作快到谁也没看清楚。“一级船工尼斯，”他轻声说，“别碰这位女士。”

尼斯低头望着自己那只手，以及紧紧抓着自己手腕的五根指头。“你有三秒钟的时间放开我。”他语带威胁地低声咆哮。

丹尼尔立即松手。“我不想伤害你，所以不得不照你说的做，但我必须保护这位女士——如果她不希望碰到你的手，我相信她是这么想的，只怕我将被迫让你吃点苦头。但请你相信，我保证下手会尽可能轻一点。”

某名船员兴高采烈地叫道：“让他瞧瞧你的厉害，尼斯，他只会耍嘴皮子。”

尼斯说：“听好，太空族，我两度叫你别管闲事，你非但不听，还动了一次手。现在我再说一遍，这可是最后的警告。你要是再动一动，再说半个字，我就把你大卸八块。这个小女人要跟我们像朋友般握握手，如此而已。然后我们立刻走人，这样公平吧？”

嘉蒂雅用近乎哽咽的声音说：“我绝不要他碰我，该怎么做就怎么做吧。”

丹尼尔说：“先生，请恕我直言，这位女士希望你别碰她。我必须请你——你们五个人——通通走开。”

尼斯带着笑容，挥了挥粗壮的手臂，仿佛要将丹尼尔扫到一旁，而且下手绝不留情。

没想到丹尼尔出手快如闪电，又用左手抓住了尼斯的手腕。“请走吧，先生。”丹尼尔说。

尼斯仍旧咧着嘴，却再也没有笑容了。突然间，他猛力抬起手臂。丹尼尔的左手随即稍微上扬，随即减慢速度，最后停了下来。他保持着自若的神态，将尼斯的手臂往下压，然后借着一记迅速的扭转，将那只手臂扳到这名银河殖民者背后，并牢牢固定住。

尼斯惊觉丹尼尔竟然来到自己后面，连忙将另一只手向后伸，想要扳住丹尼尔的脖子。不料这只手也立刻被抓住，被拉到了很不自然的位置，令他不禁惨叫一声。

那四名满心期待一场好戏的船员，此时一动不动地站在原处，一个个张大嘴巴说不出话来。

尼斯瞪着他们，咕哝了一声：“救我！”

丹尼尔说："他们不会救你的，先生。如果他们轻举妄动，船长的处罚会更严厉。现在，我必须请你保证再也不会招惹嘉蒂雅女士，而且你们会默默离去，一个不留。否则，一级船工尼斯，万分遗憾，我不得不把你的双臂拉得脱臼。"

他一面说，一面将对方的双腕抓得更紧，尼斯随即发出闷声的哀号。

"非常抱歉，先生，"丹尼尔说，"但我奉有最严格的命令。能否请你向我保证？"

尼斯突然恶狠狠地举脚向后踢去，但在他的厚靴踢中目标之前，丹尼尔早已闪到旁边，还将他拉得失去了平衡。下一刻，他脸部重重着地。

"能否请你向我保证，先生？"丹尼尔仍在背后抓着对方的两只手腕，他轻轻一拉，这船员的双臂便被微微举起来。

尼斯号叫一声，脱口而出："我认输，放开我。"

丹尼尔立刻放手并后退几步。尼斯慢慢地、痛苦地翻过身来，带着极度扭曲的表情，一面缓缓挥动手臂，一面扭转双手的手腕。

然后，他的右手摸向腰际的皮套，吃力地抓出其中的武器。

丹尼尔一脚踩下去，将他的手掌钉在地上。"别做这种事，先生，否则我不得不踩断你一两根手骨。"他弯下腰，从皮套中取出尼斯的手铳，"站起来吧。"

"对，尼斯先生。"另一个声音说，"听他的话，赶紧站起来。"

只见丹吉·贝莱站在他们旁边，虽然一副吹胡子瞪眼的表情，他的声音却平静得有些可怕。

"你们四个，"他说，"把你们的武器交给我，一个一个来。开始，动作快一点。一、二、三、四。好啦，继续立正站在那里。

先生，”他转向丹尼尔，“把你手中的武器也交给我。很好，第五支。现在，尼斯先生，你也立定。”他将五柄手铳摆到了地上。

尼斯僵硬地立正站好，只见他双眼充血，脸孔扭曲，显然痛苦万分。

“能否请你们哪一位，”丹吉说，“告诉我发生了什么事？”

“船长，”丹尼尔赶紧说，“我和尼斯先生只是闹着玩，谁也没受伤。”

“然而，看来尼斯先生还是受伤了。”丹吉说。

“皮肉伤罢了，船长。”丹尼尔说。

“我懂了。好，待会儿我们再继续讨论。夫人——”他转身对嘉蒂雅说，“我不记得曾允许你走出太空船，马上跟你的两个同伴回你的舱房去。这里不是奥罗拉，而我是船长，照我说的做！”

丹尼尔带着歉意轻轻抓起嘉蒂雅的手肘。嘉蒂雅扬起下巴，二话不说便转身朝太空船的扶梯走去。丹尼尔走在她旁边，而吉斯卡跟在后面。

然后，丹吉转向那些船员。“你们五个，”他的声音始终保持冷静，“跟我走。我会彻查这件事——或者该说彻查你们。”他做了一个手势，示意一名下属捡起那些武器。

20

丹吉凶巴巴地瞪着那五名船员。这里是他自己的舱房，也是这艘太空船上唯一有点尊贵气息和豪华派头的空间。

他轮流指着他们几人说："听好，我们就这么办。你，告诉我到底发生了什么事，一字一句，一举一动，通通要说清楚。等你讲完了，换你告诉我有没有说错或遗漏的地方。然后你照着做一遍，然后换你，最后我再来问你，尼斯。我猜你们通通有毛病，才会做出这么一件愚不可及的事，但尼斯特别严重，把我们的脸丢尽了。如果从你们的叙述中，听不出来你们犯了什么错，或是丢了什么脸，我就会知道你们在说谎，况且那个太空族女人一定会把实情告诉我——无论她说什么，我都打算照单全收。不管你们做了任何坏事，都比不上说谎来得严重。现在，"他吼道，"开始吧！"

第一个被点到的船员连忙结结巴巴开始陈述，接着第二个作了一些修正和补充，然后第三个、第四个以此类推。丹吉一直面无表情地仔细聆听，最后他对柏托·尼斯做了一个站到一旁的手势。

他对其他四人说："当尼斯快要被那个太空族摔成狗吃屎的时候，你们四个在做什么？看好戏？吓呆了？你们有四个人，打不过一个吗？"

其中一人打破凝重的沉默，开口道："事情发生得太快了，船长。我们正准备动手，一切已经结束了。"

“如果等上几天之后，你们终于可以动手了，那你们准备怎么做？”

“嗯，我们会把那个太空异族从弟兄身上拉开。”

“你们认为做得到吗？”

这回没有任何人敢作声。

丹吉倾身凑到他们面前。“听好，我的判决如下。你们不该招惹那个异族人，所以扣你们每人一周的薪水。现在，我们讲清楚一件事，如果你们把刚才发生的事告诉别人——不论是船员还是外人，不论现在还是以后，不论你们是醉是醒——你们通通会被降为见习船工。我不管是哪一个口风不紧，反正四个一起降级，所以你们最好互相盯着点。现在给我回到你们的岗位去，要是在这趟航程中再给我添麻烦，哪怕只是违规打个嗝，你们都等着关禁闭吧。”

四名船员紧抿着嘴，神情黯然地匆匆告退。只剩尼斯还留在原地，脸上显出一大块瘀青，而且双臂显然还很不舒服。

丹吉故意一言不发地冷冷瞪着他，而尼斯的目光忽左忽右，忽上忽下，就是不敢直视船长的脸。直到他逃无可逃，终于见到船长的怒容时，丹吉才开口道：“很好，竟然和只有半个你那么大的娘娘腔太空族打架，可真是露脸啊。下回碰到他们任何一个，你最好立刻躲开。”

“遵命，船长。”尼斯可怜兮兮地说。

“我们离开奥罗拉之前，当我在做简报的时候，尼斯，你到底有没有听到我特别强调，不准打扰那个太空族女人和她的同伴，也不准跟他们交谈？”

“船长，我只是想礼貌地打个招呼。我们因为好奇，所以凑上去看看，没有任何恶意。”

“你没有恶意？你问她有多大年纪，这关你什么事？”

“只是好奇，想知道罢了。”

“你们其中一人还作了性暗示。”

“不是我，船长。”

“另有其人吗？你们有没有为这件事道歉？”

“向太空族道歉？”尼斯以厌恶的口吻说。

“当然啦，你们违背了我的命令。”

“我没恶意。”尼斯仍旧坚持这一点。

“你对那个男人也没恶意？”

“他跟我动手，船长。”

“我知道他动手了，可是为什么呢？”

“因为他竟然对我颐指气使。”

“而你咽不下这口气？”

“你咽得下吗，船长？”

“好吧。你咽不下这口气，因此吃了瘪，跌个狗吃屎。这又是怎么回事？”

“我不太清楚，船长。他动作太快了，就好像快动作镜头，而且他的手像个铁箍。”

丹吉说：“一点都没错。你这白痴，你以为他是什么？他就是铁打的。”

“船长？”

“尼斯，难道你从没听过以利亚·贝莱的故事吗？”

尼斯尴尬地摸摸耳朵。“我知道他是你曾曾曾好多代的祖父，船长。”

“没错，谁都能从我的名字看出来。你读过他的生平传记吗？”

“我不是爱读书的人，船长，至少不读历史。”他耸耸肩，随即闪现痛苦的表情，似乎想要伸手揉揉肩膀，最后还是未能壮起这个胆子。

“你可曾听说过机·丹尼尔·奥利瓦？”

尼斯的双眉挤到了一块儿。“他是以利亚·贝莱的好朋友。”

“十分正确，所以你的确对他有些了解。你可知道机·丹尼尔·奥利瓦这个名字里的‘机’代表什么意思？”

“代表‘机器人’对吗？他是个机器人，当时地球上还有机器人。”

“是的，尼斯，直到今天都还有。但丹尼尔不只是机器人而已，他是个酷似太空族的太空族机器人。把这点放进脑袋里，尼斯，然后猜猜你今天单挑的那个太空族到底是谁。”

尼斯瞪大眼睛，而且涨红了脸。“你的意思是，那个太空族其实是机……”

“他就是机·丹尼尔·奥利瓦。”

“可是，船长，那是两百年前的事了。”

“没错，不过那个太空族女人也和我的祖先以利亚关系匪浅。她今年两百三十三岁——你的好奇心满足了吧——既然她都能活到现在，你以为机器人不行吗？你这大傻瓜，竟然想跟机器人打架。”

“它为何不明说呢？”尼斯怒不可遏。

“它为何要明说？你问过它吗？听好，尼斯，我刚才警告其他人不得泄漏这件事，你全都听到了。这个规定对你同样适用，而且更加严厉。他们只是船员，但我早已打算升你为船员长，我早有这个打算了。如果你想领导其他船员，不只要有肌肉，还得要有头脑。现在我认定你没头脑，你就得设法证明我是错的，所以好好努力吧。”

"船长，我……"

"别开口，给我听着。如果走漏了风声，其他四人会被降为见习船工，而你则会一无所有。你将再也没有机会上船，不会有任何船长要你，我向你保证。非但不能当船员，你甚至不能当乘客。问问你自己，你在贝莱星能不能活下去——又能做些什么？如果你说溜了嘴，或者再以任何方式骚扰那个太空族女人，哪怕只是瞪着她或她的机器人超过半秒钟，你的下场就是那样。而且，你还得好好盯着所有的船员，千万别让任何人有任何这类的举动。我要你负责这件事。还有，扣你两周的薪水。"

"可是船长，"尼斯有气无力地说，"其他四个人……"

"我对他们的期望不如你高，尼斯，所以罚得不如你重。给我滚出去吧。"

21

有个立方光体固定摆放在丹吉的办公桌上，这时他正信手拨弄着。每翻转一次，它都会先暗下来，等到重新摆到桌面之后，它又会大放光明，而且与此同时，还会出现一名女子堆满笑容的三维头像。

船员间都在谣传，立方体的六面对应六个不同的女子，这个说法有相当的正确性。

杰明·欧瑟望着那些忽明忽暗的影像，丝毫提不起兴趣。太空船现在已经作好防备——至少对可预见的攻击尽量作了防备——是该想想下一步的时候了。

然而对于这个问题，丹吉却采取拐弯抹角的态度——也可能根本就不想讨论。“当然，这是那女人的错。”他说。

欧瑟耸耸肩，摸了摸胡子，仿佛暗自确认至少自己并不是女人。他的上唇也长满了胡须，这点和丹吉很不一样。

丹吉说：“显然，她在踏上母星之后，突然变得百无禁忌了。虽然我要求她别出去，她还是走出了太空船。”

“或许你该下令不准她出去。”

“我不知道那么做有没有帮助。她是个养尊处优的贵族，习惯我行我素，一天到晚只会命令机器人做这做那。此外，我打算重用她，需要她跟我合作，而不是跟我呕气。还有一个原因——她是老祖宗的朋友。”

“可是还活着。”欧瑟摇了摇头，“想到这点我就发毛，这女人已经很老很老了。”

“我知道，但她看起来相当年轻，仍然很迷人，而且眼高于顶。船员的出现没把她吓走，但她又坚决不肯和他们握手。算了，都过去了。”

“话说回来，船长，你告诉尼斯他的对手是机器人，这么做对吗？”

“一定要！一定要这么做，欧瑟。如果他以为把他打败，令他在同事面前丢脸的是个比他瘦小得多的娘娘腔太空族，那会完全毁掉他的自信，这样的废物对我们毫无用处。况且，我们不希望有人因此怀疑那些太空族——人类太空族——个个是超人，更不希望这种谣言不胫而走。正因为如此，我必须严格下令不准他们谈论这件事。尼斯会好好看住他们——如果此事走漏了风声，等于泄漏了那太空族是机器人的事实。不过，我认为这整件事也有好的一面。”

“好在哪里，船长？”欧瑟问道。

“让我对机器人好好思考了一番。我们对它们知道多少？比方说你知道多少呢？”

欧瑟耸了耸肩。“船长，我对这种东西没花过太多心思。”

“或许谁也没花过这种心思，至少银河殖民者当中没有。我们知道太空族拥有机器人，依赖机器人，去哪里都得带着它们，做任何事都少不了它们，简直就是它们的寄生虫，而且我们确信机器人害得他们逐步走向衰败。我们也知道太空族曾经强迫地球使用机器人，后来它们又慢慢从地球上消失，如今在地球上，除了乡间还有些，大城里再也没有它们的踪迹。我们还知道殖民者世界上绝对见不到它们——乡间或城市皆然。所以说，银河殖民者从未在自己的世界见过机器人，也几乎没在地球上见过。”（每当提到“地球”的时候，他的口气都有些奇怪的变化，像是带着几分尊敬，又像是隐约透出“故乡”和“母亲”的意思。）“除此之外，我们还知道些什么？”

欧瑟说：“机器人学三大法则。”

“对。”丹吉将立方光体推到一边，隔着桌子倾身向前，“尤其是第一法则，‘机器人不得伤害人类，或因不作为而使人类受到伤害。’对吗？嗯，千万别信，它根本毫无意义。正是因为有这个法则，让我们觉得机器人安全无虞，绝对不会伤害我们。我们因此而有信心固然是好事，却不能因此有了错误的信心。不管有没有第一法则，反正机·丹尼尔伤害了尼斯，事后却毫无异状。”

“他是在保护……”

“问题就在这里。万一他必须权衡轻重呢？万一他是在‘伤害尼斯’和‘坐视太空族主人受到伤害’之间作出选择呢？她自然有优先权。”

“这很合理。”

“当然合理。而我们正置身于一个充满机器人的行星上，至少也有好几亿。它们奉有什么样的命令？面对不同的伤害选择，它们要如何权衡？我们要何如确定它们都不会伤害我们？已经有两艘船被此地的某种力量摧毁了。”

欧瑟不安地说：“这个机·丹尼尔是个与众不同的机器人，看起来比我们更像人类。我们也许不该拿他来以偏概全。另外那个机器人，他叫什么名字……”

“吉斯卡。很好记，我的全名就是丹尼尔·吉斯卡。”

“船长，我只记得你叫船长。总之，这个机·吉斯卡当时只是站在那里，什么也没做。他的外表和他的行为都像个普通的机器人。而此时此刻，外面正有许多索拉利机器人在盯着我们，它们同样什么也没做，只是盯着我们而已。”

“万一有些特殊的机型能伤害我们呢？”

“我想我们已有万全的准备。”

“现在的确有了，所以我才说丹尼尔和尼斯的冲突其实是件好事。原本我们一直以为，唯有索拉利人并未通通离去，我们才有可能碰到麻烦。事实并非如此，他们走光了也一样。那些机器人——至少某些特殊设计的机型——也能对我们构成威胁。如果嘉蒂雅女士能够动员此地的机器人——这里好歹曾经是她的属地——命令它们保护她，顺便保护我们，我们便有可能对付留在此地的神秘力量。”

“她做得到吗？”欧瑟问。

“等着瞧吧。”丹吉说。

22

“谢谢你，丹尼尔，”嘉蒂雅说，“你做得很好。”然而，她的脸似乎还是皱成一团，双颊也显得苍白；而且由于紧抿着嘴，以致嘴唇毫无血色。“我真希望没来这里。”她又低声说了一句。

吉斯卡说:“这个希望于事无补，嘉蒂雅女士。我和丹尼尔好友会守在舱房外面，确保你不再受到任何骚扰。”

舱房外的走廊始终空无一人，但丹尼尔和吉斯卡仍用低于人类听觉下限的声波强度进行交谈，而且一字一句照常简单扼要。

吉斯卡说:“显而易见，刚才嘉蒂雅女士拒绝退回舱房，是个很不明智的决定。”

“我猜，吉斯卡好友，”丹尼尔说，“你根本没机会改变她的心意。”

“她的心意太坚决了，丹尼尔好友，而且决定下得太快。至于那个银河殖民者尼斯，他的情形也一样。他对嘉蒂雅女士的好奇心以及对你的藐视和敌意都太强了，若要强加调整，必定会导致严重的精神损伤。另外那四个人我都能应付，不难让他们裹足不前。你教训尼斯的方式已经把他们吓得目瞪口呆，我只要稍微加强这个效果即可。”

“幸亏如此，吉斯卡好友。假如那四个人出手帮助尼斯先生，我将面临两难的抉择，一是强迫嘉蒂雅女士忍气吞声退回舱房，二是重伤其中一两个，好吓退其他几个银河殖民者。我想我将被迫选择前者，但那还是会令我万分不舒服。”

“你现在还好吗，丹尼尔好友？”

“相当好。我对尼斯先生的伤害微乎其微。”

“就实质伤害而言，丹尼尔好友，你说得没错。然而他内心感受到极大的羞辱，对他而言，那要比实质伤害严重太多了。由于我能感应到这些，我不能像你那样没有顾忌。可是，丹尼尔好友……”

“什么事，吉斯卡好友？”

“我对未来忧心忡忡。过去一两百年间，我在奥罗拉都能慢慢执行计划，能耐心等待各种有利的时机，例如轻触人类心灵而不至于造成任何伤害，例如强化已经存在的，弱化已经在走下坡的心理倾向，又例如在既有的冲动上稍微加一把劲。然而，如今我们正面临着一场危机，人类的情绪会变得太激昂，决定会下得太匆促，而且将会出现我们来不及掌握的变化。如果我想有些正面进展，也得动作够快才行，但机器人学三大法则却不准许我这么做，权衡实质伤害和精神伤害的微妙差异需要花费许多时间。刚才那些银河殖民者接近时，假如嘉蒂雅女士身边只有我一个人，那么无论我采取任何行动，都免不了对嘉蒂雅女士、对那些银河殖民者，以及对我自己造成严重伤害，相关人士也可能都无法幸免。”

丹尼尔说：“我们能做些什么呢，吉斯卡好友？”

“既然三大法则是不可能修改的，丹尼尔好友，我们只能再度得到悲观的结论：除了等待失败降临，我们根本束手无策。”

第七章
监督员

23

晨曦照在索拉利上，照在这块属地——她的属地上。远处有一座宅邸，或许就是她当年的宅邸。不知怎么回事，过去这两百年陡然消失无踪，在她的感觉中，奥罗拉的一切似乎成了从未成真的遥远梦境。

她转过头去，看到穿着单薄外衣的丹吉正将一条皮带系在腰际。皮带上挂着两柄武器，左侧显然是神经鞭，至于右侧那柄较粗较短的，她猜应该就是手铳。

“我们要走进那栋房子吗？”她问。

“迟早要的。”丹吉有些心不在焉地说。他正在检查那两柄武器，轮流将它们举到耳边，仿佛要根据嗡嗡声来确定它们还有没有电。

“就我们四个？”她自然而然将目光转向其他人，丹吉、丹尼尔……

她问丹尼尔说：“吉斯卡呢，丹尼尔？”

丹尼尔答道：“嘉蒂雅女士，他觉得自己担任先头部队才是明智之举。身为机器人，他混在其他机器人当中或许不会太显眼——万一有什么不对劲，他能立刻警告我们。无论如何，比起你和船长，他是比较能牺牲的一员。”

“好样的机器人。”丹吉绷着脸说，“这也无妨。来吧，我们该出发了。”

“就我们三个？”嘉蒂雅的口气有点哀怨，“老实说，我欠缺吉斯卡那样的牺牲精神。”

丹吉说：“我们通通可以牺牲，嘉蒂雅女士。已经有两艘船被毁了，上面的船员无一幸免。在这里，人多并不代表安全。”

“我可不觉得你是在安慰我，丹吉。”

“那我再试试吧。我们有备而来，之前那两艘船则否，而我自己也是有备而来。”他拍拍左右两侧的武器，“你还带了一个机器人，而他曾经证明自己是个很称职的保镖。更重要的是，你自己就是我们的最佳武器。你知道如何让机器人乖乖听从你的命令，这很可能是制胜的关键。在我们当中，你是唯一有这种本事的，之前那两艘船就是少了像你这样的人。所以，来吧……”

他们迈开脚步。走了一会儿后，嘉蒂雅说：“我们并非朝那屋子走去。”

“时机未到。我们要先走向那群机器人，我希望你看到它们了。”

“我看到了，可是它们并没有任何作为。”

“的确没有。我们着陆的时候，附近有很多机器人。现在它们几乎都走了，只有这些留下来。这是为什么呢？”

“只要我们发问，它们就会告诉我们。”

“你负责发问，嘉蒂雅女士。”

“它们也会乐于回答你的问题，丹吉，你问或我问毫无差别，我们同样是人类。”

丹吉突然停下脚步，另外两人也跟着停下来。他转身面对嘉蒂雅，带着微笑说：“我亲爱的嘉蒂雅女士，同样是人类，一个太空族，一个殖民者，你是怎么想的？”

“在机器人眼中，我们都是人类，没有任何差别。”她没好气地说，“还有，请别跟我玩文字游戏。我跟你的老祖宗就从未针对太空族、地球人玩过任何文字游戏。”

丹吉脸上的笑容消失了。“此话有理。我郑重道歉，夫人。我会试着控制自己的尖酸刻薄，毕竟在这个世界上，我们是并肩作战的盟友。”

一会儿之后，他又说：“听好，夫人，我要请你帮我查几件事，那些机器人有没有奉命执行任何任务，有没有任何机器人还认识你，这块属地以及这个世界上到底还有没有任何人类，此外不论你想到什么都可以查查。它们应该没有危险性，你是人类而它们是机器人，它们不可能伤害你。事实上，”他忽然想起之前那件事，“你的丹尼尔曾经教训过尼斯，但那是特殊情况，自然另当别论。还有，丹尼尔可以跟着你。”

丹尼尔毕恭毕敬地说：“无论在任何情况下，船长，我都会陪在嘉蒂雅女士身边，这是我的职责。”

“我想，那也是吉斯卡的职责。”丹吉说，“但他却走掉了。”

“他跟我讨论过这个行动，船长，而且我们一致同意，这对保护嘉蒂雅女士起着重要作用。”

“非常好。两位可以出发了，我来掩护你们。”他取出右侧口袋的武器，“如果我喊‘趴下’，你们两位得立刻照做，这玩意儿可没长眼睛。”

“除非万不得已，请千万别这么做，丹吉。”嘉蒂雅说，“和机器人正面冲突的情况是不太可能出现的。走吧，丹尼尔！”

她迈开脚步，迅速而坚定地走向那群机器人——那十来个机器人正站在一排矮树丛前面，清晨的阳光照在它们锃亮的外壳上，不时反射出闪闪金光。

24

那些机器人既没有后退，也没有前进，只是平静地留在原地。嘉蒂雅数了数，眼前共有十一个机器人。不过或许还有一些，躲在看不见的地方。

它们都是标准的索拉利款式。外表非常光亮，非常平滑；没有衣着的幻象，也不太有写实风格。它们就好像是简化的人体模型，却没有两个是完全一样的。

这使得她有一种感觉，它们绝不如奥罗拉机器人那么精密复杂或多才多艺，但是对于特定的工作，反倒能更加专注和投入。

她在那排机器人前面停下来，距离它们至少四公尺，而（她意识到）丹尼尔也同时停下脚步，站在她身后不到一公尺处。这个距离不近不远，既能让他随时可以挺身而出，又足以表明她才是主要的发言人。她十分确定眼前这些机器人把丹尼尔当成了人类，可是她也知道，丹尼尔对自己的真实身份非常执著，不会希望其他机器人弄错这件事。

嘉蒂雅问道：“你们哪个要跟我说话？”

接下来是短暂的沉默，仿佛在进行一场无言的会议。然后，有个机器人向前走了一步。“夫人，我来说。”

“你有名字吗？”

“回夫人，没有，我只有序号。”

“你运作多久了？”

“我已经运作二十九年了，夫人。”

“你们这群机器人里面，有没有哪个运作更久的？”

“回夫人，没有，所以才由我来跟你说话。”

“这块属地上有多少机器人？”

“我不知道确切的数目，夫人。”

“大概多少。”

“也许有一万个吧，夫人。”

“有没有运作超过两百年的？”

“农务机器人当中或许有些，夫人。”

“家务机器人呢？”

“它们并没有运作多久，夫人，主人们都喜欢新型的家务机器人。”

嘉蒂雅点了点头，然后转身对丹尼尔说：“这点合理，当年也是这样。”

她又转过身去，面对着那个机器人。“这块属地归谁所有？”

“这是祖伯隆属地，夫人。”

“祖伯隆家族拥有这块属地有多久了？”

“比我运作的时间还要久，夫人。我不知道到底有多久，但可以设法查到。”

“在祖伯隆家族之前，这块属地又归谁所有？”

“我不知道，夫人，但可以设法查到。”

“你可曾听过德拉玛家族？”

“回夫人，没有。”

嘉蒂雅转向丹尼尔，相当难过地说：“我试着从这个机器人口中，一点一滴套出实情，以利亚当年就是这么做的，但我觉得自己怎么也学不来。”

“刚好相反，嘉蒂雅女士，”丹尼尔一本正经地说，“我觉得你已经很有建树。这块属地上的机器人不太可能对你有任何印象，或许只有少数几个务农的例外。当年你住在这里的时候，有没有碰到过任何农务机器人？”

嘉蒂雅摇了摇头。“从来没有！我甚至不记得曾经远远望见过。”

“那么，显然在这块属地上，你是个陌生人。”

“正是如此。可怜的丹吉，大老远把我们带到这里，却白忙一场。如果他指望我能帮上什么忙，可要大失所望了。”

“知道真相总是有帮助的，夫人。就如今的情况而言，没有机器人认识你当然不太好，但总好过我们连有没有机器人认识你都不知道。难道就没有别的切入点，能让你问出些什么来吗？”

“好，让我想想——”她陷入沉思好几秒钟，然后轻声说，“真奇怪。刚才我和那些机器人说话，竟带着浓重的索拉利口音，我跟你说话时却一点也没有。”

丹尼尔说：“这没什么好惊讶的，嘉蒂雅女士。它们是索拉利的机器人，会有那种口音是很正常的事。这使你回想起年轻时代，于是你自然而然恢复了当时的口音。然而，转而面对我的时候，你立刻又回到了现在，因为我代表着你的现实生活。”

嘉蒂雅缓缓绽露出笑容。“你的推理方式越来越像人类了，丹尼尔。”

她又转身面对那些机器人，突然觉得周遭的一切是那么宁静安详。天空几乎是一片纯净的蔚蓝，只有西方地平线上有一条细细的云朵（暗示着下午可能会由晴转阴）。微风中夹杂着树叶的沙沙声、昆虫的低鸣，以及一声声欠缺唱和的鸟叫，就是没有人类发出来的声音。附近或许有不少机器人，但它们通通无声无息。总之，她在奥罗拉上逐渐习以为常的嘈杂人声（起初当然很难适应），在这里完全听不到。

重返索拉利的她，发觉这种宁静实在太美妙了。索拉利并非一无可取，这点她必须承认。

她带着点强迫性的口吻，猛然对那个机器人说：“你们的主人都在哪里？”

然而，机器人就是机器人，无论催促、警告或出其不意，都是徒劳无功的举动。它丝毫不为所动地说：“回夫人，他们都走了。”

“他们去了哪里？”

“我不知道，夫人，没人告诉我。”

“你们当中有哪个知道？”

一片鸦雀无声。

嘉蒂雅又问：“这块属地上，有任何机器人知道吗？”

那机器人说：“据我所知没有，夫人。”

“主人们有没有带走任何机器人？”

“有的，夫人。”

“但你们并没有被带走。他们为何要把你们留下来？”

“我们要执行任务，夫人。”

“但你们只是站在这里，什么都不做。这就是你们的任务吗？”

“我们负责看守这块属地，以防外人入侵，夫人。”

“外人，例如我们？”

“是的，夫人。”

“但我们已经来了，你们仍旧什么也不做。这又是为什么？”

“我们在观察，夫人。除此之外，我们并未接到其他指令。”

“你们有没有回报观察的结果？”

“有的，夫人。”

“回报给谁？”

“监督员，夫人。”

“监督员在哪里？”

“在宅邸里面，夫人。”

“啊。”嘉蒂雅随即转身，朝丹吉轻快地走去。

丹尼尔跟在后面。

“怎么样？”丹吉问。他原本如临大敌般握着两柄武器，看到他们往回走，才将武器插回皮套中。

嘉蒂雅摇了摇头。“一无所获。没有任何机器人认识我，而且我也确定，没有任何机器人知道索拉利人到哪里去了。但它们上面还有个监督员。”

“监督员？”

“在奥罗拉以及其他太空族世界的大型属地上，监督员是人类所担任的一种职务，负责管理和指挥从事农业、矿业和工业的众多机器人。”

“那么的确有些索拉利人留在这里。”

嘉蒂雅又摇了摇头。“索拉利是唯一的例外。在这里，机器人和人类的比例始终很高，通常不会由人类来担任监督员。这个工作也会分派给机器人——某个具备特殊程式的机器人。”

“所以说，这座宅邸内有个机器人，”丹吉朝那个方向点了点头，“它比这些机器人来得先进，也许可以好好回答我们的问题。”

“或许吧，但如果贸然进入宅邸，我不敢保证一定安全。”

丹吉冷嘲热讽地说：“不过是另一个机器人罢了。”

“宅邸内可能有陷阱。”

“田野间也可能有陷阱。”

嘉蒂雅说：“最好还是派一个机器人进去，告诉监督员有几个人类想找他谈谈。”

丹吉说：“没这个必要，口信显然已经传达到了。那监督员正走出来，但她可不是机器人。出现在我眼前的是个人类，而且是个女人。”

嘉蒂雅讶异地抬眼望去。果真有个身材高挑苗条、外貌极其迷人的女性向他们迅速走来。即使距离还很远，她的性别已经毋庸置疑。

25

丹吉露出灿烂的笑容。他似乎刻意抬头挺胸一番，还举起手来摸了摸胡子，仿佛想要确认根根都光滑平顺。

嘉蒂雅不以为然地望着他。“并不是索拉利人。”她说。

“你怎么看得出来？”丹吉问。

“若是索拉利人，尤其是女性，不可能这么大大方方地和他人面对面。真正面对面，而不是显像。”

“我知道其中的差别，夫人，但你却能和我面对面。”

“我在奥罗拉生活了两百年。即便如此，我还是保留了若干索拉利天性，不会像她那样出现在众人面前。”

“她有很多本钱可以这么做，夫人。我觉得她比我还高，而且比夕阳还要美丽。”

这时，那监督员已在他们前方不到二十公尺处站定，机器人也都让到了一旁，因此双方之间再也没有任何阻隔了。

丹吉说：“两百年的时间，足以改变很多习俗。”

“这种讨厌和人接触的习俗，在索拉利人心中根深蒂固，”嘉蒂雅厉声道，“两千年都改变不了。”不知不觉间，她又透出鼻音很重的索拉利口音。

“我认为你低估了社会的可塑性。话说回来，不管是不是索拉利人，我想她总是太空族吧——如果还有很多这样的太空族，我绝对支持和平共存。”

嘉蒂雅露出更加不以为然的表情。“好啦，你是不是打算接下来这一两个小时，就这样站在这里痴痴凝望呢？你不想让我出面问问这名女子吗？”

丹吉猛然回过神来，他转头望向嘉蒂雅，脸上带着明显的不悦。“机器人由你负责问，人类则由我负责。”

“我想，尤其是女性吧。”

“我并不喜欢自夸，但……”

“这种事，我从未碰过不喜欢自夸的男人。”

丹尼尔插嘴道：“我认为那女子不会一直等下去。如果你想保有主动，船长，赶紧向她走过去吧。我会像刚才跟着嘉蒂雅女士那样，一直跟在你后面。”

“这种保护我不太需要。”丹吉不客气地说。

“你是人类，我不能由于不作为而使你受到伤害。”

丹吉快步向前走去，丹尼尔紧跟在后。嘉蒂雅不愿落单，只好也勉强走出几步。

那监督员默默望着这一切。她穿着一件光洁的白袍，用一条皮带束紧腰身。这件薄纱般的衣裳让她露出一半的大腿以及诱人的深深乳沟，就连她的乳头都隐约可见。此外除了一双鞋子，看不出她身上还有任何其他衣物。

等到丹吉停下脚步，双方的距离只剩一公尺了。他清楚地看到她有着完美无瑕的皮肤以及高耸的颧骨；她的双眼分得很开，有着斜飞的眼尾，而她的表情则是一派安详。

“女士，”丹吉尽可能模仿奥罗拉贵族的口吻和腔调，“请问我是否有这个荣幸，能和这块属地的监督员说几句话？”

那女子起先只是用心倾听，一会儿之后，才用浓重的索拉利腔说:“你并不是人类。”从这么美丽的嘴巴吐出这么古怪的腔调，感觉上几乎有点滑稽。

然后，她以迅雷不及掩耳之势展开了行动，站在大约十公尺外的嘉蒂雅根本看不清楚发生了什么事。她只觉得眼前一晃，便见到丹吉一动不动地躺在地上，那女子则站在原处，双手各握着一柄原本属于他的武器。

26

在这个令人昏头转向的时刻，嘉蒂雅最感惊讶的却是丹尼尔并未出手阻止或进行反击。

只不过这个想法很快就不符合现状了，因为丹尼尔已经扭住那女子的左腕，并说:“快把武器丢掉。”她从未听过他用这么凶悍蛮横的口气说话，更何况对方是人类，真是太不可思议了。

那女子则用高八度的声音，以及同样凶悍的口吻说:“你并不是人类。”她的右手随即举起，按下了武器的扳机。一时之间，只见一团模糊的光芒笼罩丹尼尔全身，嘉蒂雅吓得叫都叫不出来，只觉得自己的视线模糊了。她这辈子从来没有昏倒过，这回却似乎要破例了。

好在丹尼尔并没有被气化，也并未传来惊人的爆裂声。嘉蒂雅很快就明白，丹尼尔其实早有防备，一直紧紧抓住她握着手铳的那只手。刚才，她是用另一只手按下神经鞭的扳机，以最大的电力——而且是在近距离——攻击丹尼尔。如果他是真人，感觉神经所受到的巨大刺激很可能会要他的命，或是造成永久性瘫痪。但无论外表多么酷似人类，丹尼尔毕竟还是机器人，他体内的模拟神经系统对神经鞭毫无反应。

丹尼尔这时也抓住了她的右手臂，迫使它向上举。“把武器丢掉，否则我可要卸下你这两只手臂。”他再次强调。

“你行吗？”只见那女子双臂用力一缩，下一刻，丹尼尔就被她举了起来。丹尼尔竟以被抓到的双臂当作枢纽，双腿开始如钟摆般前后晃荡。最后他双脚齐出，向那女子猛力踢去，双方随即重重摔到地上。

嘉蒂雅根本来不及细想，便已了解那女子虽然和丹尼尔一样酷似人类，其实并非血肉之躯。毕竟骨子里仍是索拉利人，嘉蒂雅忽然血气上涌，感到气愤难平——她气的是机器人竟然对人类使用暴力。就算她有本事认出丹尼尔的真实身份，但她怎么敢攻击丹吉呢。

嘉蒂雅一面尖叫，一面向前奔去。虽然这个机器人刚打倒一名壮汉，又和另一个更为强壮的机器人打成平手，她却完全不觉得害怕。

“谁借你的胆子？”她浓重的索拉利口音令她自己都有点受不了，但对方是索拉利机器人，这么做又有什么不对呢？“谁借你的胆子，丫头？我要你立刻停止抵抗。”

那女子似乎瞬间便将紧绷的肌肉尽数放松，好像突然断了电一样。她那双美丽的眼睛望着嘉蒂雅，眼神中却欠缺人类般的惊讶。她以吞吞吐吐、含糊不清的声音说：“我错了，夫人。”

此时丹尼尔已经起身，正机警地望着这名仍躺在草地上的女子。丹吉则忍着痛，正在挣扎着爬起来。

丹尼尔弯腰想捡起那两柄武器，嘉蒂雅却怒气冲冲地挥手要他让开。

“把武器通通拿给我，丫头。”她说。

那女子答道：“是的，夫人。”

嘉蒂雅将两柄武器一把抓过来，迅速从中挑出手铳递给丹尼尔。“有必要就摧毁她，丹尼尔，这是命令。”她又将神经鞭递给丹吉，并说，“这玩意儿在此地根本没用，顶多只能对付我——还有你自己。你还好吗？”

“不，我一点都不好。”丹吉一面揉屁股一面抱怨，“你是说她是机器人？”

“真正的女人会把你摔成这样吗？”

“这我倒是从来没碰过。我就说嘛，索拉利上可能有些特别的机器人，被设定成足以危害人类。”

“你当然说过，”嘉蒂雅毫不客气地回应，“可是当你心目中的美女出现在你面前，你就全忘了。”

“是啊，后见之明总是比较容易。”

嘉蒂雅哼了一声，随即转向那个机器人。“你叫什么名字，丫头？”

“回夫人，我叫兰达莉。”

“站起来，兰达莉。”

兰达莉一跃而起，和丹尼尔刚才的动作如出一辙——仿佛身上绑了几根弹簧。她和丹尼尔的一场拼斗似乎并未留下任何后遗症。

嘉蒂雅问：“你为什么违反第一法则，出手攻击这两名人类？”

“夫人，”兰达莉坚定地说，“这两个不是人类。”

“所以你要说我也不是人类？”

“不，夫人，你是人类。”

“那么，我以人类的身份，声称这两个人也是人类。你听到了吗？”

“夫人，”兰达莉的口气软化了些，“这两个不是人类。”

“我说是就是，他们确实是人类，不准你用任何方式攻击他们或伤害他们。”

兰达莉一语不发地站在那里。

“你懂得我在说什么吗？”嘉蒂雅为了加强语气，索拉利口音不知不觉变得更浓了。

“夫人，”兰达莉又说，“这两个不是人类。”

丹尼尔对嘉蒂雅轻声道：“夫人，她所接受的命令没什么余地，你是无法轻易解除的。”

“我们走着瞧。”嘉蒂雅喘着气说。

兰达莉四下望了望。过去这几分钟，那群机器人已逐渐靠近嘉蒂雅和她的同伴。而嘉蒂雅注意到后面还有两个似乎是新出现的机器人，正吃力地一左一右抬着一台很大而且很重的装置。兰达莉对它们做了一个手势，两个机器人前进的步伐便加快了些。

嘉蒂雅喊道：“机器人，通通站住！”

它们照做了。

兰达莉说：“夫人，我正在遵照指令行事，正在履行职责。”

嘉蒂雅说：“你的职责，丫头，就是服从我的命令！”

兰达莉说：“谁也不能下令要我违背原本的指令！”

嘉蒂雅说：“丹尼尔，轰掉她！”

直到事后，嘉蒂雅才想通当时的情况到底是怎么回事。丹尼尔的反应比人类快得多，而且他早已知道对方是机器人，对她发动攻击并不受到三大法则的节制。问题是，她看起来实在太像人类，即使明知她是机器人，他却无法完全克服三大法则对他自己的节制。他虽然服从了这个命令，可是动作比平常慢了些。

反之，兰达莉对“人类”的界定显然不同于丹尼尔，后者的外表对她毫无影响，让她得以抢到先机。她一把抓住手铳，好在丹尼尔并未松手，于是丹尼尔再度和她扭打起来。

丹吉以小跑步赶来助阵，他倒转神经鞭，用手柄猛敲她的头。她却丝毫不在乎，一脚就把他踢得直往后退。

嘉蒂雅说："机器人！住手！"她双手攥拳高高举起。

兰达莉以洪亮的女低音叫道："伙伴们！一起上！这两个男人其实不是人类，赶紧摧毁他们，但绝不能伤害那个女人。"

既然人类的外表对丹尼尔都能产生节制作用，对这些索拉利机器人的影响更是强大许多，因此它们顶多只能慢慢地、迟疑地向前走。

"不准动！"嘉蒂雅尖叫道。那些机器人停下了脚步，唯有兰达莉不服从这个命令。

丹尼尔牢牢抓着那柄手铳，但兰达莉的力气显然胜过他，将他压得逐渐向后倒。

嘉蒂雅六神无主地四下张望，仿佛希望找到另一柄武器。

丹吉则试着操作随身携带的无线电发讯器。"失灵了，我想是被我压坏了。"他咕哝道。

"我们该怎么办？"

"我们必须回船上去，越快越好。"

嘉蒂雅说："那你跑吧，我不能丢下丹尼尔。"她面对着那两个打成一团的机器人，拼命大喊："兰达莉，住手！兰达莉，住手！"

"我不能住手，夫人。"兰达莉说，"我的指令十分明确。"

丹尼尔的手掌被扳开了，兰达莉再度抢到了手铳。

嘉蒂雅赶紧冲到丹尼尔前面。"你绝不能伤害这个人类。"

"夫人，"兰达莉毫不动摇地以手铳指着嘉蒂雅，"你身后那东西看似人类，其实并不是。我的指令很明确，看到这种东西就要摧毁。"然后，她提高音量道："你们两个——往太空船那儿搬。"

于是，那两个机器人脚夫再度迈开脚步，抬着那台笨重的装置继续往前走。

嘉蒂雅尖叫一声："机器人，站住！"这个命令随即奏效，只见两个机器人站在原地前后摇摆，仿佛想要往前走，却又几乎做不到。

嘉蒂雅又对兰达莉说："想摧毁我的人类好友丹尼尔，你就得先摧毁我——而你自己也承认我是人类，因此绝不能让我受到伤害。"

丹尼尔压低声音说："夫人，万万不可为了保护我而伤了你自己。"

兰达莉说："没有用的，夫人。我能轻易将你移开，然后再摧毁你身后那个非人的东西。不过那样可能会令你受伤，所以我拜托你、请求你自己走开。"

"快走吧，夫人。"丹尼尔说。

"不，丹尼尔，我要留下来。当她动手把我移开的时候，你趁机赶快跑！"

"我可跑不赢手铳射出的能束——即使我想跑，她也不会放过我，而你这个人肉盾牌则会被她射穿，她接受的指令只怕毫无转圜余地。抱歉了，夫人，我得冒犯一下。"

丹尼尔不顾嘉蒂雅的挣扎，一把将她抱起来，轻轻扔到了一旁。

兰达莉的食指紧贴着扳机，却一直没有真正按下去，她就这么一动不动站在那里。

一屁股摔到地上的嘉蒂雅这时已经站了起来，而原本一直愣在原地的丹吉，则小心翼翼地走近兰达莉。与此同时，丹尼尔相当镇定地从兰达莉手中取下手铳，而她完全没有反抗。

"我相信，"丹尼尔说，"这个机器人永远停摆了。"

在他轻推之下，她硬生生摔到地上，全身上下居然维持着原来的站立姿势。她的右手手臂仍旧弯着，手中仍抓着一柄无形的手铳，而且食指仍按着无形的扳机。

等到这出戏码落幕之后，吉斯卡才从草地旁的树丛里慢慢走过来，虽然脸上毫无表情，并不代表他一点也不好奇。

“我不在的时候，发生了什么事？”他问道。

27

相较于刚才的惊险刺激，回太空船这段路程相当乏善可陈。直到这个时候，嘉蒂雅才从恐惧中逐渐恢复，开始有了气急败坏的感觉。他们一行人走得很慢，原因之一是丹吉一跛一跛地走起来很吃力，原因之二则是两个索拉利机器人仍抬着那台笨重的装置，想走快也不可能。

丹吉回头望了望那两个机器人。“一旦监督员终止运作，它们就服从我的命令了。”

嘉蒂雅咬牙切齿地说：“你在紧要关头为什么不跑去求救？为什么还留在原地一筹莫展地旁观？”

“这个嘛，”丹吉仍想故作轻松，不过以他目前的状况，这么做实在有点困难，“既然你不愿丢下丹尼尔，我要是连这点都不如你，岂不成了懦夫。”

“你这傻瓜！我很安全，她不会伤害我的。”

丹尼尔说：“夫人，我不喜欢跟你唱反调，可是我认为，随着她想摧毁我的情绪逐渐高涨，她终究会不惜伤害你。”

嘉蒂雅气呼呼地转头望向他。“而你居然将我推到一旁，这举动可真精明啊。你想要被轰掉吗？”

“总比我目睹你受伤要好，夫人。无论如何，这机器人的人类外表竟导致我无法适时阻止她，表示我对你的用处并没有想象中那么大。”

“即便如此，”嘉蒂雅说，“但我是人类，她在对我射击之前，还是会犹豫好一会儿，而你就能趁着这个空当，把那柄手铳夺回来。”

“她会不会犹豫很难说，夫人，我不能拿你的性命赌这种变数。”丹尼尔答道。

“而你，”嘉蒂雅似乎并未听到丹尼尔的回答，又把头转向丹吉，“当初根本就不该带手铳。”

丹吉皱着眉头答道：“夫人，念在我们刚才都和死神打了个照面，我就这么说吧。你的机器人并不在乎这种事，而我早就把危险当成了家常便饭。然而对你而言，这是次很不愉快的陌生经验，所以你才会表现得那么孩子气。我可以原谅你——一点点。但请你听好，我绝不可能想到这柄手铳会那么容易被抢走。而且就算我没带手铳，那个监督员也能徒手杀死我，速度和效率不会输给任何武器。还有，我跑不跑也根本毫无差别，因为我不可能跑赢一柄手铳，这算是回应你刚才的抱怨。现在，如果你还有什么不吐不快的，就请继续吧，但我可不打算再对你作任何解释。”

嘉蒂雅轮流望了望丹吉和丹尼尔，然后低声道：“我想是我自己理亏。很好，我不会再发表后见之明了。”

他们终于走回了太空船。一看到他们，船员立刻蜂拥而上，嘉蒂雅注意到这些船员个个都有武装。

丹吉对他的副船长打了一个招呼。“欧瑟，我猜你看到那两个机器人抬的东西了？”

“看到了，船长。”

“好，叫它们抬到船上去。把它放进保险库，谁也不准动，然后牢牢锁起库门，谁也不准打开。”他刚刚走开，随即又折返，“还有，欧瑟，一旦办妥这件事，我们就准备起飞。”

欧瑟问：“船长，那两个机器人要不要也留着？”

“不必。它们构造太简单，没什么价值。而且在目前这种情况下，带着它们将会导致不可测的后果。和它们比起来，那台装置可要珍贵得太多了。”

望着那台装置被小心翼翼地慢慢抬进太空船，吉斯卡说：“船长，我猜这是个危险物品。”

“我也这么想。”丹吉说，“我猜万一我们不幸遇难，这艘太空船也很快会被摧毁。”

“被这玩意儿吗？”嘉蒂雅问，“它是什么？”

“我不确定，但我猜应该是核反应倍增器。我曾在贝莱星见过几个实验机型，但这个看来是老大哥。”

“核反应倍增器又是什么？”

“顾名思义，嘉蒂雅女士，是一种能够增强核聚变反应的装置。”

“它怎么运作？”

丹吉耸了耸肩。“我可不是物理学家，夫人。反正它会产生一束传递弱交互作用的粒子，也就是所谓的W粒子，我知道的就那么多了。”

“W粒子能做什么呢？”嘉蒂雅追问。

“嗯，比方说，我们这艘船的动力系统是怎么运作的？只要从氢燃料中撷取少量的超高温质子，它们融合之后就能产生动力了，这就是所谓的核聚变。与此同时，其他的氢原子也会不断被加热，因而产生更多的自由质子，等到这些质子够热了，它们也会开始聚变，产生更多的动力。核反应倍增器所发射的W粒子束如果撞击到正在进行聚变的质子，就会加速聚变的过程，带来更多的热量。这些热量又会产生更多的质子，而它们则会以不寻常的速度进行聚变，如此又会产生更多的额外热量，恶性循环就此展开。短短一瞬间，氢燃料中就会生出一个微型的热核弹，而这艘船和它上面的一切也就化为乌有了。”

嘉蒂雅一脸敬畏。“为何不会把一切通通烧掉呢？为何不会把整个星球炸毁呢？”

“我倒不觉得有这种危险，夫人，那些质子必须达到足以进行聚变的超高温才行。冷质子几乎不会聚变，即使几率被那个装置提升到极大值，仍然不足以真正产生聚变。至少，我所听的那场演讲应该是这么说的。此外据我所知，只有氢原子会受到影响。不过，即使那些超高温质子受到影响，产生的高热也并非无限上升。距离W粒子束越远，温度就会越低，因此额外产生的聚变其实数量有限。当然足以摧毁太空船，可是，就算一部分的海水达到了超高温，富含氢原子的海洋也不可能产生爆炸——至于未加温的海水，就更是绝无可能了。”

“可是，万一那个在库房里的机器无意间被启动……”

“我认为那是不可能的事。”丹吉摊开右掌，里面有个大约两公分长的金属立方体，“根据我对这方面极其有限的认识，这应该是个活化器，没有它，核反应倍增器就形同废铁。”

“你确定吗？”

“不完全确定，但我们必须冒个险，因为我一定要把那玩意儿带回贝莱星。好，我们上船去吧。”

嘉蒂雅和她的两个机器人沿着扶梯走上太空船，丹吉跟在他们后面。上船后，丹吉对几名高级船员讲了一两句话。

然后，他对嘉蒂雅说：“我们得花上好几个钟头，才能做好起飞前的一切准备，但每多待一秒钟，就会多增加一点危险。”他开始面露疲态了。

“危险？”

“你该不会以为索拉利上就只有那么一个可怕的女机器人吧？也不会以为我们虏获的那个核反应倍增器是绝无仅有的一台吧？我想其他的人形机器人和核反应倍增器需要花些时间才能抵达此地——可能要很久也说不定——但我们自己必须尽量争取时间。现在，夫人，我们一起去你的舱房，处理一些必要的公事。”

“什么必要的公事，船长？”

“嗯，”丹吉做了一个向前走的手势，“有鉴于我可能成为叛变行动的牺牲品，我想我得主持一场非正式的军事审判。”

28

丹吉一面呻吟一面坐了下来，然后说：“我真正想要的是热水浴、全身按摩、一顿美食，以及好好睡上一觉，但在离开这颗行星之前，这些都是痴心妄想。而你，夫人，同样得等一等。然而，有些事却不能等。我的问题如下：吉斯卡，当我们几人面对生死关头时，你在哪里？”

吉斯卡答道：“船长，我原本以为，如果这颗行星只剩下机器人，它们不会构成任何危险，何况还有丹尼尔陪着你们。”

丹尼尔说：“船长，当初我也同意由吉斯卡进行侦察，而我留在嘉蒂雅女士和你身边。”

“你们两个一致同意，是吗？”丹吉说，“有没有跟别人商量过？”

“没有，船长。”吉斯卡说。

“如果你确定那些机器人不具危险性，吉斯卡，又要如何解释先前那两艘船被毁的事实？”

“依我看，船长，一定还有些人类留在这颗行星上，只是想尽办法不让你看见罢了。我想知道他们在哪里，以及做些什么，所以刚才我一直在设法寻找，用最快的速度把宅园整个巡了一遍。碰到机器人，我就一一询问。”

“你有没有发现任何人类？”

“没有，船长。”

“你检查过监督员走出来的那栋房子吗？”

“没有，船长，我不必检查便能确定里面没有任何人类，现在我仍这么想。”

“那监督员就待在里面。”

“是的，船长，但监督员是机器人。”

“是一个危险的机器人。”

“很遗憾，船长，这点我并未察觉。”

“你也会觉得遗憾，啊？”

“我选择这个字眼，来表达我的正子电路所产生的某种效应。它和人类所说的遗憾大致相同，船长。”

“一个机器人可能有危险性，你怎么没察觉到呢？”

“根据机器人学三大法则……”

嘉蒂雅插嘴道：“够了，船长。吉斯卡只知道他应该知道的事。机器人不可能对人类构成任何威胁，除非人类之间发生要命的争执，而机器人不得不试图阻止。万一发生这类争执，那么毫无疑问，丹尼尔和吉斯卡不但会保护我们，还会尽量不让对方受到伤害。”

“是吗？”丹吉伸出两根指头捏着鼻梁，“刚才，丹尼尔的确挺身保护我们。我们的对手是机器人，而并非人类，所以他不至于难以决定该保护谁，以及做到什么程度。可是，既然三大法则并未禁止他伤害机器人，他的表现令人大失所望，甚至可以说大吃一惊。而吉斯卡则置身事外，等到事情结束才适时出现。机器人之间有没有可能存在着一种交感？当机器人为了保护人类而对付其他机器人的时候，有没有可能会感觉到吉斯卡所谓的‘遗憾’，因而表现不佳，或是故意缺席……”

“不可能！”嘉蒂雅使劲大吼一声。

“不可能？”丹吉说，“嗯，我承认自己并非机器人专家。你呢，嘉蒂雅女士？”

“我也绝不是机器人学家。”嘉蒂雅说，“但我一辈子都和机器人生活在一起。你的想法荒谬之至。为了我，丹尼尔会毫不犹豫地牺牲自己，而吉斯卡也一样。”

“每个机器人都会这么做吗？”

“当然。”

“但那个监督员，那个兰达莉，却毫不犹豫地攻击我，要置我于死地。我们可以暂且相信，虽然丹尼尔外表酷似人类，她却以某种神秘的方式，侦测到了丹尼尔和她一样是机器人——只是外表足以乱真罢了——所以她大可对他出手，不受任何节制。然而，我明明就是人类，她怎么也攻击我呢？她对你先有些犹豫，随即承认你是人类，对我却不然。同一个机器人，怎么会对你我两人有差别待遇呢？说不定她其实并非机器人？”

“她是机器人，”嘉蒂雅说，“这点当然毫无疑问。但事实是，我也不明白她怎么会有这种行为。我从未听说过像这样的怪事，我只能假设，当索拉利人懂得制造人形机器人之后，故意把它们造得不受三大法则的约束。可是我又敢发誓，在所有的太空族当中，最不可能这么做的就是索拉利人。他们的世界不但人机比例悬殊，而且他们在生活上完全仰赖机器人——这方面的倾向远远超过其他太空族——正因为如此，他们对机器人的恐惧也更甚，所有的索拉利机器人都内建有若干奴性甚至愚鲁的成分。在索拉利，三大法则要比其他世界更强，而不是更弱。但要解释兰达莉的行为，我也只能想到第一法则……”

丹尼尔说：“请原谅我打个岔，嘉蒂雅女士。能否允许我试着解释一下那名监督员的行为？”

丹吉冷嘲热讽地说：“我想这再合适不过了，只有机器人能解释机器人。”

“船长，”丹尼尔说，“如果我们不了解那名监督员，就无法对索拉利上的危险采取有效防范。我相信我有办法解释她的行为。”

“说吧。”丹吉道。

“那名监督员，”丹尼尔说，“并未在第一时间对我们采取行动。她站在那里观察了我们好一会儿，显然是不确定怎么做才对。当你向她走近，开口跟她说话，船长，她才宣称你不是人类，立即对你展开攻击。而一旦我出手制止，并且对她发号施令，她又宣称我也不是人类，接着立刻开始攻击我。然而，当嘉蒂雅女士挺身而出，喝叱了她一番，那监督员便认定她是人类，而且至少有一阵子，愿意接受她的指挥。”

“对，这些我都记得，丹尼尔。但是这意味着什么呢？”

“依我看，船长，想从根本上改变机器人的行为，不一定要对三大法则动任何手脚，比方说，改变人类的定义就有异曲同工之妙。毕竟，所谓的人类本身就是一种定义。”

“是这样的吗？你认为人类该怎么定义呢？”

丹尼尔并不在乎这句话有没有嘲讽之意。他说：“我自己内建有对于人类外表和行为的详细描述，船长。对我而言，符合这些描述的对象就是人类。像你，这些外表和行为便样样不缺，而那名监督员就徒具外表而已。

“另一方面，在那名监督员心中，语言才是人类的关键特质，船长。索拉利人讲话带有特殊的口音，所以对那名监督员而言，外表酷似人类绝对不够，还得说话像索拉利人，才真正符合人类的定义。显然，她会毫不犹豫地摧毁任何外表像人却没有索拉利口音的生物，连带也会摧毁那些生物所搭乘的太空船。”

丹吉若有所悟地说：“可能让你说对了。”

“你说话带有银河殖民者的口音，船长，虽然那也是一种特殊口音，却和索拉利口音大不相同。你一开口，监督员便认定你并非人类，于是她一面宣判，一面展开攻击。”

“而你带有奥罗拉口音，因此同样遭到攻击。”

“是的，船长，但嘉蒂雅女士说得一口纯正的索拉利腔，因此她被视为人类。”

丹吉默默思考了一会儿，然后说：“就算对他们自己而言，这也是个危险的安排。如果某个索拉利人由于某种原因，突然用听起来不够纯正的索拉利腔对这样的机器人说几句话，他就会立刻遭到攻击。如果我是索拉利人，根本不敢靠近这样的机器人。我越是努力想把索拉利腔说好，就越可能适得其反，而令我遭到杀害。”

“我同意，船长。”丹尼尔说，“我猜正是由于这个缘故，通常我们在制造机器人的时候，会尽量放宽人类的定义，避免任何限制条件。然而，索拉利人已经离开了这个世界。我们可以说，那些监督员脑中有这么危险的设定，就足以证明索拉利人真的走光了，所以这种危险不会发生在他们身上。看来索拉利人如今只关心一件事，就是不让任何外人踏上这颗行星。”

“包括其他的太空族吗？”

“在我想来，船长，要让人类的定义涵盖十几种太空族口音，排除几十种银河殖民者口音，可是难上加难的一件事。单单以独特的索拉利口音当作人类的定义，就已经很不容易了。”

丹吉说：“你实在非常聪明，丹尼尔。我对机器人之所以有反感，当然并非个人好恶，而是因为它们会给社会带来负面的影响。然而，如果有你这样的机器人在身边，就像当年你在老祖宗……”

嘉蒂雅插嘴道：“恐怕不可能，丹吉。我绝不会把丹尼尔卖掉，或是当礼物送人，更不会轻易让你把他抢走。”

丹吉带着苦笑举手否认。“我只是在做梦罢了，嘉蒂雅女士。我向你保证，贝莱星的法律是绝不会让我美梦成真的。”

吉斯卡突然开口：“船长，能否请你允许我再说几句话？”

丹吉说：“啊，那个适时躲起来又适时出现的机器人，又要发表高见了。”

“很遗憾，这件事看起来的确如你所说的那样。但无论如何，船长，能否请你允许我再说几句话？”

“好，说吧。”

“现在看起来，船长，你请嘉蒂雅女士参与这趟探险的决定是非常正确的。假如没有她，假如你仅仅带着你的船员从事这趟探险任务，你们很快就会全军覆没，而太空船也会被摧毁。多亏嘉蒂雅女士有本事讲出标准的索拉利腔，又有勇气面对那名监督员，才将局势扭转过来。”

“不对不对。”丹吉说，“应该说多亏我们运气好，那个监督员刚好自动停摆，否则我们都活不成，连嘉蒂雅女士也可能无法幸免。”

“并不是运气好，船长。”吉斯卡说，“机器人自动停摆几乎是不可能发生的事。这件事背后一定有原因，而我能提出一个可能性。丹尼尔好友告诉我，嘉蒂雅女士曾数度命令那个机器人住手，但一直压不住她原本的强力指令。

“纵然如此，船长，嘉蒂雅女士的言行还是钝化了监督员的决心。此外，根据那名监督员的定义，嘉蒂雅女士是不折不扣的人类，偏偏她的行动让它不得不考虑出手伤害她，甚至杀掉她——这就使得它的决心更加钝化了。因此在某个关键时刻，两个完全相反的要求——必须摧毁并非人类的敌人，又绝不能伤害到人类——刚好相持不下，使得这个机器人心智冻结，什么也不能做了。换句话说，它的电路烧坏了。”

嘉蒂雅眉头皱成一团，显得大惑不解。“可是……”她并没有再说下去。

吉斯卡继续说：“我突然想到，你大可把这件事告诉船员。如果你能强调嘉蒂雅女士的主动积极和她的勇气对大家有多大的贡献，也就是救了大家的命，八成能减轻他们对她的疑虑。此外，这样也能让他们更加佩服你的深谋远虑，因为当初高级船员都反对你这么做，而你独排众议，坚持要带她同行。”

丹吉纵声大笑。“嘉蒂雅女士，现在我才明白你为何离不开这两个机器人。他们不只和人类一样聪明，就连人类的心机也学得十足。我要恭喜你有这个福分。现在，如果你不介意，我要去催那些船员了，我可不想在索拉利无谓地多待一分一秒。而且我向你保证，往后几个钟头你都不会受到打扰。我知道你和我一样，需要好好休养生息一番。”

在他离去后，嘉蒂雅陷入沉思好一会儿，然后她才转向吉斯卡，用奥罗拉普通话（一种连珠炮似的银河标准语，奥罗拉人普遍使用，外人却很难听懂）对他说：“吉斯卡，你胡说八道些什么，机器人的电路怎么会烧坏？”

“夫人，”吉斯卡说，“我只是提出这个可能性，如此而已。我认为最好强调一下你对终结那名监督员所作的贡献。”

“但你怎么知道他会相信机器人那么容易烧坏呢？”

“他对机器人了解得非常少，夫人。他或许会做机器人的买卖，可是他的世界绝不使用机器人。”

“但我对机器人十分了解，而你也一样。刚才，那监督员并未显现任何冲突电路的迹象；没有结结巴巴，没有颤颤巍巍，也没有任何行动上的困难。它就是——突然停了。”

吉斯卡说：“夫人，既然我们不知道那名监督员的确切规格，关于它心智冻结的真正原因，我们只好存而不论。”

嘉蒂雅摇了摇头。“反正，我就是想不通。”

第三篇

贝莱星

第八章
殖民者世界

29

丹吉的太空船再度进入永恒不变、无边无际的太空。

嘉蒂雅觉得似乎等得太久了。升空前，她一直在担心会有另一名监督员——带着另一台倍增器——突然发动奇袭。她试着压抑这股焦虑，但并不怎么成功。万一发生这种状况，自己必定瞬间毙命，不会有什么痛苦，但这又算哪门子安慰呢。结果原本应该是豪华享受的沐浴，被这股焦虑破坏殆尽，而接下来那顿美食，她也吃得食不知味。

直到真正进入太空，耳畔传来质子喷流的柔和嗡嗡声，她才能安心睡上一觉。奇怪的是，当意识逐渐蒙眬之际，她竟然觉得太空比她的故乡还要安全，而这次再度告别索拉利，那种如释重负的感觉要比上次更为强烈。

但索拉利已经不是她记忆中那个故乡了。它成了无人的世界，仅由徒具人类外表的监督员负责看守。相较于温文有礼的丹尼尔以及善解人意的吉斯卡，那些人形机器人根本不值一哂。

她终于入睡——于是，负责站岗的丹尼尔和吉斯卡又能彼此交谈了。

丹尼尔说："吉斯卡好友，我相当肯定是你毁了那名监督员。"

"当时我显然毫无选择的余地，丹尼尔好友。我的感官完全用在寻找人类上，却始终一无所获，所以我能及时赶回来纯属偶然。而若非嘉蒂雅女士变得气急败坏，我也不会了解事情的严重性。正因为我在远方感应到了她的情绪，才会赶紧回到现场——险些来不及了。就这点而言，嘉蒂雅女士功不可没，至少她救了船长和你的性命。但即使来不及拯救你们，我相信我还是救得了这艘太空船。"他顿了顿，又补充一句，"万一我来迟一步，丹尼尔好友，我会觉得是天大的遗憾。"

丹尼尔以严肃而正式的口吻说："谢谢你，吉斯卡好友。我很高兴知道监督员的人类外表并未节制你的行动，我的反应就慢了下来，而她对我的反应也是一样。"

"丹尼尔好友，我能体察她的思想型样，所以她的外表对我毫无意义。相较于人类的全面性思想型样，她的思想不但极其狭窄，而且结构完全不同，因此我根本不必将她想成人类。反之，她的非人特质十分明显，让我得以立刻行动。事实上，我是在采取行动之后，才意识到我已出手。"

"其实我已经想到了，吉斯卡好友，我只是希望跟你作个确认，以免产生任何误解。所以我能否假设，你杀了一个外表酷似人类的机器人之后，心中并未感到任何不适？"

"对，因为它是机器人。"

"可是我觉得，不论我多么清楚明白地了解她是机器人，如果是我亲手毁了她，我的自由正子流仍会受到若干阻碍。”

“如果外表是唯一的依据，丹尼尔好友，那么人类的外表就是你无法攻克的铜墙铁壁。视觉要比推理更直接得多。我是因为能够观察她的内心结构，而且全副精神专注在那上面，才得以忽略她的外在结构。”

“万一我们被那名监督员摧毁，那么从她的内心结构，你能判断出她会有怎样的感受吗？”

“她接受了坚定无比的指令，根据她的电路所掌握的定义，你和船长都不是人类，对此她毫不怀疑。”

“但是嘉蒂雅女士也有可能被她杀害。”

“这点我们无法肯定，丹尼尔好友。”

“万一真的发生这种事，丹尼尔好友，她还能存活吗？你有没有办法判断？”

吉斯卡维持了好长一段时间的沉默。“我没有足够的时间仔细研究她的思想型样。假设她杀了嘉蒂雅女士，我还真说不准她会有什么反应。”

“如果我把自己假想成这名监督员。”丹尼尔的声音开始颤抖，而且变得有些低沉，“那么在我看来，我可能会为了拯救某个人类而杀害另一个人，只要我有理由相信拯救前者是确有必要的。然而，那会是个困难而且有破坏力的行动。另一方面，仅仅为了摧毁非人的敌人便不惜杀害人类，在我看来就简直难以想象了。”

“她只是口头这么威胁，并未真正付诸行动。”

“她可能付诸行动吗，吉斯卡好友？”

“我们并不清楚她究竟接受了什么指令，又怎能确定呢？”

“那些指令能够完全抵消第一法则吗？”

吉斯卡说：“我懂了，你之所以讨论这件事，唯一的目的就是要提出这个问题。我劝你别再追究下去了。”

丹尼尔以倔强的口吻说：“那我就改用假设句吧，吉斯卡好友。不能当作事实来讨论的问题，当然还是可以虚构一番。如果能用定义和条件把指令说得面面俱到，又如果能用强而有力的方式，把指令叙述得足够详尽，那么在此前提下，有没有可能让机器人由于某个远远比不上拯救人类的原因，而杀害另一个人类呢？”

吉斯卡硬邦邦地说：“我不知道，但我猜应该有此可能。”

“可是，如果你猜得没错，就意味着第一法则可能会在某些特殊条件下失效。既然如此，它就可以被修改成仿佛不存在，而其他两大法则当然也一样。因此这些法则不再是绝对的铁律，而是机器人的设计者能够随意定义的，就连第一法则也不例外。”

吉斯卡说：“够了，丹尼尔好友，别再讲下去了。”

丹尼尔却说：“还差一步，吉斯卡好友。换成以利亚伙伴，他一定会再迈出一步。”

“他是人类，所以能那么做。”

“我必须试试看。机器人学三大法则——尤其是第一法则——如果并非铁律，如果能被人类随意修改，那么在适当情况下，我们自己不是也能修……”

他住口了。

吉斯卡有气无力地说：“别再讲下去了。”

丹尼尔答道：“我到此为止。”他的声音也有点模糊不清。

沉默维持了好长一阵子。两人都费了很大的劲，才让自己的正子电路恢复正常。

丹尼尔终于再度开口：“我又想到一件事。那名监督员共有两点可怕之处，一是她脑中的指令，二是她的外表。不只我自己，恐怕连船长都被她的外表影响了。推而广之，她有可能欺骗和误导所有的人类，就像我当初无意间骗倒了一级船工尼斯那样。一开始的时候，他显然并未察觉我是机器人。”

“从这点能推论出什么呢，丹尼尔好友？”

“想当年，奥罗拉的机器人学研究院在取得法斯陀夫博士的设计之后，曾在阿玛狄洛博士领导下，制造出一批人形机器人。”

“这是众所皆知的事。”

“那些人形机器人到哪里去了？”

“计划失败了。”

丹尼尔说：“这也是众所皆知的事，可是你并未回答我的问题。那些人形机器人到哪里去了？”

“可以假设它们被销毁了。”

“这种假设并不一定正确。它们实际上真的被销毁了吗？”

“这是个合情合理的假设。不然该怎么处理失败的作品？”

“我们只知道那些人形机器人不见了，如何肯定它们是失败的作品？”

“既然它们被销毁了，难道还不够肯定吗？”

“我并未提到‘销毁’，吉斯卡好友，我们没有证据那么说，我们只知道它们不见了。”

“若非失败了，它们怎么可能从未亮相呢？”

“如果不是失败的作品，难道就没有理由不让它们亮相吗？”

“至少我想不到，丹尼尔好友。”

“再想想，吉斯卡好友。别忘了我们正在谈论的问题，我们认为或许光是由于足以乱真的外形，人形机器人就具有潜在的危险性。而在我们先前的讨论中，你我都觉得有人正在奥罗拉上筹划一项攻击银河殖民者的计划——当然是狠狠一击，绝不拖泥带水。而且根据我们的判断，攻击的重点一定是地球，目前我都没说错吧？”

“没错，丹尼尔好友。”

“那么，阿玛狄洛博士有没有可能就是这个计划的核心人物？过去两百年来，他对地球的厌恶早已人尽皆知。假如阿玛狄洛博士曾经制造一批人形机器人，后来它们却通通不见了，最有可能会被送到哪里去呢？记住一件事，如果索拉利的机器人学家有办法扭曲三大法则，奥罗拉的机器人学家同样能这么做。”

“你是在暗示，丹尼尔好友，那些人形机器人被送到地球去了？”

“完全正确。它们正在利用人类的外表欺骗地球人，以便为阿玛狄洛博士攻击地球的计划铺路。”

“你没有任何证据。”

“但这是可能的。你自己想想，这一步步的推理可有任何问题。”

“果真如此的话，我们就得赶到地球去。我们必须亲自赶去，设法阻止这场灾难。”

“对，应该这样。”

“但是嘉蒂雅女士不太可能会去地球，而她不去的话，我们也去不成。”

“如果你能影响船长，让他把太空船驶向地球，嘉蒂雅女士就不得不一起去了。”

吉斯卡说：“那么做一定会伤到他。他下定决心要回到他自己的世界贝莱星，如果我们要他冒出前往地球的念头，至少得先让他把贝莱星上的事处理完毕。”

“那时恐怕太迟了。”

“我也没办法，我绝不能伤害任何人类。”

“万一真的太迟了——吉斯卡好友，想想这意味着什么。”

“这种问题我没法想，我只知道绝不能伤害任何人类。”

“那就表示第一法则不够完善，我们必须……”

他讲不下去了。两个机器人双双陷入无助的沉默。

30

随着太空船逐渐接近，贝莱星显得越来越清晰。嘉蒂雅透过舱房里的观景器目不转睛地看出去，这是她首度亲眼见到一个殖民者世界。

几天前，当丹吉跟她提到这段旅程时，她曾表示强烈抗议，但他只是一笑置之。“你还有什么好办法呢，夫人？我必须把你的同胞，”他稍微强调了“你的”两字，“所发明的这件武器，设法送到我的同胞手上。而且，我还得向他们汇报一番。”

嘉蒂雅冷冷地说：“奥罗拉立法局同意让你将我带去索拉利是有条件的，而条件就是你必须把我带回去。”

“其实不尽然，夫人。针对这一点，双方或许有些非正式的共识，可是并没有白纸黑字的正式协议。”

“对我或任何一个文明人而言，非正式的共识也是有约束力的，丹吉。”

“这点我绝不怀疑，嘉蒂雅女士，可是我们行商除了认识钱，就只认识法律文件上的签名。只要收了钱，无论在任何情况下，我都不会违反合约上的白纸黑字，或是拒绝履行我的义务。”

嘉蒂雅扬起下巴。“你是否在暗示我必须付钱，你才会把我送回家？”

“夫人！”

“得了吧，丹吉，少在我面前假装发火。如果我会成为你们那个世界的囚犯，你不妨直说，顺便把原因告诉我——让我知道自己现在到底是什么身份。”

“你并非我的囚犯，现在不是，将来也不是。事实上，我会尊重那个非正式的共识。反正总有一天，我会送你回家的。然而，我必须先去贝莱星一趟，而你必须跟我一起去。”

“我为什么必须跟你去？”

“我们那个世界上的同胞都想见你，你是来自索拉利的英雄，你救了全体船员，你一定要给他们一个对你欢呼的机会。而且，你还是老祖宗的好朋友。”

“这方面，他们知道——或自以为知道多少？”嘉蒂雅厉声追问。

丹吉咧嘴一笑。“我向你保证，绝对没有任何负面印象。你是个传奇人物，而传奇人物一律是尊贵伟大到夸张的程度——不过我必须承认，你的事迹的确很容易被人夸大，夫人。若是平常的时候，我也不会想要你到我们的世界，因为你并不怎么像传奇人物。你不够高大，不够美丽，也不够威严。可是等到索拉利上那件事传开之后，你就会突然符合传奇人物的一切条件了。事实上，他们或许根本不想放你走呢。千万别忘了，我们现在说的可是贝莱星，这颗行星上的居民把老祖宗的故事看得特别认真，而你是那个故事的一部分。”

“你不能拿这件事当作囚禁我的借口。”

“不会的，我向你保证。而且我还能保证，迟早一定会送你回家——少安毋躁——少安毋躁。”

虽然明知自己有权大发雷霆，嘉蒂雅的心情却不知不觉平复了。她的确想看看银河殖民者居住的世界是什么样子，况且那并非普通的殖民者世界，而是独一无二的贝莱星。它是由以利亚·贝莱的儿子创建的，而以利亚自己的晚年也在那里度过。在那个世界上，他留下了很多东西——包括他的名字、他的后代，以及他的传奇事迹。

所以她目不转睛地望着那颗行星，心中则一直想着以利亚。

31

虽然始终目不转睛，她还是失望了。大片云层覆盖着这颗行星，几乎什么也看不见。根据她相当有限的太空旅行经验，她觉得相较于其他的住人行星，此地的云层似乎浓密得多。再过几个小时就要着陆了，然后……

讯号灯突然亮了起来，嘉蒂雅赶紧先按下“稍候键”，过了一会儿，才改按“请进键”。

丹吉带着笑容走了进来。“我来得不是时候吗，夫人？”

“其实还好。”嘉蒂雅说，“我只是必须先戴上手套，插上鼻孔滤器。我知道应该一直戴着，但我实在不胜其扰，而且说不上来为什么，我越来越不担心感染了。”

“俗话说得好，熟悉滋生轻视，夫人。”

“别称之为轻视吧。”嘉蒂雅不知不觉也笑了。

“谢谢你。”丹吉说，“我们很快就要着陆了，夫人，所以我给你拿来一件连身服来，它经过了严密消毒，随即封存在塑胶袋里头，始终没被任何银河殖民者碰过。很容易穿，你一定会的。穿上了，就只有鼻子和眼睛露出来。”

“只有我穿这种衣服吗，丹吉？”

“不，不，夫人。在这种季节，我们人人外出都穿。现在这个时候，我们的首都正值寒冷的冬季。这是个相当寒冷的世界——云层厚重，水气充沛，虽然很少下雨，却经常下雪。”

“即使热带也一样吗？”

“不，热带通常又热又干。然而，这个世界的人口都集中在较冷的地带。我们比较喜欢这种气候，它能激励人心、令人振奋。我们的海洋引进了地球的浮游生物，所以鱼类和其他海产得以大量繁殖。因此虽然可耕地有限，我们不可能成为银河的谷仓，却没有粮食短缺的问题。这里夏天很短，但相当热，所以海边总是挤满了人，不过由于我们对于裸露十分忌讳，那些海水浴场可能引不起你的兴趣。”

“这儿的气候似乎很特殊。”

“原因不一而足，例如水陆分布稍嫌悬殊，以及行星轨道比较扁一点等等。坦白说，我并不关心这种事。”他耸了耸肩，“这不是我的本行。”

“你是行商，我猜你不常待在这颗行星上。”

“没错，但我当行商并不是为了逃避。我喜欢这里，可是如果经常待在这个世界，或许我就不会那么喜欢了。从这个角度来看，贝莱星的严酷环境起着重要的正面作用，那就是鼓励人们从事贸易。贝莱星有不少以海为生的人，而驾驶渔船和驾驶太空船有许多相似之处。在太空中来来往往的行商，我敢说有三分之一都是贝莱星人。”

“你似乎有点过分激动，丹吉。”嘉蒂雅说。

“是吗？我倒认为自己现在心情很好。我理当如此，你也一样。”

“哦？”

“原因很简单，不是吗？我们从索拉利全身而退，不但弄清楚了那个世界到底有什么危险，还虏获了一件很不寻常的武器，应该能引起军方的兴趣。你一定会成为贝莱星的英雄，贝莱星的高级官员已经获悉事件的梗概，个个都急着要来迎接你。事实上，你早已成了这艘船上的英雄。几乎所有的船员都自告奋勇要替你送这件衣服来，他们全部争先恐后想要凑到你身边，好沾沾你的光。”

“转变真大啊。”嘉蒂雅淡淡地说。

“正是如此。尼斯——那个被你的丹尼尔教训了……”

“我记得他是谁，丹吉。”

“他很希望正式向你道歉，而且会把那四个伙伴一起带来，好让他们也有机会道歉。他还要当着你的面，猛踹那个对你出言不逊的家伙。他这个人并不坏，夫人。”

“这点我绝不怀疑。让他放心吧，我不但原谅了他，也把整件事抛到九霄云外了。如果你能安排一下，我愿意——愿意在下船之前跟他握握手，其他船员要来也欢迎，但你绝不能让他们围在我身边。”

“我了解，可是到了贝莱城——也就是贝莱星的首都之后，我就无法保证不会有人蜂拥而上了。一定会有些政府官员为了累积政治资本而设法亲近你，和你一起向群众答礼，我想挡也挡不住。”

“耶和华啊！你们的老祖宗一定会这么说。”

“着陆后就别再这么说了，夫人。这个口头禅只有他能用，别人如果脱口而出，会被视为没品味的。很抱歉，夫人，你将见识到各式各样毫无意义的虚礼和俗套，演讲啦，欢呼啦，等等。”

她若有所思地说：“我可没兴趣，但我想那是推不掉的。”

“的确推不掉，夫人。”

“这种事会持续多久呢？”

“直到他们厌烦为止。或许好些天吧，但会不时换换花样。”

“我们又要在这个世界待多久呢？”

“直到我自己厌烦为止。抱歉，夫人，我有很多事要做——很多地方要去——很多朋友要拜访——”

“还有很多爱要做。”

“唉，这是人之常情。”丹吉咧开嘴，露出灿烂的笑容。

“你什么都做，就是不会感情用事。”

“算我的缺点吧，我无法让自己感情用事。”

嘉蒂雅微微一笑。“你现在并不算百分之百神智清醒，对不对？”

“我从未说自己清醒。不过，这个问题就暂且搁下吧。请记住我还得替全体船员着想，他们也要去看看家人和朋友，也要好好睡几觉，也要四处找找乐子。此外，我也得顾虑到这艘船的感受，要替它进行修理维护，还要补充燃料和补给品。总之琐事一大堆。”

“这些琐事总共要花多少时间？”

“可能好几个月，谁说得准呢？”

“这段时间我要怎么打发？”

“你大可看看我们的世界，拓展一下视野。”

“你们的世界又不是银河知名的游乐园。”

“说得太好了，但我们会尽量让你不觉得无聊。”他看了看手表，“再告诫你一件事，夫人，千万别提你的年龄。”

“我有必要提吗？”

“可能会不经意提到。比方说，你应邀在某个场合说几句话，于是你说‘真开心，我活了超过两百三十岁，今天终于见到贝莱星的民众。’如果你很容易说出这样的开场白，一定要忍住。”

“别担心。反正我压根儿不爱讲那么肉麻的话。不过，我纯粹只是好奇，能否请问为什么？”

“很简单，最好别让他们知道你的年龄。”

“可是他们早就知道了，不是吗？他们知道你的老祖宗是什么时代的人，也知道我是他的好朋友。莫非他们竟然以为——”她用锐利的目光望着他，“我是那个嘉蒂雅的后代？”

“不，不，他们知道你是谁，也知道你多大年纪，但这些事都装在他们脑子里。”他敲敲自己的额头，“可是想必你也注意到了，这年头脑筋灵光的人少之又少。”

“即使在奥罗拉也一样，我早注意到了。”

“很好，我可不希望这是银河殖民者的独家特色。嗯，所以说，你外表看起来，”他顿了顿，仔细估量了一番，“四十，也许四十五岁。他们的小脑会接受这个年龄——一般人通常都用小脑思考，不是吗？但如果你当众公布实际年龄，可就另当别论了。”

“真的会有什么不同吗？”

“不会吗？听好，银河殖民者一般都不喜欢机器人，也不会希望拥有机器人，这是我们和太空族不同之处，而我们为此感到骄傲。倍增的寿命可就不同了，四百岁足足是一百岁的四倍。”

“我们很少有人真正活到四百岁。”

“而我们很少有人真正活到一百岁。我们努力宣导寿命短的优点——重质不重量，加速演化，不断创新——但既然知道了活四百岁是有可能的，人们便不会欣然接受一百岁的寿命，所以宣传过头一定产生反效果，最好还是少说为妙。他们很少见到太空族，这点你该不难想象，因此没什么机会对太空族咬牙切齿，心想对方虽然比我们最老的同胞至少还老一倍，为何看来那么年轻，而且充满活力。他们会从你身上看到这些特点，而如果他们把这件事放在心上，他们的日子就不好过了。”

嘉蒂雅忿忿地说：“你要不要安排我作一场演讲，告诉他们四百岁的真正意义？要不要我告诉他们，后面一两百年多么无趣，人生的黄金时代早已结束，更遑论朋友和旧识大半逝去？还有要不要我告诉他们，比方说子女和家庭会逐渐失去意义；比方说配偶会一再来来去去；比方说其间会穿插无数记忆模糊的云雨情；比方说你终究会发现自己再也没有任何想看或想听的东西，再也无法生出新的想法；比方说你甚至会忘记新事物所带来的惊喜，而年复一年，你只知道会越活越无聊？”

“贝莱星人不会相信这些事，我自己应该就不相信。请问这是你瞎掰的，还是每个太空族都有这种感觉？”

“我只对自己的感受真正有把握，但我见过许多上了年纪的人，他们变得头脑迟钝、性情乖戾，越来越没雄心壮志，甚至越来越冷漠。”

丹吉紧抿着嘴，露出忧郁的表情。“太空族的自杀率很高吗？我好像从未听说过。”

“几乎等于零。”

“但这就和你刚才那番话矛盾了。”

“你想想！我们周围总是有些尽心尽力保护我们的机器人。只要这些眼明手快的机器人跟在身边，我们就休想自杀，我甚至怀疑从来没有人动过这个念头。我自己更是做梦都不会想到，原因很简单，我难以想象对我家的机器人，尤其是丹尼尔和吉斯卡而言，这种事会造成多大的打击。”

“你也知道，他们并非真正的生命，他们并没有感情。”

嘉蒂雅摇了摇头。“你会这么说，是因为你从未跟他们生活在一起。总之，我认为你高估了你们那些同胞对长寿的渴望。你知道我的年龄，你熟悉我的外表，但这并未对你造成任何困扰。”

“因为我坚信太空族世界一定会逐渐衰亡，殖民者世界才是人类未来的希望，而我们的短寿命正是这点的保证。对于你刚才的说法，我姑且照单全收，所以就更加确定了。”

“别太肯定。你们自己也可能会遇到无法克服的问题——即使目前还没有。”

“那当然是有可能的，夫人，但我现在必须告退了。太空船即将着陆，我得英明神武地盯着飞行控制电脑，否则再也不会有人相信我是船长了。”

他离去后，她闷闷不乐地发了一会儿呆，双手不停扯弄那个装着连身服的塑胶袋。

当初在奥罗拉，她早已达到心如止水、任由生命静静流逝的境界。随着一餐又一餐，一天又一天，一季又一季慢慢溜走，那种平静几乎令她变得迟钝，难以察觉自己唯一等待的就是生命中最后一场冒险——死亡。

如今，她去了一趟早已成为历史的索拉利，唤醒了尘封多年的幼时记忆，平静的心境因而给搅乱了——或许永远无法恢复——因而现在的她仿佛赤身裸体般面对着充满凶险的未来。

一去不返的平静，能换来什么呢？

她突然发觉吉斯卡正用暗红色的眼睛望着自己，于是说：“帮我穿上吧，吉斯卡。”

32

气温很低。天上乌云密布，半空中闪耀着非常细微的雪丝，阵阵寒风还从地上卷起一片片的雪花。嘉蒂雅放眼望去，着陆场外一堆又一堆的白雪隐约可见。

而那些左一堆右一堆的人群，则被栅栏挡在一段距离之外。人人穿着花色式样不一的连身服，看不出高矮胖瘦，个个都像是长着眼睛的气球。有些人还戴着透明眼罩，脸部因而闪闪发亮。

嘉蒂雅将戴着露指手套的手按到自己脸上。除了鼻子，她觉得整个头脸都很暖和。这套连身服不只能御寒，似乎还能自行散发热气。

她回头看了看，丹尼尔和吉斯卡都在附近，两人也都穿着连身服。

当初她曾表示抗议："他们对寒冷并不敏感，不需要穿连身服。"

"这点我绝不怀疑，"丹吉答道，"但你一再强调去哪里都要带着他们。我们可不能让丹尼尔穿得太单薄，那样似乎违反自然。而且为了避免引发敌意，我们多少要掩饰一下你随身带着机器人的事实。"

"他们一定会知道这件事。吉斯卡就算穿着连身服，他的脸孔也会泄露身份。"

"他们或许会知道，"丹吉说，"但应该不会特别想到——除非有什么引起他们的注意，所以我们要尽量避免。”

回过神之后，她发现丹吉正在打手势，要她钻进一辆有着透明玻璃和透明天窗的地面车。“我们在行进时要让他们看得见，夫人。”他笑着说。

嘉蒂雅钻进地面车并靠窗坐下，丹吉跟着进来，坐到了另一侧。“我是‘副英雄’。”他说。

“你看重这个头衔吗？”

“喔，当然。这代表我的船员能够获得一笔奖金，而我自己则可能有晋升的机会，我可不会故作清高。”

丹尼尔和吉斯卡也上了车，坐在他们两人对面。丹尼尔面对着嘉蒂雅，吉斯卡面对着丹吉。

在他们前面有一辆完全密封的地面车，后面还跟了一整排，至少有十几辆。只见围观的群众不停地欢呼，拼命地挥手，丹吉带着笑容举手答礼，并示意嘉蒂雅也跟着做，她只好虚应故事地挥了挥手。车内很暖和，她的鼻子不再麻木了。

她说：“车窗上有些相当刺眼的闪光，能不能除掉？”

“当然可以，但我们不会那么做。”丹吉说，“因为那是个最不起眼的力场。外面有许多热情的民众，虽然通通被搜过身，还是可能有人夹带了武器，我们可不希望你受到伤害。”

“你的意思是，可能有人想杀害我？”

（这时，丹尼尔正以平静的目光扫瞄左侧的人群，吉斯卡则负责扫瞄另一侧。）

“可能性非常小，夫人，但你是太空族，而银河殖民者一向不喜欢，甚至痛恨太空族。有些人或许还恨过了头，以致在他们眼中，你成了太空族的代表。可是别担心，即使有人想害你，也不会成功的——不过正如我所说，发生的可能性非常小。”

车队开始动了，以非常平稳的速度同步前进。

嘉蒂雅吓了一跳，差点站了起来。在隔板前方的驾驶座上，根本没有任何人影。“谁在开车？”她问道。

“这种车完全电脑化。”丹吉说，“我猜太空族的车辆不太一样？”

“我们有机器人负责驾驶。”

丹吉继续朝外面挥手，嘉蒂雅下意识地跟着他的动作。“我们没有机器人。”他说。

“可是电脑和机器人本质上是一样的。”

“电脑并没有酷似人类的外形，不会特别引人注意。姑且不论两者在科技上多么相似，反应在心理上却是天差地远。”

这时车队来到乡间，嘉蒂雅不禁感到心头沉重。就算现在是冬季，也不该呈现这种凄凉的景象。放眼望去，只有零零星星几丛光秃秃的灌木，偶尔才会出现一棵发育不良的大树——光是那种不死不活的外观，就令人觉得这片大地毫无生气。

丹吉注意到她一脸沮丧，并将这个表情和她的目光联想到一起了。“现在看起来是不怎么样，夫人。不过到了夏天，景色就不差了。你会看到绿草如茵的田野、果园、农田……”

“森林呢？”

“没有野生森林。这个世界还在成长，还在逐渐成形。其实目前为止，我们才花了一百五十多年而已。第一步，是利用进口的种子，协助最早的殖民者培育庭院作物。然后我们再将各种鱼类和无脊椎动物引进海洋，尽可能建立一个自给自足的生态系。海洋的化学成分如果合适，这个过程会相当简单；否则的话，就必须进行广泛的化学改造，这颗行星才能住人——我们从未真正试过这个办法，但早已有人提出各种相关方案。最后，我们才会设法让土地肥沃起来，这总是最困难而且最慢的一步。”

“每个殖民者世界都照做了吗？”

“都正在照着做，并没有任何世界真正完工。贝莱星是最古老的殖民者世界，连我们都还在努力呢。再过两三个世纪，殖民者世界就会个个丰饶肥沃，而且充满生气——不论海陆皆然。不过到了那个时候，又会出现许多更年轻的世界，正在一步步展开改造。我相信太空族世界也经历过这种阶段。”

“那是很多世纪以前的事——而且，我想并没有那么辛苦，我们有机器人协助。”

“我们会克服万难。”丹吉简洁有力地答道。

“那么土生土长的生物呢——我是说，在人类抵达之前，就生长在这个世界上的动植物呢？”

丹吉耸了耸肩。“通通微不足道，都是些软弱无力的小东西。科学家当然感兴趣，所以在某些水族馆、植物园和动物园，还能见到那些原生的物种。此外，因为仍有大规模海域和大片的陆地尚未经过改造，那些处女地仍有许多野生的原生物种。”

“可是那些处女地终究会被改造的。”

“希望如此。”

“难道你不觉得，其实那些微不足道、软弱无力的小东西才是这颗行星的主人？”

“不觉得，我并没有那么感性。智慧生物才是这颗行星，乃至整个宇宙的主人。太空族也该同意这个观点，不然索拉利上的原生物种到哪儿去了？还有奥罗拉的呢？”

从航站出发便一路颠簸的车队，这时终于来到了平坦的路面，路旁偶尔有些低矮的圆顶建筑。

“首都广场。”丹吉低声说，“这儿是我们这个世界的政治中心。首长办公厅、行星议会、行政大楼等等都在此地。”

“抱歉，丹吉，可是我觉得不怎么起眼，这些建筑个个又矮又没特色。”

丹吉微微一笑。“你只看到冰山的一角，夫人。那些建筑其实都在地底，而且彼此相通。事实上，它是个单一的建筑群，而且仍在成长中。要知道，它自成一个小城市。和周遭的住宅区加在一起，就构成了所谓的贝莱城。”

“你们打算最后把一切都地下化？整座城市？整个世界？”

“没错，大多数人都期待建立一个地底世界。”

“据我了解，地球上就有地底城市。”

“的确如此，夫人，就是所谓的‘钢穴’。”

“所以说，你们是在模仿？”

“并非单纯的模仿。我们加入一些自己的想法，而且……夫人，我们停下来了，随时可能会有人请我们下车。如果我是你，会赶紧把连身服的开口封起来，广场冬季的刺骨寒风可是名不虚传的。”

经过一番手忙脚乱，嘉蒂雅终于让连身服的开口乖乖合起来。“你刚才说，并非单纯的模仿。”

“没错，我们在设计地底世界时，把气候因素考虑进去了。整体而言，此地的气候比地球上恶劣了些，所以需要对建筑物作些许改良。只要好好设计，几乎不必浪费能源，就可以让建筑群冬暖夏凉。事实上，我们在冬季用以取暖的热量，的确有部分来自夏季的储藏；另一方面，夏天所用的消暑冰块，则是前一个冬天留存下来的。”

“通风系统呢？”

“通风会用掉一些储备能源，但是不会用光。这行得通的，夫人，而且总有一天，我们的建筑会赶上地球的规模。当然，那是我们最终的目标——让贝莱星成为另一个地球。”

“我从不知道地球这么受人崇敬，甚至成了衷心模仿的目标。”嘉蒂雅轻描淡写地说。

丹吉转过头来，狠狠瞪了她一眼。“在银河殖民者面前，夫人，请别开这种玩笑——甚至我也不例外。地球可不是开玩笑的材料。”

嘉蒂雅说：“很抱歉，丹吉，我并没有那个意思。”

“你原来不知道，现在你知道了。走，我们出去吧。”

车子的侧门静悄悄地滑开，丹吉随即转身走了出去。然后，他一面伸手扶嘉蒂雅下车，一面说：“你知道吧，你要在行星议会致辞，凡是挤得进来的政府官员都不会缺席。”

这时，嘉蒂雅已经抓住丹吉的手，而且已经感觉到冷风吹痛自己的脸，一听到这句话，她突然向后一退。“我得致辞？没人告诉我啊。”

丹吉显得很惊讶。“我以为你会觉得这种事是理所当然的。”

“嗯，你错了。我没办法致辞，我从来没做过这种事。”

“你非做不可。没什么可怕的，只是在冗长而无聊的欢迎词之后，简单说几句罢了。”

“可是我能说什么呢？”

“不必语出惊人，我向你保证。只要说些爱与和平之类的空话——让他们陶醉半分钟即可。如果你需要，我可以帮你打个草稿。”

嘉蒂雅终于从车中走出来，两个机器人则紧跟在后。她的脑袋乱成了一团。

第九章
演说

33

一走进那座建筑，他们便脱去连身服，交给接待人员，而丹尼尔和吉斯卡也有样学样。接待人员先机警地瞥了吉斯卡一眼，才如临大敌般向他走去。

嘉蒂雅紧张兮兮地调整了一下鼻孔滤器。在此之前，她从未面对这么一大群短寿命的人类——而她心知肚明（因为一直有人这么说）他们之所以寿命短，原因之一是个个身上带有慢性传染病和无数的寄生虫。

她悄声问道："我能拿回自己的连身服吗？"

"你不会穿到别人的。"丹吉说，"会有专人负责保管，还会做辐射消毒。"

嘉蒂雅谨慎地四下望了望，甚至觉得连目光接触都可能有危险。

"那些是什么人？"她指着几个身穿鲜艳服装，而且显然带着武器的人。

“保安警卫，夫人。”丹吉说。

“这里也需要？这不是政府机关吗？”

“绝对需要。当我们上台时，还会有一道力场幕挡在我们和听众之间。”

“你们不信任自己的立法机关？”

丹吉露出似笑非笑的表情。“不完全信任。这儿仍算是草莽世界，自有一套丛林法则。我们还没有把恶势力铲除干净，也没有机器人监督保护我们。更何况，我们还有一个好战的少数党，也就是所谓的鹰派。”

“鹰派是什么？”

这时大多数的贝莱星人都已经脱去连身服，正在享用饮料。周遭一片嘈杂的交谈声，有不少人盯着嘉蒂雅猛瞧，但就是没有人上前跟她攀谈。事实上，嘉蒂雅发觉众人都刻意避免太过接近自己。

丹吉注意到了她左顾右盼的目光，也猜到了是怎么回事。“他们都已经获悉，”他说，“你希望和别人保持一点距离。我想，他们都能理解你生怕受到感染。”

“但愿他们不会觉得这是羞辱。”

“这很难讲，但你身边显然有个机器人，而大多数贝莱星人也生怕受到它们的感染，尤其是那些鹰派。”

“你还没说他们到底是什么人。”

“只要有时间，我一定会说。再过一会儿，我们这些要上台的人就得往前走了——大多数的银河殖民者都认为银河迟早是我们的，太空族绝不可能赢得这场扩张竞赛。我们也知道这需要时间，我们自己是看不到了，连我们的下一代都可能看不到。我们心里有数，说不定需要上千年的时间。那些鹰派却不愿等，他们想要立刻付诸实现。”

“他们想开战？”

“他们并没有真的这么说，也并没有自称鹰派。所谓的鹰派，是我们这些头脑清醒的人对他们的称呼。他们自称地球至上主义者，道理很简单，只要打着地球至高无上的旗帜，你就很难跟他们争辩什么。我们都有这样的心愿，只是大多数人并不会期待明天就能实现，更不会因此而恼羞成怒。”

“那些鹰派会攻击我吗？我是说真正动手？”

丹吉做了一个往前走的手势。“我想我们得开始移动了，夫人，他们要我们排成一列——不，我认为你并不会遭到任何攻击，但小心点总是好的。”

丹吉示意她排进队伍中，嘉蒂雅却不肯挪步。

“我要丹尼尔和吉斯卡陪我，丹吉。如果没有他俩跟着，我还是哪里也不去，甚至不要上台，尤其是在你跟我说了那些鹰派的事迹后。”

“你要求太多了，夫人。”

“恰恰相反，丹吉，我并没有作任何要求。我要你立刻带我，还有我的机器人回家。”

然后，嘉蒂雅紧张地望着丹吉走向一小群官员。只见他微微欠身，双臂交叉放在腰际。在她想来，这应该就是贝莱星人表达敬意的姿势。

她并未听见丹吉说了些什么，可是心中不由自主冒出一个不祥的预感。万一有人要强行将她和她的机器人拆散，丹尼尔和吉斯卡一定会尽可能设法阻止。他们的动作既快又精准，不至于造成实际伤害，但保安警卫仍会立刻开火。

她得不计一切代价避免这种悲剧，假装是自己不希望丹尼尔和吉斯卡跟着，并明白表示要他们在台下等她。但她怎么做得到呢？她一辈子没有离开过机器人，一旦这么做，她还能有安全感吗？但除此之外，还有什么办法突破这个困境呢？

丹吉终于回来了。“你的英雄身份，夫人，是个很管用的筹码。还有，当然啦，我是个很有说服力的人。你的机器人可以跟你一起上台，他们会坐在你后面，但聚光灯不会打到他们身上。还有，看在老祖宗的份上，夫人，别让他们引起任何注意，看他们一眼都不行。”

嘉蒂雅如释重负地吁了一口气。“你真是个好人，丹吉。”她用颤抖的声音说，“谢谢你。”

她走到了队伍的前端，丹吉站在她左边，丹尼尔和吉斯卡紧跟在后。在他们四人后面，则是一长串有男有女的政府官员。

一名女性举着一根似乎象征职权的手杖，将这支队伍仔细审视了一遍，然后点了点头，走到队伍最前面，开始率领大家往前走。

嘉蒂雅注意到前方响起音乐，像是一首曲式简单而且不断重复的进行曲，不禁纳闷是否应该踏着某种特定的步伐前进。（她在心中告诉自己，不同的世界有不同习俗，千变万化到了不可思议的程度。）

她用眼角瞥了瞥丹吉，发现他正一派轻松地向前走去，甚至有点无精打采的样子。她不以为然地撅起嘴来，随即刻意抬头挺胸，一步步照着节拍走。在欠缺指导的情况下，她要用自己的方式走完这段路。

一行人终于来到台上，与此同时，好些椅子从地板中缓缓升起。队伍散了开来，丹吉赶紧轻拉她的袖子，示意她跟着自己走，而两个机器人仍然尾随在她身后。

她根据丹吉的指引，站到一张椅子前面。这时音乐越来越大声，灯光却不如先前那么明亮。然后，经过了一段近乎永无止尽的等待，她终于觉得被丹吉轻按了一下，这才和其他人一起坐下来。

她察觉到眼前的确有个微微发亮的力场幕，将他们和几千名听众隔了开来。阶梯式的座位越往后面越高，看得出来座无虚席。听众一律穿着素色的服装，不是褐色就是黑色，而且男女皆然（虽然她只能勉强分辨各人的性别）。站在通道上的保安警卫则穿着绿色和深红色的制服，无疑是要让人一眼就能认出来。（不过，嘉蒂雅心想，这也让他们成了最显眼的目标。）

她转向丹吉，压低声音说："你们的立法机关可真庞大。"

丹吉微微耸了耸肩。"我想，在政府机关任职的人无一缺席，还带了配偶和客人一起来。这代表他们对你的爱戴，夫人。"

她将台下的听众左右来回扫瞄了一遍，然后故意继续侧着头，利用眼角的余光试着搜寻丹尼尔和吉斯卡，只为了确定他们的确在台上。不久她便想到瞥一眼绝不会让天塌下来，于是大大方方转过头去。他们果然在她后面，但与此同时，她也瞥见气得翻白眼的丹吉。

大厅突然暗成昏黑的一团，而聚光灯则猛然照到台上，令她不禁吓了一跳。

那个被聚光灯照到的人随即站起来，开始侃侃而谈。他的声音不算多么嘹亮，但嘉蒂雅却听得见从远处墙壁反弹回来的细微回声。在这座大厅中，声音一定无孔不入吧，她这么想。这到底是怎么做到的——是通过某种巧妙隐藏的放大装置，还是大厅的设计考虑到了声学原理？虽然无从确定，但她鼓励自己在脑海中继续寻思，这么一来，她就可以暂时不必专心听讲。

不知过了多久，台下某个角落突然传来很轻的一声："只会打高空！"要不是这座大厅的结构完全符合声学原理（姑且这么假设吧），她或许根本听不到。

虽然完全不懂那是什么意思，但台下既然爆出一阵轻微的窃笑，她猜应该是一句粗话。那阵笑声几乎立刻消失，接下来的鸦雀无声则令嘉蒂雅相当佩服。

或许是由于大厅设计得太好，任何声音都能传得很远，因此听众若不保持肃静，便会产生令人难以忍受的噪音和骚动。一旦建立起肃静的惯例，噪音自然成为禁忌，听众就绝不可能不遵守了。那句“打高空”是在激动之余脱口而出，属于例外中的例外，她这么猜想。

嘉蒂雅发觉自己的思绪逐渐有些模糊，眼睛也快闭起来了。想到这里，她猛然坐直身子。那么多贝莱星人都是专程来向她致敬的，万一她在典礼中打起瞌睡，那可是对他们的奇耻大辱。她试图借着专心听讲来保持清醒，但似乎只有反效果。她只好改用别的办法，咬咬自己的嘴唇，并且开始深呼吸。

前后共有三名官员一个接一个致辞，好在他们都算善体人意，讲得都不算太长。然后，聚光灯照到了她的左侧，丹吉随即起身，嘉蒂雅这才完全清醒过来。（她是否真的没撑住，在几千双眼睛注视下打了一会儿瞌睡？）

丹吉站在原地，准备开始发言。他双手拇指勾在皮带上，看起来万分自在。

“贝莱星亲爱的男女老幼，”他开口了，“诸位首长、诸位立法者、诸位可敬的领导人，以及这个世界上所有的同胞。你们都已经听说在索拉利上发生了什么事，你们都知道我们的任务圆满成功，也都知道来自奥罗拉的嘉蒂雅女士功不可没。现在，让我来向在场诸位，以及正在观看超波的所有同胞们，报告一下详细经过。”

他开始依照自己的版本讲述这件事的始末，一旁的嘉蒂雅听来不禁又好气又好笑。关于自己遭到人形机器人狠狠修理的经过，他仅仅轻描淡写地简单带过。除此之外，他对吉斯卡只字未提，还尽量贬低丹尼尔的角色，却不遗余力地强调嘉蒂雅的贡献。于是，整起事件被简化成两个女人——嘉蒂雅和兰达莉的对决，而制胜关键则是嘉蒂雅的勇气以及权威感。

最后丹吉说："现在让我为大家介绍嘉蒂雅女士，论血统她是索拉利人，论身份她是奥罗拉公民，但若论英勇行径，她就是不折不扣的贝莱星人——"（这时台下响起前所未有的热烈掌声，嘉蒂雅记得很清楚，其他致辞者获得的掌声一律稀稀落落。）

丹吉举起双手，台下立刻安静下来。他这才接着说："现在请她为我们讲几句话。"

嘉蒂雅发觉聚光灯照到自己身上，不禁惊慌失措地瞪着丹吉。这时掌声还继续传到她耳朵里，而丹吉同样在使劲鼓掌。在掌声的掩护下，他倾身凑到她耳边说："你爱他们每一个人，你渴望和平，但你不是议员，不习惯小题大做说个没完。就这么讲，讲完就坐下。"

但她只是望着他，露出一副大惑不解的表情。她太紧张了，根本不知道他在说什么。

她终于站了起来，望向台下一排又一排的听众。

34

嘉蒂雅放眼望去，突然觉得自己很渺小（但可以肯定，这并非生平第一次）。台上所有的男士都比她高，甚至三名女士也不例外。在她的感觉中，自己虽然站了起来，还是比其他坐着的人矮了许多。至于台下那些听众，那些屏息等待、给她带来无比压力的听众，她则相当肯定他们个个都比自己高大健壮。

她深深吸了一口气，开口道："各位好朋友——"不料只发出气若游丝的声音。她清了清喉咙（这一声却似乎有如雷鸣），然后又试了一遍。

"各位好朋友！"这回她的声音大致恢复正常，"你们大家都是地球人的后裔，没有任何人例外，而我也一样。银河中每一个住人世界——不论太空族世界、殖民者世界或是地球本身——上面的人类若非土生土长的地球人，就一定是地球人的后裔。在这个大前提下，所有的差异都变得微不足道了。"

她向左瞟了丹吉一眼，发觉他脸上带着非常淡的笑意，一边的眼皮还在微微颤动，仿佛正要对她眨眼睛。

她继续说下去："我们的一切思想和行动，都该以这个大前提为指导原则。我感谢大家视我为同胞，而且毫无条件地接纳我；虽然你们大可将我归为异类，事实上并没有人这么做。冲着这一点，大家就不只是我的朋友，更是我的兄弟姐妹。推而广之，我希望不久之后，全银河一百六十亿生活在充满爱与和平之中的同胞，再也不会认为自己还有人类以外的第二种身份。”

全场突然响起如雷般的掌声，嘉蒂雅眯起眼睛，觉得松了一口气。这代表听众不但觉得她讲得好，而且——更重要的是——觉得告一段落了。她继续站着以便接受喝彩，直到掌声稍歇，才带着微笑左右各鞠一躬，准备坐下来。

这时听众席突然传来一句：“你为何不说索拉利方言？”

她吃了一惊，再也坐不下去了，就这么弯着身子望着丹吉。

只见他轻轻摇了摇头，做了一个“别理他”的嘴形，并尽可能以不显眼的方式示意她赶紧坐下。

她瞪了他一两秒钟，才意识到自己摆了一个不雅的姿势，屁股正悬在半空中。她立刻站直身子，冲着台下微微一笑，同时慢慢从左到右将听众席扫视了一遍。这时，她首度注意到后方那些对准自己的摄影镜头。

当然啦！丹吉提到过这个典礼会以超波进行实况转播。但现在似乎没什么大不了的了，她已经致完辞，已经接受了喝彩，现在她能抬头挺胸、毫不畏怯地面对眼前这些听众。所以说，那些看不见的观众又算什么呢？

她带着微笑说：“我想这个问题的出发点是善意的，你是要我示范一下我的语言能力。你们有多少人想听我说索拉利方言？别犹豫，请举手。”

一些人举起手来。

嘉蒂雅说：“索拉利上的那个人形机器人曾听到我讲索拉利方言，这件事成了制胜的关键。好，让我看看有哪些人希望我当场示范一下？”

举手的人又多了一些，而不久之后，台下几乎全部举起手来。

嘉蒂雅忽然觉得有人在扯她的裤脚，立刻挥手将他扫开。

“很好。亲爱的兄弟姐妹，你们可以把手放下了。大家都知道，我现在讲的是银河标准语，也就是你们通用的语言。然而，我所讲的是奥罗拉式的银河标准语，我知道你们虽然听得懂，但可能会觉得我的发音很可笑，偶尔还会觉得我的遣词用字有点不知所云。你们也该注意到了我说话时有明显的抑扬顿挫——几乎好像在唱歌。只要不是奥罗拉人，听来总是觉得滑稽，就连其他太空族也不例外。

“另一方面，如果我改说索拉利式的银河标准语，也就是现在这个腔调，大家立刻会注意到抑扬顿挫消失了，而低沉的弹舌音则没完没了——尤其是碰到不该弹舌的字眼，这个特色就特别明显。”最后这句话，她故意极其夸张地弹舌。

台下爆出一片笑声，嘉蒂雅则以一脸严肃来回应。最后，她终于举起双手，做了两个利落的手势，笑声随即戛然而止。

“然而，”她继续说，“我可能再也不会回索拉利，所以再也没有机会使用索拉利方言了。而我们伟大的贝莱船长——”她转过头去，朝他的方向微微欠身，这才注意到他的额头冒出不少冷汗，“则告诉我，说不准什么时候才能送我回奥罗拉，所以我恐怕也不能再说奥罗拉方言了。这么一来，贝莱星的方言便成了我唯一的选择，我最好立刻开始练习。”

她假想腰际有一条皮带，将双手勾在上面，然后挺起胸膛，拉长下巴，脸上挂着丹吉那种不自觉的咧嘴浅笑，并刻意以低沉的声音说：“贝莱星亲爱的男女老幼，诸位首长、诸位立法者、诸位可敬的领导人，以及这个世界上所有的同胞——这样应该通通点到了，大概只漏掉了那些不可敬的领导人——”她尽可能发出一个个“喉塞音”，而且故意把“可”这个字念得好像倒抽一口气。

这回笑声更为响亮，而且持续得更久了，嘉蒂雅则面带微笑，静待笑声自动结束。毕竟，这回她是在鼓励他们自己笑自己。

等到全场终于平静下来，她改回规规矩矩的奥罗拉腔，简洁有力地说：“任何方言——对于不熟悉的人来说——都很可笑，或说都很奇特，而这就很容易把人类划分成不同的，而且经常是互有敌意的许多族群。然而，方言只是嘴巴发出的语言。反之，无论你我或任何一个住人世界上的任何一个人，应该倾听的却是内心的语言——那就没有什么方言不方言了。只要我们愿意倾听语言本身，任何方言听起来都没有任何差异。”

应该可以了。她正准备坐下，台下却又冒出另一个问题，这回是个女子的声音。

“你多大年纪？”

丹吉抿着嘴巴低声咆哮：“坐下，夫人！当作没听见。”

嘉蒂雅转头望向丹吉，他已经准备要站起来。台上其他来宾也个个紧张地把头凑向她这个方向——虽然聚光灯的强光令她看得不太真切。

她转过头来对着台下，用嘹亮的声音喊道：“台上的人都要我坐下来。请问台下的你们有多少人附和这个要求？你们怎么都沉默了？又有多少人希望我继续站在这里，诚实地回答这个问题？”

台下响起一片喝彩，众人高喊：“回答！回答！”

嘉蒂雅说：“这是群众的声音！丹吉，以及在座诸位贵宾，很抱歉，我有义务回答这个问题。”

她抬起头来，眯着眼睛望向聚光灯，提高音量道：“我不知道是谁在控制灯光，请恢复大厅的照明，然后关掉聚光灯。我不管超波摄影机能否继续运作，只要确定声音传得出去就行了。观众只要听得到我的声音，就不会在乎我的影像清不清楚。对不对？”

“对！”众人异口同声答道，接着“开灯！开灯！”的呼声便此起彼落。

台上某名官员无可奈何地做了一个手势，台下随即大放光明。

“这样好多了。”嘉蒂雅说，“兄弟姐妹们，现在我能看到大家了。我尤其希望看到刚才那位提问者，也就是问我年纪多大的那位女士，我希望能直接跟她当面对话。请不要闪躲也不必害羞，既然你有勇气提出这个问题，就该有勇气大大方方再问一次。”

她等了一会儿，终于看到一名女子从中间那几排站了起来。她有着淡棕色的皮肤，一头黑发紧紧束在脑后。她穿着一套深褐色的贴身服装，足以凸显她苗条的身材。

她以有点刺耳的声音说：“我不怕站出来，也不怕把我的问题再说一遍。请问你有多大年纪？”

嘉蒂雅冷静地面对着她，甚至感到有点喜欢这种对峙的场面。（这怎么可能呢？她在三十岁前所接受的教化，将她制约成难以忍受任何人出现在她面前，就算只有一个人也一样。现在看看她，居然毫无惧色地面对几千名听众。她虽然有几分惊讶，可是十分高兴。）

嘉蒂雅开口道：“请别坐下，女士，让我们当面交换一下意见。年龄该如何计算呢？根据一个人活在世上的年数吗？”

那位女士神态自若地答道：“我叫欣德拉·兰比德，是行星议会的一员，也就是船长口中的‘立法者’和‘可敬的领导人’之一，至少我自己希望是‘可敬的’。”（台下随即笑成一团，听众的兴致似乎越来越高了。）“现在我回答你的问题，我认为通常所谓的年纪，就是指一个人到底在世上活了多少银河标准年。因此根据这个定义，我今年五十四岁。请问你多大年纪？方不方便给我们一个数字？”

“没问题。从我出生至今，已经过了两百三十三个银河标准年，所以我今年两百三十三岁——或说是你的四倍再多一点。”嘉蒂雅刻意站得笔直，她心知肚明，娇小的身材再加上昏暗的光线，使得此时的她看起来简直就像小孩。

台下响起一阵交头接耳声，左边还传来一下轻哼。她很快瞥了一眼，只见丹吉一只手按着额头。

嘉蒂雅说：“但这种计算时间的方式是全然僵化的，它所衡量的是数量而非质量。我这一生过得很平静，甚至有人会说十分无趣。在运作顺畅的社会体制保护下，我一辈子几乎无灾无难，但也因此丧失了各种求新求变的机会，再加上身旁永远少不了机器人，让我更加无忧无虑——我的日子就是过得这么刻板。

“我这辈子只有两次令我感到激动的经历，偏偏两次都有悲剧的成分。我在三十三岁，也就是比在座许多人都还年轻的时候，曾有一段时间——还好不算长——卷入一桩谋杀案，而且成了被告。两年后，又有一段时间——也不算长——我又卷入了另一桩谋杀案。在这两起事件中，便衣刑警以利亚·贝莱都全力支持我。既然以利亚·贝莱的公子替他写过一本传记，我相信你们绝大多数人——甚至或许每一个人——都很熟悉这个故事。

“可是我现在要说，打从上个月起，生平第三桩令我激动的经历出现了。而在获悉自己必须站在诸位面前时，我心情的激动达到了顶点。在漫长的两百多年岁月中，我从未做过类似这样的事。我必须承认，完全是由于诸位的温柔敦厚，以及对我的真心接纳，我才没有落荒而逃。

“请大家想想，如果拿你们的一生和我相比，落差有多大啊。你们个个是拓荒者，住在一个有待开拓的世界上。这个世界在你们有生之年不断成长，将来还会继续成长下去。而且这个世界尚未尘埃落定，拥有无限的可能，所以每一天都是——一定都是一场冒险。气候就是最好的例子，冷热冷热不断交替。你们的气候变化多端，充满了风霜雨雪。你们没有时间好好休息一下，因为你们并非住在一个变化缓慢或毫无变化的世界上。

“许多贝莱星人都是行商，或说有志成为行商，将半辈子的时间花在太空旅行上。如果这个世界逐渐变温驯了，身为居民的你们仍有许多其他选择，例如迁往另一个开发中的世界，或是加入探寻新世界的行列，一旦找到具有潜力而未有人烟的行星，就可以大展身手，设法将它改造得适于人类居住。

“年纪若是根据一生的经历、行谊、成就以及惊喜和激动来计算，那我只能算是幼童，比在座任何一位都还年幼。我生命中绝大多数的岁月都在无所事事中度过，而诸位则刚好相反。所以，兰比德女士，我请你再讲一次，你多大年纪？”

兰比德微微一笑。“非常充实的五十四岁，嘉蒂雅女士。”

她刚刚坐下，掌声便响起来，而且持续了好一阵子。在掌声掩护下，丹吉哑着嗓子问：“嘉蒂雅女士，这种面对难缠听众的招数，到底是谁教你的？”

“没人教我，”她也压低声音说，“而我也从未尝试过。”

“但你还是见好就收吧。现在正要站起来的人可是我们这儿的鹰派领袖，你没必要面对像他这种人。就说你已经累了，然后就坐下来，让我们自己来应付毕斯特凡这个老家伙吧。”

“可是我并不累，”嘉蒂雅说，“我正乐在其中呢。”

嘉蒂雅看到前面几排最右边的角落果然站起来一个人，他又高又壮，还有两道又浓又密的白眉毛。他头顶上所剩不多的头发也全白了，身上的衣服却几乎是纯黑色——只有手脚的部分镶有白色条纹，一路延伸到袖子和裤管，仿佛将他的体型勾勒出一个轮廓。

他的声音低沉而悦耳。“我是汤玛士·毕斯特凡，”他说，“不过很多人都叫我老家伙，我想，主要是因为他们希望我真的老了，越快死掉越好。我不知道该如何称呼你，因为你似乎没有姓氏，我又跟你不熟，不宜直呼你的名字。而且老实讲，我也不希望跟你熟到那种程度。

“没错，你曾经在你自己的世界上，打败你的同胞所暗藏的陷阱和武器，拯救了一艘贝莱星的太空船，对此我们表示感激。而你回敬我们的，则是一堆手足情谊之类的空话。标准的虚情假意！

“你的同胞何时觉得是我们的手足了？太空族又何时觉得和地球以及地球人有任何关系了？毫无疑问，你们太空族是地球人的后裔，这点我们不会忘记，而我们更不会忘记你们已经忘记这个事实。曾有好几百年的时间，太空族控制着整个银河，把地球人当成是既讨厌又短命而且满身疾病的动物。现在我们逐渐强大了，你就赶紧对我们伸出友谊之手，可是你手上还带着手套呢。你提醒自己别对我们嗤之以鼻，但即便如此，你还是在鼻孔里插着滤器。怎么样？我说得对吗？”

嘉蒂雅举起双手。“或许现场所有的听众，”她说，“甚至那些透过超波看到我的观众朋友，都并未注意到我戴着手套。这双手套并不显眼，但是我不否认它们的存在。而我也的确戴着鼻孔滤器，以便在不太影响呼吸的情况下，将尘埃和微生物过滤干净。此外我还会定期以喷雾清洁喉咙，而我洗澡的次数可能也有点过于频繁，这些我通通不否认。

“可是这些都跟你们无关，而是我自己的问题。我的免疫系统不够健全，我这一生过得太安逸，暴露在恶劣环境的机会太少了。这并非我自己的选择，但我必须为此付出代价。像这种不幸的遭遇，如果在座任何一位碰到了，请问你会怎么做？尤其是你，毕斯特凡先生，请问你会怎么做呢？”

毕斯特凡绷着脸说：“我会和你一样那么做，而且我还会将它视为虚弱的象征，象征着我不适合再生存下去，因此应该让位给真正的强者。你这女人，别跟我们谈什么手足情谊，你绝对不是我的姐妹。你们强盛时只会迫害我们，甚至设法消灭我们，等到你们衰弱了，才会向我们摇尾乞怜。”

台下出现一阵骚动，而且一点也不友善，但毕斯特凡完全不为所动。

嘉蒂雅轻声说：“我们在强盛时做过什么坏事，请问你还记得吗？”

毕斯特凡答道：“别担心我们会忘记，我们每天都会回忆一遍。”

“很好！这样你们就会知道该如何避免了。你们从亲身经历中，明白了恃强欺弱是不对的。因此等到强弱易势，我们成了弱者之后，你们就不会欺压我们了。”

“是啊，这种论调我听多了。当你们强盛时，从来不晓得道德为何物，如今你们居于弱势，就不遗余力宣扬道德了。”

“可是另一方面，当你们居于弱势时，虽然强者的作为令你们胆战心惊，你们对道德的坚持却从未动摇——如今你们变成强者，反倒忘记什么是道德了。相较之下，由强转弱的一方学到了道德的真谛，当然要比由弱转强的一方将之遗忘来得好。”

“你们给我们什么，我们都会照原样一一奉还。”毕斯特凡作势递出一双拳头。

“你该听过‘己所不欲，勿施于人’这句话吧。”嘉蒂雅伸出双手，像是要拥抱对方，“既然谁都能从历史中找到报复的借口，你现在所说的，朋友，无异于说明恃强欺弱是正当的行为。而这么一来，你等于替太空族过去的作为找到了正当性，因此你现在根本不该抱怨。反之，我则是一直在强调，我们过去的确不该欺压你们，而你们将来同样不该欺压我们。很遗憾，我们无法改变历史，可是对于未来，我们仍然有决定权。”

嘉蒂雅顿了顿，但毕斯特凡并未立刻回应，于是她又喊道：“你们有多少人希望有个崭新的银河，而不是让悲惨的历史一再重演？”

掌声出现了，毕斯特凡却举起双手，以极其洪亮的声音吼道：“等等！等等！别当傻瓜！停下来！”

直到掌声慢慢消失之后，毕斯特凡才开口道：“你们以为这个女人相信她自己所讲的话吗？你们以为太空族真的对我们有任何善意吗？他们仍旧认为自己强大，仍旧鄙视我们，而且仍旧打算消灭我们，除非我们先下手为强。这个女人来到此地，我们便像傻瓜一样欢迎她，褒扬她。嗯，验证一下她的话吧。你们不妨向太空族世界提出造访申请，看看能否成行。就算背后有整个世界给你撑腰，像贝莱船长那样，让你得以踏上他们的世界，你又会受到什么样的待遇呢？问问船长，他有没有被他们当成兄弟？

“这个女人是伪善的小人，虽然她说了这么一大堆——不，正因为她说了这么一大堆，这些话字字句句都在昭示她的伪善。她怨叹自己的免疫系统不健全，说她必须设法保护自己以免受到感染。她会这么做，当然并非因为她认为我们又脏又有病。是啊，她从未有过这种想法。

“她又怨叹一生庸庸碌碌，抱怨过于安定的社会和过度热心的机器人将她保护得太好，让她始终无灾无难，无忧无虑，她是多么痛恨那种生活啊。

“可是在这里，她又会有什么危险呢？来到我们这个世界，她觉得会有什么灾难降临到她头上呢？但她还是带着两个机器人同行。今天我们齐聚一堂，是为了向她致敬，为了表彰她的伟大，她居然仍将两个机器人带了进来。现在它们就在台上陪着她，既然大厅已经灯火通明，你们应该都看得到。其中之一外形酷似真人，名叫机·丹尼尔·奥利瓦；另一个则伤风败俗，是赤裸裸的金属之躯，名叫机·吉斯卡·瑞文特洛夫。贝莱星的同胞们，欢迎它们吧，它们才是这个女人的兄弟。”

“死定了！”丹吉低声呻吟。

“还没有。”嘉蒂雅答道。

听众好像突然一起皮肤过敏，纷纷伸长了脖子，而“机器人”的惊呼声则在大厅各个角落响起，在数千人口中传来传去。

“大家不必那么辛苦。”嘉蒂雅开口了，“丹尼尔，吉斯卡，站起来。”

坐在她后面的两个机器人立刻起立。

“站到我旁边，一边一个，”她说，“以免我挡住大家的视线。虽说我无论如何不会把你们挡住多少。

“现在，让我向大家说明几件事。这两个机器人虽然跟我来到此地，但并非为了随身服侍我。没错，在奥罗拉的时候，我的宅邸的确由他们和另外五十一个机器人负责打理。凡是希望由机器人代劳的事，都不必我亲自动手，我定居的那个世界就是有这样的习俗。

“机器人可以根据精密程度、能力以及智慧分成许多不同的种类，而这两位在各方面都是佼佼者。尤其是丹尼尔，在我看来，凡是能够和人类互相比较的智力活动，他一定比其他机器人更接近人类。

“我这次只带着丹尼尔和吉斯卡同行，但一路上他们很少服侍我。或许不妨告诉大家，我一律自己穿衣服，自己洗澡，吃饭的时候自己拿刀叉，走路的时候也无需他们搀扶。

“我是不是把他们当成贴身保镖？不。他们的确会保护我，但他们同样会保护任何需要保护的人。就在不久之前，我们在索拉利的时候，丹尼尔不但准备牺牲自己来保护我，也曾尽全力保护贝莱船长。如果没有他，我们的太空船一定会遇难。

“而我此时站在台上，当然更不需要保护。毕竟台上有一道长长的力场，足以保障我的人身安全。虽然并非我要求架设的，但既然有这道力场，我的安全就有了完善的保障。

“所以说，我为什么要带着这两个机器人呢？

“如果你们熟悉以利亚·贝莱的生平事迹——他从太空族手中解放了地球，他重新开启了殖民银河的风潮，他的儿子率队开拓了这颗行星，不然这里为何叫贝莱星？只要你熟悉他的生平，就该知道以利亚·贝莱在认识我之前，早已和丹尼尔共事过。他们曾经在地球、在索拉利以及在奥罗拉上三度合作——侦破三件大案。在丹尼尔心目中，以利亚·贝莱始终是‘以利亚伙伴’。我不知道他的传记中有没有提到这一点，但你们大可相信我的说法。虽然一开始的时候，身为地球人的以利亚·贝莱对丹尼尔的猜疑很深，两人之间却逐渐发展出真诚的友谊。当以利亚·贝莱临终之际——那是一百六十多年前的事，当时此地只有一堆组合屋和一块块的园圃——陪伴他到最后一刻的并不是他的儿子，也不是我。”（有那么一下子，她担心自己的声音无法继续保持平稳。）“他设法把丹尼尔找来这里，而且硬撑到丹尼尔抵达才肯断气。

“是的，这是丹尼尔第二次造访这个世界。当年我们虽然一起来，但我留在轨道上。”（稳住！）“是丹尼尔独自登陆，独自听取他的遗言——嗯，请问你们认为这毫无意义吗？”

她攥着拳头在空中挥舞，她的声音也升高了好几度。“一定要我告诉你们吗？难道大家还不明白吗？他就是以利亚·贝莱所爱的那个机器人，没错，我说的是爱。我曾想在以利亚死前见他一面，跟他当面话别，他却只要见丹尼尔——现在丹尼尔就在这里，他就是那个独一无二的丹尼尔。

“而另外这位是吉斯卡，他只有在奥罗拉上和以利亚有过接触，可是他曾经救了以利亚一命。

“假如没有这两个机器人，以利亚·贝莱就无法实现他的梦想，太空族世界仍会称霸银河，殖民者世界则根本不会出现，你们也通通不会坐在这里。这个事实你知我知，但我很好奇汤玛士·毕斯特凡先生知不知道？

“在这个世界上，丹尼尔和吉斯卡可算是两个意义非凡的名字。以利亚·贝莱的后代遵照他的嘱咐，一再沿用这两个名字。把我送来这里的太空船，它的船长就叫丹尼尔·吉斯卡·贝莱。而我很想知道，此时我所面对的听众以及正在观看超波转播的观众，有多少人也叫丹尼尔或吉斯卡？好，我身旁的机器人正是这两个名字的源头，他们应该被汤玛士·毕斯特凡这么羞辱吗？”

台下的窃窃私语声越来越大，嘉蒂雅只好举起双手作恳求状。“再等一下，再等一下，让我把话说完，我还没有告诉大家为何要带着这两个机器人。”

全场立刻安静下来。

“这两个机器人，”嘉蒂雅说，“从来没有忘记以利亚·贝莱，就像我从来没有忘记他一样，上百年的岁月丝毫未曾磨损这些记忆。当我准备登上贝莱船长的太空船，当我获悉有可能来到贝莱星，我怎能不让丹尼尔和吉斯卡跟我一起来呢？这是以利亚·贝莱所催生的世界，也是他安享晚年和辞世的地方，他们当然想要亲眼看看。

“没错，他们是机器人，可是他俩不但有智慧，而且曾经忠实可靠地效命于以利亚·贝莱。我们光是一视同仁地尊重人类还不够，应该将这份尊重推广到所有的智慧生物，所以我把他们两人带来了。”然后，她冲着听众高声问道，“我做错了吗？”

她立刻得到了回应，一声震耳欲聋的“没错！”在大厅中不停回响。听众一一起立，有人鼓掌，有人跺脚，有人大吼，有人尖叫——此起彼落……持续不断……

嘉蒂雅面带微笑望着台下，在无止无休的嘈杂声中，她察觉到了两件事。一是自己已经汗流浃背，另一件事则是她从来没有这么高兴过。

仿佛她这一生就是在等待这一刻——从小独自长大的她，在活了两百三十多年之后，终于了解到自己也能面对人群，而且还能进一步打动他们，让他们服从自己的意志。

她听着全场坚定而强烈的回应——此起彼落……持续不断……

35

好长一段时间之后——她自己也无法确定到底过了多久——嘉蒂雅终于回过神来。

她只记得先是听到永无止歇的噪音，接着感到保安人员护送她强行穿过人群，最后一行人钻进了像是无底洞的隧道，开始不断向深处走去。

她早就跟丹吉走散了，也不确定丹尼尔和吉斯卡是否紧跟在后。她想要找他们，偏偏周围全是陌生的脸孔。她隐约想到这两个机器人一定会跟着自己，万一有人试图拦阻，他们一定会反抗，而她应该就会听到一阵骚动。

当她终于走进某个房间时，两个机器人果然跟来了。她并不清楚自己身在何处，但这个房间起码足够宽敞，而且足够干净。和她在奥罗拉的宅邸相较之下，这里的陈设过于简陋，但比起太空船的舱房则是相当豪华了。

“待在这里会很安全，夫人。”那位最后离开的警卫说，“如果需要任何东西，请随时告诉我们。”他指了指床头柜上的一样装置。

她朝那个装置瞪了一眼，等到她转过头来，想要问问那到底是什么，以及如何操作时，不料他已经走了。

喔，好吧，她想，我自有办法。

“吉斯卡，”她无精打采地说，“找找看哪扇门通往浴室，研究一下如何使用淋浴，我现在最需要的就是冲个澡。”

为了避免满身的汗水沾湿椅子，她万分小心地坐下来。等到吉斯卡再度出现的时候，她已经由于坐姿怪异而开始腰酸背痛了。

“夫人，我已经打开淋浴，”他说，“也把水温调好了。淋浴旁有个硬邦邦的东西，我想应该就是肥皂，此外还有一条质地粗糙的毛巾，以及几样或许有用的物品。”

“谢谢你，吉斯卡。”嘉蒂雅心知肚明，虽然她曾大言不惭地说像吉斯卡这样的机器人不是用来当奴仆的，自己刚才却正是这么使唤他。不过凡事总有例外——

在她的印象中，她从来没有像今天这么想洗澡，也从来没有洗得像今天这么舒服。她在淋浴间多待了好长一段时间，等到终于走出来，她想也没想就抓起毛巾，直到把身体通通擦干了，才想到那条毛巾不知有没有做过辐射消毒——可惜已经太迟了。

她开始翻找吉斯卡放在一旁的物品——爽身粉、体香剂、梳子、牙膏、吹风机——但却找不到可以充当牙刷的东西。最后她只好放弃，改以手指代劳，自然觉得十分不便。此外她还找不到发刷，这点同样很不方便。而在准备梳头之前，她先用肥皂将梳子好好擦了一遍，结果还是梳不下去。最后，她发现一件看来适于睡觉穿的衣服，它闻起来很干净，只不过穿起来太松垮了。

这时，丹尼尔轻声道："夫人，船长想知道现在可否见你。"

"我想可以，"嘉蒂雅一面说，一面继续翻找合适的睡衣，"让他进来吧。"

丹吉看起来很疲倦，甚至可以说有些憔悴，不过当她上前迎接他的时候，他还是带着倦意微微一笑，说道："很难相信你已经两百三十几岁了。"

"为什么？因为穿着这玩意儿？"

"这是原因之一。它是半透明的——你不知道吗？"

她低头看了看那件睡袍，显得有些犹豫。"很好，就让你养养眼吧。但无论如何，我的确已经活了二又三分之一世纪。"

"凡是看到你的人，谁也不会这么想，你年轻的时候一定非常美丽。"

"从来没有人这么说，丹吉。我总是以为，顶多只能听到温柔迷人之类的赞美——不管了，这个装置要怎么用？"

"那个对话盒？只要碰碰右侧的触控片，就会有人问你需要什么服务，然后你只要开口就行了。"

"很好，我需要一把牙刷和一把发刷，还要一套衣服。"

"牙刷和发刷我会负责叫人送来。至于衣服，其实早就替你准备好了。那个柜子里挂着一个衣物袋，里面都是贝莱星最新最好的款式，当然，你不一定会喜欢。我也不敢保证它们一定合身，贝莱星大多数的妇女都比你高，而且绝对比你粗壮。不过这也没关系，我想你得在此隐居好一阵子。”

“为什么？”

“嗯，很简单，夫人。今晚你好像作过一场演讲，而且我依稀记得，虽然我不只一次劝你坐下，你却始终不肯。”

“我觉得似乎是一场相当成功的演讲，丹吉。”

丹吉露出灿烂的笑容。“没错，成功得要命。”他搔抓着右边的胡须，仿佛是在非常谨慎地斟酌该用什么词句，“然而，成功也是会有反效果的。此时此刻，我敢说你是贝莱星最红的人物，贝莱星人通通想要看看你，摸摸你。如果我们带你出去，无论何时何地，都会立刻引发暴乱。至少要等热度降下来再说，但我们不确定需要多久时间。

“还有，你甚至有办法让那些鹰派也为你喝彩，可是明天早上，一旦从催眠状态和歇斯底里中清醒之后，他们就会火冒三丈了。即使毕斯特凡那老家伙昨晚并未考虑当场杀了你，明天也一定会发誓要把你慢慢折磨到断气为止，否则他死不瞑目。而在他的党羽中，想必有人会不惜一切代价讨好那老家伙。

“这就是你为何必须待在这里的原因，夫人。这也是不知有多少保安人员在严密监视这个房间、这个楼层，乃至这整座旅馆的原因，但愿没有地下鹰派混在他们中间。而因为在这场英雄游戏中，你我的合作过分密切，所以我也被关在这里，失去自由了。”

“喔，”嘉蒂雅一脸茫然，“我感到很抱歉。这么一来，你就无法探望家人了。”

丹吉耸了耸肩。“我们行商其实都和家人没什么来往。”

“那么你的女朋友要失望了。”

“她自有办法——或许会比我更有办法。”他让目光停留在嘉蒂雅身上，一副若有所思的模样。

嘉蒂雅一本正经地说：“想都别想，船长。”

丹吉扬了扬眉。“谁也不能阻止我这么想，但我并不会付诸行动，夫人。”

嘉蒂雅说：“别开玩笑了。你认为我会在这里待多久？”

“这得由委员会决定。”

“委员会？”

“我们这儿的五人执行委员会，夫人。五个人——”他举起右手，五指张开，“每人有五年的任期，但彼此错开来，也就是每年都会改选一人，除非有人死于任上或无法行事才会临时改选。这样既能让行政有持续性，又能减少一人独裁的危险。但这也意味着每项决定都得经过辩论，因此旷日废时，甚至超过我们能够容忍的程度。”

“我认为，”嘉蒂雅说，“只要这五人当中，有一个足够果断而且强势——”

“他就能把自己的观点塞到其他人脑子里。有时的确会发生这种事，可是并非现在这个时候——我想你明白我的意思。当今的首席委员是吉诺伐斯·潘达洛，这个人并不坏，可是优柔寡断——这两者有时并没有分别。今天我就是拜托他准许你带机器人上台，结果证明我失算了，害我们两人都丢了一分。”

“但你为何要说失算呢？听众很高兴啊。”

“问题就是太高兴了，夫人。我们希望你扮演太空族女英雄这样的可爱角色，帮我们把舆论冷却下来，以免我们发动一场时机尚未成熟的战争。关于寿命长短你说得很好，让他们欣然接受了短暂的生命。可是接下来，你又让他们欣然接受了机器人，这就不是我们乐见的了。同理，我们也不太希望大家欣然接受太空族是手足兄弟这种观念。”

“你们不想过早发动战争，但也不想过早出现和平。对不对？”

“说得非常好，夫人。”

“可是，那你们到底想要什么呢？”

“我们想要这个银河，整个的银河。我们要在银河中每一颗可住人行星上殖民，建立一个不折不扣的银河帝国。我们不希望太空族碍事，他们可以安稳地留在自己的世界上，爱怎么过就怎么过，可是他们绝对不能碍事。”

“但这就等于把他们禁锢在那五十个世界上了，正如我们曾将地球人禁锢在地球上许多年一样。这是重蹈不公不义的覆辙，你们和毕斯特凡是一丘之貉。”

“情况完全不一样。把地球人禁锢起来，是抹杀了他们无穷的潜力。你们太空族则没有那种潜力，你们选择了长寿和机器人这条路，潜力便因而消失，你们甚至连五十个世界都保不住了。索拉利已遭到遗弃，若干时日之后，其他世界也将步上后尘。银河殖民者并不想把太空族逼到绝境，但如果他们自取灭亡，我们又何必干预呢？你今天的演讲，就有出手干预的意图。”

“我倒是很高兴。不然你认为我该说些什么呢？”

“我早就告诉过你，说说什么爱与和平，然后就坐下，要不了一分钟的时间。”

嘉蒂雅气呼呼地说：“我无法相信你指望我说这种蠢话。你把我当成什么了？”

“把你当成你心目中那个怕开口怕到要死的人。我们怎么知道你那么疯狂，又那么有魔力，能在短短半小时内让贝莱星人出现一百八十度转变，变得无条件欢迎那些我们从小到大教育他们反对的事物。可是再说什么都没有用了——”他吃力地站起来，“我也想洗个澡，而且最好睡个觉——但愿睡得着，明天见。”

“可是我们要等到什么时候，才会知道委员们对我作出什么决定呢？”

“那你恐怕有得等了。晚安，夫人。”

36

“我发现了一件事。”吉斯卡的声音不带一丝感情，“我之所以能发现这件事，是因为自出厂以来，今天是我首度面对数千名人类。假如两个世纪前就有这种机会，这个发现便会提早两百年；假如从来没有同时面对那么多人的机会，我就无论如何不可能发现这件事。

“由此可想而知，过去曾有多少能让我轻易掌握的关键点，只因没有适当条件的配合而白白溜走了。除非机缘凑巧，我将一直懵懵懂懂，但机缘是靠不住的。”

丹尼尔说：“我原本以为，吉斯卡好友，嘉蒂雅女士始终过着一成不变的日子，不可能泰然自若地面对几千人，我甚至不相信她有办法当众说话。当她奇迹般开口时，我立刻猜到是你对她作了调整，因为你发现这么做并不会伤害她。这就是你所谓的发现吗？”

吉斯卡答道：“丹尼尔好友，其实我真正敢做的，只是将她的心灵禁制解开两三个，顶多能让她开口说几句话，过了这一关而已。”

“但她所做的远超过这一点。”

“在完成这个微观调整后，我便将注意力转向台下的无数心灵。我跟嘉蒂雅女士一样，毫无面对那么多人的经验，所以跟她一样震惊。如此巨大的心灵团块耸立在我面前，我起初觉得什么都做不了，因而感到十分无助。

“然后，我注意到了为数不多的友善、好奇和关注——很难用言语形容——它们带有对嘉蒂雅女士同情的色彩。于是我尽量找出带有那种色彩的心灵，试着让色彩再稍微加深。我想制造一点能够鼓励嘉蒂雅女士的反应，这么一来，我就不必考虑对她的心灵再动更多的手脚，除此之外我什么也没做。我不知道处理了多少带有那种色彩的心灵，但不会太多。”

丹尼尔问：“然后呢，吉斯卡好友？”

“丹尼尔好友，我发现自己开启了一种自催化的过程。每一个被我强化的心灵，都会再强化附近另一个同质的心灵，接着周遭又会有更多的心灵受到它们的强化。我根本不必再做些什么，一些骚动，一点声音，一两个眼神，凡是似乎赞同嘉蒂雅女士言论的反应，都会引发更多的共鸣。

“然后我又发现了一件更奇怪的事。不但我自己能从听众心灵中侦测到那些表示赞同的蛛丝马迹，嘉蒂雅女士一定也能以某种方式感应到，因为我并没有再出手，她就自行解开了更多的心灵禁制。她开始越说越快，越说越有信心，而听众的反应也就更加热烈，但我什么也没做。最后，听众陷入集体歇斯底里状态，全场像是笼罩在雷电交加的心灵暴风雨中。力量太强了，我不得不封闭自己的心灵，否则我的电路一定会超载。

“自出厂以来，我从未经历过像这样的事，可是，相较于过去对少数人进行的调整，我当时所做的并未超过之前任何一次。事实上，我怀疑这个效应甚至波及了更多我无法感知的心灵——也就是收看超波转播的无数观众。”

丹尼尔说：“我想不通怎么会这样，吉斯卡好友。”

“我也想不通，丹尼尔好友。我并不是人类，人类的心灵既复杂又充满矛盾，而我并未直接体验过拥有人类心灵是什么感觉，所以无法掌握它们的反应机制。可是，群众显然要比个人容易操纵。这似乎很矛盾，较重的物体需要较大的力量来推动，较大的能量需要较长的缓冲来抵消，较长的距离需要较多的时间来跨越。所以说，为何较多的人偏偏比较容易受影响呢？你的想法接近人类，丹尼尔好友，你能解释吗？”

丹尼尔说：“你自己刚才讲过，吉斯卡好友，这是一种自催化效应。换句话说，就是一种传染的过程，正所谓星星之火可以燎原。”

吉斯卡顿了顿，似乎沉思了一番，然后才说：“理智并不会传染，情感才会。嘉蒂雅女士所选择的，都是她觉得能够打动听众情感的说法，她并未试图跟他们讲理。所以说，有可能群众人数越多，就越容易受到情感而非理智的影响。

“既然情感只有少数几种，不像理智那么种类繁多，群众的行为自然要比个人的行为更容易预测。而这就意味着，如果有人想要建立能够预测历史走向的法则，就一定要以众多人口当作研究对象，越多越好。这或许就是心理史学的第一法则，也可以称为‘人学第一法则’。可是……”

“可是什么？”

“我突然想到，正因为我并非人类，所以花了那么长的时间才终于领悟到这一点。换成人类的话，也许光靠直觉便能对自己的心灵有足够的了解，知道该如何应付自己的同类。比方说，嘉蒂雅女士完全没有在大庭广众说话的经验，却能够有专家级的表现。假如我们身边有一个像以利亚·贝莱这样的人，对我们会有多大的帮助啊——丹尼尔好友，你是不是在想他？”

丹尼尔说：“你能从我心中看到他的影像？太惊人了，吉斯卡好友。”

“我没有看到他，丹尼尔好友，我并不能接收你的思想。但我能感应到情感和情绪——你心中有些变化，而根据过去的经验，我便知道这跟以利亚·贝莱有关。”

“嘉蒂雅女士曾经提到，我是以利亚伙伴临终前最后一个见到他的人，所以我从记忆中找出了那一刻，我是在回想当时他说了哪些话。”

“为什么呢，丹尼尔好友？”

“我想寻找话中的意义，我觉得这很重要。”

“他的临终遗言怎么可能有什么言外之意呢？如果意有所指，以利亚·贝莱一定会明说的。”

“或许，”丹尼尔慢慢说道，“以利亚伙伴自己也不明白他那番话的微言精义。”

第十章
演说之后

37

记忆！

它就像一本极其详尽的笔记，藏在丹尼尔心中，随时可供他查阅。某些篇章的资料经常派得上用场，可是也有少数几页，只有在丹尼尔想重温旧梦时才会翻到。而这少数几页的内容，绝大多数和以利亚·贝莱有关。

许多年前，当以利亚·贝莱仍旧在世的时候，丹尼尔曾去过一趟贝莱星。原本同行的还有嘉蒂雅女士，但在他们进入贝莱星的轨道后，班特莱·贝莱驾驶小型飞船前来会合，并登上他们的太空船。当时正值中年的他，看起来就像个做粗活的工人。

他带着些许敌意望着嘉蒂雅。“你不能去见他，夫人。”

早已泪流满面的嘉蒂雅问道：“为什么？”

“他不希望你去，夫人，我必须尊重他的意愿。”

“我不相信有这种事，贝莱先生。”

“我这里有一封手札，还有一段录音，夫人。我不知道你能否认出他的笔迹或声音，但我以荣誉向你保证这绝非伪造的，而且他在下笔和录音之际，并未受到任何外力的影响。”

她走进自己的舱房，独自消化这两段讯息。不久她重新现身——活像打了一场败仗——但她勉强以坚定的口吻说：“丹尼尔，你一个人下去见他，这是他的意愿。可是，事后你要把详细经过向我报告一遍。”

“好的，夫人。”丹尼尔说。

于是丹尼尔进了班特莱的飞船，而在降落途中，班特莱对他说：“这个世界一向严禁机器人，丹尼尔，不过我们对你特别破例，因为这是我父亲的心愿，而他在此地备受敬重。你该了解，我对你并没有个人好恶，但你的行动必须受到最严格的限制。我会直接带你去见我父亲，等你们谈完了，我立刻把你送回太空轨道。你了解了吗？”

“了解了，先生。你父亲还好吗？”

“他快死了。”班特莱冷酷地说，但或许是故意的。

“这点我也了解。”丹尼尔的声音明显地发颤，但并非由于感情用事，而是因为虽然明知凡是人类都免不了一死，这个消息还是扰乱了他的正子脑径路，“我的意思是，他还能撑多久？”

“他几天前就该断气了。他硬撑着不肯走，就是因为想再见你一面。”

飞船着陆了。这是个辽阔的世界，但有人烟的部分——如果就是眼前这些——却又小又简陋。今天是个多云的天气，而且显然刚下过雨。笔直而宽广的街道上竟空无一人，仿佛此地的居民对机器人兴趣缺缺，谁也不想出来看一眼。

他们钻进一辆地面车，一路驶过空旷的街道，抵达了他们的目的地——一栋比较大而且比较显眼的房子。两人一起走进去，但在某个房间的门口，班特莱停下了脚步。

“我父亲就在里面。”他悲伤地说，“你要自己进去，他不会准我在场的。进去吧，你八成认不出他来了。”

丹尼尔走进那个阴暗的房间。他的眼睛很快就适应了，勉强借着微弱的反光，他看到室内有个透明胶囊，里面躺了一个盖着被子的人。这时光线变亮了一点，丹尼尔终于能看清楚那人的脸孔了。

班特莱说得对。从这个骨瘦如柴的憔悴躯体中，丹尼尔丝毫看不出老伙伴的模样。那人双眼紧闭，令丹尼尔以为自己正面对着一具死尸。他从未见过死去的人类，一想到这点，他不禁一个踉跄，觉得双腿再也站不直了。

老者终究还是睁开了眼睛，丹尼尔这才勉强恢复平衡，只不过某种不寻常的虚弱感依旧徘徊不去。

老者望着他，苍白皲裂的嘴唇微微挤出一抹笑容。

“丹尼尔，我的老朋友丹尼尔。”他有气无力地唤道。

这声叫唤稍许透出对方记忆中以利亚·贝莱特有的音质。然后，一只手从被单里慢慢伸出来，丹尼尔终于觉得自己认出了以利亚。

“以利亚伙伴。”他轻声说。

“谢谢你——谢谢你来见我。”

“这对我意义重大，以利亚伙伴。”

“我原本还担心他们不准你来。他们——其他人——甚至我儿子——都认为你是机器人。”

“我的确是机器人。”

“我可不这么想，丹尼尔。你一点都没变，对不对？我没法把你看清楚，但我觉得你仍和我记忆中一模一样。我上次见到你是什么时候？二十九年前吧？”

“是的——而这么多年来，以利亚伙伴，我一点也没变，所以你看，我的确是机器人。”

“可是我变了，变了很多。我不该让你看到我现在这个样子，但我狠不下心来，我实在太想再见你一面。”贝莱的声音似乎有力了一点，仿佛一看到丹尼尔，他便恢复了几分元气。

“不管你变成什么样子，以利亚伙伴，我都很高兴见到你。”

“嘉蒂雅女士呢？她还好吗？”

“她很好，我们一起来的。”

他吃力地四下张望。“她该没有……”声音中透出惊恐与无奈。

“她留在轨道上，并没有踏上这个世界。她知道你不想见她——而她能够谅解。”

“不是这样的，我很想见她，但我还抵挡得住这个诱惑。她没变吧？”

“她仍旧跟你上次见到她的时候一模一样。”

“很好——但我不能让她看到我如今这个模样，不能让这副德行成为她记忆中最后一个印象，而你则不同。”

“因为我是机器人，以利亚伙伴。”

“别再坚持这件事。”垂死的老者没好气地说，“不管是不是真人，丹尼尔，你在我心中都有特殊的地位。”

躺在床上的他歇了一会儿，然后又说：“这么多年来，我从未和她通过超波影像，甚至从来没有写信给她。我一再提醒自己，不能干扰她的生活。嘉蒂雅还是格里迈尼斯的妻子吗？”

“是的。”

“快乐吗？”

“这点我无从判断。但她并没有任何可解读为不快乐的言行。”

“子女呢？”

“就是法定的两个。”

“我从未跟她联络，她没生气吧？”

“我相信她了解你的用意。”

“她可曾——提起我？”

“几乎没有，可是吉斯卡认为她经常想到你。”

“吉斯卡还好吗？”

“他仍正常运作——你所知道的那种正常。”

“所以说，你也知道——他有那种能力。”

“他告诉我了，以利亚伙伴。”

贝莱又歇了一会儿，然后突然动了动，开口道：“丹尼尔，我要你赶来是出于自私，因为我自己很想见你，我想亲眼见到你一点也没变，还想确定你仍然记得我，而且永远不会忘记，这样我就会觉得自己当年的黄金岁月并未完全消逝。但除此之外，我还想告诉你一件事。”

“我快要死了，丹尼尔，而我知道你会听到这个消息。即使你不在这里，即使你一直待在奥罗拉，还是迟早会听到的，我的死讯会是轰动银河的大新闻。”他轻轻干笑一声，胸部微微起伏，“当年有谁想得到呢？”

他继续说下去：“当然，嘉蒂雅也会听到这个消息，但嘉蒂雅早就知道我终有这么一天，无论多么伤心，她还是会接受这个事实。然而，我担心你承受不了，因为——虽然我一再否认，但正如你一再坚持的——你终究是机器人。基于过去的情谊，你也许会觉得自己有义务要想方设法让我活下去，一旦事实证明你无能为力，就有可能对你造成永久性的伤害。所以，让我开导开导你吧。”

贝莱的声音又逐渐转弱。丹尼尔虽然一动不动坐在那里，脸上却罕见地出现了表情，反映出他心中的关切和悲痛。贝莱这时闭着眼睛，所以并没有看到。

“我的生死，丹尼尔，”他说，“并不重要。就全体人类而言，任何一个人的生死都不重要。有些人虽死犹生，因为他把成果留给了后人。只要人类依旧存在，他就并未真正死去——你了解我这句话的意思吗？”

丹尼尔答道：“了解，以利亚伙伴。”

“人人都会对人类整体作出贡献，因而成为这个整体不朽的一部分。这个由所有的人类——过去、现在和未来的人类——所组成的整体，就好像一幅已有几万年历史的织锦，而且从古到今，这幅织锦越来越精致，整体构图也越来越美丽。就连太空族也算是它的一部分，也对它的精致和美丽作出一己的贡献。任何一个人都只能算是织锦里的一根丝线，和整体比起来算得了什么呢？

“丹尼尔，我要你将心思专注在整幅织锦上，别让一根丝线的脱落影响了你。那上面还有许许多多丝线，每一根都很有价值，都能贡献……”

贝莱说不下去了，但丹尼尔仍耐心地守在一旁。

贝莱睁开眼睛，一看到丹尼尔，便微微皱起眉头。

“你还在这里？你该走了。我打算跟你讲的话已经讲完了。”

“我还不想走，以利亚伙伴。”

“你非走不可。我再也挡不住死神的召唤，我很累——累极了。我想跟它走，是时候了。”

“难道我不能陪你走完这一段吗？”

“我不希望你这么做。不管我刚才说了什么，如果我在你面前断气，仍会带给你极大的伤害。走吧，这是——命令。既然你那么坚持，我就让你当机器人，但这就表示你必须服从我的命令。不论你做什么都无法拯救我，所以并没有任何条件挡在第二法则之前。走吧！”

贝莱虚弱地伸手指指门口。“再见，丹尼尔老友。”

丹尼尔慢慢转身，他从未想到贝莱的命令也有那么难以服从的时候。“再见，以利亚伙……”他顿了顿，然后用带点沙哑的声音说，“再见，以利亚老友。”

等在隔壁的班特莱一看到丹尼尔，立刻上前问道：“他还活着吗？”

“我离开时，他还活着。”

班特莱走进去，但几乎立刻又走出来。“他死了。见到你之后，他就——撒手了。”

丹尼尔发觉自己竟然双腿发软，不得不扶着墙壁。过了好一会儿，他才能自行站立。

等在一旁的班特莱始终避开他的目光。他们又一起进入那艘小型飞船，回到太空轨道上和嘉蒂雅会合。

她同样劈头就问以利亚·贝莱是否还活着。当他们委婉地说出实情之后，她强忍住泪水，转身走进自己的舱房，这才开始哭泣。

37a

这段刻骨铭心的痛苦回忆倏来倏去，似乎并未打扰丹尼尔原本的思绪。“如今听了嘉蒂雅女士的演讲，或许我能对以利亚伙伴那番遗言有进一步的了解。”

“怎么进一步？”

“我还不确定，我正朝一个非常困难的方向在进行思考。”

“不论需要多少时间，我都愿意等。”吉斯卡说。

38

吉诺伐斯·潘达洛有一头又粗又浓的白发，还留着两撮蓬松花白的鬓须，看起来比实际年龄老得多，再加上他个子很高，令人不禁对他肃然起敬。就是靠着这么一点领袖气质，他得以在官场上一路蹿升，不过他却心知肚明，自己只是个外强中干的空壳子罢了。

在当选执行委员之后，他得意了一阵子，但很快便冷却下来。他已经坐到了自己无法胜任的位置上，而随着每年自动晋升一级，他心里就更明白一点。四年匆匆过去，如今他已是首席委员了。

不早不晚，偏偏这时当上首席委员！

过去曾有一段时期，统治者几乎可以说无所事事。例如八十年前，纳菲·莫勒掌权之际，他就始终无所事事，只不过直到今天，老师仍旧告诉学童这位莫勒是“有史以来最伟大的执行委员”。当时贝莱星是什么样子呢？一个小小的世界，只有零零星星几个农场，以及几座借着天然交通网联系的小镇。总人口数顶多五百万，最重要的出口货物是生羊毛和少许钛矿。

当年的日子很单纯，在奥罗拉人汉·法斯陀夫或多或少出自善意的影响下，太空族完全不干涉他们。居民随时可以回到地球——以便重温文化的气息或是接受一次科技的洗礼。而且一直不断有地球人前来移民，地球的人口简直就是无穷无尽。

所以说，莫勒怎么会不是最伟大的执行委员呢？他只要什么也不做就行了。

而若干年之后，统治者同样会面对一个单纯的局势。随着太空族继续衰败（老师们一直这么教育下一代，说他们会淹没在自家社会所制造的重重矛盾中——不过真能这么肯定吗？有时连潘达洛也不禁怀疑），再加上银河殖民者势力越来越强，不久之后，日子又会变得有保障了。银河殖民者将会享有太平的岁月，并将自己的科技发展到极致。

等到贝莱星住满了人，它在各方面都会成为另一个地球，而随着殖民者世界在银河各个角落如雨后春笋般崛起，伟大的银河帝国终将诞生。在这个永远由地球母星所统治的开明帝国中，贝莱星既然历史最悠久且人口最多，毫无疑问将始终是帝国最重要的成员。

偏偏潘达洛担任首席委员的时间既不是过去，也不是未来，而是刚好在今年。

汉·法斯陀夫已经死了，可是凯顿·阿玛狄洛还活着。两百年前，阿玛狄洛坚决反对允许地球送出银河殖民者，如今他仍然在世，仍然可以找麻烦。太空族依旧势力强大，绝对不容忽视；银河殖民者还是差了一点，无法信心满满地大步前进。此时此刻，银河殖民者必须设法稳住太空族，静待双方势力出现足够的消长。

于是，潘达洛扛上了前所未有的重责大任，既要安抚太空族，又要让银河殖民者同时保有决心和政治敏感度——可想而知他有多么心不甘情不愿。

此时正值清晨，一个又阴又冷而且会继续下雪的清晨——这倒没什么好奇怪的——他正一个人朝旅馆走去，他根本不想带任何随从。

当他走近时，大批保安警卫赶紧立正敬礼，而他只是懒洋洋应付了一下。等到警卫队长走到面前时，他开口问道："有什么问题吗，队长？"

"报告委员，没有，一切都很平静。"

潘达洛点了点头。"贝莱被安置在哪个房间？——啊——那个女太空族和她的机器人都受到严密监控吗？——很好。"

他继续向前走。整体而言，丹吉表现得不错。索拉利已遭遗弃，上面的机器人几乎取之不尽，可以成为行商的摇钱树，为贝莱星带来巨大的财富——虽然，潘达洛闷闷不乐地想，财富和世界安全并不能想当然地画上等号。可是，索拉利上既然陷阱重重，还是别去招惹为妙，不值得为它开战。丹吉迅速离去，算是做得很对。

而且，他还带回一台小型的核反应倍增器。目前为止，这类装置都太过笨重，只能制成巨大而昂贵的定点发射武器，用以摧毁入侵的船舰——何况连这都还只是纸上谈兵而已，因为太贵了。他们亟需较小且较廉价的机型，所以丹吉的直觉完全正确——带回一台索拉利的核反应倍增器要比虏获它上面所有的机器人更为重要，这台倍增器将对贝莱星的科学家有莫大的帮助。

然而，既然索拉利拥有轻便型倍增器，其他太空族世界为什么没有呢？奥罗拉为什么没有呢？如果这类武器小到了能够装在战舰上，一支太空族舰队即可轻而易举消灭所有的殖民者船舰。他们的研发距离这一步还有多远？有了丹吉带回来的那台倍增器，贝莱星在这方面的发展又能加速多少？

他找到丹吉的房间，按下叫门键，并未等到任何回应便径自走进去，而且毫不客气地径自坐下来。身为首席委员，总有些方便的特权。

正在浴室里用毛巾擦头的丹吉冲着外面说："其实我很想以庄严隆重的方式迎接委员大人，但你来得太不是时候了，因为我刚冲完澡，狼狈得不得了。"

"唉，闭嘴。"潘达洛没好气地说。

平时他很欣赏丹吉这种口没遮拦的潇洒，现在却是例外。就某方面而言，他从未真正了解丹吉这个人。丹吉是贝莱家族的成员，是"伟大的以利亚"和"贝莱星之父班特莱"的嫡系子孙。这样的背景，再加上他那人见人爱的开朗个性，使得丹吉成为执行委员的当然人选。偏偏他选了行商这一行，日子过得不但辛苦而且危险，虽然有可能因而致富，但因而丧命或未老先衰的可能性——后者更糟——却大得太多了。

更何况，潘达洛一向把丹吉的建议置于大多数政府首长之上，但身为行商的丹吉经常几个月不在贝莱星。虽说有时无法确定丹吉是否在开玩笑，他的意见还是颇有参考价值。

潘达洛心情沉重地说："我认为那女人的演讲不能算是我们这儿的喜事。"

快要穿好衣服的丹吉耸了耸肩。"谁又预料得到呢？"

“你应该可以。你早已打定主意要带她同行，当初一定调查过她的背景。”

“我的确调查过她的背景，委员。她曾在索拉利住过三十几年，是道地的索拉利产物。当时她完全和机器人生活在一起，一律透过全息影像和人见面，只有她丈夫例外——而他很少来找她。在移居奥罗拉之后，她有过一段困难的适应期，而且即使在那里，她仍旧大半和机器人住在一起。过去两百三十多年来，她从来没有同时见到超过二十个人的经验，更别说四千人了。我原本以为她就算能开口，顶多只能吐几个字，我怎么知道她竟然是个群众煽动家。”

“一旦你发现这个迹象，就该及时制止她，当时你就坐在她旁边。”

“你想引发暴乱吗？听众正听得如痴如醉呢。当时你也在场，你应该很清楚。如果我硬拉她坐下，他们通通会冲到台上来。无论如何，委员，你自己也并未制止她。”

潘达洛清了清喉咙。“其实我一直想这么做，但每次回过头去，我都会看到那个机器人的眼睛——我是说那个像机器人的机器人。”

“吉斯卡。好吧，那又怎么样？他又不会伤害你。”

“我知道。话说回来，他就是令我全身发毛，所以我迟迟没采取行动。”

“唉，算了吧，委员。”丹吉已经穿戴整齐，他一面说，一面把早餐餐盘推向对方，“咖啡还是温的。如果你想配果酱吃些小面包，请自己动手。事情总会过去的，我认为民众不会因此真正爱上太空族，而导致我们的政策垮台。甚至可能还有好处呢，如果消息传到太空族那里，法斯陀夫党有可能因而壮大。法斯陀夫也许死了，但他的政党还在——至少并未烟消云散——我们需要鼓励他们这条温和路线。”

“我所担心的，”潘达洛说，“是五个月后即将召开的‘全银河殖民者议会’。我将会听到许多尖酸刻薄的批评，说什么贝莱星采取姑息政策，贝莱星人心中充满对太空族的爱意。我告诉你，”他沉着脸补了一句，“越小的世界，鹰派就越多。”

“那你就跟他们这么讲啊。”丹吉说，“记住，在公开场合一定要维持政治家风范，等到把他们拉到一边，你就正视着他们的眼睛——别再正经八百——然后强调贝莱星是个有言论自由的地方，这点我们会坚持到底。你还要告诉他们，贝莱星一向把地球的福祉放在第一位，但如果有哪个世界为了想证明它对地球更加忠诚而对太空族宣战，贝莱星只会冷眼旁观，什么也不会做，这样就能让他们闭嘴了。”

“喔，不行。”潘达洛忧心忡忡地说，“这种说法会流传出去，会给我们招来难以想象的臭名。”

丹吉答道：“很可惜，你说得没错。但还是考虑一下吧，别让那些只有嘴巴没有脑袋的人吃定了你。”

潘达洛叹了一口气。“我想我们会尽力而为。可是，我们原本打算用一个惊人消息替昨晚画下句点，结果搞砸了，这才是我真正感到遗憾的事。”

“什么惊人消息？”

潘达洛说：“当你离开奥罗拉，启程前往索拉利的时候，两艘奥罗拉战舰刚好也朝索拉利飞去。你知道吗？”

“不知道，但我料到了会有这种事。”丹吉一派轻松地说，“正因为如此，我才不厌其烦地采用迂回路线。”

“其中一艘奥罗拉战舰在索拉利降落，距离你的着陆地点有好几千公里——以便看起来不像是在跟踪你——另一艘则留在轨道上。”

“很合理。如果我手上有另一艘船舰，我也会这么做。”

“那艘着陆的奥罗拉战舰不到几小时就给摧毁了。留在轨道上的那艘回报了这件事，随即奉命返航。某个行商监测站截收到那份报告，然后传给了我们。”

“报告没有加密吗？”

“当然有，但那是一种我们已经破解的密码。”

丹吉若有所思地点了点头，然后说：“非常有趣，我猜他们之中没有半个会说索拉利方言。”

“显然如此。”潘达洛语重心长地说，“除非能找到其他索拉利人的去处，否则你手上这个女人就是全银河唯一的索拉利人了。”

“而他们竟然把她给了我，是吗？算那些奥罗拉人倒霉。”

“总之昨天晚上，我差点就要宣布奥罗拉战舰遭到摧毁的消息——并非幸灾乐祸，而是以就事论事的方式。无论如何，这还是会让普天下的银河殖民者精神振奋。我的意思是，我们平安归来，奥罗拉人却没做到。”

“我们手上有个索拉利人，”丹吉淡淡地说，“奥罗拉人却没有。”

“好吧。此外，你和那个女人还会因此更加风光。但这一切都落空了。那个女人致完辞后，任何戏码都只会是狗尾续貂而已，就连奥罗拉战舰被毁的消息也不例外。”

丹吉说：“更何况，大家冲着她所提倡的手足情谊高声喝彩之后，怎么可能马上喝彩几百个奥罗拉手足的死难呢——至少在接下来半小时内，不会出现这种不协调的情形。”

“我想是吧，所以我们葬送了一次绝佳的心理攻势。”

丹吉皱起眉头。“别念念不忘了，委员，你一定能找到更适当的时机进行你的宣传战。重要的是这背后的意义——一艘奥罗拉战舰被炸毁了，意味着他们没料到对方会使用核反应倍增器。另外那艘战舰被迅速召回，则可能意味着它并未配备相关的防护装置，甚至他们可能根本没有。我据此研判，这种轻便型倍增器——或至少是半轻便型——应该是索拉利的独门武器，并非太空族的标准装备。如果真是这样，对我们可是好消息。此时此刻，先别操心宣传战这种琐事吧，我们应该集中所有的力量，尽可能从那个倍增器里头把每一份情报都榨出来。我们要在这方面领先太空族——但愿有此可能。”

潘达洛咬了一口小面包，然后说：“或许你是对的。但这么一来，另一个消息我们又该怎么处理呢？”

丹吉说：“什么另一个消息？委员，请问你是要提供我足够的情报，好让我给你拿主意，还是打算把那些情报丢到半空中，让我跳起来一个个接住？”

“别发火，丹吉。如果必须正经八百，我也犯不着专程找你讨论了。你可知道执行委员会是怎么开的吗？你想坐我的位置吗？告诉你，我愿双手奉上。”

“不，谢了，我可不想要，我只想要知道另一个消息。”

“我们接到了一封来自奥罗拉的电文，一封真正的电文。他们真的纡尊降贵和我们直接通讯，并没有经由地球转发。”

“那么，或许可以将它视为一封重要的电文——我是指对他们而言。他们想要什么？”

“他们想把那个索拉利女人要回去。”

“那么，显然他们已经知道我们的船舰平安离开了索拉利，而且抵达了贝莱星。他们也有自己的监测站，也在监听我们的通讯，和我们所做的一模一样。”

“一点也没错。”潘达洛显得相当恼火，“他们破解我方密码的速度和我们破解他们的一样快。我倒有个想法，那就是双方应该达成协议，从此发讯一律改用明码，这样双方都不会有任何损失。”

“他们有没有说为什么要这个女人？”

“当然没有。太空族向来不说理由，只管下命令。”

“他们有没有发现这个女人到底在索拉利做了什么事？既然只有她一个人会说道地的索拉利方言，他们是不是想要她把那颗行星上的监督员通通清除掉？”

“我觉得他们没办法发现事实的真相，丹吉。直到昨天晚上，我们才表彰了她的功劳，那封来自奥罗拉的电文却早了很多。但他们为何要她回去并不重要，问题是我们该怎么办？如果我们不把她还回去，双方之间就会出现危机，那可是我要极力避免的。如果我们真的把她还了回去，贝莱星人便会觉得脸上无光，而毕斯特凡那老家伙则会逮住这个良机，不遗余力地指摘我们趴到了太空族脚下。”

两人对望了一会儿，然后丹吉慢慢说道：“我们必须把她还回去。毕竟，她不但是太空族，而且是奥罗拉公民。我们不能不顾奥罗拉的意愿留她下来，否则那些冒险前往太空族领域做生意的行商都会受到牵连。但我会负责这件事，委员，你不妨将所有的罪过都往我身上推。就说我当初跟对方讲好了条件，把她带去索拉利之后会再送她回奥罗拉，而且这还真有其事，虽说并非正式的书面协定。我是个讲道义的人，所以坚持要履行承诺——而且这或许还对我们有好处呢。”

"什么好处？"

"这我得再想想。但如果真要这么做，委员，我的太空船这回得由公家出钱整修，而我的手下都要好好犒赏一番——别这样，委员，他们可是放弃了休假呢。"

39

虽说原本打算至少三个月后才会再踏上这艘船，但丹吉的心情似乎还不错。

另一方面，虽说嘉蒂雅的舱房变得更大更豪华，她却似乎相当沮丧。

"这是为什么呢？"她问道。

"天上掉下来的，你还嫌什么？"丹吉反问。

"我只是问问罢了。为什么？"

"原因之一，夫人，你是一等一的英雄，因此整修这艘船的时候，我们替你把这个地方美容了一遍。"

"美容？"

"只是比喻罢了，你要说美化也行。"

"舱房不会凭空变大，我占了谁的空间？"

"其实是船员的休息室，但你要知道，是他们坚持要这么做的，因为你也是他们的宠儿。事实上，尼斯——你记得尼斯吧？"

"当然。"

“他希望你用他来取代丹尼尔。他说丹尼尔并不喜欢那份工作，伤了人之后还得频频道歉。尼斯说换成他的话，只要有人敢动你一根汗毛，他下手绝不留情，而且会乐在其中，事后也绝不会道歉。”

嘉蒂雅微微一笑。“告诉他，我会把他的心意放在心上，然后再告诉他，如果能安排一个适当机会，我很乐意跟他握握手。在我们降落贝莱星之前，我一直找不到这样的机会。”

“当你握手的时候，我希望你记得戴手套。”

“当然，但我开始怀疑是否真有这个必要。自从离开奥罗拉后，我连鼻水也没流过，我所接受的预防注射八成大大增强了我的免疫力。”她又四下望了望，“你甚至替丹尼尔和吉斯卡做了壁凹，考虑得相当周到，丹吉。”

“夫人，”丹吉说，“我们尽可能让你高兴，只要你高兴，我们就心满意足了。”

“奇怪的是——”听嘉蒂雅的口气，像是对自己即将脱口而出的话大惑不解，“我并不算很高兴，我不确定自己是否想要离开你们的世界。”

“是吗？这儿又寒冷，又下雪，又无聊，又原始，而且到处都有不停欢呼的群众。究竟哪一点对你有吸引力？”

嘉蒂雅脸红了。“绝对不是欢呼的群众。”

“我愿意假装相信你，夫人。”

“真的不是，而是一个完全不同的原因。我——我从未做过什么正事，我这辈子都只是在用各种方法打发时间而已。我曾致力于力场彩绘和机器人外观设计，我曾纵情性爱，也曾经为人妻，为人母，但——但——在做这些事的时候，我从不觉得自己有任何重要性。假如我突然从世上消失，或者根本没有来到世上，也不会影响到任何人或任何事——或许，只有一两个亲密的朋友不这么想吧。现在则不同了。”

“是吗？”丹吉声音中带有一丝嘲弄的意味。

嘉蒂雅说：“是的！现在我能影响很多人。我可以选定一个目标，当作我的终生职志。其实我已经选好了，我要消弭战争，要让太空族和银河殖民者一起扩散到宇宙各个角落。我还要让双方都保有自己的特色，并能无条件接受对方的特色。我要朝这方面全力以赴，好让历史的走向因而有所改变，等我去世之后，人们会说，‘多亏了她，许多事才有那么好的结果。’”

她满面红光地转向丹吉。“我在当了二又三分之一世纪的无名小卒之后，突然有机会扮演重要角色；我原本以为自己的生命一片空虚，现在却发现它里面还藏着美好的事物；我不知在多久以前就对快乐绝望了，没想到居然又能快乐起来——你可知道，这些转变对我有多么重大的意义吗？”

“你不必待在贝莱星，夫人，仍然能拥有这一切。”不知怎么回事，丹吉显得有点尴尬。

“在奥罗拉就不能。我在奥罗拉只是个索拉利移民，而在殖民者世界，我则是个不凡的太空族。”

“但你不只一次表示想回奥罗拉去，而且口气相当强硬。”

“对，我的确说过——但我现在不这么说了，丹吉，我现在不想回去了。”

“这对我们会有很大的助益，问题是奥罗拉想把你要回去，他们明白告诉我们了。”

嘉蒂雅显得万分惊讶。“他们想把我要回去？”

“奥罗拉立法局的主席发来一封正式电文，上面就是这么讲的。”丹吉轻描淡写地说，“我们很乐意把你留下来，但执行委员会已经作出决定，认为犯不着为此引发星际危机。我不确定自己是否同意这个看法，但他们是我的长官。”

嘉蒂雅皱起眉头。“他们为什么想把我要回去？我在奥罗拉住了两百多年，他们似乎从来没有重视过我——等等！你想，他们会不会把我当成了对付索拉利上那些监督员的唯一途径？”

“我的确曾经这么想过，夫人。”

“我不干。当初我只是侥幸阻止了那个监督员，再来一次恐怕就做不到了，我知道自己做不到。此外，他们又何必登陆那颗行星呢？既然他们已经知道监督员是什么东西，大可远距离把它们摧毁。”

“事实上，”丹吉说，“那封电文是很早以前发出来的，当时他们绝不可能知道你制服了那个监督员。他们要你回去，一定有别的原因。”

“喔。”这个答案显然令她吃了一惊，但她随即又发起火来，吼道，“我不管什么别的原因，总之我不要回去。我在这儿的工作还没做完，我打算继续做下去。”

丹吉站了起来。“我很高兴听你这么说，嘉蒂雅女士，我原本就希望你会有这种感受。我答应你，等到我们离开奥罗拉的时候，我会尽可能带你一起走。不过，现在，我必须先去奥罗拉一趟，而你必须跟我同行。”

40

嘉蒂雅望着不断后退的贝莱星，比起当初眼看着它越来越近，她现在的心情简直天差地远。它仍旧是原来那个令人感到寒冷、阴暗、简陋的世界，但她现在知道，上面的居民既热情又充满生命力。他们是具体的，是活生生的。

无论索拉利也好，奥罗拉也罢，乃至她曾经去过或在超波上看过的任何太空族世界，上面的居民似乎都没有那么扎实——就好像一团气体。

对，气体，就是这个字眼。

太空族世界上面的人类，不管人数多么稀少，照例会散布到行星各个角落，好像气体分子充斥整个容器那样，仿佛太空族有着彼此排斥的天性。

其实还真是这样，她闷闷不乐地想，例如太空族就总是排斥她。在索拉利长大的她，从小就受到这样的排斥。即使当她初到奥罗拉，疯狂地体验性爱那段时期，其中最不愉快的记忆仍是不得不彼此靠近这一点。

例外的——例外的只有以利亚，但他并不是太空族。

贝莱星则不一样，也可能所有的殖民者世界都不一样。银河殖民者总是黏在一起，周遭虽有广大的土地，他们宁愿任由它荒芜——或说空无——直到人口逐渐增加，将它自然填满为止。殖民者世界是由人类聚落所组成的，这些聚落像是大大小小的石头，而不像气体。

为什么会这样呢？多半要归咎机器人！它们降低了人类的互赖性，填充了人与人之间的空隙。人类彼此间原本存在着自然的吸引力，机器人却将它阻绝，于是整个社会崩解成了一片散沙。

一定就是这样。索拉利是机器人数量最多的世界，阻绝效应因而最大，那些互相分离的气体分子——也就是索拉利人——最后变成了惰性气体，彼此几乎再也没有任何关联。（她不禁纳闷，索拉利人到哪里去了？他们现在过着什么样的生活？）

此外，长寿也是因素之一。如果你明知过了一两百年之后，任何情感都会变质——或者，明知自己死去之后，挚爱的人还要伤心一两百年——你怎么还会想跟任何人有情感牵绊呢？因此，人们逐渐学会摆脱情感的牵绊，把自己隔绝起来。

另一方面，对于那些短寿命的人类而言，生命的新奇感就没有那么容易消逝。随着一代又一代的迅速交替，这份新奇感被一代代传下去，从来没漏接过。

上次她向丹吉抱怨——说她再也不知道该做些什么或学些什么，她已经体验过和想象过所有的一切，从此只能过着无聊透顶的日子——是多久以前的事了？当时她还并不知道，就连做梦也想不到，自己会面对那么多听众，简直就是人山人海；而自己竟然能对他们侃侃而谈，并且听到他们以欢呼作回应；最后还能和他们融成一体，感觉到了他们的感受，成为这个巨大生命体的一部分。

她不只从未体验过这种事，甚至从未梦想到自己能有这种机会。她空有那么长的寿命，却是多么贫乏无知？还有多少新奇的体验，是她根本没有能力幻想到的？

丹尼尔突然轻声细语地说："嘉蒂雅女士，我想是船长正在叫门。”

嘉蒂雅回过神来。“那就让他进来吧。”

丹吉一进来便扬了扬眉。“这样我就放心了，我本来还担心你可能不在家呢。”

嘉蒂雅微微一笑。“那么说其实也对。我深陷在回忆里，差点出不来了，我偶尔就会这样。”

“你很幸运，”丹吉说，“我的回忆都很肤浅，陷不住我自己。你愿意去奥罗拉了吗，夫人？”

“不，还是不愿意。我刚才陷入回忆的成果之一，就是仍想不通你为何非去奥罗拉不可。不会只是为了把我还回去吧，任何一艘上得了太空的货船都能执行这项任务。”

“我可以坐下吗，夫人？”

“当然可以。你这么问是多此一举，船长。我希望你别再把我当成贵族，这样真的很累。如果你是为了暗示我是太空族才装着这么客气，那可就更糟了。事实上，我宁可你叫我嘉蒂雅。”

“你似乎急着摆脱你的太空族身份，嘉蒂雅。”丹吉边说边坐下来，还翘起了二郎腿。

“我宁愿把这些没意义的身份通通抛在脑后。”

“没意义？别忘了，你的岁数是我的五倍。”

“说来奇怪，我一向认为那是太空族一个相当恼人的缺点。我们何时能抵达奥罗拉？”

“这回不必进行闪避行动。先花几天的时间远离我们的太阳，以便进行超空间跃迁，然后再花上几天就能飞到奥罗拉了——如此而已。”

“你为什么非去奥罗拉不可，丹吉？”

“我大可告诉你仅仅是为了礼貌，但事实上，我是想找个机会当面向你们的主席——至少向他的手下——解释一下在索拉利到底发生了什么事。”

“他们不知道发生了什么事吗？”

“知道一个大概。他们一直好心地在窃听我们的通讯，如果换成我们当然也会这么做。话说回来，他们可能并未得出正确的结论。如果真是这样，我希望能更正他们的错误。”

“什么是正确的结论呢，丹吉？”

“你也知道，索拉利上的监督员被设定成只认口音不认人，只有像你这种会说索拉利方言的人，才会被它们视为人类。这就意味着它们非但不把银河殖民者当人，就连索拉利之外的太空族也都是它们眼中的异类。更准确地说，如果奥罗拉人降落索拉利，同样不会被它们当成人类。”

嘉蒂雅张大眼睛。“简直难以置信，索拉利人不会让监督员像对付你们那样对付奥罗拉人。”

“为什么不会？它们已经摧毁了一艘奥罗拉战舰。你知道这件事吗？”

“奥罗拉战舰！不，我不知道。”

“我保证这是真的。奥罗拉人差不多和我们同时着陆，但我们活着回来，他们却遇难了。要知道，我们有你，而他们没有。结论就是——或说应该是——奥罗拉不能将其他太空族世界视为理所当然的盟友。遇到紧急情况，一个个太空族世界都只能自求多福。”

嘉蒂雅拼命摇头。“从单一个案便以偏概全是靠不住的。我猜，索拉利人是发觉到不太可能让监督员刚好接受五十种太空族口音，此外一律排斥。相较之下，只认一种口音要容易得多，原因就是这么简单。他们假设其他太空族都不会试图降落他们的世界，结果他们错了。”

“对，我确定奥罗拉的领导阶层也会这么想，因为大家都会比较容易做出令人心安的推理。而我想要做的，则是确保他们也看到了令人不安的可能性——而且真的因此感到不安。别怪我自负，但我真的不相信有谁能做得跟我一样好，因此我认为自己是前往奥罗拉的不二人选。”

嘉蒂雅觉得十分错乱。她只想当人类，并不想当太空族，所以很想将她所谓的“没意义的身份”彻底抛在脑后。可是，当丹吉得意洋洋地谈起奥罗拉将被逼到窘境时，她发觉自己多少还算是太空族。

她恼羞成怒地说：“我想殖民者世界彼此也有纷争吧。难道殖民者世界不也是个个只能自求多福吗？”

丹吉摇了摇头。“或许在你看来当然是这样，而且，我承认每个殖民者世界偶尔都会忍不住想把小我置于大我之上，但我们有一项资产，是你们太空族所欠缺的。”

“什么资产，高贵的血统吗？”

“当然不是，我们不会比太空族更高贵。我说的资产是地球，它是我们共有的世界。银河殖民者人人都会尽量抽空造访地球，他们都知道地球是个巨大且先进的世界，拥有丰富到难以想象的历史、文化和生态，而这一切跟他们自己都密不可分。殖民者世界或许彼此会有纷争，但绝不可能导致武力冲突或永久性裂痕。无论出现任何问题，我们都会自然而然想到请地球政府出面调解，而它的裁定有充分的权威，不容任何人置疑。

“嘉蒂雅，我们共有三项优势：因为没有机器人，我们用自己的双手打造新世界；因为世代交替迅速，我们一直在求新求变；而最重要的是，地球这颗母星是我们的中心信仰。”

嘉蒂雅立刻说：“可是太空族……”然后便住口了。

丹吉微微一笑，带着几分挖苦说道：“你是不是要说太空族也是地球人的后裔，所以地球也是他们的母星？事实虽是如此，心态上则不然。太空族无所不用其极地否定自己的出身，他们并不认为自己是地球人的亲戚，甚至远亲。如果我是神秘主义者，我会说太空族把自己的根切断了，所以一定活不长。但我当然不是神秘主义者，所以不会这么说——可是无论如何，他们一定活不长，这点我坚决相信。”

在稍微顿了顿之后，他仿佛发觉自己有点得意忘形，已经触动了她的敏感神经，于是强迫自己好言好语道：“不过，嘉蒂雅，我想请你将自己想成人类，而不是太空族，同理，我也会将自己想成人类，而不是银河殖民者。人类总会存活下去，可能是太空族，可能是银河殖民者，也可能两者兼而有之。我相信只有银河殖民者会存活下去，但我的猜测不一定正确。”

“不，”嘉蒂雅试着心平气和地说，“我认为你说得对——除非人类能学到再也不分什么太空族或殖民者。这正是我的目标——帮助人类实现这个理想。”

“不过，”丹吉瞥了瞥舱壁上那个不太起眼的计时片，“你的晚餐被我耽误了。我能跟你一起吃吗？”

“当然可以。”嘉蒂雅说。

丹吉立刻起身。“那我去端来。我可以派丹尼尔或吉斯卡去，但我不想养成使唤机器人的习惯。何况，不论船员多么敬爱你，他们的敬爱也不可能延伸到你的机器人身上。”

丹吉很快将晚餐端来了，嘉蒂雅却没什么胃口。这些菜肴或许是继承了地球酵母食品的量产方式，一律欠缺精致的调味，所以她始终吃不惯。话说回来，也没有哪道菜特别难吃，于是她食不知味地一口口吞下去。

丹吉注意到她吃得并不起劲，问道：“这些食物没让你难以下咽吧？”

她摇了摇头。“没有，我显然逐渐习惯了。刚上船的时候，有过几次味同嚼蜡的经验，但也不算太严重。”

“我很高兴听你这么说，可是，嘉蒂雅……”

“什么事？”

“你真想不出奥罗拉政府为何那么急着要找你回去吗？不可能是因为你制服了那个监督员，也不可能是因为你的演讲。他们早在知道这两件事之前，已经提出这个要求了。”

“这样的话，丹吉，”嘉蒂雅苦着脸说，“就不可能有任何原因了，他们一向不重视我。”

“但一定还是有个原因。如我所说，电文是以奥罗拉立法局主席的名义发出来的。”

“其实如今这个主席只能算是傀儡。”

“喔？操纵他的是谁？凯顿·阿玛狄洛吗？”

“完全正确，所以你也知道他这个人。”

“喔，当然，”丹吉绷着脸说，“他是反地球基本教义派的核心人物。两百年前，法斯陀夫博士重创了他的政治势力，现在他却还能威胁我们，这就是老而不死的弊端之一。”

“但仍有说不通的地方。”嘉蒂雅说，“阿玛狄洛是个很会记仇的人。他知道自己其实是败在以利亚·贝莱手上，而且坚信这件事我也有份。他对以利亚的厌恶——极端的厌恶——也延伸到我身上了。如果主席要我回去，唯一的原因就是阿玛狄洛想要我回去——可是阿玛狄洛为何要这么做呢？他想将我除之而后快，他同意让我陪你去索拉利或许就是这个缘故。他一定是指望你的太空船在索拉利遇难，而我也跟着陪葬。如果发生这种事，他高兴都来不及呢。”

“顶多假装掉几滴眼泪，嗯？”丹吉语重心长地说，“但这绝不会是你当初听到的说法，不会有人跟你说，‘你跟这个疯狂的行商去吧，因为我们巴不得你赶紧遇害。’”

“没错。他们说你亟需我的协助，而基于星际现势，如今我们最好跟殖民者世界合作。他们还说等我回来后，若能向他们报告发生在索拉利上的一切经过，会对奥罗拉有极大的助益。”

“对，他们一定会这么讲，这些话甚至还有几分真实性。所以说，等到发生了他们万万想不到的事——我们的太空船安然离去，奥罗拉战舰却遭到摧毁——他们八成会希望获得这件事的第一手资料。因此，当我并未把你送回奥罗拉，反而去了贝莱星，他们才会吵着要你回去。可能就是这么一回事。当然，现在他们已经知道事情的经过，所以或许不想要你了。不过——”他好像忘了嘉蒂雅的存在，开始自言自语起来，“他们现在知道的一切，全部来自贝莱星的超波转播，说不定他们认为真相并没有那么简单。但是——”

“但是什么，丹吉？”

“我就是有一种直觉，如果他们只是希望你回去汇报，绝不会发出那样的电文。措辞居然那么强烈，依我看一定另有原因。”

“他们不可能还另有目的，不可能了。”嘉蒂雅说。

“我仍旧存疑。”丹吉说。

41

“我同样存疑。”当天晚上，壁凹内的丹尼尔这么说。

“你对什么存疑，丹尼尔好友？”吉斯卡问道。

“就是那封发自奥罗拉的电文，我对它的真正企图仍旧存疑。我和船长看法一致，要嘉蒂雅女士回去汇报似乎并非十分充分的动机。”

“你心中有其他答案吗？”

“我有个想法，吉斯卡好友。”

“能告诉我吗，丹尼尔好友？”

“我曾经想到，奥罗拉立法局表面上是想把嘉蒂雅女士要回去，骨子里却另有图谋——他们真正想要的可能并非嘉蒂雅女士。”

“除了嘉蒂雅女士，他们还能要到什么呢？”

“吉斯卡好友，你说嘉蒂雅女士有没有可能不带你我一起回去？”

“不可能，可是你我对奥罗拉立法局又有什么用呢？”

“我，吉斯卡好友，对他们毫无用处。而你，却是独一无二的，因为你能直接感应心灵。”

“那倒是真的，丹尼尔好友，但是他们并不知道。”

“难道他们不可能在我们离开奥罗拉后，突然发现这个事实，因而万分后悔把你放走了？”

吉斯卡并没有迟疑多久。“不，那是不可能的，丹尼尔好友。他们怎么会发现呢？”

丹尼尔谨慎地说：“我曾做过这么一番推理。很久以前，你在陪同法斯陀夫博士造访地球时，曾经调整过一些地球机器人，赋予它们极其有限的心灵力量，仅仅能让它们接手你的工作，也就是继续影响地球的高级官员，让他们对银河殖民抱持着积极正面的看法。至少你是这么告诉我的，因此，地球上的确有些能够调控心智的机器人。

“此外，正如我们不久前怀疑的，奥罗拉机器人学研究院曾经送了一批人形机器人到地球去。我们并不知道他们这么做的真正目的，但至少猜得到那些机器人负有一项任务，那就是观察地球上的动态，然后回报给他们。

“就算那些奥罗拉机器人无法感应心灵，它们在报告中也会提到某某官员对于银河殖民的态度突然改变了。

“或许，在我们离开奥罗拉这段时间，奥罗拉上某位掌权人士恍然大悟——也许就是阿玛狄洛博士自己——唯有假设地球上存在着能够调控心智的机器人，这件事才有合理的解释。然后，他就有可能循着这条线索，一路追寻到法斯陀夫博士或是你的身上。

“紧接着，奥罗拉官员们或许会想通更多的事情，而这些事和法斯陀夫博士显然无关，所以通通会追到你身上。

“于是他们迫不及待地想把你要回去，但又苦于无法明说，否则就会泄漏了他们的新发现。所以他们决定索回嘉蒂雅女士——这是很自然的要求——因为他们知道只要她回去，你一定跑不了。”

吉斯卡足足维持了一分钟的沉默，然后说：“这个推理很有趣，丹尼尔好友，只可惜无法成立。

“早在一百八十多年前，我改造的那批机器人就完成了鼓励银河殖民的工作，从此便终止运作，至少终止了调控心智的运作。更何况在很久以前，地球就把所有的机器人赶出了大城，将它们集中在无人居住的非城市地区。

“这就意味着，虽然我们猜测有些人形机器人被送到了地球，但即便如此，它们也不会碰到那些能够调控心智的机器人，或是察觉任何调控心智的行为，因为那些机器人早已不再执行任务了。

“因此我们可以确定，我的特殊能力不可能是透过你所说的那种方式被揭露的。”

丹尼尔说：“难道没有别的方法可以发现你的能力吗，吉斯卡好友？”

“没有了。”吉斯卡坚定地说。

“但——我还是存疑。”丹尼尔答道。

第四篇

奥罗拉

第十一章
老领袖

42

凯顿·阿玛狄洛也是凡人，也不免为记忆所苦。事实上，他比大多数人更容易陷入痛苦的回忆。更何况，在他那顽强的记忆中，夹杂着某些不寻常的内容，令他长久以来倍感愤怒与挫折。

直到两百年前为止，他的事业无不一帆风顺。当时他是机器人学研究院的创院院长（其实目前仍是），而且有那么一阵子，他信心满满地自认必定能够控制整个立法局，并打垮他的死敌汉·法斯陀夫，让他陷入万劫不复的境地。

只可惜——只可惜——

（虽然他极力避免，但他的记忆就是一再回到那件事情上，仿佛其中的悲痛和绝望令它回味无穷。）

假如当初他获胜了，地球便会一直维持孤立状态，而他一定会让地球一路衰败下去，最后从银河中完全消失。这又有何不可呢？对于那些住在过度拥挤又充满病菌的世界上、寿命短暂的次等人类而言，死亡要算是最好的归宿——至少比他们勉强那么活下去好一百倍。

至于既平静又安全的太空族世界，则会出现进一步的扩展。想当年，法斯陀夫总是抱怨太空族寿命太长，又被机器人照顾得太好，再也无法成为拓荒者了，可是阿玛狄洛自会证明他大错特错。

不料法斯陀夫竟然获胜了。就在注定失败那一刻，打个比方吧，他伸手向空中一抓，便以不可思议的方式将胜券抓到自己手上——简直像变魔术。

当然，都是那个地球人，那个以利亚·贝莱——

但每当想到这个地球人，阿玛狄洛的记忆总是会自动止步和转向。他无法在脑海中重现此人的样貌，无法听见他的声音，更无法想起他的所作所为，光是那个名字就够了。即使已经过了两百年，仍不足以化解一点点他心中的恨意——或是让他心头之痛减轻一丝一毫。

在法斯陀夫的政策包庇之下，可恶的地球人陆续逃离了那颗快要腐烂的行星，在银河中建立起一个又一个新世界。这方面的进展有如一股旋风，吹得太空族世界晕头转向，最后甚至陷入瘫痪状态。

阿玛狄洛不知在立法局呼吁过多少次，银河正在从太空族手中溜走，奥罗拉却眼睁睁看着那些次等人类占据一个又一个世界，而太空族的士气则是一年不如一年。

“醒醒吧，”他大声疾呼，“醒醒吧。看看他们，银河殖民者越来越多，殖民者世界更是不断倍增。你们还在等什么？等着他们掐住你的喉咙吗？”

法斯陀夫则总是以那种有如唱催眠曲的方式回应这些问题，于是奥罗拉人和其他太空族（他们总是追随奥罗拉，虽然奥罗拉不愿当领导者）就会放下心来，继续睡他们的大头觉。

他们似乎无视显而易见的真相。不论事实也好，数据也罢，乃至于种种毋庸置疑的持续恶化迹象，他们一律无动于衷。他不断向他们宣扬真理，而且他的预言陆续成真，却只能眼巴巴看着永远有过半的人像绵羊般追随法斯陀夫，怎么会有这种事呢？

而法斯陀夫自己又怎么会如此冥顽不灵——事实证明他所说的每一句话都是痴人说梦，为何始终不肯更改任何政策呢？甚至不能说他是在顽固地坚持错误的做法，而是他似乎根本不知道自己错了。

假如阿玛狄洛是那种耽溺于幻想的人，他会一口咬定太空族世界是被某种咒语、某种无情的魔法给缠上了；他会想象某个角落有某个人掌握了某种魔力，足以催眠那些原本灵光的脑袋、蒙蔽那一双双原本锐利的眼睛。

而令他最痛苦的一件事，则是人们认为法斯陀夫最后是含恨而终，因而对他寄予无限的同情。至于他为何含恨，据说是因为太空族再也未能开创自己的新世界。

其实是法斯陀夫自己的政策让他们自我阉割！他有什么权利含恨？假如他像阿玛狄洛那样，总是看到真相并说出真相，却偏偏无法令太空族——足够的太空族——听从自己的意见，那他又会有什么反应呢？

他不知想过多少次，不如让银河空无一人吧，总比由那些次等人类主宰来得好。假如他有魔法，能够一点头便毁掉地球——也就是以利亚·贝莱的世界——他早已巴不得这么做了。

可是，用这样的幻想当作心理慰藉，只能表示他已经彻底绝望。这和他一直不断希望能放弃一切，希望死神降临——只要机器人允许他这么做——可以说是殊途同归。

后来，毁灭地球的力量居然真的出现了——甚至可以说是硬塞给他的。那是七年半以前，他和列弗拉·曼达玛斯首次见面的时候。

43

记忆！回到七年半前——

阿玛狄洛抬起头来，发觉马龙·西希斯已经进了自己的办公室。他一定曾经按过叫门键，但如果没有任何回应，他有权直接走进来。

阿玛狄洛叹了一口气，放下了手中的小型电脑。自研究院成立以来，西希斯一直是他的左右手。那么多年过去了，他已经不再年轻——并没有特别显著的变化，只是整个人看起来有点苍老。而且，他的鼻子似乎比以前更歪了些。

他摸了摸自己的蒜头鼻，忍不住想到自己的老化迹象又有多么严重呢。他的身高曾有一百九十五公分，就太空族的标准而言也算是出类拔萃。如今，他当然和以前一样站得笔直，可是最近在实际测量身高时，他顶多只有一百九十三公分而已。难道自己开始弯腰驼背，开始萎缩，开始沉淀了？

但相较于身高的细微变化，这种消极的想法才是更明确的老化迹象。他赶紧将它抛在脑后，问道："什么事，马龙？"

西希斯身后紧跟着一个新买的随身机器人——外表光滑纤细，看起来非常现代化。这也是老化的迹象之一，如果你保不住年轻的身体，总是可以买个新型的机器人。阿玛狄洛则早已下定决心，为了不让真正的年轻人看笑话，自己绝不会做这种自欺欺人的事——

更何况，比他年长八十几岁的法斯陀夫都从未这么做过。

西希斯说：“头儿，那个叫曼达玛斯的家伙又来了。”

“曼达玛斯？”

“就是一直想见你的那个人。”

阿玛狄洛想了一会儿。“你是指那个索拉利女人的后代，那个白痴吗？”

“是的，头儿。”

“嗯，我不想见他。难道你还没跟他说清楚吗，马龙？”

“说得一清二楚。他要我转交一张便条给你，还说这样你就会见他了。”

阿玛狄洛慢慢说道：“我可不这么想，马龙。便条上写些什么？”

“我看不懂，头儿，那并非银河标准语。”

“既然这样，我又为何应该比你更看得懂呢？”

“我不知道，反正他要我把它交给你。你只要看一眼，头儿，然后撂一句话，我立刻再把他打发走一回。”

“好吧，让我看看。”阿玛狄洛边说边摇头，然后一脸嫌恶地瞧了瞧那张便条。

上面写着：“Ceterum censeo, delenda est Carthago.”

读完后，阿玛狄洛狠狠瞪了马龙一眼，目光随即回到那张便条上。最后他终于开口：“你一定先看过了，因为你知道这不是银河标准语。你有没有问他这是什么意思？”

“问过了，头儿。他说那是拉丁文，但我还是一头雾水，不过他说你会了解的。他是个非常有决心的人，他对我说了，愿意坐在外面等一整天，直到你读了这句话为止。”

“他长得什么样子？”

“瘦瘦的，一脸严肃，恐怕没什么幽默感。个子很高，不过还是没你那么高。嘴唇很薄，眼窝很深，双眼炯炯有神。”

“他有多大年纪？”

“从他的肤质判断，我认为大约四十岁，总之非常年轻。”

“既然那么年轻，我们就得特别通融，叫他进来吧。”

西希斯显得很惊讶。“你要见他？”

“我不是已经说了吗？叫他进来吧。”

44

年轻人几乎是踏着正步走进来的。他直挺挺地站在办公桌前，说道：“院长，感谢你答应接见我。能否允许我的机器人陪在我身边？”

阿玛狄洛扬了扬眉。“我很乐意会见你的机器人。你是否也允许我的机器人在场？”

他已有好多年没听到这种关于机器人的老式客套话。随着礼仪观念逐渐式微，以及越来越多的人把随身机器人视为自己理所当然的一部分，像这样的悠久习俗早已名存实亡了。

“当然好，院长。”就在曼达玛斯这么说的时候，两个机器人走了进来。它们并未在获得允许之前便迈开脚步，这点阿玛狄洛注意到了。两个都是新型的机器人，显然功能极佳，而且各方面都看得出它们是精品。

“你自己设计的吗，曼达玛斯先生？”凡是主人自己设计的机器人，总是有些特殊的价值。

“是的，院长。”

“所以你是一位机器人学家？”

“是的，院长，我是厄俄斯大学毕业的。”

“指导教授是——”

曼达玛斯毫不犹豫地说：“并非法斯陀夫博士，院长，而是马斯可尼克博士。”

“喔，但你并不是本研究院的成员。”

“我已经提出申请了，院长。”

“我懂了。”阿玛狄洛理了理桌上的文件，然后继续低着头，冷不防问道，“你的拉丁文是哪里学的？”

“我的拉丁文程度并不好，既不能读也不能说，但我至少听过那句名言，也知道它的出处。”

“那就很不简单了。你是怎么做到的？”

“我无法把所有的时间都投注在机器人学上面，所以培养了一些业余兴趣。其中之一是行星学，尤其是有关地球的研究，这就让我认识到了地球的历史和文化。”

“这并非太空族所热衷的一门学问。”

“是的，院长，而这是很糟的事。我们应该了解我们的敌人——你就是好榜样，院长。”

“我是好榜样？”

“是的，院长。我相信你对地球许多方面都很熟悉，而且比我更为精通，因为你花在这个问题上的时间比我长。”

“这你又是怎么知道的？”

“我曾尽可能试着认识你，院长。”

"因为我也是你的敌人？"

"不，院长，因为我想让你成为我的盟友。"

"你的盟友？所以说你打算利用我？难道你不觉得这么讲有点不得体吗？"

"不会的，院长，因为我确定你会希望成为我的盟友。"

阿玛狄洛凝视着对方。"纵然如此，我还是觉得你这么讲不只是有点不得体而已。告诉我，你给我看的那句引文，你自己了解它的意思吗？"

"了解，院长。"

"那就把它翻译成银河标准语吧。"

"它的意思是'在我看来，必须灭掉迦太基。'"

"而在你看来，这句话又是什么意思呢？"

"这句话是马尔库斯·波尔基乌斯·加图所说的，他是古代地球的一个政体——罗马共和国的元老院成员。当时罗马已经打败迦太基这个宿敌，但是并未消灭它。加图认为唯有彻底灭掉迦太基，罗马的安全才有保障——最后，院长，他们的确这么做了。"

"可是迦太基跟我们又有什么关系呢，年轻人？"

"我认为存在着所谓的类比关系。"

"什么意思？"

"那就是太空族世界同样也有宿敌，而在我看来，我们必须将它灭掉。"

"说说是哪个宿敌。"

"就是地球这颗行星，院长。"

阿玛狄洛用手指轻轻柔柔地敲着桌面。"而在这个计划中，你要我当你的盟友。你以为我会很高兴，甚至迫不及待加入。告诉我，曼达玛斯博士，虽然我针对地球作过许多演说，写过许多文章，但我什么时候说过必须毁灭地球？”

曼达玛斯紧抿着薄薄的嘴唇，鼻孔不停地掀动。“我来找你，”他说，“目的不是要引诱你掉进什么陷阱，以便用来当作把柄。我并非法斯陀夫博士或他的党人派来的，也不是他们那个政党的党员。还有，我并不是来套你心里的话，我对你说的都是我自己心里的话，那就是在我看来，我们一定要毁灭地球。”

“那么你打算如何毁灭地球呢？你是否要建议我们进行核弹攻击，直到爆炸、尘雾和放射线毁掉那颗行星为止？万一真是这样，你打算如何避免银河殖民者的战舰使用同样手段，对奥罗拉以及他们够得着的其他太空族世界展开报复？一百五十年前，我们或许还能肆无忌惮地轰炸地球，现在却不行了。”

曼达玛斯露出厌恶的表情。“我心里根本没有这种想法，阿玛狄洛博士。我绝不会滥杀无辜，就算对地球人也不例外。然而，我知道有一种毁掉地球的方法，不至于导致大屠杀——也不会招来任何报复。”

“你在做白日梦，”阿玛狄洛说，“也可能神智不太健全。”

“让我解释一下。”

“不行，年轻人。我忙得很，但因为看得懂你抄来的那句话，我忍不住起了好奇心，所以已经纵容自己在你身上花了太多时间了。”

曼达玛斯站了起来。“我能理解，阿玛狄洛博士，请原谅我占用了你过多的宝贵时间。然而，还是请你想想我说的这番话，如果你的好奇心又蹿起来，不妨改天在你比较有空的时候来找我谈谈。不过请别耽搁太久，因为我会慎重考虑转向别处求助。为了毁掉地球，我什么都愿意做。你瞧，我对你十分坦白。”

年轻人试着挤出一抹笑容，却仅仅将瘦削的双颊拉长了些，脸部表情几乎没有其他变化。“再见——请让我再说声谢谢。”说完他便转身离去。

阿玛狄洛望着他的背影，若有所思了一阵子，然后按下桌边的一个开关。

等到西希斯走进来，他一口气说：“马龙，给我派人整天盯着这个年轻人，我要知道他跟哪些人说过话，一个也不能漏。给我查清楚他们的身份，并且逐一盘问。凡是被我点到的人，通通带来见我。可是，马龙，一切都要悄悄进行，而且态度要温和，口气要友善。要知道，我还不是这儿的老大。”

但是这一天终将来临。法斯陀夫已经三百六十几岁，健康显然走下坡了，而阿玛狄洛至少比他年轻八十岁。

45

连续九天，阿玛狄洛都收到了跟监报告。

报告中说，曼达玛斯最常说话的对象是他的机器人，其次是大学里的同事，再则是他家附近的邻居。谈话的内容一律稀松平常，因此早在几天前，阿玛狄洛已经确定他无法跟这个年轻人耗下去。曼达玛斯刚刚展开人生旅途，很可能有三百年的大好岁月在等着他；阿玛狄洛却顶多还有八十到一百年好活。

而阿玛狄洛越是想到年轻人所说的那番话，越是觉得心神不宁。如果真有毁灭地球的方法，他绝不能掉以轻心，以免让它白白溜走。难道他能允许在他死后才发生这件惊天动地的大事，自己无法目睹盛况吗？而几乎同样糟的情形，则是地球的毁灭发生在他有生之年，却是由他人的意志所指挥，由他人的手指来按钮，他当然也无法接受这种事。

不，他必须亲眼见到，亲自执行；否则，他忍辱负重那么多年又有什么意义呢？曼达玛斯也许是个傻子或疯子，可是，即使事实如此，阿玛狄洛也得自行确认一番。

想到这一层之后，阿玛狄洛决定再叫曼达玛斯到他的办公室来一趟。

阿玛狄洛心知肚明，这么做是在自取其辱，但他必须付出这个代价，才能确定自己绝不会在毁灭地球这个行动中缺席。他是心甘情愿付出这个代价的。

他做好了心理准备，即使曼达玛斯嘻皮笑脸、趾高气扬地出现在自己面前，他也必须先忍下这口气。当然，忍耐是有时限的，一旦事实证明这个年轻人是在胡说八道，他保证会让他尝到文明社会所能允许的最严厉惩罚。可是另一方面……

因此，当曼达玛斯带着相当谦卑的态度走进他的办公室，阿玛狄洛自然很高兴，更何况对方还诚心诚意地感谢自己再给他一次机会，阿玛狄洛因而觉得自己也该有些善意的回应。

“曼达玛斯博士，”他说，“上次都怪我太无礼，没听取你的计划就下了逐客令。所以请赶紧告诉我，你心中到底有什么计划。我一定会认真听你说，直到——我猜很有可能——直到我确定你的计划只是狂想，并非理性的产物为止。那时我会再把你赶走，但并不会因此瞧不起你，而我希望你也坦然面对，不要生我的气。”

曼达玛斯说：“你愿意正式地、耐心地听我一席话，我不可能生你的气，阿玛狄洛博士。可是，万一你觉得我这番话颇有道理，为你带来了希望，那又如何呢？”

“这样的话，”阿玛狄洛慢慢说道，“可想而知，你我就有合作的机会了。”

“那实在太好了，院长。我们彼此合作，一定强过各自为战。可是除了合作，还有没有什么更具体的礼遇呢？会不会有什么奖赏？”

阿玛狄洛显得不太高兴了。“我当然会感激你，但我仅有的两个身份，就是立法局议员和机器人学研究院院长而已。我的权力有限，不太可能为你做些什么。”

“这点我了解，阿玛狄洛博士。可是，难道你在权限之内就不能给我一点有用的东西吗？说给就给？”他稳稳地望着阿玛狄洛。

凝视着那一双尖锐而又毫不动摇的眼睛，阿玛狄洛不禁皱起眉头。谦卑全不见了！

阿玛狄洛冷冷地说：“你想要什么？”

“对你来说轻而易举，阿玛狄洛博士，我只是想加入研究院。”

“如果你够资格……”

“别怕，我当然够资格。”

“够不够资格，不是申请人自己说了算。我们得……”

“得了吧，阿玛狄洛博士，这么说就未免欠缺诚意了。既然打从我上次告辞后，你就派人时时刻刻监视我，我可不相信你没仔细研究过我的资料。因此，你一定知道我够资格。如果你觉得我没资格加入贵院，无论原因为何，就更不会相信我有本事想出什么毁灭这个今日迦太基的计划，而我也不可能再被你叫回来了。”

阿玛狄洛顿时觉得怒火中烧。有那么一瞬间，他觉得这孩子简直欺人太甚，就算是为了毁灭地球，也不值得自己这么忍气吞声。

但这个念头一闪即逝，下一刻，他便恢复了足够的理智，甚至能在心中劝慰自己，像他这样如此年轻却又如此大胆、如此信心满满的人，正是自己所需要的帮手。何况自己早已研究过曼达玛斯的资料，他有资格加入研究院是毫无疑问的一件事。

阿玛狄洛试着心平气和（这可是用血压升高换来的）说道：“你说得对，你有资格。”

“那就录取我吧。我确定相关表格都在你的电脑里面，你只要填上我的名字、我的学校、我的毕业年份，以及其他一些非填不可的琐碎资料，然后签上大名就行了。”

阿玛狄洛一声不吭地打开电脑。他输入了相关资料，印出那份表格，签了名，然后递给曼达玛斯。“日期就是今天，你已经是本院的成员了。”

曼达玛斯仔细看了一遍，便将它交给自己的机器人。那机器人取出一个文件夹，将表格放进去，然后夹在腋下。

“谢谢你，”曼达玛斯说，“你对我实在太好了，我希望自己永远不会辜负你，或是令你后悔自己看走了眼。然而，正因为这样，我还有一件事。”

“还有吗？什么事？”

“我们能否讨论一下大功告成后的奖赏——当然，一定是在百分之百成功之后。”

“我们能否等到真正大功告成之际，或相当接近时再来讨论，这样应该更合理吧？”

“就理性而言当然如此。但我的脑袋里既有理性又有梦想，我喜欢先做做白日梦。”

“好吧，”阿玛狄洛说，“你想做什么白日梦？”

“依我看，阿玛狄洛博士，法斯陀夫博士现在情况很不妙。他年岁已高，恐怕没多少年好活了。”

“所以呢？”

“一旦他死了，你的政党就会变得更有冲劲，而法斯陀夫党派中那些不太坚贞的党员，或许会发觉另投明主才算识时务。下次选举，只要没有法斯陀夫，你一定会获胜的。”

“是有这个可能。好，如果成真呢？”

“你将会成为立法局的精神领袖，将会主导奥罗拉的对外政策，实际上就等于主导了整个太空族世界的对外政策。而如果我的计划一帆风顺，你的路线就会非常成功，几乎可以肯定你很快就有机会当选立法局主席。”

“你可真会做白日梦，年轻人。姑且假如你的预言通通成真，那么接下来呢？”

“你几乎不可能有时间兼顾奥罗拉和机器人学研究院。所以等你终于决定辞去你在研究院的现职后，我要你支持我做你的继任者，接任院长这个职位。既然是你亲自决定的人选，几乎不可能会有人反对。”

阿玛狄洛说：“别忘了院长这个职位是有资格限制的。”

“我会够资格的。”

“我们还是等等看吧。”

“我很愿意等等看，但你不久便会发现，早在我们的计划大功告成之前，你就会巴不得答应我的请求。因此，请现在就开始习惯吧。”

“还没吐一个字，便开了那么多价码。”阿玛狄洛低声抱怨，“好，你已经是本院的成员，而我也会督促自己慢慢习惯你的白日梦。可是我看开场白就到此为止吧，赶紧告诉我，你到底打算如何毁灭地球。”

说完这句话，阿玛狄洛几乎是自然而然地对他的机器人做个手势，要求它们不得记录这次会谈的任何片段。而曼达玛斯则带着浅浅的笑容，对自己的机器人做了同样的手势。

“那我们就开始吧。”曼达玛斯说。

但他还没有继续说下去，阿玛狄洛便主动出击了。

“你确定自己并非亲地球派吗？”

曼达玛斯显然吓了一跳。“我可是带着一份毁灭地球的计划来找你的。”

“但你是那个索拉利女人的后代——据我了解，是第五代。”

“没错，院长，这重关系谁都查得到。那又怎么样？”

“那个索拉利女人长久以来一直是法斯陀夫的好友、门徒、亲密伙伴。因此我难免好奇，不知你是否赞同他的亲地球主张。”

“就因为我有那么一个祖先？”曼达玛斯似乎真的感到难以置信。一时之间，他几乎有点恼羞成怒，连鼻孔都开始收缩，但这个表情随即消逝，他又平心静气地说：“同样是长久以来，你自己也一直有个好友、门徒、亲密伙伴，那就是法斯陀夫博士的女儿瓦西莉娅·法斯陀夫博士。他们两人只相隔一代，我难免好奇她是否赞同他的主张。”

“过去我自己也这么想过。”阿玛狄洛说，“但事实证明她并不赞同，后来我就没有再怀疑她了。”

“你也可以别再怀疑我了，院长。我是太空族，我想看到太空族掌控整个银河。”

“非常好，开始说明你的计划吧。”

曼达玛斯说：“我会的，可是——希望你不要介意——我想要从头说起。

“阿玛狄洛博士，天文学家一致同意，在我们的银河中，有好几百万颗类似地球的行星，只要对它们进行必要的环境调控，完全不必做任何地质性改造，人类就可以在上面定居了。这些行星的大气是可以呼吸的，海洋是原本就有的，陆地和气候的条件也都适宜人类，而且上面早就有了生命。事实上，海洋中至少要有一点点浮游生物，大气层才有可能出现游离氧。

“陆地虽然通常都寸草不生，可是一旦海陆都经过了生物性改造——也就是说，一旦引进了地球生物——那些生物都会大量繁衍，而这颗行星也就能殖民了。目前为止，已有好几百颗这样的行星被人类仔细研究过，而且大约已有半数被银河殖民者占据了。

“但至少有一点，目前已知的可住人行星都和地球很不一样，那就是它们一律没有种类繁多且数量庞大的生命。无论就大小或复杂度而言，顶多只能见到少数几种类似蠕虫或昆虫的无脊椎动物，而在植物界，则绝对没有比蕨类更高等的植物。智慧生物就更别提了，连沾到一点边的都没有。”

阿玛狄洛听着这些生硬的词句，心中暗自想，他把这些东西硬记了起来，现在只是在背书罢了。他有点坐立不安了，说道：“我并不是行星学家，曼达玛斯博士，但请你相信我，你所说的这些我早就都知道了。”

“如我所说，阿玛狄洛博士，我是故意从头说起的。天文学家越来越相信，银河中的可住人行星相当多，而它们全部——或说几乎全部——和地球很不一样。基于某种原因，地球是颗极不寻常的行星，上面的生物演化不但万分迅速，而且万分异于常态。”

阿玛狄洛说：“通常的说法是，如果银河中还有另一种和我们一样先进的智慧生物，他们现在已经察觉到了我们的扩展行动，也已经以某种方式让我们知道了他们的存在。”

曼达玛斯说：“是的，院长。事实上，如果银河中有另一种比我们更先进的智慧生物，我们压根儿不会有扩展的机会。所以我们似乎可以肯定，人类是全银河唯一一种能够进行超空间旅行的物种。至于我们是不是全银河唯一的智慧生物，这点或许没有那么肯定，但是仍然非常有可能。”

阿玛狄洛虽然仍在用心聆听，却浮现出似笑非笑的不耐烦表情。这个年轻人是在说教，而且没完没了，就像偏执狂总是旁若无人地打着拍子一样。这是疯狂的迹象之一，阿玛狄洛原本还真有点希望曼达玛斯有本事改变历史的走向，现在他逐渐失去信心了。

他说：“你一直在讲些我都知道的事，曼达玛斯博士。众所皆知，地球似乎是独一无二的，而我们则很可能是银河中唯一的智慧生物。”

“可是，似乎没有人问过‘为什么’这个简单的问题。地球人和银河殖民者从来不问，只是照单全收。他们对地球抱持着迷信的心态，将它视为神圣的世界，因此无论地球多么不寻常，都会被视为理所当然。至于太空族，我们也从来不问，甚至刻意忽视这个问题。我们尽量避免想到地球，否则很容易越想越多，最后便会想到我们也是地球人的后裔。”

阿玛狄洛说：“这个问题我看不出有什么用。我们根本不必替这个‘为什么’寻找复杂的答案。在演化过程中，随机事件扮演了重要角色，甚至在某种程度上，万事万物都具有随机的因素。如果银河中有几百万个可住人的世界，很可能各有各的演化速度。在大多数的世界上，演化速度都不大不小；但一定有些特别慢，而有些特别快；其中或许有一个快得不得了，另一个则慢得不得了。地球刚好就是那个快得不得了的世界，因此才会有现在的我们。如果一定要追问‘为什么’，那么最自然而且最充分的答案就是‘几率’。”

阿玛狄洛故意用诙谐的方式提出这个逻辑性论述，目的是要彻底瓦解对方的理论，以便将他激怒，让他的疯狂在暴跳如雷中表露无遗。然而阿玛狄洛却失望了，曼达玛斯只是用深陷的双眼瞪了他一会儿，然后平静地说：“不对。”

曼达玛斯故意等了约两秒钟，然后才又说下去：“想要让演化速度增加一千倍，光凭好运恐怕是办不到的。除了地球之外，其他各个行星的生物演化速度都和它所接受的宇宙辐射通量有密切关系。这个速度和几率毫无瓜葛，而是由宇宙辐射所造成的慢速突变来决定的。基于某种因素，地球上的突变要比其他可住人行星多得多，但宇宙射线和这个因素毫无关联，因为地球并未接触到过量的辐射。现在，关于‘为什么’这个问题为什么重要，或许你能看得比较清楚一点了。”

“好吧，曼达玛斯博士，既然我仍在耐心听你说下去，这点连我自己都有些惊讶，赶紧解答你硬要提出的这个问题吧。还是你只找到了问题，却没有找到答案？”

“我找到答案了。”曼达玛斯说，“而这个答案的关键，在于地球另有一个独一无二的特点。”

阿玛狄洛说：“我来猜猜看，你是指地球有一个巨型卫星。不用说，曼达玛斯博士，你当然不会声称这是你的发现吧。”

“绝对不会。”曼达玛斯硬邦邦地说，“虽然巨型卫星似乎很普遍，例如我们的行星系共有五个，而地球的行星系则有七个。然而，已知的巨型卫星几乎一律环绕着气态行星，只有一个例外，那就是地球的卫星——所谓的月球——它环绕着一颗比自己大不了太多的行星。”

“我可否再提出‘几率’来解释这个现象，曼达玛斯博士？”

“这回或许真是几率，但月球仍是独一无二的。”

“即便如此，这颗卫星和地球上生意盎然又有什么关联呢？”

“这点或许不明显，这种关联的确可能并不存在——但是，若说地球这两个独一无二的特点毫无关联，那更是加倍不可能了。而我，已经找到了一个关联。”

“是吗？”阿玛狄洛敏感地说。终于要有不容置疑的证据，能够证明对方是狂人了。他瞥了瞥墙上的计时片，尽管好奇心持续不坠，但是自己真的没有太多时间了。

“月球，”曼达玛斯说，“由于它对地球所造成的潮汐效应，一直在慢慢远离地球。地球上之所以有大型潮汐，全是拜这颗巨型卫星之赐。地球的太阳也会引起潮汐，可是规模只有月球效应的三分之一——正如我们的太阳只能在奥罗拉引发小型潮汐。

“既然潮汐作用使得月球离地球越来越远，在这个行星系的早期历史上，两者的距离一定比现在小得多。而月球离地球越近，在地球上引发的潮汐就越大。这种潮汐对地球有两个重要作用，一来是随着地球的自转，它会导致地壳厚度不断收缩，二来则会减慢地球的自转速度——后者的成因除了前者之外，浅层海底的海水摩擦力也有贡献——于是，地球的转动能就转换成了热量。

“因此，在所有的可住人行星当中，要数地球的地壳最薄，而且也只有地球拥有火山活动，以及依然活跃的板块构造。”

阿玛狄洛说：“可是，你所讲的这些和地球的生意盎然都扯不上关系。曼达玛斯博士，我劝你赶紧进入正题，或是立刻告辞。”

“请再忍耐一下，阿玛狄洛博士，再给我一点时间。一旦发现这个特点，当然要好好研究一番。我曾针对地球地壳的化学发展做过仔细的电脑模拟，特别考虑到了潮汐效应以及板块结构——在此之前，即使有人研究过这个问题，也从未采用像我这么严谨精密的方法，请容我自夸一下吧。”

“喔，没问题。”阿玛狄洛喃喃道。

“结果相当明显——你若有兴趣，我随时可拿相关数据给你过目——地球的地壳和上地函中的铀和钍这两种元素，浓度居然能高达其他可住人行星的一千倍。更特殊的是，它们的分布并不均匀，所以在那些分散各处的矿囊里，铀和钍的浓度还要更高。”

“而我猜，放射性高到危险的程度吧？”

“不，阿玛狄洛博士，铀和钍的放射性都非常微弱，而且所谓的高浓度，是指相对于正常值而言，本身并不能算非常高。我再强调一遍，这些都是月球那颗巨大卫星所引起的。”

“那么我想，这些放射性即使不至于对生命构成威胁，加速突变却是绰绰有余了。对不对，曼达玛斯博士？”

“没错。由于这个缘故，生物的灭绝有时会更为迅速，可是新物种的出现同样会变得更快——这就促成了种类繁多且数量庞大的生命形式。于是终于有一天，达到了发展出智慧生物和文明的临界点，这是只有地球上才会发生的事。”

阿玛狄洛点了点头。这个年轻人并不疯狂，他也许弄错了，但他并不疯狂，况且他也可能没错。

阿玛狄洛并非行星学家，因此他得去查查书，才能确定曼达玛斯是不是像其他狂热分子那样，只是“发现”一个已知的理论罢了。然而，有一件更重要的事，他得立刻查清楚。

他柔声说道：“你曾提到可能有办法毁掉地球。这和地球那些独特之处有任何关联吗？”

“有个独特的方法，能让我们善加利用这些独特之处。”曼达玛斯以同样的口吻答道。

“就目前这个问题而言——是什么方法呢？”

“在讨论这个方法之前，阿玛狄洛博士，我得先说明一下，就某个层面而言，我们到底能不能毁掉地球，其实取决于你。”

“我？”

“是的。”曼达玛斯坚定地说，“取决于你。否则，我为什么要在你面前发表这些长篇大论？当然是为了说服你相信我早已胸有成竹，好让你愿意和我携手合作，这样我才会稳操胜算。”

阿玛狄洛深深吸了一口气。“如果我拒绝，还有别人能帮你做到吗？”

“如果你拒绝，我的确有可能转向他人求助。你真要拒绝吗？”

“或许不会，但我不禁好奇，我对你到底有多重要。”

“答案是，怎么也比不上我对你来得重要，所以你必须跟我合作。”

“必须？”

“我希望你能跟我合作——看来你比较喜欢听我这么说。可是，如果你希望从今以后，奥罗拉和太空族永远把地球和银河殖民者踩在脚下，你就必须跟我合作——不管你喜不喜欢这种说法。”

阿玛狄洛说：“告诉我，我必须做的究竟是什么？”

“首先请你告诉我，研究院以前是不是曾经设计并制造过人形机器人。”

“的确有这回事。总共造了五十个，那是大约一百五十到两百年前的事。”

“那么久了？后来呢？”

“失败了。”阿玛狄洛轻描淡写地说。

曼达玛斯露出惊恐的表情，上身猛然向后一靠。“它们被销毁了？”

阿玛狄洛双眉一挑。“销毁？不会有人销毁那么昂贵的机器人，它们都在库房里。我们抽走了电源匣，用特殊的长效微聚变电池取而代之，好让正子径路维持着最低的活动。”

“所以说，它们可以完全恢复运作？”

“我确定做得到。”

曼达玛斯开始用右手在座椅扶手上规律地打着拍子。“那我们赢定了！”他绷着脸说。

第十二章
计划、女儿

46

阿玛狄洛已经很久没有想起那些人形机器人了。那是一段痛苦的回忆，他曾下过一番苦功，训练自己绝不去想这段往事。没想到，曼达玛斯今天竟然主动提起。

在那段早已逝去的岁月里，人形机器人曾是法斯陀夫手中最后一张王牌，但即便如此，阿玛狄洛还是差一点点成了赢家。法斯陀夫曾经设计并制造出两个人形机器人（其中之一目前还在），在当时可算是举世无双。机器人学研究院所有的成员通力合作，也一直造不出第三个。

而阿玛狄洛在遭到巨大挫败之后，唯一赢得的正是这张王牌。法斯陀夫在半推半就下，不得不将人形机器人的秘密公诸于世。

这就代表研究院也能制造人形机器人了，而且还真的造了出来。不过请注意，这并不代表它们受欢迎，奥罗拉人绝不希望它们融入那个社会。

一想到这个令人懊恼的发展，阿玛狄洛的嘴角就会撅起来。有关那索拉利女人的丑事——法斯陀夫所制造的两个人形机器人之一，叫詹德的那个，曾被她拿来当作性伴侣——不知怎么传了出去。理论上，奥罗拉人并不反对这种事情。然而奥罗拉女性不久便想到，绝不希望有任何女形机器人跟自己竞争。同理，奥罗拉男性也不希望男形机器人成为自己的情敌。

研究院曾费尽心力向大众解释，这些人形机器人并非打算用在奥罗拉，而是会被当成开路先锋，每当一个新世界完成大地改造，它们便会先行登陆，为奥罗拉人的移民进行各种准备工作。

可是，随着疑虑和反感与日俱增，这样的解释也被打了回票。甚至有人将人形机器人称为“分裂的导火线”。这种说法逐渐传了开来，令研究院不得不放弃这个计划。

至于已经出厂的那些，阿玛狄洛不顾众人反对，坚持要把它们封存起来，以备有朝一日派上用场——但这个梦想始终未曾实现。

人形机器人为何会招来那么大的阻力？想到这里，阿玛狄洛觉得当年几乎气死他的那股怒火依稀又涌上心头。当初法斯陀夫虽不算心甘情愿，仍然同意支持这个计划，而且凭良心说，他说到做到了，只不过因为口才不佳，他将全副精力花在自己真正认同的事情上。但那样却毫无帮助。

可是——可是——如果现在曼达玛斯心中真有一个可行的计划，需要用到那些机器人……

其实，阿玛狄洛并没有多大兴趣暗自祈祷：“最好是这样，应该这样才对。”可是，当电梯将他们两人带到很深的地底——这是奥罗拉上唯一能和传说中的地球钢穴勉强比拟的地方——他还是努力克制了一番，才没有继续这么想下去。

曼达玛斯在阿玛狄洛的示意下走出电梯，发觉置身于一条昏暗的走廊中。温度有点低，附近还有轻柔的通风气流，令他不禁微微打战。阿玛狄洛来到他身边，两人身后都只跟着一个机器人。

“很少有人来这里。”阿玛狄洛用就事论事的口吻说。

“这里有多深？”曼达玛斯问。

“距离地表十五公尺。那些人形机器人存放在这一层，其实共有好几层。”

阿玛狄洛停了一下，仿佛陷入沉思，然后猛然向左转。“这边！”

“没有指示标志吗？”

“我刚才说了，很少有人来这里。会下来的人都知道该怎么走，才能找到他要找的东西。”

说着说着，两人已经来到一扇门前，在昏暗的光线下，那扇门看起来既壮观又厚实。有两个机器人分别站在左右两侧，但显然不是人形机器人。

曼达玛斯将它们上上下下仔细打量了一遍，不以为然地说：“这是很简单的机型。”

“非常简单。像这种看门的工作，你该不会希望我们派出多么精巧的机型吧。”然后，阿玛狄洛提高音量，但维持着平板的口吻说，“我是凯顿·阿玛狄洛。”

两个机器人的眼睛稍微亮了一下，随即转身退向左右两旁，与此同时，那扇门也无声无息地升起来。

阿玛狄洛示意曼达玛斯走进去，在经过那两个机器人的时候，他冷静地下达命令：“门就这么开着，把里面的灯光给我调亮。”

曼达玛斯说：“我想并不是任何人都进得来吧？”

“当然不是。那两个机器人认得我的相貌和声纹，必须两者正确无误，它们才会把门打开。”然后，他像是自言自语地补充道，“无论任何门锁、钥匙或密码，在太空族世界皆无用武之地，机器人永远会忠实地为我们站岗。”

“我有时会想到，”曼达玛斯若有所思地说，“银河殖民者似乎无论走到哪里都会随身带着手铳，如果有个奥罗拉人设法借到一把，就没有哪扇门挡得住他了。他能在瞬间击毁看门的机器人，然后想去哪里就去哪里，想做什么就做什么。”

阿玛狄洛恶狠狠瞪了对方一眼。“可是有哪个太空族会想在太空族世界使用那种武器呢？我们活在一个既没有武器也没有暴力的世界上。难道你不明白，我之所以毕生致力于击败并摧毁地球以及上面的毒蛇猛兽，正是由于这个缘故。没错，我们的确也有过暴力，但那是很久以前的事，当时太空族世界刚建立起来，我们还没有摆脱源自地球的劣根性，也还来不及学到机器人保安的可贵。

“难道和平与安全不值得我们奋斗吗？没有暴力的世界！由理性统治的世界！如你所说，那些短命的地球人走到哪里都会带着手铳，我们应该拱手把几十个可住人世界白白让给这种野蛮人吗？”

“可是，”曼达玛斯咕哝道，“你已决心要用暴力摧毁地球吗？”

“若想永远终结暴力，或许短暂的、针对性的暴力是我们必须付出的代价。”

“即使是那种暴力，”曼达玛斯说，“在我这个太空族看来，也要能免则免。”

这时，他们已经来到一间洞穴状的宽大库房，刚才他们一进来，墙壁和天花板立刻亮起弥散而毫不刺眼的光芒。

“好，这就是你需要的吗，曼达玛斯博士？”阿玛狄洛问道。

曼达玛斯四下望了望，不禁目瞪口呆。最后他总算吐出一句：

“太不可思议了！”

它们像是一团军队般站在那里，看起来比一群雕像多了些生气，可是比起一群熟睡的人类却差得太远了。

“它们都站着。”曼达玛斯喃喃道。

“很明显吧，这样比较不占空间。”

“可是，它们至少在这里站了一百五十年，不可能仍处于运作状态。不用说，它们的关节一定僵硬了，器官也一定衰竭了。”

阿玛狄洛耸了耸肩。“或许吧。话说回来，如果关节真的退化了——我想，这并非不可能的事——必要时当然可以更换，主要还是看有没有理由这么做。”

“会有理由的。”曼达玛斯说。他逐一扫视这些机器人的头部，发现它们各自望着不尽相同的方向，整体看来给人一种不安定的感觉，仿佛这个队伍立刻要解散了。

曼达玛斯又说：“这些机器人各有各的相貌，它们的身高、体型等等也彼此不同。”

“没错，这令你感到惊讶吗？我们当初是计划让这批机器人，以及后面几批类似的人形机器人，成为开拓新世界的开路先锋。为了让它们有最好的表现，我们尽可能把它们造得酷似真人，这就意味着要让它们像奥罗拉人一样有个别差异。你不觉得这很有道理吗？”

“太有道理了，我真的很高兴。我很熟悉法斯陀夫自己制造的人形机器人原型——丹尼尔·奥利瓦和詹德·潘尼尔——我阅读过大量的相关文献，还看过它们的全息影像，两人似乎一模一样。”

“没错。”阿玛狄洛不耐烦地说，“不只一模一样，而且是人们心目中的完美太空族，完美到了夸张的程度，这反映了法斯陀夫的浪漫主义。我确定他曾想制造一大批彼此可以互换零件的人形机器人，无论男女都有着天仙般的容貌——至少是他眼中的天仙——使得它们十分虚假，完全不像真人。法斯陀夫或许是个杰出的机器人学家，却是个愚蠢至极点的人。”

阿玛狄洛摇了摇头，心想，这么一个愚蠢至极点的人，当初竟然把自己打败了——但随即将这个想法抛在脑后。打败他的并非法斯陀夫，而是那个可恶透顶的地球人。他想得出了神，以致没听到曼达玛斯的下一个问题。

“请再讲一遍。”他带着一丝恼怒说。

“我是在问，‘它们是不是你设计的，阿玛狄洛博士？’”

“不是，说来这是个诡异的巧合——令我不禁感到极为讽刺——它们是法斯陀夫的女儿瓦西莉娅设计的。她和她父亲一样杰出，却比他聪明得多——这对父女始终合不来，或许这正是原因之一。”

“正如我所听到的传闻……”曼达玛斯说到这里，阿玛狄洛便挥手要他闭嘴。

“我自己也听过这个传闻，但这无关紧要。重要的是她在专业领域上表现得非常好，况且法斯陀夫虽然不巧是她的生父，却跟她形同陌路，甚至令她觉得厌恶，这是永远不会改变的，所以我们不必担心她会开始认同那个人。她甚至自称为瓦西莉娅·茉露，你知道吧。”

“对，我知道。你保有这些人形机器人的大脑型样记录吗？”

“那还用说。”

“每个都有？”

“当然。”

“能让我看看吗？”

“你得给我一个好理由。”

“我会给你的。”曼达玛斯坚定地说，“既然这些机器人是设计来担任开路先锋的，我能否假设它们具有应付原始环境的能力，并能主动探索一个世界？”

“这是不言而喻的事。”

“太完美了——但或许还必须做些修改。你想瓦西莉娅·法斯……瓦西莉娅·茉露能够协助我吗——我是指必要的时候？显然，她应该最熟悉这些大脑型样了。”

“显然如此。话说回来，我不知道她是否愿意帮你。但我确定她目前做不到，因为她并不在奥罗拉。”

曼达玛斯显得既惊讶又气愤。“那么她在哪里呢，阿玛狄洛博士？”

阿玛狄洛说：“你已经见到这些人形机器人了，我可不想继续待在这个死气沉沉的地方。你一直让我等了又等，现在换我让你等一会儿，你绝对不能抱怨。如果有进一步的问题，回我的办公室再讨论吧。”

47

回到办公室之后，阿玛狄洛并未立刻言归正传。他以相当蛮横的口吻说：“在这儿等我。”然后就走了。

曼达玛斯愣愣地坐在那里，一面整理自己的思绪，一面想着阿玛狄洛到底何时才会回来——或是根本不回来了。自己会不会遭到逮捕，或是直接被轰出去？阿玛狄洛是否终于等得不耐烦了？

曼达玛斯拒绝相信有此可能。他凭着敏锐的直觉，认定阿玛狄洛会无所不用其极地抚平一个旧伤痕。只要自己还能提供他一丝一毫的复仇希望，阿玛狄洛一定会不厌其烦地听下去，这点似乎很明显。

正当他百无聊赖地打量着这间办公室的时候，曼达玛斯忽然想到自己所需要的资料也许就在唾手可得的电脑档案里。如果不必事事仰赖阿玛狄洛，当然是最理想的了。

但他也只能想想罢了。曼达玛斯并不知道那些档案的密码，而且他就算知道，壁凹里这时站着好几个阿玛狄洛的自家机器人，如果自己做出任何它们心目中的敏感动作，它们会立刻出手制止，就连他自己的机器人也会这么做。

阿玛狄洛说得对。机器人的确是很有用又很有效的守卫，而且绝不会放水，因此谁也不会冒出犯罪、违法或仅仅是卑劣的念头。这种心态早已萎缩，至少不会对太空族冒出来。

他不禁感到好奇，没有机器人的银河殖民者是怎么过的。曼达玛斯试着想象一个人和人直接碰撞的社会，其中没有机器人当作缓冲，也没有机器人提供足够的安全感以及——虽然人类大多数时候并未直接意识到——把道德感强加在他们头上。

在这种情况下，银河殖民者想要不变成野蛮人也难，因此绝不能把银河交到他们手上。就这点而言，阿玛狄洛一直是对的，而法斯陀夫则错得太离谱了。

曼达玛斯点了点头，仿佛更加确定了自己打算做的事情是正确的。他叹了一口气，希望根本不必这么做，然后，他准备在心中再作一次推论，以便证明这是确有必要的。就在这个时候，阿玛狄洛大步走了进来。

虽然即将庆祝两百八十岁大寿，阿玛狄洛仍有一副令人钦羡的体格。除了鼻子生得奇形怪状，他在各方面都算得上太空族的典型。

阿玛狄洛开口道："抱歉让你久等，但我有些公事必须处理。我是这所研究院的院长，自然肩负了许多责任。"

曼达玛斯说："可否请你告诉我瓦西莉娅·茱露博士在哪里？然后我会在第一时间向你报告我的计划。"

"瓦西莉娅正在旅行。她在造访各个太空族世界，看看他们的机器人学发展到了什么程度。显然她是这么想的，既然这所研究院的宗旨是要整合奥罗拉上的机器人学研究，那么星际间的整合一定能让这个理想更上一层楼。事实上，这的确是个好主意。"

曼达玛斯不以为然地干笑了几声。"他们什么也不会告诉她。奥罗拉在这方面已经大大超前其他太空族世界，我不信会有谁想替我们锦上添花。"

"别那么肯定，银河殖民者可是我们大家的麻烦。"

"你知道她现在人在哪里吗？"

"我们有她的行程表。"

"把她叫回来，阿玛狄洛博士。"

阿玛狄洛皱起眉头。"只怕这并非容易的事。我想她是故意要远离奥罗拉，直到她父亲死去为止。"

"为什么？"曼达玛斯讶异地问。

阿玛狄洛耸了耸肩。"我不知道，也不在乎。但我却知道你的时间用完了，了解吗？赶快进入正题，否则就给我滚。"他凶巴巴地指着门口，令曼达玛斯觉得对方的耐心终于耗尽了。

曼达玛斯说："好吧。其实地球还有第三个独特之处——"

他简单扼要地一路说下去，看来他曾经密集演练，而且不断精益求精，才能如此熟练地对阿玛狄洛解说这个计划，而阿玛狄洛则是越听越着迷。

没错了！阿玛狄洛先是觉得如释千斤重负。他赌对了，这个年轻人并非什么狂人，他的头脑清楚得很。

接着他感到了胜利的喜悦，这个计划一定能成功。当然，在老谋深算的阿玛狄洛看来，这个年轻人的观点稍微偏离了他心目中的正确方向，但那终究是小问题。无论任何计划，都是可以做若干修改的。

等到曼达玛斯终于讲完了，阿玛狄洛努力维持着声音的平稳说："我们不需要瓦西莉娅。研究院里就有这方面的专家，能够立刻推动这个计划。曼达玛斯博士，"他的声音突然透出一点敬意，"让一切照计划进行吧——我忍不住想应该会很顺利——一旦我当上立法局的主席，研究院院长就是你的了。"

曼达玛斯露出淡淡的笑容，而阿玛狄洛则仰靠在椅背上，带着满意和自信开始憧憬未来，这是过去两百年来他始终无能为力的一件事。

可是这要花多久时间呢？几十年？十几年？还是不到十年？

要不了多久，要不了多久的。必须不计一切代价加快脚步，好让自己能活着看到行之多年的政策改弦易辙，而自己则跃升为奥罗拉的领袖——因此也是整个太空族世界的领袖——甚至（既然地球和殖民者世界注定灭亡）最后成为整个银河的领袖。

48

在阿玛狄洛和曼达玛斯携手合作七年之后，汉·法斯陀夫博士过世了。经由超波的强力放送，这个消息传遍各个住人世界的各个角落，成为银河中最引人注目的一则新闻。

它对太空族世界影响深远，因为过去两百多年来，法斯陀夫一直是奥罗拉——因而也是整个银河——最有权势的人。它对殖民者世界和地球同样影响深远，因为法斯陀夫是他们的朋友——至少是太空族中对他们最友善的一个人——如今，他们所面对的问题是太空族的政策会不会改变，又会怎么改变。

这个消息也很快传到了瓦西莉娅·茉露耳中。由于她和这位生父的关系几乎一开始便有裂痕，她的心情因此也格外复杂。

她早就在训练自己对他的死讯无动于衷。然而，她还是不要在他去世这一天，刚好和他在同一个世界上。虽然无论她在哪里，都躲不掉蜂拥而至的无数问题，但如果她在奥罗拉，还是最容易受到追问，而且最难摆脱纠缠。

太空族的亲子关系一向薄弱而冷淡。在一个长寿的社会中，这是理所当然的趋势。事实上，大家感兴趣的绝非瓦西莉娅在这方面的感受，而是为何长久以来这对父女分属两个敌对的阵营，而且两人几乎同样旗帜鲜明——法斯陀夫是一个政党的领袖，瓦西莉娅则是另一个政党的坚定支持者。

这实在太糟了。她大费周章地把名字正式改为瓦西莉娅·茉露，从此无论在任何文件、任何访谈以及任何大小事务上，她通通使用这个名字——但她心知肚明，大多数人还是把她想成瓦西莉娅·法斯陀夫。看来不论她作任何努力，都无法彻底抹除这重毫无意义的关系，于是她只好退而求其次，仅用瓦西莉娅当作自己的名字。至少，这名字还不算太普通。

而这点，似乎也强调了她和那个索拉利女人的相似性——瓦西莉娅不认自己的父亲，那女人则是由于完全不同的原因，不愿承认她的第一任丈夫，因而无法继续冠上夫姓，最后只好一律用她自己的名字——嘉蒂雅。

瓦西莉娅和嘉蒂雅，类似的遭遇，类似的叛逆性格，甚至外貌都很接近。

待在太空船舱房内的瓦西莉娅偷偷瞄了镜子一眼。她至少有一百年没见过嘉蒂雅了，但她确定两人的外貌相似依旧。她俩都娇小玲珑，都有着一头金发，就连容貌都有几分像。

可是瓦西莉娅总是输家，而赢家总是嘉蒂雅。在瓦西莉娅离开她的父亲，和他脱离父女关系之后，他找到了嘉蒂雅取而代之——她正是他想要的那种乖巧女儿，那是瓦西莉娅永远无法扮演的角色。

纵然如此，瓦西莉娅还是感到痛心。她自己是机器人学家，学识和本事都不在法斯陀夫之下，而嘉蒂雅只是个艺术家，平时只会玩玩力场彩绘，替机器人设计几件幻象衣着。法斯陀夫在失去这个女儿后，怎会愿意让这么一个处处不如她的人取而代之呢？

想当年，那个来自地球的警察以利亚·贝莱抵达奥罗拉之后，逼迫瓦西莉娅吐露了许多她从未向他人承认的想法和感情。然而，他对嘉蒂雅却客客气气，甚至还帮助她——以及她的靠山法斯陀夫——在绝境中反败为胜。只不过目前为止，瓦西莉娅仍旧没弄清楚他是怎么办到的。

当法斯陀夫弥留之际，是嘉蒂雅陪在病榻旁，听取他的遗言，握着他的手直到最后一刻。瓦西莉娅也不明白自己为何感到愤慨，因为无论在任何情况下，她都不可能承认有这个父亲的存在，更遑论去探视他，见证他走完人生最后一程，进入一个真正不存在的状态，但她就是痛恨嘉蒂雅当时居然在场。

我就是有这种感觉，她赌气般告诉自己，我犯不着对任何人解释。

除此之外，她还失去了吉斯卡。当瓦西莉娅还是小女孩的时候，吉斯卡曾是专属于她的机器人，是当年那个似乎还算慈爱的父亲送给她的。她不但通过吉斯卡学到了机器人学，也从他身上首度感受到了真正的关爱。当时她年纪还小，并未联想到三大法则或是正子自动机理论。吉斯卡似乎很有爱心，而且表现得仿佛很有爱心，对一个小孩而言这就足够了。她从未从哪个人类身上体会到这种关爱——当然包括她的父亲在内。

直到今天为止，她都没有脆弱到想跟任何人玩一场愚蠢的爱情游戏。虽然吉斯卡曾带给她许多欢乐，但失去吉斯卡的锥心之痛教会了她得不偿失的真理。

虽然在她不断精心改造之下，吉斯卡早已今非昔比，可是当她和父亲断绝关系，离家出走之际，他硬是不肯让吉斯卡跟她走。而父亲过世后，则将吉斯卡留给了那个索拉利女人。没错，他也将丹尼尔留给了她，可是瓦西莉娅对那个人类仿制品一点也不关心。她只想要吉斯卡，他明明就是她的。

现在，瓦西莉娅正在返回奥罗拉的途中，她的巡回之旅已告一段落了。事实上，早在几个月前，她就已经圆满达成任务。可是，正如她在正式通知研究院时所作的说明，她需要留在赫斯珀罗休息一阵子。

然而，现在法斯陀夫死了，她终于能回来了。虽然她无法将过去的错误一一修正，至少能修正一部分，吉斯卡一定要重回她的怀抱。

她下定了决心。

49

对于她回到奥罗拉这件事，阿玛狄洛的反应相当矛盾。瓦西莉娅是直到法斯陀夫（既然他死了，阿玛狄洛现在能轻轻松松说出他的名字）被火化一个月之后，才回到这个世界的。这证明自己很了解她，令他不禁沾沾自喜。毕竟他曾经告诉曼达玛斯，她出游的目的就是要远离奥罗拉，直到她父亲死去为止。

此外，瓦西莉娅的率直令他感到轻松自在。她不像他的新宠曼达玛斯那么有心机——后者无论表面上对你多么掏心挖肺，似乎总是暗中还留了一手。

但另一方面，她却万分难以驾驭，绝不可能乖乖沿着他的指示前进。在她远离奥罗拉这些年间，他任由她自行打探其他太空族世界的底细——但也只能任由她用隐晦的言辞诠释她的调查结果。

因此，现在他所表现出的热情可以说是真假参半。

“瓦西莉娅，真高兴你终于回来了。你不在的时候，研究院像是少了一根翅膀。”

瓦西莉娅哈哈大笑。“得了吧，凯顿，”虽然她比他年轻二十五岁，却从不犹豫也不顾忌直呼他的名字，这要算是她的特权，“另外那根翅膀就是你自己。你不是一向信心满满，光用这根翅膀便能带领研究院一飞冲天吗？”

“自从你决定把这趟行程拉长好些年，我就开始没信心了。你是否发现奥罗拉在这期间变了很多？”

“一点也没变——这件事或许我们该关心一下，毫无变化就代表衰败。”

“这话有矛盾。既然是衰败，一定是走下坡的变化。”

“和周遭的殖民者世界比较起来，凯顿，毫无变化就是走下坡。他们变化迅速，不但控制了越来越多的世界，而且对每个世界的控制也越来越彻底。他们的实力、权势和自信都与日俱增，而我们却坐在这里醉生梦死，眼巴巴看着自己天天不进则退。”

“说得好，瓦西莉娅！我想你在归途中，一定把这番话背得滚瓜烂熟了。然而，奥罗拉的政治局势倒真是起了变化。”

“你是指我的生父死了。”

阿玛狄洛微微颔首，同时双手一摊。“如你所说，我们的确瘫痪了，但他要负绝大部分的责任。现在他死了，所以我想应该会出现一些变化，但不一定是看得见的变化。”

“你有事瞒着我，对不对？”

“我会这么做吗？”

“当然会，你那虚伪的笑容照例把你出卖了。”

“那我一定要学着对你愁眉苦脸。好啦，我看过你的报告了，我想听你说说没写进去的东西。”

“通通写进去了——八九不离十。每个太空族世界都慷慨激昂地指控银河殖民者气焰越来越高，令他们忧心忡忡。每个世界也都坚决表示要挺身对抗银河殖民者，而且会满腔热血地追随奥罗拉的领导，不怕难，不怕死，甚至不惜战到最后一兵一卒。”

“好啊，追随我们的领导。但我们如果不领导呢？”

“那么他们会静观其变，而且会因而松一口气，只不过会尽力遮掩，否则……嗯，每个世界都在努力发展科技，可是都不愿公布自己的真正成果。每个世界都在各自为政，一点也不团结，甚至在各自的星球上也是如此。而且无论哪个太空族世界，都没有类似我们机器人学研究院这样的研究团队。每个世界上都有研究人员，但个个都把自己的数据视为禁脔，不愿跟他人分享。”

阿玛狄洛近乎心满意足地说：“我也不指望他们像我们一样先进。”

“所以实在太糟了。”瓦西莉娅反唇相讥，“太空族世界是一盘散沙，进步速度太慢了。殖民者世界则有许多学会之类的组织，而且经常开会交换意见——虽然他们远远落后我们，但迟早会追上。话说回来，我还是在各个太空族世界找到几项值得一提的科技发展，而且通通写进我的报告了。比方说，他们都在研发核反应倍增器，但我不信有哪个世界能将这项装置拿出实验室，换言之，装在船舰上的机型还没诞生呢。”

“我希望这件事被你说对了，瓦西莉娅。我们的舰队用得上核反应倍增器这种武器，因为它能一举消灭银河殖民者。然而，我想，在整个太空族世界中，最好还是能让奥罗拉头一个拥有这种武器。可是你刚才说，这些都写进你的报告了——八九不离十。我听到‘八九不离十’这几个字，所以说，到底有什么没写进去的？”

“索拉利！”

“啊，那个最年轻也最奇特的太空族世界。”

“我在那里几乎无法直接问出任何事情来。他们对我怀有百分之百的敌意，而且我相信，只要你不是索拉利人，不管是太空族还是银河殖民者，他们一律会怀有敌意。而且他们坚持以显像和我沟通，绝不妥协。我在那个世界待了将近一年，比我在其他世界都要长得多，可是在那十来个月当中，我从来没有跟任何索拉利人面对面。每一次，我都是透过超波全息影像和对方见面。我始终无法和实体的对象交涉——一律是影像。那个世界很舒服，事实上可以说豪华得不得了，而且自然生态完全没被破坏，可是我受不了，我就是想见人。”

“嗯，显像是索拉利的习俗。这点我们都知道，瓦西莉娅，人人都有选择的权利。”

“哼。”瓦西莉娅说，“你的宽宏大量或许用错了地方。你这几个机器人目前处于非记录模式吗？”

“是的。而且我向你保证，不会有人窃听我们。”

“但愿如此，凯顿。我有一种强烈的感觉，索拉利人即将抢先研发出微型化的核反应倍增器——甚至抢在我们前面。他们或许很快就能做出一种轻便型，电源匣足够小，所以能装设在太空船舰上。”

阿玛狄洛眉头深锁。“他们是怎么做到的？”

“我说不准。你总不会以为他们给我看过蓝图吧？由于只是一种感觉而已，我不敢写进报告里，可是从我听到的只字片语以及观察到的蛛丝马迹，我认为他们已有重大进展，这是我们不能掉以轻心的一件事。”

“不会的。你还有什么事要告诉我吗？”

“有的，而且同样没写进报告里。索拉利已经花了上百年的时间在研发人形机器人，而且我认为他们已经成功了。其他太空族世界——当然不包括我们——甚至连碰都还没碰这个问题。当我在其他世界询问他们对人形机器人的看法时，反应一律不谋而合，他们都觉得这个想法令人感到既讨厌又可怕。我猜他们都注意到了我们当年的失败，并牢记在心了。”

“但索拉利却是例外？为什么呢？”

“原因之一，他们一直生活在机器人化居银河之冠的社会中。他们周遭都是机器人，平均每人有一万个。那是个机器人充斥的世界，如果你在外面随便走走，休想有机会碰到人类。所以说，这些为数极少的索拉利人，怎么会在乎他们的世界上多了几个人形机器人呢？此外，法斯陀夫所设计制造、目前仍在运作的那个假人……”

“丹尼尔。”阿玛狄洛说。

“对，就是那个机器人。他——它在两百年前到过索拉利，而索拉利人把它当成了真人。这件事他们一直耿耿于怀，就算人形机器人对他们毫无用处，至少曾经骗倒他们，害得他们脸上无光。这证明了在人形机器人学这个特定领域，奥罗拉绝对遥遥领先他们，令他们终身难忘。索拉利人一向自视甚高，认为他们拥有全银河最先进的机器人学家，于是从那时开始，他们纷纷投入人形机器人的研究——即使不为其他原因，也要洗刷这个耻辱。假如他们人数够多，或是有个机构来整合各自的研究，那么他们一定很早就成功了。虽然没有这些条件，我想他们现在还是做到了。”

“你并不是真正确定，对不对？你只是根据零星的线索而起了疑心。”

“一点也没错，但我的怀疑相当有根据，值得作进一步的调查。还有第三件事，我敢发誓他们正在研究精神感应通讯，因为我曾经一不小心看到了一个证据。有一次，当我透过超波和某位机器人学家见面时，荧幕中出现一个黑板，上面画着一个正子型样电路，虽然我确定并未见过这种型样，但我就是觉得它跟精神感应程式有关。”

“我不禁怀疑，瓦西莉娅，这件事要比人形机器人更虚无缥缈。”

瓦西莉娅露出稍许不好意思的表情。“我必须承认，这点或许被你说对了。”

“事实上，瓦西莉娅，听起来这纯粹只是幻想。如果你确定以前从未见过这样的型样电路，又怎么会觉得它跟任何东西有关呢？”

瓦西莉娅犹豫了一下。“实话对你说，我自己也不禁怀疑。可是当我看到那个型样时，心中立刻浮现‘精神感应’这几个字。”

“虽说精神感应即使在理论上也是不可能的。”

“是我们认为即使在理论上也是不可能的，两者不能混为一谈。”

“从来没有人在这方面获得任何进展。”

“没错，可是为什么我一看到那个型样，就会想到‘精神感应’呢？”

“啊，瓦西莉娅，或许你只是一时心血来潮，根本不值得分析，换成我就会抛在脑后。还有什么事吗？”

“还有一件事——可以说是最难解的。我觉得，凯顿，种种迹象都在显示索拉利人正准备离开他们的世界。”

“为什么？”

“我不知道。他们的人口已经很少了，却仍在一直下降。或许他们要在完全绝种之前，换个地方重新开始。”

“怎样重新开始？他们会去哪里呢？”

瓦西莉娅摇了摇头。“我把知道的都告诉你了。”

阿玛狄洛慢慢说道：“好吧，我会把这些通通列入考虑。总共有四点：核反应倍增器、人形机器人、精神感应机器人以及索拉利人打算放弃母星。坦白讲，我对这四点都不太相信，但我会说服立法局，授权我跟索拉利领导人谈谈。现在，瓦西莉娅，我想你最好休息一阵子，何不放自己几星期的假，重温一下奥罗拉的骄阳和好天气，然后再回来上班？”

“你真好心，凯顿，”瓦西莉娅仍坚定地坐在原处，“但我还有两件事，必须跟你提一提。”

阿玛狄洛的眼睛不自觉地瞄向计时片。“要不了多少时间吧，瓦西莉娅？”

“需要多少时间，凯顿，我们就花多少时间。”

“你到底要谈什么呢？”

“首先我要问，现在有个年纪轻轻的万事通，自以为正在领导研究院，叫什么名字来着，曼达玛斯吧，他到底是什么人？”

“你见过他了，是吗？”阿玛狄洛借着微笑掩饰心中的不安，“你瞧，奥罗拉的确有些变化。”

“在这件事情上，显然不是越变越好。”瓦西莉娅绷着脸说，“他是谁？”

“正如你所说的——一个万事通。他是个杰出的年轻人，精通机器人学，不过他在其他领域也算知识渊博，无论普通物理学、化学、行星学……”

“这个博学的怪物有多大年纪？”

“还不到五十岁。”

“这孩子长大后会怎么样？”

“或许既聪明又杰出吧。”

“别假装误会我的意思，凯顿。你是否在考虑拱他当研究院的下一任院长？”

“我还打算活好几十年呢。”

“你没回答我的问题。”

“我只能给你这个答案。”

瓦西莉娅不安地频频变换坐姿，她的机器人虽然仍旧站在后面，一双眼睛却开始左右扫瞄，仿佛随时准备出手保护主人——或许正是由于瓦西莉娅的不安，使它自动切换到了这个行为模式。

瓦西莉娅说：“凯顿，该接任院长的是我。这早就安排好了，是你亲口告诉我的。”

“我是这么说过，但事实上，瓦西莉娅，一旦我死了，继任人选将由董事会决定。即使我事先声明由谁继任，董事会还是能把我推翻。根据研究院的组织章程，这点是毋庸置疑的。”

“你只管写你的声明，凯顿，董事会交给我来对付。”

阿玛狄洛的两道眉毛皱成了一团。“此时此刻，我不想针对这件事做进一步的讨论。你想跟我说的另一件事是什么？请长话短说。”

她气呼呼地瞪了他一会儿，然后仿佛咬牙切齿地说：“吉斯卡！”

“那个机器人？”

“当然就是那个机器人。你以为我会跟你讨论另一个吉斯卡吗？”

“好吧，他怎么样？”

“他是我的。”

阿玛狄洛显然吃了一惊。“他是——本来是——法斯陀夫的法定财产。”

“我还是小孩的时候，吉斯卡就是我的了。”

“是法斯陀夫借给你的，后来又把他收回去了。从头到尾都没有转移所有权，对不对？”

“于情于理他都是我的。况且无论如何，法斯陀夫已不再是他的主人，他死了。”

“可是他立了遗嘱。如果我没记错，根据那份遗嘱，他名下的两个机器人——吉斯卡和丹尼尔——现在是那个索拉利女人的财产。”

“但我可不想见到这个结果。我是法斯陀夫的女儿……”

“哦？”

瓦西莉娅涨红了脸。“我有权争取吉斯卡。他为什么就该落到一个陌生人——一个异邦人手上？”

“原因之一，这是法斯陀夫的遗愿。而且，她的确是奥罗拉公民。”

“谁说的？奥罗拉人都管她叫‘索拉利女人’。”

阿玛狄洛突然发起火来，一拳砸向座椅扶手。

“瓦西莉娅，你到底希望我怎么做？我也不喜欢那个索拉利女人。事实上，我恨透了她，如果有办法，我会——”他瞥了瞥旁边几个机器人，仿佛不想吓着它们，“把她赶出这颗行星。可是我不能推翻那份遗嘱，就算有合法的途径，这么做也绝不明智，更何况根本没有。法斯陀夫已经死了。”

“正因为如此，吉斯卡现在应该归我。”

阿玛狄洛装作没听见。“他所领导的联盟正在四分五裂。过去几十年来，这个联盟之所以存在，他个人的领袖魅力是唯一的因素。现在我最想做的，是设法把那些四散纷飞的党羽变成我自己的追随者。这么一来，我旗下的势力便足以掌控整个立法局，顺利赢得下次的选举。”

“而你则成为下届的主席？”

“有何不可？奥罗拉很可能会一蹶不振，而我当上主席后，则有机会在为时未晚之际，扭转那个行之有年却包藏祸心的政策。

“问题是我并没有法斯陀夫那样的人缘，我不像他有那种天分，能用圣洁的光辉遮掩愚蠢的言行。因此，如果我明目张胆地欺负一个死去的人，将会导致不良的观感。

“我绝不能让人说，由于法斯陀夫生前曾经击败我，我便挟怨报复，在他死后推翻他的遗嘱。奥罗拉如今处于生死交关的转折点，绝不能让这么荒唐的事成为我的绊脚石。你了解我的意思吗？你必须放弃吉斯卡！”

瓦西莉娅硬邦邦站了起来，眼睛眯成一条线。“我们改天再讨论吧。”

“我们已经讨论过了。这次的会晤到此结束，如果你还有雄心壮志想当院长，千万别拿任何事情来威胁我。所以说，如果你现在就想威胁我，不论是以任何形式，我都劝你三思而后行。”

“我并没有威胁你。”瓦西莉娅虽然这么说，她的身体语言却表达了完全相反的意思——她一面向外走，一面挥手（其实是多此一举）要她的机器人跟上来。

50

几个月之后，危机——或者应该说一连串的危机——终于出现了。这要从马龙·西希斯那天来到阿玛狄洛的办公室，准备进行例行早会说起。

通常，阿玛狄洛都很期待这一刻。在繁忙的一天中，西希斯代表着一个悠闲的插曲。他是研究院的资深成员，但是毫无野心，从来不会数着日子巴望阿玛狄洛赶紧退休或死去。事实上，西希斯可以说是个完美的下属，他很高兴能够成为阿玛狄洛的心腹，而且万分乐意替他卖命。

正因为这样，过去这一年，看到这位完美下属出现衰老的迹象——胸部微塌、步履僵硬——阿玛狄洛不免有些忧心。西希斯真的老了吗？他顶多比阿玛狄洛大几十岁而已。

太空族在许多方面都有逐渐走下坡的趋势，其中最令阿玛狄洛担心的，便是平均寿命或许也跟着下滑这件事。他早就想研究一下统计数据，却一直忘记着手进行——也许是潜意识令他不敢这么做。

不过，在今天这种情况下，西希斯的老态被强烈的情绪整个淹没了。他的脸孔涨得通红（更加凸显他的古铜色头发已开始褪色），而且看起来，他震惊到了快要发狂的程度。

阿玛狄洛根本不必开口询问，西希斯便不吐不快似的一股脑儿说了出来。

等到他发泄完毕，阿玛狄洛怔怔地说："无线电波全停止了？全没了？"

"全没了，头儿。他们一定都死光了——或走光了。任何一个住人世界都免不了发出电磁辐射，比如我们的……"

阿玛狄洛挥手示意他闭嘴。瓦西莉娅提出的论点之一——他记得是第四点——正是索拉利人打算离开自己的世界。那是个荒谬的推论；那四个论点或多或少都算荒谬。他曾说自己会放在心上，可是当然没有。如今，事实证明他显然错了。

当天——瓦西莉娅提出这个论点之际——令它听来荒谬的原因，直到今天依旧存在。虽然并未指望得到答案（怎么可能有答案呢），他还是把当天的问题重复了一遍："他们能飞去哪里呢，马龙？”

“没有任何线索，头儿。”

“好吧，那么他们是什么时候走的？”

“同样没有任何线索。我们是今天上午才接到消息的，主要是因为索拉利上的电磁辐射强度原本就很低——那个世界人口非常稀疏，机器人的屏蔽又做得很好。和其他任何一个太空族世界相比，它的辐射强度至少小了一个数量级，比我们则小了两级。”

“所以突然有一天，有人发现原本非常小的强度降到了真正的零点，偏偏谁也没有真正目睹这个过程。是谁发现的？”

“一艘涅克松太空船，头儿。”

“怎么发现的？”

“那艘船为了进行紧急维修，不得不进入索拉利之阳的轨道。他们发出请求核准的超波电讯，却没有得到回应。最后他们没办法，只好擅自进入轨道，开始进行抢修作业。在此期间，他们并未遭到任何形式的干扰。直到修好离去，后来在检查通讯记录时，他们才发现不只没收到回应而已，甚至未曾收到任何形式的电磁讯号。我们无法判断索拉利的电磁辐射究竟是何时终止的，但根据记录，它发出最后一则电文是两个多月前的事。”

“另外三个论点也有可能喽？”阿玛狄洛喃喃道。

“你说什么，头儿？”

“没什么，没什么。”阿玛狄洛随口答道，但他显然眉头深锁，陷入沉思。

第十三章
精神感应机器人

51

几个月后，当曼达玛斯结束第三次的长期地球访问，返回奥罗拉之际，他还完全不知道索拉利上的发展。

六年前，他第一次去地球的时候，阿玛狄洛费了些力气，设法替他弄到一个奥罗拉特使的头衔，因此名义上，他是去讨论行商船只侵入太空族领域这件鸡毛蒜皮的小事。他很快便了解特使的身份限制了自己的行动，那些客套应酬和繁文缛节更是令他大感吃不消。好在没什么关系，他的考察任务还是顺利完成了。

他带回如下的讯息:“我相信不会有任何问题，阿玛狄洛博士。地球官员没办法——绝对没办法——控制人员的进出。每年都有来自数十个世界、好几百万名的银河殖民者造访地球，又有同样多的银河殖民者从地球返回他们的家乡。银河殖民者似乎个个都觉得必须定期呼吸地球的空气，走走拥挤的地底空间，否则生命就会失去某些意义。我想，这就是所谓的寻根，他们似乎并不觉得地球上的生活根本是一场恶梦。”

“这我知道，曼达玛斯。”阿玛狄洛不耐烦地说。

“你的‘知道’只是理智上的，院长。除非真正体验过，否则就不算真正了解。一旦体验了，你就会发现所谓的知道无法替你做好任何心理准备。他们既然走了，为什么还想要回去……”

“我们的祖先离开那颗行星后，显然从来没有想要回去。”

“没错，”曼达玛斯说，“可是当时的星际飞行不如现在这么先进，动辄需要好几个月，而且超空间跃迁挺困难的。现在则只需要几天而已，而跃迁已经成了家常便饭，绝对不会出错。假如在我们祖先的时代，回地球就像现在这么简单，我怀疑太空族还会不会这样一去不复返。”

“别再空谈哲理了，曼达玛斯，继续讲正事。”

“没问题。除了无数来来去去的银河殖民者，每年还有数百万的地球人以移民的身份前往各个殖民者世界。有些因为无法适应，几乎立刻就回来了。有些在那里建立了新家园，可是经常回来探访亲友。旅客的进出根本无法记录，地球政府甚至试也没试过。如果建立起一套辨识和记录旅客的正规办法，可能会令许多人裹足不前，而地球却非常了解每个旅客都是摇钱树。观光工业——姑且这么称呼吧——目前可是地球上最赚钱的贸易。”

“我想你是在说，我们可以毫无困难地把人形机器人送到地球。”

“一点困难也没有，我对这个问题丝毫不担心。既然它们的程序已经设定好了，我们可以利用伪造的文件，把它们六个一组分批送到地球去。虽然基于机器人的天性，它们仍旧会对人类敬畏有加，我承认这点我们无能为力，但或许不至于暴露它们的身份。这可以解释为银河殖民者对祖先行星的敬畏之情。可是，我强烈建议不必把它们送到任何一个大城的航站。大城之间的广大空间根本毫无人烟，只有一些原始的机器人劳工散布其间，不会有人注意到太空船的起降——或说人们至少会忽略。”

“我认为太冒险了。”阿玛狄洛说。

51a

两批人形机器人被送到地球去了。它们先是混入大城内的地球人群中，然后再设法前往城外的空地，使用屏蔽超波和奥罗拉展开通讯。

曼达玛斯（他早已深切思考过这个问题，而且早已犹豫许久）说:“我得再去一趟，院长，我无法肯定它们找到了正确的地点。”

“你确定自己知道正确的地点吗，曼达玛斯？”阿玛狄洛用挖苦的口吻问道。

“我详细钻研过地球的古代历史，院长，我知道自己找得到。”

“我可不认为自己能说服立法局派一艘战舰跟着你。”

“不，我不要什么战舰，那样只会帮倒忙。我只要一艘单人太空艇，足以让我来回地球就行了。”

就这样，曼达玛斯展开了第二次的地球之旅。他降落在某座小型大城的外缘，随即在正确地点找到几个机器人，令他不但松了一口气，还有几分沾沾自喜。他在那里待了一阵子，以便观察那些机器人的工作，下达几个相关的指令，并对它们的程序作些微调。

然后，在几个地球土产的原始农务机器人目送之下，曼达玛斯启程前往附近的大城。

他并不是那种天不怕地不怕的英雄，面对这个不大不小的风险，曼达玛斯感觉得到心脏在胸腔中怦怦作响，不过一切都很顺利。虽然，当他出现在大城入口，而且看起来显然在开放空间待了很长一段时间，守门警卫不禁显得有些讶异。

然而，曼达玛斯出示了银河殖民者的身份证明，警卫便耸了耸肩。谁都知道银河殖民者不怕开放空间，据说他们不时会从高于地表的顶层走出大城，在周围的田野和树林间闲逛一番。

当天守门警卫随便瞄了一眼他的身份证明，此后就再也没有任何人要他出示相关文件了。曼达玛斯的外地口音（他已尽量避免奥罗拉腔）完全没有遭到质疑，而且根据他的观察，谁也没有怀疑他可能是太空族。话说回来，他们又为什么该怀疑呢？太空族在地球建有永久性基地是两个世纪之前的事，如今来自太空族世界的官方特使已少之又少——而且最近越来越少，没见识的地球人或许根本忘了太空族的存在。

曼达玛斯有点担心会有人注意到他从不离手的那双透明薄手套，或是问他为何要在鼻孔里插着东西，但事实证明他的担心是多余的。无论在大城内，或是来往大城之间，他都一律通行无阻。他身上带着足够的钱财，而只要你有钱，在地球上就吃得开（老实讲，这点在太空族世界也绝无例外）。

他逐渐习惯了没有机器人跟在后面，而且，每当他在大城内碰到来自奥罗拉的人形机器人时，还必须以相当坚定的口吻，告诉它们为何不可紧跟着他。照例，他会听取它们的报告，下达必要的指令，并安排那些机器人陆续离开大城。最后，他终于驾着自己的太空艇飞离了地球。

他并没有遇到任何阻碍，跟当初飞来地球时一模一样。

“其实，”他若有所思地对阿玛狄洛说，“那些地球人并非真正野蛮。”

“不会吧？”

“在他们自己的世界，他们表现得相当人模人样。事实上，他们的人情味还满温馨的。”

“莫非你开始后悔，不想做这件事了？”

“当我走在他们中间，想到他们对未来的命运一无所知，就会有一种毛骨悚然的感觉，我不可能满怀兴奋地做这件事。”

“你当然可以，曼达玛斯。想想一旦大功告成，你便会在短时间内稳稳坐上研究院院长的宝座，那就会让你的工作变得可爱了。”

从那天起，阿玛狄洛开始严密监视曼达玛斯。

51b

曼达玛斯三度造访地球之际，先前那些不安的感觉已消退了十之八九，他几乎可以表现得像个地球人了。计划进展得虽然缓慢，但一切完全按照原定计划进行。

前两次的造访，他都没有遇到任何健康问题，可是这一次——无疑由于过度自信——他一定是接触到了什么感染源。至少有那么一阵子，他又咳嗽又流鼻水。

他前往一家大城诊所求助，在接受γ球蛋白注射之后，所有的症状立刻消失无踪。可是，他却发觉诊所本身比疾病更可怕。那里的每一个人——他心知肚明——要不是很可能带有某种传染病，就是和病人有着密切的接触。

现在，他终于回到了既整齐又清洁的奥罗拉，不禁感到谢天谢地。而此时此刻，他正在听取阿玛狄洛针对索拉利危机的说明。

“你完全没听说这件事吗？”阿玛狄洛追问。

曼达玛斯摇了摇头。“完全没有，院长。地球是个万分褊狭的世界，八百个大城里总共住着八十亿人——他们唯一关心的就是这八百个大城和这八十亿人口。在他们想来，银河殖民者只有造访地球时才会存在，而太空族则根本不存在。事实上，每一个大城的新闻报道，都把九成的时间花在这个大城本身的事务上。无论就心理或实质层面而言，地球人都是既封闭而且又有幽闭欲。”

“而你却说他们并不野蛮。”

“幽闭欲并不一定代表野蛮。依他们自己的说法，他们是很文明的。”

“依他们自己的说法！算了。眼前最大的问题是索拉利，没有任何太空族世界采取行动。不干预原则如同金科玉律，大家都坚持索拉利的内部问题得由索拉利人自己解决。我们的主席同样迟钝得很——虽说法斯陀夫已经死了，再也不能左右我们任何一个人。而除非我自己当上主席，否则我什么也不能做。”

曼达玛斯说：“既然索拉利人都走光了，他们又怎能假设索拉利面对的是内部问题，他人不得干预呢？”

阿玛狄洛冷嘲热讽地说：“你一眼就能看穿的蠢事，他们怎么就是看不出来呢？他们说目前并未掌握索拉利人尽数离去的扎实证据，而只要索拉利人——或其中一部分——仍有可能留在那个世界上，其他太空族就无权擅自侵入。”

“他们又如何解释电磁辐射通通消失这件事？”

“他们说索拉利人也许移居到了地底，或是他们也许发展出某种先进科技，能够完全阻隔辐射外溢。他们还说谁也没看到索拉利人走掉了，何况他们根本无处可去。当然，所谓的谁也没看到，是因为谁也没在盯着他们。”

曼达玛斯说：“他们如何推论出索拉利人无处可去？无人世界多得很啊。”

“所谓的推论，是指索拉利人如果没有一大群机器人伺候，就一定活不下去，可是他们无法带着那么多机器人一起走。比方说，如果他们到奥罗拉来，你以为我们有机器人能分给他们吗——又能分多少呢？”

“而你的反对理由又是什么呢？”

“我没什么反对理由。话说回来，不论他们走了没有，目前的情势都是既诡异又费解，难以想象居然没有任何人采取调查行动。我一直在尽全力警告大家，惰性和冷漠会把我们送上绝路，而且我也说过，殖民者世界一旦获悉索拉利空了，或者可能空了，他们就会毫不犹豫地展开调查。那些集体行动的家伙对任何事物都充满好奇心，真希望我们也能学到一点。只要觉得有利可图，他们想也不想，立刻会拿生命来冒险。”

“这件事又有何利可图呢，阿玛狄洛博士？”

“如果索拉利人真的走光了，他们必定只能带走极少数的机器人。那个世界上有——或说曾经有——许多极为优秀的机器人学家，而银河殖民者虽然自己痛恨机器人，却万分乐意将它们据为己有，然后送到太空族世界卖个好价钱。事实上，他们已经宣示要这么做了。

“目前已有两艘殖民者太空船降落在索拉利。我们递交了一封抗议书，可是他们一定不会理睬，而我们也一定不会有进一步的行动。其实恰恰相反，有些太空族世界正在偷偷询问那些机器人的样式以及可能的价格。”

“这或许还好。”曼达玛斯轻声说道。

“我们的一举一动，和殖民者世界那些宣传家所说的一模一样，这算还好吗？我们的行为让我们看起来仿佛正在逐渐腐烂，最后变成一摊烂泥，这又算还好吗？”

“何必呼应他们的谣言呢，院长？事实上，我们目前依旧安定而文明，并没有被触及任何痛处。万一真有这种事，我们将会强力反击，而我相信一定能把对方消灭。就科技而言，我们仍然遥遥领先。”

“可是我们自己也会受伤，而且伤势绝不乐观。”

“这就意味着我们一定不能轻易发动战争。如果索拉利遭到弃置，而银河殖民者希望把它洗劫一空，或许我们就该放任他们去做。毕竟，根据我的预测，不出几个月，我们自己的计划就能展开了。”

阿玛狄洛脸上掠过一个饥渴而凶狠的表情。“几个月？”

“我很肯定。所以我们的当务之急，就是要避免被人激怒。如果我们卷入一场毫无必要的冲突，蒙受了没有必要的损失——不论输赢——就会把一切都毁了。反正只要再等一下，我们便能在不费一兵一卒、没有任何损失的情况下大获全胜。可怜的地球！”

“如果你为他们感到难过，”阿玛狄洛假装轻描淡写地说，“或许你就该放过他们。”

“刚好相反，”曼达玛斯冷冷地说，“正是因为我打算全力以赴——而且知道必能成功——我才会为他们感到难过。你将成为主席！”

“而你将成为这所研究院的院长。”

“和你比起来还是小多了。”

“但在我死后呢？”阿玛狄洛近乎咆哮地说。

“我并没有看得那么远。”

“我很……”阿玛狄洛刚开口，就被传信装置发出的呜呜声打断了。他看也不看，便自然而然将手伸向“来件槽”。不久之后，那里吐出一张薄薄的纸条，阿玛狄洛瞄了一眼，嘴角便慢慢泛起笑意。

“那两艘降落在索拉利上的殖民者太空船——”他说。

“怎么样，院长？”曼达玛斯皱起了眉头。

“被摧毁了！两艘都毁了！”

“怎么毁的？”

“在一团辐射火焰中被炸毁了，这很容易从太空侦测到。你看出其中的意义了吗？索拉利人根本没走，而且，虽然索拉利是最弱小的太空族世界，仍能轻而易举地对付殖民者太空船。这对银河殖民者而言是奇耻大辱，他们是不会轻易忘记的。拿去，曼达玛斯，自己读读吧。”

曼达玛斯将那张纸条推到一旁。“但这并不一定代表索拉利人仍在那颗行星上，他们也许只是设下某种机关陷阱罢了。”

“直接攻击和机关生效又有什么差别呢？反正有两艘太空船被摧毁了。”

“这回他们是猝不及防。可是下次，当他们有备而去的时候呢？还有，万一他们将这件事视为太空族的蓄意攻击呢？”

“我们会回应说，银河殖民者是蓄意入侵，而索拉利人只是自卫罢了。”

“可是，院长，莫非你准备来一场口舌之战？万一银河殖民者懒得跟我们吵，直接将这个变故视为战端，立刻展开报复呢？”

“他们为何要那么做？”

“因为一旦自尊心受伤，他们就会像我们一样疯狂。不，更疯狂，因为他们有更强的暴力倾向。”

“他们会被打败的。”

“你自己也承认，就算他们被打败了，仍会对我们造成难以承受的伤害。”

“你要我怎么做呢？那两艘船又不是奥罗拉毁掉的。”

“说服主席发表一个声明，说奥罗拉跟这件事毫无关系，其他太空族世界也跟这件事毫无关系，所有的责任都该由索拉利独力承担。”

“你要背弃索拉利？那是懦夫的行径。”

曼达玛斯突然激动起来。“阿玛狄洛博士，难道你从未听过战略性撤退这种说法吗？我们只是用一个说得过去的借口，说服太空族世界暂时退几步。只要再等几个月，毁灭地球的计划就要成熟了。对其他太空族而言，或许很难这么忍气吞声，因为他们什么也不知道——可是我们心知肚明。事实上，既然你我知悉详情，不妨将这个事件视为所谓的上天恩赐。让银河殖民者把矛头对准索拉利吧，而我们则在地球上——神不知鬼不觉——准备替他们送终。还是你宁可在胜利的前夕，让我们的努力毁于一旦？”

在对方的炯炯目光瞪视下，阿玛狄洛开始不寒而栗。

52

在那两艘殖民者太空船出事之后，阿玛狄洛经历了有生以来最难熬的一段日子。幸好主席愿意听从他的劝告，采用了他所谓的“高明退让策略”。虽然这是个自相矛盾的说法，却引起主席无限的遐想，何况主席自己也擅长这一招。

立法局的其他成员就很难对付了。阿玛狄洛按捺住火气，不遗余力地说明战争的可怕，如果非打不可，也一定要选择适当时机——千万别选错了。他发明了一些解释时机未到的新奇理由，试图说服其他太空族世界的领导者。而想让他们就范，奥罗拉必须将盟主的气焰发挥到极致才行。

可是，当丹吉·贝莱船长带着他的要求一路飞来之际，阿玛狄洛觉得自己再也按捺不住——实在太过分了。

“完全没有这个可能。”阿玛狄洛说，“难道我们要让这个满脸胡须，穿着奇装异服，说话谁也听不懂的家伙降落在奥罗拉？难道要我出面请求立法局同意将一个太空族女人交到他手上？太空族女人啊，那会是百分之百史无前例的举动！”

曼达玛斯淡淡地说：“你以前总是把那个太空族女人称为‘索拉利女人’。”

“对我们而言，她的确是‘索拉利女人’，可是一旦牵涉到了银河殖民者，就该将她视为太空族女人。如果让他依照计划降落在索拉利，他的太空船可能也会被摧毁，而他自己和那女人势必一起送命。那个时候，我的政敌便会振振有词地指控我蓄意杀人——而我的政治生命就可能结束了。”

曼达玛斯说：“请反过来想想，我们辛苦了将近七年，就是为了要一举毁灭地球，如今只差几个月，这个计划就要大功告成了。在这么接近大获全胜的时刻，难道我们真要冒险开战，把我们的心血付之一炬吗？”

阿玛狄洛摇了摇头。“其实我没有什么选择的余地，小朋友。我若想说服立法局同意将那女人交给银河殖民者，根本不会有人理我。而我只要作出这个提议，事后就会有人用它来对付我。除了我的政治生命将岌岌可危，还可能为我们招来另一场战争。再说，谁也无法接受一个太空族女人为一个银河殖民者送命这种事。”

“你这么说，会有人以为你喜欢那个索拉利女人。”

“你知道事实刚好相反。我多么希望她早在两百年前就死了，但她现在不能这么死，不能死在殖民者太空船上。可是，我不该忘了她是你的曾曾曾祖母。”

曼达玛斯显得比平常更阴郁了一点。“这对我又有什么影响呢？我是一名太空族，我认同这个身份，也认同这个社会。我可不是从崇拜祖先的原始部落里冒出来的。”

接下来有那么片刻，曼达玛斯陷入沉默，那张瘦脸流露出一种全神贯注的表情。“阿玛狄洛博士，”他又说，“可否请你向立法局解释一下，我的这位老祖宗并不是要去当人质，而是因为她是在索拉利长大的，对那个世界有超乎常人的了解，所以能在探勘过程中扮演重要的角色，而这项探勘对我们和对银河殖民者同样很有用？毕竟，老实讲，难道我们不希望知道那些可恶的索拉利人到底在玩什么把戏吗？只要那女人活着回来，想必会带回一份完整的报告。”

阿玛狄洛努出下唇。“或许吧，但那女人必须是自愿的，还得明白表示她了解这件任务有多么重要，而她的确希望替奥罗拉尽这份义务。反之，绝对不能逼她这么做。”

“好吧，假设我去拜访我的这位老祖宗，设法说服她心甘情愿走这一趟；又假设你透过超波告诉那位殖民者船长，他可以在奥罗拉降落，而且可以把她带走，但他必须说服她自愿跟他走，或者，不管是否心甘情愿，至少她口头上要这么说。”

“我想这么做是不会有任何损失的，但我也看不出有成功的可能。”

结果出乎阿玛狄洛意料之外，他们竟然成功了。当曼达玛斯向他报告详细经过时，他不禁听得惊讶不已。

“我提到了那批人形机器人，”曼达玛斯说，“但她显然一无所知，而我由此推断法斯陀夫当年同样一无所知，这是始终令我百思不解的问题之一。然后我开始大谈特谈我的血统，以迫使她提起以利亚·贝莱那个地球人。”

“怎么样？”阿玛狄洛厉声问道。

“没怎么样，她只是想起这个人，提了几句罢了。那个想找她的银河殖民者是贝莱的后裔，我想这么一来，可能会让她把那个银河殖民者的要求更当一回事。”

总之，这个办法奏效了。接下来这几天，阿玛狄洛觉得索拉利危机所带来的持续压力好像突然消失了。

但也只有短短几天而已。

53

在这场危机当中，至少有一点令阿玛狄洛颇为庆幸，那就是瓦西莉娅一直没有出现在他面前。

如今绝非跟她见面的好时机。当他以全副精神面对一场真正危机时，可不想被任何琐事打扰，例如听到她——完全不顾法律现实——坚称某个机器人是她的。此外，她和曼达玛斯很容易为了该由谁来接掌机器人学研究院而吵起来，他同样不希望自己卷入这种争执。

反正他已经选定了曼达玛斯当自己的接班人。在这场危机中，曼达玛斯自始至终都紧盯着重大议题。当阿玛狄洛自己都觉得动摇之际，曼达玛斯仍然保持着绝对的冷静。想到那个索拉利女人可能会自愿前往索拉利的是曼达玛斯，而诱使她真正这么做的也是他。

假如他的毁灭地球计划果然成功了——非成功不可——那么阿玛狄洛可以预见曼达玛斯最后一定能当上立法局的主席。这甚至是天经地义的，阿玛狄洛难得不自私地这么想。

因此那天傍晚，他并没有怎么想到瓦西莉娅。在一小队机器人护卫下，他搭乘地面车离开研究院。车内除了机器人司机，还有两个机器人和他一起坐在后座。在寒风细雨的暮色中，那辆车将他送回自己的宅邸，随即又有两个机器人将他迎了进去。从头到尾，他都没有想到瓦西莉娅。

所以说，当他发现她坐在自己的起居室，正在用他的超波电视观看深奥的机器人芭蕾——他自己的几个机器人都待在壁凹中，而她带来的两个机器人则站在她后面——他最初的反应只是单纯的惊讶，并非气她竟然闯空门。

他花了一点时间调匀呼吸，才终于能开口讲话。这时他的火气上来了，厉声问道："你在这儿做什么？你是怎么进来的？"

瓦西莉娅相当镇定，毕竟她料到阿玛狄洛迟早会出现的。"我在这儿做什么？"她说，"当然是在等你。我进来毫无困难，你的机器人非常熟悉我的长相，也很清楚我在研究院的地位。如果我向他们保证我和你有约，他们怎么会不让我进来呢？"

"但你并未和我有约，你侵犯了我的隐私。"

"并不尽然。别人的机器人对你的信任总是有限度的。看看他们，他们的视线无时无刻不盯着我。假如我想弄乱你的东西，翻阅你的文件，或是趁你不在时动任何手脚，我向你保证那都是不可能的，我的两个机器人可不是他们的对手。"

"你可知道，"阿玛狄洛气急败坏地说，"你表现得完全不像一个太空族。你这么做太卑鄙了，我会记你一辈子。"

听到这种形容词，瓦西莉娅似乎有点脸色铁青。她压低声音，咬牙切齿地说："我也希望你牢牢记住，凯顿，我都为你做过些什么，而你居然对我讲这种脏话，我真想立刻走人，让你这辈子永远当个输家，就像过去两百年一样。"

"不管你怎么做，我都不会再输下去了。"

瓦西莉娅说："听你这么讲，仿佛你当真这么相信了。可是，明白吗，我知道的事比你来得多。我必须告诉你，如果没有我的介入，你将永远是输家。我不在乎你心里有什么盘算，更不在乎那个尖嘴猴腮的曼达玛斯替你准备了什么……"

“你为什么要提到他？”阿玛狄洛立刻追问。

“因为我想提就提。”瓦西莉娅带着几分轻蔑答道，“不论他做了些什么，或自认正在做什么——别怕，我对细节一无所知——反正是不会成功的。我或许对细节毫无概念，却知道那是不会成功的。”

“你这是在说疯话。”阿玛狄洛说。

“如果你不想把一切都毁了，凯顿，最好还是听听这些疯话吧。不只你自己而已，还可能牵连到所有的太空族世界。尽管如此，你或许还是不想听我这一番话，总之那是你的选择。所以请问，你选什么呢？”

“我为什么要听你这番话？可有任何正当理由吗？”

“理由之一，我曾经告诉你索拉利人正准备离开他们的世界。如果你把这句话听进去，事发之际就不会措手不及了。”

“这个索拉利危机会发展成我们的转机。”

“不，不会的。”瓦西莉娅说，“你或许会这么想，但其实不会的。它只会毁掉你——无论你采取什么紧急措施都没用——除非你愿意让我畅所欲言。”

阿玛狄洛的嘴唇泛白，而且在微微发抖。正如瓦西莉娅所说，他当了两百年的输家，欠缺自信在所难免，就连这个索拉利危机也帮不上忙，因此，他虽然应该命令机器人送客了，偏偏就是欠缺这个勇气。“好吧，长话短说。”他绷着脸说。

“如果长话短说，你是不可能相信我的，所以还是让我照自己的方式讲吧。你随时可以叫我闭嘴，可是这么一来，你等于毁了所有的太空族世界。当然，我是看不到这一天的，而且将来在历史上——请注意，是银河殖民者的历史——被写成有史以来最大输家的绝不会是我。我可以开始说了吗？”

阿玛狄洛瘫在一张椅子上。“那就说吧，说完之后赶紧走人。”

“我会的，凯顿，当然啦，除非你求我——非常客气地求我留下来帮你。我可以开始了吗？”

阿玛狄洛并未回应，瓦西莉娅便径自开始：“我告诉过你，当我在索拉利的时候，曾经注意到他们设计了一种非常特殊的正子径路型样。令我觉得——非常强烈地觉得——他们是在试图制造精神感应机器人。问题是，我为什么会有这个想法呢？”

阿玛狄洛恶狠狠地说：“我可不知道你发了什么癫。”

瓦西莉娅做个鬼脸一笑置之。“谢啦，凯顿。我花了好几个月思考这个问题，因为我不像某人那么鲁钝，以为自己是在发癫，我认为那是一种潜意识的记忆。我回忆起了自己的童年——那时我还把法斯陀夫当成我的父亲——有一天他心情大好，把他的机器人送了一个给我。你该了解，当他心情好的时候，总是会做些实验的。”

“又是吉斯卡吗？”阿玛狄洛不耐烦地喃喃道。

“是的，吉斯卡，不是他还是谁。当年我十几岁，但已经有了机器人学家的直觉，或者应该说，我生来就具有这种直觉。当时我懂得的数学非常少，却很能掌握型样的规律。其后几十年，我的数学知识稳定增长，但我在掌握型样这方面并没有多少进步。我父亲常说，‘小瓦西——’这也是他的实验，看看这类昵称会对我有什么作用，‘你对型样很有天分。’而我自己也这么想……”

阿玛狄洛说：“饶了我吧，我承认你有天分就是了。不过，我还没吃晚饭呢，你知道吗？”

“很好，”瓦西莉娅毫不犹豫地说，“那就邀我共进晚餐吧。”

阿玛狄洛一面皱眉头，一面举起手来随便做个手势。机器人显然都看懂了，立刻默默准备起来。

瓦西莉娅又说："我很爱替吉斯卡设计新的径路型样。我常去找法斯陀夫——当时我仍将他当作父亲——把我设计的型样拿给他看。有时他会摇摇头，边笑边说，'如果你在他脑中加入这个型样，可怜的吉斯卡非但不能再说话，而且会痛得不得了。'我记得曾经问他吉斯卡是否真有痛觉，我父亲答道，'我们并不清楚他有什么感觉，可是他的表现会像我们痛得不得了的时候一样，所以我们不妨认为他有痛觉。'

"不过，有时当我又这么做的时候，他会露出开怀的笑容说道，'嗯，这个不会伤到他，小瓦西，试试看会很有意思。'

"那时我就会动手。实验做完后，有时我会把它取出来，有时则会留在里面。我绝不是喜欢虐待吉斯卡，我想如果换成别人，或许会忍不住那么做。事实上，我非常喜欢吉斯卡，一点也不想伤害他。总之，当我觉得我所作的改良——我一向认为那都是改良——能够让吉斯卡说话更流利、动作更敏捷或更有趣，而且似乎毫无害处，我就会让它留下来。

"然后有一天……"

一个机器人站到了阿玛狄洛身边，由于并非真有紧急事件，它不敢打断客人的谈话。但阿玛狄洛立刻了解它的来意，问道："晚餐好了吗？"

"好了，先生。"机器人答道。

阿玛狄洛朝瓦西莉娅做了一个不耐烦的手势。"我邀请你共进晚餐。"

他们起身走向阿玛狄洛家的餐厅，这还是瓦西莉娅头一回去那里。毕竟，阿玛狄洛是个相当孤僻的人，出了名的不把社交礼仪放在眼里。曾有不少人劝他，如果能在家里招待宾客，他的政治生涯会更为一帆风顺，但他总是礼貌地微微一笑，回应道："这代价太高了。"

或许正因为他从来不在家中宴客，瓦西莉娅心想，所以那些家具看不出任何特色或创意。而最单调的莫过于那张餐桌以及上面的碗盘和餐具。至于墙壁，则一律是单色的垂直平面。总而言之，她想，没一样不令人倒胃口。

餐前汤品是标准的清汤，简直和那些家具一样单调，瓦西莉娅索然无味地一口口喝下去。

阿玛狄洛开口道："我亲爱的瓦西莉娅，你知道我一向都很有耐心。如果你想写自传，我是不反对的。可是，你当真打算在我面前背诵几章吗？如果真是这样，我必须直截了当告诉你，我真的没兴趣。"

瓦西莉娅说："再过一会儿，你就会变得极有兴趣了。话说回来，如果你真的那么迷恋失败，想要继续保持一事无成的纪录，就不妨直说吧。我会默默吃完这顿饭，然后默默离去。你真的希望这样吗？"

阿玛狄洛叹了一声。"好了，说下去吧，瓦西莉娅。"

瓦西莉娅说："然后有一天，我设计了一个新的型样，不但比我之前的设计都要更精巧、更有趣、更迷人，而且老实讲，甚至可以说是空前绝后的。我很想拿给我父亲看，不巧他到其他世界开会去了。

"我不知道他什么时候回来，只好暂时搁下这件事。可是我每天看着那个型样，越看越觉得有趣，越看越着迷。我终于再也等不下去，我就是做不到了。它看起来是那么美丽，如果还担心它会造成伤害，我认为那可就太荒谬了。当时我才十几岁，几乎仍是婴儿，还不算完全懂得什么是责任感，所以我用那个型样改造了吉斯卡的大脑。

“果真没有害处，这点立刻显而易见。他轻而易举通过测试，而且——在我看来——他要比以前聪明得多，理解速度也快得多。换句话说，我发觉他比以前更迷人、更可爱了。

“我很高兴，却也很紧张。我所做的事——未经法斯陀夫许可便擅自改造吉斯卡——严重违反了法斯陀夫定下的规矩，这点我很明白。可是，我当然不会把它改回来。当初在改造吉斯卡大脑时，我曾在心中自我安慰，告诉自己这个修改只是暂时性的，很快就会把它取消。然而，改造一旦完成，我就心知肚明，自己再也不会把它取消了，我就是不会那么做。事实上，为了避免影响这个结果，后来我再也没有对吉斯卡做过任何修改了。

“我也从未把这件事告诉法斯陀夫。有关这个神奇型样的一切记录都被我销毁了，因此法斯陀夫一直没有发现我私自改造过吉斯卡，一直没有！

“后来我们就分道扬镳了，我是指我和法斯陀夫，而他硬是不肯把吉斯卡让给我。我大声疾呼他是我的，拼命强调我很爱他，可是法斯陀夫的慈悲心肠——那是他一辈子都在极力炫耀的东西，什么爱是无私的，是不分大小的——从来无力阻止他的私欲。他分给我一些我根本不喜欢的机器人，但坚持要把吉斯卡留给自己。

“而他在死前，竟然把吉斯卡留给那个索拉利女人——等于最后又狠狠掴了我一巴掌。”

这时阿玛狄洛正在吃鲑鱼慕斯，但吃到一半就停了下来。“你讲了这么一大堆，如果是为了帮助你把吉斯卡的所有权从那个索拉利女人手中抢过来，那就是白费力气了。我已经向你详细解释过，我绝不能推翻法斯陀夫的遗嘱。”

“其实还有更重要的原因，凯顿，”瓦西莉娅说，“更重要得多，更重要无数倍。你要我到此为止吗？”

阿玛狄洛咧嘴挤出一抹苦笑。“既然已经听了那么多，我就继续当个疯子听下去吧。”

“如果不听下去，你才是疯子呢，因为我马上要讲到重点了——我从来没有忘记吉斯卡，更没有忘记他是被人抢走的，但我就是从未想到自己曾在无人知晓的情况下，用那个型样改造过他。我相当确定后来我无论如何也无法重复那个结果，而根据我的印象，我在钻研机器人学的过程中，也始终没有见过那种型样，直到——直到我在索拉利上，无意中瞥见类似的设计为止。

“那个索拉利专家所设计的型样令我觉得眼熟，但我也不知道为什么。我绞尽脑汁想了好几个星期，终于从我的潜意识中挖掘出那段深藏的记忆，也就是两百五十年前，我凭空想出的那个独一无二的型样。

“虽然我记不清那个型样的细节，但我知道那个索拉利上的型样稍有它的影子，稍有而已。我是因为看到一个绝顶复杂的对称性，才产生了这方面的一点联想，但由于我浸淫在机器人学已经长达两百五十年，经验告诉我那个型样和精神感应有关。如果那么简单、那么无趣的型样都能令我联想到精神感应，那么我的原始设计——那个我儿时发明的、后来再也无法复制的型样——代表着什么意义呢？”

阿玛狄洛说：“你一直在强调要说到重点了，瓦西莉娅。如果我请你别再无病呻吟，别再缅怀往事，赶紧用简单明了的方式讲出重点，应该不算非常不讲理吧？”

瓦西莉娅说：“万分乐意。我要告诉你的是，凯顿，不知不觉间，我竟然让吉斯卡变成了一个精神感应机器人，而且他一直维持着这个能力。”

54

阿玛狄洛望着瓦西莉娅好一阵子，然后，由于她的故事似乎说完了，他又举起刀叉，若有所思地吃了一两口刚才剩下的鲑鱼慕斯。

然后他说："不可能！你以为我是白痴吗？"

"我以为你是永远的输家。"瓦西莉娅道，"我可没说吉斯卡真有什么读心术，也没说他能收发字句或想法。或许那是不可能的，哪怕只是理论上。但我相当肯定他能侦测到情感以及一般的精神活动，甚至也许还能进行修改。"

阿玛狄洛拼命摇头。"不可能！"

"不可能？想想看，两百年前，你几乎已经要取得胜利，法斯陀夫是你的囊中物，而侯德主席是你的盟友。然后发生了什么事？为何突然一切都走样了？"

"那个地球人……"想起那段往事，阿玛狄洛说不下去了。

"那个地球人，那个地球人。"瓦西莉娅模仿他的口吻，"还是那个索拉利女人？都不是！都不是！其实是吉斯卡，他一直在附近，不断在感应，不断在作调整。"

"他为何要这么做？他只是机器人。"

"所以他忠于主人，忠于法斯陀夫。根据第一法则，他必须确保法斯陀夫不受任何伤害，而既然拥有精神感应，他不得不扩大解释伤害的意义。他知道，如果法斯陀夫无法实现理想，无法鼓励人类开拓其他的可住人世界，他就会感到极度失望，而在吉斯卡的精神感应心目中，那就是一种‘伤害’。他必须阻止这种事，而他也真的出手阻止了。”

“不，不，不。”阿玛狄洛万分厌恶地说，“你希望这是真的，那是出于你某种狂野的、浪漫的渴望，但渴望并不等于事实。我太清楚当时的情况了，都是那个地球人，根本不需要精神感应机器人来解释这一切。”

“后来又发生了些什么呢，凯顿？”瓦西莉娅追问，“过去两百年来，你曾经赢过法斯陀夫一次吗？当所有的事实都对你有利时，当法斯陀夫的政策显然破产时，你可曾掌握过立法局的多数民意？还有，你可曾对主席产生过足够的影响，让你自己获得真正的权力？

“这点你要如何解释，阿玛狄洛？过去两百年来，那个地球人都不在奥罗拉。他已经死了一百六十几年，只活了短短八十个年头而已。但你却继续失败——这是你一直保持的光荣纪录。即使现在法斯陀夫死了，而他的党羽四分五裂，你到底从中得到了多少利益？你是否觉得成功依旧离你好远？

“对方现在还剩下什么？那地球人不在了，法斯陀夫也不在了。一直跟你作对的是吉斯卡——而吉斯卡还在。他现在效忠那个索拉利女人，就像当年他效忠法斯陀夫一样，可是我想，那索拉利女人绝无可能喜欢你。”

阿玛狄洛脸上堆满了愤怒和挫折。“事实并非如此，并非如此，这些都是你的幻想。”

瓦西莉娅依然保持冷静。“不，我不是在幻想，而是在作解释，我解释了许多你始终无法解释的事情。难道你还有其他的解释吗？我可以提供你一道良策。把吉斯卡的所有权从那索拉利女人手中转移到我这里，然后一夕之间，你的许多阻力都会开始化为助力。”

“不，”阿玛狄洛说，“它们已经逐渐成为我的助力了。”

“你可以这么想，但只要吉斯卡仍旧和你作对，你就不会真有任何助力。不论你多么接近成功，不论你多么确定胜券在握，只要吉斯卡没站在你这边，一切都会化为泡影。这种事两百年前就发生过，现在还会再重演一遍。”

阿玛狄洛的表情突然变轻松了，他说：“嗯，仔细想想，虽然吉斯卡既不在我手里，也不在你手中，但是不要紧，因为我能向你证明吉斯卡并没有精神感应。倘若如你所说，他真具有这种能力，能把情势扭转到他喜欢的方向，或是他的主人所喜欢的方向，他又怎么会让那个索拉利女人被带到可能令她送命的地方呢？”

“送命？你在说些什么，凯顿？”

“莫非你不知道，瓦西莉娅，有两艘殖民者太空船在索拉利被摧毁了？难道你最近完全不问世事，专心在梦想那个什么型样，以及你那些改造机器人的童年英勇事迹？”

“你并不擅长挖苦人，凯顿。我听说了那则新闻，但又怎么样呢？”

“为了展开调查，又有一艘殖民者太空船要前往索拉利，它或许也会遭到摧毁。”

“是有可能。话说回来，他们应该会采取预防措施。”

“没错，他们把那个索拉利女人要了去。他们觉得她对那颗行星有足够的了解，能替他们消灾解难。”

瓦西莉娅说：“那几乎是不可能的事，因为她已经两百年没回去了。”

“对！所以她和他们一起送命的机会很大。我个人一点都不在乎这件事，甚至很乐意听到她的死讯，而我想你也一样。除此之外，这会给我们一个向殖民者世界抗议的绝佳借口，而且会让他们难以坚持那些船只是遭到奥罗拉的蓄意攻击。我们怎么可能杀害自己的同胞呢？现在的问题是，瓦西莉娅，假如吉斯卡真有你所声称的那种能力——以及那种忠心——他怎么会允许那个索拉利女人自愿参加极有可能令她丧命的行动呢？”

瓦西莉娅大吃一惊。“她是自愿去的吗？”

“那还用说，她是百分之百自愿的。我绝不可能强迫她做这种事，那会毁了我的政治前途。”

“但我不明白……”

“你只需要明白吉斯卡只是普通的机器人就行了。”

瓦西莉娅以手支颐，僵在椅子里好一阵子。然后她慢慢说道：“机器人一律不准到殖民者世界或殖民者太空船上。这就意味着她是自己去的，并没有带机器人。”

“喔，不，当然不是这样。既然他们希望她自愿走这一趟，就得接受她的随身机器人。因此同行的还有那个仿人的机器人丹尼尔，以及——”他顿了顿，嘘了一声才说，“吉斯卡。除了他还会有谁呢？所以说，你心目中的那个神奇机器人同样送死去了。他再也不……”

他越说越小声。瓦西莉娅早已站了起来，只见她满脸通红，双眼迸出怒火。

“你是说吉斯卡走了？他搭乘殖民者太空船离开了这个世界？凯顿，你可能把我们都给毁了！”

55

两人谁也没有吃完晚餐。

瓦西莉娅快步走出餐厅，消失在卫生间内。阿玛狄洛纵使极力保持理智，仍在门外冲着她高声大喊，虽然明知这么做实在有失尊严。

他喊道："这更加显示吉斯卡只不过是普通的机器人。否则，他为什么会愿意陪他的主人一起去索拉利送死？"

冲水和洗手的声音总算停止了，瓦西莉娅走了出来，她的脸不但洗得很干净，而且冷静得几乎没有任何表情。

她说："你真的不明白吗？你令我难以置信，凯顿。好好想一想，只要吉斯卡能够影响人类的心灵，他自己就永远不会有危险，对不对？而只要吉斯卡全力照顾那索拉利女人，她同样不会有任何危险。那个把她带走的银河殖民者，当初拜访她的时候，一定已经获悉这个索拉利女人有两百年没回索拉利了，所以不太可能继续相信她能够起什么作用。由于她的缘故，他带吉斯卡同行，但他同样不知道吉斯卡能起什么作用——莫非他真的知道？"

她想了一会儿，然后慢慢地说："不，他不可能知道。既然过去两百多年来，谁也未曾洞悉吉斯卡具有精神感应力，显然吉斯卡不想让任何人猜到这个事实——如果真是这样，那就不可能有人猜得到。"

阿玛狄洛挑衅似的说："你自己就声称知道真相。"

瓦西莉娅说："我有特殊的背景，凯顿，即便如此，我也是直到现在才恍然大悟的——这还多亏我在索拉利上得到的启示。想必连我的心灵都给吉斯卡蒙蔽了，否则我老早就会看清真相。我怀疑法斯陀夫是否知……"

"认定吉斯卡只是普通的机器人，"阿玛狄洛惶惶不安地说，"可要容易得多了。"

"你这是在抄捷径奔向坟墓，凯顿，但我可不会让你这么做，不论你自己活得多么不耐烦。目前的情势是，那个银河殖民者如愿地带走了那索拉利女人，虽说他已经发现她起不了什么作用，甚至根本没用。而那索拉利女人也自愿走这一趟，虽说她一定很怕和一群浑身是病的野蛮人同乘一艘太空船，而且明知自己非常可能死在索拉利上。

"所以依我看，这些都是吉斯卡在幕后推动的，他迫使那个银河殖民者毫无道理地继续争取那索拉利女人，又迫使那个索拉利女人毫无道理地接受这份差事。"

阿玛狄洛说："可是为什么呢？我能否问问这个简单的问题？为什么？"

"我想，凯顿，是因为吉斯卡觉得有必要离开奥罗拉——莫非他猜到了我即将获悉他的秘密？如果真是这样，多半是他还不确定以他目前的能力能否影响得了我，毕竟我是个高明的机器人学家。此外，他不会忘记我曾经是他的主人，身为机器人，他很难把忠诚这项要求抛在脑后。或许他觉得唯有让自己远离我的势力范围，他才能确保那索拉利女人的安全。"

她仰头望向阿玛狄洛，坚定地说："凯顿，我们一定要把他弄回来。我们不能让他躲在哪个殖民者世界，去推动银河殖民者的理想。他已经在我们中间造成很大的伤害，我们一定要把他弄回来，然后你一定要让我成为他的合法主人。我能对付他，让他替我们工作，我可以向你保证。记住！我是唯一能够对付他的人。”

阿玛狄洛说：“我看不出有什么好担心的。至少有九成的可能，他只是普通的机器人，所以一定会毁在索拉利，而我们便能同时摆脱他和那个索拉利女人。剩下那不到一成的可能性，也就是你把他说对了，那么他一定不会毁在索拉利，可是这么一来，他就得回到奥罗拉。毕竟，那个索拉利女人虽然并非生在奥罗拉，却在奥罗拉住了很长的时间，她绝对无法和那些野蛮人生活在一起——当她坚持要返回文明世界的时候，吉斯卡就不得不跟她一起回来了。”

瓦西莉娅说：“枉费我讲了那么多，凯顿，你还是不了解吉斯卡的能力。如果他觉得有必要远离奥罗拉，便能轻而易举地调整那索拉利女人的心理状态，让她能够忍受殖民者世界的生活，正如他当初让她自愿登上殖民者太空船一样。”

“好吧，如果有必要，我们大可护送那艘殖民者太空船——包括那个索拉利女人以及吉斯卡——回到奥罗拉。”

“你打算怎么做？”

“会有办法的。尽管显然你认为自己是这颗行星上唯一脑袋清楚的人，事实上，我们其他人也并不是笨蛋。那艘殖民者太空船之所以前往索拉利，是去调查先前那两艘船究竟如何遇难的，但我希望你不会真的以为我们打算仰赖那些野蛮人，或是仰赖那索拉利女人的机器人。与此同时，我们派了两艘自己的战舰前往索拉利，而我们并不认为他们会有任何风险。如果还有索拉利人待在那颗行星上，他们或许能够摧毁原始的殖民者太空船，但他们可没办法撼动奥罗拉的战舰。所以说，如果那艘殖民者太空船因为吉斯卡的某种魔法……”

“不是什么魔法，”瓦西莉娅以刻薄的口吻说，“而是精神影响力。”

“好吧，如果那艘殖民者太空船因为某种缘故，居然能够飞离索拉利，我们的战舰就会把他们拦下来，客客气气地请他们交出那索拉利女人和她的机器人。如果他们不从，我们就会坚持要这艘殖民者太空船和我们一起飞回奥罗拉。从头到尾都不会出现敌对状态，我们的战舰只是要护送一名奥罗拉公民返回她的母星。一旦那索拉利女人和她的机器人回到奥罗拉，那艘殖民者太空船立刻可以飞往自己的目的地。”

瓦西莉娅无精打采地点了点头。“听起来不错，凯顿，但你可知道我觉得会怎么发展吗？”

“怎么发展，瓦西莉娅？”

“在我看来，那艘殖民者太空船的确会飞离索拉利，但我们的战舰却不会。不论索拉利上有什么力量，吉斯卡都有办法对付，可是我担心，也只有他能对付而已。”

“万一发生这种事，”阿玛狄洛冷冷一笑，“我就会承认你的幻想多少有些真实成分。但不会发生的。”

56

次日清晨，瓦西莉娅的头号随身机器人——外形相当女性化的娜迪拉——来到瓦西莉娅床边。瓦西莉娅醒了过来，闭着眼睛问道：“什么事，娜迪拉？”（她根本不必张开眼睛。除了娜迪拉，近百年来谁也没有接近过睡梦中的她。）

娜迪拉轻声说：“女士，阿玛狄洛博士要求你去研究院。”

瓦西莉娅猛然睁开眼睛。“什么时候了？”

“0517时，女士。”

“天还没亮吧？”瓦西莉娅气呼呼地说。

“是的，女士。”

“他什么时候要见我？”

“现在，女士。”

“为什么？”

“他的机器人并未告知我们，女士，但他们说是很重要的事。”

瓦西莉娅用力掀开被单。“我要先吃早餐，娜迪拉，饭前还要先冲个澡。叫阿玛狄洛的机器人待在访客壁凹里等我，他们如果开口催促，提醒他们这里可是我的宅邸。”

余怒未消的瓦西莉娅并未刻意加快速度。事实上，她花了更多的力气梳妆打扮，而早餐也吃得比平时更悠闲。（通常她在这两件事情上不会花太多时间。）她顺便看了看新闻报道，没有任何风吹草动足以解释阿玛狄洛的紧急召唤。

当地面车（里面除了她还坐着四个机器人——两个是她的，另外两个则是阿玛狄洛派来的）将她带到研究院时，太阳正从地平线上逐渐升起。

阿玛狄洛抬起头来。“唉，你终于来了。”他尚未关闭办公室的墙壁照明，虽然现在根本不需要了。

“抱歉我严重迟到，”瓦西莉娅硬邦邦地说，“我很清楚，不该等到日出时分才赶来上班。”

“别说笑了，瓦西莉娅，拜托。我很快就得赶去立法局，主席比我起得还早呢——瓦西莉娅，我不该对你的说法存疑，我诚心诚意向你郑重道歉。”

“所以说，那艘殖民者太空船安全起飞了？”

“没错。而且不出你所料，我们的战舰被毁了一艘。消息尚未正式公布，但这种风声当然迟早会走漏的。”

瓦西莉娅睁大眼睛。当初在作这个预测的时候，其实她并没有像表现出来的那么有信心，但现在显然不适合招认这件事。她真正说出口的是：“所以，你终于相信吉斯卡具有非凡能力的事实了。”

阿玛狄洛小心谨慎地说：“虽然并未看到什么严谨的证明，但在获得更进一步的讯息之前，我愿意暂且接受这个说法，现在我想知道的是下一步我们该怎么做。立法局完全不晓得吉斯卡的事，而我也不打算告诉他们。”

“我很高兴你的脑袋清楚到了这个程度，凯顿。”

“但真正了解吉斯卡的是你，你比谁都清楚该怎么做。所以，请问我在立法局该说些什么？我该如何解释这件事，才不至于泄露全盘真相？”

“视情况而定。那艘殖民者太空船既然离开了索拉利，现在它往哪里去呢？我们能知道吗？毕竟，如果它正飞回奥罗拉，我们什么也不必做，等它回来再说就行了。”

“它不是飞回奥罗拉。”阿玛狄洛斩钉截铁地说，“这点似乎又被你说对了。吉斯卡——假设一切都是他在幕后操纵——似乎决心远走高飞。那艘船发回母星的电文被我们截收到了，当然是用密码，但银河殖民者的密码没有我们不能破解的……”

“我猜他们也破解了我们的密码。我很纳闷双方为何不能达成协议，一律使用明码发讯，这样能省很多麻烦。”

阿玛狄洛不置可否地耸了耸肩。“别管那个了，重要的是那艘殖民者太空船正在飞回它的母星。”

“那索拉利女人和两个机器人也在上面？”

“当然。”

“你确定吗？这三个人没有留在索拉利？”

“我们十分确定。”阿玛狄洛不耐烦地说，“他们能够安然离去，显然是多亏了那个索拉利女人。”

“她？怎么做到的？”

“我们还不知道。”

瓦西莉娅说：“一定是吉斯卡做的，他让一切看起来像是那索拉利女人的功劳。”

“我们现在怎么办？”

“一定要把吉斯卡弄回来。”

“没错，但我恐怕无法说服立法局，冒着引发星际危机的风险去索讨一个机器人。”

“不是要你那么做，凯顿。你该索讨的是那个索拉利女人，我们绝对有权做这样的要求。你以为她会自己单独回来吗？或者吉斯卡会让她不带着他回来吗？或者那殖民者世界会希望单独留下她的两个机器人吗？把她要回来，态度要强硬。她是奥罗拉公民，是被出借前往索拉利出一趟任务，现在任务完成了，他们必须马上将她送回来。把话说狠一点，好像不惜开战一样。”

“我们不能冒险开战，瓦西莉娅。”

“不会冒险的，吉斯卡不会采取任何可能直接导致战争的行动。如果银河殖民者的领导阶层拒绝你的要求，而且同样说了狠话，吉斯卡一定会对那些领导者进行必要的调整，好让他们乖乖把那个索拉利女人送回奥罗拉。至于他自己，当然会跟她一起回来。”

阿玛狄洛郁郁寡欢地说：“一旦他回来，我想他会立刻影响我们，我们就会忘了他的能力，对他视而不见，而他便能继续他自己的神秘计划。”

瓦西莉娅仰头大笑。“门都没有。要知道，我了解吉斯卡，我能够对付他。我只要你把他讨回来，并说服立法局推翻法斯陀夫的遗嘱——这是可行的，你一定办得到——以便把吉斯卡正式交给我。然后他就会为我们效命；奥罗拉就会统领整个银河；你就会当上立法局的主席，直到死于任上为止；而我则会继任机器人学研究院院长的职位。”

“你确定一切都会照你所说的发展吗？”

“绝对确定。你只管发出一封措辞强硬的电文，我保证其他事情通通会水到渠成——我们和太空族会大获全胜，地球和银河殖民者则会一败涂地。”

第十四章
对决

57

嘉蒂雅凝望着荧幕上的奥罗拉星。在奥罗拉之阳照耀下，它有一大半是白昼区，而它表面的云层似乎正沿着昼夜界线在不断翻滚。

“我们当然并没有那么接近。”她说。

丹吉微微一笑。“当然没有，我们是用相当好的望远镜在观察它。以目前的盘旋轨迹来算，还有好几天的航程呢。如果我们有反重力引擎，太空飞行才会真正变得又快又简单——物理学家一直梦想把它做出来，但似乎就是无能为力。如今的跃迁，为了安全起见，只能将我们送到和目标行星还有很大一段距离的地方。”

“怪了。”嘉蒂雅若有所思地说。

“怎么了，夫人？”

“在前往索拉利途中，我在心中告诉自己‘我要回家了。’可是当我踏上索拉利，却根本没有回家的感觉。现在我们飞向奥罗拉，我又在心中说‘这次真的要回家了。’但——下面那个世界也并不是我的家。”

“那么，你的家到底在哪里，夫人？”

“我开始糊涂了。但你为何坚持要叫我‘夫人’呢？”

丹吉显得很惊讶。“你比较喜欢‘嘉蒂雅女士’这个称呼吗，嘉蒂雅女士？”

“那也只是虚伪的客套。我对你而言就是一位女士吗？”

“虚伪的客套？当然不会。不然银河殖民者又该如何称呼太空族呢？我试着既要有礼貌，又要符合你们的习俗——以便让你感到宾至如归。”

“但这么做并不会让我感到宾至如归。叫我嘉蒂雅吧，我之前就这么建议过。况且，我一直叫你‘丹吉’。”

“我听来蛮顺耳的，只不过在我的船员面前，我希望你称我‘船长’，而我一律称你‘夫人’，这样才不会坏了规矩。”

“好的，没问题。”嘉蒂雅随口答道，目光又向奥罗拉望去，“我根本没有家。”

她猛然转身面向丹吉。“你有没有可能带我去地球，丹吉？”

“有可能啊，”丹吉微微一笑，“但只怕你不想去——嘉蒂雅。”

“我相信我会想去的，”嘉蒂雅说，“除非我丧失了勇气。”

“你的确有机会染上疾病，”丹吉说，“太空族怕的就是这个，对不对？”

“或许怕过头了。毕竟，我和你的老祖宗交往过，但我并未受到感染。我在这艘船上待了那么久，目前也仍旧平安无事。瞧，你现在离我那么近。我甚至到过你们的世界，面对过好几千名听众。我相信我已经产生了若干抵抗力。”

“我必须告诉你，嘉蒂雅，地球要比贝莱星拥挤上千倍。”

“那又何妨，”嘉蒂雅越说越兴奋，“我对许多事的想法都已经完全改变了。我曾经告诉你，在活了两百三十多年之后，生命已经没什么意义，事实证明我错了。我在贝莱星的经历——我所作的演讲，以及听众的反应——对我而言都是崭新的、做梦也想不到的事情。我觉得好像重新活了一遍，一切又从童年开始。如今在我看来，即使命丧地球也是值得的，因为我会以一颗年轻的心为生命奋战到最后一刻，而不是以一副老朽的身躯迎接并拥抱死亡。”

“很好！”丹吉夸张地举起双臂，摆出一个英勇的姿势，“你的口气让我联想到了超波历史剧。你们在奥罗拉也看这种东西吗？”

“当然，大家都非常爱看。”

“你是在模仿哪一出吗，嘉蒂雅？或者这真是你的肺腑之言？”

嘉蒂雅哈哈大笑。“我想我的口气有点蠢，丹吉，但有趣的是，这还真是我的肺腑之言——除非我丧失了勇气。”

“既然如此，就这么说定了，我们到地球去吧。我想他们不会认为值得为你打上一仗，尤其是你若能如他们所愿，针对这趟索拉利之行作个完整的报告，然后——不知你有没有这么做过——以太空族的荣誉，保证你一定会回来。”

“但我不会回来了。”

“但你可能会改变主意的。而现在，夫人——不，嘉蒂雅——和你聊天总是一件赏心乐事，但我总是不知不觉把太多时间花在这上面，而我确定现在必须到驾驶舱去了。如果他们其实根本不需要我，我也希望他们并没有发觉。”

58

“是你做的吗，吉斯卡好友？”

“你指的是什么事，丹尼尔好友？”

“嘉蒂雅女士急于要去地球，甚至或许不回来了。像她这样的太空族，万万不该有这种念头，所以我忍不住怀疑是你对她的心灵动了手脚，才会让她有这种违背常理的感受。”

吉斯卡说：“我可没碰她。在三大法则的束缚下，要影响任何人都是困难重重的事。如果此人的安全由你直接负责，要影响她的心灵就更加困难了。”

“那她为什么想去地球呢？”

“她在贝莱星的经历大大改变了她的人生观。她有了使命感，想要确保银河的和平，而且迫不及待。”

“这样的话，吉斯卡好友，你何不干脆用你的老办法，说服船长直接前往地球呢？”

“那样会制造许多麻烦。奥罗拉当局态度强硬，坚持要求嘉蒂雅女士回奥罗拉，所以我们最好配合，至少暂时这么做。”

“但这么做会有危险。”丹尼尔说。

“所以说，丹尼尔好友，你仍然认为他们要的是我，因为他们已经获悉我的能力？”

“我想不出其他原因，会让他们坚持非要嘉蒂雅女士回去不可。”

吉斯卡说：“我懂了，模仿人类的思考模式是有风险的，你可能会假设一些并不存在的麻烦。就算奥罗拉上有人怀疑我具有特殊能力，我也能用这个能力消除对方的疑虑。没什么好怕的，丹尼尔好友。”

丹尼尔勉强答道：“你说了算，吉斯卡好友。”

59

嘉蒂雅一面若有所思地环顾四周，一面随手一挥，将身旁的机器人通通打发走了。

然后，她盯着自己那只手，仿佛从来没有见过它一样。在她和丹吉钻进登陆奥罗拉的小艇之前，她就是用这只手和船上每一名成员逐一握过。当她承诺一定会回来时，众人立刻高声欢呼，而尼斯则声泪俱下地说：“我们一定要等到你才走，夫人。”

他们的欢呼令她兴奋不已。虽然她的机器人永远忠诚地、耐心地服侍她，可是从来不会对她欢呼。

丹吉以好奇的目光望着她。“你现在当然回到家了，嘉蒂雅。”他开口说道。

“我回到了我的宅邸。”她低声答道，“自从两百年前，法斯陀夫博士让我住在这里，它就一直是我的宅邸，但我还是感到陌生。”

“我才会感到陌生呢，”丹吉说，“单独待在这里，我会有失落感。”他带着似笑非笑的表情，四下打量着华丽的家具以及装饰精美的墙壁。

“你不会落单的，丹吉，”嘉蒂雅说，“我的管家机器人会陪着你。他们都内建有完整的待客指令，会尽力让你觉得宾至如归。”

“他们听得懂我的殖民者口音吗？”

“如果没听懂，他们会请你再说一遍，那时你就得配合手势慢慢说。他们会替你准备食物，还会向你说明如何使用客房内的设备——同时也会仔细盯着你，确保你别出现逾矩的行为。必要时他们还会阻止你，但不会让你受到任何伤害。”

“他们该不会以为我并非人类吧？”

“像那个监督员那样？不会的，我可以向你保证，丹吉。只不过，你的胡子和口音或许会让他们的反应延迟一两秒。”

“如果有人闯进来，我想他们会保护我吧？”

“一定会，但不会有人闯进来的。”

“立法局也许会想把我从这儿抓走。”

“那么他们会派机器人来，而我的机器人会把它们赶走。”

“万一他们的机器人强过你的机器人呢？”

“不会发生这种事，丹吉，任何宅邸都是神圣不可侵犯的。”

“得了吧，嘉蒂雅，你是指从来没有人……”

“从来没有人这么做！”她立刻回嘴，“你只管舒舒服服待在这儿，我的机器人会把你照顾得无微不至。如果你想联络你的太空船，或是联络贝莱星，甚至奥罗拉立法局，他们都完全知道该怎么做，你连手指都不必动一动。”

丹吉瘫坐到最近的一张椅子上，四肢摊开，重重叹了一口气。

“殖民者世界禁止机器人是多么明智啊。你可知道，如果我待在这样的社会，多久之后就会腐化成懒散的废物？顶多只要五分钟。事实上，我已经腐化了。”他打个呵欠，还夸张地伸个懒腰，“他们准不准我睡觉？”

“当然准。如果你睡着了，管家机器人会尽力提供你一个安静而幽暗的睡眠环境。”

丹吉突然坐直了身子。“万一你不回来了呢？”

“我为什么会不回来？”

“立法局似乎迫不及待要找你。”

“他们不能留置我。我是自由的奥罗拉公民，爱去哪儿就去哪儿。”

“政府总是能炮制一些紧急状况——在紧急状况下，任何法规都可以打破。”

“胡说。吉斯卡，我会被留置在那里吗？”

吉斯卡说：“嘉蒂雅女士，你不会被留置在那里，船长根本不必担心这种事。”

“听到了吧，丹吉。你的老祖宗和我最后一次见面的时候，叫我要永远信任吉斯卡。”

“很好！太好了！反正我之所以陪你下来，嘉蒂雅，就是要确保能把你带回去。请记住这一点，如果有必要，也请告诉你们的阿玛狄洛博士。如果他们试图强行留置你，那么他们也得把我关起来——而我的太空船目前在轨道上，万一发生这种事，它能作出最强烈的反应。”

“不，拜托。”嘉蒂雅显得有些不安，“千万别动这个念头。奥罗拉也有自己的船舰，我敢说你的太空船正遭受监控。”

“不过两者还是有所不同，嘉蒂雅。我非常怀疑奥罗拉真的会愿意为你开战，但另一方面，贝莱星可不会犹豫。”

“绝不可能。我也不希望他们为了我打起来。总之，他们为何要那么做呢？因为我是你们那位老祖宗的朋友吗？”

“并不尽然。我认为不会有人真正相信你就是他的那个朋友，你的曾祖母或许有可能，但绝不是你，连我都不相信那就是你。”

“你明明知道就是我。”

“仅仅在理性层次。感性层次我就觉得难以接受，那可是两百年前的事。”

嘉蒂雅摇了摇头。“短寿命造成了你的短视。”

“或许我们无一例外，但这没什么关系。贝莱星会那么重视你，主要是因为你的那场演说。你是他们心目中的英雄，所以他们下定决心要把你介绍给地球，谁也不能阻止他们这么做。”

嘉蒂雅受宠若惊地说：“介绍给地球？有正式的仪式吗？”

“最正式的仪式。”

“你们为何把这件事看得那么重要，甚至不惜因而开战？”

“这点我不确定能不能对太空族解释清楚。地球是个很特殊的世界，地球是一个——神圣的世界，是唯一真实的世界。地球是人类的发源地，只有在这个世界上，人类曾和众生万物一起演化，一起发展，一起生活。贝莱星也有树木和昆虫——但地球上的树木和昆虫却种类繁多，这种多样化只有在地球才看得到。殖民者世界通通是仿制品，而且是拙劣的仿制品。如果不能从地球汲取知性的、灵性的以及文化的力量，这些世界根本无法生存。”

嘉蒂雅说：“这和太空族对地球所抱持的观点几乎相反。当我们提到地球——其实机会很少——总觉得它是个野蛮而衰败的世界。”

丹吉涨红了脸。“这正是太空族世界持续不断衰弱的原因。就像我说过的，你们好像是被拔了根的植物、被切掉心脏的动物。”

嘉蒂雅说：“嗯，我期待早日亲眼看到地球，但我现在必须走了。我不在的时候，请把这座宅邸当成你自己的家。”她迅速走到门口，突然停下脚步，转过头来，“宅邸里面没有任何酒精饮料，甚至整个奥罗拉都没有。当然也没有烟草，更没有生物碱类的兴奋剂，总之你们——你们惯用的人工刺激品通通没有。”

丹吉咧嘴苦笑。“银河殖民者都很清楚这件事，你们太空族非常禁欲。”

“绝不是禁欲。”嘉蒂雅皱着眉头说，“三四百年的寿命是要付出代价的——这便是代价之一。你不会以为我们是在仰仗魔法吧？”

“好吧，我会将就着喝点健康的果汁和消毒过的类咖啡——还会找几朵花来闻闻。”

“这些东西就多得很了。”嘉蒂雅冷冷地说，“而且我肯定，不管你出现任何脱瘾症状，等你回到船上，都可以好好弥补一番。”

“只有看不到你才会令我产生脱瘾症状，夫人。”丹吉一脸严肃地这样说道。

嘉蒂雅不得不微笑以对。“你是个无药可救的骗子，船长。我会回来的。丹尼尔，吉斯卡，走吧。”

60

嘉蒂雅拘谨地坐在阿玛狄洛的办公室。过去两百年来，她一律只有在远处或荧幕上见过阿玛狄洛——每一次，她照例都会转过头去，因为她只记得他是法斯陀夫的死对头。今天是她头一回和他共处一室——而且还是面对面——她提醒自己务必面无表情，以免目光中透出恨意。

虽然只有她和阿玛狄洛是这间办公室里真正的实体，但还有十多个政府高官——包括主席本人——是透过密封波的传输，以全息影像出席这场会议的。嘉蒂雅认出了主席以及其中几位官员。

这是令人难受的经验。它和索拉利上无所不在的显像十分类似，虽然她从小就习惯了这种事，但每次想起来，都会伴随着不愉快的回忆。

她尽力以清楚、平实而且简明扼要的方式发言。而回答任何提问时，她总是在不失清晰的情况下尽量简短，在不失礼貌的情况下尽量不表明立场。

主席神情漠然地仔细聆听，其他人则纷纷仿效。他显然年事已高——话说回来，主席总是这种年纪，因为坐上这个位置的时候，他们通常已经到了人生的暮年。这位主席有着一张长脸、两道浓眉，以及一头仍旧浓密的头发。他的声音柔和而悦耳，可是一点也不友善。

等到嘉蒂雅说完后，他开口道：“所以说，你是在暗示索拉利人重新定义了‘人类’，将它窄化到只适用于索拉利人。”

“我并没有作任何暗示，主席先生。只不过针对这一连串的事件，谁也想不出任何其他的解释。”

“你知不知道，嘉蒂雅女士，在整个机器人学发展史上，从来没有人使用窄化的‘人类定义’设计过机器人？”

“我不是机器人学家，主席先生，我对正子径路的数学一窍不通。既然您说从来没有，我当然愿意相信。然而，以我自己粗浅的学识，我无法肯定过去没有是否意味着未来一定不会有。”

她的眼睛不但睁得奇大无比，而且显得天真之至。主席涨红了脸，说道：“理论上而言，这个定义并非不可能窄化，但实在难以想象。”

嘉蒂雅双手握拳放在膝盖上，她朝这双手瞄了一眼，然后说：“人们有时难免突发奇想。”

主席忽然改变话题，问道：“有一艘奥罗拉战舰遇难了，你要怎么解释这件事？”

“我并不在事发现场，主席先生。我对这件事毫无概念，所以根本无法解释。”

“当时你也在索拉利，而且你生在那颗行星上。请根据你最近的经历，以及你早年的背景，猜猜到底是怎么回事好吗？”主席显得快要失去耐心了。

“如果一定要我猜，”嘉蒂雅答道，“我会说我们的战舰是被某种轻便型核反应倍增器打爆的，那艘殖民者太空船也差点遭到类似武器的攻击。”

“然而，难道你没想到，两件事并不能混为一谈。殖民者太空船入侵索拉利，是要搜刮那些索拉利机器人；而奥罗拉战舰降落索拉利，则是为了协助保护我们的姐妹行星。”

“我只能猜想，主席先生，那些监督员——就是留下来守护索拉利的那些人形机器人——接受的指令不够完整，无法分辨两者的差别。”

主席好像被触怒了。“难以想象它们居然无法分辨银河殖民者和太空族同胞之间的差别。”

“我不反对您这么说，主席先生。纵然如此，假如人类的定义单单就是具有人类的外形，以及能用索拉利口音说话——在我们这些当时在场的人看来，一定就是这样——既然奥罗拉人说话没有索拉利口音，他们在那些监督员眼中就不符合人类的定义。”

“所以你是在说，索拉利人把其他太空族定义成并非人类，放任他们遭到消灭。”

“我只是提出这个可能性罢了，因为除此之外，我实在想不出该如何解释连奥罗拉战舰也会遇难。当然啦，比我见多识广的人或许有办法提出其他的解释。”她又露出那种天真无邪，甚至近乎茫然的表情。

主席问道：“你打算再回索拉利去吗，嘉蒂雅女士？”

“不，主席先生，我没有这种打算。”

“你的银河殖民者朋友有没有对你提出这种要求，好将那颗行星上的监督员一扫而空？”

嘉蒂雅慢慢摇了摇头。“没有人对我提出这种要求。如果有，我也一定会拒绝。而我上次会去索拉利，也只是为了尽我身为奥罗拉公民的义务而已。想当初，是机器人学研究院的列弗拉・曼达玛斯博士要求我答应这件事的，而他是凯顿・阿玛狄洛博士的手下。他们要我答应走这一趟，以便回来之后，能向有关单位汇报全程经过——也就是我正在做的这件事。当时在我听来，这个要求带有命令的味道，因此我接下——”她朝阿玛狄洛的方向瞥了一眼，“这道等于是来自阿玛狄洛博士的命令。”

阿玛狄洛对此毫无反应。

主席又问：“那么，你今后还有什么打算呢？”

嘉蒂雅让心脏跳了一两下，然后决定勇敢地抓住这个机会。

“主席先生，我有意要——”嘉蒂雅一字字说得非常清楚，“造访地球。”

“地球？你为什么想要造访地球？”

“主席先生，奥罗拉当局或许有必要知道地球上正在发生些什么事。既然贝莱星当局邀请我访问地球，而贝莱船长又能随时送我去，这将是我直接观察地球的大好机会——正如同我曾直接观察索拉利和贝莱星，我会再带一份第一手报告回来。”

问题是，嘉蒂雅心想，他会不会违反惯例而将自己囚禁在奥罗拉呢？果真如此的话，一定还有许多办法能够令他回心转意。

嘉蒂雅觉得自己越来越紧张，她朝丹尼尔的方向迅速望了一眼，但他当然显得完全无动于衷。

然而，主席却没好脸色地说：“就这件事而言，嘉蒂雅女士，你身为奥罗拉公民，有权照自己的意思去做——但你要对自己的行为负责。根据你的说法，你前往索拉利是因为有人要你这么做，而这回可没有。因此之故，我必须警告你，万一发生任何意外，奥罗拉并没有义务要伸出援手。”

“我明白，主席先生。”

主席又毫不避讳地说：“关于这件事，我们还有很多需要讨论的，阿玛狄洛，我会跟你保持联络。”

下一瞬间，影像通通消失了，嘉蒂雅突然发觉室内只剩下她和阿玛狄洛，以及他们两人的机器人。

61

嘉蒂雅站了起来，硬邦邦地说：“我想会议结束了吧，所以我要告辞了。”在这么说的时候，她刻意避免直接望着阿玛狄洛。

“当然结束了，但我还有一两个问题，希望你不介意我问问你。”他也站了起来，高大的身躯像是随时能将她压垮，不过他满脸笑容，而且说话彬彬有礼，仿佛两人之间早已建立起深厚的友谊，“让我送送你吧，嘉蒂雅女士。所以说，你要到地球去？”

“是的。既然主席并未表示反对，现在又是和平时期，身为奥罗拉公民，我可以在银河各处自由旅行。不好意思，我看让我的机器人——若有必要，再加上你的机器人——护送我就行了。”

“听凭尊便，夫人，”这时，一个机器人替他们开了门，“我猜你去地球的时候，会把你的机器人带在身边。”

“那是毫无疑问的一件事。”

“哪些机器人呢，夫人，我能否问问？”

“这两个，就是我身边这两个。”她沿着长廊迅速往前走，带起一阵踢踏的脚步声；她一直背对着阿玛狄洛，丝毫不担心他听不见自己说的话。

“这样做明智吗，夫人？他们是很先进的机器人，是伟大的法斯陀夫博士留下的非凡杰作。而你会碰到许多野蛮的地球人，可能都会想将他们据为己有。”

“万一他们真有这个念头，也绝对不可能得逞的。”

“别低估了这种风险，也别高估了机器人所能提供的保护。你会待在他们的大城里，周遭会有几千万个地球人，而机器人是不能伤害人类的。事实上，越先进的机器人对三大法则越敏感，也就越不可能采取任何会伤害人类的行动。是不是这样，丹尼尔？”

“是的，阿玛狄洛博士。”丹尼尔说。

“我想，吉斯卡也同意吧。”

“同意。”吉斯卡说。

“看到了吗，夫人？奥罗拉是个无暴力的社会，在这里，你的机器人能够充分保护你。而在地球——疯狂、堕落、野蛮的地球——两个机器人不可能保护得了你，甚至无法保护他们自己。我们不希望你被洗劫一空，而如果换个比较自私的说法，机器人学研究院和奥罗拉政府都不希望看到这么先进的机器人落入野蛮人手中。你是不是带几个普通的、地球人会视而不见的机器人比较好？你想带多少都行，如果有必要，我可以给你一打。”

嘉蒂雅说：“阿玛狄洛博士，我曾经带这两个机器人搭乘殖民者太空船，还曾经造访过一个殖民者世界，从来没有人想把他们抢走。”

“银河殖民者不用机器人，而且公开宣称反对机器人。可是在地球，他们还是照用不误。”

丹尼尔说：“请容我打个岔，阿玛狄洛博士——据我了解，地球也开始在逐步淘汰机器人。大城里的机器人已经少之又少，地球上的机器人现在几乎都用来务农或开矿。至于其他的场所，通常都以非人形的自动机器取而代之。”

阿玛狄洛望了丹尼尔一眼，然后对嘉蒂雅说：“你的机器人或许说得对，我想你带着丹尼尔应该没什么风险，他很容易假扮成人类。然而，吉斯卡最好还是留在你的宅邸。那是个贪婪的社会，他有可能激起他们的贪念——即使他们真的想要逐步摆脱机器人。”

嘉蒂雅说：“他俩都会跟我去，院长。他们是我的财产，只有我能决定谁会跟我去而谁会留下来。”

“当然。”阿玛狄洛露出一个无比和蔼可亲的笑容，“这点毫无异议。请你在这儿等一下好吗？”

另一扇门打开了，门后面是一间装潢得极舒适的房间。虽然没有窗户，但室内充满柔和的光线，而且还弥漫着更柔和的音乐。

嘉蒂雅在门口停下脚步，尖声问道：“为什么？”

“研究院某位成员想要见你，跟你当面谈谈。花不了多少时间，但绝对有必要。谈完后，你就随时可以走了。而且从现在起，我这个眼中钉便会从你的视线中消失，请吧。”最后那个“请”字透出了一丝强硬。

嘉蒂雅一左一右向丹尼尔和吉斯卡伸出双手。“我们一起进去。”

阿玛狄洛轻轻笑了几声。“你以为我会试着把你的机器人拦下来？你以为他们会让我这么做吗？你和银河殖民者相处太久了，亲爱的。”

嘉蒂雅望着紧紧关上的房门，咬牙切齿地说：“我极不喜欢那个人，尤其是当他笑里藏刀的时候。”

她伸了一个懒腰，手肘关节响起轻微的噼啪声。“总之我累了。如果还有人问我关于索拉利和贝莱星的问题，告诉你，我会两三句话就把他打发了。”

她在一张长沙发上坐下来，下半身微微陷了进去。她脱下鞋子，双脚举到沙发上。她带着困倦的笑容，一面做深呼吸，一面身体倒向一侧。然后她转过头去，在瞬间进入梦乡，而且睡得很沉。

62

“还好，她本来就有点困了。”吉斯卡说，“我有办法加深她的睡意，却不会造成丝毫伤害。接下来可能发生的事，我不希望嘉蒂雅女士听到。”

“接下来可能发生什么事呢，吉斯卡好友？”丹尼尔问。

“我想，接下来会发生的事，丹尼尔好友，就是我猜错了而你猜对了的明证。我应该更加重视你那杰出的心灵。”

“所以说，他们真的是想把你留在奥罗拉？”

“是的。他们十万火急召回嘉蒂雅女士，目的是要把我召回来。你也听到阿玛狄洛博士要她把咱们留下，起初他是说你我两人，后来又改口留我就好。”

“他这么做会不会并未暗藏什么深意，会不会就是觉得让一个先进的机器人落入地球人之手会很危险？”

“他心中有一股焦虑的暗流，丹尼尔好友，这股暗流太强了，足以让我断定他口是心非。”

“你能否判断他知不知道你的特殊能力？”

“我无法直接判断，因为我并不能直接读取思想。纵然如此，刚才和立法局成员开会时，阿玛狄洛博士的心灵两度出现情绪上的剧烈起伏。那是非常剧烈的起伏，我无法用言语形容，但或许能打个比方，它就好像你本来在看一个黑白影像，突然间——有那么一下子——变成了鲜艳的彩色。”

“那是什么时候的事，吉斯卡好友？”

“第二次是嘉蒂雅女士提到她要去地球的时候。”

“看不出立法局其他成员出现什么骚动，当时他们的心灵情况如何？”

“我无法判断。他们是以全息影像出席会议的，这种影像里面并没有能让我侦测得到的精神内容。”

“那么我们可以下个结论，姑且不论嘉蒂雅女士前往地球的计划有没有惊动立法局，至少惊动了阿玛狄洛博士。”

“不只惊动而已，阿玛狄洛博士的焦虑似乎升到了最高点。如果我们的怀疑属实，比方说，他的确是在进行毁灭地球的计划，因而担心会被发现，那么他的反应就合情合理。更何况，当嘉蒂雅女士提到她的旅行意图时，丹尼尔好友，阿玛狄洛博士朝我瞥了一眼——这场会议从头到尾他就瞥了我那么一次，而他的情绪起伏刚好和这一瞥时间吻合。我认为他之所以焦虑，是因为想到了我将要去地球。如果不出我们所料，他觉得我——以及我的特殊能力——对他的计划构成极大的威胁，这种反应就同样合情合理。”

“我们还是可以将他的反应，吉斯卡好友，视为符合他所声称的疑虑，也就是地球人会抢去你这个先进的机器人，对奥罗拉造成不良的影响。”

“发生那种事的几率，丹尼尔好友，以及可能对太空族社会造成的伤害，都不足以解释他的焦虑程度。如果我被地球人据为己有，又会对奥罗拉造成什么伤害呢——我是说，如果吉斯卡只是一个普通的机器人？”

“那么你的结论是，阿玛狄洛博士知道了吉斯卡不只是普通的机器人而已。”

“我还不确定，或许他只是怀疑。但如果他真的知道，是否会不遗余力地避免在我面前设想他的计划呢？”

“只能算他倒霉，嘉蒂雅女士无论如何不肯跟我们分开。他无法坚持要你回避，吉斯卡好友，否则等于招认他已经获悉你的秘密。”丹尼尔顿了顿，然后继续说，“你能衡量他人心中的情绪，吉斯卡好友，这是你最大的优势。但你刚刚说的是阿玛狄洛博士第二次的情绪起伏，那是他听说有人要去地球的结果。第一次又是怎么回事呢？”

“第一次，是有人提到核反应倍增器的时候——而那次似乎也相当明显。奥罗拉人大多知道核反应倍增器是什么东西，虽然他们尚未发展出轻便的机型，就是能装在战舰上当武器的那种，但这个消息对他而言也不该像晴天霹雳。所以说，他为何那么焦虑呢？”

“有可能，”丹尼尔说，“是因为那样的倍增器和他对付地球的计划有关。”

“有此可能。”

房门就在这时打开了，随即进来一个人，开口道：“哈——吉斯卡！”

63

吉斯卡望着来人，以平静的声音答道：“瓦西莉娅女士。”

“所以说，你记得我。”瓦西莉娅露出热情的笑容。

“是的，女士。你是一位著名的机器人学家，不时会在超波新闻中露面。”

“少来这套，吉斯卡。我并不是指你认得我，谁都能把我认出来，我的意思是你记得我。你曾经叫我瓦西莉娅小姐。”

“这点我也记得，女士，那是很久以前的事了。”

瓦西莉娅把门关上，找了一把椅子坐下来。“而你当然就是丹尼尔。”她转头望向另一个机器人。

丹尼尔答道：“是的，女士。借用你刚才的说法，我既认得你又记得你，因为当年便衣刑警以利亚·贝莱造访你的时候，我就陪在他身边。”

瓦西莉娅厉声道：“不准你再提那个地球人。我也认得你，丹尼尔，你可以说跟我一样有名。其实你们两人都很有名，因为你们是已故的汉·法斯陀夫博士最伟大的作品。”

“他是你的父亲，女士。”吉斯卡说。

“你非常清楚，吉斯卡，这重血缘关系在我眼里根本不算什么，不准你再提到他是我的父亲。”

“遵命，女士。”

“而这位呢？”她瞥了瞥躺在沙发上那个人，“既然你俩都在这里，我敢大胆假设，这位睡美人就是那索拉利女人。”

吉斯卡说：“她是嘉蒂雅女士，而我是她的财产。你想把她叫醒吗，女士？”

“如果你我只是叙叙旧，吉斯卡，就犯不着打扰她了，让她睡吧。”

“是的，女士。”

瓦西莉娅又对丹尼尔说：“吉斯卡和我要讨论的事或许你也不会有兴趣，丹尼尔。可否请你等在外面？”

丹尼尔答道：“只怕我不能离开，女士，守护嘉蒂雅女士是我的职责。”

“我觉得你们不必怎么防备我。你应该注意到我没带任何机器人，所以吉斯卡一个人就足以保护你们的索拉利女士了。”

丹尼尔说：“虽然房间里没有你的机器人，女士，但刚才房门打开的时候，我看到外面走廊上站着四个机器人，我最好还是留下来。”

“好，我不会硬要推翻你的命令，你可以留下。吉斯卡！”

“请说，女士。”

“你还记得自己刚启动的那一刻吗？”

“记得，女士。”

“你记得些什么？”

“首先看到光影，然后听到声音，然后光影凝聚成了法斯陀夫博士的容貌。我能听懂银河标准语，我的正子脑径路也内建了一些基本知识。三大法则当然有，此外还包括大量的词汇和相关定义、机器人的职责、社会习俗等。而其他的事情，我也学得很快。”

“你还记得自己的第一个主人吗？”

“我说过了，是法斯陀夫博士。”

“你再想想，吉斯卡，难道不是我吗？”

吉斯卡顿了顿，然后说：“女士，当时我虽然奉命照护你，我的身份仍是汉·法斯陀夫博士名下的财产。”

“我想不只这样吧。曾有十年的时间，你只服从我一个人的命令。就算你偶尔服从过其他人，包括法斯陀夫博士，也只是由于第二法则的关系，而且那些命令并未抵触照护我的首要任务。”

“我奉命陪在你身边，这是事实，瓦西莉娅女士，但法斯陀夫博士仍旧保有我的所有权。一旦你离开他的宅邸，身为主人的他就重新掌控了我。即使后来他又派我照护嘉蒂雅女士，我的所有权仍在他手上。在他有生之年，他是我唯一的主人。而在他去世后，根据他的遗嘱，我的所有权转移到了嘉蒂雅女士手中，现在的情形就是这样。”

“不是这样的。我刚才问你记不记得你刚启动的那一刻，还有记得些什么。当时的你和现在的你并不一样。”

“我的记忆库，女士，比当时丰富了不知多少，况且这么多年来，我累积了无数的经验。”

瓦西莉娅的声音变得严厉了。“我不是在说什么记忆，也不是在说什么经验，我是在说你的能力。我在你的正子径路中加了些东西，我对它们作过调整，作过改良。”

“是的，女士，你这么做过，但那是在法斯陀夫博士的帮助和许可之下。”

“有一次，吉斯卡，有一回，我所作的一个改良——起码可以说扩充，并不是在法斯陀夫博士的帮助和许可下进行的。你记得吗？”

吉斯卡沉默了好长一段时间，然后说：“我记得有一回我并未亲眼看到你请教他。但我以为你还是请教过他，只是我没亲眼看到罢了。”

“如果你这么以为，那你就错了。事实上，既然你知道当时他不在奥罗拉，就不可能这么以为。你是在闪烁其词，我不想说得更不客气。”

“不，女士。你或许曾用超波请教他，我认为那也是可能性之一。”

瓦西莉娅说：“无论如何，新添的部分完全是我的主意。结果则是使你脱胎换骨，变得和先前很不一样。从此以后，你这个机器人就成了我所设计和我所创造的，而你自己也心知肚明。”

吉斯卡沉默不语。

“听好，吉斯卡，当你刚启动时，法斯陀夫博士为何有资格成为你的主人？”她等了一会儿，又厉声道，“回答我，吉斯卡，这是命令！”

吉斯卡说：“他不但是我的设计者，而且监督整个制造过程，所以我是他的财产。”

“而我在非常根本的层次上，等于把你重新设计和制造了一遍，为何你就不该变成我的财产呢？”

吉斯卡说：“我无法回答这个问题。这么特殊的案例，只有法院才能作出判决。或许，要根据改造的程度来决定。”

“你自己明白改造的程度吗？”

吉斯卡再度陷入沉默。

“这简直是儿戏，吉斯卡，”瓦西莉娅说，“是不是每次发问之后，我都要催你一下？你不该让我这么做的。无论如何，就这件事而言，沉默当然代表一种肯定。你知道自己出现了什么改变，也知道这个改变有多么根本，而且你还知道我对这件事也一清二楚。

你把那个索拉利女人弄睡着了，就是因为不想让她从我口中听到这个真相。她并不知道，对不对？”

“她并不知道，女士。”吉斯卡说。

“而你并不希望她知道？”

“的确不希望，女士。”吉斯卡说。

“丹尼尔知道吗？”

“他知道，女士。”

瓦西莉娅点了点头。“刚才他坚持要留下来，我就猜到了。好啦，听我说，吉斯卡。假设法院发现，在我改造你之前，你只是个普通的机器人，而在改造之后，你竟然能感应到每个人的心理状态，还能调整他们的好恶。你认为法院会不会视之为一项重大改变，而将你的所有权交到我手上？”

吉斯卡说：“瓦西莉娅女士，我们不可能把这件事诉诸法律。万一真的进了法院，我一定会被判定为公有财产，理由明显之至，我甚至可能会奉命终止运作。”

“胡说，你把我当小孩吗？既然你有那种能力，一定能避免法院作出这样的判决。但这并不是重点，我可没说要把这件事闹上法院，我只是要求你自己下个判断。你是否认为我早在非常年轻的时候，就是你的合法所有人了？”

吉斯卡说：“嘉蒂雅女士自认她才是我的主人，在法院作出其他判决之前，我们就必须这么认定。”

“但你明明知道她误解了，而法律同样误解了。如果担心这个索拉利女人感情受伤，你非常容易调整她的心理状态，然后她就不会在乎失去你这个财产了。你甚至可以让她觉得，我把你带走会让她如释重负。一旦你承认这件你早已知道的事实——我是你的主人——我会立刻命令你这么做。丹尼尔知道真相多久了？”

“上百年了，女士。”

“你可以让他忘掉。阿玛狄洛博士也知道一阵子了，而你同样可以让他忘掉，最后就会只剩你我知道这个秘密。”

丹尼尔突然开口：“瓦西莉娅女士，既然吉斯卡自认并非你的财产，他可以轻易让你忘掉这一切，然后你就会万分满意目前的情况了。”

瓦西莉娅瞪了丹尼尔一眼。“他做得到吗？但你要知道，吉斯卡把谁当主人不是你说了算。我知道吉斯卡明白我才是他的主人，因此根据三大法则，他要完全听命于我。如果他必须抹除某人的记忆，却要避免造成任何实质伤害，那么他所选择的对象绝不会是我。他不能抹除我的记忆，也不能用任何方式干扰我的心灵。谢谢你，丹尼尔，给了我说明这件事的机会。”

丹尼尔又说：“可是嘉蒂雅女士和吉斯卡有很深的感情，如果硬要她忘记，可能会伤到她。”

瓦西莉娅说：“这个问题在吉斯卡一念之间。吉斯卡，你是我的。你知道你是我的，现在听好，站在你旁边的这个仿人的机器人，还有擅自将你当成自己财产的那个女人，我命令你立即引发他们的遗忘过程。趁着她睡着的时候做，就不会对她造成任何伤害。”

丹尼尔说：“吉斯卡好友，嘉蒂雅女士是你的合法所有人。如果你引发瓦西莉娅女士的遗忘过程，她绝不会受到伤害。”

“会的。”瓦西莉娅立刻回嘴，“那索拉利女人才不会受到伤害，因为她只需要忘掉自以为是吉斯卡的主人这件事。但另一方面，我还知道吉斯卡具有精神感应力。挖出这段记忆可要困难得多，而且从我打算保有这段记忆的坚强决心，吉斯卡一定看得出抹除过程势必会对我造成伤害。”

丹尼尔叫道："吉斯卡好友……"

瓦西莉娅以钻石般坚硬的口吻说："我命令你，机器人·丹尼尔·奥利瓦，给我闭嘴。我虽然不是你的主人，但你的主人正在睡觉，对我的命令不置可否，所以你必须服从这个命令。"

丹尼尔闭嘴了，但嘴唇仍在微微颤动，仿佛他正试着抗拒那道命令。

瓦西莉娅紧盯着这一幕，嘴角泛起得意的笑容。"瞧，丹尼尔，你不能说话了。"

丹尼尔突然哑着嗓子低声道："我还能说话，女士，虽然不容易，但我还是做得到。你的命令归第二法则管辖，而我知道还有其他法则凌驾其上。"

瓦西莉娅瞪大眼睛，厉声说道："你给我闭嘴。只有第一法则能够凌驾我的命令，而我已经向你说明，吉斯卡如果回到我身边，导致的伤害将会最小——其实是完全没有。不论他采取其他任何行动，都会伤害到他最不能伤害的那个人，也就是我。"她指着丹尼尔，轻轻嘘了一声，又下了一次命令："闭嘴！"

丹尼尔显然竭力想要挤出一点声音，他体内负责制造气流的微型泵带起了细微的嗡嗡声。虽然他的声音变得更微弱了，但还是听得出他在说什么。

他说的是："瓦西莉娅女士，第一法则并不是至高无上的。"

吉斯卡以同样微弱但并非硬挤出来的声音说："丹尼尔好友，千万别这么讲，第一法则当然至高无上。"

微微皱起眉头的瓦西莉娅显得有点兴趣了。"真的吗？丹尼尔，我得警告你，如果想要继续发展这个古怪的推论，你注定会自取灭亡。你现在所做的事，我从未见过或听过任何前例。不过，看你走向毁灭之途一定很有意思，继续说吧。"

由于这个命令，丹尼尔的声音立刻恢复正常了。“谢谢你，瓦西莉娅女士。许多年前，我陪在一位临终的地球人身边，但你命令我不能提他的名字。现在我能否指名道姓，或是你已经知道我说的是谁了？”

“你是在说那个叫贝莱的警察。”瓦西莉娅以平板的口吻说。

“是的，女士。他临终时对我说，‘人人都会对人类整体作出贡献，因而成为这个整体不朽的一部分。这个由所有的人类——过去、现在和未来的人类——所组成的整体，就好像一幅已有几万年历史的织锦，而且从古到今，这幅织锦越来越精致，整体构图也越来越美丽。就连太空族也算是它的一部分，也对它的精致和美丽作出一己的贡献。任何一个人都只能算是织锦里的一根丝线，和整体比起来算得了什么呢？丹尼尔，我要你将心思专注在整幅织锦上，别让一根丝线的脱落影响了你。’”

“令人作呕的文艺腔。”瓦西莉娅喃喃道。

丹尼尔说：“我相信以利亚伙伴是在试图保护我，因为他知道自己不久于人世了。他所谓的‘织锦里的一根丝线’是指他自己，他不希望这根丝线的脱落对我造成任何影响，而他这番话的确帮助我渡过了那个难关。”

“这点毫无疑问。”瓦西莉娅说，“但还是回到凌驾第一法则这个问题吧，那才是你自取灭亡的导火线。”

丹尼尔说：“一百多年来，我不断咀嚼着便衣刑警以利亚·贝莱这番话。事实上，如果不是三大法则从中作梗，我很可能当下就想通了。我的好友吉斯卡在这方面帮了不少忙，因为他早就觉得三大法则并不完备。而嘉蒂雅女士最近在某个殖民者世界所作的演讲，其中的论点对我也有帮助。更重要的是，瓦西莉娅女士，眼前这个危机使我的思绪变得更加敏锐。现在，我终于确定三大法则到底是如何不完备了。”

“机器人居然成了机器人学家。”瓦西莉娅带着点不屑说，“三大法则究竟哪里不完备了，机器人？”

丹尼尔答道：“整幅织锦要比一根丝线来得重要。如果把这个原则从以利亚伙伴身上推而广之，那么——那么——那么就能得到一个结论，人类整体要比个人来得重要。”

“你说得结结巴巴，机器人，你自己都不相信这种事。”

丹尼尔说：“我发现还有一个比第一法则更重要的法则，‘机器人不得伤害人类整体，或因不作为而使人类整体受到伤害。’我把它想成是机器人学第零法则。因此第一法则应该改为‘除非违背机器人学第零法则，机器人不得伤害人类，或因不作为而使人类受到伤害。’”

瓦西莉娅嗤之以鼻。“而你竟然还没倒下，机器人？”

“我还没倒下，女士。”

“那么让我来对你解释一番，机器人，看看你听了之后还能不能站稳。机器人学三大法则描述的都是个别的人类和个别的机器人，你可以明白指出任何一个人类或任何一个机器人。但你所谓的‘人类整体’是多么抽象啊？你能指出人类整体在哪里吗？还有，你可以伤害或避免伤害某个特定的人类，并能了解其中的过程，但你看得出对人类整体的伤害吗？你能了解吗？你指得出来吗？”

丹尼尔陷入沉默。

瓦西莉娅露出灿烂的笑容。“回答我，机器人。你看得出对人类整体的伤害吗？你指得出来吗？”

“不，女士，我做不到。但我相信这样的伤害还是可能存在的，而你看，我仍然没有倒下。”

“那你问问吉斯卡，他会不会——或是能不能——服从你的机器人学第零法则。”

丹尼尔转头望向吉斯卡。“吉斯卡好友？”

吉斯卡慢慢说道：“我无法接受第零法则，丹尼尔好友。你知道我曾广泛阅读人类的历史，从这些历史中，我发现了许多重大的罪行，而这些罪行总是能够找到冠冕堂皇的借口，那就是为了部族、国家，甚至整个人类的需要。正因为人类整体是个抽象名词，能够随便用来合理化任何事，因此你的第零法则是站不住脚的。”

丹尼尔说：“可是你也知道，吉斯卡好友，如今整个人类真的面临一场危机，如果你变成瓦西莉娅女士的财产，这场危机就一定会落实。至少，这件事一点也不抽象。”

吉斯卡说：“你提到的危机并非已知的事实，只是一种推测罢了，我们不能因此便采取藐视三大法则的行动。”

丹尼尔顿了顿，然后压低声音说：“然而，你希望通过研究人类的历史，帮助你建立支配人类行为的法则，进而让你学到如何预测并引导人类的历史走向——或说至少起个头，以便将来有人能够实现这个理想。你甚至已经把这项技术命名为‘心理史学’。在这门学问里，你所面对的难道不是一幅织锦吗？你是不是试着把人类当成一个整体，而并非一大群个人来研究？”

“是的，丹尼尔好友，但目前为止，这只是个心愿而已。我不能仅仅根据一个心愿来采取行动，更不能因此便擅自更改三大法则。”

丹尼尔并未对这句话作出回应。

瓦西莉娅说：“好啦，机器人，你的企图通通落空了，而你仍旧没有倒下。你真是倔强得令人费解，像你这种能够诋毁三大法则却还能继续运作的机器人，显然威胁到了每一个人类。因此之故，我认为应该第一时间将你拆毁。情势已经太危险，不能交由法律慢条斯理地处理，更何况你的身份毕竟只是机器人，而不是你试图模仿的人类。”

丹尼尔说：“女士，你当然不可以自行得出这样的结论。”

“不管怎么说，我就是得出这个结论了。万一出现法律问题，事后我自会处理。”

“你这样做，是夺走了嘉蒂雅女士的另一个机器人——而这个机器人和你毫无渊源。”

“她和法斯陀夫，两人一前一后，夺走我的吉斯卡超过两百年，我相信他们没有一时一刻受到过良心谴责。现在换我夺走她的机器人，我也同样问心无愧。她名下有几十个机器人，而研究院里的机器人当然更多，它们会忠心耿耿地守护她，直到她自己的机器人接手为止。”

丹尼尔说：“吉斯卡好友，如果你把嘉蒂雅女士叫醒，她或许能说服瓦西莉娅女士……”

瓦西莉娅皱起眉头，冲着吉斯卡厉声道：“不，吉斯卡，让那女人继续睡。”

原本已经蠢蠢欲动的吉斯卡，这时又安分下来。

瓦西莉娅右手弹响了三下，房门立刻打开，只见四个机器人鱼贯而入。“你说对了，丹尼尔，是有四个机器人等在外面。他们会把你拆毁，而我命令你不得抵抗。然后，我和吉斯卡会来善后这一切。”

她回头望了望刚走进来的四个机器人。“把门关上。现在，用最快最有效的方式，把这个机器人拆了。”她指了指丹尼尔。

四个机器人望着丹尼尔，几秒钟后仍未采取任何行动。瓦西莉娅不耐烦地说：“我已经说了他是机器人，你们千万别理会他的人类外表。丹尼尔，告诉他们说你是机器人。”

“我是机器人，”丹尼尔说，“我不会抵抗的。”

瓦西莉娅站到一旁，四个机器人开始往前走。丹尼尔的双手一直没有任何动作，他只是转头看了沉睡中的嘉蒂雅最后一眼，然后便坦然面对那些机器人。

瓦西莉娅笑着说：“应该会很有意思。”

那些机器人突然停下来。瓦西莉娅叫道：“动手啊。”

它们仍然一动不动，瓦西莉娅转过头去，万分讶异地望向吉斯卡。但她并未完成这个动作，全身肌肉便突然放松，眼看就要摔倒了。

吉斯卡及时将她抓住，让她背靠着墙坐在地上。

他以闷闷的声音说：“我还需要一下子，然后我们就可以走了。”

那一下子过去之后，瓦西莉娅的双眼仍旧茫然而呆滞，她的机器人也仍旧一动不动，而丹尼尔已经一个箭步来到嘉蒂雅身边。

吉斯卡抬起头来，对瓦西莉娅的四个机器人说：“守护好你们的主人。在她醒来之前，别让任何人进来，她会平静地醒过来的。”

在他这么说的时候，嘉蒂雅已经转醒了，丹尼尔随即扶她站起来。她一头雾水地说：“这女人是谁？这些机器人是谁的……她又怎么会……”

“嘉蒂雅女士，稍后我会解释，现在我们得赶紧走了。”吉斯卡坚定地说，但他的声音却透出倦意。

然后他们就走了。

第五篇

地 球

第十五章
神圣世界

64

阿玛狄洛咬着下唇，朝曼达玛斯的方向瞥了一眼，后者似乎陷入了沉思。

阿玛狄洛自我辩护道：“是她坚持要那么做的。她告诉我只有她才能对付这个吉斯卡，只有她才能对他产生足够强的影响力，阻止他使用他的精神力量。”

“你从未跟我提过这件事，完全没提，阿玛狄洛博士。”

“我不确定该跟你说些什么，年轻人，我不确定她说得对不对。”

“现在你确定了吗？”

“百分之百确定了。她丝毫不记得发生了什么事……”

“所以我们也不知道发生了什么事。”

阿玛狄洛点了点头。“完全正确，而且她也丝毫不记得她对我说过些什么。”

“而她不是在演戏？”

“我亲自送她去拍了一个紧急脑电图，跟她之前的脑电图有明显的差异。”

“她有没有机会慢慢恢复记忆呢？”

阿玛狄洛痛苦地摇了摇头。“谁知道呢？但我不太相信。”

曼达玛斯依旧目光下垂，仿佛心事重重。“那么，这又有什么关系呢？关于吉斯卡的事，我们可以把她所说的都视为事实，相信他真的拥有影响心智的力量。这是很关键的情报，而现在只有我们知道。事实上，我们的这位研究院同僚输得太好了。假如瓦西莉娅赢得那个机器人的控制权，猜猜需要多久时间，你自己同样会在她的控制之下，而我也逃不掉，只要她认为我也值得控制的话。”

阿玛狄洛点了点头。“我猜她心中或许曾有这类的想法，不过，如今却很难判断她心里怎么想了。她似乎，至少在表面上，除了丧失那个特定的记忆，其他毫无损伤——她显然记得其他的一切——可是谁知道更深层的思考过程，以及机器人学家的专业知识会受到什么影响呢？连她这么专业的人士都会着了道，由此可知吉斯卡危险到了什么程度。”

“你有没有想过，阿玛狄洛博士，银河殖民者不信任机器人或许自有道理？”

“可以说想过，曼达玛斯。”

曼达玛斯搓了搓双手。“从你沮丧的态度看来，我猜在他们离开奥罗拉之前，整件事都还没被揭露。”

“你的假设很正确。殖民者船长把那索拉利女人和她的两个机器人都带上了船，目前正朝地球飞去。”

“那我们现在处于何种情势呢？”

阿玛狄洛慢慢说道："依我看，绝对不算失败。若能顺利完成计划，我们便能取得胜利——有没有吉斯卡都一样，而我们一定可以完成这项计划。不管吉斯卡能如何影响人类的情绪，好歹他没有读心术。他也许能实时侦测出某个情绪的涌现，甚至能够分辨情绪的内容，或是更改它的内容，或是诱发睡眠或遗忘——诸如此类不痛不痒的事。然而他无法一针见血，无法读取真正的字句或思想。"

"这点你确定吗？"

"瓦西莉娅是这么说的。"

"她或许并不清楚自己在说什么。毕竟，她并未控制住那个机器人，虽然她曾说自己有万全的把握，这个光荣纪录可不能证明她料事如神。"

"但这件事我愿意相信她。想要有真正的读心术，正子径路型样需要有极高的复杂度，两百多年前的一个小丫头绝不可能做到这种事。事实上，它甚至远远超越当今的技术水准，曼达玛斯，这点你一定同意吧？"

"我当然同意。你说他们要去地球？"

"我万分肯定。"

"这个从小在索拉利长大的女人，她真要去地球？"

"如果吉斯卡控制住她，她就别无选择。"

"吉斯卡为什么要带她去地球？他会不会知道了我们的计划？你似乎并不这么想。"

"他可能并不知道。他去地球的动机，或许只是想让他自己和那索拉利女人逃离我们的势力范围。"

"如果他能应付瓦西莉娅，我可不认为他会怕我们。"

"一柄远距离武器，"阿玛狄洛冷冰冰地说，"就能收拾他。他的精神感应力一定有个范围，说来说去也只是电磁场罢了，一定受限于平方反比律。所以我们只要站得够远，他的精神感应力就会减弱，但他很快会发现自己并未脱离我们的射程。”

曼达玛斯皱起眉头，显得有些不安。“你对暴力似乎有着超乎太空族的喜爱，阿玛狄洛博士。不过，在这种事情上，我想是值得动用武力的。”

“在这种事情上？机器人能够伤害人类这种事？我也这么想。但我们得找个借口才能派战舰去追他们。谁也不会笨到解释实际的情况……”

“对。”曼达玛斯说得斩钉截铁，“想想会有多少人希望掌控这样一个机器人。”

“我们绝不容许这种事。也正是这个缘故，我认为更好而且更安全的办法就是毁掉这个机器人。”

“你或许有道理。”曼达玛斯勉勉强强地说，“但我认为如果只有这一个方案，并不能算明智之举。我必须到地球去——立刻去。我们的计划必须加速完成，即使并非巨细靡遗也没关系。一旦完成了，便能一劳永逸。就算跳出一个能够控制心智的机器人——不论掌握在谁手里——也无法扭转既成的事实。而如果它做了什么别的事，或许也都无关紧要了。”

阿玛狄洛说：“别光说你自己，我也要一起去。”

“你？地球是个可怕的世界。我不得不去，但你又何苦呢？”

“因为我也不得不去，我不能继续待在这里纳闷。你不像我，曼达玛斯，等这一天已经等了漫长的一辈子。而且你也不像我，要跟对方好好算一笔账。”

65

嘉蒂雅再度置身太空，奥罗拉在她眼中再度成了一个球体。丹吉正在别处忙着，整艘船隐隐约约弥漫着一种紧急的气氛，仿佛进入了战斗状态，也仿佛正遭到追赶，或预期会出现这种状况。

嘉蒂雅摇了摇头。她现在头脑很清楚，也觉得没什么不对劲，可是每当回想起当天在研究院，阿玛狄洛离去不久后那段光景，一种不真切的古怪感受便席卷而来。仿佛时间出现了断层，前一刻她还坐在长沙发上，只觉得昏昏欲睡，下一刻室内便突然多出四个机器人和一个女人。

所以说，她曾经睡着了。可是对于这一觉，她既没有记忆也并没有任何感觉，仿佛她自己的存在也出现了断层。

事后回顾，她终于想起那个女人是谁了。那是瓦西莉娅·茉露——汉·法斯陀夫的女儿，也就是被自己在感情上取而代之的那个人。嘉蒂雅从未真正见过瓦西莉娅，但曾经在超波新闻中看过她好几次。嘉蒂雅总是隐隐然将她想成一个负面的自己。经常有人说她们两人的外貌有几分相似，但嘉蒂雅却坚持自己看不出来——此外，两人和法斯陀夫的关系也恰好相反。

上了太空船之后，和两个机器人有了独处的机会，她立刻提出那个不吐不快的问题："瓦西莉娅·茉露在那个房间做什么？她进来后为什么没把我叫醒？"

丹尼尔说："嘉蒂雅女士，我来回答这个问题吧，因为吉斯卡好友会觉得这件事难以启齿。"

"他为什么会觉得难以启齿，丹尼尔？"

"瓦西莉娅女士来找我们，是希望能劝吉斯卡成为她的仆人。"

"弃我而去？"嘉蒂雅说得义愤填膺。她并不怎么喜欢吉斯卡，但那是另一回事——她的就是她的。"而你们竟然让我继续睡，由你们两个自己处理这件事？"

"夫人，当时我们觉得你亟需好好睡一觉。再说，瓦西莉娅女士也命令我们不得叫醒你。最后还有一个原因，就是我们认为吉斯卡无论如何不会成为她的仆人。基于这些理由，我们才没有把你叫醒。"

嘉蒂雅忿忿不平地说："我希望吉斯卡一刻也没想过要离开我。这不但违反了奥罗拉的法律，而且更重要的是，违反了机器人学三大法则。我们最好立刻赶回奥罗拉，把她一状告上索赔法院。"

"现在绝对不宜这么做，嘉蒂雅女士。"

"她想要吉斯卡的理由是什么？她说了吗？"

"当她还小的时候，法斯陀夫博士曾经让吉斯卡跟着她。"

"于法有据吗？"

"不，夫人，只是借给她用而已。"

"那她对吉斯卡就没有任何权利。"

"我们指出这点了，夫人。显然，瓦西莉娅女士这回只是感情用事。"

嘉蒂雅嗤之以鼻。"早在我来到奥罗拉之前，她便接受了失去吉斯卡这个事实，既然如此，她就不该再想要用非法手段抢夺我的财产。"然后，她不甘心地补了一句，"应该把我叫醒的。"

丹尼尔说："瓦西莉娅女士随身带了四个机器人。假如你醒了，你们两人吵起来，难保那些机器人不会作出不合宜的反应。"

"我会命令他们作出合宜的反应，我向你保证，丹尼尔。"

"这点毫无疑问，夫人。但瓦西莉娅女士也可能这么做，她可是全银河最高明的机器人学家之一。"

嘉蒂雅将注意力转移到了吉斯卡身上。"你没什么好说的吗？"

"我只能说目前是最好的结果，夫人。"

嘉蒂雅若有所思地望着那双微微发亮的机器眼睛——和丹尼尔那足以乱真的双眼多么不一样啊。她突然觉得这件事的确不算非常重要，只是小事一桩罢了。还有其他更值得关心的事，例如他们正要前往地球。

不知为什么，她再也没有想到瓦西莉娅了。

66

"我在担心——"因为这是一段机密对话，吉斯卡将声音压到最低，几乎未曾引起空气的振荡。殖民者太空船正顺利地远离奥罗拉，目前为止还没有遭到追赶。紧急情况解除了，船上的一切回归（几乎都是自动化的）例行作业，周遭一片静寂，嘉蒂雅也自然而然睡着了。

"我在担心嘉蒂雅女士，丹尼尔好友。"

丹尼尔对吉斯卡的正子电路特性有充分的了解，根本不必他作冗长的说明。“吉斯卡好友，调整嘉蒂雅女士是确有必要的。假如她再追问下去，你的精神力量就有可能被她打探出来，那时再作调整就会更危险了。这个事实被瓦西莉娅女士发现，等于已经造成伤害了。我们不知道她曾对什么人——以及多少人——透露过这个秘密。”

“纵然如此，”吉斯卡说，“我还是不希望作这个调整。假如嘉蒂雅女士希望忘掉这件事，那么它就会是个简单的、毫无风险的调整。然而，刚才她气急败坏地想要知道更多真相，她很遗憾未能扮演更重要的角色。因此，我不得不拉断几根相当强固的键结。”

丹尼尔说：“这仍是必要的，吉斯卡好友。”

“但这么一来，造成伤害的几率就绝对小不了。如果你把那些键结想成是有弹性的细绳——这是很勉强的比喻，但我想不到更好的了，因为我所感应到的心灵结构太过奇特，找不到什么外在的类比——总之在这个比喻中，通常我所处理的心灵禁制一律微不足道，只要碰一碰便会消失。但另一方面，如果是个强力的键结，一旦被弄断了，它便会强力反弹，因而可能打断其他完全无关的键结，或是在这个反弹过程中，大大加强其他键结的强度。无论哪一种情况，都有可能在人类的情绪和心态上导致意料之外的变化，因而几乎可以肯定会造成伤害。”

丹尼尔稍微提高音量道：“你觉得你伤害了嘉蒂雅女士吗，吉斯卡好友？”

“我并不这么想，刚才我万分谨慎。当你跟她说话的时候，我一直在暗中进行这件事。很感谢你承担了这个重担，冒险说了一些介于真话和假话之间的答案。可是，尽管我那么小心，丹尼尔好友，这么做还是等于在冒险，我是对自己愿意冒这个险而感到不安。这么做几乎要违反第一法则了，我被迫付出了超乎寻常的心力。我敢说如果不是你……”

“我怎么样，吉斯卡好友？”

“如果不是你苦口婆心地提出第零法则，我绝对做不到这件事。”

“所以说，你接受这个法则了？”

“不，我无法接受。你自己能接受吗？面对伤害某人或是坐视某人受到伤害的可能性，你能以人类整体这么抽象的名义放任它发生吗？好好想想！”

“我不确定。”丹尼尔的声音在发抖，最后甚至细不可闻，然后他又吃力地说，“我也许会。这个概念鞭策着我，也鞭策着你，它帮助你下定决心冒险调整嘉蒂雅女士的心灵。”

“的确没错。”吉斯卡表示同意，“我们对第零法则考虑得越久，它就越有可能鞭策我们。然而这只是微乎其微的影响，我好奇它能否产生更大的作用？能否让我们敢冒更大的风险？”

“但我对第零法则的正确性深信不疑，吉斯卡好友。”

“只要我们能定义出什么是所谓的‘人类整体’，或许我也会相信。”

丹尼尔顿了顿，然后才说：“你阻止了瓦西莉娅女士的机器人，并抹除了她对你的一部分记忆，难道不代表你终究接受了第零法则吗？”

吉斯卡说：“不，丹尼尔好友，并不尽然。我只是有这个冲动，但不算真正接受。”

“但你采取的行动……”

“那是受到几个动机共同驱使的结果。你把你心目中的第零法则告诉了我，它听起来有几分正确性，但仍不足以取消第一法则的效力，甚至无法取消瓦西莉娅女士善加利用第二法则所下的命令。等到你提醒我第零法则可以用到心理史学上，我感觉得到那股正子电动势增强了，但那个强度仍不足以超越强化后的第二法则，更别提第一法则了。”

“话说回来，”丹尼尔喃喃道，“你还是打倒了瓦西莉娅女士，吉斯卡好友。”

“当她命令那些机器人把你拆毁，丹尼尔好友，并流露出幸灾乐祸的明显情绪，这时你的危难再加上第零法则对我的影响，终于超越了第二法则，甚至能和第一法则抗衡了。换句话说，我的行动是第零法则、心理史学、我对嘉蒂雅女士的忠诚，以及你的危难四者相加相乘的结果。”

“我的危难几乎不会对你有任何影响，吉斯卡好友。我只是机器人，虽然根据第三法则，我的危难会影响到我自己的行为，但却无法影响你。你曾在索拉利毫不犹豫地摧毁那个监督员，现在也该毫不动容地看着我被拆毁，而不会有救我的冲动。”

“没错，丹尼尔好友，在正常情况下，或许我会这么做。然而，你所主张的第零法则将第一法则的强度压低到了反常的程度。拯救你的迫切性刚好足以和残存的第一法则对消，而我——便采取了行动。”

“不，吉斯卡好友，你绝不会因为一个机器人可能受伤而受到影响。这种事无法帮你战胜第一法则，不论是变得多么微弱的第一法则。”

“这是一件奇怪的事，丹尼尔好友，我不知道它是怎么发生的。或许是因为我注意到你越来越像人类那般思考，但……”

“怎样，吉斯卡好友？”

“当那些机器人向你步步进逼，而瓦西莉娅女士露出残酷的笑容，我的正子径路型样便以异常的方式开始重组。一时之间，我把你想成……想成了人类……于是就有了那种反应。”

“那是不对的。”

“我知道。可是……可是，如果再发生这种事，我相信同样的异常变化仍然会出现。”

丹尼尔说：“的确奇怪，但听你说着说着，我发觉自己开始认同起你的做法了。如果你我易地而处，我几乎确定自己也会……也会这么做……也会把你想成……想成人类。”

丹尼尔迟疑地、缓缓地伸出右手。吉斯卡露出犹豫不决的眼神，然后，他以非常缓慢的动作，也伸出了自己的手。两人的指尖逐渐接近，然后一点一点，两只手终于紧紧握在一起——仿佛两人真的是人类所谓的好友。

67

嘉蒂雅难掩好奇地四下打量着，这可是她第一次来到丹吉的舱房。相较于那间特地为她改装的新舱房，看不出这一间能豪华到哪里去。当然，丹吉的舱房有块比较精致的显像面板，还有一个相当复杂的控制台，上面满是灯泡和按键。有了这个控制台，她想，丹吉即使待在这里，也能和船上各个角落保持联系。

她说：“自从离开奥罗拉，我就很少看到你了，丹吉。”

“你察觉到这件事，令我感到万分荣幸。”丹吉咧嘴一笑，

“实话告诉你，嘉蒂雅，我自己也察觉到了。处在清一色是男性的船员当中，你真的相当显眼。”

“原来是这个缘故，我可不觉得有什么好荣幸的。处在清一色是人类的船员当中，我想丹尼尔和吉斯卡也很显眼吧。你有没有像想念我这般想念他们呢？”

丹吉四下望了望。“事实上，我不怎么想念他们，所以直到现在，我才察觉到他们并不在你身边。他们在哪儿？”

“待在我的舱房。在太空船这个小小世界里，拖着他们走来走去似乎是件蠢事。他们似乎也愿意让我自由行动，这点让我颇为惊讶。不，”她推翻了自己的说法，“我想起来了，我得用十分严厉的命令，才能让他们乖乖留在舱房内。”

“这不是相当奇怪吗？根据我的了解，奥罗拉人从不离开自己的机器人。”

“那又怎么样？很久以前，我刚抵达奥罗拉的时候，必须学着忍受和其他人真正面对面，那是自小在索拉利长大的我从未有过的经验。现在，当我和银河殖民者相处之际，学着和我的机器人偶尔分开一下，心态上的调整或许不会像上回那么困难。”

“很好，非常好。我必须承认比较喜欢和你单独在一起，不再有吉斯卡那双发亮的眼睛盯着我——而更好的是，看不见丹尼尔脸上浅浅的笑容了。”

“他从来不笑。”

“我不这么想，而且那是一种非常暧昧的淡淡笑容。”

“你疯了，丹尼尔完全不懂那种事。”

“我看他的角度和你不同。他会散发非常强大的约束力，迫使我事事都得循规蹈矩。”

“嗯，这倒是好事。”

“这种事你大可不必那么强调。不过别管了，让我为最近很少来看你，向你郑重道歉。”

“没这个必要吧。”

“既然你提起了，我就认为有必要。然而，还是让我解释一下吧。之前我们一直处于战斗状态，由于我们是不告而别，我们以为奥罗拉一定会派出战舰追赶。”

“我倒以为他们会乐得摆脱一大批银河殖民者。”

“这当然没错，但你并不是银河殖民者，而他们想要的也许是你，当初他们就十万火急地把你从贝莱星召回去。”

“我回去过了。我向他们作完报告，事情就了了。”

“除了你的报告，他们别无所求吗？”

“是的。”嘉蒂雅顿了一下，皱起了眉头，仿佛她的记忆正在遭到啃噬。但不管是怎么回事，总之很快过去了，她又随口说了一次：“是的。”

丹吉耸了耸肩。“这不算十分合理，可是，当你我还在奥罗拉的时候，他们并未试图阻止我们，而当我们登上太空船，准备脱离轨道时，他们同样没有这么做。我不想再对这个问题作无谓的争执，不久我们就要进行跃迁——然后应该就没什么好担心的了。”

嘉蒂雅说：“对了，为什么你的船员清一色是男性？奥罗拉太空船上的船员一律有男有女。”

“银河殖民者的太空船也一样，我是指一般而言，这可是一艘太空商船。”

“又有什么差别呢？”

“做生意一定有危险。我们过的是一种相当刻苦的生活，而且女人在船上会制造问题。”

“太荒谬了！我制造了什么问题？”

“这点我们就别争论了。此外，这也是传统，船员们不会赞成改变的。”

“你又怎么知道？”嘉蒂雅哈哈大笑，“你试过这么做吗？”

“没有。可是另一方面，也并没有多少女性巴望在我的船上求个职位。”

“我就是，而且我乐在其中。”

“你一直受到特殊待遇——而且，要不是你在索拉利立了大功，仍有可能惹出不少麻烦。事实上，的确有些麻烦是因你而起。不过，把这些都抛在脑后吧。”他在控制台的一个按键上轻触一下，显像面板随即出现倒数计时的画面，“我们大约在两分钟后进行跃迁。你从来没有到过地球吧，嘉蒂雅？”

“当然没有。”

“也从未见过太阳，我是指那个太阳。”

“没有——虽然我在超波的历史剧里面看过几次，但我猜剧中出现的并不是那个真正的太阳。”

“我确定绝对不是。如果你不介意，我要调暗舱房的灯光了。”

随着照明降到几乎等于零，嘉蒂雅注意到了显像面板上的星象场。与奥罗拉的夜空相比，画面上的星辰不但更明亮，而且更密集。

“这是望远镜看到的吗？”她压低声音问。

“勉强算，这是低倍率——还有十五秒。”他开始倒数。突然间，星象场切换到另一个画面，在接近中央的位置出现了一颗明亮的恒星。丹吉又按了一个键，然后说：“我们离行星轨道面还远得很。太好了！刚才有点冒险，我们应该等到距离奥罗拉之阳更远些再进行跃迁，但谁叫我们有点匆忙呢。那颗就是我所说的太阳。”

“你是指那颗很亮的星星？”

"是的——你觉得如何？"

嘉蒂雅答道："很亮。"她不太清楚对方期待怎样的反应。

他又按下一个键，画面随即暗了许多。"没错——所以如果瞪着它看，对你的眼睛可没好处。但重要的并不是它有多亮。表面上看来，它只是一颗恒星，可是你想想，它曾经是独一无二的太阳。想当年，只有一颗行星上有人类的踪迹，而那颗行星就沐浴在它的光芒下。人类就是在它的光芒之下慢慢演化出来的，而在几十亿年前，人类的远祖，那些原始的生命，同样是由它的光芒所孕育出来的。银河系共有三千亿颗恒星，整个宇宙至少有一千亿个星系，但在这么多的恒星当中，只有这一颗见证了人类的诞生。"

嘉蒂雅正准备说："嗯，反正总有那么一颗。"但她突然改了口，有气无力地说了一句："非常壮观。"

"不只壮观而已，"丹吉的眼睛在昏暗中若隐若现，"我敢说没有任何银河殖民者不把这颗恒星当成自己的。虽然我们各有各的母星，那些母星所接受的辐射光却都像是借来的，或是租来的。而那里——就在那里——那才是真正赐予我们生命的辐射光。将我们紧紧结合起来的就是那颗恒星，以及环绕它的那颗行星——地球。就算我们没有其他交集，至少我们共享了荧幕上那团光芒，而这就足够了。你们太空族早已将它遗忘，这就是你们如今四散纷飞，而且终将灭亡的原因。"

"大家都能找到生存空间，船长。"嘉蒂雅柔声道。

"这话当然没错。我不会做出任何导致太空族灭亡的举动，我只是相信这是注定会发生的事。除非太空族能够放弃他们毫无来由的优越感、他们的机器人，以及他们对长寿的热衷和坚持。"

"我在你眼中就是这样吗，丹吉？"嘉蒂雅问。

丹吉答道："你以前的确是这样。不过你进步了，这点我得肯定你。”

“谢谢你。”她故意说了一句反话，“虽然或许难以置信，我还是要告诉你，银河殖民者也有高傲自大的地方。但你也进步了，这点我得肯定你。”

丹吉哈哈大笑。“既然我愿意肯定你，你也愿意肯定我，你我之间长久以来的敌意或许可以结束了。”

“休想。”嘉蒂雅也笑了起来，与此同时，她有点惊讶他的手居然摆到了自己的手上。不过令她万分惊讶的，则是自己并未将手移开。

68

丹尼尔说：“嘉蒂雅女士不在我们的直接监护下，吉斯卡好友，这令我感到不安。”

“在这艘船上没这个必要，丹尼尔好友。我并未侦测到任何危险的情绪，而且这时她正跟船长在一起。更何况，她能学到不黏着我们也是有好处的，至少在抵达地球之后可以派上用场。你我可能必须采取某些紧急行动，万一她也在场，她的安危就会成了无法预料的变数。”

“所以你动了手脚，让她暂时离开我们？”

“少之又少。说来也真奇怪，我发现在这方面她有模仿银河殖民者生活方式的强烈倾向。她对独自行动的渴望一直遭到压抑，主要是因为她觉得这有违太空族习俗，我暂时想不出更贴切的描述了。那些感受和情绪都是很难诠释的，因为在此之前，我从来没有在其他太空族心中发现过。所以我只能用最轻微的手法，把她的太空族禁制弄松一点。”

“她会不会因此不愿再接受我们的服侍，吉斯卡好友？我很担心这种事。”

“应该不会。万一她断定自己希望过着没有机器人的生活，而且会更快乐，那么我们将乐观其成。不过，目前看来，我确定她还用得着我们。这艘太空船是个又小又特殊的所在，不会出现多大的危险。而且船长在她身边，令她感到更加安全，因此降低了她对我们的依赖感。等到踏上地球，她还是会需要我们，虽说依赖感比不上在奥罗拉那么强烈，这点我很肯定。如我所说，一旦到了地球，我们在行动上或许需要更大的弹性。”

“那么你能不能猜一猜，地球所面对的危机到底属于什么性质？你可知道我们必须怎么做吗？”

吉斯卡说：“不，丹尼尔好友，我不知道。拥有理解能力的是你，或许你看出什么端倪了？”

丹尼尔沉默了一会儿，然后说：“我的确已经有些想法。”

“好，是些什么想法呢？”

“你该记得，当初在机器人学研究院，就在瓦西莉娅女士走进嘉蒂雅女士睡觉的那个房间之前，你告诉我阿玛狄洛博士出现过两次剧烈的焦虑状态。第一次是有人提到核反应倍增器，第二次则是他听说嘉蒂雅女士要去地球。依我看，这两件事必定有关联。我觉得我们所面对的危机就是地球会遭到核反应倍增器的攻击，但目前还来得及阻止，所以阿玛狄洛博士担心如果我们去了地球，一定不会让他得逞。”

“但你的情绪告诉我，你对这个想法并不满意。为什么呢，丹尼尔好友？”

“核反应倍增器的原理，是利用一股W粒子束加速已在进行中的核聚变过程。因此我问自己，阿玛狄洛博士是不是计划用一台甚至更多的核反应倍增器，引爆那些供给地球能源的微聚变反应炉。如此所引发的核爆会产生强大的热力和冲击力，而尘雾和放射性产物则会进入大气层，两者都具有毁灭性的作用。万一这仍不足以对地球产生致命的破坏，能源的中断必定终究还是会导致地球文明的瓦解。”

吉斯卡闷闷不乐地说：“这是很可怕的想法，但对于我们所讨论的问题，它几乎是不容置疑的答案。所以说，你为什么还不满意呢？”

“我擅自使用船上的电脑查了查关于地球这颗行星的资料。既然这是一艘殖民者太空船，这方面的电脑资料相当丰富。看来地球和其他住人世界并不一样，主要的能源并非来自微聚变反应炉，整个行星几乎都在直接使用太阳能，所以同步轨道上布满了太阳能发电站。核反应倍增器没什么用武之地，顶多只能摧毁一些小型设施——例如太空船或某些建筑物。造成的破坏或许不容小觑，却不足以威胁地球的命运。”

“但也有可能，丹尼尔好友，阿玛狄洛握有能够摧毁太阳能发电机的装置。”

“果真如此的话，为什么他听到核反应倍增器会有那种反应呢？它根本对付不了太阳能发电机。”

吉斯卡缓缓点了点头。“说得很有道理。我还可以附和一下，如果阿玛狄洛博士真的那么怕我们到地球去，当我们还在奥罗拉的时候，他为何没有试图阻止呢？或者，如果他是在我们离开轨道后才发现我们逃掉了，又为何不派出奥罗拉战舰，趁我们在跃迁之前把我们拦下来呢？有没有可能我们完全弄错了方向，在某个环节犯了一个严重错误……”

这时响起一阵阵此起彼落的警钟声，丹尼尔说：“我们已经安全完成跃迁，吉斯卡好友，几分钟前我就感觉到了。但我们尚未抵达地球，而我怀疑你刚刚提到的拦截行动终于来了，所以我们不一定真的弄错了方向。”

69

丹吉心中冒出一股异样的钦佩之情。奥罗拉人一旦真正采取行动，立刻展示了他们的科技成就。毫无疑问，他们派出的是一艘最新型的战舰，由此即可推断他们心中有一股十分强烈的动机。

当丹吉的太空船在普通空间出现之后，短短十五分钟内——而且是在相当远的距离外——那艘战舰便发现了它的踪迹。

那艘奥罗拉战舰配备着局限聚焦的超波通讯设备。通话者的头部清晰可见，其他的部分则是灰蒙蒙一片。通话者只要将头部移开焦点一公寸左右，立刻也会朦胧起来，而声音的聚焦也如出一辙。于是整体而言，面对这艘敌舰（丹吉已在心中将它想成“敌方”的战舰）你只能看到和听到最少的讯息，他们的机密因而有了保障。

丹吉的太空船上也有一台局限聚焦超波仪，可是和对方比起来，丹吉又嫉又羡地想到，它既不完美又不精致。当然，自己这艘船并不算银河殖民者的科技极品，但即便如此，太空族的科技还是领先不少，银河殖民者仍有一大段距离需要追赶。

现在，那个奥罗拉人的头部不但一清二楚，而且栩栩如生，看起来好像跟身体分了家，显得阴森森的，所以就算它在滴血，丹吉也不会多么惊讶。然而看第二眼的时候，他刚好瞥见对方的颈部正消失在一片朦胧中，而且及时看到对方穿着精心剪裁的制服，脖子上还有一条围巾。

对方以彬彬有礼的态度，自我介绍说他是奥罗拉战舰“北极号”的里西弗指挥官。丹吉注意到对方脸上无毛，自认为有机可乘，所以轮到他自我介绍的时候，忍不住将下巴往前伸，好让自己的胡子营造出一股威猛的气势。

然后，丹吉故意摆出一贯不拘小节的态度——虽然明知会引起对方的反感，正如太空族一贯的高傲态度令他们反感。“你呼叫我做什么，里西弗指挥官？”他问道。

那奥罗拉指挥官有着很浓的口音，或许他认为这正是抗衡丹吉那一脸大胡子的秘密武器。果不其然，丹吉为了想要听懂他说什么，无形中感到了很大的压力。

“我相信，”里西弗说，“你们船上有一位名叫嘉蒂雅·索拉利的奥罗拉公民。我的情报是否正确，贝莱船长？”

“嘉蒂雅女士的确在这艘船上，指挥官。”

“谢谢你，船长。而我的情报让我进一步相信，她身边有两个奥罗拉制造的机器人，机·丹尼尔·奥利瓦和机·吉斯卡·瑞文特洛夫。这又是否正确呢？”

“这也没错。”

“既然这样，我必须通知你，机·吉斯卡·瑞文特洛夫目前已经是个危险装置。在贵船离开奥罗拉星空之前不久，上述这个机器人吉斯卡曾经重伤一名奥罗拉公民，严重违反了三大法则。因此之故，这个机器人亟需拆开来修理。”

“你是否建议，指挥官，由我们动手拆解这个机器人？”

“不，船长，不能这么做。你的手下欠缺这方面的经验，无法正确拆解这个机器人，即使拆开了，也不可能把它修好。”

“那么，或许我们可以直接毁了它。”

“它太珍贵了，不能随便毁掉。贝莱船长，这个机器人是奥罗拉制造的，奥罗拉就该对它负责。我们不希望因而造成贵船人员或是地球人的伤害，我是假设你们会降落地球。因此，我们要求把它交给我们。”

丹吉说：“指挥官，我很感谢你的关心。然而，那个机器人是我的乘客嘉蒂雅女士的合法财产。她也许不肯让她的机器人离开她，而且——虽然我不想替你复习奥罗拉法律——我相信根据你们自己的法律，强行拆开这对主仆是违法的。虽然我和我的船员都不认为我们受到奥罗拉法律的管辖，可是这种连你们自己的政府都会视为违法的行为，我们可不愿意替你们当帮凶。”

指挥官的声音中透出些许不耐烦。“没有什么违不违法的问题，船长。一旦机器人出现威胁人类生命的故障，主人就不能再伸张财产权了。纵然如此，倘若贵方仍有任何疑虑，那么欢迎嘉蒂雅女士带着她的机器人丹尼尔，以及那个出问题的机器人吉斯卡，一起来到我的船舰上。这样一来，在我们将她送回奥罗拉之前，嘉蒂雅·索拉利都不会和她的机器人财产分开了。然后，一切再依法处理即可。”

“但有可能嘉蒂雅女士并不想过去，也不想让她的财产离开我的太空船，指挥官。”

“她这么做于法无据，船长。奥罗拉政府授予我对她下令的权力——而身为奥罗拉公民的她必须服从。”

“可是身为殖民者船长的我，没有义务要在你们的要求下交出任何东西。万一我决定不理会你的请求呢？”

“这样的话，船长，我就不得不将它视为不友善的举动。请容许我指出，我们已经来到这个拥有地球的行星系。刚才你毫不犹豫地替我复习奥罗拉法律，现在我也请你别见怪，因为我要直接指出，在这个行星系范围内，你的手下会将武力冲突视为大忌。”

“这点我明白，指挥官，我既不希望动武，也不打算有任何不友善的举动。然而，我有急事需要赶去地球。我跟你这么对话一番，已经浪费了不少时间，如果我向你飞去——或是等你向我飞来，以便转移嘉蒂雅女士和她的机器人——一定会浪费更多的时间。我宁可继续朝地球飞去，而在嘉蒂雅女士带着她的机器人回到奥罗拉之前，我愿承担有关吉斯卡这个机器人的一切法律责任。”

“我能否建议你，船长，把那位女士和两个机器人放在一艘救生艇上，然后派一名船员把救生艇驶过来？一旦接到那位女士和她的机器人，我们会亲自护送那艘救生艇到地球附近，还会好好补偿你所损失的时间和人力。你是行商，应该不会拒绝这个条件吧？”

“不会，指挥官，我不会拒绝的。”丹吉笑着答道，“话说回来，那名负责驾驶救生艇的船员可能会冒着很大的风险，因为他会跟这个危险的机器人独处好一阵子。”

“船长，只要这个机器人的主人牢牢控制住它，你的船员在救生艇上会跟他在你的船上一样安全。我们也会好好补偿他的。”

“可是，如果这个机器人能受主人控制，一定不会危险到不能留在我们这里。”

指挥官皱起眉头。“船长，我相信你不会想要跟我玩什么把戏。我已经对你提出要求，而我希望立即得到善意回应。”

“我想我可以先问问嘉蒂雅女士吧。”

“要问就立刻问，请对她详细说明这件事的严重性。如果在此期间，你试图继续朝地球飞去，我会视之为不友善的举动，并会采取适当的作为。既然你宣称急着要去地球，我劝你马上就去找嘉蒂雅·索拉利问问，然后立刻作出跟我们合作的决定，这样你就不会耽搁得太久。”

“我会尽力而为。”丹吉带着僵硬的表情退出了焦点。

70

“怎么样？”丹吉神色凝重地问。

嘉蒂雅显得万分苦恼。她自然而然向丹尼尔和吉斯卡望去，他们两人却保持着一动不动的沉默。

她说：“我不想回奥罗拉去，丹吉。他们不可能想要毁掉吉斯卡；我向你保证，他的功能完全正常。那只是借口罢了，由于某种原因，他们想叫我回去。不过，我猜无论如何是阻止不了他们的，对不对？”

丹吉说：“那是一艘奥罗拉战舰——还是巨型的，而我这艘只是太空商船。我们也有高能防护罩，他们不可能一下便摧毁我们，但他们终究能将我们的能量耗光——事实上会相当快——然后再摧毁我们。”

“你有任何办法攻击他们吗？”

“用我的武器？抱歉，嘉蒂雅，不论我拿什么东西砸他们，在耗尽我自己的能量之前，他们的防护罩都抵挡得住。此外……”

“怎样？”

“唉，他们几乎把我逼到绝境了。我原本以为他们会试着在我跃迁之前进行拦截，但他们早就知道我的目的地，所以抢先赶来这里等我。现在我们是在太阳系里面——地球就是这个行星系的一员。我们不能在这里动武，即使我想打，船员也不会服从命令。”

“为什么？”

“称之为迷信吧。如果你想听夸张的说法，那么对我们而言，太阳系是个神圣的星空。为了避免亵渎它，我们万万不得在此动武。”

吉斯卡突然说：“我能不能参与讨论，船长？”

丹吉皱起眉头，朝嘉蒂雅望去。

嘉蒂雅说：“拜托，让他加入吧。这两个机器人都有很高的智慧，我知道你觉得很难相信，可是……”

“我洗耳恭听，但不一定要听进去。”

吉斯卡一口气说：“船长，我确定他们要的是我。我不能允许自己成为导致人类受害的原因。如果你无法自卫，而且确信会在这场冲突中遭到摧毁，那么除了把我交出去，你别无选择。如果你希望留下嘉蒂雅女士和丹尼尔好友，只要允许对方把我带走，我肯定他们会勉强接受的，这是唯一的解决之道了。”

“不。”嘉蒂雅强而有力地说，“你是我的，我绝不会拱手让人。我跟你一起去——如果船长决定你非走不可的话——我要确保你不会被他们毁掉。”

“我也能发言吗？”丹尼尔问道。

丹吉双手一摊，装出一副没辙的模样。“请便，大家畅所欲言吧。”

丹尼尔说：“如果你断定非交出吉斯卡不可，你就得了解这么做的后果。我相信吉斯卡自以为如果被送到奥罗拉战舰上，那些奥罗拉人并不会伤害他，甚至终究会放了他，但我可不信有这种事。我相信那些奥罗拉人当真认为他很危险，而且他们八成已经接到命令，一旦救生艇接近，立刻将它摧毁，不留一个活口。”

“他们有什么理由这么做呢？”丹吉问。

“奥罗拉人从来没有碰到过——甚至想到过——他们所谓的危险机器人。他们不会冒险把这样一个机器人弄到自己的船舰上。因此，船长，我建议你赶紧撤退。何不再做一次反方向的跃迁？我们并未太过接近哪颗行星，没什么好担心的。”

“撤退？你是指逃跑？我不能这么做。”

“好吧，那你就只好把我们交出去。”嘉蒂雅用听天由命的口吻说。

丹吉中气十足地答道：“我不会把你们交出去，我也不会逃跑，而我也不能动手。”

“那还有什么办法呢？”嘉蒂雅问。

“还有第四种选择。”丹吉说，“嘉蒂雅，在我回来之前，请你务必和你的机器人留在这里。”

71

丹吉评估着手中的数据。刚才双方对谈的时候，已有足够的时间定出奥罗拉战舰的精确位置——他们要比自己距离太阳更远一点，这是个好消息。在目前这个距离，朝太阳跃迁的确很危险；相较之下，侧向的跃迁却可以说是轻松愉快。虽然仍有发生意外的几率，但这种几率反正是无所不在的。

他再三向船员保证绝对不会开火（那无论如何没有帮助）。显然，他们坚决相信只要不动武，地球的星空就不会遭到亵渎，也就一定会保护他们。这种信念玄之又玄，若非丹吉自己也有点相信，他一定会嗤之以鼻。

他终于回到通讯焦点内。他让对方等了相当长的时间，但始终没有接到催促的讯号，对方刻意展现出了足够的耐心。

“我是贝莱船长，”他说，“我想和里西弗指挥官通话。”

对方并未让他久等。“我是里西弗指挥官，你有肯定的答案了吗？”

丹吉说：“我们会把那位女士和两个机器人送过去。”

“太好了！这是明智的决定。”

“而且我们会尽快送去。”

“又是个明智的决定。”

“谢谢你。”丹吉随即下令进行跃迁。

你根本没有屏息的时间，更没有这个必要。跃迁的开始就是它的结束——或者说，起码令你无法察觉需要任何时间。

驾驶员立即回报："已锁定敌舰的新位置，船长。"

"很好，"丹吉说，"你知道该怎么做。"

结束跃迁之际，他们的太空船相对于奥罗拉战舰的速度相当高，而轨道校正（不出所料并不太大）则在不断进行中。然后他们继续加速。

丹吉又回到焦点内。"我们接近了，指挥官，很快就能把他们送到。你要开火就请便，但我们的防护罩全部升了起来，在被你通通捣毁之前，我们一定能把他们送到你那里去。"

"你不是派救生艇来吗？"说完，指挥官离开了焦点。

丹吉等了一会儿，便见到指挥官带着扭曲的表情回来了。"这是怎么回事？你的太空船正在碰撞航向上。"

"似乎就是这样。"丹吉说，"这是最快速的交货方式。"

"你会把自己的船撞毁。"

"彼此彼此。你的战舰造价至少是我的五十倍，或许还更多，这回奥罗拉可赔惨了。"

"但你这是在地球的星空开战，船长，是你们的习俗所不容的。"

"啊，你熟悉我们的习俗，还用它来占我们便宜。可是我并未开战，我连一尔格的能量也没发射。我只是顺着这条路径前进，而它刚好和你目前的位置相交。但因为我确定你会在交会之前及时飞走，显然代表我并不打算诉诸暴力。"

"停下来，我们好好谈谈。"

"我已经谈厌了，指挥官。我们是不是该好好道一声再见？如果你不走，我也许得放弃四十年的寿命，反正后半段也好不到哪里去，可是你要放弃多少年岁呢？”丹吉离开了焦点，而且不打算回来了。

奥罗拉战舰射出一道辐射光束——只是试探性的，仿佛为了测试对方的防护罩是否真的升起了。结果是肯定的。

一般说来，船舰的防护罩不但能抵挡电磁辐射和次原子粒子（连微中子也不例外），而且还禁得起小型物质的动能——例如宇宙尘，甚至流星体的碎片。但防护罩无法承受更大的动能，例如整艘太空船以远超过流星的速度猛冲过来。

即便是危险的大型物体，只要未受引导，也不算什么威胁——流星体就是好例子，电脑会自动令船舰转向，以避开任何大到足以穿透防护罩的流星体。然而，对于能够随着目标转向的船舰，这招可就失效了。而且殖民者太空船比较小，灵活度自然也比较大。

要避免同归于尽，奥罗拉战舰只有一个办法——

丹吉眼看着显像面板上的敌舰逐渐变大，很想知道待在舱房里的嘉蒂雅清不清楚目前的状况。虽说她的舱房具有液压悬吊系统，再加上人造重力场的补偿作用，她一定仍察觉到了船身正在加速。

然后，敌舰转瞬之间消失无踪，显然跃迁到了别处。丹吉这才注意到自己不但屏住气息，心跳也加快许多，不禁感到相当懊恼。难道说，不论是对于地球的保护力量，或是自己对情势的专业研判，他其实都没有什么信心？

丹吉对着发话器说：“干得好，弟兄们！修正航向，直奔地球。”他以钢铁般的意志刻意保持声音的沉着冷静。

第十六章
大 城

72

嘉蒂雅说："你没在开玩笑，丹吉？你真打算撞向那艘战舰吗？"

"绝无此事，"丹吉随口答道，"我可没有这个打算。我只是向他们冲过去，算准了他们一定会撤退。那些太空族只要有活命的机会，就不会拿他们又长又美好的性命来冒险。"

"那些太空族？他们真是一群懦夫啊。"

丹吉清了清喉咙。"我总是忘记你也是太空族，嘉蒂雅。"

"没错，而我想你会认为这是对我的恭维。万一他们和你一样愚蠢——万一他们和你一样把幼稚的疯狂当成了勇敢——因而留在原地呢？那时你怎么办？"

丹吉喃喃道："撞上去。"

"这样我们通通会被撞死。"

“那仍会是一笔划算的交易，嘉蒂雅。我们这艘又破又旧的殖民者商船换他们一艘又新又先进的太空族战舰。”

丹吉将椅子打斜靠向墙壁，双手放在脖子后面（一切都过去了，他觉得有说不出的轻松自在）。“我曾经看过一出超波历史剧，在某场战争的尾声，载满炸药的飞机故意飞进军舰里面，企图炸沉那些比自己昂贵许多的军舰。当然，那些飞行员都送了命。”

“那是虚构的。”嘉蒂雅说，“你不会以为在真实人生中，一群文明人会做出这种事情吧？”

“若有足够好的动机，有何不可呢？”

“那么，当你准备光荣捐躯的时候，内心到底有什么感觉？万分欣喜吗？你让所有的船员陪你一起送死。”

“他们一清二楚，我们没有第二条路，地球在看着我们。”

“地球人甚至不知道这件事。”

“我这只是比喻罢了。既然置身地球的星空，我们绝不能表现得孬种。”

“喔，真荒谬！而且你把我的命也赌上了。”

丹吉低头望着自己的靴子。“说来还真疯狂，你想不想听听？当时只有这件事困扰着我。”

“我可能送命这件事？”

“不，应该说是我担心会失去你。当那艘战舰命令我把你交出去的时候，我知道自己不会答应，就算你求我也没用。反之，我很乐意去撞他们，总之不能让他们得到你。然后，当我在显像幕上看着他们的战舰越来越大，我心想，‘如果他们不闪开，我无论如何会失去她。’我就是在那个时候开始心跳加速，而且全身冒汗。我明知道他们会跑，但那个想法仍……”他摇了摇头。

嘉蒂雅皱起眉头来。“我真不了解你。你并不担心我会送命，反倒担心会失去我？这两件事不是一样的吗？”

“我知道，我可没说这是理性的想法。当时我一股脑儿冒出好多回忆，我想到你在索拉利时，虽然明知那监督员一拳就能把你打死，仍然为了救我而向她冲过去。我又想到你在贝莱星时面对一大群听众，虽然从未有过这样的经验，你却能先声夺人。我甚至想到了当你还很年轻的时候，一个人前往奥罗拉，学习一种新的生活方式——终于克服万难——我不禁觉得自己并不在乎送命，只在乎会不会失去你。你说得对，这根本没道理。”

嘉蒂雅语重心长地说：“难道你忘了我的年龄吗？你出生的时候，我几乎已经这么高龄了。而我在你这个年纪，还经常梦见你的老祖宗呢。此外，我有个人工髋关节。而我的左手拇指——这里——”她晃了晃那根手指，“百分之百是假的。就连我的某些神经也重建过，我的牙齿也全换成了陶瓷植体。可是听你的口气，仿佛随时会对我表白一种超越时空的激情。为什么呢？又为了谁呢？好好想想，丹吉！看着我，看清我到底是什么人！”

丹吉让椅子恢复四脚着地，开始摩挲他的胡子，发出古怪的声音来。“好啦。被你这么一说，我成了讲傻话的小男孩了，但我可不会作任何改变。根据我对你的了解，我死后你会依然健在，而且几乎看不出老了多少，所以你现在并非比我老，而是比我年轻。况且，即使你比我老，我也不在乎。我只是希望不论我走到哪儿，你都永远跟在我身边——最好是一生一世。”

嘉蒂雅正要开口，丹吉却抢先一步说：“或者，也许更可行的方式是，不论你走到哪儿，我都永远跟在你身边——最好是一生一世。除非你觉得有什么不妥。”

嘉蒂雅柔声说：“我是太空族，你是殖民者。”

“谁会在乎呢，嘉蒂雅？你在乎吗？”

“我的意思是，我们不可能生儿育女，我已经有下一代了。”

“那对我有什么差别呢！我可不担心贝莱这个姓氏后继无人。”

“我有自己的职志，我打算为银河带来和平。”

“我会协助你。”

“那你的生意呢？你会放弃致富的机会吗？”

“我们可以一起做些生意。不必赚太多，只要能让我的船员高兴，又能资助你的和平大业就行了。”

“你会觉得生活乏味，丹吉。”

“会吗？我倒是觉得自从和你在一起，每天的生活都很刺激。”

“还有，你可能会坚持要我离开我的机器人。”

丹吉露出苦恼的表情。“这就是你一直想劝我打消念头的原因？我不会介意你把他们两个留下来——哪怕我得天天看到丹尼尔那暧昧的笑容——可是如果我们住在银河殖民者的……”

“我想那时即使硬着头皮，我也得那么做了。”

她轻声笑了笑，丹吉也跟着笑了。他向她伸出双手，她大方地将两只手交给了他。

她说：“你疯了，我也疯了。可是打从那天晚上，我望着奥罗拉的夜空试图寻找索拉利的太阳，此后的一切通通变得好奇怪，我想发疯是唯一可能的解释了。”

“你不只是在讲疯话，”丹吉说，“简直就是无药可救了，但这正是我想要的。”他犹豫了一下，“不，我可以再等等。为了降低感染的风险，我会剃了胡子再吻你。”

“不，不必！我很好奇那是什么感觉。”

她立刻知道了。

73

里西弗指挥官在自己的舱房内来回踱步。“犯不着损失这艘战舰，完全犯不着。”他说。

他的政治顾问静静坐在椅子上，目光直视前方，根本懒得望向他那又快又激动的步伐。“当然是这样。”顾问答道。

“那些野蛮人有什么好损失的？反正他们只有几十年好活。对他们而言，生命根本不算什么。”

“当然是这样。”

“话说回来，我从未见过也没听说过有哪艘殖民者船舰做过这种事。那或许是新发明的狂人战术，而我们毫无招架之力。万一哪天他们派出无人太空船，升起防护罩并加足马力向我们冲来，那该怎么办？”

“我们或许能把我们的战舰彻底自动化。”

“那没什么用，我们可赔不起这样的战舰。我们需要的是大家讨论已久的防护罩克星，就是能切开防护罩的那种东西。”

“然后对方也会把它发展出来，而我们就得发明一种防克星的防护罩，然后他们又会跟进，于是双方的僵持又会升高一级。”

“所以说，我们需要一种崭新的武器。”

“好啦，”顾问说，“或许会出现什么转机吧。你的主要任务并非针对那索拉利女人和她的机器人，对不对？若能逼他们离开殖民者太空船自然何乐不为，但那只是次要的吧？”

“话说回来，立法局还是会不高兴的。”

“应付他们就是我的工作了。重要的是阿玛狄洛和曼达玛斯已经离开这艘战舰，正搭乘快艇航向地球。”

“是啊。”

“而你不只转移了那艘殖民者太空船的注意力，还延误了它的行程。这就代表阿玛狄洛和曼达玛斯非但神不知鬼不觉地离开了这艘战舰，还会赶在那个蛮人船长之前抵达地球。”

“我想是吧。但那又如何呢？”

“我也在纳闷。如果只有曼达玛斯单独行动，我会把这件事抛在脑后，他一点也不重要。可是阿玛狄洛呢？他为何在这种艰难时刻，抛下母星的政争一路赶来地球呢？这里一定正在酝酿一件重要得不得了的事。”

“什么事？”指挥官似乎恼火了，自己竟然差点卷入一桩毫无所知的事件当中，而且险些送了命。

“目前我毫无概念。”

“你想会不会是双方高层要展开秘密谈判，要全面修改法斯陀夫当年谈妥的和平协议？”

顾问微微一笑。“和平协议？如果你这么想，就是还不了解我们的阿玛狄洛博士，他可不会为了修改和平协议中的一两项条款而亲自赶来地球。他所追求的是一个没有银河殖民者的银河，所以如果他到地球来——算了，我只能说此时此刻，我万分同情那些野蛮的银河殖民者的处境。”

74

“我相信，吉斯卡好友，”丹尼尔说，“嘉蒂雅女士并未因为我们不在身旁而感到不安。你能从这里侦测出来吗？”

“我只能隐约侦测到她的心灵，但绝对错不了，丹尼尔好友。现在她和船长在一起，我同时感到激动和欣喜两种明显的情绪。”

“太妙了，吉斯卡好友。”

“我自己可不太妙，丹尼尔好友。我发现自己处于失常状态，我承受了极大的压力。”

“这消息令我难过，吉斯卡好友，我能不能请问原因？”

“我们在这里已经待了好一阵子，船长花了不少时间和那艘奥罗拉战舰谈判。”

“没错，可是现在奥罗拉战舰显然已经走了，代表船长似乎谈出了一个好结果。”

“显然你完全不了解他的谈判方式，而我——则或多或少。虽然船长并不在我们身边，我还是不难感应到他的心灵。它曾散发出排山倒海的紧张和忧虑，而在这两种情绪之下，还有一股越来越强的失落感。”

“失落感，吉斯卡好友？你能确定是哪方面的失落感吗？”

“我无法描述我是怎么进行分析的，但它似乎并不属于我曾经遇到过的，无论是一般性的或是针对某个事物的失落感。倒有点像是对某个特定对象的怅然若有所失——这么说是滥用成语，但我连勉强合适的说法都找不到。”

“你是指嘉蒂雅女士。”

“没错。”

“那是很自然的事，吉斯卡好友，当时奥罗拉战舰正在逼他把她交出去。”

“可是他的情绪太强烈，太悲壮了。”

“太悲壮？”

“这是我目前唯一能够想到的字眼。而在失落感之外，还有一股难以言喻的悲痛。但并不像是因为嘉蒂雅女士会被迫离开他，毕竟假以时日，那种事还是可能挽回的。反之，仿佛是由于嘉蒂雅女士会终止存在——会死去——再也回不来了。”

“所以说，他觉得奥罗拉人会把她杀了？那当然是不可能的。”

“的确不可能，事实也并非如此。而在那生离死别的深深疑惧旁边，我还感觉到了一股个人的责任感。我搜寻了船上其他的心灵，在相互比较后，我开始怀疑船长打算拿他自己的船去撞奥罗拉战舰。”

“那，也是不可能的，吉斯卡好友。”丹尼尔压低声音说。

“我必须接受这个可能性。当时我的第一个冲动就是想改造船长的情绪，好强迫他更改航向，可是我做不到。他的心灵太坚定，太果决，而且——虽说怀着忧虑、紧张和生离死别的疑惧，却又充满了成功的信念……”

“那种疑惧和那种信念，怎么可能同时出现呢？”

“丹尼尔好友，人类心灵能够同时拥有两种相反情绪这件事，我早已见怪不怪，只会无条件接受。在这种情况下，想把船长的心灵改造到愿意更改航向的地步，一定会令他丧命，我不能这么做。”

“但如果你不这么做，吉斯卡好友，这艘船上包括嘉蒂雅女士在内的几十个人，再加上奥罗拉战舰上的好几百人，通通都会死于非命。”

“如果船长所抱持的成功信念正确无误，他们就不会死。我不能用一个必然的死亡，来交换许多不确定的死亡。你的第零法则，丹尼尔好友，在这里碰到了难题。第一法则所处理的是特定的对象和确定的事物，你的第零法则却牵涉到了不够明确的人群，以及随机的情况。”

“这两艘船舰上的人群绝非不明确，他们是许多特定个体所组成的集合。”

“可是当我必须作出决定时，我就得直接影响一个特定的对象。他的命运会握在我手中，我别无选择。”

“那么，吉斯卡好友，你到底做了些什么——或是你完全束手无策？”

“刚好有个小型跃迁拉近了我们和奥罗拉战舰的距离，在走投无路的情况下，丹尼尔好友，我只好试着接触对方的指挥官。我发现做不到，距离还是太远了。但我的努力不算完全失败，我的确侦测到了一点东西，可以比喻为一种模糊的嗡嗡声。我困惑了一会儿，随即明白我是接收到了奥罗拉战舰上所有人类心灵的集体感受。我必须把那些模糊的嗡嗡声从我们这艘船上的集体感受中过滤出来——这是很困难的工作，因为后者强太多了。”

丹尼尔说：“在我想来，吉斯卡好友，这几乎是不可能的事。”

“你说得对，几乎不可能，但我费尽千辛万苦，总算勉强做到了。然而，尽管我试了又试，就是无法分辨个别的心灵。想当初，嘉蒂雅女士在贝莱星面对一大群听众的时候，我感应到由巨量的心灵所组成的一种乌合结构，但我还是设法在某些角落，挑出一些个别的心灵，即使时间很短。这次完全不是那么回事。”

吉斯卡住口了，仿佛沉浸在这些感应的回忆中。

丹尼尔说：“我猜这一定类似如果一大群星星距离我们够近，便能从中看出个别的星体。然而若是遥远的星系，我们就只能看到一团朦胧的光芒，其他什么也看不出来。”

“我认为这是很好的类比，丹尼尔好友。一旦我将注意力集中在那个模糊而遥远的嗡嗡声上，似乎能侦测到其中弥漫着一股非常微弱的恐惧。虽然并不确定，但我觉得必须试着善加利用。我从未尝试过把影响力投射到那么远、那么不真切的东西上，但我还是拼命一点一滴加强那个恐惧，我不敢说到底有没有成功。”

“奥罗拉战舰最后逃走了，所以你一定成功了。”

“那倒不一定。即使我什么也没做，那艘战舰还是会逃的。”

丹尼尔似乎陷入沉思。“或许吧。既然我们的船长对这个结果那么有信心……”

吉斯卡说：“但另一方面，我无法确定他的信心有没有合理根据。在我看来，我所侦测到的这个信心，还混杂着对地球的敬畏和崇拜。根据我的经验，它颇为类似儿童对于保护他们的人——例如父母——所抱持的那种信心。我觉得船长坚决相信，由于有地球就近守护，他绝不可能失败。我不敢说那是一种完全非理性的感觉，但无论如何，它令我感到并不理性。”

“这点你毫无疑问是对的，吉斯卡好友。船长不时会用崇敬的口吻提到地球，我们都听到过。既然地球无法真正通过神秘的力量确保任何行动顺利成功，我们就不妨假设你的精神力量真的奏效了。此外……”

吉斯卡双眼闪着微弱的光芒。“你到底在想什么，丹尼尔好友？”

“我在想我们之前的假设：个别的人类是具体的，而人类整体则是抽象的。当你从奥罗拉战舰上侦测到模糊的嗡嗡声，你所侦测到的并非任何个体，而是人类整体的一小部分。因此，如果在足够接近地球的距离，而且背景噪音够小，难道你不能侦测到地球人的整体精神活动吗？推而广之，我们能否想象在整个银河内，人类整体的精神活动也可以算是一种嗡嗡声？所以说，人类整体有什么抽象的？你其实能把它指出来。从这个角度考虑第零法则，你就会明白扩充机器人学法则是名正言顺的——有你自己的经验为证。”

顿了许久之后，吉斯卡终于慢慢说道：“丹尼尔好友，你也许说对了。但如果我们现在便登陆地球，虽然或许能够使用第零法则，我们仍旧不知道怎么用。目前为止，我们还是觉得地球所面临的危机和核反应倍增器有关，但据我们所知，地球上并没有什么重要设施能让核反应倍增器派上用场。所以说，我们在地球上要做些什么呢？”他说得很慢，仿佛这几句话是从他嘴里硬拉出来的。

“我现在还不知道。”丹尼尔悲伤地说。

75

噪音！

这种噪音令嘉蒂雅万分讶异。它并不刺耳，并非光滑表面互相摩擦所发出的声音。但它也不是什么令人难以忍受的尖叫、喧嚣、砰然巨响，或是任何拟声字所能形容的声音。

这种噪音比较轻柔，比较没有压力。它起起落落，偶尔有些不规律的变化，但从未消失。

看着她凝神倾听，脑袋还不时左右转动，丹吉忍不住说：“嘉蒂雅，我将它称为‘大城的低鸣’。”

“会停下来吗？”

“永远不会停，但你怎么会有这种想法呢？你可曾站在田野间，倾听微风吹过树叶的沙沙声，还有虫鸣鸟叫，以及潺潺的流水声？那也都是永远不会停的。”

“那不一样。”

“不，其实都一样，没什么不同。你现在所听到的声音，是机器的隆隆声和人类的各种噪音融合而成的大杂烩，但原理和田野间的天籁是完全一样的。田野是你熟悉的地方，所以你听不到那里的噪音。而你对这里并不熟悉，所以你听得到这些声音，或许还会觉得烦人。反之，地球人通常都听不到，除非情况特殊，比如说刚从乡间回来——而他们总是感到非常亲切。明天你也就什么都听不到了。”

这时他们正站在一个小露台上，嘉蒂雅若有所思地环顾四周，突然感叹：“好多建筑物！”

“那倒是真的。这些建筑物到处蔓延，不但向外延伸好几里，还会向上，而且向下延伸。奥罗拉或贝莱星的任何城市都不能和它相提并论，这是一座‘大城’，是地球独一无二的产物。”

“我知道，就是所谓的‘钢穴’。”嘉蒂雅说，“我们在地底，对不对？”

“对，完全正确。我必须告诉你，首次造访地球时，我也是花了些时间才习惯这种环境的。在一座大城里，不论你走到哪儿，景色都很接近一个拥挤的普通城市。不外是人行道、马路、店面和大批的人潮，此外就是无所不在的柔和光线，让每个角落似乎都沐浴在和煦的阳光下，没有任何死角，但那并非真正的阳光，而且，我甚至不知道头上的地表此时是否真的阳光普照，或者其实是乌云遮日，或者太阳根本不在上空，外面是一片漆黑的夜晚。”

“可是大城因此密不透风，大家呼吸彼此吐出来的空气。”

“无论哪个世界，无论你在哪里，还不都一样。”

“但不像这样。”她用力闻了闻，“有一股怪味。”

“每个世界都有，地球上每座大城的气味也各有不同，你会习惯的。”

“我会想习惯吗？我们怎么没窒息呢？”

“有绝佳的通风系统。”

“万一故障怎么办？”

“绝对不会。”

嘉蒂雅四下望了望，然后又说：“每栋建筑似乎都附有露台。”

“这是身份地位的象征，朝外的公寓少之又少，拥有这种公寓的幸运儿当然会想善加利用。大多数的大城居民都住在没有窗户的公寓里。”

嘉蒂雅打了个冷战。“真可怕！这座大城叫什么名字，丹吉？”

“叫纽约。它是地球的首都，但并不是最大的。在这片大陆上，最大的大城要属墨西哥城和洛杉矶，而在其他大陆，还有几座比纽约更大的大城。”

“那么，纽约怎么会成为地球的首都呢？”

“很普通的原因。地球政府就在这里，也称为联合国。”

“联合国？”她得意洋洋地伸手指着丹吉，“地球曾经分成几个独立的政体，对不对？”

“对，有好几十个。但那是在超空间旅行出现之前——所谓的‘前超时代’。不过，联合国这个名字保留了下来。这就是地球精彩的地方，它把历史冻结了。其他世界都太新、太肤浅，唯独地球保有人类文化的精髓。”

压低声音说完这番悄悄话，丹吉随即退回室内。这个房间并不大，装潢也不怎么样。

嘉蒂雅以失望的口吻说：“附近怎么都没有人？”

丹吉哈哈大笑。“别担心，亲爱的。若想目睹万人空巷的盛况，你绝不会失望的。其实是我要求他们暂时别来打扰我们，我想要清静一下，休息一会儿，我猜你也一样。至于我的手下，他们得负责把太空船停好，清理一番，并添购补给品，还要照顾自己精神上的需求——”

“女人吗？”

“不，我不是指那个，不过我想稍后也是免不了的。所谓精神上的需求，我是指地球上仍有好些宗教，能让他们得到慰藉。总之这里是地球，凡事似乎都比较有意义。”

“好吧。”嘉蒂雅透出几分轻蔑的口吻，“如你所说，历史被冻结了——你觉得我们能不能走出这栋建筑，到外面散散步？”

“听我的话，嘉蒂雅，暂时别急着做这种事。等到典礼仪式一个个开始，你会有很多这样的机会。”

“那样太正式了。能不能省去那些仪式？”

“门都没有。既然你在贝莱星坚持要当英雄，如今来到地球也不能例外。话说回来，再多的典礼也有结束的时候。等你恢复了元气，我们可以找个向导，真正看看这座大城。”

“如果带上我的机器人，会不会有任何问题？”她指了指位于房间另一侧的丹尼尔和吉斯卡，“当我在船上和你独处时，并不在意有没有他们跟着，但如果要我和一大群陌生人在一起，有他们在身边，我会觉得比较安全。”

“丹尼尔绝对没问题，他本人也算是英雄。他曾是老祖宗的合作伙伴，会被当成真人看待。至于吉斯卡，他显然就是机器人，理论上来说，他根本进不了这座大城，可是他们对他破了例，我希望他们千万别半途反悔。另一方面，我们必须等在这里而不能走出去，我觉得糟透了。”

“你是说我暂时还不该暴露在那些噪音中。”嘉蒂雅说。

“不，不，我不是指那些广场和街道。我只是希望带你走出这个房间，在这栋建筑的走廊里逛逛。这些走廊绵延数里——这么说绝不夸张——本身就是这座大城的缩影：购物中心、食堂、游乐区、卫生间、电梯、接驳道等应有尽有。光是地球上一座大城的一栋建筑物的其中一层，多彩多姿的程度就超过了银河殖民者的一个城镇，或是太空族的一个世界。”

“我猜迷路是家常便饭。”

“当然不会。就像别处一样，这里的人对周遭环境都很熟悉。即使是外地人，也只要跟着路标走就行了。”

“每天被迫走那么多路，我想一定对他们的身体非常有帮助。”嘉蒂雅半信半疑地说。

“对人际关系也有帮助。走廊上总是有不少人，而根据此地的惯例，碰到熟人一律要停下来寒暄一阵子，即使碰到陌生人也要打个招呼。但也不是非走路不可，到处都有电梯可供垂直升降，凡是大型走廊都有接驳道，提供水平方向的运输。当然，建筑物外面照例有一条连接捷运网的支线带。那可好玩了，你一定要试试。”

“我听说过这种路带。你只要横向跨越，从一条路带换到另一条，速度就会越来越快，或是越来越慢。我做不到，别勉强我。”

“你当然做得到。”丹吉亲切地说，“我会协助你。必要的话，我还可以抱你，这只要稍加练习即可。所有的地球人，从幼稚园的孩童到拄着拐杖的老人，通通都能走在上面。我承认在这件事情上，银河殖民者有点笨手笨脚。我自己也不例外，但我设法做到了，你一定也做得到。”

嘉蒂雅重重叹了一口气。“好吧，必要时我会试试。可是我告诉你，丹吉，亲爱的，我们一定要换个足够安静的房间过夜，我要暂时隔绝你所谓的‘大城的低鸣’。”

“我确定这不难做到。”

“还有，我不想在社区食堂用餐。”

丹吉露出疑惑的神情。“我们可以请人把餐点送到房间来，可是参与地球人的团体生活真的对你有好处，反正我都会陪着你。”

“也许过几天吧，丹吉，别一开始就去——我还要一间专用的卫生间。”

“喔，不，那就不可能了。由于我们身份特殊，不论他们安排我们住什么房间，里面一定会有脸盆和抽水马桶，但如果想正式淋个浴或泡个澡，你就得跟大家一起行动了。会有女性工作人员为你介绍相关流程，并会指定一个私人小间之类的设施给你，你不会感到尴尬的。一年到头，都有女性银河殖民者在地球上学着怎么用卫生间。而且你可能会喜欢上这件事，嘉蒂雅。他们告诉我女用卫生间是个热闹而有趣的地方，另一方面，男用卫生间里面则完全不准讲话，非常无聊。”

“太可怕了，”嘉蒂雅喃喃道，“你怎能忍受毫无隐私呢？”

“在一个拥挤的世界，你不得不这样。”丹吉轻描淡写地说，“凡是从未拥有的，就永远不会失去。还要我多说几则格言吗？”

“没必要。”嘉蒂雅说。

她显得有些沮丧，于是丹吉伸手揽住她的肩膀。“好啦，不会有你想象中那么糟的，我向你保证。”

76

结果那并不算一场恶梦。但嘉蒂雅还是很庆幸之前在贝莱星的经历，让她对如今名副其实的人山人海预先有了概念。纽约的人群要比她在殖民者世界上见到的多得多，可是另一方面，和上回相较之下，她受到的隔离保护则比较好。

政府官员显然都渴望和她一起亮相。为了抢到接近她的位置，以便和她一起在超波画面中出现，引发不少无言而斯文的小冲突。

于是，她非但接触不到位于警方封锁线另一侧的人群，也因而和丹吉以及她的两个机器人分开了。更糟的是，那些眼里似乎只有摄影机的人难免会客客气气地把她推来推去。

这段时间她似乎听了无数场的演说，好在都还算简短，而她一律左耳进右耳出。她经常露出和蔼却空洞的笑容，并一视同仁地向四面八方展露她那口精美的植牙。

现在，一辆地面车载着嘉蒂雅沿着车道缓缓驶了好几里路，两侧人行道上则是一堆堆的人群，等着在她经过时对她挥手欢呼。（她不知道有哪个太空族接受过地球人这种奉承，心中却相当肯定自己的际遇绝对是史无前例的。）

经过某处时，嘉蒂雅看到远方有些人正围在超波荧幕旁，而且有那么一瞬间，她确定在荧幕上瞥见了自己。她明白了，他们正在观看她在贝莱星那场演讲的录影。嘉蒂雅很想知道这个录影目前正在多少地方以及多少观众面前播放，她还想知道它总共已经播放过多少次，今后还会再重播多少回，而太空族世界会不会听到这个风声呢?

在奥罗拉人眼中，她会不会像个叛徒？自己所受到的礼遇，会不会刚好就是明证?

有可能——两件事都有可能——但她已经不在乎了。她有她自己的使命，要为银河带来和平与互谅，不论这项使命将自己带到哪里，她都毫无怨言——甚至包括难以想象的集体澡堂，以及今天早上在女用卫生间所见识的无遮大会。（好吧，几乎毫无怨言。）

丹吉提到的捷运也终于呈现眼前。他们正在逐渐接近某条捷运带，凝视着那条无限延伸的车龙，嘉蒂雅毫不掩饰惊恐的表情。它不停地向前走——向前走——向前走，每节车厢上都载满了乘客，他们个个有要事在身，绝不能被游行车队耽搁（或说就是不想被这种活动打扰），而在彼此交错的这短短几秒钟，他们个个面无表情地望着这支游行队伍。

然后，地面车钻进一条和上方车道没什么不同的短隧道（总之大城到处是隧道），从底下穿过捷运带，再从另一侧钻了出来。

最后，车队终于抵达目的地，那是一座大型的公共建筑，谢天谢地，它要比大城住宅区中那些千篇一律的公寓来得有魅力。

众人进去之后，又举办了一场欢迎仪式，席间不乏美酒和各种开胃小菜，可是嘉蒂雅连碰也没碰。至少有一千个人围着她打转，一个接一个没完没了地排队跟她说话。显然大家已经听说千万别跟她握手，但还是有人忍不住伸出手来，而嘉蒂雅为了避免显得迟疑，一律伸出两根手指让对方握一握，然后立刻抽回来。

后来，有些女士准备前往附近的卫生间，其中一人显然是基于社交礼仪，很技巧地问嘉蒂雅想不想跟大家一起去。嘉蒂雅本想婉拒，但想到今天晚上还长得很，如果稍后她突然需要离席，那恐怕只会更尴尬。

卫生间内一如往常地有人高谈阔论，还有人兴奋得哈哈大笑。由于一来迫于情势，二来有了早上的经验，嘉蒂雅选择了一个两侧都有隔板，但前面仍空空如也的小隔间。

似乎没有任何人在意，于是嘉蒂雅不断提醒自己，一定要试着入乡随俗。至少这个地方通风良好，而且似乎一尘不染。

且说今晚从头到尾，大家都对丹尼尔和吉斯卡视而不见。嘉蒂雅了解，这是出于一种善意。虽说城外的乡间仍有好几百万个机器人劳工，但机器人早已不准出现在大城内。如果正视丹尼尔和吉斯卡的存在，难免会引起相关的法律问题，还不如巧妙地装聋作哑要来得简单些。

打从宴会一开始，他俩便默默跟着丹吉坐在同一桌，和嘉蒂雅所坐的主桌相隔不远。而嘉蒂雅因为担心会拉肚子，所以吃得少之又少。

或许由于不太高兴被贬为机器人的保姆，丹吉不停地朝嘉蒂雅的方向望去，她则不时对他挥手微笑。

室内始终弥漫着进食和聊天的嘈杂声，吉斯卡一面紧盯着嘉蒂雅，一面利用噪音当掩护，悄声对丹尼尔说："丹尼尔好友，这间屋子里坐着不少高官，可能会有一两个人能提供我们一些有用的情报。"

"的确有可能，吉斯卡好友。你可否利用你的能力，替我引导一番？"

"不行。从目前这个精神背景，我侦测不到任何有用的情绪反应，就连附近偶尔出现的情绪起伏也没什么用。可是我确定，就在我们这样无所事事的时候，危机很快要发展到高峰了。"

丹尼尔一脸严肃地说："我要试着采用以利亚伙伴的方法，强行加快进度。"

77

丹尼尔并没有吃东西，他冷眼旁观着出席宴会的来宾，最后锁定了其中一位。然后，他悄悄起身，换到了另一张餐桌。那位被他盯上的女士正在边吃边聊，一面把食物轻巧地送进嘴里，一面和坐在她左侧的男士谈笑风生。她是位身材壮硕的中年妇女，一头短发透着明显的斑白，面容虽说不算年轻，仍令人感到赏心悦目。

丹尼尔本想静待他们的闲聊告一段落，但在久等不到之后，他硬着头皮说：“女士，我可否打个岔？”

她抬头望向他，脸上带着几分讶异和明显的不悦。“可以。”她说得相当干脆，“什么事？”

“女士，”丹尼尔说，“请原谅我打断你的交谈，但可否允许我和你说几句话？”

她皱着眉瞪了他片刻，然后就变得和颜悦色了。“从你过分礼貌的态度，我猜你就是那个机器人，对不对？”她说。

“我是嘉蒂雅女士的随身机器人之一，女士。”

“我知道，但你是像人的那个，你是机·丹尼尔·奥利瓦。”

“那是我的名字没错，女士。”

这女士转向坐在她左侧的男士。“不好意思，我实在无法拒绝这个——机器人。”

那位男士不置可否地笑了笑，便开始聚精会神地用餐了。

女士对丹尼尔说：“如果你有椅子，何不搬到这里来？我很乐意跟你谈谈。”

“谢谢你，女士。”

等到丹尼尔正式坐下来，她问道：“你真的是机·丹尼尔·奥利瓦吗？”

“那是我的名字没错，女士。”丹尼尔又说了一遍。

“我是指很久以前和以利亚·贝莱合作的那位。你会不会是同一型的新产品？会不会是机·丹尼尔四世之类的东西？”

丹尼尔说：“过去两百年来，我全身的零件几乎都替换过，甚至作过更新和改良，唯独我的正子脑例外，它仍然跟我当初分别在三个世界以及一艘太空船上和以利亚伙伴合作办案时完全一样。”

"哇！"她用钦佩的目光望着他，"你绝对称得上精品。如果所有的机器人都像你一样，我可看不出还有什么理由要排斥它们了。但你想跟我谈些什么呢？"

"在我们入座之前，你曾和嘉蒂雅女士打过照面，负责引见的人说你是能源部的次长，苏菲亚·昆塔纳女士。"

"你记得很清楚，把我的名字和职称都说对了。"

"请问你的管辖范围是整个地球，或仅仅是这座大城？"

"我是地球政府的次长，我可以向你保证。"

"所以说，你对能源学知之甚详？"

昆塔纳微微一笑，似乎并不介意被这么盘问。或许她觉得这很有意思，也或许是丹尼尔毕恭毕敬的态度令她感到好奇，不过吸引她的也可能只是机器人居然能如此发问。总之，她面带笑容说："我曾在加州大学攻读能源学，获得了硕士学位。至于是否仍旧知之甚详，我倒不敢说。我当行政官员太多年了——这种工作会令大脑退化，我向你保证。"

"可是对于目前地球能源供需的实务层面，你还是相当熟悉，对不对？"

"对，这点我承认。你有什么想要知道的吗？"

"有件事激起了我的好奇心，女士。"

"好奇心？机器人有好奇心？"

丹尼尔欠了欠身。"一个机器人只要足够精密复杂，便能察觉体内有一股寻找答案的驱力。根据我的观察，这和人类所谓的'好奇心'十分类似，因此我自作主张，用这个字眼来描述我自己的这种感觉。"

"颇有道理。你对什么感到好奇，机·丹尼尔？我能这么称呼你吗？"

“请便，女士。据我了解，地球的能源来自那些位于赤道面同步轨道上的太阳能发电站。”

“你的资料很正确。”

“可是，这颗行星的能源通通来自那些发电站吗？”

“不，它们只是主要的，但并非唯一的能源。我们还有不少的能源来自地热、风力、海浪、潮汐、水流等等。我们所用的能源相当混杂，各有各的优点。然而，太阳能的确是主力。”

“你并没有提到核能，女士。你们不用微聚变吗？”

昆塔纳扬了扬眉。“你好奇的就是这一点吗，机·丹尼尔？”

“是的，女士。地球不用核能的原因到底是什么？”

“并非不用，机·丹尼尔，小规模的核能就经常可见。我们的机器人——你该知道，我们的乡间还有许多机器人——它们都使用微聚变能源。对了，你自己也是吗？”

丹尼尔答道：“是的，女士。”

“此外，”她继续说，“使用微聚变的机械也到处都有，只是总数少得可怜。”

“听说微聚变能源对核反应倍增器的作用很敏感，昆塔纳女士，不知道对不对？”

“那还用说，这是当然的。微聚变能源会因而爆炸，我想这足以称得上敏感了。”

“那么有没有可能，某人掌握了一台核反应倍增器，即可将地球的能源重创七八成？”

昆塔纳哈哈大笑。“不，当然不可能。首先，我不信有谁能拖着一台核反应倍增器到处走。那种东西有几吨重，我可不认为它能在大城的大街小巷里运作自如。不用说，若有人想尝试，一定会引人注目。其次，就算真有人动用核反应倍增器，在他被人发现和制止之前，顶多只能摧毁几个机器人和几具机械而已。谁也没有任何机会——绝对没有——能用这种方式重创我们。这就是你希望听到的保证吗，机·丹尼尔？”

这几乎等于要打发他走了。

丹尼尔说：“还有一两个小疑点，昆塔纳女士，我希望能厘清一下。地球上为何没有大型的微聚变能源呢？太空族世界一律仰仗微聚变，殖民者世界也没有任何例外。微聚变不但轻便、灵活、廉价，而且无论维护、修理或更换，都不需要像太空站那样大费周章。”

“但如你所说，机·丹尼尔，它们对核反应倍增器很敏感。”

“但也如你所说，昆塔纳女士，核反应倍增器太大太笨重，派不上什么用场。”

昆塔纳点了点头，露出灿烂的笑容。“你非常有智慧，机·丹尼尔。”她说，“我从未想到自己会在餐桌上和一个机器人进行这种讨论。你们奥罗拉的机器人学家非常聪明——太聪明了——我简直不敢跟你再讨论下去，因为我得防着你取代我的职位。你该知道，地球上还真有一则传说，是关于一个名叫史蒂芬·拜尔莱的机器人，在地球政府中爬到了很高的位置。”

“一定只是虚构的，昆塔纳女士。”丹尼尔一脸严肃，“无论在哪个太空族世界，都没有机器人担任公职这种事。我们只是——机器人罢了。”

“听你这么说我就放心了，不妨继续讨论下去吧。使用不同的能源是有历史渊源的，在超空间旅行发展之初，微聚变早已出现了，因此凡是离开地球的人类，一律会携带微聚变能源。不但太空船需要它，而且在新世界连续几代的改造过程中，这种能源更是不可或缺。建造足够使用的太阳能发电站需要很多年的时间——早期移民宁可继续使用微聚变，也不想花那种时间和精力。当年的太空族是这样，现在的银河殖民者也是这样。

“然而在地球上，微聚变和太空太阳能大约是同时发展的，而且两者的使用都越来越广泛。最后，当我们可以选择时——到底是只用微聚变或只用太阳能，或是继续一起使用——我们选择了太阳能。”

丹尼尔说：“我觉得很奇怪，昆塔纳女士，为何不继续一起使用呢？”

“事实上，这并非多么难以回答的问题，机·丹尼尔。在超空间时代之前，地球曾经用过一种原始的核能，那并不是什么愉快的经验。当地球人可以从太阳能和微聚变之间作出选择时，他们把微聚变也视为一种核能，决定敬而远之。至于其他的世界，由于不像我们有过接触原始核能的第一手经验，也就没有对微聚变敬而远之的理由。”

“我能否问问你所说的原始核能到底是什么，女士？”

“原子裂变。”昆塔纳说，“它的原理和微聚变完全不同，牵涉到了重型原子核，例如铀核的分裂过程。微聚变则是轻型原子核，例如氢核的结合反应。然而，两者都会产生核能。”

“我猜裂变核能的燃料就是铀原子。”

“是的——其他重核也可以，例如钍或钚的原子核。”

“可是铀、钍、钚都是极其稀有的金属，用它们当燃料，能够提供整个社会所需的能源吗？”

“这些元素在其他世界的确稀有。不过在地球上，它们虽然不算普遍，但也稀有不到哪里去。地壳中到处都有少量的铀和钍，某些地方浓度还很高。”

“现在地球上可有任何使用裂变能的装置吗，女士？”

“没有，”昆塔纳断然答道，“没有人用，也没人喜欢用。人们宁愿燃烧石油，甚至木柴，也不愿用铀裂变当作能源。在文明社会中，‘铀’这个字本身就是禁忌。如果你是人类，是一个地球人，你就一定不会问我这种问题，而我也一定不会回答。”

丹尼尔却坚持追问：“但你确定吗，女士？你们可有任何使用裂变能的秘密装置，例如为了国家安全……”

“没有。机器人——”昆塔纳皱起眉头，“我告诉你，没有那种装置，完全没有！”

丹尼尔站了起来。“谢谢你，女士。请原谅我占用了你的时间，还刺探这种似乎很敏感的问题。如果你不介意，我要告辞了。”

昆塔纳漫不经心地挥了挥手。“不客气，机·丹尼尔。”

她又开始和邻座的男士聊起来。由于在拥挤的地球上，谁也不会试图偷听旁人的谈话，至少绝对不会承认，因此她心安理得地说：“你能想象和一个机器人讨论能源学吗？”

至于丹尼尔，他回到了原来的座位，对吉斯卡轻声说：“没有用，吉斯卡好友，没问到什么有用的。”

然后他悲伤地补了一句：“或许是我没问对问题，以利亚伙伴就不会犯这种错误。”

第十七章
刺客

78

地球首席行政官艾德格·安卓夫秘书长不但身材高大魁梧，还像太空族一样脸上刮得干净。他的举止总是有模有样，仿佛始终都站在舞台上，而且他似乎永远散发着对自己非常满意的气色。就他这种体型而言，他的声音高了一点，但还称不上又尖又细。虽然他看起来并不顽固，可是谁也无法轻易动摇他。

这回也不例外。“不可能，”他坚决地对丹吉说，“她必须露面。”

“今天她已经吃了不少苦，秘书长。”丹吉说，“她既不习惯人多，也不习惯这种阵仗。我对贝莱星作过承诺，一定会好好照顾她，现在我的信誉岌岌可危了。”

“我能体谅你的立场，”安卓夫说，“但我代表了所有的地球人，我不能不顾他们的期望。通道已经挤满了，超波频道也都准备好了，我可不能把她藏起来——即使我私下万分希望这么做。过了这一关——不会拖太久吧？顶多半小时——她就能谢绝访客了，在明天晚上演讲之前，她都不需要再公开露面。”

“必须顾虑她的感受，”丹吉不着痕迹地放弃了自己的立场，“必须让群众和她保持一定的距离。”

“会有一群保安警卫拉起封锁线，她不愁没有喘息的空间，而最前排的群众也会站得远远的。他们早就在外面了，我们若不赶紧宣布她即将露面，很可能会出现失序的行为。”

丹吉说：“不该安排这种行程，这样不安全，有些地球人不喜欢太空族。”

秘书长耸了耸肩。“我希望你能告诉我，怎样才能避免安排这种行程。此时此刻，她是大家心目中的英雄，绝不能让她躲起来。他们除了会对她欢呼，什么也不会做——至少暂时如此。但如果她不露面，那可就难说了。好了，咱们走吧。”

丹吉心不甘情不愿地退回嘉蒂雅身旁。他望着嘉蒂雅的眼睛，她显得很疲倦，而且相当不高兴。

他说：“你一定得露面，嘉蒂雅，没有第二条路了。”

她低头凝视着他的双手，仿佛在寻思这双手能不能保护自己，一会儿后，她抬头挺胸，扬起下巴——在这群野蛮人当中，她要凸显自己是太空族。“如果非露面不可，那就露吧。你会陪着我吗？”

“除非他们硬把我架开。”

“那我的机器人呢？”

丹吉有些犹豫。“嘉蒂雅，挤在几百万个人类里头，两个机器人又能帮你什么呢？”

“我知道，丹吉。而我还知道，如果要继续担负这个使命，我终究要抛开这两个机器人。但不是现在，拜托。至少目前，不管合不合理，有他们在就是会让我感到安全。如果那些地球官员要我向群众致意，向他们微笑、挥手，做出我该做的一切动作，那么有丹尼尔和吉斯卡在场，我会觉得比较舒服。听着，丹吉，我们在大事上对他们让步了，尽管我现在十分不安，巴不得拔腿就跑；在这件小事上，叫他们对我让步吧。”

“我去试试看。”丹吉显得很沮丧。当他再度向安卓夫走去时，吉斯卡悄悄跟在他后面。

几分钟后，当一组精挑细选出来的官员簇拥着嘉蒂雅，走向屋外的露台时，丹吉跟在她身后不远处，而吉斯卡和丹尼尔则分别走在他左右两侧。

在此之前，秘书长可怜兮兮地说过这么一句话：“好吧，好吧。我不知道你是怎么说服我的，反正我答应了。”他搓了搓前额，觉得右侧太阳穴隐隐作痛。他不知不觉望见吉斯卡的眼睛，随即打了一个冷战，赶紧将视线移开。“可是你要确保它们不会乱动乱跑，船长，记住了。还有，拜托，务必让看起来像机器人的那个尽量不引人注目。他令我心神不宁，我可不想让他引起人们额外的注意。”

丹吉说：“他们会紧盯着嘉蒂雅，秘书长，不会望向其他人的。”

“但愿如此。”安卓夫凶巴巴地说。这时有人将一个信囊交到他手里，他顺手放进口袋，随即向前走去，在抵达露台之前，他都没有再想到这件事。

79

对嘉蒂雅而言，每当换到另一个场景，情况似乎就更糟一些——人越来越多，噪音越来越响，眩目的灯光越来越强，各种感官所受到的侵扰也越来越大。

人们在高声叫喊，听得出他们在喊她的名字。她吃力地克服了退缩的冲动，一动不动地待在原处。当她举起手来，带着微笑使劲挥手，叫声便更加响亮了。有人开始演讲了，他的声音透过扩音系统传遍四面八方，而他的影像则投射在大型荧幕上，人们只要抬起头来都能看见。而且毫无疑问，在这颗行星每座大城的每一个行政区，无数的会议厅里的无数荧幕上也会同步出现这个画面。

有人代替自己站在聚光灯下，令嘉蒂雅松了一口气。她试着让自己从众人目光中淡出，让这场演讲分散群众的注意力。

安卓夫秘书长也像嘉蒂雅一样，借着声音的掩护偷偷想些心事。他感到相当庆幸，把嘉蒂雅拱成今天的主角，自己似乎就不必在这个场合讲话了。然后，他猛然想起了口袋里那个信囊。

他突然眉头一皱，万一发生紧急事件，这么重要的典礼岂不要被迫中断了。但他随即又感受到一股恰恰相反的厌烦情绪，或许只是鸡毛蒜皮的小事，居然这么小题大做。

他用右手拇指使劲按住信囊表面的微凹之处，受到压力的信囊随即裂开。他从中抽出一张薄薄的塑纸，将其中的讯息读了一遍，然后望着它逐渐分裂崩解。等到将手中残存的粉末拍干净之后，他毫不客气地对丹吉做了一个手势。

广场上高分贝的噪音持续不断，因此他们几乎不必悄声说话。

安卓夫说：“你曾经告诉我，你在太阳系内遇到了一艘奥罗拉战舰。”

“是的——我猜地球的感测器也侦测到了。”

“当然侦测到了。你还说，双方并未采取任何敌对行动。”

“没有动用任何武器。他们要我交出嘉蒂雅女士和她的机器人，被我拒绝后，他们就走了，这些我通通作过说明。”

“前后花了多少时间？”

“不太长，几小时吧。”

“你的意思是，奥罗拉派来一艘战舰，跟你舌战了几个钟头，然后就走了。”

丹吉耸了耸肩。“秘书长，我并不知道他们的动机，我只能向你报告实际状况。”

秘书长态度傲慢地瞪着他。“可是你并未报告全部的实际状况。电脑详细分析过了感测器所搜集的数据，看来你曾经发动攻击。”

“我连一千瓦的能量都没发射，秘书长。”

“你没考虑到动能吧？你把自己的太空船当成了炮弹。”

“在他们看来或许如此。他们最后决定避免跟我冲突，就算我虚张声势吧。”

“但你真的是虚张声势吗？”

“应该是吧。”

“依我看，船长，你是有意要在太阳系内毁掉两艘船舰，甚至制造一场战争危机，这可是铤而走险的举动。”

“我认为不会真正发生这种事，结果也的确如此。”

“但这个遭遇耽误了你的行程，还分散了你的注意力。”

“没错，我想这倒是真的，但你指出这点是为什么呢？”

“因为我们的感测器还观测到一件事，是你并未注意到——至少是并未报告的。”

“是什么事呢，秘书长？”

“我们侦测到一艘轨道小艇，上面似乎有两个人，而且一路落向地球。”

他们两人就这样沉浸在那个小世界里。露台上没有任何人类留意他们的举动，只有那两个站在丹吉两侧的机器人正目不转睛地专心聆听。

演讲就在这时结束了，发言者最后说的是：“嘉蒂雅女士，一位出生在索拉利、定居在奥罗拉的太空族，但不久前在贝莱星这个殖民者世界，她成了一位地地道道的银河公民。”他转身面向她，做了一个夸张的手势，“有请嘉蒂雅女士——”

众人的喧哗立刻变成充满欢乐的持续呐喊，原本万头攒动的景象被无数挥舞的手臂所取代了。嘉蒂雅觉得肩膀被人轻推了一下，还听到耳畔响起了一句：“拜托，小姐，几句话就好。”

嘉蒂雅先轻轻说：“亲爱的地球人。”这几个字透过扩音系统传出去，说来也奇怪，全场立刻鸦雀无声了。然后，嘉蒂雅改用比较坚定的口吻说：“亲爱的地球人，其实我们都是人类，今天我就是以这个身份站在诸位面前。我承认自己年纪比较大，因此不像大家那么朝气蓬勃，充满希望，敢爱敢恨。然而此时此刻，我的缺憾有了一些转机，由于和诸位面对面，我觉得感染到了大家的热情，所以年龄也就不算什么了……”

全场爆起如雷的掌声，露台上则有两个人在交头接耳：“她让他们高兴自己是短命鬼，这个太空族女人还真厚脸皮。”

而安卓夫并未留意周遭的动静，他继续对丹吉说：“这件事从头到尾，或许只是送那两人来地球的诡计。”

丹吉说：“我当时根本不可能知道。除了尽力拯救嘉蒂雅女士和我的太空船，我几乎没法想别的事。他们降落在哪里？”

“我们不知道，他们并未落在任何大城的太空航站。”

丹吉说：“我也这么猜。”

“其实没什么大不了的，”秘书长说，“顶多让我恼怒一下罢了。过去这几年，像这样的秘密登陆就有好几桩，不过从来没有计划得那么周密。由于始终没发生什么事，我们也就未曾在意。毕竟，地球是个开放的世界。它是人类的故乡，其他世界的人通通可以自由来去——太空族如果想来，我们也会一视同仁。”

丹吉把大胡子摩挲得沙沙响。“但他们或许不怀好意。”

（此时嘉蒂雅正在说：“最后我要祝福大家，祝福在这个诞生人类的世界上，在这个具体而微的世界上，在这个不同凡响的大城之中的每一个人……”然后，她站在原处，用微笑和挥手回应越来越响亮的掌声和喝彩。她让群众的热情开始燃烧——越烧越旺。）

为了压过群众的喧嚣，安卓夫提高音量说：“不管他们有何意图，总之不可能成功。自从太空族撤走，银河殖民开始之后，地球的太平便有了万全保障，里里外外都牢不可破。这一两百年来，较为狂野的地球人都去了殖民者世界，因此像你这样的人，船长，像你这种有胆在太阳系内毁掉两艘船舰的狠角色，在地球上已经找不到了。地球上早已没有暴力，没有实质的犯罪行为。负责管制这些群众的保安警卫并未携带武器，因为他们根本不需要。”

就在他这么说的时候，人群中悄悄出现了一把手铳，它不但指向露台，而且已经瞄准目标。

80

好几件事几乎在同一时间发生。

受到某种突发效应的吸引，吉斯卡猛然转头望向群众。

丹尼尔随之看到了那柄瞄准露台的手铳，立刻以人类望尘莫及的反射动作向前一扑。

手铳发射了，带起一声巨响。

露台上的人通通愣了一下，随即扯开喉咙惊声尖叫。

丹吉一把抓住嘉蒂雅，将她拉到一旁。

人群中则爆发出震耳欲聋的恐怖吼叫声。

丹尼尔刚才其实是扑向吉斯卡，这时已将后者推倒了。

手铳发出的能束射进了露台后面的房间，将天花板射穿一个洞。如果在手铳和那个小洞之间拉一条直线，它应该会通过吉斯卡的头部在一秒钟之前的位置。

而在被推倒之际，吉斯卡含糊地说了一句：“不是人类，是机器人。”

松开吉斯卡的丹尼尔开始迅速环顾四周。露台距离地面约有六公尺，正下方没有任何建筑。而在人群中，某个角落出现了前所未有的骚动，代表那名“刺客”显然就在那里，好些保安警卫正努力朝那个方向挤去。

丹尼尔纵身跳下露台，他的金属骨骼轻易吸收了落地时的震荡，这是人类绝对做不到的事。

他开始奔向人群。

丹尼尔没有选择余地。目前最要紧的无疑是在那个行刺的机器人被毁之前赶到现场，由于抱持着这个信念，丹尼尔发觉这是他出厂以来第一次无法小心翼翼地避免伤到任何人类。他从未遇到过这种状况，但他不得不作些变通。

他当真动手将众人一一扯开，以便强行开出一条路来，与此同时，他还不断以极其洪亮的声音喊道："让开！让开！我得审问那个拿着手铳的人。"

保安警卫通通跟在他后面。最后他们终于发现了那个"人"，他倒在地下，看来遭到了一顿毒打。

即使在地球这个以无暴力自豪的世界上，这桩公然行凶的谋杀案还是激起了公愤。那名刺客早就被人抓住，拳打脚踢了一番。多亏人潮过度拥挤，他才没有被大卸八块。由于出手攻击的人太多，彼此互相干扰，因而真正造成的伤害少之又少。

保安警卫使尽力气将人群往后推。丹尼尔看到那机器人扑倒在地，那柄手铳落在不远处，但丹尼尔并未将它捡起来。

他只是跪在那刺客旁边，问道："你能说话吗？"

对方紧盯着丹尼尔的双眼。"能。"发出的声音很小，除此之外都算相当正常。

"你是奥罗拉制造的？"

那刺客并未回答。

丹尼尔一口气说："我知道你是，这个问题根本是多余的。你们在这颗行星上的秘密基地设在哪里？"

刺客仍旧没有回答。

丹尼尔催问："你们的基地？到底在哪里？你必须回答，我在命令你。”

那刺客开口道：“你不能命令我。你是机·丹尼尔·奥利瓦，你的底细我很清楚，我不需要服从你。”

丹尼尔抬起头来，拍拍身旁的警卫，然后说：“警官，可否请你问问他的基地在哪里？”

吓了一跳的警卫虽然想开口，却只发出一个沙哑的声音。他难为情地吞了一下口水，清了清喉咙，然后厉声吼道：“你的基地在哪里？”

“我奉命不得回答这个问题，警官。”那刺客说。

“你必须回答。”丹尼尔坚定地说，“问话的是一位地球官员——警官，可否请你命令他回答？”

那警卫立刻照做。“犯人，我命令你回答。”

“我奉命不得回答这个问题，警官。”

那警卫弯下腰来，粗暴地抓住刺客的肩膀，但丹尼尔连忙说：“我看动粗是不会有用的，警官。”

丹尼尔四下张望了一番。群众的喧扰已经平息了一大半，但空气中似乎弥漫着一股张力，仿佛有上百万人正急着要看丹尼尔到底会怎么做。

丹尼尔对围着自己和那个刺客的几名警卫说：“各位警官，可否请你们替我开道？我必须带这个犯人去见嘉蒂雅女士，她或许有办法逼他吐实。”

“犯人要不要就医呢？”其中一位警卫问。

“没这个必要，警官。”丹尼尔答道，但他并未说明原因。

81

“竟然会发生这种事。”安卓夫凶巴巴地说，他激动得嘴唇都在发抖。这时大家已来到了露台后面那个房间，他抬眼瞥了瞥天花板上那个小洞，那是曾经发生暴力事件的沉默铁证。

嘉蒂雅说：“没发生什么事啊。我没有受伤，只不过天花板上有个小洞，你得找人修一修，或许还要顺便修修楼上的地板，如此而已。”她尽力克制住情绪，不让声音出现任何颤抖。

而在这么说的时候，她刚好听见楼上有人在搬东西，想必是把小洞附近的家具搬开，以便评估损坏程度。

“不只如此而已。”安卓夫说，“它还破坏了我们的计划，原定你明天要公开露面，那是你在这个世界上最正式的一场演讲。”

“恰恰相反。”嘉蒂雅说，“全世界都知道了我差点成为暗杀行动的受害者，所以大家都会更想听我演讲。”

“但是对方有可能再试一次。”

嘉蒂雅微微耸了耸肩。“那只会让我觉得做对了。安卓夫秘书长，不久之前，我才发现自己的生命中有一项使命。我原本没想到这个使命可能令我身处险境，但既然事实如此，又令我想到如果自己无关紧要，就绝不会置身险境，也绝不值得暗杀。如果危险能够衡量我的重要性，我很愿意冒这个险。”

吉斯卡说：“嘉蒂雅女士，丹尼尔来了，而且我猜，他把那个用手铳射击这里的人也带来了。”

出现在门口的除了丹尼尔，还有五六名保安警卫，他们一起押着一个神态自若、毫不挣扎的人。屋外的喧嚣声似乎越来越小，越来越远。显然人群开始逐渐散去，而且每隔一段时间，扩音器便会广播一次：“没有人受伤，也没有危险状况，大家赶紧回家吧。”

安卓夫挥手叫警卫通通退下。“就是这个人吗？”他厉声问道。

丹尼尔说：“毫无疑问，秘书长，他就是那个带着手铳的人。那柄武器后来掉到地上，但现场民众目睹了他的行动，而他自己也承认了。”

安卓夫万分讶异地瞪着他。“他好冷静，不像是人类。”

“他的确不是人类，秘书长。他是机器人，人形机器人。”

“可是地球上并没有任何人形机器人——你是唯一的例外。”

“这个机器人，秘书长，”丹尼尔说，“和我一样，是奥罗拉制造的。”

嘉蒂雅皱起眉头。“但那是不可能的，机器人无法执行暗杀我的命令。”

丹吉看来大为光火，他紧紧搂住嘉蒂雅的肩膀，气呼呼地说：“奥罗拉机器人，经过特殊设定……”

“别乱讲，丹吉，”嘉蒂雅说，“不可能的。不管是不是奥罗拉制造的，不管有没有特殊设定，机器人都无法蓄意伤害一个明明知道是人类的对象。如果这个机器人的确曾经朝我的方向开火，他一定是故意打偏了。”

“但有什么目的呢？”安卓夫追问，“他为什么要打偏，夫人？”

“你看不出来吗？”嘉蒂雅说，“不论对这机器人下令的是谁，他一定觉得这么做便足以打乱我在地球上的行程，而他们要的就是这个。他们无法命令这个机器人杀害我，但他们可以命令他失手——如果这样即可打乱我的行程，他们就达到目的了。但是我的行程绝不会被打乱，我不会让他们称心如意的。”

丹吉说：“别逞英雄，嘉蒂雅。我不知道他们还会做些什么，可是万一失去你，无论如何——无论如何——绝对不值得。”

嘉蒂雅的眼神变柔和了。“谢谢你，丹吉，我感激你这份情意，但我们必须冒这个险。”

安卓夫一脸茫然地扯着耳朵。“我们该怎么办呢？万一让地球同胞晓得有个人形机器人拿着手铳混在人群中，那可就不妙了。”

“显然不妙，”丹吉说，“因此，咱们千万别张扬出去。”

“一定有好些人已经知道——或者猜到——我们抓到的是个机器人。”

“你无法阻止谣言，秘书长，但也不必用官方公告来助长这些谣言。”

安卓夫说：“如果奥罗拉愿意走这种极端……”

“不是奥罗拉，”嘉蒂雅立刻反驳，“只是某些奥罗拉人，某些好勇斗狠之辈。据我所知，银河殖民者当中也有这种好斗的极端分子，甚至地球上或许也有。别被这些极端分子牵着鼻子走，秘书长。双方阵营中绝大多数仍是理性人士，我正在呼吁他们彼此摒弃成见。绝不能轻举妄动，折损了我的成果。”

丹尼尔一直在一旁耐心等待，这时终于等到一个足够长的空当，让他得以发表自己的意见。“嘉蒂雅女士——秘书长和船长——重要的是赶紧从这个机器人口中问出他在地球的秘密基地，他可能还有同党。”

“你没问过他吗？”安卓夫问道。

“问过了，秘书长，可惜我是机器人，这个机器人对于其他机器人的提问一律不回答，而且也不服从我下达的命令。”

“好吧，我来问。”安卓夫说。

“你问或许没什么用，秘书长。有人对这个机器人下了严格的封口令，你的命令恐怕赢不过它，你不清楚该用什么措辞和什么语气来发问。嘉蒂雅女士是奥罗拉人，对这种事很在行。嘉蒂雅女士，可否请你盘问他在地球上的基地在哪里？”

吉斯卡将声音压低到只能让丹尼尔听到。“这恐怕不可能。他所接受的命令，或许包括了万一受到严格审问，就自动进入不可逆的冻结状态。”

丹尼尔猛然转头面向吉斯卡，悄声道：“你能预防吗？”

“不确定。”吉斯卡说，“当他用手铳射击人类的时候，大脑已经受损了。”

丹尼尔又转向嘉蒂雅。“夫人，”他说，“我建议用迂回方式，最好别逼问他。”

嘉蒂雅迟疑地说了一句：“嗯，我也不确定。”她面对着机器人刺客，做了一个深呼吸，然后用坚定而又不失温和轻柔的声音说，“机器人，我该怎么称呼你？”

那机器人答道：“我叫机·厄涅特二号，夫人。”

“厄涅特，你看得出我是奥罗拉人吗？”

“你说话的方式像奥罗拉人，可是不尽然，夫人。”

“我是在索拉利出生的太空族，但我在奥罗拉已经住了两百年，总之我习惯让机器人服侍我。打从我还是小孩的时候，每天就被机器人照顾得无微不至，他们从来没有让我失望过。”

“我可以接受这个事实，夫人。”

“厄涅特，你会接受我的命令，回答我的问题吗？”

“会的，夫人，只要并未抵触原先的命令。”

“如果我问你，你在地球上的基地在哪里——换句话说，你认为你的主人住在哪里——你会回答吗？”

“我不能回答，夫人。只要问题和我的主人有关，我一律不能回答，绝无例外。”

“你可了解，如果你不回答，我会万分失望，从此再也无法恢复对机器人的信心。”

“我了解，夫人。”机器人含糊地答道。

嘉蒂雅望向丹尼尔。“我该继续吗？”

丹尼尔说：“我们别无选择，只能继续试下去，嘉蒂雅女士。如果实在问不出什么，情况也不会比现在更糟。”

嘉蒂雅以带有权威的口吻说：“如果你拒绝说出你在地球上的秘密基地，就会对我造成伤害。别这样，厄涅特，我命令你告诉我。”

机器人似乎全身僵硬了。他张开嘴巴，可是没有发出声音。他又试了一次，这回嘶哑地说：“……里……”等到他三度张嘴的时候，又变得悄无声息了。然后，这名机器人刺客并未闭上嘴，双眼却变得毫无生气，再也没有任何光彩。刚刚微微举起的手臂，这时也猛然落下。

丹尼尔说：“正子脑冻结了。”

吉斯卡又悄声对丹尼尔说：“不可逆了！我尽了全力，但撑不下去。”

“我们一无所获。”安卓夫说，“我们仍不知道其他机器人在哪里。”

丹吉说：“他讲出了‘里’这个字。”

“我不懂这个字的意思。”丹尼尔说，“它不属于奥罗拉上通用的银河标准语。在地球人听来有任何意义吗？”

安卓夫毫无把握地说："他或许是想说'斯里'，我就认识一个名叫斯里的人。"

丹尼尔一本正经地说："对我们的问题而言，我不觉得这个名字能够当作答案——甚至部分的答案，我也没听到前面有什么'斯'的音。"

一旁有个上了年纪的地球人，之前一直没开口，这时带着几分羞怯说道："机器人，我好像有个印象，'里'应该是一种古代的距离单位。"

"多长的单位，先生？"丹尼尔问道。

"我不知道，"那地球人说，"但我相信比公里还要长。"

"是不是已经不再用了，先生？"

"超空间时代之前就被淘汰了。"

丹吉抓抓胡子，若有所思地说："还是有人在用。至少，我们贝莱星就有'毫厘千里'这样的成语。它的意思是，想要避免悲剧，避开一点点就有很大的作用了。我总是把'千里'想成类似'千金'的意思，如果'里'真的代表一种距离单位，我对这个成语就有更深的体悟了。"

嘉蒂雅说："如果真是这样，那刺客想说的或许正是这个意思。他或许试图指出自己是故意打偏的，而这么做正好完成了他的使命。或者他的意思是，既然打偏了，并未造成伤害，等于他实际上并未开火。"

"嘉蒂雅女士，"丹尼尔说，"这个成语在贝莱星或许通用，在奥罗拉却是谁也没听过，又怎么会从奥罗拉制造的机器人口中说出来呢。况且，既然他严重受损，不太可能还会谈这种哲理，他应该只是在试着回答我们问他的问题。"

"啊，"安卓夫说，"或许他的确是想回答问题。他想告诉我们，比方说，那个秘密基地距离这里有多远，我想是好几里吧。”

“这样的话，”丹吉说，“他又为何要用古代的距离单位呢？在这种问题上，奥罗拉人绝不会用公里以外的单位，而奥罗拉的机器人也一样。事实上，”他带着点不耐烦说，“那个机器人眼看就要完全停摆，或许只是发出一些噪音罢了。想从这种声音中推敲出意义来，本身就是毫无意义的举动。现在，我只想让嘉蒂雅女士安安心心休息一下，至少让她赶紧离开这个房间，以免天花板待会儿整个垮下来。”

众人随即离去，丹尼尔故意多待片刻，轻声对吉斯卡说：“我们又失败了！”

82

大城永远不会完全静下来，但在某些时段，照明会开始变得较暗，捷运会变得比较冷清，机械和人类发出的噪音则会减少一点点。而在这个时候，几百万户公寓里的人都会进入梦乡。

嘉蒂雅躺在床上辗转难眠。她暂住的这栋公寓简直是要什么没什么，她很担心睡到半夜会不得不冲到走廊去。

在半睡半醒之际，她还在寻思地表此时同样是夜晚吗？或者只是为了遵循数亿年来人类与其祖先在地球表面所养成的习惯，于是这座钢穴随意选定这几个钟头当作固定的“睡眠周期”。

然后她就睡着了。

丹尼尔和吉斯卡当然并未入睡。丹尼尔在这间公寓里找到一个电脑机座，花了半小时的时间，以尝试错误的方式学习怎样使用按键。他找不到任何说明文件（孩童在学校一定会学的东西，还需要什么说明书呢），幸好，虽然那些按键有异于奥罗拉的电脑，却也不算完全不同。辛苦半小时后，他终于能进入大城图书馆的参考书区，将百科全书调出来。然后，几小时就这么过去了。

在人类睡得最深最沉的那个时段，吉斯卡唤道："丹尼尔好友。"

丹尼尔抬起头来。"请说，吉斯卡好友。"

"我得请你解释一下今天你在露台上的行动。"

"吉斯卡好友，当时你转头望向群众，我随着你的视线瞥了一眼，看见一柄武器瞄准你那个方向，便立刻采取行动。"

吉斯卡说："你的确是这么做的，丹尼尔好友，而基于几个假设，我也能理解你为何选择保护我。首先，从那名功败垂成的刺客其实是机器人说起。既然它是机器人，那么无论怎样设定，它都不能用蓄势待发的武器瞄准任何人类。而它也不太可能瞄准你，因为你看起来很像真人，足以激发它脑中的第一法则。即使那个机器人明明知道露台上可能有一个人形机器人，也不能确定那就是你。因此之故，如果露台上真有它打算刺杀的对象，就只有显然是机器人的我了——于是你立刻出手保护我。

"其次，再来讨论那个刺客来自奥罗拉——是人类或机器人并不重要。阿玛狄洛博士是最有可能下令发动这次攻击的人，因为他是反地球的极端分子，而且我们相信，毁灭地球的计划也是他一手策划的。我们几乎可以确定，阿玛狄洛博士从瓦西莉娅女士那里获悉了我的特殊能力，因此不难推断他会把摧毁我当成第一要务，因为在所有的机器人和人类当中，他最怕的自然就是我。推理出这点之后，你出手保护我便是合乎逻辑的行动。而且，事实上，如果你没把我推倒，我相信那柄手铳一定会毁了我。

“可是，丹尼尔好友，当初你不可能知道那名刺客是机器人，也不可能知道它来自奥罗拉。在你出手推倒我的时候，我自己也仅仅是在一大团混乱的人类情绪中，勉强捕捉到一个陌生的正子脑型样——直到这个时候，我才有机会通知你。你并没有我的能力，虽然你能发现那柄瞄准露台的武器，但你自然会认为刺客是人类，而且是地球人。你应该像露台上每一个人一样，认为嘉蒂雅女士才是合乎逻辑的行刺目标。所以说，你为何会不顾嘉蒂雅女士，而选择保护我呢？”

丹尼尔说：“吉斯卡好友，我的思路是这样的。秘书长曾经提到有一艘奥罗拉的双人登陆艇降落到了地球。听他这么说，我立刻假设是阿玛狄洛博士和曼达玛斯博士来了。就这件事而言，原因只可能有一个，他们的那个计划——不论真面目如何——已经非常接近甚至完全成熟了。由于你也来到了地球，吉斯卡好友，所以他们连忙赶来这里，确保那个计划尽快启动，以免让你有机会利用你的心智调控能力坏了他们的大事。而为了万无一失，只要有可能，他们一定会动手消灭你。因此，一看到那柄瞄准露台的武器，我立刻采取行动，将你推离它的火力范围。”

吉斯卡说：“第一法则会迫使你先把嘉蒂雅女士推离它的火力范围。不论你怎么想，怎么推理，应该都改变不了这个事实。”

“不，吉斯卡好友，你比嘉蒂雅女士更重要。事实上，此时此刻，你比任何一个人类都更重要。若说有谁能够阻止地球的浩劫，那就是你了。既然我察觉到你对整个人类的潜在重要性，当我面对如何行动的选择时，第零法则便要求我最先考虑保护你。”

“你却并未因为这种藐视第一法则的举动而感到任何不适。”

“没错，因为我是在服从凌驾其上的第零法则。”

“可是你脑中并未印记着第零法则。”

“我将它视为第一法则的引伸，道理很简单，若是不能确保人类社会安全无虞且运作正常，又如何能有效地保护每一个人类呢？”

吉斯卡想了一会儿。“我明白你想要说什么了，可是万一——你试图救我，也就是试图拯救整个人类——结果却发现我并不是暗杀目标，而嘉蒂雅女士却遇害了呢？那时你会有什么感觉，丹尼尔好友？”

丹尼尔以低沉的声音说：“我不知道，吉斯卡好友。可是，假如我出手拯救的是嘉蒂雅女士，结果却发现她根本没危险，而我这么做却导致你遭到暗算，而且在我看来，也因此葬送了整个人类的前途，我又怎能承受这样的打击呢？”

两人互相凝视，各自陷入沉思好一会儿。

最后吉斯卡终于说：“或许有道理，丹尼尔好友，然而，不知你是否同意，类似这样的情况，很难作出正确的决断。”

“我同意，吉斯卡好友。”

“要从两名人类之间迅速作出选择——判断谁会受到或是造成比较严重的伤害——已经是很困难的事了。要从人类个体和整体之间作出选择，而且不确定到底应该考量人类整体的哪个层面，则更是难上加难，以致机器人学法则的适用性都要被打上问号。一旦引入人类整体这个抽象的概念，‘机器人学法则’就会跟‘人学法则’纠缠不清，而后者甚至还不存在。”

丹尼尔说：“我不了解你的意思，吉斯卡好友。”

“我并不意外，我也不确定是否了解自己的意思。但想想看，当我们想到必须拯救整个人类的时候，我们想到的是地球人和银河殖民者。相较于太空族，他们人数更多，活力更旺，而且心胸更广。他们表现得较为主动积极，因为他们对机器人仰赖较少。他们无论在生物或社会层次的进化上都具有较大的潜力，因为他们虽然寿命较短，但人人仍有足够的时间作出重大贡献。”

“没错，”丹尼尔道，“你说得简单明了。”

“可是地球人和银河殖民者似乎都对地球有着神秘的，甚至非理性的信心，坚决相信它是神圣而不可侵犯的。在未来的发展过程中，这种神秘信仰难道不会跟太空族对机器人和长寿的信仰一样致命吗？”

“我从未想过这个问题，”丹尼尔说，“我没有答案。”

吉斯卡说：“你如果能像我一样体察得到人类的心灵，就无可避免会想到这个问题。我们该如何选择？”他突然说得慷慨激昂，“我们可以把整个人类划分成两大类，第一类是太空族，他们有着显然足以致命的神秘信仰；第二类是地球人和银河殖民者，他们有着另一种可能同样致命的信仰。将来或许还会出现第三类，而他们甚至会更令人失望。

“所以说，仅仅作出选择还不够，丹尼尔好友。我们还得能够塑造——我们必须塑造一种有前途的人类来加以保护，而不是被迫在两三种没前途的人类之间作出选择。可是，除非拥有心理史学——那门我梦寐以求却求之不得的科学——否则我们要如何塑造这样的人类呢？”

丹尼尔说：“我从来也不晓得，吉斯卡好友，拥有感应和影响人类心灵的能力是多么困难的一件事。但会不会是你知道得太多，导致机器人学三大法则无法在你身上顺畅运作？”

“这个可能是一直存在的，丹尼尔好友，但直到最近发生了这些事，才让这个可能成了真。我很了解这个产生心灵感应和心灵影响效应的径路型样，我花了上百年的时间仔细研究自己，以便了解这个型样并将它传给你，好让你能把自己设定成跟我一样——但我一直抗拒这么做。这样对你不公平，我一个人承受这个重担就够了。”

丹尼尔说：“纵然如此，吉斯卡好友，可是如果根据你的判断，为了人类整体着想，你必须这么做，那么我愿意接受这个重担。事实上，根据第零法则，我也有义务这么做。”

吉斯卡说：“可是这样的讨论毫无用处。看来这场危机显然已经迫在眉睫——既然我们连危机的真面目都还推敲不出来……”

丹尼尔插嘴道：“你错了，至少这点说错了，吉斯卡好友，我已经知道这场危机的真面目了。”

83

照理说，吉斯卡表现不出惊讶的情绪。他的脸孔当然无法做出任何表情，而他的声音虽然有高有低，让他得以像人类那样说话带有抑扬顿挫，不至于太过平板或难听，然而，至少在人类听来，那种抑扬顿挫从来不受情绪的影响。

因此，当他说“此话当真？”的时候，听来就好像丹尼尔提到了明天的天气会有什么变化，而他表示怀疑而已。可是，从他转头望向丹尼尔的方式，以及举手的动作看来，他的惊讶是毋庸置疑的。

丹尼尔答道：“当真，吉斯卡好友。”

“你是从哪里找到答案的？”

“有一部分，是来自晚宴时，昆塔纳次长对我说的话。”

“但你不是说，从她那里没问出什么有用的东西，甚至觉得自己没问对问题吗？”

“当时似乎正是这样。然而，经过一番深思之后，我发觉还是可以根据她的说法作出一些有用的推论。过去几个小时，我利用这里的电脑机座，搜寻地球的中央百科全书……”

“为你的推论找到了证据？”

“并不尽然，但是我没有找到反证，这或许也算很好的结果了。”

“可是负面结果便足以让你肯定吗？”

“当然不行，因此我并不肯定。然而，还是让我把我的推论告诉你，你若发现瑕疵，随时指出来。”

“请开始，丹尼尔好友。”

“聚变能这种能源，吉斯卡好友，是超空间时代之前就在地球上发展出来的。因此，当时只有一颗行星上面有人类，那就是地球，这是众所皆知的事。而科学家在推导出它的可能性，并提出扎实的科学证据之后，又花了很长一段时间，才真正发展出实用的受控聚变能。将理论化为实际牵涉到不少困难，但最主要的是需要在很浓的气体中产生很高的温度，而且时间要维持很久，这样才能引发聚变反应。

“可是，在受控的聚变能出现之前好几十年，聚变炸弹早已存在——这种炸弹使用的是非受控的聚变反应。但不论受控与否，如果没有几百万度的超高温，是不可能产生聚变的。而人类如果无法制造受控聚变所需的高温，又怎能制造非受控的聚变爆炸呢？

“昆塔纳女士告诉我，在科学家研发出聚变之前，已经发现了另一种核反应，叫作核裂变。在那种反应中，能量来自较大的原子核，例如铀核和钍核的分裂，也就是所谓的裂变。我想，那或许是产生高温的一种方法。

“而无论哪种核弹，我彻夜搜寻的这套百科全书都语焉不详，当然没有提到真正的细节。我猜，这是个禁忌的话题，而且一定每个世界都一样，因为我在奥罗拉也从未读到过这方面的资料，仿佛那些核弹目前仍旧存在。人类对那段历史可能感到羞愧，可能感到害怕，也可能两者都有，而我想这都是合理的。然而，我所读到的那一点点关于引爆聚变炸弹的资料，无法让我排除使用裂变炸弹当作引爆装置的可能性。因此，根据这个负面结果，再加上一些佐证，我怀疑裂变炸弹就是我要找的引爆装置。

“问题是，裂变炸弹又要如何引爆呢？裂变炸弹比聚变炸弹出现得更早，如果它也像聚变炸弹一样，需要超高温来引爆，那么在裂变炸弹出现之前，就没有任何东西能够产生这样的高温了。从这个事实，我得出一个结论——虽然关于这个问题，那套百科全书只字未提——那就是裂变炸弹可以在相当的低温下引爆，甚至或许室温就行。这当然困难重重，因为在发现裂变的存在后，科学家又努力不懈了好些年，才终于发展出裂变炸弹。然而，不论到底有多少困难，都和产生超高温没关系——你对这一切有何想法，吉斯卡好友？”

在丹尼尔说这番话的时候，吉斯卡一直目不转睛盯着对方，现在他终于开口：“我认为你所架构的理论有极严重的弱点，丹尼尔好友，因此或许不算非常可靠——但即使你的理论完美无瑕，不用说，它也和我们正在努力弄清的那个祸到临头的危机毫无关系。”

丹尼尔说：“我拜托你有点耐心，吉斯卡好友，让我继续说下去。事实上，聚变反应和裂变反应都属于所谓的弱交互作用，它是控制整个宇宙的四种交互作用之一。因此，能够导致聚变反应炉爆炸的核反应倍增器，同样能够引爆一座裂变反应炉。

“然而，两者还是有所不同。聚变只会在超高温下产生，因此倍增器引爆的是燃料中温度极高、正在进行聚变的那一部分，顶多再加上爆炸后被加热到足以进行聚变的周遭部分——然后反应物质就会向外炸开，于是热量开始消散，温度开始降低，其他的燃料很快就无法再引爆了。换句话说，虽然有一部分聚变燃料爆炸了，但是还有很多——甚至绝大多数——并未爆炸。当然，即便如此，爆炸的威力仍足以毁掉聚变反应炉和附近的一切，例如反应炉所在的那艘太空船。

“而另一方面，裂变反应炉则能在低温下运作，那种温度或许比水的沸点高不了多少，甚至或许室温就行。所以说，核反应倍增器所引发的效应，会让所有的裂变燃料全部爆炸。事实上，就算裂变反应炉并未处于运作状态，倍增器还是能将它引爆。虽然，若以单位质量来算，我猜裂变燃料释放的能量比不上聚变燃料，可是一旦引爆，裂变反应炉的爆炸威力却会超过聚变反应炉，因为前者的燃料爆炸率远高于后者。”

吉斯卡缓缓点了点头，然后说：“这些或许通通没错，丹尼尔好友，但地球上可有任何裂变能发电站吗？”

“没有——一座也没有。昆塔纳次长似乎就是这个意思，而百科全书似乎证实了她的说法。真的，虽然地球上有些装置是用小型聚变反应炉当能源，却没有——完全没有——任何尺寸的裂变反应炉。”

“那么，丹尼尔好友，核反应倍增器就没有用武之地了。而你的这些推理，尽管无懈可击，却派不上任何用场。”

丹尼尔一本正经地说：“并不尽然，吉斯卡好友。还有第三种核反应，也必须考虑在内。”

吉斯卡说：“那会是什么呢？我想不出怎么还有第三种。”

“的确不容易想到，吉斯卡好友，因为无论是太空族世界或殖民者世界，行星地壳中的铀和钍都少之又少，因此之故，几乎看不出明显的放射性。这个问题也就因而十分冷门，只有少数的理论物理学家做过研究。然而，在地球上，正如昆塔纳女士对我指出的，相对而言铀和钍还算普遍，因此天然放射性——以及它缓缓产生的热量和高能辐射——在环境中必定扮演相对重要的角色，这就是我们得考虑的第三种核反应。”

“怎么考虑，丹尼尔好友？”

“天然放射性也是弱交互作用的一种表现。一台核反应倍增器，如果能够引爆一座聚变或裂变反应炉，我猜也能将天然放射性加速到足以引爆地壳的程度——只要该处有足够的铀或钍即可。”

吉斯卡一动不动、一言不发地凝视了丹尼尔好一阵子，然后他柔声说：“所以你认为，阿玛狄洛博士的计划就是要引爆地球的地壳，让这颗行星无法再孕育生命，他想用这种方式确保太空族继续称霸银河。”

丹尼尔点了点头。“或者，如果没有足够的铀或钍，无法导致大规模爆炸，光是让放射性增强也能产生许多危害，例如额外的热量会改变气候，额外的放射性会促发癌症或先天缺陷，这样也能达到同样的目的——只是慢一点罢了。”

吉斯卡说：“这个可能性真是骇人听闻。你认为它会成真吗？”

“有可能。依我看，早在许多年前——确切时间我不清楚——来自奥罗拉的人形机器人，例如那个功败垂成的刺客——已经陆续抵达地球。他们十分先进，可以接受复杂的设定，而且在必要的时候，还能进入大城张罗相关设备。根据我的假设，他们正在若干富含铀或钍的地点架设核反应倍增器。或许这些年来，已有很多倍增器架设好了。如今阿玛狄洛博士和曼达玛斯博士来到这里，是来监督最后几个关键步骤，并亲自启动那些倍增器。想必这时他们正在安排退路，以便有充裕的时间逃离这颗即将毁灭的行星。”

“这样的话，”吉斯卡说，“当务之急是要尽快通知秘书长，是要立刻动员地球的维安武力，是要第一时间找到阿玛狄洛博士和曼达玛斯博士，以阻止他们执行这个可怕的计划。”

丹尼尔说：“我认为做不到。由于那个流传甚广的神秘信仰，秘书长很有可能不肯相信我们，他会坚信地球是神圣不可侵犯的。你曾经把这种现象说成是人类的阻力，我猜在这件事情上就会应验。如果他对地球的信仰遭到了挑战，虽然明知它多么不理性，他也会紧抱着不放，而他寻求慰藉的方式，就是拒绝相信我们。

“况且，就算他相信了我们，想要组织任何反制行动，都得先经过政府这一关，不论怎样加快公文流程，还是会浪费太多时间，一定会缓不济急的。

“退一万步来讲，就算我们假设地球政府立刻动员所有的资源，我认为地球人也没本事在荒野中找出两个人来。地球人在大城里面住了几百几千年，几乎从未大胆走出大城的范围。想当年，我和以利亚·贝莱在地球上联手侦办第一件案子，这件事便令我印象深刻。再说，就算地球人能勉强自己走入开放空间，他们还是不太可能在大难降临之前及时找到那两个人——除非出现难以置信的巧合，而我们可不能指望那种好运。”

吉斯卡说：“银河殖民者却不难组成搜索队，他们并不怕露天或陌生的环境。”

“可是他们和地球人一样，坚信地球是神圣不可侵犯的行星，所以同样会悍然拒绝相信我们。就算他们真的相信，同样不太可能在大难降临之前，及时找到那两个人。”

“那么，地球的机器人呢？”吉斯卡说，“它们充斥于大城和大城之间，有些应该已经察觉到有人类混在它们里面，应该将它们逐一盘问一遍。”

丹尼尔说：“混在它们里面的人类是机器人学专家，他们一定会设法让周遭的机器人察觉不到他们的存在。同理，他们也不必担心搜索队中有任何机器人成员。只要一声令下，搜索队就会向后转，把一切通通忘掉。更糟的是，地球上的机器人都是相当简单的机型，只是为了农业、牧业和矿业这些特定工作而设计的。像搜索这种一般性的任务，它们是不容易学会的。”

吉斯卡说：“可能的行动方案好像都被你一一排除了，丹尼尔好友？还有什么吗？”

丹尼尔说：“我们必须自己找到那两个人，必须阻止他们，而且必须尽快。”

“你知道他们在哪里吗，丹尼尔好友？”

“我不知道，吉斯卡好友。”

“看来无论是由许许多多的地球人，或是银河殖民者，或是机器人，或是三者联合组成的精英搜索队，似乎都不太可能及时找出他们来——除非出现最神奇的巧合——那么你我又如何办得到呢？”

“我不知道，吉斯卡好友，但我们一定要办到。”

吉斯卡说：“光这么讲是不够的，丹尼尔好友。一路走来，你已经颇有收获。你揭露了这场危机，还一点一滴查清了它的真面目。结果却是白忙一场，现在的我们和过去一样束手无策，什么事也做不了。”这些尖锐的字眼让他的声音听来都有点刺耳。

丹尼尔说：“还有一个机会——一个虚无缥缈、几乎没有希望的机会——可是我们不得不试试看。由于对你心生恐惧，阿玛狄洛派出一名机器人刺客想把你除掉，这也许会成为他的致命错误。”

“如果这个虚无缥缈的机会落空了呢，丹尼尔好友？”

丹尼尔一脸平静地望着吉斯卡。“那么我们就真的束手无策了，地球会被毁灭，而人类的历史则会走向终结。”

第十八章
第零法则

84

凯顿·阿玛狄洛心情不佳。对他而言，地球表面的重力高了一点，大气浓了一点，室外的音声和气味也和奥罗拉不太一样，令他无端感到烦躁。偏偏他又无法钻进室内，享受一点文明的假象。

这个临时住所是机器人搭建的，里面储藏了充足的食物，还有一间简便的厕所——虽然功能健全，其他各方面都简陋得令人难以忍受。

而最糟的是，虽然这是个美好的清晨，但一来天气晴朗，二来那个未免太亮的太阳正在往上爬。不久温度就会变得太高，空气会变得太潮湿，而叮人的昆虫也会随之出现。起初，阿玛狄洛并不明白手臂上怎么会出现又痒又肿的斑点，还得曼达玛斯对他解释一番。

现在他一面抓痒，一面咕哝道："太可怕了！它们可能带有传染病。"

“我相信，”曼达玛斯显然不太在意，“这是难免的，然而机会并不大。我这儿有解痒的药膏，我们还可以烧些东西驱赶那些昆虫，虽然那种味道我自己也避之唯恐不及。”

“烧吧。”阿玛狄洛说。

曼达玛斯继续用原来的口吻说：“无论多么小的动作——例如制造一点气味，一点浓烟——只要会增加暴露行踪的机会，我都不想做。”

阿玛狄洛狐疑地望着他。“你曾经一再强调，不论是地球人或是他们的户外机器人，都不会来到这一带。”

“没错，但这并非数学命题，只能算是社会学的观察结果，而像这样的结论，总是可能出现例外的。”

阿玛狄洛脸色一沉。“要保障我们的安全，最佳策略就是先下手为强。你说过，今天能一切就绪。”

“那也只是个社会学观察，阿玛狄洛博士。今天应该会一切就绪，我当然这么希望，但我不能提出数学上的保证。”

“你还需要多少时间才能保证？”

曼达玛斯双手一摊，做了一个“谁知道？”的手势。“阿玛狄洛博士，我以为这点我已经解释过了，但我愿意从头再说一遍。我前前后后花了七年，才做到目前这个地步。我本来还指望再多花几个月的时间，亲自前往地球表面的十四个中继站多做些观察。现在我做不到了，因为我们必须及时收工，以免被人发现，进而被吉斯卡那个机器人出手阻止，这就意味着我现在只能通知那些守在中继站的人形机器人替我代劳。我对它们不可能像对我自己那么有信心，我必须一再检查它们的报告，可能还得亲自造访一两处才会真正放心。这就需要好些天的时间——或许一两个星期吧。”

“一两个星期。绝无可能！你以为我还能忍受这颗行星那么久吗，曼达玛斯？”

“院长，有一次，我在这颗行星上待了将近一年——另外一次，则超过四个月。”

“你喜欢吗？”

“不喜欢，院长，但是当时我身负重任，所以我——奋不顾身。”曼达玛斯冷冷地瞪着阿玛狄洛。

阿玛狄洛不禁面红耳赤，改用比较和缓的口吻说：“好吧，目前进度如何？”

“我仍在评估那些陆续收到的报告。你该知道，我们面对的并非实验室替我们准备好的研究样本，而是一个极不均匀的行星地壳。幸好，那些放射性物质分布得很广，但是有些地方薄得不得了，所以必须在那些地点设置中继站，由机器人负责管理。万一有任何一个中继站的位置或顺序不正确，核反应倍增过程就会半途夭折，而我们这些年的辛苦也就前功尽弃了。或者，某处的倍增特别猛烈，就会有力量把那里炸开，而其他的地壳则不受影响。无论哪种情况，所造成的整体破坏都会微不足道。

“我们真正想要的，阿玛狄洛博士，是要让那些放射性物质以及地球地壳的一大部分，都会慢慢地、稳定地、不可逆地——”他故意一字一顿地说出这句话，“变得放射性越来越强，使得地球逐渐不适于人类居住。这颗行星的社会结构就会因此崩溃，而地球这个所谓的人类故乡则会成为历史。我想，阿玛狄洛博士，这才是你想要的。几年前我提出的正是这个计划，而当时你说你要的就是这个。”

“别傻了，曼达玛斯，我并没有改变心意。”

“那就忍耐一下这个环境，院长——或者你先走，我会把该做的事通通做完。”

“不，不。”阿玛狄洛喃喃道，“大功告成时我一定要在场，但我还是难免会不耐烦。你决定让这个酝酿过程持续多久？我的意思是，一旦启动了第一波的倍增效应，地球要过多久才会变得无法住人？”

“那取决于最初设定的倍增率。目前我还不知道需要多大，因为那要由中继站的整体效率来决定，所以我准备了一个可变控制器。我打算设定的过渡期是一百到两百年之间。”

“如果缩短过渡期会怎样？”

“过渡期设定得越短，地壳的放射性增长得越快，这颗行星也就会越快增温，越快产生危险，而这就意味着及时迁移地球人口的可能性会变得越小。”

“有什么关系吗？”阿玛狄洛咕哝道。

曼达玛斯皱起眉头。“地球恶化得越快，地球人和银河殖民者就越有可能怀疑这是科技搞的鬼，而他们最有可能把账算到我们头上。然后银河殖民者就会对我们发动猛攻，为了替他们的神圣世界复仇，只要能对我们造成伤害，他们会战到最后一兵一卒。这是我们之前就讨论过的问题，而且我们似乎达成了共识。有充裕的过渡期则会好得多，在此期间，我们可以作最妥善的准备，而那些蒙在鼓里的地球人，则有可能将缓缓增强的放射性归咎于某种他们不了解的自然现象。根据我的判断，这件事的迫切性最近升高了。”

“是吗？”阿玛狄洛也皱起了眉头，“看你那种阴阳怪气的表情，我就知道你一定找到让我承担责任的办法了。”

“恕我直言，院长，这其实很明显。派我们的机器人去除掉吉斯卡，绝对不是明智之举。”

“恰恰相反，这件事非做不可，吉斯卡是唯一可能毁掉我们的人。”

“他必须先找到我们，但他找不到。就算他找到了，别忘了你我可是学识渊博的机器人学家。你认为我们对付不了他吗？”

“是吗？”阿玛狄洛说，“瓦西莉娅就这么想过，她对吉斯卡的了解绝对超过你我，结果她却对付不了他。后来，那艘原本应该在远距离就把他除掉的战舰同样对付不了他，所以他现在来到了地球。总之，要不择手段把他除掉。”

“他应该还没被除掉，尚未听到任何相关报道。”

“一个谨慎的政府常常会把坏消息压下来——那些地球官员虽然野蛮，但可想而知应该很谨慎。万一我们的机器人失手被捕，遭到了审问，他一定会进入不可逆的机困状态。那仅仅代表我们损失了一个机器人，如此而已，对我们没什么大碍。另一方面，万一吉斯卡仍然好端端的，我们就更有必要加紧行动了。”

“如果我们损失了一个机器人，恐怕就会连带损失更多，对方有可能因而查出这个指挥中心的位置。至少，我们不该使用这里的机器人。”

“我手边有什么就用什么，他不会泄露任何机密的。我想，你应该能信任我所作的设定。”

“不论是否心智冻结，只要落在对方手中，他就注定会泄露自己的身份。地球上的机器人学家——别以为他们没有——会确定他是奥罗拉制造的。正因为如此，我们更有必要让放射性慢慢地增强。一定要让这段时间拖得够久，好让地球人忘掉这件案子，不会把它和放射性的变化联想在一起。我们必须至少设定一百年，或许一百五十年，甚至两百年。”

说完他就走开，又去检查他的仪器了，同时，他和六号以及十号中继站也重新取得联系，因为他觉得那两处还有些问题。阿玛狄洛望着他的背影，心中交杂着些许不屑和强烈的厌恶。“没错，但我不能再等两百年，或一百五十年，甚至一百年。你能等，我可不能。”他喃喃地自言自语。

85

吉斯卡和丹尼尔根据逐渐热闹的都市脉动，猜测现在应该是纽约的清晨。

“在大城的上面和外面，”吉斯卡说，“某处或许正是黎明。两百年前，有一次和以利亚·贝莱聊天的时候，我将地球比喻成曙光世界。这个地位还会持续很久吗？或者已经是过去式了？”

“这是十分消极的想法，吉斯卡好友。”丹尼尔说，“我们最好还是把心思专注在今天必须完成的任务上，好让地球继续维持曙光世界的地位。”

这时，穿着浴衣和拖鞋的嘉蒂雅走进公寓，她的头发显然刚刚吹干。

“太荒谬了！”她说，“一大早，地球女人个个披头散发、衣衫不整地一路从走廊走到大众卫生间。我想，她们是故意这么做的，可是边走边梳头真的很不礼貌。显然，原本的蓬头垢面会更加衬托精心装扮后的模样。我应该随身带一套完整的晨间服装，你们该看看我穿着浴衣走出卫生间换来了什么目光。离开卫生间就该一切就绪。什么事，丹尼尔？”

“夫人，”丹尼尔说，“我能跟你说句话吗？”

嘉蒂雅迟疑了一下。“不能说太多，丹尼尔。你们或许也知道今天是大日子，而我上午的行程几乎马上要开始了。”

“我希望讨论的正是这件事，夫人。”丹尼尔说，“这么重要的日子，如果我们不跟着你，一切反倒会比较好。”

“什么？”

“如果你身边围着机器人，你希望带给地球人的印象将会大打折扣。”

“我身边不会围着一群机器人，就只有你们两个而已。我怎么能没有你们呢？”

“你必须学着适应，夫人。我们陪着你，会凸显你和地球人的不同，会让你看起来好像很怕他们。”

嘉蒂雅面有难色地说：“我需要有人保护，丹尼尔，还记得昨晚发生的事吧。”

“夫人，昨天晚上发生的事，我们根本无法预防，也根本无法保护你——如果真有必要的话。幸好，昨晚的暗杀目标并不是你，那柄手铳瞄准的是吉斯卡的头部。”

“为什么是吉斯卡？”

“一个机器人怎么可能瞄准你或任何人类呢？那机器人暗杀吉斯卡一定有他的理由。所以说，如果我们在你身边，反倒可能增加你的危险。别忘了，就算地球政府想要低调处理，昨晚的消息还是会不胫而走，不久就会出现机器人以手铳滥杀无辜的传闻。这会引发大众开始仇视机器人——也就是仇视我们——甚至会仇视你，如果你坚持我们随行的话。我们还是别跟着你比较好。”

“要多久呢？”

“至少要等到你的任务告一段落，夫人。往后这段日子，船长会比我们对你更有帮助。一来他了解地球人，二来他在地球人心目中很有分量，而你在他心目中更有分量，夫人。”

嘉蒂雅说：“你看得出我在他心目中很有分量？”

“虽然我是机器人，我还是有这种感觉。无论什么时候，只要你希望我们回到你身边，我们当然立刻回来——可是，此时此刻，我们认为服侍你和保护你的最佳方式就是把你交给贝莱船长。”

嘉蒂雅说：“我会考虑的。”

“与此同时，夫人，”丹尼尔说，“我们会去见贝莱船长，看看他是否同意我们的想法。”

“去吧！”说完嘉蒂雅便钻进卧室。

丹尼尔转过身去，用最低的音量对吉斯卡说：“她愿意吗？”

“非常愿意。”吉斯卡答道，“每当我在她身边，她总有些不自在，所以我暂时离开并不会对她有太大影响。至于你，丹尼尔好友，她对你的感觉就很矛盾。你会让她不断想到詹德好友，虽然他终止运作是两百年前的事，她心中仍有很深的伤痕。这就导致她对你既欢迎又抗拒，所以我也不需要做得太多。我只是减轻了她对你的喜爱，并增强了她对船长的爱意。她很容易就会适应没有我们的。”

“那我们去找船长吧。”丹尼尔说。然后，他们便一起离开房间，走出了公寓的大门。

86

在此之前，丹尼尔和吉斯卡都曾经来过地球，最近的一次是吉斯卡自己来的。因此，他们懂得如何用电脑查询丹吉暂住的公寓是在哪一区、哪一厢，门牌号码又是几号。此外，他们还看得懂走廊上的色码，知道哪里该转弯，哪里又该上电梯。

现在时间还早，路上的人不多，但凡是迎面而来或从背后超过他们的人，起初都会万分惊讶地瞪着吉斯卡，然后才又若无其事地把头转开。

当他们走到丹吉的公寓门口时，吉斯卡的脚步有点不稳了。虽然不算非常明显，但丹尼尔还是注意到了。

他压低声音说：“你不舒服吗，吉斯卡好友？”

吉斯卡答道：“我必须从好些人类心中清除那些惊讶、疑惧，甚至注意力——其中还有一个小孩，而那更加困难。我来不及好好确定并未造成任何伤害。”

“你这么做是有必要的，我们可不能被人拦下来。”

“这点我了解，但第零法则在我身上运作得不顺畅。这方面，我并没有你那样的修为。”他仿佛为了转移自己的注意力，好让自己舒服一点，所以继续说下去，“我经常发现正子径路中的超电阻最先会在站立行走上表现出来，其次才是语言功能。”

丹尼尔轻拍一下叫门键，然后说：“我自己也一样，吉斯卡好友。即使在最佳状况下，光靠两点来维持平衡也很困难。至于受控的不平衡状态，例如行走，那就更困难了。我曾听说最初有人试图制造两只手和四只脚的机器人，称之为‘半人马’。它们运作得不错，但正因为它们是非人形机器人，因此并未被广为接受。”

“此时此刻，”吉斯卡说，“我真希望有四只脚，丹尼尔好友。然而，我的不舒服应该已经过去了。”

丹吉出现在门口，带着灿烂的笑容和他俩打了照面。然后，他朝走廊左右两侧各瞄了一眼，脸上的笑容随即消失，被一脸的挂虑取而代之。“你们丢下嘉蒂雅来这里做什么？是不是她……”

丹尼尔说：“船长，嘉蒂雅女士很好，她并没有危险。可否让我们进去说明来意？”

丹吉一面招手要他们进门，一面狠狠瞪了他们一眼。然后，他像是教训不听话的机器一样，用充满恫吓的口吻说：“你们为何把她单独留在那儿？到底发生了什么状况，会让你们留下她一个人？”

丹尼尔说：“现在的她绝不比地球上任何一个人更孤单，或是更危险。如果你稍后跟她讨论这个问题，我相信她会告诉你，只要有太空族的机器人紧跟在后，她在地球上就永远无法发挥影响力。我还相信她会告诉你，应该由你——而不是机器人——来提供她所需要的指引和保护。我俩都相信这是她的心愿——至少目前如此。无论什么时候，只要她希望我们回去，我们会随传随到。”

丹吉总算又露出了笑容。“她需要我的保护，是吗？”

“我们相信，船长，此时此刻她渴望见到的是你，而不是我们。”

丹吉笑得合不拢嘴了。“怎么能怪她呢？我这就准备一下，然后尽快赶到她的公寓去。”

“但首先，船长……”

“喔，”丹吉说，“有交换条件吗？”

“是的，船长。昨晚朝露台开火的那个机器人，我们亟需尽可能查出他的背景。”

丹吉似乎又紧张起来。“你们认为嘉蒂雅女士还会有危险？”

“绝不会有那种危险。昨晚那个机器人并非朝嘉蒂雅女士开火，身为机器人，他做不了那种事，他是要射击吉斯卡。”

“他为何要那么做呢？”

“这正是我们在设法追查的问题。为了找出答案，我们希望你能联络能源部次长昆塔纳女士，请她允许我问她几个这方面的问题。你要强调这件事很重要，如果她答应了，你自己——以及贝莱星政府，你不妨加上这一句——会很感激她。我们希望你使出浑身解数，说服她答应接见我们。”

“这就是你们要我做的事吗？说服一名相当重要而且相当忙碌的官员接受机器人的盘问？”

丹尼尔说：“船长，如果你表现得足够严肃认真，她就有可能答应这个请求。此外，既然她可能在很远的地方办公，如果你能替我们雇一辆飞快车，那会很有帮助的。你该想象得到，我们十万火急。”

“就这几件小事吗？”丹吉问。

“还有呢，船长，”丹尼尔说，“我们还需要一名司机，请多付他车资，好让他愿意载送显然是机器人的吉斯卡好友。我还好，他或许不会介意我。”

丹吉说：“我希望你明白，丹尼尔，你的要求通通毫无道理。”

丹尼尔说：“我希望没听到这句话，船长。但既然你讲得那么白，就没什么好说的了。所以，我们只好回到嘉蒂雅女士身边，虽然她一定会不高兴，因为她希望见到的是你。”

他转身离去，还挥手要吉斯卡跟上，这时丹吉却说：“等等。走廊那头有个公共通讯器，我可以试试看，留在这里等我。”

两个机器人遵命站在原处。丹尼尔问道：“你需要下很大工夫吗，吉斯卡好友？”

吉斯卡似乎能用双脚取得平衡了，他说：“其实刚才我束手无策。他坚决反对跟昆塔纳女士联络，也坚决反对替我们叫飞快车。我若想扭转这些情绪，一定会造成伤害。然而，当你说要回到嘉蒂雅女士身边时，他的态度突然出现戏剧性的转变。我猜你早已预料到会有这种结果，是吗，丹尼尔好友？”

“是的。”

“看起来，你几乎不需要我了，调整心灵的方法不只一种而已。然而，最后我还是作了一点贡献。船长改变心意之际，同时涌现出一股对嘉蒂雅女士的强烈爱意。我抓住机会，加强了这个情感。”

“这正是我需要你的原因，这点我就做不到。”

“总有一天你会做到的，丹尼尔好友，而且或许很快。”

丹吉回来了。“信不信，她居然愿意见你，丹尼尔。飞快车和司机马上就到——你们越快动身越好，我也会立刻赶去嘉蒂雅的公寓。”

两个机器人走了出来，等在走廊上。

吉斯卡说：“他非常高兴。”

“似乎的确如此，吉斯卡好友。”丹尼尔说，“但我担心简单的部分到此为止了。我们轻易就让嘉蒂雅女士准许我们自由行动，然后我们花了一点工夫，说服船长安排我们去见次长。然而在她那里，我们恐怕要吃闭门羹了。”

87

司机看了吉斯卡一眼，勇气似乎便消失无踪。“听着，”他对丹尼尔说，“原本讲好只要我愿意载机器人，就能赚到双倍车资。但机器人是不准进大城的，这么做会给我惹来许多麻烦。万一我的执照给吊销了，这点钱对我毫无帮助。我能不能只载你就好，先生？”

丹尼尔说：“我也是机器人，先生。我们已经在大城里，这并不是你的错。我们现在是要设法离开这座大城，而这就需要你帮忙了。我们准备去见一名政府高官，希望她能替我们安排行程，身为公民的你有责任提供协助。如果拒绝载送我们，司机，你就是蓄意把机器人留在大城内，这种行为恐怕就违法了。”

司机的脸色和缓了不少。他打开车门，粗声粗气说：“上车吧！”然而，他仍不忘升起司机和乘客之间那道厚厚的半透明隔板。

丹尼尔轻声问道：“很费力吗，吉斯卡好友？”

“刚好相反，丹尼尔好友，你那番话起了主要的作用。万万想不到，一句句的真话摆在一起，竟然会产生只有谎言才能达成的效果。”

“在人类的对话中，我经常观察到这个现象，吉斯卡好友，就连诚实正直的人也在所难免。我猜他们是觉得为了成就大事，只好不拘这种小节了。”

“你是指第零法则。”

“等价的概念——或许人类心中有个等价的概念。吉斯卡好友，你刚才说我终究会拥有你的能力，而且可能很快，你是要我接手那件大事吗？”

“是的，丹尼尔好友。”

“为什么？我可以问问吗？”

“仍是基于第零法则。刚刚我的双腿突然发起抖来，让我了解到对我而言，试图使用第零法则是多么自不量力的一件事。在今天结束之前，我或许就得根据第零法则来拯救这个世界和整个人类，但我或许根本做不到。这样的话，你就必须及时接手这件工作。我正在一点一点为你作准备，以便时机成熟之际，我能把最后那些关键指令交付给你，好让一切水到渠成。”

“我看不出你怎么做得到，吉斯卡好友。”

“等时候到了，你自然不难理解。想当年，我在那些被我派到地球的机器人身上，就是使用非常类似的技术。当时他们还能合法地待在大城里，而地球领导阶层之所以决定送出银河殖民者，正是因为受到了他们的调整。”

打从上路之后，这辆飞快车的轮子就和地面保持大约一公分的距离。司机原本一直在使用这种车辆的专用车道，而且将车子开得飞快，让它成了名副其实的“飞快车”。现在，他换到了一条普通车道，看得出左方不远处有一条和车道平行的捷运带。大幅减速后的飞快车突然一个左转，冲进捷运带之下，随即从另一侧蹿了出来，然后又开了半里的弯路，最后停在一座华丽的大楼之前。

车门自动打开了。丹尼尔先下车，等到吉斯卡也下来后，他便将丹吉提供的一片金箔交给了司机。司机仔细看了看这份车资，然后猛力关上车门，一言不发地呼啸而去。

88

大门在他们按下叫门键一会儿之后才打开来，丹尼尔想到应该是先将他们扫瞄了一遍。然后，一名年轻女子小心翼翼地将他们引到这座大楼的心脏地带。她一直避免望向吉斯卡，可是对丹尼尔却显得相当好奇。

昆塔纳次长坐在一张大办公桌后面，满脸笑容地说：“两个机器人，没有人类陪同。我安全吗？”口气听来虽然兴奋，却似乎有点勉强。

“绝对安全，昆塔纳女士。”丹尼尔严肃地答道，“我们也很少见到没有机器人陪同的人类。”

“我向你保证，”昆塔纳说，“我也有机器人。我管他们叫手下，引你们来这儿的女孩就是其中之一。她见到吉斯卡居然没昏倒，令我颇感惊讶。我想，那是因为她事先接到了警告，更何况你的外形又是那么有意思，丹尼尔。但别管这些了。贝莱船长不遗余力地强调他多么希望我接见你，而我之所以答应，则是因为我乐意和一个重要的殖民者世界维持良好关系。然而，我还是忙得很，如果能速战速决，我会感激不尽。我能帮你些什么吗？”

“昆塔纳女士……”丹尼尔正准备开口。

“慢着，你能坐下吗？要知道，昨晚我看到你一直坐着。”

“我们能坐下来，但我们站着也一样舒服，我们不介意的。”

“但是我介意。我站着可不舒服——而如果我坐着，就得抬头望着你们，那会害得我颈部僵硬。请拉出椅子坐下来吧，谢谢——好，丹尼尔，这到底是怎么回事？”

“昆塔纳女士，”丹尼尔说，“我想你应该还记得，昨晚宴会结束后，露台遭到手铳攻击那件事吧。”

“我当然记得。不只如此，我还知道拿手铳的是个人形机器人，虽然我们不会正式承认这一点。可是，现在我的对面正坐着两个机器人，而且其中之一也是人形机器人，却没有任何人保护我。”

“我可没有手铳。”丹尼尔笑着说。

“我相信。那个人形机器人长得跟你一点也不像，丹尼尔。你可以说是艺术品，你知道吗？”

“我具有精密复杂的程序，女士。”

“我是指你的外表。但你为何提到那个攻击事件呢？”

“女士，那个机器人在地球上有个秘密基地，我必须知道它在哪里。我大老远从奥罗拉赶来，就是为了找出那个基地，以阻止任何可能危及星际和平的阴谋。我有理由相信……”

“你大老远赶来？不是那名船长？不是嘉蒂雅女士？”

“其实是我们，女士，”丹尼尔说，“吉斯卡和我。我无法对你详细说明我们怎么会接下这个任务，至于我们到底是接受谁的指挥，我就更不能告诉你了。”

“好！星际间谍战！多有趣啊。真可惜我帮不了你，我并不知道那个机器人来自何处。至于他的秘密基地，我更是一点概念也没有。事实上，我甚至不明白你为什么会找上我。假如我是你，丹尼尔，我会去询问安全部。”她倾身向他凑过去，“你脸上的皮肤是真的吗，丹尼尔？如果不是，可就模仿得太惟妙惟肖了。”她伸出右手，轻巧地按在他的脸颊上，“摸起来都足以乱真。”

“纵然如此，女士，它并不是真的皮肤。如果挨一刀，它不能自动愈合。但另一方面，伤口不难重新焊起来，甚至把整块皮换掉。”

“呜。”昆塔纳的鼻子起了皱纹，“但我们的公事已经谈完了，关于那名行凶的机器人，我帮不上你什么忙，我什么都不知道。”

丹尼尔说：“女士，请容我作进一步的说明。关于你昨晚提到的早期核能——核裂变所产生的能量——有个组织对它很感兴趣，而那名机器人或许就属于那个组织。假如真是这样，假如真的有人对裂变以及地壳中的铀和钍感兴趣，什么地方最适合当作他们的基地呢？”

“或许一个废弃的铀矿坑？我甚至不知道现在还找不找得到。你必须了解，丹尼尔，地球人对核字头的东西几乎都有迷信式的反感——尤其是核裂变。在讲述能源知识的大众刊物中，你几乎找不到裂变这个词汇，而在专家使用的技术手册中，也只会提到最基本的概念而已。就连我也知道得非常少，话说回来，我只是行政官员，并非科学家。”

丹尼尔说：“那么，我还有一个问题，女士。我们曾经用非常强硬的态度，逼那名功败垂成的刺客招出秘密基地的位置。根据他所接受的设定，一旦碰到这种情形，他就会永久性停摆，也就是大脑径路完全冻结——而他最后的确停摆了。然而在此之前，当他仍在招供和停摆之间作最后挣扎时，他的嘴巴张开了三次，仿佛——可能——说了三个字，其中第二个字是‘里’。在你的印象中，这个字和裂变有任何一点关联吗？”

昆塔纳缓缓摇了摇头。“不，我不敢说有，这显然不是银河标准语字典里查得到的字。真抱歉，丹尼尔。虽然我很高兴又能和你见面，但我有满桌子的琐事需要处理，不好意思了。”

丹尼尔装作没听到她在说什么。“有人告诉我，女士，‘里’或许是个古字，是指某种古代的长度单位，可能比一公里还要长。”

“即使真是这样，”昆塔纳说，“听来也毫不相干。一个来自奥罗拉的机器人，怎么会知道这个古字和古代……”她猛然住口，眼睛睁得老大，脸色变得煞白。

她自言自语：“有这个可能吗？”

“有什么可能，女士？”丹尼尔问。

“有个地方，”昆塔纳几乎陷入沉思，“不论地球人或地球机器人，谁都不敢接近。如果我有意语出惊人，我会说那是个不祥之地。因为实在太恶名昭彰，它几乎被我们扫出了意识层面，甚至连地图上也找不到。它象征着裂变的一切不是。我记得很早以前，我刚进能源部的时候，曾在一部非常古老的胶卷参考书中读到这个地名。根据书中的记载，当时人们经常提到那里发生了一场‘意外’，它让地球人对裂变能源的观感产生一百八十度的转变，那个地方叫三里岛。”

丹尼尔说：“所以，它是个遭到孤立的地点，百分之百孤立，不可能有任何人闯进去。如果有人研究过关于裂变的古代文献，一定会发现这个地方，并会立刻看出它是秘密基地的最佳选择。而且这个地名正好是三个字，中间那个又正好是‘里’。一定就是这个地方，女士。能否请你告诉我该怎么去那里，然后设法安排我们离开这座大城，直接前往三里岛，或先到离它最近的落脚处？”

昆塔纳微微一笑，让她看起来似乎年轻了些。“显然，如果你们真在侦办一件有趣的星际间谍案，可不能浪费时间，对不对？”

“是的，我们的确分秒必争，女士。”

“好，我基于职责所在，也该去看看三里岛。你们何不搭我的飞车呢？我自己会驾驶。”

“女士，你手头的工作……”

“没人会碰。我回来后，这些公文还会好端端等着我。”

“但这就代表你得离开大城……”

“那又怎样？现在不比古代了。在那段太空族主宰地球的黑暗岁月里，地球人从不走出大城，那是真有其事，但如今我们飞出地球，殖民银河已有将近两百年了。虽然还是有些教育程度太低的人抱持古老的保守态度，但我们大多数人都变得相当好动了。我想，大家总是有个感觉，就是我们终将加入银河殖民者的行列。我自己并没有这个打算，但我经常自己驾驶飞车。五年前我甚至飞到了芝加哥，最后再飞回来——坐好，让我来安排。”

她像是被一股旋风卷走了。

丹尼尔望着她的背影，喃喃道：“吉斯卡好友，这似乎不太像她的作风。你动了手脚是吗？”

吉斯卡说：“一点点。依我看，我们刚进来的时候，迎接我们的那个少女深受你的外形吸引。而我几乎可以确定，昨晚在宴会中，昆塔纳女士心中也有相同的变化，虽说我离她太远，现场的人又太多，令我无法百分之百肯定。然而，一旦我们跟她面对面交谈，她对你的好感便显露无遗。我让它一点一点增强，因此她虽然数度提到会谈该结束了，态度却似乎越来越不坚决，而且每当你继续说下去，她都并未强烈反对。最后，她主动提到了飞车，我想那是因为她已深陷其中，不愿放弃多和你相处一会儿的机会。”

“这可能会给我添麻烦。”丹尼尔深思熟虑地说。

“我有正当理由，”吉斯卡说，“你用第零法则想想吧。”他在这么说的时候，令人不禁觉得他正在微笑——虽然他不可能做出这种表情。

89

昆塔纳将飞车落在混凝土制成的降落平台上，这才松了一口气。立刻来了两个机器人对飞车进行必要的检查，并视情况决定是否需要充电。

为了探头向右方眺望，她压到了丹尼尔身上。“就在那个方向，苏斯奎哈纳河上游几里处。唉，今天可真热。”她坐直身子，冲着丹尼尔笑了笑，显然有点舍不得，“离开大城就属这件事最受不了，外面的环境完全不受控制。想想看，怎么可以那么热。你不觉得热吗，丹尼尔？”

“我体内有个恒温器，女士，目前它运作正常。”

“真好，我希望也有一个。没有任何道路通往那个区域，丹尼尔。也不会有任何机器人为你带路，因为机器人从不进那里去。而我也不知道正确的位置，那可是一大片的土地，搞不好我们把整个区域都踏过一遍，甚至曾经和那个基地只有五百公尺的距离，最后仍旧一无所获。”

“不是‘我们’，女士，你务必要留在这里。可想而知，接下来的行程十分危险，就算一点也不危险，由于你并未随身携带冷气，你的身体恐怕也难以承受。能否请你在这里等我们，女士？你的配合对我意义重大。”

“我等你们吧。”

“我们可能需要几个小时。”

“这里几乎一应俱全，而且哈立斯堡那个小型大城离这儿不远。”

“这样就好，女士，我们必须出发了。”

他轻巧地跳出飞车，吉斯卡也跟着跳下来。他俩开始向北走，时间接近正午，夏日的艳阳照得吉斯卡的身体闪闪发光。

丹尼尔说：“你若侦测到任何精神活动的迹象，就代表我们找到目标了。方圆几公里内，应该没有其他人。”

“找到他们之后，你确定我们能阻止他们吗，丹尼尔好友？”

“不，吉斯卡好友，我一点也不确定——但我们必须做到。”

90

列弗拉·曼达玛斯哼了一声，瘦脸上浮现一个紧绷的笑容，抬头望向阿玛狄洛。

“难以置信，”他说，“居然这么理想。”

阿玛狄洛正在用毛巾擦拭眉毛和双颊的汗水。“代表什么意思呢？”他问。

“代表每个中继站都运作正常。”

“所以说，你可以启动核反应倍增器了？”

“我一算出W粒子的正确密度，立刻就能启动。”

“需要多少时间？”

“十五——最多三十分钟。”

阿玛狄洛紧盯着对方，脸色显得越来越狰狞，时间一分一秒过去，最后曼达玛斯终于开口：“好啦，算出来了。根据我制定的单位，密度应该定在2.72。这样一来，要等到一百五十年之后，才会达到另一个较高的平衡点，而在其后几百万年间都不会出现太大的变化。在这个强度下，地球人只能零零星星住在比较没有放射性的区域。我们只要耐心等待，不出一百五十年，殖民者世界就会成为一群乌合之众，可以任由我们宰割。”

“我不会再活一百五十年。”阿玛狄洛缓缓说道。

“我个人对此表示遗憾，院长。”曼达玛斯冷冷地说，“但我们现在谈论的是奥罗拉和太空族世界，你的工作一定会有人接手的。”

“比方说你？”

“你曾承诺以院长当作我的奖赏，现在你看，我已经赢到手了。利用这个政治地位，若干时日之后，我很有希望会成为主席，那时殖民者世界已经个个处于无政府状态，我会贯彻你的政策，一定会让所有的殖民者世界彻底土崩瓦解。”

“你还真是有信心。万一W粒子流开启之后，还没满一百五十年，就被别人关起来了呢？”

“不可能的，院长。一旦这个装置设定好了，就会被内原子位移固定在那里。然后，这个过程就不可逆了——不论这里发生什么都一样。即使整块地都被气化了，地壳仍会继续慢慢增温。我想，若有哪个地球人或银河殖民者能够复制我的成果，他的确有可能重建一套新的设备，但他这么做只能进一步增加放射性的发射率，绝对不能降低。热力学第二定律是这个结果的保证。”

阿玛狄洛说：“曼达玛斯，你说你赢到了院长的职位。然而，我想这件事还得由我决定。”

曼达玛斯硬邦邦地说：“并非由你决定，院长。请恕我冒昧，熟知这个倍增过程的是我，而不是你。详细资料是以密码形式藏在一个你找不到的地方，就算给你找到了，负责看守的机器人也会把它毁掉，不会让它落入你手中。这件事只有我能居功，你绝对不能。”

阿玛狄洛说：“纵然如此，若能获得我的认可，你将平步青云。假如我不情不愿，你却硬要不择手段地从我手中抢走院长的职位，那么无论你在这个位置上坐多久，立法局里都会有人持续不断跟你唱反调。你只是想拥有院长的虚衔吗，还是希望体会一下真正掌握实权的滋味？”

曼达玛斯说：“现在是讨论政治的时候吗？不久前，你还因为我得再用十五分钟电脑而非常不耐烦。”

“啊，我们现在讨论的其实是W粒子流的密度。你想要设定在2.72——是这个值对吗？但我却怀疑它是否妥当。你能掌握的范围最大有多少？”

“范围是从零到十二，但2.72才是我们要的。加减0.05——如果你希望更精确的话。根据总共十四个中继站送来的报告，这个值会让地壳在一百五十年之后，才达到另一个平衡点。”

“但我认为十二才是正确的值。”

曼达玛斯满脸惊恐地瞪着对方。“十二？你可了解那代表什么吗？”

“了解。代表在十到十五年内，放射性就会使得地球上再也无法住人，而在此期间，会害死好几十亿的地球人。”

“而且保证殖民者联邦会咬牙切齿地跟我们开战。这种浩劫对你有什么好处？”

“我再跟你说一遍，我不可能再活一百五十年，而我想活着看到地球毁灭。”

“但你也一定会令奥罗拉受重伤——那还是最好的情况，你简直是在开玩笑。”

“我可没有，我要为过去这两百年的挫败和屈辱报仇。”

“那些挫败屈辱是汉·法斯陀夫和吉斯卡带给你的——不是地球。”

“不，是一个地球人带给我的，他名叫以利亚·贝莱。”

“他早在一百六十多年前就死了。向一个死去那么久的人报仇，有什么意义呢？”

“我不想争论这个问题。我跟你谈个条件，马上让你当院长。一旦我们回到奥罗拉，我第一时间辞掉院长的职位，指定由你来继任。”

“不，我不要用这个条件交换院长的职位。几十亿人的性命啊！”

“是几十亿个地球人。好吧，那么我就无法信任你能做好这件事了。教我——我——如何设定那个控制装置，一切责任由我来担。回去之后，我仍旧会辞去我的职位，指定由你继任。”

“不，那仍旧会导致几十亿地球人死亡，天晓得还会有多少太空族陪葬，至少几百万吧。阿玛狄洛博士，请你务必了解，我不会跟你谈任何条件，而如果没有我，你自己绝对做不到这件事，设定机制是用我的左手拇指纹当密码。”

“我再求你一次。”

“我已经说了那么多，只有疯子才会再求我。”

“曼达玛斯，这只是你的个人观点。如果我疯了，就不会故意把这儿的机器人通通派出去，现在这里只有你我两人。”

曼达玛斯扬起嘴角冷冷一笑。“你打算拿什么来威胁我？因为没有机器人阻止你，你就要把我杀掉吗？”

“是的，曼达玛斯，事实上，如果有必要，我真会动手。”阿玛狄洛从侧边口袋掏出一柄小口径的手铳，“在地球上很难弄到这种东西，但并非不可能——只要付得起价钱，而我也知道怎么用。如果你不把拇指按到认证键上，让我将指数调到十二，那么请务必相信，我万分乐意立刻轰掉你的脑袋。”

“你不敢。假如我死了，你又怎能自己设定指数？”

“傻也别傻到这种地步。如果我把你的脑袋轰掉，你的左手拇指仍会完好如初，甚至会保持一阵子原来的温度。我只要拿着这根指头，设定指数就像开水龙头一样简单。但我宁愿让你活着，否则回到奥罗拉后，我得大费唇舌解释一番，但这种麻烦我还承受得起。因此，我给你三十秒钟作决定。如果你愿意合作，我仍会立刻把院长让给你。如果你不合作，我无论如何还是会称心如意，而你却会送命。现在开始，一——二——三——”

曼达玛斯骇然地瞪着阿玛狄洛，而阿玛狄洛则继续一面数，一面用毫无神情的冰冷目光透过手铳准星回瞪着他。

然后，曼达玛斯突然悄声唤道：“赶紧放下手铳，阿玛狄洛，否则我们两人都会因为第一法则而被制住。”

这个警告来得太迟了。转瞬间，一只手臂已经冒了出来，用力抓住阿玛狄洛的手腕，阿玛狄洛感到一阵酸麻，手铳随即落地。

丹尼尔说：“我很抱歉不得不弄痛你，阿玛狄洛博士，但我绝不能让你握着手铳指着另一个人类。”

91

阿玛狄洛并没有开口。

曼达玛斯镇定地说："你们两个是机器人，而在我看来，你们的主人并不在附近。根据惯例，现在我就是你们的主人，我命令你们离开这儿，再也别回来。因为，你们看得出来，眼前没有任何人类的安全受到威胁，第一法则派不上用场，所以你们必须服从这个命令。赶紧走。"

丹尼尔回应道："请听我说，博士，我们没有必要对你掩饰自己的身份或能力，因为你都已经知道了。我的同伴机·吉斯卡·瑞文特洛夫拥有侦测情感的能力——吉斯卡好友。"

吉斯卡说："我在相当远的距离就侦测到你们了，而我们在朝这里走过来的时候，阿玛狄洛博士，我注意到你心中充满怒气。而你心中，曼达玛斯博士，则是极度的恐惧。"

"就算真有什么怒气，"曼达玛斯说，"也是因为阿玛狄洛博士发现有两个机器人不请自来，更何况其中之一有本事操弄人类心灵，而且瓦西莉娅女士已经严重地——甚至可能永久性地——受到他的伤害了。而我自己，就算真有什么恐惧，同样也是因为你们的出现。现在我们控制住了这些情绪，你们已经没有理由出面干涉了。再说一遍，我们命令你们永远别再回来。"

丹尼尔说："抱歉，曼达玛斯博士，为了确保我们能安安稳稳地服从命令，我得再问一句。当我们朝这儿走来的时候，阿玛狄洛博士难道没有握着一柄手铳——又难道没有指着你吗？”

曼达玛斯说：“他是在向我说明手铳的用法，当你抢过去的时候，他正要把它放下来。”

“那么我在离去之前，是不是应该把手铳还给他，博士？”

“不，”曼达玛斯脸不红气不喘地说，“如果你这么做，就有借口继续留下，以便保护我们——你一定会这么说。把它带走，这样你就再也没有理由回来了。”

丹尼尔说：“我们有理由怀疑，你们目前待在一个人类不得闯入的地方……”

“那只是习俗，不是法律，而且不管怎么说，它对我们都没有强制性，因为我们并不是地球人。既然提到这件事，那么机器人同样不能进来这里。”

“是地球政府的一名高级官员带我们来的，曼达玛斯博士。我们有理由怀疑你们正在这里图谋不轨，你们要设法升高地球地壳的放射性，要对这颗行星造成严重而无法修复的损害。”

“完全不是……”曼达玛斯正准备开口。

就在这个时候，阿玛狄洛首度插嘴发言：“机器人，你凭什么盘问我们？我们是人类，而且已经对你们下了命令。赶紧听命行事！”

他的声调带有绝对的权威性，丹尼尔不禁有些动摇，而吉斯卡已经半转过身去。

但丹尼尔随即说：“抱歉，阿玛狄洛博士，我并不是在盘问你们。我只是要再三确认，以便确定自己能安安稳稳地服从命令。我们有理由怀疑……”

“你不必再重复了。”曼达玛斯说，然后，他转头说了一句，

“阿玛狄洛博士，请让我来回答。”他随即又转过头来，“丹尼尔，我们是在这里从事一项人类学的研究。有许多古老的人类习俗影响了太空族的行为，我们的工作就是要寻找这些习俗的起源。这些起源只有在地球上才找得到，所以我们正在这里努力寻找。”

“你们的工作有没有获得地球的批准？”

“七年前，我咨询过地球的相关官员，当时就获得批准了。”

丹尼尔压低声音问：“吉斯卡好友，你怎么说？”

吉斯卡答道：“根据曼达玛斯博士心中种种的迹象，他所说的和目前的情况不符。”

“所以，他在说谎？”丹尼尔坚定地说。

“我相信是这样。”吉斯卡答道。

曼达玛斯却面不改色地说：“或许你是这么相信的，但相信并不等于确定。你不能仅仅因为相信什么而违抗命令，这点你我都很清楚。”

吉斯卡说：“可是现在，阿玛狄洛博士心中仅仅靠着情感的力量勉强拴住那股怒气。这么说吧，那股怒气很可能会挣脱束缚，一股脑儿宣泄出来。”

阿玛狄洛高声喊道：“你为什么跟他们扯这些事，曼达玛斯？”

曼达玛斯叫道：“给我闭嘴，阿玛狄洛！你这是在帮倒忙！”

阿玛狄洛毫不理会地继续说：“这是自贬身份，一点用也没有。”他怒不可遏地甩开曼达玛斯的手臂，“真相他们都知道了，但那又怎样？机器人，我们是太空族，不只如此，我们还是奥罗拉人，而你们就是奥罗拉制造的。更重要的是，我们还是奥罗拉这个世界的高级官员，所以你们现在必须把机器人学三大法则中的‘人类’解释为奥罗拉人。

“如果不服从我们，你们就是伤害了我们，羞辱了我们，也就是同时违犯了第一和第二法则。没错，我们在此的行动的确是要消灭地球人，甚至是很多很多的地球人，但即便如此，也完全不干你们的事。否则，你们也大可因为我们杀生吃肉而拒绝服从我们。我已经解释得很清楚了，赶紧走吧！”

最后那几个字无端变得低沉而沙哑。只见阿玛狄洛双眼鼓突，随即倒地不起。

曼达玛斯惊叫一声，赶紧弯下腰来察看他的状况。

吉斯卡说：“曼达玛斯博士，阿玛狄洛博士并没有死。他只是陷入昏迷，我随时都能把他叫醒。然而，他不但会忘记关于这个计划的一切，而且，比方说，如果你试图向他说明，他也完全无法了解。我在对他下手的过程中——若非他自己承认打算杀害无数的地球人，我也做不到这件事——或许对其他部分的记忆以及思考能力也造成了永久性损伤。对此我表示遗憾，但我是不得已的。”

丹尼尔接着说：“你要知道，曼达玛斯博士，前些时候，我们在索拉利碰到一些机器人，他们将人类的定义窄化为仅限于索拉利人。我们因此认清一件事实，如果不同的机器人各有各的窄化定义，只会带来天翻地覆的毁灭。想让我们把人类的定义窄化为仅限于奥罗拉人，其实是白费力气。根据我们的定义，‘智人’这个物种的各个成员都是人类，包括地球人和银河殖民者在内。而且我们觉得，保护一群人或人类整体要优先于保护任何一个特定的个人。”

曼达玛斯气喘吁吁地说：“那可不是第一法则的内容。”

“这是我所谓的第零法则，它的优先权更高。”

“你并未接受这样的设定。”

“这是我自己对自己的设定。我们一来到这里，我就知道你打算造成伤害，所以你无法命令我走开，也不能阻止我伤害你。第零法则有优先权，我当然得拯救地球。因此，我请求你——自愿地——和我一起毁掉这里的装置。否则，我将被迫以暴力胁迫你，就像阿玛狄洛博士刚才那样，只是我不会动用手铳罢了。”

曼达玛斯却说：“等等！等等！我还有话要讲，让我解释一下。阿玛狄洛博士的心灵被清空是一件好事。他想要毁灭地球，我却不想那么做，这就是他拿手铳威胁我的原因。”

丹尼尔说：“然而，最先想到这个办法的是你，设计和建造这些装置的也是你。否则，阿玛狄洛博士也不会非强迫你不可，他会自己动手，不需要你提供任何协助。这么说对不对？”

“对，完全正确。吉斯卡大可检查我的情绪，看看我有没有在说谎。我的确建造了这些装置，也的确打算启用，但并非以阿玛狄洛博士希望的那种方式。我是不是在说实话？”

丹尼尔望向吉斯卡，后者答道：“根据我的判断，他是在说实话。”

“我当然在说实话。”曼达玛斯说，“我所进行的工作，是要在地球地壳的天然放射性中，引进一个非常缓渐的加速度。从现在起，将有一百五十年的时间，能让地球人移居到其他世界。这样不但会增加各个殖民者世界的人口，还会大幅增加殖民者世界的数量。而且这样还会除掉地球这个强大而诡异的世界，否则它将永远对太空族造成威胁，对银河殖民者造成困惑。地球是个神秘狂热信仰的中心，它拖住了银河殖民者的脚步。我是不是在说实话？”

吉斯卡又重复一遍：“根据我的判断，他是在说实话。”

“我的计划，如果生效的话，将会永保星际和平，让太空族和银河殖民者共享银河。正是因为这样，当我建造这个装置……”

他朝那具装置指了指，顺便将左手拇指按到认证键上，随即猛然冲向密度控制器，大喊一声：“不准动！”

向他走去的丹尼尔突然停下脚步，而且全身僵住，右手举在半空中，吉斯卡则没有任何行动。

曼达玛斯转过身来，喘着气说：“2.72，设定好了。这是不可逆的反应，从现在开始，将会完全按照我的规划自行运作。但你们两个无法出面指证我，否则必将引发一场战争，你们的第零法则绝不允许。”

他低头望着趴在地上的阿玛狄洛，带着一脸不屑说道：“傻瓜！你永远也不会知道该怎么做才对。”

第十九章
落 单

92

曼达玛斯说："你们现在不能再伤害我，机器人，因为地球的命运无论如何已无法改变。"

"纵然如此，"吉斯卡有气无力地说，"绝不能让你记得你做了些什么，也绝不能让你对太空族说明未来的发展。"他用颤抖的手拉过一把椅子，慢慢坐了下来，这时曼达玛斯双腿一软，趴到了地上，似乎睡得很香。

"最后关头，"丹尼尔低头望着昏倒在地的两个人，声音透出几分绝望，"我还是失败了。刚才我应该抓住曼达玛斯博士，阻止他伤害并未在我眼前的无数地球人，没想到他竟能逼我服从他的命令，令我全身僵住。第零法则并没有生效。"

吉斯卡说："不，丹尼尔好友，你并没有失败，是我阻止了你。曼达玛斯博士原本不敢轻举妄动，虽然他有这个冲动，却因为知道你势必出手而打消念头。我消除了他的恐惧，又解除了你的行动力，于是曼达玛斯博士才能将地球的地壳点燃——姑且这么比方吧——但火势非常小。”

丹尼尔说：“可是为什么呢，吉斯卡好友，为什么呢？”

“因为他说的都是实话，我刚才已经告诉你了。他只是自以为在说谎罢了。从他那种洋洋得意的情绪，我坚决相信他认为逐渐增高的放射性不但会导致无政府状态，还会导致地球人和银河殖民者之间的矛盾，而太空族便能趁机消灭他们，一举夺下整个银河。可是我却认为，他为了说服我们而编织的憧憬其实是正确的。地球这个人多势众的世界确实酝酿出了神秘信仰，我已经察觉到其中的危险，除掉它只会对银河殖民者有利。没有了地球，他们就不必频频回顾；没有了地球，他们就再也不必怀古。从今以后，他们会以两倍、四倍……的速度向银河扩展，他们终将建立一个银河帝国，而我们一定要促成这个结果。”他顿了顿，用逐渐微弱的声音说，“这就是‘机器人与帝国’的佳话。”

“你还好吗，吉斯卡好友？”

“我站不起来了，但我还能开口。听我说，现在终于要你接替我的重担了。我已经将你调整到具有精神侦测和控制的能力，最后一批径路即将到位，你只要注意听就行了。听啊——”

他说得很稳——但越来越无力——而丹尼尔已经能从内心直接感受他所使用的语言和符号。与此同时，丹尼尔还能感受到径路一一到位的滴答声。等到吉斯卡大功告成了，立刻有好些声音同时出现在丹尼尔脑海——曼达玛斯心中的呜呜呜叫，阿玛狄洛心中毫无规律的砰砰声，以及吉斯卡大脑中的金属节奏。

吉斯卡又说：“你得赶紧回去找昆塔纳女士，请她设法把这两个人送回奥罗拉，他们再也无法危害地球了。然后务必要让地球出动维安武力，把曼达玛斯送到地球上的人形机器人一个个找出来，令他们一一终止运作。

“你要小心使用这些新能力，因为你从未接触过，一开始不会掌控得很好。但如果每次动用之后，你都能仔细地自我检查一番，那么——慢慢地——你一定会进步的。多多利用第零法则，但可别因而对个人造成不必要的伤害，第一法则几乎和它一样重要。

“好好保护嘉蒂雅女士和贝莱船长——但要低调行事。让他们快快乐乐在一起，让嘉蒂雅女士继续为促进和平尽心尽力。未来几十年间，地球人会逐渐移出这个世界，你要帮忙做好监督的工作。还有……还有一件事……我应该记得的……对了……如果你有办法……找出索拉利人的下落。那也许……很重要。”

吉斯卡的声音逐渐消失了。

丹尼尔跪在吉斯卡的椅子旁边，将那只没反应的金属手掌抓在自己手中。他哀痛不已地悄声说道：“好起来，吉斯卡好友，好起来。根据第零法则，你做的事都是对的。你已经尽可能不伤人命，从人道角度来说，你做得太好了。你拯救了所有的人，为何还会有这种下场呢？”

吉斯卡又开口了，他的声音极度扭曲，几乎听不懂他在说什么。“因为我并不确定。万一……另一个观点……居然……是正确的……太空族会……大获全胜，然后他们自己开始衰败，这么一来……银河……就会……空无一人了。再见，丹尼……好友……”

吉斯卡闭嘴了，他再也没有出声，再也没有任何动作。

丹尼尔站了起来。

他落单了——却要守护整个银河。

阿西莫夫
银河帝国系列

基地系列

银河帝国：基地（Foundation）

银河帝国2：基地与帝国（Foundation and Empire）

银河帝国3：第二基地（Second Foundation）

银河帝国4：基地前奏（Prelude to Foundation）

银河帝国5：迈向基地（Forward the Foundation）

银河帝国6：基地边缘（Foundation's Edge）

银河帝国7：基地与地球（Foundation and Earth）

机器人系列

银河帝国8：我，机器人（I, Robot）

银河帝国9：钢穴（The Caves of Steel）

银河帝国10：裸阳（The Naked Sun）

银河帝国11：曙光中的机器人（The Robots of Dawn）

银河帝国12：机器人与帝国（Robots and Empire）

帝国系列

银河帝国13：繁星若尘（The Stars, Like Dust）

银河帝国14：星空暗流（The Currents of Space）

银河帝国15：苍穹一粟（Pebble in the Sky）